btb

HONORÉ DE BALZAC
Die Menschliche Komödie
X

HONORÉ DE BALZAC

Die Menschliche Komödie

Gesamtausgabe in zwölf Bänden mit Anmerkungen
und biographischen Notizen über die Romangestalten

Herausgegeben und eingeleitet von Ernst Sander

HONORÉ DE BALZAC

Der Landarzt
Die Lilie im Tal

u. a.

btb

Diese Ausgabe folgt der von Balzac bestimmten Anordnung der
›Comédie humaine‹

Eine Übersicht über die Gesamtausgabe
befindet sich am Ende dieses Bandes.
Je ein Register nach den deutschen und französischen Titeln
und ein Verzeichnis aller in der ›Menschlichen Komödie‹
auftretenden Personen enthält Band XII.

Umwelthinweis:
Alle bedruckten Materialien dieses Buches
sind chlorfrei und umweltschonend.

btb Taschenbücher erscheinen im Goldmann Verlag,
einem Unternehmen der Verlagsgruppe Bertelsmann.

1. Auflage
Genehmigte Taschenbuchausgabe Dezember 1998
Copyright © 1972, 1998 by Wilhelm Goldmann Verlag, München,
in der Verlagsgruppe Bertelsmann GmbH
Unveränderter Nachdruck der Goldmann-Gesamtausgabe
in zwölf Bänden
Umschlaggestaltung: Design Team München
Umschlagmotiv: Paul-Victor Vignon
KR · Herstellung: Augustin Wiesbeck
Made in Germany
ISBN 3-442-72449-X

INHALT

SITTENSTUDIEN
Szenen aus dem Landleben

Die Bauern 7
Anmerkungen und biographische Notizen 366

Der Landarzt 395
Anmerkungen und biographische Notizen 647

Der Dorfpfarrer 661
Anmerkungen und biographische Notizen 932

Die Lilie im Tal 949
Anmerkungen und biographische Notizen 1255

DIE BAUERN

Übertragung von Ernst Sander

Der Roman ›Die Bauern‹, Balzacs ungeliebtes Schmerzenskind, dabei, zumindest als Konzeption, eins seiner mächtigsten Werke, hat eine lange, komplizierte Entstehungsgeschichte; der große Balzac-Sammler und -Forscher Vicomte de Lovenjoul hat ihr ein ganzes Buch gewidmet. (›La Genèse d'un roman de Balzac, les Paysans‹, Paris 1901.)

Das Werk geht auf eine Anregung des Grafen Hanski zurück, die Mme Hanska im Jahre 1834 zu Genf Balzac übermittelte: Er möge den Roman des Großgrundbesitzes schreiben. Balzac skizzierte unter dem Titel ›Le Grand Propriétaire‹ (›Der Großgrundbesitzer‹) ein Szenarium: Es handelt sich um einen ultrakonservativen Schloßherrn, einen Marquis de Grandlieu, der sich mit einer Gruppe von liberalen Bürgern auseinanderzusetzen hat. Das Thema wurde später dahingehend abgewandelt, daß statt der Bürger die Bauern die Gegner des Schloßherrn wurden, raffgierige Feinde des Großgrundbesitzes, die diesen mit allen Mitteln der Niedrigkeit und Verschlagenheit zu vernichten streben. Auf diese Weise gedieh Balzacs Werk zum ersten realistischen Bauernroman der Weltliteratur.

Zu Lebzeiten des Meisters wurde nur der erste Teil veröffentlicht. Er erschien als Feuilletonabdruck vom 3. bis 31. Dezember 1844 in ›La Presse‹, deren Leiter Emile de Girardin war. Der Abdruck erfolgte überhastet, da Girardin vor dem Jahresende, an dem die Abonnements auf die Zeitung erneuert wurden, mit dem Abdruck des Romans ›La Reine Margot‹ von Alexandre Dumas beginnen wollte, von dem er sich eine größere Publikumswirkung als von den ›Bauern‹ versprach. Balzac berichtet in seinen Briefen an Mme Hanska von dem Abdruck als von »einem großen, unverhofften Erfolg«. Théophile Gautier indessen, mit Balzac eng befreundet und Feuilletonredakteur von ›La Presse‹, berichtet, es seien bei der Zeitung täglich Briefe eingelaufen, die baten, man möge doch endlich mit diesem langweiligen Werk Schluß machen. Andere Blätter hatten den Abdruck mit Glossen begleitet; in einer hieß es: »Dies ist ein Figaro, der einmal nicht die Reichen schlecht macht, sondern die Armen verleumdet ... Er verbeißt sich darein, das ganze bäuerliche Leben zu entehren ... Die Bauern stehen darin wie Barbaren an den Türen der Gesellschaft ...« Daß der Roman, auch nach der Veröffentlichung der Buchausgabe durch Balzacs Witwe im Jahre 1855, keinen Erfolg hatte, darf nicht verwundern. Das Thema war zu neuartig; der Realismus der Gestaltung stach allzu sehr ab von den ›Schäferromanen‹ des 18. Jahrhunderts, deren Idyllik durch George Sand abermals Mode geworden war.

Nach der Beendigung des Abdrucks der ›Königin Margot‹ verlangte Girardin den zweiten Teil der ›Bauern‹, den er bereits voraushonoriert hatte. Balzac sagte zu, hielt aber im letzten Augenblick sein Versprechen nicht, sondern gab, um Zeit zu gewinnen, andere Arbeiten. So erschienen in ›La Presse‹ im Dezember 1845 mehrere Kapitel aus den ›Kleinen Nöten des Ehelebens‹ und später, vom 13. April bis 4. Mai 1847, ›Vautrins letztes Abenteuer‹. Aber Girardin verlangte nach wie vor den Schluß der ›Bauern‹. Er hoffte, ihn bis Juni 1847 zu erhalten, und Balzac lieferte ihm tatsächlich die vier ersten Kapitel des zweiten Teils, die sogleich in Satz gegeben wurden. Mit dem Abdruck wollte Girardin indessen erst beginnen, wenn er das vollendete Werk in Händen hatte. Balzac hatte andere, dringlichere Verpflichtungen zu erfüllen und bat immer wieder um Verschiebung des Ablieferungstermins. Im Juli 1847 war Girardin am Ende seiner Geduld und verlangte entweder das Manuskript oder die Rückzahlung des Vorschusses. Es kam zum Bruch; Balzac, immerfort unter Qualen an den ›Bauern‹ weiterarbeitend (»Den ›Birotteau‹ schrieb ich mit den Füßen im Senfbad; die ›Bauern‹ mache ich mit Opium im Kopf«), zahlte in Raten bis zum Dezember 1847 5257,75 Francs zurück und reiste dann in die Ukraine, zu Mme Hanska. Die ›Bauern‹ blieben unvollendet.

Nach dem Tod des Meisters am 18. August 1850 beabsichtigte Balzacs Witwe zunächst, Charles Rabou mit der Vollendung der ›Bauern‹ zu betrauen; Rabou hat bekanntlich die Fragmente ›Der Abgeordnete von Arcis‹ und ›Die Kleinbürger‹ abgeschlossen. Da jedoch große Teile des Werks fertig und der weitere Verlauf in Entwürfen vorlagen, entschied sie sich, die Schlußredaktion selber zu übernehmen, und sie hat sich dieser Aufgabe mit Takt, Intelligenz und großem Geschick entledigt, indem sie sich streng an das von Balzac Hinterlassene hielt und nur unerläßliche kleine Abänderungen und Übergänge einfügte. Das fünfte Kapitel freilich scheint sie selbständig geschrieben zu haben. Einzelheiten darüber erfährt man im Kommentar der Edition Conard, der gelegentlich auch Lovenjouls Darlegungen berichtigt. In dieser Form erschien der Roman vom 1. April bis 15. Juni 1855 in ›La Revue de Paris‹; im gleichen Jahr wurde die fünfbändige Buchausgabe veröffentlicht.

Balzac hat ›Die Bauern‹ dem Anwalt Sylvain-Pierre-Bonaventure Gavault gewidmet. Dieser, der »Vormund« des Romanciers in Gelddingen, hat ihm bei der Entwirrung seiner kaum durchschaubaren Schuldenmasse wertvolle Hilfe angedeihen lassen, zumal bei der Liquidation der Villa Les Jardies. Balzac hat ihn auch bei der Aufsetzung seiner Verlagsverträge zu Rate gezogen. Die bemerkenswerte Widmungsepistel an Gavault möge dem Roman vorangestellt werden, da sie als dessen Vorwort betrachtet werden kann.

J.-J. Rousseau hat der ›Neuen Héloïse‹ die Worte vorangestellt: »Ich habe die Sitten meiner Zeit erlebt und diese Briefe veröffentlicht.« Könnte ich Ihnen in der Nachfolge dieses großen Schriftstellers nicht sagen: Ich habe den Gang meiner Epoche beobachtet, und nun veröffentliche ich dieses Werk?

Diese Studie, die von erschreckender Wahrheit ist, da die Gesellschaft aus der Philanthropie ein Prinzip macht, anstatt sie als etwas Beiläufiges zu betrachten, verfolgt den Zweck, die Hauptgestalten einer Volksklasse scharf hervorzuheben, die von vielen Autoren auf ihrer Suche nach neuen Themen vergessen worden ist. Vielleicht ist dieses Vergessen in einer Zeit, da das Volk die Erbschaft aller Höflinge des Königtums angetreten hat, lediglich eine Maßnahme kluger Vorsicht. Man hat die Verbrecher romantisch erklärt, man ist über die Henker in Mitleid zerflossen; man hat den Proletarier beinahe zum Gott erhoben . . .! Sekten sind in Aufregung geraten, und ihre Wortführer schreien: »Erhebt euch, Arbeiter!« gerade wie zum Dritten Stand gesagt worden ist: »Erhebe dich!« Man sieht nur zu gut, daß keiner dieser Herostrate[2] den Mut aufgebracht hat, aufs Land hinauszugehen und sich eingehend mit der permanenten Verschwörung derjenigen zu befassen, die wir nach wie vor die Schwachen nennen und die sich für die Starken halten, der Verschwörung der Bauern wider die Reichen . . .! Es handelt sich hier um Aufklärung, nicht des Gesetzgebers von heute, sondern desjenigen von morgen. Ist es nicht inmitten des demokratischen Taumels, dem sich so viele verblendete Schriftsteller hingeben, dringend notwendig, endlich einmal den Bauern zu schildern, der das Gesetz zu etwas Unanwendbarem macht, indem er das Eigentum als etwas hinstellt, das ist und nicht ist? Sie werden diesen unermüdlichen Wühler und Minierer bei der Arbeit sehen, diesen Nager, der den Grund und Boden zerstückelt und spaltet, der ihn zerteilt, der einen Morgen Ackerland in hundert Fetzen zerschneidet, der zu diesem Festakt immer wieder von einer Kleinbürgerschaft eingeladen wird, die aus ihm gleichzeitig ihren Helfer und ihr Opfer macht. Dieses von der Revolution geschaffene unsoziale Element wird eines Tages die Bourgeoisie aufzehren, wie die Bourgeoisie den Adel aufgezehrt hat. Indem er sich durch seine eigene Geringheit über das Gesetz erhebt, arbeitet dieser Robespierre mit einem

Kopf und mit zwanzig Millionen Armen ohne je innezuhalten; er hat sich in alle Gemeinden eingeschlichen, er hat sich im Stadt- und Gemeinderat festgesetzt; er ist in allen Distrikten Frankreichs mit Waffen versehen worden, und zwar durch das Jahr 1830, das vergessen hatte, daß Napoleon lieber sein Unglück auf sich genommen hat, als die Massen zu bewaffnen[3].

Wenn ich acht Jahre lang[4] dieses Buch hundertmal habe liegenlassen und es hundertmal aufs neue vorgenommen habe, das wichtigste von allen, die zu schreiben ich mich entschlossen hatte, so geschah es, weil alle meine Freunde und auch Sie verstanden haben, daß einem der Mut sinken kann angesichts so vieler Schwierigkeiten, so vieler Einzelzüge, die sich in dieses zwiefach schreckliche und grausam blutbefleckte Drama mischen; aber rechnen Sie bitte der Zahl der Gründe, die mich heute beinahe tollkühn machen, den Versuch hinzu, ein Werk zu vollenden, das dazu dienen soll, Ihnen Zeugnis von meiner lebhaften und dauerhaften Dankbarkeit für eine aufopfernde Treue abzulegen, die für mich ein Trost im Unglück war.

ERSTER TEIL

Wer Grund und Boden hat, hat Krieg

ERSTES KAPITEL

Das Schloß

An Monsieur Nathan   Auf Les Aigues, 6. August 1823

Dich, der Du dem Publikum mittels Deiner Phantasiegebilde entzückende Träume schaffst, mein lieber Nathan, Dich will ich von
etwas Wirklichem träumen lassen. Du sollst mir sagen, ob das
gegenwärtige Jahrhundert je imstande sein wird, den Nathans
und Blondets des Jahres 1923 ähnliche Träume zu hinterlassen!
Du sollst die Ferne ermessen, in der wir uns zu den Zeiten befinden, da die Florinen[5] des 18. Jahrhunderts beim Erwachen eine
Schenkungsurkunde über ein Schloß wie Les Aigues vorfanden.
   Mein sehr Lieber, wenn Du im Lauf des Vormittags meinen
Brief empfängst, erblickst du dann wohl von Deinem Bett aus,
etwa fünfzig Meilen von Paris entfernt, dort, wo Burgund beginnt, an einer großen königlichen Landstraße zwei kleine Pavillons aus rotem Backstein, die durch eine grün angestrichene
Gitterschranke verbunden oder getrennt werden ...? Dort nämlich hat die Postkutsche Deinen Freund abgesetzt.
   An jeder Seite der Pavillons schlängelt sich eine Hecke hin,
aus der Brombeerranken wie krause Haarlöckchen herauswach-
sen. Hier und dort erhebt sich dreist eine Baumgruppe. Auf der
Grabenböschung baden schöne Blumen ihre Füße in schlummern-
dem, grünem Wasser. Zur Rechten und Linken schließt diese
Hecke sich an zwei Waldränder an, und die zweifache Wiesen-
fläche, der sie als Einfriedung dient, rührt sicherlich von einer Urbarmachung her.

Bei diesen einzeln stehenden Pavillons beginnt eine herrliche Allee hundertjähriger Ulmen, deren schirmartige Häupter sich gegeneinander neigen und einen langen, einen majestätischen Laubengang bilden. In der Allee wächst Gras; kaum bemerkt man die Furchen, die die doppelten Räderspuren der Wagen gezogen haben. Das Alter der Ulmen, die Breite der beiden Seitenwege, das ehrwürdige Aussehen der Pavillons, die braune Farbe der Steinreihen, all das läßt auf den Zugang zu einem quasi königlichen Schloß schließen.

Bevor ich an jene Schranke gelangte, hatte ich von der Höhe einer Erhebung aus, die wir Franzosen recht selbstgefällig als Berge zu bezeichnen pflegen, und an deren Fuß das Dorf Couches[6] gelegen ist, die letzte Posthaltestelle, das gestreckte Tal von Les Aigues wahrgenommen, an dessen Ende die große Landstraße eine Biegung macht und zu der kleinen Unterpräfektur La-Ville-aux-Fayes hinführt, wo der Neffe unseres Freundes des Lupeaulx thront. Riesige Wälder, die am Horizont ein weites, von einem Bach gesäumtes Hügelgelände einnehmen, überragen dieses üppige Tal, das in der Ferne durch die Berge einer kleinen Schweiz eingerahmt wird: Sie heißt Le Morvan. Jene lichten Wälder gehören zu Les Aigues, ferner dem Marquis de Ronquerolles und dem Grafen de Soulanges, deren Schlösser und Parks, deren Dörfer, wenn man sie aus der Ferne und von einer Höhe aus sieht, die phantastischen Landschaften des Samt-Brueghel[7] zu etwas Glaubhaftem machen.

Wenn diese Einzelheiten Dir nicht sämtliche Luftschlösser ins Gedächtnis zurückrufen, die in Frankreich zu besitzen Du begehrt hast, wärest du dieses Berichts eines verblüfften Parisers nicht würdig. Ich habe endlich einmal ein Landgut genossen, bei dem sich Kunst und Natur vermischen, ohne daß die eine durch die andere beeinträchtigt wird, bei dem die Kunst als etwas Naturgegebenes, wo die Natur als etwas Künstlerisches wirkt. Ich habe die Oase gefunden, von der wir so oft nach der Lektüre dieser und jener Romane geträumt haben: eine üppige, prangende Natur, Zufälligkeiten ohne Verwirrung, etwas Wildes und Ungebärdiges, Geheimnisvolles, Ungemeines. Übersteige die Schranke und laß uns weitergehen.

Als mein neugieriges Auge die Allee überblicken wollte, in die

die Sonne nur bei ihrem Aufgang oder Untergang hineindringt und sie mit den Zebrastreifen ihrer schrägen Strahlen gittert, ist mein Blick durch den Umriß gehemmt worden, den eine Boden-erhebung hervorruft; aber nach dieser Krümmung wird die lange Allee von einem Wäldchen durchschnitten, und wir befinden uns an einer Kreuzung, in deren Mitte sich ein steinerner Obelisk er-hebt, ganz wie ein ewiges Ausrufungszeichen der Bewunderung. Zwischen den Steinlagen dieses Monuments, das in einer Stachel-kugel (welch ein Einfall!) endet, hängen ein paar Blumen her-nieder, purpurfarbene oder gelbe, je nach der Jahreszeit. Sicher-lich ist Les Aigues von einer Frau oder für eine Frau erbaut wor-den; kein Mann kommt auf so kokette Einfälle; der Architekt hatte bestimmte Anweisungen.

Als ich jenes Wäldchen, das wie eine Schildwache hingestellt ist, durchwandert hatte, bin ich an einen künstlichen Geländeein-schnitt gelangt, in dessen Tiefe ein Bach brodelt; ich überschritt ihn auf einem Brückenbogen aus bemoosten Steinen von wunder-barer Färbung, dem hübschesten aller von der Zeit geschaffenen Mosaiken. Die Allee folgt in sanfter Steigung dem Wasserlauf. In der Ferne erblickt man das erste Bild: eine Mühle mit ihrem Wehr, ihrem Zufahrtsweg und ihren Bäumen, ihren Enten und der ausgebreiteten Wäsche, dem strohgedeckten Wohnhaus, den Netzen und dem Fischkasten, ganz abgesehen von einem Müller-burschen, der bereits prüfend zu mir herübersah. Wo auch immer man sich auf dem Lande befinden mag, auch, wenn man ganz al-lein zu sein glaubt: Stets ist man das Ziel der Blicke zweier mit einer Baumwollkappe bedeckter Augen. Ein Arbeiter legt seine Hacke hin, ein Winzer richtet den gekrümmten Rücken auf, eine kleine Hüterin von Ziegen, Kühen oder Schafen klettert auf einen Weidenbaum, um einen auszuspionieren.

Bald verwandelt die Allee sich in eine solche aus Akazien; diese führt zu einem Gittertor aus der Zeit, da die Schmiede-kunst jene luftigen Filigrane schuf, die sich sehr wohl mit den verschnörkelten Vorlagen eines Schriftkünstlers vergleichen las-sen. Zu beiden Seiten des Tors erstreckt sich ein Wolfsgraben, dessen doppelter Kamm mit höchst bedrohlichen Lanzen und Spießen versehen ist, wahren Eisenigeln. Übrigens wird das Tor von zwei Pförtner-Pavillons eingerahmt, ähnlich denen des

Schlosses zu Versailles; sie werden durch Vasen von kolossalen Proportionen gekrönt. Das Gold der Arabesken ist rötlich geworden, der Rost hat seine Tönungen hineingemischt; aber dieses Tor, genannt das Allee-Tor, das die Hand des Grand Dauphin[8] verrät, dem Les Aigues es auch verdankt, schien mir darum nur um so schöner. Am Ende jedes Wolfsgrabens beginnen Mauern ohne Verputz, deren mit rötlichem Mörtel verbundene Steine ihre vielfachen Farben zeigen: das glühende Gelb des Feuersteins, das Weiß der Kreide, das Braunrot des Sandsteins, und dazu die willkürlichsten Formen. Beim ersten Anblick wirkt der Park düster; seine Mauern sind unter Kletterpflanzen verborgen, auch durch Bäume, die seit einem halben Jahrhundert keinen Axtschlag vernommen haben. Man könnte meinen, es sei ein Wald, der durch ein ausschließlich den Wäldern vorbehaltenes Phänomen wieder zum Urwald geworden ist. Die Stämme sind von Lianen umrankt, die sich vom einen zum andern schlingen. Misteln von leuchtendem Grün hängen von allen Astgabelungen nieder, in denen sich Feuchtigkeit hat sammeln können. Ich habe gigantischen Efeu gefunden, viele Arabesken, wie sie nur fünfzig Meilen von Paris entfernt gedeihen, wo der Boden nicht so teuer ist, daß man mit ihm sparsam umgehen muß. Wird die Kunst so aufgefaßt, dann beansprucht sie viel Boden. Es gibt dort also nichts Zurechtgestutztes, der Rechen ist nicht spürbar, die Wagenrinnen stehen voll Wasser, darin laichen in aller Ruhe die Frösche, und das Heidekraut blüht hier genauso schön wie im Januar auf Deinem Kaminsims in dem reichverzierten Kübel, den Florine mitgebracht hat. Dieses Mysterium berauscht; es flößt verschwommene Wünsche ein. Der Waldgeruch, ein Duften, das von allen auf Romantik erpichten Seelen geliebt wird, die Gefallen an den harmlosesten Moosen und den giftigsten Kryptogamen finden, an feuchter Erde, an Weidenbäumen, an Balsampflanzen[9], an Quendel, an den grünen Wassern eines Tümpels, dem runden Stern der gelben Seerose[10]: All diese kräftigen Fruchtbarkeiten, die sich der Nase darbieten, warten samt und sonders mit einem Gedanken auf, vielleicht mit ihrer Seele. Ich habe damals an ein rosa Kleid gedacht, das durch diese gewundene Allee wogte.

Die Allee endet jäh an einem letzten Wäldchen, wo die Birken fächeln, die Pappeln und alle Bäume mit leicht beweglichem

Laub, eine intelligente Familie, feinstämmig, von elegantem Wuchs, die Bäume der freien Liebe! Von dort aus, mein Lieber, habe ich einen mit weißen Seerosen bedeckten Teich gesehen, Pflanzen mit breiten, flachen Blättern und andere mit winzig kleinen Blättern, und auf dem Teich moderte ein schwarz und weiß gestrichener Kahn, kokett wie das Boot eines Seine-Ruderers, schwerelos wie eine Nußschale. Darüber erhebt sich ein Schloß mit der Jahreszahl 1560, aus Ziegelsteinen von schönem Rot, mit Quadersteinreihen und Umrahmungen an den Ecken und den Fenstern, die noch aus kleinen Scheiben bestehen (o Versailles!). Die Quader sind nach Art des Diamantschliffs behauen, aber nach innen, wie beim Dogenpalast in Venedig an der Fassade nach der Seufzerbrücke hin. An diesem Schloß ist nur der Mitteltrakt regelmäßig gestaltet, von dem eine stolze Freitreppe mit gewundener Doppelsteige hinabsteigt; sie hat rundliche Baluster, die dünn ansetzen und sich flach ausbauchen. An dieses Hauptgebäude schließen sich Glockentürmchen an, deren Bleibedachung in Blumengebilde ausläuft, ferner moderne Pavillons mit Galerien und Vasen mehr oder weniger griechischen Stils. Dort, mein Lieber, herrscht keinerlei Symmetrie. Diese aufs Geratewohl angefügten Nester wirken wie eingebettet durch ein paar grüne Bäume, deren Wipfel ihre Tausende brauner Nadeln auf die Dächer schütten; sie fördern den Mooswuchs und beleben so die malerischen Mauerritzen, an denen der Blick sich erfreut. Es steht dort die italienische Pinie mit ihrer roten Rinde und ihrem majestätischen Schirmwipfel; es stehen dort eine zweihundertjährige Zeder, Trauerweiden, eine Nordlandfichte und eine sie überragende Buche; dann, vor dem Hauptturm die seltsamsten Sträucher, ein beschnittener Taxus, der an irgendeinen alten, zerstörten französischen Park erinnert, Magnolien und Hortensien; kurzum, es ist der Invalidendom der Heroen der Gartenkunst, die in Mode waren und vergessen wurden wie alle Heroen.

Ein Schornstein mit eigenartigem plastischem Schmuck, der in einem Winkel dicke Wolken qualmte, hat mir die Gewißheit gegeben, daß dieser köstliche Anblick keine Operndekoration sei. Die Küche verriet hier lebende Wesen. Aber siehst Du mich, Blondet, der ich mich in polaren Regionen zu befinden glaube, wenn ich in Saint-Cloud bin, inmitten dieser glühenden burgun-

15

dischen Landschaft? Die Sonne strahlt ihre feurigste Hitze herab, am Teichufer flitzt der Eisvogel einher, die Zikaden singen, die Grillen zirpen, die Hüllen einiger Samenstände knacken, die Mohnkapseln lassen ihr Morphium in flüssigen Tränen niederrinnen[11], dies alles zeichnet sich scharf vom Dunkelblau des Äthers ab. Über dem rötlichen Boden der Terrasse wogt das fröhliche Flammen jenes natürlichen Punsches, der die Insekten und die Blumen berauscht, der uns in den Augen brennt und unsere Gesichter bräunt. Die Trauben schwellen, ihre Reben zeigen ein Gespinst aus weißen Fäden, das die Spitzenfabriken beschämt. Und endlich schimmern längs des Hauses blauer Lerchensporn, karminfarbene Kapuzinerkresse und Wicken. In einiger Entfernung durchduften ein paar Tuberosen und Orangenbäume die Luft. Nach dem romantischen Atem der Wälder, der mich darauf vorbereitet hatte, kamen die erregenden Räucherkerzchen dieses botanischen Harems. Oben auf der Freitreppe, wie die Königin der Blumen, siehst du schließlich eine weißgekleidete Frau mit offenem Haar unter einem mit weißer Seide gefütterten Sonnenschirm; aber sie ist weißer als Seide, weißer als die Lilien zu ihren Füßen, weißer als die Jasminsterne, die sich dreist in die Balustraden drängen, eine in Rußland geborene Französin, und sie hat zu mir gesagt: »Ich habe Sie nicht mehr erwartet!« Sie hatte mich von der Wegbiegung an gesehen. Mit welcher Vollkommenheit verstehen sich doch alle Frauen, sogar die naivsten, darauf, sich in Szene zu setzen! Die Geräusche der servierenden Dienerschaft ließen mich wissen, daß das Mittagessen bis zur Ankunft der Postkutsche hinausgezögert worden war. Sie hatte es nicht gewagt, mir entgegenzugehen.

Ist dies alles nicht unser Traum, ist es nicht derjenige aller Liebhaber des Schönen in allen seinen Formen, des seraphisch Schönen, das Luini[12] seiner ›Vermählung der heiligen Jungfrau‹, seinem schönen Fresko in Sarono, hat zuteil werden lassen; des Schönen, das Rubens im Getümmel seiner ›Schlacht am Thermodon‹[13] gefunden hat; des Schönen, das fünf Jahrhunderte an der Kathedrale von Sevilla und dem Mailänder Dom geschaffen haben; des Schönen, das die Sarazenen in Granada vollbrachten; des Schönen, das Ludwig XIV. in Versailles schuf; des Schönen der Alpen und der Limagne[14]?

Zu dieser Besitzung, die weder allzu fürstlich wirkt noch allzusehr nach einem Finanzmann aussieht, auf der jedoch Fürsten und Generalsteuerpächter gewohnt haben, was man ihr anmerkt, gehören zweitausend Hektar Wald, ein neunhundert Morgen großer Park, die Mühle, drei Meierhöfe, ein riesiger Pachthof bei Couches und Weinberge, was zusammen ein Einkommen von zweiundsiebzigtausend Francs gewährleisten müßte. Das also ist Les Aigues, mein Lieber, wo ich seit zwei Jahren erwartet worden bin, und wo ich mich in diesem Augenblick im »Persischen Zimmer« befinde, das für die liebsten Freunde bestimmt ist.

Ganz oben im Park, nach Couches zu, entspringt ein Dutzend klarer, durchsichtiger Quellen, die vom Morvan herkommen und sich sämtlich in den Teich ergießen, nachdem sie zuvor mit ihren flüssigen Bändern die Täler des Parks und dessen prächtige Gartenanlagen geschmückt haben. Der Name »Les Aigues« rührt von diesen reizenden Wasserläufen her. Das Beiwort »Vives« ist aufgegeben worden; denn in den alten Urkunden heißt das Gut »Aigues-Vives« im Gegensatz zu Aigues-Mortes. Der Teich hat seinen Abfluß in den Wasserlauf der Allee durch einen breiten, geraden Kanal, der in seiner ganzen Länge mit Trauerweiden bestanden ist. Dieser so geschmückte Kanal wirkt köstlich. Wenn man ihn, auf einer Bootsbank sitzend, entlangfährt, glaubt man sich im Schiff einer riesigen Kathedrale, deren Chor von den Hauptgebäuden gebildet wird, die an seinem Ende liegen. Wenn die untergehende Sonne ihre orangenen, von Schatten durchschnittenen Farbtöne ergießt und die Fensterscheiben aufleuchten läßt, dann glaubt man, flammende Kirchenfenster zu erblicken. Am Ende des Kanals gewahrt man das Dorf Blangy, etwa sechzig Häuser, eine französische Kirche, das heißt ein schlecht unterhaltenes Bauwerk, geschmückt mit einem hölzernen Glockenturm, der ein Dach aus zerborstenen Ziegeln trägt. Ein Bürgerhaus und ein Pfarrhaus stechen hervor. Die Gemeinde ist übrigens ziemlich weitläufig; sie besteht aus zweihundert weiteren, verstreut liegenden Feuerstellen, denen jene Ortschaft als Marktflecken dient. Dieses Gemeinwesen ist, da und dort, in kleine Gärten zerschnitten; die Wege werden durch Obstbäume markiert. In den Gärten, richtigen Bauerngärten, gibt es alles: Blumen, Zwiebeln, Kohl und Rebengehege, Johannisbeeren und viel Mist. Das Dorf wirkt harmlos; es ist ländlich; es besitzt jene einnehmende Schlichtheit, nach der so viele Maler suchen. Und schließlich gewahrt man noch in der Ferne die Kleinstadt Soulanges, die am Ufer eines weiten Teiches liegt wie eine Fabrik am Thuner See.

Geht man in jenem Park spazieren, der vier Tore hat, jedes in einem prachtvollen Stil, so wird das mythologische Arkadien für einen geistlos wie die Beauce[15]. Arkadien liegt in Burgund und nicht in Griechenland; Arkadien ist Les Aigues, und nirgendwo anders. Ein Bach, der aus dem Zusammenfluß von Rinnsalen entstanden ist, durchquert den unteren Teil des Parks in Schlängelbewegungen und prägt ihm eine kühle Ruhe auf, einen Hauch von Einsamkeit, die um so mehr an Kartausen gemahnt, als sich tatsächlich auf einer künstlichen Insel eine absichtlich als Ruine gebaute Kartause mit einer Eleganz der Inneneinrichtung befindet, die des wollüstigen Finanzmannes würdig ist, der sie hat errichten lassen. Les Aigues, mein Lieber, hat nämlich jenem Bouret[16] gehört, der zwei Millionen ausgegeben hat, um ein einziges Mal Ludwig XV. empfangen zu dürfen. Wieviel ungestümer Leidenschaften, erlauchter Geister, glücklicher Umstände hat es bedurft, um diese schöne Stätte zu schaffen? Eine Geliebte Heinrichs IV. hat das Schloß dort, wo es jetzt steht, neu erbaut und ihm den Wald angefügt. Die Favoritin des Grand Dauphin, Mademoiselle Choin[17], der Les Aigues geschenkt wurde, hat es um ein paar Pachthöfe vergrößert. Bouret hat im Schloß alle Raffiniertheiten der kleinen Pariser Lusthäuser für eine der Berühmtheiten der Oper anbringen lassen. Les Aigues dankt Bouret die Wiederherstellung des Erdgeschosses im Stil Louis-quinze.

Ich bin überrascht stehengeblieben, als ich das Eßzimmer bewunderte. Zunächst wird der Blick von einem Deckenfresko im italienischen Stil mit den tollsten Arabesken angezogen. Frauengestalten aus Stuck, die in Laubwerk auslaufen, stützen in Abständen Fruchtkörbe, auf denen die Laubgewinde der Decke ruhen. In den Feldern, die jede Frauengestalt von der andern trennen, finden sich wundervolle Malereien eines unbekannten Künstlers, die Glanzstücke der Tafel darstellend: Lachse, Eberköpfe, Muscheln aller Arten, kurzum, die ganze Welt des Eßbaren, durch phantastische Ähnlichkeiten an Männer, Frauen und Kinder erinnernd und mit den bizarrsten Einfällen Chinas wetteifernd, des Landes, wo man sich meiner Meinung nach am besten auf das Dekor versteht. Unter ihrem Fuß hat die Herrin des Hauses eine Feder, die eine Glocke erklingen läßt, um die Dienerschaft zu rufen, die also nur hereinkommt, wenn es erwünscht ist, ohne je eine Unterhaltung zu unterbrechen oder sonst zu stören. Die Supraporten stellen wollüstige Szenen dar. Alle Fensternischen bestehen aus Marmormosaiken. Der Raum hat Bodenheizung. Von jedem Fenster aus bieten sich entzükkende Ausblicke.

Dieser Raum steht nach der einen Seite hin mit einem Badezimmer in Verbindung, nach der andern mit einem Boudoir, das mit dem Salon zusammenhängt. Das Badezimmer ist mit Sèvres-Kacheln, Ton in Ton gemalt, verkleidet; der Fußboden besteht aus Mosaik, die Badewanne ist aus Marmor. Ein Alkoven hinter einem auf Kupfer gemalten Bild, das durch ein Gegengewicht angehoben werden kann, enthält ein Ruhebett aus vergoldetem Holz im reinsten Pompadour-Stil. Die Decke ist aus goldgesterntem Lapislazuli. Die Zeichnungen auf den Kacheln wurden nach Entwürfen von Boucher[18] gefertigt. So sind Bad, Tafel und Liebe vereint worden.

Nach dem Salon, der, mein Lieber, alle Pracht des Louis-quatorze-Stils bietet, kommt ein herrliches Billardzimmer; ich kenne in Paris keins, das mit ihm konkurrieren könnte. Den Eingang jenes Erdgeschosses bildet eine halbrunde Halle, in deren Hintergrund die koketteste aller Treppen eingebaut ist; sie erhält ihr Licht von oben und führt zu Gemächern, die sämtlich unterschiedlichen Epochen angehören. Und da hat man, mein Lieber, 1793 den Generalsteuerpächtern die Köpfe abgeschlagen! Mein Gott! Wie nur begreift man nicht, daß die Wunderwerke der Kunst in einem Land ohne große Vermögen, ohne ein gesichertes Dasein im großen Stil unmöglich sind? Wenn die Linke durchaus die Könige umbringen will, dann möge sie uns doch wenigstens ein paar kleine Fürsten lassen, die dann immer noch groß wie sonst nichts wären!

Heute gehören all diese angesammelten Reichtümer einer kleinen, künstlerisch veranlagten Frau, die sich nicht damit begnügt hat, sie wundervoll restaurieren zu lassen, sondern sie liebevoll pflegt. Vorgebliche Philosophen, die sich mit diesen schönen Dingen unter dem Vorwand befassen, sie beschäftigten sich mit der Humanität, bezeichnen sie als Extravaganzen. Sie geraten in Ekstase vor Kattunfabriken und den banalen Erfindungen der modernen Industrie, als ob wir heute größer und glücklicher wären als in den Zeiten Heinrichs IV., Ludwigs XIV. und Ludwigs XV., die alle Les Aigues den Stempel ihrer Regierungszeit aufgeprägt haben. Welche Paläste, welches Königsschloß, welche Wohnstätten, welche Kunstwerke, welche goldgewirkten Stoffe werden wir einmal hinterlassen? Die Röcke unserer Großmütter sind heutzutage sehr begehrt als Sesselüberzüge. Wir egoistischen Nutznießer und Knauserer planieren alles und pflanzen dort, wo sich Wunderwerke erhoben, Kohl. Gestern ist der Pflug über Persan[19] hinweggegangen, das die Börse des Kanzlers Maupeou[20] erschöpft hatte; die Spitzhacke hat Montmorency[21] demoliert, das einen der Italiener[22], die sich um Napoleon scharten, irrsinnige Summen gekostet hat; und schließlich sind Le Val, die Schöpfung des Regnault-Saint-Jean-d'Angély[23] und Cassan, das für eine Geliebte des Fürsten de Conti[24] erbaut worden war, im ganzen also vier königliche Wohnstätten allein im Oise-Tal unlängst vom Erdboden verschwunden. Wir bereiten rings um Paris eine Römische Campagna vor für den Tag nach der Plünderung, deren Sturm von Norden her weht und unsere Schlösser aus Gips und Pappe hinwegblasen wird.

Da siehst Du, mein Bester, wohin uns die Gewohnheit führt, für eine Zeitung Artikel zu schmieren; denn hier schreibe ich sozusagen einen »Artikel«. Sollte der Geist, wie die Wege, seine ausgefahrenen Gleise haben? Ich halte inne, denn ich bestehle meine vorgesetzte Dienststelle, ich bestehle mich selbst, und Du würdest gähnen. Fortsetzung folgt morgen.

Ich höre den zweiten Glockenschlag, der mir eins der üppigen Mittagessen ankündigt, die, wenigstens für den Alltag, in den Pariser Eßzimmern seit langem aus der Mode gekommen sind.

Vernimm jetzt die Geschichte meines Arkadien. Im Jahre 1815 ist auf Les Aigues eine der berühmtesten »Unkeuschen« des letzten Jahrhunderts gestorben, eine von der Guillotine und der Aristokratie vergessene Sängerin, die zuvor mit der Finanzwelt, der Literatur und der Aristokratie in Verbindung gestanden hatte, und die der Guillotine mit knapper Not entgangen war; sie war vergessen wie so viele reizende alte Damen, die sich aufs Land zurückgezogen haben, um dort für ihre vergötterte Jugend Buße zu tun; sie ersetzten ihr erloschenes Liebesverlangen durch ein anderes, den Mann durch die Natur. Solcherlei Frauen leben dann mit Blumen, mit dem Duft der Wälder, mit dem Himmel, mit den Effekten des Sonnenlichts, mit allem, was da singt, sich tummelt, glänzt und sprießt, mit Vögeln, Eidechsen, Blumen, Gras und Kräutern; sie verstehen von alledem nichts, sie machen es sich nicht klar; aber sie lieben nach wie vor; sie lieben so innig, daß sie die Herzöge, die Marschälle, die Nebenbuhlerschaften, die Generalsteuerpächter, ihre eigenen Narrheiten und ihren irrsinnigen Luxus, ihren Straß-Schmuck[25] und ihre Diamanten, ihre hochhackigen Pantoffeln und ihr Rouge um der Würze des Landlebens willen vergessen haben.

Ich habe, mein Lieber, kostbares Material über das Alter der Mademoiselle Laguerre[26] gesammelt; denn die letzten Lebensjahre der Mädchen vom Schlag der Florine, der Mariette, der Suzanne du Val-Noble und der Tullia haben mich von Zeit zu Zeit beunruhigt, gerade wie irgendein kleiner Junge sich Gedanken darüber machte, was wohl aus den alten Monden würde.

Erschreckt durch den Verlauf der öffentlichen Ereignisse hatte Mademoiselle Laguerre sich 1790 auf Les Aigues niedergelassen; das Gut war für sie von Bouret gekauft worden, und er hatte dort mit ihr mehrere Sommer verlebt; das Schicksal der Du Barry[27] hatte sie so erbeben lassen, daß sie ihre Diamanten vergrub. Sie war damals erst dreiundfünfzig, und ihre Zofe, die die Frau eines Gendarmen geworden war, eine Madame Soudry (sie wurde aus übertriebener Höflichkeit nie anders als »Frau Bürgermeisterin« angeredet), hat uns gesagt: »Madame war damals schöner denn je.« Mein Lieber, die Natur hat wohl ihre Gründe, wenn sie diese Art von Geschöpfen als Hätschelkind behandelt; anstatt daß die Ausschweifungen sie umbringen, lassen sie sie Fett ansetzen, konservieren und verjüngen sie; bei einem lymphatischen Äußeren haben sie Nerven, die ihrem wunderbaren Körperbau zu Hilfe kommen; sie sind immer schön aus Gründen, die eine tugendhafte Frau häßlich machen würde. Ganz entschieden ist das Glück alles andere als moralisch.

Mademoiselle Laguerre hat hier nach ihrem berühmten Abenteuer[28] makellos gelebt; fast könnte man sagen: wie eine Heilige. Eines Abends flieht sie aus Liebeskummer in ihrem Bühnenkostüm aus der Oper, rennt in die Felder hinaus und durchweint die Nacht am Wegrain. (Ist in den Zeiten Ludwigs XV. die Liebe verleumdet worden?) Sie war es so wenig gewöhnt, die Morgenröte zu sehen, daß sie sie mit einer ihrer schönsten Arien begrüßt. Durch ihr Gebaren im gleichen Maß wie durch ihre Flittergoldkleidung lockt sie Bauern herbei, die völlig verblüfft über ihre Mimik, ihre Stimme und ihre Schönheit sind, sie für einen Engel halten und um sie her niederknien. Abgesehen von Voltaire hatte man unterhalb von Bagnolet[29] ein Wunder mehr. Ich weiß nicht, ob der liebe Gott dieser Dirne ihre verspätete Tugend zugutehalten wird, denn die Liebe wird wohl für eine Frau, die so übersättigt von der Liebe ist wie eine »Unkeusche« der alten Oper es sein mußte, zu etwas Übelkeit Erregendem. Mademoiselle Laguerre war 1740 geboren worden; ihre Blütezeit fiel in das Jahr 1760, als man den Herzog von ... (der Name will mir nicht einfallen) um seiner Liaison mit ihr willen »den ersten Kriegskommissar« nannte[30]. Sie legte ihren auf dem Lande völlig unbekannten Namen ab und nannte sich fortan Madame des Aigues, um noch besser mit ihrem Gut zu verwachsen; sie hielt es mit durch und durch künstlerischem Geschmack instand. Als Bonaparte Erster Konsul wurde, vergrößerte sie ihren Besitz durch Kirchengüter; jenen Ankäufen opferte sie den Erlös aus ihren Diamanten. Da »eine von der Oper« sich schwerlich auf die Führung des Geschäftlichen versteht, hatte sie die Leitung des Gutsbetriebs einem Verwalter übergeben und kümmerte sich lediglich um den Park und dessen Blumen und Früchte.

Als Mademoiselle gestorben und in Blangy bestattet worden war, stellte der Notar von Soulanges, einer Kleinstadt zwischen La-Ville-aux-Fayes und Blangy, dem Hauptort des Distrikts, ein umfangreiches Inventar zusammen und stöberte schließlich die Erben der Sängerin auf, die nicht gewußt hatte, daß sie Erben habe. Elf arme Bauernfamilien aus der Umgebung von Amiens, die sich in Lumpen schlafen gelegt hatten, erwachten eines Morgens in Laken aus Gold. Eine Versteigerung ließ sich nicht umgehen. Damals wurde Les Aigues von Montcornet gekauft; er hatte bei seinen Kommandos in Spanien und Pommern die für diese Erwerbung erforderliche Summe erspart; sie betrug etwa elfhundert Francs, das Mobiliar inbegriffen. Dieses schöne Besitztum müßte eigentlich immer dem Kriegsministerium gehören. Der General hat wohl die Einflüsse jenes wollüstigen Erdgeschosses gespürt, und ich behauptete gestern der Gräfin gegenüber, ihre Heirat sei durch Les Aigues veranlaßt worden.

Mein Lieber, um die Gräfin richtig einzuschätzen, muß man wissen, daß der General ein gewalttätiger Herr ist, mit gerötetem Gesicht, fünf Fuß neun Zoll groß, rund wie ein Turm, mit dickem Hals und den Schultern eines Schlossers: Sie müssen seinen Küraß stolz ausgefüllt haben. Montcornet hat in der Schlacht bei Eßling, die die Österreicher die Schlacht bei Groß-Aspern[31] nennen, die Kürassiere kommandiert und ist nicht umgekommen, als jene schönen Kavallerie-Regimenter gegen die Donau zurückgeworfen wurden. Er hat den Strom zu Pferde auf einem riesigen Floß überqueren können. Als die Kürassiere die Brücke abgebrochen vorfanden, machten sie auf den Befehl Montcornets hin kehrt und faßten den heroischen Entschluß, der ganzen österreichischen Armee Widerstand zu leisten; am nächsten Tag schafften die Österreicher dreißig und einige Wagenladungen Kürasse weg. Die Deutschen haben für jene Kürassiere das Wort »Eisenmänner«[32] geprägt. Montcornet hat das Aussehen eines Helden der Antike. Seine Arme sind stark und nervig, seine Brust ist breit und klangreich, sein Kopf fällt durch einen löwenartigen Ausdruck auf, seine Stimme ist eine von denen, die in der heißesten Schlacht zum Angriff zu rufen vermögen; aber er besitzt nur den Mut vollblütiger Männer, es gebricht ihm an Geist und Fassungskraft. Gleich vielen Generalen, denen der gesunde soldatische Verstand, das natürliche Mißtrauen eines in steter Gefahr lebenden Mannes und das gewohnte Kommandieren den Anschein der Überlegenheit verleihen, imponiert Montcornet auf den ersten Blick; man hält ihn für einen Titanen; aber er enthält einen Zwerg, wie der Pappriese, der Elisabeth am Eingang der Burg Kenilworth[33] begrüßt. Er war jähzornig und gütig, erfüllt vom Hochmut der Kaiserzeit; er besaß die beizende Spottsucht des Soldaten; er war rasch im Entgegnen und noch rascher mit der Hand. Auf dem Schlachtfeld muß er großartig gewirkt haben; aber im Haus ist er unerträglich; er kennt nur die Liebe der Garnisonsstädte, die Liebe der Soldaten, der die Alten, diese genialen Mythen-Verfertiger, als Schutzpatron den Eros gegeben haben, den Sohn des Mars und der Venus. Diese köstlichen Religions-Chronisten hatten sich mit einem Dutzend verschiedener Liebesgötter versehen. Wenn man sich mit den Vätern und den Attributen jener Liebesgötter näher befaßt, gewahrt man die vollständigste soziale Nomenklatur, und da glauben wir, wir erfänden etwas![34] Wenn der Erdball sich einmal umdreht wie ein träumender Kranker und die Meere zu Kontinenten werden, dann werden die Franzosen jener Zeit auf dem Grund unseres gegenwärtigen Ozeans eine Dampfmaschine, eine Kanone, eine Zeitung und eine Verfassung finden, alles umwachsen von Korallenstöcken.

Nun aber, mein Lieber, ist die Gräfin de Montcornet eine kleine, zerbrechliche, zarte, schüchterne Frau. Was sagst Du zu dieser Ehe? Für den, der sich in Welt und Gesellschaft auskennt, sind solche Fälle genauso verbreitet, wie gut passende Ehen die Ausnahme bilden. Ich bin nach hier gekommen, um zu sehen, wie diese kleine, schmächtige Frau ihre Fäden spinnt, um den dicken, großen, plumpen General zu dirigieren, wie er seinerseits seine Kürassiere geführt hat.

Wenn Montcornet im Dabeisein seiner Virginie laut daherredet, legt Madame einen Finger auf die Lippen, und er schweigt. Seine Pfeife und seine Zigarren raucht der Soldat in einem Kiosk, der fünfzig Schritt vom Schloß entfernt liegt, und wenn er zurückkommt, hat er sich parfümiert. Stolz auf seine Unterwürfigkeit wendet er sich ihr zu wie ein von Trauben berauschter Bär und sagt, falls ihm irgend etwas vorgeschlagen wird: »Wenn Madame damit einverstanden ist.« Wenn er mit seinem schweren Schritt, der die Fliesen knacken läßt wie Bretter, zu seiner Frau geht, und sie ihm mit ihrer erschreckten Stimme zuruft: »Bitte nicht hereinkommen!«, dann vollführt er eine militärische Rechtsum-Kehrt-Wendung und stößt die gefügigen Worte aus: »Laß mir sagen, wann ich dich sprechen kann . . .«, und zwar mit derselben Stimme, die er an den Ufern der Donau hatte, als er seinen Kürassieren zurief: »Kinder, jetzt geht's in den Tod, und zwar in tadelloser Haltung, wenn nichts anderes zu machen ist!«

Ich habe ihn, als er von seiner Frau sprach, den rührenden Ausspruch tun hören: »Nicht nur, daß ich sie liebe: ich verehre und achte sie.« Wenn ihn einer der Wutanfälle überkommt, die alle Abflußöffnungen durchbrechen und in unhemmbaren Kaskaden einherbrausen, geht die kleine Frau in ihr Zimmer und läßt ihn brüllen. Erst vier oder fünf Tage später sagt sie zu ihm: »Gerate nicht in Zorn; es könnte dir ein Blutgefäß in der Brust platzen, ganz abgesehen davon, daß du mir weh tust.« Und dann macht der Löwe von Eßling, daß er wegkommt, um sich eine Träne abzuwischen. Wenn er sich im Salon einfindet und wir sind gerade damit beschäftigt, zu plaudern, sagt sie zu ihm: »Laß uns allein; er liest mir was vor.« Und dann läßt er uns allein.

Nur diese starken, großen, jähzornigen Männer, diese Kriegshelden, diese Diplomaten mit dem Olympierkopf, die Genialen besitzen jenes entschlossene Vertrauen, jene Großherzigkeit gegenüber der Schwäche, jenes beständige Verlangen zu schützen, jene Liebe ohne Eifersucht, jene gutmütige Nachsicht gegenüber der Frau. Wahrhaftig! Ich stelle die kluge Einsicht der Gräfin genausoviel höher als dürre, mürrische Tugenden, wie ich die Seile einer Causeuse[35] dem Utrechter Samt eines bürgerlichen Kanapees vorziehe.

Mein Lieber, seit zehn Tagen weile ich nun auf diesem köstlichen Landsitz und werde es nicht müde, die Wunder dieses Parks anzustaunen; er wird von dunklen Wäldern überragt, und es finden sich darin hübsche Pfade längs der Wasserläufe. Die Natur und ihre Stille, die geruhsamen Genüsse, das unbeschwerte Leben, zu dem sie auffordert, all das hat mich verführt. Oh, dies ist die wahre Literatur; auf einer Wiese gibt es niemals einen Stilfehler. Das Glück würde darin bestehen, hier alles zu vergessen, sogar die ›Débats‹[36]. Sicherlich hast Du erraten, daß es an zwei Vormittagen geregnet hat. Während die Gräfin schlief, während Montcornet seinen Besitz inspizierte, habe ich durch einen Gewaltakt das unbedachterweise gegebene Versprechen gehalten, Dir zu schreiben.

Obwohl ich in Alençon geboren worden bin und gerüchtweise von einem alten Richter und einem Präfekten abstamme, obwohl ich mich in Gräsern und Kräutern auskenne, habe ich bislang die Existenz von solcherlei Gütern, mittels derer man ein Monatseinkommen von vier- bis fünftausend Francs genießt, für eine Fabel gehalten. Geld war für mich die Übersetzung zweier schrecklicher Wörter gewesen: Arbeit und Verlagsbuchhandel, die Zeitung und die Politik ... Wann werden wir ein Gut besitzen, wo das Geld in irgendeiner hübschen Landschaft aufsprießt? Das wünsche ich uns im Namen des Theaters, der Presse und des Buchs. Amen.

Florine möge getrost eifersüchtig auf die verstorbene Mademoiselle Laguerre sein. Unsere modernen Bourets besitzen die französische Noblesse nicht mehr, die sie Lebensart lehren könnte; sie tun sich zu dreien zusammen, um eine Loge in der Oper zu bezahlen, sie zahlen in eine gemeinsame Kasse, wenn es Liebesfreuden gilt, sie beschneiden nicht mehr herrlich gebundene Quartbände, damit sie die gleiche Größe wie die Oktavbände in ihrer Bibliothek haben; es werden kaum noch broschierte Bücher gekauft. Wohin treiben wir? Adieu, liebe Kinder! Behaltet immer lieb

Euern zärtlichen Blondet.

Wenn dieser der trägsten Feder unserer Zeit entflossene Brief nicht durch einen wundersamen Zufall erhalten geblieben wäre, würde es fast unmöglich gewesen sein, Les Aigues zu schildern. Ohne jene Beschreibung indessen würde die auf zwiefache Weise schreckliche Geschichte, die sich dort ereignet hat, vielleicht weniger fesseln. Viele Leute erwarten sicherlich, daß ein Lichtstrahl auf den Küraß des ehemaligen Obersten[37] der Kaiserlichen Garde fällt, daß sie es erleben, wie sein entfachter Zorn gleich einer Windhose über jene kleine Frau herfällt, so daß am Ende dieser Geschichte das sich vollzieht, was sich am Schluß so vieler moderner Bücher findet: eine Schlafzimmer-Tragödie. Könnte ein modernes Drama sich in diesem hübschen Salon abspielen, diesem Salon mit Supraporten in bläulicher Grisaille-Malerei, auf denen die Liebesszenen der Mythologie in naiver Beredsamkeit dargestellt waren, wo Decke und innere Fensterladen mit schönen, phantastischen Vögeln bemalt waren, wo auf dem Kamin groteske Gestalten aus chinesischem Porzellan aus vollem Hals lachten, wo auf den üppigsten Vasen blaugoldene Drachen ihren Schweif in Windungen um den Rand wanden, den japanische

Phantasie mit ihrem Spitzenwerk aus Farben emailliert hatte, wo die kleinen Ruhebetten, die Chaiselongues, die Sofas, die Konsolen, die Etageren zu jener beschaulichen Trägheit verleiten, die alle Energie erschlaffen läßt? Nein, hier ist das Drama nicht auf das Privatleben beschränkt; es tobt sich in höheren oder niedereren Sphären aus. Man mache sich also nicht auf Liebesleidenschaft gefaßt; die Wirklichkeit wird nur allzu dramatisch sein. Überdies darf der Historiker nie vergessen, daß es seine Mission ist, jedem das Seine zuteil werden zu lassen: Für seine Feder sind der Allerärmste und der Reiche Wesen gleicher Art; für ihn besitzt der Bauer die Großartigkeit seiner Nöte, wie der Reiche das Kleinliche seiner Lächerlichkeiten besitzt; mit einem Wort: Der Reiche hat Passionen, der Bauer nichts als Mangel; somit ist der Bauer auf zwiefache Weise arm; und wenn auch aus politischen Gründen seine Aggressionen erbarmungslos unterdrückt werden müssen, so steht er, unter den Gesichtspunkten der Menschlichkeit und der Religion betrachtet, als etwas Ehrwürdiges da.

ZWEITES KAPITEL

Eine von Vergil übersehene Idylle

Wird ein Pariser aufs Land verschlagen, so sieht er sich dort alles Gewohnten beraubt, und nur zu bald spürt er das Gewicht der Stunden, trotz der einfallsreichsten Fürsorglichkeit seiner Freunde. In Anbetracht der Unmöglichkeit, Plaudereien im engen Beieinander, deren Themen so schnell erschöpft sind, bis in alle Ewigkeit fortzusetzen, sagen dann die Schloßherren und Schloßherrinnen in aller Naivität zu einem: »Sie müssen sich hier schrecklich langweilen.« Wirklich, um die Wonnen des Landlebens voll auszukosten, muß man Anteil daran nehmen; man muß sich in den Arbeiten auskennen, die dort zu leisten sind, und in dem wechselweisen Zusammenwirken von Mühsal und Freude, dem ewigen Symbol des menschlichen Lebens.

Ist man erst wieder mit dem Schlaf ins Gleichgewicht gekommen, nachdem man die Reisemüdigkeit überwunden und sich in Einklang mit den ländlichen Gewohnheiten gebracht hat, dann ist im Leben auf einem Schloß für einen Priester, der weder Jäger noch Landwirt ist und dünne Stiefel trägt, die am schwierigsten hinzubringende Zeit der frühe Vormittag. Zwischen Erwachen und Mittagessen schlafen die Damen noch oder sind bei der Toilette und mithin nicht zu sprechen; der Hausherr ist beizeiten aufgebrochen und seinem Tun nachgegangen; der Pariser ist also von acht bis elf, der Stunde da auf fast allen Schlössern die Mittagsmahlzeit eingenommen wird, allein. Nun aber ist ein Schriftsteller, nachdem er den winzigsten Einzelheiten seiner Toilette einiges Amüsement abzugewinnen versuchte, sofern er nicht irgendeine Arbeit mitgebracht hat, die er dann aber nicht ausführen kann und die er unangerührt wieder mit nach Hause nimmt und sich lediglich ihrer Schwierigkeiten bewußt ist, genötigt, sich auf den Wegen des Parks zu ergehen, Maulaffen feilzuhalten und die dicken Bäume zu zählen. Freilich werden solcherlei Beschäftigungen, je leichter das Leben ist, desto langweiliger, sofern man nicht der Sekte Quäker-Drechsler, der ehrsamen Gilde der Zimmerleute oder derjenigen der Vogelausstopfer angehört. Müßte man, wie die Grundbesitzer, immer auf dem Lande leben, so würde man seine Langeweile mit irgendwelcher Begeisterung für Schmetterlinge, Muscheln, Insekten oder die Flora des Départements bereichern; aber ein vernünftiger Mensch legt sich kein Laster zu, nur um vierzehn Tage totzuschlagen. Der herrlichste Landsitz, die schönsten Schlösser werden also recht bald zu etwas Fadem für den, der davon nichts besitzt als den Anblick. Die Schönheiten der Natur wirken recht armselig im Vergleich zu ihrer Veranschaulichung auf der Bühne. Dann funkelt Paris in allen seinen Facetten. Hat man kein besonderes Interesse, das einen, wie Blondet, an den Stätten festhält, die geehrt werden durch die Schritte und verklärt durch die Augen einer gewissen Dame, so beneidet man die Vögel um ihre Flügel, um zurückeilen zu können zu den ewigen, den erschütternden Schauspielen, die Paris und seine herzzerreißenden Kämpfe darbieten.

Der lange Brief, den der Journalist geschrieben hatte, muß durchdringende Geister zu der Vermutung bringen, daß der

Schreibende moralisch und physisch in jene Phase gelangt war, die für befriedigte Leidenschaften und gestilltes Glücksverlangen bezeichnend ist, und die alles gewaltsam gemästete Geflügel auf das vollkommenste verkörpert, wenn es, den Kopf auf den aufgetriebenen Magen gesenkt, auf den Füßen hockt und nicht einmal das appetitlichste Futter ansehen kann und will. Als daher Blondet seinen fürchterlichen Brief beendet hatte, empfand er das Verlangen, die Zaubergärten der Armida[38] zu verlassen und die tödliche Leere der drei ersten Tagesstunden auszufüllen; denn die Zeit zwischen Mittagsmahlzeit und Abendessen gehörte der Schloßherrin, und die verstand sich darauf, sie kurzweilig zu gestalten. Einen Mann von Geist, wie Madame Moncornet es tat, einen ganzen Monat lang auf dem Lande festzuhalten, ohne auf seinem Gesicht das geheuchelte Lächeln der Übersättigung wahrgenommen, ohne ihn beim verstohlenen Gähnen einer Langeweile ertappt zu haben, die sich stets erraten läßt, ist einer der schönsten Triumphe einer Frau. Eine Zuneigung, die solcherlei Proben standhält, muß ewig sein. Es ist unverständlich, daß die Frauen bei der Beurteilung ihrer Liebhaber sich nicht dieser Prüfung bedienen; einem Dummkopf, einem Egoisten, einem kleinen Geist ist es unmöglich, sie zu bestehen. Sogar Philipp II.[39], der Alexander der Verstellungskunst, hätte während eines einen Monat dauernden Tête-à-tête auf dem Lande sein Geheimnis preisgegeben. Daher leben die Könige in dauernder Unruhe und räumen niemandem das Recht ein, sie länger als eine Viertelstunde zu sehen.

Ungeachtet der zarten Aufmerksamkeiten einer der liebenswertesten Pariser Damen widerfuhr Emile Blondet also die lange vergessene Freude des Schuleschwänzens, als er, nachdem sein Brief vollendet war, sich von François, dem ersten Diener, der eigens seiner Person zugeteilt worden war, wecken ließ, da er einen Forschungsgang durch das Tal der Avonne unternehmen wollte.

Die Avonne ist das Flüßchen, das oberhalb von Couches durch zahlreiche Wasserläufe, von denen einige auf Les Aigues entspringen, breiter wird und bei La-Ville-aux-Fayes in einen der bedeutendsten Nebenflüsse der Seine mündet. Die geographische Lage der Avonne, die etwa vier Meilen lang flößbar ist, hatte erst seit der Erfindung Jean Rouvets[40] den Waldungen von Les Aigues, von Soulanges und Ronquerolles ihren ganzen Wert verliehen; sie liegen auf dem Kamm der Hügel, an deren Fuß dieser reizende Fluß entlangströmt. Der Park von Les Aigues nahm den breitesten Teil des Tals ein, zwischen dem Fluß, den der sogenannte Les Aigues-Wald an beiden Seiten einsäumt, und der großen königlichen Landstraße, die durch ihre alten, krummgewachsenen Ulmen am Horizont markiert wird, und zwar auf einer Anhöhe, die parallel zu den sogenannten Avonne-Bergen verläuft, dieser ersten Stufe des großartigen Amphitheaters, das als der Morvan bezeichnet wird. So vulgär dieser Vergleich auch klingen mag: Der auf der Sohle des Tals gelegene Park glich einem riesigen Fisch, dessen Kopf das Dorf Couches und dessen Schwanz den Flecken Blangy berührte; er war nämlich mehr lang als breit und erstreckte sich in der Mitte in einer Breite von nahezu zweihundert Morgen, während er nach Couches hin derer kaum dreißig und nach Blangy zu derer vierzig aufwies. Die Lage dieses Gutes zwischen drei Dörfern, eine Meile von der Kleinstadt Soulanges entfernt, von wo aus man in dieses Eden einging, hat vielleicht den Krieg geschürt und zu den Ausschreitungen geführt, die das Hauptthema dieses Romans bilden. Wenn der Anblick des Paradieses Les Aigues von der großen Landstraße, vom oberen Teil von La-Ville-aux-Fayes aus den Wanderer die Sünde des Neids begehen läßt, wie hätten dann die reichen Bürger von Soulanges und La-Ville-aux-Fayes zurückhaltender sein können, sie, die es zu jeder Stunde anstaunten?

Diese letzte topographische Einzelheit war notwendig, um die Lage und die Zweckmäßigkeit der vier Tore verständlich zu machen, durch die man den Park von Les Aigues betrat; er war gänzlich von Mauern umgeben, ausgenommen die Stellen, wo die Natur Aussichtspunkte geschaffen hatte, und wo Wolfsgruben angelegt worden waren. Diese vier Tore, genannt Porte de Couches, Porte d'Avonne, Porte de Blangy und Porte de l'Avenue, kündeten so deutlich vom Geist der verschiedenen Zeitalter, in denen sie erbaut worden waren, daß sie um der Liebhaber älterer Zeiten willen geschildert werden sollen, freilich genauso gedrängt, wie Blondet bereits die Porte de l'Avenue beschrieben hat.

30

Nach acht Tagen der Spaziergänge mit der Gräfin kannte der berühmte Redakteur des ›Journal des Débats‹ ausgiebig den chinesischen Pavillon, die Brücken, die Inseln, die Kartause, das Châlet, die Tempelruinen, den babylonischen Eiskeller, die Kioske, kurzum, sämtliche Schnurrpfeifereien, die von Gartenarchitekten ersonnen worden waren, denen neunhundert Morgen zur Verfügung standen; deshalb wollte er sich einmal bis zu den Quellen der Avonne vorwagen, die der General und die Gräfin ihm täglich gerühmt hatten, wobei jeden Abend der an jedem Morgen wieder vergessene Plan gefaßt wurde, sie aufzusuchen. Oberhalb des Parks von Les Aigues hat die Avonne nämlich das Aussehen eines alpinen Gießbachs. Bald höhlt sie sich ein Bett zwischen den Felsen hindurch, bald wühlt sie sich in die Erde ein und bildet eine tiefe Wanne; hier stürzen Wasserläufe jäh in Kaskaden herab; dort breitet der Fluß sich aus wie die Loire, schwemmt Sand an und macht durch beständige Veränderungen seines Bettes die Flößerei unmöglich. Blondet schlug den kürzesten Weg durch die Labyrinthe des Parks ein, um zur Porte de Couches zu gelangen. Dieses Tor erfordert einige Worte; sie sollen übrigens eine Anzahl historischer Einzelheiten über den Besitz enthalten. Der Gründer von Les Aigues war ein jüngerer Sohn der Familie de Soulanges, der durch eine Heirat zu Reichtum gekommen war und seinen älteren Bruder übertrumpfen wollte. Diesem gleichen Verlangen haben wir die Feenpracht der Isola Bella im Lago Maggiore[41] zu verdanken. Im Mittelalter war der Herrensitz Les Aigues an der Avonne gelegen. Von dieser Burg ist nur das Tor erhalten geblieben; es besteht aus einem hallenartigen Bogen wie bei befestigten Städten; er wird von zwei Schilderhaus-Türmchen flankiert. Über der Wölbung des Torbogens erheben sich mächtige Steinlagen, in denen Grün wuchert und die von drei breiten Fenstern mit Sprossen durchbrochen werden. Eine in einem der Türmchen angebrachte Wendeltreppe führte zu zwei Zimmern, und die Küche war in dem andern Türmchen gelegen. Das Dach des Torbogens, von spitzer Form wie alles alte Zimmerwerk, zeichnete sich durch zwei Wetterfahnen aus; sie saßen an den beiden Enden eines mit bizarrer Schmiedearbeit verzierten Firsts, den die Gelehrten als Giebelzinne bezeichnen. Die Rathäuser vieler Ortschaften sind minder prächtig. Der Schlußstein des Bogens trug an der Außenseite noch das Wappen des Geschlechts de Soulanges; durch die Härte des Steins, in den der Meißel des Bildners es gegraben hat, ist es erhalten geblieben: blaues Feld mit drei mattsilbernen Balken, das ganze Schild gegattert, darüber fünf kleine goldene, unten spitz zulaufende Kreuze. Es zeigte den zackigen Ausschnitt, den die Heraldik jüngeren Söhnen vorschreibt. Blondet entzifferte die Devise »JE SOULE AGIR«[42], eins der Wortspiele, die die Kreuzritter mit ihren Namen zu machen liebten, und das an eine schöne politische Maxime erinnert; sie ist, wie man sehen wird, leider von Montcornet vergessen worden. Der Torflügel, den ein hübsches Mädchen für Blondet geöffnet hatte, bestand aus altem, schachbrettartig mit Eisenbändern beschlagenem Holz. Der vom Kreischen der Angeln aufgeweckte Wächter erschien im Hemd an seinem Fenster und steckte die Nase hinaus.

»Nanu! Unsere Wächter liegen zu dieser Stunde noch im Schlaf«, sagte sich der Pariser; in seinem Jagdkostüm hielt er sich für todschick.

Nach einer Viertelstunde Wegs gelangte er an die Quellen des Flüßchens, etwa auf der Höhe von Couches, und jetzt entzückten seine Augen sich an einer der Landschaften, deren Schilderung wie die der Geschichte Frankreichs in tausend Bänden erfolgen müßte, oder in einem einzigen. Wir wollen uns mit zwei Sätzen begnügen.

Ein ausgebauchter, samtartig mit Zwergbäumen bestandener, unten von der Avonne ausgenagter Fels, wodurch er eine leichte Ähnlichkeit mit einer quer über dem Wasser liegenden Riesenschildkröte erhält, stellt einen Brückenbogen dar, durch den man eine kleine Wasserfläche, blank wie ein Spiegel, erblickt; dort scheint die Avonne eingeschlafen zu sein. Sie wird in der Ferne von Kaskaden über dicken Felsblöcken begrenzt, auf denen kleine Weidenbüsche wie Sprungfedern unter dem Druck der Wasser beständig auftauchen und wieder verschwinden.

Jenseits dieser Kaskaden fallen die Flanken des Hügels schroff ab wie ein mit Moos und Heidekraut überzogener Rheinfelsen, und wie ein solcher durchbrochen von schiefrigen Graten; aus jenen Hügelflanken ergießen sich hier und dort weiße, schäumende Bäche, denen als Auffanggefäß eine kleine, stets feuchte und stets grüne Wiese dient; und dann sind als Gegensatz zu dieser wilden, einsamen Natur auf der andern Seite dieses pittoresken Chaos die letzten Gärten von Couches zu sehen, am Ende der Wiesen, mitsamt dem Großteil des Dorfs und seinem Kirchturm.

Das sind die beiden Sätze. Und die aufgehende Sonne, die Reinheit der Luft, der herbe Morgentau, die Musik der Wasser und Wälder . . .? Man denke sie sich hinzu!

»Wahrhaftig, dies alles ist beinah ebenso schön wie auf der Opernbühne!« sagte sich Blondet, als er längs der unschiffbaren Avonne aufwärtsstieg, deren launisches Gehaben von dem geraden, tiefen, stillen Kanal abstach, den die untere Avonne bildet; sie wird durch die großen Bäume des Les-Aigues-Waldes eingeengt.

Blondet dehnte seinen Morgengang nicht allzu weit aus; nur zu bald ließ ihn der Anblick eines der Bauern stehenbleiben, die in diesem Drama die für die Handlung so notwendigen Komparsen darstellen, daß man möglicherweise zwischen ihnen und den Darstellern der Hauptrollen schwanken kann.

Als er bei einer Felsgruppe anlangte, zwischen der die Hauptquelle wie zwischen zwei Türen eingeklemmt ist, gewahrte der geistvolle Schriftsteller einen Mann, der so reglos dastand, daß allein das schon die Neugier eines Journalisten angestachelt haben würde, hätten ihn nicht zuvor schon Aussehen und Kleidung dieser lebenden Statue bis ins Innerste gereizt.

Er erkannte in dieser kärglichen Gestalt einen der Greise wieder, wie der Zeichenstift Charlets[43] sie bevorzugt; er erinnerte an die Haudegen dieses Homers der Soldaten durch die Derbheit eines Knochengerüsts, das zum Ertragen des Unglücks befähigt, und an Charlets unsterbliche Straßenfeger durch ein rötlich-violett angelaufenes, durchfurchtes Gesicht, das ungeeignet zur Schicksalsergebenheit war. Ein grobschlächtiger Filzhut, dessen Ränder an den Kopfteil angeflickt waren, schützte den fast kahlen Kopf gegen Wetterunbill. Es quollen darunter zwei Haarflocken hervor; ein Maler hätte für die Stunde vier Francs bezahlt, wenn er deren blendendes Schneeweiß hätte abmalen können; überdies hatten sie die Form derjenigen des typischen Gott-Vaters. Aus der Art, wie die Backen zurücktraten und den Mund fortsetzten, konnte man sehen, daß der Alte sich häufiger an die

Weintonne als an den Backtrog wandte. Sein weißer, dünner Bart gab durch die Sprödigkeit der kurz geschnittenen Haare seinem Profil etwas Drohendes. Seine Augen waren zu klein für sein übergroßes Gesicht; sie saßen schräg wie Schweinsaugen und drückten gleichzeitig Tücke und Faulheit aus; in diesem Augenblick jedoch ging von ihnen etwas wie ein Leuchten aus, so unmittelbar schoß der Blick auf den Fluß. Als einzige Bekleidung trug der arme Mann einen alten, ehemals blauen Kittel und eine Hose aus dem groben Leinen, das in Paris zum Verpacken dient. Jeder Stadtmensch wäre zusammengezuckt beim Anblick der zerborstenen Holzschuhe an seinen Füßen; ihre Risse waren nicht einmal mit einem bißchen Stroh verstopft. Ganz sicher waren Kittel und Hose nur noch für die Papierfabrik zu verwerten.

Als Blondet diesen ländlichen Diogenes musterte, gestand er dem Typus jener Bauern, die auf alten Gobelins, alten Gemälden und als alte Schnitzwerke zu sehen sind, und die ihm bislang lediglich als Phantasieprodukte gegolten hatten, Wirklichkeit zu. Er lehnte die »Schule des Häßlichen« nicht mehr unbedingt ab, da er eingesehen hatte, daß beim Menschen das Schöne nur eine schmeichelhafte Ausnahme ist, eine Chimäre, an die zu glauben er sich bemüht.

»Wie mögen die Vorstellungen, die Sitten eines solchen Wesens beschaffen sein, woran denkt es?« fragte sich der von Neugier gepackte Blondet. »Ist so einer meinesgleichen? Wir haben nichts gemeinsam als die Gestalt, und auch das kaum . . .!«

Er betrachtete eingehend die besondere Starrheit der Haut, wie sie Leuten eigen ist, die in freier Luft leben, an Wetterunbilden gewöhnt sind, an das Ertragen eines Übermaßes von Kälte und Hitze, an das Erleiden von allem und jedem mithin, was aus ihrer Haut fast gegerbtes Leder macht, und aus ihren Nerven eine Vorrichtung gegen physischen Schmerz, die ebenso wirksam ist wie die der Araber und Russen.

»Da haben wir Coopers[44] Rothäute«, sagte er sich, »man braucht, wenn man Wilde beobachten will, gar nicht nach Amerika zu reisen.«

Obgleich der Pariser nur zwei Schritte entfernt stand, wandte der alte Mann nicht den Kopf und blickte in einem fort auf das gegenüberliegende Ufer, und zwar mit jener Starrheit, die die

Fakire Indiens ihren verglasten Augen und ihren steifgemachten Gliedern verleihen. Im Banne dieser Art Hypnose, die ansteckender ist als man glaubt, starrte schließlich auch Blondet auf das Wasser.

»Na, altes Haus, was gibt es denn da?« fragte Blondet nach einer geschlagenen Viertelstunde; er hatte inzwischen nichts wahrgenommen, was diese tiefe Aufmerksamkeit motiviert hätte.

»Pst . . .!« machte der Greis ganz leise und bedeutete Blondet durch einen Wink, nicht durch seine Stimme die Luft in Bewegung zu versetzen. »Sie könnten sie erschrecken . . .«

»Wen denn?«

»Eine Fischotter, lieber Herr. Wenn sie uns hört, bringt sie es fertig, unter Wasser zu entflitzen . . .! Und es ist nicht für möglich zu halten, sie ist da 'reingesprungen . . .! Sehn Sie, da, wo das Wasser brodelt . . . Oh, die ist hinter einem Fisch her; aber wenn sie in ihr Loch zurück will, dann kriegt mein Junge sie zu fassen. Sie müssen nämlich wissen, 'ne Fischotter ist ganz was Seltenes. Das ist 'n wissenschaftliches Stück Wild, und dabei sehr schmackhaft; auf Les Aigues bekäme ich zehn Francs dafür, weil die Gräfin ja doch fastet, und morgen ist Fasttag. Seinerzeit hat die selige Madame mir dafür bis zu zwanzig Francs gezahlt und mir das Fell überlassen . . .! Mouche«, rief er leise, »gut aufpassen . . .«

Am andern Ufer dieses Arms der Avonne sah Blondet unter einem Erlengestrüpp zwei Augen, die wie die einer Katze funkelten; dann gewahrte er die braune Stirn und das struppige Haar eines etwa zwölf Jahre alten Jungen, der auf dem Bauch lag und ein Zeichen machte, um anzudeuten, wo die Otter war, und dem Alten zu vermelden, daß er sie nicht aus den Augen verloren habe. Blondet war überwältigt von der gierigen Hoffnung des Greises und des Jungen; er ließ sich vom Dämon der Jagdleidenschaft packen. Dieser Dämon hat zwei Klauen, die Hoffnung und die Begier, und er führt einen, wohin er will.

»Das Fell läßt sich an die Hutmacher verkaufen«, fuhr der Alte fort. »Es ist so schön, so weich! Davon wird Mützenbesatz gemacht . . .«

»Sind Sie sicher, Alter?« fragte Blondet lächelnd.

»Ganz bestimmt, Sie sollten das eigentlich besser wissen als ich, wenn ich auch schon siebzig bin«, antwortete demütig und respektvoll der Greis und nahm die Pose eines Weihwasserspenders an, »und Sie könnten mir vielleicht sogar sagen, warum das den Postschaffnern und den Weinhändlern so gefällt.«

Blondet, dieser Meister der Ironie, der bereits im Gedanken an den Marschall von Richelieu[45] durch das Wort »wissenschaftlich« mißtrauisch geworden war, argwöhnte bei diesem alten Bauern etwas wie Spott; aber er wurde durch die Harmlosigkeit der Pose und die Blödheit des Gesichtsausdrucks eines Besseren belehrt.

»In meiner Jugend gab es hier haufenweise Ottern, die Gegend hier ist so günstig für sie«, fuhr der biedere Alte fort. »Aber sie haben ihnen so nachgestellt, daß wir höchstens alle sieben Jahre mal einen Schwanz von einer zu sehen bekommen ... Deswegen hat der Unterpräfekt in La-Ville-aux-Fayes ... der Herr kennt ihn? Er ist zwar aus Paris, aber er ist ein genauso netter junger Mann wie Sie, und er hat 'ne Schwäche für Kuriositäten. – Weil er nun aber weiß, daß ich begabt für den Otternfang bin, die kenne ich nämlich, wie Sie vielleicht ihr Alphabet, da hat er mir also Folgendes gesagt: ›Papa Fourchon, wenn Sie 'ne Otter zu fassen kriegen, dann bringen Sie sie mir‹, hat er gesagt, ›ich bezahl' Sie Ihnen gut, und wenn sie auf'm Rücken 'nen weißen Fleck hat‹, hat er gesagt, ›dann gebe ich Ihnen dreißig Francs.‹ Das hat er mir am Hafen von La-Ville-aux-Fayes gesagt, so wahr ich an Gott den Vater, den Sohn und den Heiligen Geist glaub'. Und dann ist da noch'n Gelehrter in Soulanges, Monsieuer Gourdon, unser Doktor, der macht sich ein Naturgeschichte-Kabinett, wie es nicht mal in Dijon eins gibt, er ist der beste Gelehrte der ganzen Gegend hier, und der würde sie mir sehr teuer bezahlen ...! Der kann Menschen und Tiere ausstopfen! Und weil nun mein Junge steif und fest behauptet, die Otter hier hätte weiße Haare ... ›Wenn das so ist‹, hab ich ihm gesagt, ›dann meint der liebe Gott es heute morgen gut mit uns!‹ Sehn Sie, wie das Wasser brodelt ...? Oh, da ist sie ja ... Obgleich so was in so'ner Art Erdloch lebt, kann es tagelang unter Wasser bleiben ... Ach, jetzt hat sie uns gehört, lieber Herr, jetzt wird sie mißtrauisch, es gibt kein raffinierteres Biest als sie, sie ist noch schlimmer als 'ne Frau.«

»Deshalb wird sie wohl auch ›die‹ Otter[46] genannt?« fragte Blondet.

»Donnerwetter, ja, Monsieur, Sie sind aus Paris, Sie wissen das besser als wir; aber für uns wär's besser gewesen, Sie hätten bis in den hellen Tag 'rein gechlafen; nämlich, sehn Sie die komische Welle da? Da drunter haut sie ab ... komm her, Mouche, sie hat Monsieur gehört, die Otter, und sie brächte es fertig, uns hier bis Mitternacht 'rumstehen zu lassen, wir wollen nach Hause ... da schwimmen unsere dreißig Francs ...!«

Mouche stand auf, aber widerwillig; er sah auf die Stelle, wo das Wasser wirbelte, zeigte mit dem Finger darauf und hatte noch immer Hoffnung. Der kraushaarige Junge mit dem bräunlichen Gesicht, wie die Engel auf den Gemälden des fünfzehnten Jahrhunderts, schien eine Kniehose zu tragen, denn seine Hose endete am Knie in Fetzen, an denen Dornen und welkes Laub hafteten. Dieses unentbehrliche Bekleidungsstück wurde anstatt von Hosenträgern von zwei aus Werg gedrehten Kordeln gehalten. Ein Leinenhemd von gleicher Qualität wie die Hose des Alten, aber durch ausgefranste Flicken verdickt, ließ eine sonnengebräunte Brust sehen. Auf diese Weise übertraf Mouches Kleidung die des alten Fourchon noch an Ärmlichkeit.

»Die Leute hier sind recht gutartig«, sagte sich Blondet. »Die in der Pariser Bannmeile würden einen Bürger, der ihnen das Wild vergrämt hat, schön anfahren!«

Und da er niemals Ottern gesehen hatte, nicht mal im Museum, freute ihn dieser Zwischenfall auf seinem Spaziergang.

»Hören Sie mal«, sagte er, gerührt, daß der Alte davonging, ohne etwas zu verlangen, »Sie haben gesagt, Sie seien ein perfekter Otternjäger ... Wenn Sie sicher sind, daß die Otter da sitzt ...«

Am andern Ufer hob Mouche den Finger und zeigte auf Luftblasen, die vom Grund der Avonne aufgestiegen und nun mitten in dem Becken zerplatzt waren.

»Da ist sie hochgekommen«, sagte der alte Fourchon, »da hat sie Luft geschnappt, das Aas, die Blasen, die kommen von ihr. Wie machen sie es bloß, daß sie unter Wasser atmen können? Aber so was ist so schlau, daß es über die Wissenschaft grinst!«

»Na, schön«, antwortete Blondet, dem der letzte Ausspruch

eher als ein Scherz erschien, der mehr dem bäuerlichen Geist im allgemeinen als dem Individuum zuzuschreiben war, »dann warten Sie doch und fangen Sie die Otter.«

»Und unser Tageslohn, Mouches und meiner?«

»Was verdienen Sie denn am Tag?«

»Wir beide, mein Lehrling und ich ...? Fünf Francs ...«, sagte der Alte und blickte Blondet mit einem Zögern in die Augen, das auf eine gewaltige Überforderung schließen ließ.

»Hier haben Sie zehn, und den gleichen Betrag gebe ich Ihnen für die Otter ...«

»Dann kommt sie Sie nicht teuer zu stehen, wenn sie was Weißes auf dem Rücken hat, weil doch der Unterpräfekt zu mir gesagt hat, unser Museum hätte nur eine von dieser Sorte. – Der ist nämlich gebildet, der Unterpräfekt! Und nicht auf den Kopf gefallen. Ich jage Ottern, aber Monsieur des Lupeaulx ist hinter der Tochter von Monsieur Gaubertin her, die hat eine feine blanke Mitgift auf dem Buckel. – Passen Sie auf, lieber Herr, ohne daß ich Sie kommandieren will, stellen Sie sich mal mitten in der Avonne auf den Stein da hinten ... Wenn wir die Otter in die Enge getrieben haben, dann kommt sie sicher das Rinnsal da 'runtergeschwommen; die Biester sind so schlau, daß sie beim Fischefangen immer höher 'raufschwimmen, als wo ihr Loch ist, und wenn sie dann den Fisch schleppen, wissen sie, daß es stromabwärts leichter geht. Raffiniert ist so was, sag ich Ihnen ... Wäre ich bei denen in die Schule gegangen und hätte Schlauheit gelernt, dann könnt' ich jetzt von meinen Zinsen leben ... Ich habe zu spät gemerkt, daß man die Strömung ausnutzen und früh aus den Federn sein muß, wenn man die Beute vor den andern ergattern will! Na ja, über mich ist schon bei Geburt was verhängt worden. Aber zu dritt sind wir vielleicht schlauer als dieses Otternvieh ...«

»Ja, wie denn, Sie alter Nekromant?«

»Ach, wissen Sie, wir sind so dumm, wir Bauern, daß wir schließlich auf die Tiere hören. Passen Sie auf, wie wir's machen wollen. Wenn die Otter wieder in ihr Loch zurück will, dann erschrecken wir sie hier, und Sie erschrecken sie da unten; wenn sie von uns erschreckt wird und von Ihnen erschreckt wird, dann springt sie ans Ufer, und wenn sie an Land geht, dann ist sie erledigt. Sie kann nämlich nicht laufen, sie ist mit ihren Gänsefüßen für's Schwimmen gebaut. Oh, das wird Ihnen Spaß machen, das gibt 'ne richtige Rauferei. Gleichzeitig Fischzug und Jagd ...! Der General, bei dem Sie auf Les Aigues wohnen, ist drei Tage hintereinander hergekommen, so wild war er drauf!«

Blondet versah sich mit einem von dem Alten abgeschnittenen Zweig; es wurde ihm gesagt, den müsse er dazu benutzen, auf einen Zuruf hin das Wasser zu peitschen; darauf sprang er von Stein zu Stein und postierte sich mitten in der Avonne.

»Halt, gut so, lieber Herr!«

Blondet blieb dort stehen; er merkte nicht, wie die Zeit verging; denn alle paar Augenblicke ließ eine Geste des Alten ihn eine glückliche Lösung erhoffen; überdies beschleunigt nichts den Ablauf der Zeit so sehr, als das Warten auf die Betätigung, die auf das tiefe Schweigen des Auflauerns folgen muß.

»Papa Fourchon«, sagte der Junge ganz leise, als er mit dem Alten allein war, »da ist aber tatsächlich 'ne Otter ...«

»Siehst du sie ...?«

»Da ist sie ja!«

Der Alte war ganz platt, als er zwischen zwei Wellen den braunroten Pelz einer Otter gewahrte.

»Sie kommt auf mich zu!« sagte der Kleine.

»Gib ihr einen kleinen, kurzen Schlag auf den Kopf, spring ins Wasser und halt sie auf dem Grund fest, aber laß sie nicht los ...«

Wie ein erschreckter Frosch stürzte Mouche sich in die Avonne.

»Los, los, lieber Herr!« rief der alte Fourchon und sprang ebenfalls in die Avonne; seine Holzschuhe ließ er am Ufer stehen. »Erschrecken Sie sie doch! Sehn Sie ... sie schwimmt auf Sie zu ...«

Der Alte lief auf Blondet zu, daß das Wasser nur so spritzte, und rief dabei mit dem Ernst, den die Landleute auch bei der größten Heftigkeit bewahren: – »Sehen Sie, da, längs der dicken Steine!«

Blondet, den der Alte so aufgestellt hatte, daß ihm die Sonne in die Augen schien, schlug vertrauensvoll ins Wasser.

»Los, los! Da wo die dicken Steine sind!« schrie der alte Fourchon. »Das Schlupfloch ist weiter unten, links von Ihnen.«

39

Blondet ließ sich von seinem Eifer, den das lange Warten noch angestachelt hatte, hinreißen, glitt von den Steinen herab und nahm ein Fußbad.

»Frisch drauflos, lieber Herr, frisch drauflos . . . Jetzt klappt's! Oh! Verflucht und zugenäht! Da wischt sie zwischen Ihren Beinen durch! Ach, jetzt ist sie weg . . . Da haut sie ab«, rief der alte Mann verzweifelt.

Und als habe das Jagdfieber ihn gepackt, lief der alte Bauer durch die tiefen Stellen des Flusses bis zu Blondet hin.

»Sie sind schuld, daß sie uns entwischt ist . . .!« sagte Papa Fourchon; Blondet gab ihm die Hand, und er stieg aus dem Wasser wie ein Triton, aber wie ein besiegter Triton. »Da ist sie, das Luder, unter den Felsen . . .! Sie hat ihren Fisch losgelassen«, sagte der Biedere, schaute in die Weite und zeigte auf etwas Schwimmendes . . . »Na, da bekommen wir wenigstens die Schleie, es ist nämlich 'ne richtige Schleie . . .!«

In diesem Augenblick galoppierte auf dem Weg nach Couches ein livrierter Diener heran, der ein zweites Pferd führte.

»Da kommen Leute vom Schloß, anscheinend werden Sie gesucht«, sagte der Biedere. »Wenn Sie über den Fluß 'rüber wollen, geb' ich Ihnen die Hand . . . Ach, ist mir schnuppe, wenn ich naß werde, da brauch' ich mich nicht zu waschen . . .!«

»Aber wenn Sie sich nun erkälten?« fragte Blondet.

»Ach, Quatsch! Sehn Sie denn nicht, daß die Sonne uns angeraucht hat, Mouche und mich, wie Pfeifen von 'nem Major? – Stützen Sie sich auf mich, lieber Herr . . . Sie sind aus Paris, Sie wissen zwar 'n Haufen Sachen, aber wie man sich auf unsern Felsblöcken hält, das wissen Sie nicht . . . Wenn Sie länger hierbleiben, dann lernen Sie mancherlei aus dem Buch der Natur; Sie sollen ja wohl für die Nachrichtenblätter schreiben?«

Blondet war bereits am andern Ufer der Avonne angelangt, als Charles, der Diener, ihn erblickte.

»Oh, Monsieur«, rief er, »Sie können sich gar nicht vorstellen, wie besorgt Madame ist, seit Sie erfahren hat, Sie seien durch die Porte de Couches gegangen; sie glaubt, Sie seien ertrunken. Schon dreimal hat es zum zweitenmal zum Mittagessen geläutet, und zwar ganz laut, und vorher haben wir im ganzen Park nach Ihnen gerufen; der Herr Pfarrer sucht Sie da immer noch . . .«

»Wie spät ist es denn, Charles?«

»Dreiviertel zwölf . . .!«

»Hilf mir beim Aufsitzen . . .«

»Sind Monsieur etwa auf Papa Fourchons Fischotter 'reingefallen . . .?« fragte der Diener, als er sah, wie aus Blondets Stiefeln und Hose Wasser troff. Schon diese Frage allein klärte den
Journalisten auf.

»Plaudere kein Wort davon aus, Charles; es soll dein Schade
nicht sein«, rief er.

»Ach, du lieber Himmel! Sogar der Herr Graf ist auf Papa
Fourchons Fischotter 'reingefallen«, antwortete der Diener. »Sobald ein Fremder nach Les Aigues kommt, legt Papa Fourchon
sich auf die Lauer, und wenn der betreffende Herr sich die
Avonne-Quellen ansehen will, verkauft er ihm seine Otter . .
Er spielt seine Rolle so gut, daß der Herr Graf dreimal hergekommen ist und ihm sechs Tagegelder bezahlt hat, und dabei haben sie nichts getan, als sich anzusehen, wie das Wasser wegfloß.«

»Und dabei habe ich geglaubt, ich hätte in Potier[47], Baptiste
dem Jüngeren[48], Michot[49] und Monrose[50] die größten Komödianten unserer Zeit gesehen . . .!« sagte sich Blondet. »Was sind die,
verglichen mit diesem Bettler?«

»Auf solche Schliche versteht er sich glänzend, der Papa Fourchon«, sagte Charles. »Außerdem hat er noch eine andere Saite
für seinen Bogen; von Beruf ist er nämlich Seiler. Seine Werkstatt hat er an der Mauer der Porte de Blangy. Wenn Sie sich
einfallen lassen, sein Seil anzufassen, dann wickelt er Sie so ein,
daß Sie Lust bekommen, sein Rad zu drehen und ein Stückchen
Seil zu fabrizieren, und dann verlangt er das Handgeld, das der
Lehrling dem Meister zahlen muß. Madame ist darauf 'reingefallen und hat ihm zwanzig Francs geschenkt. Er ist der König der
Schlauberger«, sagte Charles; er bediente sich eines anständigen
Ausdrucks.

Dieses Lakaiengeschwätz ermöglichte es Blondet, sich in einigen Betrachtungen über die Verschlagenheit der Bauern zu ergehen; es war ihm alles eingefallen, was er seinen Vater, den
Richter in Alençon, darüber hatte sagen hören. Dann fielen ihm
alle Scherze ein, die unter der boshaften Offenheit des Papa
Fourchon gesteckt hatten; Charles' vertrauliche Mitteilungen hat-

41

ten ihn aufgeklärt, und er gestand sich, daß er von dem alten burgundischen Bettler übers Ohr gehauen worden sei.

»Sie glauben gar nicht, Monsieur«, sagte Charles, als sie an der Freitreppe von Les Aigues angelangt waren, »wie mißtrauisch man gegen alles auf dem Lande sein muß, zumal hier, wo der General nicht allzu beliebt ist . . .«

»Warum denn . . .?«

»Ach, du lieber Himmel, ich weiß nicht recht«, antwortete Charles und setzte die dümmliche Miene auf, mit der Diener ihre Weigerungen gegenüber der Herrschaft zu tarnen verstehen; sie gab Blondet gehörig zu denken.

»Na, Sie Ausreißer, sind Sie wieder da?« fragte der General, den der Klang der Pferdehufe auf die Freitreppe gerufen hatte. »Er ist da! Du kannst beruhigt sein!« rief er seiner Frau zu, deren leichter Schritt sich hatte vernehmen lassen. »Jetzt fehlt uns nur noch der Abbé Brossette; geh und such ihn, Charles!« sagte er zu dem Diener.

DRTITES KAPITEL

Die Schenke

Die sogenannte Porte de Blangy, die Bouret hatte errichten lassen, bestand aus zwei Pfeilern mit wurmartig gewundenen Vorsprüngen, auf deren jedem ein Hund auf den Hinterpfoten saß und zwischen den Vorderpfoten ein Wappenschild hielt. Das anstoßende Gartenhaus, in dem der Verwalter wohnte, hatte es dem Finanzmann erspart, eine Pförtnerloge zu bauen. Zwischen den beiden Pfeilern befand sich ein prunkvolles schmiedeeisernes Tor nach der Art dessen, das Buffon für den Jardin des Plantes hatte fertigen lassen; ein gepflastertes Stück Weg führte von dort aus zu der Landstraße zweiter Ordnung, die ehedem sorglich von Les Aigues, von der Familie de Soulanges, instand gehalten worden war; sie verbindet Couches, Cerneux, Blangy und Soulanges mit La-Ville-aux-Fayes wie eine Girlande, so sehr ist jene Landstraße umblüht von heckenumgebenen Erbsitzen und geschmückt mit Häuschen, die Rosen umranken.

42

Hier, an einer koketten Mauer, die sich bis zu einem Wolfsgraben erstreckte, durch den man vom Schloß aus bis über Soulanges hinausblicken konnte, befanden sich der morschgewordene Pfosten, das alte Rad und die harkenartigen Pflöcke, aus denen die Werkstatt eines Dorfseilers besteht.

Gegen halb eins, als Blondet sich gerade zu Tisch setzte, dem Abbé Brossette gegenüber, und die Vorwürfe der Gräfin empfing, die eher Liebkosungen waren, langten Papa Fourchon und Mouche in ihrer Wohnstatt an. Unter dem Vorwand, er drehe Seile, überwachte der alte Fourchon von dort aus Les Aigues und konnte das Kommen und Gehen der Herrschaft beobachten. So entging nichts, weder ein geöffneter Fensterladen, noch Spaziergänge zu zweit, noch das geringste Geschehnis im Leben auf dem Schloß der Spitzelei des Alten, der sich erst seit drei Jahren hier als Seiler niedergelassen hatte, ein Umstand, den weder die Wächter von Les Aigues noch die Diener noch die Herrschaft selbst bemerkt hatten.

»Mach den Umweg über die Porte de l'Avenue; ich schließe indessen unser Gerät weg«, sagte Papa Fourchon, »und wenn du denen da die Geschichte ausgeplaudert hast, kommen sie sicher zu mir zum Grand-I-Vert; da will ich mich ein bißchen verschnaufen; wenn man so lange auf dem Wasser gewesen ist, bekommt man Durst! Wenn du dich dabei benimmst, wie ich dir eben eingebläut habe, dann luchst du ihnen ein gutes Mittagessen ab; versuch, mit der Gräfin zu sprechen, und mach mich 'runter, so daß sie meinen, sie müßten mir 'ne Moralpredigt auf ihre Art halten, haha...! Das gibt dann ein paar Gläser guten Wein zum Runterzwitschern.«

Nach diesen letzten Unterweisungen, die Mouches gewitzte Miene als einigermaßen überflüssig erscheinen ließen, verschwand der alte Seiler, seine Otter unterm Arm, auf der Distriktstraße.

Auf halbem Weg zwischen diesem hübschen Tor und dem Dorf befand sich zu der Zeit, da Blondet auf Les Aigues weilte, eins der Häuser, die nur in Frankreich anzutreffen sind, und zwar überall dort, wo Steine rar sind. Überall aufgelesene Ziegelsteine, dicke Kiesel, die wie Diamanten in die tonhaltige Erde eingefügt sind, bildeten feste, wenngleich unregelmäßig verschichtete Mauern; das Ganze wurde von dicken Balken gestützt und war mit Binsen und Stroh gedeckt; die grobschlächtigen Fensterläden, die Tür, alles an dieser Hütte rührte von Glücksfunden oder Gaben her, die durch zudringliche Bitten ergattert worden waren.

Der Bauer bringt für seine Behausung den gleichen Instinkt auf wie das Tier für sein Nest oder sein Erdloch, und ebendieser Instinkt trat bei der ganzen Anlage dieser Hütte zutage. Zunächst befanden Fenster und Tür sich an der Nordseite. Das Haus lag auf einer kleinen Erhebung an der kieselhaltigsten Stelle eines Rebgeländes und mußte also gesund sein. Man stieg auf drei Stufen hinauf, die geschickt aus Pflöcken und Brettern gefertigt und mit Steinschotter aufgefüllt waren. So konnte das Regenwasser schnell ablaufen. Ferner konnte, da in Burgund der Regen selten von Norden kommt, keine Feuchtigkeit in die Fundamente einsickern, so leicht diese auch sein mochten. Unten, längs des Weges, zog sich ein ländlicher Pfahlzaun hin; er war von einer Hagedorn- und Brombeerhecke überwuchert. Eine Laube mit schäbigen Tischen und plumpen Bänken lud Vorübergehende zum Hinsetzen ein; sie überdachte mit ihrem gewölbten Bogen den Raum, der die Hütte von der Landstraße trennte. Auf der Innenseite war die Böschung mit Rosen, Nelken und Veilchen bepflanzt worden, lauter Blumen, die nichts kosten. Ein Geißblatt und ein Jasmin lehnten ihre Zweige an das bereits, trotz seines geringen Alters, mit Moos bedeckte Dach.

Rechts von seinem Haus hatte der Besitzer einen Stall für zwei Kühe angebaut. Vor diesem Gebäude aus schlechten Brettern diente ein Stück festgestampften Bodens als Hof; und in einem Winkel war ein riesiger Misthaufen zu sehen. Auf der andern Seite des Hauses und der Laube erhob sich ein von zwei Baumstämmen gestützter, mit Stroh gedeckter Schuppen, unter dem Winzergerätschaften standen, leere Fässer, Reisigbündel, die um den Buckel aufgeschichtet waren, den der Backofen bildete; seine Öffnung liegt in Bauernhäusern fast stets unter dem Kaminmantel.

Zu dem Haus gehörte noch etwa ein Morgen Land, den eine Hecke umschloß; er war gänzlich mit Reben bepflanzt; sie waren gepflegt wie die der Bauern, sämtlich so gut gedüngt, beschnitten und gehackt, daß ihre Ranken auf drei Meilen in der Runde als die ersten ergrünten. Ein paar Obstbäume, Mandeln, Pflaumen und Aprikosen zeigten hier und dort ihre dünnen Kronen in diesem Gehege. Zwischen den Rebstöcken wurden meist Kartoffeln oder Bohnen angebaut. Keilförmig nach dem Dorf zu, hinter dem Hof, gehörte zu dieser Behausung noch ein kleines, feuchtes, tiefgelegenes Landstück, das für den Anbau von Kohl, Zwiebeln und Knoblauch geeignet war, den Lieblingsgenüssen der Arbeiterklasse; es war durch eine Lattentür verschlossen, durch die die Kühe gingen, wobei sie den Boden zerstampften und ihre Fladen hinterließen.

Das Haus bestand aus zwei Räumen im Erdgeschoß; sein Ausgang war nach der Rebpflanzung zu gelegen. An jener Rebseite führte eine an die Hausmauer gelehnte, mit einem Strohdach gedeckte Holztreppe zum Speicher hinauf; er erhielt sein Licht durch ein Rundfenster. Unter dieser ländlichen Treppe war ganz aus burgundischen Ziegelsteinen ein Keller aufgemauert, in dem ein paar Fässer Wein lagen.

Obwohl die Ausstattung einer Bauernküche gewöhnlich nur aus zwei Geräten besteht, mit denen alles gemacht wird, nämlich einer Bratpfanne und einem eisernen Kochkessel, befanden sich in dieser Hütte ausnahmsweise zwei riesige Kasserollen; sie hingen unter dem Kamin, über einem kleinen, tragbaren Herd. Trotz dieser Merkmale der Wohlhabenheit entsprach das Mobiliar dem Äußeren des Hauses. So mußte zum Aufbewahren des Wassers ein großer, irdener Krug herhalten; das Tischsilber ersetzten Löffel aus Holz oder Zinn; das tönerne Geschirr, außen braun, innen weiß, war abgestoßen und mit Nieten geflickt; und schließlich standen um den derben Tisch Stühle aus Pappelholz, und der Fußboden bestand aus gestampfter Erde. Alle fünf Jahre erhielten die Wände einen Anstrich aus Kalkmilch, und ebenso die mageren Deckenbalken, von denen Speckseiten, Zwiebelbündel, Pakete Kerzen und Säcke niederhingen, in denen der Bauer sein Saatkorn aufbewahrt; neben dem Backtrog barg ein altertümlicher Schrank aus altem Nußbaumholz die spärliche Wäsche, die Kleidung zum Wechseln und die Festgewänder der Familie.

Unter dem Kaminmantel prangte eine echte Wilddiebflinte, für die man keine fünf Francs mehr gegeben hätte; der Kolben schien angesengt, der unansehnliche Lauf scheint nie geputzt zu werden. Man meint natürlich, eine nur mit einem Riegel versehene Hütte, deren Außentür in den Pfahlzaun eingefügt ist und nie verschlossen wird, bedürfe zu ihrer Verteidigung nichts Besseres, und man fragt sich beinah, wozu eine solche Waffe dienen könne. Wenn auch der Kolben von vulgärer Schlichtheit ist, rührt der sorgfältig ausgewählte Lauf von einem wertvollen Gewehr her, das offenbar irgendeinem Jagdhüter gehört hatte. Deshalb verfehlte der Besitzer dieses Gewehrs auch niemals sein Ziel; es besteht zwischen seiner Waffe und ihm die intime Bekanntschaft, die zwischen einem Handwerker und seinem Werkzeug obwaltet. Wenn der Lauf einen Millimeter unter oder über das Ziel gehalten werden muß, weil es auf diese winzige Schätzung ankommt, so weiß der Wilderer das ganz genau und folgt dieser Regel, ohne sich je zu täuschen. Ferner würde ein Artillerie-Offizier alle wesentlichen Teile der Waffe in gutem Zustand vorfinden, nicht mehr und nicht weniger. Bei allem, was er sich aneignet, bei allem, was ihm dienen muß, entfaltet der Bauer die erforderliche Anstrengung; er tut das Notwendige, aber nichts darüber hinaus. Von äußerlicher Vollkommenheit versteht er nicht das mindeste. Als ein unfehlbarer Beurteiler des Notwendigen in allen Dingen weiß er um alle Abstufungen der Anstrengung, und wenn er schon für die Stadtleute arbeitet, versteht er sich darauf, möglichst wenig für möglichst viel zu geben. Kurzum, dieses unansehnliche Gewehr galt viel im Dasein der Familie, und man wird gleich erfahren, wieso.

Hat man sich die tausend Einzelheiten dieser Hütte, die fünfhundert Schritte von dem hübschen Tor von Les Aigues entfernt gelegen ist, gut eingeprägt? Sieht man sie da kauern wie einen Bettler vor einem Palast? Nun denn, ihr von samtigem Moos bedecktes Dach, ihre gackernden Hühner, ihr sich suhlendes Schwein, alle ihre ländliche Romantik barg einen schrecklichen Sinn. An der Pforte des Pfahlzauns hob eine große Bohnenstange bis zu einer gewissen Höhe einen verwelkten Strauß; er bestand aus drei Kiefernzweigen und einem Eichenzweig, die mit einem Stück Lumpen zusammengebunden waren. Über die Tür hatte ein Wandermaler für ein Mittagessen auf einem Brett von zwei Quadratfuß auf weißem Grund ein großes grünes I gemalt; das ist für die, die lesen können, ein aus zwölf Buchstaben bestehendes Wortspiel: »Au Grand I-Vert«[51]. Links von der Tür leuchtete in grellen Farben die vulgäre Ankündigung: »Gutes Märzenbier«. Ferner ließen es sich an jeder Seite eines Krugs, aus dem Schaum aufstieg, eine Frau mit übertrieben tief ausgeschnittenem Kleid und ein Husar wohl sein, beide in abscheulich rohen Farben. Auch quoll aus der Hütte trotz der Blumen und der Landluft der starke, Ekel erregende Geruch von Wein und schlechtem Essen, der einem in Paris entgegenschlägt, wenn man an den Sudelküchen der Vorstädte vorbeigeht.

Jetzt kennt man den Schauplatz. Und nun kommen die dort wohnenden Menschen und ihre Geschichte dran; sie enthält mehr als eine Lehre für Philanthropen.

Der Besitzer des »Grand I-Vert« heißt François Tonsard und empfiehlt sich der Beachtung der Philosophen durch die Art und Weise, wie er das Problem des untätigen und des tätigen Lebens gelöst hatte, und zwar so, daß er das Nichtstun ertragreich machte und die Betätigung auf Null reduzierte.

Da er sich in eigentlich allen Arbeiten auskannte, verstand er sich auf die Landwirtschaft, aber nur für sich allein. Für andere hob er Gräben aus, bündelte er Reisig, schälte die Rinde der Bäume ab oder fällte sie. Bei solcherlei Arbeiten ist der Bürger völlig von dem Arbeiter abhängig. Tonsard verdankte sein Stückchen Land der Großherzigkeit der Mademoiselle Laguerre. Von früher Jugend an hatte Tonsard für den Schloßgärtner Tagelöhnerarbeit geleistet, denn er hatte nicht seinesgleichen im Beschneiden der Alleebäume, der Hainbuchengänge, der Hekken, der Roßkastanien. Sein Name allein schon weist auf eine ererbte Begabung hin[52]. Es gibt auf dem Lande Privilegien, die mit der gleichen Kunstfertigkeit erworben und behauptet werden, wie sie die Handelsleute entfalten, um sich die ihrigen anzueignen. Eines Tages hatte Madame beim Spaziergehen Tonsard, der zu einem schlanken, kräftigen jungen Mann herangewachsen war, sagen hören: »Dabei würde mir ein Morgen Land genügen; davon könnte ich leben, und zwar glücklich leben!« Das gute Wesen, das es gewohnt war, andere glücklich zu machen, hatte ihm jenen Morgen Rebland vor der Porte de Blangy überlassen, und zwar gegen hundert Arbeitstage (was auf einem kaum verstandenen Taktgefühl beruhte!), und ihm erlaubt, auf

Les Aigues zu bleiben, wo er mit der Dienerschaft zusammenlebte; sie hielt ihn für den besten Kerl in ganz Burgund.

Der arme Tonsard (so wurde er von jedermann genannt) arbeitete von den hundert Tagen, die er schuldig war, etwa dreißig ab; die übrige Zeit trieb er Possen, lachte mit Madames weiblichem Personal, zumal mit Mademoiselle Cochet, der Zofe, obgleich sie häßlich war wie alle Zofen schöner Bühnenkünstlerinnen. Mit Mademoiselle Cochet zu scherzen, das bedeutete so vielerlei, daß Soudry, der glückliche Gendarm, der in Blondets Brief erwähnt wird, noch nach fünfundzwanzig Jahren Tonsard schief ansah. Der Nußbaumschrank und das Bett mit Säulen und Vorhängen, Schmuckstücke des Schlafzimmers, waren wohl die Frucht eines solchen Scherzes.

Nun Tonsard im Besitz seines Feldes war, antwortete er dem ersten, der zu ihm sagte, Madame habe es ihm geschenkt: »Zum Donnerwetter, ich habe es richtig gekauft und richtig bezahlt. Schenken die Bourgeois uns jemals was? Sind hundert Arbeitstage nichts? Die Geschichte kostet mich dreihundert Francs, und dabei besteht das Feld bloß aus Kieselsteinen!« Diese Bemerkung war in den unteren Schichten nichts Ungewöhnliches.

Danach hatte sich Tonsard mit eigener Hand jenes Haus gebaut; die Materialien nahm er, wo er sie fand; von dem einen oder andern ließ er sich eine Handreichung machen; im Schloß klaute er abgelegte Sachen, oder er bat darum und bekam sie stets. Eine schlichte Tür mit Guckloch, die ausgehängt worden war, um anderweitig verwendet zu werden, wurde seine Stalltür. Das Fenster stammte von einem alten, abgebrochenen Treibhaus. So dienten die Abfälle des Schlosses der Errichtung jener fatalen Hütte.

Tonsard wurde durch Gaubertin, den Verwalter von Les Aigues, dessen Vater im Département Öffentlicher Ankläger war, und der überdies Mademoiselle Cochet nichts abschlagen konnte, vor der Einziehung bewahrt; er heiratete, sobald sein Haus unter Dach war und sein Rebberg Erträge brachte. Dieser dreiundzwanzigjährige junge Bursche, der auf Les Aigues aus und ein ging, dieser Spaßvogel, dem Madame einen Morgen Land geschenkt hatte und der sich den Anschein zu geben wußte, er sei ein fleißiger Arbeiter, verstand sich auf die Kunst, seine negativen Werte laut rühmen zu lassen, und so erhielt er die Tochter eines Pächters der Herrschaft Ronquerolles, die jenseits des Waldes von Les Aigues lag.

Jener Pächter bewirtschaftete auf Halbpacht einen Hof, der unter seinen Händen verkam, mangels einer Pächtersfrau. Der Mann war Witwer und untröstlich, und so versuchte er nach englischer Art, seinen Kummer im Wein zu ertränken; aber als er an seine teure Entschlafene schon längst nicht mehr dachte, ergab es sich, daß er, wie ein Dorfscherz besagte, mit der Flasche verheiratet war. Innerhalb kurzer Zeit wurde der Schwiegervater vom Pächter wieder zum Arbeiter, aber zu einem versoffenen, faulen, hinterhältigen und zänkischen Arbeiter, einem, der zu allem fähig war, wie eben Leute aus dem Volk, die aus einem gewissen Wohlstand wieder ins Elend zurücksinken. Dieser Mann, den seine praktischen Kenntnisse und die Tatsache, daß er lesen und schreiben konnte, über die anderen Arbeiter stellte, den jedoch seine Laster dem Niveau der Bettler annäherten, hatte sich soeben, wie man gesehen hat, an den Ufern der Avonne mit einem der geistreichsten Männer von Paris gemessen: Das war eine Idylle, die Vergil sich hat entgehen lassen.

Der alte Fourchon, der zunächst Schulmeister in Blangy geworden war, verlor seine Stellung seines üblen Lebenswandels und der Ideen wegen, die er über den öffentlichen Unterricht hegte. Er half den Kindern weit mehr, aus den Blättern ihrer Fibeln Schiffchen oder Hühner zu falten, als er ihnen das Lesen beibrachte; er schalt mit ihnen auf so merkwürdige Weise, wenn sie Obst geklaut hatten, daß seine Verweise eher wie Lehren über die beste Art, eine Mauer zu erklettern, klangen. Noch heute wird in Soulanges die Antwort zitiert, die er einem kleinen Jungen gab, der zu spät kam und sich folgendermaßen entschuldigte: »Herr Lehrer, ich habe unser Viech zur Tränke bringen müssen.« – »Es heißt Vieh, du Rindvieh!«

Als es mit dem Lehrersein aus war, wurde er zum Briefträger ernannt. In dieser Stellung, die so vielen alten Soldaten als Ruheposten dient, wurde er täglich vermahnt. Bald vergaß er die Briefe in den Schenken, bald behielt er sie einfach bei sich. Wenn er angetrunken war, gab er das Paket für die eine Gemeinde in einer andern ab, und wenn er nüchtern war, las er die Briefe. Er wurde also schleunigst entlassen. Da der alte Fourchon im Staatsdienst nicht zu brauchen war, wurde er schließlich Handwerker. Wenn auf dem Lande die Bedürftigen irgendein Gewerbe ausüben, können sie behaupten, sie führten ein ehrenhaftes Dasein. Im Alter von achtundsechzig Jahren stellte der Greis die kleine Seilerei auf die Beine; das war eines der Gewerbe, zu denen nur sehr wenig Kapital erforderlich ist. Als Werkstatt dient, wie man gesehen hat, die erstbeste Mauer; die Maschinen sind kaum zehn Francs wert; der Lehrling schläft, wie sein Meister, in einer Scheune und lebt von dem, was er aufgabelt. Die Habgier des Gesetzes gegenüber Türen und Fenster wird *sub dio*[53] zunichte. Das erste Rohmaterial leiht man sich und erstattet es dann verarbeitet zurück. Aber das Haupteinkommen des alten Fourchon und seines Lehrlings Mouche, des natürlichen Sohns einer seiner natürlichen Töchter, bildeten die Erträge der Otternjagd, und dann die Mittag- und Abendessen, die ihm Leute spendeten, die weder lesen noch schreiben konnten und die Talente des Papa Fourchon ausnutzten, wenn es einen Brief zu beantworten oder eine Rechnung aufzustellen galt. Schließlich konnte er auch noch Klarinette spielen, und zu diesem Zweck tat er sich mit einem seiner Freunde namens Vermichel zusammen, dem Fiedler von Soulanges; die beiden spielten auf bei Dorfhochzeiten, oder wenn großer Ball im Tivoli von Soulanges war.

Vermichel hieß eigentlich Michel Vert[54], aber der mit seinem wahren Namen gemachte Wortwitz war so im Schwange, daß Brunet, der Gerichtsdiener und Gerichtsvollzieher beim Friedensgericht in Soulanges, in seine Akten schrieb: Michel-Jean-Jérôme Vert, genannt Vermichel, Sachwalter. Vermichel, ein ausgezeichneter Geiger im ehemaligen Regiment »Bourgogne«, hatte aus Dankbarkeit für Gefälligkeiten, die Papa Fourchon ihm erwiesen hatte, auch diesem die Stellung als Sachwalter verschafft, die auf dem Lande jedem bewilligt wird, der seinen Namen schreiben kann. Der alte Fourchon diente also als Zeuge oder Sachwalter bei Rechtsakten, wenn der Sieur Brunet zum Ausfertigen von Urkunden in die Gemeinden Cerneux, Couches und Blangy kam. Vermichel und Fourchon waren durch eine Freundschaft aneinandergefesselt, die schon zwanzig Jahre gemeinsamen Zechens währte; sie stellten fast eine Firma dar.

Mouche und Fourchon waren durch das Laster verbunden wie ehedem Mentor und Telemach durch die Tugend; gleich jenen waren sie unterwegs, nämlich auf der Suche nach Brot, *Panis angelorum*[55]; das waren die beiden einzigen lateinischen Worte, die im Gedächtnis des alten Dorf-Figaro haftengeblieben waren. Sie gingen und klaubten das im Grand-I-Vert und im Schloß Übriggebliebene zusammen; denn auch in den Jahren, da sie am meisten zu tun hatten und die die einträglichsten waren, hatten sie zu zweit nie mehr als durchschnittlich dreihundertsechzig Klafter[56] Seil zustande gebracht. Erstens hätte kein Kaufmann in einem Umkreis von zwanzig Meilen weder Fourchon noch Mouche Werg anvertraut. Der alte Mann war den Wundern der modernen Chemie weit voraus und verstand sich trefflich darauf, Werg in gesegneten Traubensaft zu verwandeln. Zweitens schadeten, wie er sagte, seine drei Funktionen als öffentlicher Schreiber dreier Gemeinden, als Sachwalter am Friedensgericht und als Klarinettenspieler der Entwicklung seines Betriebs.

Auf diese Weise sah Tonsard sich zunächst in der weidlich gehegten Hoffnung getäuscht, durch Vermehrung seiner Besitztümer zu einem gewissen Wohlstand zu gelangen. Der faule Schwiegersohn bekam durch einen nicht ungewöhnlichen Zufall einen Schwiegervater, der so gut wie nichts tat. Die Dinge mußten sich um so mehr zum Üblen wenden, als die Tonsard, eine Art ländlicher Schönheit, da sie groß und gut gewachsen war, nicht im Freien arbeiten mochte. Tonsard verübelte seiner Frau die väterliche Pleite und behandelte sie schlecht, aus einer Rachsucht, wie sie beim Volk üblich ist, dessen Augen ausschließlich auf die Wirkung gerichtet sind und kaum bis zu den Ursachen zurückblicken.

Die Frau fand, daß ihre Kette zu schwer sei; sie wollte sie leichter machen. Sie benutzte Tonsards Laster, um sich zu seiner Herrin aufzuwerfen. Sie selbst war leckermäulig und auf Behaglichkeit erpicht; also förderte sie die Faulheit und Leckermäuligkeit ihres Mannes. Vor allem wußte sie sich die Gunst der Schloßbediensteten zu verschaffen, ohne daß ihr Tonsard in Anbetracht der Ergebnisse die Mittel zum Vorwurf machte. Er kümmerte sich sehr wenig um das Tun und Treiben seiner Frau, vorausgesetzt, daß sie tat, was er wollte. Das ist der Geheimvertrag in der Hälfte aller Ehen. So hatte denn die Tonsard den Ausschank »Grand-I-Vert« eingerichtet, dessen erste Gäste die Schloßbediensteten von Les Aigues waren, die Wächter und Jäger.

Gaubertin, der Verwalter der Mademoiselle Laguerre, einer der ersten Kunden der schönen Tonsard, schenkte ihr ein paar Stückfässer vortrefflichen Weins, um die Kundschaft anzulocken. Die Wirkung dieser Geschenke, mit denen es weiterging, solange der Verwalter Junggeselle blieb, und der Ruf als wenig zimperliche Schönheit, der die Tonsard den Don Juans des Tals bekannt machte, schafften dem Grand-I-Vert viele Kunden. In ihrer Eigenschaft als Leckermaul wurde die Tonsard eine ausgezeichnete Köchin, und obgleich ihre Talente sich nur auf die auf dem Lande üblichen Gerichte erstreckten, das Kaninchenragout, die Wildsauce, die Matelotte[57] und die Omelette, genoß sie in der ganzen Gegend den Ruf, sie verstehe sich bewundernswert auf das Kochen jedes dieser Gerichte, die an einer Tischecke gegessen werden und deren über die Maßen verschwenderisch beigemischte Gewürze zum Trinken anreizen. Auf diese Weise gewann sie innerhalb zweier Jahre die Herrschaft über Tonsard und stieß ihn auf eine schiefe Ebene, die hinabzurutschen ihm nur zu lieb war.

Der durchtriebene Bursche wilderte unablässig, ohne etwas befürchten zu brauchen. Die Liebschaften seiner Frau mit dem Verwalter Gaubertin, mit den verschiedenen Wächtern und Aufsehern sowie den dörflichen Beamten, sowie die Lockerungen der Zeit sicherten ihm Straflosigkeit zu. Sobald seine Kinder groß genug dazu waren, machte er sie zu Werkzeugen seines Wohlseins, wobei er sich in bezug auf ihre Moral genauso skrupellos zeigte wie gegenüber derjenigen seiner Frau. Er hatte zwei Töchter und zwei Söhne. Wie seine Frau lebte Tonsard in den Tag hinein; er würde das Enden seines Freudenlebens erlebt haben, wenn er nicht daheim ständig das gewissermaßen martialische Gesetz aufrechterhalten hätte, daß alles für die Weiterdauer seines Wohllebens arbeiten müsse, an dem übrigens seine Familie wacker teilnahm. Die Seinen wuchsen auf Kosten derjenigen auf, denen seine Frau Geschenke abzuluchsen wußte; das Grundgesetz und das Budget des Grand-I-Vert sahen folgendermaßen aus.

Tonsards alte Mutter und seine beiden Töchter Catherine und

Marie gingen immer in den Wald und kehrten jeden Tag zweimal zurück, gebeugt unter der Last eines Reisigbündels, das bis hinab zu den Fußgelenken reichte und ihre Köpfe um zwei Fuß überragte. Die Außenseite bestand aus dürrem Holz, aber das Innere aus grünem, und es war häufig aus jungen Bäumen herausgeschlagen. Tonsard entnahm buchstäblich sein Feuerholz für den Winter dem Wald von Les Aigues. Der Vater und seine beiden Söhne wilderten ohne Unterlaß. Von September bis März wurden Hasen, Kaninchen, Rebhühner, Krammetsvögel, Rehe, alles Wildbret, das nicht im Haus aufgegessen wurde, in Blangy und in der Kleinstadt Soulanges verkauft, dem Hauptort des Distrikts, wohin Tonsards beide Töchter die Milch lieferten, und von wo sie jeden Tag Neuigkeiten heimbrachten, und wo sie diejenigen aus Les Aigues, Cerneux und Couches weitertratschten. Wenn nicht mehr gejagt werden konnte, legten die drei Tonsards Schlingen. Fing sich in den Schlingen zuviel, so machte die Tonsard Pasteten, die nach La-Ville-aux-Fayes geschickt wurden. Zur Erntezeit lasen sieben Tonsards, nämlich die alte Mutter, die beiden Jungen, solange sie noch nicht siebzehn waren, die beiden Töchter, der alte Fourchon und Mouche, Ähren; sie rafften täglich an die sechzehn Scheffel zusammen, Roggen, Hafer und Weizen, alles Korn, das sich zum Mahlen eignet.

Die beiden Kühe, die anfangs von der jüngeren der beiden Töchter am Rand der Landstraßen gehütet wurden, liefen die meiste Zeit in die Wiesen von Les Aigues; aber da bei dem geringsten Delikt, das allzu offenkundig war, als daß der Feldhüter es hätte übersehen können, die Kinder Prügel bekamen oder keine Näscherei mehr, hatten sie sich eine eigenartige Geschicklichkeit erworben, die Schritte des nahenden Feindes zu hören, und so überraschte der Feldhüter oder der Aufseher von Les Aigues sie so gut wie niemals bei einer Übertretung. Im übrigen legten die mannigfachen Beziehungen dieser würdigen Funktionäre zu Tonsard und seiner Frau ihnen eine Binde über die Augen. Die an langen Stricken geführten Tiere gehorchten um so besser einem einzigen Ruf, einem eigentümlichen Schrei, die sie auf das Gemeindeland zurückbrachten, als sie wußten, daß sie, wenn die Gefahr vorüber war, beim Nachbarn ihre üppige Mahlzeit vollenden würden. Die alte Tonsard, die immer gebrechlicher wurde, war die Nachfolgerin Mouches geworden, seit Fourchon seinen natürlichen Enkel bei sich behielt, was unter dem Vorwand geschah, er müsse sich um die Erziehung des Jungen kümmern. Marie und Catherine mähten im Walde Gras. Sie hatten die Stellen ausfindig gemacht, wo das hübsche, feine Waldgras wächst; sie mähten es, trockneten es, bündelten es und brachten es in die Scheune; sie fanden dort zwei Drittel des Winterfutters der Kühe; diese wurden überdies an schönen Tagen an wohlbekannte Stellen geführt, wo das Gras weitergrünte. Es gibt im Tal von Les Aigues wie in allen von Bergketten beherrschten Gegenden Stellen, die, wie in Piemont und in der Lombardei, auch im Winter Gras spenden. Diese Weiden, die in Italien *marcite*[58] genannt werden, haben großen Wert; aber in Frankreich ist ihnen allzu starker Frost und allzuviel Schnee nicht von Nutzen. Dieses Phänomen ist sicherlich einer besonderen Lage und dem Durchsickern von Wasser zu danken; beides hält die Wärme fest.

Die beiden Kühe warfen ungefähr achtzig Francs ab. Abgesehen von der Zeit, da die Kühe nährten oder kalbten, brachte die Milch etwa hundertsechzig Francs und versorgte überdies das Haus mit den notwendigen Milchprodukten. Tonsard verdiente an die fünfzig Taler mit hier und dort geleisteter Tagelöhnerarbeit. Die Küche und der verkaufte Wein erbrachten nach Abzug aller Unkosten rund hundert Taler; denn die Gastmähler waren zwar im Grunde selten, aber zu gewissen Zeiten und bei bestimmten Gelegenheiten kam es immer wieder dazu; überdies sagten die Leute, die sie veranstalteten, der Tonsard und ihrem Mann vorher Bescheid, und die besorgten dann in der Stadt das bißchen Fleisch und die notwendigen Vorräte. Der von Tonsard gezogene Wein wurde bei durchschnittlichen Jahrgängen für zwanzig Francs die Tonne, ohne das Faß, an einen Schankwirt in Soulanges verkauft, mit dem Tonsard geschäftliche Beziehungen unterhielt. In gewissen üppigen Jahren erntete Tonsard auf seinem Morgen zwölf Stückfässer; der Durchschnitt indessen betrug acht Stückfässer; und die Hälfte davon behielt Tonsard für seinen Ausschank. In Weinbaugegenden erfolgt nach der Lese noch eine Nachlese. Die brachte der Familie Tonsard etwa drei Stückfässer Wein ein. Aber im Schutz herkömmlichen Brauchs verfuhr sie dabei recht gewissenlos; sie ging schon in die Rebberge, noch ehe die Herbstenden sie verlassen hatten, gerade wie sie sich bereits auf die Kornfelder stürzte, wenn die zu Hocken zusammengestellten Garben noch auf die Karrenwagen warteten. Auf diese Weise konnten die sieben oder acht Stückfässer Wein, die teils der Nachlese, teils der Lese entstammten, zu gutem Preis losgeschlagen werden. Mit dieser Summe glich das Grand-I-Vert die Verluste aus, die von dem herrührten, was Tonsard und seine Frau selbst verzehrten; schließlich waren sie es gewöhnt, die besten Happen zu essen und besseren Wein zu trinken als den, den sie verkauften; diesen lieferte ihnen ihr Geschäftsfreund in Soulanges gegen Verrechnung mit ihrem Eigenwuchs. Das von dieser Familie verdiente Geld belief sich also auf etwa neunhundert Francs, da sie jedes Jahr noch zwei Schweine mästete, eins für sich selbst und das zweite für den Verkauf.

Die Landarbeiter, die schlechten Subjekte der Gegend faßten im Lauf der Zeit eine Vorliebe für die Schenke Grand-I-Vert, und zwar sowohl um der Talente der Tonsard als um der Kameraderie willen, die zwischen jener Familie und dem niederen Volk des Tals bestand. Die Töchter waren beide auffallend schön; sie setzten den Lebenswandel der Mutter fort. Und schließlich machte das Alter des Grand-I-Vert, das aus dem Jahre 1795 stammte, es zu etwas Geheiligtem in der ganzen Umgegend. Von Couches bis nach La-Ville-aux-Fayes kamen die Arbeiter dorthin, schlossen ihre Geschäfte ab und erfuhren die Neuigkeiten, mit denen die Tonsardtöchter, Mouche und Fourchon sich vollgepumpt hatten, und die von Vermichel und von Brunet erzählt wurden, dem bekanntesten Gerichtsvollzieher von Soulanges, wenn er nach dort kam und seinen Sachwalter abholen wollte. Dort wurden die Preise des Heus, der Weine, der Tagelöhnerstunden und der Akkordarbeiten festgelegt. Tonsard als überlegener Beurteiler in all diesen Dingen, erteilte seinen Rat und stieß dabei mit den Zechern an. Soulanges, so hieß es in der Gegend, galt lediglich als eine Stadt des geselligen Beieinanders und des Amüsements, und Blangy war der Marktflecken, wo Handel getrieben wurde; trotzdem wurde es erdrückt von dem großen Zentrum La-Ville-aux-Fayes, das innerhalb von fünfundzwanzig Jahren zum wichtigsten Ort dieses prächtigen Tals geworden war. Der Vieh- und Getreidemarkt wurde in Blangy auf dem Dorfplatz abgehalten; die dortigen Preise galten als Barometer für das ganze Arrondissement.

Da die Tonsard immer im Hause geblieben war, war sie frisch, weiß und mollig geblieben, was unter den Frauen, die die Feldarbeiten erledigen mußten, eine Ausnahme war; denn diese verwelken genauso schnell wie die Blumen und wirken schon mit dreißig Jahren alt. Deswegen hatte die Tonsard auch eine Schwäche für gute Kleidung. Sie war bloß sauber; aber auf dem Dorf ist eine solche Sauberkeit dasselbe wie Luxus. Die Töchter waren besser gekleidet, als es sich mit ihrer Armut vertragen hätte; sie folgten dem Beispiel der Mutter. Unter ihren unter diesen Verhältnissen nahezu eleganten Kleidern trugen sie feinere Wäsche als die reichsten Bäuerinnen. An Festtagen zeigten sie sich in hübschen Toiletten, zu denen sie Gott weiß wie gekommen waren. Die Livrierten von Les Aigues verkauften ihnen zu leicht zu entrichtenden Preisen die in Paris gekauften Kleider der Zofen, und sie arbeiteten sie für sich um. Die beiden Mädchen, die Herumtreiberinnen des Tals, bekamen keinen Liard von ihren Eltern; sie gaben ihnen lediglich das Essen und ließen sie in schauerlichen Bettgestellen zusammen mit ihrer Großmutter auf dem Speicher schlafen, wo auch ihre Brüder wie Tiere ins Heu gekauert übernachteten. Weder der Vater noch die Mutter kümmerten sich um dieses anstandswidrige Beisammenhausen.

Das eherne und das goldene Zeitalter ähneln einander mehr, als man meint. Im einen achtet man auf nichts; im andern achtet man auf alles; für die Gesellschaft läuft das vielleicht auf dasselbe hinaus. Das Dabeisein der alten Tonsard, das mehr eine Notwendigkeit denn eine Bürgschaft schien, war bloß eine weitere Unsittlichkeit.

Als daher der Abbé Brossette sich eingehend mit den moralischen Gepflogenheiten seiner Pfarrkinder befaßt hatte, tat er seinem Bischof gegenüber den tiefsinnigen Ausspruch: »Monseigneur, wenn man sieht, wie diese Bauern sich auf ihr Elend berufen, dann errät man, daß sie davor zittern, sie könnten einmal den Vorwand für ihre Ausschweifungen einbüßen.«

Obwohl alle Welt wußte, wie wenig Grundsätze und Gewissensbisse diese Familie hatte, fand sich niemand, der wider die im Grand-I-Vert herrschenden Sitten Einspruch erhoben hätte. Zu Beginn dieser Geschichte ist es notwendig, ein- für allemal den Leuten, die an die Moralität bürgerlicher Familien gewöhnt sind, zu erklären, daß die Bauern, was ihre häusliche Moral betrifft, keinerlei Takt und Zartgefühl kennen; sie berufen sich nur auf die Moral im Zusammenhang mit einer ihrer verführten Töchter, wenn der Verführer reich und ängstlich ist. Bis der Staat sie ihnen entreißt, sind die Kinder für sie Kapitalien oder Hilfsmittel für das Wohlergehen. Der Eigennutz ist für sie, zumal seit 1789, zum einzigen Antrieb ihres Denkens geworden; es geht für sie nie darum, ob eine Handlungsweise gesetzlich oder unmoralisch ist, wenn nur etwas für sie dabei herausspringt. Die Moral, die nicht mit der Religion verwechselt werden darf, beginnt mit dem Wohlstand; gerade wie man es immer wieder erlebt, daß in den oberen Sphären das Zartgefühl in der Seele erst erblüht, wenn die Göttin des Glücks das Mobiliar vergoldet hat. Der absolut redliche und moralische Mensch ist in der Klasse der Bauern eine Ausnahme. Die Wißbegierigen dürften fragen, aus welchem Grunde? Von allen Begründungen, die sich für diesen Stand der Dinge anführen lassen, ist die folgende die wichtigste: Durch die Natur ihrer sozialen Funktionen leben die Bauern ein rein materielles Leben, das sie dem Daseinszustand der Wilden annähert, zu dem sie ihr beständiger Umgang mit der Natur geradezu auffordert. Wenn die Arbeit den Körper aufreibt, raubt sie dem Denken dessen einigende Wirkung, zumal bei ungebildeten Leuten. Kurzum, für die Bauern ist das Elend ihre Daseinsberechtigung, wie der Abbé Brossette geäußert hatte.

Tonsard war in die Interessen aller einbezogen; er hörte sich die Klagen eines jeden an und dirigierte die den Bedürftigen nützlichen Gaunereien. Die Frau, dem Augenschein nach eine gutmütige Person, begünstigte durch ihre Redereien die Übeltäter der Gegend und lehnte nie weder ihre Billigung noch sogar eine Hilfeleistung bei deren Methoden ab, sofern sie sich nur gegen »die Bourgeois« richteten. In dieser Schenke, einem wahren Vipernnest, wurde somit rege und giftig, heiß und wirksam, der Haß des Proletariers und des Bauern gegen die Gutsherren und die Reichen geschürt.

Das glückliche Leben der Tonsards gedieh also zu einem sehr

üblen Beispiel. Jedermann fragte sich, warum nicht auch er, wie Tonsard, sich sein Holz für den Backofen, für die Küche und die Winterfeuerung einfach aus dem Wald von Les Aigues holen sollte? Warum er nicht das Futter für eine Kuh haben und sich, wie die Tonsards, nicht Wildbret zum Essen oder Verkaufen verschaffen sollte? Warum nicht, wie die Tonsards, ernten ohne zu säen, bei der Kornernte und der Weinlese? So war der duckmäuserische Diebstahl, der die Wälder verheerte, der von den Fluren, den Wiesen und Rebbergen den Zehnten erhebt, in diesem Tal zu etwas Üblichem geworden, so galt er schnell als etwas Berechtigtes in den Gemeinden Blangy, Couches und Cerneux, über die die Herrschaft Les Aigues sich erstreckte. Aus Gründen, die zur rechten Zeit am rechten Ort gesagt werden sollten, litt das Gut Les Aigues arg unter dieser Plage, genau wie die Güter der Familien de Ronquerolles und de Soulanges.

Übrigens darf man nicht glauben, Tonsard, seine Frau, seine Kinder und seine Mutter hätten sich je wohlerwogen gesagt: Wir wollen von Diebstählen leben, und wir wollen sie geschickt ins Werk setzen! Jene Angewohnheiten waren langsam gewachsen. Zunächst hatte die Familie in das dürre ein bißchen grünes Holz gemischt; dann war sie kühner geworden, durch die Gewohnheit und eine einkalkulierte Straflosigkeit, die für die Planungen notwendig waren, die diese Geschichte darlegen wird, war sie innerhalb von zwanzig Jahren dahin gelangt, sich »ihr Holz« zu schlagen und sich fast ihren gesamten Lebensunterhalt zusammenzustehlen! Das Weiden der Kühe, der Mißbrauch der Ährenlese und der Nachlese in den Rebpflanzungen bürgerten sich auf diese Weise nach und nach ein. Als jedoch die Familie und die Nichtstuer des Tals das Erspießliche dieser vier von den Armen erworbenen Rechte gekostet hatten, die bis zum Plündern gehen, so wird begreiflich, daß die Bauern nur darauf verzichten konnten, wenn sie dazu durch eine Macht gezwungen wurden, die ihrer Frechheit überlegen war.

Um die Zeit, da diese Geschichte beginnt, war Tonsard, damals etwa fünfzig Jahre alt, ein großer, kräftiger Mann, eher fett als mager, mit schwarzem Kraushaar, von hochroter Gesichtsfarbe, die wie ein Ziegelstein von blaßvioletten Tönen marmoriert war, orangegelben Augen, herabhängenden, breiten Ohren, einem muskulösen Körper, der indessen von schlaffem, trügendem Fleisch umhüllt wurde, mit gedrückter Stirn, einer hängenden Unterlippe; seinen wahren Charakter verbarg er hinter Stumpfheit, in die sich das Aufblitzen einer Erfahrung mischte; diese ähnelte um so mehr dem Geist, als er sich im Beisammensein mit seinem Schwiegervater eine »verhohnepipelnde« Redeweise angewöhnt hatte, um einen Ausdruck aus dem Diktionär der Firma Vermichel und Fourchon zu gebrauchen. Seine Nase war an der Spitze abgeplattet, als habe Gottes Finger sie brandmarken wollen; sie gab ihm eine Stimme, die aus dem Gaumen scholl, wie bei allen, denen die Krankheit die Verbindung der Nasenlöcher zerfressen hat, durch die die Luft dann nur mühsam hindurchströmt[59]. Seine beiden Schneidezähne waren übereinandergewachsen, und dieser Makel, der nach Lavaters[60] Aussage etwas Schreckliches bedeutet, war noch auffälliger, da seine Zähne weiß waren wie die eines Hundes. Ohne das falsche Biedermannsgebaren dieses Nichtstuers und die Zwanglosigkeit im Gehaben dieses ländlichen Schankwirts hätte dieser Mann auch die harmlosesten Leute erschreckt.

Wenn das Porträt Tonsards, wenn die Schilderung seiner Schenke und die seines Schwiegervaters hier an erster Stelle eingefügt worden sind, so möge man überzeugt sein, daß dieser Platz dem Mann, der Schenke und der Familie zukommt. Erstens ist diese so peinlich genau geschilderte Existenz der Typus derjenigen, die hundert andere Haushalte im Tal von Les Aigues führen. Alsdann aber übte Tonsard, ohne etwas anderes zu sein als das Instrument tätiger, tiefer Haßregungen, einen gewaltigen Einfluß in der Schlacht, die geliefert werden sollte; denn er war der Ratgeber aller Beschwerdeführenden der unteren Klasse. Wie man sehen wird, diente seine Schenke ständig als Versammlungsstätte der Angreifenden, gerade wie er selber zu deren Anführer wurde, und zwar infolge des Schreckens, den er im Tal verbreitete; dieser beruhte weniger auf seinen Taten als auf dem, worauf man stets bei ihm gefaßt sein mußte. Die Drohungen dieses Wilddiebs waren genauso gefürchtet, als seien sie schon vollendete Tatsache, und so hatte er es nie nötig gehabt, eine durchzuführen.

Jede Revolte, ob nun offen oder verborgen, hat ihr Panier.

Das Panier der Spitzbuben, der Nichtstuer, der Schwätzer nun aber war die schreckliche lange Stange des Grand-I-Vert. Dort ging es lustig her! Und das ist etwas ebenso Begehrtes und ebenso Seltenes auf dem Lande wie in der Stadt. Überdies existierte keine andere Herberge auf einer Distriktslandstraße von vier Meilen, die die Lastwagen leichtiglich in drei Stunden zurücklegten; daher hielten alle, die von Couches nach La-Ville-aux-Fayes fuhren, beim Grand-I-Vert an, und sei es nur, um sich zu verschnaufen. Und überdies kamen auch der Müller von Les Aigues, der Adjunkt des Bürgermeisters, und seine Burschen hin. Nicht einmal die Dienerschaft des Generals verschmähte diese Kneipe, die Tonsards Töchter zu etwas Anziehendem machten, so daß das Grand-I-Vert durch die Dienerschaft unterirdische Verbindungen zum Schloß besaß und alles erfuhr, was die Diener wußten. Es ist unmöglich, weder durch gute Behandlung noch durch Geldzuwendungen, das ewige Einvernehmen der Domestiken mit dem Volk zu unterbinden. Diese unheilvolle Kameraderie erklärt bereits das absichtliche Verschweigen, von dem die letzte Äußerung zeugte, die Charles auf der Freitreppe gegenüber Blondet getan hatte.

VIERTES KAPITEL

Noch eine Idylle

»Den Teufel auch, Papa!« sagte Tonsard, als er seinen Schwiegervater hereinkommen sah, der vermutlich noch nichts gegessen hatte. »Dein Freßmaul scheint es heute morgen eilig zu haben. Dabei haben wir nichts für dich ... Und das Seil? Das Seil, das du machen solltest? Erstaunlich, wie du gestern daran gearbeitet hast, und wie wenig dann heute davon fertig ist! Schon längst hättest du dir den Strick drehen sollen, der deinem Leben ein Ende macht; du wirst uns nämlich auf die Dauer viel zu teuer ...«

Die Scherze der Bauern und Arbeiter sind überaus fein; sie bestehen darin, daß der Gedanke ohne jede Einschränkung ausgesprochen und durch einen grotesken Ausdruck vergröbert wird. In den Salons wird es genauso gemacht. Freilich ersetzt dort die

60

Geschliffenheit des Geistes das Pittoreske der Grobheit; das ist der ganze Unterschied.

»Hör mit der Schwiegervaterei auf«, antwortete der alte Mann, »und behandle mich als Kunden; ich will eine Flasche vom Besten.«

Bei diesen Worten klopfte Fourchon mit einem Hundertsousstück, das in seiner Hand wie eine Sonne glänzte, auf den schäbigen Tisch, an den er sich gesetzt hatte, und dessen fettiger Überzug einen ebenso kuriosen Anblick bot wie seine schwarzen Brandstellen, seine Weinflecke und die hineingeschnitzten Kerben. Beim Klang der Münze warf Marie Tonsard, die aufgetakelt war wie eine auslaufende Korvette, einen höhnischen Blick auf ihren Großvater; er sprang aus ihren blauen Augen heraus wie ein Funke; die Tonsard kam aus ihrem Schlafzimmer heraus, das Klingen des Metalls hatte sie magisch angezogen.

»Immer springst du mit meinem armen Vater grob um«, sagte sie zu Tonsard, »dabei verdient er seit einem Jahr ein gutes Stück Geld; wolle Gott, daß es auf anständige Weise geschieht. Zeig doch mal her . . .!« sagte sie, stürzte sich auf das Geldstück und entriß es Fourchons Händen.

»Geh, Marie«, sagte Tonsard mit ernster Stimme, »auf dem Brett steht noch Flaschenwein.«

Auf dem Lande gibt es nur eine Qualität Wein, aber er wird auf zweierlei Art verkauft, aus dem Faß oder in der verkorkten Flasche.

»Wo hast du das denn her?« fragte die Tochter den Vater und ließ die Münze in ihre Tasche gleiten.

»Philippine, mit dir nimmt's noch mal ein schlimmes Ende«, sagte der alte Mann kopfschüttelnd; aber er versuchte nicht, seines Geldes wieder habhaft zu werden.

Fourchon hatte wohl schon die Vergeblichkeit eines Kampfes zwischen seinem furchtbaren Schwiegersohn, seiner Tochter und sich selbst erkannt.

»So 'ne Flasche Wein verkaufst du mir also für hundert Sous!« fuhr er mit bitterer Stimme fort. »Aber es ist auch die letzte. Ich werde einfach Gast im Café de la Paix.«

»Sei lieber still, Papa!« entgegnete die weiße, fette Schankwirtin, die einer römischen Matrone recht ähnlich sah. »Du brauchst ein Hemd, eine saubere Hose, einen andern Hut; ich will auch, daß du endlich mal 'ne Weste trägst ...«

»Ich hab' dir schon gesagt, das würde mich zugrunde richten«, rief der Alte. »Wenn ich für reich gehalten werde, schenkt mir keiner mehr was.«

Die von der blonden Marie gebrachte Flasche hemmte den Redefluß des Alten; er besaß die Eigentümlichkeit derjenigen, deren Zunge sich vermißt, alles herauszusagen, und die nicht davor zurückschrecken, jeden Gedanken auszudrücken, und sei er noch so abscheulich.

»Du willst uns also nicht sagen, wo du soviel Geld geangelt hast ...?« fragte Tonsard. »Dann würden wir nämlich ebenfalls hingehen ...!«

Während der wüste Schankwirt weiter an einer Schlinge knüpfte, warf er Spähblicke auf die Hose seines Schwiegervaters und gewahrte nur zu bald die darauf plastisch sich abzeichnende Rundung des zweiten Fünffrancsstücks.

»Prost! Ich werde Kapitalist«, antwortete Papa Fourchon.

»Wenn du bloß wolltest, dann wärst du es längst«, sagte Tonsard, »die Fähigkeiten dazu hast du ...! Aber der Teufel hat dir unten in den Kopf ein Loch gebohrt, aus dem alles wieder 'rausläuft!«

»Hehe! Ich hab' dem kleinen Bourgeois auf Les Aigues, der aus Paris gekommen ist, den Trick mit der Otter vorgespielt, und weiter gar nichts!«

»Wenn viele Leute kämen und sich die Avonne-Quellen ansähen«, sagte Marie, »dann würdest du reich, Papa Fourchon.«

»Ja«, entgegnete er und trank das letzte Glas seiner Flasche aus, »aber bei der Spielerei mit den Ottern sind die Ottern böse geworden, und da hab' ich mir eine geschnappt; und die wird mir mehr einbringen als zwanzig Francs.«

»Wette, Papa, daß du dir 'ne Otter aus Werg gemacht hast ...?« fragte die Tonsard und schaute ihren Vater listig an.

»Wenn du mir 'ne Hose schenkst, 'ne Weste und Hosenträger mit Saum, damit ich Vermichel auf unserm Musikpodium im Tivoli nicht allzuviel Schande mache, weil nämlich der alte Socquard immer hinter mir herschimpft, dann darfst du das Geld behalten, mein Kind; das ist dein Einfall schon wert; ich könnte den Bour-

62

geois von Les Aigues nochmals schröpfen; dann verlegt er sich vielleicht ganz und gar auf die Ottern!«

»Hol uns noch 'ne Flasche«, sagte Tonsard zu seiner Tochter. – »Wenn dein Vater 'ne Otter hätte, dann würde er sie uns zeigen«, antwortete er seiner Frau im Versuch, Fourchon bei einer empfindlichen Stelle zu packen.

»Dazu hab' ich zu große Angst, sie in eurer Bratpfanne landen zu sehen!« sagte der alte Mann, kniff eins seiner kleinen, grünlichen Augen ein und musterte die Tochter. »Philippine hat mir schon mein Geldstück abspenstig gemacht, und wieviel von meinem Geld habt ihr mir schon weggenommen, weil ihr so tatet, als kleidetet und ernährtet ihr mich ...? Und dabei sagt ihr noch, mein Freßmaul habe es eilig, und ich liefe immer nackt herum.«

»Hast du nicht etwa deinen letzten Anzug verkauft, um im Café de la Paix Würzwein[61] trinken zu können, Papa ...?« fragte die Tonsard. »Der Beweis dafür ist, daß Vermichel dich daran hat hindern wollen ...«

»Vermichel ...? Den ich freigehalten habe ...? Vermichel bringt es nicht fertig, seinen Freund zu verpetzen; es wird dieser Zentner alter Speck auf zwei Beinen gewesen sein, der sich nicht schämt, sich als seine Frau zu bezeichnen.«

»Er oder sie«, antwortete Tonsard, »der Bonnébault ...«

»Wenn es tatsächlich Bonnébault war«, erwiderte Fourchon, »der doch eine der Säulen des Cafés ist, dann ... werde ich ihn ... Na, genug.«

»Na, du Zechbruder, was liegt schon daran, daß du deine Sachen verkauft hast? Du hast sie nun mal verkauft, schließlich bist du volljährig!« entgegnete Tonsard und schlug dem Alten aufs Knie. »Los, mach meinen Fässern Konkurrenz, laß dich vollaufen! Mame Tonsards Vater hat das Recht dazu, und es ist besser, als dein blankes Geld zu Socquard zu tragen!«

»Wenn man bedenkt, daß du jetzt seit fünfzehn Jahren die Leute im Tivoli das Tanzbein schwingen läßt, ohne das Geheimnis von Socquards Würzwein herausbekommen zu haben, wo du doch ein so schlauer Fuchs bist!« sagte die Tochter zum Vater. »Dabei weißt du doch ganz genau, daß wir mit diesem Geheimrezept so reich werden könnten wie Rigou!«

Im Morvan[62] und in dem Teil Burgunds, der unten am Morvan nach Paris zu gelegen ist, ist dieser Würzwein, um dessentwillen die Tonsard dem Papa Fourchon Vorwürfe gemacht hatte, ein ziemlich teures Getränk, das im Leben der Bauern eine große Rolle spielt, und das dort, wo es Cafés gibt, die Gewürzkrämer und die Caféwirte mehr oder weniger gut herzustellen wissen. Dieses gesegnete Getränk, das aus erlesenem Wein, Zucker, Zimt und anderen Gewürzen besteht, wird allen Tarnungen oder Mischungen mit Branntwein vorgezogen, die als Ratafiat[63], Hundertsiebenjahr[64], Soldatenschnaps[65], Cassis[66], Vespétro[67], Sonnengeist usw.[68] bezeichnet werden. Der Würzwein wird bis über die Grenzen Frankreichs und der Schweiz hinaus angetroffen. In den wilden Gegenden des Jura, bis zu denen nur wirkliche Bergsteiger vordringen, verkaufen die Gastwirte, wie Handelsreisende versichern, dieses Industrieprodukt, das im übrigen ausgezeichnet ist, unter dem Namen »Syrakuser Wein«, und bei dem hündischen Durst, den man beim Erklimmen der Gipfel bekommt, zahlt man mit Freuden drei oder vier Francs die Flasche. In den Haushaltungen des Morvan und Burgunds sind der leichteste Schmerz, das geringste Nervenzittern ein Vorwand zum Trinken von Würzwein. Die Frauen fügen ihm vor, während und nach der Entbindung abgebrannten Zucker hinzu. Der Würzwein hat ganze Bauernvermögen verschlungen. Daher hat das verführerische Getränk mehr als einmal den Anlaß zu ehelichen Auseinandersetzungen gebildet.

»Aber das ist doch nicht 'rauszubekommen!« antwortete Fourchon. »Socquard hat sich immer eingeschlossen, wenn er seinen Würzwein machte! Nicht mal seiner seligen Frau hat er das Geheimnis gesagt. Alles, was er für die Fabrikation braucht, bezieht er aus Paris!«

»Quäl doch deinen Vater nicht so!« rief Tonsard. »Er weiß es nicht, na, dann weiß er es eben nicht! Man kann doch nicht alles wissen!«

Fourchon wurde von Unruhe gepackt, als er sah, daß die Physiognomie seines Schwiegersohns sich genauso milderte wie seine Redeweise.

»Was willst du mir nun eigentlich stehlen?« fragte der alte Mann naiv.

»*Ich*«, sagte Tonsard, »habe nichts unrechtmäßig Erworbenes in meinem Vermögen, und wenn ich dir was wegnehme, dann ziehe ich es von der Mitgift ab, die du mir versprochen hattest.«

Fourchon, den diese Brutalität beruhigt hatte, senkte den Kopf als ein Besiegter und Überzeugter.

»Ist 'ne hübsche Schlinge geworden«, fuhr Tonsard fort, rückte an seinen Schwiegervater heran und legte ihm die Schlinge auf die Knie. »Die brauchen sicher Wild auf Les Aigues, und wir werden es schon deichseln, ihnen ihr eigenes zu verkaufen, oder es gäbe keinen lieben Gott für uns . . .«

»Solide Arbeit«, sagte der alte Mann, als er das bösartige Gerät angeschaut hatte.

»Laß uns nur wacker Sous zusammenscharren, Papa, nur immer zu«, sagte die Tonsard, »wir werden schon unsern Anteil vom Kuchen Les Aigues bekommen . . .!«

»Oh, diese Schwatzmäuler!« sagte Tonsard. »Wenn ich mal gehängt werde, dann sicher nicht um eines Gewehrschusses willen, sondern weil deiner Tochter die Zunge ausgerutscht ist.«

»Glaubst du etwa, Les Aigues wird aufgeteilt und verkauft, nur deiner scheußlichen Nase wegen?« antwortete Fourchon. »Was? Seit dreißig Jahren saugt euch der Papa Rigou das Mark aus den Knochen, und ihr habt immer noch nicht kapiert, daß die Bourgeois schlimmer sein werden als die Adligen? Bei diesem Handel, Kinderlein, werden Leute wie Soudry, Gaubertin und Rigou euch tanzen lassen nach der Melodie: ›Guten Tabak habe ich, aber du kriegst keinen!‹ Das ist die Nationalhymne der Reichen, jawohl . . .! Der Bauer ist und bleibt Bauer! Merkt ihr denn nicht (aber ihr habt ja keinen Schimmer von Politik . . .!), daß die Regierung nur deshalb so hohe Steuern auf den Wein gelegt hat, um uns unsere paar Kröten abzuknöpfen und uns im Elend sitzen zu lassen? Der Bourgeois und die Regierung, das ist ein Herz und eine Seele. Was sollte denn aus denen werden, wenn wir alle reich wären . . .? Würden die etwa die Felder bestellen und die Ernte einbringen? Die brauchen Leute, denen es schlecht geht! Ich selbst bin zehn Jahre lang reich gewesen, ich weiß nur zu gut, wie ich über Lumpenpack gedacht habe . . .!«

»Trotzdem müssen wir Hand in Hand mit ihnen arbeiten«, antwortete Tonsard, »weil sie die großen Güter aufteilen wollen . . . Und hinterher gehen wir dann gegen Leute wie Rigou vor. Wäre ich Courtecuisse, den er kaputtmacht, so hätte ich meine Rechnung mit ihm schon längst mit anderer Münze[69] heimgezahlt, als der arme Kerl sie ihm gibt . . .«

»Recht hast du«, antwortete Fourchon. »Wie der Papa Niseron sagt, der Republikaner geblieben ist, im Gegensatz zu allen andern: ›Das Volk hat ein zähes Leben, es stirbt nicht, es hat die Zeit auf seiner Seite . . .!‹«

Fourchon versank in etwas wie Nachsinnen, und das nahm Tonsard wahr, indem er seine Schlinge wieder an sich nahm; aber gleichzeitig schnitt er mit der Schere die Hose auf, als Papa Fourchon sein Glas hob und trinken wollte, und setzte den Fuß auf das Geldstück, das auf eine feuchte Stelle des Fußbodens gerollt war, dorthin, wo die Zecher ihre Gläser ausschwenkten. Obwohl dieser Diebstahl sehr schnell ging, hätte der Alte ihn vielleicht bemerkt, wenn nicht gerade Vermichel gekommen wäre.

»Tonsard, weißt du, wo der Papa steckt?« fragte der Funktionär vom Pfahlzaun her.

Vermichels Ruf, das Klauen des Geldstücks und das Leeren des Glases vollzogen sich gleichzeitig.

»Zur Stelle, Herr Offizier!« sagte Papa Fourchon und hielt Vermichel die Hand hin, um ihm beim Ersteigen des Treppchens vor der Kneipe behilflich zu sein.

Von allen burgundischen Gesichtern wäre einem das Vermichels wohl als das burgundischste erschienen. Der Sachwalter sah nicht rot, sondern scharlachrot aus. Sein Gesicht war, wie gewisse tropische Gegenden des Globus, von kleinen erloschenen Vulkanen durchlöchert; sie bildeten jene flachen, grünen Moose, die Fourchon recht poetisch als »Weinblumen« bezeichnete. Dieser glühende Kopf, dessen Züge durch sein beständiges Betrunkensein über die Maßen aufgequollen waren, wirkte zyklopisch; denn seine rechte Seite wurde durch eine lebhafte Pupille erhellt, während die des andern Auges erloschen war, weil ein gelbliches Häutchen sie bedeckte. Rotes, stets struppiges Haar und ein Bart wie der des Judas liehen Vermichel ein ebenso furchteinflößendes Aussehen, wie er in Wahrheit sanftmütig war. Seine Trompetennase ähnelte einem Fragezeichen, dem der von einem Ohr zum andern reichende Mund in einem fort zu antworten schien, sogar, wenn er ihn gar nicht aufmachte.

Vermichel war untersetzt; er trug eisenbeschlagene Schuhe, eine flaschengrüne Samthose, eine mit unterschiedlichen Stoffen geflickte Hose, die aus einer Steppdecke gefertigt worden zu sein schien, einen Rock aus grobem, braunem Tuch und einen grauen, breitkrempigen Hut. Zu diesem Luxus war er durch die Ämter genötigt, die er in Soulanges ausübte, wo er Pförtner im Rathaus, Trommler, Gefangenenwärter, Stadtfiedler und Sachwalter war; seine Pflege hatte Madame Vermichel übernommen, eine furchtbare Gegnerin der Philosophie des Rabelais. Dieses schnurrbärtige Mannweib war einen Meter breit, wog hundertzwanzig Kilo, war dennoch behend und übte über Vermichel die Herrschaft aus; sie verprügelte ihn, wenn er betrunken war, aber er ließ es auch zu, wenn er nüchtern war. Daher sagte Papa Fourchon über Vermichels Tracht: »Es ist eine Sklaven-Livree.«

»Wenn man von der Sonne spricht, fängt sie zu scheinen an«, entgegnete Fourchon und wiederholte damit einen Scherz, zu dem das rötlich schimmernde Gesicht Vermichels Anlaß gegeben hatte; es ähnelte tatsächlich den Sonnenbildern, die in der Provinz auf die Wirtshausschilder gemalt werden. »Hat deine Frau auf deinem Rücken zuviel Staub gesehen, daß du vor deinen Vierfünfteln davongelaufen bist, denn von deiner besseren Hälfte kann man bei einer solchen Frau wahrhaftig nicht sprechen . . .! Was treibt dich zu so früher Stunde her, du geschlagener Tambour?«

»Wie immer die Politik!« antwortete Vermichel; er war offenbar an dergleichen Scherze gewöhnt.

»Ach, das Geschäft in Blangy geht schlecht; wir müssen Wechsel zu Protest gehen lassen«, sagte Papa Fourchon und goß dem Freund ein Glas Wein ein.

»Unser Affe ist hinter mir her«, antwortete Vermichel und hob den Ellbogen.

Im Argot der Arbeiter ist der »Affe« der Herr. Dieser Ausdruck war in den Diktionär der Firma Vermichel und Fourchon aufgenommen worden.

»Was hat denn Monsieur Brunet hier herumzustänkern?« fragte die Tonsard.

»Haha, zum Donnerwetter, ihr Leute«, sagte Vermichel, »ihr bringt ihm doch seit drei Jahren mehr ein, als ihr wert seid . . .!

67

Er fährt euch gehörig in die Rippen, dieser Bourgeois von Les Aigues! Der treibt's gut, der Tapezierer ... Wie Väterchen Brunet sagt: ›Wenn es drei Grundbesitzer wie den im Tal gäbe, wäre mein Glück gemacht ...!‹«

»Was haben sie denn jetzt wieder gegen die armen Leute ausgeheckt?« fragte Marie.

»Wahrhaftig!« entgegnete Vermichel, »es ist gar nicht so dumm, und schließlich müßt ihr doch noch klein beigeben ... Nichts zu machen; jetzt haben sie seit bald drei Jahren die Macht mit drei Wächtern, einem Wächter zu Pferd, die sämtlich emsig wie die Ameisen sind, und einem Feldhüter, der wie ein reißendes Tier ist. Und schließlich zieht sich jetzt die Gendamerie auf jeden Wink von ihnen die Stiefel an ... Sie zertreten euch ...«

»Ach, Unfug!« sagte Tonsard. »Dazu sind wir zu klein ... Widerstandsfähiger als der Baum ist das Gras ...«

»Darauf verlaß dich nicht«, antwortete Papa Fourchon seinem Schwiegersohn, »du hast doch Landbesitz ...«

»Also kurz und gut«, fuhr Vermichel fort, »sie haben euch lieb, diese Leute, denn sie denken vom Morgen bis zum Abend nur an euch! Sie haben sich einfach gesagt: ›Das Vieh dieser Lumpenkerle da frißt uns unsere Wiesen auf; wir nehmen es ihnen weg, das Vieh. Wenn sie kein Vieh mehr haben, fressen sie schwerlich selber das Gras unserer Wiesen ab.‹ Da ihr alle schon Strafen auf dem Buckel habt, haben sie zu unserm Affen gesagt, er solle eure Kühe pfänden. Heute morgen wird in Couches damit angefangen; da pfänden sie die Kuh der Bonnébault, die Kuh der Mutter Godain und die Kuh der Mitant.«

Sowie Marie, die in den Enkel der Alten mit der Kuh verliebt war, den Namen Bonnébault gehört hatte, blinzelte sie ihren Eltern zu und sprang auf das Rebgehege zu. Wie ein Aal schlüpfte sie durch ein Loch in der Hecke und eilte mit der Geschwindigkeit eines gehetzten Hasen nach Couches.

»Sie treiben es noch so weit«, sagte Tonsard in aller Ruhe, »daß sie sich die Knochen zerbrechen lassen, und das wäre schade; ihre Mütter können ihnen keine neuen machen.«

»Das wäre vielleicht dennoch möglich!« fügte Papa Fourchon hinzu. »Aber, siehst du, Vermichel, ich kann erst in einer Stunde dir gehören; ich habe Wichtiges im Schloß zu erledigen ...«

68

»Wichtigeres als drei Gebühren zu je fünf Sous . . .? ›Man darf nicht auf die geernteten Trauben spucken!‹ hat der Papa Noah gesagt.«

»Ich sage dir, Vermichel, daß mein Geschäft mich ins Schloß Les Aigues ruft«, wiederholte der alte Fourchon und setzte eine lächerlich wichtigtuerische Miene auf.

»Es ist übrigens nicht so«, sagte die Tonsard, »daß mein Vater sich absichtlich davor drücken möchte. Wollen sie etwa die Kühe tatsächlich vorfinden . . .?«

»Monsieur Brunet, der ein guter Mensch ist, wünscht sich nichts Besseres, als bloß ihre Fladen vorzufinden«, antwortete Vermichel. »Ein Mann, der, wie er, nachts unterwegs sein muß, ist vorsichtig.«

»Und da hat er recht«, sagte Tonsard trocken.

»Also«, fuhr Vermichel fort, »hat er Folgendes zu Monsieur Michaud gesagt: ›Ich gehe hin, sobald die Sitzung zu Ende ist.‹ Wenn er die Kühe hätte finden wollen, wäre er morgens früh um sieben hingegangen . . .! Aber losziehen muß er, der Monsieur Brunet, hilft ihm nichts. Zweimal läßt Michaud sich nicht übers Ohr hauen, der ist ein vollendeter Jagdhund. Ach, ist das ein Brigant!«

»Dergleichen Eisenfresser hätten bei der Armee bleiben sollen«, sagte Tonsard, »die taugen zu nichts, als auf die Feinde losgelassen zu werden . . . Ich möchte, daß er mal mit mir anbände! Er mag getrost behaupten, er sei ein Veteran der Jungen Garde; ich bin sicher, wenn wir unsere Knüppel gemessen hätten, würde ich den längeren in den Pfoten behalten!«

»Ja, richtig«, sagte die Tonsard zu Vermichel, »wann werden denn die Plakate für das Fest in Soulanges angeklebt . . .? Wir haben heute bereits den 8. August . . .«

»Ich habe sie gestern zu Monsieur Bournier zum Drucken nach La-Ville-aux-Fayes gebracht«, antwortete Vermichel. »Bei Madame Soudry ist davon geredet worden, daß es auf dem See ein Feuerwerk geben soll.«

»Wie viele Leute werden da kommen!« rief Fourchon.

»Da hat Socquard gute Tage, wenn es nicht regnet«, sagte der Schankwirt mit neidischer Miene.

Der Trab eines von Soulanges kommenden Pferdes wurde vernehmlich, und fünf Minuten später band der Gerichtsvollzieher sein Pferd an einen Pfahl, der eigens dafür an der Gittertür, durch die die Kühe immer gingen, eingerammt worden war. Dann steckte er den Kopf zur Tür des Grand-I-Vert hinein.

»Los, los, Kinder, wir dürfen keine Zeit verlieren«, sagte er und tat, als habe er es eilig.

»Tja«, sagte Vermichel, »Sie haben hier einen, der sein Wort nicht hält, Monsieur Brunet. Papa Fourchon hat die Gicht.«

»Gicht ist Gicht und Schnaps ist Schnaps[70]«, entgegnete der Gerichtsvollzieher, »aber das Gesetz verlangt von ihm nicht, daß er nüchtern ist.«

»Verzeihung, Monsieur Brunet«, sagte Fourchon, »ich werde aus geschäftlichen Gründen auf Les Aigues erwartet; wir unterhandeln über eine Otter . . .«

Brunet war ein kleiner, dürrer Mann mit galligem Teint; er war ganz und gar in schwarzes Tuch gekleidet, hatte einen fahlen Blick, krauses Haar, einen zusammengepreßten Mund, eine Spitznase, eine Jesuitenmiene, eine rostige Stimme, und bot das Phänomen einer Physiognomie, einer Haltung und eines Charakters dar, die vollauf mit seinem Beruf harmonierten. Er kannte sich so gut in den Rechtsbestimmungen oder, besser gesagt, den Schikanen aus, daß er zugleich der Schrecken und der Berater des Distrikts war; daher genoß er eine gewisse Popularität unter den Bauern, von denen er seine Honorare in Naturalien erbat.

Alle seine positiven und negativen Eigenschaften, sein Wissen, wie man es machen müsse, verschafften ihm die Klientel des Kantons, im Gegensatz zu seinem Kollegen Meister Plissoud, von dem später die Rede sein soll. Oft treffen ein Gerichtsvollzieher, der alles macht, und ein Gerichtsvollzieher, der nichts macht, bei den ländlichen Friedensgerichten zusammen.

»Es wird also brenzlig . . .?« fragte Tonsard Brunet.

»Nichts zu machen; ihr plündert ihn gar zu sehr aus, diesen Menschen . . .! Jetzt wehrt er sich!« antwortete der Gerichtsvollzieher. »Und nun nimmt es ein böses Ende mit euren Geschäften; die Regierung mischt sich ein.«

»Wir armen Leute sollen also mit aller Gewalt krepieren?« fragte Tonsard und bot dem Gerichtsvollzieher auf einer Untertasse ein Glas Schnaps an.

»Die armen Leute können getrost krepieren; an denen wird es nie fehlen . . .!« sagte Fourchon anzüglich.

»Ihr verwüstet aber auch den Wald gar zu sehr«, antwortete der Gerichtsvollzieher.

»So viel Lärm um das bißchen armselige Reisig!« sagte die Tonsard.

»Man hat während der Revolution zu wenig Reiche geköpft, daran liegt's«, sagte Tonsard.

In diesem Augenblick erscholl ein gräßlicher Lärm, und er war unerklärlich. Der Galopp zweier toll gewordener Füße, untermischt mit Waffengeklirr, übertönte das Rauschen von Blattwerk und Zweigen, die von noch hastigeren Schritten mitgeschleppt wurden. Zwei Stimmen, die so verschieden waren wie die beiden Galopps, schrien einander lauthals Schimpfwörter zu. Alle in der Schenke Versammelten konnten sich denken, daß der Verfolger ein Mann und die Verfolgte eine Frau waren; aber aus welchem Anlaß . . .? Die Ungewißheit dauerte nicht lange.

»Das ist die Mutter«, sagte Tonsard, »ich kenne ihr Gepolter!«

Und plötzlich, nachdem sie die tückischen Stufen des Grand-I-Vert mit einer Energie erklettert hatte, wie sie sich nur in den Herzen von Schmugglern findet, fiel die alte Tonsard mitten in die Schenke und streckte alle viere in die Luft. Die riesige Holzmenge, die in ihrem Reisigbündel steckte, krachte schrecklich, als sie gegen den Querbalken der Tür stieß und dann auf den Fußboden knallte. Alles war beiseite getreten. Die Tische, die Flaschen, die Stühle, die von den Zweigen gestreift wurden, fielen um oder rutschten auseinander. Der Lärm wäre weniger groß gewesen, wenn die Hütte zusammengestürzt wäre.

»Mich hat der Schlag getroffen! Der Lump hat mich umgebracht . . .!«

Der Aufschrei, die Tat und das Laufen der alten Frau fanden ihre Erklärung, als auf der Schwelle ein ganz in grünes Tuch gekleideter Forstaufseher erschien; er trug einen Hut mit silberner Borte, der Säbel hing ihm an der Seite; sein Lederbandelier zeigte das Wappen Montcornets und das Mittelstück das Wappen der Troisvilles; er trug die vorgeschriebene rote Weste und Ledergamaschen, die ihm bis über die Knie reichten.

Nach kurzem Zögern sagte der Forstaufseher, als er Brunet

71

und Vermichel erblickte: »Ich habe Zeugen.« – »Wofür denn?«
fragte Tonsard.

»Die Frau hat in ihrem Reisigbündel eine zu Knüppelholz
zersägte zehnjährige Eiche; ein richtiges Verbrechen ist das . . .!«

Sobald das Wort »Zeugen« gefallen war, hatte Vermichel es
für durchaus angebracht gehalten, nach draußen zu verschwinden und frische Luft zu schöpfen.

»Wofür denn . . .? Wofür denn . . .?« fragte Tonsard und
pflanzte sich vor dem Forstaufseher auf, während die Tonsard
ihrer Schwiegermutter wieder auf die Beine half. »Willst du ge-
fälligst machen, daß du wegkommst, Vatel . . .? Setz dein Protokoll draußen auf dem Weg auf und beschlagnahme da; da bist
du in deinem Bereich, du Straßenräuber, aber mach, daß du hier
'rauskommst. Ist dies *mein* Haus oder nicht? Jeder ist Herr im
eigenen Haus . . .«

»Sie ist auf frischer Tat ertappt worden; deine Mutter muß
mitkommen . . .«

»Meine Mutter verhaften, in meinem eigenen Haus? Dazu
hast du kein Recht. Meine Wohnung ist unverletzlich . . .! Das
wenigstens wissen wir. Hast du 'nen Haftbefehl von Monsieur
Guerbet, unserm Untersuchungsrichter . . .? Hah, du brauchst
einen gerichtlichen Befehl, damit du hier eindringen kannst. Du
bist nicht das Gericht, obgleich du vor dem Tribunal einen Eid
geleistet hast, uns alle vor Hunger verrecken zu lassen, du gemeiner Forstbeamter, du Schnüffler du!«

Die Wut des Forstaufsehers war zu einem solchen Grad gestiegen, daß er sich des Reisigbündels bemächtigen wollte; aber die
Alte, ein abscheuliches, schwarzes, mit der Fähigkeit, sich zu bewegen, begabtes Stück Pergament, desgleichen einzig auf Davids[71] Gemälde »Der Raub der Sabinerinnen« zu sehen ist, schrie
ihn an:

»Laß die Finger davon, oder ich kratz' dir die Augen aus!«

»Na, meinetwegen! Aber wagen Sie es, Ihr Reisigbündel in
Gegenwart von Monsieur Brunet aufzumachen?« fragte der
Forstaufseher.

Obwohl der Gerichtsvollzieher die gleichgültige Miene zur
Schau trug, die die Gewöhnung an ihre Obliegenheiten den
Staatsanwälten verleiht, gab er dennoch der Schankwirtin und

ihrem Mann durch ein Augenzwinkern zu verstehen: »Faule Sache ...!« Der alte Fourchon wies seine Tochter mit dem Finger bedeutungsvoll auf einen Aschenhaufen hin, der im Kamin lag. Die Tonsard, die gleichzeitig die Gefahr, in der ihre Schwiegermutter schwebte, und den Rat ihres Vaters begriff, nahm eine Handvoll Asche und warf sie dem Forstaufseher in die Augen. Vatel brüllte auf; Tonsard wurde durch all das Licht erleuchtet, das der Forstaufseher eingebüßt hatte, stieß ihn roh auf die tückischen Stufen der kleinen Vortreppe, auf denen die Füße eines Blinden ohne weiteres strauchetn mußten, so daß Vatel bis auf den Weg kollerte und sein Gewehr losließ. Im nächsten Augenblick war das Reisigbündel auseinandergenommen, die Scheite wurden herausgezogen und versteckt, und zwar mit einer Behendigkeit, die kein Wort zu schildern vermöchte. Brunet, der nicht Zeuge dieses vorhergesehenen Vorgangs hatte sein wollen, stürzte zu dem Forstaufseher hin, um ihm aufzuhelfen; er ließ ihn sich auf die Böschung setzen, feuchtete sein Taschentuch an und wusch dem Leidenden die Augen aus, der trotz seiner Schmerzen versucht hatte, sich zum Bach hinzuschleppen.

»Vatel, Sie sind im Unrecht«, sagte der Gerichtsvollzieher zu ihm, »Sie haben nicht das Recht, in die Häuser einzudringen, das wissen Sie doch ...«

Die Alte, eine kleine, fast bucklige Frau, schleuderte aus den Augen ebensoviel Blitze wie Schimpfreden aus dem zahnlosen, schäumenden Mund; sie stand auf der Türschwelle, die Fäuste in die Hüften gestemmt, und schrie, daß es in Blangy gehört werden konnte.

»Ha, du Lump, das war ganz das Richtige! Daß die Hölle dich verschlinge ...! Mich zu verdächtigen, ich fällte Bäume! Mich, die ehrliche Frau des Dorfs, und mich zu hetzen wie ein wildes Tier! Ich wollte, du verlörst das Augenlicht, dann hätte das Dorf wenigstens seine Ruhe. Ihr alle seid Unglücksvögel, du und deine Genossen! Ihr unterschiebt uns Missetaten, bloß um den Krieg zwischen euerm Herrn und uns anzufachen!«

Der Forstaufseher ließ sich von dem Gerichtsvollzieher die Augen säubern, der, während er ihn behandelte, ihm andauernd klarmachte, er habe gegen eine Rechtsvorschrift verstoßen.

»Die hat uns schön 'rumgehetzt, die alte Lumpensau«, sagte

Vatel schließlich. »Seit gestern abend hat sie im Wald gesteckt . . .«

Alle hatten beim Verstecken des gefällten Baums eifrig Hand angelegt; dann wurde in der Schenke rasch alles wieder in Ordnung gebracht. Dann trat Tonsard mit hochmütiger Miene vor die Tür.

»Vatel, mein Bürschchen, wenn du dir wieder mal einfallen läßt, mit Gewalt in meine Wohnung einzudringen, dann gibt mein Gewehr dir die Antwort«, sagte er. »Du kennst dich in deinem Beruf nicht aus . . . Na, schließlich, dir ist warm geworden, wenn du 'n Glas Wein willst, sollst du es haben, dann kannst du dich überzeugen, daß in dem Reisig meiner Mutter auch kein Tüttelchen von verdächtigem Holz drin ist, es ist alles dürres Gezweig!«

»Dieser Schweinehund . . .!« sagte der Forstaufseher ganz leise zu dem Gerichtsvollzieher; diese Ironie traf ihn tiefer ins Herz, als die Asche seinen Augen weh getan hatte.

In diesem Augenblick erschien der Diener Charles, der zuvor auf die Suche nach Blondet ausgeschickt worden war, in der Tür des Grand-I-Vert.

»Was ist denn mit Ihnen los, Vatel?« fragte der Diener den Forstaufseher.

»Ach«, antwortete dieser und wischte sich die Augen, die er weit geöffnet in den Bach getaucht hatte, um das Reinigungswerk zu vollenden, »ich habe da Schuldner, und ich werde sie den Tag verfluchen lassen, da sie das Licht der Welt erblickt haben.«

»Wenn Sie es so auffassen, Monsieur Vatel«, sagte Tonsard kaltblütig, »dann werden Sie feststellen, daß wir hier in Burgund vor nichts die Augen zukneifen.«

Vatel verdrückte sich. Charles war wenig erpicht auf die Lösung dieses Rätsels und hielt in der Schenke Umschau.

»Kommen Sie mit ins Schloß, Sie und Ihre Otter, wenn Sie eine haben«, sagte er zu Papa Fourchon.

Der Alte stand hastig auf und folgte Charles.

»Na, wo ist sie denn, die Otter?« fragte Charles lächelnd und mit zweiflerischer Miene.

»Da«, sagte der Seiler und ging auf die Thune zu.

Das ist der Name des Bachs, der von dem Überfluß der Wasser der Mühle und des Parks von Les Aigues gespeist wird. Die Thune fließt an der Distriktslandstraße entlang bis zu dem kleinen See von Soulanges, den sie durchfließt, um dann in die Avonne zu münden, nachdem sie die Mühlen und die Wasser des Schlosses von Soulanges gespeist hat.

»Da ist sie, ich hab' sie mit einem Stein um den Hals im Wasser von Les Aigues versteckt.«

Als er sich bückte und wieder aufrichtete, spürte der Alte das Geldstück nicht mehr in seiner Tasche, dort war das Münzmetall so wenig heimisch, daß er sofort sein Fehlen oder Vorhandensein bemerken mußte.

»Oh, diese Schufte!« rief er. »Ich jage Ottern, aber die, die jagen ihren Schwiegervater ...! Sie nehmen mir alles weg, was ich verdiene, und dann sagen sie noch, es sei zu meinem Besten ...! Haha, ich kann mir denken, daß es zu meinem Besten ist! Ohne meinen guten Mouche, den Trost meiner alten Tage, würde ich mich ersäufen. Kinder, die sind der Ruin für die Väter. Sie sind nicht verheiratet, Monsieur Charles; heiraten Sie nie! Denn sonst müßten Sie sich Vorwürfe machen, Sie hätten schlechtes Korn gesät ...! Und ich hatte geglaubt, ich würde mir Werg kaufen können ...! Jetzt ist es weg, mein Werg! Der nette Herr, der hatte mir zehn Francs geschenkt. Na, dann wird meine Otter jetzt eben um so teurer!«

Charles hegte so tiefes Mißtrauen gegen Papa Fourchon, daß er dessen echte Klagen für die Vorbereitung dessen hielt, was er im Dienerstil eine »Flause« zu nennen pflegte, und er beging den Fehler, seine Auffassung mittels eines Lächelns durchblicken zu lassen, das den durchtriebenen Alten überraschte.

»Na, hören Sie, Papa Fourchon, wo bleibt die Haltung ...? Sie sollen doch mit Madame sprechen«, sagte Charles, als er eine ziemlich beträchtliche Zahl rubinroter Flecken auf der Nase und den Backen des alten Mannes flammen sah.

»Ich bin ganz auf der Höhe, Charles, und der Beweis dafür ist, daß ich, wenn du mir in der Anrichte die Reste vom Mittagessen und eine oder zwei Falschen spanischen Wein gibst, dir ein paar Worte zuflüstern werde, die dir 'ne Tracht Prügel ersparen ...«

»Heraus damit! Dann bekommt François eine Weisung von Monsieur, dir ein Glas Wein zu bringen«, antwortete der Diener.

»Abgemacht?«

»Abgemacht!«

»Na ja. Du hast also 'ne Verabredung mit meiner Enkeltochter Catherine unter dem Bogen der Avonne-Brücke; Godain ist in sie verknallt, er hat euch gesehen und ist so blöd, eifersüchtig zu sein ... Ich sage: ›so blöd‹, weil ein Bauer keine Gefühle haben darf, die nur den Reichen erlaubt sind. Wenn du also zum Fest von Soulanges mit ihr ins Tivoli tanzen gehst, dann wirst du einen Tanz erleben, der sich gewaschen hat ...! Godain ist geizig und tückisch, der ist imstande und schlägt dir den Arm kaputt, ohne daß du ihn verklagen könntest ...«

»Das ist zu teuer. Catherine ist ein hübsches Mädchen, aber das ist sie nicht wert«, sagte Charles. »Und warum schnappt Godain denn ein? Die andern tun's doch auch nicht ...«

»Na, er hat sie eben so lieb, daß er sie heiraten will ...«

»Das wäre dann also wieder mal eine, die Prügel bezieht ...!« sagte Charles.

»Kommt drauf an«, sagte der Alte, »sie ist nach ihrer Mutter geartet, und gegen die hat Tonsard niemals die Hand erhoben, aus Angst, sie könne den Fuß heben! Eine Frau, die sich zu rühren weiß, die bringt was ein ... Und überdies, wenn Godain mit Catherine mehrere Partien hintereinander spielt, würde er, obwohl er ein guter Spieler ist, den kürzeren ziehen.«

»Da, Papa Fourchon, haben Sie vierzig Sous, jetzt können Sie auf mein Wohl trinken, falls wir keinen Alicante-Wein süffeln können ...«

Der alte Fourchon wandte den Kopf ab, als er das Geldstück in die Tasche steckte, damit Charles den erfreuten und ironischen Gesichtsausdruck nicht sehen konnte, den zu unterdrücken er nicht fertiggebracht hatte.

»Catherine, die ist 'ne Nutte, an der ist alles dran«, fuhr der Alte fort. »Sie hat 'ne Schwäche für Malaga; sag ihr doch einfach, sie solle sich auf Les Aigues welchen holen, du Schwachkopf!«

Charles blickte den Papa Fourchon mit naiver Bewunderung

an; er ahnte nicht das ungeheure Interesse der Feinde des Generals, einen weiteren Spitzel ins Schloß zu schmuggeln.

»Der General muß doch recht froh sein?« fragte der Alte. »Die Bauern verhalten sich jetzt ganz still. Was hält er davon . . .? Ist er mit Sibilet noch immer zufrieden . . .?«

»Lediglich Monsieur Michaud intrigiert gegen Monsieur Sibilet; es heißt, er will seine Kündigung bewirken«, antwortete Charles.

»Konkurrenzneid!« entgegnete Fourchon. »Jede Wette, daß auch du am liebsten François an die Luft gesetzt und dich an seiner Stelle als ersten Kammerdiener sähest . . .«

»Verdammt! Er bekommt zwölfhundert Francs!« sagte Charles. »Aber er kann nicht gekündigt werden, er weiß zuviel von den Geheimnissen des Generals . . .«

»Gerade wie Madame Michaud die von Madame gewußt hat«, erwiderte Fourchon mit einem Spähblick in Charles' Augen. »Sag mal, mein Junge, weißt du, ob Monsieur und Madame getrennte Schlafzimmer haben . . .?«

»Mein Gott, ja, sonst würde Monsieur Madame nicht mehr so lieb haben . . .!« sagte Charles.

»Weißt du darüber noch mehr . . .?« fragte Fourchon.

Jetzt durfte nicht weitergeredet werden; denn Charles und Fourchon waren vor den Küchenfenstern angelangt.

FÜNFTES KAPITEL

Die Gegner sind kampfbereit

Zu Beginn des Mittagessens hatte François, der erste Kammerdiener, ganz leise, aber immerhin laut genug, daß der Graf es hören konnte, zu Blondet gesagt: »Monsieur, der Junge von Papa Fourchon behauptet, sie hätten schließlich doch noch eine Otter gefangen, und er fragt, ob Sie sie wollten, ehe die beiden sie dem Unterpräfekten in La-Ville-aux-Fayes bringen.«

Obwohl Emile Blondet ein Meister auf dem Gebiet der Mystifikation war, konnte er nicht umhin, zu erröten wie eine Jungfrau, der eine etwas schlüpfrige Geschichte erzählt wird, deren Pointe sie schon kennt.

»Haha, Sie sind heute morgen mit dem Papa Fourchon auf Otternjagd gewesen?« rief der General und lachte wie toll.

»Was ist denn?« fragte die Gräfin, die dieses Lachen ihres Mannes beunruhigte.

»Wenn ein geistvoller Mensch wie er«, entgegnete der Graf, »sich von Papa Fourchon hat einwickeln lassen, dann braucht ein Kürassier im Ruhestand nicht zu erröten, daß auch er Jagd auf diese Otter gemacht hat, die gewaltige Ähnlichkeit mit dem dritten Pferd hat, das die Post einen immer bezahlen läßt, und das man nie zu sehen bekommt.«

Zwischen neuen Ausbrüchen seines tollen Lachens konnte der Graf noch sagen:

»Jetzt wundere ich mich nicht mehr, daß Sie Stiefel und Hose gewechselt haben, da Sie ja wohl haben schwimmen müssen. So tief wie Sie bin ich in die Mystifikation nicht hineingeraten; ich habe das Wasser kaum berührt; aber Sie sind ja auch viel intelligenter als ich . . .«

»Du vergißt, mein Freund«, erwiderte die Gräfin, »daß ich nicht weiß, wovon ihr sprecht.«

Auf diese Worte hin, die in Anbetracht der Verwirrung Blondets von der Gräfin mit leicht gereizter Miene gesprochen worden waren, wurde der Graf sogleich ernst, und Blondet erzählte nun selbst von seinem Otternfischzug.

»Aber«, sagte die Gräfin, »wenn diese armen Leute wirklich eine Otter haben, dann ist es doch gar nicht so schlimm.«

»Freilich; die Sache ist nur die, daß sich seit zehn Jahren keine Otter hat sehen lassen«, erwiderte der unbarmherzige General.

»Herr Graf«, sagte François, »der Kleine behauptet steif und fest, er hätte eine . . .«

»Wenn sie tatsächlich eine haben, dann bezahle ich sie ihnen«, sagte der General.

»Gott«, gab der Abbé Brossette zu bedenken, »läßt nicht zu, daß Les Aigues immer und ewig ohne Ottern bleibt.«

»Oh, Herr Pfarrer«, rief Blondet, »wenn Sie Gott gegen mich loslassen . . .«

»Wer ist denn hergekommen?« fragte die Gräfin.

»Mouche, Frau Gräfin, der kleine Junge, der immer mit Papa Fourchon beisammen ist«, antwortete der Diener.

»Lassen Sie ihn 'reinkommen ... sofern Madame es gestattet«, sagte der General, »das wird vielleicht ganz spaßig.«

»Wir müssen doch mindestens wissen, woran wir sind«, sagte die Gräfin.

Gleich danach erschien Mouche; er wirkte fast nackt. Beim Anblick dieses personifizierten Elends in diesem Eßzimmer, wo der Preis eines einzigen Spiegels fast ein Vermögen für diesen barfüßigen Jungen mit den nackten Beinen, der nackten Brust und dem bloßen Kopf bedeutet haben würde, war es unmöglich, sich nicht Regungen des Mitleids hinzugeben. Mouches Augen waren wie zwei glühende Kohlen; sie blickten abwechselnd auf die Herrlichkeiten des Raums und der Tafel.

»Hast du denn keine Mutter mehr?« fragte Madame de Montcornet; sie konnte sich eine solche Verwahrlosung nicht anders erklären.

»Nein, Madame, meine Mama ist vor Kummer gestorben, weil sie den Papa nicht wiedergesehen hat; der war 1812 mit der Armee losgezogen, und er hatte sie nicht mit Trauschein geheiratet, und dann ist er, mit Ihrer Erlaubnis, erfroren ... Aber ich hab' ja meinen Großpapa Fourchon, und der ist ein ganz guter Mensch, wenn er mich auch manchmal verhaut, daß es sich gewaschen hat.«

»Wie kommt es, mein Freund, daß es auf deinem Gut so unglückliche Menschen gibt ...?« fragte die Gräfin und blickte den General an.

»Frau Gräfin«, sagte der Pfarrer, »wir haben in der Gemeinde nur Leute, die an ihrem Unglück selber schuld sind. Der Herr Graf hat gute Absichten; aber wir haben es mit Menschen ohne Religion zu tun, Menschen, die nur auf *eins* erpicht sind, nämlich auf Ihre Kosten zu leben.«

»Aber«, sagte Blondet, »mein lieber Herr Pfarrer, Sie sind doch hier, um sie zu ermahnen.«

»Monsieur«, antwortete der Abbé Brossette Blondet, »Monseigneur hat mich hierher geschickt wie einen Missionar zu den Wilden; aber, wie ich die Ehre hatte, Seiner bischöflichen Gnaden zu sagen, die französischen Wilden sind völlig unzugänglich, sie haben es sich zur Regel gemacht, nicht auf uns zu hören, während man die Wilden in Amerika gewinnen kann.«

»Herr Pfarrer«, sagte Mouche, »jetzt wird mir noch ein bißchen geholfen; aber wenn ich in Ihre Kirche ginge, dann würde mir keiner mehr helfen, und Ohrfeigen würde ich obendrein bekommen.«

»Die Religion sollte damit anfangen, daß sie ihm eine Hose gäbe, mein lieber Abbé«, sagte Blondet. »Beginnen Ihre Missionare bei den Wilden nicht auch mit dergleichen kleinen Freundlichkeiten . . . ?«

»Er würde seine Kleidung schleunigst verkaufen«, antwortete der Abbé mit gesenkter Stimme, »und mein Gehalt gestattet mir nicht, mich auf solch einen Handel einzulassen.«

»Der Herr Pfarrer hat recht«, sagte der General mit einem Blick auf Mouche.

Die Gerissenheit des kleinen Lümmels bestand darin, daß er tat, als verstehe er nicht, wenn etwas gesagt wurde, das ihn ins Unrecht setzte.

»Die Intelligenz des kleinen Burschen beweist Ihnen, daß er zwischen Gut und Böse zu unterscheiden weiß«, fuhr der Graf fort. »Er ist alt genug, um zu arbeiten, und dabei hat er nichts im Kopf, als wie er ungestraft etwas ausfressen kann. Die Aufseher kennen ihn nur zu gut . . . ! Noch ehe ich hier Bürgermeister war, wußte er bereits, daß kein Grundbesitzer, der Zeuge eines auf seinen Ländereien verübten Delikts ist, ein Protokoll aufnehmen darf; er ist dreist mit seinen Kühen auf meinen Wiesen geblieben und ist nicht mal weggelaufen, als er mich sah; jetzt jedoch macht er, daß er wegkommt!«

»Oh, das ist aber sehr schlecht«, sagte die Gräfin, »man darf das Gut seines Nächsten nicht wegnehmen, mein kleiner Freund . . .«

»Man muß doch was zu essen haben, Madame, mein Großvater gibt mir mehr Knüffe und Püffe als Brot, und die machen einem einen hohlen Magen, die Backpfeifen . . . ! Wenn die Kühe Milch haben, dann melke ich mir ein bißchen, davon lebe ich dann . . . Ist der Herr Graf denn so arm, daß er mich nicht ein bißchen von seinem Gras trinken lassen kann?«

»Oh, vielleicht hat er heute noch nichts gegessen«, sagte die ob dieses tiefen Elends erschütterte Gräfin. »Geben Sie ihm Brot und den Rest vom Geflügel da, damit er sein Mittagessen hat ...!« fügte sie hinzu und schaute den Diener an. – »Wo schläfst du denn?«

»Überall, Madame, wo man uns im Winter nicht 'rauswirft, und wenn schönes Wetter ist, im Freien.«

»Und wie alt bist du?«

»Zwölf.«

»Dann ist es ja noch Zeit, ihn auf den rechten Weg zu bringen«, sagte die Gräfin zu ihrem Gatten.

»Soldat soll er werden«, sagte der General barsch, »er hat das Zeug dazu. Ich habe genausoviel ausgestanden wie er, und jetzt bin ich hier.«

»Entschuldigen Sie, Herr General, ich bin nicht eingetragen, ich brauche nicht zu losen. Meine arme Mutter, die ja nicht richtig verheiratet war, hat mich auf dem Acker geboren. Ich bin ein Sohn der Erde, wie mein Großpapa immer sagt. Mama hat mich vor dem Militärdienst bewahrt. Ich heiße genausowenig Mouche wie irgendwie anders ... Großpapa hat mir beigebracht, was das für 'n Vorteil ist; ich stehe nicht in den Papieren von der Regierung eingetragen, und wenn ich so alt bin, daß ich eingezogen werden soll, dann geh' ich auf Wanderschaft durch Frankreich! Mich schnappt keiner.«

»Hast du deinen Großvater lieb?« fragte die Gräfin; sie versuchte, in diesem zwölfjährigen Herzen zu lesen.

»Na ja, er gibt mir zwar Ohrfeigen, wenn er einen sitzen hat; aber das macht nichts, er ist trotzdem ein guter Kerl! Und dann sagt er auch immer, das sei die Bezahlung, daß er mir Lesen und Schreiben beigebracht hat ...«

»Du kannst lesen?« fragte der Graf.

»Und wie, Herr Graf, und sogar ganz kleine Schrift, so wahr, wie wir 'ne Otter haben.«

»Was steht da?« fragte der Graf und hielt ihm die Zeitung hin.

»La Cu-o-ssi-dienne«[72], antwortete Mouche und stockte nur dreimal.

Alle, sogar der Abbé Brossette, fingen an zu lachen.

»Oh, verdammt! Sie lassen mich ja 'ne Zeitung lesen!« rief

Mouche außer sich. »Mein Großpapa sagt, das sei bloß was für reiche Leute, man erführe später ja doch immer, was drin steht.«

»Der Junge hat recht, Herr General; er macht mir Lust, meinen Besieger von heute morgen wiederzusehen«, sagte Blondet. »Ich merke, seine Mystifikation hatte es in sich . . .«[73]

Mouche verstand vollauf, daß er als Zielscheibe für die kleinen Scherze der Bourgeoisie herhalten mußte; da erwies sich der Schüler Papa Fourchons als seines Meisters würdig, er fing an zu flennen . . .

»Wie kann man einen kleinen, barfüßigen Jungen so nekken . . .?« fragte die Gräfin.

»Und noch dazu einen, der es für ganz in Ordnung hält, daß sein Großvater sich durch Prügel für die Unkosten seiner Erziehung bezahlt macht?« sagte Blondet.

»Sag mal, du armes Kind, habt ihr tatsächlich eine Otter gefangen?« fragte die Gräfin.

»Ja, Madame, so wahr Sie die schönste Dame sind, die ich je gesehen habe und je zu sehen bekommen werde«, sagte der Kleine und wischte sich die Tränen ab.

»Zeig sie uns mal . . .«, sagte der General.

»Ach, Herr Graf, mein Großpapa hat sie doch versteckt, aber sie hat noch gezappelt, als wir in unserer Seilerei waren . . . Sie können ja meinen Großpapa kommen lassen, er will sie Ihnen nämlich selber verkaufen.«

»Führen Sie ihn ins Dienerzimmer«, sagte die Gräfin zu François, »da soll er zu Mittag essen, bis Papa Fourchon kommt, und den lassen Sie bitte durch Charles holen. Sehen Sie zu, daß Sie Schuhe, eine Hose und eine Jacke für den Jungen auftreiben. Wer nackt und bloß hierher kommt, der soll bekleidet wieder weggehen . . .«

»Gott segne Sie, liebe Dame«, sagte Mouche im Weggehen. »Der Herr Pfarrer kann sicher sein, daß ich die Sachen, weil sie von Ihnen kommen, für die Feiertage aufhebe.«

Emile und Madame de Montcornet waren erstaunt über diese Bemerkung und blickten einander an; dem Pfarrer schienen sie durch ein Zublinzeln sagen zu wollen: »Er ist gar nicht so dumm . . .!«

»Freilich, Madame«, sagte der Pfarrer, als der Junge gegangen war, »man soll mit dem Elend nicht rechten; ich meine, es hat verborgene Ursachen, deren Beurteilung nur Gott zusteht, physische Ursachen, die oft fatal sind, und moralische Ursachen, die dem Charakter entspringen; sie werden durch Anlagen hervorgerufen, denen wir die Schuld beizumessen pflegen, und die manchmal das Ergebnis von Eigenschaften sind, die sich zum Unglück für die Gesellschaft nicht ändern lassen. Die an Wunder grenzenden Heldentaten, die auf den Schlachtfeldern vollbracht werden, haben uns gelehrt, daß die übelsten Kerle sich dort in Helden verwandeln können ... Hier jedoch walten Ausnahmezustände ob, und wenn Ihre Wohltätigkeit nicht von kluger Überlegung geleitet wird, besolden Sie Ihre Feinde.«

»Unsere Feinde?« rief die Gräfin aus.

»Grausame Feinde«, wiederholte ernst der Graf.

»Der alte Fourchon und sein Schwiegersohn«, fuhr der Pfarrer fort, »bilden die gesamte Intelligenz des niederen Volks im Tal; um der geringsten Kleinigkeiten willen wird ihr Rat eingeholt. Diese Leute sind von einem unglaublichen Macchiavellismus. Vergessen Sie nicht, daß zehn in einer Kneipe hockende Bauern das Kleingeld für einen großen Politiker darstellen . . .«

Da meldete François Monsieur Sibilet.

»Das ist der Finanzminister«, sagte der General lächelnd. »Lassen Sie ihn eintreten; er kann euch den Ernst der Frage darlegen«, fügte er hinzu und blickte seine Frau und Blondet an.

Jetzt gewahrte Blondet die Persönlichkeit, von der er seit seiner Ankunft hatte reden hören, und die kennenzulernen er gewünscht hatte, nämlich den Verwalter von Les Aigues. Er sah einen mittelgroßen, etwa dreißigjährigen Mann vor sich, mit mauliger Miene und einem anmutlosen Gesicht, dem das Lachen schlecht anstand. Unter einer sorgenfaltigen Stirn schienen grün schillernde Augen einander zu fliehen und verhüllten auf diese Weise die Gedanken. Sibilet trug einen braunen Gehrock, schwarze Hose und Weste, und langes Haar platt anliegend, was ihm ein klerikales Aussehen gab. Die Hose verbarg nur sehr unvollkommen einwärts gebogene Knie. Obwohl sein fahler Teint und seine schlaffe Haut eine kränkliche Konstitution hätten vermuten lassen, war Sibilet kerngesund. Sein etwas dumpfer Stimmklang paßte gut zu diesem wenig schmeichelhaften Gesamt.

Blondet wechselte verstohlen einen Blick mit dem Abbé Brossette, und das Zwinkern, mit dem der junge Priester ihm antwortete, belehrte den Journalisten, daß sein Argwohn gegen den Verwalter bei dem Pfarrer Gewißheit war.

»Hatten Sie nicht geschätzt, lieber Sibilet«, fragte der General, »daß das, was die Bauern uns stehlen, ein Viertel der Einkünfte beträgt?«

»Sehr viel mehr, Herr Graf«, antwortete der Verwalter. »Ihre Armen erleichtern Sie um sehr viel mehr, als der Staat Ihnen abverlangt. Ein kleiner Lümmel wie Mouche bringt es beim Ährenlesen täglich auf zwei Scheffel. Und die alten Frauen, von denen man meinen möchte, sie lägen im Sterben, gewinnen zur Zeit der Ährenlese Behendigkeit, Gesundheit und Jugend zurück. Sie können sich von diesem Phänomen überzeugen«, wandte Sibilet sich an Blondet, »denn in sechs Tagen beginnt die Ernte; sie hat sich durch den verregneten Juli verzögert. Nächste Woche wird der Roggen geschnitten. Das Ährenlesen dürfte nur mit einer vom Bürgermeister der Gemeinde ausgestellten Armutsbescheinigung erlaubt sein, und vor allem müßten die Gemeinden nur ihre eigenen Bedürftigen auf ihrem Territorium lesen lassen; aber die Gemeinden eines Distrikts lesen bald in der einen, bald in der andern, und zwar ohne Erlaubnisschein. Wir haben in der Gemeinde sechzig Arme, aber dazu kommen vierzig Nichtstuer. Sogar Leute, die einen Beruf ausüben, lassen ihn liegen und lesen Ähren oder halten in den Rebbergen Nachlese. Alle diese Leute heimsen hier täglich dreihundert Scheffel ein; die Ernte dauert vierzehn Tage; das macht also viertausendfünfhundert Scheffel, die vom Distrikt aufgelesen werden. Daher stellt die Ährenlese mehr als den Zehnten dar. Was nun den Weidemißbrauch betrifft, so geht dadurch ein Sechstel des Ertrags unserer Wiesen verloren. Und bei den Wäldern, da ist der Schaden gar nicht zu berechnen; die Leute sind dahin gelangt, daß sie sechsjährige Bäume fällen ... Sie werden, Herr Graf, jährlich um zwanzig und einige tausend Francs geschädigt.«

»Da hörst du es«, sagte der General zur Gräfin.

»Ist das nicht übertrieben?« fragte Madame de Montcornet.

»Nein, Madame, leider nicht«, antwortete der Pfarrer. »Der arme Papa Niseron, der alte Mann mit dem weißen Haar, der sich die Ämter des Glöckners, des Küsters, des Totengräbers, des Sakristans und des Vorsängers aufgebürdet hat, trotz seiner republikanischen Anschauungen, der Großvater der kleinen Geneviève mithin, die Sie bei Madame Michaud untergebracht haben . . .«

»Die Pechina!« unterbrach Sibilet den Abbé.

»Wie? Die Pechina?« fragte die Gräfin. »Was soll das bedeuten?«

»Frau Gräfin, als Sie Geneviève auf der Landstraße in einem so jämmerlichen Zustand begegneten, da haben Sie auf Italienisch ausgerufen: ›Peccina!‹[74] Das Wort ist ihr Spitzname geworden; es wird so schlecht ausgesprochen, daß heute die ganze Gemeinde Ihren Schützling ›Pechina‹ nennt«, sagte der Pfarrer. »Das arme Mädchen ist die einzige, die zur Kirche kommt, zusammen mit Madame Michaud und Madame Sibilet.«

»Und das bekommt ihr recht schlecht!« sagte der Verwalter. »Sie wird, weil sie gläubig ist, mißhandelt.«

»Ja, also, dieser arme alte Mann mit seinen zweiundsiebzig Jahren sammelt, und übrigens ganz ehrlich, anderthalb Scheffel den Tag«, fuhr der Pfarrer fort. »Aber die Rechtschaffenheit seiner Anschauungen verbietet es ihm, seine Ähren zu verkaufen, wie alle andern es tun; er behält sie für seinen eigenen Verzehr. Um meinetwillen mahlt Monsieur Langlumé, Ihr Adjunkt, ihm sein Korn umsonst, und meine Haushälterin backt ihm sein Brot mit dem meinen.«

»Ich hatte meinen kleinen Schützling ganz vergessen«, sagte die Gräfin, die Sibilets Bemerkung erschreckt hatte. »Ihr Besuch hier«, fuhr sie fort und blickte Blondet an, »hat mich ganz durcheinandergebracht. Aber nach dem Mittagessen wollen wir beide nach der Porte d'Avonne gehen; ich möchte Ihnen leibhaftig eins der Frauengesichter vorführen, wie die Maler des fünfzehnten Jahrhunderts sie ersonnen haben.«

In diesem Augenblick ließ Papa Fourchon, den Charles geholt hatte, das Geklapper seiner geborstenen Holzschuhe vernehmen; er legte sie an der Tür des Dienerzimmers ab. Auf ein Nicken der Gräfin zu François hin, der ihn gemeldet hatte, erschien Papa Fourchon, dem Mouche mit vollem Mund folgte, und hielt seine Otter; sie hing an einer Schnur, mit der ihre vier gelben, wie bei den Wasservögeln sternförmigen Pfoten zusammengebunden waren. Er warf auf die vier am Tisch sitzenden Herrschaften und auf Sibilet den mißtrauischen, knechtischen Blick, der den Bauern als Tarnung dient; dann schwenkte er mit triumphierender Miene die Amphibie.

»Da ist sie«, sagte er zu Blondet.

»Meine Otter«, erwiderte der Pariser, »ich habe sie sehr teuer bezahlt.«

»Oh, mein lieber Herr«, antwortete Papa Fourchon, »Ihre, die ist entwischt, die sitzt in ihrem Loch, und da hat sie nicht 'rauswollen, weil es nämlich das Weibchen ist, und diese hier, das ist das Männchen ...! Mouche hat sie von weitem 'ranschwimmen sehen, als Sie schon weg waren. So wahr der Herr Graf sich mit seinen Kürassieren bei Waterloo mit Ruhm bedeckt hat, ist das hier *meine* Otter, wie dem gnädigen Herrn General Les Aigues gehört ... Aber für zwanzig Francs, da gehört die Otter Ihnen, oder aber ich bringe sie unserm Unterpräfekten, wenn Monsieur Gourdon sie zu teuer findet. Ich gebe Ihnen das Vorrecht, weil wir heute morgen zusammen auf Jagd gewesen sind, das bin ich Ihnen schuldig.«

»Zwanzig Francs?« fragte Blondet. »Das kann man in gutem Französisch nicht gerade das Vorrecht ›geben‹ nennen.«

»Ach, lieber Herr ...«, rief der Alte, »ich kann so schlecht französisch, daß ich Sie auf burgundisch um die zwanzig Francs bitten würde, vorausgesetzt, daß ich sie bekomme; mir ist es schnuppe, ich könnte auch lateinisch reden, *latinus, latina, latinum!* Schließlich geht es doch um das, was Sie mir heute früh versprochen haben. Außerdem haben meine Kinder mir schon Ihr Geld weggenommen, und auf dem Herweg habe ich deswegen Tränen vergossen. Fragen Sie nur Charles ...! Ich kann sie doch nicht wegen zehn Francs totschlagen und ihre Missetat vor Gericht öffentlich bekanntmachen. Sobald ich ein paar Sous habe, geben sie mir was zu trinken und knöpfen sie mir ab ... Ist es nicht hart, daß ich, wenn ich mal 'n Glas Wein trinken will, anderswo hingehen muß als zu meiner Tochter ...? Aber so sind die Kinder heutzutage nun mal ...! Das hat uns die Revolution eingebracht, alles soll jetzt für die Kinder sein, und wir Väter werden beiseitegedrängt! Na, ich erziehe Mouche ganz anders, der hat mich lieb, der kleine Schuft . . .!« sagte er und gab dem Enkel einen Klaps.

»Mir scheint, Sie machen aus ihm einen kleinen Dieb, genauso wie die andern es sind«, sagte Sibilet. »Er schläft nämlich niemals ein, ohne einen Frevel auf dem Gewissen zu haben.«

»Ach, Monsieur Sibilet, er hat ein ruhigeres Gewissen als Sie . . . Der arme Junge, was nimmt er denn weg? Ein bißchen Gras. Das ist doch besser, als wenn er einen erwürgte! Natürlich kann er keine Mathematik wie Sie, er weiß noch nichts von Subtraktion, Addition und Multiplikation . . . Sie tun uns viel Böses an, das können Sie mir glauben! Sie sagen immer, wir seien eine Räuberbande, und Sie sind schuld an der Uneinigkeit zwischen unserm Herrn da, der ein wackerer Mann ist, und uns, die wir wackere Leute sind . . . Und es gibt überhaupt kein wackereres Land als unseres hier. Oder etwa nicht? Haben wir Zinsen? Laufen wir nicht beinah nackt 'rum, und Mouche auch? Wir schlafen auf schönen Laken, die wäscht alle Morgen der Tau, und wenn man uns nicht die Luft, die wir atmen, und die Sonnenstrahlen, die wir trinken, mißgönnt, dann weiß ich nicht, was man uns wegnehmen will . . . Die Bourgeois stehlen und sitzen dabei am Kamin, das bringt mehr ein als das, was man im Wald zusammenklauben kann. Es gibt weder Feldhüter noch berittene Aufseher für Monsieur Gaubertin, und der ist, als er nach hier kam, nackt wie ein Wurm gewesen, und jetzt hat er zwei Millionen! Das ist schnell gesagt: Diebe! Seit fünfzehn Jahren zieht der alte Guerbet, der Steuereinnehmer von Soulanges mit seiner Steuerkasse bei Nacht durch unsere Dörfer, und es sind ihm noch keine zwei Liards abgenommen worden. Das wäre in Diebsgegenden nicht der Fall! Reich macht die Dieberei uns jedenfalls nicht. Zeigen Sie mir doch, ob wir oder ihr Bourgeois was zu leben haben, ohne was zu tun zu brauchen!«

»Wenn Sie gearbeitet hätten, dann hätten Sie Zinsen«, sagte der Pfarrer. »Gott der Herr segnet die Arbeit.«

»Ich will Ihnen nicht widersprechen, Herr Abbé, denn Sie sind viel gelehrter als ich, und vielleicht könnten Sie mir dies alles erklären. Nicht wahr, für Sie stehe ich so da. Ich bin der Faulpelz, der Nichtstuer, der Trunkenbold, der Taugenichts Fourchon, der doch 'ne Erziehung genossen hat, der Pächter gewesen und dann ins Unglück geraten ist, und sich nicht wieder 'rausgerappelt hat . . .! Na, und welcher Unterschied besteht nun eigentlich zwischen mir und dem wackeren, dem ehrenhaften Papa Niseron, einem Rebbergarbeiter von siebzig Jahren, weil er nämlich so alt ist wie ich? Sechzig Jahre lang hat er die Erde umgegraben, ist jeden Morgen vor Sonnenaufgang aufgestanden und zur Arbeit gegangen, und hat sich 'nen eisernen Körper und 'ne schöne Seele zugelegt! Nach wie vor ist er genauso arm wie ich. Die Pechina, seine Enkelin, ist Dienstmädchen bei Madame Michaud, während mein kleiner Mouche frei ist wie die Luft . . . Ist der arme gute Kerl nun für seine Tugend belohnt worden, wie ich für meine Laster bestraft worden bin? Er weiß nicht, was 'n Glas Wein ist, er ist nüchtern wie 'n Apostel; er buddelt die Toten ein, und ich lasse die Lebenden tanzen. Er hat viel Elend durchgemacht, und ich habe geulkt und mich schadlos gehalten wie ein richtiger Teufelskerl. Wir haben's beide gleich weit gebracht, wir haben beide dasselbe schneeweiße Haar auf dem Kopf, haben das gleiche Guthaben in unsern Taschen, und ich liefere ihm das Seil, mit dem er seine Glocke läutet. Er ist Republikaner, und ich bin kein Generalsteuerpächter[75], weiter läßt sich darüber nichts sagen. Ob der Bauer nun vom Rechttun oder vom Unrechttun lebt, so geht er, Ihrer Vorstellung nach, aus dem Leben, wie er 'reingekommen ist, nämlich in Lumpen, aber Sie in schöner Wäsche . . .!«

Niemand hatte Papa Fourchon unterbrochen; er schien seine Beredsamkeit dem Flaschenwein zu verdanken. Anfangs hatte Sibilet ihm den Mund verbieten wollen, aber eine Geste Blondets hatte den Verwalter verstummen lassen. Der Pfarrer, der General und die Gräfin hatten aus den Blicken des Schriftstellers ersehen, daß er die Frage des Pauperismus am lebendigen Beispiel studieren und vielleicht dem Papa Fourchon dessen Streich heimzahlen wollte.

»Und wie fassen Sie Mouches Erziehung auf? Wie wollen Sie es anfangen, daß er besser wird als Ihre Töchter . . .?« fragte Blondet.

»Er spricht ihm bestimmt nicht von Gott«, sagte der Pfarrer.

»O nein, nein, Herr Pfarrer, ich sag ihm nicht, daß er Gott fürchten soll, sondern die Menschen! Gott ist gut, und er hat uns, wie ihr Leute immer sagt, das Himmelreich versprochen, da ja doch die Reichen das irdische Reich für sich behalten. Ich sage zu ihm: ›Mouche, du mußt Angst vor'm Gefängnis haben, denn da kommt man nur 'raus, um aufs Schafott zu steigen. Stiehl nichts, sondern laß es dir schenken! Raub führt zum Mord, und Mord ruft die Justiz der Menschen herbei. Und das Rasiermesser der Justiz, davor muß man Angst haben, das schützt den Schlaf der Reichen vor den schlaflosen Nächten der Armen. Lern lesen. Bist du leidlich gebildet, dann findest du Mittel und Wege zum Anhäufen von Geld und bist sicher vor dem Gesetz, wie der wackere Monsieur Gaubertin, du wirst Verwalter, jawohl, wie Monsieur Sibilet, den der Herr Graf sich seine Rationen nehmen läßt . . . Wer klug ist, der schlägt sich auf die Seite der Reichen, unter dem Tisch gibt's stets Brotkrumen . . .! Das nenne ich eine gute Erziehung, eine, auf die man sich verlassen kann. Deshalb hält der kleine Kerl sich immer ans Gesetz . . . Der wird mal gut, und dann kann er für mich sorgen . . .«

»Und was wollen Sie ihn werden lassen?«

»Erst mal Diener«, erwiderte Fourchon, »weil er, wenn er die Herrschaft aus der Nähe sieht, sich schon weiterbilden wird, darauf können Sie sich verlassen! Durch das gute Beispiel wird er sicher zu Vermögen kommen, mit dem Gesetzbuch in der Hand, genau wie Sie . . .! Wenn der Herr Graf ihn in seinen Ställen unterbringen würde, damit er den Umgang mit Pferden lernt, dann würde er darüber glücklich sein . . . weil er nämlich Angst vor den Menschen hat, aber vor den Tieren nicht.«

»Sie sind ein kluger Mensch, Papa Fourchon«, entgegnete Blondet, »Sie wissen genau, was Sie sagen, und Sie reden ganz vernünftig.«

»Ach, mein bißchen Witz, ja, aber mein Verstand ist im Grand-I-Vert bei meinen zwei Hundertsousstücken geblieben . . .«

»Wie hat ein Mann wie Sie so ins Elend abgleiten können? Denn wie die Dinge heutzutage liegen, hat der Bauer selber schuld an seinem Unglück; er ist frei, er kann reich werden. Es ist nicht mehr so wie früher. Wenn der Bauer sich darauf versteht, ein bißchen Geld zusammenzuscharren, findet er Land, das zum Verkauf steht, er kann es kaufen, und dann ist er sein eigener Herr!«

»Ich habe die alte Zeit erlebt, und jetzt erlebe ich die neue, mein lieber gelehrter Herr«, antwortete Fourchon. »Das Wirtshausschild ist ausgewechselt worden, aber der Wein ist derselbe geblieben! Das Heute ist bloß der jüngere Bruder vom Gestern. Ja, ja, setzen Sie das getrost in Ihre Zeitung! Sind wir denn tatsächlich befreit? Wir gehören nach wie vor zum selben Dorf, und der Gutsherr ist nach wie vor da, das heißt also, arbeiten. Die Hacke, das einzige, was wir besitzen, ist nach wie vor in unserer Hand. Ob das meiste von unserer Arbeit nun für den Gutsherrn oder für die Steuern geleistet wird, immer müssen wir unser Leben im Schweiß hinbringen . . .«

»Aber Sie können sich doch einen Beruf wählen, können anderswo Ihr Glück versuchen«, sagte Blondet.

»Sie reden mir was vor vom Glückssuchen . . .? Ja, wohin soll ich denn gehen? Wenn ich über die Départementsgrenze 'raus will, brauch' ich 'nen Paß, und der kostet vierzig Sous! Seit vierzig Jahren hab' ich niemals eine so lumpige Münze wie ein Vierzigsousstück in meiner Tasche gehabt, die gegen eine Nachbarin gleicher Art geklimpert hätte. Um einfach gradaus seines Wegs zu gehen, braucht man ebensoviel Taler, wie man auf Dörfer stößt, und es gibt nicht viele Fourchons, die so viel hätten, daß sie sechs Dörfer besuchen könnten! Nur die Einberufung zum Militär bringt uns aus unsern Gemeinden 'raus. Und zu was nützt uns die Armee? Damit der Oberst vom Soldaten lebt wie der Bourgeois vom Bauern. Gibt es unter hundert Obersten auch nur einen, der aus unserer Schicht stammt? Auch da ist es wie überall in der Welt, auf einen, der reich wird, kommen hundert andere, die draufgehn. Und weswegen gehn sie drauf . . .? Das weiß Gott, und die Wucherer wissen's auch! Das beste, was wir tun können, ist also, in unsern Gemeinden bleiben, wo wir durch den Zwang der Umstände eingepfercht werden wie die Hammel, genauso wie wir es früher durch die Gutsherren waren. Und mir ist es schnuppe, was mich festnagelt. Ob ich durch das Gesetz der Notwendigkeit festgenagelt werde oder durch das Gesetz der Gutsherrlichkeit, man ist dennoch bis in alle Ewigkeit dazu verdammt, sich auf dem Acker 'rumzuschinden. Da, wo wir sind, graben wir ihn um und hacken ihn, wir düngen ihn und bestellen ihn für euch, die ihr reich geboren seid wie wir arm. Die Masse ist immer dieselbe, sie bleibt, was sie ist . . . Unsere Leute, die in die Höhe kommen, sind geringer an Zahl als eure Leute, die auf den Hund kommen . . .! Das wissen wir ganz genau, auch wenn wir nicht gelehrt sind. Man muß nicht in einem fort den Stab über uns brechen; laßt uns doch einfach am Leben . . . Sonst, wenn das so weitergeht, müßt ihr uns bald in euren Gefängnissen ernähren, wo man immer noch besser aufgehoben ist als auf unsern Stroh-schütten. Ihr wollt die Herren bleiben, also sind wir immer Geg-ner, heute wie vor dreißig Jahren. Ihr habt alles, wir haben nichts, da könnt ihr auch nicht unsre Freundschaft verlangen.«

»So was nennt sich eine Kriegserklärung«, sagte der General.

»Monseigneur«, entgegnete Fourchon, »als Les Aigues noch der guten Dame gehörte, deren Seele Gott sich erbarmen möge, weil es scheint, daß sie in ihrer Jugend dem Laster gefrönt hat, da sind wir glücklich gewesen. Sie hat uns unsern Lebensunterhalt auf ihren Feldern aufsammeln lassen, und unser Feuerholz in ih-ren Wäldern, und sie ist deswegen nicht ärmer geworden! Und Sie, der Sie mindestens ebenso reich sind wie sie, Sie verfolgen uns nicht mehr und nicht minder wie wilde Tiere, und Sie schlep-pen die kleinen Leute vor Gericht . . . Na, ich sage Ihnen, das nimmt mal 'n schlimmes Ende! Sie sind schuld, wenn's mal zu 'ner bösen Geschichte kommt! Vorhin hab' ich gesehen, wie einer Ihrer Aufseher, dieser Schwächling, der Vatel, beinah eine arme alte Frau umgebracht hätte, bloß wegen 'nem Stückchen Holz. Es kommt noch so weit, daß Sie als Volksfeind hingestellt wer-den und daß man in den Spinnstuben erbitterte Reden gegen Sie hält, daß man Ihnen genauso unverhohlen flucht, wie man die selige Madame gesegnet hat . . .! Der Fluch der Armen, Monsei-gneur, der schwillt an, der wird größer als die größte Ihrer Eichen, und aus Eichenholz, da macht man Galgen . . . kein Mensch sagt Ihnen hier die Wahrheit, aber dies ist sie, die Wahrheit. Ich bin jeden Morgen auf den Tod gefaßt, ich riskiere nicht viel, wenn ich sie Ihnen als Zugabe mit draufgebe, die Wahrheit . . .! Ich, der ich die Bauern bei den großen Festen tanzen lasse, wobei mich Vermichel im Café de la Paix zu Soulanges begleitet, ich hör', was sie so reden; na ja, sie sind in schlechter Stimmung, und sie werden es Ihnen schwer machen, hier wohnen zu bleiben. Wenn Ihr verdammter Michaud sich nicht ändert, dann wird man Sie zwingen, dafür zu sorgen, daß er sich verändert . . . Diese Warnung und die Otter, die sind doch wohl zwanzig Francs wert, was . . .?«

Während der alte Mann diesen letzten Satz sagte, wurde ein Männerschritt vernehmlich, und derjenige, den Fourchon auf diese Weise bedroht hatte, erschien, ohne angemeldet worden zu sein. Aus dem Blick, den Michaud dem Wortführer der Armen zuwarf, war leicht zu ersehen, daß die Drohung an sein Ohr gelangt war, und alle Kühnheit Fourchons sank hin. Jener Blick hatte auf den Otternfänger gewirkt wie der des Gendarmen auf den Dieb. Fourchon wußte, daß er sich etwas hatte zuschulden kommen lassen; Michaud schien das Recht zu haben, von ihm Rechenschaft über Reden zu fordern, die offenbar dazu dienen sollten, den Bewohnern von Les Aigues Angst zu machen.

»Da kommt der Kriegsminister«, sagte der General zu Blondet und deutete auf Michaud.

»Bitte entschuldigen Sie, Madame«, sagte ebenjener Minister zur Gräfin, »daß ich hereingekommen bin, ohne zu fragen, ob Sie geneigt seien, mich zu empfangen; aber dringliche Angelegenheiten erfordern es, daß ich mit dem Herrn General spreche . . .«

Während dieser Entschuldigung ließ Michaud Sibilet nicht aus den Augen, dem die dreisten Bemerkungen Fourchons eine innerliche Freude bereiteten; indessen konnte ihr Widerschein auf seinem Gesicht von keinem der am Tisch Sitzenden wahrgenommen werden, da Fourchon auf seltsame Weise sorgenvolle Gedanken in ihnen erweckt hatte, während Michaud, der aus geheimen Gründen beständig Sibilet beobachtete, betroffen über dessen Miene und Verhalten war.

»Er hat, ganz wie er sagt, seine zwanzig Francs redlich verdient, Herr Graf«, rief Sibilet aus, »die Otter ist nicht teuer . . .«

»Gib ihm zwanzig Francs«, sagte der Graf zu seinem Kammerdiener.

»Dann wollen Sie sie mir also wegnehmen?« fragte Blondet den General.

»Ich will sie ausstopfen lassen!« rief der Graf.

»Oh, aber dieser liebe Herr hatte mir den Balg versprochen, Monseigneur . . .!« sagte Papa Fourchon.

»Na, gut!« rief die Gräfin, »dann sollen Sie hundert Sous für Ihren Balg bekommen; aber lassen Sie uns jetzt allein . . .«

Der starke, wilde Geruch der beiden Stromer durchstank das Eßzimmer so sehr, daß Madame de Montcornet, deren empfindliche Sinne dadurch beleidigt worden waren, gezwungen gewesen wäre, hinauszugehen, wenn Mouche und Fourchon länger dageblieben wären. Diesem Umstand verdankte der alte Mann seine fünfundzwanzig Francs, er verdrückte sich, sah aber dabei noch immer Monsieur Michaud mit furchtsamer Miene an und machte ihm eine Unzahl von Verbeugungen.

»Was ich zu Monseigneur gesagt habe, Monsieur Michaud«, sagte er noch, »das ist bloß zu Ihrem Besten.«

»Oder zum Besten der Leute, die Sie bezahlen«, entgegnete Michaud und warf ihm einen unergründlichen Blick zu.

»Wenn der Kaffee serviert ist, möchten wir ungestört bleiben«, sagte der General zu seinen Dienern, »sorgen Sie dafür, daß die Türen geschlossen bleiben ...«

Blondet, der den Oberaufseher von Les Aigues bislang noch nicht kennengelernt hatte, gewann, als er ihn musterte, einen ganz anderen Eindruck, als Sibilet soeben auf ihn gemacht hatte. Im gleichen Maße, wie Sibilet ihm Widerwillen einflößte, erheischte Michaud Achtung und Vertrauen.

Der Oberaufseher lenkte zunächst durch ein sympathisches Gesicht die Aufmerksamkeit auf sich; es bildete ein vollkommenes Oval, hatte einen feinen Umriß und wurde durch die Nase in gleiche Hälften geteilt, ein Vorzug, dessen die meisten französischen Gesichter ermangeln. Sämtlichen Zügen, obwohl sie regelmäßig waren, fehlte es nicht an Ausdruckskraft, was vielleicht von einem harmonischen Teint herrührte, in dem jene ockerfarbenen und rötlichen Töne vorherrschten, die Anzeichen physischen Muts. Die lebendigen, durchdringenden, hellbraunen Augen feilschten nicht um den Ausdruck der Gedanken; sie blickten einem stets gerade ins Gesicht. Die breite, reine Stirn wurde durch eine Fülle dunklen Haars noch mehr hervorgehoben. Redlichkeit, Entschlossenheit und frommes Vertrauen belebten dieses schöne Gesicht, in dem das Waffenhandwerk nur ein paar Falten auf der Stirn hinterlassen hatte. Argwohn und Mißtrauen, sobald sie einmal gefaßt waren, ließen sich sofort darauf ablesen. Wie bei allen für die Elitekavallerie Ausgewählten konnte seine schöne, noch immer schlanke Gestalt bezeugen, daß der Aufseher

ein vortrefflich gebauter Mann war. Michaud hatte seinen
Schnurr- und Backenbart, der eine Krause bildete, beibehalten;
er erinnerte an den martialischen Typ, den die Sintflut patrio-
tischer Gemälde und Kupferstiche nahezu lächerlich gemacht hat.
Dieser Typ hat den Nachteil, in der französischen Armee sehr
verbreitet zu sein; aber vielleicht haben die beständigen, gleichen
Aufregungen, die Entbehrungen in den Biwaks, die den Großen
wie den Kleinen nicht erspart blieben, die Anstrengungen, die
auf dem Schlachtfeld für Vorgesetzte und Gemeine die gleichen
waren, dazu beigetragen, diese Physiognomie zu etwas Unifor-
mem zu machen. Michaud war von oben bis unten in königs-
blaues Tuch gekleidet, trug nach wie vor den schwarzen Seiden-
kragen und die hohen Stiefel des Soldaten, wie er auch dessen
etwas steife Haltung bezeigte. Die Schultern waren zurückge-
nommen, die Brust trat hervor, als trage Michaud noch immer
Uniform. Das rote Bändchen der Ehrenlegion leuchtete in seinem
Knopfloch. Und schließlich, um mit einem einzigen Wort über die
geistig-seelische Haltung diese rein äußerliche Schilderung zu
vollenden: Wenn der Verwalter seit seinem Amtsantritt nie verfehlt hatte, zu seinem Dienstherrn »Herr Graf« zu sagen, so
hatte Michaud seinen Herrn immer nur mit »Herr General« angeredet.

Abermals wechselte Blondet mit dem Abbé Brossette einen
Blick, der besagen sollte: »Welch ein Kontrast«, indem er auf
den Verwalter und den Oberaufseher hindeutete; aber um herauszubekommen, ob Charakter, Redeweise und Ausdruck im
Einklang mit dieser Statur, dieser Physiognomie, dieser Haltung
standen, schaute er Michaud an und sagte zu ihm:

»Mein Gott, ich bin heute früh zeitig ausgegangen, und da
habe ich gemerkt, daß Ihre Aufseher noch schliefen.«

»Um welche Zeit?« fragte der alte Soldat beunruhigt.

»Um halb acht.«

Michaud warf seinem General einen beinahe boshaften Blick
zu.

»Und durch welches Tor ist Monsieur hinausgegangen?« fragte
Michaud.

»Durch die Porte de Couches. Der Aufseher stand im Hemd
am Fenster und hat zu mir hingeschaut«, antwortete Blondet.

»Sicherlich hatte Gaillard sich gerade erst hingelegt«, erwiderte Michaud. »Als Sie mir sagten, Sie seien frühzeitig ausgegangen, habe ich geglaubt, Sie seien bei Tagesanbruch aufgestanden, und wenn dann mein Aufseher schon wieder daheim gewesen wäre, hätte er krank sein müssen; aber um halb acht, da mußte er zu Bett gehen. Wir sind nachts immer unterwegs«, fuhr Michaud nach einer Pause fort; dadurch gab er Antwort auf einen erstaunten Blick der Gräfin, »aber diese Wachsamkeit reicht nie aus! Sie haben gerade einem Mann fünfundzwanzig Francs auszahlen lassen, der unmittelbar vorher in aller Seelenruhe beim Verwischen der Spuren eines Diebstahls mitgeholfen hat, der heute morgen bei Ihnen begangen worden ist. Nun, darüber müssen wir sprechen, wenn Sie zu Ende gespeist haben, Herr General; hier muß ein Entschluß gefaßt werden.«

»Sie brüsten sich immer mit Ihrem Recht, mein lieber Monsieur Michaud, aber *summum jus, summa injuria*[76]. Wenn Sie nicht Nachsicht walten lassen, geraten Sie in üble Geschichten«, sagte Sibilet. »Mir wäre es nicht unlieb gewesen, wenn Sie den Papa Fourchon hätten reden hören; der Wein hat ihn sich etwas freimütiger als für gewöhnlich äußern lassen.«

»Er hat mich erschreckt«, sagte die Gräfin.

»Er hat nichts gesagt, was ich nicht seit langem gewußt hätte«, antwortete der General.

»Und dabei war der Schuft nicht mal blau, er hat uns bloß was vorgemacht; aber zu wessen Nutzen ...? Vielleicht wissen Sie das!« warf Michaud ein und blickte Sibilet so scharf an, daß dieser rot wurde.

»O *rus* ...!«[77] rief Blondet und schielte zu dem Abbé Brossette hinüber.

»Diese armen Leute haben es schwer«, sagte die Gräfin, »und es ist Wahres in dem, was Fourchon uns da eben entgegengeschrien hat; denn daß er ›gesprochen‹ hätte, kann man nicht sagen.«

»Madame«, antwortete Michaud, »glauben Sie, die Soldaten des Kaisers seien vierzehn Jahre lang auf Rosen gebettet gewesen ...? Der Herr General ist Graf, er ist Groß-Offizier der Ehrenlegion, er hat seine Dotationen bekommen; bin ich etwa eifersüchtig auf ihn, ich, der ich nur Leutnant[78] war, der angefangen hat wie er, und der gekämpft hat wie er? Drängt es mich, ihm seinen Ruhm streitig zu machen, ihm seine Dotationen zu stehlen, ihm die Ehren zu verweigern, die man seinem Rang schuldig ist? Der Bauer muß gehorchen, wie die Soldaten gehorchen; er muß die Rechtschaffenheit des Soldaten haben, dessen Respekt vor erworbenen Rechten, und versuchen, Offizier zu werden, auf treue, ehrliche Weise, durch Arbeit und nicht durch Diebstahl. Pflugschar und Bajonett sind Zwillinge. Der Soldat hat mehr als der Bauer jederzeit den Tod vor Augen.«

»Das möchte ich ihnen mal von der Kanzel aus sagen!« rief der Abbé Brossette.

»Duldsamkeit, Nachsicht?« fuhr der Oberaufseher fort, als Antwort auf Sibilets Einwurf. »Ich würde ohne weiteres zehn Prozent Verlust bei den Bruttoeinnahmen von Les Aigues in Kauf nehmen; aber so, wie die Dinge jetzt laufen, verlieren Sie dreißig Prozent, Herr General, und wenn Monsieur Sibilet soundsoviel Prozent von den Einnahmen bezieht, dann ist mir seine Nachsicht unverständlich, weil er dadurch freiwillig auf tausend oder zwölfhundert Francs pro Jahr verzichtet.«

»Mein lieber Monsieur Michaud«, entgegnete Sibilet brummig, »ich habe dem Herrn Grafen gesagt, daß ich lieber zwölfhundert Francs einbüße als das Leben. Auch Ihnen kann ich in dieser Hinsicht keine Ratschläge ersparen . . .!«

»Das Leben?« rief die Gräfin aus, »sollte es sich bei alledem um jemandes Leben handeln?«

»Wir sollten hier keine Staatsangelegenheiten erörtern«, fiel der Graf lächelnd ein. »All das, meine Liebe, bedeutet, daß Sibilet in seiner Eigenschaft als Finanzmann ängstlich und ein Hasenfuß ist, mein Kriegsminister dagegen tapfer, und daß er, genau wie sein General, vor nichts zurückschreckt.«

»Sagen Sie lieber, klug und vorsichtig«, rief Sibilet.

»Das ist denn doch! Sind wir hier denn, wie die Helden Coopers in den amerikanischen Wäldern, umringt von Wilden, die uns Fallen stellen?« fragte Blondet spöttisch.

»Na aber! Ihr Beruf, meine Herren, besteht darin, daß Sie zu verwalten verstehen sollten, ohne uns durch das Knarren der Räder des Verwaltungsapparates zu erschrecken«, sagte Madame de Montcornet.

»Oh, Frau Gräfin, vielleicht wäre es angebracht, daß Sie wüßten, wieviel an Schweiß hier eine der hübschen Hauben kostet, die Sie tragen«, sagte der Pfarrer.

»Nein, denn dann würde ich wohl darauf verzichten müssen, ehrfürchtig vor einem Zwanzigfrancsstück werden und geizig wie alle Landleute, und das würde mir gar nicht stehen«, erwiderte die Gräfin lachend. »Kommen Sie, lieber Abbé, reichen Sie mir den Arm; wir wollen den General zwischen seinen beiden Ministern stehenlassen und lieber zur Porte d'Avonne gehen; wir können Madame Michaud besuchen, ich bin seit meiner Ankunft nicht bei ihr gewesen, und uns um meinen kleinen Schützling kümmern.«

Und die hübsche Frau, die Mouches und Fourchons Lumpen, die gehässigen Blicke der beiden und Sibilets Ängste vergessen hatte, ging hinaus, um sich die Schuhe anziehen und den Hut aufsetzen zu lassen.

Der Abbé Brossette und Blondet gehorchten dem Ruf der Hausherrin; sie folgten ihr und erwarteten sie auf der Terrasse vor der Fassade.

»Was halten Sie von alledem?« fragte Blondet den Abbé.

»Ich bin ein Paria, ich werde bespitzelt, als sei ich der Feind schlechthin, ich muß immerfort die Augen und Ohren der klugen Vorsicht offenhalten, um den Fallen zu entgehen, die man mir stellt, um mich loszuwerden«, antwortete der Pfarrverweser. »Ganz unter uns, ich bin so weit, daß ich mich frage, ob sie mich nicht abschießen werden . . .«

»Und dennoch bleiben Sie hier . . .?« fragte Blondet.

»Man läßt die Sache Gottes so wenig im Stich wie die eines Kaisers!« antwortete der Priester mit einer Schlichtheit, die Blondet betroffen machte.

Der Schriftsteller ergriff die Hand des Priesters und drückte sie herzlich.

»Jetzt werden Sie verstehen«, fuhr der Abbé Brossette fort, »wieso ich von allem, was sich hier anspinnt, nichts wissen kann. Dennoch scheint mir, daß der General hier dem ausgesetzt ist, was im Artois und in Belgien ›Unbeliebtheit‹ genannt wird.«

An dieser Stelle sind ein paar Worte über den Pfarrer von Blangy erforderlich.

Jener Abbé, der vierte Sohn einer gutbürgerlichen Familie aus Autun, war ein geistvoller Mann und sehr stolz auf seine Soutane. Klein und schmächtig, wie er war, glich er seine kümmerliche Gestalt durch eine eigenwillige Miene aus, die den Burgundern so gut steht. Er hatte diesen untergeordneten Posten aus Opferwilligkeit angenommen, denn sein Glaube wurde durch seine politische Überzeugung untermauert. Er hatte etwas von einem Priester der alten Zeiten an sich; er hing voller Leidenschaft an Kirche und Priestertum, er betrachtete die Dinge in ihrem Gesamt, und sein Ehrgeiz wurde durch keinerlei Selbstsucht beeinträchtigt: »Dienen« hieß seine Devise, der Kirche und der Monarchie an dem meistbedrohten Punkt dienen, im niedrigsten Rang, wie ein Soldat, der sich früher oder später durch sein Bestreben, das Rechte zu tun, und durch seine Tapferkeit zum General bestimmt weiß. Er schloß keinerlei Kompromisse mit seinen Gelübden der Keuschheit, der Armut und des Gehorsams.

Auf den ersten Blick hatte dieser hervorragende Priester Blondets Neigung für die Gräfin erraten; er hatte begriffen, daß er sich in Gesellschaft einer geborenen Troisville und eines monarchistischen Schriftstellers als ein Mann von Geist zeigen durfte, weil sein geistliches Gewand stets respektiert werden würde. Fast allabendlich kam er, um der vierte beim Whist zu sein. Der Schriftsteller, der den Wert des Abbé Brossette zu würdigen wußte, hatte ihm so viel Ehrerbietung bezeigt, daß sie in einander vernarrt waren, wie es jedem Mann von Geist geschieht, der nur zu froh ist, wenn er seinesgleichen findet, oder auch, wenn man will, einen Zuhörer. Jeder Degen liebt seine Scheide.

»Aber Herr Abbé, Sie, den seine Opferwilligkeit über seine Stellung erhebt, worauf führen Sie den Stand der Dinge zurück?«

»Nach einer so schmeichelhaften Nebenbemerkung möchte ich Ihnen keine Banalitäten sagen«, erwiderte der Abbé Brossette lächelnd. »Was in diesem Tal vor sich geht, das findet überall in Frankreich statt und hängt mit den Hoffnungen zusammen, die die Bewegung von 1789 in den Bauern entfacht hat. Die Revolution hat gewisse Teile des Landes tiefer infiziert als andere, und diese burgundische Grenzgegend, die Paris so benachbart ist, stellt eine derjenigen dar, in denen der Sinn jener Bewegung als der Triumph des Galliers über den Franken aufgefaßt wird[79]. Historisch betrachtet, stehen die Bauern immer noch so da wie am Tag nach der Jacquerie[80]; ihre Niederlage hat sich in ihr Gehirn eingeprägt. An die Tatsachen erinnern sie sich nicht mehr, sie sind bei ihnen in den Zustand instinktiver Vorstellungen übergegangen. Jene Vorstellungen liegen dem Bauern im Blut wie die Vorstellung der Überlegenheit, des Bessergeartetseins ehedem dem Adel im Blut lag. Die Revolution von 1789 war die Rache der Besiegten. Die Bauern haben angefangen, vom Boden Besitz zu ergreifen, was ihnen zwölfhundert Jahre lang durch das Lehnsgesetz verboten war. Daher rührt ihre Liebe zum Boden; sie teilen ihn unter sich auf und gehen dabei so weit, daß sie am liebsten eine Ackerfurche in zwei Teile schnitten, was häufig jede Steuererhebung unmöglich macht; denn der Wert des Besitzes würde nicht einmal zur Deckung der Kosten für die Einziehung der Rückstände ausreichen...!«

»Ihre Bockigkeit, ihr Mißtrauen, wenn Sie wollen, ist in dieser Hinsicht so groß, daß in tausend unter den dreitausend Distrikten, aus denen sich das französische Territorium zusammensetzt, es für einen reichen Mann unmöglich ist, Bauernland aufzukaufen«, unterbrach Blondet den Abbé. »Die Bauern, die sich untereinander ihre Fetzchen Land abtreten, würden sich seiner um keinen Preis und unter keiner Bedingung um eines Bourgeois willen entäußern. Je mehr Geld der Großgrundbesitzer bietet, je mehr steigert sich der verschwommene Argwohn des Bauern. Lediglich die Enteignung läßt das Bauernland unter das allgemeine Gesetz des freien Handels zurückkehren. Diese Tatsache ist von vielen Leuten festgestellt worden, ohne daß sie deren Ursache herausbekommen hätten.«

»Diese Ursache ist die folgende«, nahm der Abbé Brossette wieder das Wort; er glaubte mit Recht, die Pause, die Blondet eingelegt hatte, sei gleichbedeutend mit einer Frage. »Zwölf Jahrhundert sind nichts für eine Kaste, die das historische Schauspiel der Kulturentwicklung niemals von ihren Leitgedanken abgelenkt hat, die noch heute voller Stolz an dem breitkrempigen Hut mit dem seidengefütterten Kopfteil ihrer Herren seit dem Tage festhält, da der Wandel der Mode ihn sie übernehmen ließ. Die Liebe, deren Wurzeln sich tief in die Volksseele hinabsenkten, und die sich so leidenschaftlich an Napoleon klammerte, deren geheimnisvoller Grund er selber aber weniger war als er glaubte, jene Liebe, die das Wunder seiner Rückkehr im Jahre 1815 zu erklären vermag, entsprang einzig und allein dieser Vorstellung. In den Augen des Volkes ist Napoleon, der durch seine Millionen Soldaten unablässig mit dem Volk verbunden war, noch heutzutage der aus dem Schoß der Revolution hervorgegangene König, der Mann, der dem Volk den Besitz der Nationalgüter zugesichert hatte. Seine Krönung hat durch diese Vorstellung ihre Weihe erhalten . . .«

»Es ist eine Vorstellung, die leider 1814 angetastet worden ist, und die die Monarchie als etwas Heiliges betrachten müßte«, sagte Blondet lebhaft, »denn das Volk könnte nahe dem Thron einen Fürsten entdecken, dem sein Vater das Haupt Ludwigs XVI. als Erbstück hinterlassen hat.«[81]

»Da kommt Madame; wir wollen lieber schweigen«, sagte der Abbé Brossette sehr leise, »Fourchon hat ihr Angst eingejagt, und sie muß hierbleiben, im Interesse der Kirche, des Throns und dieses Gutes.«

Michaud, der Oberaufseher von Les Aigues, war sicherlich durch das auf die Augen Vatels verübte Attentat hergeführt worden. Aber ehe über die Beratung berichtet werden kann, die im Staatsrat statthaben sollte, erfordert die Verkettung der Ereignisse eine gedrängte Darstellung der Umstände, unter denen der Graf Les Aigues gekauft hatte, der gewichtigen Gründe, aus denen Sibilet der Verwalter dieses herrlichen Besitzes geworden war, der Ursachen, um derentwillen Michaud das Amt eines Oberaufsehers erhalten hatte, kurzum, der rückliegenden Geschehnisse, denen sowohl die gegenwärtige Stimmung, wie die von Sibilet ausgesprochenen Befürchtungen zu verdanken waren.

Dieser kurzgefaßte Bericht wird zudem das Verdienst haben, einige der wichtigsten Akteure des Dramas einzuführen, deren Interessen darzulegen und das Gefährliche der Lage verständlich zu machen, in der sich der General Graf de Montcornet damals befand.

SECHSTES KAPITEL

Eine Gaunergeschichte

Als Mademoiselle Laguerre um 1791 ihr Gut besuchte, machte
sie den Sohn des Ex-Schultheißen von Soulanges zum Verwalter;
er hieß Gaubertin. Die Kleinstadt Soulanges, heute eine schlichte
Distriktshauptstadt, war zu der Zeit, da das Haus Burgund ge-
gegen das Haus Frankreich Krieg führte, die Hauptstadt einer
ansehnlichen Grafschaft. La-Ville-aux-Fayes, heute Sitz einer
Unterpräfektur, damals nichts als ein kleines Lehen, hing damals
von Soulanges ab, gerade wie auch Les Aigues, Ronquerolles,
Cerneux, Couches und fünfzehn andere Kirchdörfer. Die Soulanges sind Grafen geblieben, während die Ronquerolles heute Marquis sind; das geschah durch das Spiel jener als »der Hof« bezeichnenden Macht, die den Sohn des Hauptmanns du Plessis[82]
vor den ersten Familien aus der Zeit der Eroberung[83] zum Herzog erhob. Das beweist, daß die Städte, wie die Familien, ihre
überaus wechselvollen Schicksale haben.

Der Sohn des Schultheißen, ein junger, gänzlich mittelloser
Mensch, folgte einem Verwalter nach, der dreißig Jahre lang die
Geschäfte geführt hatte und dabei reich geworden war; er hatte
ein Drittel der Anteile der berühmten Firma Minoret[84] der Verwaltung von Les Aigues vorgezogen. In seinem eigenen Interesse
hatte der künftige Lebensmittel-Großhändler als Verwalter den
jetzt großjährigen François Gaubertin vorgeschlagen; dieser war
seit fünf Jahren sein Rechnungsführer gewesen und hatte den
Auftrag, seinen Rückzug zu decken; aus Dankbarkeit für die
von seinem Lehrmeister in der Verwaltung empfangenen Instruktionen hatte er diesem versprochen, von der über die Revolution tief erschrockenen Mademoiselle Laguerre eine Entlastungsbescheinigung zu erwirken. Der ehemalige Schultheiß, der
zum Öffentlichen Ankläger des Départements geworden war,
wurde der Beschützer der verängstigten Sängerin. Dieser Pro-
vinz-Fouquier-Tinville[85] organisierte gegen eine Bühnenkönigin,
die offensichtlich um ihrer Liebschaften mit Aristokraten willen
verdächtig war, einen künstlichen Aufstand, um seinen Sohn das
Verdienst einer wenn auch nur gespielten Errettung zuzuschan-

zen, die wiederum als Mittel zur Erlangung der Entlastungsbescheinigung für den Vorgänger diente. Daraufhin machte die Bürgerin Laguerre François Gaubertin zu ihrem Premierminister, und zwar aus politischen Gründen wie aus Dankbarkeit.

Der künftige Lebensmittel-Lieferant der Republik hatte Mademoiselle nicht eben verwöhnt; er hatte ihr jährlich etwa dreißigtausend Francs nach Paris überwiesen, obwohl Les Aigues zu jener Zeit mindestens vierzigtausend hätte einbringen müssen; so war denn also die ahnungslose Dame von der Oper begeistert, als Gaubertin ihr sechsunddreißigtausend versprach.

Um das gegenwärtige Vermögen des Verwalters von Les Aigues vor dem Tribunal des Möglichen zu rechtfertigen, ist es notwendig, seine Anfänge klarzulegen. Der von seinem Vater protegierte junge Gaubertin wurde zum Bürgermeister von Blangy ernannt. Er konnte sich also, trotz der gesetzlichen Bestimmungen, in Silbergeld bezahlen lassen, indem er seine Schuldner »terrorisierte« (ein Ausdruck jener Zeit), die ja, nach seinem Ermessen, von den zermalmenden Requisitionen der Republik betroffen werden konnten oder nicht. Der Verwalter selber zahlte seiner »Bourgeoise« nur Assignaten[86], solange dieses Papiergeld in Kurs war, das, wenn es auch kein Staatsvermögen schuf, so doch wenigstens viele Privatvermögen zuwege brachte. Von 1792 bis 1795, innerhalb dreier Jahre also, erntete der junge Gaubertin auf Les Aigues hundertfünfzigtausend Francs, mit denen er an der Pariser Börse operierte. Die mit Assignaten vollgepfropfte Mademoiselle Laguerre war gezwungen, aus ihren damals nutzlosen Diamanten Geld zu machen; sie übergab sie Gaubertin, der sie verkaufte und ihr getreulich den Erlös in Silbergeld überbrachte. Dieser Zug der Redlichkeit rührte Mademoiselle tief; fortan glaubte sie an Gaubertin wie an Piccini[87].

Als im Jahre 1796 Gaubertin sich mit der Bürgerin Isaure Mouchon verheiratete, der Tochter eines ehemaligen Konventsmitglieds und Freundes seines Vaters, besaß er dreihundertfünfzigtausend Francs in Silber; und da das Direktorium ihm von Dauer zu sein schien, wollte er, bevor er heiratete, sich von Mademoiselle eine Entlastungsbescheinigung über die fünf Jahre seiner Verwaltung ausstellen lassen, unter der Behauptung, jetzt beginne eine neue Zeit.

»Ich werde jetzt Familienoberhaupt«, sagte er, »Sie wissen, in welchem Ruf die Verwalter stehen; mein Schwiegervater ist ein Republikaner von römischer Redlichkeit und überdies ein einflußreicher Mann; ich will ihm beweisen, daß ich seiner würdig bin.«

Mademoiselle Laguerre bestätigte Gaubertins Rechnungsablegung in den schmeichelhaftesten Ausdrücken.

Um der Herrin von Les Aigues Vertrauen einzuflößen, versuchte der Verwalter in der ersten Zeit, die Bauern im Zaum zu halten, da er mit Recht fürchtete, daß die Einnahmen unter ihren Verheerungen litten, und daß die nächsten Schmiergelder von seiten des Holzhändlers geringer ausfielen; aber damals meinte das souveräne Volk, es sei überall zu Hause, Madame hatte Angst vor diesen ihren Königen, als sie sie aus der Nähe betrachtete, und sagte zu ihrem Richelieu, vor allem wolle sie in Frieden sterben. Die Einnahmen der ehemaligen Ersten Sängerin überstiegen ihre Ausgaben so sehr, daß sie die unheilvollsten Präzedenzfälle zu etwas Dauerndem werden ließ. Auf diese Weise, bloß um nicht beim Gericht Klage erheben zu müssen, duldete sie die Eingriffe der Nachbarn in ihre Ländereien. Da sie vor Augen hatte, daß ihr Park von unübersteigbaren Mauern umgeben war, fürchtete sie keineswegs, in ihrem unmittelbaren Genußleben gestört zu werden; als wahre Philosophin, die sie war, wünschte sie nichts als den Frieden. Ein paar tausend Francs Einnahmen mehr oder weniger, Nachlaß auf den Pachtpreis, den der Holzhändler infolge der von den Bauern angerichteten Verwüstungen forderte, was war das schon in den Augen einer ehemaligen, verschwenderischen, sorglosen Operndame, die ihre hunderttausend Francs Einkünfte nichts als ein bißchen Liebesfreude gekostet hatten, und die sich vor kurzem ohne ein Wort der Klage den Abzug von zwei Dritteln ihrer sechzigtausend Francs betragenden Einnahmen hatte gefallen lassen?

»Ja«, sagte sie mit der Leichtfertigkeit einer »Verworfenen« des Ancienrégime, »alles muß doch leben, sogar die Republik!«

Die gräßliche Mademoiselle Cochet, ihre Zofe und ihr weiblicher Vezier, hatte versucht, sie aufzuklären, als sie merkte, welche Herrschaft Gaubertin über sie gewonnen hatte, der sie ungeachtet der Revolutions-Gesetze über die Gleichheit von Anfang an mit »Madame« angeredet hatte; aber Gaubertin klärte seinerseits Mademoiselle Cochet auf, indem er ihr eine Denunziation vorwies, die vorgeblich an seinen Vater gesandt worden war, und in der sie auf das heftigste beschuldigt wurde, in Korrespondenz mit Pitt und Coburg[88] zu stehen. Von da an machten jene beiden Mächte Halbpart, aber à la Montgomery[89]. Die Cochet rühmte Gaubertin der Mademoiselle Laguerre, wie Gaubertin ihr die Cochet rühmte. Das Bett der Zofe war übrigens fix und fertig; sie wußte sich durch Madames Testament versorgt, in dem sie mit sechzigtausend Francs bedacht worden war. Madame konnte ohne die Cochet nicht mehr auskommen, so sehr hatte sie sich an sie gewöhnt. Dieses Mädchen kannte alle Toilettengeheimnisse ihrer geliebten Herrin; sie verfügte über das Talent, die geliebte Herrin abends mit tausend Geschichten einzuschläfern und sie am Morgen mit Schmeichelworten zu wecken; kurzum, bis zu deren Todestag fand sie ihre geliebte Herrin auch nicht die Spur verändert, und als die geliebte Herrin endlich im Sarg lag, hat sie sicherlich gefunden, sie sehe besser aus denn je.

Die jährlichen Gewinne Gaubertins und diejenigen der Mademoiselle Cochet, beider Gehälter, beider Zinsen wurden so ansehnlich, daß die zärtlichsten Verwandten nicht mehr an jenem vortrefflichen Geschöpf hätten hängen können als diese beiden. Man weiß noch immer nicht, wie sehr ein Gauner sein nichtsahnendes Opfer zu hätscheln vermag! Keine Mutter ist so zärtlich und vorausschauend für eine geliebte Tochter wie jeder Kaufmann an Tartüfferie für seine Milchkuh. Welchen Erfolg haben daher die Privatvorstellungen von »Tartuffe« gehabt! Das ist die Freundschaft schon wert. Molière ist zu früh gestorben; sonst hätte er uns die Verzweiflung Orgons geschildert, wie seine Familie ihn langweilte, wie seine Kinder ihn schikanierten, wie er sich nach den Schmeichelreden Tartuffes zurücksehnte und sagte: »Das waren noch Zeiten!«

In den letzten acht Jahren ihres Lebens hatte Mademoiselle Laguerre nur dreißigtausend Francs von den fünfzigtausend ausgezahlt erhalten, die das Gut Les Aigues in Wirklichkeit einbrachte. Gaubertin hatte, wie man sieht, das gleiche Verwaltungsergebnis erzielt wie sein Vorgänger, obwohl die Pachtgelder und die landwirtschaftlichen Erträgnisse sich von 1791 bis

1815 merklich gesteigert hatten, ganz abgesehen von den beständigen Zukäufen der Mademoiselle Laguerre. Aber Gaubertins Plan, Les Aigues bei dem nahe bevorstehenden Tod Madames zu erwerben, zwang ihn, das wundervolle Gut in einem offenkundigen Zustand der Wertminderung zu erhalten, was die sichtbaren Einnahmen betraf. Die Cochet war in diese Machenschaft eingeweiht; also mußte sie auch am Gewinn beteiligt werden. Da die ehemalige Bühnenkönigin an der Neige ihrer Tage aus sogenannten »konsolidierten Fonds«[90] (zu solchen Scherzen gibt die Sprache der Politik sich her) über zwanzigtausend Francs Zinsen verfügte, aber besagte zwanzigtausend Francs im Jahr kaum verbrauchte, wunderte sie sich über die jährlichen Ankäufe, die ihr Verwalter tätigte, um die verfügbaren Beträge anzulegen; denn schließlich hatte sie ehedem ihre sämtlichen Einkünfte schon im voraus verbraucht! Daß sie die geringen Bedürfnisse ihres Alters bestreiten konnte, schien ihr das Resultat der Redlichkeit Gaubertins und der Mademoiselle Cochet zu sein.

»Zwei Perlen!« pflegte sie zu denen zu sagen, die sie besuchten.

Gaubertin wahrte bei seinen Abrechnungen übrigens den Augenschein der Redlichkeit. Die Pachtgelder wurden genau gebucht. Alles, was die schwache Intelligenz der Sängerin bezüglich der Rechenkunst etwa betroffen machen konnte, war klar, sauber und genau. Der Verwalter hielt sich schadlos an den Ausgaben, den Kosten der Bestellung, den Geschäftsabschlüssen, den Arbeitslöhnen, den Prozessen, die er erfand, den Reparaturen: Einzelbeträge, die Madame niemals nachprüfte und deren Verdoppelung er sich bisweilen angelegen sein ließ, im Einvernehmen mit den Unternehmern, deren Stillschweigen er durch vorteilhafte Preise erkaufte. Dieses Entgegenkommen schuf Gaubertin allgemeine Wertschätzung, und Madame wurde aus jedermanns Munde Lob gezollt; denn außer dem, was sie an Arbeit vergab, spendete sie vielerlei Almosen in barem Geld.

»Gott möge sie erhalten, die liebe Dame!« so sagten alle.

Tatsächlich empfing jedermann etwas von ihr, rein als Geschenk oder indirekt. In ihrer Jugend hatte sie Repressalien erhoben; jetzt aber wurde die alte Künstlerin buchstäblich ausgeplündert, und zwar so regelrecht ausgeplündert, daß jeder dabei eine gewisse Mäßigung bezeigte, damit die Dinge nicht so weit gediehen, daß ihr die Augen aufgingen, daß sie Les Aigues verkaufte und nach Paris zurückkehrte.

Das Interesse an den schiefen Geschäften wurde leider die Ursache für die Ermordung Paul-Louis Couriers[91], der den Fehler beging, den Verkauf seines Gutes und die Absicht zu verkündigen, mit seiner Frau wegzuziehen, von der mehrere Tonsards der Touraine gelebt hatten. Aus dieser Befürchtung heraus fällten die Marodeure von Les Aigues nur in letzter Not einen jungen Baum, wenn sie nämlich keine Zweige mehr vorfanden, die für ihre an Bohnenstangen gebundenen Sicheln erreichbar waren. Eben im Interesse der Stehlerei wurde möglichst wenig Unrecht begangen. Nichtsdestoweniger war während der letzten Lebensjahre der Mademoiselle Laguerre der Brauch, sich im Wald Brennholz zu verschaffen, zu einem außerordentlichen frechen Mißbrauch geworden. In gewissen hellen Nächten wurden mindestens zweihundert Bündel Reisig weggeschafft. Was nun die Ährenlese und die Nachlese in den Rebbergen betrifft, so büßte Les Aigues dadurch, wie Sibilet es dargelegt hat, ein Viertel seiner Produkte ein.

Mademoiselle Laguerre hatte der Cochet verboten, sich zu ihren Lebzeiten zu verheiraten; das war aus einem gewissen Egoismus der Herrin gegenüber der Zofe geschehen, für den es überall zahlreiche Beispiele gibt; er ist nicht absurder als die Manie, bis zum letzten Seufzer Güter zu behalten, die für das materielle Glück völlig unnütz sind, auch auf die Gefahr hin, daß man von ungeduldigen Erben vergiftet wird. Daher heiratete Mademoiselle Cochet drei Wochen nach der Beerdigung der Mademoiselle Laguerre den Wachtmeister der Gendarmerie von Soulanges; er hieß Soudry, war ein sehr gut aussehender Mann von zweiundvierzig Jahren, der seit 1800, dem Jahr der Aufstellung der Gendarmerie, sie fast täglich auf Les Aigues besucht und wöchentlich mindestens viermal mit ihr und Gaubertin zu Abend gegessen hatte.

Madame hatte während ihres ganzen Lebens an einem Tisch für sich allein oder für ihre Gäste servieren lassen. Trotz des guten Einvernehmens waren weder die Cochet noch Gaubertin je zur Tafel der Ersten Sängerin der Königlichen Oper zugelassen worden; sie hatte bis zu ihrer letzten Stunde ihre Etikette, ihre

Toilettegewohnheiten, ihr Rouge, ihre Pantoffel, ihren Wagen, ihre Dienerschaft und ihre Göttinnen-Majestät bewahrt. Als Göttin auf der Bühne, als Göttin in der Stadt, die sie gewesen war, war sie auch draußen auf dem Land eine Göttin; ihr Andenken wird dort noch immer vergöttert, und im Denken der »ersten Gesellschaftskreise« von Soulanges wiegt es ganz bestimmt den Hof Ludwigs XVI. auf.

Jener Soudry nun, der seit seiner Ankunft in der Gegend der Cochet den Hof gemacht hatte, besaß das schönste Haus von Soulanges, etwa sechstausend Francs, und die Hoffnung auf ein Ruhegehalt von vierhundert Francs von dem Tag an, da er aus dem Dienst ausscheiden würde. Als die Cochet Madame Soudry geworden war, genoß sie in Soulanges hohe Achtung. Obwohl sie absolutes Stillschweigen über die Höhe ihrer Ersparnisse bewahrte, die, wie Gaubertins Kapitalien, in Paris angelegt worden waren, und zwar bei dem Kommissär der Weinhändler des Départements, einem gewissen Leclercq, einem Landsmann, dessen stiller Teilhaber der Verwalter war, schrieb die öffentliche Meinung der ehemaligen Zofe eins der größten Vermögen dieser Kleinstadt von ungefähr zwölfhundert Seelen zu.

Zum großen Erstaunen der Stadt erkannte das Ehepaar Soudry durch seinen Heiratsvertrag einen natürlichen Sohn des Gendarmen als legitim an; ihm mußte also künftig das Vermögen der Madame Soudry gehören. An dem Tag, da dieser Sohn offiziell eine Mutter bekam, hatte er gerade in Paris sein Rechtsstudium abgeschlossen; er hatte sich vorgenommen, dort seine Vorbereitungszeit zu absolvieren und dann die Richter-Laufbahn einzuschlagen.

Es erübrigt sich beinah, darauf hinzuweisen, daß das zwanzigjährige wechselseitige Einvernehmen zwischen den Gaubertins und den Soudrys die verläßlichste Freundschaft zur Folge hatte. Beide Teile mußten einander bis ans Ende ihrer Tage *urbi et orbi*[92] als die »anständigsten Leute Frankreichs« hinstellen. Dieses Interesse basierte auf der beiderseitigen Kenntnis der geheimen Flecke, die die weiße Tunika ihres Gewissens trug; dergleichen ist hienieden eins der unlösbarsten Bande. Wer dies soziale Drama liest, dem wird darüber eine solche Gewißheit, daß er zur Erklärung der Fortdauer gewisser Aufopferungen, die seinen

Egoismus erröten machen, von zwei Menschen sagen wird: »Ganz sicher haben die gemeinsam irgendein Verbrechen begangen!«

Nach einem Vierteljahrhundert der Geschäftsführung sah sich der Verwalter somit im Besitz von sechshunderttausend Francs in Silber, und die Cochet besaß etwa zweihundertfünfzigtausend Francs. Die schnelle, beständige Übertragung aktiver Schulden an Zahlungs Statt auf diese Kapitalien, die der Firma Leclercq u. Co. am Quai de Béthune auf der Ile Saint-Louis[93] anvertraut waren, der Nebenbuhlerin der berühmten Firma Grandet[94], trug viel zum Anwachsen des Vermögens jenes Weinkommissärs und Gaubertins bei. Beim Tod der Mademoiselle Laguerre hielt Leclercq, der Chef der Firma am Quai de Béthune, um die Hand Jennys an, der ältesten Tochter des Verwalters. Jetzt trug sich Gaubertin mit der Hoffnung, Herr von Les Aigues zu werden, und zwar durch ein Komplott, das im Büro des Notars Lupin angezettelt worden war; dieser war seit elf Jahren in Soulanges ansässig.

Lupin, der Sohn des letzten Verwalters des Hauses de Soulanges, hatte sich zu zweifelhaften Gutachten bereit gefunden, zu Preisfestsetzungen mit fünfzig Prozent unterhalb des Wertes, zu öffentlichen Anschlägen, die dann nicht erfolgten, zu allerlei leidigen Manipulationen, die in der Provinz gang und gäbe sind, um wertvollen Grundbesitz, wie man sagt, unter der Hand einem zuzuschlagen. Unlängst soll sich in Paris eine Gesellschaft gebildet haben, deren Ziel es ist, die Urheber dieser Machenschaften dadurch zu schröpfen, daß ihnen angedroht wird, man werde sie überbieten. Aber im Jahre 1816 war Frankreich noch nicht, wie heute, von einer flammenden Publizität verbrannt; also konnten die Spießgesellen mit einer Aufteilung von Les Aigues rechnen; sie wurde heimlich zwischen der Cochet, dem Notar und Gaubertin vereinbart; der letztere behielt sich *in petto* vor, den andern beiden eine Summe anzubieten, um sie an ihren Anteilen zu desinteressieren, sobald das Gut auf seinen Namen überschrieben war. Der Anwalt, den Lupin damit beauftragt hatte, die Versteigerung vor Gericht zu vertreten, hatte auf Ehrenwort den Verkauf seiner Praxis an Gaubertin für dessen Sohn zugesagt, so daß er diesen Raubzug begünstigte, sofern die elf pikardischen Ackerbauern, denen diese Erbschaft aus den Wolken zufiel, sich überhaupt als beraubt ansahen.

In dem Augenblick, da alle Interessierten ihr Vermögen bereits verdoppelt glaubten, erschien am Tag vor der endgültigen Erteilung des Zuschlags ein Pariser Anwalt und beauftragte einen der Anwälte von La-Ville-aux-Fayes, der zufällig einer seiner ehemaligen Büroangestellten war, Les Aigues zu ersteigern, und er bekam es für elfhunderttausend und fünfzig Francs. Bei elfhunderttausend Francs hatte keiner der Verschwörer gewagt, noch höher zu steigern. Gaubertin glaubte an irgendeine Verräterei Soudrys, wie Lupin und Soudry sich von Gaubertin hereingelegt glaubten; aber die Bekanntgabe, wer der Auftraggeber sei, versöhnte sie wieder. Obwohl der Provinzanwalt das Komplott ahnte, das Gaubertin, Lupin und Soudry geschmiedet hatten, hütete er sich, seinen ehemaligen Chef aufzuklären. Und zwar aus folgendem Grunde: Für den Fall einer Indiskretion der neuen Eigentümer hätte jener offiziell angestellte Rechtsvertreter zuviel Leute auf dem Hals gehabt, um in der Gegend bleiben zu können. Ein solches für den Provinzler typisches Verschweigen wird übrigens vollauf durch den weiteren Verlauf dieser Geschichte gerechtfertigt. Wenn der Provinzler tückisch ist, dann nur, weil er gezwungen ist, es zu sein; seine Rechtfertigung findet sich bewundernswert in dem Sprichwort ausgedrückt: »Man muß mit den Wölfen heulen«; das ist der Sinn des Philinthe[95].

Als der General Montcornet Les Aigues übernahm, meinte Gaubertin, er sei noch nicht reich genug zum Aufgeben seiner Stellung. Um seine älteste Tochter mit dem reichen Bankier des Weingroßhändlers zu verheiraten, war er genötigt, ihr eine Mitgift von zweihunderttausend Francs zu geben; dreißigtausend Francs hatte die seinem Sohn gekaufte Anwaltspraxis gekostet; es blieben ihm also nur noch dreihundertsiebzigtausend Francs, von denen er früher oder später die Mitgift seiner letzten Tochter Elise würde bezahlen müssen, für die er eine mindestens ebenso gute Partie wie die der ältesten in die Wege zu leiten hoffte. Der Verwalter nahm sich vor, den Grafen de Montcornet genau zu beobachten, um herauszubekommen, ob er ihm Les Aigues verekeln könne; er rechnete damit, dann den fehlgeschlagenen Plan auf eigene Faust verwirklichen zu können.

Mit dem besonderen Scharfsinn der Leute, die ihr Vermögen durch Verschlagenheit erworben haben, glaubte Gaubertin an die Ähnlichkeit der Charaktere eines alten Offiziers und einer alten Sängerin, die übrigens ziemlich wahrscheinlich war. Waren »Eine von der Oper« und ein General Napoleons nicht gleichermaßen an Verschwendung gewöhnt, besaßen sie nicht die gleiche Sorglosigkeit? Kommt die Diva nicht wie der Soldat auf launische Art und im Feuer zu Geld und Gut? Sind schlaue, hinterlistige, weltkluge Offiziere nicht Ausnahmeerscheinungen? In der Mehrzahl der Fälle muß der Soldat, und zumal ein so vollendeter Haudegen wie Montcornet, schlicht und einfach, vertrauensselig, ein Grünhorn in Geschäftsdingen und wenig geeignet für die tausenderlei Einzelheiten der Verwaltung eines Guts sein. Gaubertin hoffte, den General in dieselbe Reuse hineinzubugsieren und ihn darin festzuhalten, in der Mademoiselle Laguerre ihre Tage beendet hatte. Nun aber hatte der Kaiser ganz bewußt Montcornet ehedem verstattet, in Pommern dasselbe zu sein, was Gaubertin auf Les Aigues war, und also kannte der General sich im Furagieren bei der Verwaltung aus.

Nun der alte Kürassier hierher kam, um seinen Kohl zu pflanzen, wie der erste Herzog von Biron[96] sich ausgedrückt hat, wollte er sich selbst mit seinen geschäftlichen Angelegenheiten befassen, um über seinen Sturz hinwegzukommen. Obwohl er seine Truppen den Bourbonen übergeben hatte, konnte dieser Dienst, den mehrere Generale leisteten und der als die Entlassung der Loire-Armee[97] bezeichnet wird, das Verbrechen nicht auslöschen, daß er dem Mann der Hundert Tage auf sein letztes Schlachtfeld gefolgt war. Nun die Fremden im Lande waren, konnte der Pair von 1815 sich nicht in den Reihen der Armee behaupten, und noch viel weniger im Luxembourg verbleiben. Auf den Rat eines in Ungnade gefallenen Marschalls hin machte Montcornet sich also daran, in der freien Natur Karotten anzubauen. Der General besaß die alten Wölfen eigene Schlauheit, und schon nach den ersten Tagen, die er der Besichtigung seiner Besitzungen widmete, hatte er in Gaubertin einen richtigen Verwalter aus der Komischen Oper erkannt, einen Gauner, wie fast alle Marschälle und Herzöge Napoleons, diese aus dem Mistbeet des Volkes aufgeschossenen Champignons.

Da der wortkarge Kürassier die große Erfahrung Gaubertins auf dem Gebiet der Verwaltung eines landwirtschaftlichen Betriebs erkannte, hatte er das Gefühl, daß es nützlich sei, ihn zu behalten, damit er selber sich in die Verbesserungsmethoden einarbeiten könne; daher tat er so, als wolle er sich verhalten wie Mademoiselle Laguerre, und diese gespielte Sorglosigkeit täuschte den Verwalter. Jene zur Schau getragene Einfalt dauerte so lange, wie der General brauchte, um die Stärken und Schwächen von Les Aigues kennenzulernen, die Einzelposten der Erträge, die Art und Weise ihrer Erhebung, wie und wo gestohlen wurde, die Verbesserungen und Ersparnisse, die durchgeführt werden konnten. Als der General dann eines schönen Tages Gaubertin mit der Hand in seiner Tasche, wie man sagt, ertappt hatte, geriet er in einen Wutanfall, wie er zu den Eigentümlichkeiten dieser Länderzähmer gehört. Jetzt beging er einen der Kardinalfehler, die geeignet sind, das ganze Leben eines Mannes durcheinanderzubringen, der nicht über ein so großes Vermögen oder ein Ansehen verfügte wie er, und denen überdies die großen und kleinen Unglücksfälle entspringen, von denen diese Geschichte wimmelt. Montcornet war Zögling der kaiserlichen Schule, er war es gewohnt, alles niederzusäbeln; er war von Verachtung für das »Zivil« erfüllt, und so glaubte er es nicht nötig zu haben, Handschuhe anzuziehen, wenn es galt, einen Gauner von Verwalter vor die Tür zu setzen. Das Zivilleben und seine tausend Vorsichtsmaßregeln waren diesem ohnehin schon dadurch, daß er in Ungnade gefallen war, verbitterten General unbekannt; also demütigte er Gaubertin aufs tiefste, zumal da dieser sich jene hochfahrende Behandlung durch eine Antwort zuzog, deren Zynismus Montcornets Wut erst recht anstachelte.

»Sie leben also von meinem Grund und Boden?« hatte ihn der Graf mit spöttischer Strenge gefragt.

»Ja, glauben Sie denn, ich könnte von der Luft leben?« hatte Gaubertin lachend geantwortet.

»Raus, Kanaille, Sie sind entlassen!« sagte der General und verabfolgte ihm Hiebe mit der Reitpeitsche, die der Verwalter freilich stets abgeleugnet hat, da er sie bei verschlossener Tür erhalten hatte.

»Ich gehe nicht weg ohne meine Entlastungsbescheinigung«,

sagte Gaubertin kaltblütig, nachdem er ein paar Schritte von dem gewalttätigen Kürassier zurückgetreten war.

»Wir werden ja sehen, was die Polizei von Ihnen denkt«, antwortete Montcornet achselzuckend.

Als Gaubertin vernahm, daß er mit einem Strafprozeß bedroht wurde, blickte er den Grafen lächelnd an. Dieses Lächeln brachte es zuwege, daß der Arm des Generals niedersank, als seien seine Muskeln durchschnitten worden. Wir wollen uns dieses Lächeln erklären.

Seit zwei Jahren war Gaubertins Schwager, ein gewisser Gendrin, der lange Zeit hindurch Richter am Gericht Erster Instanz zu La-Ville-aux-Fayes gewesen war, durch die Protektion des Grafen de Soulanges zum Gerichts-Präsidenten ernannt worden. Monsieur de Soulanges war 1814 Pair von Frankreich geworden und während der Hundert Tage den Bourbonen treu geblieben; er hatte jene Ernennung vom Justizminister erbeten. Dieser Verwandtschaft lieh Gaubertin in der Gegend eine gewisse Bedeutung. Im Verhältnis ist der Gerichtspräsident in einer kleinen Stadt eine größere Persönlichkeit als ein Erster Präsident am Königlichen Gericht, der in der Großstadt den General, den Bischof, den Präfekten und den Generalsteuereinnehmer als gleichrangig neben sich hat, was bei einem gewöhnlichen nicht der Fall ist, da der Staatsanwalt und der Unterpräfekt absetzbar oder versetzbar sind. Der junge Soudry, der Kamerad von Gaubertins Sohn in Paris wie auf Les Aigues, war zu jener Zeit unlängst in der Départements-Hauptstadt zum stellvertretenden Staatsanwalt ernannt worden. Bevor der Vater Soudry Gendarmerie-Wachtmeister geworden war, war er als Artillerie-Furier bei einem Scharmützel verwundet worden, als er Monsieur de Soulanges, damals Major im Generalstab, verteidigte. Nach der Aufstellung der Gendarmerie hatte der Graf de Soulanges, der zum Oberst befördert worden war, für seinen Retter die Gendarmen-Abteilung von Soulanges gefordert; und später hatte er den Posten erbeten, auf dem Soudrys Sohn debütiert hatte. Und da schließlich und endlich die Heirat der Mademoiselle Gaubertin am Quai de Béthune beschlossene Sache war, fühlte sich der ungetreue Verwalter an Ort und Stelle stärker als ein einstweilig aus dem Dienst entlassener Generalleutnant.

Wenn diese Geschichte keine andere Lehre zu geben vermöchte als die, die sich aus dem Zerwürfnis des Generals mit seinem Verwalter ergibt, so würde sie bereits vielen Leuten von Nutzen für ihr Verhalten im Leben sein. Wer den Macchiavell mit Gewinn zu lesen versteht, dem wird bewiesen, daß menschliche Klugheit darin besteht, niemals zu drohen, wortlos zu handeln, dem Feind bei dessen Rückzug goldene Brücken zu bauen, der Schlange nicht auf den Schwanz zu treten, wie es im Sprichwort heißt, und sich wie vor einem Mord davor zu hüten, irgend jemands Eigenliebe zu kränken, und möge er noch so weit unter einem stehen. Etwas Getanes, möge es gleich den Interessen noch so schädlich gewesen sein, läßt sich im Lauf der Zeit verzeihen, es findet auf tausendfache Weise seine Erklärung; aber die Eigenliebe, die wegen des empfangenen Hiebs immer weiterblutet, verzeiht der Gesinnung niemals. Die moralische Persönlichkeit ist empfindlicher und lebendiger als die physische Persönlichkeit. Herz und Blut sind weniger leicht zu beeindrucken als die Nerven. Kurzum, wir werden, was wir auch tun mögen, von unserm inneren Wesen beherrscht. Man versöhnt ohne weiteres zwei Familien, die sich gegenseitig umgebracht haben, wie in der Bretagne oder der Vendée während der Bürgerkriege; aber Beraubte und Räuber kann man ebensowenig aussöhnen wie Verleumdete und Verleumder. Deshalb darf man einander lediglich in epischen Dichtungen beschimpfen, ehe man einander umbringt. Der Wilde und der Bauer, der sehr viel vom Wilden hat, reden mit ihren Gegnern nur dann, wenn sie ihnen Fallen stellen wollen. Seit 1789 versucht Frankreich, gegen allen Augenschein die Menschen glauben zu machen, sie seien gleich; wenn man daher zu jemandem sagt: »Sie sind ein Schuft!«, so ist das ein Scherz ohne Weiterungen; aber es ihm zu beweisen, indem man ihn auf frischer Tat ertappt und ihn mit der Reitpeitsche traktiert; aber ihn mit einem Strafprozeß zu bedrohen, ohne diesen anzustrengen, das bedeutet, ihn nachdrücklich auf die Ungleichheit der Gegebenheiten hinzuweisen. Wenn schon die große Masse unnachsichtig gegenüber jeglicher Überlegenheit ist, wie sollte da ein Schurke einem Ehrenmann verzeihen?

Hätte Montcornet seinem Verwalter unter dem Vorwand gekündigt, er müsse alten Verpflichtungen dadurch nachkommen, daß er seinen Posten irgendeinem ehemaligen Offizier gebe, dann hätte ganz bestimmt keiner den andern getäuscht, beide hätten einander verstanden; und indem der eine des andern Eigenliebe schonte, hätte er ihm eine Tür offen gelassen, durch die er sich hätte zurückziehen können; dann nämlich hätte Gaubertin den Großgrundbesitzer in Ruhe gelassen, er hätte seine Niederlage bei der Versteigerung verschmerzt, und vielleicht hätte er seine Kapitalien in Paris zu nutzen versucht. Da jedoch der Verwalter auf schmähliche Weise davongejagt worden war, bewahrte er gegen seinen Herrn die geheime Rachsucht, die in der Provinz ein Lebenselement ist, und deren Dauer, Beharrlichkeit und verschwörerische Fadenzieherei sogar Diplomaten in Erstaunen setzen würden, die es gewohnt sind, sich über nichts zu wundern. Ein brennendes Verlangen nach Rache riet ihm, sich nach La-Ville-aux-Fayes zurückzuziehen, dort eine Stellung zu beziehen, von der aus er Montcornet schaden konnte, und ihm so viel Ärger zu bereiten, daß er ihn zwang, Les Aigues abermals zu versteigern.

Alles täuschte den General, denn Gaubertins Benehmen nach außen hin war nicht so geartet, daß es ihn hätte warnen oder erschrecken müssen. Aus Tradition trug der Verwalter zwar nicht Armut, wohl aber beschränkte Verhältnisse zur Schau. Er verhielt sich darin wie sein Vorgänger. Daher schob er seit zwölf Jahren bei jeder Gelegenheit seine drei Kinder, seine Frau und die riesigen Ausgaben vor, die diese zahlreiche Familie verursachte. Mademoiselle Laguerre, der Gaubertin gesagt hatte, er sei zu arm, um die Schulausbildung seines Sohns in Paris bestreiten zu können, hatte deren sämtliche Kosten bezahlt; sie gab ihrem lieben Patenkind jährlich hundert Louis; sie war nämlich die Patin Claude Gaubertins gewesen.

Am folgenden Tag erschien Gaubertin in Begleitung eines Aufsehers namens Courtecuisse, verlangte vom General überaus stolz seine Entlastungsbescheinigung, zeigte ihm dabei die Entlastung, die die selige Mademoiselle ihm in schmeichelhaften Wendungen erteilt hatte, und bat ihn recht ironisch, doch Nachforschungen anzustellen, wo sich seine, des Verwalters, Häuser und Grundeigentum befänden. Wenn er von den Holzhändlern und von den Pächtern bei der Erneuerung der Pachtverträge

Gratifikationen erhalten hätte, so hätte ihn, sagte er, Mademoiselle Laguerre stets dazu ermächtigt, und sie habe dadurch, daß sie ihn jene Provisionen einstecken ließ, nicht nur verdient, sondern überdies eben dadurch ihre Ruhe gehabt. Jedermann in der Gegend hätte sich für Mademoiselle totschlagen lassen, während der General, wenn es so weitergehe, sich ganz sicher Schwierigkeiten bereiten würde.

Gaubertin, und dieser letztere Zug findet sich häufig bei den meisten Berufen, in denen man sich das Gut anderer durch Mittel aneignet, die im Gesetzbuch nicht vorgesehen sind, hielt sich für einen durch und durch ehrlichen Menschen. Vor allem besaß er das Silbergeld, das er unter Ausnutzung der Schreckenszeit den Pächtern der Mademoiselle Laguerre, die er in Assignaten bezahlte, weggenommen hatte, seit so langer Zeit, daß er es als legal erworben betrachtete. Es war für ihn zu einer reinen Geldwechsel-Angelegenheit geworden. Auf die Dauer meinte er sogar, er habe sich durch das Annehmen von Talern Gefahren ausgesetzt. Überdies hatte Madame gesetzlich ja nur Assignaten entgegennehmen dürfen. »Gesetzlich« ist ein robustes Adverb; es trägt ohne weiteres ganze Vermögen! Und schließlich hat sich der Verwalter, seit es Großgrundbesitzer und Verwalter gibt, also seit Anbeginn der Gesellschaft, für seinen persönlichen Gebrauch eine Ausrede zurechtgelegt, deren sich heutzutage die Köchinnen bedienen, und die in ihrer Einfalt so lautet:

»Wenn meine Gnädige«, so sagt sich jede Köchin, »selber auf den Markt ginge, würde sie vielleicht für ihre Lebensmittel mehr bezahlen müssen, als ich ihr anrechne; sie verdient also dabei, und was für mich abfällt, ist in meiner Tasche besser aufgehoben als in der des Händlers.«

»Wenn Mademoiselle selber Les Aigues verwaltete, holte sie keine dreißigtausend Francs heraus; die Bauern, die Händler, die Arbeiter würden ihr die Differenz stehlen, also ist es ganz das Gegebene, daß ich sie einstecke, und überdies erspare ich ihr dabei viel Ärger«, hatte sich Gaubertin gesagt.

Einzig die katholische Religion besitzt die Macht, solcherlei Abfindungen mit dem Gewissen zu verhindern; aber seit 1789 hat in Frankreich die Religion auf zwei Drittel der Bevölkerung keinerlei Einfluß mehr. Deshalb waren die Bauern, deren Intelligenz sehr wach ist, und die das Elend zur Nachahmung treibt, im Tal von Les Aigues in einem erschreckenden Zustand der Demoralisation angelangt. Zwar gingen sie sonntags zur Messe, blieben aber draußen vor der Kirche stehen, da sie gewohnheitsmäßig dann immer zusammenkamen, um ihre Käufe und sonstigen Geschäfte zu tätigen.

Jetzt kann man das ganze Unheil ermessen, das durch die Fahrlässigkeit und das Sichgehenlassen der ehemaligen Ersten Sängerin der Oper entstanden war. Mademoiselle Laguerre hatte aus purer Selbstsucht die Sache der Besitzenden verraten, die samt und sonders dem Haß derer ausgesetzt sind, die nichts besitzen. Seit 1792 sind alle Gutsbesitzer Frankreichs solidarisch geworden. Wenn aber die adligen Familien, die weniger zahlreich als die bürgerlichen sind, leider die Notwendigkeit ihrer Solidarität weder um 1400 unter Ludwig XI. noch um 1600 unter Richelieu begriffen haben, kann man da glauben, daß, trotz der Ansprüche des 19. Jahrhunderts auf »Fortschritt«, die Bourgeoisie einiger sein werde als der Adel? Eine Oligarchie von hunderttausend Reichen besitzt alle Unzulänglichkeiten der Demokratie ohne deren Vorteile. Das Prinzip »Jeder im eigenen Heim, jeder für sich«, der Familienegoismus also, wird den oligarchischen Egoismus töten, der der modernen Gesellschaft so nötig ist, und den England seit drei Jahrhunderten so bewundernswert praktiziert. Was man auch tun möge, die Grundbesitzer werden die Notwendigkeit der Disziplin, die die Kirche zu einem so großartigen Musterbild einer Regierung gemacht hat, erst in dem Augenblick begreifen, da sie sich auf ihrem Grund und Boden bedroht fühlen, und dann dürfte es zu spät sein. Die Kühnheit, mit der der Kommunismus, diese lebendige, tatkräftige logische Folgerung der Demokratie, auf dem Gebiet der Moral die Gesellschaft angreift, verkündet schon heute den volksentsprossenen Samson, der klug geworden ist und die sozialen Säulen im Keller unterwühlt, anstatt im Festsaal an ihnen zu rütteln.

SIEBTES KAPITEL

Ausgestorbene soziale Gattungen

Das Gut Les Aigues bedurfte eines Verwalters, da der Graf es nicht über sich brachte, auf die Wintervergnügungen in Paris zu verzichten, wo er ein prächtiges Stadtpalais in der Rue Neuve-des-Mathurins[98] besaß. Also suchte er einen Nachfolger für Gaubertin; aber schwerlich suchte er ihn mit mehr Mühe, als Gaubertin anwandte, ihm einen zu unterschieben.

Unter allen Vertrauensposten gibt es keinen, der zugleich mehr an erworbenen Kenntnissen und mehr an Tätigkeit erfordert als derjenige des Verwalters eines großen Gutes. Um diese Schwierigkeit wissen nur reiche Gutsbesitzer, deren Güter jenseits einer gewissen Zone rings um die Hauptstadt gelegen sind; die Grenze verläuft in einer Entfernung von etwa vierzig Meilen. Dort enden die landwirtschaftlichen Nutzungen, deren Erzeugnisse in Paris einen festen Markt haben, die vermöge langfristiger Pachtverträge ein sicheres Einkommen gewährleisten, und für die es zahlreiche Abnehmer gibt, die selber reich sind. Die zu jenen Gütern gehörenden Pächter kommen in Einspännern und überbringen ihren Pachtzins in Banknoten, sofern nicht ihre Kommissionäre in der Markthalle ihre Zahlungen auf sich nehmen. Daher sind die Pachthöfe in den Départements Seine-et-Oise, Seine-et-Marne, Oise, Eure-et-Loir[99], Seine-Inférieure und Loiret so gesucht, daß in ihnen Kapital nicht immer zu anderthalb Prozent angelegt werden kann. Verglichen mit den Einkünften der Güter in Holland, England und Belgien, ist dieses Ergebnis noch immer riesig. Aber fünfzig Meilen von Paris entfernt, erfordert ein ansehnliches Gut so viele unterschiedliche Bebauungsmethoden und muß so viele verschiedenartige Erzeugnisse hervorbringen, daß es einen wahren Industriebezirk mit allen positiven und negativen Möglichkeiten der Fabrikation darstellt. Solch ein reicher Gutsbesitzer ist nur noch ein Kaufmann, der gezwungen ist, seine Produkte unterzubringen; er ist nicht mehr und nicht weniger als ein Eisen- oder Baumwollfabrikant. Er entgeht nicht einmal der Konkurrenz, denn die schafft ihm der kleine Grundbesitz, der Bauer, eine erbitterte Konkurrenz, die sich dabei zu Praktiken erniedrigt, die für wohlerzogene Menschen unmöglich sind.

Ein Verwalter muß sich in der Vermessung auskennen, im Brauchtum der Gegend, in den ortsüblichen Methoden beim Verkauf und bei der Bestellung, er muß Pfiffigkeit besitzen, um die ihm anvertrauten Werte zu verteidigen, er muß sich auf kaufmännische Buchführung verstehen und eine vortreffliche Gesundheit besitzen, und ferner eine besondere Neigung für Bewegung in freier Luft und fürs Reiten haben. Da es dem Verwalter obliegt, den Herrn zu vertreten und in steter Verbindung mit ihm zu stehen, darf er kein Mann aus dem Volke sein. Nun aber gibt es nur wenige Verwalter, die ein Gehalt von tausend Talern beziehen, und so scheint dieses Problem unlösbar. Wie könnte man gegen einen so bescheidenen Lohn so viele positive Eigenschaften in einem Lande finden, wo die Leute, die ihrer teilhaftig sind, sich sämtlichen anderen Berufen zuwenden können ...? Sich einen Mann kommen lassen, der die Gegend nicht kennt, heißt die Erfahrung, die er sich erwerben wird, teuer bezahlen. Nimmt man einen jungen Menschen aus der Umgegend und bildet ihn aus, so bedeutet das häufig, daß man die Undankbarkeit mästet. Also hat man nur die Wahl zwischen ungeschickter Redlichkeit, die durch Trägheit oder Kurzsichtigkeit Schaden stiftet, und einer Fähigkeit, die nur an sich selber denkt. Daher die soziale Nomenklatur und Naturgeschichte der Gutsverwalter, die ein großer polnischer Edelmann[100] folgendermaßen definiert:

»Wir haben«, hat er gesagt, »drei Arten von Verwaltern: den, der nur an sich selber denkt, und den, der an uns und an sich denkt; was nun den anlangt, der ausschließlich an uns denken würde, so ist er bis jetzt noch nicht aufgetaucht. Glücklich der Gutsherr, der einen von der zweiten Art zu fassen bekommt!«

Übrigens hat man bereits an anderer Stelle die Persönlichkeit eines Verwalters kennenlernen können, der an seine eigenen Interessen und an die seines Herrn dachte (Siehe: »Ein Lebensbeginn«, »Szenen aus dem Privatleben«)[101]. Gaubertin ist der Verwalter, der sich ausschließlich um sein eigenes Vermögen kümmert. Die dritte Lösung dieses Problems vorführen hieße, der öffentlichen Bewunderung eine Persönlichkeit darbringen, wie der alte Adel sie nichtsdestoweniger gekannt hat (Siehe: »Das

118

Antiquitätenkabinett«, »Szenen aus dem Provinzleben«)[102], aber sie ist mit ihm hingeschwunden. Durch die beständige Teilung der Vermögen werden die aristokratischen Gepflogenheiten unvermeidlich modifiziert. Wenn es in Frankreich gegenwärtig nicht einmal mehr zwanzig Vermögen gibt, die durch Verwalter betreut werden, dann werden in fünfzig Jahren keine hundert großen Güter mehr vorhanden sein, die Verwalter haben; es sei denn, das Zivilrecht würde geändert. Jeder reiche Gutsbesitzer muß dann selber über seine Interessen wachen.

Diese Umwandlung hat schon eingesetzt; sie hat einer geistreichen alten Dame, die gefragt wurde, warum sie seit 1830 den Sommer über in Paris bleibe, die Antwort eingegeben: »Ich gehe nicht mehr auf die Schlösser, seit man daraus Pachthöfe macht.« Was aber wird bei diesem immer erbitterter werdenden Kampf von Mann zu Mann zwischen Reich und Arm herauskommen? Dieser Roman ist lediglich geschrieben worden, um diese schreckliche soziale Frage zu klären.

Man kann sich in die ungewohnte Unschlüssigkeit hineindenken, der der General anheimfiel, als er Gaubertin entlassen hatte. Wie alle Menschen, denen es freisteht, zu handeln oder nicht zu handeln, hatte er sich, ohne zu überlegen, gesagt: »Diesen Kerl schmeiße ich 'raus!« Aber als er die Ausbrüche seines kochenden Zorns, des Zorns eines vollblütigen Haudegen, vergessen hatte, da hatte er in dem Augenblick, da eine Missetat ihm die Lider seiner freiwilligen Blindheit öffnete, das Wagnis, das er einging, außer acht gelassen.

Montcornet war zum erstenmal Gutsbesitzer; als geborener Pariser hatte er sich nicht schon im voraus mit einem Verwalter versehen; und nachdem er sich eingehend mit dem Land befaßt hatte, war ihm klargeworden, wie sehr jemandem wie ihm ein Mittelsmann nötig sei, um mit so vielen Menschen, und noch dazu von so niedrigem Stand, umzugehen.

Gaubertin, dem die Heftigkeiten einer zwei Stunden dauernden Szene die Verlegenheit offenbart hatten, in die der General geraten würde, verließ den Salon, in dem der Streit stattgefunden hatte, bestieg seinen Klepper und legte die Strecke bis Soulanges im Galopp zurück, wo er sich mit den Soudrys beriet.

Auf seine Äußerung hin: »Wir trennen uns, der General und

ich; wen können wir ihm als Verwalter zuschieben, ohne daß er was merkt?« verstanden die Soudrys sofort, was ihr Freund vorhatte. Man vergesse nicht, daß der Wachtmeister Soudry seit siebzehn Jahren der Polizeichef des Distrikts war und von seiner Frau mit der den Zofen von Operndamen eigenen Abgefeimtheit unterstützt wird!

»Es wird lange dauern«, sagte Madame Soudry, »bis er einen findet, der so viel taugt wie unser armer kleiner Sibilet.«

»Dann ist er erledigt!« rief Gaubertin, der noch ganz rot von den erlittenen Demütigungen war. »Lupin«, sagte er zu dem Notar, der dieser Besprechung beiwohnte, »gehen Sie doch nach La-Ville-aux-Fayes und bearbeiten Sie Maréchal für den Fall, daß unser schöner Kürassier ihn um Auskünfte bittet.«

Maréchal war jener Anwalt, den sein ehemaliger Chef, der in Paris mit der Führung der geschäftlichen Angelegenheiten des Generals beauftragt war, ganz selbstverständlich Monsieur de Montcornet nach der glücklichen Erwerbung von Les Aigues als Ratgeber empfohlen hatte.

Jener Sibilet, der älteste Sohn des Aktuars am Gericht zu La-Ville- aux-Fayes, Schreiber bei einem Notar, bettelarm und fünfundzwanzig Jahre alt, hatte sich bis zum Wahnsinn in die Tochter des Friedensrichters von Soulanges verliebt.

Dieser würdige Beamte mit fünfzehnhundert Francs Gehalt, er hieß Sarcus, hatte ein Mädchen ohne Vermögen geheiratet, die älteste Schwester des Apothekers von Soulanges, des Monsieur Vermut. Obgleich Mademoiselle Sarcus die einzige Tochter war, besaß sie als Vermögen lediglich ihre Schönheit, und sie hätte von dem Gehalt, das ein Notarschreiber in der Provinz bekommt, eher sterben als leben können. Der junge Sibilet war mit Gaubertin auf irgendeine, schwer durchschaubare Weise verwandt; das Durcheinanderheiraten macht ja fast alle Bürger kleiner Städte zu Vettern; durch die Bemühungen seines Vaters und Gaubertins hatte er einen mageren Posten beim Katasteramt erhalten. Der Unglückliche hatte das gräßliche Glück, innerhalb dreier Jahre der Vater von zwei Kindern zu werden. Der Gerichtsschreiber selber war außerdem noch mit fünf Kindern gesegnet und konnte seinem ältesten Sohn nicht unter die Arme greifen. Der Friedensrichter besaß nur sein Haus und hundert

Taler Zinsen. So hielt sich denn die junge Madame Sibilet die meiste Zeit bei ihrem Vater auf und lebte dort mit ihren beiden Kindern. Adolphe Sibilet war genötigt, kreuz und quer im Département umherzureisen; er bekam seine Adeline nur dann und wann zu sehen. Vielleicht erklärt eine solche Ehe die Fruchtbarkeit der Frauen.

Gaubertins Ausruf ist zwar auf Grund dieser kurzen Darstellung der Existenz des jungen Ehepaars Sibilet ohne weiteres verständlich; aber er bedarf trotzdem einiger Erläuterungen.

Adolphe Sibilet besaß ein über die Maßen unansehnliches Äußeres, wie schon aus der von ihm entworfenen Skizze ersichtlich war; er gehörte zu jener Art von Männern, die nur auf dem Weg über Rathaus und Altar in das Herz einer Frau gelangen können. Er war mit einer Nachgiebigkeit begabt, die sich nur derjenigen von Sprungfedern vergleichen läßt, und so pflegte er zurückzuweichen, um dann immer aufs neue seine Gedanken aufzunehmen. Diese täuschende Charakteranlage ähnelt der Feigheit; aber die Lehrzeit in geschäftlichen Angelegenheiten bei einem Provinznotar hatte Sibilet es sich angewöhnen lassen, diesen Mangel mit einer griesgrämigen Miene zu tarnen, die eine nicht vorhandene Kraft vortäuschte. Viele hinterhältige Menschen verbergen ihre Plattheit hinter Barschheit; man komme ihnen ebenfalls barsch, dann erzielt man die Wirkung eines Nadelstichs in einen Ballon. So also war der Sohn des Gerichtsschreibers beschaffen. Aber da die meisten Menschen keine Beobachter sind, und da unter den Beobachtern drei Viertel erst zu solchen werden, wenn sie hereingefallen sind, galt Adolphe Sibilets griesgrämige Miene für die Auswirkung eines rauhen Freimuts, einer von seinem Chef gerühmten Befähigung und einer herben Redlichkeit, die keine Sonde je erprobt hatte. Es gibt eben Leute, denen ihre Fehler genauso zu Hilfe kommen wie andern ihre guten Eigenschaften.

Adeline Sarcus war eine hübsche Person; ihre drei Jahre vor jener Hochzeit gestorbene Mutter hatte sie so gut erzogen, wie eine Mutter ihre einzige Tochter in einer kleinen Stadt erziehen kann; sie hatte den jungen, schönen Lupin geliebt, den einzigen Sohn des Notars von Soulanges. Zu der Zeit, da die ersten Kapitel dieses Romans spielen, hatte der alte Lupin, der es für seinen

Sohn auf Mademoiselle Elise Gaubertin abgesehen hatte, den jungen Amaury Lupin nach Paris zu seinem Geschäftsfreund Maître Crottat geschickt, einem Notar, bei dem Amaury unter dem Vorwand, er lerne Urkunden und Kontrakte aufsetzen, mehrere tolle Streiche beging und Schulden machte; dazu wurde er von einem gewissen Georges Marest[103] verleitet, einem Anwaltsschreiber, einem jungen, reichen Herrn, der ihm die Mysterien des Pariser Lebens enthüllte. Als Maître Lupin seinen Sohn in Paris besuchte, hieß Adeline bereits Madame Sibilet. Denn als der verliebte Adolphe als Bewerber auf den Plan trat, beschleunigte der vom Vater Lupin dazu ermunterte alte Friedensrichter die Heirat, und Adeline schickte sich aus Verzweiflung darein.

Im Katasteramt kommt man nicht weiter. Es ist, wie viele so geartete Verwaltungszweige ohne Zukunftsaussichten, so etwas wie ein Loch im Schaumlöffel der Regierung. Leute, die durch diese Löcher schlüpfen (die Topographie, die Brücken- und Chausseen-Verwaltung, der Schuldienst usw.), gewahren stets ein bißchen zu spät, daß die Geschickteren, die neben ihnen sitzen, sich jedesmal vom Schweiß des Volkes nähren, wie die Schriftsteller der Opposition zu sagen pflegen, wenn der Schaumlöffel mittels der als »Budget« bezeichneten Vorrichtung in die Steuern eintaucht. Adolphe, der von früh bis spät arbeitete und durch jenes Arbeiten wenig verdiente, erkannte bald die fruchtlose Tiefe seines Lochs. Deshalb überlegte er, wenn er von Gemeinde zu Gemeinde trottete und sein Gehalt für Stiefelsohlen und Reisekosten verbrauchte, wie er zu einer stabilen, einträglichen Stellung gelangen könne.

Man kann sich schwerlich vorstellen, sofern man nicht schielt und zwei Kinder aus legitimer Ehe hat, was diese drei mit Liebe untermischten Leidensjahre an Ehrgeiz bei diesem jungen Menschen entwickelt hatten, dessen Geist und Blick gleichermaßen schielten und dessen Glück auf unsicheren Füßen stand, sofern es nicht gar hinkte. Der stärkste Antrieb für schlechte, heimlich begangene Taten, für unbekannt bleibende Feigheiten ist vielleicht ein unvollkommenes Glück. Der Mensch schickt sich lieber in ein hoffnungsloses Elend als in die kurzen Lichtblicke von Sonne und Liebe zwischen beständigen Regengüssen. Dadurch zieht der Körper sich Krankheiten zu, die Seele indessen den Aussatz des

Neids. Bei kleinen Geistern schlägt dieser Aussatz in zugleich feige und brutale Begehrlichkeit um, die zugleich wagemutig und verhohlen ist; bei kultivierten Geistern erzeugt er antisoziale Doktrinen, deren man sich als Schemel bedient, um seine Vorgesetzten zu beherrschen. Könnte man daraus nicht ein Sprichwort ableiten? »Sag mir, was du hast, und ich sage dir, was du denkst.«

So sehr auch Adolphe seine Frau liebte, er sagte sich zu jeder Stunde: »Ich habe eine Dummheit begangen! Ich schleppe drei Bagnokugeln[104] mit mir herum und habe doch nur zwei Beine. Ich hätte mir ein Vermögen schaffen müssen, ehe ich heiratete. Man findet stets eine Adeline, und gerade Adeline wird mich daran hindern, ein Vermögen zu finden.«

Adolphe als Verwandter Gaubertins hatte diesem innerhalb dreier Jahre drei Besuche abgestattet. Nach wenigen Worten hatte Gaubertin im Herzen seines angeheirateten Vetters jenen Schlamm erkannt, der an den heißen Konzeptionen legalen Diebstahls gehärtet werden will. Boshaft sondierte er diesen Charakter, der geeignet war, sich den Forderungen eines Plans zu beugen, vorausgesetzt, daß er dabei an den Futternapf kam. Bei jedem Besuch hatte Sibilet gegrollt.

»Können Sie mich denn nicht irgendwo unterbringen, Vetter?« hatte er gefragt. »Stellen Sie mich doch als Hilfskraft an und machen Sie mich zu Ihrem Nachfolger. Sie werden schon sehen, was ich leiste! Ich wäre imstande, Berge zu versetzen, um meiner Adeline, ich will nicht sagen: Luxus zu verschaffen, wohl aber einen bescheidenen Wohlstand. Sie haben Monsieur Leclercqs Glück gemacht; warum bringen Sie mich nicht in Paris im Bankfach unter?«

»Wir wollen sehen, später, ich werde dich schon unterbringen«, hatte der ehrgeizige Verwandte geantwortet, »verschaff dir Kenntnisse, man kann alles brauchen!«

Bei diesen Voraussetzungen ließ der Brief, in dem Madame Soudry ihrem Schützling geschrieben hatte, er solle schleunigst kommen, Adolphe nach Soulanges eilen, wobei er tausend Luftschlösser baute.

Der alte Sarcus, dem die Soudrys die Notwendigkeit dargelegt hatten, im Interesse seines Schwiegersohns etwas zu unter-

nehmen, hatte sich gleich am nächsten Tag zum General begeben und ihm Adolphe als Verwalter vorgeschlagen. Auf den Rat
der Madame Soudry hin, die zum Orakel der kleinen Stadt geworden war, hatte der Biedere seine Tochter mitgenommen, und
deren Anblick hatte tatsächlich den Grafen de Montcornet günstig gestimmt.

»Ich kann mich nicht entscheiden«, hatte der General geantwortet, »ohne Auskünfte eingeholt zu haben; aber ich werde
nicht anderweitig Umschau halten, bevor ich nicht geprüft habe,
ob Ihr Schwiegersohn alle für diesen Posten erforderlichen Bedingungen erfüllt. Der Wunsch, eine so charmante junge Dame
an Les Aigues zu fesseln . . .«

»Die Mutter zweier Kinder«, hatte Adeline recht klug gesagt,
um der Galanterie des Kürassiers auszuweichen.

Alle Schritte des Generals waren von den Soudrys, von Gaubertin und Lupin bewundernswert vorausgesehen worden; sie
verschafften ihrem Kandidaten in der Hauptstadt des Départements, wo sich ein Königliches Gericht befand, die Protektion des
Gerichtsrats Gendrin, eines entfernten Verwandten des Präsidenten von La-Ville-aux-Fayes, ferner diejenige des Barons Bourlac,
des Generalstaatsanwalts, von dem der junge Soudry, der Staatsanwalt, abhing, und schließlich auch die eines Regierungsrats an
der Präfektur namens Sarcus; dieser war ein Vetter dritten Grades des Friedensrichters. Von seinem Anwalt in La-Ville-aux-
Fayes bis zur Präfektur, wohin der General sich persönlich begab, war also alle Welt dem armen, überdies makellosen Angestellten des Katasteramts günstig gesonnen. Seine Heirat hatte
Sibilet interessant gemacht wie einen Roman der Miss Edgeworth[105]; sie ließ ihn außerdem als einen selbstlosen Menschen erscheinen.

Die Zeit, die der verabschiedete Verwalter noch auf Les Ai-
gues verbringen mußte, nutzte er dazu aus, seinem bisherigen
Herrn unangenehme Situationen zu schaffen; eine einzige der
kleinen Szenen, die er in die Wege leitete, dürfte sie andeuten.
Am Morgen seines Fortgehens wußte er es einzurichten, daß er
Courtecuisse begegnete, dem einzigen Aufseher, den es auf Les
Aigues gab; die Ausdehnung des Guts hätte mindestens drei er-
fordert.

»Na, Monsieur Gaubertin«, sagte Courtecuisse zu ihm, »Sie haben also Auseinandersetzungen mit unserm Bourgeois gehabt?«

»Du hast also auch schon davon gehört?« antwortete Gaubertin. »Na ja, schon, der General möchte uns kommandieren wie seine Kürassiere; er kennt eben die Burgunder nicht. Der Herr Graf ist mit meinen Dienstleistungen nicht zufrieden, und da ich mit seinen Umgangsformen nicht zufrieden bin, haben wir uns gegenseitig vor die Tür gesetzt, und zwar beinah mit Handgreiflichkeiten; er ist nämlich gewalttätig wie ein Gewittersturm ... Sei auf der Hut, Courtecuisse! Ach, alter Freund, ich hatte geglaubt, ich könnte dir einen besseren Herrn verschaffen ...«

»Ich weiß, ich weiß«, antwortete der Aufseher, »und ich hätte Ihnen gut gedient. Verdammt noch mal! Wenn man sich seit zwanzig Jahren kennt! Sie haben mich hier angestellt, das war in den Zeiten der armen, lieben, heiligmäßigen Madame. Ach, was für 'ne gute Frau war das! So was gibt's nicht wieder ... Die Gegend hat ihre Mutter verloren ...«

»Sag mal, Courtecuisse, wenn du willst, könntest du uns bei was Wichtigem unter die Arme greifen. Willst du?«

»Bleiben Sie denn im Lande? Uns ist doch gesagt worden, Sie gingen nach Paris?«

»Nein, bis hier alles seinen Lauf genommen hat, wickle ich meine Geschäfte in La-Ville-aux-Fayes ab ... Der General hat keine Ahnung, wie es auf dem Lande zugeht, er wird sich verhaßt machen, verlaß dich drauf ... Man muß durchschauen, wie die Dinge sich entwickeln werden. Erledige deinen Dienst lässig; der General wird dir sagen, du solltest die Leute scharf anpakken, er weiß nämlich ganz genau, wo das Faß ein Loch hat.«

»Er wird mich wegjagen, mein lieber Monsieur Gaubertin, und Sie wissen doch ganz genau, wie glücklich ich an der Porte d'Avonne bin ...«

»Dem General wird sein Gut bald verleidet sein«, sagte Gaubertin zu ihm, »und du wirst nicht lange ausgesperrt bleiben, wenn er dich tatsächlich an die Luft setzen sollte. Außerdem siehst du ja hier die Wälder ...«, sagte er und deutete auf die Landschaft, »ich werde hier doch stärker sein als die Gutsherren!«

Diese Unterhaltung fand auf einem Felde statt.

»Diese ›Arminacs‹ von Parisern sollten lieber in ihrem drekkigen Paris bleiben . . .«, sagte der Aufseher.

Seit den Händeln des 15. Jahrhunderts ist das Wort »Arminacs« (Armagnacs[106], die Pariser, Gegner der Herzöge von Burgund) als ein Schimpfwort auf der Grenze von Hoch-Burgund erhalten geblieben, wo es, je nach der Gegend, auf unterschiedliche Weise entstellt ausgesprochen wird.

»Er wird nach Paris zurückkehren, aber als ein geschlagener Mann!« sagte Gaubertin. »Und wir pflügen eines Tages den Park von Les Aigues um; es heißt doch, das Volk bestehlen, wenn neunhundert Morgen vom besten Boden im Tal der Annehmlichkeit eines Mannes geweiht werden!«

»Ha, verdammt! Davon können vierhundert Familien leben . . .«, sagte Courtecuisse.

»Wenn du zwei Morgen davon für dich haben willst, dann mußt du uns helfen, daß dieser grobe Bursche in Acht und Bann getan wird . . .!«

In dem Augenblick, da Gaubertin diese Exkommunikationsformel verkündete, stellte der hochachtbare Friedensrichter dem berühmten Kürassieroberst seinen Schwiegersohn Sibilet vor; er wurde von Adeline und seinen beiden Kindern begleitet, und sie alle waren in einem Korbwagen hergekommen; den hatte ihnen der Gerichtsvollzieher des Friedensgerichts geliehen, ein Monsieur Gourdon; er war der Bruder des Arztes von Soulanges und reicher als der Richter. Dieses Schauspiel, das so sehr im Widerspruch zur Würde des Richteramts steht, bietet sich bei allen Friedensgerichten und allen Gerichten Erster Instanz dar; bei ihnen übertrifft das Einkommen des Gerichtsvollziehers das des Präsidenten, während es doch das Gegebene wäre, die Gerichtsvollzieher fest zu besolden und eben dadurch die Prozeßkosten zu mindern.

Der Graf war befriedigt von der Treuherzigkeit und dem Charakter des würdigen Richters, von der Anmut und dem Äußeren Adelines, die beide ihre Versprechungen im besten Glauben machten, denn Vater und Tochter wußten nach wie vor nichts von dem diplomatischen Charakter, den Gaubertin Sibilet aufgezwungen hatte; und so räumte der General auf der Stelle dem jungen, rührenden Ehepaar Bedingungen ein, die die pekuniäre

Lage des Verwalters derjenigen eines Unterpräfekten erster Klasse gleichmachte.

Ein von Bourdet erbauter Pavillon, der als Blickpunkt und als Verwalterwohnung diente, ein elegantes Bauwerk, das Gaubertin bewohnt hatte, und dessen Architektur zulänglich bei der Schilderung der Porte de Blangy beschrieben worden ist, wurde den Sibilets als Wohnung zugewiesen. Der General ließ ihm auch das Pferd, das Mademoiselle Laguerre Gaubertin gewährt hatte, der Ausdehnung ihres Gutes, der Entfernung der Märkte, wo die Geschäfte abgeschlossen wurden, und der Überwachung wegen. Er bewilligte ihm des weiteren fünfundzwanzig Sack Weizen, drei Fässer Wein, Holz nach Belieben, Hafer und Heu im Übermaß und schließlich drei Prozent von den Einnahmen. Dort, wo Mademoiselle Laguerre im Jahre 1800 mehr als vierzigtausend Francs an Erträgnissen gehabt hatte, wollte der General im Jahre 1818 sechzigtausend herausschlagen, und zwar mit Recht, nach den zahlreichen, wichtigen Zukäufen, die die Sängerin getätigt hatte. Der neue Verwalter konnte somit eines Tages mit etwa zweitausend Francs in barem Geld rechnen. Er hatte freie Unterkunft, Kost und Heizung; er brauchte keine Steuern zu zahlen, hatte kostenlos Pferd und Geflügelhof, und der Graf gestand ihm überdies noch einen Gemüsegarten zu und sagte, es sei nichts dagegen einzuwenden, wenn der Gärtner ein paar Tage für ihn arbeite. Sicherlich stellten solcherlei Vorteile mehr als zweitausend Francs dar. Daher bedeutete für einen Mann, der beim Katasteramt zwölfhundert Francs verdient hatte, die Verwaltung von Les Aigues den Übergang von der Not zur Opulenz.

»Widmen Sie sich meinen Interessen«, sagte der General, »dann soll dies alles noch nicht mein letztes Wort sein. Erstens kann ich Ihnen wohl die Steuererhebung von Couches, Blangy und Cerneux dadurch zuschanzen, daß ich sie von der Steuererhebung von Soulanges abzweige. Und weiter, wenn Sie meine Einnahmen auf siebzigtausend Francs netto gesteigert haben, sollen Sie eine Sondervergütung erhalten.«

Unglückseligerweise begingen der würdige Friedensrichter und Adeline im Überschwang ihrer Freude die Unklugheit, das Versprechen des Grafen bezüglich der Steuererhebung der Madame Soudry anzuvertrauen, ohne zu bedenken, daß der Steuereinnehmer von Soulanges ein gewisser Guerbet war, der Bruder des Postmeisters von Couches und, wie man später sehen wird, mit den Gaubertins und den Gendrins verwandt.

»Das wird sich nicht so leicht durchführen lassen, mein Kind«, sagte Madame Soudry, »aber hindere den Herrn Grafen nicht, Schritte zu unternehmen; man kann nie wissen, ob schwierige Dinge sich in Paris nicht leicht bewerkstelligen lassen. Ich habe den Ritter Gluck[107] zu Füßen der seligen Madame gesehen, und sie hat die Rolle in seiner Oper gesungen, und dabei hätte sie sich doch für Piccini in Stücke hauen lassen; und der war einer der liebenswertesten Männer jener Zeit. Nie ist dieser liebe Herr bei Madame erschienen, ohne mich um die Taille zu fassen und zu mir zu sagen: ›Na, du niedliche Schelmin?‹«

»Das ist denn doch!« rief der Wachtmeister, als seine Frau ihm diese Neuigkeit mitgeteilt hatte. »Glaubt er denn, er könne unser Land nach seiner Façon dirigieren und alles um und um kehren, und die Leute im Tal rechtsum und linksum machen lassen wie die Kürassiere seines Regiments? Diese Offiziere sind versessen auf Drill ... Aber Geduld! Wir haben ja die Herren de Soulanges und de Ronquerolles auf unserer Seite! Der arme Papa Guerbet! Der ahnt schwerlich, daß ihm die schönsten Rosen von seinen Stöcken gestohlen werden sollen ...!«

Diese Redewendung im Stil Dorats[108] hatte die Cochet von Mademoiselle, und die hatte sie von Bourdet, und der hatte sie von irgendeinem Redakteur des »Mercure«[109], und Soudry wiederholte sie so oft, daß sie in Soulanges zum Sprichwort geworden ist.

Der Papa Guerbet, der Steuereinnehmer von Soulanges, war ein Mann von Geist, gewissermaßen der Witzbold der kleinen Stadt und einer der Heroen des Salons der Madame Soudry. Der Zornausbruch des Wachtmeisters gibt auf das vollkommenste die Meinung wieder, die sich über den »Bourgeois« auf Les Aigues von Coches bis La-Ville-aux-Fayes gebildet hatte, wo sie überall durch die Anstrengungen Gaubertins noch mehr vergiftet wurde.

Sibilet hatte seine Stellung gegen Herbstende 1817 angetreten. Das Jahr 1818 ging hin, ohne daß der General auf Les Aigues weilte; denn die Vorbereitungen seiner Hochzeit mit Mademoiselle de Troisville, die in den ersten Tagen des Jahres 1819 vollzogen wurde, hatten ihn den größten Teil des vorhergegangenen Sommers in der Nähe von Alençon auf dem Schloß seines Schwiegervaters zurückgehalten, wo er seiner Verlobten den Hof machte. Außer Les Aigues und seinem prächtigen Stadtpalais besaß der General Montcornet sechzigtausend Francs Zinsen aus Staatsanleihen und hatte außerdem das Gehalt der Generalleutnants a. D. Obwohl Napoleon den berühmten Haudegen zum Grafen des Kaiserreichs ernannt und ihm ein Wappen verliehen hatte: viergeteilt, erstes Feld blau ohne Gold mit vier silbernen Pyramiden; das zweite grün mit drei silbernen Jagdhörnern; im dritten ein goldenes Kanonenrohr auf schwarzer Lafette, darüber ein goldener Halbmond; im vierten Gold und die grüne Krone, dazu die des Mittelalters würdige Devise: »Blast zum Angriff!«, so wußte Montcornet doch, daß er von einem Kunsttischler aus dem Faubourg Saint-Antoine abstammte, wenngleich er es nur zu gern vergaß. Nun aber verging er schier vor Verlangen, zum Pair von Frankreich ernannt zu werden. Er erachtete den Großkordon der Ehrenlegion, sein Sankt-Ludwigs-Kreuz[110] und seine hundertvierzigtausend Francs Einnahmen für nichts. Der Dämon der Aristokratie nagte an ihm, der Anblick eines »Cordon bleu«[111] brachte ihn außer sich. Der heldenhafte Kürassier von Eßling[112] hätte den Schmutz des Pont Royal aufgeleckt, um bei den Navarreins', den Lenoncourts, den Grandlieus, den Maufrigneuses, den d'Espards, den Vandenesses, den Chaulieus, den Verneuils, den d'Hérouvilles usw.[113] empfangen zu werden.

Seit 1818, als die Unmöglichkeit eines Umsturzes zugunsten der Familie Bonaparte ihm klargemacht worden war, hatte Montcornet sich im Faubourg Saint-Germain durch ein paar ihm befreundete Damen austrommeln lassen; er hatte sein Herz, seine Hand, sein Stadtpalais und sein Vermögen um den Preis irgendeiner Einheirat in eine große Familie angeboten.

Nach unerhörten Bemühungen hatte die Herzogin von Carigliano eine passende Partie für den General in einem der drei Zweige der Familie de Troisville ausfindig gemacht, dem des Vicomte, der seit 1789 in russischen Diensten gestanden hatte und 1815 aus der Emigration heimgekehrt war. Der Vicomte, der arm wie ein jüngerer Sohn war, hatte eine Prinzessin Scherbellow geheiratet; sie hatte etwa eine Million besessen; aber zwei Söhne und drei Töchter hatten ihn arm gemacht. Seine alte, mächtige Familie zählte zu den Ihren einen Pair von Frankreich, nämlich den Marquis de Troisville, den Chef des Hauses und Träger des Wappens; zwei Abgeordnete, die beide eine zahlreiche Nachkommenschaft hatten und sich damit beschäftigten, vom Budget, vom Ministerium, vom Hofe etwas zu verlangen, wie Fische um eine Brotkruste wimmeln. Als daher Montcornet durch die Marschallin, eine der den Bourbonen ergebensten unter den napoleonischen Herzoginnen, vorgestellt wurde, fand er günstige Aufnahme. Montcornet verlangte um den Preis seines Vermögens und einer blinden Verliebtheit in seine Frau eine Einstellung in die Königliche Garde sowie seine Ernennung zum Marquis und zum Pair von Frankreich; aber die drei Zweige der Familie Troisville sagten ihm lediglich Unterstützung zu.

»Sie wissen, was das bedeutet«, sagte die Marschallin zu ihrem alten Freund, als dieser sich über die Vagheit dieses Versprechens beklagte. »Über den König kann man nicht verfügen, wir können nichts tun, als ihn geneigt machen . . .«

Montcornet setzte Virginie de Troisville im Ehekontrakt zu seiner Erbin ein. Wie aus dem Brief Blondets hervorgeht, stand er völlig unter dem Einfluß seiner Frau; er erwartete noch immer, daß sich Nachkommen einstellten; er war von Ludwig XVIII. empfangen worden, der ihm den Kordon des Sankt-Ludwigs-Kreuzes verlieh, ihm gestattete, sein lächerliches Wappen mit dem der Troisvilles zu vereinen, und ihm den Marquis-Titel verhieß, wenn er sich durch Treue die Pairschaft verdient hätte.

Einige Tage nach dieser Audienz wurde der Herzog von Berry[114] ermordet, der Pavillon Marsan[115] trug den Sieg davon, das Ministerium Villèle[116] ergriff die Macht, alle Fäden, die die Troisvilles gesponnen hatten, waren zerrissen, sie mußten an neue ministerielle Pflöcke wieder angeknüpft werden.

»Wir müssen abwarten«, sagten die Troisvilles zu Montcornet, der, nebenbei gesagt, im Faubourg Saint-Germain mit Höflichkeiten geletzt wurde.

Das alles mag erklären, wieso der General erst im Mai 1820 nach Les Aigues zurückkehrte.

Das unerhörte Glück für den Sohn eines Gewerbetreibenden aus dem Faubourg Saint-Antoine, eine junge, elegante, geistvolle, liebliche Frau zu besitzen, eine Troisville mit einem Wort, die ihm die Türen aller Salons des Faubourg Saint-Germain geöffnet hatte, die Freuden von Paris, die er an sie verschwenden konnte, diese vielen erfreulichen Dinge hatten den General die Szene mit dem Verwalter von Les Aigues so sehr vergessen lassen, daß er sich kaum noch an Gaubertin erinnerte, nicht einmal an dessen Namen. Im Jahre 1820 führte er die Gräfin auf sein Gut Les Aigues, um es ihr zu zeigen; er hieß Sibilets Abrechnungen und Anordnungen gut, ohne richtig hinzusehen; im Glück ist man nicht kleinlich. Die Gräfin war nur zu froh, daß die Frau ihres Verwalters eine so reizende Person war; sie machte ihr Geschenke; einem aus Paris gekommenen Architekten gab sie Weisungen für einige Veränderungen im Schloß. Sie nahm sich vor, und das machte den General toll vor Freude, sechs Monate des Jahrs an diesem prachtvollen Aufenthaltsort zu verbringen. Alle Ersparnisse des Generals wurden von den Veränderungen verschlungen, die der Architekt durchzuführen hatte, sowie durch ein köstliches Mobiliar, das aus Paris geschickt wurde. Les Aigues empfing dadurch jenes letzte Gepräge, das es zu einem einzigartigen Monument machte, der Vereinigung aller Eleganz von fünf Jahrhunderten.

Im Jahre 1821 wurde der General von Sibilet förmlich genötigt, noch vor Mai zu kommen. Es handelte sich um Wichtiges. Der neunjährige Vertrag auf dreißigtausend Francs, den Gaubertin 1812 mit einem Holzhändler geschlossen hatte, lief am 15. Mai dieses Jahres ab.

Erstens hatte Sibilet im Pochen auf seine Redlichkeit sich überhaupt nicht in die Erneuerung des Vertrags mischen wollen. »Sie wissen, Herr Graf«, hatte er geschrieben, »daß ich von solchem Wein nicht zu trinken pflege.« Alsdann beharrte der Holzhändler auf der Entschädigung, die er mit Gaubertin teilte; Mademoiselle Laguerre hatte sie sich abnötigen lassen, da sie allen Prozessen abhold war. Jene Entschädigung gründete sich auf die Verwüstungen der Wälder durch die Bauern, die mit dem Wald von Les Aigues umsprangen, als hätten sie dort die Holzgerechtigkeit. Die Gebrüder Gravelot, Pariser Holzhändler, weigerten sich, die letzte Rate zu bezahlen, und erboten sich, durch Sachverständige zu beweisen, daß der Wert der Wälder um ein Fünftel gesunken sei; und sie beriefen sich dabei auf den üblen Präzedenzfall, den Mademoiselle Laguerre anerkannt hatte.

»Ich habe jene Herren bereits beim Gericht von La-Ville-aux-Fayes vorladen lassen«, hatte Sibilet in seinem Brief ausgeführt, »denn sie haben sich diesen Gerichtsstand bei meinem alten Chef, dem Notar Corbinet, bezüglich des Vertrags ausbedungen. Ich fürchte, wir werden den Prozeß verlieren.«

»Es handelt sich um unsere Einkünfte, Liebste«, sagte der General und zeigte seiner Frau den Brief, »ist es dir recht, wenn wir früher als letztes Jahr nach Les Aigues übersiedeln?«

»Fahr nur hin, ich komme in den ersten schönen Tagen nach«, antwortete die Gräfin, die nur zu froh war, daß sie allein in Paris bleiben konnte.

Der General, der die mörderische Wunde kannte, aus der seine Haupteinnahme blutete, fuhr also allein hin, in der Absicht, kräftig durchzugreifen. Aber er hatte, wie man gleich sehen wird, nicht mit seinem Gaubertin gerechnet.

ACHTES KAPITEL

Große Umwälzungen in einem kleinen Tal

»Na, Meister Sibilet«, sagte der Graf am Tag nach seiner Ankunft zu seinem Verwalter und bediente sich dabei einer zwanglosen Anrede, die bewies, wie sehr er die Kenntnisse des ehemaligen Schreibers schätzte, »wir sind also, wie ministerielle Verlautbarungen es ausdrücken, in einer ernsten Lage?«

»Ja, Herr Graf«, antwortete Sibilet, der dicht hinter dem General herging.

Der glückliche Besitzer von Les Aigues ging vor dem Verwalter auf und ab, längs einer Fläche, auf der Madame Sibilet Blumen züchtete, und an deren Ende die weite Wiese anfing; sie wurde von dem prächtigen Kanal bewässert, den Blondet geschildert hat. Man gewahrte von dort aus in der Ferne das Schloß Les

Aigues, gerade wie man von Les Aigues aus den Verwalter-Pavillon im Profil zu sehen vermochte.

»Ja«, fuhr der Graf fort, »wo liegen nun eigentlich die Schwierigkeiten? Ich will den Prozeß gegen die Gravelots weiterführen, die Geldeinbuße bringt mich nicht um, und den Vertrag über meinen Wald mache ich so bekannt, daß allein schon durch die Konkurrenz der wahre Wert sich ergeben wird . . .«

»So werden die Dinge nicht verlaufen, Herr Graf«, entgegnete Sibilet. »Wenn Sie keine Abnehmer haben, was tun Sie dann?«

»Dann übernehme ich das Fällen selber und verkaufe mein Holz . . .«

»Sie wollen also Holzhändler werden?« fragte Sibilet, der gesehen hatte, wie der General die Achseln zuckte. »Warum schließlich nicht? Aber hier läßt sich solch ein Handel nicht durchführen. Besser in Paris. Sie müßten dort einen Lagerplatz mieten, die Konzession und die Auflagen bezahlen, ferner die Berechtigung zum Verflößen, den Stadtzoll, die Kosten für das Entladen und Aufstapeln, und einen Rechnungsführer anstellen . . .«

»Das läßt sich nicht durchführen«, sagte der erschrockene General lebhaft. »Aber warum sollte ich keine Abnehmer finden?«

»Der Herr Graf haben hier in der Gegend Feinde . . .«

»Wen denn?«

»In erster Linie Monsieur Gaubertin . . .«

»Ist das etwa der Gauner, an dessen Stelle Sie getreten sind?«

»Bitte nicht so laut, Herr Graf . . .!« sagte Sibilet. »Meine Köchin könnte uns hören . . .«

»Nanu! Kann ich etwa nicht auf eigenem Grund und Boden von einem Schuft reden, der mich bestohlen hat?« antwortete der General.

»Um Ihrer Ruhe willen, Herr Graf, lassen Sie uns ein paar Schritte weiter gehen. Monsieur Gaubertin ist Bürgermeister von La-Ville-aux-Fayes . . .«

»So so! Dann gratuliere ich La-Ville-aux-Fayes; Himmeldonnerwetter, eine vortrefflich verwaltete Stadt . . .!«

»Erweisen Sie mir die Ehre, mich anzuhören, Herr Graf, und glauben Sie bitte, daß es sich um denkbar ernste Dinge handelt, nämlich um Ihre Zukunft hier.«

»Also reden Sie; wir wollen uns auf die Bank hier setzen.«

»Herr Graf, als Sie Monsieur Gaubertin entließen, mußte er sich eine Stellung verschaffen; er war nicht reich . . .«

»Nicht reich? Und dabei hat er hier jährlich mehr als zwanzigtausend Francs gestohlen!«

»Herr Graf, ich maße mir nicht an, ihn zu rechtfertigen«, fuhr Sibilet fort, »ich möchte Les Aigues zum Gedeihen verhelfen, und sei es nur, um Gaubertins Unredlichkeit zu beweisen; aber wir dürfen uns nicht täuschen, er ist der gefährlichste Schurke in ganz Burgund, und er hat sich in eine Lage versetzt, in der er Ihnen schaden kann.«

»Aber wie denn?« fragte der General; er war besorgt geworden.

»Wie die Dinge liegen, steht Gaubertin an der Spitze ungefähr eines Drittels der Pariser Holzbelieferung. Er ist Generalagent des Holzhandels; er leitet die Nutzung der Wälder, den Holzschlag, die Bewachung, die Verflößung, das Landen und die Weiterbeförderung. Da er in ständigen Beziehungen zu den Arbeitern steht, ist er Herr und Meister der Preise. Drei Jahre hat er darangesetzt, um sich diese Stellung zu schaffen; aber jetzt sitzt er drin wie in einer Festung. Er ist der Mann geworden, an den sich alle Händler wenden müssen; er begünstigt keinen; er hat alle Arbeiten so geregelt, daß für sie etwas dabei herausspringt, und sie machen bessere Geschäfte und haben weniger Unkosten, als wenn jeder von ihnen, wie früher, seinen eigenen Rechnungsführer hätte. So zum Beispiel hat er alle Konkurrenz so gänzlich beiseite gedrängt, daß er absoluter Beherrscher der Versteigerungen ist; die Krone und der Staat sind ihm tributpflichtig. Die Abholzungen von Krone und Staat, die versteigert werden, fallen stets an Gaubertins Händler; heutzutage ist niemand stark genug, sie ihnen streitig zu machen. Letztes Jahr hat Monsieur Mariotte aus Auxerre, den der Domänendirektor dazu angestachelt hatte, Gaubertin Konkurrenz machen wollen; da hat Gaubertin ihn zunächst den handelsüblichen Preis zahlen lassen, das, was das Holz wert war; dann aber, als es ans Fällen ging, haben die Avonneser Arbeiter so hohe Löhne verlangt, daß Monsieur Mariotte genötigt gewesen ist, sich Arbeiter aus Auxerre kommen zu lassen, und die sind dann von denen aus La-Ville-aux-Fayes verprügelt worden. Es ist zu einem Strafprozeß gegen den Anführer der Arbeitervereinigung und den Anführer der Keilerei gekommen. Dieser Prozeß hat Monsieur Mariotte viel Geld gekostet, denn ganz abgesehen von dem Odium, er habe arme Leute verurteilen lassen, hat er alle Kosten bezahlen müssen, da die Verurteilten keinen roten Heller besaßen. Ein Prozeß gegen Hiesige trägt dem, der in ihrer Nähe lebt, nur Haß ein. Lassen Sie mich Ihnen diese Maxime beiläufig sagen; Sie werden nämlich gegen alle Armen dieses Distrikts zu kämpfen haben. Aber das ist noch nicht alles! Wenn man alles berechnet, ist der arme Papa Mariotte, ein wackerer Mann, durch diese Versteigerung erledigt. Er muß alles in bar bezahlen, aber verkaufen tut er mit Ziel, und Gaubertin liefert Holz mit unerhört langem Ziel, um ihn zu ruinieren, und er gibt sein Holz zu fünf Prozent unter dem Einkaufspreis ab; und deswegen hat Mariottes Kredit arge Einbuße erlitten. Kurz und gut, Monsieur Gaubertin verfolgt und schikaniert heute den armen Kerl so sehr, daß er, wie es heißt, nicht nur Auxerre, sondern dem ganzen Département den Rücken kehren will, und daran tut er recht. Seit diesem Coup sind die Gutsbesitzer auf lange Zeit den Händlern preisgegeben; die machen jetzt die Preise, wie in Paris die Möbelhändler im Versteigerungshaus. Aber Gaubertin erspart den Gutsbesitzern so viel Verdruß, daß sie dabei noch gewinnen.«

»Wieso denn?« fragte der General.

»Erstens kommt jede Vereinfachung früher oder später allen Beteiligten zugute«, antwortete Sibilet. »Zweitens haben die Gutsbesitzer Sicherheit für ihre Einkünfte. Bei der Landwirtschaft ist das die Hauptsache, wie Sie sehen werden! Schließlich ist Monsieur Gaubertin der Vater der Arbeiter, er bezahlt sie gut und läßt sie immer arbeiten; da ihre Familien nun aber auf dem Lande wohnen, werden die Wälder der Holzhändler oder die derjenigen Gutsbesitzer, die ihre Interessen Gaubertin anvertrauen, wie es die Herren de Soulanges und de Ronquerolles tun, nicht verwüstet. Es wird dort trockenes Reisig gesammelt, weiter nichts.«

»Dieser Bursche, dieser Gaubertin hat seine Zeit gut angewandt . . .!« rief der General aus.

»Er ist ein tüchtiger Mensch«, entgegnete Sibilet. »Er ist, wie

135

er selber sagt, der Verwalter von gut und gern der Hälfte des Départements, anstatt der Verwalter von Les Aigues zu sein. Er nimmt allen nur wenig ab, und dieses ›Wenig‹ von zwei Millionen bringt ihm pro Jahr vierzig- oder fünfzigtausend Francs ein. ›Das alles bezahlen die Pariser Kamine!‹ pflegt er zu sagen. So ist Ihr Gegner beschaffen, Herr General! Daher möchte ich raten, daß Sie kapitulieren, indem Sie sich mit ihm aussöhnen. Er ist, wie Sie wissen, mit Soudry, dem Gendarmeriewachtmeister in Soulanges, und mit Monsieur Rigou, unserm Bürgermeister von Blangy, liiert; die Feldhüter sind seine Kreaturen; die Unterdrückung der Delikte, durch die Sie ausgeplündert werden, wird also unmöglich. Zumal seit zwei Jahren werden Ihre Wälder zugrunde gerichtet. Ebendeswegen haben die Herren Gravelot gute Aussichten, ihren Prozeß zu gewinnen; sie sagen nämlich: ›Nach den Bestimmungen des Vertrags sind Sie verpflichtet, für die Bewachung der Wälder zu sorgen; Sie lassen sie aber nicht bewachen, also schädigen Sie mich; leisten Sie mir Schadenersatz.‹ Das stimmt einigermaßen, aber es ist kein Grund, einen Prozeß zu gewinnen.«

»Man muß sich dazu bereitfinden, einen Prozeß auf sich zu nehmen und dabei Geld zu verlieren, um künftig keinen Prozeß mehr zu haben . . .!« sagte der General.

»Damit machen Sie Gaubertin sehr glücklich«, antwortete Sibilet.

»Wieso?«

»Gegen die Gravelots klagen, das heißt, Mann gegen Mann mit Gaubertin kämpfen, denn der vertritt sie«, entgegnete Sibilet. »Daher ist er so wild auf diesen Prozeß. Er hat gesagt, er hoffe, daß er Sie vor das Kassationsgericht bringen werde.«

»Dieser Schuft . . .! Dieser . . .«

»Wenn Sie die Nutzung selber übernehmen wollen«, sagte Sibilet und drehte den Dolch in der Wunde um, »dann geraten Sie in die Hände der Arbeiter, und die verlangen dann von Ihnen ›Bourgeois-Löhne‹ statt ›Händler-Löhne‹; sie ›gießen Sie mit Blei aus‹, das heißt, sie bringen Sie, wie den wackeren Mariotte, in die Lage, mit Verlust verkaufen zu müssen. Wenn Sie einen Vertrag schließen wollen, finden Sie keine Abnehmer, denn Sie können nicht erwarten, daß jemand für einen Privatmann riskiert, was der Papa Mariotte für die Krone und für den Staat riskiert hat. Und ferner, könnte denn der gute Mann hingehen und der Regierung von seinen Verlusten erzählen? Die Regierung ist ein Herr, der Ihrem ergebenen Diener ähnelt, als er noch beim Katasteramt war, ein würdiger Mann im abgeschabten Gehrock, der an einem Tisch sitzt und die Zeitung liest. Ob das Gehalt zwölfhundert oder zwölftausend Francs beträgt, das stimmt einen nicht milder. Reden Sie doch mal von Ermäßigungen und Milderungen mit dem Fiskus, der durch jenen Herrn repräsentiert wird . . .! Er antwortet Ihnen: ›Dideldumdei‹ und schneidet sich seine Feder. Sie sind in Acht und Bann, Herr Graf.«

»Was soll ich denn tun?« rief der General, dessen Blut kochte, und der mit großen Schritten vor der Bank auf und ab zu gehen begann.

»Herr Graf«, antwortete Sibilet brutal, »was ich Ihnen jetzt sagen werde, verstößt gegen mein eigenes Interesse: Sie müssen Les Aigues verkaufen und die Gegend verlassen!«

Als der General diesen Ausspruch vernahm, drehte er sich um sich selber, als sei er von einer Kugel getroffen worden; dann blickte er Sibilet mit diplomatischer Miene an.

»Ein General der Kaiserlichen Garde soll solchen Kerlen nachgeben? Noch dazu, wo die Frau Gräfin so gern auf Les Aigues weilt . . .?« sagte er schließlich. »Lieber will ich Gaubertin auf dem Marktplatz von La-Ville-aux-Fayes ohrfeigen, bis er sich mit mir duelliert, damit ich ihn abtun kann wie einen Köter!«

»Herr Graf, Gaubertin ist nicht so dumm, sich mit Ihnen in Händel einzulassen. Außerdem beleidigt man den Bürgermeister einer so wichtigen Unterpräfektur wie La-Ville-aux-Fayes nicht ungestraft.«

»Ich lasse ihn absetzen; die Troisvilles werden mich dabei unterstützen; es handelt sich um mein Einkommen . . .«

»Das bringen Sie nicht fertig; Gaubertin hat sehr lange Arme! Und Sie schaffen sich Ungelegenheiten, aus denen Sie sich nicht wieder herauswickeln könnten . . .«

»Und der Prozeß . . .?« fragte der General. »Wir müssen an das Nächstliegende denken.«

»Herr Graf, den werde ich Sie gewinnen lassen«, sagte Sibilet und setzte dabei eine erfahrene Miene auf.

»Braver Sibilet«, sagte der General und drückte seinem Verwalter kräftig die Hand. »Und auf welche Weise?«

»Sie werden ihn im Verlauf des Verfahrens beim Kassations-Gericht gewinnen. Meiner Meinung nach sind die Gravelots im Recht; aber es genügt nicht, daß man das Recht und die Tatsachen auf seiner Seite hat; man muß auch formal im Recht sein, und die Gravelots haben die Form außer acht gelassen, die immer das Wesentliche ist. Die Gravelots hätten Sie gerichtlich veranlassen müssen, auf Ihre Wälder besser achtzugeben. Man verlangt keine Entschädigung nach Ablauf eines Vertrags, die sich auf den Schaden bezieht, der während einer neunjährigen Nutzung entstanden ist; es findet sich im Vertrag ein Paragraph, auf den man sich in diesem Zusammenhang berufen kann. In La-Ville-aux-Fayes verlieren Sie, vielleicht auch in der zweiten Instanz; aber in Paris gewinnen Sie. Sie werden kostspielige Gutachten einholen und verheerende Unkosten auf sich nehmen müssen. Auch wenn Sie gewinnen, werfen Sie mehr als zwölf- bis fünfzehntausend Francs zum Fenster hinaus; aber Sie werden gewinnen, wenn Sie Wert darauf legen, zu gewinnen. Der Prozeß wird Sie schwerlich mit den Gravelots aussöhnen, denn für die wird er noch verheerender sein als für Sie; Sie werden ihnen in den Tod zuwider sein, als prozeßsüchtig gelten, verleumdet werden; aber gewinnen werden Sie . . .«

»Was soll ich tun?« wiederholte der General; Sibilets Argumente hatten auf ihn gewirkt wie ein äußerst heftiges Ätzmittel.

Als er der Reitpeitschenhiebe gedachte, mit denen er Gaubertin gezüchtigt hatte, hätte er sie sich am liebsen selbst gegeben; auf seinem glühenden Gesicht waren für Sibilet alle seine Qualen sichtbar.

»Was Sie tun sollen, Herr Graf . . .? Es gibt nur ein Mittel, nämlich sich vergleichen; aber den Vergleich können nicht Sie selber schließen. Es könnte dann so aussehen, als hätte ich Sie bestohlen! Wenn aber das ganze Glück und der ganze Trost von uns armen Teufeln in unserer Rechtschaffenheit besteht, dann dürfen wir auch nicht mal den Anschein der Spitzbüberei auf uns nehmen. Wir werden immer nach dem Augenschein beurteilt. Gaubertin hat seiner Zeit Mademoiselle Laguerre das Leben gerettet und den Anschein erweckt, er bestöhle sie; deswegen hat sie seine Aufopferung dadurch belohnt, daß sie ihn in ihrem Testament mit einem Solitär bedacht hat, der zehntausend Francs wert ist; Madame Gaubertin trägt ihn im Stirnband.«

Der General warf Sibilet einen zweiten Blick zu, der genauso diplomatisch war wie der erste; aber der Verwalter schien sich durch dieses in Gutmütigkeit und Lächeln gehüllte Mißtrauen nicht getroffen zu fühlen.

»Meine Unredlichkeit würde Monsieur Gaubertin solchen Spaß machen, daß er dadurch zu meinem Gönner würde«, fuhr Sibilet fort. »Daher würde er mir mit beiden Ohren zuhören, wenn ich ihm folgenden Vorschlag unterbreitete: ›Ich kann dem Herrn Grafen zwanzigtausend Francs für die Herren Gravelot abknöpfen, unter der Bedingung, daß sie sie mit mir teilen.‹ Wenn unsere Gegner damit einverstanden sind, erstatte ich Ihnen zehntausend Francs zurück, Sie verlieren bloß zehntausend, Sie retten den Schein, und der Prozeß findet nicht statt.«

»Du bist ein wackerer Mann, Sibilet«, sagte der General, nahm des Verwalters Hand und drückte sie. »Wenn du in Zukunft alles so gut arrangierst wie gegenwärtig, halte ich dich für die Perle aller Verwalter . . .!«

»Was die Zukunft betrifft«, fuhr der Verwalter fort, »so werden Sie nicht verhungern, wenn Sie zwei oder drei Jahre lang kein Holz schlagen lassen. Fangen Sie damit an, daß Sie Ihre Wälder gut bewachen lassen. Bis dahin läuft viel Wasser die Avonne hinunter. Gaubertin kann sterben, er kann meinen, er sei reich genug, um sich ins Privatleben zurückzuziehen; und schließlich haben Sie Zeit, ihm einen Konkurrenten auf die Nase zu setzen; der Kuchen ist schön genug, um geteilt zu werden; Sie machen einen zweiten Gaubertin ausfindig und stellen ihn ihm entgegen.«

»Sibilet«, sagte der alte Soldat, den diese verschiedenen Lösungen begeisterten, »ich schenke dir tausend Taler, wenn du es so durchführst; und über das übrige müssen wir nachdenken.«

»Herr Graf«, sagte Sibilet, »vor allem sorgen Sie für die Bewachung Ihrer Wälder. Überzeugen Sie sich selber von dem Zustand, in den die Bauern sie während der zwei Jahre Ihrer Abwesenheit versetzt haben . . . Was hätte ich tun können? Ich bin Verwalter und kein Aufseher. Zur Überwachung von Les Aigues sind ein berittener Oberaufseher und drei besondere Aufseher nötig . . .«

»Wir werden uns schon wehren. Es bedeutet Krieg; nun, dann führen wir eben Krieg! Das erschreckt mich nicht«, sagte Montcornet und rieb sich die Hände.

»Es ist ein Krieg zwischen Geld und Geld«, sagte Sibilet, »und der wird Ihnen schwerer werden als der andere. Menschen kann man den Garaus machen, Interessen nicht. Sie kämpfen mit ihrem Gegner auf dem Schlachtfeld, auf dem alle Gutsbesitzer kämpfen, dem der Flüssigmachung! Es kommt nicht darauf an, zu produzieren, man muß auch verkaufen, und um zu verkaufen, muß man mit aller Welt gute Beziehungen unterhalten.«

»Ich bringe die Leute hier in der Gegend auf meine Seite . . .«

»Und wodurch . . .?« fragte Sibilet.

»Indem ich ihnen Gutes tue.«

»Den Bauern im Tal, den Kleinbürgern in Soulanges Gutes tun . . .?« fragte Sibilet und schielte abscheulich durch die Ironie, die in seinem einen Auge mehr aufleuchtete als in dem andern. »Sie wissen nicht, Herr Graf, was Sie da unternehmen; unser Herr Jesus Christus würde hier zum zweitenmal am Kreuz sterben! Wenn Sie Ihre Ruhe haben wollen, Herr Graf, dann machen Sie es wie die selige Mademoiselle Laguerre, lassen Sie sich ausplündern; oder aber, jagen Sie den Leuten Angst ein. Das Volk, die Frauen und die Kinder werden durch das gleiche Mittel gegängelt, durch den Terror. Das war das große Geheimnis des Konvents und des Kaisers.«

»Das ist denn doch! Sind wir denn im Wald von Bondy[117]?« rief Montcornet.

»Lieber«, sagte da Adeline zu Sibilet, »dein Mittagessen wartet. Bitte entschuldigen Sie, Herr Graf, aber er hat seit heute früh nichts zu sich genommen, er ist nach Ronquerolles gefahren und hat Getreide abgeliefert.«

»Gehn Sie nur, gehn Sie nur, Sibilet!«

Am andern Morgen stand der ehemalige Kürassier schon vor Tagesanbruch auf und kam durch die Porte d'Avonne zurück, in der Absicht, sich mit seinem einzigen Aufseher zu unterhalten und dessen Einstellung zu ergründen.

Ein Stück des Waldes von Les Aigues, sieben- bis achthundert

Morgen groß, zog sich längs der Avonne hin, und um das majestätische Aussehen des Flusses zu bewahren, war ein Saum von großen Bäumen an beiden Seiten dieses sich in nahezu gerader Linie drei Meilen lang hinziehenden Kanals stehengelassen worden. Die Geliebte Heinrichs IV., der Les Aigues gehört hatte, war ebenso versessen auf die Jagd gewesen wie der Béarnais[118]; sie hatte 1593 eine Brücke in Gestalt eines einzigen Eselsrückenbogens erbauen lassen, um von diesem Teil des Waldes zu dem sehr viel umfangreicheren zu gelangen, der für sie hinzugekauft worden und auf dem Hügel gelegen war. Damals war die Porte d'Avonne gebaut worden; sie sollte als Sammelplatz der Jäger dienen, und es ist ja bekannt, welche Pracht die Architekten bei dergleichen Bauten entfalteten, die dem Lieblingsvergnügen des Adels und der Krone dienten. Von dort gingen sechs Alleen aus, deren Treffpunkt einen Halbmond bildete. In der Mitte jenes Halbmonds erhob sich ein von einer ehedem vergoldeten Sonne gekrönter Obelisk, der auf der einen Seite das Wappen von Navarra, auf der andern dasjenige der Gräfin de Meret[119] trug. Ein anderer, am Ufer der Avonne angelegter Halbmond hing mit dem des Sammelplatzes durch eine schnurgerade Allee zusammen, an deren Ende man den gebogenen Rücken jener an die Venedigs gemahnende Brücke erblickte.

Zwischen zwei schönen, schmiedeeisernen Gittern, im Stil dem prächtigen Gitter ähnlich, das in Paris den Garten der Place Royale umgab und das leider entfernt worden ist, erhob sich ein Pavillon aus Ziegelsteinen mit Reihen von Quadersteinen, die spitz zulaufend behauen waren, wie beim Schloß, mit sehr steilem Dach und Fenstern, die mit in gleicher Weise behauenen Quadern eingefaßt waren. Dieser altertümliche Stil, der dem Pavillon ein königliches Aussehen lieh, eignet sich in Städten nur für Gefängnisse; aber mitten im Wald erhält er durch die Umgebung einen besonderen Glanz. Eine Baumgruppe bildete einen Vorhang, hinter dem der Hundezwinger, eine ehemalige Falknerei, eine Fasanerie und die Unterkunft der Piköre[120], die einstmals von ganz Burgund bewundert worden ist, nach und nach zu Ruinen wurden.

Im Jahre 1595 brach von diesem prächtigen Pavillon ein königlicher Jagdzug auf, voran die schönen Hunde, die Paolo Ve-

ronese[121] und Rubens[122] so gern gemalt haben, dann stampfende
Pferde mit dicken, bläulichen, weißen, seidigen Kruppen, wie es
sie nur in dem erstaunlichen Werk Wouwermans[123] gibt; ihnen
folgten Diener in großer Livree, verlebendigt durch Piköre in
Stulpenstiefeln und gelbledernen Reithosen wie auf Bildern Van
der Meulens[124]. Der Obelisk ist errichtet worden, um den Besuch
des Béarnais und seine Jagd mit der schönen Gräfin de Meret zu
feiern; unterhalb des Wappens von Navarra wurde das Datum
eingemeißelt. Die eifersüchtige Geliebte, deren Sohn legitimiert
wurde, hatte das Wappen Frankreichs, das sie verwarf, darauf
nicht angebracht sehen wollen.

Als der General das prächtige Bauwerk betrachtete, grünte
Moos auf den vier Flächen des Dachs. Die von der Zeit beschä-
digten Quadersteine der Einfassung schienen aus tausend klaf-
fenden Mündern die Profanierung zu beweinen. Aus den verbogenen Bleifassungen der Fenster, die wie geblendet wirkten,
fielen die achteckigen Scheiben heraus. Zwischen den Balustern
blühten gelbe Nelken, Efeu schob seine weißen, behaarten Krallen in alle Löcher.

Alles zeugte von gemeiner Achtlosigkeit, dem Gepräge, das
Nutznießer allem, was sie innehaben, zuteil werden lassen. Zwei
Fensteröffnungen im ersten Stock waren mit Heu ausgestopft.
Durch ein Fenster des Erdgeschosses gewahrte man ein Zimmer
voller Werkzeug und Reisigbündel; durch ein anderes streckte
eine Kuh ihr Maul, was darauf schließen ließ, daß Courtecuisse,
um nicht den Weg machen zu müssen, der vom Pavillon zur Fasanerie führte, den großen Saal des Pavillons in einen Stall umgewandelt hatte, und dabei handelte es sich um einen Raum mit
Kassettendecke, in deren Felder die Wappen sämtlicher Besitzer
von Les Aigues gemalt worden waren . . .!

Schwarzes, schmutziges Pfahlwerk verunzierte die Zugänge
des Pavillons; darin waren unter Bretterdächern die Schweinekoben und in kleinen, viereckigen Gehegen die Hühner und Enten; der Mist wurde alle Halbjahr weggeschafft. Auf den Brombeerranken, die frech aufgeschossen waren, trockneten hier und
da Lumpen. Als der General über die Brückenallee heranritt,
war Madame Courtecuisse grade dabei, einen eisernen Topf zu
säubern, in dem sie Milchkaffee gekocht hatte. Der Aufseher saß

auf einem Stuhl in der Sonne und schaute seiner Frau zu, wie ein Wilder der seinen zugeschaut hätte. Als er den Tritt eines Pferdes hörte, wandte er den Kopf, erkannte den Herrn Grafen und machte ein verlegenes Gesicht.

»Na, Courtecuisse, Freundchen«, sagte der General zu dem alten Aufseher, »jetzt wundere ich mich nicht mehr, daß meine Bäume gefällt werden, ehe die Herren Gravelot es tun konnten; du hältst deinen Posten anscheinend für eine Domherrnpfründe ...!«

»Wahrhaftig, Herr Graf, ich habe so viele Nächte in Ihrem Wald zugebracht, daß ich mich erkältet habe. Ich habe heute morgen arge Schmerzen, und meine Frau macht gerade den Topf sauber, in dem sie mir meinen Umschlag angewärmt hat.«

»Mein Lieber«, sagte der General zu ihm, »ich entdecke an dir keine andere Krankheit als den Hunger, für den Milchkaffee-Umschläge gut sind. Hör mal zu, du komischer Kerl. Ich habe mir gestern mal meinen Wald angesehen, und dann die der Herren de Ronquerolles und de Soulanges; die ihren werden vorbildlich bewacht, der meine ist in einem jämmerlichen Zustand.«

»Ach, Herr Graf, die beiden Herren sind hier alteingesessen, und deren Eigentum wird respektiert. Wie soll ich mich mit sechs Gemeinden herumschlagen? Mir ist mein Leben lieber als Ihre Wälder. Wenn jemand Ihre Wälder so bewachen wollte, wie es nötig wäre, dann bekäme er als Lohn an einer Ecke Ihres Waldes eine Kugel in den Kopf ...«

»Feigling!« entgegnete der General und rang den Zorn nieder, den Courtecuisses unverschämte Antwort in ihm entfacht hatte. »Die letzte Nacht war herrlich, aber sie kostet mich für den Augenblick hundert Taler, und für die Zukunft tausend Francs an Entschädigung. Entweder Sie machen, daß Sie hier wegkommen, mein Lieber, oder es setzt ein gründlicher Wandel ein. Jede Sünde kann verziehen werden. Hören Sie meine Bedingungen. Ich überlasse Ihnen, was an Bußgeldern gezahlt wird, und außerdem bekommen Sie für jedes Protokoll drei Francs. Wenn ich dabei nicht auf meine Rechnung komme, dann stelle ich Ihnen die Ihrige aus, und zwar ohne Pension; aber wenn Sie mir gut dienen, und wenn es Ihnen gelingt, die Verwüstungen zu unterdrücken, dann können Sie hundert Taler Leibrente bekommen.

Also überlegen Sie sich die Sache. Da sind sechs Wege«, sagte er und zeigte auf die sechs Alleen, »Sie brauchen nur einen einzuschlagen, wie ich es getan habe, der ich keine Angst vor Kugeln habe; versuchen Sie, den richtigen zu finden!«

Courtecuisse, ein Männlein von sechsundvierzig Jahren mit einem Vollmondgesicht, hatte eine große Schwäche für das Nichtstun. Er hatte sich darauf verlassen, in diesem Pavillon, der der seine geworden war, zu leben und zu sterben. Seine beiden Kühe ernährte der Wald, er hatte sein Feuerholz, und er pflegte seinen Garten, anstatt hinter den Übeltätern herzulaufen. Gaubertin hatte diese Nachlässigkeit geduldet, und Courtecuisse hatte Gaubertin verstanden. Der Aufseher machte mithin nur Jagd auf Holzdiebe, um seine kleinen Haßgefühle zu stillen. Er verfolgte die Mädchen, die ihm nicht zu Willen waren, und die Leute, die er nicht leiden konnte; aber schon seit langem haßte er keinen mehr, alle hatten ihn gern, seiner Nachsicht wegen.

Im Grand-I-Vert fand Courtecuisse stets für sich gedeckt, die Reisigsammlerinnen widerstrebten ihm nicht mehr, seine Frau und er empfingen von allen Marodeuren Geschenke in Naturalien. Sein Brennholz wurde ihm ins Haus geschafft, seine Reben wurden ihm beschnitten. Kurzum, alle seine Übeltäter erwiesen ihm Gefälligkeiten. Über seine Zukunft hatte Gaubertin ihn halbwegs beruhigt; er hatte mit zwei Morgen Land gerechnet, wenn Les Aigues verkauft werden würde, und so war er durch die barschen Worte des Generals aus dem Schlaf aufgeschreckt worden; der Graf hatte endlich, nach vier Jahren, seinen Charakter als ein Bourgeois enthüllt, der entschlossen war, sich nicht länger übers Ohr hauen zu lassen.

Courtecuisse nahm seine Mütze, seine Jagdtasche, sein Gewehr, legte seine Gamaschen an, hing sich das Bandelier mit dem erst kürzlich angebrachten Wappen der Montcornets um und ging nach La-Ville-aux-Fayes, und zwar mit dem unbekümmerten Schritt, durch den die Landleute ihre tiefsten Überlegungen verbergen, sah sich den Wald an und pfiff seinen Hunden.

»Du beschwerst dich über den Tapezierer[125]«, sagte Gaubertin zu Courtecuisse, »und dabei ist dein Glück gemacht! Bedenk doch, der Schwachkopf gibt dir für jedes Protokoll drei Francs und die Bußgelder! Du brauchst dich bloß mit deinen Freunden ins Einvernehmen zu setzen, dann kannst du so viele Protokolle schreiben, wie du willst, an die hundert! Für tausend Francs kannst du Rigou ›La Bâchelerie‹ abkaufen und Bourgeois werden. Die Sache ist bloß die, du mußt es so deichseln, daß du nur Leute anzeigst, die bettelarm sind. Was keine Wolle hat, kann man nicht scheren. Nimm, was der Tapezierer dir bietet, und laß ihn die Kosten tragen, wenn's ihm Spaß macht. Alle Neigungen hängen vom Charakter ab. Hat Papa Mariotte trotz meiner Warnung nicht lieber Verluste erlitten als Gewinne eingestrichen . . .?«

Von Bewunderung für Gaubertin durchdrungen, kehrte Courtecuisse heim, brennend vor Begier, endlich Grundeigentümer und ein Bourgeois wie die andern zu werden.

Als der General Montcornet nach Hause gekommen war, erzählte er Sibilet von seinem Unternehmen.

»Herr Graf haben richtig gehandelt«, erwiderte der Verwalter und rieb sich die Hände, »aber auf einem so schönen Weg darf man nicht innehalten. Ein Feldhüter, der unsere Wiesen, unsere Felder verwüsten läßt, müßte eigentlich entlassen werden. Der Herr Graf könnte sich ohne weiteres zum Bürgermeister der Gemeinde ernennen lassen und anstelle Voudoyers einen alten Soldaten einstellen, der den Mut hat, Befehle auch auszuführen. Ein Großgrundbesitzer muß auf seinem Grund und Boden Bürgermeister sein. Bedenken Sie doch, welche Schwierigkeiten wir mit dem gegenwärtigen Bürgermeister haben . . .!«

Der Bürgermeister der Gemeinde Blangy, ein ehemaliger Benediktiner namens Rigou, hatte sich im Jahre I der Republik mit der Haushälterin des ehemaligen Pfarrers von Blangy verheiratet. Trotz des Widerwillens, den ein verheirateter Mönch der Präfektur einflößen mußte, war er seit 1815 als Bürgermeister beibehalten worden, denn in Blangy war er allein befähigt, diesen Posten auszufüllen. Im Jahre 1817 jedoch hatte der Bischof zur Betreuung der Gemeinde Blangy, die seit fünfundzwanzig Jahren des Pfarrers beraubt gewesen war, den Abbé Brossette eingesetzt, und nun war natürlich ein heftiger Zwist zwischen einem Abtrünnigen und dem jungen Geistlichen entstanden, dessen Charakter schon bekannt ist.

Der Krieg, den seitdem Rathaus und Pfarrhaus führten,

machte den bis dahin verachteten Beamten volkstümlich. Rigou, den die Bauern seiner Wuchergeschäfte wegen haßten, repräsentierte jetzt plötzlich ihre politischen und finanziellen Interessen, die vermeintlich von der Restauration und zumal vom Klerus bedroht wurden.

Nachdem der ›Constitutionnel‹[126], das wichtigste Blatt des Liberalismus, im Café de la Paix durch die Hände sämtlicher Beamter gegangen war, kam er am siebten Tag zu Rigou; denn das Abonnement, das auf den Namen des Café-Besitzers, des Papa Socquard, lief, wurde von zwanzig Leuten bezahlt. Rigou gab die Zeitung an den Müller Langlumé weiter, und dieser überließ dann die Fetzen allen, die lesen konnten. Die Pariser Neuigkeiten und die antiklerikalen »Enten« des liberalen Blattes formten also die öffentliche Meinung im Tal von Les Aigues. Auf diese Weise wurde Rigou zum Helden, gerade wie der »verehrungswürdige« Abbé Grégoire[127]. Für ihn wie für gewisse Pariser Bankiers bedeckte die Politik schmähliche Betrügereien mit dem Purpur der Volkstümlichkeit.

Gegenwärtig wurde der abtrünnige Mönch wie François Keller, der große Redner[128], als ein Verteidiger der Rechte des Volks betrachtet, und dabei wäre er nie nach Einbruch der Nacht durch die Felder gegangen, aus Angst, in eine Falle zu geraten, in der er den Tod durch Unfall hätte erleiden können. Einen Mann aus politischen Gründen verfolgen, heißt nicht nur, ihm Größe zubilligen, sondern verharmlost auch seine Vergangenheit. In dieser Hinsicht war die liberale Partei eine große Wundertäterin. Ihre verderbliche Zeitung, die die Klugheit besaß, ebenso platt, verleumderisch, leichtgläubig, auf alberne Weise perfid zu sein wie alle Publizistik, die sich an die Volksmassen wendet, hat vielleicht in den Privatinteressen genausoviel Verheerungen angerichtet wie in der Kirche.

Rigou hatte gehofft, in einem in Ungnade befindlichen bonapartistischen General, in einem durch die Revolution hochgekommenen Kind des Volkes, einen Feind der Bourbonen und der Priester zu finden; aber im Interesse seines geheimen Ehrgeizes hatte der General es während seiner ersten Aufenthalte auf Les Aigues so einzurichten verstanden, daß er dem Besuch des Ehepaars Rigou entging.

Wenn man die furchtbare Gestalt Rigous, des Wucherers des Tals, aus der Nähe sehen wird, dann wird man die Reichweite des zweiten Kapitalfehlers begreifen, den der General wegen seiner aristokratischen Vorstellungen beging, und den die Gräfin durch eine Ungehörigkeit, die ihren Platz in der Lebensgeschichte Rigous finden soll, noch verschlimmerte.

Hätte Montcornet das Wohlwollen des Bürgermeisters gewonnen, hätte er dessen Freundschaft gesucht, so würde vielleicht der Einfluß dieses Renegaten denjenigen Gaubertins lahmgelegt haben. Davon konnte nicht die Rede sein; es schwebten drei Prozesse zwischen dem General und dem Ex-Mönch vor dem Tribunal von La-Ville-aux-Fayes, deren einer bereits von Rigou gewonnen worden war. Bis zum gegenwärtigen Augenblick war Montcornet durch die Interessen seiner Eitelkeit und durch seine Heirat so beschäftigt gewesen, daß er gar nicht mehr an Rigou gedacht hatte; aber unmittelbar nach Sibilets Ratschlag, an Rigous Stelle zu treten, bestellte er Postpferde und stattete dem Präfekten einen Besuch ab.

Der Präfekt, der Graf Martial de la Roche-Hugon, war mit dem General seit 1804 befreundet. Ein Hinweis dieses Staatsrats an Montcornet während eines Gesprächs in Paris hatte den Ankauf von Les Aigues entschieden. Graf Martial, der unter Napoleon Präfekt gewesen und es unter den Bourbonen geblieben war, hatte den Bischof umschmeichelt, um in seiner Stellung zu verbleiben. Nun aber hatte Monseigneur schon mehrmals die Ersetzung Rigous durch einen andern gefordert. Martial, dem die Zustände in der Gemeinde genau bekannt waren, war von der Bitte des Generals begeistert; innerhalb eines Monats erhielt er seine Ernennung.

Durch einen nicht eben ungewöhnlichen Zufall begegnete der General während seines Aufenthalts in der Präfektur, wo sein Freund ihn hatte wohnen lassen, einem Unteroffizier der ehemaligen Kaiserlichen Garde, dem seine Pension streitig gemacht wurde. Der General hatte sich schon einmal für diesen wackeren Reitersmann namens Groison eingesetzt; dieser erinnerte sich dessen und klagte ihm seine Not. Montcornet versprach Groison, die geschuldete Pension für ihn durchzusetzen, und bot ihm den Posten eines Feldhüters in Blangy an, als eine Möglichkeit, sich seiner Dankesschuld dadurch zu entledigen, daß er sich den Interessen des Grafen widmete. Der Amtsantritt des neuen Bürgermeisters und derjenige des neuen Feldhüters fanden gleichzeitig statt, und wie man sich denken kann, gab der General seinem Soldaten handfeste Instruktionen.

Vaudoyer, der entlassene Feldhüter, ein Bauer aus Ronquerolles, war, wie die meisten Feldhüter, zu nichts anderem geeignet, als umherzulaufen, Albernheiten zu treiben und sich von den Armen verhätscheln zu lassen; sie verlangten nichts Besseres, als diese subalterne Autorität, diesen Vorposten des Eigentums, korrumpieren zu können. Er kannte den Gendarmerie-Wachtmeister von Soulanges, denn die Gendarmerie-Wachtmeister üben bei der Voruntersuchung in Kriminalprozessen beinahe richterliche Funktionen aus und unterhalten Beziehungen zu den Feldhütern, ihren naturgegebenen Spitzeln; Soudry schickte Vaudoyer also zu Gaubertin, der ihn, als einen alten Bekannten, sehr gut aufnahm, ihm zu trinken gab und sich seine Geschichte anhörte.

»Lieber Freund«, sagte der Bürgermeister von La-Ville-aux-Fayes, der mit jedem in seiner Sprache zu reden wußte, zu ihm, »was dir zugestoßen ist, das steht uns allen bevor. Die Adligen sind wieder da, und die vom Kaiser Geadelten machen gemeinsame Sache mit ihnen; sie alle wollen das Volk erledigen, ihre alten Rechte wiederherstellen, uns unsern Besitz wegnehmen; aber wir sind Burgunder, wir müssen uns wehren und die ›Arminacs‹ nach Paris zurückschicken. Geh wieder nach Blangy, du wirst als Versteigerungs-Wächter auf Rechnung von Monsieur Polissard angestellt, dem Aufkäufer des Holzes aus den Wäldern von Ronquerolles. Geh, mein Junge, ich finde schon Beschäftigung für dich für's ganze Jahr. Aber *eins* mußt du dir merken! Es ist *unser* Holz . . .! Kein Delikt, oder du bringst alles durcheinander. Schick die ›Holzklauer‹ nach Les Aigues. Aber wenn Reisig zu verkaufen ist, dann muß unseres gekauft werden, nie das von Les Aigues. Du wirst wieder Feldhüter; die Geschichte dauert nicht lange! Der General bekommt es satt, inmitten von Dieben zu wohnen! Weißt du, daß dieser Tapezierer mich als Dieb bezeichnet hat, mich, den Sohn des redlichsten Republikaners, mich, den Schwiegersohn Mouchons, des berühmten Volksrepräsentanten, der bettelarm gestorben ist?«

Der General bezahlte das Gehalt »seines« Feldhüters und ließ ein Rathaus bauen, in dem er ihm eine Wohnung einräumte. Dann verheiratete er ihn mit der Tochter eines seiner Halbpächter, der unlängst gestorben war; sie war Vollwaise mit drei Morgen Rebland. Groison hing also dem General an wie ein Hund seinem Herrn. Diese berechtigte Treue wurde von der ganzen Gemeinde gebilligt. Der Feldhüter wurde gefürchtet und respektiert, aber nur wie der Kapitän auf seinem Schiff, wenn er bei der Mannschaft unbeliebt ist; die Bauern behandelten ihn wie einen Aussätzigen. Dieser Beamte, der mit Schweigen oder hinter Freundlichkeit verstecktem Spott in Kauf genommen wurde, wurde zu einer Schildwache, die von andern Schildwachen überwacht wurde. Er konnte gegen die Überzahl nichts ausrichten. Die Übeltäter hatten ihren Spaß daran, Delikte auszuhecken, die sich nicht nachweisen ließen, und der alte Schnauzbart tobte über seine Ohnmacht. Groison fand in seinen Funktionen das Verlockende eines Partisanenkriegs und die Freude an der Jagd, der Jagd auf Vergehen. Durch den Krieg war er an eine Loyalität gewöhnt, die irgendwie darin besteht, offenes Spiel zu spielen, und so begann dieser Feind der Verräterei Leute zu hassen, die bei ihrem Vorgehen perfid, bei ihren Diebstählen geschickt waren und die seiner Eigenliebe weh taten. Er merkte bald, daß alle andern Güter respektiert wurden; die Delikte wurden einzig und allein auf dem Terrain von Les Aigues begangen; also verachtete er die Bauern, die so undankbar waren, daß sie einen General des Kaiserreichs ausplünderten, einen durch und durch gütigen, großherzigen Herrn, und nur zu bald hatte er der Verachtung den Haß hinzugesellt. Doch vergebens suchte er sich zu vervielfachen, er konnte nicht überall gleichzeitig sein, und die Feinde richteten überall gleichzeitig Unheil an. Groison wies seinen General auf die Notwendigkeit hin, die Verteidigung vollkommen kriegsmäßig zu organisieren; er legte ihm dar, daß sein Eifer allein nicht ausreiche, und klärte ihn über die üble Einstellung der Bewohner des Tals auf.

»Dahinter steckt irgendwas, Herr General«, sagte er, »diese Leute sind zu dreist, sie schrecken vor nichts zurück, sie tun so, als verließen sie sich auf den lieben Gott!«

»Wir werden sehen«, antwortete der Graf.

Ein fataler Ausspruch! Für große Politiker hat das Verbum »sehen« kein Futurum.

Um diese Zeit hatte Montcornet eine Schwierigkeit zu lösen, die ihn noch dringender dünkte; er bedurfte eines *alter ego*[129], das ihn im Rathaus vertrat, während er in Paris weilte. Er mußte als Adjunkten einen Mann ausfindig machen, der lesen und schreiben konnte, und das traf in der ganzen Gemeinde nur auf Langlumé zu, den Pächter seiner Mühle. Diese Wahl war grundschlecht. Denn die Interessen des Generals und Bürgermeisters waren nicht nur denjenigen des Adjunkten und Müllers diametral entgegengesetzt, sondern Langlumé trieb überdies noch verdächtige Geschäfte mit Rigou, der ihm das erforderliche Geld für seinen Handel und seine Ankäufe geliehen hatte. Der Müller pflegte das Heu der Schloßwiesen zur Fütterung seiner Pferde zu kaufen; und dank seiner Manipulationen konnte Sibilet es nur an ihn verkaufen. Alles Wiesenheu der Gemeinde wurde zu guten Preisen früher als das der Wiesen von Les Aigues verkauft, das, als das letzte, eine Entwertung erlitt, obwohl es das bessere war. Langlumé wurde also ein provisorischer Adjunkt; aber in Frankreich ist das Provisorium etwas Dauerndes, obwohl die Franzosen in dem Ruf stehen, sie seien auf Veränderung erpicht. Auf Rigous Rat hin spielte Langlumé dem General gegenüber den Beflissenen; er wurde also in dem Augenblick Adjunkt, da durch die Allmacht des Erzählers dieses Drama beginnt.

War der Bürgermeister abwesend, beherrschte Rigou, der natürlich Mitglied des Gemeinderats war, diesen und ließ Beschlüsse fassen, die denen des Generals widersprachen. Bald wurden Ausgaben beschlossen, die lediglich für die Bauern von Nutzen waren und deren größter Teil Les Aigues zu Lasten fiel; das Gut mußte, seiner Ausdehnung wegen, ohnehin zwei Drittel der Steuern bezahlen; bald wurden nützliche Geldbewilligungen abgelehnt, wie eine Gehaltserhöhung des Pfarrers, der Neubau des Pfarrhauses, oder die Löhnung (sic) eines Schulmeisters.

»Wenn die Bauern lesen und schreiben können, was soll dann aus *uns* werden ...?« fragte Langlumé den General in aller Harmlosigkeit, um diesen antiliberalen Beschluß gegen einen Bruder der Lehre Christi[130] zu rechtfertigen, den der Abbé Brossette nach Blangy zu bringen versucht hatte.

Als der General wieder in Paris war, machte er sich, begeistert von seinem alten Groison wie er war, auf die Suche nach ein paar alten Soldaten der Kaiserlichen Garde, mit denen er seine Verteidigung von Les Aigues so organisieren konnte, daß sie zu etwas Furchteinflößendem wurde. Auf Grund dieser Nachforschungen und der Befragung von Freunden und auf Halbsold gesetzten Offizieren machte er Michaud ausfindig, einen ehemaligen Hauptwachtmeister bei den Gardekürassieren, einen von den Männern, die die Altgedienten in ihrer Soldatensprache als »Hartgesottene« bezeichnen, welche Bezeichnung wohl von der Biwak-Küche herrührt, wo es häufig Bohnen gab, die sich mit aller Gewalt nicht weichkochen ließen. Michaud suchte in seinem Bekanntenkreis drei Männer aus, die er für geeignet hielt, seine Mitarbeiter und Aufseher ohne Furcht und Tadel zu werden.

Der erste hieß Steingel; er war reinblütiger Elsässer und der natürliche Sohn des Generals dieses Namens[131], der bei den ersten Erfolgen Bonapartes zu Beginn der italienischen Feldzüge gefallen ist. Er war groß und kräftig und gehörte der Gattung von Soldaten an, die wie die Russen an absoluten, passiven Gehorsam gewöhnt sind. Nichts hielt ihn von der Erfüllung seiner Pflichten ab; er hätte kaltblütig einen Kaiser oder den Papst erdolcht, wenn sein Befehl so gelautet hätte. Was Gefahr ist, wußte er nicht. Obwohl er ein unerschrockener Legionär war, hatte er in sechzehn Kriegsjahren nie auch nur den leichtesten Kratzer davongetragen. Er übernachtete mit stoischem Gleichmut unter freiem Himmel oder in seinem Bett. Bei jeder Verschärfung der Anstrengung pflegte er zu sagen: »Anscheinend ist das heute nun mal so!«

Der zweite hieß Vatel, war ein Soldatenkind, Unteroffizier der Plänklertruppen, fröhlich wie ein Fink, von etwas leichtfertigem Verhalten gegenüber dem schönen Geschlecht, ohne die mindesten religiösen Grundsätze, tapfer bis zur Tollkühnheit; er hätte lachend seine Kameraden füsiliert. Er sah keine Zukunft vor sich, wußte nicht, welchen Beruf er ergreifen sollte, und erblickte in den Funktionen, die ihm vorgeschlagen wurden, einen amüsanten Kleinkrieg; und da die Große Armee und der Kaiser für ihn die Religion ersetzten, gelobte er, dem wackeren Montcornet gegen wen auch immer dienen zu wollen. Er war seinem Wesen nach eine der streitsüchtigen Naturen, die ein Leben ohne Feinde fad dünkt, mithin eine Advokaten-Natur, eine Polizeibeamten-Natur. Daher hätte er, wäre nicht der Gerichtsvollzieher dabeigewesen, die Tonsard mit ihrem Reisigbündel mitten im Grand-I-Vert festgenommen und sich über das die Unverletzlichkeit der Wohnung betreffende Gesetz einfach hinweggesetzt.

Der dritte hieß Gaillard, war ein alter Soldat, der es bis zum Leutnant gebracht hatte, von Narben durchsiebt, und zu den Soldaten gehörte, die Landarbeiter geworden waren. Bei dem Gedanken an das Schicksal des Kaisers schien ihm alles gleichgültig; aber er ging aus Sorglosigkeit ebenso vor wie Vatel aus Leidenschaft. Er hatte für eine uneheliche Tochter zu sorgen und erblickte in jener Stellung ein Mittel zur Fristung des Daseins; er hatte sie angenommen, wie er den Eintritt in ein Regiment angenommen hätte.

Als der General, noch vor seinen Truppen, auf Les Aigues anlangte, um Courtecuisse den Laufpaß zu geben, war er verblüfft über die schamlose Dreistigkeit seines Aufsehers. Es gibt bei Sklaven eine Art des Gehorsams, die die blutigste Verhöhnung des Befohlenen in sich begreift. Alles im menschlichen Leben kann ins Absurde ausarten, und dessen Grenzen hatte Courtecuisse weit überschritten.

Einhundertsechsundzwanzig Protokolle gegen Waldfrevler, von denen die meisten im Einverständnis mit Courtecuisse standen, und für die in Strafsachen das Friedensgericht zu Soulanges zuständig war, hatten zu neunundsechzig regelrecht durchgeführten, ausgesprochenen und zugestellten Verurteilungen geführt, für die Brunet, begeistert über eine so gute Einnahmequelle, alle streng vorgeschriebenen Nachforschungen durchgeführt hatte, die erforderlich waren, um zu dem zu gelangen, was in der Juristensprache als »Protokolle über fruchtlose Pfändungen« bezeichnet wird, und das ist ein jämmerliches Resultat, bei dem die Macht der Justiz aufhört. Es handelt sich dabei um eine Formalität, durch die der Gerichtsvollzieher feststellt, daß die belangte Person nichts besitzt und sich im Zustand nackter Armut befindet. Da, wo nichts ist, verliert der Gläubiger und sogar der Kaiser sein Recht . . . der Verfolgung. Jene sorgfältig ausgesuchten Armen wohnten in fünf Gemeinden der näheren Umgebung, wohin der Gerichtsvollzieher sich begeben hatte, ordnungsgemäß von seinen Gehilfen Vermichel und Fourchon begleitet. Monsieur Brunet hatte seine Pfändungsprotokolle an Sibilet weitergeleitet und ihnen eine Kostenrechnung über fünftausend Francs beigefügt, nebst der Bitte, vom Grafen de Montcornet weitere Befehle anzufordern.

Gerade als Sibilet, mit den Unterlagen versehen, in aller Ruhe seinem Chef das Ergebnis von dessen Courtecuisse allzu summarisch erteilten Weisungen dargelegt und mit gefaßter Miene einem der heftigsten Wutausbrüche beigewohnt hatte, zu denen ein französischer Kavallerie-General sich je hat hinreißen lassen, kam Courtecuisse, um seinem Herrn Bericht zu erstatten und ihn um etwa elfhundert Francs zu bitten; das war die Summe, auf die sich die versprochenen Gratifikationen beliefen. Da ging das Naturell des Generals mit ihm durch; er ließ sich so weit hinreißen, daß er weder seiner Grafenkrone noch seines Ranges gedachte, wieder zum Kürassier wurde und Schimpfworte ausspie, deren er sich später sicherlich geschämt hat.

»Was? Vierhundert Francs?[132] Vierhunderttausend Ohrfeigen ...! Vierhunderttausend Tritte in den ... Glaubst du, ich wüßte nicht, was hier gespielt wird ...? Verschwinde, oder ich schlage dich zu Brei!«

Beim Anblick des violett gewordenen Generals und bei dessen Worten war Courtecuisse davongeflitzt wie eine Schwalbe.

»Herr Graf«, sagte Sibilet ganz leise und langsam, »Sie sind im Unrecht.«

»Im Unrecht? Ich ...?«

»Mein Gott, Herr Graf, seien Sie vorsichtig, Sie bekommen einen Prozeß mit diesem Burschen ...«

»Ich pfeife auf alle Prozesse ... Vorwärts, sorgen Sie dafür, daß der Schuft fristlos entlassen wird, passen Sie auf, daß er alles daläßt, was mir gehört, und rechnen Sie über seine Löhnung ab.«

Vier Stunden später schwatzte die ganze Gegend auf ihre Art beim Weitererzählen dieser Szene. Der General habe, so hieß es, Courtecuisse windelweich geprügelt, er habe sich geweigert, ihm auszuzahlen, was er ihm schulde, und das seien zweitausend Francs.

Von neuem waren die seltsamsten Gerüchte über den Bourgeois von Les Aigues im Umlauf. Es wurde gesagt, er sei geisteskrank. Am nächsten Tag überbrachte Brunet, der bislang in Sachen des Grafen tätig gewesen war, ihm in Sachen Courtecuisse eine Vorladung vor das Friedensgericht. Der Löwe wurde von tausend Mücken gestochen. Doch das war erst der Beginn seiner Marter.

Die Anstellung eines Aufsehers läßt sich nicht ohne einige Formalitäten durchführen; er muß vor dem Gericht Erster Instanz vereidigt werden; so vergingen einige Tage, ehe die drei Aufseher mit ihrem amtlichen Charakter bekleidet wurden. Obwohl der General an Michaud geschrieben hatte, er solle schleunigst mit seiner Frau herkommen, ohne zu warten, bis der Pavillon an der Porte d'Avonne zu seinem Empfang instandgesetzt sei, wurde der künftige Oberaufseher durch die Vorbereitungen zu seiner Hochzeit und durch die nach Paris gekommenen Verwandten seiner Frau zurückgehalten; er konnte erst nach etwa vierzehn Tagen eintreffen. Während jener vierzehn Tage, die die Erfüllung der Formalitäten beanspruchte, zu denen man sich in La-Ville-aux-Fayes nur sehr widerwillig bereitfand, wurde der Wald von Les Aigues durch die Marodeure vollends verheert; sie nutzten die Zeit aus, da niemand ihn bewachte.

Es war ein großes Ereignis im Tal, von Couches bis La-Ville-aux-Fayes, als die drei Aufseher in Erscheinung traten, gekleidet in grünes Tuch, die Farbe des Kaisers, in prachtvoller Haltung, mit Gesichtern, die von einem verläßlichen Charakter kündeten, alle gut zu Fuß, beweglich und befähigt, die Nächte in den Wäldern zu verbringen.

Im ganzen Distrikt war Groison der einzige, der sich über die Ankunft der Veteranen herzlich freute. Er war begeistert über eine solche Verstärkung und stieß ein paar drohende Worte gegen die Holzdiebe aus, die binnen kurzem hart angepackt werden und keinen Schaden mehr anrichten können würden. Auf diese Weise fehlte es diesem zugleich lauten und heimlichen Krieg nicht an der üblichen Erklärung.

Sibilet hatte dem General mitgeteilt, daß die Gendarmerie und vor allem der Wachtmeister Soudry durch und durch hinterhältig, Feinde von Les Aigues seien; er hatte ihm zu verstehen gegeben, wie nützlich ihm ein von gutem Geist beseeltes Gendarmen-Komando sein würde.

»Mit einem guten Wachtmeister und Ihren Interessen ergebenen Gendarmen haben Sie die ganze Gegend in der Hand ...!« sagte er.

Der Graf reiste eilends zur Präfektur, wo er bei dem die Division kommandierenden General erreichte, daß Soudry in den Ruhestand versetzt und durch einen gewissen Viollet ersetzt wurde, einen vortrefflichen Gendarm aus der Départementshauptstadt, den der General und der Präfekt gleichermaßen rühmten. Die Gendarmen des Kommandos in Soulanges, die durch den Oberst der Gendarmerie, einen alten Kameraden Montcornets, an andere Stellen des Départements versetzt wurden, bekamen als Nachfolger ausgesuchte Leute, die unter der Hand den Befehl erhielten, darüber zu wachen, daß den Besitzungen des Grafen de Montcornet künftig kein Schade mehr zugefügt werde, und denen vor allem nahegelegt wurde, sich nicht von den Einwohnern von Soulanges gewinnen zu lassen.

Diese letzte Umwälzung wurde mit einer Schnelligkeit ins Werk gesetzt, die keine Gegenmaßnahmen zuließ; sie erregte in La-Ville-aux-Fayes und in Soulanges Erstaunen. Soudry, der sich als hinausgeworfen betrachtete, legte Beschwerde ein, und Gaubertin fand Mittel und Wege, ihn zum Bürgermeister ernennen zu lassen, damit er die Gendarmerie unter seine Befehlsgewalt bekam. Es kam zu viel Geschrei über Tyrannei. Montcornet wurde zum Gegenstand des Hasses. Nicht nur, daß auf diese Weise fünf oder sechs Existenzen durch ihn verändert worden waren; es wurde auch manche Eitelkeit gekränkt. Die Bauern wurden durch Redereien angestachelt, die sich die Kleinbürger von Soulanges und die von La-Ville-aux-Fayes und vor allem Rigou, Langlumé und Monsieur Guerbet, der Postmeister von Couches, entschlüpfen ließen; sie glaubten, der Verlust dessen, was sie ihre Rechte nannten, stehe unmittelbar bevor.

Der General unterdrückte den Prozeß gegen seinen ehemaligen Aufseher dadurch, daß er alles bezahlte, was jener verlangte.

Courtecuisse kaufte für zweitausend Francs ein Stück Land, das als Enklave zwischen den Ländereien von Les Aigues lag, am Ausgang der »Schlupfgebüsche«, wo das Wild wechselte. Rigou hatte nie vorgehabt, La Bâchelerie abzutreten; aber er machte sich ein boshaftes Vergnügen daraus, es mit halbem Gewinnanteil an Courtécuisse zu verschachern. Dieser wurde dadurch zu einer seiner zahlreichen Kreaturen; denn er hielt ihn durch die Restsumme am Kragen; der Ex-Aufseher hatte nämlich nur tausend Francs gezahlt.

Die drei Aufseher, Michaud und der Feldhüter führten fortan das Leben von Guerillakämpfern. Sie übernachteten in den Wäldern, sie durchstreiften sie ohne Unterlaß, sie erwarben sich von ihnen die vertiefte Kenntnis, aus der die Kunst der Forstaufseher besteht und die ihnen Zeitverlust erspart, sie unterrichteten sich über die Schlupfwege, sie machten sich mit den Holzarten und deren Lagerstätten vertraut; sie gewöhnten ihre Ohren an die Schläge, die mannigfachen Geräusche, die im Wald vernehmlich sind. Ferner beobachteten sie die Gesichter, sie ließen die verschiedenen Familien der verschiedenen Dörfer des Distrikts sowie die Individuen an sich vorüberziehen, aus denen sie bestanden, ihre Gepflogenheiten, ihre Charaktere, ihre Existenzmittel. Das ist schwieriger, als man meint! Als die in und von Les Aigues lebenden Bauern diese gut kombinierten Maßnahmen merkten, setzten sie dem allen völlige Stummheit entgegen, eine tückische Unterwürfigkeit gegenüber dieser intelligenten Polizei.

Von Anfang an mißfielen Michaud und Sibilet einander. Der freimütige, getreue Soldat, die Zierde der Unteroffiziere der jungen Garde, haßte die honigsüße Brutalität und die mißzufriedene Miene des Verwalters; er nannte ihn sofort »den Chinesen«. Bald stellte er fest, welchen Widerstand Sibilet den radikal nützlichen Maßnahmen entgegensetzte, und auch die Gründe, mit denen er Unternehmungen von zweifelhaftem Erfolg rechtfertigte. Anstatt den General zu beschwichtigen, stachelte Sibilet, wie man aus diesem knappen Bericht wohl schon ersehen hat, ihn unaufhörlich an und trieb ihn zu strengen Maßnahmen, wobei er versuchte, ihn durch die Vielzahl der Verdrießlichkeiten, die Fülle der Kleinlichkeiten, die immer aufs neue auftauchenden, unüberwindlichen Schwierigkeiten einzuschüchtern. Ohne daß Michaud die Rolle des Spitzels, des »Agent provocateur« durchschaute, die Sibilet übernommen hatte in der Absicht, vom Tag seiner Einstellung an je nach seinen Vorteilen bald dem General und bald

Gaubertin zu dienen, hatte er in dem Verwalter einen habgierigen, schlechten Charakter erkannt; und daher konnte er sich Sibilets Redlichkeit nicht erklären. Die tiefe Feindschaft, die diese beiden hohen Funktionäre trennte, gefiel übrigens dem General. Michauds Haß brachte ihn dahin, den Verwalter zu überwachen; das war eine Spitzelei, zu der er sich nicht herabgelassen haben würde, wenn der General sie von ihm verlangt hätte. Sibilet ging dem Oberaufseher um den Bart und schmeichelte ihm auf niedrige Weise, ohne ihn dazu bringen zu können, daß er eine übertriebene Höflichkeit aufgab, die der loyale Soldat wie eine Schranke zwischen sie beide gestellt hatte.

Nachdem jetzt diese einzelnen Voraussetzungen bekannt sind, wird man vollauf das Interesse der Feinde des Generals und die Bedeutung des Gesprächs ermessen können, das er mit seinen beiden Ministern zu führen hatte.

NEUNTES KAPITELS

Über die Herrschaft der Mittelmäßigen

»Na, Michaud, was gibt es Neues?« fragte der General, als die Gräfin das Eßzimmer verlassen hatte.

»Herr General, bitte glauben Sie mir, wir sprechen hier besser nicht von Geschäften; die Wände haben Ohren, und ich möchte Gewißheit haben, daß das, was wir sagen werden, nur an die unsern gelangt.«

»Gut«, antwortete der General, »dann können wir ja auf dem Weg, der die Wiese durchschneidet, bis zum Verwalterhaus gehen; da sind wir sicher, daß wir nicht belauscht werden . . .«

Ein paar Augenblicke später überquerte der General in Begleitung von Sibilet und Michaud die Wiese; die Gräfin begab sich währenddessen zwischen dem Abbé Brossette und Blondet zur Porte d'Avonne. Michaud erzählte, was sich im Grand-I-Vert zugetragen hatte.

»Vatel ist im Unrecht gewesen«, sagte Sibilet.

157

»Das haben sie ihm deutlich dadurch bewiesen«, entgegnete Michaud, »daß sie ihn geblendet haben; aber das ist ohne Bedeutung. Herr General, Sie wissen um unsern Plan, das Vieh aller verurteilten Holzdiebe zu pfänden; nun, das können wir schwerlich je durchsetzen. Brunet wird uns ebensowenig wie sein Kollege Plissoud dabei gesetzliche Hilfe leisten; sie werden es stets so drehen, daß die Leute von der geplanten Pfändung benachrichtigt werden. Vermichel, Brunets Sachwalter hat Papa Fourchon im Grand-I-Vert abgeholt, und Marie Tonsard, Bonnébaults ›kleine Freundin‹, ist losgelaufen und hat in Couches Alarm geschlagen. Ich stand unter der Avonne-Brücke, angelte und hatte einen Kerl im Auge, der irgendwas Übles aushekte, und da habe ich gehört, wie Marie Tonsard, die Nachricht Bonnébault zurief, und als der sah, daß Tonsards Tochter ganz außer Atem vom Laufen war, hat er sie abgelöst, und ist nach Couches gestürzt. Kurz und gut, es geht mit den Verwüstungen von vorn los.«

»Ein großer Coup der Obrigkeit wird von Tag zu Tag notwendiger«, sagte Sibilet.

»Was habe ich Ihnen gesagt?« rief der General. »Es muß die Vollstreckung der Urteile gefordert werden, damit die Verurteilten ins Gefängnis kommen, damit sie die Entschädigungen und die Kosten, die sie mir schulden, abarbeiten.«

»Diese Leute da glauben, das Gesetz sei machtlos, und untereinander sagen sie, man würde nicht wagen, sie zu verhaften«, entgegnete Sibilet. »Sie bilden sich ein, sie jagten Ihnen Angst ein! Sie haben Komplicen in La-Ville-aux-Fayes; der Staatsanwalt scheint nämlich die Verurteilungen vergessen zu haben.«

»Ich glaube«, sagte Michaud, als er sah, daß der Graf nachdenklich geworden war, »daß Sie, wenn Sie viel Geld auswerfen, Ihren Besitz noch retten können.«

»Besser Geld auswerfen als streng durchgreifen«, antwortete Sibilet.

»Was schlagen Sie denn vor?« fragte der General.

»Etwas ganz Einfaches«, sagte Michaud. »Sie brauchen bloß Ihren Wald mit einer Mauer zu umgeben wie Ihren Park; dann gilt der gelindeste Verstoß als Strafsache und kommt vors Schwurgericht.«

»Oberflächlich gerechnet kommt dann der Klafter auf neun Francs, nur was die Materialkosten betrifft; der Herr Graf würde ein Drittel des Kapitals von Les Aigues ausgeben müssen ...«, sagte Sibilet lachend.

»Schluß damit!« sagte Montcornet. »Ich breche gleich auf, ich will zum Generalstaatsanwalt.«

»Der Generalstaatsanwalt«, erwiderte Sibilet freundlich, »ist vielleicht der Ansicht seines Staatsanwalts, denn eine solche Nachlässigkeit läßt auf ein Einvernehmen zwischen den beiden schließen.«

»Na, gut, das muß man herausbekommen«, rief Montcornet. »Wenn es sich denn darum handelt, die Richter, den Staatsanwalt und meinetwegen auch den Generalstaatsanwalt auffliegen zu lassen, dann wende ich mich an den Justizminister und sogar an den König.«

Auf einen energischen Wink Michauds hin drehte der General sich um und bedachte Sibilet mit einem: »Adieu, mein Lieber«, das der Verwalter verstand.

»Sind der Herr Graf als Bürgermeister der Ansicht«, fragte der Verwalter mit einer Verbeugung, »daß die erforderlichen Maßnahmen zur Unterdrückung des unrechtmäßigen Ährenlesens durchgeführt werden müssen? Demnächst beginnt die Ernte, und wenn die Verfügungen über die Bedürftigkeitszeugnisse und das Verbot des Ährenlesens durch die Bedürftigen den Nachbargemeinden öffentlich bekanntgegeben werden sollen, haben wir keine Zeit zu verlieren.«

»Tun Sie das und verständigen Sie sich mit Groison!« sagte der Graf. »Mit dergleichen Leuten«, fügte er hinzu, »muß man streng nach dem Gesetz verfahren.«

So hatte denn Montcornet im Handumdrehen sich für das System entschieden, mit dem Sibilet ihm seit vierzehn Tagen in den Ohren gelegen und dem er sich widersetzt, das er indessen im Feuer des Zorns über den Zwischenfall mit Vatel für gut und richtig gehalten hatte.

Als Sibilet sich hundert Schritte entfernt hatte, sagte der Graf sehr leise zu seinem Aufseher: »Also, mein lieber Michaud, was ist nun eigentlich los?«

»Sie haben einen Feind im eigenen Haus, Herr General, und

Sie vertrauen ihm Pläne an, die Sie nicht mal Ihrer Dienstmütze als Polizeiherr sagen dürften.«

»Ich teile deinen Verdacht, lieber Freund«, erwiderte Montcornet. »Aber ich will nicht zweimal denselben Fehler begehen. Bis ich Sibilet entlasse, warte ich, bis du dich in die Verwaltung eingearbeitet hast und bis Vatel deine Nachfolge antreten kann. Aber was habe ich denn Sibilet vorzuwerfen? Er ist pünktlich und ehrlich; er hat seit fünf Jahren noch keine hundert Francs beiseite gebracht. Er hat den widerlichsten Charakter von der Welt, und das ist alles; was könnte er denn etwa vorhaben?«

»Herr General«, sagte Michaud ernst, »ich werde es schon herausbekommen, denn sicherlich hat er was vor; und wenn Sie gestatten, dann könnte ein Beutel mit tausend Francs den komischen Kerl, den Fourchon, dazu bringen, den Mund aufzutun, obgleich ich seit heute vormittag den Papa Fourchon im Verdacht habe, daß er aus allen Raufen das Seine nimmt. Sie sollen gezwungen werden, Les Aigues zu verkaufen, hat dieser alte Schuft von Seiler zu mir gesagt. Dies eine müssen Sie nämlich wissen! Von Couches bis nach La-Ville-aux-Fayes gibt es keinen Bauern, keinen Kleinbürger, keinen Pächter, keinen Schankwirt, der nicht sein Geld für den Tag der Curée[133] bereithielte. Fourchon hat mir anvertraut, daß sein Schwiegersohn Tonsard bereits seine Ansprüche angemeldet hat ... Die Meinung, Sie müßten Les Aigues verkaufen, herrscht im ganzen Tal wie ein Giftstoff in der Luft. Vielleicht ist der Verwalter-Pavillon mit ein paar Äckern Land darum herum der Preis, der Sibilet für seine Spionage gezahlt werden soll? Sibilet ist mit Ihrem Gaubertin verwandt. Was Sie da über den Generalstaatsanwalt geäußert haben, wird vielleicht diesem hohen Herrn mitgeteilt, ehe Sie auf der Präfektur sind. Sie kennen die Leute in diesem Distrikt hier nicht!«

»Ich kenne sie nicht ...? Das sind lauter Kanaillen, und vor solchen Schurken soll ich Leine ziehen ...?« rief der General »Nein, zehnmal lieber stecke ich selber Les Aigues in Brand ...«

»Tun Sie das lieber nicht, sondern überlegen wir lieber einen Plan, der die Tücken dieser Liliputaner zunichte macht. Aus ihren Drohungen ist herauszuhören, daß sie gegen Sie zu allem entschlossen sind; deswegen, Herr General, wenn Sie schon von

Brandstiftungen reden, dann versichern Sie lieber alle Ihre Gebäude und Pachthöfe!«

»Sag mal, Michaud, weißt du eigentlich, was sie mit ihrem ›Tapezierer‹ sagen wollen? Gestern, als ich an der Thune entlangging, haben die kleinen Jungs gerufen: ›Da kommt der Tapezierer ...!‹, und dann sind sie weggelaufen.«

»Es wäre an Sibilet, Ihnen zu antworten; dann bliebe er bei seiner Rolle; er mag es nämlich, wenn Sie in Zorn geraten«, antwortete Michaud mit schmerzlicher Miene. »Aber wenn Sie mich nun schon danach fragen ... na ja, es ist der Spitzname, den dies Banditenvolk Ihnen gegeben hat, Herr General.«

»Und weswegen ...?«

»Aber Herr General ... Ihres Vaters wegen ...«

»Diese Köter ...!« rief der Graf; er war bleifahl geworden. »Ja, Michaud, mein Vater war Möbelhändler, Kunsttischler; die Gräfin weiß davon nichts ... Oh, wenn sie jemals ... Aber schließlich habe ich mit Königinnen und Kaiserinnen Walzer getanzt ...! Heute abend sage ich ihr alles!« rief er nach einer Pause.

»Es wird auch behauptet, Sie seien feige«, fuhr Michaud fort.

»Sieh mal einer an!«

»Es wird die Frage aufgeworfen, wie Sie bei Eßling haben davonkommen können, wo doch fast alle Kameraden gefallen sind ...«

Diese Anschuldigung ließ den General lächeln.

»Michaud, ich fahre zur Präfektur!« rief er einigermaßen wütend, »und wenn auch nichts dabei herauskommt als die Vorbereitung der Feuerversicherungspolicen. Melde der Gräfin, ich sei weggefahren. Haha, sie wollen den Krieg, dann sollen sie ihn auch haben, und ich mache mir den Spaß, sie zu schikanieren, die Bürger von Soulanges und ihre Bauern ... Wir sind in Feindesland, also Obacht! Leg den Aufsehern nahe, sich innerhalb der Grenzen des Gesetzes zu halten. Kümmere dich um den armen Vatel. Die Gräfin ist ganz verstört; ihr muß alles verborgen bleiben, sonst käme sie nie wieder hierher ...!«

Weder der General noch sogar Michaud ahnten, in welcher Gefahr sie schwebten. Michaud war vor allzu kurzer Zeit in dies burgundische Tal gekommen; er kannte die Stärke des Feindes nicht, wenngleich er ihn in voller Tätigkeit sah. Der General glaubte an die Macht des Gesetzes.

Das Gesetz, wie der heutige Gesetzgeber es fabriziert, besitzt nicht die Tugenden, die ihm beigemessen werden. Es wirkt sich im Land nicht gleichmäßig aus; es wird bei seiner Anwendung so sehr modifiziert, daß es seinen Wesensgehalt Lügen straft. Dieser Umstand ist in allen Zeitaltern mehr oder weniger erkennbar gewesen. Welcher Historiker wäre so beschränkt, daß er behauptete, die Verfügungen der energischsten Regierungen hätten in ganz Frankreich Kurs gehabt? Die Beschlagnahmungen von Männern, Waren und Geld, die der Konvent befohlen hatte, seien in der Provence, im Innern der Normandie, an der Grenze der Bretagne so durchgeführt worden wie in den großen Zentren des sozialen Lebens? Welcher Philosoph würde zu leugnen wagen, daß heute im einen Département ein Kopf falle, während er im Nachbar-Département unangetastet bleibe, obwohl er genau des gleichen Verbrechens und bisweilen gar eines gräßlicheren schuldig ist? Man will im Leben Gleichheit, und im Gesetz, bei der Vollstreckung der Todesstrafe, herrscht Ungleichheit ...?

Sobald in einer Stadt die Einwohnerzahl unterhalb einer bestimmten Grenze bleibt, sind die Mittel und Wege der Verwaltung nicht mehr dieselben. Es gibt in Frankreich etwa hundert Städte, in denen die Gesetze in ihrer vollen Kraft wirken, in denen die Intelligenz der Bürger sich bis zu den Problemen des Gemeinwohls oder der Zukunft aufschwingt, die das Gesetz lösen will; aber im übrigen Frankreich, wo man sich auf nichts als die handgreiflichen Genüsse versteht, entzieht man sich allem, was diese beeinträchtigen könnte. Deshalb stößt man in etwa der Hälfte Frankreichs auf einen passiven Widerstand, der jede gesetzliche Maßnahme der Verwaltung oder der Regierung wirkungslos macht, darüber wollen wir uns klar sein! Jener Widerstand betrifft nicht die wesentlichen Dinge des politischen Lebens. Die Einziehung der Steuern, die Rekrutierung und die Bestrafung der schweren Verbrechen werden ganz sicher durchgeführt; aber jenseits gewisser anerkannter Notwendigkeiten bleiben alle gesetzlichen Maßnahmen, die sich auf die Sitten, auf die Privatinteressen und gewisse Mißbräuche beziehen, vollkommen wirkungslos infolge eines allgemeinen »Übelwollens«. Noch in dem

Augenblick, da dieser Roman veröffentlicht wird, ist jener Widerstand leicht wahrnehmbar; schon Ludwig XIV. hat sich daran in der Bretagne gestoßen, als er die bedauerlichen Tatsachen wahrnahm, die das Jagdgesetz verursacht hatte. Es wurde jährlich das Leben von etwa zwanzig oder dreißig Menschen geopfert, um dasjenige einiger Tiere zu retten.

In Frankreich ist für zwanzig Millionen Menschen das Gesetz nichts als ein Stück weißes Papier, das an der Kirchentür oder am Rathaus angeschlagen wird. Daher rührt Mouches Ausdruck »die Papiere«, womit er die Staatsautorität bezeichnete. Viele Distrikts-Bürgermeister (es handelt sich vorerst noch nicht um die einfachen Dorf-Bürgermeister) machen Rosinen- oder Samentüten aus den Nummern des »Bulletin des Lois«[134]. Was nun die schlichten Dorfbürgermeister betrifft, so würde man entsetzt sein über die Zahl derer, die weder lesen noch schreiben können, und über die Art und Weise, wie die Zivilstandsregister geführt werden. Der Ernst dieser Situation, der den ernst zu nehmenden Verwaltungsbeamten vollauf bekannt ist, wird sich sicherlich mildern; aber was die Zentralisation, gegen die so sehr gezertert wird, wie man in Frankreich gegen alles zetert, was groß, nützlich und stark ist, niemals treffen wird, die Macht nämlich, an der sie immer scheitern wird, das ist die, gegen die der General anrennen wollte, die Macht, die als die »Herrschaft der Mittelmäßigen« bezeichnet werden muß.

Man hat großes Geschrei wider die Tyrannei des Adels angestimmt, man keift heutzutage gegen die der Finanzwelt, gegen die Mißbräuche der Gewalt, die vielleicht lediglich die unvermeidlichen Quetschungen durch das sind, was Rousseau als den Gesellschaftsvertrag, was diese als Grundgesetz, jene als Verfassung bezeichnen, was hier der Zar, dort der König, und was in England das Parlament ist; aber die Nivellierung, die 1789 eingesetzt hat und die 1830 wieder aufgenommen worden ist, hat die scheeläugige Herrschaft der Bourgeoisie vorbereitet und dieser Frankreich ausgeliefert. Eine heutzutage unseligerweise allzu allgemein verbreitete Tatsache, die Unterjochung eines Distrikts, einer Kleinstadt, einer Unterpräfektur durch eine Familie, kurzum, die Schilderung der Macht, die Gaubertin mitten in der Restauration sich zu erringen verstanden hatte, dürfte dieses soziale

Übel besser zeigen als alle dogmatischen Behauptungen. Viele unterdrückte Ortschaften werden sich darin wiedererkennen, viele in aller Stille zertretene Menschen werden hier jenes kleine öffentliche »Hier ruht« gewahren, das bisweilen über ein großes privates Unglück hinwegtröstet.

Zu der Zeit, da der General sich einbildete, den Kampf, bei dem es nie einen Waffenstillstand gegeben hat, wieder aufnehmen zu können, hatte sein ehemaliger Verwalter die Menschen des Netzes vervollständigt, in dem er das ganze Arrondissement von La-Ville-aux-Fayes festhielt. Zur Vermeidung von Längen ist es erforderlich, in aller Kürze die Zweige des Familienstammbaums vorzuführen, durch die Gaubertin die Gegend umstrickte wie eine Boa, die sich mit soviel Kunst um einen gigantischen Baum gewunden hat, daß der Forschungsreisende glaubt, er habe es mit einem natürlichen Effekt asiatischer Vegetation zu tun.

Im Jahre 1793 gab es im Avonnetal drei Brüder namens Mouchon. Seit 1793 wurde begonnen, den Namen Avonne-Tal statt Tal von Les Aigues zu gebrauchen, aus Haß gegen die alte Adelsherrschaft.

Der älteste, der Gutsverwalter der Familie Ronquerolles, wurde der Konventsabgeordnete des Départements. Er tat wie sein Freund Gaubertin, der Öffentliche Ankläger, der die Soulanges gerettet hatte, und rettete seinerseits Gut und Leben der Ronquerolles. Er hatte zwei Töchter, deren eine mit dem Advokaten Gendrin, deren andere mit Gaubertins Sohn verheiratet war; er selber starb im Jahre 1804.

Der zweite erhielt, ohne daß ihm Unkosten entstanden, durch die Protektion seines älteren Bruders die Postverwaltung in Couches. Er hatte als einzige Erbin eine Tochter, die mit einem reichen Pächter der Gegend namens Guerbet verheiratet war. Jener Bruder starb 1817.

Der letzte Mouchon, der Priester geworden und während der Revolution Pfarrer von La-Ville-aux-Fayes gewesen und nach der Wiederherstellung des katholischen Kultus abermals als Pfarrer eingesetzt worden war, waltete nach wie vor als Pfarrer in diesem kleinen Hauptort des Arrondissements. Er hatte den Eid[135] nicht leisten wollen und sich lange auf Les Aigues und in der Chartreuse verborgen gehalten, unter dem geheimen Schutz von Gaubertin Vater und Sohn. Er war jetzt siebenundsechzig Jahre alt und genoß allgemeine Achtung und Liebe, da sein Charakter mit dem der Einwohnerschaft übereinstimmte. Er war sparsam bis zum Geiz; er galt als sehr reich, und das ihm zugeschriebene Vermögen festigte noch die Achtung, von der er umgeben war. Monseigneur der Bischof hielt auf den Abbé Mouchon große Stücke; er wurde als der ehrwürdige Pfarrer von La-Ville-aux-Fayes bezeichnet; und was Mouchon nicht minder als sein Vermögen der Einwohnerschaft lieb und wert machte, war die Gewißheit, die man von seiner wiederholten Weigerung hatte, eine glänzende Pfarrstelle am Sitz der Präfektur einzunehmen, wohin Monseigneur ihn zu versetzen wünschte.

Um diese Zeit fand Gaubertin, der Bürgermeister von La-Ville-aux-Fayes, eine verläßliche Stütze in seinem Schwager Gendrin, dem Präsidenten des Gerichts Erster Instanz. Der junge Gaubertin, der meistbeschäftigte Anwalt des Gerichts und von sprichwörtlichem Ruhm und Ruf im Arrondissement, sprach bereits davon, nach nur fünfjähriger Tätigkeit seine Praxis zu verkaufen. Er wollte sich auch weiterhin als Advokat betätigen, um Nachfolger seines Onkels Gendrin zu werden, wenn dieser sich zur Ruhe setzte. Der einzige Sohn des Präsidenten Gendrin war Direktor der Hypothekenbank.

Der junge Soudry, der seit zwei Jahren die wichtigste Stellung in der Staatsanwaltschaft innehatte, war ein fanatischer Anhänger Gaubertins. Die kluge Madame Soudry hatte nicht versäumt, die Stellung des Sohns ihres Mannes durch glänzende Zukunftsaussichten zu untermauern; sie hatte ihn nämlich mit Rigous einziger Tochter verheiratet. Das doppelte Vermögen des ehemaligen Mönchs und dessen der Soudrys, das dem Staatsanwalt einmal zufließen mußte, machte diesen Menschen zu einer der reichsten und angesehensten Persönlichkeiten des Départements.

Der Unterpräfekt von La-Ville-aux-Fayes, Monsieur des Lupeaulx, der Neffe des Generalsekretärs an einem der wichtigsten Ministerien, war zum Gatten der Mademoiselle Elise Gaubertin ausersehen, der jüngsten Tochter des Bürgermeisters, deren Mitgift, wie die der älteren Tochter, sich auf zweihunderttausend Francs belief, »ohne das noch zu Erhoffende«! Dieser Beamte hatte ohne sein Wissen Verstand bekundet, indem er sich gleich bei seiner Ankunft in La-Ville-aux-Fayes im Jahre 1819 heftig in Elise verliebte. Ohne diese seine Absichten, die vertretbar schienen, wäre er schon seit langem genötigt worden, um seine Versetzung einzukommen; allein er gehörte künftig zur Familie Gaubertin, die bei diesem Heiratsplan weniger den Neffen als den Onkel im Auge hatte. Daher stellte der Onkel im Interesse seines Neffen all seinen Einfluß Gaubertin zur Verfügung.

So also wirkten die Kirche, die Richterschaft in beiderlei Gestalt, also die absetzbare und die unabsetzbare, die Stadtverwaltung und der staatliche Verwaltungsdienst, die vier Grundelemente der Regierungsgewalt, nach dem Gutdünken des Bürgermeisters in einer Richtung.

So hatte jene Macht oberhalb und unterhalb der Sphäre, in der sie sich betätigte, noch an Kraft gewonnen.

Das Département, dem La-Ville-aux-Fayes angehörte, ist eins derjenigen, deren Bevölkerungszahl das Recht verleiht, sechs Abgeordnete zu wählen. Seit es in der Kammer eine linke Mitte gab, hatte das Arrondissement La-Ville-aux-Fayes zu seinem Abgeordneten Leclercq erkoren, den Bankier der Weinniederlage, den Schwiegersohn Gaubertins; er war Mitglied des Verwaltungsrats der Bank von Frankreich geworden. Die Zahl der Wähler, die dieses reiche Tal dem Großen Wahlkollegium[136] stellte, war beträchtlich genug, um die Wahl des Monsieur de Ronquerolles, des Gönners, den die Familie Mouchon sich zugelegt hatte, für alle Zeiten sicherzustellen, und sei es durch eine Transaktion. Die Wähler von La-Ville-aux-Fayes liehen dem Präfekten ihre Unterstützung unter der Bedingung, daß der Marquis de Ronquerolles Abgeordneter des Großen Kollegiums blieb. Daher wurde Gaubertin, der als erster den Einfall zu diesem Arrangement der Wahl gehabt hatte, von der Präfektur mit wohlwollenden Blicken betrachtet; er ersparte ihr viel Verdruß. Der Präfekt ließ immer drei absolut Regierungstreue wählen, dazu zwei Abgeordnete der linken Mitte. Jene beiden Abgeordneten waren der Marquis de Ronqerolles, der Schwager des Grafen de Sérisy[137], und ein Mitglied des Verwaltungsrats der Bank von Frankreich; sie flößten dem Kabinett nur geringe Ängste ein. Daher galten die Wahlen in diesem Département für das Innenministerium als ausgezeichnet.

Der Graf de Soulanges, Pair von Frankreich und zum Marschall ausersehen, ein treuer Anhänger der Bourbonen, wußte, daß seine Wälder und Liegenschaften tadellos verwaltet und behütet wurden, und zwar durch den Notar Lupin und durch Soudry; er konnte von Gendrin als ein Gönner angesehen werden, denn den hatte er nacheinander zum Richter und zum Präsidenten einsetzen lassen, wobei übrigens Monsieur de Ronquerolles geholfen hatte.

Die Herren Leclercq und de Ronquerolles hatten ihre Kammersitze in der linken Mitte, näher nach der Linken als nach der Mitte zu; das ist eine politische Haltung voller Vorteile, die das politische Gewissen lediglich als ein Kleidungsstück betrachtet.

Monsieur Leclercqs Bruder hatte das städtische Steuerbüro in La-Ville-aux-Fayes bekommen.

Oberhalb jenes Hauptorts des Avonne-Tals hatte der Bankier, der Abgeordnete des Arrondissements, unlängst ein prachtvolles Gut mit Einkünften in Höhe von dreißigtausend Francs erworben, mit Park und Schloß; eine solche Stellung erlaubte ihm, einen ganzen Distrikt zu beeinflussen.

Auf diese Weise konnte Gaubertin in den oberen Regionen des Staats, in den beiden Kammern und im wichtigsten Ministerium, auf eine ebenso mächtige wie aktive Protektion rechnen, und er hatte sie vorerst noch nie um Belanglosigkeiten bemüht, noch durch allzu gewichtige Bitten belästigt.

Der zum Kammerpräsidenten ernannte Rat Gendrin war der große Ränkeschmied am Obersten Gericht. Der Erste Präsident, einer der drei regierungstreuen Abgeordneten, einer der der Mitte notwendigen Redner, überließ während der Hälfte des Jahrs die Leitung seines Gerichts dem Präsidenten Gendrin. Schließlich war der Präfekturrat, ein Vetter von Sarcus, genannt Sarcus der Reiche, die rechte Hand des Präfekten und selber Abgeordneter. Ohne die familiären Gründe, die Gaubertin und den jungen des Lupeaulx verbanden, wäre ein Bruder der Madame Sarcus der »erwünschte« Unterpräfekt des Arrondissement La-Ville-aux-Fayes gewesen. Madame Sarcus, die Frau des Präfekturrats, war eine geborene Vallat aus Soulanges und entstammte mithin einer mit Gaubertin verwandten Familie; es wurde von ihr gemutmaßt, daß sie in ihrer Jugend den Notar Lupin begünstigt habe. Obgleich sie fünfundvierzig Jahre zählte und einen Sohn hatte, der Ingenieur-Schüler war, kam Lupin nie auf die Präfektur, ohne ihr seine Aufwartung zu machen oder mit ihr zu Mittag oder Abend zu essen.

Guerbets Neffe, der Postmeister, dessen Vater, wie man gesehen hat, in Soulanges Steuereinnehmer war, hatte die wichtige Stellung als Untersuchungsrichter am Gericht zu La-Ville-aux-Fayes inne. Der dritte Richter, der Sohn des Notars Corbinet, gehörte, wie es nicht anders sein konnte, mit Leib und Seele dem allmächtigen Bürgermeister an. Und der junge Vigor endlich, der Sohn des Leutnants der Gendarmerie, war der Stellvertreter des Richters. Der alte Sibilet, Gerichtsvollzieher beim Tribunal von dessen Anfängen an, hatte seine Schwester an Monsieur Vigor, den Leutnant der Gendarmerie[138] von La-Ville-aux-Fayes, verheiratet. Dieser Biedere, Vater von sechs Kindern, war durch seine Frau, eine Gaubertin-Vallat, der Vetter von Gaubertins Vater.

Vor achtzehn Monaten hatten die vereinten Anstrengungen der beiden Abgeordneten, des Monsieur de Soulanges und des Präsidenten Gaubertin, für den zweiten Sohn des Gerichtsvollziehers einen Posten als Polizeikommissar in La-Ville-aux-Fayes schaffen lassen.

Sibilets älteste Tochter hatte Monsieur Hervé geheiratet, einen Schulleiter, dessen Institut unlängst infolge jener Heirat in ein Gymnasium umgewandelt worden war, und so besaß La-Ville-aux-Fayes seit einem Jahr einen Gymnasial-Direktor.

Der Sibilet, der Bürovorsteher bei Notar Corbinet war, erwartete von den Gaubertins, den Soudrys und den Leclercqs die erforderlichen Bürgschaften für die Notarstelle seines Chefs.

Der jüngste Sohn des Gerichtsvollziehers war in der Domänenverwaltung angestellt, mit dem Versprechen, Nachfolger des Steuereinnehmers zu werden, sobald dieser die vorgeschriebene Dienstzeit absolviert haben würde, um in Pension gehen zu können.

Sibilets jüngste, sechzehnjährige Tochter endlich war mit dem Hauptmann Corbinet verlobt, dem Bruder des Notars; für ihn war die Stellung eines Direktors der Briefpost erlangt worden.

Die Pferdepost von La-Ville-aux-Fayes gehörte Monsieur Vigor dem Älteren, dem Schwager des Barons Leclercq, und er kommandierte die Nationalgarde.

Eine alte Demoiselle Gaubertin-Vallat, die Schwester des Gerichtsvollziehers, leitete das Stempelpapier-Büro.

Nach welcher Seite man sich also in La-Ville-aux-Fayes wandte, überall stieß man auf ein Mitglied dieser unsichtbaren Koalition, deren von allen, von groß und klein, anerkannter Geschäftsführer der Bürgermeister der Stadt war, der Generalagent des Holzhandels, Gaubertin...!

Stieg man von der Unterpräfektur ins Avonne-Tal hinab, so herrschte Gaubertin dort in Soulanges durch die Soudrys, durch Lupin, den Adjunkten des Bürgermeisters, den Verwalter des Guts Soulanges und ständig im Briefwechsel mit dem Grafen; durch Sarcus, den Friedensrichter; durch den Steuereinnehmer Guerbet und durch den Arzt Gourdon, der eine geborene Gendrin-Vatebled geheiratet hatte. Er beherrschte Blangy durch Rigou, Couche durch den Postmeister, der in seiner Gemeinde unbeschränkter Herr und Gebieter war. Aus der Art, wie der ehrgeizige Bürgermeister von La-Ville-aux-Fayes im Avonne-Tal glänzte, läßt sich erraten, wie er das ganze übrige Arrondissement beeinflußte.

Der Chef des Bankhauses Leclercq war als Abgeordneter nur ein Platzhalter. Von Anbeginn an hatte der Bankier zugestimmt, statt seiner Gaubertin wählen zu lassen, sobald er selber den Posten eines Generalsteuereinnehmers für das Département erhalten haben würde. Der Staatsanwalt Soudry sollte Generaladvokat im Obersten Gerichtshof werden, und der reiche Untersuchungsrichter Guerbet wartete auf einen Posten als Gerichtsrat. Auf diese Weise verbürgte die Besetzung all dieser Stellungen, weit davon entfernt bedrückend zu wirken, allen jungen Ehrgeizigen der Stadt ihr Vorwärtskommen, und gewann der Koalition die Freundschaft aller sich bewerbenden Familien.

Der Einfluß Gaubertins mußte so ernst genommen werden und war so groß, daß die Kapitalien, die Ersparnisse, das versteckte Geld der Rigous, der Soudrys, der Gendrins, der Guerbets, der Lupins und sogar dasjenige Sarcus' des Reichen seinen Vorschriften unterworfen waren. Überdies glaubte La-Ville-aux-

Fayes auch an seinen Bürgermeister. Gaubertins Fähigkeiten wurden nicht minder gerühmt als seine Redlichkeit und seine Zuvorkommenheit; er gehörte ganz und gar seinen Verwandten und den ihm Unterstellten, aber nur auf Gegenseitigkeit. Sein Stadtrat vergötterte ihn. Daher tadelte das ganze Département Monsieur Mariotte aus Auxerre, daß er gegen diesen wackeren Monsieur Gaubertin aufgetreten war.

Die Bourgeoisie von La-Ville-aux-Fayes ahnte nichts von ihrer Macht, da sich keine Gelegenheit geboten hatte, sie zu bekunden; sie rühmte sich lediglich, in ihren Reihen keine Fremden zu haben, und hielt sich für ungemein patriotisch. Somit entging dieser intelligenten, aber unbemerkten Tyrannei nichts; jeden dünkte sie ein Triumph des Ortsgeistes. Sowie also die liberale Opposition dem älteren Zweig der Bourbonen den Krieg erklärt hatte, ließ Gaubertin, der nicht wußte, wo er einen unehelichen Sohn unterbringen sollte, von dem seine Frau nichts ahnte, der Bournier hieß, den er lange in Paris unter der Obhut Leclercqs gelassen hatte, und der Faktor in einer Druckerei geworden war, für ihn ein Druckerpatent mit dem Sitz in La-Ville-aux-Fayes ausstellen. Auf die Anregung seines Gönners hin gründete dieser junge Mensch eine Zeitung mit dem Titel ›Courrier de l'Avonne‹; sie erschien dreimal wöchentlich und begann damit, daß sie aus den amtlichen Verlautbarungen der Zeitung der Präfektur Nutzen zog. Dieses Départementsblatt, das im allgemeinen dem Ministerium ergeben war, aber im besonderen der linken Mitte angehörte, war für den Handel wichtig, da es den Marktbericht für Burgund veröffentlichte, und setzte sich völlig für die Interessen des Triumvirats Rigou, Gaubertin und Soudry ein. Bournier stand an der Spitze eines recht schönen Unternehmens, das bereits Gewinne abwarf; er machte der Tochter des Anwalts Maréchal den Hof. Diese Heirat erschien als möglich.

Der einzige Fremde in der großen Avonneser Familie war der Ingenieur des Amtes für Brücken- und Straßenbau; daher wurde aufs dringlichste seine Versetzung zu Monsieur Sarcus' Gunsten gefordert, des Sohns Sarcus' des Reichen, und alles deutete darauf hin, daß diese Fehlstelle im Netz binnen kurzem repariert werden würde.

Diese schreckliche Liga, die alle öffentlichen und privaten

Dienststellen monopolisiert hatte, die das Land aussaugte, die sich an die Macht anklammerte wie ein »Remora«[139] unter einen Schiffsboden, war allen Blicken entzogen; der General Montcornet ahnte nichts von ihrem Vorhandensein. Die Präfektur klatschte sich Beifall über das Gedeihen des Arrondissements La-Ville-aux-Fayes, von dem es im Innenministerium hieß: »Das ist mal eine Muster-Unterpräfektur! Da geht alles wie geschmiert! Wir wären nur zu froh, wenn alle Arrondissements wären wie dieses!« Der Familiengeist untermauerte dort so gut den Lokalgeist, daß, wie in vielen kleinen Städten und sogar Präfektursitzen, ein landfremder Beamter genötigt gewesen wäre, innerhalb eines Jahres dem Arrondissement den Rücken zu kehren.

Wenn die despotische bourgeoise Vetternschaft sich ein Opfer erkoren hat, so wird dieses so fest umstrickt und geknebelt, daß es sich nicht zu beschweren wagt; es wird mit Klebstoff, mit Wachs überzogen wie eine in einen Bienenkorb gekrochene Schnecke. Diese unsichtbare, unangreifbare Tyrannei hat als Bundesgenossen mächtige Gründe: das Verlangen, im Familienkreis zu bleiben, seinen Besitz zu überwachen, die Unterstützung, die man sich gegenseitig leiht, die Garantien, die die Verwaltung darin findet, daß sie sieht, wie ihre Beamten unter den Augen ihrer Mitbürger und ihrer Verwandten tätig sind. Auf diese Weise wird der Nepotismus in den höheren Sphären des Départements wie in der kleinen Provinzstadt durchgeführt.

Was ergibt sich daraus? Die Gegend, die Ortschaft triumphieren über Fragen von allgemeinem Interesse; der Wille der Pariser Zentralisation wird häufig zuschanden gemacht, die Tatsachen werden entstellt.

Kurz und gut, sind die Haupterfordernisse des öffentlichen Wohls befriedigt, so ist es klar, daß die Gesetze, anstatt sich auf die Massen auszuwirken, von diesen ihr Gepräge erhalten; daß die Bevölkerung sie sich anpaßt, anstatt sich ihnen anzupassen. Wer den Süden und den Osten Frankreichs, also das Elsaß, bereist hat, und zwar nicht nur, um dort in den Wirtshäusern zu übernachten, sondern um sich die Baudenkmäler und die Landschaft anzuschauen, muß die Wahrheit dieser Bemerkungen anerkennen. Die Wirkungen des bürgerlichen Nepotismus sind heutzutage Einzelfälle; aber der Geist der gegenwärtigen Gesetze neigt dazu, diese zu vermehren. Diese kleinliche Herrschaft kann schwere Übel im Gefolge haben; das werden einige Geschehnisse des Dramas beweisen, das sich damals im Tal von Les Aigues abgespielt hat.

Das Regierungssystem, das auf weit törichtere Weise gestürzt worden ist, als man glaubt, das monarchische und das kaiserliche System, helfen diesem Mißstand ab durch geheiligte Existenzen, durch Klassenunterschiede, durch Gegengewichte, die man so dümmlich als »Privilegien« bezeichnet hat. Von dem Augenblick an, da jeder den Klettermast[140] der Macht erklimmen darf, gibt es keine Privilegien mehr. Wären übrigens offen eingestandene, bekannte Privilegien nicht besser als jene halb zufällig ergatterten, listig dem Geist, den man öffentlich machen will, eingeschmuggelten, die das Werk des Despotismus wieder aufgreifen, und zwar als Unterbau und mit tiefer greifender Verzahnung denn ehedem? Sollten die adligen Tyrannen, die ihrem Lande treu ergeben waren, gestürzt worden sein, damit kleine, egoistische Tyrannen geschaffen werden konnten? Sollte die Macht vom Keller aus ausgeübt werden, anstatt an ihrer naturgegebenen Stelle zu regieren? Darüber sollte man nachdenken. Der Lokalgeist, wie er soeben gekennzeichnet worden ist, wird sich die Kammer untertan machen.

Montcornets Freund, der Graf de la Roche-Hugon, war kurz nach dem letzten Besuch des Grafen abgesetzt worden. Diese Absetzung hatte den Staatsmann der liberalen Opposition in die Arme getrieben, wo er eine der Koryphäen der Linken wurde; er ließ sie um eines Botschafterpostens willen prompt im Stich. Zum Glück für Montcornet war sein Nachfolger ein Schwiegersohn des Marquis de Troisville, der Graf de Castéran. Der Präfekt empfing Montcornet wie einen Verwandten und bat ihn liebenswürdig, seine regelmäßigen Besuche in der Präfektur beizubehalten. Nachdem der Graf de Castéran sich die Beschwerden des Generals angehört hatte, bat er den Bischof, den Generalstaatsanwalt, den Oberst der Gendarmerie, den Rat Sarcus und den Divisionskommandeur, einen General, für den nächsten Tag zum Mittagessen.

Der Generalstaatsanwalt, der Baron Bourlac[141], der durch die

Prozesse La Chanterie und Rifoël so berühmt geworden war, gehörte zu den Männern, die allen Regierungen willkommen sind, die kostbar sind, weil sie der Macht an sich, wie auch immer sie beschaffen sein mag, treu ergeben sind. Er hatte seinen Aufstieg seiner fanatischen Begeisterung für den Kaiser verdankt; sein Verbleiben in seinem Rang als hoher Justizbeamter dankte er seinem unbeugsamen Charakter und der Fachkenntnisse, die er bei der Ausübung seines Berufs bekundete. Der Generalstaatsanwalt, der ehedem erbittert mit den Resten der Chouannerie aufgeräumt hatte, verfolgte jetzt die Bonapartisten mit der gleichen Erbitterung. Freilich hatten die Jahre, die durchlebten Stürme seine Härten gemildert; er war, wie alle bejahrten Teufel, charmant in Manieren und Umgangsformen geworden.

Der Graf de Montcornet schilderte seine Lage und die Befürchtungen seines Oberaufsehers; er sprach von der Notwendigkeit, ein Exempel zu statuieren und die Sache des Eigentums zu unterstützen.

Die hohen Funktionäre hörten ihm mit ernster Miene zu, antworteten jedoch mit nichts als Banalitäten wie: »Freilich, das Gesetz muß wirksam bleiben. – Ihre Sache ist die aller Gutsbesitzer. – Wir werden die Augen offenhalten; aber bei den Umständen, in denen wir uns befinden, bedarf es der Klugheit und der Vorsicht. – Eine Monarchie muß mehr für das Volk tun, als das Volk für sich selber tun würde, wenn es, wie 1793, der Herrscher wäre. – Das Volk leidet, wir müssen uns ihm im gleichen Maß widmen wie Ihnen!«

Der unversöhnliche Generalstaatsanwalt wartete sehr behutsam mit ernsten, wohlwollenden Betrachtungen über die Situation der unteren Klassen auf; sie hätten unseren künftigen Utopisten beweisen können, daß die Funktionäre in gehobener Stellung schon damals um die Schwierigkeiten des von der modernen Gesellschaft zu lösenden Problems gewußt haben.

Es ist nicht unnütz, hier einzuflechten, daß in dieser Epoche der Restauration an mehreren Stellen des Königreichs blutige Zusammenstöße stattgefunden hatten, und zwar gerade der Ausplünderung der Wälder und der mißbrauchten Rechte wegen, die die Bauern einiger Gemeinden sich angemaßt hatten. Das Ministerium und der Hof hatten nichts für dergleichen Meutereien und für das Blut übrig, das bei deren glücklicher oder unglücklicher Unterdrückung vergossen wurde. Obwohl man die Notwendigkeit strenger Maßnahmen verspürte, wurde den betreffenden Beamten Ungeschicklichkeit vorgeworfen, wenn sie die Bauern in Schranken gehalten, aber wenn sie sich als schwach bezeigt hatten, waren sie entlassen worden; deshalb machten die Präfekten bei dergleichen bedauerlichen Geschehnissen gern Winkelzüge.

Gleich zu Beginn der Unterhaltung hatte Sarcus der Reiche dem Generalstaatsanwalt und dem Präfekten einen Wink gegeben, den Montcornet übersehen hatte und der den Verlauf der Auseinandersetzung entschied. Der Generalstaatsanwalt war über die Stimmung im Tal von Les Aigues durch den ihm unterstellten Soudry bestens unterrichtet.

»Ich sehe einen schauerlichen Kampf bevorstehen«, hatte der Staatsanwalt von La-Ville-aux-Fayes zu seinem Chef gesagt; er hatte ihn eigens deshalb aufgesucht. »Unsere Gendarmen sollen abgeknallt werden; das weiß ich durch meine Spitzel. Es wird einen höchst üblen Prozeß geben. Die Geschworenen werden uns nicht unterstützen, wenn sie sich dem Haß der Familien von zwanzig oder dreißig Angeklagten preisgegeben sehen; sie werden uns nicht den Kopf der Mörder noch die Zuchthausstrafen bewilligen, die wir für die Komplicen beantragen müssen. Auch wenn Sie persönlich plädierten, würden Sie kaum ein paar Jahre Gefängnis für die Hauptschuldigen durchsetzen. Besser die Augen zudrücken als sie offenhalten, wenn wir durch das Offenhalten sicher sind, einen Zusammenstoß zu provozieren, der Blut kostet, und der dem Staat vielleicht sechstausend Francs an Kosten aufbürdet, ganz abgesehen von dem Unterhalt jener Leute im Zuchthaus. Das ist ein hoher Preis für einen Triumph, der allen Augen die Schwäche der Justiz zeigen dürfte.«

Montcornet in seiner Ahnungslosigkeit vom Einfluß der »Mittelmäßigen« in seinem Tal ließ also Gaubertin unerwähnt, obwohl gerade dessen Hand das Feuer dieser neu erstandenen Schwierigkeiten geschürt hatte. Nach dem Mittagessen nahm der Generalstaatsanwalt den Grafen de Montcornet am Arm und führte ihn in das Arbeitszimmer des Präfekten. Nach Schluß jener Besprechung schrieb der General Montcornet an die Gräfin, er reise nach Paris und werde erst nach einer Woche zurück sein. Aus der Durchführung der Maßnahmen, die der Baron Bourlac diktierte, wird man ersehen, wie klug und vernünftig seine Ansichten waren, und daß, wenn Les Aigues der »Böswilligkeit« entgehen wollte, dies nur durch Anpassung an die Verhaltensweise geschehen konnte, die dieser Justizbeamte dem Grafen de Montcornet soeben vertraulich angeraten hatte.

Einige vor allem auf Spannung erpichte Leser werden all diese Erklärungen der Länge zeihen; aber es ist angebracht, vor allem darauf hinzuweisen, daß der Sittenhistoriker härteren Gesetzen gehorcht als denen, die der reine Historiker befolgen muß; er muß alles glaubhaft machen, sogar das Wahre; während auf dem Gebiet der Historie im eigentlichen Sinne auch das Unglaubwürdige dadurch gerechtfertigt wird, daß es sich halt ereignet hat. Die Umschwünge im sozialen oder privaten Leben werden durch eine Fülle kleiner Ursachen erzeugt, die mit allem und jedem zusammenhängen. Der Gelehrte ist genötigt, die Schneemassen einer Lawine wegzuräumen, unter der verschüttete Dörfer liegen, um einem die von einem Gipfel losgelösten Steinbrocken zu zeigen, die die Bildung dieses Schneebergs bestimmt haben. Wenn es sich hier nur um einen Selbstmord handelte, so finden deren in Paris jährlich fünfhundert statt; solch ein Melodram ist zu etwas Alltäglichem geworden, und jeder kann sich dafür die knappsten Begründungen ausmalen; wem jedoch könnte man es glaubwürdig machen, daß der Selbstmord des Eigentums gerade zu einer Zeit eingesetzt habe, da das Vermögen kostbarer zu sein schien als das Leben? *De re vestra agitur*[142], hat ein Fabeldichter gesagt; es handelt sich hier um die Angelegenheiten aller, die irgendwie etwas besitzen.

Man bedenke, daß solch eine Liga gegen einen alten General, der trotz seines Draufgängertums den Gefahren von tausend Kämpfen entgangen war, sich in mehr als einem Département gegen Männer erhoben hat, die dort Gutes hatten tun wollen. Eine solche Koalition bedroht unaufhörlich den Mann von Genie, den großen Politiker, den großen Agronomen, kurzum, alle Neuerer!

Diese letztere, sozusagen politische Erklärung leiht nicht nur den Gestalten des Dramas ihre wahre Physiognomie bis in die geringsten Einzelheiten von deren Gewichtigkeit, sondern sie wirft überdies ein helles Licht auf diesen Roman, in dem alle sozialen Belange ins Spiel gebracht werden.

ZEHNTES KAPITEL

Melancholie einer Glücklichen

Zu der gleichen Zeit, da der General die Kalesche bestieg, um zur Präfektur zu fahren, langte die Gräfin an der Porte d'Avonne an, wo seit anderthalb Jahren die Eheleute Michaud und Olympe wohnten.

Wer sich des Pavillons erinnert, wie er weiter oben beschrieben worden ist, müßte meinen, er sei neu erbaut worden. Vor allem hatte man die herausgefallenen oder vom Wetter angefressenen Ziegelsteine erneuert, und den Mörtel, der in den Fugen gefehlt hatte. Das gesäuberte Schieferdach lieh der Architektur eine gewisse Fröhlichkeit durch die Wirkung der Balustren, die sich weiß von jenem bläulichen Untergrund abhoben. Die gereinigten und mit Sand bestreuten Zufahrtswege wurden von dem Mann betreut, dem es oblag, die Parkwege in Ordnung zu halten. Die Fensterumrahmungen, die Gesimse, kurzum, alles, was aus Quadersteinen bestand, war restauriert worden; das Innere des Bauwerks hatte seinen vormaligen Glanz wiedergewonnen. Der Geflügelhof, die Pferde- und Kuhställe waren wieder in die Baulichkeiten der Fasanerie verlegt worden; sie lagen hinter Busch- und Baumgruppen und bekümmerten den Blick nicht länger durch ihre Unvereinbarkeit mit dem Pavillon; sie mischten jetzt in das beständige, charakteristische Waldesrauschen das Gemurmel, Gegurr und Flügelschlagen, das eine der köstlichsten Begleitungen für die ewige Melodie ist, die die Natur singt. Die Stätte neigte also gleichzeitig zu dem Wilden wenig begangener Forste und zu der Eleganz eines englischen Parks hin. Die Umgebung des Pavillons stand im Einklang zu seinem Äußern; sie hatte etwas Nobles, etwas Würdevolles und Liebenswürdiges; gerade wie das Glück und das sorgsame Walten einer jungen Frau dem Innern ein völlig anderes Aussehen hatten zuteil werden lassen, als die rohe Sorglosigkeit Courtecuisses ihm ehedem aufgeprägt hatte.

Die Jahreszeit brachte jetzt allen ihren naturgegebenen Glanz voll zur Geltung. Die Düfte einiger Korbbeete vereinten sich mit dem wilden Geruch des Waldes. Ein paar in der Nähe befindliche Parkwiesen, die unlängst gemäht worden waren, verbreiteten Heuduft.

Als die Gräfin und ihre beiden Gäste an das Ende eines der gewundenen Parkwege gelangt waren, die am Pavillon endeten, erblickten sie Madame Michaud; sie saß im Freien, vor ihrer Haustür, und nähte an Wickelzeug. Jene so dasitzende und solcherart beschäftigte Frau fügte der Landschaft etwas Menschliches hinzu, das sie vervollständigte, und das in seiner Wirklichkeit so rührend ist, daß gewisse Maler irrtümlicherweise versucht haben, es in ihre Bilder zu übertragen. Jene Künstler vergessen, daß der »Geist« einer Landschaft, wenn er von ihnen gut wiedergegeben wird, so grandios ist, daß er den Menschen erdrückt, während eine ähnliche Szene in der Natur stets mit der menschlichen Gestalt im richtigen Verhältnis bleibt, was durch den Rahmen geschieht, mit dem das Auge des Beschauers sie umgrenzt. Als Poussin[143], der »französische Raffael«, bei seinen ›Arkadischen Hirten‹ aus der Landschaft ein Beiwerk machte, hatte er sicherlich geahnt, daß der Mensch klein und erbärmlich wird, wenn auf einem Gemälde die Natur die Hauptsache ist.

Dort herrschte der August in seiner ganzen Glorie, die Ernte stand bevor, es war ein Bild, das einfache, starke Empfindungen auslöste. Dort war der Traum vieler Menschen Wirklichkeit geworden, deren unbeständiges, durch heftige Erschütterungen mit Gutem und Bösem untermischtes Leben sie nach Ruhe verlangen läßt.

Wir wollen in wenigen Sätzen den Roman dieses Ehepaars andeuten. Justin Michaud hatte nicht allzu begeistert auf das Angebot des berühmten Kürassieroberst reagiert, als Montcornet ihm vorgeschlagen hatte, die Bewachung von Les Aigues zu übernehmen. Er hatte zu jener Zeit geplant, wieder in den Militärdienst zu treten; aber bei den Vorbesprechungen und Verhandlungen, die ihn in Montcornets Stadtpalais führten, hatte er Madames erste Kammerjungfer kennengelernt. Dieses junge Mädchen war der Gräfin durch ehrenwerte Pächtersleute aus der Umgebung von Alençon anvertraut worden; sie besaß einige Hoffnung auf Vermögen, zwanzig- oder dreißigtausend Francs, wenn ihr sämtliche Erbschaften zugefallen sein würden. Gleich vielen Landwirten, die jung geheiratet haben und deren Eltern noch am Leben sind, befanden der Vater und die Mutter sich in bedrängter Lage, konnten ihrer ältesten Tochter keine Ausbildung angedeihen lassen und hatten sie bei der jungen Gräfin untergebracht. Madame de Montcornet ließ Mademoiselle Olympe Charel Nähen und Putzmachen lernen, sorgte dafür, daß sie nicht zusammen mit der übrigen Dienerschaft aß und wurde für diese Rücksichtnahme durch jene unbedingte Anhänglichkeit belohnt, deren die Pariserinnen so sehr bedürfen. Olympe Charel[144], eine hübsche Normannin, deren blondes Haar goldene Tönungen aufwies, ein bißchen füllig, mit einem Gesicht, das von intelligenten Augen belebt wurde und durch eine schmale, gebogene Nase, die einer Marquise würdig gewesen wäre, und durch eine jüngferliche Miene auffiel, obgleich sie die üppige Gestalt einer Spanierin besaß, bot alle Vorzüge, die ein der Schicht unmittelbar über der des eigentlichen Volks entstammendes junges Mädchen durch die Annäherung gewinnen kann, die ihre Herrin ihr zu gestatten geruht. Sie war anständig gekleidet, dezent in Haltung und Gehaben, und wußte sich gut auszudrücken. Michaud war also schnell von ihr eingenommen, zumal als er erfuhr, seine Schöne würde eines Tages ein recht beträchtliches Vermögen ihr eigen nennen. Die Schwierigkeiten waren von seiten der Gräfin gekommen, die sich von einem so kostbaren Mädchen nicht hatte trennen wollen; als jedoch Montcornet ihr dargelegt hatte, welche Stellung Olympe auf Les Aigues einnehmen solle, wurde die Heirat lediglich durch die Notwendigkeit aufgeschoben, die Eltern zu befragen, deren Einwilligung schnell erteilt wurde.

Nach dem Beispiel seines Generals betrachtete Michaud seine junge Frau ebenfalls als ein höhergeartetes Wesen, dem militärisch und ohne Hintergedanken gehorcht werden mußte. Er empfand in dieser Ruhe daheim und seinem beanspruchten Leben draußen im Freien die Elemente des Glücks, die alle Soldaten sich wünschen, wenn sie ihren Beruf aufgegeben haben: genug Betätigung, wie der Körper sie verlangt, und genug Ermüdung, um das Reizvolle der Ruhe voll auskosten zu können. Trotz seiner bekannten Unerschrockenheit hatte Michaud nie eine schwere Verwundung davongetragen; er empfand keinen einzigen der Schmerzen, die die Laune der Veteranen verbittern müssen; wie alle wahrhaft starken Männer war er keinen Stimmungsschwankungen unterworfen; und so liebte seine Frau ihn ohne jede Einschränkung. Seit dieses glückliche Ehepaar in den Pavillon eingezogen war, genoß es die Beseligungen seiner Flitterwochen in Harmonie mit der Natur und mit der Kunst, deren Schöpfungen sie umgaben, was ein recht seltenes Zusammentreffen ist! Die Dinge um uns her passen sich nicht immer der Beschaffenheit unserer Seelen an.

Alles war in dieser Minute so reizvoll, daß die Gräfin Blondet und den Abbé Brossette zurückhielt; denn von dort aus, wo sie sich befanden, konnten sie die hübsche Madame Michaud sehen, ohne von ihr gesehen zu werden.

»Wenn ich spazierengehe, komme ich immer in diesen Teil des Parks«, sagte sie ganz leise. »Es macht mir Freude, zu dem Pavillon und seinen beiden Turteltauben hinzuschauen; das ist, wie wenn man eine schöne Landschaft anschaut.«

Und sie stützte sich bedeutungsvoll auf Emile Blondets Arm, um ihre Gefühle teilen zu lassen, die so zart waren, daß man sie nicht ausdrücken kann, die aber die Leserinnen erraten dürften.

»Ich wollte, ich wäre Torhüter auf Les Aigues«, antwortete Blondet lächelnd. »Aber was ist Ihnen?« fuhr er fort, als er einen Ausdruck von Traurigkeit wahrnahm, den diese Worte über die Züge der Gräfin gebreitet hatten.

»Nichts.«

»Immer, wenn die Frauen irgendeinem bedeutsamen Gedanken nachhängen, sagen sie heuchlerisch: ›Ich habe nichts.‹«

»Aber wir könnten doch in Gedanken befangen sein, die euch Männern als gewichtslos erscheinen, und die für uns Frauen schrecklich sind. Auch ich beneide Olympe um ihr Los ...«

»Gott möge Sie erhören!« sagte der Abbé Brossette und lächelte, um jener Äußerung ihre ganze Schwere zu nehmen.

Madame de Montcornet war unruhig geworden, als sie in

Olympes Haltung und Antlitz einen Ausdruck der Furcht und Kümmernis wahrnahm. Aus der Art, wie eine Frau bei jedem Stich den Faden durchzieht, schließt eine andere Frau auf ihre Gedanken. Und tatsächlich, obwohl die Frau des Oberaufsehers ein hübsches rosa Kleid trug und obwohl ihr unbedeckter Kopf sorgfältig frisiert war, wälzte sie durchaus keine Gedanken, die zu ihrer äußeren Erscheinung, zu diesem schönen Tage und zu ihrer Arbeit paßten. Ihre schöne Stirn, ihr bisweilen über den Sand oder über das Laubwerk blicklos hinwegirrendes Auge boten um so unbefangener den Ausdruck tiefer Angst dar, als sie sich unbeobachtet wußte.

»Und ich habe sie beneidet ...! Was könnte ihre Gedanken verdüstern ...?« fragte die Gräfin den Pfarrer.

»Madame«, antwortete der Abbé Brossette ganz leise, »wie vermag man es sich zu erklären, daß inmitten der vollkommenen Glückseligkeit der Mensch stets von zwar verschwommenen, aber finstern Ahnungen heimgesucht wird ...?«

»Herr Pfarrer«, antwortete Blondet lächelnd, »Sie gestatten sich Bischofsantworten ...! ›Nichts ist gestohlen, alles wird bezahlt‹ hat Napoleon gesagt.«

»Eine solche Maxime aus kaiserlichem Mund nimmt Ausmaße an, daß sie sich auf die ganze menschliche Gesellschaft anwenden läßt«, antwortete der Abbé.

»Ja, Olympe, mein Kind, was hast du denn?« fragte die Gräfin, als sie zu ihrer ehemaligen Dienerin hingetreten war. »Du bist versonnen und traurig. Hat es etwa Ehezank gegeben ...?«

Madame Michauds Gesicht zeigte, als sie sich erhob, bereits einen andern Ausdruck.

»Liebes Kind«, sagte Emile, und seine Stimme klang väterlich, »ich wüßte gern, was einem die Stirn verdüstern kann, wenn man in diesem Pavillon wohnt, also fast ebenso gut untergebracht ist wie der Graf von Artois[145] in den Tuilerien. Alles mutet hier an wie ein Nachtigallennest im Gestrüpp! Haben Sie nicht den wackersten Jungen der Jungen Garde zum Mann, einen gut aussehenden Mann, der Sie bis zur Kopflosigkeit liebt? Hätte ich gewußt, welche Vorteile Montcornet Ihnen hier gewährt, so hätte ich meinen Beruf als Zeitungsartikelschreiber aufgegeben und wäre Oberaufseher geworden, ja, das wäre ich!«

»Das ist keine Stellung für jemanden, der über Ihr Talent verfügt, Monsieur«, antwortete Olympe und lächelte Blondet zu wie einem alten Bekannten.

»Was hast du nun eigentlich, liebe Kleine?« fragte die Gräfin.

»Ach, Madame, ich habe Angst ...«

»Angst? Wovor denn?« fragte die Gräfin lebhaft; ihr waren bei dieser Äußerung Mouche und Fourchon eingefallen.

»Etwa vor den Wölfen?« fragte Emile und machte Madame Michaud ein Zeichen, das sie nicht verstand.

»Nein, vor den Bauern. Ich stamme aus dem Perche[146], auch da gibt es ein paar tückische Menschen, aber ich glaube nicht, daß es dort ebensoviele und so böse gibt wie in dieser Gegend hier. Es soll nicht so aussehen, als mischte ich mich in Michauds Angelegenheiten; aber er ist den Bauern gegenüber so mißtrauisch, daß er immer eine Waffe mitnimmt, auch am hellen, lichten Tag, wenn er durch den Wald geht. Seinen Leuten sagt er, sie müßten ständig auf der Hut sein. Dann und wann treiben sich hier Gestalten herum, die nichts Gutes verheißen. Neulich bin ich an der Mauer entlanggegangen, zu der Quelle des kleinen Bachs mit dem Sandgrund, der aus dem Wald kommt und fünfhundert Schritt von hier in den Park fließt, durch ein Gitter, und der die Silberquelle genannt wird, der Glimmerplättchen wegen, die, wie es heißt, Bouret hineingeworfen hat ... Kennen Sie sie, Madame ...? Na ja, da hab' ich zwei Frauen belauscht, die ihre Wäsche wuschen, an der Stelle, wo der Bach den Weg nach Couches kreuzt; sie haben nicht gewußt, daß ich da war. Man kann von dort aus unsern Pavillon sehen, und die beiden alten Weiber haben ihn einander gezeigt. ›Wieviel Geld da 'rausgeworfen ist‹, hat die eine gesagt, ›für den, der den guten Courtecuisse ersetzt hat?‹ – ›Muß einer nicht gut bezahlt werden, der sich vorgenommen hat, das arme Volk so zu schinden?‹ hat die andre geantwortet. – ›Er schindet es nicht mehr lange‹, hat die erste geantwortet, ›damit muß Schluß gemacht werden. Schließlich haben wir doch das Recht zum Holzschlagen. Die selige Madame de Les Aigues hat uns ruhig Reisig bündeln lassen. Das geht nun schon dreißig Jahre lang so, also ist es ein Gewohnheitsrecht.‹ – ›Wir werden schon sehen, wie die Dinge sich im nächsten Winter entwickeln‹, entgegnete die zweite. ›Mein Mann hat bei allem, was ihm heilig ist, geschworen, daß die Gendarmerie der ganzen Erde uns nicht hindern würde, in den Wald zu gehen, daß er selber losziehen würde, und mit ihm sei nicht zu spaßen ...!‹ – ›Mein Gott, wir können doch nicht vor Kälte sterben, und wir müssen doch unser Brot backen, nicht wahr?‹ hat die erste gefragt. ›Denen da, denen mangelt es an nichts. Die kleine Frau von diesem Schuft, dem Michaud, der zuliebe wird alles getan, das glaub' nur ...!‹ Kurz und gut, Madame, sie haben gräßliche Dinge über mich geredet, über Sie, über den Herrn Grafen ... Und schließlich haben sie noch gesagt, erst würden die Pachthöfe in Brand gesteckt, und dann das Schloß ...«

»Pah!« sagte Emile, »Waschweibergeschwätz! Der Graf ist bestohlen worden, und das wird künftig nicht mehr der Fall sein. Die Leute sind wütend, und weiter gar nichts! Bedenken Sie doch, daß die Regierung stets und überall der stärkere Teil ist, sogar in Burgund. Sollte es zu einem Aufruhr kommen, dann würde nötigenfalls ein ganzes Kavallerie-Regiment hergeholt werden.«

Der hinter der Gräfin stehende Pfarrer machte Madame Michaud Zeichen, um ihr anzudeuten, sie solle ihre Befürchtungen verschweigen; sie waren sicherlich eine Auswirkung des Zweiten Gesichts, das jede wahre Liebesleidenschaft entstehen läßt. Die Seele, die sich ausschließlich mit einem einzigen Wesen beschäftigt, umfaßt schließlich die ganze sittliche Welt, die um sie ist, und erblickt darin die Elemente der Zukunft. Eine liebende Frau hat Vorahnungen, die später ihre Mutterschaft erleuchten. Daher rühren gewisse Melancholien, gewisse unerklärliche Depressionen, die die Männer erstaunen, die von einer solchen Konzentration durch die großen Sorgen des Lebens und durch ihre ständige Tätigkeit abgelenkt werden. Bei der Frau wird jede echte Liebe zu einem aktiven Sichversenken, das je nach dem Charakter mehr oder weniger hellsichtig ist oder in die Tiefe geht.

»Komm, mein Kind, zeig Monsieur Emile deinen Pavillon«, sagte die Gräfin; sie war so nachdenklich geworden, daß sie die Pechina vergessen hatte, deretwegen sie doch hergekommen war.

Das Innere des restaurierten Pavillons entsprach vollauf seinem glänzenden Äußeren. Im Erdgeschoß hatte der mit einigen

Arbeitern aus Paris hergeschickte Architekt die ursprüngliche Einteilung wieder hergestellt, was zu heftigen Vorwürfen der Leute von La-Ville-aux-Fayes gegen den Bourgeois von Les Aigues geführt hatte; es bestand jetzt aus vier Räumen. Zunächst fand sich ein Flur, in dessen Hintergrund sich eine alte Holztreppe mit Balustergeländer emporwand, hinter der eine Küche gelegen war; alsdann, an der einen Seite des Flurs, ein Eßzimmer, an der andern das Wohnzimmer mit der wappengeschmückten Kassettendecke; es war mit dunkel gewordenem Eichenholz verkleidet. Der gleiche Künstler, den Madame de Montcornet für die Restaurierung von Les Aigues auswählte, hatte Sorge getragen, daß das Mobiliar des Wohnzimmers mit dem alten Zierwerk im Einklang stand.

Zu jener Zeit maß die Mode den Überbleibseln aus vergangenen Jahrhunderten noch keinen übertriebenen Wert bei. Die Lehnsessel aus geschnitztem Nußbaumholz, die hochlehnigen Stühle mit Gobelinbezug, die Konsolen, die Stutzuhren, die Wandbehänge, die Tische und die Kronleuchter, die bei den Altwarenhändlern von Auxerre und La-Ville-aux-Fayes vergraben lagen, waren um fünfzig Prozent billiger als die Schundmöbel des Faubourg Saint-Antoine. Also hatte der Architekt ein paar Wagenladungen von sorgsam ausgewählten alten Dingen angekauft, die, vereint mit denen, die im Schloß ausgemustert worden waren, aus dem Wohnzimmer an der Porte d'Avonne etwas wie eine künstlerische Schöpfung gemacht hatten. Was nun das Eßzimmer betrifft, so hatte er es im Holzton ausmalen und mit sogenannten schottischen Tapeten bekleben lassen, und Madame Michaud hatte an den Fenstern grün gesäumte, weiße Perkalgardinen angebracht sowie mit grünem Tuch bezogene Mahagonistühle hineingestellt, ferner zwei riesige Anrichten und einen Mahagonitisch. Dieses mit Kupferstichen aus dem Soldatenleben geschmückte Zimmer wurde durch einen Fayence-Ofen geheizt, an dessen beiden Seiten Jagdgewehre hingen. Diese wenig kostspieligen Herrlichkeiten galten im ganzen Tal als der Gipfel asiatischen Luxus. Seltsamerweise reizten sie die Begehrlichkeit Gaubertins, der zwar fest entschlossen war, Les Aigues in Parzellen aufteilen zu lassen, sich selbst aber längst diesen herrlichen Pavillon heimlich zugesprochen hatte.

Im ersten Stock bildeten drei Zimmer die Wohnung des Ehepaars. An den Fenstern gewahrte man Gardinen aus Musselin,
die einen Pariser an die Neigungen und Vorlieben erinnert hätten, wie sie bürgerlichen Existenzen eigentümlich sind. Hier war
Madame Michaud sich selbst überlassen gewesen, und sie hatte
Atlastapeten haben wollen. In ihrem Schlafzimmer, das mit dem
gängigen Mahagoni-Mobiliar mit Bezügen aus Utrechter Samt
ausgestattet war, dem Bett mit geschweiften Seitenteilen und
Säulen sowie dem Ring, von dem gestickte Musselinvorhänge niederfielen, war auf dem Kamin eine Alabasteruhr zu sehen; sie
stand zwischen zwei mit Gaze verhüllten Armleuchtern und zwei
Vasen mit künstlichen Blumen unter Glasstürzen, dem Hoch-
zeitsgeschenk des Wachtmeisters. Ganz oben unter dem Dach
hatten die Kammern der Köchin, des Dieners und der Pechina
an der Restaurierung teilgenommen.

»Olympe, mein Kind, willst du mir nicht alles sagen?« fragte
die Gräfin, als sie das Zimmer der Madame Michaud betrat; sie
hatte Emile und den Pfarrer auf der Treppe zurückgelassen, und
sie waren wieder hinabgegangen, als sie hörten, daß die Tür zu-
gemacht wurde.

Madame Michaud, die der Abbé Brossette verwirrt gemacht
hatte, gab, um nicht von ihren Befürchtungen sprechen zu müssen, die stärker waren, als sie hatte merken lassen, ein Geheimnis
preis, das die Gräfin an den eigentlichen Zweck ihres Besuchs erinnerte.

»Ich habe meinen Mann sehr lieb, Madame, das wissen Sie ja;
aber sagen Sie, wäre es Ihnen recht, wenn Sie neben sich, in
Ihrem Haus, eine Rivalin erblickten . . .?«

»Eine Rivalin . . .?«

»Ja, Madame, die kleine Schwarzbraune, die Sie mir in Obhut
gegeben haben, liebt Michaud, ohne daß sie es weiß, das arme
Kind . . .! Das Verhalten des Mädchens, das für mich lange ein
Geheimnis war, hat sich mir vor ein paar Tagen aufgeklärt . . .«

»Mit dreizehn Jahren . . .!«

»Ja, Madame . . . Und Sie müssen zugeben, daß eine Frau im
dritten Monat, die ihr Kind selbst nähren will, schon einiges befürchten muß; aber um es Ihnen nicht im Dabeisein jener Herren
zu sagen, habe ich dummes Zeug ohne jede Bedeutung geredet«,

fügte die großherzige Frau des Oberaufsehers klug und gewandt hinzu.

Madame Michaud hatte Geneviève Niseron keineswegs gefürchtet; allein seit ein paar Tagen empfand sie Todesängste, die die Bauern und ihre Bosheiten ihr eingeflößt und die sie noch verstärkt hatten.

»Woran hast du es denn gemerkt ...?«

»An nichts und an allem und jedem!« antwortete Olympe und blickte die Gräfin an. »Mir selber gehorcht das arme Kind mit Schildkrötenlangsamkeit, aber wenn Justin sie auch nur um das Geringste bittet, dann tut sie es mit der Fixigkeit einer Eidechse. Hört sie die Stimme meines Mannes, so zittert sie wie Espenlaub; sie bekommt ein Gesicht wie eine Heilige, die zum Himmel emporschwebt, wenn er sie nur anschaut; aber sie ahnt nicht, daß das Liebe ist, sie weiß nicht, daß sie liebt.«

»Das arme Kind!« sagte die Gräfin mit einem Lächeln und mit unbefangener Stimme.

»So ist Geneviève verdüstert, wenn Justin draußen im Walde ist«, fuhr Madame Michaud fort; sie hatte das Lächeln ihrer ehemaligen Herrin mit einem Lächeln erwidert. »Und wenn ich sie frage, woran sie denke, antwortet sie mir damit, daß sie sagt, sie habe Angst vor Monsieur Rigou, also mit Albernheiten ...! Sie glaubt, alle seien versessen auf sie, und sieht aus wie das Innere eines Schornsteins. Wenn Justin nachts durch den Wald streift, ist das Kind genauso unruhig wie ich. Wenn ich das Fenster aufmache, weil ich den Trab vom Pferd meines Mannes höre, sehe ich Licht im Zimmer der Pechina, wie sie genannt wird, und das beweist mir, daß sie wach ist, daß sie wartet; kurz und gut, sie macht es wie ich, sie geht erst dann zu Bett, wenn er wieder daheim ist.«

»Dreizehn Jahre!« sagte die Gräfin. »Wie unglücklich sie ist ...!«

»Unglücklich ...?« entgegnete Olympe. »Nein. Diese Kinderleidenschaft schützt sie.«

»Wovor?« fragte Madame de Montcornet.

»Vor dem Schicksal, das hier alle Mädchen ihres Alters erwartet. Seit ich ihr Sauberkeit angewöhnt habe, sieht sie weniger häßlich aus; sie hat etwas Bizarres, Wildes an sich, das die Männer reizt ... Sie ist so verändert, daß Madame sie nicht wiedererkennen würde. Der Sohn dieses infamen Schankwirts vom Grand-I-Vert, Nicolas, der übelste Bursche in der ganzen Gemeinde, ist scharf auf die Kleine, er ist hinter ihr her wie hinter einem Stück Wild. Wenn es kaum glaublich ist, daß ein reicher Mann wie Monsieur Rigou, der alle drei Jahre die Magd wechselt, hinter ihr her gewesen ist, als sie erst zwölf und ein häßliches kleines Ding war, dann kann man sich vorstellen, daß Nicolas Tonsard hinter der Pechina her ist; Justin hat es mir gesagt. Das wäre abscheulich, denn die Leute in dieser Gegend leben wahrhaftig wie die Tiere; aber Justin, unsere beiden Dienstboten und ich wachen über die Kleine; also seien Sie unbesorgt, Madame; sie verläßt nie allein das Haus, höchstens bei Tage, und auch dann nur, um von hier zur Porte de Couches zu gehen. Wenn sie zufällig in einen Hinterhalt geriete, wird, was sie für Justin empfindet, ihr die Kraft und den Mut zum Widerstand geben, wie ja Frauen, die eine tiefe Neigung haben, sich eines gehaßten Mannes zu erwehren wissen.«

»Ich bin um ihretwillen hergekommen«, entgegnete die Gräfin. »Ich habe nicht gewußt, wie wichtig es für dich ist, daß ich herkam; denn, mein Kind, dieses Mädchen wird ja immer hübscher werden ...!«

»Ach, Madame«, antwortete Olympe mit einem Lächeln, »Justins bin ich sicher. Welch ein Mann! Welch ein Herz ...! Wenn Sie wüßten, was für eine tiefe Dankbarkeit er für seinen General empfindet! Denn ihm dankt er doch, so sagt er, sein Glück. Nur allzusehr ist er ihm ergeben, er würde, wie im Krieg, sein Leben in die Schanze schlagen, und dabei vergißt er, daß er jetzt bald Familienvater ist.«

»Und dabei hast du mir leid getan«, sagte die Gräfin und warf Olympe einen Blick zu, der sie erröten ließ. »Aber jetzt bedaure ich nichts mehr, ich sehe ja, daß du glücklich bist. Etwas wie Erhabenes und Nobles ist doch die Liebe in der Ehe!« fügte sie hinzu und sprach damit nun laut den Gedanken aus, den sie vorher im Dabeisein des Abbé Brossette nicht zu äußern gewagt hatte.

Virginie de Troisville verharrte in Nachdenken, und Madame Michaud respektierte dieses Schweigen.

»Sag mal, ist die Kleine ehrlich?« fragte die Gräfin; es war, als erwache sie aus einem Traum.

»Genauso wie ich«, antwortete Madame Michaud.

»Verschwiegen . . .?«

»Wie ein Grab.«

»Dankbar . . .«

»Ach, Madame, sie hat mir gegenüber Regungen von Demut, die auf einen engelhaften Charakter schließen lassen; sie küßt mir die Hände, sie sagt mir Dinge, daß ich ganz bestürzt bin. ›Kann man vor Liebe sterben?‹ hat sie mich vorgestern gefragt. – ›Warum fragst du mich so was?‹« habe ich geantwortet. – ›Weil ich wissen möchte, ob es eine Krankheit ist . . .!‹«

»Das hat sie gesagt . . .?« rief die Gräfin.

»Wenn ich mich an alles erinnern könnte, was sie so redet, dann würde ich Ihnen noch ganz was anderes erzählen«, antwortete Olympe, »es sieht so aus, als wisse sie mehr davon als ich . . .«

»Glaubst du, mein Kind, sie könnte dich bei mir ersetzen? Ich komme nämlich ohne jemanden wie dich nicht aus«, sagte die Gräfin mit einem traurigen Lächeln.

»Noch nicht, Madame, dazu ist sie viel zu jung; aber in zwei Jahren, dann ja . . . Aber wenn es nötig sein sollte, daß sie von hier weg müßte, würde ich Sie benachrichtigen. Sie muß noch erzogen werden, sie weiß noch nichts von Welt und Leben. Genevièves Großvater, der alte Niseron, ist einer der Menschen, die sich eher den Hals abschneiden ließen, als daß sie lügen, er würde neben einem Nahrungsmitteldepot vor Hunger sterben; solch einer hält an seinen Überzeugungen fest, und in solchen Anschauungen ist die Kleine aufgewachsen . . . Die Pechina würde sich für Ihresgleichen halten, denn der biedere Alte hat aus ihr, wie er sagt, eine Republikanerin gemacht; gerade wie der Papa Fourchon aus Mouche einen Zigeuner gemacht hat. Ich selber lache über solche Verirrungen; aber Sie, Sie könnten sich darüber ärgern; sie verehrt Sie bloß als ihre Wohltäterin und nicht als eine Höherstehende. Sie ist ungezähmt wie die Schwalben. Auch ihr mütterliches Blut hat damit zu tun . . .«

»Wer war denn ihre Mutter?«

»Madame kennt die Geschichte nicht«, sagte Olympe. »Also, der Sohn des alten Sakristans von Blangy, ein prächtig aussehender Bursche, wie die Dorfleute mir gesagt haben, hat bei der großen Einziehung Soldat werden müssen. Dieser Niseron war 1809 immer noch ein einfacher Kanonier bei einem Armeekorps, das da unten in Illyrien und Dalmatien den Befehl bekam, in Eilmärschen nach Ungarn abzurücken, um der österreichischen Armee den Rückzug abzuschneiden, falls der Kaiser die Schlacht bei Wagram gewinnen würde. Mein Mann hat mir von Dalmatien erzählt, er ist ebenfalls dort gewesen. Niseron als schöner Mann hatte in Zara[147] das Herz einer Montenegrinerin gewonnen, einer Tochter der Berge, der die französische Garnison nicht mißfiel. Von ihren Landsleuten wurde sie als eine Verworfene betrachtet, und als die Franzosen abrückten, konnte das Mädchen unmöglich in dieser Stadt bleiben. Zena Kropoli, die den Schimpfnamen ›die Französin‹ bekommen hatte, ist also mit dem Artillerie-Regiment gezogen, und nach dem Friedensschluß ist sie mit nach Frankreich gekommen. Auguste Niseron hat um die Erlaubnis zur Heirat mit der Montenegrinerin nachgesucht, die damals mit Geneviè schwanger ging; aber die arme Frau ist im Januar 1810 in Vincennes an den Folgen der Niederkunft gestorben. Die für eine Eheschließung erforderlichen Papiere sind ein paar Tage später eingetroffen, und da hat denn Auguste Niseron seinem Vater geschrieben, er möge mit einer Amme aus dem Dorf kommen, das Kind abholen und sich seiner annehmen; daran hat er recht getan, denn er ist durch eine krepierte Granate bei Montereau[148] gefallen. Die kleine Dalmatinerin ist in Soulanges unter dem Namen Geneviève eingetragen und getauft worden; Mademoiselle Laguerre, die diese Geschichte sehr gerührt hat, hat sich ihrer angenommen; es scheint nämlich das Schicksal der Kleinen zu sein, daß die Gutsherrschaft von Les Aigues sie begönnert. Der Papa Niseron hat damals vom Schloß die Säuglingsausstattung und Geldzuwendungen bekommen.«

In diesem Augenblick sahen die Gräfin und Olympe von dem Fenster aus, an dem sie standen, wie Michaud den Abbé Brossette und Blondet ansprach; die beiden waren plaudernd auf dem weiten, runden, sandbestreuten Raum auf und ab gegangen, der im Park den außen gelegenen Halbmond wiederholte.

»Wo ist sie denn?« fragte die Gräfin. »Du machst mir eine geradezu tolle Lust, sie zu sehen . . .«

»Sie ist unterwegs, sie bringt für Mademoiselle Gaillard Milch nach der Porte de Couches; sie muß gleich hier sein, weil sie schon vor länger als einer Stunde weggegangen ist ...«

»Schön, dann will ich ihr mit den Herren entgegengehen«, sagte Madame de Montcornet und stieg die Treppe hinab.

Als die Gräfin ihren Sonnenschirm aufspannte, trat Michaud zu ihr hin und sagte ihr, der General werde sie möglicherweise für zwei Tage Strohwitwe sein lassen.

»Monsieur Michaud«, sagte die Gräfin lebhaft, »machen Sie mir nichts vor, es spinnt sich hier irgend etwas Ernstliches an. Ihre Frau ängstigt sich, und wenn es hier viele Leute wie den alten Fourchon gibt, dann muß die Gegend unbewohnbar sein ...«

»Wenn dem so wäre, Madame«, antwortete Michaud lachend, »dann wären wir längst nicht mehr auf den Beinen, denn sich Leute wie uns vom Hals zu schaffen ist recht leicht. Die Bauern kreischen und schreien, und nichts sonst. Aber um von der Schimpferei zum Handeln, vom Delikt zum Verbrechen zu schreiten, dazu hängen sie zu sehr am Leben und an der Landluft ... Sicher hat Ihnen Olympe von den Redereien erzählt, die sie erschreckt haben, aber sie ist schließlich in einem Zustand, in dem man es durch einen Traum mit der Angst bekommt«, fügte er hinzu, nahm den Arm seiner Frau und drückte mit dem seinen darauf, um ihr anzudeuten, sie solle fortan den Mund halten.

»Cornevin! Juliette!« rief Madame Michaud, und gleich darauf sah sie den Kopf ihrer alten Köchin am Fenster. »Ich gehe ein paar Schritte, paßt auf den Pavillon auf.«

Zwei riesige Hunde, die zu heulen anfingen, zeigten, daß die Effektivstärke der Garnison der Porte d'Avonne ziemlich beträchtlich war. Als Cornevin, Olympes alter Nährvater aus Perche, die Hunde hörte, kam er aus dem Gebüsch hervor und ließ einen der Köpfe sehen, wie sie nur die Grafschaft Perche hervorbringt. Cornevin war sicherlich 1794 und 1799 Chouan[149] gewesen.

Alle begleiteten die Gräfin auf dem der sechs Waldwege, der direkt zur Porte de Couches und über die Silberquelle hinweg führte. Madame de Montcornet ging mit Blondet voraus. Der Pfarrer, Michaud und seine Frau unterhielten sich leise über die

Enthüllungen, die der Gräfin vorhin über die Stimmung in der Gegend gemacht worden waren.

»Vielleicht ist es ein Wink der Vorsehung«, sagte der Pfarrer, »denn wenn Madame sich dazu bereit findet, gelangen wir durch Wohltätigkeit und Milde dahin, daß die Leute hier sich ändern . . .«

Etwa sechshundert Schritte vom Pavillon entfernt, unterhalb des Bachs, erblickte die Gräfin auf dem Waldweg einen zerbrochenen Krug und verschüttete Milch.

»Was mag der Kleinen passiert sein . . .?« sagte sie und rief nach Michaud und seiner Frau, die schon auf dem Rückweg zum Pavillon waren.

»Ein Pech wie das Perrettes[150]«, antwortete ihr Emile Blondet.

»Nein, das arme Kind ist überrascht und verfolgt worden, denn der Krug ist weggeworfen worden«, sagte der Abbé Brossette, der sich die Stelle genau angesehen hatte.

»Oh, hier ist die Fußspur der Pechina«, sagte Michaud. »Der Abdruck der Füße, die rasch kehrtgemacht haben, zeugt von einem plötzlichen Schreck. Die Kleine ist jäh in Richtung auf den Pavillon davongestürzt, sie hat zurücklaufen wollen.«

Alle folgten den Spuren, auf die der Oberaufseher mit dem Finger hingewiesen hatte; er ging weiter und behielt sie im Auge, dann blieb er mitten auf dem Waldweg stehen, etwa hundert Schritte von dem zerbrochenen Krug entfernt, an der Stelle, wo die Fußspuren der Pechina aufhörten.

»Hier«, fuhr er fort, »ist sie auf die Avonne zugelaufen, vielleicht war ihr der Weg zum Pavillon abgeschnitten.«

»Aber sie ist ja seit länger als einer Stunde fort!« rief Madame Michaud.

Auf allen Gesichtern malte sich der gleiche Schreck. Der Pfarrer lief in Richtung auf den Pavillon davon und prüfte den Weg, während Michaud, den derselbe Gedanke antrieb, die Allee nach Couches hinaufging.

»Oh, mein Gott, hier ist sie hingefallen«, sagte Michaud, als er von der Stelle, wo die Fußspuren zum Silberbach hin aufgehört hatten, zu derjenigen zurückkam, wo sie gleichfalls mitten auf dem Weg aufhörten; er zeigte auf eine Stelle . . . »Sehen Sie . . .?«

Tatsächlich sahen alle im Sand der Allee die Spur eines ausgestreckten Körpers.

»Die Spuren, die nach dem Wald hin führen, rühren von Füßen mit Strickschuhen her . . .«, sagte der Pfarrer.

»Es sind Frauenfüße«, sagte die Gräfin.

»Und da drüben, wo der zerbrochene Krug liegt, sind die Spuren von Männerfüßen«, fügte Michaud hinzu.

»Ich sehe nicht die Spur zweier verschiedener Füße«, sagte der Pfarrer, der die weibliche Fußspur bis zum Wald verfolgt hatte.

»Ganz bestimmt ist sie gepackt und in den Wald geschleppt worden«, rief Michaud.

»Wenn es ein Frauenfuß ist, dann wäre das unerklärlich«, rief Blondet.

»Es wird irgendein Scherz dieses Scheusals von Nicolas sein«, sagte Michaud. »Seit ein paar Tagen lauert er der Pechina auf. Heute vormittag habe ich zwei Stunden lang unter der Avonne-Brücke gestanden, weil ich den Lümmel ertappen wollte; kann sein, daß ihm eine Frau bei seinem Streich geholfen hat.«

»Grauenhaft!« sagte die Gräfin.

»Sie glauben, so was sei bloß ein Spaß«, fügte der Pfarrer bitter und traurig hinzu.

»Oh, die Pechina läßt sich schwerlich packen«, sagte der Oberaufseher, »die bringt es fertig, durch die Avonne zu schwimmen . . . Ich will mir mal das Flußufer ansehen. Du, liebe Olympe, gehst jetzt zurück zum Pavillon, und Sie, meine Herren, und Madame ebenfalls, gehen die Allee nach Couches entlang.«

»Was für eine Gegend . . .!« sagte die Gräfin.

»Übles Gesindel gibt es überall«, erwiderte Blondet.

»Stimmt es, Herr Pfarrer«, fragte Madame de Montcornet, »daß ich die Kleine vor Rigous Klauen bewahrt habe?«

»Alle jungen Mädchen unter fünfzehn, die Sie im Schloß aufnähmen, würden diesem Untier entrissen werden«, antwortete der Abbé Brossette. »Als der Abtrünnige versuchte, dieses zwölfjährige Kind in sein Haus zu locken, Madame, da hat er gleichzeitig seiner Liederlichkeit frönen und seinen Rachedurst stillen wollen. Indem ich den Papa Niseron als Sakristan nahm, konnte ich den wackern alten Mann über Rigous Absichten aufklären; der hatte nämlich davon geredet, er wolle das Unrecht seines Onkels, meines Amtsvorgängers, wiedergutmachen. Das ist einer der Beschwerdepunkte des früheren Bürgermeisters gegen mich, und sein Haß ist dadurch noch gewachsen ... Der alte Niseron hat Rigou feierlich erklärt, er würde ihn umbringen, wenn Geneviève ein Leid geschähe, und er hat ihn verantwortlich für alle Angriffe auf die Ehre dieses Kindes gemacht. Ich glaube, ich greife nicht allzu fehl, wenn ich in den Nachstellungen Nicolas Tonsards irgendeinen höllischen Plan dieses Mannes erblicke; er glaubt, er könne sich hier alles erlauben.«

»Hat er denn keine Angst vor der Justiz ...?« fragte Blondet.

»Erstens ist er der Schwiegervater des Staatsanwalts«, antwortete der Pfarrer und machte dann eine Pause. »Zweitens haben Sie keine Ahnung«, fuhr er dann fort, »von der tiefen Gleichgültigkeit der Distriktspolizei und der Staatsanwaltschaft gegenüber dergleichen Leuten. Vorausgesetzt, daß die Bauern nicht die Pachthöfe niederbrennen, daß sie keine Morde begehen, daß sie niemanden vergiften und ihre Steuern zahlen, läßt man sie untereinander tun, was sie wollen; und da sie ohne religiöse Grundsätze sind, passieren schauerliche Dinge. Auf der andern Seite des Avonne-Beckens zittern die entkräfteten Greise davor, im Hause zu bleiben, weil ihnen dann das Essen vorenthalten wird; daher gehen sie aufs Feld, solange ihre Beine sie tragen können; wenn sie sich hinlegen, wissen sie ganz genau, daß man sie Hungers sterben läßt. Monsieur Sarcus, der Friedensrichter, hat gesagt, wenn allen Kriminellen der Prozeß gemacht würde, macht der Staat wegen der Gerichtskosten Pleite.«

»Aber da sieht er ja klar, dieser Richter«, rief Blondet.

»Ach, Monseigneur hat die Lage in diesem Tal und vor allem den Zustand dieser Gemeinde nur zu gut gekannt«, fuhr der Pfarrer fort. »Einzig die Religion kann so viele Übel beseitigen; das Gesetz scheint nur ohnmächtig zu sein, nun es so gemildert worden ist ...«

Der Pfarrer wurde durch Schreie unterbrochen, die aus dem Wald erschollen, und die Gräfin, der Emile und der Abbé voranliefen, wagte sich beherzt hinein; sie lief in die Richtung, die die Schreie ihr wiesen.

ELFTES KAPITEL

Oarystis, die XXVII. Ekloge des Theokrit[151]

Beim Schwurgericht recht unbeliebt

Der Indianer-Spürsinn, den sein neuer Beruf bei Michaud entwickelt hatte, im Verein mit der Kenntnis der Laster und der Interessen der Gemeinde Blangy hat uns soeben teilweise mit einer dritten Idylle im Stil der Griechen bekanntgemacht, die arme Dörfler wie die Tonsards und reiche Vierziger wie Rigou sich auf dem Lande gemäß dem klassischen Ausdruck »frei« zu übersetzen pflegen.

Nicolas, Tonsards zweiter Sohn, hatte bei der Musterung eine sehr schlechte Nummer gezogen. Zwei Jahre zuvor war dank der Einmischung Soudrys, Gaubertins und Sarcus' des Reichen sein Bruder als für den Militärdienst untauglich befunden worden, und zwar einer angeblichen Erkrankung der Muskeln des rechten Arms wegen; aber da Jean-Louis seither die schwersten Ackerbaugeräte mit auffälliger Leichtigkeit gehandhabt hatte, war darüber im Distrikt ein gewisses Gerede entstanden. Soudry, Rigou und Gaubertin, die Gönner jener Familie, hatten den Schankwirt verständigt, daß er nicht versuchen solle, den großen, kräftigen Nicolas dem Gesetz der Einberufung zu entziehen. Nichtsdestoweniger empfanden der Bürgermeister von La-Villeaux-Fayes und Rigou so lebhaft die Notwendigkeit, sich diese kühnen und jeder Schandtat fähigen Männer zu verpflichten, die sie so geschickt gegen Les Aigues einzusetzen wußten, daß Rigou Tonsard und seinem Sohn einige Hoffnung gemacht hatte. Jener Mönch, der die Kutte ausgezogen hatte, und zu dem die übertrieben an ihrem Bruder hängende Catherine dann und wann ging, riet, sich an die Gräfin und den General zu wenden.

»Es ist ihm vielleicht nicht unlieb, euch gefällig zu sein, um euch zu ködern, und das wäre so gut wie ein Sieg über den Feind«, sagte dieser schreckliche Schwiegervater des Staatsanwalts zu Catherine. »Wenn der Tapezierer es ablehnt, na ja, dann werden wir sehen.«

Rigou sah voraus, daß die Weigerung des Generals wieder einmal alles Unrecht des Großgrundbesitzers gegenüber den Bauern steigern und der Koalition einen neuen Grund zur Dankbarkeit der Tonsards liefern mußte, sofern dem ehemaligen Bürgermeister seine durchtriebene Intelligenz ein Mittel liefern sollte, Nicolas freizubekommen.

Nicolas, der sich binnen weniger Tage der Musterung unterziehen mußte, setzte wenig Hoffnung auf eine Hilfe durch den General, der mannigfachen Beschwerdepunkte wegen, die Les Aigues gegen die Familie Tonsard vorzubringen hatte. Seine Leidenschaft, oder, wenn man will, seine Versessenheit, sein eigensinniges Verlangen nach der Pechina wurde durch die Vorstellung, daß er womöglich fort müsse und deshalb keine Zeit mehr habe, sie zu verführen, so sehr angestachelt, daß er es mit einer Vergewaltigung versuchen wollte. Die Verachtung, die das Mädchen seinem Verfolger bezeigte, ganz abgesehen von dem energischen Widerstand, hatte in dem Lovelace[152] des Tals einen Haß entfacht, dessen Hitze der seines Begehrens glich. Seit drei Tagen lauerte er der Pechina auf; das arme Kind seinerseits wußte, daß er es tat. Es bestand zwischen Nicolas und seiner Beute das gleiche Verhältnis wie zwischen Jäger und Wild. Wenn die Pechina sich ein paar Schritte über das Silbertor hinaus wagte, gewahrte sie Nicolas' Kopf in einer der mit den Parkmauern parallel sich hinziehenden Alleen oder auf der Avonne-Brücke. Sie hätte sich diesen widerlichen Nachstellungen sehr wohl dadurch entziehen können, daß sie sich an ihren Großvater wandte; aber alle Mädchen, auch die naivsten, haben eine seltsame, vielleicht instinktive Scheu, sich bei dergleichen Abenteuern ihren naturgegebenen Beschützern anzuvertrauen.

Geneviève hatte gehört, wie der alte Niseron gelobte, den Mann, wer auch immer es sei, umzubringen, der seine Enkelin »anrühren« würde, so hatte er sich ausgedrückt. Der alte Mann glaubte, das Kind sei durch die hellstrahlende Aureole geschützt, die siebzig Jahre redlichen Lebens ihm eingetragen hatten. Die Aussicht auf schauerliche dramatische Verwicklungen erschreckt die glühende Phantasie junger Mädchen so sehr, daß es gar nicht nötig ist, in den Grund ihrer Herzen hinabzutauchen, um daraus die vielen, merkwürdigen Gründe hervorzuholen, die ihnen das Siegel des Schweigens auf die Lippen drücken.

Als die Pechina die Milch wegbrachte, die Madame Michaud der Tochter Gaillards schickte, des Aufsehers an der Porte de Couches, dessen Kuh gekalbt hatte, wagte sie sich nicht ins Freie, ohne umhergeschaut zu haben wie eine Katze, die sich zum Haus hinausschleicht. Sie gewahrte keine Spur von Nicolas; sie hörte die Stille, wie der Dichter sagt, und da sie nichts vernahm, meinte sie, der üble Bursche sei um diese Stunde bei der Arbeit. Die Bauern hatten begonnen, ihren Roggen zu mähen; sie ernteten zuerst ihre eigenen Parzellen ab, um hernach das hohe Tagegeld zu verdienen, das den Schnittern gezahlt wurde. Aber Nicolas war nicht danach geschaffen, der Löhnung für zwei Tage nachzuweinen, und zwar um so weniger, als er ja nach dem Jahrmarkt in Soulanges die Gegend verlassen würde als Soldat, was für den Bauern den Eintritt in ein neues Leben bedeutet.

Die Pechina hatte, den Krug auf dem Kopf, den halben Weg zurückgelegt, als Nicolas wie ein Wildkater von einer Ulme, in deren Blattwerk er sich versteckt hatte, herabkletterte und wie der Blitz zu Füßen der Pechina niederfiel, die ihren Krug wegwarf und auf den Pavillon zulief, wobei sie ihrer Behendigkeit vertraute. Aber nach hundert Schritten kam Catherine Tonsard, die auf der Lauer gelegen hatte, plötzlich aus dem Wald heraus und rempelte die Pechina so heftig an, daß sie sie zu Boden warf. Die Gewalt des Stoßes hatte das Mädchen betäubt; Catherine hob es hoch, nahm es in die Arme und trug es in den Wald, auf eine kleine Wiese, wo die Quelle des Silberbachs sprudelt.

Catherine war groß und kräftig; sie glich in allen Punkten den Mädchen, die sich die Bildhauer und Maler als Modelle für die Freiheit, wie ehedem für die Republik, aussuchen; sie begeisterte die männliche Jugend des Avonne-Tals durch den üppigen Busen, die muskulösen Beine, die zugleich kräftige und geschmeidige Gestalt, die fleischigen Arme, die von Feuerflittern blitzenden Augen, die stolze Miene, das in dicken Büscheln gewundene Haar, den roten Mund mit den gewissermaßen blutdürstig geschürzten Lippen, die Eugène Delacroix[153] und David d'Angers[154] beide auf bewundernswerte Weise erfaßt und dargestellt haben. Die glühende, jähe Catherine war ein Bild des Volkes; sie sprühte Aufruhr aus ihren hellgelben Augen, die durchdringend und von soldatesker Unverschämtheit waren. Von ihrem Vater hatte sie einen solchen Ungestüm geerbt, daß, außer Tonsard, die ganze Familie in der Schenke Angst vor ihr hatte.

»Na, Kleine, wie fühlst du dich?« fragte Catherine die Pechina.

Catherine hatte ihr Opfer absichtlich auf eine schwache Bodenerhebung bei der Quelle gesetzt; mit einem Guß kalten Wassers hatte sie sie wieder zu Bewußtsein gebracht.

»Wo bin ich . . .?« fragte sie und schlug die schönen schwarzen Augen auf, die anmuteten, als gleite ein Sonnenstrahl durch sie hindurch.

»Ach, ohne mich«, fuhr Catherine fort, »wärst du tot . . .«

»Danke«, sagte die noch völlig benommene Kleine. »Was ist mir denn passiert?«

»Du bist über eine Wurzel gestolpert und hast dich längelang hingelegt, wie von einer Kugel niedergestreckt . . . Und gelaufen bist du . . .! Wie eine Irrsinnige bist du gerannt.«

»Dein Bruder hat schuld an dem Unfall«, sagte die Kleine; es war ihr eingefallen, daß sie Nicolas gesehen hatte.

»Mein Bruder? Den hab' ich nicht gesehn«, sagte Catherine. »Und was hat er dir denn getan, der arme Nicolas, daß du vor ihm Angst hast wie vor einem Werwolf? Ist er etwa nicht schöner als dein Monsieur Michaud?«

»Oh!« sagte die Pechina hochfahrend.

»Glaub es nur, Kleine, du stürzt dich noch ins Unglück, wenn du die liebhast, die uns nachstellen. Warum bist du nicht auf unserer Seite?«

»Warum geht ihr nie in die Kirche? Und warum stehlt ihr Tag und Nacht?« fragte das Mädchen.

»Solltest du dich von den Redensarten der Bourgeois haben einwickeln lassen . . .?« antwortete Catherine verächtlich und ohne von der Neigung der Pechina etwas zu ahnen. »Die Bourgeois, die lieben uns, wie sie die Küche lieben, die müssen jeden Tag eine neue Mahlzeit haben. Hast du es je erlebt, daß Bourgeois und Bauernmädchen heiraten? Paß nur auf, ob Sarcus der Reiche seinem Sohn erlaubt, die schöne Gatienne Giboulard aus Auxerre zu heiraten, und dabei ist sie die Tochter eines reichen Schreiners . . .! Du bist noch nie in Soulanges im Tivoli, bei Socquard, gewesen; willst du nicht mal mitkommen? Da kannst du sie sehen, die Bourgeois; da kannst du dann begreifen, daß sie kaum das bißchen Geld wert sind, daß wir ihnen abknöpfen, wenn wir uns einen von ihnen geschnappt haben! Komm doch dieses Jahr mit zum Jahrmarkt!«

»Die Leute sagen immer, er sei recht schön, der Jahrmarkt in Soulanges!« rief die Pechina naiv.

»Ich will dir mit ein paar Worten sagen, was es damit auf sich hat«, erwiderte Catherine. »Wenn man schön ist, dann wird man mit lüsternen Blicken angeschaut. Wozu ist man denn so hübsch wie du? Doch nur dazu, daß die Männer einen bewundern! Ach, als ich zum erstenmal habe sage hören: ›Das ist aber mal ein hübsches Stück Mädchen!‹, da ist mein ganzes Blut zu Feuer geworden. Das war bei Socquard, mitten im Tanz; mein Großvater, der die Klarinette spielt, hat gegrinst. Das Tivoli ist mir groß und schön vorgekommen wie der Himmel; das kommt, Mädchen, weil da alles mit modernen Spiegellampen erleuchtet ist; man könnte meinen, man sei im Paradies. Die feinen Herren aus Soulanges und aus La-Ville-aux-Fayes sind alle da. Seit jenem Abend habe ich immer eine Schwäche für den Ort gehabt, wo dieser Satz mir in den Ohren geklungen hat wie Militärmusik. Man könnte die ewige Seligkeit dafür hingeben, mein Kind, um zu hören, daß der Mann, den man liebhat, so was von einem sagt...!«

»Ach ja, vielleicht«, antwortete die Pechina mit nachdenklicher Miene.

»Dann komm doch, um dieses Segenswort von einem Mann zu vernehmen; es wird bestimmt nicht unausgesprochen bleiben!« rief Catherine. »Den Teufel auch! Wenn man so brav ist wie du, hat man Aussichten, sein Glück zu machen...! Der Sohn von Monsieur Lupin, Amaury, der immer einen Frack mit goldenen Knöpfen trägt, der wäre durchaus imstande, dich zu heiraten! Und es könnte sogar noch besser kommen! Wenn du wüßtest, was es da alles gegen Kümmernisse gibt! Denk bloß mal, Socquards Würzwein, der ließe dich das größte Unglück vergessen. Du glaubst gar nicht, was für Träume der einem eingibt! Ganz unbeschwert fühlt man sich... Du hast noch nie Würzwein getrunken...! Na, du hast ja auch noch keine Ahnung vom Leben!«

Dieses Privileg der Erwachsenen, sich dann und wann mal den Mund mit einem Glas Würzwein auszuspülen, erregt so sehr die Neugier von Kindern unter zwölf Jahren, daß Geneviève einmal an einem Gläschen Würzwein, der ihrem kranken Großvater vom Arzt verordnet worden war, genippt hatte. Dieses Kosten hatte in der Erinnerung des armen Kindes etwas wie Magie hinterlassen, und diese vermag die Aufmerksamkeit zu erklären, die Catherine zuteil wurde, und mit der dies wüste Mädchen gerechnet hatte, um den Plan durchzuführen, der ihr zum Teil schon geglückt war. Sicherlich wollte sie ihr durch den Sturz ohnehin schon benommenes Opfer in jene moralische Trunkenheit versetzen, die so gefährlich für draußen auf dem Land lebende Mädchen ist; denn deren Phantasie, der es an Nahrung gebricht, wird eben deswegen um so glühender, sobald sie etwas findet, auf das sie sich erstrecken kann. Der Würzwein, den Catherine bereithielt, sollte ihrem Opfer vollends den Kopf verdrehn.

»Was ist denn da alles drin?« fragte die Pechina.

»Alles mögliche . . .!« antwortete Catherine und blickte seitwärts, um zu sehen, ob ihr Bruder komme. »Vor allem so Zeug, das aus Indien kommt, Zimt und Kräuter, die einen so verzükken, daß man ein ganz anderer Mensch wird. Also kurz und gut, man glaubt, den, den man liebt, in den Armen zu halten! Das macht einen glücklich! Man hält sich für reich, und alles ist einem schnuppe!«

»Ich hätte Angst davor, bei einem Tanzvergnügen Würzwein zu trinken«, sagte die Pechina.

»Warum denn?« entgegnete Catherine. »Es ist ganz ungefährlich; bedenk doch, wie viele Menschen dabei sind. Sämtliche Bourgeois sehen einen an! Ach, solche Tage lassen einen viel Elend ertragen! Das zu erleben und dann zu sterben, das wäre einem schon recht!«

»Wenn doch Monsieur und Madame Michaud mitkämen . . .«, antwortete die Pechina, und ihre Blicke flammten.

»Aber du darfst doch deinen Großvater Niseron nicht vergessen, den armen, lieben Mann, und wie es ihm schmeicheln würde, zu erleben, daß du angebetet wirst wie eine Königin . . . Sind dir tatsächlich diese ›Arminacs‹ wie Michaud und dergleichen lieber als dein Großvater und wir Burgunder? Man darf doch seine Heimat nicht verleugnen. Und außerdem, was könnten die Michauds denn machen, wenn dein Großvater dich mit zum Fest nach Soulanges nähme . . .? Ach, wenn du wüßtest, was es heißt, einen Mann zu beherrschen, der versessen auf einen ist, und ihm sagen zu können: ›Geh da und da hin!‹ wie ich zu Godain sage, und dann geht er hin! ›Tu das!‹ und er tut es! Du bist nämlich so gebaut, Kleine, siehst du, daß du einem Bourgeois wie dem Sohn von Monsieur Lupin glatt den Kopf verdrehen könntest. Wenn man bedenkt, daß Monsieur Amaury sich in meine Schwester Marie verknallt hat, weil sie blond ist, und daß er vor mir gewissermaßen Angst hat . . . Aber du, seit die Leute im Pavillon dich ausstaffiert haben, du siehst aus wie eine Fürstin.«

Auf diese Weise ließ Catherine Nicolas geschickt in Vergessenheit geraten, um das Mißtrauen in dieser naiven Seele zu beschwichtigen; gleichzeitig aber flößte sie ihr auf mehr als raffinierte Weise die Ambrosia der Komplimente ein. Ohne es zu wissen, hatte sie an die geheime Wunde dieses Herzens gerührt. Die Pechina war nichts als ein armes, kleines Bauernmädchen, aber sie war von einer erschreckenden Frühreife wie viele Geschöpfe, denen es bestimmt ist, vor der Zeit zu enden, wie sie vor der Zeit geblüht haben. Diesem absonderlichen Produkt montenegrinischen und burgundischen Bluts, das in den Beschwerden des Kriegs empfangen und ausgetragen worden war, waren wohl die Nachwirkungen all dieser Umstände anzumerken. Sie war schmal, schmächtig, braun wie ein Tabakblatt und klein, besaß indessen eine unglaubliche Kraft; aber diese blieb den Augen der Bauern verborgen, die von den Mysterien nervöser Organismen nichts wissen. Im Krankheitsverzeichnis der Bauern kommen die Nerven nicht vor.

Die dreizehnjährige Geneviève hatte mit dem Wachsen aufgehört, obwohl sie kaum die Größe eines Knaben ihres Alters hatte. Ihr Gesicht verdankte sie ihrem Ursprung oder der Sonne Burgunds, nämlich den topasenen Teint, der zugleich dunkel und glänzend ist, dunkel durch die Färbung und glänzend durch das Korn des Hautgewebes, das einem kleinen Mädchen ein altes Aussehen gibt; die medizinische Wissenschaft würde einen vielleicht tadeln, wenn man das behauptete. Dieses vorweggenommene Alter der Gesichtszüge wurde ausgeglichen durch die Lebhaftigkeit, den Glanz, das strahlende Leuchten, das aus den Augen der Pechina zwei Sterne machte. Wie bei allen solchen sonnenhaften Augen, die es vielleicht nach einem kraftvollen Schutz verlangt, waren die Lider mit Wimpern von beinahe übertriebener Länge versehen. Das blauschwarze, feine, lange, üppige Haar krönte in dicken Flechten eine Stirn, die geschnitten war wie die der antiken Juno. Dieses prächtige Haardiadem, diese großen Armenierinnen-Augen, diese himmlische Stirn löschten das Gesicht aus. Die Nase war an der Wurzel von reiner Form und elegant geschwungen, endete indessen in Flügeln, die wie abgeplattete Pferdenüstern aussahen. Manchmal, in der Erregung, hoben sich die Nasenflügel, das Gesicht zog sich zusammen und nahm dann einen wütenden Ausdruck an. Gerade wie die Nase wirkte der untere Teil des Gesichts unvollendet, gleich als habe es den Fingern des göttlichen Bildners an Ton gemangelt. Der Raum zwischen Unterlippe und Kinn war so kurz bemessen, daß man, hätte man die Pechina am Kinn gezupft, ihr die Lippen hätte streifen müssen; aber die Zähne halfen einem über diesen kleinen Fehler hinweg. Man hätte diese kleinen, feinen, schimmernden, polierten, gutgeschnittenen, durchsichtigen Knochenbildungen für beseelt halten können, die ein allzu gespaltener Mund sehen ließ; er wurde noch betont durch Krümmungen, die den Lippen Ähnlichkeit mit den bizarren Windungen von Korallen liehen. Das Licht glitt so leicht durch die Ohrmuscheln hindurch, daß sie bei vollem Sonnenlicht rosa wirkten. Obwohl der Teint juchtenbraun war, offenbarte er eine wunderbare Feinheit der Haut. Wenn, wie Buffon[155] gesagt hat, die Liebe in der Berührung besteht, müßte die Zartheit dieser Haut aufreizend und durchdringend wirken wie der Duft von Datura-Blüten[156]. Die Brust wie der übrige Körper erschreckten durch ihre Magerkeit; aber die Füße und die Hände waren von herausfordernder Kleinheit und ließen auf eine überlegene nervöse Kraft und einen lebensvollen Organismus schließen. Dieses Gemisch von diabolischen Unvollkommenheiten und göttlich schönen Einzelzügen wirkte trotz so vieler Mißverhältnisse harmonisch, denn es neigte durch einen wilden Stolz zur Einheitlichkeit; die Herausforderung einer starken Seele an einen schwächlichen Körper stand in den Augen geschrieben; und all das machte dieses Mädchenkind zu etwas Unvergeßlichem. Die Natur hatte aus diesem kleinen Wesen eine Frau machen wollen; die Umstände bei ihrer Empfängnis hatten ihr das Antlitz und den Körper eines Knaben geliehen. Ein Dichter hätte beim Erblicken dieses seltsamen Mädchens ihr Jemen als Heimatland gegeben; sie erinnerte an die Afriten und Geister der arabischen Märchen. Die Physiognomie der Pechina log nicht. Sie besaß die Seele ihres feurigen Blicks, den Geist ihrer durch die bezaubernden Zähne zum Schimmern gebrachten Lippen, das Denken ihrer hohen Stirn und das Wütende ihrer stets zum Aufwiehern bereiten Nasenflügel. Daher durchtobte auch die Liebe, wie man sie im glühenden Wüstensand auffaßt, dieses Herz, das trotz der dreizehn Jahre des Montenegrinerkindes zwanzig Jahre zählte, und das, wie die Schneegipfel jenes Lands, sich nie mit Frühlingsblumen schmücken sollte.

Menschenkenner dürften jetzt verstehen, daß die Pechina, bei der die Liebesleidenschaft aus allen Poren hervorbrach, bei perversen Naturen die durch Mißbrauch eingeschläferte Phantasie wieder erweckte; gerade wie bei Tisch einem beim Anblick jener mißgeformten, durchlöcherten, dunkelgefleckten Früchte, die den Feinschmeckern aus Erfahrung bekannt sind, und unter deren Haut die Natur erlesene Säfte und Düfte bereithält, das Wasser im Munde zusammenläuft. Warum war Nicolas, dieser vulgäre Tagelöhner, hinter diesem eines Dichters würdigen Geschöpf her, mit dem doch alle Leute des Tals Mitleid hatten wie mit einer kränklichen Mißgeburt? Warum empfand Rigou, ein alter Mann, für sie die Leidenschaft eines Jünglings? Wer von den beiden war jung, wer war alt? War der junge Bauernbursche ebenso übersättigt wie der Greis? Wie kam es, daß diese beiden Extreme des Lebens sich in einer gemeinsamen, sinistren Begierde zusammenfanden? Ähnelt die schwindende Kraft der beginnenden? Die männlichen Ausschweifungen sind von Sphinxen bewachte Abgründe; sie beginnen und enden fast alle mit Fragen ohne Antwort.

Jetzt wird man den Ausruf: »Piccina...!« verständlich finden, der der Gräfin entschlüpft war, als sie vor einem Jahr Geneviève auf dem Weg erblickt hatte; Geneviève, die beim Anblick

201

einer Kalesche und einer wie Madame de Montcornet gekleideten Dame Mund und Nase aufgesperrt hatte. Dieses beinah verkommene montenegrinische Mädchen liebte den großen, den gut aussehenden, den noblen Oberaufseher, freilich wie Kinder dieses Alters zu lieben verstehen, wenn sie lieben, das heißt, mit der Wut eines kindlichen Verlangens, mit den Kräften der Jugend, mit der Hingabe, die bei den wahren Jungfrauen himmlische Poesien zuwege bringen. Somit hatte Catherine mit ihren plumpen Händen an die empfindlichsten Saiten dieser Harfe gerührt, die alle gespannt waren bis zum Zerspringen. Unter den Augen Michauds tanzen, zum Fest von Soulanges gehen, dort glänzen, sich der Erinnerung des angebeteten Dienstherrn einprägen . . .? Was für Gedanken! Sie in diesen vulkanischen Kopf werfen, hieß das nicht, glühende Kohlen auf der Augustsonne ausgesetztes Stroh schütten?

»Nein, Catherine«, antwortete die Pechina, »ich bin häßlich und armselig; mein Los ist es, in meinem Winkel zu leben, unverheiratet zu bleiben, auf Erden ganz allein dazustehen.«

»Die Männer haben viel für die ›Schmalen‹ übrig«, entgegnete Catherine. »Sieh mich mal an«, sagte sie und zeigte ihre schönen Arme, »ich gefalle Godain, und der ist doch ein wahrer Frosch; ich gefalle dem kleinen Charles, der immer um den Grafen herum ist, aber der junge Lupin hat Angst vor mir. Ich sag' es dir nochmal. Die kleinen Männer, die lieben mich, und die sagen in La-Ville-aux-Fayes oder in Soulanges: ›Was für'n schönes Stück Mädchen!‹ Na, und du, du wirst den gut gewachsenen Männern gefallen . . .«

»Ach, Catherine, wenn das doch stimmte . . .!« rief die entzückte Pechina.

»Na, schließlich stimmt es doch so sehr, daß Nicolas, der schönste Mann des Distrikts, verrückt auf dich ist; er träumt von dir, es bringt ihn um den Verstand, und dabei wird er von sämtlichen Mädchen geliebt . . . Dabei ist er doch einer, der sich sehen lassen kann! Wenn du ein weißes Kleid mit gelbem Besatz anziehst, bist du am Marientag bei Socquard die Schönste, und die ganze gute Gesellschaft von La-Ville-aux-Fayes sieht dich. Na, willst du nicht hinkommen . . .? Paß mal auf, ich habe Gras für unsere Kuh gemäht, und in meiner Feldflasche ist noch ein bißchen Würzwein, den hat Socquard mir heute morgen geschenkt«, sagte sie, als sie in den Augen der Pechina den irrlichternden Ausdruck aufschimmern sah, den alle Frauen kennen, »ich will mal nett sein und ihn mit dir teilen ... dann ist dir, als würdest du geliebt ...«

Während dieser Unterhaltung hatte Nicolas sich geräuschlos herangeschlichen, er war dabei bedacht gewesen, die Füße auf Grasbüschel zu setzen, und so war er bis zu dem Stamm einer dicken Eiche gelangt, die dicht neben der Bodenerhebung stand, auf die Catherine die Pechina gesetzt hatte. Catherine hatte dann und wann um sich geblickt; als sie die Feldflasche mit dem Würzwein holen wollte, hatte sie den Bruder entdeckt.

»Komm, fang an«, sagte sie zu der Kleinen.

»Das brennt einem im Hals!« rief Geneviève, als sie zwei Schlucke getrunken hatte und die Flasche Catherine zurückgab.

»Du Dummes, zeig her!« antwortete Catherine und leerte die Bauernflasche in einem Zuge. »So macht man das! Es ist, als scheine einem ein Sonnenstrahl in den Magen!«

»Und was wird aus mir, die ich doch meine Milch zu Mademoiselle Gaillard hätte tragen sollen ...?« rief die Pechina. »Nicolas hat mich so erschreckt ...!«

»Dann magst du Nicolas also nicht?«

»Nein«, antwortete die Pechina. »Warum ist er immer hinter mir her? Es fehlt ihm doch nicht an Mädchen, die ihm zu Willen sind.«

»Aber wenn er dich nun lieber will als alle Mädchen im Tal, Kleines ...?«

»Dann tut er mir leid«, sagte sie.

»Daran sieht man, daß du ihn noch nicht näher kennst«, entgegnete Catherine.

Als Catherine Tonsard diesen schrecklichen Satz gesagt hatte, faßte sie mit niederschmetternder Plötzlichkeit die Pechina um die Taille, warf sie rücklings ins Gras, drückte sie flach nieder, beraubte sie aller Kraft und hielt sie in dieser gefährlichen Stellung fest. Als das Kind seinen verhaßten Verfolger erblickte, fing es aus Leibeskräften an zu schreien und versetzte Nicolas einen Tritt in den Bauch, daß er fünf Schritte zurückflog; dann drehte sie sich wie eine Akrobatin mit einer Fixigkeit um sich selbst, die Catherines Berechnungen täuschte, und sprang auf, um wegzulaufen. Catherine war auf der Erde sitzengeblieben; sie streckte die Hand aus und packte die Pechina am Fuß, so daß sie mit dem Gesicht nach unten lang hinschlug. Dieser böse Sturz hemmte das unaufhörliche Schreien der beherzten Montenegrinerin. Nicolas war trotz der Heftigkeit des Fußtritts wieder zu sich gekommen; wütend stürzte er herzu und wollte sein Opfer packen. Obwohl noch betäubt von dem Wein, packte das Kind in dieser Gefahr Nicolas Kehle und preßte sie mit eisernem Klammergriff zusammen.

»Sie erwürgt mich! Hilfe, Catherine!« rief Nicolas mit einer Stimme, die mühsam durch den Kehlkopf drang.

Die Pechina ihrerseits stieß gellende Schreie aus; Catherine legte ihr die Hand auf den Mund, um das Geschrei zu ersticken, aber das Kind biß sie, daß sie blutete. Da erschienen Blondet, die Gräfin und der Pfarrer am Waldrand.

»Die Bourgeois von Les Aigues kommen«, sagte Catherine und half Geneviève aufstehen.

»Ist dir dein Leben lieb?« fragte Nicolas Tonsard das Kind mit heiserer Stimme.

»Na, und?« fragte die Pechina.

»Sag ihnen, wir hätten gespielt, dann verzeihe ich dir«, fuhr Nicolas mit finsterer Miene fort.

»Sagst du es, du Hündin . . .?« fiel Catherine ein, und ihr Blick war noch furchtbarer als Nicolas' mörderische Drohung.

»Ja, wenn ihr mich in Ruhe laßt«, antwortete das Kind. »Außerdem gehe ich nie mehr ohne meine Schere aus!«

»Du hältst den Mund, oder ich werfe dich in die Avonne«, sagte die wüste Catherine.

»Ihr seid Unholde . . .!« rief der Pfarrer. »Ihr verdientet, verhaftet zu werden und vors Schwurgericht zu kommen . . .«

»Na, was treibt ihr denn in euern Salons, ihr Leute?« fragte Nicolas und schaute die Gräfin und Blondet an, die zusammenzuckten. »Ihr spielt bloß, nicht wahr? Na also, für uns sind die Felder da, immerzu arbeiten kann man nicht, also haben wir mal gespielt! Wollen Sie meine Schwester und die Pechina fragen?«

»Wieso? Wenn ihr euch prügelt, dann nennt ihr das spielen . . .?« rief Blondet.

Nicolas warf auf Blondet einen Mörderblick.

»Sag doch was«, sagte Catherine, nahm die Pechina am Unterarm und drückte ihn so, daß darauf ein blaues Armband zurückblieb. »Nicht wahr, wir haben bloß ein bißchen gespaßt . . .?«

»Ja, Madame, wir haben gespaßt«, sagte das von der Anspannung seiner Kräfte erschöpfte Kind, das in sich zusammensank, als wolle es ohnmächtig werden.

»Da hören Sie es, Madame«, sagte Catherine frech und warf der Gräfin einen jener Blicke von Frau zu Frau zu, die wie Dolchstiche sind.

Sie nahm den Arm ihres Bruders, und beide gingen davon, ohne sich Täuschungen über die Gedanken hinzugeben, die sie in jenen drei Persönlichkeiten ausgelöst hatten. Nicolas dreht sich zweimal um, und zweimal begegnete er Blondets Blick, der ihn maß, diesen fünf Fuß acht Zoll großen Kerl mit der kräftigen Gesichtsfarbe, dem dunklen, krausen Haar und den breiten Schultern, dessen ziemlich hübsches Gesicht auf den Lippen und um den Mund Züge aufwies, in denen sich die den Wollüstlingen und Nichtstuern eigentümliche Grausamkeit kundtat. Catherine schwenkte ihren weißen, blaugestreiften Rock mit einer Art perverser Koketterie.

»Kain und Frau Gemahlin!« sagte Blondet zum Pfarrer.

»Sie wissen nicht, wie recht Sie damit haben«, antwortete der Abbé Brossette.

»Ach, Herr Pfarrer, was werden die beiden mir jetzt antun?« fragte die Pechina, als Bruder und Schwester so weit weg waren, daß ihre Stimme nicht mehr gehört werden konnte.

Die Gräfin war weiß wie ihr Taschentuch geworden; sie befand sich in einem solchen Zustand der Erschütterung, daß sie weder Blondet noch den Pfarrer noch die Pechina vernommen hatte.

»Dies alles könnte einen aus einem irdischen Paradies verjagen . . .«, sagte sie schließlich. »Aber vor allem müssen wir dieses Kind aus ihren Klauen retten.«

»Sie hatten recht, dieses Kind ist vollauf ein Gedicht, ein lebendiges Gedicht!« sagte Blondet ganz leise zur Gräfin.

Die Montenegrinerin befand sich jetzt in einer Verfassung, wo Körper und Seele nach der Feuersbrunst eines Zorns, bei dem alle intellektuellen und physischen Kräfte die Summe ihrer Leistungsfähigkeit eingesetzt haben, gewissermaßen rauchen. Es ist dies ein unerhörter, äußerster Glanz, der nur unter dem Druck eines Fanatismus, des Widerstands oder des Sieges hervorbricht, der Glanz der Liebe oder des Martyrertums. Das Kind war in einem braun und gelb gemusterten Kleid mit einer Halskrause weggegangen, die sie selber in Falten legte; dazu stand sie morgens immer ganz früh auf. Sie hatte noch nicht bemerkt, wie unordentlich und mit Erde beschmutzt ihr Kleid war, wie zerknittert ihre Halskrause. Sie tastete nach ihrem aufgegangenen Haar und suchte nach ihrem Kamm. Erst bei dieser Regung der Verwirrung erschien Michaud, den das Geschrei gleichfalls herbeigelockt hatte, auf dem Schauplatz. Beim Erblicken ihres Abgotts fand die Pechina all ihre Energie wieder.

»Nicht mal angerührt hat er mich, Monsieur Michaud!« rief sie.

Dieser Ausruf sowie der Blick und die Geste, die ein beredter Kommentar dazu waren, sagten im Bruchteil einer Sekunde Blondet und dem Pfarrer mehr über die leidenschaftliche Liebe dieses seltsamen Mädchens zu dem Oberaufseher, der nichts davon merkte, als Madame Michaud darüber zu der Gräfin gesagt hatte.

»Der Schuft!« rief Michaud aus.

Und mit der unwillkürlichen, ohnmächtigen Handbewegung, wie sie den Irren wie den Weisen entfährt, drohte er Nicolas, dessen hohe Gestalt noch zu sehen war, ehe er mit seiner Schwester im Wald verschwand.

»Dann habt ihr also nicht gespielt?« fragte der Abbé mit einem alles durchschauenden Blick auf die Pechina.

»Quälen Sie sie nicht«, sagte die Gräfin; »wir wollen heimgehen.«

Obgleich die Pechina wie zerbrochen war, schöpfte sie aus ihrer Leidenschaft Kraft genug, um gehen zu können; ihr angebeteter Herr blickte sie ja an! Die Gräfin folgte Michaud auf einem der nur den Wilderern und den Aufsehern bekannten Pfade, auf denen man nicht nebeneinander gehen kann, der sie indessen geradewegs zur Porte d'Avonne führte.

»Michaud«, sagte sie mitten im Walde, »es müssen Mittel und

Wege gefunden werden, die Gegend von diesem tückischen Taugenichts zu befreien; dies Kind schwebt vielleicht in Lebensgefahr.«

»Vor allem«, antwortete Michaud, »darf Geneviève den Pavillon nicht mehr verlassen; meine Frau soll Vatels Neffen zu sich ins Haus nehmen, der bis jetzt die Parkwege in Ordnung gehalten hat; an seine Stelle tritt ein Junge aus dem Geburtsdorf meiner Frau; wir dürfen auf Les Aigues nur noch Leute beschäftigen, deren wir sicher sind. Mit Gounod im Haus und Cornevin, dem alten Nährvater, sind die Kühe in guter Hut, und die Pechina geht nicht mehr ohne Begleitung ins Freie.«

»Ich will meinem Mann sagen, daß er Sie für diese zusätzlichen Ausgaben entschädigt«, fuhr die Gräfin fort. »Aber dadurch schaffen wir uns Nicolas noch nicht vom Halse. Wie bringen wir das fertig?«

»Das Mittel ist ganz einfach und schon gefunden«, antwortete Michaud. »Nicolas muß in ein paar Tagen zur Musterung; anstatt sich für seine Freistellung einzusetzen, braucht der Herr General, mit dessen Hilfe die Tonsards rechnen, ihn nur bei der Kommission schlecht zu machen.«

»Wenn es sein muß«, sagte die Gräfin, »suche ich selber meinen Vetter de Castéran, unsern Präfekten, auf; aber bis dahin komme ich aus dem Zittern nicht heraus ...« Diese Worte wurden an der Einmündung des Pfades auf das Rondell gewechselt. Als die Gräfin den Kamm der Grabenböschung betrat, konnte sie einen Aufschrei nicht unterdrücken; im Glauben, sie habe sich an einem Dorn verletzt, sprang Michaud vor, um sie zu stützen; aber bei dem Anblick, der sich seinen Augen bot, zuckte er zusammen.

Marie und Bonnébault saßen an der Grabenböschung; sie schienen zu plaudern, hatten sich jedoch sicherlich versteckt, um zu lauschen. Offenbar hatten sie ihr Plätzchen im Wald verlassen, als sie Leute kommen hörten und bourgeoise Stimmen erkannten.

Nach zehnjähriger Dienstzeit bei der Kavallerie war Bonnébault, ein langer, magerer Mensch, vor ein paar Monaten nach Couches zurückgekehrt, und zwar mit endgültigem Abschied, den er seiner schlechten Führung verdankte; er hatte die besten Soldaten durch sein Beispiel verdorben. Er trug Schnurrbart und

Fliege, eine Besonderheit, die zusammen mit der bestechenden
Haltung, die die Kasernenzucht den Soldaten beibringt, Bonnébault zum Hahn im Korb bei den Mädchen des Tals gemacht
hatte. Wie alle Soldaten trug er das Haar am Hinterkopf sehr
kurz geschoren, aber über der Stirn gelockt; über den Schläfen
trug er es kokett hochgebürstet, und seine Polizeikappe schob er
keck aufs Ohr. Und schließlich wirkte er im Vergleich zu den
Bauern, die fast alle in Lumpen gingen wie Mouche und Fourchon, in seiner Leinenhose, in Stiefeln und kurzer Jacke geradezu prächtig. Diese nach seiner Entlassung gekauften Kleidungsstücke sahen zwar mitgenommen und nach Feldarbeit aus; aber
der Hahn des Tals besaß auch bessere für die Festtage. Er lebte,
wir wollen es nicht verschweigen, von der Freigebigkeit seiner
kleinen Freundinnen, die aber kaum für sein Leben in Saus und
Braus, seine Zechgelage, seine Verirrungen jedweder Art genügte,
die sein häufiger Besuch des Cafés de la Paix mit sich brachte.

Trotz seines rundlichen, platten, beim ersten Anblick nicht
grade unangenehmen Gesichts hatte dieser Kerl irgend etwas Un-
heimliches an sich. Er hatte einen scheelen Blick, das heißt, das
eine seiner Augen folgte nicht der Bewegung des andern; nicht,
daß er richtig geschielt hätte, aber seine Augen hatten kein Eben-
maß, sie bildeten kein Ensemble, um einen Malerausdruck zu benutzen. Dieser Fehler war zwar nur leicht, aber er gab seinem
Blick einen finstern, beunruhigenden Ausdruck; er entsprach
einem Runzeln der Stirn und der Brauen, das eine gewisse Cha-
rakterschwäche, eine Anlage zum Verkommen verriet.

Mit der Feigheit ist es wie mit dem Mut; es gibt davon unterschiedliche Arten. Bonnébault, der gekämpft hätte wie der tap-
ferste Soldat, war schwach seinen Lastern und Gelüsten gegenüber. Er war faul wie eine Eidechse, tatkräftig nur bei dem, was
ihm Spaß machte, ohne das mindeste Zartgefühl, zugleich stolz
und kriecherisch, zu allem fähig und lässig; und so bestand das
Glück dieses »Tellerzerdepperers und Herzensbrechers«, um
einen soldatesken Ausdruck zu gebrauchen, im Übeltun oder im
Schadenstiften. Draußen auf dem Lande bildet ein solcher Charakter ein ebenso schlechtes Beispiel wie beim Regiment. Bonnébault wollte, wie Tonsard und wie Fourchon, gut leben und
nichts tun. Daher hatte er »seinen Plan ausgeheckt«, um einen

Ausdruck aus dem Wörterbuch von Vermichel und Fourchon zu verwenden. Während er mit wachsendem Erfolg sein Ansehen und mit wechselndem Glück sein Talent zum Billardspiel ausnützte, hoffte er, in seiner Eigenschaft als Stammgast des Cafés de la Paix, eines Tages Mademoiselle Aglaé Socquard zu heiraten, die einzige Tochter des alten Socquard, des Besitzers jenes Etablissements, das, im Verhältnis, für Soulanges, wie man bald sehen wird, dasselbe war, wie das Ranelagh[157] für den Bois de Boulogne.

Die Laufbahn eines Caféhaus-Wirts einzuschlagen, Unternehmer öffentlicher Tanzveranstaltungen zu werden, dies schöne Los schien tatsächlich der Marschallsstab eines Nichtstuers zu sein. Solcherlei Anschauungen, ein solches Leben und ein solcher Charakter standen auf so schmutzige Weise in den Gesichtszügen dieses Lebemanns unterster Klasse zu lesen, daß die Gräfin sich beim Erblicken dieses Paars einen Aufschrei entschlüpfen ließ; es hatte auf sie einen so lebhaften Eindruck gemacht, wie wenn sie zwei Schlangen erblickt hätte.

Marie war vernarrt in Bonnébault; sie hätte für ihn gestohlen. Dieser Schnurrbart, diese trompetenhafte *desinvoltura*[158], diese Stutzermiene griffen ihr ans Herz, gerade wie Haltung, Gehaben und Umgangsformen eines de Marsay[159] einer hübschen Pariserin gefallen. Jede soziale Sphäre hat ihr Vornehmheits-Ideal! Die eifersüchtige Marie hatte Amaury, den andern Gekken der kleinen Stadt, von sich gestoßen; sie wollte nun mal Madame Bonnébault werden!

»Heda, ihr beiden! Heda, wollt ihr mitkommen ...?« riefen Catherine und Nicolas von weitem, als sie Marie und Bonnébault gewahrten.

Dieser mehr als schrille Schrei durchgellte den Wald wie ein Indianerruf.

Als Michaud diese beiden Menschenwesen sah, war er zusammengezuckt; er bereute tief, gesprochen zu haben. Wenn Bonnébault und Marie Tonsard das Gespräch belauscht hatten, konnte daraus nur ein Unglück entstehen. Dieser dem Anschein nach unbedeutende Umstand sollte bei der gereizten Stimmung, in der sich Les Aigues gegenüber den Bauern befand, einen entscheidenden Einfluß ausüben, gerade wie in einer Schlacht Sieg oder Niederlage von einem Bach abhängen, den ein Hirt mit geschlossenen Füßen überspringt, der jedoch für die Artillerie ein Hemmnis ist.

Bonnébault grüßte galant die Gräfin, dann nahm er mit Eroberermiene Maries Arm und schritt triumphierend davon.

»Das ist ›La-clé-des-cœrs‹ des Tals«, sagte Michaud leise zur Gräfin; er bediente sich dieses Soldatenausdrucks, der »Don Juan« bedeutet. »Er ist ein recht gefährlicher Mensch. Wenn er zwanzig Francs beim Billard verloren hat, könnte man ihn ohne weiteres dazu verleiten, Rigou umzubringen . . .! Sein Auge wendet sich ebensogut einem Verbrechen wie einem Vergnügen zu.«

»Für heute habe ich allzuviel gesehen«, entgegnete die Gräfin und nahm Emiles Arm. »Wir wollen heimgehen, meine Herren!«

Sie nickte Madame Michaud melancholisch zu, als sie sah, daß die Pechina bereits wieder im Pavillon war. Olympes Traurigkeit war auf die Gräfin übergegangen.

»Verzeihen Sie, Madame«, sagte der Abbé Brossette, »sollte die Schwierigkeit, hier Gutes zu tun, Sie davon abwenden, es wenigstens zu versuchen? Seit fünf Jahren schlafe ich auf einem Strohsack, wohne ich in einem Pfarrhaus ohne Möbel, lese ich die Messe, ohne daß Gläubige sie anhörten, predige ich ohne Zuhörer, bin ich Vikar ohne Nebeneinnahmen noch Gehaltszulage, lebe ich von den sechshundert Francs, die der Staat mir zahlt, ohne etwas von Monseigneur zu erbitten, und gebe ein Drittel davon für wohltätige Zwecke. Kurz und gut, ich verzweifle nicht! Wenn Sie wüßten, wie meine Winter hier beschaffen sind, würden Sie verstehen, was dieser Ausspruch wert ist! Ich wärme mich lediglich an dem Gedanken, dieses Tal zu retten, es für Gott zurückzuerobern! Es handelt sich nicht um uns, Madame, sondern um die Zukunft. Wenn wir eingesetzt sind, um den Armen zu sagen: ›Schickt euch darein, arm zu sein!‹, was soviel bedeutet wie: ›Leidet, fügt euch und arbeitet!‹, dann müssen wir den Reichen sagen: ›Versteht es, reich zu sein!‹, das heißt, verständig im Wohltun sein, fromm und des Platzes würdig, den Gott euch angewiesen hat! Ja, Madame, Sie sind nichts als die Verwalter der Macht, die das Vermögen verleiht, und wenn Sie nicht dessen Lasten auf sich nehmen, werden Sie es nicht so an Ihre Kinder weitergeben, wie Sie es empfangen haben! Sie plündern Ihre Nachkommenschaft aus. Wenn Sie bei dem Egoismus der Sängerin verbleiben, die sicherlich durch ihre Lässigkeit das Übel verursacht hat, dessen Ausdehnung Sie erschreckt, dann werden Sie aufs neue die Schafotte erblicken, auf denen Ihre Vorgänger um der Sünden ihrer Väter willen umgekommen sind. Das Gute im verborgenen tun, in einem Erdenwinkel, so wie Rigou, meiner Treu, dort das Böse tut . . .! Ja, das sind Gebete in Gestalt von Taten, die Gott wohlgefallen . . .! Wenn in jeder Gemeinde drei Menschen das Gute wollten, dann würde Frankreich, unser schönes Heimatland, vor dem Abgrund bewahrt bleiben, dem wir zueilen, und in den uns eine irreligiöse Gleichgültigkeit gegenüber allem, was nicht uns selber betrifft, hineinzieht . . .! Ändert euch, ändert eure Sitten, denn dann werdet ihr eure Gesetze ändern . . .!«

Obwohl die Gräfin tief erschüttert wurde, als sie diesen Ausbruch wahrhaft katholischer Nächstenliebe vernahm, antwortete sie mit dem fatalen »Wir werden sehen!« der Reichen, das genug an Versprechungen enthält, so daß sie sich einem Anspruch an ihre Börse entziehen können, und das ihnen verstattet, später mit untergeschlagenen Armen vor jedem Unglück zu stehen unter dem Vorwand, nun sei es halt geschehen.

Als der Abbé Brossette diese Äußerung vernahm, verneigte er sich vor Madame de Montcornet und schlug einen Parkweg ein, der unmittelbar nach der Porte de Blangy führte.

»Das Festmahl des Belsazar wird also das ewige Symbol der letzten Tage einer Kaste, einer Oligarchie, einer Herrschaft sein . . .!« sagte er sich, als er zehn Schritte zurückgelegt hatte. »Mein Gott, wenn es dein heiliger Wille ist, die Armen loszulassen wie einen Gießbach, um die Gesellschaft zu verwandeln, dann verstehe ich, daß du die Reichen mit Blindheit schlägst . . .!«

ZWÖLFTES KAPITEL

Wieso die Schenke das Parlament des Volkes ist[160]

Dadurch, daß die alte Tonsard aus vollem Halse schrie, hatte sie
ein paar Leute aus Blangy herbeigelockt, die begierig waren, zu
erfahren, was im Grand-I-Vert los sei; die Entfernung zwischen
dem Dorf und der Schenke ist nämlich nicht viel größer als die
zwischen der Schenke und der Porte de Blangy. Einer der Neugierigen war ausgerechnet der wackere Niseron, der Großvater
der Pechina; er hatte das zweite »Angelus« geläutet und war auf
dem Heimweg; er wollte ein paar Rebreihen beschneiden, die
auf dem letzten ihm verbliebenen Stück Land standen.

Dieser alte, von der Arbeit gebeugte Winzer mit dem weißen
Gesicht und dem Silberhaar stellte für sich allein die ganze Redlichkeit der Gemeinde dar; während der Revolution war er der
Präsident des Jakobiner-Klubs von La-Ville-aux-Fayes und Ge-
schworener beim Revolutions-Tribunal des Distrikts gewesen.
Jean-François Niseron war aus demselben Holz geschnitzt, aus
dem die Apostel bestanden; früher hatte er dem von allen Ma-
lern ähnlich gestalteten Bildnis des heiligen Petrus geglichen, dem
die Künstler sämtlich die viereckige Stirn des aus dem Volk
Stammenden, das dichte, von Natur gelockte Haar des Arbeiters,
die Muskeln des Proletariers, die Gesichtsfarbe des Fischers, die
mächtige Nase, den halb spöttischen Mund, der das Unglück
verhöhnt, kurzum, das Äußere des Starken geliehen haben, der
im nahen Walde Reisig schneidet, um das Abendessen zu kochen,
während die Doktrinäre über die Sache hin und her reden.

So war dieser noble Mann mit vierzig Jahren beschaffen, hart
wie Eisen und lauter wie Gold. Als Anwalt des Volkes glaubte
er an das, was eine Republik eigentlich hätte sein sollen, wenn
er diese Bezeichnung wie ein Donnern vernahm; sie ist vielleicht
noch fürchterlicher als die dahinterstehende Idee. Er glaubte an
die Republik des Jean-Jacques Rousseau, an die Brüderlichkeit
der Menschen, an den Austausch schöner Gefühle, an die feierliche Bekanntgabe der Leistung, an Wahlen ohne hinterhältige
Umtriebe, mithin an alles, was die geringe Ausdehnung eines
Stadtbereichs wie des von Sparta möglich macht, was aber durch

die Ausmaße eines Reichs zu etwas Chimärischem wird. Er hatte seine Ideen mit seinem Blut bekräftigt; sein einziger Sohn war mit an die Landesgrenze gerückt; und er hatte noch mehr getan, er hatte sie mit seinen Interessen bekräftigt, und das ist das höchste Opfer, das der Egoismus zu bringen vermag. Als der Neffe und der einzige Erbe des Pfarrers von Blangy hätte dieser allmächtige Volkstribun die Erbschaft der schönen Arsène an sich bringen können, der hübschen Wirtschafterin des Verstorbenen; allein er hatte den Willen des Testators respektiert und sich in das Elend geschickt, das für ihn ebenso rasch hereingebrochen war wie der Verfall für seine Republik.

Niemals war eine Scheidemünze oder ein Baumzweig, die einem andern gehörten, in die Hände dieses erhabenen Republikaners gelangt; er würde die Republik zu etwas Annehmbaren gemacht haben, wenn er hätte Schule machen können. Er lehnte es ab, Nationalgüter aufzukaufen; er bestritt der Republik das Recht zur Beschlagnahme. Als Antwort auf die Forderungen des Wohlfahrtsausschusses wollte er, daß die Tugend der Bürger für das heilige Vaterland die Wunder vollbrächte, die die Jobber in der Regierung mittels Gold durchzuführen gedachten. Dieser der Antike würdige Mann hatte Gaubertins Vater in aller Öffentlichkeit seine heimlichen Verrätereien, seine Gefälligkeiten und Veruntreuungen vorgeworfen. Er hatte den tugendhaften Moucheron heruntergeputzt, jenen Volksrepräsentanten, dessen Tugend ganz einfach Unfähigkeit war, wie bei so vielen andern, die mit den gewaltigsten politischen Hilfsmitteln ausgestattet waren, die je eine Nation geliefert hat, die also mit der gesamten Kraft eines Volkes gewappnet waren und dennoch für Frankreich alledem nicht so viel an Größe abgewannen, wie Richelieu der Schwachheit seines Königs zu entringen vermocht hat. Daher war der Bürger Niseron für allzu viele zum lebendigen Vorwurf geworden. Nur zu bald wurde der biedere Mann unter der Lawine des Vergessens begraben, unter der schrecklichen Redensart: »Der ist mit nichts zufrieden!« Das pflegen die zu sagen, die sich während des Aufruhrs bereichert haben.

Dieser andere Unbequeme hatte sich unter sein Dach in Blangy zurückgezogen; er hatte eine seiner Illusionen nach der andern zuschanden werden sehen, er hatte es erlebt, daß seine Republik als Anhängsel des Kaisers endete, und er war dem tiefsten Elend anheimgefallen, und zwar unter den Augen Rigous, der sich heuchlerisch darauf verstanden hatte, ihn noch tiefer hineinzustoßen. Weiß man, aus welchem Grunde? Jean-François Niseron hatte niemals auch nur das mindeste von Rigou annehmen wollen. Wiederholte Weigerungen hatten dem, der die Erbschaft angetreten hatte, die Augen über die tiefe Mißachtung geöffnet, die der Neffe des Pfarrers gegen ihn hegte. Diese eisige Verachtung war unlängst durch die furchtbare Drohung gekrönt worden, von der der Abbé Brossette der Gräfin erzählt hatte.

Aus den zwölf Jahren der französischen Republik hatte der alte Mann sich ein persönliches Geschichtsbild geschaffen, das lediglich aus den grandiosen Zügen bestand, die jener heroischen Zeit Unsterblichkeit verleihen werden. Die Infamien, die Gemetzel, die Beraubungen: davon wollte der wackere Mann nichts wissen; er bewunderte immer nur die Aufopferung, die »Vengeur«[161], die Spenden für's Vaterland, den Schwung des Volkes an den Landesgrenzen, und er beharrte auf seinem Traum, um darüber einzuschlummern.

Die Revolution hat viele Dichter wie den alten Niseron gehabt, Dichter, die ihre Poeme in ihren vier Wänden oder bei der Armee gesungen haben, heimlich oder am hellen Tage, durch Taten, die unter den Wogen jenes Orkans begraben wurden, gerade wie unter dem Kaiserreich vergessene Verwundete gerufen haben: »Es lebe der Kaiser!«, ehe sie starben. Dieser erhabene Zug ist eine Eigentümlichkeit Frankreichs. Der Abbé Brossette hatte diese harmlose Überzeugung respektiert. Der alte Mann hatte sich naiv an den Pfarrer angeschlossen, und zwar einzig um eines Ausspruchs willen, den der Priester getan hatte: »Die wahre Republik ist im Evangelium«[162]. Und der alte Republikaner trug das Kreuz, und er legte das halb rote, halb schwarze Ornat[163] an, und er verhielt sich in der Kirche würdig und ernst, und er lebte von den drei Funktionen, mit denen der Abbé Brossette ihn bekleidet hatte; der Pfarrer hatte dem wackeren Mann wenn nicht den Lebensunterhalt, aber doch so viel zukommen lassen wollen, daß er nicht Hungers starb.

Dieser Greis, der Aristides[164] von Blangy, redete wenig, wie alle edlen Genasführten, die sich in den Mantel der Resignation hüllen; aber er unterließ es nie, das Böse zu tadeln; daher fürchteten die Bauern ihn wie Diebe die Polizei. Er kam keine sechsmal im Jahr ins Grand-I-Vert, obgleich ihm dort stets Ehre erwiesen wurde. Der Alte stieß Verwünschungen gegen die geringe Wohltätigkeit der Reichen aus, ihre Selbstsucht empörte ihn, und durch diese Neigung schien er es stets mit den Bauern zu halten. Daher hieß es: »Der Papa Niseron mag die Reichen nicht, er ist einer der Unsern!«

Als Bürgerkrone erhielt dieses schöne Leben im ganzen Tal die Benennung: »Der wackere Papa Niseron! Einen anständigeren Menschen gibt es nicht!« Oftmals wurde er bei gewissen Streitigkeiten als Schiedsrichter eingesetzt; und so verwirklichte er die schöne Bezeichnung: »Der Dorfälteste«!

Dieser über die Maßen sauber, wenngleich dürftig gekleidete Greis trug stets Kniehosen, grobe, faltige Strümpfe, Nagelschuhe, den gewissermaßen französischen Frack mit großen Knöpfen, wie ihn die alten Bauern beibehalten haben, und den breitkrempigen Filzhut; aber werktags hatte er einen blauen, so oft geflickten Tuchrock an, daß dieser aussah, als bestehe er aus Gobelinstoff. Der Stolz eines Mannes, der da weiß, daß er frei und der Freiheit würdig ist, lieh seiner Physiognomie und seinem Gang etwas unbestimmt Vornehmes; kurzum, er trug Kleidungsstücke und keine Lumpen!

»Na, Alte, was gibt's denn hier so Ungewöhnliches, daß man Sie bis auf den Kirchturm hinauf hat hören können . . .?« fragte er.

Es wurde dem Greis von dem Vorgehen Vatels erzählt, und dabei redeten alle zugleich, wie es auf dem Lande üblich ist.

»Wenn Sie keinen Baum gefällt haben, dann hat Vatel unrecht; aber wenn Sie den Baum gefällt haben, dann haben Sie zwei gemeine Taten begangen«, sagte der alte Niseron.

»Trinken Sie doch ein Glas Wein«, sagte Tonsard und hielt dem Biedern ein volles Glas hin.

»Wollen wir gehen?« fragte Vermichel den Gerichtsvollzieher.

»Nur zu; wir verzichten auf Papa Fourchon und nehmen den Adjunkten von Couches mit«, antwortete Brunet. »Geh voraus; ich habe im Schloß ein Aktenstück abzugeben, der alte Rigou hat seinen zweiten Prozeß gewonnen, ich bringe ihnen das Urteil.«

Und Monsieur Brunet, der sich mit zwei Gläschen Schnaps gestärkt hatte, verabschiedete sich von Papa Niseron, da jedermann im Tal den Alten hochschätzte, und bestieg wieder seine graue Stute.

Keine Wissenschaft, nicht mal die Statistik, vermag die mehr als telegraphische Schnelligkeit zu deuten, mit der auf dem Lande sich Neuigkeiten verbreiten, noch auf welche Weise sie die brachliegenden Steppengebiete überqueren, die in Frankreich eine Anklage gegen die Verwaltungsbeamten und das Kapital darstellen. Die Geschichte unserer Zeit berichtet, daß der berühmteste aller Bankiers, nachdem er seine Pferde zwischen Waterloo und Paris zuschanden gejagt hatte (man weiß ja, warum! Er hat alles gewonnen, was der Kaiser verlor, nämlich gewissermaßen ein Königreich), nur ein paar Stunden eher als die verhängnisvolle Nachricht eintraf. Schon etwa eine Stunde nach dem Kampf zwischen der alten Tonsard und Vatel hatten sich also mehrere weitere Stammgäste des Grand-I-Vert dort zusammengefunden.

Der erste Ankömmling war Courtecuisse; man hätte in ihm schwerlich den jovialen Jagdhüter wiedererkannt, den kupferroten Kanonikus, dem seine Frau morgens Milchkaffee kochte, wie man es bei dem Bericht über die früher stattgehabten Begebenheiten gesehen hat. Er war gealtert, mager geworden, bläßlich, und so bot er allen Augen eine schreckliche Lehre dar, die indessen niemanden aufgeklärt hatte.

»Er hat höher hinaufwollen, als die Leiter reicht«, wurde zu denen gesagt, denen der Ex-Jagdhüter leid tat und die Rigou die Schuld zuschieben wollten. »Er hat ein Bourgeois werden wollen!«

Tatsächlich hatte Courtecuisse durch den Kauf des kleinen Guts La Bâchelerie zum Bourgeois »aufsteigen« wollen, und er hatte sich dessen gerühmt. Und jetzt mußte seine Frau Misthaufen aufschichten! Sie und Courtecuisse standen vor Tage auf, gruben ihren reichlich gemisteten Garten um, ließen ihn mehrere Ernten tragen, ohne daß dabei mehr herausgekommen wäre als die Bezahlung der Zinsen für den Rest des Kaufgelds an Rigou. Ihre in Auxerre in Stellung befindliche Tochter schickte ihnen ihren Lohn; aber trotz so vieler Mühen, trotz dieser Beihilfe sahen sie sich nach dem Zahlungstermin ohne einen roten Heller dasitzen. Madame Courtecuisse, die sich früher dann und wann eine Flasche Würzwein und einen Braten geleistet hatte, trank nur noch Wasser. Courtecuisse wagte sich zumeist gar nicht ins Grand-I-Vert hinein, aus Furcht, dort drei Sous loszuwerden. Nun er seiner Macht entkleidet war, hatte er in der Schenke seine freie Kost eingebüßt, und nun zeterte er, wie alle Dummköpfe, über Undankbarkeit. Kurz und gut, nach dem Beispiel fast aller Bauern, die der böse Geist der Besitzgier gezwackt hat, sparte er, bei wachsender Arbeit, am Essen.

»Courtecuisse hat zuviel Mauern gebaut«, hieß es bei denen, die ihn um seine Stellung beneideten, »wenn er Spalierobst züchten wollte, hätte er warten müssen, bis der Besitz ihm ganz und gar gehörte.«

Der brave Mann hatte die drei von Rigou gekauften Morgen verbessert und fruchtbar gemacht; der an das Haus stoßende Garten begann, etwas abzuwerfen, und nun fürchtete er die Enteignung! Er, der früher Schuhe und Jägergamaschen getragen hatte, lief jetzt wie Fourchon gekleidet herum, hatte Holzschuhe an den Füßen und beschuldigte die Bourgeois auf Les Aigues, sie hätten ihn ins Elend gestoßen! Die nagende Sorge hatte dem dicken Männlein mit dem ehedem grinsenden Gesicht eine düstere, stumpfe Miene aufgeprägt; er sah jetzt aus wie ein Kranker, der von einem Gift oder einem chronischen Leiden verzehrt wird.

»Was ist denn mit Ihnen los, Monsieur Courtecuisse? Hat Ihnen wer die Zunge abgeschnitten?« fragte Tonsard, als der gute Mann schweigend dasaß, nachdem er ihm von der eben stattgehabten Schlacht berichtet hatte.

»Das wäre schade«, fiel die Tonsard ein, »er braucht sich nicht über die Amme zu beschweren, die ihm das Zungenband gelöst hat; die hat eine tadellose Operation zustande gebracht.«

»Es wird einem eiskalt bis zum Zähneklappern, wenn man sich den Kopf zerbrechen muß, wie man mit Monsieur Rigou fertig wird«, sagte der Alte.

»Pah!« sagte die Mutter Tonsard, »Sie haben doch 'ne hübsche Tochter, siebzehn ist sie; wenn sie vernünftig ist, können Sie sich doch leicht mit dem alten Schürzenjäger einigen ...«

»Wir haben sie vor zwei Jahren nach Auxerre zu der alten

Madame Mariotte geschickt, damit sie vor allem Unglück bewahrt bleibt«, sagte er, »und lieber will ich verrecken, als ...«

»So was Blödes«, sagte Tonsard. »Sehen Sie sich doch meine Töchter an, sind die daran gestorben? Und wer nicht sagt, sie seien rein wie Heiligenbilder, dem würde mein Gewehr die Antwort geben!«

»Es wäre hart, wenn ich zu so was gelangte!« rief Courtecuisse und schüttelte den Kopf. »Mir wäre es lieber, wenn ich dafür bezahlt würde, daß ich einen von den ›Arminacs‹ abschösse!«

»Haha, es ist schon besser, daß man seinem Vater in der Not hilft, als daß man seine Tugend verschimmeln läßt!« entgegnete der Schankwirt.

Tonsard verspürte einen harten Schlag; der alte Niseron hatte ihn ihm auf die Schulter versetzt.

»Was du da gesagt hast, ist schlecht ...!« sagte der alte Mann. »Ein Vater ist in seiner Familie der Hüter der Ehre[165]. Wenn man sich so verhält, zieht man Verachtung auf uns, und das Volk wird angeklagt, es sei der Freiheit nicht würdig! Das Volk muß den Reichen das Beispiel der Bürgertugenden und der Ehre vor Augen führen. Ihr verkauft euch an Rigou für Gold, einer wie der andre! Wenn ihr ihm nicht eure Töchter ausliefert, dann liefert ihr ihm eure Tugenden aus! Das ist vom Übel!«

»Sehen Sie nicht, wie Courtebotte dran ist?« fragte Tonsard.

»Sieh doch, wie ich dran bin!« antwortete der alte Niseron. »Ich schlafe ruhig; in meinem Kopfkissen sind keine Dornen.«

»Laß ihn doch reden«, kreischte die Frau ihrem Mann zu, »du weißt doch, was ›seine Ideen‹ sind, der arme gute Kerl ...«

Bonnébault und Marie, Catherine und ihr Bruder langten jetzt an, voller Wut über Nicolas' Mißerfolg und über das Wissen um Michauds Vorhaben. Als Nicolas in die Schenke seines Vaters eintrat, ließ er eine schreckliche Schimpfrede gegen das Ehepaar Michaud und gegen Les Aigues los.

»Da haben wir den Salat! Na, ich gehe nicht von hier weg, ehe ich mir nicht meine Pfeife an ihren Heuschobern angesteckt habe!« schrie er und hieb einen mächtigen Faustschlag auf den Tisch, an dem er saß.

»Mußt nicht so vor allen Leuten kläffen«, sagte Godain zu ihm und deutete auf den Papa Niseron.

»Wenn der was ausschwatzt, drehe ich ihm den Hals um, als ob er ein Hähnchen wäre«, antwortete Catherine. »Dieser alte Schwatzbold mit seinen miserablen Grundsätzen, dem seine Zeit ist vorbei! Es heißt von ihm, er sei tugendhaft, dabei liegt das bloß an seinem Charakter, und weiter gar nichts.«

Einen seltsamen, kuriosen Anblick boten sie, all die vorgereckten Köpfe der in dieser Schmutzhöhle zusammengescharten Leute; an der Tür hielt die alte Tonsard Wache, um den Zechenden dafür zu bürgen, daß ihre Äußerungen nicht mitgehört wurden!

Von all diesen Gesichtern war das Godains, der hinter Catherine her war, vielleicht das am meisten erschreckende, obwohl es das am wenigsten ausgeprägte war. Godain, ein Geizhals ohne Gold, war der grausamste aller Geizigen; denn muß man nicht dem, der sein Geld behütet, denjenigen voranstellen, der es noch zu ergattern sucht? Der eine schaut in sich hinein, der andere blickt mit entsetzlicher Starrheit vorwärts; dieser Godain hätte den Typus der am weitesten verbreiteten Bauernphysiognomien darstellen können. Dieser Tagelöhner war ein kleiner Mann und vom Militärdienst freigekommen, weil er dafür nicht das erforderliche Maß hatte; er war von Natur hager, aber noch mehr ausgemergelt durch die Arbeit und den stupiden Verzicht auf richtige Ernährung, durch den sich auf dem Lande verbissene Arbeiter wie Courtecuisse zugrunde richten; sein Gesicht hatte die Größe einer Faust und bezog sein Licht durch zwei gelbe, mit einem grünen, braungepunkteten Netzwerk getigerte Augen; sie stillten sein Verlangen nach Geld und Gut um jeden Preis durch eine Lüsternheit ohne Glut, denn das anfangs brodelnde Verlangen war erstarrt wie Lava. Daher klebte seine Haut an den Schläfen, die braun waren wie die einer Mumie. Sein dünner Bart stichelte durch seine Falten wie Stoppeln in den Ackerfurchen. Godain schwitzte nie; er sog seine Substanz in sich hinein. Seine behaarten, verkrümmten, nervösen, unermüdlichen Hände schienen aus altem Holz zu bestehen. Obwohl er kaum siebenundzwanzig Jahre alt war, zeigten sich in seinem schwärzlichroten Schopf schon weiße Haare. Er trug eine Bluse, in deren Spalt sich ein Hemd aus grobem Leinen schwarz abzeichnete; er trug es sicherlich länger als einen Monat und wusch es selber in der Thune. Seine Holzschuhe waren mit altem Eisenblech geflickt. Aus was für einem Stoff seine Hose bestand, war bei der Unzahl von Stopfstellen und aufgesetzten Flicken nicht zu erkennen. Schließlich trug er noch eine schauderhafte Mütze auf dem Kopf, die er offenbar in La-Ville-aux-Fayes auf der Schwelle irgendeines Bürgerhauses aufgelesen hatte. Er war hellsichtig genug, um die Grundelemente zu einem Vermögen, die in Catherine vergraben lagen, richtig einzuschätzen, und so wollte er Tonsards Nachfolger im Grand-I-Vert werden; deswegen bediente er sich jeder List und all seiner Macht, um ihrer habhaft zu werden; er versprach ihr Reichtum; er versprach ihr die Freiheit, die die Tonsard genossen hatte; und außerdem versprach er seinem künftigen Schwiegervater eine riesige Rente, jährlich fünfhundert Francs auf die Schenke, bis zur völligen Bezahlung; dabei verließ er sich auf eine Besprechung mit Monsieur Brunet und hoffte, mit Wechseln bezahlen zu können! Dieser Zwerg, der ursprünglich Gehilfe eines Werkzeugschmieds gewesen war, arbeitete beim Stellmacher, sobald es mehr zu tun gab; aber er verdingte sich für schwere Arbeit nur gegen sehr hohe Bezahlung. Zwar besaß er etwa achtzehnhundert Francs, die ohne das Wissen der Gegend bei Gaubertin angelegt waren, aber er lebte wie ein ganz Armer; er hauste in einem Speicher seines Meisters und las zur Erntezeit Ähren. Oben in seine Sonntagshose eingenäht trug er Gaubertins Quittung; sie wurde jedes Jahr erneuert, und der Betrag erhöhte sich um die Zinsen und seine Ersparnisse.

»Ha, was macht mir das schon aus«, rief Nicolas als Antwort auf Godains kluge Bemerkung. »Wenn ich denn schon Soldat werden muß, wäre es mir lieber, wenn die Kleie im Korb[166] mein Blut auf einmal tränke, als wenn ich es Tropfen für Tropfen hergeben müßte ... Und ich befreite überdies noch die Gegend von einem der ›Arminacs‹, die der Teufel auf uns losgelassen hat ...«

Und er berichtete von dem angeblichen Komplott, das Michaud gegen ihn geschmiedet habe.

»Woher soll deiner Meinung nach denn Frankreich seine Soldaten nehmen ...?« fragte ernst der bleiche Greis, wobei er aufstand und sich vor Nicolas hinstellte, auf dessen grausige Drohung hin tiefes Schweigen gefolgt war.

»Man dient seine Zeit ab, und dann kommt man wieder!«
sagte Bonnébault und zwirbelte seinen Schnurrbart.

Der alte Niseron überflog die Versammlung der übelsten Subjekte der Gegend, schüttelte den Kopf, bot Madame Tonsard
einen Liard für sein Glas Wein und verließ die Schenke. Als der
biedere Alte den Fuß auf die Stufen gesetzt hatte, hätte die Regung der Erleichterung, die sich in dieser Zechgesellschaft bekundete, jedem, der sie gesehen hätte, gesagt, daß all diese Leute
jetzt des lebenden Abbilds ihres Gewissens ledig waren.

»Na, und was sagst du zu alledem . . .? He, Courtebotte . . .?«
fragte Vaudoyer, der unvermutet hereingekommen war; Tonsard hatte ihm von Vatels Versuch erzählt.

Courtecuisse, den fast alle mit dem Spitznamen Courtebotte
anredeten, schnalzte mit der Zunge und stellte sein Glas wieder
auf den Tisch.

»Vatel ist im Unrecht«, antwortete er. »Anstelle der Mutter
würde ich mir blaue Flecken auf die Rippen machen, mich ins
Bett legen, behaupten, ich sei krank und dem Tapezierer und seinem Aufseher so lange zusetzen, bis sie mir zwanzig Taler
Schmerzensgeld gezahlt hätten; Monsieur Sarcus würde sie ohne
weiteres bewilligen . . .«

»Auf jeden Fall würde der Tapezierer sie herausrücken, um
dem Höllenlärm aus dem Wege zu gehen, den diese Geschichte
machen könnte«, sagte Godain.

Vaudoyer, der ehemalige Feldhüter, ein fünf Fuß sechs Zoll
großer Mann mit pockennarbigem Nußknackergesicht, bewahrte
mit zweiflerischer Miene Schweigen.

»Na?« fragte Tonsard, den die sechzig Francs lockten, »was
geht dir im Kopf 'rum, du Riesengimpel? Soll man mir für
zwanzig Taler die Mutter zuschanden geschlagen haben, ohne daß
was dabei herausspringt? Wir schlagen für dreihundert Francs
Höllenlärm, und Monsieur Gourdon könnte recht gut denen auf
Les Aigues sagen, die Mutter hätte sich die Hüfte ausgerenkt . . .«

»Man könnte sie ihr ja ausrenken . . .«, versetzte die Schankwirtin. »In Paris wird so was gemacht.«

»Ich weiß zu genau über die Leute im Dienst des Königs Bescheid, als daß ich glauben könnte, die Dinge würden so verlaufen, wie ihr es euch ausmalt«, sagte Vaudoyer endlich; er hatte

häufig vor Gericht und bei dem Ex-Wachtmeister Soudry mitgewirkt. »Handelt es sich bloß um Soulanges, so ginge es noch, Monsieur Soudry vertritt die Regierung und hat für den Tapezierer nicht viel übrig; aber wenn ihr den Tapezierer und Vatel angreift, dann sind die boshaft genug, sich zu wehren; sie werden einfach sagen, die Frau war schuldig, sie hatte einen Baum abgehauen, denn sonst hätte sie ihr Reisigbündel auf der Landstraße untersuchen lassen und wäre nicht davongelaufen; wenn ihr was zugestoßen ist, dann ist lediglich ihr Delikt daran schuld. Nein, die Sache ist alles andere als sicher . . .«

»Hat der Bourgeois sich gewehrt, als ich ihn vor Gericht geholt habe?« fragte Courtecuisse. »Er hat einfach geblecht.«

»Wenn ihr wollt, gehe ich nach Soulanges«, sagte Bonnébault, »und hole eine Rechtsauskunft bei Monsieur Gourdon, dem Gerichtsschreiber, dann wißt ihr heute abend, ob da was 'rauszuholen ist.«

»Du willst bloß einen Vorwand haben, um die dicke Pute, die Tochter von Socquard, zu besuchen«, antwortete ihm Marie Tonsard und gab ihm einen Klaps auf die Schulter, daß ihm der Brustkasten dröhnte.

In diesem Augenblick erklang folgende Strophe aus einem alten burgundischen Weihnachtslied:

> »Ein bel androi de sai vie
> Ça quai taule ein jour
> Ai changé l'ea de bréchie
> An vin de Mador.«
> »Das Schönste in seinem Leben
> War, daß er am Tische sein
> Das Wasser im Krug hat verwandelt
> In puren Madeira-Wein.«

Ein jeder erkannte sofort die Stimme Papa Fourchons, dem diese Strophe wohl besonders gefiel; Mouche begleitete ihn im Falsett.

»Haha, die haben sich vollaufen lassen!« rief die alte Tonsard ihrer Schwiegertochter zu. »Dein Vater glüht wie Rost, und der Junge ist rot wie Rebholz.«

»Salut!« rief der Alte. »Da ist ja ein schöner Haufen von

Schuften beisammen ...! Salut!« sagte er zu seiner Enkelin, die er dabei ertappte, daß sie Bonnébault küßte. „Gegrüßet seist du, Maria, reich an Lastern, Satan sei mit dir, sei fröhlich unter den Weibern, usw. Gegrüßt, die ganze Gesellschaft! Ihr sitzt in der Klemme! Jetzt könnt ihr euerm Garten Lebewohl sagen! Es gibt Neuigkeiten! Ich hab's euch ja gleich gesagt, daß der Bourgeois euch mattsetzen würde, na, und jetzt haut er euch mit dem Gesetz um die Ohren ...! Haha, das kommt dabei 'raus, wenn man gegen die Bourgeois ankämpfen will! Die Bourgeois haben so viele Gesetze gemacht, daß sie für alle Kniffe eins parat haben ...«

Ein gräßlicher Schluckauf gab plötzlich den Gedanken des ehrenwerten Redners eine andere Richtung.

»Wenn Vermichel hier wäre, würde ich ihm in die Fresse pusten, dann würde er merken, was Alicante-Wein ist! Das ist vielleicht ein Weinchen! Wenn ich nicht Burgunder wäre, dann möcht' ich Spanier sein! Ein Wein für die Götter! Ich glaube, mit dem liest der Papst die Messe! Sackerlot, ist das ein Wein ...! Ich bin ganz verjüngt ...! Hör mal, Courtebotte, wenn deine Frau hier wäre ... dann würde ich sie für jung halten! Ganz bestimmt ist der spanische Wein was Besseres als der Würzwein ...! Man müßte 'ne Revolution machen, bloß um die Keller auszuleeren...!«

»Was ist denn nun mit den Neuigkeiten, Papa ...?« fragte Tonsard.

»Für euch ist es aus mit der Ernte; der Tapezierer will euch das Ährenlesen verbieten.«

»Das Ährenlesen verbieten ...!« schrie die ganze Schenke einstimmig aus, übergellt von den schrillen Stimmen der vier Frauen.

»Ja«, sagte Mouche, »er will ein Verbot erlassen, Groison soll es verkünden, es überall im Distrikt anschlagen lassen, und Ähren lesen dürfen nur die, die eine Bedürftigkeitsbescheinigung haben.«

»Und eins müßt ihr euch besonders gut merken ...!« sagte Fourchon. »Die Ährenklauber aus den andern Gemeinden dürfen nicht mehr mitmachen.«

»*Was* ist los? *Was* ist los?« fragte Bonnébault. »Weder meine Großmutter, noch ich, noch deine Mutter, Godain, wir alle dürfen hier nicht mehr Ähren lesen . . .? Das ist mir mal 'n Schabernack von der Obrigkeit! Der werde ich dumm kommen! Das ist denn doch! Hat den etwa die Hölle ausgespuckt, diesen General von Bürgermeister . . .?«

»Wirst du trotzdem Ähren lesen, Godain?« fragte Tonsard den Stellmachergehilfen, der angelegentlich mit Catherine redete.

»Ich habe ja nichts, ich bin bedürftig«, antwortete er, »ich lasse mir 'ne Bescheinigung ausstellen . . .«

»Was hat eigentlich mein Vater für seine Otter gekriegt, mein Kerlchen . . .?« fragte die schöne Schankwirtin Mouche.

Obwohl Mouche unter einer peinlichen Verdauungsstörung litt und sein Blick von den zwei Flaschen Wein getrübt war, saß er der Tonsard auf dem Schoß, neigte den Kopf auf den Hals der Tante und flüsterte ihr listig zu: »Ich weiß nicht, aber es war ein Goldstück . . .! Wenn ihr mir einen Monat lang richtig was zu essen gebt, bekomme ich vielleicht sein Versteck heraus; er hat nämlich eins!«

»Der Vater hat Gold . . .!« sagte die Tonsard ihrem Mann ins Ohr; er überdröhnte mit seiner Stimme den Tumult, den die lebhafte Diskussion ausgelöst hatte; sämtliche Zecher beteiligten sich daran.

»Pst! Groison geht vorbei!« rief die Alte.

Tiefe Stille herrschte in der Schenke. Als Groison in angemessener Entfernung war, gab die alte Tonsard ein Zeichen, und die Diskussion, ob man wie früher auch ohne Bedürftigkeitsbescheinigung Ähren lesen solle, entspann sich aufs neue.

»Ihr werdet wohl gehorchen müssen«, sagte Papa Fourchon, »der Tapezierer ist nämlich beim ›Perfekten‹ gewesen und hat zur Aufrechterhaltung der Ordnung Truppen angefordert. Ihr werdet niedergeknallt wie Hunde . . . und das sind wir ja auch!« rief der Alte, wobei er sich bemühte, der Lähmung seiner Zunge durch den spanischen Wein Herr zu werden.

Diese zweite Ankündigung Fourchons, so verrückt sie auch war, stimmte die Zecher nachdenklich; sie hielten die Regierung für fähig, sie erbarmungslos niedermetzeln zu lassen.

»Es hat mal so ähnliche Unruhen in der Gegend von Toulose gegeben, wo ich in Garnison gestanden habe«, sagte Bonnébault, »da wurden wir eingesetzt und haben die Bauern niedergesäbelt und festgenommen ... zu lächerlich, daß sie der Truppe Widerstand leisten wollten! Zehn hat das Gericht ins Zuchthaus geschickt, elf ins Gefängnis, alles hat Mund und Nase aufgesperrt, natürlich ...! Soldat ist Soldat, ihr seid Zivilpack, wir haben das Recht, mit dem Säbel auf euch einzuhauen, also immer feste druff ...!«

»Nanu?« sagte Tonsard, »was ist denn in euch gefahren, daß ihr in Panik geratet wie eine Ziegenherde? Kann man meiner Mutter, meinen Töchtern was wegnehmen? Wir kommen ins Gefängis ...? Na, schön, das schlucken wir dann eben, der Tapezierer wird ja nicht die ganze Gegend 'reinstecken. Außerdem bekommen die Gefangenen ›beim König‹ besser zu essen als zu Hause, und im Winter haben sie's warm.«

»Ihr seid blöd und ungeschickt!« brüllte Papa Fourchon. »Besser, den Bourgeois heimlich auszubeuteln als ihn von vorn angreifen, das könnt ihr mir glauben! Sonst wird euch das Kreuz gebrochen. Wenn ihr lieber ins Zuchthaus wollt, dann ist das was anderes! Stimmt schon, da gibt's weniger Arbeit als auf dem Acker; aber man hat seine Freiheit nicht.«

»Vielleicht«, sagte Vaudoyer, der sich beim Ratgeben als der Kühnste bezeigte, »wenn einige von uns ihre Haut zu Markte trügen und das Land von dieser Bestie aus dem Gévaudan[167] befreiten, die sich an der Porte d'Avonne verschanzt hat?«

»Mit Michaud anbinden ...?« fragte Nicolas. »Da mach' ich mit.«

»So weit ist es noch nicht«, sagte Fourchon, »da würden wir zuviel aufs Spiel setzen. Stöhnen und jammern müssen wir, vor Hunger schreien; dann wollen die Bourgeois auf Les Aigues uns Gutes tun, und dabei kommt für euch was Besseres 'raus als aufgelesene Ähren ...«

»Leisetreter seid ihr«, rief Tonsard. »Auch wenn wir Krach mit der Justiz kriegen und das Militär kommt, man kann nicht ein ganzes Dorf ins Zuchthaus stecken, und überdies haben wir in La-Ville-aux-Fayes und unter den Adligen genug Leute, die geneigt sind, uns zu unterstützen.«

»Stimmt«, sagte Courtecuisse, »bloß der Tapezierer beschwert sich, die Herren de Soulanges und de Ronquerolles und andre noch sind ganz zufrieden. Wenn man bedenkt, daß, wenn der

Kürassier tapfer genug gewesen wäre, zu fallen wie die übrigen, ich heute noch glücklich bei meiner Porte d'Avonne sitzen könnte, wo er mich 'rausgeschmissen hat, und jetzt weiß ich nicht mehr aus noch ein!«

»Die Truppen werden keinesfalls für einen schäbigen Bourgeois in Marsch gesetzt, der sich mit einem ganzen Landstrich überworfen hat!« sagte Godain . . . »Er ganz allein ist schuld! Er will hier alles durcheinanderbringen, die ganze Welt auf den Kopf stellen; die Regierung wird ihm schon sagen: ›Halt und stop . . .!‹«

»Was anderes sagt die Regierung nie, dazu ist sie verpflichtet, die arme Regierung«, sagte Fourchon, den plötzlich eine Zärtlichkeit für die Regierung gepackt hatte, »mir tut sie leid, die gute Regierung . . . sie ist übel dran, sie hat keinen Sou, genau wie wir . . . und das ist dumm von einer Regierung, die doch selber das Geld macht . . . Ach, wenn ich die Regierung wäre . . .!«

»Aber«, rief Courtecuisse, »mir ist doch in La-Ville-aux-Fayes gesagt worden, Monsieur de Ronquerolles hätte auf der Wahlversammlung von unsern Rechten gesprochen.«

»So steht es in Monsieur Rigous Zeitung«, sagte Vaudoyer, der in seiner Eigenschaft als Ex-Feldhüter lesen und schreiben konnte, »ich hab's gelesen . . .«

Trotz seiner unechten Zärtlichkeitsanwandlungen folgte der alte Fourchon gleich vielen Leuten aus dem Volk, deren Fähigkeiten durch die Trunkenheit stimuliert sind, mit scharfem Blick und aufmerksamem Ohr dieser Auseinandersetzung, die die vielen Zwischenrufe immer hitziger hatten werden lassen. Plötzlich erhob er sich und bezog mitten in der Schenke Stellung.

»Hört mal dem Alten zu, er ist besoffen!« sagte Tonsard. »Da hat er doppelt soviel Gerissenheit, nämlich seine eigene und die vom Wein . . .«

»Vom spanischen Wein . . .! Das macht also dreimal soviel«, fuhr Fourchon fort und lachte faunisch. »Kinder, ihr dürft nicht gradewegs auf die Sache losgehen, dazu seid ihr zu schwach, packt sie hübsch von der Seite aus an . . .! Stellt euch tot, spielt schlafende Hunde; die kleine Frau hat es schon mit der Angst gekriegt, das könnt ihr mir glauben; wir kommen bald ans Ziel, sie wird schon hier aus der Gegend verschwinden, und wenn sie verschwindet, dann läuft der Tapezierer ihr nach, er ist nun mal in sie verschossen. Das ist mein Plan. Aber damit sie schneller verduften, muß man ihnen, das meine ich, ihren Ratgeber wegnehmen, ihr Stärkungsmittel, unsern Spion, unsern Affen.«

»Ja, wen denn . . .?«

»Na, den verdammten Pfarrer!« sagte Tonsard. »Den Sündenschnüffler, der uns mit Hostien füttern will.«

»Nur zu wahr«, rief Vaudoyer, »wir sind tadellos ohne Pfarrer ausgekommen; der muß weg, dieser Gottesschlucker; der ist der wahre Feind.«

»Der Schwachmatikus«, fuhr Fourchon fort und bezeichnete dabei den Abbé Brossette mit dem Spitznamen, den er seinem kümmerlichen Aussehen verdankte, »wird vielleicht mal an der Auszehrung zugrunde gehen, weil er alle Fasten hält. Und wenn wir ihn mal bei einem kleinen Seitensprung ertappen und ihm eine gehörige Katzenmusik bringen, dann muß sein Bischof ihn anderswo hinschicken. Das würde den braven Papa Rigou diabolisch freuen . . . Wenn Courtecuisses Tochter sich entschlösse, die Stellung bei ihrer Bourgeoise in Auxerre aufzugeben, und so hübsch, wie sie ist, die Fromme zu spielen, dann könnte sie das Vaterland retten. Und dann los mit Trommelschlag und Pfeifen!«

»Und warum könntest du das nicht tun?« fragte Godain leise Catherine, »da gäb's doch 'ne Schürze voll Taler einzuheimsen, damit kein Gerede entsteht, und dann wärst du mit einemmal hier die Herrin . . .«

»Lesen wir nun Ähren oder nicht . . .?« fragte Bonnébault. »Auf euern Abbé, da pfeife ich, ich bin aus Couches, da haben wir keinen Pfarrer, der uns mit seinen Sermonen im Gewissen 'rumstöbert.«

»Paßt mal auf«, sagte Vaudoyer, »man müßte durch den alten Rigou, der ja die Gesetze kennt, erfahren, ob der Tapezierer uns das Ährenlesen verbieten kann; der wird uns schon sagen, ob wir recht haben. Wenn der Tapezierer im Recht ist, dann müssen wir sehen, wie der Alte gesagt hat, wie wir die Sache von der Seite her anpacken . . .«

»Dabei fließt Blut . . .!« sagte Nicolas mit düsterer Miene; er stand auf; er hatte eine ganze Flasche Wein getrunken; Catherine hatte ihm immer von neuem eingegossen, um ihn am Sprechen zu hindern. »Wenn ihr auf mich hören wolltet, dann legten wir Michaud um! Aber ihr seid ja Schlappschwänze und Strauchdiebe . . .!«

»Ich nicht!« sagte Bonnébault. »Wenn ihr wirklich Freunde seid und das Maul haltet, dann übernehme ich es, auf den Tapezierer zu zielen . . .! Was für'n Spaß, ihm 'ne blaue Bohne in den Magen zu schießen; dadurch rächte ich mich an all meinen Stinktieren von Offizieren . . .!«

»Immer sachte!« rief Jean-Louis Tonsard, der halbwegs für einen Sohn Gaubertins galt und nach Fourchon hereingekommen war.

Dieser junge Mensch, der seit ein paar Monaten hinter Rigous hübscher Hausgehilfin her war, hatte die Nachfolge seines Vaters als Hecken- und Laubgang-Schneider und in anderen Tätigkeiten angetreten, bei denen es was zu »scheren« gab. Er ging in die Bürgerhäuser, plauderte dort mit der Herrschaft und den Bediensteten und erntete dort Gedanken und Einfälle, die ihn zum Berater der Familie, zu deren Schlaukopf machten. Man wird gleich sehen, wie Jean-Louis, indem er sich an Rigous Hausgehilfin wandte, die gute Meinung rechtfertigte, die man von seiner Gewitztheit hegte.

»Na, was willst du nun eigentlich, Prophet?« fragte der Schankwirt seinen Sohn.

»Ich sage euch, ihr spielt das Spiel der Bourgeois«, erwiderte Jean-Louis. »Meinetwegen jagt den Leuten auf Les Aigues Schrecken ein, gut und schön! Aber sie von hier vertreiben und sie dazu bringen, daß sie Les Aigues verkaufen, wie es die Bourgeois hier im Tal wollen, das verstößt gegen unsere Interessen. Wenn ihr bei der Aufteilung der großen Güter mithelft, woher soll man dann bei der nächsten Revolution Güter zum Verkaufen hernehmen . . .? Dann bekämt ihr nämlich Ländereien für so gut wie nichts, so, wie Rigou es bekommen hat; aber wenn ihr sie den Bourgeois in den Rachen werft, dann sind sie sehr mager geworden und sehr verteuert, wenn sie sie wieder ausspucken; ihr habt dann bloß für sie gearbeitet, wie alle, die für Rigou arbeiten. Seht euch doch nur Courtecuisse an . . .«

Diese Rede war von allzu tiefem politischem Hintersinn, um

von Betrunkenen verstanden zu werden, die sämtlich, bis auf Courtecuisse, Geld zusammengehäuft hatten, um ihren Anteil an dem Kuchen Les Aigues zu bekommen. Daher ließen sie Jean-Louis ruhig reden und fuhren, wie in der Abgeordnetenkammer, mit den Einzelgesprächen fort.

»Da habt ihr es! Macht nur so weiter, dann werdet ihr zu Rigous Handlangern!« rief Fourchon; er als einziger hatte seinen Enkel verstanden.

In diesem Augenblick ging Langlumé, der Müller von Les Aigues, vorüber; die schöne Tonsard rief ihn an.

»Stimmt es, Herr Adjunkt«, fragte sie, »daß das Ährenlesen verboten werden soll?«

Langlumé, ein lustiges Männlein mit mehlbestäubtem Gesicht, in hellgraues Tuch gekleidet, stieg die Stufen hinan, und sogleich schnitten die Bauern ernste Gesichter.

»Tja, Kinder, ja und nein. Die Bedürftigen dürfen auch weiterhin Ähren lesen; aber die Maßnahmen, die getroffen werden sollen, die sind für euch recht vorteilhaft . . .«

»Wieso denn?« fragte Godain.

»Na, wenn die Armen daran gehindert werden, hier über die Stoppelfelder herzufallen«, antwortete der Müller und zwinkerte mit den Augen wie ein Normanne, »dann hindert euch doch keiner, anderswo hinzugehen, sofern nicht alle Bürgermeister es machen wie der von Blangy.«

»Dann ist es also wahr?« fragte Tonsard mit drohender Miene.

»Ich«, sagte Bonnébault, setzte sich die Polizeimütze aufs Ohr und ließ seine Haselnußgerte pfeifen, »gehe jetzt wieder nach Couches und sage den Freunden Bescheid . . .«

Und der Lovelace des Tales ging davon und pfiff die Melodie eines Soldatenliedes:

>»Du kennst doch die Husaren von der Garde,
>Kennst du den Regiments-Trompeter auch?«[168]

»Guck mal, Marie, schlägt dein Freund nicht einen komischen Weg ein, wenn er nach Couches will?« rief die alte Tonsard ihrer Enkelin zu.

»Er geht zu Aglaé!« sagte Marie, die zur Tür gesprungen war. »Ich muß sie mal durchwalken, diese Watschelente.«

»Du, Vaudoyer«, sagte Tonsard zu dem ehemaligen Feldhüter, »gehst jetzt zum Papa Rigou, damit wir wissen, was wir zu tun haben; er ist nun mal unser Onkel; seine Spucke kostet nichts.«

»Schon wieder 'ne Dummheit«, sagte Jean-Louis leise, »bei dem gibt's nichts umsonst, Annette hat ganz recht, er ist gefährlicher als ein Tollwütiger.«

»Ich rate euch, seid vernünftig«, fuhr Langlumé fort, »der General ist eurer Klauereien wegen zur Präfektur gefahren, und Sibilet hat mir erzählt, er habe bei seiner Ehre geschworen, er wolle bis nach Paris gehen und mit dem Staatskanzler von Frankreich sprechen, mit dem König, mit der ganzen Budike, wenn es sein müßte, um sein Recht gegen ›seine‹ Bauern durchzusetzen.«

»Seine Bauern . . .?« wurde gerufen.

»Das ist denn doch die Höhe! Sind wir etwa nicht mehr unser eigener Herr?«

Auf diese Frage Tonsards hin ging Vaudoyer hinaus, um den ehemaligen Bürgermeister aufzusuchen.

Langlumé, der sich ebenfalls zum Gehen gewandt hatte, drehte sich auf den Stufen um und antwortete: »Ihr Nichtstuer! Habt ihr denn Rentenpapiere, daß ihr euer eigener Herr sein wollt . . .?«

Obwohl dieser tiefgründige Ausspruch lachend getan worden war, wurde er etwa so verstanden, wie die Pferde einen Peitschenhieb verstehen.

»Terrem-tem-tem! Euer eigener Herr . . . Hör mal zu, mein Junge, nach dem Streich von heute vormittag bekommst du schwerlich *meine* Klarinette[169] zwischen die fünf Finger und den Daumen gesteckt«, sagte Fourchon zu Nicolas.

»Reize ihn nicht, der ist imstande und tritt dir in den Bauch, daß du deinen Wein wieder von dir gibst«, entgegnete Catherine brutal ihrem Großvater.

DREIZEHNTES KAPITEL

Der ländliche Wucherer

Unter strategischen Gesichtspunkten betrachtet, stellte Rigou in
Blangy das dar, was im Krieg ein Vorposten ist. Er überwachte
Les Aigues, und zwar vortrefflich. Nie wird die Polizei über
Spitzel verfügen, die denen vergleichbar sind, die sich in den
Dienst des Hasses stellen.

Bei der Ankunft des General auf Les Aigues hatte Rigou
sicherlich irgendwelche Absichten auf ihn gehabt, die indessen
durch Montcornets Heirat mit einer Troisville zunichte geworden waren; es hatte nämlich den Anschein gehabt, als wolle er
diesen Großgrundbesitzer protegieren. Seine Absichten hatten
so klar zu Tage gelegen, daß Gaubertin es als notwendig erach-
tet hatte, ihn in die gegen Les Aigues angesponnene Verschwörung einzuweihen und ihn daran zu beteiligen. Bevor Rigou in
jenen Anteil und in eine Rolle dabei einwilligte, wollte er, wie er
sich ausdrückte, den General in die Enge treiben. Als die Gräfin
ebenfalls eingezogen war, rollte eines Tages ein kleiner, grüngestrichener Korbwagen in den Ehrenhof von Les Aigues. Ihm entstieg der Herr Bürgermeister an der Seite seiner Bürgermeisterin
und betrat die Freitreppe auf der Gartenseite. An einem Fenster
gewahrte Rigou die Gräfin. Diese nun aber war völlig an den
Bischof, die Kirche und den Abbé Brossette gefesselt, der sich beeilt hatte, sie vor seinem Feind zu warnen, und so ließ sie durch
François sagen, »Madame sei nicht daheim«. Diese einer in Rußland Geborenen würdige Impertinenz ließ das Gesicht des Benediktiners gelb anlaufen. Hätte die Gräfin die Neugier aufgebracht, sich den Mann mal anzusehen, von dem der Pfarrer gesagt hatte: »Das ist ein in den Höllenpfuhl Verdammter, der sich
zu seiner Abkühlung in das Laster stürzt wie in ein Bad«, so
hätte sie vielleicht vermieden, zwischen dem Bürgermeister und
dem Schloß den eiskalten, überlegten Haß entstehen zu lassen,
den die Liberalen den Royalisten entgegenbringen, und der noch
durch die ländliche Nachbarschaft gesteigert wurde, wo die Erinnerung an eine Verletzung des Selbstgefühls immer von neuem
aufgefrischt wird.

Ein paar Einzelheiten über diesen Mann und seine Gepflogenheiten dürften durch die Erhellung seiner Teilnahme an dem Komplott, das die beiden Mitverschworenen als »die große Sache« bezeichneten, einen über die Maßen kuriosen Typus zeigen, nämlich eine der für Frankreich bezeichnenden ländlichen Existenzen, deren sich bislang kein Maler angenommen hat. Übrigens ist bei diesem Mann nichts gleichgültig, weder sein Haus, noch seine Art, das Feuer anzublasen, noch seine Eßgewohnheiten. Seine Sitten, seine Meinungen, all das dürfte nachdrücklich der Geschichte dieses Tals zugute kommen. Dieser Renegat erklärt, mit einem Wort, die Nützlichkeit der Mittelmäßigkeit, er ist zugleich deren Theorie und Praxis, deren Alpha und Omega, deren *summum*[170].

Vielleicht erinnert man sich gewisser Meister der Geldgier, wie sie bereits in voraufgegangenen Romanen geschildert worden sind? Da ist, an erster Stelle, der Provinzgeizhals, der alte Grandet[171] in Saumur, der so geizig war wie der Tiger blutdürstig, alsdann der Wechselmakler Gobseck[172], der Jesuit des Geldes, der nur die damit verbundene Macht genießt und die Tränen des Unglücks auskostet, um zu wissen, welches ihr Ursprung ist; alsdann der Baron de Nucingen[173], der den Schwindel mit Kapitalien zur Höhe der Politik erhob. Schließlich dürfte man sich wohl auch der Schilderung häuslicher Knausrigkeit im Porträt des alten Hochon[174] aus Issoudun erinnern, und jenes andern Geizhalses aus Familienrücksichten, des Kleinen La Baudraye[175] aus Sancerre! Nun, die menschlichen Gefühle und zumal der Geiz weisen in den unterschiedlichen Schichten unserer Gesellschaft so unterschiedliche Nuancen auf, daß es noch einen Geizhals auf der Bühne des Amphitheaters der Sittenstudien zu schildern gilt; Rigou ist übriggeblieben! Der egoistische Geizhals, das heißt, einer, der gegenüber seinen Genüssen voller Zärtlichkeit ist, aber trokken und kalt seinen Nächsten gegenüber, mit einem Wort: der geistliche Geiz, der Mönch, der Mönch geblieben ist, um den Saft der »Wohlleben« genannten Zitrone auszupressen, und der weltlich geworden ist, um die öffentlichen Gelder zu erschnappen. Wir wollen zunächst das beständige Glück schildern, das er darin fand, unter seinem eigenen Dach zu schlafen!

Blangy, also die sechzig Häuser, die Blondet in seinem Brief an Nathan geschildert hat, liegt auf einem Geländebuckel am linken Ufer der Thune. Da alle seine Häuser von Gärten umgeben sind, bietet dieses Dorf einen reizenden Anblick. Ein paar von den Häusern liegen längs des Wasserlaufs. Ganz oben auf dieser großen Erdscholle steht die Kirche, an die sich ehedem das zugehörige Pfarrhaus anschloß; wie in vielen Dörfern umgibt der Friedhof den Chor.

Der abtrünnige Rigou hatte natürlich jenes Pfarrhaus gekauft, das einst von der guten Katholikin Mademoiselle Choin auf einem von ihr eigens zu diesem Behuf erworbenen Grundstück erbaut worden war. Ein Terrassengarten, von dem aus der Blick über die Äcker von Blangy, Soulanges und Cerneux schweifte, die zwischen zwei herrschaftlichen Parks lagen, schied jenes ehemalige Pfarrhaus von der Kirche. Auf der entgegengesetzten Seite dehnte sich eine Wiese aus, die der letzte Pfarrer kurze Zeit vor seinem Tod erstanden hatte; sie war von dem mißtrauischen Rigou mit Mauern umgeben worden.

Da der Bürgermeister es abgelehnt hatte, das Pfarrhaus seiner ursprünglichen Bestimmung zurückzuerstatten, war die Gemeinde genötigt gewesen, ein in der Nähe der Kirche gelegenes Bauernhaus anzukaufen; es hatten fünftausend Francs aufgewendet werden müssen, um es zu vergrößern, instand zu setzen und ihm ein Gärtchen anzufügen, dessen Mauer sich an die Sakristei anschloß, so daß also, wie ehedem, die Verbindung zwischen dem Wohnhaus des Pfarrers und der Kirche gewährleistet war.

Jene beiden Häuser, die in einer Linie mit der Kirche erbaut worden waren, zu der sie durch ihre Gärten zu gehören schienen, gingen auf einen mit Bäumen bepflanzten Platz hinaus, der um so mehr den Hauptplatz von Blangy bildete, als der Graf gegenüber dem neuen Pfarrhaus ein Gemeindehaus hatte errichten lassen, in dem das Bürgermeisteramt, die Unterkunft des Feldhüters und die Schule der »Brüder von der Lehre Christi« untergebracht werden sollten, die der Abbé Brossette so vergebens herbeigewünscht hatte. Auf diese Weise hingen nicht nur die Häuser des ehemaligen Benediktiners und des jungen Priesters mit der Kirche zusammen, und zwar durch diese gleichermaßen getrennt und vereinigt, sondern sie überwachten einander wechselseitig, und das ganze Dorf bespitzelte den Abbé Brossette. Die an der Thune beginnende Hauptstraße stieg gewunden bis zur Kirche hinan. Rebberge und Bauerngärten und ein Wäldchen bekrönten den Hügel von Blangy.

Rigous Haus, das schönste des Dorfs, war aus den für Burgund charakteristischen dicken Steinbrocken erbaut worden; die Fugen hatte man mit der ganzen Breite der Maurerkelle mit einem glatten, gelben Mörtel bestrichen, was Wellenlinien ergab, die hier und dort durch die im allgemeinen schwarzen Flächen jener Steinbrocken durchbrochen wurden. Ein Mörtelband, in dem kein Kieselstein einen Fleck bildete, zeichnete um jedes Fenster einen Rahmen, den Zeit und Wetter mit feinen, willkürlichen Rissen gestreift hatten, wie man deren an alten Zimmerdecken sieht. Die plump geschreinerten Fensterladen zeichneten sich durch einen soliden, dragonergrünen Anstrich aus. Ein paar flache Moospolster verbanden die Schieferplatten des Dachs. Dies ist der Typ der burgundischen Häuser; man sieht ähnliche zu Tausenden, wenn man diesen Teil Frankreichs durchstreift.

Eine kleine Tür mündete auf einen Flur, der durch ein hölzernes Treppenhaus geteilt wurde. Beim Eintreten erblickte man die Tür eines großen, dreifenstrigen Raums, der nach dem Platz hinausging. Die unterhalb der Treppe eingebaute Küche empfing ihr Licht vom Hof, der sorgfältig mit Kies bestreut war; man betrat ihn durch ein Tor. Das war das Erdgeschoß.

Der erste Stock enthielt drei Zimmer, und darüber ein Mansarden-Kämmerchen.

Ein Holzstall, eine Wagenremise und ein Pferdestall schlossen sich an die Küche an und bildeten einen rechtwinkligen Vorsprung. Über diesen leichten Bauten waren Speicher angelegt worden, sowie eine Obstkammer und ein Mädchenzimmer.

Ein Geflügelhof, ein Kuhstall und Schweinekoben lagen dem Haus gegenüber.

Der etwa einen Morgen große, mauerumgebene Garten war ein typischer Pfarrersgarten, das heißt, er wies mehrere Spaliere, Obstbäume, Weingeländer und sandbestreute Wege auf, an deren Rändern spindelförmig gestutzte Zwergobstbäume standen, ferner Gemüsebeete, die mit dem aus dem Pferdestall stammenden Mist gedüngt wurden.

Oberhalb des Hauses schloß sich eine zweite, mit Bäumen bepflanzte, heckenumgebene Einfriedung an; sie war groß genug, daß zwei Kühe darauf jederzeit ihre Nahrung finden konnten.

Der große Raum im Hausinnern war bis in Brusthöhe holzgetäfelt und mit alten Gobelins bespannt. Das altersbraune Nußholzmobiliar mit den Bezügen aus gesticktem Gobelinstoff harmonierte mit dem Holzwerk und dem gleichfalls aus Holz bestehenden Fußboden. An der Decke sprangen drei Balken vor; sie waren getüncht, und die Zwischenräume waren gar vergipst! Der Kamin bestand aus Nußbaumholz, über ihm hing ein Spiegel in einem grotesken Rahmen; auf dem Sims standen als einziger Schmuck zwei Messingeier auf marmornem Sockel; sie konnten aufgeklappt werden, und dann bildete die umgedrehte obere Hälfte einen Leuchtereinsatz. Diese zweiteiligen, mit Kettchen verzierten Kerzenhalter, eine Erfindung aus den Zeiten Ludwigs XV., beginnen selten zu werden.

An der Wand den Fenstern gegenüber erhob sich auf einem grüngoldenen Sockel eine alltägliche, aber vortrefflich gehende Stutzuhr. Die auf ihren Eisenstangen quietschenden Vorhänge waren ein halbes Jahrhundert alt; ihr karierter Baumwollstoff ähnelte dem von Matratzen; er war rosa und weiß gemustert und stammte aus Indien. Eine Anrichte und ein Eßtisch vervollständigten dieses Mobiliar, das, nebenbei gesagt, außerordentlich sauber gehalten wurde.

Vor dem Kamin gewahrte man eine riesige Pfarrers-Bergère; sie war Rigous Lieblingssitz. Im Winkel, oberhalb eines kleinen, damenhaften Schreibtischs, an dem Rigou arbeitete, hing an einem ordinären Kleiderhaken ein Blasebalg, und diesem verdankte Rigou sein Vermögen.

Auf Grund dieser gedrängten Beschreibung, deren Stil mit dem der Ankündigungen von Versteigerungen rivalisiert, läßt sich unschwer erraten, daß die beiden Schlafzimmer von Monsieur und Madame Rigou nur das strikt Notwendige enthielten; aber man würde sich sehr täuschen, wenn man meinte, diese Sparsamkeit könne die materielle Qualität der Dinge beeinträchtigen. So hätte die anspruchsvollste Geliebte sich in Rigous Bett wunderbar wohl gefühlt; es bestand aus vortrefflichen Matratzen, Bettwäsche aus feinem Leinen und einem Federdeckbett, das früher einmal von einer Betschwester für irgendeinen Abbé gekauft worden war, und vor Zugwind wurde es durch gute Vorhänge geschützt. Ebenso vor allem andern, wie man sehen wird.

Zunächst hatte dieser Geizhals seine Frau, die weder lesen noch schreiben, noch rechnen konnte, zu unbedingtem Gehorsam erzogen. Das arme Geschöpf hatte zwar den Verstorbenen regiert; jetzt aber war es zum Dienstboten seines Ehemanns geworden; sie kochte und wusch, und dabei wurde sie von einem sehr hübschen Mädchen namens Annette kaum unterstützt, das neunzehn Jahre alt war und von Rigou ebenso im Zaum gehalten wurde wie ihre Herrin; sie verdiente im Jahr dreißig Francs.

Madame Rigou war groß, dürr und mager, eine Frau mit gelbem, an den Backenknochen rotem Gesicht; um den Kopf trug sie stets einen Schal gewunden, das ganze Jahr hindurch trug sie denselben Rock; dem Haus kehrte sie im Monat keine zweimal den Rücken, und ihren Tätigkeitsdrang befriedigte sie durch all den Eifer, den eine getreue Dienstmagd einem Haus zuteil werden läßt. Nicht einmal der gewandteste Beobachter hätte noch ein Spur von der prachtvollen Figur, dem Kolorit à la Rubens, der prächtigen Fülle, den herrlichen Zähnen, den Madonnenaugen wahrgenommen, was alles ehedem das junge Mädchen der Beachtung durch den Pfarrer Niseron empfohlen hatte. Ihre einzige Geburt, die ihrer Tochter, der jungen Madame Soudry, hatte ihre Zähne dezimiert, ihre Wimpern ausfallen lassen, ihre Augen stumpf gemacht, ihre Gestalt gekrümmt und ihren Teint welken lassen. Es schien, als habe Gottes Hand sich schwer auf die Gattin des Priesters gelegt. Wie alle reichen Hausfrauen auf dem Lande genoß sie es, ihre Schränke voll von Seidenkleidern zu sehen, teils nur in Gestalt von Stoff, teils angefertigt und ungetragen, ferner von Spitzen und Schmucksachen, die ihr nie zu was anderm nütz waren, als die Sünde des Neids begehen und Rigous junge Dienstmädchen ihr den Tod wünschen zu lassen. Sie war eins der Wesen, die zur Hälfte Frau und zur andern Hälfte ein Stück Vieh sind, dazu geboren, rein triebmäßig zu leben. Da die ehemals so schöne Arsène[176] uneigennützig war, wäre das Vermächtnis des seligen Pfarrers Niseron unerklärlich gewesen ohne das seltsame Geschehnis, das dazu führte, und das zur Belehrung der Erben berichtet werden muß.

Madame Niseron, die Frau des alten Sakristans, hatte den Onkel ihres Mannes mit Aufmerksamkeiten überhäuft; denn die kurz bevorstehende Beerbung eines zweiundsiebzigjährigen Greises, der auf vierzigundeinigetausend Francs geschätzt wurde, mußte die Familie des Alleinerben in einen Wohlstand versetzen, dem die selige Madame Niseron recht ungeduldig entgegengesehen hatte; außer ihrem Sohn besaß sie eine reizende, schelmische, unschuldige kleine Tochter, eins jener Geschöpfe, die vielleicht nur so vollkommen sind, weil sie verschwinden müssen, denn sie starb vierzehnjährig an der Bleichsucht, was die volkstümliche Bezeichnung für Chlorose ist. Dieses Kind, der Irrwisch des Pfarrhauses, fühlte sich bei seinem Großonkel, dem Pfarrer, wie zu Hause; es machte dort Regen und Sonnenschein, es hatte Mademoiselle Arsène lieb, die hübsche Kleinmagd, die sein Onkel sich 1789 auf Grund der Lizenz hatte nehmen dürfen, die die ersten Stürme der Revolution in die Disziplinarvorschriften eingeführt hatten. Arsène, die Nichte der Haushälterin des Pfarrers, wurde zu deren Unterstützung herbeigerufen; denn da die alte Mademoiselle Pichard ihren Tod nahen fühlte, hatte sie sicherlich ihre Rechte auf die schöne Arsène übertragen wollen.

Im Jahre 1791, um die Zeit, da der Pfarrer Niseron gerade Dom Rigou und dem Bruder Jean ein Asyl angeboten hatte, hatte die kleine Niseron sich einen durchaus harmlosen Schelmenstreich erlaubt. Sie hatte mit Arsène und andern Kindern jenes Spiel gespielt, das darin besteht, daß jeder der Reihe nach einen Gegenstand versteckt, den die andern suchen, wobei der Verstecker »heiß« oder »kalt« ruft, je nachdem die Suchenden sich dem Versteck nähern oder sich davon entfernen. Da war die kleine Geneviève auf den Einfall gekommen, den Blasebalg aus dem großen Zimmer in Arsènes Bett zu stopfen. Der Blasebalg blieb unauffindbar, und das Spiel wurde abgebrochen. Geneviève, die von ihrer Mutter abgeholt wurde, vergaß, den Blasebalg wieder an seinen Nagel zu hängen. Eine volle Woche lang suchten Arsène und ihre Tante nach dem Blasebalg; dann wurde die Sache aufgegeben; man konnte sich auch anders behelfen; der alte Pfarrer fachte sein Kaminfeuer mit einem Pusterohr an, das aus der Zeit stammte, da die Pusterohre Mode gewesen waren; das vorhandene hatte wohl einem Höfling Heinrichs II. gehört[177]. Schließlich stimmte eines Abends, einen Monat vor ihrem Tod, die Haushälterin nach einem Abendessen, an dem der Abbé Mouchon, die Familie Niseron und der Pfarrer von Soulanges teilgenommen hatten, jeremianische Klagelieder über den Blasebalg an, ohne dessen Verschwinden erklären zu können.

»Ja, aber der steckt doch seit vierzehn Tagen in Arsènes Bett«, sagte die kleine Niseron und lachte laut heraus, »wenn dieses Riesenfaultier sein Bett richtig machte, müßte sie ihn längst gefunden haben . . .«

Im Jahre 1791 konnte darüber schallend gelacht werden; aber diesem Lachen folgte tiefste Stille.

»Da gibt's nichts zu lachen«, sagte die Haushälterin, »seit ich krank bin, wacht Arsène bei mir.«

Ungeachtet dieser Erklärung warf Pfarrer Niseron auf Madame Niseron den niederschmetternden Blick eines Priesters, der an ein Komplott glaubt. Die Haushälterin starb. Dom Rigou verstand es so gut, den Haß des Pfarrers auszubeuten, daß der Abbé Niseron Jean-François Niseron enterbte, und zwar zugunsten der Arsène Pichard.

Im Jahre 1823 bediente Rigou sich beim Anfachen des Feuers noch immer aus Dankbarkeit des Blasrohrs.

Madame Niseron, die ihre Tochter sehr liebgehabt hatte, überlebte sie nicht. Mutter und Kind starben 1794. Nach dem Tod des Pfarrers befaßte der Citoyen Rigou sich mit Arsènes Angelegenheiten, indem er sie zur Frau nahm.

Der ehemalige Laienbruder der Abtei, der an Rigou hing wie ein Hund an seinem Herrn, wurde gleichzeitig Stallknecht, Kuhhirt, Diener und Verwalter bei diesem sinnlichen Harpagon[178].

Arsène Rigou, die 1821 ohne Mitgift den Staatsanwalt geheiratet hatte, erinnerte ein wenig an die vulgäre Schönheit ihrer Mutter und besaß den tückischen Geist ihres Vaters.

Rigou war damals siebenundsechzig Jahre alt; innerhalb von dreißig Jahren hatte er keine einzige Krankheit durchgemacht, und nichts schien dieser wahrhaft schamlosen Gesundheit etwas anhaben zu können Er war groß und hager; seine Augen umgaben braune Ringe; die Lider waren beinah schwarz; wenn er morgens seinen faltigen, roten, körnigen Hals sehen ließ, hätte man ihn um so eher mit einem Kondor vergleichen können, als seine sehr lange, spitz zulaufende Nase zu dieser Ähnlichkeit noch durch ihre blutigrote Färbung beitrug. Sein nahezu kahler Kopf hätte die Kenner durch einen wie ein Eselsrücken gestalteten Hinterkopf erschreckt, dem Indiz für einen despotischen Willen. Seine ins Graue spielenden Augen, die von Lidern mit faserig durchäderter Haut fast verdeckt wurden, waren dazu prädestiniert, Heuchelei walten zu lassen. Zwei Strähnen von ungewisser Farbe und so dünnem Haar, daß die Haut durchschimmerte, wellten sich über den breiten, hohen, randlosen Ohren; sofern so etwas kein Anzeichen des Irrsinns ist, läßt es innerhalb der Ordnung des Moralischen auf Grausamkeit schließen. Der sehr gespaltene, dünnlippige Mund kündete von einem unerschrockenen Esser und leidenschaftlichen Trinker durch das Sichsenken der Winkel, die aussahen wie zwei Kommas; dahinein rann die Sauce, darin schimmerte sein Speichel, wenn er aß oder sprach. So muß Heliogabal[179] ausgesehen haben.

Seine Kleidung war stets die gleiche; sie bestand aus einem langen, blauen Gehrock mit Offizierskragen, einer schwarzen Halsbinde sowie einer Hose und weiten Weste aus schwarzem Tuch. Seine dicksohligen Schuhe hatten an der Außenseite einen Zierat von Nägeln, und innen Socken, die seine Frau an den Winterabenden strickte. Annette und ihre Herrin strickten auch die Strümpfe für Monsieur.

Rigou hieß mit Vornamen Grégoire. Deswegen verzichteten seine Freunde nie darauf, die verschiedenen Witze zu machen, die das G des Vornamens ermöglichte, obwohl damit seit einem Menschenalter Mißbrauch getrieben wurde[180].

Wenngleich diese Skizze den Charakter kennzeichnet, könnte niemand sich jemals vorstellen, wie weit, und zwar ohne Widerspruch und in der Einsamkeit, der ehemalige Benediktiner die Kunst des Egoismus, die des Wohllebens und der Wollust in allen ihren Formen vorangetrieben hatte. Vor allem speiste er allein, und seine Frau und Annette bedienten ihn dabei; sie setzten sich, nach ihm, in der Küche zu Tisch, während er seine Mahlzeit verdaute und seinen Rausch abreagierte, indem er »die Zeitung« las.

Auf dem Lande kennt man die Titel der Blätter nicht; sie heißen samt und sonders »die Zeitung«.

Das Abendessen wie das Mittag- und Nachtessen bestanden

stets aus erlesenen Dingen; sie wurden mit der Kunst zubereitet, die die Pfarrershaushälterinnen vor allen übrigen Köchinnen auszeichnet. Deswegen butterte Madame Rigou zweimal wöchentlich selber. Bei allen Saucen bildete die Sahne das Grundelement. Die Gemüse wurden so hereingeholt, daß sie aus den Beeten direkt in den Kochtopf hüpften. Die Pariser, die daran gewöhnt sind, Grünzeug und Gemüse zu essen, die ein zweites Wachstum durchmachen, da sie der Sonne ausgesetzt sind, dem Gestank der Straßen, den Gärstoffen der Läden, wo die Händlerinnen sie besprengen und ihnen eine trügerische Frische verleihen, haben keine Ahnung von dem köstlichen Wohlgeschmack, den diese Produkte enthalten; die Natur hat ihnen vergängliche, aber mächtige Eigenschaften anvertraut, wenn sie gewissermaßen lebendig verzehrt werden.

Der Metzger von Soulanges brachte ihm sein bestes Fleisch, sofern er nicht die Kundschaft des gefürchteten Rigou einbüßen wollte. Das auf dem eigenen Grundstück gezüchtete Geflügel mußte von ungemeiner Zartheit sein.

Das Bedachtsein auf äußeren Schein erstreckte sich auf alle Dinge, die Rigou benutzte. Die Pantoffel dieses klugen Thelemisten[181] waren zwar aus plumpem Leder, aber ihr Futter bestand aus schönem Lammfell. Zwar trug er einen Gehrock aus grobem Tuch, aber der berührte seine Haut nicht, denn sein daheim gewaschenes und gebügeltes Hemd war von den geschicktesten Fingern Frieslands gesponnen worden[182]. Seine Frau, Annette und Jean tranken Landwein, den Wein, den Rigou von seiner Ernte zurückbehielt; aber in seinem Privatkeller, der gefüllt war wie ein belgischer Keller, lagen die feinsten Weine Burgunds neben denen aus Bordeaux, aus der Champagne, dem Roussillon, von der Rhône und aus Spanien; sie wurden sämtlich schon zehn Jahre zuvor eingekauft und immer von Bruder Jean in Flaschen abgezogen. Die westindischen Liköre stammten von Madame Amphoux[183]; der Wucherer hatte davon einen für den Rest seiner Tage reichenden Vorrat bei der Zerstückelung eines burgundischen Schloßguts erstanden.

Rigou aß und trank wie Ludwig XIV., einer der größten bekannten Nahrungsmittel-Vertilger, und das verrät Ausgaben für ein mehr als wollüstiges Leben. Bei seiner heimlichen Verschwendung war er diskret und geschickt; bei seinen geringsten Käufen feilschte er, wie eben Männer der Kirche zu feilschen wissen. Anstatt unzählige Vorsichtsmaßregeln zu ergreifen, um bei seinen Käufen nicht übers Ohr gehauen zu werden, bewahrte der gewitzte Mönch sich eine Probe auf und ließ sich die Lieferungsbedingungen schriftlich geben; wenn dann aber sein Wein oder seine Lebensmittel abgesandt worden waren, warnte er, daß er bei dem geringsten Mangel der Sendung die Annahme verweigern würde.

Jean, der für das Obst zu sorgen hatte, hatte die Aufbewahrung der Produkte der besten im Département bekannten Obstgegenden studieren müssen. Rigou aß noch zu Ostern Birnen, Äpfel und manchmal sogar Trauben.

Nie ist einem Propheten, der im Verdacht stand, ohne Gott auszukommen, blinder gehorcht worden als Rigou daheim bei seinen geringsten Launen. Ein Runzeln seiner dicken, schwarzen Brauen stürzte seine Frau, Annette und Jean in tödlichste Ängste. Er hielt seine drei Sklaven durch die peinlich genaue Erfüllung aller ihnen auferlegten Pflichten wie an einer Kette. Jeden Augenblick befanden diese armen Leute sich unter der Geißel einer ihnen aufgezwungenen Arbeit, einer Überraschung, und sie waren schließlich dahin gelangt, im Vollbringen dieser ständigen Arbeiten etwas wie Lust zu empfinden; sie langweilten sich durchaus nicht dabei. Für alle drei war das Wohlbefinden dieses Mannes der einzige Gegenstand ihrer Besorgnisse.

Annette war seit 1795 das zehnte hübsche Hausmädchen, das Rigou genommen hatte; er hoffte, mit diesem ständigen Wechsel junger Mädchen bis ans Grab zu gelangen. Annette war als Sechzehnjährige gekommen; mit neunzehn sollte sie wieder weggeschickt werden. Jedes dieser Hausmädchen, die in Auxerre, in Clamecy und im Morvan mit äußerster Sorgfalt ausgewählt worden waren, wurde durch die Verheißung eines schönen Loses angelockt; aber Madame Rigou versteifte sich darauf, am Leben zu bleiben. Und nach Ablauf dreier Jahre machte es eine Unbotmäßigkeit der Magd gegen ihre arme Herrin stets erforderlich, daß sie vor die Tür gesetzt wurde.

Annette, ein wahres Meisterstück an feiner, gewitzter, pikanter Schönheit, hätte eine Herzoginnenkrone verdient. Es mangelte ihr nicht an Verstand; aber Rigou ahnte nichts von der Intelligenz Annettes und Jean-Louis Tonsards, was beweist, daß er sich von diesem hübschen Mädchen hatte umgarnen lassen; sie war die einzige, die der Ehrgeiz zur Schmeichelei angeregt hatte, und diese war ein Mittel, dem Luchs Sand in die Augen zu streuen.

Dieser Ludwig XV. ohne Thron hielt sich nicht ausschließlich an die hübsche Annette. Als bedrückender Hypothekengläubiger auf Ländereien, die die Bauern über ihre Mittel hinaus gekauft hatten, hatte er das Tal zu seinem Harem gemacht, von Soulanges bis fünf Meilen jenseits von Couches nach der Brie zu, und es kostete ihn lediglich eine »Vertagung der Schuldeinklagung«, um die vergänglichen Schätze zu ergattern, die das Vermögen so vieler alter Herren verschlingen.

Dieses köstliche, demjenigen Bourets vergleichbare Leben kostete also so gut wie nichts. Dank seiner weißen Neger ließ Rigou Bäume schlagen, zersägen, seine Reisigbündel, sein Feuerholz, sein Heu und seinen Weizen einfahren. Dem Bauern bedeutet Handarbeit wenig, vor allem unter dem Gesichtspunkt, daß er dadurch einen Aufschub der Zinszahlung erlangen kann. Indem Rigou somit kleine Prämien für eine Stundung von ein paar Monaten verlangte, saugte er seine Schuldner dadurch aus, daß er von ihnen Handlangerdienste forderte, die wahre Plackereien waren; allein sie gaben sich dazu her, weil sie glaubten, sie gäben nichts, da sie ja ihre Taschen nicht zu erleichtern brauchten. Auf diese Weise wurde an Rigou bisweilen mehr gezahlt, als das Kapital der Schuld betrug.

Dieser Mann war abgründig wie ein Mönch, stumm wie ein Benediktiner, der an einer Chronik arbeitet, durchtrieben wie ein Priester und duckmäuserisch wie jeder Geizhals; er hielt sich innerhalb der Grenzen des Rechts; er verstieß nie gegen das Gesetz; und so wäre er in Rom ein Tiberius, unter Ludwig XIII. ein Richelieu, ein Fouché gewesen, wenn er den Ehrgeiz besessen hätte, dem Konvent anzugehören; aber er war so klug, ein Lukullus ohne Prachtentfaltung zu sein, ein geiziger Wollüstling. Um sein Gehirn zu beschäftigen, kostete er einen aus dem Ganzen geschnittenen Haß aus. Er schikanierte den General Grafen de Montcornet, er setzte die Bauern in Bewegung, und zwar durch ein Spiel mit verborgenen Fäden, deren Handhabung ihn amüsierte wie eine Schachpartie mit lebendigen Bauern, berittenen Springern, Läufern, die wie Fourchon schwatzten, mit in der Sonne glänzenden feudalen Türmen, mit einer Königin, die dem König boshafterweise Schach bietet! Tagtäglich erblickte er beim Aufstehen von seinem Fenster aus die hochmütigen Giebel von Les Aigues, die Schornsteine der Pavillons, und dann sagte er sich: »All das kommt zu Fall! Ich trockne die Wasserläufe aus, ich fälle die schattenspendenden Bäume.« Kurz und gut, er hatte sein großes und sein kleines Opfertier. Der Renegat grübelte darüber nach, wie er dem Schloß den Untergang bereiten könne; den Abbé Brossette jedoch hoffte er mit Nadelstichen umbringen zu können.

Zur Vollendung des Bildes dieses Ex-Mönches dürfte es genügen, wenn gesagt wird, daß er zur Messe ging und dabei bedauerte, daß seine Frau noch immer lebe, und daß er den Wunsch bekundete, sich mit der Kirche auszusöhnen, sobald er Witwer geworden sei. Ehrerbietig grüßte er den Abbé Brossette, wenn er ihm begegnete, und redete freundlich mit ihm, ohne je aufzubrausen. Im allgemeinen verfügen alle Menschen, die mit der Kirche zusammenhängen oder aus ihr hervorgegangen sind, über die Geduld eines Insekts, und die verdanken sie der Verpflichtung, ein Dekorum zu wahren, und das ist eine Erziehung, die der überwältigenden Mehrheit der Franzosen seit zwanzig Jahren mangelt, sogar denjenigen, die sich für wohlerzogen halten. Alle Konventsmitglieder, die die Revolution aus ihren Klöstern hat heraustreten lassen und die sich den Staatsangelegenheiten widmeten, haben durch ihre Kälte und ihre Zurückhaltung die Überlegenheit bezeigt, die die kirchliche Disziplin allen Söhnen der Kirche zuteil werden läßt, sogar denen, die abtrünnig geworden sind.

Gaubertin war sich seit 1792 durch die Testamentsangelegenheit über ihn im klaren; er hatte die Listigkeit ergründet, die das gallische Gesicht dieses gewandten Heuchlers enthielt; daher hatte er sich in ihm einen Helfershelfer geschaffen, mit dem gemeinsam er vor dem Goldenen Kalb kommunizierte. Bei der Gründung des Bankhauses Leclercq hatte er Rigou geraten, dort fünfzigtausend Francs anzulegen, für die er die Bürgschaft übernahm. Rigou war ein um so wichtigerer Kommanditär geworden, als er jenes Kapital durch die anfallenden Zinsen sich hatte vergrößern lassen. Gegenwärtig betrug Rigous Beteiligung an jenem Bankhaus noch hunderttausend Francs, obwohl er 1816 etwa hundertachtzigtausend Francs abgehoben hatte, um sie ins Staatsschuldbuch eintragen zu lassen, was ihm siebzehntausend Francs Zinsen brachte. Lupin wußte, daß Rigou für hundertfünfzigtausend Francs Hypotheken besaß, und zwar in kleinen Beträgen auf große Güter. Nach außen hin hatte es den Anschein, als besitze Rigou aus Ländereien ein Nettoeinkommen von etwa vierzehntausend Francs. Rigous Gesamteinkommen wurde auf vierzigtausend Francs Zinsen geschätzt. Was jedoch seinen Geldschrank betraf, so war er eine Gleichung, deren X nicht zu errechnen war, gerade wie nur der Teufel sich in den Geschäften auskannte, die er mit Langlumé betrieb.

Dieser schreckliche Wucherer, der damit rechnete, daß er noch zwanzig Jahre leben werde, hatte für das, was er tat, feste Regeln ersonnen. Er lieh keinem Bauern Geld, der nicht mindestens drei Hektar kaufte, der nicht mindestens die Hälfte des Preises in bar anzahlte. Wie man sieht, kannte Rigou die schwache Stelle des Gesetzes über die Zwangsversteigerungen, wenn es auf Parzellen angewandt wird, und die Gefahr, der der Staatsschatz und das Privateigentum bei der übertriebenen Zerstückelung der Güter ausgesetzt sind. Man belange doch gerichtlich einen Bauern, der einem eine Ackerfurche nimmt, wenn er selber nur deren fünf besitzt! Der flüchtige Blick des Privatinteresses wird stets dem einer Versammlung von Gesetzgebern um ein Vierteljahrhundert voraus sein. Welch eine Lehre ist das für ein Land! Das Gesetz wird immer nur einem weitgespannten Geist entspringen, einem Mann von Genie, und nicht neunhundert Intelligenzen, die, so groß jede einzelne auch sein möge, kleiner werden, sobald sie eine Masse bilden. Enthält Rigous Verhaltensregel nicht tatsächlich das Prinzip derjenigen, die zu suchen es gilt, um dem Unsinn Halt zu gebieten, den die Teilung eines Grundbesitzes in Hälften, Dritteln, Vierteln, Zehntel von Hundertsteln darstellt, wie in der Gemeinde Argenteuil[184], wo es dreißigtausend Parzellen gibt.

Ein solches Geschäftsgebaren verlangt eine ausgedehnte Partnerschaft wie die, die auf diesem Arrondissement lastete. Da überdies Rigou etwa ein Drittel der Beurkundungen, die jährlich in seinem Arbeitszimmer zustande kamen, durch Lupin vornehmen ließ, hatte er in dem Notar von Soulanges einen ihm ergebenen Mithelfer gefunden. So konnte dieser Freibeuter in den Darlehensvertrag, der stets die Frau des Schuldners, sofern er verheiratet war, mitunterzeichnen mußte, die Summe aufnehmen, auf die sich die illegalen Zinsen beliefen. Der Bauer war froh, daß er während der Dauer des Darlehensvertrags jährlich nur fünf Prozent zu bezahlen brauchte, hoffte stets, er könne sich durch übertriebene Arbeit aus der Schlinge ziehen, durch Felderdüngungen, die Rigous Pfand nur immer wertvoller machten.

Aus so etwas entstehen dann die trügerischen Wunder, die durch das erzeugt werden, was schwachsinnige Volkswirtschaftler als »Kleinwirtschaft« bezeichnen, das Ergebnis einer falschen Politik, auf Grund deren wir französisches Geld nach Deutschland tragen, um dort Pferde zu kaufen, die das eigene Land nicht zu liefern vermag, was ein Fehler ist, der die Aufzucht von Rindvieh so vermindern wird, daß die Fleischpreise bald unerschwinglich werden dürften, nicht nur für das Volk, sondern auch für den Kleinbürger. (Siehe »Der Dorfpfarrer«.)[185]

Somit wurde zwischen Couches und La-Ville-aux-Fayes viel Schweiß für Rigou vergossen, den jeder hochachtete, wogegen die Arbeit, die der General, der einzige, der Geld in die Gegend brachte, teuer bezahlte, ihm lediglich die Flüche und den Haß eintrug, mit dem die reiche Leute nun einmal bedacht werden. Wären dergleichen Tatsachen nicht unerklärlich ohne den flüchtigen Blick, den wir auf die Mittelmäßigkeit geworfen haben? Fourchon hatte recht; die Bourgeois waren an die Stelle der adligen Herren getreten. Diese kleinen Grundbesitzer, deren Typus Courtecuisse darstellt, waren die dem Recht der toten Hand Unterworfenen des Tiberius des Avonne-Tals, gerade wie in Paris die Gewerbetreibenden ohne Betriebskapital die Bauern der Hochfinanz sind.

Soudry war dem Beispiel Rigous von Soulanges bis fünf Meilen über La-Ville-aux-Fayes hinaus gefolgt. Die beiden Wucherer hatten das Arrondissement untereinander aufgeteilt.

Gaubertin frönte seiner Raubgier in einer höheren Sphäre; er machte seinen Verbündeten nicht nur keine Konkurrenz, sondern verhinderte überdies, daß die Kapitalien von La-Ville-aux-Fayes den gleichen fruchtbringenden Weg einschlugen. Jetzt kann man erraten, welchen Einfluß das Triumvirat Rigou, Soudry und Gaubertin durch die Wähler, deren Wohlstand von der Willfährigkeit der drei abhing, auf die Wahlen erlangt hatte.

Haß, Intelligenz und Vermögen bildeten das schreckliche Dreieck, mit dem der Feind charakterisiert werden kann, der sich in unmittelbarer Nähe von Les Aigues befand, der Überwacher des Generals; er stand in ständiger Verbindung mit sechzig oder achtzig kleineren Grundbesitzern, Verwandten oder Bundesgenossen der Bauern, Menschen, die ihn fürchteten, wie man einen Gläubiger fürchtet.

Rigou übertraf noch Tonsard. Der eine lebte von Diebereien in der freien Natur; der andere machte sich fett durch legalen Raub. Alle beide schätzten das Wohlleben; es war derselbe Charakter in zwei Erscheinungsformen, der eine naturgegeben, der andere geschärft und geschliffen durch klösterliche Erziehung.

Als Vaudoyer die Schenke Grand-I-Vert verließ, um den ehemaligen Bürgermeister um Rat zu fragen, war es ungefähr vier Uhr. Um diese Stunde pflegte Rigou die Hauptmahlzeit einzunehmen.

Vaudoyer fand die Eingangstür geschlossen; also blickte er durch die Gardinen und rief: »Monsieur Rigou, ich bin's, Vaudoyer...«

Jean kam aus der Tür heraus, ließ Vaudoyer gleich danach eintreten und sagte ihm dabei: »Geh in den Garten, Monsieur hat Besuch.«

Jener Besuch war Sibilet; unter dem Vorwand, er müsse sich über die Auslegung des Urteils, das Brunet gerade gefällt hatte, mit Rigou ins Einvernehmen setzen, hatte er sich mit ihm über ganz andere Dinge unterhalten. Er hatte den Wucherer beim Nachtisch angetroffen.

Auf einem viereckigen Tisch mit blendend weißem Tischzeug, denn unbekümmert um die Mühe seiner Frau und Annettes verlangte Rigou jeden Tag frische Tischwäsche, wurde, während der Verwalter zusah, eine Platte mit Erdbeeren, Aprikosen, Pfirsichen, Kirschen und Mandeln gestellt, ein Überfluß an allen

Früchten der Jahreszeit; sie lagen auf weißen Porzellantellern, auf Rebblättern, fast so schmuck und säuberlich wie auf Les Aigues.

Als Rigou Sibilet eintreten sah, ließ er ihn die Riegel vorschieben an den inneren Türflügeln, die an jeder Tür angebracht waren, sowohl um der Kälte zu wehren, als um die Stimmen zu dämpfen; dann fragte er ihn, welche dringliche Angelegenheit ihn nötige, am hellen, lichten Tag herzukommen, wo er doch in aller Sicherheit bei Nacht mit ihm konferieren könne.

»Ich bin hergekommen, weil der Tapezierer davon geredet hat, er wolle nach Paris reisen und den Justizminister aufsuchen; er ist imstande, Ihnen beträchtlichen Schaden zuzufügen und die Absetzung Ihres Schwiegersohns, der Richter von La-Ville-aux-Fayes und des Präsidenten zu verlangen, vor allem, wenn er das Urteil liest, das zu Ihren Gunsten eben gefällt worden ist. Er stellt sich auf die Hinterbeine, er ist nicht auf den Kopf gefallen, er hatte in dem Abbé Brossette einen Ratgeber, der befähigt ist, sich auf einen Kampf mit Ihnen und Gaubertin einzulassen. Monseigneur der Bischof hat viel für den Abbé Brossette übrig. Die Frau Gräfin spricht davon, daß sie sich an ihren Vetter den Präfekten Grafen von Castéran, wenden wolle, Nicolas' wegen. Michaud fängt an, uns geläufig in die Karten zu schauen . . .«

»Du hast Angst«, sagte der Wucherer ganz langsam und warf Sibilet einen Blick zu, den der Argwohn weniger stumpf als für gewöhnlich machte, und der entsetzlich war. »Du erwägst, ob es nicht besser sei, wenn du dich auf die Seite des Herrn Grafen de Montcornet schlügst.«

»Ich bin mir nicht ganz klar darüber, woher ich, wenn Sie Les Aigues aufgeteilt haben, jährlich viertausend Francs nehmen soll, um sie anständig anzulegen, wie ich es seit fünf Jahren tue«, antwortete Sibilet unumwunden. »Monsieur Gaubertin hat mir seiner Zeit die schönsten Versprechungen gemacht; aber die Krise rückt heran, es kommt ganz sicher zum Kampf, und nach dem Sieg sind Versprechen und Halten zweierlei.«

»Ich will mit ihm reden«, antwortete Rigou ruhig. »Inzwischen würde ich Folgendes antworten, wenn es sich um meine eigene Angelegenheit handelte: ›Seit fünf Jahren bringst du Monsieur Rigou jährlich viertausend Francs, und dieser wackere

Mann gibt dir dafür siebeneinhalb Prozent, so daß dein Konto sich gegenwärtig auf siebenundzwanzigtausend Francs beläuft, was auf derAnhäufung der Zinsen beruht; aber da zwischen dir und Rigou ein unterschriebener Geheimvertrag in doppelter Ausfertigung besteht, würde der Verwalter von Les Aigues an dem Tag an die Luft gesetzt werden, da der Abbé Brossette dieses Dokument dem Tapezierer unter die Augen hielte, vor allem, wenn zuvor ein anonymer Brief ihn über deine Doppelrolle unterrichtete. Du tätest also besser, mit uns zu jagen, ohne schon im voraus deinen Beuteanteil zu verlangen, und zwar um so eher, als Monsieur Rigou, da er nicht gesetzlich verpflichtet ist, die siebeneinhalb Prozent und Zinseszins zu geben, dir lediglich deine zwanzigtausend Francs ›in bar‹ anbieten würde; und weil, indessen du wartest, daß du sie in die Hände bekommst, dein durch Schikanen in die Länge gezogener Prozeß vor dem Gericht von La-Ville-aux-Fayes entschieden werden würde. Wenn du dich indessen vernünftig benimmst, kannst du, sobald Monsieur Rigou der Eigentümer deines Pavillons auf Les Aigues ist, mit etwa dreißigtausend Francs und mit weiteren dreitausend Francs, die dir Rigou anvertrauen könnte, den Geldhandel fortsetzen, den Rigou betreibt; und jener Handel würde für dich um so vorteilhafter sein, als die Bauern sich auf die Ländereien von Les Aigues, das dann in kleine Parzellen aufgeteilt ist, stürzen werden, wie die Armut sich auf die Welt stürzt.‹ Das alles könnte dir Monsieur Gaubertin sagen; ich jedoch habe dir nichts zu antworten, mich geht die ganze Sache nichts an ... Gaubertin und ich, wir haben Beschwerdepunkte gegen dieses Kind des Volkes, das seinen Vater prügelt, und wir gehen unserm Plan auch weiterhin nach. Vielleicht hat Freund Gaubertin dich nötig; ich selber brauche niemanden, da mir ja alle ergeben sind. Was nun aber den Justizminister betrifft, so wird er häufig gewechselt; wir dagegen sind immer hier.«

»Also kurz und gut, Sie sind gewarnt«, entgegnete Sibilet, der sich vorkam wie ein geprügelter Hund.

»Gewarnt wovor?« fragte Rigou listig.

»Vor dem, was der Tapezierer unternimmt«, antwortete der Verwalter demütig; »er ist fuchsteufelswild zur Präfektur gefahren.«

248

»Soll er doch! Wenn die Montcornets nicht die Räder abnützten, was würde dann aus den Wagenbauern werden?«

»Ich bringe Ihnen heute abend um elf tausend Taler«, sagte Sibilet. »Aber Sie sollten die Geldgeschäfte vorantreiben und mir einige Ihrer fällig werdenden Hypotheken zedieren; eine von denen, die mir etwas Ackerland einbringen könnten.«

»Ich habe die von Courtecuisse in der Hand, aber den will ich schonen; er ist nämlich der beste Schütze des Départements; lasse ich die auf dich überschreiben, würdest du den Anschein erwekken, du packtest den komischen Knaben im Auftrag des Tapezierers hart an, und das hieße zwei Fliegen mit einer Klappe schlagen; er wäre nämlich zu allem fähig, wenn er es erlebte, daß er noch tiefer herabkäme als Fourchon. Courtecuisse hat sich an La Bâchelerie zu Tode geschuftet, er hat den Boden verbessert, er hat an die Gartenmauer Spalierobst gepflanzt. Der kleine Besitz ist viertausend Francs wert; die würde der Graf dir für die drei Morgen geben, die an seinen Wagenschuppen grenzen. Wäre Courtecuisse kein Schlecker, so hätte er seine Zinsen längst mit dem begleichen können, was dort an Wild abgeschossen wird.«

»Gut. Übertragen Sie diese Forderung an mich; ich werde da schon zurechtkommen, ich habe Haus und Garten umsonst, der Graf soll mir die drei Morgen abkaufen.«

»Welchen Anteil gibst du mir?«

»Mein Gott, Sie brächten es fertig, einen Ochsen zu melken und Milch zu bekommen!« rief Sibilet. »Und ich, der ich dem Tapezierer grade die Weisung abgenötigt habe, daß das Ährenlesen gemäß den gesetzlichen Vorschriften zu erfolgen hat . . .«

»Das hast du fertiggebracht, mein Junge?« sagte Rigou, der ein paar Tage zuvor den Einfall zu diesen Bedrückungen suggeriert und ihm gesagt hatte, er solle dem General dazu raten. »Dann haben wir ihn, er ist erledigt; aber es genügt noch nicht, daß wir ihn am einen Ende gepackt haben; er muß zusammengedreht werden wie eine Tabakrolle! Mach die Riegel auf, mein Junge, sag meiner Frau, sie möge mir den Kaffee und die Liköre bringen, und sag zu Jean, er soll anspannen, ich will nach Soulanges. Bis heute abend also! – Tag, Vaudoyer«, sagte der ehemalige Bürgermeister, als er seinen ehemaligen Feldhüter eintreten sah. »Na, was gibt's . . .?«

Vaudoyer erzählte alles, was sich in der Schenke zugetragen hatte, und fragte Rigou nach seiner Meinung über die Gesetzmäßigkeit der vom General ausgeheckten Weisungen.

»Er hat das Recht dazu«, entgegnete Rigou unumwunden. »Wir haben einen harten Herrn; der Abbé Brossette ist pfiffig, euer Pfarrer regt alle diese Maßnahmen an, weil ihr nicht zur Messe geht, ihr Hohlköpfe ...! Ich gehe selbstverständlich hin. Es gibt nämlich einen Gott, müßt ihr wissen ...! Ihr werdet allerlei auszuhalten haben, der Tapezierer wird natürlich immer weiter gehen ...!«

»Gut. Aber wir lesen trotzdem Ähren ...!« sagte Vaudoyer mit jener entschlossenen Betonung, die die Burgunder auszeichnet.

»Ohne Bedürftigkeitsbescheinigung?« erwiderte der Wucherer. »Es heißt, er sei zur Präfektur gefahren, um Truppen anzufordern, um euch zu Pflicht und Gehorsam zurückzuführen.«

»Wir lesen Ähren wie bisher«, sagte Vaudoyer.

»Dann lest ...! Monsieur Sarcus wird beurteilen, ob ihr das Recht dazu gehabt habt«, sagte der Wucherer und tat, als wolle er den Ährenlesern den Schutz des Friedensgerichts versprechen.

»Wir lesen Ähren, wir sind dazu stark genug ... oder Burgund ist nicht mehr Burgund!« sagte Vaudoyer. »Die Gendarmen haben zwar Säbel, aber wir, wir haben Sensen, und wir werden schon sehen!«

Um halb fünf drehte sich das große, grüne Tor des ehemaligen Pfarrhauses in den Angeln, und der Fuchs, den Jean kutschierte, bog nach dem Platze zu ein. Madame Rigou und Annette waren vor die Nebentür getreten und schauten den kleinen, grün gestrichenen Korbwagen mit dem Lederverdeck an, in dem ihr Herr und Meister auf guten Kissen saß.

»Kommen Sie nicht zu spät wieder«, sagte Annette und zog ein Schmollmündchen.

Sämtliche Dorfleute, die bereits über die drohenden Maßnahmen unterrichtet waren, die der Bürgermeister ergreifen wollte, traten vor die Türen oder blieben auf der Hauptstraße stehen, als Rigou vorüberfuhr; sie alle glaubten, er fahre nach Soulanges, um sie zu verteidigen.

»Jawohl, Madame Courtecuisse, unser ehemaliger Bürgermeister setzt sich ganz bestimmt für uns ein«, sagte eine alte Spinnerin, die an der Frage der Holzdiebstähle sehr interessiert war, weil ihr Mann das geklaute Holz in Soulanges verkaufte.

»Mein Gott, ihm blutet das Herz, wenn er sieht, was hier vorgeht; er ist darüber genauso unglücklich wie wir alle«, antwortete die arme Frau, die allein schon beim Erklingen des Namens ihres Gläubigers zitterte und bebte und aus Angst sein Lob sang.

»Ach, das ist keine Redensart, dem hat man übel mitgespielt! – Guten Tag, Monsieur Rigou«, sagte die Spinnerin; Rigou hatte ihr zugenickt.

Als der Wucherer durch die Thune fuhr, die jederzeit durchwatbar war, sagte Tonsard, der aus seiner Schenke herausgekommen war, auf der Nebenstraße zu Rigou: »Na, Papa Rigou, der Tapezierer will uns also auf den Hund bringen . . .?«

»Das werden wir ja sehen!« antwortete der Wucherer und zog seinem Pferd eins mit der Peitsche über.

»Der versteht sich auf unsere Verteidigung«, sagte Tonsard zu einer Gruppe von Frauen und Kindern, die sich um ihn geschart hatte.

»Er denkt an euch wie ein Gastwirt an die Gründlinge, wenn er seine Bratpfanne reinigt«, entgegnete Fourchon.

»Halt doch die Klappe, wenn du besoffen bist . . .!« sagte Mouche und zog den Großvater am Kittel, daß er auf die Böschung am Fuß einer Pappel fiel. »Wenn dieser Köter von Mönch das gehört hätte, würdest du, was du ihm hinterbringst, nicht mehr so hoch bezahlt bekommen . . .«

Tatsächlich, wenn Rigou so eilig nach Soulanges fuhr, dann wurde er dazu durch die wichtige Neuigkeit getrieben, die Sibilet ihm überbracht hatte; sie dünkte ihn bedrohlich für die geheime Koalition der Bourgeoisie des Avonne-Tals[186].

ZWEITER TEIL[187]

ERSTES KAPITEL

Die Oberschicht von Soulanges[188]

Etwa sechs Kilometer von Blangy entfernt, um es ganz genau
zu sagen, und ebenso weit von La-Ville-aux-Fayes weg, auf
einem Hügel, der eine Abzweigung des langgestreckten Höhen-
zugs ist, der parallel zu dem verläuft, an dessen Fuß die Avonne
fließt, erhebt sich amphitheatralisch die Kleinstadt Soulanges; sie
führt den Beinamen »la Jolie«, »die Hübsche«, und das vielleicht
mit größerer Berechtigung als Mantes[189].

Unten an dem Hügel breitet sich auf tonigem Untergrund von
etwa dreißig Hektar Ausdehnung, an dessen Ende die Mühlen
von Soulanges stehen, die Thune aus; die Mühlen sind auf zahlreichen kleinen Inseln errichtet worden; sie stellen Baulichkeiten
von einer solchen Anmut dar, daß ein Gartenarchitekt sie hätte
erfinden können. Nachdem die Thune den Park von Soulanges
durchflossen hat, wo sie schöne Bäche und künstliche Teiche mit
Wasser speist, mündet sie durch einen prächtigen Kanal in die
Avonne.

Das Schloß von Soulanges ist unter Ludwig XIV. nach Plänen
von Mansard[190] neu erbaut worden und eins der schönsten unter
den Schlössern Burgunds; es liegt der Stadt gegenüber. Auf diese
Weise bieten die Stadt Soulanges und das Schloß einander wechselseitig einen ebenso glänzenden wie eleganten Anblick dar. Die
Distrikts-Landstraße windet sich zwischen der Stadt und dem
Teich hin, der ein wenig gar zu pompös von den Leuten der Gegend der See von Soulanges genannt wird.

Jene kleine Stadt ist eins der naturgewachsenen Gebilde, die
in Frankreich überaus selten sind; denn dort fehlt auf diesem

Gebiet das Hübsche völlig. Hier nun aber vermag man den Reiz der Schweiz wiederzufinden, wie Blondet es in seinem Brief gesagt hat, den Reiz der Umgebung von Neuchâtel. Die heiteren Rebberge, die um Soulanges einen Gürtel schlingen, vervollständigen diese Ähnlichkeit, freilich abgesehen vom Jura und den Alpen; die Straßen, die sich, eine über der andern, auf dem Hügel hinziehen, haben nur wenige Häuser, da sie sämtlich von Gärten umgeben sind; diese bringen jene Massen von Grün hervor, die in Großstädten so selten sind. Die blauen oder roten Dachdeckungen, die sich zwischen Blumen, Bäume und Terrassen mit Laubengängen oder Spalieranlagen mischen, bieten mannigfache Anblicke voller Harmonie dar.

Die Kirche, eine alte Kirche aus dem Mittelalter, ist aus Quadersteinen erbaut, dank der großen Freigebigkeit der Edelherren von Soulanges, die sich darin anfangs eine Kapelle am Chor und dann eine unterirdische Kapelle als Grabgewölbe vorbehalten hatten; die Kirche hat wie die von Longjumeau[191] als Portal eine riesige Bogenwölbung, die mit Blumenrosetten besetzt und mit Statuetten geschmückt ist; sie wird flankiert von zwei Pfeilern mit Spitzbogennischen. Dieses Portal, das ziemlich häufig an den kleinen Kirchen des Mittelalters wiederholt worden ist, die der Zufall vor den Verwüstungen durch den Kalvinismus bewahrt hat, wird von einem Triglyphen gekrönt, über dem sich die Statue einer das Jesuskind tragenden Madonna erhebt. Die Seitenschiffe bestehen im Innern aus fünf geschlossenen, mit hervortretenden Rippen versehenen Arkaden, die durch Fenster mit Glasmalereien erhellt werden. Der Chor stützt sich auf Strebebogen, die einer Kathedrale würdig sind. Der Glockenturm erhebt sich über einem Arm des Kreuzes; er ist viereckig und wird von den eigentlichen, freistehenden Glockentürmchen überragt. Die Kirche ist weithin sichtbar, da sie oben auf dem Hauptplatz steht, an dem unten die Straße vorüberführt.

Der ziemlich breite Hauptplatz wird von eigenartigen Bauten gesäumt; sie entstammen sämtlich verschiedenen Epochen. Viele davon sind halb aus Holz, halb aus Ziegelsteinen errichtet worden; ihr Balkenwerk ist mit Schiefer überkleidet; sie gehen bis ins Mittelalter zurück. Andere sind aus Quadern und haben Balkone und die Giebel, die unsere Vorfahren so sehr schätzten; jene Giebel entstammen dem zwölften Jahrhundert. Einige lenken den Blick durch jene alten, vorspringenden Balken mit grotesken Gesichtern auf sich; jene Balkenvorsprünge bilden ein Schutzdach und erinnern an die Zeiten, da die Bourgeoisie einzig und allein Handel trieb. Das prächtigste ist das ehemalige Amtmannshaus; es hat eine mit plastischem Schmuck versehene Fassade und liegt in einer Linie mit der Kirche, zu der es wunderbar paßt. Es wurde als Nationaleigentum feilgeboten; die Gemeinde erwarb es, machte daraus ihr Rathaus und brachte darin auch das Friedensgericht unter, wo seit der Einsetzung von Friedensrichtern Monsieur Sarcus präsidierte.

Diese flüchtige Skizze ermöglicht einen raschen Blick auf den Hauptplatz von Soulanges; ihn zierte in der Mitte ein reizender Brunnen, der 1520 vom Marschall de Soulanges aus Italien mitgebracht worden war, und der einer Großstadt keineswegs zur Schande gereicht hätte. Ein ständig sprudelnder Wasserstrahl, der von einer oben auf dem Hügel entspringenden Quelle herrührte, wurde von vier Putten aus weißem Marmor verteilt, die Muschelschalen hielten und auf den Köpfen Körbe voller Weintrauben trugen.

Unterrichtete Reisende, die dort vorbeikommen, sofern nach Blondet je noch einer nach dort kommt, dürften hier jenen öffentlichen Platz wiedererkennen, der durch Molière und das spanische Theater berühmt geworden ist, das so lange die französische Bühne beherrscht hat, und das stets beweisen wird, daß die Komödie in warmen Ländern geboren worden ist, wo das Leben sich auf öffentlichen Plätzen abspielte. Der Platz von Soulanges erinnert um so mehr an jenen klassischen, der auf allen Bühnen immer der gleiche ist, als die beiden wichtigsten Straßen, die ihn genau in der Höhe des Brunnens schneiden, die Kulissen darstellen, die so unentbehrlich für die Herren und Diener sind, um einander zu begegnen oder zu fliehen. An der Ecke einer dieser Straßen, die Rue de la Fontaine heißt, schimmert das Schild des Notars Lupin. Das Haus Sarcus', das Haus des Steuereinnehmers Guerbet, dasjenige Brunets[192], das des Büttels Gourdon und seines Bruders, des Arztes, das des alten Monsieur Gendrin-Vattebled, des Generalinspektors der Wasser- und Forstverwaltung; alle diese Häuser, die von ihren den Beinamen der Stadt ernst nehmenden Besitzern sehr sauber gehalten werden, liegen in nächster Nähe des Platzes; sie bilden das vornehme Viertel von Soulanges.

Das Haus der Madame Soudry, denn die mächtige Individualität der ehemaligen Zofe der Mademoiselle Laguerre hatte das Oberhaupt der Gemeinde völlig absorbiert, dieses ganz moderne Haus war von einem reichen, in Soulanges geborenen Weinhändler erbaut worden, der in Paris zu Vermögen gekommen und 1793 zurückgekehrt war, um für seine Vaterstadt Korn aufzukaufen. Er wurde dort als Kornwucherer vom Pöbel niedergemetzelt, der dazu von einem elenden Maurer aufgehetzt worden war, dem Onkel Godains, mit dem er beim Bau seines anspruchsvollen Hauses Schwierigkeiten gehabt hatte.

Die Liquidation dieser Erbschaft, über die unter den entfernteren Verwandten lebhaft hin und her geredet worden war, hatte sich so sehr in die Länge gezogen, daß der nach Soulanges zurückgekehrte Soudry im Jahre 1798 das Stadtpalais des Weinhändlers für tausend Taler kaufen konnte; er hatte es zunächst an das Département vermietet, das die Gendarmerie darin unterbrachte. Im Jahre 1811 widersetzte sich Mademoiselle Cochet, die Soudry in allem und jedem um Rat fragte, energisch einer Verlängerung des Mietvertrags; sie sagte, sie finde das Haus im Konkubinat mit einer Kaserne unbewohnbar. Die Stadt Soulanges, unterstützt vom Département, errichtete daher in einer Seitenstraße beim Rathaus ein Gebäude für die Gendarmerie. Der Wachtmeister säuberte sein Haus und stellte dessen ursprünglichen Glanz wieder her; er war durch den Stall und dadurch, daß die Gendarmen darin gewohnt hatten, besudelt worden.

Das Haus wurde um ein Stockwerk erhöht und erhielt ein von Mansardenfenstern durchbrochenes Dach; es blickte aus drei Fassaden auf die Umgegend; eine lag nach dem Platz, die andere nach dem See und die dritte nach einem Garten. Die vierte Seite geht auf einen Hof hinaus, der das Ehepaar Soudry vom Nachbarhaus trennt; dort wohnt ein Krämer namens Vattebled, ein Mann aus der »zweitklassigen Gesellschaft«, der Vater der schönen Madame Plissoud, von der bald die Rede sein wird.

Alle Kleinstädte haben eine »schöne Frau«, gerade wie sie alle einen Socquard und ein Café de la Paix haben.

Jeder kann sich denken, daß die nach dem See hin gelegene Fassade von einer mäßig hohen Terrasse mit einem kleinen Garten gesäumt wird; sie endet mit einer steinernen Balustrade, die sich an der Distriktsstraße hinzieht. Man steigt von dieser Terrasse in den Garten auf einer Treppe hinab, auf deren einzelnen Stufen jeweils ein Orangenbaum, ein Granatapfelbaum, eine Myrthe und andere Zierbäume stehen; für diese ist am Ende des Gartens ein Gewächshaus erforderlich, das einen »Schuppen« zu nennen Madame Soudry sich nicht verkneifen kann. Vom Platz her betritt man das Haus über eine aus mehreren Stufen bestehende Freitreppe, wie es in Kleinstädten üblich ist; das Haupttor, das dem Ausundein auf dem Hof, dem Pferd des Hausherrn und außerordentlichen Gästen vorbehalten ist, wird nur selten geöffnet. Die im Haus Verkehrenden kommen samt und sonders zu Fuß und benutzen die Freitreppe.

Der Stil des Stadthauses Soudry ist trocken; die Steinlagen sind durch Streifen betont, die als »rinnenartig« bezeichnet werden; die Fenster werden von abwechselnd dünnen und dicken Gesimsen umrahmt, nach der Art derjenigen der Pavillons Gabriel[193] und Perronet[194] an der Place Louis XV.[195] Solcherlei Schmuckwerk leiht in einer so kleinen Stadt diesem berühmt gewordenen Haus ein monumentales Aussehen.

Gegenüber, an der andern Ecke des Platzes, befindet sich das berüchtigte Café de la Paix, dessen Eigenarten und dessen blendendes Tivoli vor allem späterhin eine eingehendere Schilderung verlangen als die des Hauses Soudry.

Rigou kam sehr selten nach Soulanges, denn jedermann begab sich zu ihm; der Notar Lupin wie Gaubertin, Soudry wie Gendrin, so sehr wurde er gefürchtet. Aber man wird sehen, daß jeder Mensch, der so abgefeimt war wie der Exbenediktiner, die Zurückhaltung Rigous geübt hätte; man wird es aus der hier notwendigen Skizze der Personen ersehen, von denen es in der Stadt hieß: »Das ist die Oberschicht von Soulanges.«

Von allen diesen Gestalten war die originellste, man ahnt es wohl schon, Madame Soudry; um gut wiedergegeben zu werden, verlangt ihre Persönlichkeit alle raffinierten Feinheiten der Pinselführung.

Madame Soudry gestattete sich in der Nachfolge der Mademoiselle Laguerre »einen Hauch Rouge«; aber diese leichte Tönung hatte sich durch die Macht der Gewohnheit in Placken von Zinnoberrot verwandelt, die unsere Vorfahren so pittoresk Karrossenräder genannt haben. Als die Falten im Gesicht der Bürgermeisterin immer tiefer und zahlreicher geworden waren, hatte sie sich eingebildet, sie könne sie mit Schminke ausfüllen. Da ihre Stirn allzu gelblich und ihre Schläfen getüpfelt geworden waren, legte sie Weiß auf und deutete das Geäder der Jugend durch ein leichtes Netzwerk von Blau an. Diese Bemalung lieh ihren ohnehin schon spitzbübischen Augen eine ungemeine Lebendigkeit, so daß ihre Maske Ortsfremden mehr als bizarr erschienen wäre; aber da die, die mit und bei ihr verkehrten, an diesen erborgten Glanz gewöhnt waren, fanden sie Madame Soudry sehr schön.

Diese alte Schindmähre, die stets tief dekolletiert ging, trug ihren Rücken und ihre Brust zur Schau; beides war mit den gleichen Mitteln hergerichtet, die für das Gesicht verwandt worden waren; aber unter dem Vorwand, sie wolle ihre herrlichen Spitzen zeigen, verhüllte sie diese chemischen Produkte zur Hälfte. Stets trug sie Schneppentaille mit Fischbeinstäben, deren Spitze sehr tief hinabreichte; sie war überall mit Schleifen besetzt, sogar an der Spitze! Ihr Rock gab kreischende Töne von sich, so viel Seide und Falbeln rauschten daran.

Dieser Aufzug, der den bald unerklärlichen Ausdruck »Staat« rechtfertigt, bestand an jenem Abend aus sehr teurem Damast; Madame Soudry besaß nämlich hundert Kleider, von denen eins prunkvoller als das andre war; sie entstammten den unerschöpflichen, glänzenden Kleidervorräten der Mademoiselle Laguerre, und alle waren nach der letzten Mode des Jahres 1808 umgearbeitet worden. Die gebrannten und gepuderten Haare ihrer blonden Perücke schienen ihr prächtiges, mit Halbperlen besetztes Häubchen hochzuheben; es war aus kirschroter Seide, wie auch die Bänder ihrer Garnituren.

Wenn man sich unter diesem stets überkoketten Häubchen ein Meerkatzengesicht von ungeheuerlicher Häßlichkeit vorstellt, dessen Stumpfnase fleischlos ist wie die des Todes, und das durch einen dicken, behaarten Fleischwulst von Mund mit künstlichem Gebiß durchschnitten wurde, aus dem die Laute hervordröhnten wie aus einem Jagdhorn, so wird man schwerlich begreifen, warum die Oberschicht der Stadt und ganz Soulanges, mit einem Wort, diese Quasi-Königin schön fand, sofern man sich nicht an den kurzen *ex-professo*[196]-Traktat erinnert, den eine der geistvollsten Frauen unserer Zeit kürzlich geschrieben hat über die Kunst, sich in Paris durch die dort üblichen Hilfsmittel schön zu machen[197].

Tatsächlich hatte Madame Soudry zunächst umgeben von den prächtigen Geschenken gelebt, die sie bei ihrer Herrin angehäuft hatte; der Ex-Benediktiner pflegte sie *»fructus belli«*[198] zu nennen. Dann hatte sie Nutzen aus ihrer Häßlichkeit gezogen, indem sie sie übertrieb, indem sie sich jenes Air, jene Haltung zulegte, die nur in Paris erworben werden, und deren Geheimnis auch der vulgärsten Pariserin verbleibt; diese äfft ja mehr oder weniger stets nach. Sie schnürte sich stark, legte eine riesige Turnüre an, trug Diamantohrringe, und ihre Finger waren mit Ringen überladen. Schließlich funkelte oberhalb ihres Korsetts, zwischen den beiden perlweiß bestrichenen Massen, ein aus zwei Topasen bestehender Maikäfer mit Diamantkopf, ein Geschenk der geliebten Herrin; davon wurde im ganzen Département geredet. Gerade wie ihre selige Gebieterin ging sie stets mit nackten Armen und schwenkte einen von Boucher[199] bemalten Elfenbeinfächer mit zwei kleinen Diamanten als Knöpfen.

Wenn Madame Soudry ausging, hielt sie sich einen echten Sonnenschirm aus dem achtzehnten Jahrhundert über den Kopf, das heißt einen Spazierstock, an dem sich oben ein grünes Schirmdach mit grünen Fransen entfaltete. Wenn sie oben auf der Terrasse lustwandelte, hätte ein Vorübergehender, der sie aus einiger Entfernung sah, meinen können, dort schreite eine von Watteaus[200] Gestalten.

In jenem Salon, der mit rotem Damast ausgespannt war, der weißseidene, gefütterte Damastvorhänge und einen Kamin besaß, auf dem Chinoiserien aus der guten Zeit Ludwigs XV. standen, mit Feuerstelle, Ziergittern und Lilienstengeln, die von Putten in die Luft gehoben wurden, in jenem Salon voller vergoldeter Holzmöbel mit Rehfüßen, begriff man, daß die Leute aus Soulanges von der Hausherrin sagen konnten: die schöne Madame Soudry! Daher war das Stadthaus Soudry auch zum Nationalstolz dieser Distriktshauptstadt geworden.

Wenn die Oberschicht dieser Kleinstadt an ihre Königin glaubte, so glaubte ihre Königin gleichermaßen an sich selber. Durch ein nicht eben seltenes Phänomen, das die Muttereitelkeit und die Autoreneitelkeit auf literarische Werke und auf zu verheiratende Töchter uns in einem fort vor Augen führen, war »die Cochet« innerhalb von sieben Jahren so vollkommen in die Frau Bürgermeister eingegangen, daß Soudry sich nicht nur nicht mehr ihrer früheren Daseinsbedingungen erinnerte, sondern daß sie überdies glaubte, sie sei eine vollkommene Dame. Sie hatte sich die Kopfhaltungen, die Falsettstimme, die Gesten, das Gehaben ihrer Herrin so gut eingeprägt, daß, als ihr deren opulentes Dasein zuteil wurde, auch deren Impertinenz in ihr erwachte. Sie kannte sich in ihrem achtzehnten Jahrhundert bis in die Fingerspitzen aus, in den Anekdoten der großen Herren und in deren Verwandtschaft. Dieses Bedientenwissen hatte ihr eine Art der Gesprächsführung verliehen, die nach Schlüsselloch[201] schmeckte. Dort also wurde ihr Kammerzofenwitz für vollkarätigen Geist gehalten. Was die Moral betraf, so war die Bürgermeisterin sozusagen Straß[202]; aber ist für die Wilden Straß nicht dasselbe wie Diamant?

Diese Frau verstand sich darauf, sich lobhudeln und vergöttern zu lassen, wie ehedem ihre Herrin vergöttert worden war, und zwar von denjenigen Leuten der Gesellschaft, die alle acht Tage bei ihr ein Abendessen vorfanden, oder Kaffee und Liköre, wenn sie erst zum Nachtisch erschienen, was ein ziemlich häufig auftretender Zufall war. Kein Frauenverstand hätte der erheiternden Wirkung dieser ständigen Beweihräucherung widerstehen können. Im Winter füllte sich dieser gut geheizte, gut mit Kerzen erleuchtete Salon mit den reichsten Bürgern, die die feinen Liköre und erlesenen Weine, die dem Keller der »geliebten Herrin« entstammten, mit Lobesreden bezahlten. Die Stammgäste und deren Frauen, die wahren Nutznießer dieses Luxus, sparten auf diese Weise Heizung und Beleuchtung. Weiß man daher, was auf fünf Meilen in der Runde und sogar in La-Ville-aux-Fayes verkündet wurde?

»Madame Soudry versteht sich wunderbar darauf, in ihrem Haus die Honneurs zu machen«, hieß es, wenn man die Hochmögenden des Départements Revue passieren ließ. »Sie hält offenes Haus; man fühlt sich bei ihr auf großartige Weise geborgen. Sie versteht sich darauf, ihr Vermögen zur Geltung zu bringen. Sie bringt einen durch Witzchen zum Lachen. Und das schöne Tischsilber! Ein Haus wie das gibt es nur noch in Paris...!«

Das Tafelsilber, ein Geschenk Bourets an Mademoiselle Laguerre, prachtvolles, von dem berühmten Germain[203] geschmiedetes Silberzeug, war von der Soudry buchstäblich gestohlen worden. Beim Tod der Mademoiselle Laguerre hatte sie ganz einfach alles in ihr Schlafzimmer geschleppt; so hatte es von den Erben, die keine Ahnung hatten, welche Werte die Hinterlassenschaft enthielt, nicht gefordert werden können.

Seit einiger Zeit sprachen die zwölf oder fünfzehn Leute, die die Oberschicht von Soulanges darstellten, von Madame Soudry als von der intimen Freundin der Mademoiselle Laguerre; bei der Bezeichnung »Zofe« gerieten sie in Harnisch; sie behaupteten, sie habe sich aufgeopfert, als sie sich zur Gesellschafterin dieser großen Bühnenkünstlerin machte.

Etwas Seltsames und dennoch Wahres! Alle diese zu Wirklichkeiten gewordenen Selbsttäuschungen verbreiteten sich bei Madame Soudry bis in die positiven Regionen des Herzens; sie regierte ihren Mann tyrannisch.

Der Gendarm, der genötigt war, eine um zehn Jahre ältere Frau zu lieben, und der die Verwaltung ihres Vermögens in der Hand behalten hatte, bestärkte sie in der Vorstellung, die sie sich nach und nach von ihrer Schönheit gemacht hatte. Nichtsdestoweniger wünschte der Gendarm bisweilen die Leute, die ihn beneideten, die ihm von seinem Glück vorschwatzten, an seine Stelle; denn um seine kleinen Seitensprünge zu tarnen, griff er zu Vorsichtsmaßnahmen, wie man sie gegenüber einer jungen, geliebten Frau anwendet; erst vor ein paar Tagen war es ihm gelungen, ein hübsches Dienstmädchen ins Haus zu bringen.

Das ein bißchen groteske Bildnis dieser Königin, von der sich jedoch noch heutzutage mehrere Exemplare in der Provinz finden, die einen mehr oder weniger adlig, die andern mit der Hochfinanz zusammenhängend, wofür die Witwe eines Generalsteuerpächters, die sich nach wie vor Kalbfleischscheibchen auf die Backen legt, ein Beweis ist; dieses nach der Natur gemalte Bildnis würde unvollkommen sein ohne die Brillanten, in die es gefaßt war, ohne die wichtigsten Höflinge, die unbedingt skizziert werden müssen, und sei es nur, um darzulegen, wie gefährlich dergleichen Liliputaner sind, und wie sehr im Grunde Kleinstädte die Organe der öffentlichen Meinung bilden. Man gebe sich darüber keinen Täuschungen hin. Es gibt Lokalitäten, die, wie Soulanges, ohne ein Marktflecken, ein Dorf, eine Kleinstadt zu sein etwas von einer Stadt, einem Dorf oder einem Marktflecken an sich haben. Die Physiognomien der Bewohner sind dort völlig anderer Art als in den guten, wohlgenährten, boshaften Provinzstädten; das Landleben wirkt sich dort auf die Sitten aus, und dieses Gemisch von Farbtönen erzeugt dann wahrhaft originelle Gesichter.

Nächst Madame Soudry war die wichtigste Persönlichkeit der Notar Lupin, der Geschäftsführer der Familie de Soulanges; denn es erübrigt sich, von dem alten Gendrin-Vattebled, dem Generaloberaufseher, zu sprechen, einem dem Tode nahen Neunzigjährigen, der seit der Thronbesteigung der Madame Soudry daheim geblieben war; aber er hatte einmal über Soulanges geherrscht; er hatte seine Stellung seit der Regierung Ludwigs XV. inne, und in seinen lichten Momenten sprach er immer noch von der Gerichtsbarkeit des Marmortischs[204].

Obwohl Lupin fünfundvierzig Lenze zählte, spielte er, der frisch und rosig war, dank seinem Bäuchlein, das, wie es nicht anders sein kann, den Schreibtischmenschen ein gewisses Air leiht, nach wie vor den Schwerenöter. Deswegen hatte er auch die elegante Kleidung der Salonlöwen beibehalten. Mit seinen sorgfältig gewichsten Schuhen, seinen schwefelgelben Westen, seinen knapp anliegenden Gehröcken, seinen kostbaren seidenen Halsbinden, seinen modischen Hosen wirkte er fast wie ein Pariser. Er ließ sein Haar beim Coiffeur von Soulanges, der Zeitung der Stadt, in Locken legen, und hielt sich auf der Höhe eines Mannes in guten Vermögensverhältnissen auf Grund seiner Liaison mit Madame Sarcus, der Frau von Sarcus dem Reichen, der, ohne daß hier ein anzüglicher Vergleich angestellt werden soll, in seinem Leben das gleiche bedeutete wie die Italienischen Feldzüge für Napoleon. Er allein reiste nach Paris, wo er von den Soulanges' empfangen wurde. Daher hätte man, wenn man ihn bloß hätte sprechen hören, die Suprematie erraten, die er in seiner Eigenschaft als Geck und Schiedsrichter in Fragen der Eleganz ausübte. Er drückte sich über alles und jedes durch ein einziges Wort mit drei Modifikationen aus, nämlich durch den Künstlerausdruck »Schwarte«.

Ein Mann, ein Möbelstück, eine Frau konnten eine »Schwarte« sein; ferner, in einem höheren Grad des Fehlerhaften, eine »Schinkenschwarte«; und schließlich als letzter Ausdruck, eine »ausgekochte Schwarte«. »Ausgekochte Schwarte«, das war das »So was gibt's ja gar nicht!« der Künstler, also das Höchstmaß an Verachtung. Bei »Schwarte« konnte man sich noch »entschwarten«; bei »Schinkenschwarte« war man wehrlos; aber »ausgekochte Schwarte«! Da wäre man besser niemals aus dem Nichts herausgetreten! Was nun das Loben betraf, so beschränkte er sich auf die Verdoppelung des Wortes »charmant« . . .! »Das ist wirklich charmant«, war der Positiv seiner Bewunderung. Bei »Charmant! Charmant . . .!« konnte man unbesorgt sein. Aber »Charmant! Charmant! Charmant!«, da konnte man auf die Leiter verzichten; man war auf dem Höhepunkt der Vollendung angelangt.

Der »Tabellion«[205], denn er selber nannte sich den Tabellion, den Aktenhüter, das Notarlein, wodurch er sich spöttisch unter seinen Stand erniedrigte, der Tabellion also verharrte der Bürgermeisterin gegenüber in den Ausdrücken einer nur mündlich bezeigten Galanterie; sie jedoch hatte eine Schwäche für Lupin, obwohl er blond war und eine Brille trug. Die Cochet hatte immer braune Männer mit Schnurrbärten und wahren Bosketten auf den Fingern geliebt, Männer wie den Alkiden[206] mit einem Wort. Aber bei Lupin machte sie eine Ausnahme, seiner Eleganz wegen, und überdies, weil sie meinte, ihr Triumph in Soulanges würde nur mit einem Anbeter vollkommen sein; aber zur tiefen Verzweiflung Soudrys wagten die Anbeter der Königin es nicht, ihrer Bewunderung die Gestalt eines Ehebruchs zu geben.

Der Tabellion besaß eine Baritonstimme; bisweilen gab er davon im Zimmerwinkel oder auf der Terrasse eine Probe, um an sein »geselliges Talent« zu erinnern, eine Klippe, an der alle Leute mit geselligen Talenten scheitern, leider sogar die genialen! Lupin hatte eine Erbin mit Holzschuhen und blauen Strümpfen geheiratet, die einzige Tochter eines Salzhändlers, der sich während der Revolution bereichert hatte, der Zeit, da die Salzschmuggler riesige Gewinne einstrichen, und zwar auf Grund der Reaktion, die sich gegen die Salzsteuer erhob. Klugerweise ließ er seine Frau zu Hause, wo Bébelle Trost in einer platonischen Liebe für einen sehr gut aussehenden Bürovorsteher fand, der außer seinem Gehalt keinerlei Einkünfte besaß, einen gewissen Bonnac; er spielte in der zweiten Gesellschaftsschicht dieselbe Rolle wie sein Chef in der ersten.

Madame Lupin, eine Frau ohne den leisesten Anhauch von Bildung, erschien nur bei großen Gelegenheiten und sah dann aus wie eine riesengroße, in Samt gehüllte burgundische Pfeife, auf der ein kleiner zwischen Schultern von zweifelhafter Tönung eingezwängter Kopf saß. Was sie auch anstellen mochte, ihr Gürtel wollte nie an seiner ihm von der Natur gewiesenen Stelle verbleiben. Bébelle gestand in aller Harmlosigkeit ein, daß die Vernunft ihr verbiete, Korsetts zu tragen. Kurzum, keine Erfindungskraft eines Dichters oder besser eines Ingenieurs hätte auf Bébelles Rücken eine Andeutung der verführerischen Rundung entdeckt, die sich an den Rückenwirbeln aller Frauen abzeichnet, die Frauen sind.

Bébelle war rund, das heißt, flach, wie eine Schildkröte; sie gehörte zu den wirbellosen Weichtieren. Diese erschreckende Entartung des Zellgewebes beruhigte wohl Lupin in hohem Maße über die kleine Liebe der großen Bébelle, die er keck Bébelle nannte, ohne daß jemand darüber lachte.

»Was ist nun eigentlich Ihre Frau?« hatte ihn Sarcus der Reiche gefragt, der nicht so schnell den Ausdruck »ausgekochte Schwarte« verwinden konnte, mit dem ein aus zweiter Hand gekauftes Möbelstück bedacht worden war. – »Meine Frau ist nicht wie Ihre; für die habe ich noch keinen Ausdruck gefunden«, hatte die Antwort gelautet.

Lupin verbarg unter seiner plumpen Hülle einen subtilen Geist; er besaß den gesunden Menschenverstand, sein Vermögen zu verschweigen; dabei war es zumindest ebenso beträchtlich wie das Rigous.

»Monsieur Lupin sein Sohn«, Amaury, brachte seinen Vater zum Haareausreißen. Dieser einzige Sprößling, einer der Don

Juans des Tals, lehnte es rundweg ab, die väterliche Laufbahn einzuschlagen; er mißbrauchte seinen Vorteil, einziger Sohn zu sein, indem er die Kasse gewaltigen Aderlässen unterzog, ohne indessen je die Langmut des Vaters zu erschöpfen; dieser sagte bei jeder neuen Eskapade: »Ich bin nämlich genauso gewesen!« Amaury kam nie zu Madame Soudry, die ihn »anödete« (sic!), denn sie hatte im Wiedererwachen ihrer Zofengepflogenheiten versucht, den jungen Herrn zurechtzustutzen, den seine Vergnügungssucht an das Billard des Café de la Paix trieb. Dort verkehrte er mit der schlechtesten Gesellschaft von ganz Soulanges, und sogar mit den Bonnébaults. Er »stieß sich die Hörner ab« (so drückte Madame Soudry sich aus), und auf die Vorhaltungen seines Vaters antwortete er mit dem obstinaten Kehrreim: »Schick mich wieder nach Paris; hier langweile ich mich . . .!«

Lupin hatte, wie leider jeder »Beau«, in einer beinahe ehelichen Bindung geendet. Seine stadtbekannte Leidenschaft galt der Frau des zweiten Büttels und Gerichtsdieners, Madame Euphémie Plissoud, der gegenüber er keinerlei Geheimnisse hatte. Die schöne Madame Plissoud, die Tochter des Krämers Vattebled, regierte die zweithöchste Gesellschaftsschicht wie Madame Soudry die oberste. Jener Plissoud, Brunets unglücklicher Konkurrent, gehörte somit zur zweiten Gesellschaftsschicht von Soulanges; denn der Lebenswandel seiner Frau, den er billigte, wie es hieß, hatte ihm die Verachtung der obersten Schicht eingetragen.

Wenn Lupin der »Musikalische« der obersten Schicht war, so stellte Monsieur Gourdon, der Arzt, ihren »Gelehrten« dar. Von ihm hieß es: »Wir haben hier einen Gelehrten von höchstem Rang.« Gerade wie Madame Soudry (die sich in so etwas auskannte, da sie morgens Piccini und Gluck zu ihrer Herrin hineingeführt und Mademoiselle in der Oper angekleidet hatte) alle Welt und sogar Lupin selber davon überzeugte, er hätte mit seiner Stimme ein Vermögen gewinnen können, bedauerte sie, daß der Arzt nichts über seine Ideen veröffentlicht hatte.

Monsieur Gourdon wiederholte ganz einfach die Ideen Buffons[207] und Cuviers[208] über die Erdkugel, was ihn in den Augen der Einwohnerschaft von Soulanges schwerlich als einen Gelehrten hätte erscheinen lassen können; aber er betreute eine Muschelsammlung und ein Herbarium, und er verstand sich darauf, Vögel auszustopfen. Er jagte obendrein dem Ruhm nach, weil er der Stadt Soulanges ein Naturalien-Kabinett hinterlassen wollte; daher galt er im ganzen Département als ein großer Naturwissenschaftler, als der Nachfolger Buffons.

Dieser Arzt glich einem Genfer Bankier; er besaß dessen Pedanterie, kalte Miene und puritanische Sauberkeit, aber er verfügte weder über dessen Geld noch seine berechnende Klugheit; er zeigte mit übertriebener Geflissentlichkeit das berühmte Kabinett; es enthielt einen Bären und ein Murmeltier, die beide bei einem Zwischenaufenthalt in Soulanges krepiert waren; ferner sämtliche Nagetiere des Départements, Waldmäuse, Spitzmäuse, Hausmäuse, Ratten, usw.; alle merkwürdigen, in Burgund geschossenen Vögel, darunter als Glanzstück einen Alpenadler, der im Jura erlegt worden war. Gourdon besaß eine Sammlung von Lepidopteren, ein Wort, das Mißgeburten erhoffen ließ und die Besichtigenden zu dem Ausruf veranlaßte: »Aber das sind ja bloß Schmetterlinge!« Ferner einen ansehnlichen Haufen fossiler Muscheln, die aus den Sammlungen mehrerer seiner Freunde herrührten; sie hatten ihm ihre Muscheln auf dem Sterbebett vermacht; und schließlich die Mineralien Burgunds und des Jura.

Diese Schätze waren in Glasschränken untergebracht; ihre Untersätze enthielten in Schubfächern eine Insektensammlung; sie nahmen den ganzen ersten Stock von Gourdons Haus ein und zeitigten einen gewissen Effekt durch ihre bizarren Etiketten, durch die Magie der Farben und das Nebeneinander so vieler Dinge, denen man nicht die mindeste Beachtung schenkt, wenn man in der Natur darauf stößt, die man indessen bewundert, wenn man sie hinter Glas sieht. Man verabredete sich untereinander zu einem Besuch von Monsieur Gourdons Kabinett.

»Ich habe«, sagte er zu den Schaulustigen, »fünfhundert ornithologische Stücke, zweihundert Mammiferen, fünftausend Insekten, dreitausend Muscheln und siebenhundert mineralogische Proben.«

»Welch eine Geduld müssen Sie da aufgebracht haben!« sagten dann die Damen.

»Man muß doch etwas für seinen Heimatort tun«, pflegte er zu antworten.

Und er zog aus seinen Gerippen gewaltigen Nutzen durch den Satz: »Ich habe alles testamentarisch der Stadt vermacht.« Und dann vergingen die Besucher vor Bewunderung seiner »Philanthropie«! Es wurde davon geredet, »nach dem Tode« des Arztes müsse das ganze zweite Stockwerk des Rathauses geopfert werden, um darin das »Museum Gourdon« unterzubringen.

»Ich verlasse mich auf die Dankbarkeit meiner Mitbürger, daß mein Name damit verbunden wird«, antwortete er auf diesen Vorschlag, »denn daß meine Büste in Marmor dort aufgestellt wird, das wage ich nicht zu hoffen . . .«

»Wieso denn nicht? Das wäre doch das mindeste, was für Sie getan werden könnte«, wurde ihm geantwortet, »Sie sind der Ruhm von Soulanges!«

Und so war jener Mann schließlich so weit gekommen, daß er sich als eine der Berühmtheiten Burgunds hielt; die sichersten Zinsen rühren nicht von Staatspapieren her, sondern sind die, die man seiner Eitelkeit abgewinnt. Dieser Gelehrte, um Lupins grammatisches System anzuwenden, war glücklich, glücklich, glücklich!

Der Büttel Gourdon, ein winziges, schlaues Kerlchen, dessen Gesichtszüge sich um die Nase sammelten, so daß die Nase der Ausgangspunkt für Stirn, Backen und Mund zu sein schien, die dort zusammenliefen, wie die Schluchten eines Bergs sämtlich ihren Ursprung am Gipfel haben, galt als einer der großen Dichter Burgunds, als ein Piron[209], so wurde von ihm gesagt. Die zweifache Leistung der beiden Brüder hatte in der Hauptstadt des Départements zu der Kennzeichnung geführt: »Wir haben in Soulanges die beiden Brüder Gourdon, zwei ganz hervorragende Männer; die beiden gehörten eigentlich nach Paris.«

Der Büttel war ein über die Maßen gewandter Bilboquet[210] – Spieler, und die Spiel-Manie hatte bei ihm eine weitere Manie erzeugt, die nämlich, dieses Spiel, das im achtzehnten Jahrhundert im Schwange gewesen ist, zu besingen. Bei Durchschnittsmenschen treten die Manien vielfach doppelt auf. Der jüngere Gourdon kam mit seinem Poem unter der Regierung Napoleons nieder. Muß ausdrücklich betont werden, welcher gesunden, verständigen Schule er angehörte? Luce de Lancival[211], Parny[212], Saint-Lambert[213], Roucher[214], Vigée[215], Andrieux[216] und Berchoux[217] waren seine Helden. Delille[218] war sein Gott bis zu dem Tage, da die Oberschicht von Soulanges sich über die Frage erregte, ob nicht Gourdon höher als Delille zu bewerten sei; fortan nannte ihn der Büttel mit übertriebener Höflichkeit immer nur »den Herrn Abbé Delille«.

Die zwischen 1780 und 1814 entstandenen Gedichte waren alle über denselben Leisten geschlagen, und das über das Bilboquet-Spiel dürfte sie alle erklären. Sie waren ein wenig durch Gewaltakte entstanden. ›Lutrin‹[219] ist der Saturn dieser kümmerlichen Generation läppischer Dichtungen; sie bestehen fast alle aus vier Gesängen, denn es galt als anerkannt, daß zu sechsen der Stoff nicht ausreichte.

Gourdons Gedicht war ›La Bilboquéide‹[220] betitelt und gehorchte der Poetik jener in den Départments entstehenden Werke, die unveränderlich den gleichen Regeln folgen; sie enthielten im ersten Gesang die Schilderung des besungenen Gegenstands; sie beginnen, so auch bei Gourdon, mit einer Anrufung nach folgendem Muster:

> Ich preis' das holde Spiel, das Jung und Alt ergetzet,
> Das klein' und große Leut', das Narr'n und Weise letzet,
> Bei dem die flinke Hand den zwiegelochten Ball
> Am zugespitzten Stab wirft in der Lüfte Schwall.
> Du trostreich Spiel für den, der an Lang'weile leidet,
> Der kluge Palamed[221] hätt' uns um dich beneidet!
> Der Spiele und der Lieb', des Lachens Muse, schwebe
> Hernieder bis zu mir, der ich, dem Themis[222] Hebe[223],
> Auf staatlichem Papier hier diese Silben reime,
> Komm und befeure mich ...

Nachdem Gourdon das Spiel erläutert, die schönsten bekannten Bilboquets geschildert und verständlich gemacht hatte, wie förderlich es damals für den Umsatz im »Grünen Affen« und bei andern Kunstdrechslern gewesen sei; kurzum, nachdem er dargelegt hatte, auf welche Weise das Spiel mit der Statistik zusammenhänge, schloß er den ersten Gesang mit folgenden Zeilen ab, die einen an den Schluß des ersten Gesanges aller Gedichte dieser Art denken lassen:

So ziehen denn die Kunst und gar die Wissenschaft
Noch Nutzen aus dem Spiel, dem Tadel sonst gebührte,
Wär's nur ein eitel Ding, das unsre Freuden schürte.

Der zweite Gesang war, wie stets bei dergleichen Gelegenheiten, dazu bestimmt, zu schildern, wie man sich des »Dings« bediente, sowie den Vorteil, der sich ihm bei den Frauen und in
Welt und Gesellschaft abgewinnen ließ; alle Freunde dieser weisen, maßvollen Literatur werden ihn sich nach dem folgenden
Zitat vorstellen können, das den Spieler bei der Ausübung seines
gewandten Tuns vor den Augen des »geliebten Gegenstands«
zeigt:

Den Spieler seht; er steht im Blickfeld ganz allein,
Das Auge zärtlich-starr am Ball aus Elfenbein;
Wie lugt gespannt er aus nach seiner Kugel Kreisen,
Nach kleinster Abweichung aus zugemeßnen Gleisen.
Schon dreimal hat der Ball vollführt die Parabole,
Ein künstlich Weihrauchfaß, das schmeichelt dem Idole.
Allein der Diskus schlug die Faust, die ungeschickte,
Auf die er, wie zum Trost, ein hastig Küßlein drückte.
Du Undankbarer, stöhn nicht ob der leichten Marter,
Solch Pech belohnt zu hoch ein Lächelblick, ein zarter!

Eben dieses eines Vergil würdige Gemälde war es, was die
Frage der Überlegenheit Delilles über Gourdon aufs Tapet gebracht hatte. Das Wort »Diskus«, »Scheibe«, war von dem posi-
tivistischen Brunet angefochten worden und »hatte Anlaß« zu
Diskussionen gegeben, die elf Monate lang gewährt hatten; aber
gelegentlich einer Abendgesellschaft, als man auf beiden Seiten
drauf und dran gewesen war, sich »grün und blau« zu ärgern,
hatte Gourdon, der Gelehrte, die Partei der »Anti-Diskusaner«
durch die Bemerkung niedergeschmettert: Der Mond, der von den
Dichtern als Scheibe bezeichnet werde, sei ebenfalls eine Kugel!

»Wieso wollen Sie das wissen?« hatte Brunets Antwort gelautet. »Wir haben von ihm immer nur die eine Seite zu sehen bekommen.«

Der dritte Gesang enthielt das obligate erzählerische Einschiebsel, die berühmte, das Bilboquet betreffende Anekdote[224].

Alle Welt kennt diese Anekdote auswendig; sie bezieht sich auf einen berüchtigten Minister Ludwigs XVI.; allein nach der geheiligten Formel im ›Journal des Débates‹ zwischen 1810 und 1814, wenn es das Lob von dergleichen in die Öffentlichkeit gelangten Arbeiten galt, »hatte sie der Dichtung neue, anmutvolle Reize durch das Liebenswürdige verliehen, das der Autor darüber auszuschütten gewußt hat«.

Der vierte Gesang, in dem das Werk kurz zusammengefaßt wurde, endete mit einer kühnen Bekundung, die zwischen 1810 und 1814 unveröffentlicht blieb, aber 1824, nach Napoleons Tod, das Licht der Welt erblickte:

So hab' ich denn gewagt, in stürm'scher Zeit zu singen.
Oh, möchten Könige nie andre Waffen schwingen,
Und möchten Völker nie, die Muße zu vergeuden,
Ersinnen andere als diese schlichten Freuden!
Es hätte dann das Land der trauernden Burgunden
Saturns[225] und Rheas[226] Tag', die schönen, neu gefunden!

Diese schönen Verse sind in der ersten und einzigen Ausgabe wiedergegeben worden; sie ging aus den Pressen Bourniers hervor, des Druckers in La-Ville-aux-Fayes.

Durch eine Spende von drei Francs hatten hundert Subskribenten diesem Poem die Unsterblichkeit eines gefährlichen Beispiels gesichert, und das war um so löblicher, als jene hundert Personen es an die hundertmal gehört hatten, jedes einzelne Mal in allen Einzelheiten.

Madame Soudry hatte unlängst ihr Bilboquet, das immer in ihrem Salon auf der Konsole gelegen hatte und seit sieben Jahren ein Anlaß zu Rezitationen gewesen war, weggenommen; sie hatte schließlich gemerkt, daß jenes Bilboquet ihr Konkurrenz machte.

Was nun den Autor betrifft, der sich rühmte, eine wohlgefüllte Mappe zu besitzen, so dürfte es zu seiner Kennzeichnung genügen, wenn gesagt wird, mit welchen Worten er der Oberschicht von Soulanges einen seiner Rivalen ankündigte.

»Wissen Sie schon das Neueste? Es ist recht merkwürdig«, hatte er zwei Jahre zuvor gesagt. »Es gibt noch einen andern Dichter in Burgund . . .! Ja«, hatte er fortgefahren, als er das

Erstaunen wahrnahm, das sich auf allen Gesichtern zeigte, »er stammt aus Mâcon. Aber womit er sich beschäftigt, das erraten Sie niemals! Er setzt die Wolken in Verse . . .«[227]

»Das tut er dann sicher in Blankversen[228]«, sagte der geistreiche Papa Guerbet.

»Es ist ein ganz verteufeltes Durcheinander! Seen, Sterne, Wogen . . .! Kein einziges vernünftiges Bild, keinerlei didaktische Absicht; er hat keine Ahnung von den Quellen der Poesie. Er nennt den Himmel beim Namen. Er sagt ganz einfach ›Mond‹, anstatt ›Gestirn der Nacht‹. Da sieht man so recht, wohin einen der Wunsch, originell zu sein, treiben kann!« rief Gourdon schmerzlich. »Der arme junge Mensch! Burgunder sein und das Wasser besingen, das tut einem direkt weh! Wenn er mich um Rat gefragt hätte, würde ich ihn auf das schönste Thema der Welt hingewiesen haben, auf ein Gedicht über den Wein, ›Die Baccheide‹! Ich selber fühle mich dazu jetzt zu alt.«

Dieser große Dichter ahnt noch nichts vom schönsten seiner Triumphe (und dabei verdankte er ihn der Tatsache, daß er Burgunder war): Er hatte die Stadt Soulanges erobert, die von der Plejade[229] unserer Zeit nicht das mindeste weiß, nicht einmal die Namen.

Unter dem Kaiserreich haben an die hundert Gourdons gesungen, und da wird jener Zeit vorgeworfen, sie habe die Literatur vernachlässigt . . .! Man schlage doch im »Journal de la Librairie«[230] nach; dort wird man Dichtungen über den Turm[231], über das Dame-Spiel, das Tric-trac, die Geographie, die Typographie, die Komödie usw. finden; ganz abgesehen von den über die Maßen gelobten Meisterwerken Delilles über das Mitleid, die Phantasie und die Kunst der Unterhaltung, und denen Berchoux' über die Gastronomie, die Tanzwut usw. Vielleicht macht man sich in einem halben Jahrhundert über die tausend Gedichte in der Nachfolge der ›Méditations‹[232] und der ›Orientales‹[233] usw. lustig. Wer vermag die Veränderungen des Geschmacks, die Bizarrheiten der Mode und die Wandlungen des menschlichen Geistes vorauszusehen? Die Generationen fegen beiläufig bis auf die letzte Spur die Idole beiseite, auf die sie unterwegs stoßen, und schmieden sich neue Götterbilder, die dann ihrerseits wieder gestürzt werden.

Sarcus, ein kleiner, gutaussehender, graumelierter alter Herr, beschäftigte sich gleichzeitig mit Themis und Flora, das heißt: mit der Gesetzgebung und einem Treibhaus. Seit zwölf Jahren grübelte er über ein Buch »Geschichte der Institution der Friedensrichter« nach, »deren politische und juristische Rolle schon mehrere Phasen durchlaufen hat«, sagte er, »denn durch die Gesetzgebung vom Brumaire des Jahres IV waren sie alles, und heute hat diese für das Land so kostbare Institution ihren Wert eingebüßt, da die Gehälter nicht im richtigen Verhältnis zu der Wichtigkeit der Funktionen der Richter stehen, die unabsetzbar sein müßten.«

Sarcus wurde für scharfsinnig gehalten und hatte in jenem Salon als »der Politiker« Zutritt gefunden; man kann sich lebhaft vorstellen, daß er unter den Gästen dort ganz einfach der langweiligste war. Es hieß von ihm, er rede wie ein gedrucktes Buch; Gaubertin hatte ihm das Kreuz der Ehrenlegion verheißen; aber er verschob das bis zu dem Tag, da er, als Nachfolger Leclercqs, auf den Bänken der linken Mitte sitzen würde.

Guerbert, der Steuereinnehmer, der »Geistreiche«, war ein dicker, schwerfälliger Mann mit einem Buttergesicht, einer Perücke und goldenen Ohrringen, die unablässig in Konflikt mit seinem Hemdkragen gerieten; er befaßte sich mit Obstbau. Er war stolz darauf, den schönsten Obstgarten des Arrondissements zu besitzen, aber sein Frühobst war stets einen Monat später reif als das in Paris feilgebotene; er züchtete in seinen Glaskästen die tropischsten Dinge, als da sind Ananas, Nektarinen und junge Erbsen. Einmal hatte er voller Stolz Madame Soudry ein Sträußchen Erdbeeren mitgebracht, als in Paris ein Korbvoll zehn Sous kostete.

Schließlich besaß Soulanges noch in Monsieur Vermut, dem Apotheker, einen Chemiker, der etwas mehr Chemiker war als Sarcus Staatsmann, als Lupin Sänger, als Gourdon der Ältere Gelehrter und sein Bruder Dichter. Nichtsdestoweniger machte die Oberschicht wenig Aufhebens von Vermut, und für die zweithöchste Schicht existierte er nicht einmal. Vielleicht verkündete der Instinkt der einen von ihnen eine tatsächlich bestehende Überlegenheit in diesem Denker, der nie ein Wort redete, und der über Albernheiten mit so spöttischer Miene lächelte, daß man seinem Wissen mißtraute, das *sotto voce*[234] angezweifelt wurde; was die andern betraf, so machten sie sich gar nicht die Mühe, sich damit zu befassen.

Vermut war der »Sündenbock« des Salons der Madame Soudry. Keine Gesellschaft ist vollzählig ohne ein Opfer, ohne ein Wesen, das zu bedauern, zu verspotten, zu verachten, zu begönnern ist. Zunächst kam Vermut, der stets mit wissenschaftlichen Problemen beschäftigt war, mit nachlässig geknüpfter Halsbinde, offener Weste und einem kleinen, grünen, immer befleckten Gehrock. Ferner forderte er den Spott durch ein solches Popogesicht heraus, daß der alte Guerbet behauptete, er habe nach und nach ein Gesicht wie seine besten Kunden bekommen[235].

In der Provinz, in abgelegenen Orten wie Soulanges, werden die Apotheker noch heutzutage wie in der lustigen Szene im ›Pourceaugnac‹[236] gebraucht. Diese ehrenwerten Gewerbetreibenden finden sich um so eher dazu bereit, als sie Entschädigung für den Hin- und Rückweg fordern.

Dieses mit der Geduld eines Chemikers begabte Männlein hatte keine Freude an seiner Frau (so lautet in der Provinz der Ausdruck, dessen man sich bedient, wenn man den Verzicht auf die Ausübung der Rechte des Hausherrn kennzeichnen will). Madame Vermut war eine liebreizende Frau, eine heitere Frau, eine angenehme Spielerin (sie konnte vierzig Sous verlieren, ohne die Miene zu verziehen), die über ihren Mann herzog, ihn mit boshaften Bemerkungen verfolgte und ihn als einen Schwachkopf hinstellte, der nichts zu destillieren verstehe als Verdruß und Langeweile. Sie war eine der Frauen, die in Kleinstädten die Rolle des Spaßvogels spielen; sie brachte in diese kleine Welt das Salz, zwar Küchensalz, aber was für ein Salz! Sie erlaubte sich leidlich kräftige Scherze, aber man ließ sie ihr durchgehen; zu dem Pfarrer Taupin, einem weißhaarigen Siebziger, sagte sie unumwunden: »Halt den Schnabel, du Lausbub!«

Der Müller von Soulanges, der fünfzigtausend Francs Zinsen hatte, besaß eine einzige Tochter, und an diese dachte Lupin für Amaury, seit er die Hoffnung aufgegeben hatte, ihn mit Mademoiselle Gaubertin zu verheiraten, und der Präsident Gaubertin dachte an sie für seinen Sohn, den Leiter der Hypothekenbank, was abermals einen Antagonismus ergab.

Jener Müller, ein gewisser Sarcus-Taupin, war der Nucingen der Stadt; er galt als dreifacher Millionär; aber er wollte sich auf keine weitere Geschäftsverbindung einlassen; er hatte nur das Mahlen von Getreide im Kopf, er wollte es monopolisieren und fiel durch absoluten Mangel an Höflichkeit oder guten Manieren auf.

Papa Guerbet, der Bruder des Postmeisters von Couches, besaß etwa zehntausend Francs Zinsen außer seinen Einkünften als Steuereinnehmer. Die Gourdons waren reich; der Arzt hatte die einzige Tochter des alten Monsieur Gendrin-Vattebled geheiratet, des Generalinspekteurs für die Wasser- und Forstverwaltung, »auf dessen Abscheiden gewartet wurde«, und der Büttel hatte die Nichte und einzige Erbin des Abbé Taupin geheiratet, des Pfarrers von Soulanges; der war ein dicker Priester, der in seiner Pfarre saß wie die Ratte im Käse.

Dieser geschickte Geistliche stand auf bestem Fuß mit der Oberschicht, behandelte die zweithöchste freundlich und entgegenkommend, war apostolisch zu denen, die da Leid trugen, und hatte es fertiggebracht, daß ganz Soulanges ihn liebte; er war der Vetter des Müllers und mit der Familie Sarcus versippt, und so gehörte er dem Lande und dem avonnesischen Mittelstand an. Er aß stets bei Leuten in der Stadt zu Abend, er knauserte, er nahm an den Hochzeitsfeiern teil und zog sich zurück, ehe der Ball anfing; er redete nie über Politik; die notwendigen Handlungen des Gottesdienstes erledigte er schlecht und recht und sagte dabei: »Das bringt mein Beruf nun mal mit sich!« Und man ließ ihn gewähren und sagte von ihm: »Wir haben einen guten Pfarrer!« Der Bischof kannte sich mit den Leuten in Soulanges aus; er gab sich über Wert oder Unwert dieses Pfarrers keinen Täuschungen hin und war nur zu froh, in einer solchen Stadt einen Mann zu haben, der die Religion zu etwas machte, das in Kauf genommen wurde, der sich darauf verstand, die Kirche zu füllen und darin vor schlafenden Hauben zu predigen.

Die beiden »Damen« Gourdon – denn in Soulanges wie in Dresden und ein paar anderen deutschen Hauptstädten begrüßen die der Oberschicht Angehörenden einander mit den Worten: »Wie geht's Ihrer Dame?« Man sagt: »Er war ohne seine Dame«; »ich habe seine Dame und seine Demoiselle gesehen«,

usw. – Ein Pariser würde dort Skandal erregen; er würde
schlechter Manieren bezichtigt werden, wenn er sagte: »Die
Frauen, diese Frau«, usw. In Soulanges wie in Genf, in Dresden
und Brüssel gibt es lediglich Gemahlinnen; dort schreibt man
zwar nicht, wie in Brüssel auf die Firmenschilder »Verehelichte
Soundso«, aber »Ihre Frau Gemahlin« ist unerläßlich. – Die beiden »Damen« Goudron nun also können nur mit den unglücklichen Statistinnen von Bühnen zweiten Ranges verglichen werden, die den Parisern bekannt sind, weil sie sich oftmals über
diese »Künstlerinnen« mokiert haben; und um jene »Damen«
vollends zu kennzeichnen, dürfte es genügen, wenn gesagt wird,
sie gehörten der Gattung der »guten Frauchen« an; dann nämlich finden auch die am wenigsten belesenen Bourgeois rings um
sich die Modelle dieser wichtigen Geschöpfe.

Es erübrigt sich wohl der Hinweis, daß Papa Guerbet sich bewunderungswürdig in Finanzdingen auskannte, und daß Soudry
hätte Kriegsminister sein können. So besaß denn also jeder dieser
braven Bourgeois nicht nur sein Steckenpferd, wie es dem Provinzler daseinsnotwendig ist, sondern sie alle bestellten überdies
auf dem Gelände der Eitelkeit jeder sein Feld.

Hätte Cuvier[237] hier kurz verweilt, ohne seinen Namen zu
nennen, so hätte die Oberschicht von Soulanges ihn überzeugt,
im Vergleich zu Doktor Gourdon wisse er recht wenig. Nourrit[238] und »sein nettes Stimmchen«, wie der Notar mit gönner-
hafter Nachsicht zu sagen pflegte, wäre kaum als würdig befunden worden, diese Nachtigall von Soulanges zu begleiten. Was
nun den Autor der ›Bilboquéide‹ anlangt, die zu jener Zeit gerade bei Bournier gedruckt wurde, so glaubte niemand, daß es in
Paris einen Dichter von solcher Kraft gebe; denn Delille war ja
tot!

Diese Provinzbourgeoisie in ihrer fetten Selbstzufriedenheit
konnte also auf diese Weise sämtliche Spitzen der Gesellschaft
übertreffen. Daher vermag einzig die Phantasie derjenigen, die
eine Zeitlang in einer Kleinstadt dieser Art gewohnt haben, sich
den Ausdruck tiefer Genugtuung auf den Physiognomien dieser
Leute auszumalen, die sich für das Sonnengeflecht Frankreichs
hielten; sie alle waren mit einer unglaublichen Spitzfindigkeit,
Böses zu tun, ausgerüstet; in ihrer Weisheit hatten sie dekretiert,

einer der Helden von Eßling sei ein Feigling, Madame de Montcornet sei eine Intrigantin, die es faustdick hinter den Ohren
habe, der Abbé Brossette sei ein kleiner Ehrgeizling, und bereits
vierzehn Tage nach der Versteigerung von Les Aigues hatten sie
die niedrige Abkunft des Generals herausbekommen und ihm den
Spitznamen »der Tapezierer« angehängt.

Wenn Rigou, Soudry und Gaubertin in La-Ville-aux-Fayes
gewohnt hätten, würden sie sich verkracht haben; ihre Anmaßung hätte zu unvermeidlichen Zusammenstößen geführt;
aber das Schicksal hatte es nun einmal gewollt, daß der Lukullus von Blangy die Notwendigkeit verspürte, für sich allein zu
sein, um sich in aller Behaglichkeit in Wucher und Wollust zu
suhlen; daß Madame Soudry intelligent genug war, um einzusehen, sie können lediglich in Soulanges herrschen, und daß La-
Ville-aux-Fayes der Hauptsitz von Gaubertins geschäftlichen
Unternehmungen war. Wer sich den Spaß macht, sich mit der
Natur der Gesellschaft näher zu befassen, wird zugeben, daß der
General de Montcornet Pech gehabt hatte, wenn er sich Feinden
gegenübersah, die voneinander getrennt waren und die Entfaltung ihrer Macht und ihrer Eitelkeit durchführten, wobei jeder
vom andern einen Abstand innehatte, der diesen Sternen nicht
gestattete, einander anzurempeln, und die darum ihre Fähigkeit,
Böses zu tun, voll entwickeln konnten.

Wenn indessen auch alle diese würdigen Bürgersleute im Stolz
auf ihren Wohlstand glaubten, ihre Gesellschaft sei, was die Annehmlichkeiten des Daseins betrifft, derjenigen von La-Ville-aux-
Fayes weit überlegen, und mit komischer Wichtigtuerei die im
Tal übliche Redewendung wiederholten: »Soulanges ist eine
Stadt der Lebensfreude und der Geselligkeit«, wäre es unklug zu
meinen, die Avonneser Hauptstadt habe jene Überlegenheit anerkannt. Der Salon Gaubertin machte sich heimlich über den Salon Soudry lustig. Aus der Art und Weise, wie Gaubertin sagte:
»Wir hier sind eine Stadt des Großhandels, eine Geschäftsstadt,
wir begehen die Dummheit, daß wir uns der Verdrießlichkeit unterziehen, Geld zu machen!«, war ohne weiteres ein leichter Antagonismus zwischen Erde und Mond zu erkennen. Der Mond
glaubte, er gereiche der Erde zum Nutzen, und die Erde schul-
meisterte den Mond. Im übrigen lebten Erde und Mond im eng-

sten Einvernehmen. Zur Zeit des Karnevals strömte die Oberschicht von Soulanges in hellen Haufen zu den vier Bällen, die Gaubertin, Gendrin, Leclercq, der Steuereinnehmer, und der junge Soudry, der Staatsanwalt, gaben. Alle Sonntage kamen der Staatsanwalt, seine Frau, Monsieur, Madame und Mademoiselle Elise Gaubertin zum Abendessen zu dem Ehepaar Soudry in Soulanges. Wenn der Unterpräfekt eingeladen war, wenn der Postmeister, Monsieur Guerbet aus Couches, sich auf gut Glück zu Tisch einfand, wurde Soulanges der Anblick von vier Provinzkutschen vor dem Tor des Hauses Soudry zuteil.

ZWEITES KAPITEL

Die Verschwörer bei der Königin

Als Rigou gegen halb sechs in Soudrys Salon trat, hatte er es geschickt so eingerichtet, daß er alle Stammgäste auf ihrem Posten antraf. Beim Bürgermeister wie in der ganzen Stadt fand, dem Brauch des vorigen Jahrhunderts entsprechend, die Hauptmahlzeit um drei statt. Zwischen fünf und neun kamen die Hochmögenden von Soulanges zusammen und tauschten Neuigkeiten aus, hielten ihren politischen *speech*[239], kommentierten die Privatangelegenheiten des ganzen Tals und redeten über Les Aigues, das täglich eine Stunde lang als Gesprächsstoff dienen mußte. Jeder ließ es sich angelegen sein, etwas von dem zu erfahren, was dort vor sich ging, und man konnte so dem Hausherrn und seiner Frau den Hof machen.

Nach dieser obligaten Parade wurde Platz genommen, um Boston zu spielen, das einzige Spiel, das die Königin konnte. Wenn der dicke Papa Guerbet Madame Isaure, Gaubertins Frau, nachgeäfft hatte, indem er sich über ihr geziertes Wesen lustig machte, ihr dünnes Stimmchen imitierte, ihr Mündchen und ihre jugendlichen Allüren, wenn der Pfarrer Taupin eins der Geschichtchen aus seinem Repertoire erzählt; wenn Lupin irgendein Geschehnis aus La-Ville-aux-Fayes berichtet und Madame Soudry mit ekelerregenden Komplimenten überschüttet hatte, dann hieß es: »Das war wieder mal ein netter Bostonabend.«

Rigou war zu selbständig, sich die Unbequemlichkeit einer Fahrt von zwölf Kilometern aufzuerlegen, an deren Ziel er dann die Albernheiten der Stammgäste dieses Hauses anhören und eine als alte Frau verkleidete Äffin vor Augen haben mußte; er war diesem Kleinbürgerkreis an Verstand wie an Bildung weit überlegen; und so erschien er hier lediglich, wenn seine geschäftlichen Angelegenheiten ihn zum Notar führten. Er hatte sich vom nachbarlichen Umgang dadurch freigemacht, daß er vorschützte, er habe zuviel zu tun, sein Leben sei allzu geregelt, und er müsse Rücksichten auf seine Gesundheit nehmen; all das, so sagte er, verböte ihm, nachts auf einer Landstraße heimzufahren, an der die Thune ihre Nebel ausbreitete.

Der große, dürre Wucherer machte übrigens auf den Kreis der Madame Soudry großen Eindruck; man witterte in Rigou den Tiger mit den stählernen Klauen, die tückische Schlauheit des Indianers, die im Kloster erworbene geistige Schärfe, die an der Sonne des Goldes gereift war; mit all diesen Eigenschaften hatte Gaubertin sich niemals messen wollen.

Als der Korbwagen und das Pferd am Café de la Paix vorbeikamen, machte Urbain, Soudrys Diener, der auf einer Bank an den Fenstern der Gaststube saß und mit dem Cafébesitzer plauderte, aus seiner Hand einen Schutzschirm, um besser sehen zu können, was für ein Gefährt das sei.

»Da kommt der alte Rigou ...! Das Tor muß aufgemacht werden. Halten Sie sein Pferd, Socquard«, sagte er ohne große Umstände zu dem Wirt.

Und Urbain, ein ehemaliger Kavallerist, der nicht hatte Gendarm werden können und, um eine Altersversorgung zu haben, in Soudrys Dienst getreten war, ging zum Haus hinüber, um das Hoftor zu öffnen.

Socquard, diese im Tal so wohlbekannte Persönlichkeit, gab sich, wie man gesehen hat, in seinem Lokal ganz ungezwungen; aber so verhalten sich ja viele berühmte Leute, die das Entgegenkommen bezeigen, zu gehen, zu niesen, zu schlafen und zu essen, völlig so, als seien sie gewöhnliche Sterbliche.

Socquard war von jung auf ein Herkules gewesen; er konnte

elf Zentner[240] tragen; sein Fausthieb in den Rücken eines Mannes hätte diesem die Wirbelsäule gebrochen; er konnte eine Eisenstange biegen und einen Einspänner aufhalten. Er war der Milon von Kroton[241] des Tals; sein Ruhm erstreckte sich über das ganze Département, wo über ihn lächerliche Geschichten im Umlauf waren; aber das ist ja bei allen Berühmtheiten der Fall. So wurde im Morvan erzählt, er habe eines Tages eine arme Frau sowie deren Esel und Sack zum Markt getragen; er habe im Verlauf eines einzigen Tages einen ganzen Ochsen aufgegessen und ein Viertelfaß Wein getrunken, usw. Socquard war sanft wie ein heiratsfähiges Mädchen und überdies ein dickes Männlein mit freundlichem Gesicht, breiten Schultern und breiter Brust, in der die Lungen arbeiteten wie die Blasebälge einer Schmiede, und er besaß ein Stimmchen, dessen Klarheit alle überraschte, die ihn zum erstenmal sprechen hörten.

Wie Tonsard, dessen Ruf jeden Beweis seiner Wüstheit zu etwas Überflüssigem machte, wie alle, denen irgendeine öffentliche Meinung Schutz und Schirm gewährt, entfaltete Socquard seine triumphierende Muskelkraft nur dann, wenn seine Freunde ihn darum baten. Also nahm er das Pferd beim Zügel, als der Schwiegervater des Staatsanwalts wartete, um an der Freitreppe vorzufahren.

»Ist bei Ihnen daheim alles wohlauf, Monsieur Rigou ...?« fragte der berühmte Socquard.

»So lala, alter Junge«, antwortete Rigou. »Sorgen Plissoud und Bonnébault, Viollet und Amaury noch immer für das Gedeihen deiner Kneipe?«

Diese gutmütig und teilnahmsvoll gestellte Frage war keine der banalen Erkundigungen, wie Höherstehende sie beiläufig den unter ihnen Stehenden hinwerfen. In seinen Mußestunden überdachte Rigou die geringsten Einzelheiten; der vertraute Umgang Bonnébaults, Plissouds und des Wachtmeisters Viollet war Rigou schon durch Fourchon als etwas Verdächtiges gemeldet worden.

Bonnébault konnte gegen Erstattung von ein paar beim Spiel verlorenen Talern dem Wachtmeister die geheimen Umtriebe der Bauern mitteilen, oder aus der Schule plaudern, wenn er ein paar Gläser Punsch zuviel getrunken hatte, ohne sich der Tragweite seines Geschwätzes bewußt zu sein. Aber die Denunziationen des Otternfängers konnten ihm auch durch seinen steten Durst eingeflüstert worden sein, und Rigou schenkte ihnen nur im Zusammenhang mit Plissoud Beachtung, dessen Lage ihm ein gewisses Verlangen erregen konnte, den gegen Les Aigues gerichteten Anschlägen entgegenzuarbeiten, und sei es nur, um von der einen oder andern der beiden Parteien Schmiergelder entgegenzunehmen.

Als Agent der Versicherungsgesellschaften, die damals in Frankreich aufzukommen begannen, zumal als Werber einer Gesellschaft, die gegen das Unglück, zum Militär eingezogen zu werden, versicherte, hatte der Gerichtsvollzieher wenig einträgliche Betätigungen übernommen, die es ihm um so schwieriger machten, zu Vermögen zu gelangen, als er dem Doppellaster huldigte, eine Schwäche für das Billardspiel und den Würzwein zu haben. Gerade wie Fourchon pflegte er sorgfältig die Kunst des Nichtstuns und erwartete sein Vermögen von einem problematischen Zufall. Gegen die Oberschicht hegte er einen tiefen Haß; allein er hatte deren Macht erprobt. Er ganz allein kannte von Grund auf die durch Gaubertin organisierte bourgeoise Tyrannei; er verfolgte mit seinem Spott die Reichen in Soulanges und in La-Ville-aux-Fayes, deren Opposition einzig er darstellte. Da er weder Kredit noch Vermögen besaß, erweckte er nicht den Anschein, daß er zu fürchten sei; daher protegierte ihn Brunet, der nur zu froh war, einen mißachteten Konkurrenten zu haben; er protegierte ihn, um nicht zu erleben, daß er seine Praxis an einen strebsamen jungen Menschen wie etwa Bonnac verkaufte, mit dem er dann die Klientel des Distrikts hätte teilen müssen.

»Dank diesen Leuten geht es so einigermaßen«, antwortete Socquard. »Aber mein Würzwein wird nachgemacht!«

»Wollen Sie eine Verfolgung einleiten?« fragte Rigou bedeutungsvoll.

»Das würde zu weit führen«, antwortete der Cafébesitzer; er merkte nicht, daß er »im Bilde geblieben« war.

»Und kommen sie gut miteinander aus, deine Kunden?«

»Sie geraten sich stets in die Haare; aber bei Spielern hat das nichts zu bedeuten.«

Inzwischen waren sämtliche Köpfe an dem Fenster des Salons erschienen, das nach dem Platz hinausging. Als Soudry den Vater seiner Schwiegertochter erkannt hatte, begrüßte er ihn auf der Freitreppe.

»Na, Gevatter«, sagte der Ex-Gendarm und bediente sich dieses Wortes in seiner geheimen Nebenbedeutung »Helfershelfer«, »ist etwa Annette krank, daß Sie uns Ihre Gegenwart bei einer Abendgesellschaft gewähren?«

Ein Rest von Gendarmen-Einstellung brachte den Bürgermeister immer dazu, direkt auf die Sache loszugehen.

»Nein, es liegt etwas in der Luft«, antwortete Rigou und berührte mit dem rechten Zeigefinger die Hand, die Soudry ihm hinstreckte. »Wir müssen darüber mal reden; denn die Sache betrifft auch ein bißchen unsere Kinder ...«

Soudry, ein gutaussehender Mann, war in Blau gekleidet, als gehöre er noch immer der Gendarmerie an; er trug auch einen schwarzen Rockkragen und Sporenstiefel. Er nahm Rigou beim Arm und führte ihn zu seiner imposanten besseren Hälfte. Die Fenstertür zur Terrasse stand offen; dort gingen die Stammgäste auf und ab und genossen den Sommerabend; er ließ die herrliche Landschaft erglänzen, die nach der Skizze, die man gelesen hat, Leute von Phantasie sich deutlich vorstellen können.

»Wir haben Sie seit geraumer Zeit nicht zu sehen bekommen, lieber Rigou«, sagte Madame Soudry, nahm den Arm des Ex-Benediktiners und führte ihn auf die Terrasse.

»Ich habe solche Schwierigkeiten mit der Verdauung ...!« antwortete der alte Wucherer. »Sehen Sie nur! Meine Gesichtsfarbe ist fast so rot wie die Ihrige.«

Rigous Erscheinen auf der Terrasse zeitigte, wie man sich denken kann, eine Explosion jovialer Begrüßungen von seiten aller Anwesenden.

»Lache, du Vielfraß[242] ...! Nun habe ich doch noch 'nen neues Wortspiel zustande gebracht«, rief Monsieur Guerbet, der Steuereinnehmer, und bot Rigou die Hand; dieser legte seinen rechten Zeigefinger hinein.

»Gar nicht übel! Gar nicht übel!« sagte der kleine Friedensrichter Sarcus. »Er ist ein ziemlicher Freßsack, unser Seigneur de Blangy.«

»Seigneur?« antwortete Rigou bitter. »Ich bin schon seit langem nicht mehr der Hahn in meinem Dorf.«

»Die Hennen sind darüber anderer Ansicht, Sie alter Tunicht-gut!« sagte die Soudry und versetzte Rigou einen neckischen Schlag mit dem Fächer.

»Geht's uns gut, verehrter Meister?« fragte der Notar, als er seinen wichtigsten Klienten begrüßte.

»So lala«, antwortete Rigou und legte abermals den Zeige-finger in die Hand des Notars.

Diese Geste, mittels deren Rigou den Händedruck auf die De-monstration größter Kälte einschränkte, hätte jedem, der ihn nicht kannte, den ganzen Menschen gekennzeichnet.

»Wir wollen uns ein Eckchen suchen, wo wir in aller Ruhe plaudern können«, sagte der ehemalige Mönch mit einem Blick auf Lupin und Madame Soudry.

»Lassen Sie uns wieder in den Salon gehen«, antwortete die Königin. »Die Herren da«, fuhr sie fort und deutete auf Mon-sieur Gourdon, den Arzt, und Guerbet, »sind gerade mit ›Seiten-stechen‹ beschäftigt . . .«

Madame Soudry hatte sich erkundigt, worüber gesprochen werde, und der stets geistreiche Guerbet hatte geantwortet: »Über Seitenstiche.« Die Königin hatte geglaubt, das sei ein wis-senschaftlicher Ausdruck, und Rigou mußte lächeln, als er sie dieses Wort mit anmaßender Miene wiederholen hörte.

»Was hat der Tapezierer denn schon wieder angestellt?« fragte Soudry; er hatte sich neben seine Frau gesetzt und sie um die Taille gefaßt.

Wie alle alten Frauen verzieh die Soudry vielerlei, wenn ihr in aller Öffentlichkeit eine Zärtlichkeitsbezeigung zuteil wurde.

»Ja«, antwortete Rigou leise, um ein Beispiel kluger Vorsicht zu geben, »er ist zur Präfektur gefahren; da will er die Voll-streckung der Urteile verlangen.«

»Das bricht ihm den Hals«, sagte Lupin und rieb sich die Hände. »Jetzt kommt es zu Krawallen.«

»Zu Krawallen?« entgegnete Soudry. »Je nachdem. Wenn der Präfekt und der General, die ja befreundet sind, eine Kavallerie-Schwadron herschicken, dann verhalten die Bauern sich still und mucksen nicht . . . Mit den Gendarmen von Soulanges kann man notfalls fertigwerden; aber versuchen Sie mal, gegen eine Kaval-lerie-Attacke was auszurichten!«

»Sibilet hat ihn noch was viel Gefährlicheres äußern hören, und deswegen bin ich hergekommen«, erwiderte Rigou.

»Ach, die arme Sophie!« rief Madame Soudry sentimental aus. »In was für Hände ist Les Aigues gefallen! Das hat uns die Revolution nun eingebracht, Eisenfresser mit Oberstenepauletten! Man hätte doch von vornherein merken müssen, daß, wenn man eine Flasche umdreht, der Bodensatz aufsteigt und den Wein verdirbt . . .!«

»Er beabsichtigt, nach Paris zu fahren und beim Justizminister zu intrigieren, damit beim Gericht alles umgeändert wird.«

»Aha!« sagte Lupin. »Er weiß jetzt, was ihm droht.«

»Wenn mein Schwiegersohn zum Generalstaatsanwalt befördert wird, ist nichts dagegen einzuwenden; dann mag er ihn getrost durch irgendeinen Pariser ersetzen, den er in der Hand hat«, sprach Rigou weiter. »Wenn er für Monsieur Gendrin eine Stellung am Obergericht verlangt, wenn er unsern Untersuchungsrichter Monsieur Guerbet zum Präsidenten in Auxerre ernennen läßt, dann hat er ›alle neun‹ geworfen . . .! Die Gendarmerie hat er schon für sich; wenn er nun auch noch das Gericht auf seiner Seite hat und wenn ihm Ratgeber wie der Abbé Brossette und Michaud zur Verfügung stehen, dann haben wir nichts zu lachen; er könnte uns in üble Händel verstricken.«

»Wieso haben Sie es eigentlich innerhalb von fünf Jahren nicht fertiggebracht, den Abbé Brossette loszuwerden?« fragte Lupin.

»Sie kennen ihn nicht; er ist mißtrauisch wie 'ne Amsel«, antwortete Rigou. »Der ist kein Mann, dieser Priester; der würdigt die Frauen keines Blickes; ich habe in ihm keine einzige Leidenschaft festgestellt; er ist unangreifbar. Der General gibt sich durch seinen Jähzorn nach allen Seiten hin Blößen. Ein Mann, der eine Schwäche hat, wird immer zum Diener seiner Gegner, wenn die sich solch einer Schnur zu bedienen wissen. Stark sind nur die, die ihre Laster zu gängeln verstehen, anstatt sich von ihnen gängeln zu lassen. Mit den Bauern funktioniert alles gut, unsere Leute werden in Atem gegen den Abbé gehalten; aber es kann noch nichts gegen ihn unternommen werden. Es ist wie mit Michaud; Menschen wie die beiden sind zu vollkommen, die müßte der liebe Gott eigentlich zu sich rufen . . .«

»Man müßte ihnen Dienstmädchen verschaffen, die ihnen die

Treppen gut mit Seife beschmieren«, sagte Madame Soudry, was Rigou zu einem leichten Zusammenzucken veranlaßte, wie es allen sehr klugen Leuten widerfährt, wenn sie eine kluge Äußerung vernehmen.

»Der Tapezierer huldigt einem andern Laster, er liebt seine Frau, und von der Seite her könnte man ihm am ehesten zu Leibe gehen ...«

»Hört mal, man müßte herausbekommen, ob er seine Ideen weiter verfolgen will«, sagte Madame Soudry.

»Wieso denn nicht?« fragte Lupin. »Da liegt doch der Hase im Pfeffer!«

»Sie, Lupin«, fuhr Rigou mit autoritärem Stimmklang fort, »Sie müssen schleunigst machen, daß Sie zur Präfektur kommen, und da müssen Sie die schöne Madame Sarcus aufsuchen, und zwar heute abend noch! Sie müssen es fertigbringen, daß sie ihren Mann veranlaßt, ihr alles zu wiederholen, was der Tapezierer auf der Präfektur gesagt und getan hat.«

»Dazu müßte ich dort übernachten«, sagte Lupin.

»Desto besser für Sarcus den Reichen; er kann dabei nur gewinnen«, antwortete Rigou. »Sie ist noch nicht allzusehr ›Schwarte‹, die Madame Sarcus ...«

»Oh, Monsieur Rigou!« warf Madame Soudry geziert ein, »werden Frauen denn überhaupt jemals Schwarten?«

»Was *die* betrifft, so haben Sie recht! Die stellt sich nicht vor den Spiegel und malt sich an«, entgegnete Rigou, den die Zurschaustellung der alten Schätze der Cochet stets empörte.

Madame Soudry, die da glaubte, sie lege immer nur einen Hauch Rouge auf, begriff diese boshafte Anzüglichkeit nicht und fragte:

»Gibt es denn tatsächlich Frauen, die sich anmalen?«

»Was Sie betrifft, Lupin«, sagte Rigou, ohne auf diese Naivität zu antworten, »so gehen Sie morgen vormittag, wenn Sie zurück sind, zu Papa Gaubertin; Sie sagen ihm, daß der Gevatter und ich«, sagte er und klapste Soudry auf den Schenkel, »zu ihm kommen und ein bißchen was essen wollen, das heißt, daß wir uns zum Mittagessen bei ihm einladen. Sagen Sie ihm, wie die Dinge stehen, damit jeder von uns sich inzwischen die Sache genau überlegen kann; schließlich geht es doch darum, daß mit diesem verdammten Tapezierer endlich Schluß gemacht wird. Auf dem Weg zu Ihnen habe ich mir gesagt, wir müßten es dahin bringen, daß der Tapezierer sich mit dem Gericht überwirft, und zwar so, daß der Justizminister ihm ins Gesicht lacht, wenn er kommt und Personalveränderungen in La-Ville-aux-Fayes verlangt...«

»Hoch die Kleriker...!« rief Lupin und schlug Rigou auf die Schulter.

Da überkam Madame Soudry plötzlich ein Gedanke, wie er nur in der ehemaligen Zofe von »einer von der Oper« aufsteigen konnte.

»Wenn es uns gelänge, den Tapezierer auf das Fest in Soulanges zu locken«, sagte sie, »und ihm da ein Mädchen an den Hals zu werfen, dessen Schönheit ihm den Kopf verdreht, dann würde er sich vielleicht an dieses Mädchen hängen, und wir brächten es dahin, daß er sich mit seiner Frau entzweite; der brauchte man doch bloß zu sagen, daß der Sohn eines Kunsttischlers immer wieder auf das zurückgreift, was er früher mal geliebt hat...«

»Ach, Liebste!« rief Soudry, »du ganz allein hast mehr Gehirn als die ganze Pariser Polizeipräfektur!«

»Das ist ein Einfall, der beweist, daß Madame unsere Königin ebensosehr durch ihre Intelligenz wie durch ihre Schönheit ist«, sagte Lupin.

Lupin wurde durch eine Grimasse belohnt, die von der Oberschicht von Soulanges ohne Protest als ein Lächeln betrachtet wurde.

»Daraus ließe sich noch mehr herausschlagen«, fuhr Rigou fort, der eine ganze Weile nachdenklich dagesessen hatte. »Wenn man das so drehen könnte, daß ein Skandal daraus würde...«

»Protokoll und Klageerhebung, eine Sache fürs Strafgericht«, rief Lupin. »Oh, das wäre *zu* schön!«

»Welch ein Spaß«, sagte Soudry naiv, »es zu erleben, daß der Graf de Montcornet, Träger des Großkreuzes der Ehrenlegion, Kommandeur des Sankt-Ludwigs-Ordens, Generalleutnant, als Angeklagter wegen Verletzung der Sittlichkeit an einem öffentlichen Orte... Donnerwetter, ja...!«

»Dazu hat er seine Frau zu lieb...!« sagte Lupin klug. »Dahin werden wir ihn nie bringen können.«

284

»Das ist an sich kein Hindernis; aber ich kenne im ganzen Arrondissement kein Mädchen, das imstande wäre, einen Heiligen zum Sündigen zu bringen; ich bin ja schon auf der Suche nach so was für meinen Abbé«, rief Rigou.

»Was halten Sie von der schönen Gatienne Giboulard in Auxerre, in die der junge Sarcus so verknallt ist . . .?« fragte Lupin.

»Das wäre die einzige«, antwortete Rigou. »Aber die können wir nicht nehmen; die glaubt, sie brauche sich nur zu zeigen, dann würde sie schon bewundert; die ist nicht gelenkig genug; wir brauchen einen Wildfang, eine ganz Durchtriebene . . . Na, egal; sie wird ja kommen.«

»Ja«, sagte Lupin, »je mehr hübsche Mädchen er sieht, desto mehr Chancen haben wir.«

»Es wird recht schwerhalten, den Tapezierer zu bewegen, daß er zum Jahrmarkt kommt! Und wenn er tatsächlich das Fest besuchte, ginge er dann auf unsern Rummelplatz von Tivoli?« fragte der Ex-Gendarm.

»Der Grund, der ihn am Kommen hindern könnte, existiert dieses Jahr nicht mehr, mein Herz«, antwortete Madame Soudry.

»Welchen Grund meinst du denn, Liebste?« fragte Soudry.

»Der Tapezierer hat doch versucht, Mademoiselle de Soulanges zu heiraten«, sagte der Notar, »und es ist ihm geantwortet worden, sie sei noch zu jung; darüber war er eingeschnappt. Das ist der Grund, daß die Herren de Soulanges und de Montcornet, alte Freunde, da sie doch beide in der Kaiserlichen Garde gedient haben, so auseinander geraten sind, daß sie einander nicht mehr besuchen. Der Tapezierer hat den Soulanges' beim Jahrmarkt nicht begegnen wollen; aber dieses Jahr kommen sie nicht hin.«

Für gewöhnlich weilte die Familie Soulanges im Juli, August, September und Oktober auf ihrem Schloß; aber zu dieser Zeit kommandierte der General unter dem Herzog von Angoulême[243] in Spanien die Artillerie, und die Gräfin hatte ihn begleitet. Bei der Belagerung von Cadiz errang, wie man weiß, der Graf de Soulanges den Marschallstab, den er 1826 erhielt. Die Gegner Montcornets konnten also glauben, daß die Bewohner von Les Aigues die Festlichkeiten für die heilige Jungfrau im August nicht für alle Zeit meiden würden, und daß es leicht sein würde, sie ins Tivoli zu locken.

»Richtig!« rief Lupin. »Ja, und nun ist es an Ihnen, Papa«, wandte er sich an Rigou, »alles so in die Wege zu leiten, daß er zum Jahrmarkt kommt; dann werden wir ihn schon hinters Licht führen . . .«

Der Jahrmarkt von Soulanges, der am 15. August gefeiert wird, ist eine der Eigenarten dieser Stadt und erhebt sich über alle Jahrmärkte auf dreißig Meilen in der Runde, sogar über die in der Départements-Hauptstadt stattfinden. La-Ville-aux-Fayes hat überhaupt keinen Jahrmarkt; denn das Fest seines Schutzpatrons, des heiligen Sylvester, fällt in den Winter.

Vom 12. bis 15. August strömten die Händler nach Soulanges und richteten in zwei parallelen Reihen die Holzbuden, die Häuser aus grauem Leinen auf, die dem für gewöhnlich menschenleeren Platz ein belebtes Aussehen verliehen. Die vierzehn Tage, die der Jahrmarkt und das Fest dauerten, waren in der Kleinstadt Soulanges eine Art Erntefest. Das Fest hatte die Autorität und das Prestige einer Tradition. Die Bauern, wie Papa Fourchon gesagt hatte, verlassen so gut wie nie die Gemeinden, in denen sie durch ihre Arbeit festgehalten werden. In ganz Frankreich üben die phantastischen Auslagen der auf dem Jahrmarktsgelände improvisierten Buden, die Zusammenstellung sämtlicher Waren, der Gegenstände des Bedarfs und der Begehrlichkeit der Bauern, die übrigens keine andere Augenweide zu sehen bekommen, periodische Verführungen auf die Phantasie der Frauen und Kinder aus. Daher ließ ab 12. August die Bürgermeisterei von Soulanges im ganzen Arrondissement La-Ville-aux-Fayes von Soudry unterzeichnete Plakate ankleben, die den Händlern, den Seiltänzern, dem fahrenden Volk jeder Art Schutz zusicherten und für die Dauer des Jahrmarkts die verlockendsten Darbietungen verhießen.

Auf den Plakaten, um die, wie man gesehen hat, die Tonsard Vermichel gebeten hatte, war stets folgende Schlußzeile zu lesen:

»DAS TIVOLI WIRD MIT BUNTEN GLASLAMPEN
ILLUMINIERT.«

Die Stadtverwaltung hatte nämlich als Saal für den öffentlichen Ball das Tivoli auserkoren, das Socquard in einem Garten geschaffen hatte, der genauso steinig war wie die Hügelkuppe, auf der Soulanges erbaut worden ist; fast sämtliche Gärten bestehen dort aus aufgeschütteter Erde.

Diese Bodenbeschaffenheit erklärt das eigenartige Aroma des Weins von Soulanges, eines trockenen, würzigen Weißweins, der dem Madeira, dem Vouvray, dem Johannisberger vergleichbar ist, drei einander ähnlichen Gewächsen; er wird im ganzen Département getrunken.

Die wunderbare Wirkung, die der von Socquard veranstaltete Ball auf die Phantasie der Bauern jenes Tals ausübte, hatte sie alle stolz auf ihr Tivoli gemacht. Diejenigen aus der Gegend, die sich bis nach Paris gewagt hatten, berichteten, das Pariser Tivoli[244] übertreffe das von Soulanges lediglich durch seine Ausdehnung. Gaubertin gab sogar Socquards Ball den Vorzug vor dem Pariser Tivoli-Ball.

»Wir alle müssen das genau überlegen«, fuhr Rigou fort. »Der Pariser, dieser Zeitungsredakteur, wird seine Freuden hier bald satt haben, und durch die Dienerschaft könnte man sie alle zum Jahrmarkt hinlocken. Ich will mir die Sache durch den Kopf gehen lassen. Sibilet könnte, obwohl sein Kredit verteufelt im Sinken begriffen ist, seinen Bourgeois nahelegen, das sei der rechte Weg, sich beim Volk beliebt zu machen.«

»Bringen Sie doch in Erfahrung, ob die schöne Gräfin kalt gegen Monsieur ist; darauf kommt alles an bei dem Streich, den wir ihm im Tivoli spielen wollen«, sagte Lupin zu Rigou.

»Die kleine Frau«, rief Madame Soudry, »ist viel zu sehr Pariserin; die versteht es schon, sich zwischen beiden Parteien hindurchzuwinden.«

»Fourchon hat seine Enkelin Catherine Tonsard auf Charles losgelassen, den zweiten Diener des Tapezierers; auf diese Weise haben wir bald ein Ohr in allen Gemächern von Les Aigues«, antwortete Rigou. »Sind Sie des Abbés Taupin sicher ...?« fragte er, als er den Pfarrer hereinkommen sah.

»Den Abbé Mouchon und ihn, die halten wir an der Strippe, wie ich Soudry an der Strippe halte ...!« sagte Madame Soudry und tätschelte ihrem Mann das Kinn; sie sagte zu ihm: »Mein gutes Katerchen, du hast es wirklich nicht schlecht.«

»Wenn ich einen Skandal gegen diesen Tartuffe von Brossette in die Wege leiten kann, dann verlasse ich mich auf die beiden . . .!« sagte Rigou leise und stand auf. »Aber ich weiß nicht, ob der Stadtgeist stärker ist als der Priestergeist. Sie wissen nicht, was es damit auf sich hat. Ich selber bin nicht auf den Kopf gefallen, aber ich könnte nicht für mich bürgen, wenn ich mal krank würde. Wahrscheinlich würde ich mich mit der Kirche aussöhnen.«

»Erlauben Sie uns, es zu hoffen«, sagte der Pfarrer, um dessen willen Rigou absichtlich die Stimme erhoben hatte.

»Leider hindert die Sünde, die ich dadurch begangen habe, daß ich heiratete, diese Aussöhnung«, antwortete Rigou. »Ich kann doch meine Frau schließlich nicht umbringen.«

»Vorerst wollen wir lieber an Les Aigues denken«, sagte Madame Soudry.

»Ja«, antwortete der Ex-Benediktiner. »Wissen Sie eigentlich, daß ich unsern Gevatter in La-Ville-aux-Fayes für schlauer halte, als wir es sind? Mir ist, als wollte Gaubertin Les Aigues ganz für sich allein haben und uns hineinlegen«, antwortete Rigou. Der ländliche Wucherer hatte unterwegs mit dem Stock der Klugheit alle dunklen Stellen abgeklopft, die bei Gaubertin hohl klangen.

»Aber Les Aigues darf doch an keinen von uns dreien fallen; es muß von oben bis unten zerstört werden«, antwortete Soudry.

»Und zwar um so mehr, als es mich nicht wundern würde, wenn sich da verstecktes Geld fände«, sagte Rigou listig.

»Pah!«

»Ja, während der Kriege früherer Zeiten haben die Edelherrn, die oft belagert und überrumpelt worden sind, ihre Taler vergraben, um sie hernach wiederzufinden, und Sie wissen ja, daß der Marquis de Soulanges-Hautemer, mit dem die jüngere Linie ausgestorben ist, eins der Opfer von Birons Verschwörung[245] war. Die Gräfin de Moret hat das Gut durch Konfiskation bekommen . . .«

»Das nenne ich, sich in der französischen Geschichte auskennen!« sagte der Gendarm. »Sie haben recht, es wird Zeit, daß wir über unsere Angelegenheit mit Gaubertin ins reine kommen.«

»Und wenn er Winkelzüge macht, dann machen wir ihm die Hölle heiß.«

»Er ist heute reich genug«, sagte Lupin, »um ein anständiger Mensch zu sein.«

»Ich würde für ihn einstehen wie für mich selber«, antwortete Madame Soudry, »er ist der anständigste Mensch im ganzen Königreich.«

»Wir glauben an seine Anständigkeit«, entgegnete Rigou, »aber unter Freunden darf man nichts außer acht lassen ... Nebenbei gesagt, ich glaube, daß jemand in Soulanges sich uns in den Weg stellen will ...«

»Wer ist das?« fragte Soudry.

»Plissoud«, antwortete Rigou.

»Plissoud!« entgegnete Soudry, »das arme Schwein! Den hält Brunet an der Leine, und seine Frau hält ihn mit dem Essen kurz; fragen Sie nur Lupin!«

»Was kann er denn anstellen?« fragte Lupin.

»Er will«, fuhr Rigou fort, »Montcornet aufklären, dessen Protektion gewinnen und sich eine Stellung verschaffen ...«

»Das bringt ihm schwerlich je so viel ein wie seine Frau in Soulanges«, sagte Madame Soudry.

»Wenn er blau ist, sagt er seiner Frau alles«, gab Lupin zu bedenken. »Wir erfahren es rechtzeitig.«

»Die schöne Madame Plissoud hat Ihnen gegenüber keine Geheimnisse«, antwortete ihm Rigou. »Schon gut, wir können unbesorgt sein.«

»Überdies ist sie ebenso dumm wie schön«, fuhr Madame Soudry fort, »ich möchte nicht mit ihr tauschen, denn wenn ich ein Mann wäre, würde ich lieber eine häßliche und geistvolle Frau lieben als eine schöne, die nicht bis zwei zählen kann.«

»Ach!« sagte der Notar und biß sich auf die Lippen, »sie bringt es sogar fertig, daß man selber bis drei zählt.«

»Geck!« rief Rigou und wandte sich der Tür zu.

»Na, schön«, sagte Soudry und geleitete seinen Gevatter hinaus, »dann bis morgen, und bald.«

»Ich komme und hole Sie ab ... Hören Sie mal, Lupin«, sagte er zu dem Notar, der mit ihm hinausgegangen war, um sein Pferd satteln zu lassen, »versuchen Sie es doch so einzurichten, daß Madame Sarcus alles erfährt, was unser Tapezierer gegen uns in der Präfektur unternimmt ...«

»Wenn nicht einmal sie es herausbekommt, wer denn sonst ...?« antwortete Lupin.

289

»Pardon«, sagte Rigou, lächelte hinterhältig und blickte Lupin an, »ich habe da drinnen so viele Hohlköpfe gesehen, daß ich vergaß, daß auch ein Mann von Geist darunter ist.«

»Tatsächlich, ich weiß nicht, wieso ich hier noch nicht eingerostet bin«, antwortete Lupin unumwunden.

»Stimmt es, daß Soudry ein Hausmädchen engagiert hat . . .?«

»Freilich!« antwortete Lupin. »Seit acht Tagen will der Herr Bürgermeister sich über die Vorzüge seiner Frau klarwerden, indem er sie mit einer kleinen Burgunderin im Alter eines alten Ochsen vergleicht, und wir wissen noch nicht, wie er mit seiner Frau einig wird, weil er den Wagemut aufbringt, sehr früh zu Bett zu gehen . . .«

»Darüber werde ich mir morgen klar sein«, sagte der dörfliche Sardanapal und versuchte zu lächeln.

Die beiden abgründigen Politiker gaben einander die Hand und verabschiedeten sich.

Rigou, der bei Nacht nicht unterwegs sein wollte, denn trotz seiner neuerlichen Volkstümlichkeit war er nach wie vor vorsichtig, sagte zu seinem Pferd: »Los, Bürger!« Das war ein Scherz, den dieses Produkt des Jahres 1793 stets gegen die Revolution abfeuerte. Vom Volk angezettelte Revolutionen haben keine grimmigeren Feinde als die, die durch sie hochgekommen sind.

»Lange Besuche macht er nicht grade, der Papa Rigou«, sagte der Büttel Gourdon zu Madame Soudry.

»Es sind gute Besuche, wenn er sie abkürzt«, antwortete sie.

»Wie er es mit seinem Leben tut«, antwortete der Arzt. »Er treibt mit allem Mißbrauch, dieser Mensch.«

»Desto besser«, entgegnete Soudry, »dann kommt mein Sohn desto früher in den Genuß des Geldes . . .«

»Hat er Ihnen was Neues aus Les Aigues erzählt?« fragte der Pfarrer.

»Jawohl, lieber Herr Abbé«, sagte Madame Sourdry. »Die Leute da sind die Geißel dieser Gegend. Es ist mir unbegreiflich, daß Madame de Montcornet, die doch aus gutem Hause ist, ihre Interessen nicht besser wahrnimmt.«

»Dabei haben sie doch ein Musterbild vor Augen«, erwiderte der Pfarrer.

»Wer könnte das sein?« fragte Madame Soudry geziert.

»Die Soulanges . . .«

»Ach so! Ja, freilich«, antwortete die Königin nach einer Pause.

»Hilft nichts, jetzt bin ich da!« rief Madame Vermut beim Eintreten, »und zwar ohne mein Reagens, denn mein Mann ist mir gegenüber zu inaktiv, als daß ich ihn irgendwie als Agens bezeichnen könnte.«

»Was, zum Teufel, hat eigentlich dieser verdammte Papa Rigou vor?« wandte sich jetzt Soudry an Guerbet, als er den Korbwagen am Eingang des Tivoli halten sah. »Der ist eine der Tigerkatzen, die keinen Schritt ohne eine feste Absicht tun.«

»Der ›verdammte‹, das paßt auf ihn!« antwortete der kleine, dicke Steuereinnehmer.

»Er geht ins Café de la Paix . . .«, sagte Doktor Gourdon.

»Immer mit der Ruhe«, erwiderte der Büttel Gourdon, »da wird der Segen mit geballten Fäusten erteilt; man hört das Geschrei bis hierher.«

»Dieses Café«, sprach der Pfarrer weiter, »ist wie der Janustempel; zur Zeit des Kaiserreichs hieß es ›Café de la Guerre‹, und es herrschte darin der tiefste Friede; die anständigsten Bürger kamen dort zusammen und plauderten freundschaftlich.«

»Das nennt er ›plaudern‹!« sagte der Friedensrichter. »Du lieber Himmel! Aus dergleichen Unterhaltungen stammen kleine Bourniers.«

»Aber seit es zu Ehren der Bourbonen ›Café de la Paix‹ getauft worden ist, gibt es da tagtäglich Prügeleien . . .«, sagte der Abbé Taupin und führte seinen Satz zu Ende, den zu unterbrechen der Friedensrichter sich die Freiheit genommen hatte.

Mit diesem Einfall des Pfarrers verhielt es sich wie mit den Zitaten aus der ›Bilboquéide‹; er kam immer wieder aufs Tapet.

»Das bedeutet«, antwortete Papa Guerbet, »daß Burgund immer das Land der Fausthiebe sein und bleiben wird.«

»Was Sie da sagen«, meinte der Pfarrer, »ist gar nicht so übel! Es ist fast die Geschichte unserer Heimat.«

»Ich habe keine Ahnung von französischer Geschichte«, rief Soudry, »aber ehe ich sie lerne, wüßte ich gern, warum mein Gevatter zusammen mit Socquard in das Café geht?«

»Ach!« entgegnete der Pfarrer, »wenn er hineingeht und drin bleibt, dann können Sie sicher sein, daß er es nicht tut, um Wohltätigkeit zu üben.«

»Wenn ich diesen Menschen sehe, bekomme ich stets eine Gänsehaut«, sagte Madame Vermut.

»Vor dem muß man solche Angst haben«, erwiderte der Arzt, »daß, wenn er was gegen mich hätte, ich mich, auch wenn er tot wäre, meiner Haut nicht sicher fühlen würde; der ist ganz der Mann dazu, aus dem Sarg herauszukommen, um einem einen üblen Streich zu spielen.«

»Wenn irgendeiner uns am 15. August den Tapezierer herschaffen und in eine Falle locken kann, dann ist es Rigou«, sagte der Bürgermeister seiner Frau ins Ohr.

»Vor allem«, antwortete sie laut, »wenn Gaubertin und du, mein Herz, dabei die Hand im Spiel haben . . .«

»Da! Was hab' ich gesagt?« rief Monsieur Guerbet und gab Monsieur Sarcus einen Rippenstoß. »Er hat bei Socquard ein hübsches Mädchen aufgegabelt und läßt sie in seinen Wagen steigen . . .«

»In Erwartung, daß . . .«, antwortete der Büttel.

»Es ist nicht boshaft gemeint«, unterbrach Monsieur Guerbet den Sänger der ›Bilboquéide‹.

»Meine Herren, Sie irren sich«, sagte Madame Soudry. »Monsieur Rigou ist auf nichts als unsere Interessen bedacht, denn wenn ich mich nicht irre, ist jenes Mädchen eine von Tonsards Töchtern.«

»Er ist wie ein Apotheker, der sich einen Vorrat von Giftschlangen anlegt«, rief der alte Guerbet.

»Nach der Art, wie Sie sich ausdrücken, könnte man meinen, Sie hätten Monsieur Vermut, unsern Apotheker, kommen sehen.«

Und er deutete auf den kleinen Apotheker von Soulanges, der den Platz überquerte.

»Der arme gute Kerl«, sagte der Büttel, der im Verdacht stand, daß er oftmals mit Madame Vermut geistreiche Unterhaltungen führe, »sehen Sie sich nur seinen Aufzug an . . .! Und der wird für gelehrt gehalten!«

»Ohne ihn«, antwortete der Friedensrichter, »kämen wir bei der Leichenschau in die größte Verlegenheit; er hat das Gift in der Leiche des armen Pigeron so tadellos festgestellt, daß die Pariser Chemiker vor dem Schwurgericht in Auxerre ausgesagt haben, sie hätten es nicht besser machen können . . .«

»Nicht das mindeste gefunden hat er«, antwortete Soudry, »aber wie der Präsident Gendrin gesagt hat: es ist gut, wenn die Leute glauben, Gift könne stets nachgewiesen werden . . .«

»Madame Pigeron hat recht getan, aus Auxerre wegzuziehen«, sagte Madame Vermut. »Dies Weibstück ist ein kleiner Geist, aber eine große Schurkin«, fuhr sie fort. »Muß man zu Chemikalien greifen, wenn man einen Ehemann aus der Welt schaffen will? Haben wir Frauen nicht verläßliche, aber harmlose Mittel, um dieses Gezücht loszuwerden? Ich sähe gern, was ein Mann an meinem Verhalten auszusetzen hätte! Mein eigener Mann stört mich nicht im mindesten, und er wird deswegen nicht kränker; und Madame de Montcornet, man sieht ja, wie sie sich in ihren Chalets, ihren Chartreusen mit diesem Journalisten herumtreibt, den sie sich auf ihre Kosten aus Paris hat kommen lassen, und mit dem sie vor den Augen des Generals schöntut!«

»Auf ihre Kosten . . .?« rief Madame Soudry. »Sind Sie sicher? Wenn wir dafür einen Beweis hätten, was für ein hübscher Grund zu einem anonymen Brief an den General wäre das . . .«

»Der General«, entgegnete Madame Vermut. ». . . Aber den würden Sie an nichts hindern; der Tapezierer übt seinen Beruf aus.«

»Welchen Beruf denn, Liebste?« fragte Madame Soudry.

»Na, er liefert die Bettstelle.«

»Wenn der arme kleine Papa Pigeron so vernünftig gewesen wäre, statt seine Frau zu schikanieren, so wäre er noch am Leben«, sagte der Büttel.

Madame Soudry beugte sich zu ihrem Nachbarn Monsieur Guerbet aus Couches nieder und schnitt ihm eine der Affengrimassen, die sie, wie ihr Tischsilber, von ihrer ehemaligen Herrin geerbt zu haben glaubte, und zwar vermöge des Rechts der Eroberung; sie verstärkte ihre Dosis an Grimassen noch und wies den Postmeister auf Madame Vermut hin, die mit dem Autor der ›Bilboquéide‹ kokettierte, und sagte zu ihm:

»Was diese Frau für ein schlechtes Benehmen hat! Diese Ausdrücke und dieses Getu! Ich weiß nicht, ob ich sie noch länger ›in unserer Gesellschaft‹ verkehren lassen kann, zumal wenn Monsieur Gourdon, der Dichter, da ist.«

»So was nennt man Gesellschaftsmoral!« sagte der Pfarrer, der alles mitangesehen und mitangehört hatte, ohne ein Wort zu sagen.

Nach dieser boshaften Bemerkung oder vielmehr nach dieser Satire auf die Geselschaft, die so kurz gefaßt und so treffend war, daß sie auf jeden einzelnen paßte, wurde vorgeschlagen, man solle doch eine Partie Boston spielen.

Ist das nicht ganz das Leben, wie es sich in allen Stockwerken dessen abspielt, was man »die Gesellschaft« zu nennen pflegt? Man ändere die Ausdrucksweise; dann wird in den prunkvollen Pariser Salons nicht mehr und nicht weniger ausgesagt.

DRITTES KAPITEL

Das Café de la Paix

Es war ungefähr sieben Uhr, als Rigou vor dem Café de la Paix vorfuhr. Die untergehende Sonne, die die hübsche Stadt schräg überlohte, ergoß jetzt ihre schönen, roten Tönungen darüber, und der klare Wasserspiegel des Sees bildete einen Kontrast zu der aufdringlichen Wirkung der flammenden Fensterscheiben, aus denen die seltsamsten und unwahrscheinlichsten Farben hervorbrachen.

Der tiefgründige Politiker war nachdenklich geworden und hatte sich in seine verschwörerischen Pläne verwühlt; er ließ sein Pferd so langsam gehen, daß er, als er an dem Café de la Paix vorüberfuhr, seinen Namen vernehmen konnte, der in einer der Streitereien aufklang, die, gemäß der Bemerkung des Pfarrers Taupin, in schreiendem Gegensatz zum Namen dieses Etablissements und seines gewöhnlichen Äußeren standen.

Zum Verständnis dieser Szene ist es erforderlich, die Topographie dieses Volksfestplatzes darzulegen, der nach dem Platz zu von dem Café begrenzt wird, das die Rädelsführer zum Schauplatz einer Szene der Verschwörung ausersehen hatten, die seit langem gegen den General Grafen Montcornet angezettelt worden war.

Durch seine Lage an der Ecke des Platzes und der Landstraße hatte das Erdgeschoß jenes Hauses, das wie Rigous Haus gebaut war, drei Fenster nach der Straße hin, und zwei nach dem Platz; zwischen diesen befindet sich die Glastür, durch die man eintritt. Das Café de la Paix hat ferner noch einen Nebeneingang nach einem Gang hin, der es vom Nachbarhaus trennt; dieses gehört Vallet, dem Krämer von Soulanges, und man gelangt durch einen Binnenhof hinein.

Das Haus ist ganz goldgelb getüncht, bis auf die grünen Fensterladen, und es ist eines der seltenen Häuser jener kleinen Stadt, die zwei Stockwerke und Mansarden haben. Aus folgendem Grunde.

Vor dem erstaunlichen Aufblühen von La-Ville-aux-Fayes wurde das erste Stockwerk jenes Hauses, das vier Zimmer enthielt, deren jedes mit einem Bett und dem spärlichen Mobiliar ausgestattet war, um die Bezeichnung »möbliert« zu rechtfertigen, an Leute vermietet, die genötigt waren, zu den Gerichtssitzungen des Amtshauptmanns nach Soulanges zu kommen, oder an Besucher, die nicht im Schloß untergebracht wurden; aber seit fünfundzwanzig Jahren hatten jene Zimmer als Mieter nur Artisten, Jahrmarktshändler, Kurpfuscher oder Handelsreisende gehabt. Zur Zeit des Festes von Soulanges wurden die Zimmer für vier Francs den Tag vermietet. Die vier Zimmer brachten Socquard an die hundert Taler ein, den Erlös aus dem ungerechnet, was seine Mieter in seinem Café verzehrten.

Die nach dem Platz zu gelegene Fassade war mit besonderen Malereien geschmückt. Das Bild, das jedes der Fenster von der Tür schied, zeigte Billardqueues, die auf liebenswürdige Weise mit Bändern verknüpft waren; und oberhalb der Schleifen waren mäandergeschmückte, dampfende Punschschalen zu sehen. Die Bezeichnung »Café de la Paix« leuchtete gelb auf grünem Grund, und an beiden Seiten erhoben sich Pyramiden von dreifarbigen Billardbällen. Die grüngestrichenen Fenster hatten kleine Scheiben aus billigem Glas.

Ein Dutzend Lebensbäume, die man eigentlich Café-Bäume nennen müßte, standen rechts und links in viereckigen Kübeln und trugen ihren ebenso kümmerlichen wie anspruchsvollen Wuchs zur Schau. Die Markisen, durch die Kaufleute in Paris und in einigen andern wohlhabenden Städten ihre Läden gegen die Sonnenglut schützten, waren zu jener Zeit in Soulanges ein unbekannter Luxus. Die auf Brettern hinter den Glasscheiben aufgereihten Phiolen trugen mit um so größerem Recht ihren Namen, als die edlen Flüssigkeiten darin regelmäßig erhitzt wurden. Dadurch, daß die Sonnenstrahlen sich in den linsenförmigen Ausbauchungen der Scheiben konzentrierten, ließen sie die ausgestellten Flaschen mit Madeira, Fruchtsäften, Südweinen, die Gläser mit in Schnaps eingelegten Pflaumen und Kirschen aufkochen, denn die Hitze war so groß, daß sie Aglaé, ihren Vater und den Kellner zwang, sich auf zwei Bänkchen zu beiden Seiten der Tür aufzuhalten, die nur unzulänglich durch die armseligen Büsche beschattet wurden; Mademoiselle Socquard begoß sie immer mit warmem Wasser. An gewissen Tagen sah man die drei, den Vater, die Tochter und den Kellner, dort hingelagert wie Haustiere und schlafen.

Im Jahre 1804, der Zeit, da »Paul und Virginie«[246] in Mode war, wurde das Innere mit einer Lacktapete ausgestattet, auf der die Hauptszenen jenes Romans dargestellt waren. Man sah Neger, die Kaffee ernteten; dieser war so doch wenigstens irgendwie in dem Etablissement vorhanden, in dem monatlich keine zwanzig Tassen Kaffee getrunken wurden. Kolonialwaren gehörten so wenig zu dem, was die Einwohner von Soulanges beanspruchten, daß ein Ortsfremder, der eine Tasse Schokolade bestellt hätte, den alten Socquard in Verlegenheit gebracht haben würde; nichtsdestoweniger wäre ihm eine Übelkeit erregende braune Brühe vorgesetzt worden, wie sie jene Tabletten erzeugen, die mehr Mehl, zerstoßene Mandeln und Farinzucker[247] enthalten als Zucker und Kakao; sie werden für zwei Sous von Dorfkrämern verkauft und mit dem Ziel fabriziert, den Handel mit dieser spanischen Ware zu ruinieren.

Was nun den Kaffee betrifft, so bereitete Papa Socquard ihn einzig und allein in jenem Behältnis, das in allen Haushalten unter dem Namen »der große braune Topf« bekannt ist; er ließ auf dessen Boden das mit Zichorie gemischte Pulver fallen und servierte den Aufguß mit einer Kaltblütigkeit, die eines Pariser

Cafékenners würdig gewesen wäre, in einer Porzellantasse, die, wäre sie zu Boden gefallen, keinen Sprung bekommen hätte.

Zu jener Zeit hatte die heilige Scheu, die unter dem Kaiser der Zucker auslöste, sich in der Stadt noch nicht verflüchtigt, und Aglaé Socquard überbrachte tapfer vier haselnußgroße Zuckerstücke als Beigabe zu einer Tasse Kaffee dem Jahrmarktshändler, der es sich hatte einfallen lassen, dieses Literatengetränk zu bestellen.

Die Inneneinrichtung mit Spiegeln in vergoldeten Rahmen und Kleiderhaken zum Aufhängen der Hüte war seit der Zeit unverändert beibehalten worden, da ganz Soulanges gekommen war, um jene zauberhafte Tapete und einen Schanktisch, dessen Anstrich Mahagoni imitierte, mit einer Platte aus Saint-Anne-Marmor zu bewundern, auf dem plattierte Vasen und Lampen mit doppelter Luftzuführung[248] standen, die, wie es hieß, Gaubertin der schönen Madame Socquard geschenkt hatte. Alles war von einer klebrigen Schmutzschicht überzogen, wie alte Gemälde, die vergessen auf Speichern liegen.

Die Tische mit imitierten Marmorplatten, die mit rotem Utrechter Samt bezogenen Hocker, die Quinquet-Lampe[249] mit ihrer ölgefüllten Kugel, die zwei Brenner speiste, an einer Kette an der Decke hing und mit Kristallbehängen verziert war, begründeten den Ruhm des Café de la Guerre.

Zwischen 1802 und 1814 gingen alle Bürger von Soulanges dorthin und spielten Domino oder Treschak[250]; dazu wurden Liköre und Würzwein getrunken und eingelegte Früchte und Biskuits gegessen; denn der hohe Preis der Kolonialwaren hatte Kaffee, Schokolade und Zucker verbannt. Punsch[251] war eine große Leckerei, ebenso Bavaroise[252]. Diese Präparate wurden mit einem süßen, sirupartigen Stoff, ähnlich der Melasse, hergestellt, dessen Name verlorengegangen ist, der aber damals seinen Erfinder zum reichen Mann gemacht hat.

Diese gedrängte Übersicht dürfte die Reisenden an Ähnliches erinnern; und wer Paris nie verlassen hat, dürfte die rauchgeschwärzte Decke des Café de la Paix und seine mit Milliarden brauner Pünktchen beschmutzten Spiegel vor sich sehen; jene Pünktchen bewiesen, in welcher Zwanglosigkeit dort die Klasse der Zweiflügler lebte.

Die schöne Madame Socquard, deren galante Abenteuer die der Tonsard aus dem Grand-I-Vert noch übertroffen hatten, hatte dort gethront, gekleidet nach der letzten Mode; sie besaß eine besondere Vorliebe für den Turban der Sultaninnen. Die »Sultanin« hat in der Mode des Kaiserreichs die gleiche Rolle gespielt wie heutzutage der »Engel«.

Ehedem kam das ganze Tal dorthin, um sich die Turbane, die Schirmmütze, die Pelzkappen und die chinesischen Frisuren der schönen Caféwirtin zum Vorbild zu nehmen, zu deren Luxus die Vermögenden von Soulanges beitrugen. Junie (sie hieß nämlich Junie!) trug ihren Gürtel über dem Sonnengeflecht, wie unsere Mütter es getan haben, die so stolz auf ihre kaiserinnenhafte Anmut waren, Junie also hatte das Haus Socquard »gemacht«; ihr Mann verdankte ihr den Besitz eines Rebbergs, des Hauses, das er bewohnte, und des Tivoli. Monsieur Lupins Vater, so munkelte man, hatte um der schönen Junie Socquard willen Tollheiten begangen, Gaubertin, der sie ihm ausgespannt hatte, verdankte ihr sicherlich den kleinen Bournier.

Diese Einzelheiten und die Geheimwissenschaft, mittels deren Socquard seinen Würzwein fabrizierte, würden allein schon erklären, warum sein Name und das Café de la Paix so volkstümlich geworden waren; aber dieser Ruf wurde noch durch vielerlei anderes gesteigert. Bei Tonsard und in allen übrigen Kneipen des Tals wurde einzig Wein ausgeschenkt; während von Couches bis La-Ville-aux-Fayes in einem Umkreis von sechs Meilen Socquards Café das einzige war, wo man Billard spielen und den Punsch trinken konnte, den der Inhaber jener Gaststätte so wunderbar zu bereiten verstand. Nur dort waren in den Schaufenstern ausländische Weine, feine Liköre und in Schnaps eingelegte Früchte zu sehen.

So kam es, daß dieser Name fast täglich im Tal erklang und begleitet war von Vorstellungen erlesener Genüsse, wie sie sich Leute erträumen, deren Magen empfindlicher ist als ihr Herz. Hinzu kam noch das Privileg, integrierender Bestandteil des Fests von Soulanges zu sein. Auf einer höheren Stufe war das Café de la Paix somit für die Stadt dasselbe, was das Grand-I-Vert für das Land war, nämlich ein Giftspeicher; es diente als Umschlagplatz für den Klatsch zwischen La-Ville-aux-Fayes und dem Tal. Das Grand-I-Vert lieferte dem Café de la Paix Milch und Sahne, und die beiden Töchter Tonsards standen in täglichen Beziehungen zu dem Etablissement.

Für Socquard war der Platz von Soulanges nur ein Anhängsel seines Cafés. Der Herkules ging von Tür zu Tür und plauderte mit jedermann; im Sommer trug er als einzige Kleidungsstücke eine Hose und eine kaum zugeknöpfte Weste, nach dem Brauch der Caféwirte kleiner Städte. Die Leute, mit denen er gerade plauderte, machten ihn darauf aufmerksam, wenn jemand in sein Etablissement ging, wohin er sich dann schwerfällig begab.

Dies alles dürfte auch die Pariser, die nie aus ihrem Stadtviertel herausgekommen sind, von der Schwierigkeit oder, besser gesagt, von der Unmöglichkeit überzeugen, im Avonne-Tal von Couches bis nach La-Ville-aux-Fayes irgend etwas geheimzuhalten. Auf dem Lande hängt alles unlösbar zusammen; es gibt dort von Ort zu Ort Schenken wie das Grand-I-Vert und Cafés de la Paix, die das Amt des Echos übernehmen, und wo die gleichgültigsten und in tiefster Verborgenheit geschehenen Dinge durch eine Art Zaubergewalt zurückgeworfen werden. Das Geschwätz der Leute ersetzt das Büro des elektrischen Telegraphen; auf diese Weise vollzieht sich das Wunder, daß Nachrichten über Katastrophen, die sich in gewaltigen Entfernungen ereignet haben, im Handumdrehen kundwerden.

Nachdem Rigou sein Pferd zum Stehen gebracht hatte, stieg er aus seinem Korbwagen und band den Zügel an einen der Pfosten des Tivoli. Dann fand er den natürlichsten aller Vorwände, um das Streitgespräch zu belauschen, ohne den Anschein zu erwekken, daß er es tue; er stellte sich nämlich zwischen die beiden Fenster, durch deren eins er, wenn er den Kopf vorstreckte, die Leute sehen, die Gesten beobachten und dabei die ungeschlachten Worte vernehmen konnte, die an den Fensterscheiben widerhallten und die die draußen herrschende Ruhe zu hören erlaubte.

»Und wenn ich dem Papa Rigou sage, daß dein Bruder Nicolas so scharf auf die Pechina ist«, rief eine schrille Stimme, »daß er ihr zu jeder Tageszeit auflauert, und daß sie euerm gnädigen Herrn vor der Nase weglaufen wird, dann würde er euch die Eingeweide zu Brei zermantschen, allen ohne Unterschied, ihr Bettelpack vom Grand-I-Vert!«

»Wenn du uns diesen Streich spielst, Aglaé«, antwortete Marie Tonsards kläffende Stimme, »dann würdest du das, was ich mit dir mache, lediglich den Würmern in deinem Sarg erzählen ...! Misch dich nicht in Nicolas' Angelegenheiten, und auch nicht in meine mit Bonnébault.«

Die durch ihre Großmutter aufgehetzte Marie war, wie man sieht, hinter Bonnébault hergegangen; als sie nach ihm ausschaute, hatte sie durch das Fenster, unter dem augenblicklich Rigou stand, ihn gesehen, wie er mit Mademoiselle Socquard schöntat und ihr Schmeicheleien sagte, die sie angenehm berühren mußten, da sie sich verpflichtet glaubte, ihn anzulächeln. Jenes Lächeln hatte die Szene ausgelöst, bei der diese Enthüllung herausplatzte, die für Rigou recht wertvoll war.

»Na, Papa Rigou, verschmähen Sie mein Eigentum ...?« fragte Socquard und schlug dem Wucherer auf die Schulter.

Der Caféwirt war aus einer Scheune gekommen, die hinten in seinem Garten stand und wo mehrere Volksbelustigungen aufbewahrt wurden, Wiegeapparate, Ringelstechpferde, Luftschaukeln usw., die an bestimmten Stellen in seinem Tivoli aufgestellt werden sollten; er war lautlos herangekommen, denn er trug gelbe Lederpantoffeln, die so billig sind, daß sie in der Provinz haufenweise verkauft werden.

»Wenn Sie frische Zitronen haben, leiste ich mir eine Limonade«, anwortete Rigou, »es ist warm heute abend.«

»Ja, wer schreit denn da so?« fragte Socquard, blickte durchs Fenster und sah, daß Marie mit seiner Tochter handgemein geworden war.

»Sie machen einander Bonnébault streitig«, entgegnete Rigou hämisch.

Der Ärger des Vaters wurde bei Socquard jetzt durch das Interesse des Caféwirts zurückgedrängt. Der Caféwirt hielt es für klüger, draußen zu lauschen, wie Rigou es tat, wogegen es den Vater drängte, hineinzugehen und zu erklären, daß Bonnébault, so schätzenswerte Eigenschaften er auch in den Augen eines Caféwirts besitze, deren keine besitze, die ihn zum Schwiegersohn eines der Notablen von Soulanges geeignet mache. Und dabei war der alte Socquard nur mit wenigen Heiratsanträgen für seine Tochter bedacht worden. Aglaé machte mit ihren zweiundzwanzig Jahren in bezug auf Breite, Dicke und Gewicht Madame Vermichel Konkurrenz, bei der es ein Wunder schien, daß sie sich überhaupt bewegen konnte. Die Gewohnheit, hinter dem Schanktisch zu stehen, hatte die Anlage zur Korpulenz noch erhöht, die Aglaé dem väterlichen Blut verdankte.

»Was für einen Teufel diese Mädchen bloß im Leib haben?« fragte Papa Socquard Rigou.

»Ach!« antwortete der ehemalige Benediktiner, »es ist unter allen Teufeln der, den die Kirche am häufigsten ertappt hat.«

Anstatt zu antworten, versenkte Socquard sich in die Betrachtung der Queues auf den Bildern zwischen den Fenstern, deren Vereinigung an den Stellen, wo die Hand der Zeit den Mörtel abgeblättert hatte, etwas fragwürdig geworden war.

In dem Augenblick ging Bonnébault, eine Queue in der Hand, vom Billard weg, versetzte Marie einen rohen Schlag und sagte:

»Deinetwegen habe ich einen Ball verfehlt; aber dich verfehle ich nicht, und damit mache ich so lange weiter, bis du deinem Mundwerk einen Dämpfer aufgesetzt hast.«

Socquard und Rigou, die die Zeit zum Eingreifen für gekommen hielten, gingen vom Platz aus in das Café; dabei scheuchten sie eine solche Menge von Fliegen auf, daß das Tageslicht dadurch verdunkelt wurde. Es klang, als höre man in der Ferne Trommler üben. Nach ihrem ersten Schrecken setzten sich die dicken Brummer mit dem bläulichen Hinterleib zusammen mit den kleinen Stechfliegen und ein paar Pferdebremsen wieder auf ihre Plätze an den Fenstern, hinter denen auf drei Brettern, deren Anstrich unter den schwarzen Punkten hingeschwunden war, die klebrigen Flaschen aufgereiht standen wie Soldaten.

Marie weinte. Angesichts der Rivalin von dem geliebten Mann verprügelt zu werden, ist eine der Demütigungen, die keine Frau erträgt, auf welcher sozialen Stufe sie auch stehen mag, und je tiefer sie steht, um so heftiger gibt sie ihrem Haß Ausdruck; daher hatte Tonsards Tochter weder Rigou noch Socquard gesehen; sie hatte sich auf einen Hocker fallen lassen und bewahrte ein düsteres Schweigen, das der ehemalige Mönch scharf beobachtete.

»Hol eine frische Zitrone, Aglaé«, sagte Papa Socquard, »und spüle selber ein Glas mit Fuß aus.«

»Sie hatten ganz recht, daß Sie Ihre Tochter hinausschickten«, sagte Rigou ganz leise zu Socquard, »sie wäre sonst vielleicht tödlich verwundet worden.«

Und er wies mit den Augen auf die Hand, mit der Marie einen Schemel faßte, den sie umklammerte, um ihn Aglaé, die sie nicht aus den Augen gelassen hatte, an den Kopf zu werfen.

»Hör mal, Marie«, sagte Papa Socquard und pflanzte sich vor ihr auf, »man kommt nicht hierher, um sich an Schemeln zu schaffen zu machen ... und wenn du meine Spiegel zerdepperst, dann könntest du sie mir nicht mit deiner Kuhmilch bezahlen ...«

»Papa Socquard, Ihre Tochter ist ein Miststück, und ich bin genausoviel wert wie sie, haben Sie verstanden? Wenn Sie Bonnébault nicht als Schwiegersohn haben wollen, dann wird es Zeit, daß Sie ihm sagen, er solle anderswo als bei Ihnen Billard spielen ...! Wenn er hier auch alle paar Augenblicke hundert Sous verliert.«

Nach diesem mehr gekreischten als gesprochenen Wortschwall packte Socquard Marie um die Taille und warf sie trotz ihres Geschreis und Gezappels hinaus. Es war für ihn höchste Zeit, denn Bonnébault kam abermals vom Billard herüber, und seine Augen loderten.

»Das ist noch nicht das Ende!« schrie Marie Tonsard.

»Bestell 'nen schönen Gruß von uns!« brüllte Bonnébault, den Viollet mit beiden Armen festhielt, um ihn an der Begehung einer Gewalttat zu hindern. »Scher dich zum Teufel, oder du bekommst von mir nie wieder ein Wort oder einen Blick.«

»Du?« sagte Marie und bedachte Bonnébault mit einem Wutblick, »gib mir erst mal mein Geld wieder, dann überlasse ich dich Mademoiselle Socquard, falls sie reich genug ist, um dich festzuhalten ...«

Daraufhin lief Marie, die entsetzt sah, wie der Herkules Socquard kaum Bonnébault meistern konnte, der zu einem Tigersprung ansetzte, auf der Landstraße davon.

Rigou ließ Marie in seinen Korbwagen steigen, um sie dem Zorn Bonnébaults zu entziehen, dessen Stimme bis zu Soudrys Haus hinschallte; als er Marie so versteckt hatte, ging er wieder hinein, trank seine Limonade und musterte die Gruppe, die Plissoud, Amaury, Viollet und der Cafékellner bildeten und die versuchte, Bonnébault zu beschwichtigen.

»Los, Husar, Sie sind am Spiel«, sagte Amaury, ein blonder Jüngling mit trüben Augen.

»Außerdem ist sie auf und davon«, sagte Viollet.

Wenn jemals jemand sich überrascht gezeigt hat, dann Plissoud in dem Augenblick, als er den Wucherer von Blangy an einem der Tische sitzen und sich mehr mit ihm, Plissoud, als mit dem Streit der beiden Mädchen beschäftigen sah. Wider seinen Willen ließ der Gerichtsvollzieher auf seinem Gesicht das gewisse Erstaunen erscheinen, das die Begegnung mit einem Menschen erzeugt, gegen den man was hat oder gegen den man was plant, und er kehrte rasch zum Billard zurück.

»'n Abend, Papa Socquard«, sagte der Wucherer.

»Ich will Ihnen Ihren Wagen holen«, entgegnete der Caféwirt, »lassen Sie sich Zeit.«

»Was muß man tun, um zu erfahren, was diese Leute da miteinander reden, während sie mit ihren Kugeln spielen?« fragte Rigou sich, während er im Spiegel das Gesicht des Kellners sah.

Jener Kellner war zu allem zu brauchen; er betreute Socquards Reben, fegte das Café und das Billardzimmer aus, hielt den Garten in Ordnung und sprengte im Tivoli den Rasen, und das alles für zwanzig Taler das Jahr. Nie trug er einen Rock, außer bei großen Gelegenheiten; seine Kleidung bestand aus einer blauen Leinenhose, plumpen Schuhen und einer gestreiften Samtweste, über der er eine leinene Haushaltschürze trug, wenn er im Billardzimmer oder im Café bediente. Diese mit Schnüren festgehaltene Schürze war das Wahrzeichen seiner Funktionen. Der Caféwirt hatte den jungen Menschen beim letzten Jahrmarkt engagiert, denn in jenem Tal wie in ganz Burgund verdingen die Leute sich für ein Jahr auf dem Markt, genauso wie man dort Pferde kauft.

»Wie heißt du?« fragte ihn Rigou.

»Michel, Ihnen zu dienen«, antwortete der junge Mensch.

»Kommt nicht dann und wann der alte Fourchon hierher?«

»Zwei- oder dreimal die Woche, mit Monsieur Vermichel; der schenkt mir ein paar Sous, damit ich ihn warne, wenn seine Frau auftaucht.«

»Ist ein wackerer Mann, der alte Fourchon, gebildet und verständig«, sagte Rigou, bezahlte seine Limonade und verließ das stinkende Café, als er sah, daß Papa Socquard seinen Wagen hergebracht hatte.

Als Papa Rigou einstieg, erblickte er den Apotheker und rief ihn an: »Holla, Monsieur Vermut!« Als Vermut den reichen Mann erkannt hatte, beschleunigte er den Schritt; Rigou trat zu ihm und flüsterte ihm ins Ohr:

»Glauben Sie, daß es Mittel gibt, die das Gewebe der Haut so angreifen, daß etwas richtig Krankhaftes entsteht, etwas wie ein Nagelgeschwür am Finger?«

»Wenn Doktor Gourdon eingeschaltet wird, dann ja«, antwortete der kleine Gelehrte.

»Vermut, kein Wort darüber, oder wir sind getrennte Leute; aber sprechen Sie mal mit Doktor Gourdon und sagen Sie ihm, er soll übermorgen zu mir kommen; ich will ihm Gelegenheit zu einer ziemlich heiklen Operation geben; er soll einen Zeigefinger abschneiden.«

Damit ließ der frühere Bürgermeister den kleinen Apotheker stehen, der Mund und Nase aufsperrte, stieg in seinen Wagen und setzte sich zu Marie Tonsard.

»Na, du kleine Giftschlange«, sagte er, befestigte den Zügel an einem Ring, der vorn an dem Spritzleder seines Wagens angebracht war, worauf das Pferd sich in Bewegung setzte, und nahm dann den Arm des Mädchens, »glaubst du vielleicht, du könntest Bonnébault dadurch festhalten, daß du dich zu solchen Gewalttätigkeiten hinreißen läßt . . .? Wenn du vernünftig wärst, dann würdest du seine Heirat mit diesem dicken Faß voll Dummheit fördern, und hinterher könntest du dich dann rächen.«

Marie mußte lächeln, als sie antwortete:

»Ach, was sind Sie für'n schlechter Mensch! Sie übertreffen uns tatsächlich alle!«

»Hör mal zu, Marie, ich habe viel für die Bauern übrig, aber es darf sich keiner von euch zwischen meine Zähne und einen Happen Wildbret drängen . . . Wie Aglaé gesagt hat, ist dein Bruder Nicolas hinter der Pechina her. Das ist nicht recht von ihm, weil ich meine Hand über das Kind halte; sie soll mal dreißigtausend Francs von mir erben, und ich will sie gut verheiraten. Ich habe erfahren, daß Nicolas, und deine Schwester Catherine hat ihm dabei geholfen, heute morgen die arme Kleine beinah umgebracht hätte; du gehst zu deinem Bruder und deiner Schwester und sagst zu ihnen: ›Wenn ihr die Pechina in Ruhe laßt, dann macht Papa Rigou Nicolas vom Militärdienst frei ...‹«

»Sie sind der leibhaftige Teufel«, rief Marie aus. »Es heißt, Sie hätten einen Pakt mit ihm geschlossen ... gibt es so was?«

»Ja«, sagte Rigou völlig ernst.

»Es ist uns bei den Spinnabenden gesagt worden, aber ich habe es nicht geglaubt.«

»Er hat sich dafür verbürgt, daß kein gegen mich gerichteter Anschlag gelingt, daß ich nie bestohlen werde, daß ich ohne je krank zu werden hundert Jahre am Leben bleibe, daß mir alles gelingt, und daß ich bis zu meiner Todesstunde jugendkräftig bleibe wie ein zweijähriger Gockel ...«

»Na, das merkt man«, sagte Marie. »Wenn es Ihnen also so verteufelt leichtfällt, meinen Bruder vor der Einberufung zu bewahren ...«

»Wenn er das will, muß er einen Finger opfern, weiter ist nichts nötig«, fuhr Rigou fort. »Ich werde ihm sagen, wie er das machen muß!«

»Ach, Sie fahren den oberen Weg?« fragte Marie.

»Bei Dunkelheit fahre ich hier nicht mehr entlang«, antwortete der ehemalige Mönch.

»Des Kreuzes wegen?« fragte Marie naiv.

»So ist es, Schlaukopf!« antwortete der diabolische Mensch.

Sie waren an einer Stelle angelangt, wo die Distriktsstraße eine leichte Bodenwelle durchschneidet. Durch diesen Durchstich sind zwei ziemlich steile Böschungen entstanden, wie man es so häufig an französischen Landstraßen sieht.

Am Ende dieser an die hundert Schritt langen Schlucht bilden die Landstraßen nach Ronquerolles und nach Cerneux eine Kreuzung, an der ein Kreuz steht. Von der einen oder der andern Böschung aus kann ein Mann auf einen Vorübergehenden zielen und ihn sozusagen aus nächster Nähe niederschießen, und zwar um so leichter, als jene Bodenwelle mit Reben bepflanzt ist; es fällt einem Bösewicht nicht schwer, sich hinter dem willkürlich aufgeschossenen Dorngesträuch in den Hinterhalt zu legen. Man kann sich denken, warum der Wucherer, der stets auf der Hut war, hier niemals bei Dunkelheit vorbeifuhr; die Thune umrundet diesen Hügel, der das Kreuzgehege genannt wird. Es gibt keine günstigere Stätte für einen Racheakt oder einen Mord; denn die Straße nach Ronquerolles trifft gleich darauf die über die Avonne geschlagene Brücke vor dem Pavillon, der als Sammelplatz der Jäger diente, und die Straße nach Cerneux führt zur großen Landstraße, so daß der Mörder zum Entweichen die Wahl zwischen den vier Wegen nach Les Aigues, nach La-Ville-aux-Fayes, nach Ronquerolles und nach Cerneux hat, und also diejenigen, die sich an seine Verfolgung machen, im Ungewissen läßt.

»Ich setze dich am Dorfeingang ab«, sagte Rigou, als die ersten Häuser von Blangy in Sicht kamen.

»Wohl Annettes wegen, Sie alter Feigling!« rief Marie. »Die schicken Sie doch sowieso bald weg; die haben Sie doch schon seit drei Jahren ...! Aber eins macht mir Spaß, nämlich daß Ihre Alte so wohlauf ist ... der liebe Gott rächt sich ...«

VIERTES KAPITEL

Das Triumvirat von La-Ville-aux-Fayes

Der kluge Wucherer hatte seine Frau und Jean gezwungen, mit dem Tageslicht zu Bett zu gehen und aufzustehen; er hatte ihnen bewiesen, niemand könne dem Haus etwas anhaben, wenn er selber bis Mitternacht wach bleibe und spät aufstehe. Dadurch hatte er nicht nur von sieben Uhr abends bis fünf Uhr morgens seine Ruhe, sondern er hatte überdies seine Frau und Jean daran gewöhnt, seinen Schlummer und den seiner Hagar zu respektieren, deren Schlafzimmer hinter dem seinen gelegen war.

Daher klopfte am nächsten Morgen gegen halb sieben Madame Rigou, die zusammen mit Jean selber den Geflügelhof betreute, schüchtern an die Schlafzimmertür ihres Ehemanns.

»Mann«, sagte sie, »du hast gesagt, ich soll dich wecken.«

Der Klang dieser Stimme, die Haltung der Frau, ihre ängstliche Miene, als sie einem Befehl gehorchte, dessen Befolgung übel aufgenommen werden konnte, zeugten für die tiefe Entsagung, in der dieses arme Geschöpf lebte, und für die Zuneigung, die sie diesem abgefeimten Zwergtyrannen entgegenbrachte.

»Schon gut!« rief Rigou.

»Soll Annette geweckt werden?« fragte sie.

»Nein, laß sie schlafen ...! Sie hat die ganze Nacht zu tun gehabt!« sagte er in vollem Ernst.

Dieser Mann war stets ernst, auch wenn er sich einen Scherz erlaubte. Tatsächlich hatte Annette auf geheimnisvolle Weise Sibilet, Fourchon und Catherine Tonsard, die zu verschiedenen Zeiten, zwischen elf und ein Uhr, gekommen waren, die Tür aufgemacht.

Zehn Minuten später kam Rigou nach unten; er war sorgfältiger gekleidet als sonst und sagte zu seiner Frau ein: »Tag, Alte!«, und das machte sie glücklicher, als wenn sie den General Montcornet zu ihren Füßen gesehen hätte.

»Jean«, sagte er zu dem Ex-Laienbruder, »verlaß nicht das Haus und laß mich nicht bestehlen; du würdest dabei mehr einbüßen als ich ...!«

Dadurch, daß er Freundlichkeiten und Rippenstöße, Hoffnungen und Püffe mischte, hatte dieser kundige Egoist seine drei Sklaven so treu, so anhänglich gemacht wie Hunde.

Rigou nahm abermals den sogenannten oberen Weg, um nicht am Kreuzgehege vorbei zu müssen, und langte auf dem Platz von Soulanges gegen acht Uhr an.

Gerade als er den Zügel an dem Fensterriegel festgebunden hatte, der der kleinen Tür mit den drei Stufen am nächsten war, tat sich der Fensterladen auf, und Soudry zeigte sein blatternarbiges Gesicht; der Ausdruck zweier kleiner, schwarzer Augen machte es pfiffig.

»Wir wollen erst mal 'nen Happen futtern; in La-Ville-aux-Fayes gibt's erst um eins Mittagessen.«

Er rief mit freundlicher Stimme nach einem Hausmädchen, das ebenso jung und hübsch war wie das Rigous; sie kam geräuschlos nach unten, und er sagte ihr, sie solle ein Stück Schinken und Brot auftragen; dann holte er selber den Wein aus dem Keller.

Rigou schaute sich zum tausendstenmal dieses Eßzimmer an; es hatte Eichendielen, eine geschnitzte Decke, wies schöne, gut bemalte Schränke auf, war in Brusthöhe holzgetäfelt, hatte als Zier einen schönen Ofen und eine prächtige Wanduhr; beides stammte von Mademoiselle Laguerre. Die Stuhllehnen hatten die Gestalt einer Lyra; die Holzteile waren weiß gestrichen und lackiert, die Sitze mit grünem Maroquinleder bezogen und mit goldenen Nägeln versehen. Der massive Mahagonitisch war mit einem grünen Wachstuch mit großen, dunklen Schraffierungen bedeckt; es hatte eine grüne Borte. Das Parkett zeigte das ungarische Muster; Urbain hatte es sorgsam blankgerieben, und es zeugte von der Fürsorglichkeit, mit der ehemalige Zofen sich bedienen lassen.

»Pah, so was kostet zuviel ...«, sagte Rigou sich abermals. »In meinem Eßzimmer speist man ebensogut wie hier, und ich bekomme die Zinsen von dem Geld, das dazu gehörte, wenn ich mich mit diesem unnützen Glanz umgeben wollte. – Wo ist denn Ihre Frau?« fragte er den Bürgermeister von Soulanges, der mit einer Flasche von ehrwürdigem Alter erschienen war.

»Sie schläft.«

»Und Sie stören ihren Schlaf nicht mehr«, sagte Rigou.

Der Ex-Gendarm kniff spöttisch ein Auge ein und zeigte auf den Schinken, den Jeanette, sein hübsches Hausmädchen, gerade hereinbrachte.

»Das erweckt einen zu neuem Leben, ein hübsches Stück wie das da!« sagte der Bürgermeister. »Es ist hausgemachter, und gestern frisch angeschnitten ...!«

»Gevatter, die da habe ich bei Ihnen noch nicht gesehen! Wo haben Sie sich die denn geangelt?« fragte der ehemalige Benediktiner leise Soudry.

»Die ist wie der Schinken«, antwortete der Gendarm und kniff abermals ein Auge ein. »Ich hab' sie seit acht Tagen.«

Jeannette, noch in Nachthäubchen und kurzem Rock, die nackten Füße in Pantoffeln, hatte das wie ein Jäckchen geschnittene Überkleid übergestreift, das die Bäuerinnen zu tragen pflegen, darüber hatte sie kreuzweise einen Schal geschlungen, der ihre jungen, frischen Reize nicht gänzlich verbarg; sie wirkte nicht minder appetitlich als der von Soudry gerühmte Schinken. Sie war klein und rundlich; sie ließ ihre nackten, rötlich schimmernden Arme niederhängen, an deren Enden dicke Hände mit Grübchen und kurzen, an den Spitzen gut geformten Fingern von strotzender Gesundheit zeugten. Sie hatte das echte Gesicht einer kleinen Burgunderin, rötlich, aber weiß an den Schläfen, am Hals und den Ohren; ihr Haar war kastanienbraun, die Augenwinkel waren nach den Ohren zu etwas in die Höhe gezogen, die Nasenlöcher offen, der Mund sinnlich, auf den Backen lag ein leichter Flaum; ferner machte ein lebhafter Ausdruck, der durch eine bescheidene und verlogene Haltung gedämpft wurde, sie zum Musterbild eines spitzbübischen Hausmädchens.

»Ehrenwort, Jeannette ähnelt dem Schinken«, sagte Rigou. »Wenn ich keine Annette hätte, möchte ich eine Jeannette.«

»Beide sind gleichwertig«, sagte der Ex-Gendarm, »denn Ihre Annette ist sanft, blond und zierlich ... Wie geht's Ihrer Frau ...? Schläft sie noch ...?« fuhr Soudry grob fort, um Rigou deutlich zu machen, daß er dessen Scherz verstanden habe.

»Sie ist mit unserm Hahn aufgewacht«, antwortete Rigou, »aber sie geht ja auch mit den Hühnern schlafen. Ich bleibe dann immer noch auf und lese den ›Constitutionnel‹. Abends und morgens läßt meine Frau mich schlafen; nicht um die Welt käme sie zu mir ins Zimmer ...«

»Hier ist es genau umgekehrt«, sagte Jeannette. »Madame bleibt bei den Bourgeois aus der Stadt und spielt; manchmal sind sie zu fünfzehn im Salon; Monsieur geht um acht in die Klappe, und aufstehen tun wir, wenn's hell wird ...«

»Es kommt Ihnen bloß so vor, als wäre es verschieden«, sagte Rigou, »aber im Grunde ist es dasselbe. Also, mein schönes Kind, kommen Sie zu mir, ich schicke Annette hierher, das ist dann ein und dasselbe und doch ganz was anderes.«

»Alter Gauner«, sagte Soudry, »du machst sie ja schamrot.«

»Was, Gendarm? Du willst nur *ein* Pferd in deinem Stall haben ...? Na, schließlich nimmt jeder sein Glück, wo er es findet.«

Auf eine Weisung ihres Herrn ging Jeannette, um ihm seinen Anzug zurechtzulegen.

»Sicher hast du ihr doch versprochen, sie zu heiraten, wenn deine Frau tot ist?« fragte Rigou.

»In unserm Alter«, antwortete der Gendarm, »bleibt uns nur dieses Mittel übrig!«

309

»Mit ehrgeizigen Mädchen wäre das ein Weg, schnell Witwer zu werden ...«, entgegnete Rigou, »vor allem, wenn deine Frau im Dabeisein Jeannettes über ihre Art, die Treppen einzuseifen, spräche.«

Dieser Ausspruch machte die beiden Ehemänner nachdenklich. Als Jeannette kam und meldete, alles liege bereit, sagte Soudry zu ihr: »Komm mit und hilf mir!«, worüber der ehemalige Benediktiner lächeln mußte.

»Es besteht dennoch ein Unterschied«, sagte er. »*Ich* würde dich mit Annette allein lassen, ohne Angst zu haben, Gevatter.«

Eine Viertelstunde später stieg Soudry in vollem Staat in das Korbwägelchen, und die beiden Freunde fuhren um den See von Soulanges herum, um nach La-Ville-aux-Fayes zu gelangen.

»Und was soll aus dem Schloß da werden ...?« fragte Rigou, als sie an eine Stelle gelangt waren, von der aus das Schloß in Seitenansicht gesehen werden konnte.

Der alte Revolutionär lieh jener Äußerung eine Betonung, aus der der Haß sprach, den die ländlichen Bourgeois gegen große Schlösser und große Güter hegten.

»Na, solange ich lebe, bleibt es hoffentlich stehen«, entgegnete der ehemalige Gendarm. »Der Graf de Soulanges ist mein General gewesen; er hat sich für mich eingesetzt; er hat die Sache mit meiner Pension tadellos geregelt, und außerdem läßt er seinen Besitz durch Lupin verwalten, dessen Vater da zu Vermögen gekommen ist. Nach Lupin kommt ein anderer dran, und so wird es bleiben, solange die Familie Soulanges existiert ...! Die Leute sind gutartig, sie lassen jedem das Seine, und dabei stehen sie sich gut ...«

»Ach, der General hat drei Kinder, die geraten sich vielleicht in die Haare, wenn er stirbt; eines schönen Tages lassen der Mann seiner Tochter und die Söhne versteigern und verkaufen diese Blei- und Eisenerzmine mit Gewinn an Gütermakler, die wir dann in die Zange nehmen.«

Das Schloß von Soulanges wirkte in der Seitenansicht, als wolle es den Mönch, der die Kutte ausgezogen hatte, Lügen strafen.

»Ach ja, damals ist solide gebaut worden ...«, rief Soudry. »Aber gegenwärtig legt der Herr Graf seine Einkünfte auf die hohe Kante, weil er aus Soulanges das Majorat für seine Pair-schaft machen will . . .!«

»Gevatter«, antwortete Rigou, »auch die Majorate verschwinden mal.«

Nachdem das Kapitel der materiellen Interessen erschöpft war, begannen die beiden Bourgeois über die unterschiedlichen Vorzüge ihrer Hausmädchen zu plaudern, und zwar in einer Ausdrucksweise, die ein wenig gar zu burgundisch war, als daß sie im Druck wiedergegeben werden könnte. Dieses unerschöpfliche Thema wurde ausgesponnen, bis sie den Hauptort des Arrondissements erblickten, wo Gaubertin regierte; vielleicht erregt er genug Neugierde, so daß auch die eiligsten Leser eine kleine Abschweifung in Kauf nehmen.

Der Name La-Ville-aux-Fayes ist zwar absonderlich, läßt sich aber leicht durch eine Korrumpierung der ursprünglichen Bezeichnung erklären (im Mittellatein *Villa in Fago,* Herrenhaus im Walde[253]). Dieser Name weist hinlänglich darauf hin, daß das Delta, das die Avonne bei ihrer Einmündung in den Fluß bildet, der fünf Meilen weiter in die Yonne strömt, ehemals von einem Wald bedeckt gewesen ist. Sicherlich hat sich ein Franke eine Burg auf dem Hügel erbaut, der dort eine Biegung macht und in sanften Hängen in der gestreckten Ebene erstirbt, in der der Abgeordnete Leclercq sich sein Gut gekauft hat. Der Eroberer durchschnitt jenes Delta mit einem großen, langen Graben und schuf sich auf diese Weise eine furchteinflößende Stellung, einen durch und durch herrschaftlichen Park, der bequem gelegen war, um den Zoll für die Brücken zu erheben, ohne die die Landstraßen nicht denkbar waren, und über das Mehlgeld zu wachen, das den Mühlen auferlegt war.

Das ist die Geschichte der Anfänge von La-Ville-aux-Fayes. Überall, wo eine feudale oder kirchliche Grundherrschaft errichtet worden ist, hat sie Erwerbssinn, Bewohner und später Städte erzeugt, sofern die Örtlichkeiten geeignet waren, Gewerbebetriebe anzulocken, weiterzuentwickeln oder zu gründen. Das von Jean Rouvet erfundene Verfahren der Holzflößerei, für das geeignete Stellen zum Auffangen vorhanden sein müssen, hat La-Ville-aux-Fayes aufblühen lassen, das bis dahin im Vergleich zu Soulanges bloß ein Dorf gewesen war. La-Ville-aux-Fayes wurde zum Lagerplatz des Holzes, das in einer Runde von zwölf Meilen an den beiden Ufern wuchs. Die Arbeiten, die das Auffangen, das Aufsuchen der abgetriebenen Stämme, die Zusammenstellung der Flöße mit sich brachten, die die Yonne zur Seine hinträgt, bewirkten einen großen Zustrom von Arbeitern. Der Zuwachs an Bevölkerung regte den Konsum an und ließ den Handel sich entwickeln. So zählte La-Ville-aux-Fayes, das gegen Ende des sechzehnten Jahrhunderts keine sechshundert Einwohner hatte, im Jahre 1790 zweitausend, und durch Gaubertin war ihre Zahl auf viertausend gesteigert worden. Das geschah folgendermaßen.

Als die Gesetzgebende Versammlung die neue Einteilung des Landes dekretierte, wurde La-Ville-aux-Fayes, das zufällig dort lag, wo aus geographischen Gründen eine Unterpräfektur errichtet werden mußte, Soulanges als Hauptstadt des Arrondissements vorgezogen. Die Unterpräfektur zog das Gericht Erster Instanz und alle Beamten nach sich, deren der Hauptort eines Arrondissements bedarf. Das Anwachsen der Bevölkerung von Paris, das den Preis und die erforderliche Menge des Brennholzes erhöhte, steigerte notwendigerweise die Wichtigkeit des Handels von La-Ville-aux-Fayes. Gaubertin hatte sein junges Vermögen im Vertrauen auf diese Aussicht angelegt; er hatte den Einfluß des Friedens auf das Anwachsen der Pariser Bevölkerung vorausgeahnt; sie hat sich ja tatsächlich von 1815 bis 1825 um ein Drittel vermehrt.

Die äußere Gestalt von La-Ville-aux-Fayes wird durch die des Terrains bestimmt. Die beiden Züge des Vorgebirges waren von Häfen gesäumt. Der Staudamm zum Anhalten der Holzmassen war unten am Hügel, dort, wo der Wald von Soulanges liegt. Zwischen dem Staudamm und der Stadt lag eine Vorstadt. Die Unterstadt, die auf dem breitesten Teil des Deltas gelegen ist, spiegelte sich in den Wasserflächen des Avonne-Sees.

Oberhalb der Unterstadt umgeben fünfhundert Häuser mit Gärten, die auf der seit dreihundert Jahren abgeholzten Höhe hocken, jenen Geländevorsprung auf drei Seiten und genießen all die mannigfachen Ausblicke, die der demantstrahlende Spiegel des Avonne-Sees darbietet; er ist umgeben von Flößen, die an den Ufern zusammengefügt werden, und von Holzstapeln. Die mit Holz beladenen Wasser des Flusses und die hübschen Kaskaden der Avonne, die, höher als der Fluß, in den sie sich entlädt, die Zuflußgräben der Mühlen und die Schleusen einiger Fabriken speisen, bilden ein sehr belebtes Gemälde, das um so merkwürdiger wirkt, als es von den grünen Massen der Wälder umrahmt wird, und als das langgestreckte Tal von Les Aigues einen prächtigen Gegensatz zu den dunkel schattierten Partien des Hintergrunds oberhalb von La-Ville-aux-Fayes bilden.

Gegenüber diesem breiten Vorhang durchschneidet die große Landstraße, die das Wasser auf einer Brücke überquert, etwa eine Viertelmeile von La-Ville-aux-Fayes den Beginn einer Pappelallee, an der sich ein kleiner Vorort um die Posthalterei gruppiert; sie grenzt an einen großen Pachthof. Die Distriktsstraße macht gleichfalls eine Biegung, um an jene Brücke zu gelangen, wo sie in die große Landstraße einmündet.

Gaubertin hatte sich sein Haus auf einem Gelände im Gebiet des Deltas erbaut, und zwar mit der Absicht, sich dort eine Behausung zu schaffen, von der aus die Unterstadt sich genauso schön ausnahm wie die Oberstadt. Es wurde ein modernes Haus aus Quadersteinen mit gußeisernem Balkon, Jalousien und hübsch gestrichenen Fenstern, mit einem Mäanderband als einzigem Schmuck unter dem Gesims, mit Schieferdach, nur einem Stockwerk und den Speicherräumen, einem schönen Hof und hinten einem Garten im englischen Stil, den die Wasser der Avonne bespülten. Die Eleganz dieses Hauses zwang die provisorisch in einer Art Hundehütte untergebrachte Unterpräfektur, in ein gegenüber gelegenes repräsentatives Haus überzusiedeln, das das Département auf die dringlichen Vorstellungen der Abgeordneten Leclercq und Ronquerolles hatte erbauen müssen. Auch ihr Rathaus errichtete die Stadt dort. Das Tribunal, das gleichfalls unterzubringen war, bekam das unlängst fertiggestellte Gerichtsgebäude, so daß La-Ville-aux-Fayes durch den betriebsamen Geist seines Bürgermeisters eine sehr eindrucksvolle Reihe moderner Baulichkeiten erhielt. Die Gendarmerie errichtete sich eine Kaserne, und so wurde das den Platz bildende Viereck geschlossen.

Diese Wandlungen, die die Einwohnerschaft mit Stolz erfüllten, waren dem Einfluß Gaubertins zu verdanken; er hatte vor ein paar Tagen bei Gelegenheit des näherrückenden Geburtstags des Königs das Kreuz der Ehrenlegion erhalten. In einer solchen, erst in neuester Zeit aufgeblühten Stadt gab es weder eine Schicht von Hochmögenden noch Adel. Daher hatten die Bourgeois von La-Ville-aux-Fayes im Stolz auf ihre Unabhängigkeit ausnahmslos den ausgebrochenen Streit zwischen den Bauern und einem Grafen des Kaiserreichs, der sich auf die Seite der Restauration begeben hatte, zu ihrer eigenen Angelegenheit gemacht. Für sie waren die Unterdrücker die Unterdrückten. Die in dieser Handelsstadt herrschende Stimmung war der Regierung so wohlbekannt, daß dort als Unterpräfekt ein Mann von konzilianter Geisteshaltung eingesetzt worden war, der Schüler seines Onkels, des berühmt-berüchtigten des Lupeaulx, einer der Männer, die an den Abschluß von Vergleichen gewöhnt und vertraut mit den Forderungen aller Regierungen sind; die politischen Puritaner, die selber weit Schlimmeres begehen, bezeichnen sie als korrupt.

Das Innere von Gaubertins Haus war mit den ziemlich banalen Erfindungen des modernen Luxus ausgestattet. Es hatte üppige, Stoffe imitierende Tapeten mit Goldbordüren, bronzene Kronleuchter, Mahagonimöbel, Astrallampen[254], runde Tische mit Marmorplatten, weißes Porzellan mit goldenem Rand für das Dessert, Stühle mit roten Maroquin-Sitzen und Aquatinta-Radierungen im Eßzimmer, ein mit blauem Kaschmir bezogenes Sofa im Wohnzimmer; das alles wirkte kalt und war von äußerster Vulgarität, galt aber in La-Ville-aux-Fayes als der letzte Ausdruck eines sardanapalischen Luxus. Madame Gaubertin spielte dort die Rolle einer höchst eindrucksvollen eleganten Dame; sie machte Umstände, sie zierte sich mit ihren fünfundvierzig Jahren als eine ihrer Stellung bewußte Bürgermeisterin, die ihren Hofstaat hatte.

Sind für jemanden, der sich in Frankreich auskennt, die Häuser Rigous, Soudrys und Gaubertins nicht der vollkommene Ausdruck von Dorf, Kleinstadt und Hauptort eines Arrondissements?

Gaubertin war weder ein Mann von Geist noch ein Mann von Talent, erweckte indessen den Anschein, als sei er beides; er verdankte seine blitzschnelle Urteilsfähigkeit und seine Bosheit einer ungewöhnlichen Gewinnsucht. Er strebte nach Reichtum weder für seine Frau, noch für seine beiden Töchter, noch für seinen

Sohn, noch für sich selber, noch aus Familiensinn, noch um des Ansehens willen, das das Geld verleiht; abgesehen von seinem Rachedurst, der sein Lebenselement war, liebte er das Spiel mit dem Geld wie Nucingen, der, wie es heißt, immer in beiden Hosentaschen zugleich im Golde wühlte. Der Gang der Geschäfte machte das Leben dieses Mannes aus; und obwohl er den Bauch voll hatte, entfaltete er die Tätigkeit eines Menschen mit hohlem Magen. Gleich den Dienergestalten auf der Bühne brachten Intrigen, Streiche, die es zu spielen galt, anzuzettelnde Coups, Betrügereien, geschäftliche Spitzfindigkeiten, Rechnungsablegungen, einzukassierendes Geld, Auftritte und Kabbeleien um Zinsen ihn in Wallung und förderten seinen Blutkreislauf, machten ihn aber zugleich gallig. Er ging und kam zu Pferde, im Wagen, zu Schiff; er nahm an den gerichtlichen Versteigerungen in Paris teil; er dachte stets an alles und jedes; er hielt tausend Fäden in der Hand und brachte sie nie durcheinander.

Er war lebhaft, entschlossen in seinen Gesten wie im Denken, klein, gedrungen, stämmig, mit schmaler Nase, hellem Auge, gespanntem Ohr; er hatte etwas von einem Jagdhund. Sein sonnenverbranntes Gesicht, von dem die roten Ohren weit abstanden, da er gewöhnlich eine Mütze trug, entsprach vollauf seinem Charakter. Seine Nase war aufgestülpt; seine zusammengepreßten Lippen durften sich niemals für ein wohlwollendes Wort öffnen. Sein buschiger Backenbart bildete zwei schwarze, schimmernde Gestrüppe unter den violetten Backen und verlor sich in der Halsbinde. Sein leicht gelocktes Haar war von Natur gesteift wie das der Perücke eines alten Richters; es war meliert und gewellt wie durch die Heftigkeit des Feuers, das seinen braunen Schädel heizte; es knisterte auch in seinen grauen, von kreisförmigen Falten umgebenen Augen; jene Falten rührten wohl davon her, daß er stets die Augen einkniff, wenn er bei voller Sonne über die Felder blickte; sie vervollständigten seine Physiognomie aufs beste. Er war dürr, mager und kräftig; er hatte die behaarten, hakigen, knotigen Hände der Leute, die mit ihrer eigenen Person bezahlen. Dieses Verhalten gefiel den Leuten, mit denen er zu tun hatte; er tarnte sich nämlich durch eine täuschende Wohlgelauntheit; er verstand sich darauf, viele Worte zu machen, ohne etwas von dem zu sagen, was er verschweigen wollte; er gab nur wenig Schriftliches aus der Hand, um ableugnen zu können, was, wenn er es sich hatte entschlüpfen lassen, ungünstig für ihn war. Seine Geschäftsbücher wurden von einem Kassierer geführt, einem redlichen Mann, wie ihn Leute von Gaubertins Charakter stets ausfindig zu machen wissen, und aus dem sie dann in ihrem Interesse ihren Hauptgenasführten machen.

Als gegen acht Uhr sich Rigous Korbwägelchen auf der baumbestandenen Straße zeigte, die von der Post aus am Fluß entlang verläuft, war Gaubertin in Mütze, Stiefeln und Jacke bereits auf dem Heimweg von den Häfen her; er schritt schneller aus, da er sich denken konnte, daß Rigou sich nur um der »großen Sache« willen von zu Hause fortbegeben hatte.

»Guten Tag, Papa Anpacker[255], guten Tag, Fettwanst voll Galle und Weisheit«, sagte er und gab jedem seiner beiden Besucher einen kleinen Klaps auf den Bauch, »wir haben von Geschäften zu reden, und das wollen wir mit dem Glas in der Hand tun, bei diesem und jenem! Das ist die rechte Art.«

»Wenn Sie es so treiben, werden Sie fett«, sagte Rigou.

»Dazu rackere ich mich zu sehr ab; ich bin nicht wie Sie beide, die Sie im Hause hocken und sich durch gutes Essen verwöhnen lassen wie alte Knasterbärte . . . Haha, wahrhaftig, Sie tun ganz das Richtige, Sie können sich betätigen mit dem Rücken am Kamin, mit dem Bauch am Eßtisch, und im Lehnstuhl sitzend . . . die Kundschaft kommt zu Ihnen ins Haus. Aber treten Sie doch näher, bei diesem und jenem! Mein Haus ist das Ihre, solange Sie darin verweilen.«

Ein Diener in blauer Livree mit rotem Besatz nahm das Pferd beim Zügel und führte es in den Hof, an dem sich die Nebengebäude und Pferdeställe befanden.

Gaubertin ließ seine beiden Gäste sich im Garten ergehen und gesellte sich dann bald danach wieder zu ihnen, als er seine Weisungen gegeben und das Mittagessen angeordnet hatte.

»Na, ihr kleinen Wölfe«, sagte er und rieb sich die Hände, »es ist beobachtet worden, daß die Gendarmerie von Soulanges sich bei Tagesanbruch nach Couches begeben hat; sie soll wohl die wegen Forstfrevel Verurteilten festnehmen . . . Bei diesem und jenem, jetzt wird die Sache brenzlig, jetzt geht es heiß her . . .! Zu dieser Stunde«, fuhr er fort und blickte auf seine

Taschenuhr, »dürften die Kerls bereits nach Recht und Gebühr arretiert sein.«

»Möglich«, sagte Rigou.

»Na, und was wird in den Dörfern dazu gesagt? Was ist beschlossen worden?«

»Ja, was gibt es denn da zu beschließen?« fragte Rigou. »Wir haben mit der ganzen Geschichte nichts zu tun«, fügte er mit einem Blick auf Soudry hinzu.

»Wieso? Nichts damit zu tun? Und wenn Les Aigues durch unsere Machenschaften zum Verkauf kommt, wer verdient dann dabei fünf- bis sechstausend Francs? Stehe ich etwa ganz allein da? Ich bin nicht reich genug, um zwei Millionen auszuspucken, wo ich drei Kinder auszusteuern habe und eine Frau, die in puncto Ausgaben denkbar unvernünftig ist; ich brauche Teilhaber. Hat der Papa Anpacker etwa kein Kapital bereit? Er hat keine Hypothek ohne Fälligkeitstermin, und er leiht nur noch auf Wechsel, für die ich die Bürgschaft übernommen habe. Ich beteilige mich am Geschäft mit achthunderttausend Francs; mein Sohn, der Richter, mit zweihunderttausend; wir rechnen bei dem Anpacker mit zweihunderttausend; wieviel übernehmen Sie, Papa Pfaffenkäppchen?«

»Den ganzen Rest«, sagte Rigou, ohne mit der Wimper zu zucken.

»Donnerwetter ja, ich wollte, ich hätte die Hand da, wo Sie das Herz haben!« sagte Gaubertin. »Und was tun Sie jetzt?«

»Natürlich dasselbe wie Sie; sagen Sie, was Sie vorhaben.«

»Folgendes ist mein Plan«, entgegnete Gaubertin. »Wir übernehmen das Ganze und verkaufen die Hälfte an diejenigen in Couches, Cerneux und Blangy, die was davon haben wollen. Papa Soudry hat seine Abnehmer in Soulanges, und Sie haben die Ihrigen hier. Da gibt es keine Schwierigkeiten; aber wie wollen wir drei uns untereinander einigen? Wie teilen wir die großen Parzellen auf . . .?«

»Mein Gott, das ist doch ganz einfach«, sagte Rigou. »Jeder nimmt, was ihm am meisten behagt. Ich zunächst will niemandem ins Gehege kommen; ich übernehme mit meinem Schwiegersohn und Papa Soudry den Waldbestand; die Wälder sind so verwüstet, daß sie Sie schwerlich locken werden; wir überlassen es Ihnen, sich aus dem, was übrigbleibt, etwas auszuwählen; wahrhaftig, das ist Ihr Geld doch wert.«

»Würden Sie uns das schriftlich geben?« fragte Soudry.

»Solch ein Dokument würde zu nichts nütze sein«, antwortete Gaubertin. »Überdies sehen Sie ja, daß ich mit offnen Karten spiele; ich gebe mich völlig Rigou in die Hand; der nämlich soll der Käufer sein.«

»Genügt mir«, sagte Rigou.

»Ich stelle nur die eine Bedingung, daß ich den Pavillon am Jägersammelplatz bekomme, dazu die Nebengebäude und fünfzig Morgen im Umkreis; das Land bezahle ich Ihnen. Ich mache aus dem Pavillon mein Landhaus; er liegt dicht bei meinem Waldbesitz. Meine Frau, Madame Isaure, wie sie genannt zu werden wünscht, will daraus ihre Villa machen, sagt sie.«

»Einverstanden«, sagte Rigou.

»Und ganz unter uns«, fuhr Gaubertin leise fort, nachdem er sich nach allen Seiten umgeschaut und sich versichert hatte, daß niemand ihn belauschen konnte, »trauen Sie den Leuten zu, uns irgendeinen üblen Streich zu spielen?«

»Auf welche Weise denn?« fragte Rigou, der nie eine bloße Andeutung verstehen wollte.

»Ja, wenn nun der aufgebrachteste der Bande, der zudem eine geschickte Hand hat, dem Grafen eine Kugel am Ohr vorbeiflitzen ließe ... bloß um ihm Trotz zu bieten ...?«

»Er wäre ganz der Mann dazu, auf ihn loszugehen und ihn zu packen.«

»Dann also Michaud ...?«

»Michaud würde kein großes Theater machen, er würde es schlau anfangen, spionieren und schließlich den betreffenden Mann und die, die ihn aufgehetzt haben, herausbekommen.«

»Sie haben recht«, entgegnete Gaubertin. »Die Leute müßten zu etwa dreißig eine Revolte machen; einige davon wanderten dann ins Zuchthaus ... aber es würden dabei die Lumpen geschnappt werden, die wir ohnehin loswerden möchten, wenn wir uns ihrer bedient haben. Sie haben doch da ein paar Buschklepper, Leute wie Tonsard und Bonnébault ...«

»Tonsard wird sicher was Wüstes anstellen«, sagte Soudry.

»Ich kenne ihn ... und wir können ihn durch Vaudoyer und Courtecuisse noch ein bißchen aufhetzen lassen.«

»Courtecuisse habe ich«, sagte Rigou.

»Und ich habe Vaudoyer in der Hand.«

»Vorsicht«, sagte Rigou. »Vor allem Vorsicht.«

»Hören Sie mal, Papa Priesterkäppchen, glauben Sie denn, daß es unangebracht ist, über die Dinge zu reden, wie sie sich nun mal entwickeln ...? Führen wir mündliche Verhandlungen, werden handgreiflich, klauen Reisig oder lesen Ähren ...? Wenn der Herr Graf sich vernünftig verhält, wenn er sich mit einem Generalpächter über die Bewirtschaftung von Les Aigues verständigt, dann schwimmen uns sämtliche Felle weg, die Sache ist erledigt, und Sie verlieren vielleicht mehr als ich ... Was wir hier bereden, bleibt unter uns, und ich sage ganz bestimmt zu Vaudoyer kein Wort, das ich nicht vor Gott und den Menschen wiederholen könnte ... Aber es ist nicht verboten, die Ereignisse vorauszusehen und seinen Vorteil daraus zu ziehen, wenn sie eingetreten sind ... Die Bauern hier im Distrikt sind ziemlich stutzig; die Forderungen des Generals, seine Strenge, die Strafverfolgungen durch Michaud und seine Untergebenen haben sie zum Äußersten getrieben; heute ist die Geschichte völlig verfahren, und ich wette, es ist mit der Gendarmerie zu Handgreiflichkeiten gekommen ... Aber jetzt wollen wir erst mal zu Mittag essen.«

Madame Gaubertin war zu ihren Gästen in den Garten getreten. Sie war eine ziemlich hellhäutige Frau, trug nach englischer Mode lange Ringellocken über den Wangen und spielte die Rolle einer zugleich Leidenschaftlichen und Tugendhaften; sie tat, als habe sie die Liebe nie erlebt, legte alle Beamten auf die platonische Liebe fest und hatte als Anbeter den Staatsanwalt, den sie als ihren *patito*[256] bezeichnete. Sie trug Häubchen mit Pompons, aber auch gern ihr natürliches Haar; sie trieb Mißbrauch mit Blau und Mattrosa. Sie tanzte; sie gab sich mit ihren fünfundvierzig Jahren affektiert jugendlich; allein sie hatte plumpe Füße und schauderhafte Hände. Sie wollte mit Isaure angeredet werden, denn ungeachtet all ihrer Lächerlichkeiten besaß sie den guten Geschmack, den Namen Gaubertin gemein zu finden; sie hatte blasse Augen und Haar von unbestimmter Farbe; es sah aus wie schmutziger, hellgelber Baumwollstoff. Dennoch hatten viele junge Mädchen und Frauen, die den Himmel mit ihren Blikken durchbohrten und taten, als seien sie Engel, sie sich als Vorbild erkoren.

»Ja, meine Herren«, sagte sie bei der Begrüßung, »ich habe Ihnen befremdliche Neuigkeiten mitzuteilen; die Gendarmerie ist zurückgekommen . . .«

»Hat sie Gefangene gemacht?«

»Mitnichten. Der General hatte schon im voraus um Begnadigung für die Übeltäter gebeten . . . und anläßlich des glücklichen Jahrestages der Rückkehr des Königs ist sie gewährt worden.«

Die drei Geschäftspartner blickten einander an.

»Er ist raffinierter, als ich dachte, dieser dicke Kürassier!« sagte Gaubertin. »Kommt, wir wollen zu Tisch gehen; wir müssen uns trösten; schließlich ist die Partie nicht verloren, sie steht remis; jetzt ist alles Weitere Ihre Sache, Rigou . . .«

Soudry und Rigou fuhren enttäuscht heim; sie hatten sich nichts ausdenken können, was eine für sie günstige Katastrophe herbeigeführt hätte; sie vertrauten jetzt, wie Gaubertin es ihnen angeraten hatte, auf den Zufall. Wie ein paar Jakobiner in den ersten Tagen der Revolution, die wütend und verwirrt ob der Güte Ludwigs XVI. waren und strenge Maßnahmen seitens des Hofs mit dem Ziel provozierten, die Anarchie herbeizuführen, die für sie gleichbedeutend mit Reichtum und Macht war, setzten die furchtbaren Gegner des Grafen de Montcornet ihre letzte Hoffnung auf die Strenge, die Michaud und seine Aufseher bei neuen Verwüstungen entfalten würden. Gaubertin hatte ihnen seine Mitwirkung zugesagt, ohne sich über seine Helfer auszulassen; er wollte nicht, daß seine Beziehungen zu Sibilet bekannt würden. Nichts läßt sich der Verschwiegenheit eines Mannes vom Schlage Gaubertins vergleichen, es sei denn die eines Ex-Gendarms oder die eines abtrünnigen Priesters. Dieses Komplott konnte zu einem guten oder besser schlimmen Ende lediglich durch drei Männer dieser Art geführt werden, Männer, die durch Haß und Geldinteresse gehärtet waren.

FÜNFTES KAPITEL[257]

Der Sieg ohne Kampf

Die Ängste der Madame Michaud waren eine Auswirkung des Zweiten Gesichts, das wahre Liebe verleiht. Die ausschließlich mit einem einzigen Wesen beschäftigte Seele verleibt sich schließlich die geistige Welt ein, die sie umgibt, und sieht darin völlig klar. In ihrer Liebe empfindet die Frau die gleichen Ahnungen, die ihr später, wenn sie Mutter ist, zu schaffen machen.

Während die arme junge Frau sich gehen ließ und den wirren Stimmen lauschte, die aus unbekannten Sphären kommen, spielte sich, durchaus wirklich, in der Schenke Grand-I-Vert eine Szene ab, in der das Leben ihres Mannes bedroht wurde.

Gegen fünf Uhr morgens hatten die ersten ländlichen Frühaufsteher die Gendarmerie von Soulanges vorüberziehen sehen, und zwar in Richtung auf Couches. Die Nachricht davon sprach sich schnell herum, und alle, die diese Frage interessierte, waren höchst überrascht, als sie von den Leuten aus der Oberstadt erfuhren, ein von dem Leutnant von La-Ville-aux-Fayes kommandiertes Gendarmerie-Detachement sei durch den Wald von Les Aigues gezogen. Da es Montag war, bestanden bereits Gründe, daß die Arbeiter in die Schenke gingen; es war ja der Vorabend des Jahrestags der Rückkehr der Bourbonen, und obwohl die Stammgäste von Tonsards Diebeshöhle nicht dieses »erhabenen Ereignisses« (wie man damals sagte) bedurften, um ihre Anwesenheit im Grand-I-Vert zu rechtfertigen, verkniffen sie es sich nicht, sehr laut darauf hinzuweisen, sobald sie den Schatten irgendeines Beamten bemerkt zu haben glaubten.

Zusammengekommen waren Vaudoyer, Tonsard und seine Familie, Godain, der irgendwie zu dieser gehörte, und ein alter Rebbergarbeiter namens Laroche. Das war einer, der von der Hand in den Mund lebte, einer der Delinquenten, die Blangy bei der Art Konskription geliefert hatte, die erfunden worden war, um dem General seine Manie für Protokolle zu verekeln. Blangy hatte noch drei weitere Männer, zwölf Frauen, acht Mädchen und fünf Jungen geliefert, deren Ehemänner und Väter bürgen sollten, und die sämtlich im tiefsten Elend lebten; sie waren aber

321

auch die einzigen, die nicht das mindeste besaßen. Im Jahre 1823 hatten die Winzer gute Einnahmen gehabt, und das Jahr 1826 mußte ihnen durch die Überfülle an Wein noch viel mehr Geld einbringen; die vom General durchgeführten Arbeiten hatten ebenfalls in den drei Gemeinden, die an seine Besitzungen grenzten, viel Geld ausgestreut, und es hatte Mühe gemacht, in Blangy, Couches und Cerneux hundertzwanzig Proletarier aufzutreiben; es war lediglich dadurch gelungen, daß auf die alten Frauen, die Mütter und Großmütter derer, die etwas besaßen, zurückgegriffen wurde, die indessen selber, wie Tonsards Mutter, nichts hatten. Jener Laroche, der besagte alte Arbeiter und Delinquent, taugte absolut nichts; er war nicht, wie Tonsard, heißblütig und lasterhaft; ihn beseelte nichts als ein dumpfer, kalter Haß; er arbeitete stumm, er trug stets eine wilde Miene zur Schau; die Arbeit war für ihn etwas Unerträgliches, und dabei konnte er nur dadurch leben, daß er arbeitete; seine Züge waren hart, ihr Ausdruck abstoßend. Trotz seiner sechzig Jahre fehlte es ihm nicht an Kräften, aber sein Rücken war geschwächt, er war krumm geworden; er sah für sich keine Zukunftsaussichten; er nannte kein Stückchen Acker sein eigen, und er beneidete die, die Land besaßen; daher hauste er erbarmungslos im Wald von Les Aigues. Er hatte seine Freude daran, dort Verheerungen anzurichten.

»Sollen wir sie einfach wegführen lassen?« fragte Laroche. »Nach Couches kommt sicher Blangy dran; ich bin rückfällig; mir werden drei Monate Gefängnis aufgebrummt.«

»Was können wir denn gegen die Gendarmerie ausrichten, du alter Saufbold?« fragte Vaudoyer.

»Na, hör mal! Können wir etwa nicht mit unsern Sensen ihren Pferden die Beine abhauen? Dann liegen sie bald auf der Erde, ihre Gewehre sind nicht geladen, und wenn sie merken, daß sie einer gegen zehn sind, dann müssen sie sich schon verpissen. Wenn die drei Dörfer sich erhöben und zwei oder drei Gendarmen dran glauben müßten, würden dann alle ausnahmslos guillotiniert werden? Auf die Dauer müssen sie nachgeben, wie mitten in Burgund, wo einer ähnlichen Sache wegen ein ganzes Regiment hingeschickt worden ist. Pah! Das Regiment ist wieder abgerückt, und die Bauern sind weiterhin in den Wald gegangen, wie sie es seit Jahren getan hatten, genau wie hier.«

»Wenn schon totgeschlagen werden muß«, sagte Vaudoyer, »dann wäre es besser, es würde bloß *einer* umgelegt; aber ohne daß man dabei Gefahr läuft, und so, daß allen ›Arminacs‹ die Gegend hier verekelt wird.«

»Aber welchen von diesen Banditen?« fragte Laroche.

»Michaud«, sagte Courtecuisse. »Vaudoyer hat recht, er hat ganz gewaltig recht. Ihr werdet schon sehen, wenn erst ein Wächter in den Schatten befördert ist, dann werden sich nicht so leicht andere finden, die bei Sonnenschein weiter aufpassen. Sie tun es bei Tage, aber sie tun es auch bei Nacht. Wahre Teufel sind das, das könnt ihr mir glauben . . .!«

»Wo man geht und steht«, sagte die alte Tonsard, die achtundsechzig war und ein von tausend Löchern durchsiebtes Pergamentgesicht mit grünen Augen hatte; es war mit schmutzig weißem Haar geschmückt, das in Zotteln unter einem roten Taschentuch hervorkam, »wo man geht und steht, da stößt man auf sie, und dann nehmen sie einen fest; sie sehen sich unser Reisigbündel an, und wenn dann nur ein einziger abgehauener Ast dazwischen ist, ein einziger schäbiger Haselnußstecken, beschlagnahmen sie das Reisig und schreiben einen auf; das haben sie erklärt. Ach, diese Bande! Die kann man nicht hinters Licht führen, und wenn sie Verdacht gegen einen haben, dann muß man sofort sein Bündel aufmachen . . . Keine zwei Liards sind sie wert, die drei Hunde; wenn die hingemacht würden, dann würde Frankreich nicht draufgehen, da könnt ihr sicher sein.«

»Der kleine Vatel ist aber doch gar nicht so schlimm!« sagte die jüngere Madame Tonsard.

»Der?« sagte Laroche, »der treibt's genauso wie die andern; wenn's was zu lachen gibt, natürlich, dann lacht er mit uns; aber deswegen seid ihr mit ihm nicht besser dran; er ist der tückischste von den dreien; der hat kein Herz für die armen Leute, gerade wie Monsieur Michaud.«

»Aber Monsieur Michaud, der hat schließlich 'ne hübsche Frau«, sagte Nicolas Tonsard.

»Die kriegt 'n Kind«, sagte die alte Mutter. »Aber wenn das so weitergeht, dann wird es 'ne komische Taufe geben, wenn sie gekalbt hat.«

»Oh! Alle diese ›Arminacs‹ von Parisern«, sagte Marie Tonsard, »mit denen kann man nicht seinen Spaß haben ... und wenn das trotzdem mal vorgekommen ist, dann schreiben sie einen auf und kümmern sich nicht mehr drum, ob sie mit unsereinem gelacht haben oder nicht.«

»Du hast also schon versucht, sie einzuwickeln?« fragte Courtecuisse.

»Na, und wie!«

»Also gut«, sagte Tonsard mit entschlossener Miene. »Es sind Menschen wie alle andern, man könnte mit ihnen fertig werden.«

»Nein, wirklich«, fuhr Marie mit ihrem Gedankengang fort, »sie lachen nie; ich weiß nicht, was ihnen eingegeben wird; der Dicketuer im Pavillon, der ist wenigstens verheiratet; aber Vatel, Gaillard und Steingel sind es nicht; sie haben niemanden im Dorf, es gibt keine Frau, die mit ihnen mal möchte ...«

»Wir werden schon sehen, wie die Dinge bei der Ernte und bei der Weinlese sich entwickeln«, sagte Tonsard.

»Am Ährenlesen können sie uns nicht hindern«, sagte die Alte.

»Ich weiß nicht recht«, antwortete die Schwiegertochter Tonsard ... »ihr Groison hat so was gesagt, als ob der Herr Bürgermeister eine Verordnung erlassen will, in der steht, daß niemand Ähren lesen darf ohne eine Bedürftigkeitsbescheinigung; und wer gibt einem die? Er selber natürlich! Und er wird nicht viele ausstellen. Er wird auch ein Verbot erlassen, daß die Felder erst betreten werden dürfen, wenn die letzte Garbe aufgeladen ist ...!«

»Das ist denn doch! Der ist ja der reinste Schinder, dieser Kürassier!« rief Tonsard außer sich.

»Ich weiß es schon seit gestern«, antwortete seine Frau, »da hab’ ich Groison ’n Schnaps spendiert, um was zu erfahren.«

»Der ist ein Glückspilz!« rief Vaudoyer. »Dem haben sie ’n Haus gebaut, dem haben sie ’ne gute Frau gegeben; der hat Zinsen, und angezogen ist er wie ein König ... Ich bin zwanzig Jahre lang Feldhüter gewesen, und es ist für mich nichts dabei ’rausgekommen als mein Husten.«

»Ja, dem geht’s gut«, sagte Godain, »und er hat Besitz ...«

»Und wir sitzen nach wie vor da wie die Halbidioten, die wir ja auch sind«, rief Vaudoyer. »Laßt uns doch wenigstens losziehen und ansehen, was in Couches passiert; die da lassen sich auch nicht mehr gefallen als wir.«

»Also los«, sagte Laroche, der nicht allzu fest auf den Beinen stand, »wenn ich nicht einen oder zwei fertigmache, will ich meinen Namen verlieren.«

»Du«, sagte Tonsard, »du ließest die ganze Gemeinde abführen; aber ich, wenn er die Alte bloß anrührte, da hängt mein Gewehr, und das schießt nicht vorbei.«

»Na, schön«, sagte Laroche zu Vaudoyer, »wenn einer aus Couches abgeführt wird, dann liegt ein Gendarm am Boden und sagt nicht mehr piep.«

»Jetzt hat er's gesagt, der Papa Laroche!« rief Courtecuisse.

»Gesagt hat er's«, entgegnete Vaudoyer, »aber noch nicht getan, und er tut es auch nicht . . . Was käme denn für dich dabei heraus, wenn du dich verprügeln läßt . . .? Wenn denn schon einer umgelegt werden soll, dann schon lieber Michaud . . .«

Während dieses Auftritts hatte Catherine Tonsard vor der Schenkentür Wache gestanden, damit sie den Trinkern zurufen konnte, sie sollten den Mund halten, wenn irgend jemand vorüberging. Trotz ihrer schwankenden Beine stürzten sie mehr aus der Kneipe heraus als sie gingen, und ihre Kampfbegier führte sie auf der Landstraße nach Couches, die eine Viertelmeile lang sich an den Mauern von Les Aigues hinzog.

Couches war ein echtes burgundisches Dorf mit nur einer Straße, in die die Landstraße überging. Die Häuser waren teils aus Backstein, teils aus gestampftem Lehm; aber sie boten samt und sonders einen elenden Anblick. Langte man auf der Départements-Landstraße von La-Ville-aux-Fayes her an, so erblickte man das Dorf von der Rückseite, und da wirkte es recht ansehnlich. Zwischen der großen Landstraße und dem Wald von Ronquerolles, der die Fortsetzung dessen von Les Aigues bildete und die Anhöhen krönte, floß ein Bächlein, und mehrere hübsch gruppierte Häuser belebten die Landschaft. Kirche und Pfarrhaus bildeten einen abgesonderten Komplex und bildeten einen Blickpunkt vom Gitter des Parks von Les Aigues aus, der sich bis dorthin erstreckte. Vor der Kirche lag ein von Bäumen umstandener Platz; dort gewahrten die Verschwörer vom Grand-I-Vert die Gendarmerie, und sie beschleunigten noch ihre eiligen Schritte. In diesem Augenblick kamen drei Reiter aus dem Couches-Tor heraus, und die Bauern erkannten den Grafen, seinen Diener und den Hauptaufseher Michaud, die auf den Platz zugaloppierten; Tonsard und die Seinen langten ein paar Minuten nach ihnen an. Die Delinquenten, Männer und Frauen, hatten keinen Widerstand geleistet; sie standen alle zwischen den fünf Gendarmen von Soulanges und den fünfzehn andern, die aus La-Ville-aux-Fayes gekommen waren. Das ganze Dorf war dort versammelt. Die Kinder, die Väter und Mütter der Gefangenen kamen und gingen und brachten ihnen, was sie während der Zeit im Gefängnis brauchten. Diese Landbevölkerung bot einen seltsamen Anblick; sie war aufgebracht, verhielt sich aber beinahe stumm, als habe sie einen Entschluß gefaßt. Die alten und jungen Frauen waren die einzigen, die tuschelten. Die Jungen, die kleinen Mädchen waren auf Holzstapel und Steinhaufen geklettert, um besser sehen zu können.

»Sie haben sich den richtigen Zeitpunkt ausgesucht, diese Guillotine-Husaren[258]; sie sind an einem Festtag gekommen . . .«

»Das ist denn doch! Sie lassen also Ihren Mann einfach abführen? Was soll denn aus euch werden in den drei Monaten, den besten des Jahrs, wo die Tagelöhnerarbeit gut bezahlt wird . . .«

»Die da sind die Diebe . . .!« antwortete die Frau und sah mit drohender Miene zu den Gendarmen hin.

»Was fällt Ihnen ein, Alte, da so hinzuschielen?« fragte der Wachtmeister. »Hier wird nicht lange gefackelt, wenn Sie sich erdreisten, auf uns zu schimpfen.«

»Ich habe ja gar nichts gesagt«, beeilte die Frau sich mit demütiger, jämmerlicher Miene zu sagen.

»Ich habe da eben was gehört, das zu bereuen ich Sie zwingen könnte . . .«

»Also, Kinder, jetzt erstmal Ruhe!« sagte der Bürgermeister von Couches, der zugleich Postmeister war. »Zum Teufel, diese Leute haben doch ihre Befehle und müssen gehorchen.«

»Richtig! Der Bourgeois von Les Aigues hat das alles angerichtet . . . Aber wartet nur ab.«

In diesem Augenblick langte der General auf dem Platz an; sein Kommen rief einiges Murren hervor, das ihm indessen kaum etwas ausmachte; er ritt geradewegs auf den Leutnant der Gendarmerie von La-Ville-aux-Fayes zu, sprach ein paar Worte mit ihm und zeigte ihm ein Schriftstück, worauf der Offizier sich zu seinen Männern umwandte und zu ihnen sagte:

»Lassen Sie die Gefangenen laufen; der General hat vom König ihre Begnadigung erlangt.«

Der General Montcornet plauderte gerade mit dem Bürgermeister von Couches; aber nach einem kurzen, leise geführten Gespräch wandte sich dieser an die Delinquenten, die im Gefängnis schlafen sollten und höchst erstaunt waren, unvermutet frei zu sein, und sagte zu ihnen:

»Ihr Freunde, bedankt euch bei dem Herrn Grafen; ihm habt ihr die Aufhebung eurer Verurteilung zu verdanken; er hat in Paris um eure Begnadigung nachgesucht und sie zum Jahrestag der Rückkehr des Königs erhalten ... Ich hoffe, ihr verhaltet euch in Zukunft besser gegen einen Mann, der sich euch gegenüber so gütig verhält, und dessen Eigentum ihr künftig respektieren müßt. Es lebe der König!«

Und die Bauern brüllten: »Es lebe der König!« Sie waren begeistert, daß sie nicht zu rufen brauchten: »Es lebe der Graf de Montcornet.«

Diese Szene war von dem General klug überlegt worden, im Einvernehmen mit dem Präfekten und dem Generalstaatsanwalt; man hatte, indem man Festigkeit bezeigte, um die örtlichen Autoritäten zu stimulieren und der Gesinnung der Landbewohner eins auszuwischen, aber zugleich Milde walten lassen; so heikel schien allen diese Frage. Tatsächlich hätte Widerstand, sofern er geleistet worden wäre, die Regierung in grobe Verlegenheit gestürzt. Wie Laroche gesagt hatte, man konnte nicht eine ganze Gemeinde guillotinieren.

Der General hatte den Bürgermeister von Couches, den Leutnant und den Wachtmeister zum Mittagessen eingeladen. Die Verschwörer von Blangy blieben in der Schenke von Couches, wo die befreiten Delinquenten das Geld, das sie bei sich hatten, um im Gefängnis leben zu können, sofort vertranken, und die Leute von Blangy feierten natürlich mit, denn die Landleute wenden das Wort »feiern« für alle und jede Vergnügungen an. Trinken, sich streiten, sich prügeln, essen und betrunken und krank heimgehen, das heißt für sie »feiern«.

Zwar war der Graf aus dem Couches-Tor herausgekommen,

aber er führte seine drei Gäste durch den Wald zurück, um ihnen die Spuren der Verheerungen zu zeigen und sie die Wichtigkeit dieser Frage beurteilen zu lassen.

Zu der Zeit, da Rigou nach Blangy zurückkehrte, beendeten der Graf, die Gräfin, Emile Blondet, der Gendarmerie-Leutnant, der Wachtmeister und der Bürgermeister von Couches ihr Mittagessen in dem prächtigen, kostbaren Eßzimmer, in dem Bourets Luxusbedürfnis sich ausgewirkt hatte, und das von Blondet in seinem Brief an Nathan geschildert worden ist.

»Es wäre schade, einen solchen Wohnsitz aufgeben zu müssen«, sagte der Gendarmerie-Leutnant, der nie zuvor auf Les Aigues geweilt hatte – es war ihm alles gezeigt worden – und der jetzt durch ein Champagnerglas hindurch die wundervolle Munterkeit der nackten Nymphen bewunderte, die den Schleier der Deckenmalerei hielten.

»Deshalb wollen wir uns hier auch bis zum Tode wehren«, sagte Blondet.

»Wenn ich so spreche«, fuhr der Leutnant fort und blickte seinen Wachtmeister an, als wolle er ihm Schweigen anempfehlen, »so geschieht es, weil die Feinde des Generals nicht nur aus der Landbevölkerung kommen.«

Der wackere Leutnant war weich gestimmt durch das glänzende Mittagessen, durch das prächtige Tafelgeschirr, durch den kaiserlichen Luxus, der an die Stelle des Luxus »einer von der Oper« getreten war, und Blondet hatte Geistreicheleien geäußert, die ihn ebenso angeregt hatten wie die ritterlichen Gesundheiten, bei denen er sein Glas hatte leeren müssen.

»Wie könnte ich Feinde haben?« fragte der General erstaunt.

»Wo er doch so gütig ist!« fügte die Gräfin hinzu.

»Er hat sich von unserm Bürgermeister Monsieur Gaubertin in Unfrieden getrennt, und wenn er seine Ruhe haben will, müßte er sich mit ihm aussöhnen.«

»Mit dem . . .!« rief der Graf. »Wissen Sie denn nicht, daß er mein früherer Verwalter und ein Gauner ist?«

»Jetzt ist er kein Gauner mehr«, sagte der Leutnant, »sondern der Bürgermeister von La-Ville-aux-Fayes.«

»Er hat Geist, unser Leutnant«, sagte Blondet. »Denn selbstverständlich ist ein Bürgermeister seinem Wesen nach ein anständiger Mensch.«

Aus der Äußerung des Grafen hatte der Leutnant ersehen, daß es unmöglich sei, ihn aufzuklären; also setzte er das Gespräch über dieses Thema nicht weiter fort.

SECHSTES KAPITEL

Wald und Ernte

Die Szene in Couches hatte gut gewirkt, und die getreuen Aufseher des Grafen sorgten ihrerseits dafür, daß aus dem Wald von Les Aigues nur abgestorbenes Holz herausgetragen wurde; aber jener Wald war seit zwanzig Jahren von den Bauern so ausgebeutet worden, daß nur noch lebendiges Holz vorhanden war; dieses nun aber bis zum Winter zum Absterben zu bringen, ließen sie sich angelegen sein; das geschah mittels einer recht einfachen Prozedur, die indessen erst lange Zeit danach entdeckt werden konnte. Tonsard schickte seine Mutter in den Wald; der Aufseher sah sie hineingehen; er wußte, wo sie wieder herauskommen würde und lauerte ihr auf, um sich ihr Reisigbündel zeigen zu lassen; tatsächlich sah er, daß sie nur mit trockenem Reisig, mit abgefallenen Ästen, mit zerbrochenen, dürren Zweigen beladen war; und sie ächzte und stöhnte und jammerte, daß sie bei ihrem Alter so weit hätte laufen müssen, um dies elende Reisigbündel zusammenzubringen. Was sie aber nicht sagte, das war, daß sie im dichtesten Dickicht den Stamm eines jungen Baums freigemacht und unten an der Wurzel die Rinde entfernt hatte, ringsherum, ringförmig; dann hatte sie Moos und Blätter wieder darüber geschichtet, ganz, wie es gewesen war; es war unmöglich, diesen ringförmigen Einschnitt zu entdecken, der nicht mit dem Rebmesser, sondern mittels eines Schabeisens gemacht worden war und aussah, als rühre er von Nagetieren und Schädlingen her, die, je nach der Gegend, Engerlinge oder Türken genannt werden, weiße »Würmer«, die das erste Stadium des Maikäfers sind. Dieser Wurm liebt Baumrinde; er quartiert sich zwischen

Rinde und Splint ein und frißt sich um den Stamm herum. Ist der Baum schon dick genug, daß sich der Engerling unterwegs in seine zweite Gestalt verwandelt, den Puppenzustand, in dem er bis zu seiner zweiten Auferstehung schläft, so ist der Baum gerettet; denn solange der Saft noch durch eine von Rinde bedeckte Stelle aufsteigen kann, wächst der Baum weiter. Für denjenigen, der wissen will, wie sehr die Entomologie und die Landwirtschaft und der Gartenbau sowie alle sonstigen Produkte der Erde zusammenhängen, genügt der Hinweis, daß große Naturwissenschaftler wie Latreille[259], der Graf Dejean[260], der Berliner Klug[261], der Turiner Géné[262] und andere zu der Erkenntnis gelangt sind, daß der größte Teil der bekannten Insekten sich auf Kosten des Pflanzenwuchses ernährt; daß die Käfer, deren Katalog Dejean publiziert hat, in siebenundzwanzigtausend Arten vertreten sind, und daß trotz der eifrigsten Forschungen der Entomologen aller Länder es noch eine riesige Anzahl von Arten gibt, bei denen man die dreifache Umwandlung, die jedes Insekt auszeichnet, nicht kennt; daß weiterhin nicht nur jede Pflanze ihr besonderes Insekt hat, sondern daß jedes Bodenprodukt, so sehr es auch durch menschlichen Fleiß verändert worden sein möge, das seine hat. So wird der Hanf, der Flachs, nachdem er entweder dazu gedient hat, den Menschen zu bedecken oder ihn zu hängen, nachdem er über den Rücken einer Armee hinweggegangen ist, zu Schreibpapier, und die da viel schreiben oder lesen, sind vertraut mit den Lebensgewohnheiten eines Insekts, das »Bücherwurm«[263] genannt wird und von wunderbarer Behendigkeit und Gestalt ist; er macht seine unbekannten Verwandlungen in einem Stapel weißen, sorgfältig aufbewahrten Papiers durch, und man kann ihn in seinem prächtigen, wie Talk oder Spat schimmernden Kleid laufen oder hüpfen sehen; er ist ein fliegender Weißfisch[264].

Der »Türke« ist die Verzweiflung des Gutsbesitzers; er entschlüpft vor den behördlichen Rundschreiben unter die Erde; es kann gegen ihn erst eine Sizilianische Vesper[265] angeordnet werden, wenn er zum Maikäfer geworden ist, und wenn die Bevölkerung wüßte, von welchen Katastrophen sie bedroht ist, falls sie nicht die Maikäfer und die Raupen ausrottet, würde sie den nachdrücklichen Befehlen der Präfektur besser Folge leisten!

Holland wäre fast zugrunde gegangen; seine Deiche waren vom Schiffswurm zernagt worden, und die Wissenschaft weiß noch nicht, zu welchem Insekt der Schiffswurm[266] sich entwickelt, gerade wie sie die früheren Zustände der Cochenille[267] nicht kennt. Das Mutterkorn des Roggens[268] ist wahrscheinlich eine ganze Völkerschaft von Insekten, von denen die Wissenschaft vorerst noch nicht weiß, wie sie sich bewegt. So also ahmten denn in der Zeit bis zur Ernte und Ährenlese an die fünfzig alte Frauen die Arbeit des Engerlings[269] am Fuß von fünf- oder sechshundert Bäumen nach, die dann im Frühjahr abgestorben dastanden und sich nicht mehr mit Laub bedeckten; und jene Bäume wurden an den unzugänglichsten Stellen ausgesucht, so daß das Astwerk den alten Frauen anheimfiel. Wer hatte ihnen dieses Geheimnis verraten? Niemand. Courtecuisse hatte in Tonsards Schenke darüber geklagt, daß in seinem Garten eine Ulme vergilbe; jene Ulme begann zu kränkeln, und er hatte vermutet, der Engerling sei daran schuld; er, Courtecuisse, wisse, was es mit den Engerlingen auf sich habe, sitze einmal solch ein »Türke« unten im Baum, dann sei es um den Baum geschehen ...! Und er weihte seine Zuhörer in der Schenke in die Arbeitsweise des Engerlings ein; er machte sie ihnen einfach vor. Die alten Frauen machten sich an dieses Zerstörungswerk in aller Heimlichkeit und mit legendärer Gewandtheit; sie wurden dazu durch die strengen Maßregeln angetrieben, die der Bürgermeister von Blangy ergriff, und die ebenfalls zu ergreifen den Bürgermeistern der Nachbargemeinden befohlen wurde. Die Feldhüter hatten einen Aufruf ausgetrommelt, in dem gesagt wurde, daß niemand zum Ährenlesen oder zur Nachlese in den Rebbergen befugt sei, der nicht durch eine von den Bürgermeistern der Gemeinden ausgestellten Bedürftigkeitsbescheinigung dazu ermächtigt werde; das Muster einer solchen war vom Präfekten an den Unterpräfekten und von diesem an jeden Bürgermeister geschickt worden. Die Großgrundbesitzer des Départements bewunderten das Vorgehen des Generals Montcornet sehr, und der Präfekt pflegte in den Salons, in denen er verkehrte, zu sagen, wenn die sozialen Spitzen, anstatt in Paris zu bleiben, auf ihre Güter kämen und sich untereinander ins Einvernehmen setzten, würde man schließlich zu guten Ergebnissen gelangen; denn solcherlei Maßregeln, fügte der Präfekt hin-

331

zu, müßten überall ergriffen, gemeinsam angewandt und durch Wohltätigkeit modifiziert werden, durch eine aufgeklärte Philanthropie, wie der General Montcornet sie betreibe.

Tatsächlich hatten der Graf und seine Frau es mit der Wohltätigkeit versucht, wobei der Abbé Brossette ihnen zur Hand gegangen war. Sie hatten sich darüber Gedanken gemacht; durch unbestreitbare Resultate wollten sie die, von denen sie ausgeplündert wurden, überzeugen, sie gewännen mehr, wenn sie sich mit erlaubten Arbeiten befaßten. Graf und Gräfin gaben Hanf zum Spinnen und bezahlten das Fertiggestellte; danach ließ die Gräfin aus dem Gesponnenen Leinwand herstellen, aus der dann Scheuertücher, Schürzen, grobe Küchenhandtücher und Hemden für die Bedürftigen gefertigt wurden. Der Graf unternahm Meliorationen, die Arbeiter verlangten, und er stellte nur solche aus den benachbarten Gemeinden ein. Mit den Einzelheiten wurde Sibilet betraut, während der Abbé Brossette der Gräfin die wahrhaft Bedürftigen namhaft machte und sie ihr oftmals zuführte. Madame de Montcornet hielt ihre Wohltätigkeitssitzungen in der großen Halle ab, die auf die Freitreppe hinausging. Es war ein schöner Warteraum; der Fußboden bestand aus Platten von weißem und rotem Marmor; ein schöner Ofen aus Fayence diente zugleich als Zier; es fanden sich lange, mit rotem Plüsch bezogene Bänke.

Dorthin brachte eines Morgens vor der Ernte die alte Tonsard ihre Enkelin Catherine, die, wie sie sagte, ein Geständnis ablegen wollte, das etwas Furchtbares für die Ehre einer armen, aber anständigen Familie sei. Während die Alte redete, stand Catherine in der Haltung einer Verbrecherin da; dann erzählte sie ihrerseits, in welcher »Notlage« sie sich befinde, und daß sie sich nur ihrer Großmutter anvertraut habe, da ihre Mutter sie hinauswerfen würde; ihr Vater, ein Mann mit Ehrgefühl, würde sie umbringen. Wenn sie nur tausend Francs hätte, würde ein armer Arbeiter namens Godain sie heiraten; er wisse alles, und er liebe sie wie ein Bruder; er würde ein armseliges Stückchen Land kaufen und sich darauf eine Hütte bauen. Es war eine rührende Geschichte. Die Gräfin versprach, für diese Eheschließung die Summe zu opfern, mit der sie selber sich einen Wunsch hatte erfüllen wollen. Michauds glückliche Ehe und die Groisons waren wie geschaffen, ihr dazu Mut zu machen. Außerdem würde diese Hochzeit, diese Ehe ein gutes Beispiel für die Dorfleute sein und sie zu Wohlverhalten veranlassen. Die Eheschließung Catherine Tonsards mit Godain wurde also mittels der von der Gräfin geschenkten tausend Francs in die Wege geleitet.

Ein andermal brachte eine gräßliche alte Frau, Bonnébaults Mutter, die in einer elenden Baracke zwischen der Porte de Couches und dem Dorf hauste, eine Ladung Docken gesponnenen Hanf.

»Die Frau Gräfin hat Wunder vollbracht«, sagte der Abbé voller Hoffnung auf eine moralische Besserung dieser Wilden.

»Die Frau da hat viel Unheil in Ihren Wäldern angerichtet; aber wieso und warum sollte sie heute noch hingehen? Sie sitzt von früh bis spät am Spinnrad; ihre Zeit ist ausgefüllt und bringt ihr was ein.«

Im Dorf herrschte Ruhe; Groison erstattete befriedigende Berichte, die Delikte schienen aufhören zu wollen, und vielleicht hätten die Gegend und deren Bewohner ein völlig gewandeltes Aussehen angenommen, wäre nicht die rachsüchtige Geldgier Gaubertins, wären nicht die bourgeoisen Kabalen der Oberschicht von Soulanges und die Intrigen Rigous gewesen, die den Haß und das Verbrecherische in den Herzen der Bauern des Tals von Les Aigues anfachten wie ein Schmiedefeuer.

Die Aufseher klagten fortwährend darüber, daß sie in den Dickichten viele mit dem Rebmesser abgehauene Äste fänden, die offenbar als Brennholz für den Winter dienen sollten; sie hatten den Urhebern dieser Delikte aufgelauert, ohne sie indessen ertappen zu können. Unterstützt von Groison hatte der Graf nur an dreißig oder vierzig wirklich arme Leute in der Gemeinde Bedürftigkeitsbescheinigungen gegeben; aber die Bürgermeister der Nachbargemeinden waren weniger heikel gewesen. Je milder sich der Graf bei der Affäre in Couches bezeigt hatte, desto mehr war er zur Strenge in bezug auf das Ährenlesen entschlossen, das zum Diebstahl entartet war. Er ließ dabei seine drei verpachteten Höfe außer acht; es handelte sich lediglich um die Halbpachthöfe; deren besaß er sechs, jeder war zweihundert Morgen groß. Er hatte öffentlich bekanntgegeben, daß es bei Strafe der Protokollnahme und der Bußen, die das Friedensgericht festsetzen

333

werde, verboten sei, die Felder vor dem Einfahren der Garben zu betreten; seine Anordnung betreffe übrigens in der Gemeinde nur ihn selber. Rigou kannte die Gegend; er hatte seine anbaufähigen Ländereien in kleinen Parzellen an Leute verpachtet, die ihre Ernte einzubringen verstanden, und er ließ sich die Pachtsumme in Getreide bezahlen. Das Ährenlesen ging ihn also nichts an. Die andern Grundbesitzer waren Bauern, und die beklauten sich nicht gegenseitig. Der Graf hatte Sibilet befohlen, sich mit seinen Halbpächtern dahingehend zu einigen, daß deren Felder eins nach dem andern gemäht wurden, so daß sämtliche Schnitter jeweils nur bei *einem* Pächter arbeiteten, statt daß sie verteilt wurden, was die Überwachung erschwert hätte. Der Graf ging mit Michaud persönlich hin, um mit eigenen Augen zu sehen, wie die Dinge sich entwickelten. Groison, der diese Maßnahme angeregt hatte, sollte jedesmal dabeisein, wenn die Bedürftigen von den Feldern des reichen Grundeigentümers Besitz ergriffen. Die Stadtbewohner können sich schwerlich vorstellen, was die Ährenlese für die Landleute bedeutet; deren Leidenschaft dafür ist unerklärlich; es gibt nämlich Frauen, die gut bezahlte Arbeit im Stich lassen, um Ähren lesen zu können. Das von ihnen auf diese Weise gefundene Getreide scheint ihnen besser zu sein; und der so gesammelte Vorrat ihres Hauptnahrungsmittels besitzt für sie eine ungeheure Anziehungskraft. Die Mütter nehmen ihre kleinen Kinder mit, ihre Töchter, ihre Jungen; die gebrechlichsten alten Männer schleppen sich hin, und natürlich tun auch solche, die etwas besitzen, als steckten sie im Elend. Man zieht beim Ährenlesen sein schäbigstes Zeug an. Der Graf und Michaud wohnten zu Pferde dem ersten Eindringen dieser zerlumpten Menge auf die ersten Felder des ersten Halbpächters bei. Es war zehn Uhr vormittags, der August war heiß, der Himmel wolkenlos und blau wie eine Immergrünblüte; die Erde brannte, die Kornfelder loderten, die Schnitter arbeiteten mit Gesichtern, die durch die Rückstrahlung des Sonnenlichts von einem gehärteten, dumpf dröhnenden Erdboden wie gesotten waren, alle stumm, mit schweißnassen Hemden, und tranken Wasser aus jenen zweihenkligen Tonkrügen, die rund wie Brote sind und eine plumpe, trichterförmige Öffnung haben, die mit einem Weidenpfropf verschlossen wird.

Am Ende der abgeernteten Felder, auf denen die garbenbeladenen Karrenwagen hielten, standen an die hundert Menschenwesen, die sicherlich die abstoßendsten Konzeptionen weit hinter sich ließen, die die Pinsel Murillos[270] und Teniers'[271], der kühnsten auf diesem Gebiet, und die Gestalten Callots[272], dieses Dichters im Ausmalen von Elend und Armut, haben Wirklichkeit werden lassen; ihre bronzenen Beine, ihre sich häutenden Köpfe, ihre zerfetzten Lumpen, ihre seltsam entstellende Buntheit, ihre feuchtfettigen Risse, ihre Flickstellen, ihre Flecke, ihre verschossenen Stoffe, ihr zutage tretendes Grundgewebe, kurzum, ihr Ideal an materiellem Elend war übertroffen worden, gerade wie der gierige, ängstliche, verstumpfte, schwachsinnige, wüste Ausdruck dieser Gesichter auf den unsterblichen Kompositionen jener Fürsten der Farbe den ewigen Vorteil genoß, dessen die Natur über die Kunst teilhaftig ist. Es waren darunter alte Frauen mit Putenhälsen, mit schuppigen, roten Augenlidern, die den Kopf vorreckten wie Vorstehhunde vor Rebhühnern, stumm dastehende Jungen wie Soldaten unter Waffen, kleine Mädchen, die mit den Füßen stampften wie auf ihr Futter wartende Pferde; das Charakteristische von Kindheit und Alter war durch die wilde Gier ausgelöst worden, die Gier nach dem Besitz anderer, der durch Mißbrauch ihr eigener werden sollte. Alle Augen glühten, alle Bewegungen waren drohend; aber alle bewahrten in Gegenwart des Grafen, des Feldhüters und des Oberaufsehers Schweigen. Der Großgrundbesitz, die Pächter, die Arbeiter und die Armen, sie alle waren hier vertreten; die soziale Frage zeichnete sich klar ab, denn diese provozierenden Gestalten waren durch den Hunger hergeführt worden ... Die Sonne hob die harten Züge, die hohlwangigen Gesichter noch mehr hervor; sie verbrannte die nackten, staubbeschmutzten Füße; es waren Kinder ohne Hemd da, notdürftig mit einem zerrissenen Kittel bedeckt, das blondgelockte Haar voller Stroh, Heu und Zweigstücke; manche Frauen hielten ganz kleine an der Hand, sie waren schon seit dem Vorabend unterwegs, und sie durften sich in den Ackerfurchen zusammenrollen.

Dieses düstere Bild wirkte auf einen alten, gutherzigen Soldaten erschütternd; der General sagte zu Michaud:

»Dieser Anblick tut mir weh. Man muß sich der Wichtigkeit dieser Maßregeln bewußt sein, um darauf zu beharren.«

»Wenn jeder Gutsbesitzer handelte wie Sie, lebte auf seinem Gut und täte dort Gutes gleich Ihnen, Herr General, dann gäbe es, ich will nicht sagen, keine Armen mehr, denn die wird es immer geben; aber es existierte kein Menschenwesen, das nicht von seiner Arbeit leben könnte.«

»Die Bürgermeister von Couches, Cerneux und Soulanges haben uns ihre Armen hergeschickt«, sagte Groison, der die Bescheinigungen ausgestellt hatte, »das hätte nicht geschehen dürfen . . .«

»Nein; aber unsere Armen gehen ja auch in jene Gemeinden«, sagte der Graf. »Für diesmal genügt es, wenn wir durchsetzen, daß uns nicht einfach ganze Garben geklaut werden; es muß Schritt für Schritt vorgegangen werden«, sagte er, als er wegritt.

»Haben Sie das gehört?« fragte die alte Tonsard die alte Bonnébault, denn die letzte Äußerung des Grafen war weniger leise gesprochen worden als die früheren, und hatte das Ohr einer der beiden Alten erreicht, die auf dem Weg am Feld standen.

»Ja, und damit ist es nicht getan; heute ein Zahn, morgen ein Ohr; wenn sie eine Sauce erfinden könnten, um unser Geschlinge zu essen wie das vom Kalb, dann fräßen sie Christenfleisch!« sagte die alte Bonnébault und zeigte auf den Grafen, als er an ihrem drohenden Profil vorüberritt; aber sie hatte ihrem Gesicht blitzschnell durch einen honigsüßen Blick und eine süßliche Grimasse einen heuchlerischen Ausdruck geliehen; gleichzeitig hatte sie einen tiefen Knicks gemacht.

»Nanu, Sie lesen ebenfalls Ähren? Und dabei läßt meine Frau Sie doch soviel Geld verdienen!«

»Ach lieber Herr, möge Gott Sie bei guter Gesundheit erhalten, aber sehen Sie, mein Junge, der futtert mir alles weg, und ich muß dies bißchen Weizen verstecken, damit ich im Winter Brot habe . . . da will ich mir noch ein bißchen aufsammeln . . das ist doch eine Hilfe!«

Die Ährenlese hatte für die Lesenden nur ein karges Ergebnis. Da die Pächter und Halbpächter merkten, daß sie unterstützt wurden, ließen sie ihre Felder sorgfältig mähen und paßten beim Garbenbinden und Einfahren gehörig auf, so daß es nicht mehr zu dem Mißbrauch und der Plünderei der vorherigen Jahre kam.

Die wahren und die falschen Bedürftigen waren es gewohnt gewesen, beim Ährenlesen ein gewisses Quantum Wein vorzufinden; diesmal hatten sie vergeblich danach gesucht; die Begnadigung in Couches hatten sie längst vergessen, und so empfanden sie ein dumpfes Mißbehagen, das bei Zusammenkünften in der Schenke durch die Tonsards, durch Courtecuisse, Bonnébault, Laroche, Vaudoyer, Godain und deren Anhänger noch vergiftet wurde. Nach dem Herbsten wurde es noch schlimmer, denn die Nachlese durfte erst beginnen, nachdem die Rebberge abgeerntet und durch Sibilet mit auffälliger Strenge kontrolliert worden waren. Dieses Verfahren erbitterte die Geister aufs höchste; aber wenn ein so großer Abstand zwischen der Klasse, die aufmuckt und tobt, und derjenigen besteht, die bedroht wird, dann ersterben dabei die Worte; man gewahrt, was eigentlich vor sich geht, nur durch die Tatsachen; denn die Unzufriedenen betreiben ihre Arbeit unterirdisch, nach Art der Maulwürfe.

Der Jahrmarkt von Soulanges war ziemlich ruhig verlaufen, abgesehen von ein paar Streitereien zwischen der Oberschicht und der nächsthöheren der Stadt; der unruhige Despotismus der Salonkönigin hatte sie hervorgerufen; sie wollte die Herrschaft nicht dulden, die die schöne Euphémie Plissoud im Herzen des glänzenden Lupin begründet und aufrechterhalten hatte, dessen Flatterhaftigkeit sie für alle Zeit gezügelt zu haben schien.

Der Graf und die Gräfin waren weder auf dem Jahrmarkt von Soulanges noch bei dem Fest im Tivoli erschienen, und das wurde ihnen von den Soudrys, den Gaubertins und deren Anhängern angekreidet, als sei es ein Verbrechen. Das sei Hochmut, das sei Verachtung, hieß es bei Madame Soudry. Während dieser Zeit versuchte die Gräfin die Leere, die Emiles Fernsein ihr schuf, durch das sehr große Interesse auszufüllen, das schöne Seelen dem Guten, das sie tun oder zu tun glauben, zuteil werden lassen, und der Graf seinerseits widmete sich nicht minder eifrig den Bodenverbesserungen seiner Ländereien, die seiner Meinung nach auch auf günstige Weise die Lage und auf dieser Basis den Charakter der Bewohner jener Gegend beeinflussen sollten. Madame de Montcornet, der der Abbé Brossette mit seinem Rat und seiner Erfahrung half, erwarb sich nach und nach eine statistisch genaue Kenntnis der armen Familien der Gemeinde, ihrer Lage, ihrer Bedürfnisse, ihrer Existenzmittel, sowie das Verständnis dafür, wie man die Arbeit jener Leute fördern könne, ohne sie dadurch müßig und faul zu machen.

Die Gräfin hatte Geneviève Niseron, die Pechina, in Auxerre in einem Kloster untergebracht, unter dem Vorwand, sie solle dort so viel an Schneiderei lernen, daß sie sie in ihrem Haus verwenden könne, aber in Wirklichkeit, um sie den infamen Nachstellungen Nicolas Tonsards zu entziehen, den Rigou tatsächlich vom Militärdienst freibekommen hatte; die Gräfin hatte dabei auch gemeint, daß eine religiöse Erziehung, die Abgeschlossenheit und eine klösterliche Überwachung es fertigbringen würden, im Lauf der Zeit die glühenden Leidenschaften dieses frühreifen kleinen Mädchens zu bändigen, dessen montenegrinisches Blut sie manchmal wie eine drohende Flamme anmutete, die drauf und dran war, in nicht allzu ferner Zeit das häusliche Glück ihrer getreuen Olympe Michaud in Schutt und Asche zu legen.

So war man denn also auf Schloß Les Aigues unbesorgt. Der von Sibilet eingelullte, von Michaud in Sicherheit gewiegte Graf beglückwünschte sich zu seiner Festigkeit und dankte seiner Frau dafür, daß sie durch ihre Wohltätigkeit zu dem gewaltigen Ergebnis, daß sie jetzt ihre Ruhe genießen konnten, beigetragen hatte. Die Frage des Holzverkaufs behielt der Graf sich in Paris zu lösen vor, wo er sich mit den Händlern ins Einvernehmen setzen wollte. Er hatte keine Ahnung von den Methoden bei der Abwicklung von dergleichen Geschäften, und er wußte nicht das mindeste von Gaubertins Einfluß auf die Flößerei auf der Yonne, die Paris zum großen Teil versorgte.

SIEBTES KAPITEL

Der Jagdhund

Mitte September kam Emile Blondet, der nach Paris gereist war, um dort ein Buch herauszubringen, zurück nach Les Aigues, wo er sich erholen und über die für den Winter geplanten Arbeiten nachdenken wollte. Auf Les Aigues kam bei diesem ausgekochten

Journalisten stets wieder der liebenswerte, treuherzige Mensch der ersten auf die Jünglingstage folgenden Zeiten zum Vorschein. »Welch eine schöne Seele!« Das pflegten der Graf und die Gräfin von ihm zu sagen.

Die Menschen, die es gewohnt sind, sich an den Abgründen des gesellschaftlichen Lebens herumzutreiben, alles zu verstehen und nichts zu unterdrücken, schaffen sich in ihrem Herzen eine Oase; sie vergessen ihre eigenen Verderbtheiten und die der andern; in einem engen, zurückhaltenden Kreis werden sie zu kleinen Heiligen; sie bezeigen weibliches Zartgefühl und geben sich einer vorübergehenden Verwirklichung ihres Ideals hin; sie werden um einer einzigen Person willen, die sie liebt, zu Engeln, und dabei spielen sie keineswegs Komödie; sie führen ihre Seele sozusagen auf die Weide; sie verspüren das Verlangen, sich ihre Schmutzflecken abzubürsten, ihre Wunden zu heilen, ihre Verletzungen zu verbinden. Auf Les Aigues war Emile Blondet ohne Gift und Galle und beinahe geistlos; er äußerte keine Bosheiten, er war sanft wie ein Lamm und von platonischer Anmut.

»Er ist ein so guter junger Mensch, daß er mir fehlt, wenn er nicht hier ist«, sagte der General. »Ich wollte, er käme zu Geld und brauchte nicht sein Pariser Leben zu führen ...«

Nie zuvor waren die herrliche Landschaft und der Park von Les Aigues von wollüstigerer Schönheit gewesen als jetzt. In den ersten Herbsttagen, zu der Zeit, da die Erde des Hervorbringens satt ist und sich ihrer Erzeugnisse entledigt hat, haucht sie wundervolle pflanzliche Düfte aus, und vor allem die Wälder sind köstlich; sie beginnen die bronzegrünen Tönungen anzunehmen, die warmen Farben der Terra di Siena, die die schönen Gobelins bilden, unter denen sie sich verbergen, als wollten sie der Winterkälte trotzen.

Nachdem die Natur sich im Frühling herausgeputzt und fröhlich bezeigt hat wie eine hoffende Braune, wird sie jetzt melancholisch und sanft wie eine Blonde, die Erinnerungen nachhängt; die Rasenflächen werden golden, die Herbstblumen zeigen ihre blassen Blütenkronen, die Gänseblumen strecken ihre weißen Augen seltener aus dem Rasen hervor, nur blaßviolette Kelche sieht man noch. Das Gelb überwiegt, die Schatten unter den Bäumen werden durch das gelichtete Laubwerk dünner, aber dunkler im

Farbton, die schon schräg scheinende Sonne läßt orangene, flüchtige Lichter hindurchgleiten, lange Leuchtspuren, die schnell dahinschwinden wie die Schleppenkleider von Frauen, die Lebewohl sagen.

Eines Morgens, am zweiten Tag nach seiner Ankunft, stand Emile am Fenster seines Schlafzimmers, das auf eine der Terrassen mit modernem Balkon hinausging, und von wo aus man eine schöne Aussicht hatte. Jener Balkon zog sich auch längs der Zimmer der Gräfin hin, und zwar an der Seite, die auf die Wälder und die Landschaft von Blangy blickt. Der Teich, der als ein See bezeichnet worden wäre, wenn Les Aigues näher bei Paris gelegen wäre, war kaum zu sehen, und ebensowenig sein langer Kanal; die am Pavillon, wo ehedem sich die Jäger versammelt hatten, entspringende Quelle durchglitt den Rasen mit seinem Moiréband und dem Glimmer seines Sandes.

Jenseits des Parks gewahrte man vor den Dörfern und Mauern die Äcker von Blangy, ein paar sich senkende Wiesen mit weidenden Kühen, heckenumgebene Besitzungen mit ihren Nuß- und Apfelbäumen, und dann als Umrahmung die Höhenzüge, auf denen sich gestaffelt die schönen Bäume des Waldes hinbreiteten. Die Gräfin war in Pantoffeln hinausgetreten, um sich die Blumen auf ihrem Balkon anzuschauen, die ihre morgendlichen Düfte ausströmten; sie trug einen batistenen Morgenrock, unter dem das Rosa ihrer schönen Schultern hervorschimmerte; ein kokettes Häubchen saß mutwillig auf ihrem Haar, das keck darunter hervorquoll; ihre Füßchen glänzten hautfarben durch die durchsichtigen Strümpfe hindurch, ihr Morgenrock wogte gürtellos und ließ einen Unterrock aus gesticktem Batist sehen, der unzulänglich an ihrem Leibchen befestigt war, was auch zu sehen war, wenn der Wind den leichten Morgenrock ein wenig öffnete.

»Ach, Sie sind da!« sagte sie.

»Ja . . .«

»Was schauen Sie sich an?«

»Was für eine Frage! Sie haben mich der Natur entrissen. Sagen Sie, Gräfin, wollen Sie heute vormittag, vor dem Mittagessen, einen Gang durch den Wald machen?«

»Was fällt Ihnen ein? Sie wissen doch, daß ich es gräßlich finde, zu Fuß zu gehen.«

»Wir wollen nur einen ganz kurzen Gang unternehmen; ich fahre Sie im Tilbury hin, wir nehmen Joseph mit, der kann auf ihn aufpassen ... Sie gehen nie in Ihren Wald; und ich habe darin eine merkwürdige Erscheinung beobachtet ... an manchen Stellen findet sich eine gewisse Zahl von Baumkronen, die wie Florentiner Bronze gefärbt sind; die Blätter sind dürr ...«

»Also gut; ich gehe und ziehe mich an ...«

»Dann sind wir erst in zwei Stunden fahrbereit ...! Nehmen Sie doch einfach einen Schal, setzen Sie einen Hut auf ... ziehen Sie Halbstiefel an ... weiter ist nichts nötig ... Ich gebe Weisung, daß angespannt wird.«

»Immer muß ich tun, was Sie wollen ... Ich komme im Augenblick.«

»Herr General, wir wollen ausfahren ... kommen Sie mit?« fragte Blondet. Er hatte den Grafen geweckt; doch dieser ließ nur das Brummen jemandes vernehmen, den der Morgenschlummer noch umfangen hält.

Eine Viertelstunde danach rollte der Tilbury langsam über die Parkwege; ihm folgte in gehörigem Abstand ein lang aufgeschossener, livrierter Diener.

Es war ein Septembermorgen. Das dunkle Blau des Himmels schimmerte hier und dort durch die Schäfchenwolken hindurch, die den Untergrund zu bilden schienen, und der Äther wirkte nur als zufällige Beigabe; am Horizont waren lange, ultramarinblaue Streifen, aber in Schichten, die mit andern, sandfarbenen Wolken abwechselten; diese Farbtöne wandelten sich und wurden oberhalb der Wälder zu Grün. Unter dieser Decke war die Erde feuchtwarm wie eine Frau beim Aufstehen; sie hauchte würzige, warme, aber wilde Düfte aus; der Geruch der Äcker mischte sich mit dem der Wälder. In Blangy wurde das Angelus geläutet, und dadurch, daß die Glockentöne sich in das absonderliche Konzert der Wälder mischten, liehen sie der Stille Wohllaut. Stellenweise stiegen weiße, durchsichtige Dunstschwaden auf. Als Olympe diese schönen Naturspiele erblickte, bekam sie Lust, ihren Mann zu begleiten; er hatte an einen der Aufseher, dessen Haus in der Nähe gelegen war, einen Befehl zu überbringen; der Arzt von Soulanges hatte ihr nahegelegt, sich im Freien zu bewegen, ohne sich indessen zu überanstrengen; sie scheute die

Mittagshitze, und abends wollte sie nicht spazierengehen; also nahm Michaud seine Frau mit, und hinter ihnen her lief der seiner Hunde, der ihm der liebste war, ein hübscher, mausgrauer Windhund mit weißen Flecken, gefräßig wie alle Windhunde, voller Fehler wie eben ein Tier, das weiß, daß man es gern hat und daß es Gefallen findet.

Als der Tilbury am Parkgitter bei der Versammlungsstätte der Jäger anlangte, erfuhr die Gräfin auf ihre Frage, wie es Madame Michaud gehe, sie sei mit ihrem Mann in den Wald gegangen.

»Dieses Wetter regt jedermann an«, sagte Blondet und lenkte sein Pferd aufs Geratewohl in eine der sechs Waldalleen.

»Hör mal, Joseph, du kennst dich doch im Wald aus?«

»Ja.«

Und es ging weiter! Jene Allee war eine der köstlichsten des Waldes; sie beschrieb bald einen Bogen und wurde zu einem gewundenen Pfad, auf den die Sonne nur durch die Einschnitte des Blätterdachs einfiel, das ihn umgab wie eine Wiege; die Brise trug die Düfte von Thymian, Lavendel und wilder Minze, von welken Zweigen und Blättern hinein, die im Fallen seufzten; die auf Gras und Blattwerk gesäten Tautropfen fielen überall herab, als der leichte Wagen vorüberrollte, und je weiter er fuhr, desto mehr konnten die Insassen flüchtige Blicke auf die geheimnisvollen Einfälle des Waldes werfen, auf die kühlen Gründe, wo das Grün feucht und düster ist, wo das Licht samtig wird, indem es sich darin verliert; die Lichtungen mit eleganten Birken, die eine hundertjährige Eiche überragte, der Herkules des Waldes; die prächtigen Ansammlungen knotiger, bemooster, weißlicher Stämme mit hohlen Rillen, die riesige Flecken verwischen, und den Saum von zarten Gräsern, von schlanken Blumen, die auf den Rändern der Räderspuren wachsen. Die Bächlein murmelten. Freilich, es liegt eine unerhörte Wollust darin, mit einer Frau über das Auf und Ab der schlüpfrigen Waldwege zu fahren, wo der Boden moosbewachsen ist, einer Frau, die tut, als habe sie Angst, oder die tatsächlich Angst hat, die sich an einen schmiegt und einen bei einem unfreiwilligen oder beabsichtigten Druck die kühle Feuchte ihres Arms, das Gewicht ihrer molligen weißen Schulter spüren läßt, die nur lächelt, wenn man ihr gerade gesagt hat, sie hindere einen beim Lenken des Wagens. Das Pferd scheint in das Geheimnis solcher Unterbrechungen eingeweiht zu sein; es blickt nach rechts und nach links.

Dieses für die Gräfin neue Schauspiel, diese in ihren Wirkungen so kraftvolle, so wenig gekannte und so große Natur ließ sie in eine weiche Träumerei sinken; sie lehnte sich im Tilbury zurück und überließ sich der lustvollen Freude, Emile nahe zu sein; ihre Augen waren beschäftigt, ihr Herz sprach, sie antwortete auf die innere Stimme, die mit der ihren harmonisierte; er blickte sie ebenfalls verstohlen an, und er genoß dieses träumerische Sinnen, während dessen die Seidenbänder der Haube sich gelöst hatten und dem Morgenwind die seidigen Locken des blonden Haars mit wollüstiger Lässigkeit preisgaben. Da sie aufs Geratewohl gefahren waren, gelangten sie an eine geschlossene Gattertür, zu der sie keinen Schlüssel hatten; Joseph wurde herbeigerufen, doch auch er hatte keinen Schlüssel.

»Gut, dann wollen wir spazierengehen. Joseph paßt auf den Tilbury auf; wir werden ihn schon wiederfinden . . .«

Emile und die Gräfin drangen in den Wald ein, und sie gelangten bald an eine kleine Binnenlandschaft, wie sie sich oftmals in Wäldern findet. Vor zwanzig Jahren hatten die Köhler dort ihre Holzkohle gebrannt, und die Stelle war baumlos geblieben; in ziemlich weitem Umkreis war alles verbrannt. Innerhalb von zwanzig Jahren hat die Natur sich dort einen Blumengarten schaffen können, ein Beet für sich ganz allein, gerade wie eines Tages ein Künstler sich die Freude macht, für sich selber ein Bild zu malen. Dieser köstliche Blumenkorb ist von schönen Bäumen umgeben, deren Kronen in breiten Fransen niederfallen; sie ziehen einen riesigen Baldachin über dieses Lager, auf dem die Göttin ruht. Die Kohlenbrenner hatten auf einem Pfad ihre Wasser aus einer Bodenvertiefung holen müssen, einem stets vollen Tümpel, dessen Wasser ganz rein ist. Jener Pfad ist nach wie vor vorhanden, er fordert einen auf, auf einer koketten Windung hinabzusteigen, und plötzlich bricht er ab; er zeigt einem einen Einschnitt, wo tausend Wurzeln in der Luft niederhängen und etwas wie das Gitterleinen für eine Stickerei bilden. Dieser unbekannte Teich wird von einer niedrigen, dichten Rasenfläche umsäumt; es stehen dort ein paar Pappeln, ein paar Weiden, die mit ihrem dünn schattenden Laubwerk die Rasenbank beschirmen, die ein nachdenklicher oder träger Köhler sich dort errichtet hat. Hier sind die Frösche daheim und hüpfen umher, hier baden die Knäkenten, die Wasservögel fliegen herbei und davon, ein Hase macht, daß er wegkommt; man ist der alleinige Herr dieser anbetungswürdigen Badewanne, die mit den herrlichsten, sprossenden Binsen geschmückt ist. Über dem Kopf nehmen die Bäume die mannigfachsten Stellungen ein; hier winden sich Stämme wie eine Boa constrictor; dort stehen Buchenstämme aufrecht wie griechische Säulen. Schnecken mit Häuschen und Nacktschnecken kriechen friedlich umher. Eine Schleie zeigt einem ihr Maul, das Eichhörnchen schaut einen an. Und schließlich, als Emile und die Gräfin sich ermüdet niedergesetzt hatten, ließ ein Vogel, ich weiß nicht, welcher, ein Herbstlied ertönen, ein Abschiedslied, dem alle Vögel lauschten, eins der Lieder, die liebevoll und festlich dargebracht, und die mit allen Organen zugleich aufgenommen werden.

»Wie still es ist!« sagte die Gräfin und bewegte sich leise, um diesen Frieden nicht zu stören.

Sie blickten auf die grünen Flecken im Wasser, die ganze Welten sind, in denen das Leben organische Gestalt gewinnt; sie zeigten einander eine in der Sonne spielende Eidechse, die davonhuschte, als sie sich ihr näherten, ein Verhalten, durch das sie sich die Bezeichnung »menschenfeindlich« verdient hat; »so beweist sie, wie gut sie den Menschen kennt«, sagte Emile. Sie zeigten einander die Frösche, die vertrauensseliger waren, an die Wasseroberfläche kamen, sich auf die Kressepolster setzten und ihre Karfunkelaugen glänzen ließen. Die schlichte, würzige Poesie der Natur drang in diese von den Künstlichkeiten von Welt und Gesellschaft übersättigten Seelen ein und durchschwoll sie mit nachdenksamer Rührung ... Plötzlich zuckte Blondet zusammen und neigte sich zu der Gräfin hin: »Hören Sie ...?« fragte er.

»Was denn?«

»Ein seltsames Geräusch ...«

»Da sieht man wieder mal die Literaten und Schreibtischmenschen, die keine Ahnung vom Land haben; es ist ein Specht, der sich sein Loch hackt ... Ich wette, Sie kennen nicht einmal den merkwürdigen Zug im Leben dieses Vogels; sobald er einen Schnabelhieb getan hat, und er verabreicht Tausende, um eine

Eiche auszuhöhlen, die doppelt so dick wie Ihr Körper ist, schaut er auf der Rückseite nach, ob er den Baum schon durchbohrt hat, und das tut er alle Augenblicke.«

»Dieses Geräusch, liebe Lehrerin der Naturgeschichte, rührt von keinem Tier her; irgendwie enthält es Überlegung, und die läßt auf einen Menschen schließen.«

Ein panischer Schreck packte die Gräfin; sie lief durch den Blumengarten davon, schlug den Weg ein, den sie gekommen waren, und wollte aus dem Wald heraus.

»Was ist Ihnen . . .?« rief Blondet, der ihr besorgt nachlief.

»Mir war, als hätte ich Augen gesehen . . .«, sagte sie, als sie wieder auf einem der Pfade stand, auf dem sie zu der Köhlerlichtung gelangt waren. In diesem Augenblick hörten sie die dumpfen Sterbelaute eines Wesens, das unvermutet erwürgt wird, und die Gräfin, deren Angst sich verdoppelt hatte, lief so rasch davon, daß Blondet ihr kaum folgen konnte. Sie lief hastig, sie eilte wie ein Irrlicht; sie hörte nicht, daß Emile ihr nachrief: »Sie irren sich . . .« Sie lief immer weiter. Blondet gelang es, sie einzuholen, und sie liefen immer und immer weiter. Schließlich hielten sie vor Michaud und dessen Frau inne, die Arm in Arm herangekomen waren. Emile schnaufte, die Gräfin war völlig außer Atem, es dauerte einige Zeit, bis sie sprechen konnten, dann gaben sie Erklärungen. Michaud und Blondet taten sich zusammen und spotteten über das Entsetzen der Gräfin, und der Aufseher brachte die beiden verirrten Spaziergänger wieder auf den Weg zu ihrem Tilbury. Als sie an dem Gatter angekommen waren, rief Madame Michaud:

»Prinz!«

»Prinz! Prinz!« rief der Aufseher; und er pfiff und pfiff nochmals, aber kein Windspiel kam.

Emile erzählte von den seltsamen Geräuschen, mit denen das Abenteuer angefangen hatte.

»Auch meine Frau hat das Geräusch gehört«, sagte Michaud, »und ich habe sie ausgelacht.«

»Es hat wer Prinz umgebracht!« rief die Gräfin aus. »Jetzt bin ich dessen sicher, es hat ihn wer mit einem einzigen Schnitt durch die Kehle getötet; was ich gehört habe, war das letzte Ächzen eines verendenden Tiers.«

345

»Zum Teufel!« sagte Michaud. »Die Sache verdient es, aufgeklärt zu werden.«

Emile und der Aufseher ließen die beiden Damen bei Joseph und den Pferden und kehrten zu dem naturgewachsenen Boskett zurück, das sich auf der Stätte der ehemaligen Köhlerlichtung gebildet hatte. Sie stiegen in den Tümpel hinab; sie untersuchten dessen Böschungen und fanden keinen Hinweis. Blondet war als erster wieder hinaufgeklettert; in einer der Baumgruppen, die etwas höher standen, erblickte er einen der Bäume mit verdorrtem Laubwerk; er zeigte ihn Michaud und wollte ihn sich ansehen. Beide schritten gradewegs durch den Wald, wobei sie den Stämmen auswichen und um die Dornbüsche und das undurchdringliche Ilexgestrüpp herumgingen, und fanden den Baum.

»Eine schöne Ulme!« sagte Michaud. »Aber ein Wurm, ein Wurm hat die Rinde unten rings um den Stamm zernagt.« Und er bückte sich, faßte die Rinde und hob sie an: »Da, sehen Sie, was für eine Arbeit!«

»Anscheinend gibt es viele Würmer in Ihrem Wald«, sagte Blondet.

In diesem Augenblick gewahrte Michaud ein paar Schritte seitwärts einen roten Fleck, und noch weiter weg den Kopf seines Windspiels. Er stieß einen Seufzer aus: »Die Schufte! Madame hat recht gehabt.«

Blondet und Michaud suchten den Kadaver und bekamen heraus, daß, ganz wie die Gräfin gesagt hatte, Prinz der Hals durchschnitten worden war; und um ihn am Bellen zu hindern, war er mit einem Stück Pökelfleisch geködert worden; er hielt es noch zwischen Zunge und Gaumensegel.

»Armes Tier, es ist durch das zugrunde gegangen, womit es gesündigt hat.«

»Völlig wie ein Prinz«, entgegnete Blondet.

»Es muß wer hiergewesen sein und sich davongestohlen haben, weil er nicht durch uns hat überrascht werden wollen«, sagte Michaud, »und folglich muß er ein schweres Delikt begangen haben; aber ich sehe weder abgehauene Äste noch Bäume.«

Blondet und der Aufseher machten sich daran, äußerst sorgsam alles zu durchstöbern; sie musterten die Stelle, wo sie den Fuß niedersetzen wollten, ehe sie ihn niedersetzten. Nach ein paar Schritten zeigte Blondet auf einen Baum, vor dem das Gras zerwühlt und niedergetreten war; es wies zwei deutliche Eindrücke auf.

»Da hat wer gekniet, und zwar eine Frau; denn die Beine eines Mannes würden nicht eine so breite Fläche niedergedrückten Grases hinterlassen; hier zeichnet sich ein Weiberrock ab . . .«

Der Aufseher untersuchte den Fuß des Baums, stieß auf ein Loch, das zu bohren angefangen worden war; aber er fand nicht den dickhäutigen, blanken, durch braune Punkte wie geschuppt aussehenden Wurm, dessen Vorderteil schon dem des Maikäfers gleicht, dessen Kopf, Fühler und kräftige Beißzangen er hat, mit denen er die Wurzeln zernagt.

»Mein Lieber, jetzt bin ich mir über die große Menge abgestorbener Bäume klar, die mir heute morgen von der Schloßterrasse aus aufgefallen sind, und die mich hierhergetrieben haben, weil ich die Ursache dieses Phänomens ergründen wollte. Die Würmer tummeln sich zwar; aber wer dann aus dem Wald herauskommt, das sind Ihre Bauern . . .«

Der Aufseher stieß einen Fluch aus und lief, Blondet hinter ihm her, zur Gräfin zurück, die er bat, seine Frau mitzunehmen. Joseph hieß er zu Fuß zum Schloß zurückzugehen, nahm dessen Pferd und verschwand mit äußerster Eile, um der Frau, die seinen Hund getötet hat, den Weg abzuschneiden und sie mit dem blutigen Rebmesser und dem Werkzeug zu ertappen, mit dem sie die Kerbe in die Bäume gebohrt hatte. Blondet setzte sich zwischen die Gräfin und Madame Michaud und erzählte ihnen von Prinz' Ende und seiner traurigen Entdeckung.

»Mein Gott, das müssen wir dem General noch vor dem Mittagessen erzählen; sonst könnte er vor Wut tot umfallen.«

»Ich will ihn vorbereiten«, sagte Blondet.

»Sie haben den Hund getötet«, sagte Olympe und wischte sich die Tränen ab.

»Haben Sie denn dieses arme Windspiel so gern gehabt, Liebste«, fragte die Gräfin, »daß Sie so weinen . . .?«

»Das mit Prinz kommt mir vor wie ein böses Vorzeichen; ich zittere bei dem Gedanken, daß meinem Mann ein Unglück zustoßen könnte!«

»Wie sie uns diesen Vormittag verdorben haben!« sagte die Gräfin mit einem anbetungswürdigen Schmollmund.

»Und wie sie das Land verderben!« antwortete bekümmert die junge Frau. Sie trafen den General am Parktor.

»Wo kommt ihr denn her?« fragte er.

»Das werden Sie gleich erfahren«, antwortete Blondet mit geheimnisvoller Miene, als er Madame Michaud, deren Traurigkeit den Grafen betroffen machte, beim Aussteigen half.

Kurz danach standen der General und Blondet auf der Terrasse vor den Wohnräumen.

»Sie haben sich hoffentlich zur Genüge mit moralischem Mut versehen; Sie geraten nicht in Zorn . . . nicht wahr?«

»Nein«, sagte der General. »Aber jetzt heraus mit der Sprache, oder ich muß glauben, Sie wollen sich über mich lustig machen . . .«

»Sehen Sie da drüben die Bäume mit dem dürren Laub?«

»Ja.«

»Sehen Sie die, die gerade anfangen zu welken?«

»Ja.«

»Also, all diese abgestorbenen Bäume sind durch die Bauern zum Absterben gebracht worden, die Bauern, die Sie durch Ihre Wohltaten gewonnen zu haben glaubten.«

Und Blondet erzählte die Abenteuer des Vormittags.

Der General war so blaß geworden, daß Blondet erschrak.

»Ja, so fluchen Sie, schimpfen Sie doch, hauen Sie auf den Tisch; daß Sie sich so zusammennehmen, kann Ihnen weit mehr schaden als ein Zornesausbruch.«

»Ich will rauchen«, sagte der Graf und ging zu seinem Kiosk hinüber.

Während des Mittagessens kam Michaud zurück; er war niemandem begegnet. Sibilet, den der Graf hatte holen lassen, kam ebenfalls.

»Monsieur Sibilet und Sie, Monsieur Michaud, geben Sie vorsichtig im Dorf bekannt, daß ich demjenigen tausend Francs zahle, der es möglich macht, auf frischer Tat die Leute zu ertappen, die mir meine Bäume zum Absterben bringen; es muß ausfindig gemacht werden, welches Werkzeug sie dazu benutzen, und wo sie es gekauft haben; ich habe bestimmte Absichten.«

348

»Diese Leute lassen sich nie und nimmer bestechen«, sagte Sibilet, »wenn es sich um Verbrechen handelt, die zu ihrem eigenen Nutzen und mit Vorbedacht begangen werden; denn es läßt sich nicht abstreiten, daß diese diabolische Erfindung überlegt und genau berechnet worden ist ...«

»Ja, aber tausend Francs bedeuten für sie einen oder zwei Morgen Land.«

»Wir wollen es versuchen«, sagte Sibilet. »Wenn Sie fünfzehnhundert zahlen, verbürge ich mich dafür, einen Verräter zu finden, vor allem, wenn ihm Geheimhaltung zugesichert wird.«

»Wir müssen tun, als wenn wir nichts wüßten, vor allem ich selber; es muß vielmehr so getan werden, als hätten Sie es ohne mein Wissen herausbekommen; denn andernfalls würden wir einer heimlichen Verabredung zum Opfer fallen; man muß diesen Briganten mehr mißtrauen als in Kriegszeiten dem Feinde.«

»Aber es handelt sich ja doch um Feinde«, sagte Blondet.

Sibilet warf dem Mann, der die Tragweite dieser Bezeichnung durchschaut hatte, einen duckmäuserischen Blick zu und zog sich zurück.

»Ihren Sibilet mag ich nicht«, sprach Blondet weiter, als er ihn das Haus hatte verlassen hören; »der ist falsch.«

»Bis jetzt läßt sich nichts gegen ihn vorbringen«, antwortete der General.

Blondet zog sich zurück; er hatte Briefe zu schreiben. Die sorglose Heiterkeit bei seinem ersten Aufenthalt hatte er eingebüßt; er war beunruhigt und voreingenommen; bei ihm waren es nicht trübe Ahnungen wie bei Madame Michaud, vielmehr ein Warten auf vorhergesehene und sicher eintretende Unglücksfälle. Er sagte sich: Das alles nimmt ein böses Ende; und wenn der General nicht einen entscheidenden Entschluß faßt und ein Schlachtfeld verläßt, wo er von der Überzahl erdrückt wird, wird es viele Opfer geben; wer weiß, ob er und seine Frau selber heil und gesund davonkommen? Mein Gott, dieses anbetungswürdige, hingebungsvolle, so vollkommene Geschöpf einer solchen Gefahr auszusetzen ...! Und er glaubt, er liebe sie! Nein, ich will mit ihnen ihre Gefahren teilen, und wenn ich sie nicht retten kann, dann gehe ich mit ihnen zusammen unter!

ACHTES KAPITEL

Ländliche Tugenden

In der Nacht saß Marie Tonsard auf der Landstraße nach Soulanges an einem Wasserdurchlaß und wartete auf Bonnébault,
der seiner Gewohnheit gemäß den Tag im Café verbracht hatte.
Von weitem hörte sie ihn kommen, und sein Gang zeigte ihr an,
daß er betrunken war und verloren hatte; denn wenn er gewonnen hatte, pflegte er zu singen.

»Bist du's, Bonnébault?«

»Ja, Kleine . . .«

»Was hast du?«

»Ich schulde fünfundzwanzig Francs, und man könnte mir
fünfundzwanzigmal den Hals umdrehen und fände sie doch nicht.«

»Wir können ohne weiteres fünfhundert bekommen«, flüsterte
sie ihm zu.

»Ja, ich weiß schon, es soll einer umgebracht werden; aber ich
will lieber am Leben bleiben . . .«

»Schweig doch, Vaudoyer gibt sie uns, wenn du deine Mutter
an einem Baum ertappen läßt.«

»Lieber bringe ich einen um, als daß ich meine Mutter verkaufe. Du hast doch deine Großmutter, die Tonsard; warum lie-
ferst du die nicht aus?«

»Wenn ich das versuchte, würde mein Vater böse und würde
solche Späße schon verhindern.«

»Stimmt; aber gleichgültig, meine Mutter wandert nicht ins
Gefängnis; die arme Alte: Sie backt mir das Brot, sie verschafft
mir Kleidung, wie sie das fertigbringt, weiß ich nicht . . . Ins Gefängnis, und noch dazu durch mich! Da müßte ich ja weder Herz
noch Seele haben, nein, nein! Und aus Angst, daß man sie mir
dennoch verkauft, sage ich ihr heute abend noch, daß sie keine
Bäume mehr ringsherum einkerben soll . . .«

»Na, schön, mein Vater soll tun, was er will, ich sag' ihm, daß
es fünfhundert Francs zu verdienen gibt, und dann mag er die
Großmutter fragen, ob sie's tun will. 'ne Frau von siebzig, die
wird nie und nimmer ins Gefängnis gesteckt. Außerdem wäre sie
da im Grunde besser aufgehoben als auf ihrem Speicher . . .«

»Fünfhundert Francs . . .! Ich will darüber mal mit meiner Mutter reden«, sagte Bonnébault. »Wenn die Sache so ausgeht, daß ich sie kriege, dann gebe ich ihr so viel davon ab, daß sie im Gefängnis leben kann; sie kann spinnen, das lenkt sie ein biß-chen ab, sie wird im Gefängnis gut ernährt und ist unter Dach und Fach; sie hat da sehr viel weniger Sorgen als in Couches. Bis morgen, Kleine . . . ich hab' keine Zeit, mit dir zu schwatzen.«

Am andern Tage morgens um fünf, als es gerade hell wurde, klopften Bonnébault und seine Mutter an die Tür des Grand-I-Vert; einzig die alte Mutter Tonsard war schon auf den Beinen.

»Marie!« rief Bonnébault, »das Geschäft ist gemacht!«

»Etwa das Geschäft von gestern mit den Bäumen?« fragte die alte Tonsard. »Ja, das ist gemacht, das übernehme *ich* nämlich.«

»Das wäre das Richtige! Mein Junge hat von Monsieur Rigou das Versprechen, er bekäme für das Geld einen Morgen Land . . .«

Die beiden Alten gerieten sich in die Haare, welche von ihnen durch ihre Söhne verschachert werden sollte. Der Lärm des Streits weckte das ganze Haus auf. Tonsard und Bonnébault nahmen jeder Partei für die eigene Mutter.

»Lost es doch mit Strohhalmen aus«, sagte die junge Tonsard.

Der kürzere Strohhalm entschied für die Schenke. Drei Tage später brachten ums Morgengrauen die Gendarmen die alte Tonsard aus der Waldestiefe nach La-Ville-aux-Fayes; sie war auf frischer Tat vom Oberaufseher und dessen Gehilfen sowie dem Feldhüter ertappt worden, mit einer schäbigen Feile, die dazu diente, die Baumrinde aufzuschlitzen, und einem Keil, mit dem die Waldfrevler die ringförmige Einkerbung herstellen, wie sie das Insekt auf seinem Weg bohrt. Im Protokoll wurde festge-stellt, daß in einem Umkreis von fünfhundert Schritten diese per-fide Operation an sechzig Bäumen vorgenommen worden war. Die alte Tonsard wurde nach Auxerre überführt; der Fall unter-stand der Aburteilung durch das Schwurgericht.

Als Michaud am Fuß des Baums die alte Tonsard erblickte, hatte er nicht umhin können zu sagen: »Und das sind die Leute, die Monsieur und Madame mit Guttaten überhäufen . . .! Don-nerwetter ja, wenn Madame auf mich hören wollte, dann gäbe sie der kleinen Tonsard keine Mitgift; die taugt noch weniger als ihre Großmutter . . .«

Die Alte hatte ihre grauen Augen zu Michaud aufgehoben und ihm einen giftigen Blick entgegengeschleudert. Tatsächlich verbot der Graf, als er erfuhr, wer die Urheberin des Frevels sei, seiner Frau, Catherine Tonsard etwas zu schenken.

»Daran tut der Herr Graf gut«, sagte Sibilet. »Ich habe nämlich gehört, daß Godain das Feld schon drei Tage früher gekauft hat, als Catherine mit Madame gesprochen hat. Auf diese Weise hatten die beiden Leutchen also schon auf die Wirkung dieser Szene und auf Madames Mitgefühl spekuliert. Catherine ist vollauf fähig, sich absichtlich in diese Lage versetzt zu haben, damit sie einen Grund zum Einsäckeln der Summe hatte, denn Godain ist an der Geschichte unbeteiligt . . .«

»Was sind das für Menschen!« sagte Blondet. »Dagegen sind die übelsten Subjekte in Paris ja noch wahre Heilige . . .«

»Ach, Monsieur«, sagte Sibilet, »aus Eigennutz werden überall abscheuliche Dinge begangen. Wissen Sie, wer die Tonsard verpfiffen hat?«

»Nein.«

»Ihre Enkelin Marie; die war eifersüchtig, daß ihre Schwester heiratete, und um sich eine Mitgift zu verschaffen . . .«

»So was ist grauenhaft«, sagte der Graf. »Die würden doch auch vor einem Mord nicht zurückschrecken?«

»Oh«, sagte Sibilet, »sogar einer Kleinigkeit wegen würden sie morden; diese Leute hängen so wenig am Leben; es ödet sie an, daß sie immerfort arbeiten müssen. Monsieur, auf dem Lande kommen solche Dinge weit häufiger vor als in Paris; Sie würden es kaum für möglich halten.«

»Und da soll man noch gütig und mildtätig sein!« sagte die Gräfin.

Am Abend der Verhaftung kam Bonnébault in die Schenke Zum Grand-I-Vert, wo die ganze Familie jubelnd beisammensaß.

»Ja, ja, freut euch nur! Eben hab' ich von Vaudoyer gehört, daß die Gräfin, um euch zu bestrafen, die tausend Francs zurückzieht, die sie Godain versprochen hatte; ihr Mann will nicht, daß sie sie gibt.«

»Das hat ihm dieser Schuft, der Michaud, geraten«, sagte Tonsard. »Meine Mutter hat es gehört; sie hat's mir in La-Ville-aux-

Fayes erzählt, wohin ich gegangen bin, um ihr Geld und alle ihre Sachen zu bringen. Na, meinetwegen, soll sie das Geld nicht 'rausrücken; unsere fünfhundert Francs helfen Godain bei der Bezahlung des Ackers, und dann wird unser Ehepaar Godain sich schon rächen ...! So, so, Michaud steckt also die Nase in unsere Privatangelegenheiten! Das soll ihm mehr Böses als Gutes eintragen ... Was geht ihn die ganze Geschichte an, das sagt mir mal! Passiert es in *seinem* Wald? Dabei hat er das ganze Durcheinander angestiftet ... so wahr wie er das Anbohren an dem Tag entdeckt hat, da meine Mutter seinem Köter den Hals abgeschnitten hat. Und wenn ich mich darum kümmerte, was im Schloß vorgeht, dann sagte ich dem General, daß seine Frau morgens früh mit einem jungen Mann im Wald 'rumläuft, ohne sich vor dem Tau zu fürchten; für so was muß man in der Wolle sitzen ...«

»Der General, der General«, sagte Courtecuisse, »mit dem könnte man schon fertig werden; aber dem verdreht Michaud immer den Kopf ... dieser Unruhestifter ... was? Der versteht ja nicht mal sein Handwerk; zu meiner Zeit funktionierte das alles ganz anders.«

»Ach!« sagte Tonsard, »das war eine gute Zeit für uns alle ... meinst du nicht auch, Vaudoyer?«

»Fest steht«, antwortete dieser, »wenn Michaud aus der Luft wäre, dann hätten wir Ruhe.«

»Genug der Worte«, sagte Tonsard, »darüber reden wir später noch, bei Mondschein, auf freiem Felde.«

Gegen Ende Oktober reiste die Gräfin ab und ließ den Grafen auf Les Aigues zurück; er konnte erst sehr viel später nachkommen; sie wollte die erste Vorstellung im Théâtre-Italien nicht versäumen; überdies hatte sie sich einsam gefühlt und sich gelangweilt; sie hatte nicht mehr die Gesellschaft Emiles genossen, der ihr geholfen hatte, die Zeit zu überbrücken, da der General über Land geritten und seinen Geschäften nachgegangen war.

Der November gedieh zu einem richtigen, düstergrauen Wintermonat, wechselnd zwischen Frost und Tauwetter, Schnee und Regen. Der Prozeß der alten Tonsard hatte es erfordert, daß Zeugen hinfuhren, und auch Michaud hatte ausgesagt. Monsieur

353

Rigou hatte sich für die alte Frau interessiert; er hatte ihr einen Advokaten zur Verfügung gestellt, der sich bei seiner Verteidigung lediglich darauf berief, daß die Anklage nur von interessierten Zeugen gestützt werde, und daß kein Entlastungszeuge geladen worden sei; aber die Aussagen Michauds und seiner Aufseher, die bekräftigt wurden durch die des Feldhüters und der beiden Gendarmen, entschieden den Fall; die alte Tonsard wurde zu fünf Jahren Gefängnis verurteilt, und der Advokat sagte zu ihrem Sohn Tonsard:

»Das hat Ihnen Michauds Aussage eingebrockt.«

NEUNTES KAPITEL

Die Katastrophe

Eines Samstagabends saßen Courtecuisse, Bonnébault, Godain, Tonsard, seine Töchter, seine Frau, der alte Fourchon, Vaudoyer und ein paar Handwerker in der Schenke beim Abendessen; der halbe Mond schien, und es herrschte einer der Fröste, die den Boden ausdörren; der erste Schnee war geschmolzen, und so hinterließen die Füße eines Mannes im Gelände keine Fußspuren, mittels derer man bei schweren Verbrechen Hinweise auf das Vorgefallene erhält. Sie aßen ein Hasenragout; die Hasen waren in Schlingen gefangen worden; es wurde gelacht und gezecht; es war am Tag nach der Hochzeit der Godain; sie sollte hernach heimgeleitet werden. Ihr Haus lag ganz in der Nähe von Courtecuisses Haus. Wenn Rigon einen Morgen Land verkaufte, dann deshalb, weil es isoliert und dicht am Wald lag. Courtecuisse und Vaudoyer sollten die Jungvermählte heimbringen; sie hatten ihre Gewehre bei sich; die ganze Gegend war eingeschlafen, nirgendwo war Licht zu sehen. Nur diese Hochzeitsgesellschaft war wach, und sie machte nach Kräften Lärm. Gerade war die alte Bonnébault hereingekommen; alle sahen sie an.

»Es scheint«, flüsterte sie Tonsard und dessen Sohn zu, »daß die Frau niederkommt. Er hat eben sein Pferd satteln lassen und will Doktor Gourdon aus Soulanges holen.«

»Setzen Sie sich Mutter«, sagte Tonsard zu ihr, räumte ihr seinen Platz am Tisch ein und legte sich auf eine Bank.

In diesem Augenblick wurde der Huftritt eines Pferdes vernehmlich, das schnell die Landstraße entlanggaloppierte. Tonsard, Courtecuisse und Vaudoyer gingen hastig hinaus und sahen Michaud auf das Dorf zureiten.

»Wie der sich auskennt!« sagte Courtecuisse. »Er ist an der Freitreppe vorbeigeritten, und nun geht's über Blangy und die Landstraße entlang, das ist der sicherste Weg . . .«

»Ja«, sagte Tonsard, »aber auf dem Rückweg hat er Doktor Gourdon bei sich.«

»Den trifft er vielleicht nicht an«, sagte Courtecuisse, »der wurde in Couches erwartet, bei der Bourgeoise von der Post; die versetzt um diese Zeit die Welt in Unruhe.«

»Aber dann reitet er doch die große Landstraße von Soulanges nach Couches, das ist der kürzeste Weg.«

»Und für uns der sicherste«, sagte Courtecuisse, »augenblicklich ist schöner heller Mondschein, auf der großen Landstraße sind keine Aufseher wie im Walde; man hört weit; und bei den Landhäusern da, hinter den Hecken, an der Stelle, wo sie an das Gehölz stoßen, kann man einen Menschen von hinten abschießen wie ein Kaninchen, auf fünf Schritt . . .«

»So gegen halb zwölf muß er da vorbeikommen«, sagte Tonsard; »bis Soulanges braucht er 'ne halbe Stunde, und ebensoviel für den Rückweg . . . Aber stellt euch vor, Kinder, Doktor Gourdon wäre auf der Landstraße . . .«

»Mach dir doch keine dummen Gedanken«, sagte Courtecuisse, »ich stehe zehn Minuten von dir entfernt auf der Landstraße rechts von Blangy und ziele in Richtung auf Soulanges; Vaudoyer steht zehn Minuten von dir entfernt und zielt in Richtung auf Couches, und wenn irgendwer kommt, ein Postwagen, die Eilpost, die Gendarmerie, oder sonst wer, dann schießen wir in den Erdboden, einen gedämpften Schuß.«

»Und wenn ich ihn nicht treffe . . .?«

»Recht hat er«, sagte Courtecuisse, »ich bin ein besserer Schütze als du; Vaudoyer, ich gehe mit dir, Bonnébault tritt an meine Stelle, er stößt einen Schrei aus, der ist besser hörbar und klingt weniger verdächtig.«

355

Alle drei gingen wieder hinein, das Fest nahm seinen Fortgang; aber gegen elf gingen Vaudoyer, Courtecuisse, Tonsard und Bonnébault mit ihren Gewehren weg, ohne daß eine der Frauen es beachtete. Übrigens kamen sie dreiviertel Stunden später wieder und tranken weiter bis ein Uhr morgens. Die beiden Tonsard-Töchter, deren Mutter und die Bonnébault hatten dem Müller, den Tagelöhnern und den beiden Bauern sowie Fourchon, dem Vater der Tonsard, so viel zu trinken gegeben, daß sie am Boden gelegen und geschnarcht hatten, als die vier Zechgenossen aufgebrochen waren; als sie wieder da waren, wurden die Schläfer wachgerüttelt und sahen alle auf ihren Plätzen.

Während diese Orgie im Gang war, wurde das Ehepaar Michaud von Todesängsten verzehrt. Olympe hatte die ersten Wehen bekommen, und da ihr Mann meinte, jetzt werde sie entbinden, war er sofort in aller Hast weggeritten, um den Arzt zu holen. Aber die Schmerzen der armen Frau ließen nach, sobald Michaud fort war; ihr Denken beschäftigte sich so sehr mit den Gefahren, denen ihr Mann vielleicht zu so später Stunde in feindlichem Land ausgesetzt war, das von Taugenichtsen wimmelte, daß jene seelische Angst stark genug war, um die körperlichen Schmerzen vorübergehend zu dämpfen und zu beherrschen. Ihre Magd mochte ihr einreden, soviel sie wollte, ihre Befürchtungen seien bloß eingebildet; es war, als verstehe sie sie überhaupt nicht; sie blieb in ihrem Schlafzimmer am Kamin sitzen und horchte auf alle Geräusche draußen; in ihrer Angst, die von Sekunde zu Sekunde größer wurde, hatte sie die Magd aufstehen lassen, in der Absicht, ihr einen Auftrag zu geben, den sie ihr dann aber doch nicht gab. Die arme kleine Frau ging in fieberhafter Erregung auf und ab; sie sah zu den Fenstern hin; trotz der Kälte machte sie sie auf; sie ging hinunter, sie öffnete das Hoftor, schaute in die Ferne, lauschte ... »Nichts ... noch immer nichts«, sagte sie und ging verzweifelt wieder nach oben.

Etwa um Viertel eins rief sie: »Er kommt! Ich höre sein Pferd!« Sie ging hinunter; die Magd folgte ihr; sie wollte das Gittertor aufmachen. »Sonderbar«, sagte sie, »er kommt durch den Wald von Couches zurück.« Dann stand sie entsetzt, reglos, stimmlos da. Die Magd war genauso erschrocken; denn der wütende Galopp des Pferdes und das Klingeln der Steigbügel hatte irgendwas Ungeheures, und hinzu kam das bezeichnende Wiehern, das Pferde ausstoßen, wenn sie reiterlos sind. Bald, nur zu bald für die unglückselige Frau langte das Pferd am Gittertor an, schnaubend und schweißbedeckt, aber reiterlos; es hatte seine Zügel zerrissen, in die es sich wahrscheinlich verstrickt hatte. Mit verstörten Augen sah Olympe zu, wie die Magd das Gittertor öffnete; sie sah das Pferd, und ohne ein Wort hervorzubringen begann sie wie eine Irrsinnige auf das Schloß zuzulaufen; sie kam hin, sie brach unter den Fenstern des Generals zusammen und schrie: »Herr, sie haben ihn ermordet . . .!«

Jener Schrei war so entsetzlich, daß er den Grafen aufweckte; er schellte, er brachte das ganze Haus auf die Beine, und das Stöhnen der Madame Michaud, die am Boden liegend ein totes Kind geboren hatte, rief den General und seine Bedienten ins Freie, die arme, sterbende Frau wurde hineingetragen; sie sagte zum General: »Sie haben ihn umgebracht!« und verschied.

»Joseph!« rief der Graf seinen Diener, »Sie holen schleunigst den Arzt, vielleicht ist noch Hilfe möglich . . . Nein, bitten Sie lieber den Herrn Pfarrer, er möge herkommen; die arme Frau ist ja schon tot, und ihr Kind auch . . . Mein Gott, mein Gott! Welch ein Glück, daß meine Frau nicht hier ist . . . Und Sie«, sagte er zum Gärtner, »erkundigen sich, was passiert ist.«

»Monsieur Michauds Pferd«, sagte die Magd aus dem Pavillon, »ist vorhin ohne Reiter zurückgekommen, mit zerrissenen Zügeln, die Beine voller Blut . . . Auf dem Sattel ist ein Blutfleck, ganz ausgelaufen.«

»Was tun bei Nacht und Nebel?« sagte der Graf. »Weckt Groison, holt die Aufseher, sattelt die Pferde, wir wollen die ganze Gegend absuchen.«

Am frühen Morgen durchforschten acht Personen das Land: der Graf, Groison, die drei Aufseher und die beiden mit dem Wachtmeister aus Soulanges gekommenen Gendarmen. Schließlich wurde gegen Mittag die Leiche des Oberaufsehers in einer Baumgruppe gefunden, zwischen der großen Landstraße und der Straße nach La-Ville-aux-Fayes, am Ende des Parks von Les Aigues, fünfhundert Schritt von der Porte de Couches entfernt. Zwei Gendarmen ritten davon, der eine nach La-Ville-aux-Fayes, um den Staatsanwalt, der andre nach Soulanges, um den

Friedensrichter zu holen. Inzwischen setzte der Graf ein Protokoll auf, wobei der Wachtmeister ihm behilflich war. Man fand auf der Landstraße die Hufspur eines Pferdes, das sich gebäumt hatte, etwa in der Höhe des zweiten Landhauses, und die kräftigen Spuren eines scheuenden, galoppierenden Pferdes bis zum ersten Waldweg unterhalb der Hecke. Diesen Weg hatte das nicht mehr gezügelte Pferd eingeschlagen; Michauds Hut wurde auf jenem Waldweg gefunden. Um zurück in seinen Stall zu gelangen, hatte das Pferd den kürzesten Weg genommen. Michaud hatte eine Kugel im Rücken; die Wirbelsäule war zerschmettert.

Groison und der Wachtmeister untersuchten mit bemerkenswerter Sachkunde das Gelände rings um die Hufspuren ab, das im Juristenstil als »der Tatort des Verbrechens« bezeichnet wird; aber sie entdeckten kein Indiz. Die Erde war zu hart gefroren, als daß sie die Fußabdrücke dessen, der Michaud gemordet hatte, hätte bewahren können; sie fanden bloß die Papierhülse einer Patrone. Als der Staatsanwalt, der Untersuchungsrichter und Doktor Gourdon kamen, um die Leiche zu holen und die Autopsie vorzunehmen, wurde festgestellt, daß die Kugel, die zu den Resten der Papierhülse paßte, das Geschoß eines Militärgewehrs war; aber in der Gemeinde Blangy gab es kein einziges Militärgewehr. Der Untersuchungsrichter und Monsieur Soudry, der Staatsanwalt, äußerten abends im Schloß die Ansicht, es müßten alle Unterlagen für die Untersuchung gesammelt und dann abgewartet werden. Das meinten auch der Wachtmeister und der Leutnant der Gendarmerie von La-Ville-aux-Fayes.

»Es ist ausgeschlossen, daß dies keine unter den Leuten der Gegend hier abgekartete Sache ist«, sagte der Wachtmeister; »aber wir haben es mit zwei Gemeinden zu tun, mit Couches und Blangy, und in jeder sind fünf bis sechs Leute, denen die Tat zuzutrauen ist. Der, den ich am ehesten in Verdacht hätte, nämlich Tonsard, hat die Nacht durchgesoffen; und Ihr Adjunkt, Herr General, hat mitgefeiert, Langlumé, Ihr Müller; er ist die ganze Zeit dabeigewesen. Sie waren alle so blau, daß sie sich nicht auf den Beinen halten konnten; um halb zwei haben sie die Braut heimgeleitet, und die Ankunft des Pferdes läßt darauf schließen, daß Michaud zwischen elf und Mitternacht ermordet worden ist. Um Viertel nach zehn hat Groison die ganze Hochzeitsgesellschaft bei Tische sitzen sehen, und Monsieur Michaud ist dort vorbeigeritten, auf dem Weg nach Soulanges, wo er um elf angekommen ist. Sein Pferd hat sich zwischen den Landhäusern und der Landstraße gebäumt; aber er kann den Schuß schon vor Blangy abbekommen und sich noch eine Zeitlang im Sattel gehalten haben. Es müssen Vorladungen gegen mindestens zwanzig Personen ergehen, und alle Verdächtigen müssen festgenommen werden; aber die Herren hier kennen ja die Bauern, wie ich sie kenne; man hält sie ein Jahr lang in Untersuchungshaft und holt aus ihnen nichts heraus als Ableugnungen. Was kann man gegen alle die ausrichten, die bei Tonsard gewesen sind?«

Langlumé, der Müller und Adjunkt des Generals Montcornet, wurde geholt und berichtete, wie er den Abend verbracht habe; sie waren alle in der Schenke gewesen; man war immer nur für ein paar Augenblicke hinausgegangen, in den Hof ... Er selber war zusammen mit Tonsard gegen elf draußen gewesen; sie hatten vom Mond und vom Wetter gesprochen; gehört hatten sie nichts. Er zählte sämtliche Zechgenossen auf; keiner von ihnen hatte die Schenke verlassen. Um zwei hatten sie geschlossen und die Neuvermählte heimgeleitet.

Der General vereinbarte mit dem Wachtmeister, dem Leutnant der Gendarmerie und dem Staatsanwalt, es solle in Paris ein geschickter Kriminalbeamter angefordert werden; dieser würde dann im Schloß eine Anstellung als Arbeiter erhalten, sich schlecht benehmen und hinausgeworfen werden; dann müsse er zu trinken anfangen und Stammgast im Grand-I-Vert werden, also in der mit dem General mißzufriedenen Gegend bleiben. Das war der beste Plan, dem gefolgt werden mußte, um auf ein unbedachtes Wort zu lauern und es im Flug zu erhaschen.

»Und wenn es mich zwanzigtausend Francs kosten sollte, ich muß unbedingt den Mörder meines armen Michaud entdecken ...«, wiederholte der General Montcornet unermüdlich. Mit diesem Gedanken fuhr er nach Paris und kam im Januar mit einem der abgefeimtesten Helfershelfer des Chefs der Sicherheitspolizei wieder, der im Schloß untergebracht wurde, um, wie gesagt wurde, die Arbeiten im Schloßinnern zu leiten; er fing an zu wildern. Er wurde gerichtlich vernommen, der General setzte ihn vor die Tür und kehrte im Februar nach Paris zurück.

ZEHNTES KAPITEL

Der Triumph der Besiegten

Im Mai, als die schöne Jahreszeit begonnen hatte und die Pariser
wieder auf Les Aigues angelangt waren, spielten eines Abends
Monsieur de Troisville, den seine Tochter mitgebracht hatte,
Blondet, der Abbé Brossette, der General und der Unterpräfekt
von La-Ville-aux-Fayes, der auf dem Schloß zu Besuch weilte,
die einen Whist, die andern Schach; es war halb zwölf. Joseph
kam und meldete seinem Herrn, jener schlechte, hinausgeworfene
Arbeiter wolle ihn sprechen; er sage, der General schulde ihm
noch Geld für seinen Kostenanschlag. Er sei, sagte der Diener,
sternhagelvoll.

»Schon gut, ich gehe hin.« Und der General trat auf den Rasen hinaus, in einiger Entfernung vom Schloß.

»Herr Graf«, sagte der Kriminalbeamte, »aus diesen Leuten
wird man schwerlich je etwas herausbekommen; alles, was ich
wittere, ist, daß auf Sie, wenn Sie weiterhin im Lande bleiben
und verlangen, daß die Einwohner auf die Gepflogenheiten verzichten, die Mademoiselle Laguerre sie hat annehmen lassen,
ebenfalls geschossen werden wird ... Übrigens gibt es für mich
hier nichts weiter zu tun; sie sind gegen mich noch mißtrauischer
als gegen Ihre Aufseher.«

Der Graf bezahlte den Spitzel, der wieder abreiste; sein Verschwinden rechtfertigte den Argwohn, den die Mitschuldigen an
Michauds Tod gehegt hatten. Doch als der Graf wieder in den
Salon zu seinen Familienangehörigen und seinen Gästen trat,
zeigte sein Gesicht die Spuren einer so heftigen, tiefen Erschütterung, daß seine beunruhigte Frau ihn fragte, was er denn soeben
vernommen habe.

»Liebes Kind, ich möchte dich nicht erschrecken, aber dennoch
ist es ganz gut, wenn du weißt, daß Michauds Tod eine indirekte
Warnung an uns zum Verlassen dieser Gegend ist ...«

»Ich«, sagte Monsieur de Troisville, »würde nicht vom Fleck
weichen; ich habe in der Normandie gleichfalls Schwierigkeiten
gehabt, freilich in anderer Form, und ich habe durchgehalten;
jetzt geht alles glatt.«

»Herr Marquis«, sagte der Unterpräfekt, »die Normandie und Burgund sind zwei grundverschiedene Länder. Was der Rebstock hervorbringt, macht das Blut heißer als das, was der Apfelbaum trägt. Wir kennen die Gesetze und den Rechtsweg weniger gut, und wir sind von Wäldern umgeben; wir sind noch nicht industrialisiert; wir sind Wilde . . . Wenn ich dem Herrn Grafen einen Rat geben darf, so lautet er, sein Gut zu verkaufen und den Erlös in Staatspapieren anzulegen; dadurch verdoppelt er sein Einkommen und hat nicht die mindesten Sorgen; wenn er für das Landleben etwas übrig hat, so dürfte sich in der Umgebung von Paris ein Schloß mit mauerumgebenem Park finden, das genau so schön wie Les Aigues ist, das niemand betreten darf, und zu dem nur Pachthöfe gehören, die an Leute verpachtet sind, die in Kabrioletts angefahren kommen und die Pacht in Banknoten bezahlen, und er braucht im ganzen Jahr keinen einzigen Prozeß anzustrengen . . . Er braucht für den Hin- und Rückweg drei oder vier Stunden, und Monsieur Blondet und der Herr Marquis werden häufiger bei Ihnen verweilen, Frau Gräfin . . .«

»Ausgerechnet ich soll vor Bauern zurückweichen, ich, der ich nicht mal über die Donau zurückgewichen bin?«

»Freilich; aber wo sind Ihre Kürassiere?« fragte Blondet.

»Ein so schönes Gut . . .!«

»Sie bekommen heute mehr als zwei Millionen dafür!«

»So viel muß allein schon das Schloß gekostet haben«, sagte Monsieur de Troisville.

»Eine der schönsten Besitzungen auf zwanzig Meilen in der Runde!« sagte der Unterpräfekt. »Aber in der Nähe von Paris werden Sie was Besseres finden.«

»Wieviel Zinsen bringen zwei Millionen?« fragte die Gräfin.

»Heutzutage etwa achtzigtausend Francs«, antwortete Blondet.

»Les Aigues bringt alles in allem nicht mehr als dreißigtausend ein«, sagte die Gräfin. »Und in den letzten Jahren hast du noch riesengroße Ausgaben gehabt; du hast die Wälder mit Gräben umgeben . . .«

»Man bekommt heute«, sagte Blondet, »in der Umgebung von Paris ein fürstliches Schloß für vierhunderttausend Francs. Man kauft die Narrheiten anderer Leute.«

»Ich hatte geglaubt, du hingest sehr an Les Aigues?« fragte der Graf seine Frau.

»Fühlst du denn nicht, daß ich tausendmal mehr an deinem Dasein hänge?« fragte sie. »Außerdem ist die Gegend mir seit dem Tod meiner armen Olympe, seit Michauds Ermordung verhaßt geworden; die Gesichter aller, denen ich begegne, scheinen einen finsteren oder drohenden Ausdruck zu haben.«

Am folgenden Abend wurde der Unterpräfekt in La-Ville-aux-Fayes, im Salon Monsieur Gaubertins, vom Bürgermeister mit der Frage empfangen:

»Nun, Monsieur des Lupeaulx, Sie kommen aus Les Aigues . . .?«

»Ja«, antwortete der Unterpräfekt mit einer leichten Miene des Triumphs, und dabei warf er Mademoiselle Elise einen zärtlichen Blick zu, »ich fürchte, wir müssen auf den General verzichten; er will sein Gut verkaufen . . .«

»Mann, ich lege dir meinen Pavillon ans Herz . . . ich halte es in dem Lärm, dem Staub von La-Ville-aux-Fayes nicht mehr aus; mich verlangt es wie einen armen gefangenen Vogel schon jetzt nach der Luft der Felder, der Luft der Wälder«, sagte Madame Isaure mit schmachtender Stimme und halbgeschlossenen Augen; sie neigte dabei den Kopf gegen die linke Schulter und drehte lässig die langen Locken ihres blonden Haars.

»Sieh dich doch vor . . .«, sagte Gaubertin leise zu ihr, »ich kaufe den Pavillon nämlich nicht mit deinem indiskreten Geschwätz . . .« Dann wandte er sich an den Unterpräfekten: »Hat man denn die Urheber des Mords an dem Aufseher noch immer nicht entdecken können?« fragte er ihn.

»Dem Anschein nach nicht«, antwortete der Unterpräfekt.

»Das dürfte bei der Versteigerung von Les Aigues sehr schädlich sein«, sagte Gaubertin vor allen Anwesenden. »Ich weiß ganz genau, daß ich es nicht kaufen würde . . . Die Leute in der Gegend sind zu übel; sogar in den Zeiten der Mademoiselle Laguerre habe ich Streit mit ihnen gehabt, und die hat sie doch, weiß Gott, gewähren lassen.«

Gegen Ende Mai ließ nichts darauf schließen, daß der General die Absicht habe, Les Aigues zu verkaufen; er war unentschlossen. Eines Abends so um zehn Uhr herum kam er aus dem Wald, und zwar auf einer der sechs Alleen, die zum Sammelplatz-Pavillon führten; seinen Aufseher hatte er weggeschickt, da er sich ja ganz in der Nähe des Schlosses wußte. An der Biegung der Allee trat ihm aus einem Gebüsch ein mit einem Gewehr bewaffneter Mann entgegen.

»Herr General«, sagte er, »jetzt habe ich Sie zum drittenmal vor meiner Gewehrmündung, und zum drittenmal schenke ich Ihnen das Leben...«

»Und warum willst du mich abknallen, Bonnébault?« fragte der Graf, ohne die mindeste Erregung zu bezeigen.

»Mein Gott, wenn nicht ich es täte, dann tät's ein anderer; aber ich, müssen Sie wissen, ich mag nun mal Leute, die unter dem Kaiser gedient haben, und ich kann mich nicht entschließen, Sie abzuschießen wie ein Rebhuhn... Kommen Sie mir nicht mit Fragen; ich sage nichts... Aber Sie haben Feinde, die mächtiger und tückischer sind als Sie, und durch die werden Sie schließlich zur Strecke gebracht; ich bekomme tausend Taler, wenn ich Sie umlege, und dann kann ich Marie Tonsard heiraten. Na, gut, geben Sie mir ein paar elende Morgen Land und eine schäbige Baracke, dann sage ich auch weiterhin, was ich bislang gesagt habe, nämlich daß ich keine Gelegenheit gehabt hätte... Dann haben Sie noch Zeit, Ihr Gut zu verkaufen und auf und davon zu gehen; aber beeilen Sie sich ein bißchen. Ich bin vorerst noch ein anständiger Kerl, wenn ich auch ein übler Bursche bin; ein anderer könnte schlimmer mit Ihnen umspringen...«

»Und wenn ich dir nun gebe, was du von mir verlangst, sagst du mir dann, wer dir die dreitausend Francs versprochen hat?« fragte der General.

»Ich weiß es nicht; und diejenige, die mich dazu treibt, die habe ich zu lieb, als daß ich sie Ihnen nennen könnte. Und auch wenn Sie erführen, daß es Marie Tonsard ist, würde Sie das nicht viel weiterbringen; Marie Tonsard wäre stumm wie das Grab, und ich würde abstreiten, es Ihnen gesagt zu haben.«

»Komm morgen zu mir«, sagte der General.

»Das genügt mir«, sagte Bonnébault. »Wenn man meinen sollte, ich sei ungeschickt, dann warne ich Sie.«

Acht Tage nach diesem seltsamen Gespräch waren im ganzen Arrondissement, im ganzen Département und in Paris riesengroße Plakate angeklebt, die die Versteigerung von Les Aigues in Parzellen durch den Notar Corbineau in Soulanges verkündeten. Sämtliche Parzellen wurden Rigou zugeschlagen; das Gesamtergebnis war die Summe von zwei Millionen fünfhunderttausend Francs. Am folgenden Tag ließ Rigou die Unterschriften ändern; Monsieur Gaubertin bekam den Waldbesitz, und Rigou und die Soudrys kamen in den Besitz der Rebberge und der anderen Parzellen. Schloß und Park wurden an die »Schwarze Bande«[273] weiterverkauft, bis auf den Pavillon und dessen Nebengebäude, die behielt Monsieur Gaubertin für sich; als Angebinde für seine poetische, sentimentale Lebensgefährtin.

Viele Jahre nach diesen Geschehnissen, und zwar im Winter 1837, war einer der bemerkenswertesten Schriftsteller jener Zeit, Emile Blondet, in das letztmögliche Elend abgesunken; bislang hatte er es unter der Außenseite eines glänzenden, eleganten Lebens verborgen gehalten. Er zögerte, einen verzweifelten Entschluß zu fassen, als er sah, daß seine Arbeiten, sein Geist, sein Wissen, seine Kenntnisse auf dem Gebiet der Politik ihm zu nichts verholfen hatten, als dazu, wie eine Maschine für den Gewinn anderer zu arbeiten; als er sah, daß alle Plätze besetzt waren; als er spürte, daß er an den Grenzen des reifen Alters angelangt war, ohne eine angesehene Stellung erlangt oder Vermögen erworben zu haben; als er sah, daß dumme, nichtige Bourgeois an die Stelle der Hofleute und der Unfähigkeiten der Restauration getreten waren; als er es erlebte, daß die Regierung wieder zu dem wurde, was sie vor 1830 gewesen war. Eines Abends, als er dem Selbstmord bereits recht nahe war, den er so sehr mit seinen Scherzen verfolgt hatte, und einen letzten Blick auf sein klägliches, verleumdetes, weit mehr unter einer übergroßen Last an Arbeit als durch die ihm vorgeworfenen Orgien zerstörtes Dasein warf, sah er ein edles, schönes Frauenantlitz vor sich, wie man eine unversehrt und rein gebliebene Statue inmitten der traurigsten Ruinen erblickt, denn sein Portier brachte ihm einen schwarz gesiegelten Brief, in dem die Gräfin de Montcornet ihm den Tod des Generals mitteilte, der wieder in den aktiven Dienst getreten war und eine Division kommandiert hatte. Sie war seine Erbin; sie hatte keine Kinder. Obwohl der Brief würdig war, zeigte er Blondet an, daß die vierzigjährige Frau, die er geliebt hatte, als sie jung gewesen war, ihm eine schwesterliche Hand und ein beträchtliches Vermögen anbot. Vor ein paar Tagen hat die Hochzeit der Gräfin de Montcornet mit Monsieur Blondet, der inzwischen zum Präfekten ernannt worden war, stattgefunden. Auf der Fahrt nach der Hauptstadt seines Départements schlug er die Straße ein, an der ehedem Les Aigues gelegen hatte, und er ließ an der Stelle halten, wo früher die beiden Pavillons gestanden hatten; er wollte die Gemeinde Blangy aufsuchen, an die sich für die beiden Reisenden so schöne Erinnerungen knüpften. Die Gegend war nicht mehr wiederzuerkennen. Die geheimnisvollen Wälder, die Parkalleen, alles war zu Ackerland gemacht worden; das Ganze sah aus wie die Musterkarte eines Schneiders. Der Bauer hatte als Sieger und Eroberer Besitz von Grund und Boden ergriffen. Er war bereits in mehr als tausend Parzellen aufgeteilt worden, und die Einwohnerschaft zwischen Couches und Blangy hatte sich verdreifacht. Dadurch, daß der schöne, ehedem so gepflegte und reizvolle Park unter den Pflug gekommen war, war der Pavillon, bei dem die Jäger sich versammelt hatten, freigelegt worden; er war jetzt die Villa »Buen-Retiro« der Dame Isaure Gaubertin, und als das einzige Gebäude, das noch aufrecht stand, beherrschte er die Landschaft, oder, besser gesagt, die Kleinwirtschaft, die an die Stelle der Landschaft getreten war.

»Das ist nun der Fortschritt!« rief Emile. »Wie eine Seite aus Jean-Jacques' ›Contrat social‹[274]! Und ich bin an die soziale Maschine angebunden, durch die so etwas entsteht ...! Mein Gott, was wird binnen kurzem aus den Königen geworden sein! Aber was wird bei diesem Stand der Dinge in fünfzig Jahren aus den Nationen selber geworden sein ...?«

»Du liebst mich, du bist bei mir; ich finde die Gegenwart schön, und um eine Zukunft, die noch so fern liegt, kümmere ich mich nicht«, antwortete ihm seine Frau.

»Hand in Hand mit dir lasse ich die Gegenwart hochleben«, rief der verliebte Blondet fröhlich, »und die Zukunft sei des Teufels!« Dann gab er dem Kutscher einen Wink, er möge weiterfahren, die Pferde fielen in Galopp, und die Jungvermählten setzten ihre Hochzeitsreise fort.   1845.[275]

Anmerkungen

DIE BAUERN

1 Rousseaus Roman ›Julie ou La nouvelle Héloïse‹ erschien 1761.

2 Der Epheser Herostratos steckte 356 v. Chr. nur, um seinen Namen auf die Nachwelt zu bringen, den berühmten Artemis-Tempel bei Ephesos in Brand und büßte diese Untat mit dem Leben.

3 »Jede Nation, die die Wichtigkeit eines stets bereitstehenden Heeres aus den Augen verlöre und ihr Schicksal nationalen Erhebungen oder Armeen anvertraute, würde das Schicksal der Gallier erleiden, aber sich nicht einmal rühmen können, den gleichen Widerstand leisten zu können, der eine Auswirkung der damaligen barbarischen Zustände und eines Geländes gewesen ist, das mit Wäldern, Sümpfen, weglosen Morästen bedeckt war; das machte die Eroberung schwierig und die Verteidigung leicht.« (Correspondance de Napoléon, XXXII, 14.)

4 Diese Vorrede wurde Ende 1844 geschrieben; aber schon 1834 hatte Balzac sich notiert: »Qui terre a guerre a« (»Wer Grund und Boden hat, hat Krieg«). Das nun aber war der Titel, der ursprünglich für den ganzen Roman »Die Bauern« vorgesehen war; später wurde er lediglich dem ersten Teil vorangestellt. Balzacs erster Entwurf wurde wahrscheinlich im September 1838 niedergeschrieben, wie aus einem Brief an Mme Hanska hervorgeht.

5 Die Schriftsteller Nathan und Blondet sind wichtige, in mehreren Werken der ›Menschlichen Komödie‹ erscheinende Gestalten; Florine ist Nathans Geliebte, die er später heiratet.

6 Vielleicht hat Balzac an Couches-les-Mines, Département Saône-et-Loire, gedacht.

7 Jan Brueghel (1568–1625; die Daten schwanken), Sohn des »Bauernbrueghel«, Bruder des »Höllenbrueghel«; er malte vor allem Waldlandschaften mit biblischer oder genrehafter Staffage oder Blumenstilleben; daher auch »Blumenbrueghel« genannt. Balzac denkt wohl an das im Louvre befindliche Bild, das Adam und Eva inmitten eines Gewimmels von Tieren zeigt.

8 Sohn Ludwigs XIV. (1661–1711), Großvater Ludwigs XV.

9 Als Balsampflanzen (baumes) werden in Frankreich ihres Duftes wegen verschiedenartige Gewächse bezeichnet, vor allem sämtliche Minzearten.

10 Nymphaea lueta L., in Süddeutschland »Mummel« genannt.

11 Kleiner Doppelirrtum Balzacs. Die Mohnkapseln lassen ihren

366

Milchsaft nicht spontan entrinnen, sondern nur, wenn sie verletzt werden; und jener Saft enthält kein Morphium, sondern Opium.

12 Bernardino Luini (zw. 1475 und 1480 – nach 1533), Schüler Lionardos, bedeutender Maler der Mailänder Schule.

13 Bekannter unter dem Namen ›Die Amazonenschlacht‹. Der Thermodon ist ein Fluß in Pontos, an dem der Sage nach die Amazonen wohnten.

14 Große, fruchtbare Ebene im Norden der Auvergne, vom Allier durchflossen, im Département Puy-de-Dôme.

15 Fruchtbare Ebene, Hauptstadt Chartres.

16 Etienne-Michel Bouret (1710–1777), Sohn eines Lakaien, einer der raubgierigsten Finanzleute seines Zeitalters, wurde nicht, wie vielfach behauptet wird, Generalsteuerpächter, aber war sicherlich, trotz der Lobhudeleien von ihm bezahlter Schriftsteller, einer der wichtigsten und plumpsten Parvenüs. Er besaß mehr als vierzig Millionen und starb im Elend.

17 Marie-Emilie Joly de Choin (1670?–1717), Ehrendame der Gräfin de Conti, war häßlich, dicklich, von bräunlicher Hautfarbe und ältlich; der Grand Dauphin liebte sie um ihrer Sanftmut und Güte willen. Er heiratete sie heimlich und unterstützte sie sehr mittelmäßig. Aber sie war bescheiden und zurückhaltend (sie lehnte den Empfang in Versailles ab, den Ludwig XIV. ihr hatte geben wollen), wohlwollend und sehr mildtätig. Nach dem Tod ihres Gemahls (1711) lebte sie äußerst zurückgezogen und war bald vergessen.

18 François Boucher (1703–1770), Maler von pastoralen oder mythologischen Szenen, auch von anmutigen, leichtfertigen Mädchenakten; äußerst fruchtbarer Künstler.

19 Dorf im Arrondissement Pontoise, Département Seine-et-Oise.

20 René-Nicolas de Maupeou (1714–1792), Kanzler von Frankreich.

21 Dorf im Arrondissement Pontoise, Département Seine-et-Oise; dort haben eine Zeitlang J.-J. Rousseau und später der Komponist Grétry gewohnt.

22 Balzac spielt hier auf den Grafen Antonio Aldini (1756–1826) an, der Staatsminister des Königreichs Italien war. In seinem Schloß Montmorency richteten die Alliierten 1815 solche Verheerungen an, daß er es an die berüchtigte Abbruchsgesellschaft »Schwarze Bande« verkaufte.

23 Michel-Louis-Etienne Regnault (1761–1819) wurde für die Unterstützung, die er Bonaparte am 18. Brumaire hatte angedeihen

367

lassen, durch eine Präsidentschaft des Staatsrats belohnt. Später war er Generalstaatsanwalt am höchsten kaiserlichen Gericht. 1816 wurde er verbannt und kehrte nur, um zu sterben, nach Frankreich zurück.

24 Wahrscheinlich ist die Gräfin de Boufflers (1724–1800) gemeint, deren Salon mit denjenigen der Mlle de Lespinasse und der Mme du Deffand wetteiferte.

25 Blei- und boraxhaltige, leicht schmelzbare, stark lichtbrechende Glasmasse, die zur Herstellung künstlicher Edelsteine dient, wenn sie mit Metalloxyden gefärbt wird. Farbloser Straß dient zur Herstellung künstlicher Diamanten. Der Straß wurde 1810 von dem Wiener Joseph Strasser erfunden.

26 Das Leben der echten Mlle Laguerre ist völlig anders verlaufen, als Balzac es schildert. Sie hieß mit Vornamen Marie-Joséphine und Sophie, wurde 1753 geboren, debütierte 1774 an der Oper, hatte ihre größten Erfolge in den Opern Glucks und Piccinis, verdarb sich bald ihre Stimme durch übertriebene Vorliebe für alkoholische Getränke, erschien betrunken auf der Bühne und starb nach einem ausschweifenden Leben als Siebenundzwanzigjährige.

27 Die Gräfin Du Barry, die letzte Geliebte Ludwigs XV., wurde am 6. Dezember 1793 guillotiniert.

28 Balzac zitiert hier beinahe wörtlich einen Bericht Rivarols (aus Rivaroliana).

29 Kleinstadt an der Seine, in der Nähe von Paris.

30 Unübersetzbares Wortspiel mit dem Namen Laguerre und la guerre = der Krieg.

31 Dorf bei Wien, an der Donau. 21. und 22. Mai 1809 Schlacht, in der Erzherzog Karl gegen Napoleon kämpfte. Sie blieb unentschieden. Am gleichen Tag fand bei Eßling (nicht Eßlingen) eine zweite Schlacht statt, der Masséna den Titel Fürst von Eßling dankt.

32 Anmerkung Balzacs im Text: Grundsätzlich mag ich keine Anmerkungen; dies ist die erste, die ich mir gestatte; ihr historisches Interesse möge mir als Entschuldigung dienen; sie vermag überdies zu beweisen, daß man Schlachten (Balzac spielt hier auf den Roman ›La Bataille‹, ›Die Schlacht‹, an, den er um 1830 plante, aber nie geschrieben hat, und auf den er in seinen Briefen aus jener Zeit wiederholt anspielt. Anm. des Übers.) anders schildern muß, als die Fachschriftsteller es in ihren trockenen Beschreibungen tun; sie erzählen uns seit dreitausend Jahren lediglich vom mehr oder weniger eingedrückten rechten oder linken Flügel oder

Zentrum; aber vom Soldaten, von seinen Heldentaten und seinen Leiden sagen sie kein Wort. Die Gewissenhaftigkeit, mit der ich meine ›Szenen aus dem Soldatenleben‹ vorbereite, führt mich auf alle Schlachtfelder, die von französischem und fremdem Blut getränkt worden sind; also habe ich auch die Ebene von Wagram aufsuchen wollen. Als ich an den Gestaden der Donau anlangte, gegenüber der Insel Lobau, gewahrte ich am Ufer, wo zierliches Gras wächst, wellige Erhebungen, ähnlich den tiefen Furchen auf Luzerne-Feldern. Ich fragte nach dem Grund dieser Bodengestaltung und dachte dabei an irgendeine landwirtschaftliche Methode. »Dort«, sagte der Bauer, der uns als Führer diente, »ruhen die Kürassiere der Kaiserlichen Garde; was Sie sehen, sind ihre Gräber!« Diese Worte, die ich wortwörtlich zitiere, ließen mich frösteln; der Fürst Friedrich S. . . . (siehe die folgende Anmerkung), der sie übersetzt hatte, fügte hinzu, jener Bauer habe den mit Kürassen beladenen Wagenzug geführt. Durch einen der bizarren Zufälle, wie sie im Kriege häufig vorkommen, hatte unser Führer am Morgen der Schlacht bei Wagram Napoleon das Frühstück geliefert. Obwohl der Mann arm war, hatte er den doppelten Napoleondor aufbewahrt, den der Kaiser ihm für seine Milch und seine Eier geschenkt hatte. Der Pfarrer von Groß-Aspern führte uns auf den berühmten Friedhof, wo Franzosen und Österreicher, bis an die Waden im Blut stehend, mit einem Mut und einer Hartnäckigkeit gekämpft haben, die beiden Teilen zum Ruhm gereicht. Dort erklärte er uns auch, eine Marmortafel, die mir besonders aufgefallen war, auf der der Name des Gutsbesitzers von Groß-Aspern zu lesen stand, der am dritten Tag gefallen war, sei die einzige Belohnung gewesen, die der Familie gewährt worden war; tief bekümmert sagte er zu uns: »Es war die Zeit der großen Nöte, und es war die Zeit der großen Versprechungen; aber heute ist die Zeit des Vergessens . . .« Ich fand seine Worte von großartiger Schlichtheit; doch als ich darüber nachdachte, gab ich der augenscheinlichen Undankbarkeit des Hauses Habsburg recht. Weder Völker noch Könige sind reich genug, um alle Hingabe belohnen zu können, zu denen Kämpfe um das Höchste Anlaß geben. Mögen doch diejenigen, die einer Sache mit dem Hintergedanken an eine Belohnung dienen, ihr Blut schonen und Condottieri werden . . .! Die jedoch, die für ihr Vaterland den Degen oder die Feder führen, dürfen an nichts denken, als »es recht zu machen«, wie unsere Väter sagten, und nichts, nicht einmal den Ruhm, als etwas anderes entgegennehmen denn als eine glückliche Begleiterscheinung.

Als der verwundete Masséna, der in einem Wagenkorb getragen wurde, sich anschickte, den berühmten Kirchhof zum drittenmal zu nehmen, rief er seinen Soldaten das wundervolle Wort zu: »Was, ihr verdammten Sauhunde, ihr habt nur fünf Sous täglich, ich habe vierzig Millionen, und ihr laßt mich allein vorgehen ...!« Der Befehl des Kaisers an seinen Stellvertreter ist bekannt; er wurde durch M. de Sainte-Croix überbracht, der dreimal die Donau durchschwommen hatte: »Sterben oder das Dorf wiedernehmen; es geht um die Rettung der Armee! Die Brücken sind zerstört.«

Der Autor

Balzac hat diese Anmerkung als Fußnote zum Feuilletonabdruck in ›La Presse‹ am 3. Dezember 1844 erscheinen lassen; sie wurde zum Anlaß eines Protests im ›Moniteur de l'Armée‹ vom 10. Dezember 1844. Es wurde Balzac darin vorgeworfen, aus dem General de Montcornet einen lächerlichen Ehemann gemacht und plumpe militärgeschichtliche Irrtümer begangen zu haben. Balzacs Erwiderung an den ›Moniteur‹ kann aus Platzgründen hier nicht wiedergegeben werden.

Bei dem in Balzacs Fußnote erwähnten Fürsten S. ... handelt es sich um den Fürsten Friedrich-Felix von Schwarzenberg (1800 bis 1870), den Balzac bei der Reise nach Wien (siehe Band I dieser Ausgabe, Seite 57 f.) in den Monaten Mai und Juni 1835 kennengelernt hatte. Mit dem Fürsten gemeinsam hat er die Ebene von Wagram besucht; der Fürst war damals gerade von einer Reise durch Griechenland, die Türkei und Kleinasien zurückgekehrt. Er war der Sohn des berühmten Fürsten Karl von Schwarzenberg, des Gegners Napoleons. Der Fürst diente zunächst in der österreichischen Armee; sein Abenteurerdrang ließ ihn 1830 in der Suite des Marschalls Bourmont an der Expedition gegen Algier teilnehmen. Auf dem Schlachtfeld wurde er mit dem Kreuz der Ehrenlegion ausgezeichnet. Später kämpfte er in Spanien an der Seite Don Carlos', der ihn 1839 zum carlistischen General ernannte. Nach einigen Jahren der Ruhe auf Marienthal bei Preßburg, die er teils als Jäger, teils als Schriftsteller hinbrachte, nahm er 1846 sein abenteuerliches Dasein wieder auf, führte Kleinkrieg in Galizien, nahm 1847 teil an den Sonderbund-Kämpfen in der Schweiz, 1848 kämpfte er in Tirol, 1849 in Ungarn und beendete seine militärische Laufbahn als österreichischer General. Den Rest seines Lebens verbrachte er zurückgezogen mit schriftstellerischen Arbeiten, kriegsgeschichtlichen und seine Reisen schildernden. Er schrieb auch, in fünf Bänden, seine Lebenserinnerungen. Ihm hat Balzac seine Novelle ›L'Adieu‹, ›Lebwohl‹, gewidmet.

33 Walter Scotts Roman ›Kenilworth‹ war 1821 erschienen.

34 Möglicherweise eine Anspielung auf die verschiedenen Arten der Liebe, die Stendhal in ›De l'Amour‹ (1822) katalogisiert hat, und über die auch Balzac sich in dem Roman ›Die Muse des Départements‹ verbreitet.

35 Kleines Sofa für zwei Personen.

36 Das ›Journal des Débats et Décrets‹ wurde 1789 gegründet; es war ein kleines, einflußloses Blatt, ist jedoch von dokumentarischem Interesse, da es sicherlich die verläßlichsten Berichte über die Sitzungen der revolutionären Vereinigungen enthielt. 1799 wurde das Blatt unter neuen Besitzern zu einer der wichtigsten unter den politischen und literarischen Zeitungen Frankreichs. Geoffroy und Royer-Collard leiteten den politischen Teil: Unter der Maske scheinheiliger Ergebenheit für den Ersten Konsul machten sie Männer und Geschehnisse der Revolution lächerlich und nährten eine royalistische Intrige. Den literarischen Teil betreuten Fontanes, La Harpe und Nodier; als Neuheit führten sie das »Feuilleton« ein, das immer mehr an Raum und Bedeutung gewann. 1805 belegte Napoleon die Zeitung, deren Herausgebern er mißtraute, mit Beschlag und gab ihr einen offiziellen Charakter. 1811 konfiszierte er sie gänzlich. Erst 1814 konnte sie wieder erscheinen. Sie blieb ihren liberalen Tendenzen treu und hielt zunächst zur konstitutionellen Opposition; aber der Einfluß Chateaubriands führte sie bald der Gruppe der »Ultras« zu. Später unterstützten die ›Débats‹ die linke Mitte. Obwohl sie Polignac bekämpft hatten, hießen sie die Juli-Revolution nicht willkommen: sie nahmen sie lediglich in Kauf. Dann jedoch schlossen sie sich Louis-Philippe an. Fortan war die Zeitung streng regierungstreu. Nach den Ereignissen von 1848 gab das Blatt seine aktive Beteiligung an der Politik auf; auch unter dem Zweiten Kaiserreich hielt es sich zurück.

37 Balzac bezeichnet den Grafen Montcornet bald als General, bald als Oberst. Das ist keine Flüchtigkeit: die Oberste der Kaiserlichen Garde standen im Generalsrang.

38 Anspielung auf Tassos ›Befreites Jerusalem‹.

39 Gemeint ist sicherlich Philipp II. von Spanien (1527–1598).

40 Jean Rouvet (Lebensdaten nicht feststellbar), geboren in Clamecy, erfand 1549 das Holzflößen auf der Nièvre. 1828 ist ihm in seiner Vaterstadt ein Denkmal errichtet worden.

41 Die Isola Bella im Lago Maggiore, die größte der Borromeischen
Inseln, war ursprünglich ein flacher Glimmerschieferfelsen. In
einer Zeit der Arbeitslosigkeit und Hungersnot gab der Graf Vi-
taliano Borromeo seinen Untertanen dadurch Beschäftigung und
Brot, daß er 1650–1671 Aufschüttungen vornahm, den in zehn
Terrassen aufsteigenden Garten anlegen und ein Schloß erbauen
ließ, das unvollendet geblieben ist. Die Anlage ist also nicht dem
Verlangen eines Bruders, den andern zu übertrumpfen, zu verdanken, wie Balzac schreibt.

42 Etwa: Ich stürze mich in die Tat. Wortspiel mit dem Namen Soulanges.

43 Nicolas-Toussaint Charlet (1792–1845) lernte in Gros' Atelier
Zeichnen, konnte sich jedoch niemals, trotz Géricaults freund-
schaftlicher Hilfe, die Technik der Malerei völlig aneignen. Deswegen verlegte er sich auf die Lithographien, deren Meister er bald
wurde und die er um des Gelderwerbs willen schuf. Sie hatten zunächst keinen Erfolg, da sie vom Stil der David-Schule völlig ab-
stachen durch die Feinheit der Technik, das Pikante der Effekte
und den Realismus der Darstellung. Charlet schuf in der Hauptsache Lithos mit Figuren aus dem Volk und napoleonischen Krie-
gergestalten; er trug wesentlich zur Entstehung der Napoleon-
Legende bei; seine Blätter waren berühmt und beliebt wie die
Lieder Bérangers.

44 James Fenimore Cooper (1789–1851), bedeutender früher amerikanischer Romancier, berühmt durch seine ›Lederstrumpf‹-Serie,
die anschaulich und spannend das Leben der amerikanischen Pioniere und Indianer schildert. Daneben schrieb er realistische Seeromane.

45 Louis-François-Armand du Plessis, Herzog von Richelieu (1696
bis 1788), Großneffe des Kardinal-Ministers, Marschall von
Frankreich, eine der glänzendsten Gestalten des 18. Jahrhunderts,
sinnenfroher, eleganter Lebemann und Held zahlloser Liebesabenteuer, zugleich hervorragender Feldherr im Polnischen Erbfolgekrieg, Sieger von Fontenoy, Befreier Genuas, Eroberer Port-Ma-
hons und Hannovers, sowie bedeutender Politiker: Als Gesandter
in Wien brachte er ein Bündnis Frankreichs und Österreichs zustande. – Worauf Balzac mit dem Wort »wissenschaftlich« anspielt, hat sich nicht feststellen lassen.

46 Im Deutschen wird für Fischotter die männliche und weibliche
Form gebraucht; hier wurde um ebendieses Witzes willen, den
Blondet macht, die weibliche gewählt, obwohl, im Unterschied zur

Kreuzotter, die Marderart Fischotter meist mit dem Maskulinum bezeichnet wird.

47 Charles Potier (Balzac schreibt »Pothier«) (1775–1838), Darsteller komischer Rollen voller Originalität und Intelligenz, spielte teils in Les Variétés, teils in der Porte-Saint-Martin. Er hatte große Erfolge im Vaudeville und dem Schwank. Talma bestimmte ihn, sich der Komödie großen Stils zuzuwenden, aber Potier starb vorher.

48 Nicolas (1761–1835) und Paul (1765–1839) Anselme, genannt Baptiste der Ältere und Baptiste der Jüngere, debütierten gemeinsam 1791 im Théâtre du Marais, das Beaumarchais finanzierte, und endeten ihre Schauspielerlaufbahn gemeinsam an der Comédie-Française. Baptiste der Ältere spielte vorzugsweise Heldenväter, Baptiste der Jüngere Einfaltspinsel.

49 Antoine Michot (1768–1826), Komiker an der Comédie-Française, dessen Beleibtheit und Jovialität seinem Talent zugute kam.

50 Claude Barizain (1784–1843), genannt Monrose, spielte anfangs in der Provinz und in Italien und debütierte 1815 an der Comédie-Français, wo er zumeist die Dienerrollen der alten Komödie spielte.

51 Unübersetzbarer Kalauer; wörtlich: »Zum großen, grünen I«, zugleich bedeutend: Zum harten Winter, des Gleichklangs von I-Vert (grünes I) und hiver = Winter wegen.

52 Abgeleitet von tondre = scheren, beschneiden.

53 Lat.: in freier Luft. Das heißt: Fourchon brauchte keine Tür- und Fenstersteuer zu zahlen.

54 Der Spitzname Vermichel klingt an Vermicelle, Fadennudel, an. .

55 Lat.: Brot der Engel.

56 Altes Längenmaß: 1,62 m.

57 Gericht aus verschiedenen Fischen mit würziger Sauce.

58 Das italienische Wort *marcita* wird neuerdings mehr in der Bedeutung von »Rieselfeld« gebraucht.

59 Wahrscheinlich Anspielung auf ein Symptom der hereditären Syphilis.

60 Johann-Kaspar Lavater (1741–1801), Schweizer Pfarrer, Theologe und Philosoph, mit dem jungen Goethe befreundet. In seinen ›Physiognomischen Fragmenten‹ versuchte er, von den Gesichtszügen, zumal der Nase, auf die charakterlichen und geistig-seelischen Eigenschaften zu schließen. Die »Physiognomik« wurde damals Mode und eine Art Gesellschaftsspiel, bis sie durch Gall und dessen »Schädellehre« abgelöst wurde.

61 *Vin cuit,* ein aus eingekochtem Most hergestelltes Getränk, das schon im Altertum bekannt war. Hier ist ein aromatischer Wein gemeint, der etwa dem »Hypokras« entspricht; sein Hauptwürzstoff war Zimt. Keinesfalls ist *vin cuit* Glühwein.

62 Der Name Morvan ist aus »Mont Noir«, »Schwarzer Berg«, entstellt worden. Es handelt sich um ein gebirgiges Massiv in Mittelfrankreich, in den Départements Nièvre, Yonne, Côte-d'Or und Saône-et-Loire.

63 Unter »Ratafiat« ist eine ganze Serie aromatischer, stark gezukkerter Liköre zu verstehen.

64 Der seit langem in Vergessenheit geratene »Cent-Sept-Ans« erfreute sich zumal in der Zeit des Zweiten Kaiserreichs großer Beliebtheit. Er bestand im wesentlichen aus einem Alkoholauszug von Zitronenschale, Rosenwasser und Zucker. Es gab für seine Herstellung sieben verschiedene Rezepte. Seinen Namen dankt er der Langlebigkeit, deren alle, die ihn tranken, sich erfreuen sollten.

65 L'Eau-des-Braves ist ein Phantasie-Likör, wie es deren viele gab; sie gelangten unter Bezeichnungen wie Napoleon-Geist, Chateaubriand-Geist, Polka-Likör, Kronenlikör usw. in den Handel.

66 Cassis ist ein Johannisbeer-Likör, bei dessen Herstellung die ganzen Johannisbeeren mit den Körnern, Branntwein und Zucker verwendet wurden.

67 Ein Apotheker-Likör, dessen Name aus den Wörtern *vesse* (Schleicher), *pet* (Furz) und *rot* (Rülpser) zusammengesetzt ist. Er bewirkte tatsächlich das Ausstoßen von Darmgasen. Er bestand aus Engelwurz, Koriander, Anis, Fenchel, Branntwein und Zucker.

68 Siehe Anm. 65.

69 Unübersetzbares Wortspiel mit *balles,* Kugeln, und *balles,* Francs.

70 Goutte, Gicht, bedeutet im Französischen auch »Schnaps«. Unübersetzbares Wortspiel.

71 Louis David (1748–1825), Maler, Mitglied des Konvents, während der Revolution Diktator der Künste, unter Napoleon Hofmaler. Er brach mit der liebenswürdigen Kunst des 18. Jahrhunderts und bekannte sich zu einem strengen Klassizismus.

72 Fehlerhaft ausgesprochener Titel der Zeitung ›La Quotidienne‹. Sie wurde 1792 zur Bekämpfung der Revolution gegründet und mußte sich zwischen 1793 und 1815 mehrfach tarnen oder gar ihr Erscheinen einstellen. Unter der Restauration übernahmen Joseph Fiévée (1767–1839; der Autor des Romans ›La Dot de Suzette‹)

und Joseph-François Michaud (1767–1839; Autor einer ›Geschichte der Kreuzzüge‹ und Herausgeber der ›Biographie Michaud‹) die Leitung des Blattes, das jetzt ultra-royalistische Meinungen vertrat. Ab 1822 schloß es sich dem rechten Flügel der Opposition an. Die lustigen, geistvollen Artikel der Zeitung hatten vor allem in der Provinz den lebhaftesten Erfolg. Unter der Juli-Monarchie proklamierte die Zeitung die Rückkehr des legitimen Königshauses durch einen Gewaltstreich.

73 Balzac bezeichnet die Mystifikation als »mouchetée« (gesprenkelt, getüpfelt), was ein unübersetzbares Wortspiel mit dem Namen »Mouche« (»Fliege«) ist.

74 Ital.: Kleine.

75 Unübersetzbares Wortspiel mit »républicain« und »publicain«.

76 Lat.: Übertriebenes Recht ist ein Übermaß an Unrecht.

77 Lat.: O Land! (Horaz, Satiren II, 6, 60).

78 Hier hat Balzac vergessen, daß Michaud lediglich ein schlichter Wachtmeister war, als welcher er später verschiedentlich bezeichnet wird.

79 Diese Bezeichnung ist der Inbegriff der historischen und politischen Vorurteile über den Ursprung des Adels, deren man sich heutzutage endlich zu entledigen beginnt. Es handelt sich übrigens um recht junge Vorurteile, da sie lediglich bis ins 18. Jahrhundert zurückreichen. Der Graf de Boulainvilliers (1658–1722) hat als erster in seiner ›Histoire de l'Ancien Gouvernement de France‹ und seinen ›Recherches sur l'Ancienne Noblesse‹ den Gedanken ausgedrückt, daß der Feudalismus, die natürliche und legitime Konstitution Frankreichs, die Auswirkung der fränkischen Eroberung sei, und daß alle Erweiterungen der königlichen Autorität und der Freiheiten der Gemeinden nichts als eine Usurpation an den Rechten des Adels seien, des einzigen Erben der Franken, der Besitzer Galliens durch das Recht der Eroberung, der Herren der Gallo-Romanen, die durch ihn in den Stand der Bürgerlichkeit und der Dienstbarkeit zurückgedrängt worden seien. Diese den Tatsachen absolut widersprechende Theorie schlich sich im 18. Jahrhundert langsam in die Gehirne der Adligen und der Philosophen ein. Aus der Geschichtsschreibung war sie natürlich in die Politik hinübergeglitten, wo sie einander entgegengesetzten Leidenschaften und Interessen diente und zum Vorwand der Revolution von 1789 wurde: Sieyès treibt in seiner berühmten Broschüre über den »Dritten Stand« rigoros die Adligen, die ihre Privilegien durch ein vorgebliches Recht der Eroberung verteidigten, »in ihre Wäl-

375

der Frankens« zurück. Die doktrinären Historiker der ersten Hälfte des 19. Jahrhunderts, Augustin Thierry, Guizot und andere, alle im Bann dieser irrigen Meinungen, begrüßten in der Juli-Monarchie die endgültige Befreiung des gallischen Bodens und Volkes. Später fanden die gleichen Irrtümer Ausdruck in der Rassentheorie des Grafen Gobineau (1816–1882), der fälschlich die Überlegenheit der germanischen Rasse verkündete und damit ein Unheil anrichtete, das er weder vorausgesehen noch gewollt hat. Es bedurfte der bewundernswerten Arbeiten von Fustel de Coulanges über ›L'Invasion Germanique‹ und ›Les Institutions de l'Ancienne France‹, um die historische Wahrheit festzustellen und damit die Brandfackel des Bürgerkriegs auszulöschen, die die falsche Auffassung von der merowingischen Gesellschaft für zwei Klassen von Staatsbürgern bildete, die sich beide für die Nachkommen zweier feindlicher Rassen hielten.

80 Bezeichnung der Erhebung der Bauern (»Jacques«) der Ile-de-France gegen den Adel. Sie brach am 28. Mai 1358 aus, dem Fronleichnamstag, und wurde vom Adel mit erbarmungsloser Härte unterdrückt.

81 Anspielung auf den Herzog Louis-Philippe von Orléans, dessen Vater, Philippe Egalité, für den Tod Ludwigs XVI. gestimmt hatte.

82 Armand du Plessis, Kardinal de Richelieu (1585–1642), der große Minister Ludwigs XIII.

83 Gemeint ist die fränkische Eroberung; s. Anm. 79.

84 Während der Revolution gegründete Lebensmittel-Großhandlung (von Balzac erfunden). Der Familie entstammt u.a. der Doktor Denis Minoret, der in Balzacs Roman ›Ursule Mirouët‹ eine bedeutende Rolle spielt.

85 Antoine-Quentin Fouquier-Tinville (1746–1795), der berüchtigte Öffentliche Ankläger des Revolutions-Tribunals, während der Schreckenszeit unermüdlicher Belieferer der Guillotine, unter der er später selber endete.

86 Das am 19. April 1790 von der Nationalversammlung zur Tilgung der Staatsschuld dekretierte Papiergeld, als dessen Deckung der Wert der beschlagnahmten Güter der Emigranten, der »Nationalgüter«, dienen sollte. Nach mehreren Zwangskursen wurden die Assignaten am 19. Februar 1796 außer Kurs gesetzt und zu $^1/_{30}$ des Nominalwertes eingetauscht.

87 Niccolò Piccini (1726–1800), bedeutender, einst gefeierter, überaus produktiver Opernkomponist, Rivale Glucks, der ihn hoch-

schätzte. Piccini war ein sauberer, allen Intrigen fremder Charakter; nach Glucks Tod 1786 hielt er an dessen Leiche die Laudatio. Seine Musik ist heute nahezu vergessen.

88 Als Parteigänger von »Pitt und Coburg« wurden alle wirklichen oder angeblichen Gegenrevolutionäre bezeichnet. Es handelt sich bei der Bezeichnung um den jüngeren Pitt (1759–1806), den unversöhnlichen Feind der Revolution, und den österreichischen Feldmarschall Friedrich-Josias von Sachsen-Coburg (1737–1815), der in den Revolutionskriegen die Österreicher befehligte und von Moreau bei Tourcoing, von Jourdan bei Fleurus besiegt wurde.

89 Gabriel Montgomery (um 1530–1574), Befehlshaber der schottischen Garde Heinrichs II., den er bei einem Turnier tödlich verwundete (1559). Aus Furcht vor den Folgen dieses Unfalls ging er nach England, wurde Protestant, kämpfte gegen die königliche Armee und kam 1574 La Rochelle mit einer englischen Flotte zu Hilfe. Er wurde bei Domfront gefangengenommen und auf Befehl der Katharina von Medici, die ihn haßte, enthauptet. Worauf Balzac mit seiner Bemerkung zielt, war nicht feststellbar.

90 Consolidés = Anleihen ohne bestimmte Tilgungsfrist sowie deren Schuldscheine.

91 Paul-Louis Courier de Méré (1772–1825), Hellenist und politischer Schriftsteller. In Wirklichkeit wurde er von seinem Diener umgebracht, den er in sträflichem Umgang mit seiner Frau ertappte, der Tochter des Hellenisten Clavier.

92 Lat.: in Stadt und Welt.

93 Der kleineren der beiden Seine-Inseln in der Stadtmitte von Paris.

94 Über deren Konkurs Balzac in dem Roman ›Eugénie Grandet‹ berichtet.

95 Der vermittelnde Freund des Alceste, der Hauptgestalt in Molières ›Le Misanthrope‹ (1667).

96 Der Günstling der Zarin Anna Iwanowna hieß in Wirklichkeit Ernst-Johann von Biren oder von Bühren. Die Zarin ermächtigte ihn, den Namen und das Wappen des französischen Geschlechts de Biron zu übernehmen. Biron, der 1690 in Kurland geboren worden war, starb trotz seines heftigen Charakters 1772 friedlich zu Mitau, nachdem er sein Herzogtum maßvoll und klug regiert hatte. Er hinterließ es seinem Sohn Peter, der es, nach Streitigkeiten mit den Ständen, 1795 an Rußland abtreten mußte.

97 Nach Waterloo (18. Juni 1815) und der zweiten Besetzung von

Paris durch die Alliierten wurden die französischen Truppen an die Ufer der Loire verlegt und am 1. August 1815 entlassen.

98 Heute Rue des Mathurins.

99 Der Fluß le Loir, der sich in die Sarthe ergießt, darf nicht mit la Loire verwechselt werden.

100 Anspielung auf den Grafen Hanski, der es Balzac nahelegte, den Roman eines Gutsbesitzers zu schreiben.

101 Anmerkung Balzacs im Text. Es handelt sich um Moreau, den Verwalter des Grafen de Sérisy, der unter ähnlichen Umständen wie Gaubertin plötzlich entlassen wird.

102 Anmerkung Balzacs im Text. Es handelt sich um Chesnel, den früheren Verwalter und späteren Notar der Familie d'Esgrignon, der er sein Vermögen aufopfert.

103 Georges Marest war in Paris Schreiber bei dem Notar Crottat gewesen und hätte durch seine Tollköpfigkeit und Geckenhaftigkeit beinahe die Interessen seines Chefs schwer kompromittiert, worauf er entlassen wurde. Er endete als schlichter Versicherungsagent. (Siehe Balzacs Novelle ›Ein Lebensbeginn‹.)

104 Die früher mittels einer Kette an die Fußgelenke von Zuchthäuslern geschmiedeten Eisenkugeln.

105 Maria Edgeworth (1767–1849), irische Romanschriftstellerin, war mit Walter Scott befreundet, der ihre Werke schätzte. Sie wurden mehrmals ins Französische übersetzt.

106 Ursprünglich Bewohner der Landschaft Armagnac (Gascogne). Später die Parteigänger des Herzogs von Orléans, deren wichtigster Führer Graf Bernhard XII. von Armagnac war, der Schwiegervater des Herzogs Karl von Orléans. Er zerrüttete Frankreich unter Karl VI. und Karl VII. durch seine Kämpfe mit der Fraktion der Burgunder. Erst durch den Vertrag von Arras 1435 wurde der Konflikt beendet.

107 Christoph Willibald, Ritter von Gluck (1714–1787), Reformator der Oper, als Schöpfer des »Musikdramas« bezeichnet. Sein hochherziger Gegner war Piccini.

108 Claude-Joseph Dorat (1734–1780) schrieb neben Tragödien und Komödien flüssige, elegante Romane, sentimentale Gedichte und etwa 100 Fabeln.

109 Der erste Name des ›Mercure de France‹ war ›Mercure Galant‹, gegründet 1672. Er wandte sich vor allem an Weltleute und hatte großen Erfolg. Die Politik hatte während des Ancienrégime darin keine Stätte; ihr wandte er sich erst 1788 zu, gleichzeitig mit

der revolutionären Agitation. Ab 1799 erschien er nur noch unregelmäßig; 1825 ging er ein. 1890 gründeten Schriftsteller aus der Gruppe der Symbolisten eine literarische Zeitschrift mit dem Titel ›Mercure de France‹.

110 Das Sankt-Ludwigs-Kreuz ist ein 1693 von Ludwig XIV. gestifteter Orden und wurde lediglich an katholische Offiziere verliehen. Die Revolution schaffte ihn ab, am 18. September 1814 wurde er aufs neue gestiftet und 1831, nach der Juli-Revolution, endgültig abgeschafft. Aber die alten Ritter behielten das Recht, das Kreuz am roten Band zu tragen.

111 Das blaue Ordensschulterband gehört zum Orden vom Heiligen Geist, der 1578 von Heinrich III. gestiftet, 1791 von der Nationalversammlung abgeschafft, 1814 von der Restauration neu gestiftet und 1830 endgültig abgeschafft worden war.

112 Dorf bei Wien, an der Donau. 21. und 22. Mai 1809 Schlacht, gleichzeitig mit der bei Aspern. Vergl. Anm. 31.

113 Die Namen fast sämtlicher, von Balzac erfundener großer Adelsgeschlechter der ›Menschlichen Komödie‹.

114 Am Sonntag, dem 13. Februar 1820. Der Herzog von Berry, der zweite Sohn des Grafen von Artois (des späteren Karls X.), galt als Thronfolger, da die Ehe des ältesten Sohns, des Herzogs von Angoulème, kinderlos geblieben war. Der Mord wurde zur Ursache einer heftigen Reaktion, die zunächst das Ministerium Decazes hinwegfegte, seines Liberalismus wegen.

115 Der Pavillon Marsan (an der Nordwestecke des Louvre), der während der ersten Jahre der Revolution die Büros und Nebenstellen des Konvents und des Wohlfahrtsausschusses beherbergt hatte, war dem Bruder des Königs, dem Grafen von Artois (dem späteren Karl X.) eingeräumt worden, der dort eine Art »Nebenregierung« errichtete.

116 Jean-Baptiste-Séraphin-Joseph, Graf de Villèle (1773–1854), war das Haupt des tüchtigsten und dauerhaftesten Ministeriums der Restauration: Es führte die politische, militärische und soziale Reorganisation des Landes durch. Am 3. Juni 1828 wurde es gestürzt.

117 Im Wald von Bondy (Département Seine, am Ourcq-Kanal) wurden Childerich II. (um 653–675) und Aubry de Montdidier (ein Herr vom Hof Karls V. von Frankreich) ermordet; die letztere Untat ist in der Literatur mehrmals bearbeitet worden, so in ›Robert Macaire‹ von Antier und Lemaître 1834.

118 Beiname Heinrichs IV.

119 Jacqueline du Bueil, Gräfin de Meret, Geliebte Heinrichs IV., dem sie 1607 einen Sohn gebar. Später konspirierte sie mit Gaston von Orléans gegen Richelieu; wahrscheinlich kam sie 1632 in der Schlacht bei Castelnaudary um.

120 Vorreiter bei der Parforcejagd.

121 Paolo Caliari, genannt Veronese (1528–1588), venezianischer Maler.

122 Peter Paul Rubens (1577–1640).

123 Philipp Wouwerman (1619–1668), holländischer Landschafts- und Genremaler, schuf auch treffliche Schlacht- und Jagdbilder.

124 Antoine-François van der Meulen (1634–1690), Schlachtenmaler, verherrlichte die Kriegszüge Ludwigs XIV.

125 Spitzname des Grafen de Montcornet, seiner niedrigen Abkunft wegen.

126 Der ›Constitutionnel‹ wurde während der Hundert Tage von ehemaligen, in den Hintergrund gedrängten Revolutionären gegründet; er mußte mancherlei Wandlungen durchmachen, ehe er unter seinem endgültigen Titel erschien. Aber dann schlug er die Richtung des bürgerlichen, antiklerikalen Liberalismus ein, die er nicht wieder verließ. Ursache für seinen Erfolg während der Restauration war seine schüchterne konstitutionelle Opposition, die gewürzt wurde durch Erinnerungen an 1789 und bonapartistische Sehnsüchte. Die Juli-Revolution bescherte dem ›Constitutionnel‹ die Regierung seiner Träume; aber die Zahl der Abonnenten war von 20000 im Jahre 1830 auf 3500 zurückgegangen, als 1834 Véron die Zeitung aufkaufte und sie zu neuem Leben brachte wie Girardin ›La Presse‹; er sicherte sich Mitarbeiter von Rang und publizierte im Feuilleton Romane von Balzac, George Sand und Eugène Sue. Sainte-Beuve veröffentlichte im ›Constitutionnel‹ seine ›Lundis‹; er ist seither in der Literaturgeschichte berühmt geblieben durch seine Proteste gegen die Romantik, in der Geschichte des Journalismus durch die Erfindung der »Seeschlange«, die noch bis in die Zeiten nach dem Ersten Weltkrieg die Zeitungen durchspukte.

127 Henri Grégoire (1750–1831), Abgeordneter der Geistlichkeit Lothringens in den Generalstaaten, stimmte als einer der ersten für die zivilrechtliche Konstitution des Klerus. Sein Bürgersinn wurde dadurch belohnt, daß die Bürgerschaft des Départements Loir-et-Cher ihn zum Bischof wählte. Im Konvent forderte Grégoire die Abschaffung des Königtums, verlangte die Verurteilung Ludwigs XVI., ließ den Negern und Juden die Bürgerrechte zu-

teil werden und gewann in jeder Hinsicht großen Einfluß. Dennoch beanspruchte er, ein guter Katholik zu bleiben; während der Schreckensherrschaft lehnte er es ab, seine Bischofswürde niederzulegen, und unter dem Direktorium verlangte er nachdrücklich die Wiederherstellung des Kultus. Unter dem Konsulat gehörte er der Gesetzgebenden Körperschaft, unter dem Kaiserreich dem Senat an. 1818 wurde er zum Abgeordneten gewählt. Aber die Kammer erklärte seine Wahl als ungültig.

128 Von Balzac erfundene Pariser Bankiersgestalt, die in mehreren Romanen der ›Menschlichen Komödie‹ auftritt.

129 Lat.: anderes Ich.

130 Diese Kongregation von Laienpriestern bestand seit 1592; ihr Ziel war die Unterrichtung des Volks; ihr Superior mußte immer Franzose sein.

131 Balzac, der es mit der Schreibung von Eigennamen nie genau genommen hat, spielt hier sicherlich auf den General Henri Stengel (1744–1796) an, der die leichte Kavallerie kommandierte und am 22. April 1796 bei Mondovi fiel, kurz nachdem der Hauptmann Farrabesche am 12. April bei Montenotte gefallen war. (Siehe Balzacs Roman ›Der Landpfarrer‹.)

Stengel war nicht im Elsaß geboren, sondern in Neustadt a. d. Hardt in der Pfalz. Er trat 1760 in französische Dienste, wurde 1788 Major, 1792 Brigadegeneral, nachdem er bei Valmy den linken Flügel der Armee Kellermanns befehligt hatte. Bonaparte unterstellte ihm im Ersten italienischen Feldzug die Kavallerie. Er wurde bei Mondovi tödlich verwundet und durch Murat ersetzt. Napoleon hat auf St. Helena von ihm gesagt: »Der General Stengel, ein Elsässer (sic!), war ein ausgezeichneter Husaren-Offizier; er hatte unter Dumouriez gedient und war gewandt, intelligent und flink; er vereinigte die Qualitäten der Jugend mit denen des fortgeschrittenen Alters; er war der geborene Avantgarde-General ...« Der sterbende Napoleon muß seiner gedacht haben, denn seine letzten Worte waren: »Stengel, Desaix, Masséna! Ach, jetzt kommt die Entscheidung, der Sieg! Los! Lauft! Beschleunigt den Angriff! Wir haben sie!«

Es bedarf keiner Erwähnung, daß Stengels natürlicher Sohn eine Erfindung Balzacs ist.

132 Entweder ein Versehen Balzacs, da zuvor von elfhundert Francs die Rede ist, oder ein Mittel zur Kennzeichnung der Erregung des Generals, der die richtige Summe in seiner Wut nicht erkannt hat.

133 Curée = »Jägerrecht«: die den Hunden vorgeworfenen Teile des erlegten Wilds.

134 Das amtliche Gesetzblatt.

135 Der Eid auf die republikanische Verfassung, der den Zivilstand der Geistlichen regelte.

136 Das Wahlgesetz vom Juni 1820, das auf das Gesetz vom Januar 1817 zurückgriff, stellte in jedem Département zwei Wahlkollegien auf, nämlich die Kollegien der Arrondissements und die Kollegien der Départements. Die ersteren, die »Kleinen Kollegien«, bestanden aus Wählern, die 300 Francs Steuern zahlten; sie hatten 258 Abgeordnete zu wählen, da auf jedes Arrondissement ein Abgeordneter kam; die zweiten, die »Großen Kollegien«, bestanden aus den höherbesteuerten Wählern und wählten 172 neue Abgeordnete. Daher wählte die zweite Wählerkategorie je einmal in jedem Kollegium, weswegen jenes Gesetz »das Gesetz der doppelten Stimmabgabe« hieß.

137 Der Marquis de Ronquerolles, ehemals Mitglied der mysteriösen, mächtigen Vereinigung der »Dreizehn«, eine von Balzac erfundene Gestalt, war einer der besten Diplomaten der Regierung Louis-Philippes (Siehe: ›Die falsche Geliebte‹; ›Ursule Mirouët‹; ›Zweite Frauenstudie‹). Der Graf de Sérisy, der Ronquerolles' Schwester geheiratet hatte, war Pair von Frankreich, Vizepräsident des Staatsrats, Mitglied des Konvents und Staatsminister unter der Restauration (Siehe: ›Ein Lebensbeginn‹; ›Honorine‹; ›Glanz und Elend der Kurtisanen‹).

138 Hier endet das von Balzac korrigierte, für ›La Presse‹ bestimmte Fragment, auf dem der Text unserer Ausgabe beruht. Alles Künftige folgt dem Text, den Mme de Balzac 1855 in der ›Revue de Paris‹ veröffentlichte.

139 Dr. Paul Dorveaux, Chef-Bibliothekar der Pharmazeutischen Fakultät in Paris, gibt in den Anmerkungen der Edition Conard an, der Remora sei ein kleiner, für gewöhnlich »Sucet« (Sauger) genannter Fisch, dem die Alten die Kraft zugeschrieben hätten, Schiffe zum Anhalten zu bringen. Larousse fügt hinzu, daß jener Fisch auf dem Kopf eine Saugplatte habe, durch die er sich an Schiffe anheften könne.

140 Bei Volksfesten; oben an jenem Mast hängen Gewinne.

141 Siehe Balzacs Roman ›Die Kehrseite der Zeitgeschichte‹.

142 Lat.: Um eure Sache handelt es sich. Ähnlich bei Horaz, Sat. I, 1, 69: *»De te fabula narratur«*, »Um dich selber handelt es sich in dieser Geschichte.«

143 Nicolas Poussin (1594–1665), Hauptmeister der klassischen Malerei in Frankreich.

144 Balzac hatte Olympe ursprünglich den Familiennamen »Chazet«
gegeben; in den posthumen Ausgaben der ›Bauern‹ heißt sie jedoch
»Charel«. Der Balzac-Forscher Vicomte de Louvenjoul vermutet,
die Namensänderung sei durch Balzacs Witwe auf Grund einer
Bitte der Familie Abissan de Chazet erfolgt, deren bekanntestes,
1844 gestorbenes Mitglied eine gewisse Rolle in der legitimistischen
Partei gespielt und nach der Juli-Revolution, obwohl vermögens-
los, der neuen Regierung seine Demission aus allen seinen Ämtern
erklärt hatte.

145 Der jüngere Bruder Ludwigs XVI. und Ludwigs XVIII., der
spätere Karl X.

146 Le Perche, ehemalige französische Grafschaft, die von Maine abhing und berühmt durch ihre Pferdezucht ist. Hauptstadt Mortagne.

147 Ehedem befestigte dalmatinische Hafenstadt an der Adria, Sitz
eines Erzbischofs, mit byzantinischem Dom aus dem 13. Jhdt. und
einem römischen Triumphbogen (Porta maritima).

148 Montereau-faut-Yonne, Dorf im Département Seine-et-Marne, am
Zusammenfluß von Seine und Yonne. Sieg Napoleons über die
Alliierten 1814.

149 Die Royalisten, die sich gegen die Erste Republik erhoben.

150 La Fontaine ›La Laitière et le Pot au lait‹ (Fables VII, 10).

151 Es handelt sich um die XVII. und nicht, wie es fälschlich in allen
Ausgaben der ›Bauern‹ heißt, um die XVIII. Idylle (die Balzac
als Ekloge bezeichnet) Theokrits, und es ist durchaus nicht völlig
gewiß, daß sie von Theokrit stammt. Das kleine Werk ist von
André Chénier übertragen worden, den Balzac glühend verehrte;
es erschien in der Chénier-Ausgabe, die Latouche 1819 veröffentlichte; wahrscheinlich hat Balzac jene Übersetzung benutzt. Der
Titel »Oarystis« bedeutet »Verliebtes Gespräch«. Der Dichter
schildert recht lebhaft eine ländliche Liebesszene zwischen dem
Rinderhirten Daphnis und der kleinen Ziegenhirtin Naïs. Aber
Chéniers Naïs, wie das junge Mädchen Theokrits, scheint ohne
großes Bedauern das zu gewähren, was Balzacs Pechina so nachdrücklich gegen die Zudringlichkeiten Daphnis-Tonsards verteidigt.

152 Robert Lovelace ist die Gestalt des gewissenlosen Verführers in
Richardsons Roman ›Clarissa Harlowe‹ (1747).

153 Eugène Delacroix (1799–1763), Haupt der romantischen Maler-
schule Frankreichs.

154 Pierre-Jean David d'Angers (1788–1856), bedeutender Plastiker,

383

schuf die Gestalten des Giebelfelds am Pariser Pantheon sowie Medaillen mit den Bildnissen der berühmten Männer seiner Zeit, auch Kolossalbüsten wie die Goethes und Balzacs.

155 Georges-Louis Leclerc de Buffon (1707–1788), Naturwissenschaftler und Schriftsteller.

156 Eine strauchartige, aus Indien stammende Art des Stechapfels mit großen, glockenförmigen, am Rand gezackten weißen oder orangenen Blüten von starkem Duft.

157 Dieses Etablissement wurde 1774 am Eingang des Bois de Boulogne in der Nähe des Schlosses La Muette gegründet, zum Andenken an einen irischen Lord; später wurden dem Unternehmen ein Café-Restaurant und ein Theatersaal angefügt. Solange Marie-Antoinette auf La Muette weilte, hatte das Ranelagh gute Zeiten; aber während der Revolution mußte es schließen. Unter dem Kaiserreich wurde es wieder eröffnet; zu seinen Gästen zählten jetzt der Tänzer Trénitz, Mme Tallien und sogar Mme Récamier. Unter der Restauration verschmähte sogar die Herzogin von Berry, die Thronfolgerin, nicht, dort zu erscheinen. Unter der Juli-Revolution hatte es großen Zulauf durch die Konzerte Dérivis und der Mme Raimboux. Das war sein Schwanengesang. 1854 wurde es abgebrochen und mußte Privathäusern weichen.

158 Ital.: Zwanglosigkeit.

159 Eine der Hauptgestalten der ›Menschlichen Komödie‹.

160 In der noch zu Balzacs Lebzeiten in ›La Presse‹ (19. Dezember 1844) erschienenen Version lautete der Titel: ›Die Schenke ist der Ratssaal des Volkes.‹

161 Ein 1680 in Brest gebautes Schiff, das sich besonders im amerikanischen Unabhängigkeitskrieg auszeichnete. Bei einem Kampf gegen englische Schiffe auf der Reede von Brest am 1. Juni 1794 ließ die ›Vengeur‹ sich lieber in den Grund bohren, anstatt sich zu ergeben. So wenigstens will es die Legende.

162 Bei dem Abdruck in ›La Presse‹ lautet diese Stelle: »Das Christentum ist die wahre Republik.«

163 Diese Tracht läßt Courbet die beiden Künstler auf seinem Gemälde ›Begräbnis zu Ornans‹ tragen.

164 Athenischer Staatsmann und Heerführer (um 540 bis um 468 v. Chr.), seiner Redlichkeit wegen »der Gerechte« genannt.

165 Bei der Version für ›La Presse‹ folgen diesem Satz die Worte: »Wenn jemand Geneviève anrührte, würde er unter meiner Hacke von 1793 fallen und ich ginge ins Gefängnis.«

166 Korb der Guillotine, in den die abgetrennten Köpfe fielen.

167 1765 zeigte sich im Gévaudan an den Ufern der Lozère ein Tier, von dem es hieß, es entstamme der Hölle, und das rasch berühmt wurde, als Bachaumont im Oktober jenes Jahrs ein Gedicht darüber erscheinen ließ. Es wurde 1787 in der Nähe von Saint-Flour, Canton de la Planèse, getötet, und war lediglich ein Luchs. 1858 widmete Elie Berthet ihm einen fünfbändigen Roman.

168 Die Melodie dieses zu Beginn des 19. Jahrhunderts vielgesungenen Liedes ist die Abwandlung einer Arie von Piccini.

169 Sondern ein Infanterie-Gewehr, das im Argot als »Clarinette« bezeichnet wird.

170 Lat.: Das Oberste, die Spitze.

171 In Balzacs Roman ›Eugénie Grandet‹.

172 Hauptgestalt von Balzacs Novelle ›Gobseck‹; er tritt auch in ›Vater Goriot‹ auf.

173 Wichtige Gestalt in Balzacs Novelle ›Das Bankhaus Nucingen‹ und in ›Vater Goriot‹ und ›Glanz und Elend der Kurtisanen‹.

174 In Balzacs Roman ›Die ‚Fischerin im Trüben'‹.

175 In Balzacs Roman ›Die Muse des Départements‹.

176 ›La Belle Arsène‹ war ein vieraktiges Musikstück, Verse von Favart, Musik von Monsigny, das 1773 von der italienischen Operntruppe in Fontainebleau vor dem Hof, 1775 in Paris aufgeführt worden war. Der Stoff entstammt Voltaires Erzählung ›La Bégeule‹ (›Die Spröde‹).

177 Es war eins der Gesellschaftsspiele jener Zeit, des zweiten Drittels des 16. Jahrhunderts, mittels eines Blasrohrs kleine Pfeile auf eine Scheibe zu schießen.

178 Hauptgestalt von Molières Komödie ›L'Avare‹, ›Der Geizige‹ (1668).

179 Römischer Kaiser (204–222), schwelgerisch und wollüstig, von den Prätorianern ermordet.

180 Hier folgt im Original eine Reihe unübersetzbarer Wortspiele, wie Balzac sie liebte: »J'ai Rigou! Je ris, goutte! Ris, goûte! Rigoulard, etc.«, vor allem aber Grigou (G. Rigou) = Geizhals.

181 Anspielung auf die Abtei Thélème in Rabelais' ›Gargantua‹, in der eine Gemeinschaft von Epikuräern das Leben in jeder Hinsicht genoß.

182 Das in der holländischen Provinz Friesland gesponnene Leinen zeichnete sich durch besondere Feinheit aus.

183 Die aus Bordeaux stammende Mme Amphoux, deren Teilhaberin Marie Brizard war (ihre Liköre erfreuen sich noch heutzutage

großer Beliebtheit), betrieb Fabrikation und Verkauf von »westindischen« Likören, die um 1830 ebenso berühmt waren wie ein
halbes Jahrhundert später die Champagner der Witwe Cliquot.
Der beste jener Liköre war ein »Zimt-Geist«; er sollte erschöpfte
Kräfte neue beleben.

184 Stadt im Arrondissement Versailles, an der Seine.

185 Anmerkung Balzacs; Anspielung auf die Zerstückelung der Gemeinde Argenteuil.

186 In der Version für ›La Presse‹ folgt noch ein weiterer Satz:
Aus der bäuerlichen Sphäre wird dies Drama sich also erheben in
die hohen Bereiche der Bürgersleute von Soulanges, deren Auftreten im Verlauf der Handlung deren Entwicklung nicht hemmen,
sondern beschleunigen wird, gerade wie die von einer Lawine verschlungenen Weiler deren Lauf nur desto schneller machen.

Ende des ersten Teils.

Dieser Satz kündet von weitläufigen Entwicklungen, die zu schreiben der Tod Balzac verhinderte; Mme Eve de Balzac hat ihn unterdrückt. Sie hat schwerlich Wert darauf gelegt, für die Leser
das Mißverhältnis zu betonen, das zwischen dem ersten Teil der
›Bauern‹, der von Balzac vollendet und druckfertig gemacht worden ist, und dem Schluß des Romans besteht, von dem sie nichts
als Skizzen und Entwürfe besaß.

187 Es sei nochmals darauf hingewiesen (vgl. die Einleitung zu diesem
Roman), daß für den zweiten Teil von ›Die Bauern‹ sich in Balzacs Nachlaß lediglich die halbwegs fertig ausgearbeiteten ersten
vier Kapitel fanden, ferner eine Skizze und ein flüchtiges Szenarium für den weiteren Verlauf der Handlung. Aus diesem Material
hat Mme Eve de Balzac den zweiten Teil gestaltet, dessen hier
wiedergegebene Gestaltung auf authentischem Material beruht, also alles andere als »freie Phantasie« ist, wie Charles Rabous »Fort-
setzungen« von ›Die Kleinbürger‹ und ›Der Abgeordnete von
Arcis‹.

188 Der Titel dieses Kapitels sowie diejenigen der folgenden stammen
sicherlich von Mme de Balzac.

189 Mantes-Gassicourt oder Mantes-la-Jolie (im Unterschied zu Man-
tes-la-Ville im Arrondissement Versailles) liegt an der Seine, im
Département Seine-et-Oise.

190 François Mansard oder Mansart (1598–1666), Architekt, schuf u. a.
das Hôtel de La Vrillière (die heutige Banque de France), die
Fassade des Hôtel Carnevalet (das heutige stadtgeschichtliche Mu-

seum) und einen Teil der Kirche Val-de-Grâce. – Sein angeheirateter Neffe Jules Hardouin-Mansard (1646–1708), den Balzac wahrscheinlich meint, schuf das Versailler Schloß nebst Kapelle, den Invaliden-Dom, die Place Vendôme und des Victoires, Grand Trianon, Marly usw.

191 Stadt im Département Seine-et-Oise, im Tal der Yvette. Dort wurde 1568 ein Friede zwischen Katholiken und Protestanten unterzeichnet. Der Name der Stadt wurde berühmt durch Adolphe Adams (1803–1856) Oper ›Der Postillon von Longjumeau‹ (1836).

192 Brunet, und nicht Brunel, wie in sämtlichen posthumen Ausgaben der ›Bauern‹ zu lesen steht. Es handelt sich um keine neu eingeführte Gestalt, sondern um den Gerichtsvollzieher Brunet, der bereits im Ersten Teil aufgetreten ist, in Tonsards Schenke.

193 Jacques-Ange Gabriel (1698–1782), Architekt, restaurierte den Louvre, baute die Ecole Militaire, das Hôtel Crillon und den Garde-Meuble an der Place de la Concorde (das erstere wird von Balzac hier wahrscheinlich als »Pavillon Gabriel« bezeichnet) und den Petit Trianon.

194 Jean-Rodolphe Perronet (1708–1794), Ingenieur, entwarf die Pläne zur Place de la Concorde.

195 Die heutige Place de la Concorde.

196 Lat.: sachverständig.

197 Nicht nachweisbar.

198 Lat.: Kriegsbeute.

199 François Boucher (1703–1770), Maler pastoraler oder mythologischer Szenen von dekorativer, bisweilen etwas leichtfertiger Anmut. Siehe Anm. 18.

200 Antoine Watteau (1684–1721), Maler und Radierer, Schöpfer ländlicher Szenen und galanter Feste, Zeichner und Kolorist von hohem Rang.

201 Wörtlich übersetzt: Rundfenster (Œil-de-Bœuf). Als »Œil-de-Bœuf« wurde im Schloß zu Versailles der lange Warteraum der Hofkavaliere bezeichnet, der nur durch ein solches Rundfenster beleuchtet wurde; jener Raum lag vor dem Schlafzimmer des Königs. Dort wurden Intrigen angesponnen und Neuigkeiten durchgesprochen und kommentiert. Eins der übelsten Pamphlete der die Revolution propagierenden Schriftsteller, eine Sammlung erfundener Skandalgeschichten über die letzten Könige und Königinnen, trägt den Titel ›L'Œil-de-Bœuf‹!

202 Siehe Anmerkung 25.

203 Thomas Germain (1673–1748), Schüler des Bildhauers Boulongne, war Architekt, aber vor allem Gold und Silberschmied. Er führte Arbeiten für den König, die Jesuiten Roms und den Großherzog von Toskana aus; Voltaire hat ihn in ›Les Vous et les Tus‹ gefeiert.

204 Der »Marmortisch« war ein besonderes Tribunal im Palais de Justice, an dem drei Gerichtsbarkeiten verhandelten: die der Admiralität, des Kronfeldherrn und der Wasser- und Forst-Verwaltung; der letzteren gehörte Balzacs Gendrin-Vattebled an.

205 Eigentlich: Gerichtsschreiber auf dem Lande; Provinzausdruck für »Notar«.

206 Der Alkide: Herakles als Enkel des Alkäos; Typ des kräftigen Mannes.

207 Siehe Anmerkung 155.

208 Georges Cuvier (1769–1832), bedeutender Naturwissenschaftler, bei dem Balzac in jungen Jahren verkehrte. Über seinen Streit mit Geoffroy Saint-Hilaire, an dem der greise Goethe großen Anteil nahm, siehe Band I dieser Ausgabe, Seite 142 f.

209 Alexis Piron (1689–1773), Lyriker und Dramatiker, geboren in Dijon. Lebenslanger Feind Voltaires.

210 Kugelfangspiel; nähere Erläuterungen in den im Text folgenden Versen.

211 Jean-Charles-Joseph(?)-Luce de Lancival (1764–1810), klassizistischer Dramatiker und Epiker.

212 Evariste, Vicomte de Parny (1753–1814), Mitglied der Akademie, Verfasser pikanter erotischer Dichtungen.

213 Jean-François, Marquis de Saint-Lambert (1756–1802) schrieb die Dichtung ›Die Jahreszeiten‹.

214 Jean-Antoine Roucher (1745–1794), Dichter der ›Monate‹.

215 Louis-Antoine Vigée (1758–1820) besang abwechselnd Napoleon und die Bourbonen.

216 François Andrieux (1759–1833), Lehrer am Collège de France, um seiner Verserzählungen und Komödien willen als »der letzte Klassiker« bezeichnet. Er lehnte Balzacs Verstragödie ›Cromwell‹ ab. (Siehe Band I dieser Ausgabe, Seite 23.)

217 Joseph Berchoux (1765–1839) hat ein didaktisch-phantastisches Gedicht ›La Gastronomie‹ veröffentlicht.

218 Jacques Delille (1738–1813), seit 1774 Mitglied der Akademie, führte ein ereignisreiches Leben. Rivarol hat ihn verspottet; den Zeitgenossen galt er als der beste Dichter nach Voltaire, der Delil-

les Vergil-Übersetzungen gelobt hat. Übrigens hat Delille, Autor idyllisch-deskriptiver, von Emotionen freier und didaktischer Dichtungen im klassizistischen Stil, auch Miltons ›Verlorenes Paradies‹ übersetzt.

219 Komisch-heroisches Epos von Nicolas Boileau-Despreaux (1636 bis 1711), Satire auf Kleriker und Advokaten.

220 Balzac hatte eine ganz besondere Vorliebe für das Vaudeville ›Les Saltimbanques‹ (›Die Seiltänzer‹), dessen Held Bilboquet heißt. Während der Reise, die er mit Mme Hanska, deren Tochter und deren Schwiegersohn, dem Grafen Georges Mniszech, unternahm, hatte jeder der Reisegenossen sich einen Namen aus jenem Vaudeville zugelegt: Mme Hanska war Atala, ihre Tochter Zéphirine, Graf Mniszech Gringolet, und Balzac selber Bilboquet. Er bedient sich dieses Namens häufig in seinen späten Briefen an Mme Hanska.

221 Sohn des Nauplios und der Klymene, vor Troja des Verrats bezichtigt und gesteinigt. Er gilt als der Erfinder des Würfelspiels, der Maße und Gewichte.

222 Tochter des Uranos und der Gäa, Göttin der gesetzlichen Ordnung, Personifikation der Gerechtigkeit: Ihr dient Gourdon in seiner Eigenschaft als Büttel.

223 Göttin der Jugend, Tochter des Zeus und der Hera, Mundschenkin im Olymp.

224 Nicht nachweisbar.

225 Römischer Gott, männlicher Repräsentant der Fruchtbarkeit, Urheber des Ackerbaus, König von Latium in den Zeiten, da auf Erden noch ewiger Friede herrschte. Er wurde später mit dem griechischen Kronos identifiziert.

226 Griechische Göttin, Tochter des Uranos und der Gäa, dem Göttergeschlecht der Titanen angehörend, Gemahlin des Kronos, Mutter des Zeus, des Poseidon, des Hades u. a., »die große Mutter der Götter«, hauptsächlich auf Kreta verehrt. Sie entspricht der asiatischen Göttermutter Kybele.

227 Anspielung auf Lamartine (1790–1869), der 1820 seine ersten, 1823 seine neuen ›Méditations‹ veröffentlicht hatte.

228 Unübersetzbares Wortspiel. »En blanc« spielt auf das Weiß der Wolken an, aber auch auf »vers blancs«, reimlose Verse.

229 Ursprünglich die sieben Töchter des Atlas und der Pleione, die sich aus Schmerz über den Tod ihrer Schwestern, der Hyaden, den Tod gaben. Übertragen auf ein Sternbild in der Nähe des Kopfs des

›Stiers‹. Überdies Bezeichnung eines Dichterkreises unter Ptolomäos II. Philadelphos (285–247 v. Chr.). Alsdann Name eines Dichterkreises unter Heinrich II. (1519–1559) und eines solchen unter Ludwig XIII. (1601–1643). Welche sieben Dichter Balzac unter die »Plejade seiner Zeit« rechnet, ist ungewiß.

230 Buchhändlerzeitung.

231 Beim Schachspiel.

232 Titel zweier Gedichtbände von Lamartine.

233 Berühmter Gedichtband (1829) von Victor Hugo.

234 Ital.: leise.

235 Diese Anspielung wird durch das Folgende verdeutlicht.

236 ›Monsieur de Pourceaugnac‹, Komödie in drei Akten von Molière (1669). Gemeint ist die XV. Szene des ersten Akts, in der ein Apotheker Monsieur de Pourceaugnac ein Klistier verabfolgen will.

237 Siehe Anm. 208.

238 Adolphe Nourrit (1802–1839), stimmgewaltiger, von Balzac besonders bewunderter Sänger, der zumal in den Opern Meyerbeers Triumphe errang.

239 Engl.: Rede, Rederei.

240 So bei Balzac; natürlich ist die Angabe übertrieben.

241 Griechischer Athlet des 6. Jhdts. v. Chr., mehrfach Sieger bei den Olympischen Spielen, berühmt durch seine Kraft und seine Gefräßigkeit. Puget hat ihn in einer Marmorgruppe dargestellt, die sich im Louvre befindet.

242 »Ris, goulu ...!« Unübersetzbarer Wortwitz à la Balzac mit dem Namen Rigou.

243 Die spanische Revolution hatte am 5. Januar 1820 mit dem Aufstand Riegos begonnen, der bald ganz Spanien mitriß. Ferdinand VII. war machtlos; er mußte in den Zusammentritt der Cortes einwilligen, die ihm die liberale Verfassung von 1821 aufzwangen. Die neue Regierung blieb drei Jahre am Ruder und endete 1825, als auf den Beschluß des Laibacher Kongresses eine Interventions-Armee unter dem Herzog von Angoulême, dem ältesten Sohn Karls X., in Spanien einmarschierte und Ferdinand VII. wieder als *rey netto* einsetzte. Der geschickt durchgeführte Feldzug endete mit der glorreichen Erstürmung des Trocadero, die die Einnahme von Cadiz entschied, der letzten Zufluchtsstätte der Cortes, die den König in Haft gehalten hatten.

244 Jetzt verschwundener Vergnügungspark am unteren Ende der

heutigen Rue Clichy, der häufig eine Rolle in den Romanen Paul de Kocks (1793–1871) spielt. In einem Pariser Fremdenführer des Jahres 1825 wird er folgendermaßen geschildert: »Pittoresker Garten von 40 Morgen auf den Höhen oberhalb der Chaussée-d'Antin, ursprünglich von H. Boutin, dem Generalschatzmeister der Marine, angepflanzt. Seit dreißig Jahren öffentlicher Vergnügungspark, in dem jeden Sommer ländliche Feste stattfinden, mit Tanz, Konzerten, Rutschbahnen, Geisterbahnen, Kraftmenschen, Ballonaufstiegen, herrlichen Feuerwerken und wunderbaren Illuminationen. Eintritt vormittags 1 Franc, nachmittags und abends 3 Francs, an Fest- und Feiertagen 5 Francs.«

245 Herzog Charles von Biron (1562–1602) zettelte eine Verschwörung gegen Heinrich IV. an und wurde enthauptet.

246 Ein noch heutzutage berühmtes Werk von Jacques-Henri Bernardin de Saint-Pierre (1737–1814), erschienen 1787 und vom Leben zweier einander platonisch liebender »Naturkinder« auf der Insel Mauritius handelnd.

247 Brauner, noch nicht ganz gereinigter Zucker.

248 Eine von dem Genfer Physiker Argand 1783 erfundene Verbesserung der Petroleumlampe, die helleres Licht erzielen sollte.

249 Die 1784 von dem Apotheker Quinquet und dem Krämer Lange erfundene Lampe hatte als erste einen Glaszylinder, der das Qualmen verhinderte. Der Zylinder hing ursprünglich an einer Art Galgen über der Flamme; erst später wurde er in einer Metallfassung befestigt.

250 Kartenspiel, bei dem jeder Spieler drei Karten hat.

251 Damals ein Getränk aus Tee, Zucker, Schnaps, Zimt und Zitrone, über England aus Indien gekommen, daher der Name aus der Hindusprache: pantsch = 5, der fünf Bestandteile wegen.

252 Getränk aus einem Teeaufguß, der mit Frauenhaar (eine Farnart)-Sirup gesüßt wurde. Man konnte Milch, Kaffee oder Schokolade hinzufügen. Es kam im 18. Jhdt. durch bayerische Fürsten nach Frankreich, die es im Café Procope in Mode brachten.

253 Balzacs Latein steht hier auf leidlich schwachen Füßen. *Fagus* bedeutet Buche und nicht Wald. Der lateinische Name der Stadt müßte lauten *Villa in fagis,* oder *Villa fagaea.* Übrigens lautet im Mittellatein die Bezeichnung faye (frz.: fayard, Buche) *faeta* und bedeutet auch ein Schaf, das gerade geworfen hat.

254 Die Astrallampe, so genannt, weil sie von oben nach unten leuchtete, wurde 1804 von J.-A. Bordier-Marcet erfunden, dem Schüler und Nachfolger Argands (siehe Anmerkung 248), und zwar in

Versoix im Kanton Genf. Sie diente zur Beleuchtung größerer Räume und erhielt Verzierungen mannigfacher Art, so zum Beispiel Kränze von Kristallprismen. Ein anderer Vorteil dieser Lampe bestand darin, daß sie die Zimmertemperatur steigerte, also an Brennmaterial sparen half.

255 Dieser dem ehemaligen Gendarm Soudry gegebene Spitzname ist eine Anspielung auf die gewaltsame Entfernung des Abgeordneten Manuel aus der Kammer am 4. März 1824. Manuel war ausgestoßen worden, weigerte sich indessen, den Sitzungssaal zu verlassen, worauf der Sergeant Mercier von der Nationalgarde den Befehl erhielt, ihn hinauszubefördern. Mercier verweigerte den Befehl, so daß Gendarmen geholt werden mußten, die den widerspenstigen Abgeordneten wegführten, wobei sie ihn hart »anpackten«.

256 Ital.: Leidender, Schmachtender, aber auch Schatz und Schwerenöter.

257 Da sich zu diesem Kapitel keinerlei Skizzen in Balzacs Nachlaß gefunden haben, scheint es ganz und gar von Mme de Balzac zu stammen.

258 Während der Revolution Bezeichnung für den Scharfrichter und dessen Gehilfen.

259 Der Abbé Pierre-André Latreille (1762–1833), Naturwissenschaftler, Verfasser mehrerer Werke über die Insektenwelt, zumal die der Käfer.

260 Auguste, Graf de Dejean (1780–1845), General des Kaiserreichs, Entomologe, berühmt durch sein Werk ›Catalogue des coléoptères de la France‹. Er hat vielfach mit Latreille zusammengearbeitet.

261 Friedrich Klug († 1856), deutscher Entomologe, Mitglied der Berliner Akademie.

262 Joseph Géné (1800–1847), italienischer Naturwissenschaftler, Professor an der Universität.

263 Das von Balzac »Pou du papier«, Papierlaus, genannte Tier ist entweder die echte Bücherlaus (Troctes), die zur Insektengattung der Gradflügler gehört, oder der Bücherskorpion (Chelifer), der zur Gattung der Spinnentiere gehört.

264 Sicherlich Verwechslung mit dem »Silberfischchen« oder Zuckergast (Lapisma saccharina)

265 Volksaufstand in Palermo und andern Städten Siziliens am 30. März 1282 gegen die Franzosen; die Folge war ihre Vertreibung sowie die des Hauses Anjou.

266 Kein Insekt, sondern der Gattung Teredo angehörende Molluske.

267 Seit langem bekannt. Die Cochenille, die früher für ein Samen-
korn gehalten wurde, ist der kurz vor der Eiablage getötete, getrocknete Körper des Weibchens der Schildlaus Coccus cacti L.;
das Tier wird in Südamerika besonders auf dem Nepal-Kaktus
gezüchtet. Der kostbare rote Farbstoff ist durch die synthetischen
Farbstoffe verdrängt worden, wird jedoch noch immer zum Fär-
ben von Lebensmitteln und Kosmetika benutzt.

268 Das Mutterkorn, das auch auf Weizen und Hafer vorkommt, ist
alles andere als eine »Völkerschaft von Insekten«, vielmehr der
sehr giftige Dauerkörper des Schlauchpilzes Claviceps purpurea.

269 Es sei darauf hingewiesen, daß Balzacs naturwissenschaftliche
Kenntnisse hier unzulänglich sind: Der Engerling nährt sich nicht
von Baumrinde, sondern von den Saugwurzeln von Gras und
Stauden, z. B. Erdbeeren.

270 Bartolomé-Estéban Murillo (1618–1682), Hauptmeister der Maler-
schule in Sevilla.

271 David Teniers der Jüngere (1610–1690), malte vorwiegend Zechgelage, Bauernhochzeiten, Prügeleien usw.

272 Jacques Callot (1592–1635), Radierer und Kupferstecher, berühmt
durch seine Szenen aus dem Kriegsleben (›Misères et malheurs de
la guerre‹).

273 Eine Spekulanten-Gesellschaft, die nach der Revolution Schlösser und andere Baudenkmäler aufkaufte, um sie abzubrechen und
die Materialien zu verkaufen.

274 Anspielung auf Jean-Jacques Rousseaus viel beachtete, aber über-
schätzte Abhandlung ›Der Gesellschaftsvertrag‹ (1762).

275 Dieses von Mme de Balzac ihrer Version von ›Die Bauern‹ eingefügte Datum stimmt nicht, wie bereits aus der Vorbemerkung ersichtlich ist. Richtiger wäre es gewesen, 1847 zu schreiben; denn
in diesem Jahr schrieb Balzac für ›La Presse‹ die Fragmente des
Zweiten Teils, die in Korrekturabzügen erhalten blieben und
von Mme de Balzac für ihre Version des Schlusses auf taktvolle
Weise benutzt worden sind.

Biographische Notizen über die Romangestalten

DIE BAUERN

BLONDET, Emile, geboren um 1800 in Alençon als natürlicher Sohn eines Präfekten des Départements Orne und der Frau des alten Richters Blondet; dieser schickte ihn 1818 zum Rechtsstudium nach Paris, um ihn loszuwerden (›Die alte Jungfer‹; ›Das Antiquitätenkabinett‹). In Paris widmete sich Blondet dem Journalismus; er debütierte 1821 im ›Journal des Débats‹. Da er intelligent, kultiviert und geistvoll war, wurde er bald als ein »Fürst der Kritik« bezeichnet; er ließ sich vom Bohème-Leben treiben und tat aus purem Snobismus, als sei er charakterlos (›Verlorene Illusionen‹). Sein Talent, sein Geist und die Gönnerschaft seiner Kindheitsfreundin Mme de Montcornet öffneten ihm jedoch unter Louis-Philippe die Türen der Salons der höchsten Gesellschaft (›Zweite Frauenstudie‹; ›Eine Evastochter‹; ›Die Geheimnisse der Fürstin von Cadignan‹). Im Jahre 1836 erzählte er dem Bürgerkönig, Finot und Couture bei einem Souper im Palais-Royal, wie das Vermögen des Bankhauses Nucingen (in der Novelle dieses Titels) zustande gekommen sei.

MONTCORNET, Marschall, Graf de, war unter dem Kaiserreich der Liebhaber der Mme de Vaudremont (›Ehefrieden‹) gewesen. Die Liebe zu seiner Frau hinderte ihn nicht, in lockerer Gesellschaft zu verkehren (›Verlorene Illusionen‹; ›Glanz und Elend der Kurtisanen‹). Von einer früheren Geliebten, Valérie Fortin, hatte er eine Tochter, die er nie anerkennen wollte; aus ihr wurde die berühmte Mme Marneffe. Marschall Montcornet starb 1837 (›Tante Bette‹).

MONTCORNET, Virginie, geborene de Troisville, ist zur gleichen Zeit wie Blondet in Alençon aufgewachsen (Das Antiquitätenkabinett‹). Sie war eine geistvolle, in den Pariser Salons wohlbekannte und gern gesehene Dame (›Verlorene Illusionen‹; ›Zweite Frauenstudie‹; ›Eine Evastochter‹; ›Die Geheimnisse der Fürstin von Cadignan‹).

DER LANDARZT

Übertragung von Ernst Sander

Die erste Buchausgabe des Romans ›Der Landarzt‹ erschien im September 1833 in zwei Bänden, die zweite 1834 in vier Bänden; 1836 erfolgte ein Neudruck, ein weiterer 1839. 1846 wurde das Werk in die ›Szenen aus dem Landleben‹ der ›Menschlichen Komödie‹ eingegliedert.

Balzac gibt als Zeit der Entstehung »Oktober 1832 – Juli 1833« an. Im September 1832 weilte er in Aix-les-Bains, wo er die Marquise de Castries umwarb. Er plante mit der Marquise und dem Herzog von Fitz-James eine Italienreise, hatte indessen kein Geld. Bei einem Besuch der Grande-Chartreuse und Ausflügen durch Savoyen war ihm der Gedanke zu einem Roman gekommen, der etwa 200 Seiten lang werden und ihm das Reisegeld verschaffen sollte. Er teilte seinem Verleger mit, seine Mutter werde ihm ein Romanmanuskript ›Der Landarzt‹ übersenden; es sei ein leicht verkäufliches Werk, das die Portiersfrau wie die große Dame lesen könnten; er habe sich durch zwei überaus absatzfähige Bücher inspirieren lassen, die Bibel und den Katechismus; er verlange dafür 1000 Francs. Der Verleger zahlte, mußte indessen lange auf das ihm als abgeschlossen gemeldete Werk warten. Balzac war nicht nach Italien gereist, sondern hatte sich nach dem Ende Oktober in Genf erfolgten Bruch mit der Marquise nach Nemours zurückgezogen. Dort suchte sein Verleger ihn auf; aber Balzac konnte ihm lediglich ein paar skizzierte Kapitel vorweisen. Inzwischen war der »kleine Roman«, den er hatte schreiben wollen, in seinem Kopf zu einem umfangreichen Werk gediehen, in dem er seine sozialen Ideen darlegen und in der Gestalt des Benassis das schmerzliche Liebesabenteuer schildern wollte, das er gerade durchlebt hatte. Diese Episode gedieh indessen allzu autobiographisch und durfte aus Gründen des Taktes dem Roman nicht einverleibt werden; an ihre Stelle trat das novellistische Einschiebsel ›Die Beichte des Landarztes‹, dessen Niederschrift abermals eine Verzögerung bedingte. Erst Anfang Juli 1833 war der erste Band vollendet. Inzwischen jedoch hatte Balzac sich andern Romanthemen zugewandt. Der ob des langen Wartens verärgerte Verleger strengte einen Prozeß an, den Balzac verlor; jetzt schloß er in aller Hast sein Werk ab. Es wurde ein völliger Mißerfolg, nicht zuletzt wegen der allzu langen und ziemlich verworrenen Ausführungen des Doktors Benassis über volkswirtschaftliche und politische Probleme, die, als nicht zum Romangeschehen gehörend, die Leser langweilten. Die Kritik zeigte sich feindlich, besprach aber wenigstens den Roman, während der 1832 erschienene ›Louis Lambert‹ gänzlich unbeachtet geblieben war.

Eine der berühmtesten Episoden des Buches, die ›Geschichte Napoleons, von einem alten Soldaten in einer Scheune erzählt‹, wurde am 19. Juni 1833 in ›L'Europe littéraire‹ vorabgedruckt und danach mehrfach in kleinen Broschüren verbreitet, von denen einige illustriert waren.

Balzac hat dem Roman die Worte »Aux coeurs blessés, l'ombre et le silence«, »Wunden Herzen Dunkel und Stille«, vorangesetzt und ihn seiner Mutter gewidmet.

ERSTES KAPITEL

Land und Leute

Im Jahre 1829 ritt an einem freundlichen Frühlingsmorgen ein etwa fünfzig Jahre alter Mann die Bergstraße hinan, die zu einem in der Nähe der Grande-Chartreuse[1] gelegenen großen Marktflecken[2] führt. Jener Marktflecken ist der Hauptort eines dichtbesiedelten Kreises, der sich über ein langes Tal erstreckt. Ein Gebirgsbach mit steinigem Bett, das häufig trocken, zur Zeit der Schneeschmelze indessen bis oben hin gefüllt ist, bewässert jenes zwischen zwei parallele Bergzüge eingeklemmte Tal, das ringsumher von den Berggipfeln Savoyens und der Dauphiné beherrscht wird. Obgleich die Landschaften zwischen der Kette der beiden Mauriennen[3] eine gewisse Familienähnlichkeit besitzen, weist das Gebiet, durch das der Fremde ritt, Bodenbewegungen und Lichterscheinungen auf, die man anderswo vergeblich suchen würde. Bald bietet das plötzlich verbreiterte Tal einen unregelmäßigen Teppich jenes Grüns dar, das die ständigen Berieselungen, die den Bergen zu verdanken sind, zu allen Jahreszeiten für das Auge frisch und friedlich bewahrt. Bald zeigt eine Sägemühle ihre schlichten, malerisch gelegenen Baulichkeiten, ihren Vorrat an langen, geschälten Fichtenstämmen und ihre Wasserzuleitung; das Wasser wird dem Bergbach entnommen und durch große, viereckige, gehöhlte Holzröhren geleitet, aus deren Rissen ein Gespinst von feuchten Fäden herabträuft. Hier und dort erwecken Hütten, die von Gärten mit blütenbedeckten Obstbäumen umgeben sind, Gedanken, wie arbeitsames Elend sie auslöst. Etwas weiter weg stehen Häuser mit roten Dächern, deren flache, runde Ziegel fischschuppenartig übereinander liegen; sie künden von einem Wohlstand, der die Frucht langer Arbeit darstellt. Ferner sieht man über jeder Tür einen Korb, in dem Käse getrocknet wird. Überall werden die freien Stätten, die umzäunten Gehwege durch Reben aufgeheitert, die sich wie in Italien zwischen kleinen Ulmen schlingen, deren Laub als Viehfutter dient. Durch eine Laune der Natur rücken an manchen Stellen die Hügel so nahe aneinander, daß sich dort weder Gewerbebetriebe noch Felder noch Hütten finden. Zwei hohe Granitmauern, die nur durch den in Kaskaden herniederrauschenden Bergbach getrennt werden, ragen auf, und darauf stehen dunkelnadlige Tannen und hundert Fuß hohe Rotbuchen. Diese Bäume, die sämtlich kerzengrade stehen, die sämtlich auf absonderliche Weise farbige Moosflecken aufweisen, die alle ein anderes Laubwerk haben, bilden herrliche Säulengänge, die oberhalb und unterhalb der Landstraße durch ungepflegte Hecken aus Erdbeerbäumen[4], Waldreben, Buchs und Rotdorn gesäumt werden. Die kräftigen Gerüche dieses Buschwerks mischen sich mit dem wilden Arom der Gebirgsnatur, mit den durchdringenden Düften der jungen Sprossen von Lärchen, Pappeln und klebrigen[5] Tannen. Einige Wolken eilten zwischen den Felsen einher und verschleierten und enthüllten abwechselnd deren graugetönte Zacken; sie waren oftmals genauso dunstig wie die Schwaden, deren weiche Flocken an ihnen zerrissen. Jeden Augenblick änderte die Landschaft ihr Aussehen und der Himmel sein Licht; die Bergketten wechselten die Farbe, die Hänge ihre Tönungen, die Täler ihre Gestalt: Es ergaben sich mannigfache Bilder, die durch unerwartete Gegensätze, sei es durch einen Sonnenstrahl zwischen den Baumstämmen hindurch, sei es durch eine naturgeschaffene Lichtung oder ein paar Geröllhalden, zu einem köstlichen Anblick inmitten der Stille gediehen, noch dazu in dieser Jahreszeit, da alles jung ist, da die Sonne einen reinen Himmel überlodert. Kurzum: Es war ein schönes Land, es war Frankreich!

Der Reisende, ein hochgewachsener Mann, war von oben bis

unten in blaues Tuch gekleidet; es war ebenso sorgfältig gebürstet worden, wie jeden Morgen das glatte Fell seines Pferdes gestriegelt werden mußte, auf dem er gerade und festgeschraubt wie ein alter Kavallerieoffizier saß. Allein schon seine schwarze Halsbinde und seine Wildlederhandschuhe, wenn nicht die Pistolen, die seine Halfter ausbeulten, und der auf der Kruppe des Pferdes festgeschnallte Mantelsack hätten erkennen lassen, daß es sich um einen Offizier handelte; sein braunes, blatternarbiges, aber regelmäßiges, von offenbarer Sorglosigkeit geprägtes Gesicht, sein entschlossenes Gehaben, sein sicherer Blick, seine Kopfhaltung: All das hätte von den Gewohnheiten militärischen Dienstes gezeugt, die jemals abzulegen für einen Soldaten unmöglich ist, auch nicht, wenn er sich ins Zivilleben zurückgezogen hat. Jeder andere hätte sich an der Schönheit dieser Alpennatur entzückt, zumal in dieser Gegend, wo sie in die großen Niederungen Frankreichs übergeht; allein der Offizier, der sicherlich die Länder durchschweift hatte, über die die französischen Heere durch die Kriege des Kaisers hingeführt worden waren, nahm diese Landschaft anscheinend hin, ohne ob ihrer mannigfachen Erscheinungsformen überrascht zu sein. Das Staunen ist eine Empfindung, die Napoleon in den Seelen seiner Soldaten abgetötet zu haben scheint. Daher ist die Unbeweglichkeit des Gesichts ein sicheres Merkmal, an dem ein Beobachter die Männer zu erkennen vermag, die unter den rasch hingeschwundenen Adlern des großen Kaisers gedient haben. Jener Mann war tatsächlich einer der jetzt so selten gewordenen Offiziere, die die Kugeln verfehlt haben, obwohl sie auf allen Schlachtfeldern dabeigewesen sind, auf denen Napoleon den Oberbefehl hatte. In seinem Leben gab es nichts Ungewöhnliches. Als schlichter, ehrlicher Soldat hatte er wacker gekämpft, bei Nacht wie bei Tag seine Pflicht getan. Er hatte keinen unnützen Säbelhieb ausgeteilt und war außerstande gewesen, einen zuviel zu verabfolgen. Wenn er im Knopfloch die Rosette der Offiziere der Ehrenlegion trug, so war dem so, weil nach der Schlacht an der Moskwa[6] sein ganzes Regiment ihn einstimmig als den Würdigsten erklärt hatte, sie an jenem großen Tag zu erhalten. Er gehörte zu der kleinen Schar der anscheinend kühlen, etwas befangenen Männer, die stets mit sich selbst in Frieden leben, deren Gewissen sich schon beim bloßen Gedanken an eine Bitte, die sie etwa tun müßten, gedemütigt fühlt, wie geartet sie auch sein möge; und so waren ihm seine Beförderungen gemäß den trägen Regeln der Anciennität zuteil geworden. 1802 wurde er zum Leutnant befördert, aber erst 1829[7] zum Schwadronschef, trotz seines grauen Schnurrbarts; aber sein Leben war so sauber, daß keiner in der ganzen Armee, und sei er General, ihn ohne ein Gefühl unwillkürlicher Hochachtung angesprochen hätte, was ein unbestreitbarer Vorzug ist, den seine Vorgesetzten ihm vielleicht niemals verziehen hatten. Als Ausgleich widmeten ihm die einfachsten Soldaten samt und sonders ein wenig von jenem Gefühl, das Kinder einer guten Mutter entgegenbringen; er verstand sich nämlich darauf, ihnen gleichzeitig Nachsicht und Strenge zu bezeigen. Gleich ihnen war er ehedem Gemeiner gewesen, und so kannte er die jämmerlichen Freuden und das fröhliche Elend, die verzeihlichen oder die strafbaren Verstöße der Soldaten, die er stets »seine Jungs« nannte, und denen er es im Felde ohne weiteres erlaubt hätte, Lebensmittel oder Pferdefutter bei den Bürgersleuten zu requirieren. Was sein intimes Leben betraf, so lag es unter tiefstem Schweigen begraben. Wie fast alle Offiziere jenes Zeitalters hatte er Welt und Leben nur durch den Rauch der Kanonen hindurch gesehen oder während der Friedensspannen, die inmitten des vom Kaiser durchgeführten europäischen Ringens etwas so Seltenes waren. Hatte er je an eine Heirat gedacht? Diese Frage blieb unentschieden. Obgleich niemand in Zweifel zog, daß der Major Genestas nicht bei seinen Aufenthalten in einer Stadt nach der andern, in einem Land nach dem andern, bei seiner Teilnahme an den Festen, die die Regimenter veranstalteten oder zu denen sie geladen wurden, zärtliche Abenteuer erlebt habe, hatte niemand darüber auch nur die mindeste Gewißheit. Er war nicht prüde und kein Spielverderber; er verstieß nicht gegen die soldatischen Gepflogenheiten; aber er schwieg oder antwortete mit einem Lachen, wenn er nach seinen Liebschaften gefragt wurde. Auf die Worte: »Na, und Sie, Herr Major?«, die einmal bei einer Zecherei von einem Offizier an ihn gerichtet wurden, hatte er geantwortet: »Wir wollen lieber trinken, meine Herren!«

Monsieur Pierre-Joseph Genestas, eine Art schmuckloser Bayard[8], hatte also nichts Poetisches und nichts Romantisches an sich, so durchschnittlich wirkte er. Seine Haltung war die eines begüterten Mannes. Obwohl er keine andern Einkünfte als seinen Sold hatte und seine Pension seine ganze Zukunft bildete, hatte der Schwadronschef gleich den alten Wölfen des Handels, die aus geschäftlichem Pech eine Erfahrung gewonnen haben, die an Starrköpfigkeit grenzt, von je zwei Jahresbeträge an Sold zurückgelegt und seine Gratifikationen nie ausgegeben. Er war so wenig ein Spieler, daß er auf seine Stiefel niederblickte, wenn bei einem geselligen Beisammensein jemand zum Einspringen gesucht oder beim Ekarté eine Erhöhung der Wetten verlangt wurde. Aber wenn er sich auch keine Extravaganzen gestattete, ließ er es beim Üblichen an nichts fehlen. Seine Uniformen hielten länger als die aller anderen Offiziere des Regiments; das rührte von ihrer sorgfältigen Pflege her, wie ein mäßiges Vermögen sie bedingt; sie war ihm zu einer mechanischen Gewohnheit geworden. Vielleicht hätte man ihn für geizig gehalten, wären nicht seine bewundernswerte Uneigennützigkeit und die brüderliche Selbstverständlichkeit gewesen, die ihn seine Börse für irgendeinen jungen Tollkopf öffnen ließen, der durch einen Verlust beim Kartenspiel oder eine andere Dummheit in Geldnöte geraten war. Er schien ehedem beim Spiel gehörige Summen verloren zu haben, so taktvoll bezeigte er sich, wenn er eine Gefälligkeit erwies; nie maßte er sich das Recht an, das Tun und Lassen seines Schuldners zu kontrollieren; er sprach nie mit ihm über seine Forderung. Er war ein Sprößling der Truppe und stand ganz allein in der Welt da, und so hatte er sich die Armee zum Vaterland und sein Regiment zur Familie erkoren. Daher wurde nur selten nach den Beweggründen seiner achtenswerten Sparsamkeit geforscht; man gefiel sich darin, sie dem verständlichen Wunsch nach einer Erhöhung der Summe zuzuschreiben, die ihm für seine alten Tage einiges Wohlbehagen sichern sollte. Er stand kurz vor der Beförderung zum Oberstleutnant der Kavallerie, und so wurde gemutmaßt, sein Ehrgeiz bestehe darin, sich mit dem Ruhegehalt und den Epauletten eines Obersts in irgendein Landhaus zurückzuziehen. Wenn die jungen Offiziere nach dem Manöver über Genestas plauderten, reihten sie ihn in die Klasse von Menschen ein, die während der Schulzeit Fleißpreise bekommen haben und nun ihr Leben lang pünktlich, rechtschaffen, frei von Leidenschaften, nützlich und fade wie Weißbrot bleiben; freilich, ernste Leute beurteilten ihn völlig anders Oftmals nämlich entschlüpften diesem Mann ein Blick oder eine Äußerung, die sinnträchtig war wie das Wort eines Wilden, und legten Zeugnis davon ab, daß seine Seele von Stürmen heimgesucht worden war. Schaute man ihn genauer an, so sprach seine ruhige Stirn von der Kraft, den Leidenschaften Schweigen zu gebieten und sie in der Herzenstiefe aufzustauen, welche Kraft durch die Gewöhnung an die Gefahren und die unvorhergesehenen Unglücksfälle des Kriegs teuer erworben worden war. Der neu zum Regiment gekommene Sohn eines Pairs von Frankreich hatte eines Tages, als die Rede auf Genestas gekommen war, gesagt, aus diesem hätte der gewissenhafteste aller Priester oder der ehrlichste aller Krämer werden können. – »Sagen Sie auch noch: Der am wenigsten schranzenhafte unter allen Marquis!« hatte da Genestas geantwortet und den jungen Fant von oben bis unten gemustert, der sich nicht gewärtig gewesen war, daß sein Major jene Bemerkung gehört hatte. Die Zuhörerschaft brach in schallendes Gelächter aus, denn der Vater des Leutnants hatte jeder Regierung geschmeichelt; er war ein Gummimännchen und gewohnt, über jede Revolution hinwegzuhüpfen, und der Sohn war nach seinem Vater geartet. In den französischen Armeen stößt man bisweilen auf Charaktere, die sich im gegebenen Augenblick als schlechthin groß bezeigen, aber nach der Schlacht wieder schlicht und einfach werden, sich um den Ruhm nicht kümmern und die Gefahr vergessen; es gibt sie vielleicht häufiger, als die Mängel unseres Nationalcharakters wohl vermuten lassen. Indessen würde man sich befremdlich täuschen, wenn man glaubte, Genestas sei die Vollkommenheit in Person gewesen. Er war mißtrauisch, neigte zu heftigen Zornesausbrüchen, bei Diskussionen war er streitsüchtig und wollte vor allem dann recht haben, wenn er im Unrecht war; und zudem war er erfüllt von nationalen Vorurteilen. Von seinem Leben als Gemeiner her hatte er einen Hang zu gutem Wein beibehalten. Stand er von einem Bankett in aller Würde seines Ranges auf, so wirkte er ernst und nachdenklich; dann wollte er niemandem Einblick in seine geheimen Gedanken gewähren. Kurzum, so sehr er sich auch auf die gesellschaftlichen Sitten und die Regeln der Höflichkeit verstand, die er befolgte wie militärische Instruktionen; sosehr er auch angeborenen und erworbenen Scharfsinn besaß, und überdies Erfahrungen in der Taktik, im Manövrieren, in den Regeln der Fechtkunst zu Pferde und den Schwierigkeiten der Tierarzneikunde – seine Allgemeinbildung hatte er ausgiebig vernachlässigt. Er wußte, wenngleich verschwommen, daß Cäsar ein römischer Konsul oder Kaiser gewesen sei; Alexander ein Grieche oder ein Makedonier; er hätte einem, was die Abstammung oder den Rang betraf, das eine wie das andere ohne Widerrede zugegeben. Daher machte er bei wissenschaftlichen oder historischen Unterhaltungen ein ernstes Gesicht und beschränkte seine Teilnahme daran auf ein leichtes, billigendes Kopfnicken, das eines tiefsinnigen Mannes, der zum Pyrrhonismus[9] gelangt ist. Als Napoleon am 13. Mai 1809 in Schönbrunn in seinem an die Große Armee als die Herrin Wiens gerichteten Bulletin schrieb, »die österreichischen Fürsten hätten wie Medea mit eigenen Händen ihre Kinder umgebracht«[10], wollte der unlängst zum Rittmeister beförderte Genestas die Würde seines Ranges nicht kompromittieren, indem er fragte, wer Medea sei; er verließ sich, was das betraf, auf das Genie Napoleons in der Gewißheit, der Kaiser könne der Großen Armee und dem Hause Österreich nur amtliche Dinge sagen; er dachte, Medea sei eine Erzherzogin von zweifelhaftem Lebenswandel. Da die Sache sich jedoch auf die Kriegskunst beziehen konnte, beunruhigte ihn die Medea des Bulletins bis zu dem Tage, da Mademoiselle Raucourt[11] »Médée«[12] wieder auf den Spielplan setzte. Als der Rittmeister die Ankündigung gelesen hatte, versäumte er nicht, am Abend ins Théâtre-Français zu gehen, um die berühmte Schauspielerin in dieser mythologischen Rolle zu sehen, über die er sich bei seinen Nachbarn erkundigte. Allein ein Mann, der als einfacher Soldat die Energie aufgebracht hatte, lesen, schreiben und rechnen zu lernen, mußte einsehen, daß er, nun er Rittmeister war, auf seine Allgemeinbildung bedacht zu sein habe. Daher las er von jenem Zeitpunkt an eifrig Romane und neu erschienene Bücher; sie vermittelten ihm ein lückenhaftes Wissen, aus dem er recht guten Nutzen zog. Aus Dankbarkeit gegenüber seinen Lehrern ging er sogar so weit, daß er sich für Pigault-Lebrun[13] einsetzte und sagte, er finde ihn lehrreich und bisweilen tief.

Dieser Offizier, den seine erworbene Klugheit keinen unnützen Schritt tun ließ, hatte gerade Grenoble verlassen und ritt auf die Grande-Chartreuse zu; am Abend zuvor hatte er von seinem Oberst einen achttägigen Urlaub erhalten. Er hatte mit keinem weiten Weg gerechnet; aber da er von Meile zu Meile durch die unrichtigen Auskünfte von Bauern, die er gefragt hatte, getäuscht worden war, hielt er es für klüger, sich nicht weiter zu wagen, ehe er sich nicht den Magen gestärkt hatte. Obwohl er nur wenig Aussicht hatte, eine Hausfrau zu einer Zeit daheim anzutreffen, da jedermann auf dem Felde zu tun hat, machte er vor ein paar Hütten halt, die an eine gemeinsame Hofstätte stießen, die ein ziemlich unregelmäßiges Viereck bildete und jedem Kömmling offenstand. Der Boden dieses Familienbesitzes war fest und sauber gefegt, aber durchschnitten von Abzugsgräben des Dunghaufens. Rosensträucher, Efeu und hohes Gras wuchsen längs der rissigen Mauern. Am Eingang des Platzes wuchs ein kümmerlicher Johannisbeerbusch, auf dem Lumpen trockneten. Der erste Bewohner, dem Genestas begegnete, war ein sich auf einem Strohhaufen wälzendes Schwein, das beim Geräusch der Pferdehufe grunzte, den Kopf hob und einen dicken schwarzen Kater vertrieb. Eine junge Bäuerin, die auf dem Kopf ein großes Bündel Heu trug, erschien plötzlich; ihr folgten in einigem Abstand vier zerlumpte, aber dreiste, lärmende Kinder mit frechen Augen; sie waren hübsch, von bräunlicher Hautfarbe, wahre Teufelchen, die Engeln ähnelten. Die Sonne blitzte und ließ der Luft, den Hütten, dem Misthaufen und dem struppigen Trupp etwas Reines zuteil werden. Der Soldat fragte, ob es möglich sei, eine Tasse Milch zu bekommen. Statt einer Antwort stieß das Mädchen einen rauhen Ruf aus. Sogleich erschien auf der Schwelle einer der Hütten eine alte Frau, und die junge Bäuerin ging in einen Stall; vorher hatte sie durch eine Handbewegung auf die Alte gezeigt, auf die Genestas jetzt zuritt, wobei er sein Pferd gut festhielt, um keins der Kinder zu verletzen, die ihm schon zwischen den Beinen herumliefen. Er wiederholte seine Bitte, der zu willfahren die gute Frau rundweg ablehnte. Sie wolle nicht, sagte sie, den Rahm

403

von den Milchtöpfen abschöpfen, die zum Buttern bestimmt wa
ren. Auf diesen Einwand antwortete der Offizier durch das Versprechen, er wolle ihr den Schaden gut bezahlen; er band sein
Pferd an einen Türpfosten und betrat die Hütte. Die vier zu
jener Frau gehörenden Kinder schienen alle das gleiche Alter
zu haben, welcher absonderliche Umstand dem Major zu schaffen
machte. Ein fünftes hing der Alten sozusagen am Rock; es war
schwächlich, blaß, kränklich und beanspruchte sicherlich die
größte Fürsorglichkeit; dementsprechend war es das bevorzugte,
der Benjamin.

Genestas setzte sich an einen hohen Kamin, in dem kein Feuer
brannte und auf dessen Sims eine Madonna mit dem Jesuskind
auf dem Arm aus bemaltem Gips stand. Ein erhabenes Zeichen!
Als Fußboden diente dem Haus die nackte Erde. Im Lauf der
Zeit war der ursprünglich festgestampfte Boden höckerig geworden, und obwohl er sauber war, bot er in vergrößertem Maßstab die Unregelmäßigkeiten einer Orangenschale dar. Im Kamin hingen ein Holzschuh voll Salz, eine Bratpfanne und ein
Wasserkessel. Im Hintergrund des Raums stand ein Säulenbett
mit gezacktem Betthimmel. Ferner fanden sich hier und dort
dreifüßige Schemel, die aus drei in einer einfachen Buchenholz-
platte befestigten Stöcken bestanden, ein Backtrog, ein klobiger
Holzlöffel zum Wasserschöpfen, ein Eimer und Töpfe für die
Milch; ferner, auf dem Backtrog, ein Spinnrad, ein paar Käse-
gestelle, geschwärzte Wände sowie eine wurmstichige Tür mit
Oberlicht; das alles bildete den Schmuck und das Mobiliar dieser
armseligen Behausung. Jetzt möge das Schauspiel folgen, dem
der Offizier beiwohnte; er vergnügte sich damit, mit seiner Reitpeitsche auf den Boden zu schlagen, ohne zu ahnen, daß jetzt
ein Schauspiel vor ihm abrollen werde. Als nämlich die alte Frau,
der ihr grindiger Benjamin nachlief, durch eine Tür verschwunden war, die zur Milchkammer führte, musterten die vier Kinder ausgiebig den Offizier und machten sich dann daran, das
Schwein fortzujagen. Das Tier, mit dem sie für gewöhnlich spielten, war auf der Haustürschwelle erschienen; die vier Kerlchen
stürzten sich so kräftig darauf und versetzten ihm so unzwei-
deutige Ohrfeigen, daß er schleunigst den Rückzug antreten
mußte. Als der Feind draußen war, begannen die Kinder sich

404

über eine Tür herzumachen, deren Riegel ihren Kraftanstrengungen nachgab und aus dem abgenutzten Riegelloch sprang, das ihm Halt gegeben hatte; dann stürzten sie in eine Art Obstkammer, in der der Major, dem diese Szene Spaß machte, sie bald damit beschäftigt sah, getrocknete Pflaumen zu knabbern. In diesem Augenblick kam die Alte mit dem Pergamentgesicht und den schmutzigen Lumpen wieder herein und hielt in der Hand einen Milchtopf für ihren Gast. – »Ach! Diese Taugenichtse!« sagte sie. Sie ging zu den Kindern hin, packte jedes am Arm und zerrte es ins Zimmer, aber ohne ihm seine Pflaumen wegzunehmen, und schloß sorgfältig ihren Vorratsraum ab. – »Aber, aber, ihr Kinderchen, seid doch brav. – Wenn man nicht aufpaßte, würden sie den ganzen Haufen Pflaumen auffuttern, die Tollköpfe!« sagte sie und schaute dabei Genestas an. Dann setzte sie sich auf einen Schemel, nahm den Grindkopf zwischen die Knie und begann mit weiblicher Geschicklichkeit und mütterlicher Sorgfalt, ihn zu kämmen und ihm den Kopf zu säubern. Die vier kleinen Diebe blieben teils stehen, teils lehnten sie sich an das Bett oder an den Backtrog; alle waren rotznäsig und dreckig, im übrigen aber gesund; ohne ein Wort zu sagen, lutschten sie an ihren Pflaumen herum, musterten dabei aber mit mißtrauischen, tückischen Mienen den Fremden.

»Sind es Ihre Kinder?« fragte der Soldat die Alte.

»Verzeihung, Monsieur, es sind die Anstaltskinder. Ich bekomme monatlich drei Francs und ein Pfund Seife für jedes.«

»Aber gute Frau, sie müssen Sie doch das Doppelte kosten.«

»Ja, Monsieur, das sagt uns Monsieur Benassis auch immer; aber wenn andere zu diesem Preis Kinder übernehmen, dann muß man sich wohl damit begnügen. Es gibt keinen, der nicht Kinder haben wollte! Man muß Himmel und Hölle in Bewegung setzen, um welche zu bekommen. Die Milch, die wir ihnen geben, kostet uns ja kaum was. Überdies, Monsieur, sind drei Francs ein schönes Stück Geld. Das macht fünfzehn Francs, die einem einfach vom Himmel fallen, und dazu noch die fünf Pfund Seife. Wie muß man sich hier in der Gegend abrackern, bis man täglich zehn Sous verdient hat!«

»Sie haben doch auch eigenes Land?« fragte der Major.

»Nein. Als mein seliger Mann noch lebte, habe ich welches

405

gehabt, aber nach seinem Tode ist es mir so schlecht gegangen, daß ich es habe verkaufen müssen.«

»Ja, aber«, fuhr Genestas fort, »wie können Sie denn ans Jahresende gelangen, ohne Schulden zu machen, wenn Sie für zwei Sous täglich die Kinder ernähren, waschen und großziehen?«

»Aber, lieber Herr«, sprach sie weiter und kämmte dabei ihren kleinen Grindkopf, »wir kommen ja auch nicht ohne Schulden bis Silvester. Das hilft eben nichts. Der liebe Gott hilft uns schon. Ich habe zwei Kühe. Meine Tochter und ich lesen bei der Ernte Ähren, im Winter sammeln wir Holz im Walde; na, und abends, da wird gesponnen. Ja, freilich, es muß ja nicht immer ein Winter sein wie der letzte. Ich schulde dem Müller fünfundsiebzig Francs fürs Mehl. Zum Glück ist es Monsieur Benassis' Müller. Monsieur Benassis, das ist ein Freund der Armen! Noch nie hat er irgendwem seinen Schuldbetrag abgefordert; er wird schon nicht bei uns damit anfangen. Außerdem hat unsere Kuh gekalbt; damit können wir einiges bezahlen.«

Die vier Waisen, für die sich alle menschliche Geborgenheit in der Liebe dieser alten Bauersfrau verkörperte, waren mit ihren Pflaumen fertiggeworden. Sie nahmen die Aufmerksamkeit wahr, mit der ihre Mutter während des Sprechens den Offizier anschaute, und taten sich zu einem Stoßkeil zusammen, um abermals den Riegel der Tür zu sprengen, die sie von dem schönen Haufen Pflaumen trennte. Sie gingen nicht wie französische Soldaten zum Sturmangriff vor, sondern schweigsam wie Deutsche; eine naive, brutale Freßgier trieb sie vorwärts.

»Oh, ihr Kerlchen! Wollt ihr wohl aufhören?«

Die Alte stand auf, packte den Kräftigsten der vier, verabfolgte ihm einen leichten Klaps auf den Hintern und warf ihn hinaus; er weinte nicht, die andern standen ganz verdutzt da.

»Sie machen Ihnen wohl viel Mühe?«

»O nein, aber sie wittern meine Pflaumen, die Herzchen. Wenn ich sie einen Moment allein ließe, würden sie sich zum Platzen vollfuttern.«

»Haben Sie sie lieb?«

Auf diese Frage hin hob die Alte den Kopf, blickte den Soldaten mit sanft spöttischer Miene an und antwortete: »Und

ob ich sie liebhabe! Drei habe ich schon wieder zurückgegeben;
ich behalte sie nur, bis sie sechs sind.«

»Und wo ist Ihr Kind?«

»Das habe ich verloren.«

»Wie alt sind Sie denn?« fragte Genestas, um die Wirkung
seiner ersten Frage zunichte zu machen.

»Achtunddreißig, Monsieur. Am nächsten Johannistag sind es
zwei Jahre, seit mein Mann tot ist.«

Sie zog den kleinen Dulder, der ihr mit einem blassen, zärtlichen Blick zu danken schien, fertig an.

»Welch ein Leben der Selbstverleugnung und der Arbeit!«
dachte der Reiter.

Unter diesem Dach, das desjenigen des Stalles würdig war, in
dem Jesus Christus geboren wurde, wurden heiter und ohne
Überheblichkeit die schwierigsten Mutterpflichten erfüllt. Welche
Herzen waren doch in tiefster Vergessenheit begraben! Welch
ein Reichtum und welche Armut! Soldaten wissen besser als andere Menschen einzuschätzen, welche Großartigkeit in der Erhabenheit von Holzschuhen steckt, in dem Evangelium, das sich
in Lumpen kleidet. Anderswo findet sich das Buch der Bücher
mit zurechtgestutztem Text, ausgeschmückt, gekürzt in Moiré-
seide gebunden, in Taft, in Satin; hier jedoch waltete der Geist
der Bibel. Es war unmöglich, nicht an einen frommen Plan des
Himmels zu denken, wenn man diese Frau ansah, die zur Mutter
geworden war wie Jesus Christus zum Menschen, die Ähren
las, litt, um ausgesetzter Kinder willen Schulden machte; die
sich bei ihren Berechnungen irrte, ohne einsehen zu wollen, daß
sie sich im Verlangen, Mutter zu sein, zugrunde richtete. Beim
Anblick dieser Frau mußte man eingestehen, daß es einige Beziehungen zwischen den Guten hienieden und den Geisterwesen
dort droben gab; daher musterte der Major Genestas sie kopfschüttelnd.

»Ist Monsieur Benassis ein guter Arzt?«

»Das weiß ich nicht, lieber Herr, aber er heilt die Armen
ohne Entgelt.«

»Es scheint«, antwortete er im Selbstgespräch, »daß dieser
Mann ganz entschieden ein Mensch ist.«

»O ja, Monsieur, und zwar ein braver Mensch! Deswegen gibt

407

es hier herum nur wenige Leute, die ihn nicht abends und morgens in ihr Gebet einschließen!«

»Hier, nehmen Sie das, Mutter«, sagte der Soldat und gab ihr ein paar Geldstücke. »Und das hier ist für die Kinder«, fuhr er fort und legte noch einen Taler hinzu. – »Ist es noch weit zu Monsieur Benassis?« fragte er, als er wieder zu Pferde saß.

»O nein, lieber Herr, höchstens eine kleine Meile.«

Der Major ritt weiter; er war überzeugt, daß er noch zwei Meilen hinter sich zu bringen haben werde. Nichtdestoweniger nahm er bald durch ein paar Bäume hindurch eine erste Häusergruppe wahr, und dann schließlich die Dächer des Fleckens; sie drängten sich um einen Kirchturm, der kegelförmig aufragte und dessen Schieferbedachung auf den Kanten des Dachstuhls durch Weißblechstreifen festgehalten wurden, die in der Sonne funkelten. Diese Art des Dachdeckens ist von eigenartiger Wirkung und kündet die Grenzen Savoyens an, wo sie im Schwange ist. Mehrere in der kleinen Ebene oder längs des Bergbachs angenehm gelegene Häuser beleben dieses gut bewirtschaftete Land; es ist auf allen Seiten von Bergen umgeben und scheint keinen Ausgang zu haben. Ein paar Schritte vor diesem in halber Höhe nach Süden hin gelegenen Flecken hielt Genestas in einer Ulmenallee sein Pferd vor einer Kindergruppe an und fragte sie nach Monsieur Benassis' Haus. Zunächst schauten die Kinder einander an und musterten den Fremden mit der Miene, mit der sie alles prüfen, was sich ihren Augen zum erstenmal darbietet: so viele Gesichter, so viele Formen der Neugier, so viele verschieden geartete Gedanken. Dann wiederholte der keckste, der lachlustigste der Schar, ein kleiner Junge mit lebendigen Augen und nackten, dreckigen Füßen, nach Kinderart: »Das Haus von Monsieur Bensassis, Monsieur?« Und dann sagte er noch: »Ich will Sie hinbringen.« Er ging vor dem Pferde her, teils um sich dadurch, daß er einen Fremden begleitete, ein gewisses Ansehen zu geben, teils aus kindlicher Gefälligkeit oder auch um dem gebieterischen Verlangen nach Bewegung zu gehorchen, das in diesem Alter Geist und Körper beherrscht. Der Offizier folgte der Hauptstraße des Marktfleckens ihrer ganzen Länge nach; es war eine steinige, gewundene Straße, und sie wurde von Häusern gesäumt, die je nach Lust und Laune der Eigentümer gebaut worden waren. Hier schiebt sich ein Backofen bis in die Mitte des öffentlichen Gehsteigs vor, dort zeigt sich ein Giebel im Profil und versperrt ihn teilweise; dann durchschneidet ihn ein vom Gebirge herabgekommener Bach mit seinem Gerinnsel. Genestas nahm mehrere mit schwarzen Schindeln gedeckte Dächer wahr, aber noch mehr Strohdächer; einige waren mit Ziegeln gedeckt, sieben oder acht mit Schiefer; das waren wohl die des Pfarrers, des Friedensrichters und der Wohlhabenden der Ortschaft. Aus allen sprach die Verwahrlosung eines Dorfes, hinter dem nichts mehr kommt, das an nichts anzugrenzen und auf nichts Wert zu legen scheint; es ist, als bildeten seine Bewohner eine große Familie außerhalb des sozialen Lebens, mit dem sie nur durch den Steuereinnehmer oder durch unwahrnehmbare Wurzelverästelungen verbunden sind. Nach ein paar weiteren Schritten sah Genestas oben am Berge eine breite, das Dorf beherrschende Straße. Es gab wohl ein altes und ein neues Dorf. Tatsächlich konnte der Major bei einem Durchblick und an einer Stelle, wo er langsamer ritt, ungehindert wohlgebaute Häuser erblicken, deren neue Dächer das alte Dorf aufheiterten. In diesen neuen Wohnstätten, die eine Zeile junger Bäume überragte, vernahm er Lieder, wie sie tätige Arbeiter zu singen pflegen, die dumpfen Geräusche einiger Werkstätten, das Schaben von Feilen, Hammerschläge, die wirren Kreischlaute mehrerer Gewerbe. Er sah den dünnen Rauch häuslicher Herde und den dichteren aus den Schmiedeöfen des Stellmachers, des Schlossers und des Hufschmieds. Schließlich erkannte Genestas am äußersten Dorfende, wohin sein Führer ihn geleitet hatte, verstreute Bauernhöfe, gut bestellte Felder, auf das vollkommenste angelegte Pflanzungen; das Ganze wirkte auf ihn, als liege ein Eckchen der Brie[14] weltverloren in einer ausgedehnten Geländefalte, das er, als er es erblickte, zwischen dem Flecken und den die Landschaft abschließenden Bergen nicht vermutet hätte.

Bald blieb der Junge stehen. – »Das da ist seine Haustür.«

Der Offizier saß ab und nahm den Zügel über den Arm; dann fiel ihm ein, daß jede Mühewaltung ihren Lohn verdiene; er zog ein paar Sous aus der Hosentasche und hielt sie dem Jungen hin, der sie mit verwunderter Miene nahm, große Augen machte, sich nicht bedankte, sondern dastand und ihm nachsah.

»An diesem Ort ist die Kultur wenig fortgeschritten, der Glaube an die Arbeit gedeiht kräftig, und die Bettelei ist noch nicht bis hierher gedrungen«, dachte Genestas.

Mehr aus Neugier denn aus innerer Anteilnahme lehnte der Führer des Offiziers gegen die halbhohe Mauer, die den Hof des Anwesens umschloß; es befand sich zu beiden Seiten der Torpilaster darin eingelassen ein Gitter aus geschwärztem Holz. Das Tor war in seinem unteren Teil massiv und ehedem grau getüncht; es hatte oben lanzenförmige, gelbe Eisenstäbe. Dieses Schmuckwerk, dessen Anstrich verblichen war, beschrieb oben über jedem Türflügel einen Halbmond, und wenn die Tür geschlossen war, bildeten die beiden Halbmonde dort, wo sie zusammenstießen, einen dicken Tannenzapfen. Dieses wurmzerfressene, mit samtigen Moosflecken überzogene Tor war durch die wechselnde Einwirkung von Sonne und Regen halb zerstört. Auf den Pilastern wuchsen ein paar Aloen und zufällig hergewehte Mauerpflanzen; die Pfeiler verbargen die Stämme zweier in den Hof gepflanzter, dornloser Akazien, deren grüne, tuffige Kronen aussahen wie Puderquasten. Der Zustand dieses Eingangs zeugte von einer Sorglosigkeit seitens des Besitzers, die dem Offizier zu mißfallen schien; er runzelte die Brauen wie jemand, der sich einer Illusion berauben muß. Wir sind es gewohnt, die andern nach uns selbst zu beurteilen, und wenn wir ihnen auch bereitwillig unsere Fehler nachsehen, so verurteilen wir sie streng, wenn sie nicht unsere guten Eigenschaften haben. Hätte der Major gewollt, daß Monsieur Benassis ein sorgsamer oder methodischer Mann sei, freilich, dann hätte seine Haustür von völliger Gleichgültigkeit gegenüber dem Eigentum gezeugt. Ein auf sparsames Leben erpichter Soldat wie Genestas mußte also sofort von der Eingangstür auf das Leben und den Charakter des Unbekannten schließen; und trotz all seiner Umsicht tat er das auch. Die Tür stand halb offen, das war eine zweite Unbekümmertheit! Auf dieses ländliche Vertrauen hin betrat der Offizier ohne weiteres den Hof, band sein Pferd an die Gitterstäbe, und während er die Zügel festknotete, erscholl aus einem Stall ein Wiehern, und Pferd wie Reiter wandten unwillkürlich die Köpfe dorthin; ein alter Knecht öffnete die Stalltür und zeigte seinen Kopf, der mit einer roten, landesüblichen Wollkappe bedeckt war; sie ähnelte vollauf der phrygischen Mütze, mit der die Göttin der Freiheit ausstaffiert wird. Der wackere Mann fragte Genestas, ob er Monsieur Benassis besuchen wolle, und dann bot er, da Platz für mehrere Pferde vorhanden war, dem Offizier für sein Pferd die Gastfreundschaft des Stalles an, wobei er mit einem Gemisch von Liebe und Bewunderung das Tier betrachtete, das sehr schön war. Der Major folgte seinem Pferde; er wollte sich überzeugen, ob es auch gut untergebracht werde. Der Stall war sauber, es war ein Überfluß von Streu vorhanden, und die beiden Pferde Benassis' bezeigten jenes Wohlbehagen, an dem man unter allen Pferden dasjenige eines Pfarrers erkennen kann. Eine aus dem Hausinneren auf die Freitreppe getretene Magd schien mit Amtsmiene den Fragen des Fremden entgegenzusehen, dem der Stallknecht wohl schon gesagt hatte, Monsieur Benassis sei nicht daheim.

»Unser Herr ist zur Kornmühle gegangen«, sagte er. »Wenn Sie ihn da treffen wollen, brauchen Sie bloß den Weg da durch die Wiese entlangzugehen; wo er aufhört, liegt die Mühle.«

Genestas wollte sich lieber die Gegend ansehen, als unendlich lange auf Benassis' Rückkehr zu warten, und so schlug er den Weg zur Mühle ein. Als er die ungleichmäßige Linie hinter sich gelassen hatte, die der Flecken auf der Bergflanke zeichnet, erblickte er das Tal, die Mühle und eine der lieblichsten Landschaften, die er je gesehen hatte.

Der vom Fuß der Berge aufgehaltene Bach bildete einen kleinen Teich, über dem die Gipfel aufragten; sie ließen durch die verschiedenartigen Tönungen des Lichts oder die mehr oder weniger lebhafte Klarheit ihrer sämtlich mit dunklen Fichten bestandenen Kämme ihre zahlreichen Täler erahnen. Die erst unlängst am Fall des Bergbachs in den kleinen Teich erbaute Mühle hatte das Reizvolle eines einzeln stehenden Hauses, das sich inmitten von Wassern unter den Kronen von Feuchtigkeit lebender Bäume verbirgt. Auf der andern Seite des Bachs, unterhalb eines Berges, dessen Gipfel gerade durch die roten Strahlen der untergehenden Sonne schwach beleuchtet wurde, gewahrte Genestas undeutlich ein Dutzend verlassener Hütten ohne Türen und Fenster; ihre schadhaften Dächer ließen ziemlich große Löcher sehen; das umliegende Land indessen wurde aus gut bestellten und besäten Äckern gebildet; die ehemaligen, in Weidewiesen umgewandelten Gärten wurden durch Bewässerungsanlagen berieselt, die mit der gleichen Kunst angelegt waren wie im Limousin[15]. Unwillkürlich blieb der Major stehen und schaute sich die Überreste dieses Dorfes an.

Warum vermögen die Menschen keine Ruine, und nicht einmal die schlichteste, ohne tiefe, innere Bewegung anzuschauen? Wahrscheinlich bedeuten sie ihnen ein Sinnbild des Unglücks, dessen Last sie auf so verschiedene Art empfinden. Kirchhöfe lassen an den Tod denken; ein verlassenes Dorf lenkt die Gedanken auf die Mühseligkeiten des Lebens; der Tod ist ein vorhergesehenes Unglück; die Mühseligkeiten des Lebens sind unendlich. Birgt das Unendliche nicht das Geheimnis aller großen Melancholie? Der Offizier war auf den steinigen Zufahrtsweg der Mühle gelangt, ohne daß er sich hätte erklären können, warum jenes Dorf verlassen sei; er fragte einen Müllersknecht, der an der Haustür auf Getreidesäcken saß, nach Benassis.

»Monsieur Benassis ist da drüben hingegangen«, sagte der Müller und zeigte auf die zerfallenen Hütten.

»Ist das Dorf etwa abgebrannt?«

»Nein.«

»Warum ist es dann in diesem Zustand?« fragte Genestas.

»Tja, warum?« antwortete der Müller achselzuckend und trat in sein Haus. »Das wird Monsieur Benassis Ihnen sagen.«

Der Offizier überschritt eine Art Brücke, die aus dicken Steinen bestand, zwischen denen der Bergbach hindurchfloß, und gelangte bald an das ihm gewiesene Haus. Das Strohdach dieser Behausung war noch ganz; es war moosbedeckt, hatte aber keine Löcher, und auch Tür und Fenster schienen in gutem Zustand zu sein. Beim Eintreten sah Genestas Feuer im Kamin; davor kniete eine Frau vor einem auf einem Stuhl sitzenden Kranken; daneben stand ein Mann und hielt das Gesicht dem Feuer zugekehrt. Das Hausinnere bestand aus einem einzigen Raum; er erhielt sein Licht durch einen schlechten Fensterrahmen, vor den ein Stück Leinen gespannt war. Der Fußboden bestand aus gestampfter Erde. Der Stuhl, ein Tisch und ein schäbiges Bettgestell bildeten das gesamte Mobiliar. Nie zuvor hatte der Major etwas so Schlichtes und Kahles gesehen, nicht einmal in Rußland, wo die Hütten der Bauern wie Höhlen aussehen. Hier gemahnte nichts an die Bedürfnisse des täglichen Lebens; nicht einmal die Utensilien, die zur Bereitung der primitivsten Mahlzeiten erforderlich gewesen wären, waren vorhanden. Man hätte sagen können: eine Hundehütte ohne Freßnapf. Hätte nicht das Bett dagestanden, hätte nicht an einem Nagel ein abgetragener Kittel gehangen, wären nicht mit Stroh vollgestopfte Holzschuhe dagewesen, was beides das einzige war, das der Kranke an Bekleidungsstücken besaß, so hätte diese Hütte genauso verlassen angemutet wie die andern. Die kniende Frau, eine sehr alte Bäuerin, bemühte sich, die Füße des Kranken in einem mit braunem Wasser gefüllten Becken festzuhalten. Als der Mann einen Schritt vernahm, den das Klingeln der Sporen zu etwas Befremdendem für an den monotonen Gang von Landleuten gewöhnte Ohren machte, wandte er sich nach Genestas um und bezeigte, wie auch die Alte, eine gewisse Überraschung.

»Ich brauche wohl nicht erst zu fragen«, sagte der Offizier, »ob Sie Monsieur Benassis sind. Ich bin ein Fremder und brenne darauf, Sie kennenzulernen, und so entschuldigen Sie wohl, daß ich Sie hier auf Ihrem Schlachtfeld aufgesucht habe, statt in Ihrem Haus auf Sie zu warten. Wenn Sie hier fertig sind, werde ich Ihnen den Grund meines Besuchs sagen.«

Genestas setzte sich halb auf die Tischkante und bewahrte Schweigen. Das Kaminfeuer verbreitete in der Hütte helleres Licht als die Sonne, deren Strahlen sich an den Berggipfeln brechen und niemals in diesen Teil des Tals gelangen können. Im Schein dieses Feuers aus harzigen Fichtenzweigen, die eine leuchtende Flamme unterhielten, erblickte der Offizier das Gesicht des Mannes, das ein geheimes Interesse ihn zu suchen, genau zu betrachten und völlig zu durchschauen zwang. Monsieur Benassis, der Distriktsarzt, hatte Genestas kühl angehört, dessen Verbeugung erwidert und sich dann aufs neue seinem Patienten zugewandt, ohne zu vermuten, daß er der Gegenstand einer so gewissenhaften Prüfung sei, wie die durch den Offizier es war.

Benassis war ein Mann von gewöhnlichem Wuchs, aber breit in den Schultern und breit in der Brust. Ein weiter grüner Gehrock, der bis zum Hals zugeknöpft war, hinderte den Offizier daran, die charakteristischen Einzelheiten dieser Persönlichkeit oder deren Haltung wahrzunehmen; aber der Schatten und die Unbeweglichkeit, in der der Körper verharrte, dienten dazu, das Gesicht deutlicher hervortreten zu lassen; es wurde just kräftig von einem Widerschein der Flammen beleuchtet. Jener Mann hatte das Gesicht eines Satyrs: die gleiche leicht gewölbte Stirn, aber voller mehr oder weniger bedeutungsvoller Buckelungen; die gleiche Stülpnase, die an der Spitze geistvoll gespalten war; die gleichen vorstehenden Backenknochen. Der Mund war geschwungen, die üppigen Lippen waren rot. Das Kinn sprang jäh vor. Die braunen Augen beseelte ein lebhafter Blick, dem das perlmutterfarbene Weiß des Augapfels großen Glanz verlieh; sie waren der Ausdruck erstorbener Leidenschaften. Das ehedem schwarze, jetzt graue Haar, die tiefen Falten seines Gesichts und seine dichten, bereits weißen Brauen, seine knollig gewordene, von Adern durchzogene Nase, sein gelblicher, von roten Flecken gesprenkelter Teint: All das kündete davon, daß er fünfzig Jahre alt sei, und auch von der Härte seines Berufs. Den Umfang des Kopfs konnte der Offizier nur vermuten, da er gegenwärtig von einer Mütze bedeckt war; aber obwohl diese Kopfbedeckung ihn verbarg, meinte der Offizier, es müsse sich um einen jener Köpfe handeln, die gemeinhin als »Dickköpfe« bezeichnet werden. Genestas war es durch seinen Umgang mit Leuten von Tatkraft, die Napoleon aufgespürt hatte, gewohnt, die Gesichtszüge von Leuten zu erkennen, die zu großen Dingen berufen waren, und so witterte er in diesem abseitigen Leben ein Geheimnis, und beim Anblick dieses ungewöhnlichen Gesichts fragte er sich: »Durch welchen Zufall ist er Landarzt geblieben?« Nachdem er ernsthaft diese Physiognomie geprüft hatte, aus der ungeachtet der Ähnlichkeit mit anderen Menschengesichtern ein geheimes Dasein sprach, das in Mißklang zu seinem alltäglichen Äußern zu stehen schien, nahm er, wie es nicht anders sein konnte, teil an der Aufmerksamkeit, die der Arzt dem Kranken zollte, und der Anblick des Leidenden lenkte den Lauf seiner Grübeleien völlig ab.

Trotz der unzähligen Geschehnisse, denen der alte Reiter im Verlauf seines Soldatenlebens beigewohnt hatte, überkam ihn ein mit Entsetzen gepaartes Erstaunen, als er ein Menschenantlitz gewahrte, in dem niemals ein Gedanke aufgeblitzt sein konnte; es war ein bleifahles Gesicht, in dem der Schmerz sich naiv und schweigend auswirkte, wie auf dem Gesicht eines Kindes, das noch nicht sprechen und nicht mehr schreien kann, kurzum, es war das Gesicht eines alten, sterbenden Kretins. Kretins waren die einzige Spielart der Gattung Mensch, die der Schwadronschef noch nicht gesehen hatte. Wer hätte nicht wie Genestas beim Anblick einer Stirn, deren Haut einen dicken, runden Wulst bildete, zweier Augen, die wie die eines gekochten Fischs waren, eines Kopfs mit verkümmerten Härchen, denen es an Nahrung fehlte, eines zusammengedrückten Kopfes, dem es an sämtlichen Sinnesorganen fehlte, ein Gefühl unwillkürlichen Ekels vor einem Geschöpf empfunden, das weder die Gaben des Tiers noch die Vorzüge des Menschen besaß, das niemals Vernunft noch Instinkt besessen hatte, und das nie irgendeine Sprache vernommen oder selber gesprochen hatte? Nun man dieses arme Wesen am Ende eines Erdenwandels anlangen sah, der nichts mit dem Leben zu schaffen gehabt hatte, schien es schwierig, ihm ein Bedauern zu gewähren; indessen betrachtete die alte Frau es mit rührender Besorgnis und fuhr ihm mit den Händen über die Stellen der Beine, die das heiße Wasser nicht berührt hatte; das geschah so liebevoll, als hätte es sich um ihren Mann gehandelt. Benassis hatte genau dieses tote Gesicht und die lichtlosen Augen angeschaut, dann behutsam die Hand des Kretins ergriffen und ihm den Puls gefühlt.

»Das Bad wirkt nicht«, sagte er kopfschüttelnd, »wir wollen ihn wieder ins Bett legen.«

Er selber nahm diese Fleischmasse und trug sie auf das Bett, aus dem er sie wohl vorhin herausgehoben hatte, streckte sie sorgfältig darauf aus, legte die schon fast erkalteten Beine lang und rückte die Hand und den Kopf mit einer Fürsorglichkeit zurecht, wie eine Mutter sie ihrem Kind bezeigt hätte.

»Hier ist nichts mehr zu machen, er muß sterben«, sagte Benassis noch und blieb am Bett stehen.

Die alte Frau stemmte die Hände in die Hüften, blickte den Sterbenden an, und es entrannen ihr ein paar Tränen. Genestas stand schweigend da; er konnte sich nicht erklären, wie der Tod eines so gleichgültigen Menschenwesens ihm so tiefen Eindruck machte. Instinktiv teilte er bereits das grenzenlose Mitleid, das

solcherlei unglückselige Geschöpfe in den der Sonne beraubten
Tälern einflößen, in die die Natur sie geworfen hat. Dieses Gefühl entartet bei Familien, denen Kretins angehören, zu einem
frommen Aberglauben; aber entspringt er nicht der schönsten
der christlichen Tugenden, dem Mitleid, und dem jede Gemeinschaft am festesten zusammenkittenden Glauben, dem Gedanken
an Belohnungen im Jenseits, dem einzigen, der uns unser Elend
hinnehmen läßt? Die Hoffnung, der ewigen Seligkeit würdig
zu werden, hilft den Eltern und Verwandten dieser armen Wesen und denen, die um sie sind, die Sorgen der Mütterlichkeit im
großen auszuüben und deren erhabenen Schutz unablässig einer
stumpfen Kreatur zuteil werden zu lassen, die ihn nicht versteht und ihn dann wieder vergißt. Welch wunderbare Religion!
Sie hat die Hilfe blinden Wohltuns einem blinden Unglück zugesellt. Dort, wo Kretins sind, glaubt die Bevölkerung, daß die
Anwesenheit eines so gearteten Wesens der Familie Glück bringe.
Dieser Glaube macht ein Leben milder, das im Schoß der Städte
den Härten einer falschen Philanthropie und der strengen Ordnung einer Heilanstalt überantwortet werden würde. Im oberen
Isère-Tal, wo es eine Fülle von Kretins gibt, leben sie im Freien
mit den Herden, die zu hüten man ihnen beigebracht hat. So
sind sie wenigstens frei und werden geachtet, wie es dem Unglück gebührt.

Seit einer Weile ließ die Glocke des Dorfs ihre fernen Schläge
in regelmäßigen Abständen erschallen, um den Gläubigen zu
verkünden, es sei einer der ihrigen gestorben. Diese fromme Botschaft durcheilte die Weite und gelangte abgeschwächt in die
Hütte, wo sie eine gesteigerte Traurigkeit verbreitete. Zahllose
Schritte wurden auf dem Weg vernehmlich und meldeten eine
Menschenmenge, aber eine schweigsame. Dann erschollen plötzlich Choräle und erweckten verworrene Vorstellungen, die auch
die ungläubigsten Seelen ergriffen, die nun gezwungen waren,
sich den rührenden Harmonien der menschlichen Stimme zu
beugen. Die Kirche kam diesem Geschöpf zu Hilfe, das nichts
von ihr wußte. Der Pfarrer erschien, ihm voran schritt ein Chor-
knabe mit dem Kreuz; es folgten ihm ein Meßner mit dem Weihwasserkessel und an die fünfzig Frauen, Greise und Kinder; sie
alle waren gekommen, um ihre Gebete mit denen der Kirche zu

vereinen. Der Arzt und der Offizier blickten einander schweigend an und zogen sich in einen Winkel zurück, um der Menge Platz zu machen, die in der Hütte und draußen niederkniete. Während der tröstlichen Zeremonie des Viatikums, die feierlich für dieses Wesen begangen wurde, das nie gesündigt hatte, dem aber die Welt der Christen Lebewohl sagte, wurden die meisten dieser groben Gesichter ehrlich ergriffen. Ein paar Tränen rollten über rauhe, von der Sonne gehöhlte und von der Arbeit in freier Luft gebräunte Backen. Dies Gefühl freiwilliger Verwandtschaft war ganz schlicht. Es gab in der Gemeinde niemanden, der dies arme Wesen nicht bedauert, der ihm nicht sein täglich Brot gegeben hätte; war ihm nicht in jedem Knaben ein Vater, in dem fröhlichsten kleinen Mädchen eine Mutter erstanden?

»Er ist tot«, sagte der Pfarrer.

Dieser Ausspruch erregte die unverhohlenste Bestürzung. Die Kerzen wurden angezündet. Mehrere wollten die Nacht über bei der Leiche wachen. Benassis und der Offizier gingen. An der Tür hielten ein paar Bauern den Arzt an und sagten zu ihm: »Ach, Herr Bürgermeister, wenn Sie ihn nicht haben retten können, dann hat Gott ihn sicher zu sich rufen wollen.«

»Ich habe getan, was ich konnte, Kinder«, antwortete der Doktor. »Sie werden schwerlich glauben«, sagte er zu Genestas, als sie sich ein paar Schritte von dem verlassenen Dorf entfernt hatten, dessen letzter Bewohner soeben gestorben war, »wieviel wahrer Trost für mich in den Worten dieser Bauern liegt. Vor zehn Jahren wäre ich in diesem Dorf, das nun wüst daliegt, aber damals von dreißig Familien bewohnt wurde, beinahe gesteinigt worden.«

Genestas legte in seine Gesichtszüge und seine Gestik eine so unverkennbare Frage, daß der Arzt ihm, während sie weitergingen, die durch diesen Anfang angekündigte Geschichte erzählte.

»Unmittelbar nachdem ich mich hier niedergelassen hatte, fand ich in diesem Teil des Kreises ein Dutzend Kretins vor«, sagte der Arzt, wandte sich um und zeigte dem Offizier die zerfallenden Häuser. »Die Lage dieses Weilers in einem Talgrund ohne jeden Luftzug, nahe dem Bergbach, dessen Wasser aus geschmolzenen Schneemassen herstammt, der der Wohltaten der Sonne beraubt ist, denn die bescheint ja nur die Gipfel der Berge, all das begünstigt die Ausbreitung dieser schrecklichen Krankheit. Das Gesetz verbietet die Paarung dieser Unglücklichen nicht; sie werden hier durch einen Aberglauben geschützt, dessen Macht mir unbekannt war, den ich anfangs verdammt und hernach bewundert habe. Der Kretinismus würde sich also von hier aus bis ins Tal hinein verbreitet haben. Hieß es da nicht dem Land einen großen Dienst erweisen, wenn man dieser physischen und intellektuellen Ansteckung Halt gebot? Trotz ihrer Dringlichkeit konnte diese Wohltat den, der sie durchzuführen unternahm, das Leben kosten. Hier wie auch in anderen sozialen Sphären galt es, um das Gute zu vollbringen, sich nicht an Interessen zu reiben, sondern, was ein viel gefährlicheres Unterfangen ist, an religiösen Vorstellungen, die zum Aberglauben entartet waren, der unzerstörbarsten aller menschlichen Einbildungen. Ich bin vor nichts zurückgeschreckt. Ich bewarb mich zunächst um die Stellung des Bürgermeisters in diesem Bezirk und erhielt sie; dann holte ich die mündliche Billigung des Präfekten ein und ließ bei Nacht für teures Geld einige dieser unglücklichen Geschöpfe nach Aiguebelle[16] in Savoyen bringen, wo es ihrer viele gibt und wo sie sehr gut behandelt werden sollen. Sowie dieser Akt der Menschlichkeit sich herumgesprochen hatte, wurde ich bei der ganzen Bevölkerung zum Gegenstand des Abscheus. Der Pfarrer predigte gegen mich. Trotz meiner Bemühung, den helleren Köpfen des Weilers zu erklären, wie wichtig die Ausrottung dieser Kretins sei, und obwohl ich die Kranken der Gegend kostenlos betreute, wurde aus einer Waldecke ein Gewehrschuß auf mich abgefeuert. Ich suchte den Bischof von Grenoble auf und bat um Versetzung des Pfarrers. Monseigneur hatte die Güte, mir zu erlauben, selber einen Priester auszuwählen, der an meinem Vorhaben teilnehmen könne, und ich hatte das Glück, einem jener Wesen zu begegnen, die vom Himmel herabgefallen zu sein scheinen. Ich fuhr mit meinem Unternehmen fort. Nachdem ich die Geister bearbeitet hatte, schaffte ich bei Nacht sechs weitere Kretins fort. Bei diesem zweiten Versuch hatte ich Verteidiger in ein paar Leuten, die ich mir verpflichtet hatte, und in den Mitgliedern des Gemeinderats, an deren Geiz ich appelliert hatte, indem ich ihnen bewies, wie kostspielig der Unter-

halt dieser armen Wesen sei, und wieviel nutzbringender es für
das Dorf sein würde, wenn man den von ihnen ohne Rechts-
anspruch besessenen Grund und Boden in Gemeindeland um-
wandelte, woran es dem Weiler fehlte. Ich hatte die Reichen
auf meiner Seite; aber die Armen, die alten Frauen, die Kinder
und ein paar Verstockte blieben mir feindlich gesonnen. Unglücklicherweise wurde meine letzte Entfernung unvollständig
durchgeführt. Der Kretin, den Sie vorhin gesehen haben, war
nicht heimgekehrt, war nicht erfaßt worden und befand sich am
anderen Morgen als der einzige seiner Art in dem Dorf, wo noch
einige Familien wohnten; die ihnen Angehörenden waren zwar
beinahe schwachsinnig, aber noch nicht geradezu Kretins. Ich
wollte mein Werk vollenden und ging bei Tage in Amtstracht
hin, um jenen Unglücklichen aus seinem Haus zu holen. Meine
Absicht wurde, als ich von zuhause fortging, sogleich bekannt,
die Freunde des Kretins kamen mir zuvor, und ich traf vor seiner Hütte eine Ansammlung von Frauen, Kindern und alten
Männern an, die mich sämtlich mit Schimpfworten und Flüchen
und einem Steinhagel begrüßten. In diesem Tumult wäre ich
vielleicht als Opfer des Rauschzustands umgekommen, der eine
durch Geschrei und gemeinsam ausgedrückte Gefühlswallungen
aufgeputschte Menge überkommt; aber ich wurde durch den Kretin gerettet! Dies arme Wesen kam aus seiner Hütte heraus, ließ
sein Glucksen vernehmen und wirkte wie der oberste Anführer
dieser Fanatiker. Bei seinem Erscheinen hörte das Geschrei auf.
Mir kam der Gedanke, einen Vergleich vorzuschlagen, und dank
der glücklicherweise eingetretenen Ruhe konnte ich ihn darlegen.
Die mir zugestimmt hatten, wagten unter diesen Umständen
wohl nicht, mich zu unterstützen; ihre Hilfe mußte rein passiv
sein; diese abergläubischen Leute wachten mit jeder erdenklichen
Tatkraft darüber, daß ihr letztes Idol ihnen erhalten blieb; es
schien mir unmöglich, es ihnen zu entreißen. Ich versprach also,
den Kretin ruhig in seinem Haus wohnen zu lassen, unter der
Bedingung, daß niemand sich ihm nähere, daß die Familien
dieses Dorfs aufs andere Bachufer übersiedelten und im Flecken
in neuen Häusern wohnten, die bauen zu lassen ich auf mich
nahm; ich wollte ihnen sogar noch Landstücke hinzufügen, deren
Preis mir später von der Gemeinde zurückgezahlt werden sollte.

Na, schön, lieber Herr, ich habe ein halbes Jahr gebraucht, um den Widerstand zu brechen, auf den die Durchführung dieses Abkommens stieß, so vorteilhaft es auch für die Familien jenes Dorfs war. Die Anhänglichkeit der Landbevölkerung an ihre vier Wände ist ein unerklärliches Faktum. So ungesund die Hütte eines Bauern auch sein möge, er hängt sehr viel mehr daran als ein Bankier an seinem Stadtpalais. Warum? Das weiß ich nicht. Vielleicht entspricht die Kraft der Gefühle ihrer Seltenheit. Vielleicht lebt ein Mensch, der nur in geringem Maß durch das Denken lebt, vor allem durch die Dinge? Und je weniger er davon besitzt, desto mehr liebt er sie wohl. Vielleicht geht es in dieser Hinsicht dem Bauern wie einem Gefangenen ...? Er verzettelt seine Seelenkräfte nicht, sondern konzentriert sie auf einen einzigen Gedanken und gelangt dann zu einer beträchtlichen Gefühlsenergie. Verzeihen Sie diese Überlegungen einem Mann, der nur selten zu einem Gedankenaustausch gelangt. Glauben Sie übrigens bitte nicht, daß ich mich mit hohlen Ideen beschäftigt hätte. Hier muß alles wirklichkeitsnah und Tat sein. Ach! Je weniger Ideen diese armen Leute haben, desto schwieriger ist es, ihnen ihre wahren Interessen verständlich zu machen. Deswegen habe ich mich mit allen Einzelheiten meines Unternehmens abgeben müssen. Alle sagten sie mir dasselbe, und zwar etwas sehr Vernünftiges, das keine Antwort duldete: ›Ach, Monsieur, Ihre Häuser sind ja noch gar nicht gebaut!‹ – ›Gut!‹ habe ich zu ihnen gesagt, ›versprecht mir aber, daß ihr hineinziehen wollt, sobald sie fertig dastehen.‹ Zum Glück konnte ich durchsetzen, daß unserm Weiler das Eigentumsrecht auf den ganzen Berg zuerkannt wurde, an dessen Fuß das jetzt verlassene Dorf liegt. Der Wert der Wälder auf den Höhen konnte zur Bezahlung des Preises für den Grund und Boden und die zu errichtenden Häuser hinreichen. Wenn erst eine einzige meiner widerspenstigen Familien dort untergebracht war, würden die andern nicht zögern, ihr zu folgen. Das Wohlbehagen, das sich aus dem Wechsel ergab, war zu offenbar, um nicht auch von denen gewürdigt zu werden, die am abergläubischsten an ihrem Dorf ohne Sonne, was dasselbe ist wie ein Dorf ohne Seele, hingen. Der Schluß dieser Angelegenheit, der Erwerb des Gemeindelands, dessen Besitzergreifung uns vom Staatsrat bestätigt wurde, schuf mir im Distrikt großes Ansehen. Aber auch wieviel Sorgen!« sagte der Arzt, blieb stehen, hob eine Hand und ließ sie mit einer beredten Geste wieder fallen. »Ich allein kenne die Entfernung vom Weiler bis zur Präfektur, die nichts weiterleitet, und von der Präfektur bis zum Staatsrat, bei dem nichts einläuft. Kurz und gut«, fuhr er fort, »Friede den Mächtigen dieser Erde, sie haben meinem Drängen stattgegeben, und das ist viel. Wenn Sie wüßten, wieviel Gutes durch eine sorglos gegebene Unterschrift entstehen kann . . .! Zwei Jahre, nachdem ich diese großen kleinen Dinge versucht und zu gutem Ende gebracht hatte, besaßen sämtliche armen Haushalte meiner Gemeinde mindestens zwei Kühe und schickten sie zum Weiden in die Berge, wo ich, ohne die Erlaubnis des Staatsrats abzuwarten, Querbewässerungsanlagen hatte anlegen lassen, ähnlich denen der Schweiz, der Auvergne und des Limousin. Die Bewohner des Weilers sahen dort zu ihrer größten Überraschung vortreffliche Wiesen entstehen, und dank der besseren Qualität der Weideflächen erzielten sie eine größere Quantität Milch. Die Erfolge dieser Errungenschaft waren ungeheuer. Jedermann ahmte meine Bewässerungsanlagen nach. Die Wiesen, das Vieh, alle Produkte vervielfachten sich. Seitdem kann ich ohne Furcht darangehen, Verbesserungen in diesem Erdenwinkel vorzunehmen, wo die Landwirtschaft noch im argen liegt, und seine bislang aller Intelligenz entbehrenden Bewohner zivilisieren. Na ja, Monsieur, wir Einzelgänger sind nun mal sehr geschwätzig; wenn uns eine Frage gestellt wird, weiß keiner, wo unsere Antwort aufhört; als ich in dieses Tal kam, betrug die Bevölkerung siebenhundert Seelen; jetzt sind es zweitausend. Die Sache mit dem letzten Kretin hat mir die Achtung aller Welt eingetragen. Nachdem ich den von mir Verwalteten beständig Mäßigung und zugleich Festigkeit bezeigt hatte, wurde ich zum Orakel des Distrikts. Ich tat alles, um des Vertrauens würdig zu sein, ohne es zu fordern noch mir den Anschein zu geben, ich wünschte es mir; ich versuchte lediglich, den größten Respekt vor meiner Persönlichkeit durch den frommen Eifer einzuflößen, mit dem ich alle meine Verpflichtungen zu erfüllen wußte, sogar die unbedeutendsten. Ich hatte versprochen, mich des armen Wesens anzunehmen, das Sie vorhin haben sterben sehen; also betreute ich

421

den Kretin besser als seine früheren Schützer. Er ist genährt und gepflegt worden, als sei er das Adoptivkind der Gemeinde. Später haben die Einwohner dann schließlich eingesehen, welchen Dienst ich ihnen wider ihren Willen geleistet hatte. Dennoch verharren sie nach wie vor in einem Rest ihres alten Aberglaubens; ich bin weit davon entfernt, sie deswegen zu tadeln; hat ihr Kult mit dem Kretin mir nicht oft als Beispiel gedient, wenn es galt, die mit Intelligenz Begabten dahin zu bringen, daß sie denen halfen, die im Unglück waren? Aber wir sind angelangt«, sagte Benassis nach einer Pause, als er das Dach seines Hauses erblickte.

Nichts lag ihm ferner, als von dem, der ihm zugehört hatte, das geringste Wort des Lobes oder Dankes zu erwarten, als er ihm diese Episode seines Lebens als Verwaltungsbeamter erzählt hatte; er schien naiv dem Mitteilungsdrang nachgegeben zu haben, dem Menschen gehorchen, die abgeschieden von Welt und Gesellschaft leben.

»Monsieur«, sagte der Major, »ich habe mir die Freiheit genommen, mein Pferd in Ihrem Stall unterzustellen; sicherlich werden Sie die Güte haben, das zu entschuldigen, wenn ich Sie Ziel und Zweck meiner Reise habe wissen lassen.«

»Ach, und das wäre?« fragte Benassis und mutete dabei an, als löse er sich aus seiner gedanklichen Eingenommenheit und erinnere sich, daß sein Gefährte ein Fremder sei.

Infolge seines offenen, mitteilsamen Charakters hatte er Genestas behandelt wie einen Bekannten.

»Monsieur«, antwortete der Offizier, »ich habe von der fast an ein Wunder grenzenden Heilung des Monsieur Gravier aus Grenoble reden hören, den Sie bei sich aufgenommen hatten. Ich komme in der Hoffnung auf die gleiche Behandlung, ohne den gleichen Anspruch auf Ihr Wohlwollen zu besitzen: allein, vielleicht verdiene ich es! Ich bin ein alter Soldat, dem alte Wunden keine Ruhe lassen. Sie werden mindestens acht Tage brauchen, um meinen gegenwärtigen Zustand festzustellen; denn meine Schmerzen treten nur dann und wann auf, usw. . . . .«

»Gut, gut«, fiel Benassis ihm ins Wort, »Monsieur Graviers Zimmer steht stets bereit, bitte kommen Sie . . .« Sie traten in das Haus ein, dessen Tür mit einer Heftigkeit aufgestoßen wurde, die Genestas der Freude zuschrieb, wieder einen Kostgänger zu haben. – »Jacquotte«, rief Benassis, »der Herr bleibt zum Abendessen hier.«

»Aber«, entgegnete der Soldat, »wäre es nicht das Gegebene, wenn wir uns über den Preis einigten . . .?«

»Den Preis wofür?« fragte der Arzt.

»Für die Pension. Sie können doch nicht mich und mein Pferd in Kost und Logis nehmen, ohne . . .«

»Wenn Sie reich sind«, antwortete Benassis, »werden Sie mich gut bezahlen; wenn nicht, will ich nichts.«

»Nichts«, sagte Genestas, »das kommt mir zu billig vor. Aber ob nun reich oder arm, zehn Francs täglich, abgesehen von den Kosten Ihrer Behandlung, wäre Ihnen das angenehm?«

»Mir ist nichts unangenehmer, als irgendwelches Geld für die Freude zu bekommen, gastfreundlich zu sein«, entgegnete der Arzt und runzelte die Brauen. »Was meine ärztliche Behandlung betrifft, so bekommen Sie sie nur, wenn Sie mir gefallen. Reiche Leute würden es nicht fertigbringen, mir meine Zeit abzukaufen; die gehört den Leuten in diesem Tal. Ich will weder Ruhm noch Reichtum, ich verlange von meinen Patienten weder Lobreden noch Dankbarkeit. Das Geld, das ich von Ihnen bekomme, geht an die Apotheker in Grenoble zur Bezahlung der Medikamente, die den Armen des Distrikts unentbehrlich sind.«

Wer diese barsch, aber ohne Bitterkeit ausgestoßenen Worte gehört hätte, der hätte sich innerlich gesagt wie Genestas: »Das ist ja ein großartiger Kerl!«

»Monsieur«, antwortete der Offizier mit der ihm eigentümlichen Zähigkeit, »ich gebe Ihnen also täglich zehn Francs, und Sie machen damit, was Sie wollen. Nun das abgemacht ist, werden wir besser miteinander auskommen«, fügte er hinzu, ergriff die Hand des Arztes und drückte sie ihm mit überzeugender Herzlichkeit. »Trotz meiner zehn Francs werden Sie sehen, daß ich niemand bin, der auf Gelddinge übertriebenen Wert legt.«

Nach diesem Kampf, bei dem Benassis nicht das mindeste Verlangen bezeigt hatte, edelmütig oder menschenfreundlich zu wirken, betrat der vorgebliche Patient das Haus seines Arztes, wo alles der verwahrlosten Eingangstür und der Kleidung des

423

Besitzers entsprach. Auch das Geringste zeugte hier von tiefster Gleichgültigkeit gegenüber allem, was nicht von absoluter Nützlichkeit war. Benassis hatte Genestas durch die Küche eintreten lassen; das war der kürzeste Weg, um ins Eßzimmer zu gelangen. Wenn ebenjene Küche, die verräuchert war wie die eines Gasthauses, mit Gerätschaften in zulänglicher Anzahl ausgestattet war, so war dieser Luxus das Werk Jacquottes, einer ehemaligen Pfarrersmagd, die »wir« sagte und als Souveränin den Haushalt des Arztes regierte. Wenn quer auf dem Kaminsims eine blanke Wärmeflasche lag, so wahrscheinlich, weil Jacquotte im Winter gern warm schlief und also auf diesem Umweg auch die Laken ihres Herrn anwärmte, der, wie sie zu sagen pflegte, an überhaupt nichts dachte; aber Benassis hatte sie um gerade der Eigenschaften willen angestellt, die für jeden andern als unerträglicher Fehler gegolten hätten. Jacquotte wollte im Haus herrschen, und der Arzt hatte eine Person haben wollen, die bei ihm herrschte. Jacquotte kaufte, verkaufte, besserte aus, änderte ab, rückte dieses dahin, jenes dorthin, ordnete an und machte wieder rückgängig, ganz wie es ihr beliebte; nie hatte ihr Herr darüber auch nur eine einzige Bemerkung gemacht. So waltete Jacquotte ohne Kontrolle über den Hof, den Stall, den Knecht, die Küche, das Haus, den Garten und den Hausherrn. Aus eigener Machtvollkommenheit wechselte sie die Bettwäsche, veranstaltete »große Wäsche« und schaffte Vorräte an Nahrungsmitteln an. Sie entschied, wer ins Haus kommen durfte und wann Schweine geschlachtet wurden, schimpfte den Gärtner aus, bestimmte die Speisefolge für das Mittag- und Abendessen, trabte vom Keller bis zum Speicher und vom Speicher in den Keller, fegte überall nach Herzenslust und stieß nirgendwo auf Hindernisse. Nur zweierlei hatte Benassis gewollt: Abendessen um sechs Uhr, und keine Ausgabe über monatlich eine gewisse Summe hinaus. Eine Frau, der alles gehorcht, ist stets guter Dinge; daher lachte Jacquotte, spielte auf der Treppe die Nachtigall, trällerte, wenn sie nicht sang, und sang, wenn sie nicht trällerte. Da sie von Natur aus reinlich war, hielt sie auch das Haus sauber. Hätte sie andere Neigungen gehabt, so wäre Monsieur Benassis sehr übel dran gewesen, sagte sie, denn der arme Mann gab so wenig acht, daß sie ihn unter der Behauptung, es seien

Rebhühner, hätte Kohl essen lassen können; ohne sie hätte er häufig dasselbe Hemd acht Tage lang getragen. Aber Jacquotte konnte unermüdlich Bettlaken falten, ihr Charakter war der einer Möbelblankreiberin, sie war verliebt in eine durchaus geistliche Sauberkeit, die peinlichste, strahlendste, liebenswerteste aller Sauberkeiten. Als Feindin des Staubes wischte sie ohne Unterlaß Staub, wusch und bleichte. Der Zustand der Außentür verursachte ihr lebhafte Pein. Seit zehn Jahren entlockte sie ihrem Herrn an jedem Monatsersten das Versprechen, jene Tür instand setzen, die Hauswände tünchen zu lassen und alles »nett« zu machen, und bislang hatte Monsieur noch nie Wort gehalten. Wenn sie daher über die tiefe Unbekümmertheit Benassis' gestöhnt hatte, unterließ sie es selten, den geheiligten Satz auszusprechen, auf den alle Lobeserhebungen ihres Herrn hinausliefen: »Man kann nicht sagen, er sei dumm, wo er doch im Ort gewissermaßen Wunder vollbringt; aber manchmal ist er dennoch dumm, und zwar so dumm, daß man ihm alles in die Hand stecken muß wie einem Kinde!« Jacquotte liebte das Haus, als sei es ihr eigenes. Übrigens hatte sie ja zweiundzwanzig Jahre darin gewohnt und also vielleicht das Recht, sich Selbsttäuschungen hinzugeben. Als Benassis ins Dorf gekommen war, hatte durch den Tod des Pfarrers jenes Haus zum Verkauf gestanden, und er hatte alles gekauft, Gebäude und Grundstück, Möbel, Geschirr, Wein, Hühner, die alte Wanduhr mit den Figuren, Pferd und Dienstmagd. Jacquotte, das Musterbild einer Köchin, hatte einen üppigen Oberkörper und war unabänderlich in ein braunes Kattunkleid mit roten Punkten gehüllt, das geschnürt war und ihr so eng anlag, daß man hätte meinen können, der Stoff müsse bei der geringsten Bewegung platzen. Sie trug ein rundes Plisseehäubchen, unter dem ihr ein wenig fahles Gesicht mit dem Doppelkinn noch heller wirkte, als es ohnehin schon war. Jacquotte war klein, behend, hatte eine hurtige, mollige Hand und redete laut und unaufhörlich. Wenn sie einen Augenblick still war und die Ecke ihrer Schürze hochhob, so daß sich ein Dreieck bildete, so bedeutete diese Geste eine lange, an den Herrn oder den Knecht gerichtete Ermahnung. Jacquotte war von allen Köchinnen des Königreichs sicher die glücklichste. Um ihr Glück so vollkommen zu machen, wie ein irdisches Glück zu sein vermag, wurde ihre Eitelkeit ständig befriedigt; der Marktflecken erkannte sie als eine Art Autorität an, die zwischen dem Bürgermeister und dem Feldhüter stand. Beim Betreten der Küche fand der Hausherr darin niemanden vor.

»Wo zum Teufel stecken sie denn nun?« fragte er. – »Entschuldigen Sie«, fuhr er, zu Genestas gewendet, fort, »daß ich Sie hier hindurchführe. Der Eingang für Gäste ist durch den Garten, aber ich bin es so wenig gewohnt, Besuch zu empfangen, daß ... Jacquotte!«

Auf diesen fast gebieterisch hervorgestoßenen Namen hin antwortete aus dem Hausinnern eine Frauenstimme. Unmittelbar danach ergriff Jacquotte die Offensive und rief ihrerseits nach Benassis, der daraufhin sofort ins Eßzimmer ging.

»So ist es nun mal mit Ihnen, Monsieur!« sagte sie. »Und so wird es bleiben. Immer laden Sie Leute zum Abendessen ein, ohne mir vorher Bescheid zu sagen, und dann glauben Sie, alles sei fix und fertig, wenn Sie gerufen haben: ›Jacquotte!‹ Wollen Sie den Herrn da etwa in der Küche empfangen? Muß nicht das Wohnzimmer aufgemacht und geheizt werden? Nicolle ist drin und bringt alles in Ordnung. Jetzt gehen Sie bitte ein Weilchen mit Ihrem Gast im Garten spazieren; das wird ihm Spaß machen, dem Mann; und wenn er gern was Hübsches sieht, dann zeigen Sie ihm den Hainbuchengang vom seligen Herrn Pfarrer, dann habe ich Zeit, alles vorzubereiten, das Abendessen, den gedeckten Tisch und das Wohnzimmer.«

»Ja. Aber, Jacquotte«, fuhr Benassis fort, »dieser Herr bleibt hier. Vergiß nicht, einen Blick in Monsieur Graviers Zimmer zu werfen und nach dem Bettzeug und allem anderen zu sehen, und ...«

»Sie wollen sich doch jetzt nicht etwa auch noch um das Bettzeug kümmern?« entgegnete Jacquotte. »Wenn er hier schläft, dann weiß ich, was ich zu tun habe. Seit zehn Monaten haben Sie Monsieur Graviers Zimmer kein einziges Mal betreten. Darin ist auch nichts zu sehen, es ist sauber wie mein Augapfel. Er wird also bei uns wohnen, dieser Herr?« fügte sie etwas freundlicher hinzu.

»Ja.«

»Für lange?«

»Du lieber Himmel, das weiß ich nicht. Aber was geht dich das an?«

»So? Was mich das angeht? Ja, was mich das angeht? Da haben wir's schon wieder mal! Und die Vorräte, und alles, und . . .«

Sie stoppte ihren Wortschwall ab, mit dem sie bei jeder anderen Gelegenheit ihren Herrn überschüttet hätte, um ihm seinen Mangel an Vertrauen vorzuwerfen, und folgte ihm in die Küche. Da sie witterte, daß es sich um einen Kostgänger handeln sollte, war sie ungeduldig, Genestas zu sehen; sie machte ihm eine unterwürfige Reverenz und musterte ihn von Kopf bis Fuß. Die Züge des Offiziers hatten jetzt einen bekümmerten, nachdenklichen Ausdruck, der ihn rauh aussehen ließ; die Auseinandersetzung zwischen der Magd und dem Herrn hatte ihm, wie ihm schien, bei dem letzteren eine Nichtigkeit enthüllt, die ihn, wenngleich mit Bedauern, von der hohen Meinung etwas hatte abstreichen lassen, die er von ihm gewonnen hatte, als er seine Beharrlichkeit bei der Befreiung dieses kleinen Ortes vom Übel des Kretinismus bewunderte.

»Er behagt mir ganz und gar nicht, dieser neue Gast«, sagte Jacquotte.

»Wenn Sie nicht müde sind«, sagte der Arzt zu seinem vorgeblichen Patienten, »dann wollen wir vor dem Abendessen noch ein bißchen im Garten umhergehen.«

»Gern«, antwortete der Major.

Sie gingen durch das Eßzimmer und betraten den Garten durch eine Art Flur, der unten an der Treppe zwischen Eßzimmer und Wohnzimmer lag. Dieser Raum, den eine große Fenstertür abschloß, führte unmittelbar auf die steinerne Freitreppe, das Zierstück der Gartenfassade. Der Garten wurde durch mit Buchsbaum eingefaßte Wege, die ein Kreuz bildeten, in vier gleich große Quadrate geteilt; seinen Abschluß bildete ein dichter Hainbuchengang, das Glück des Vorbesitzers. Der Offizier setzte sich auf eine wurmzerfressene Holzbank, ohne die Rebgeländer, die Spalierobstbäume und die Gemüsebeete zu beachten; dem allen ließ Jacquotte sorgsame Pflege zuteil werden, gemäß der Tradition des geistlichen Feinschmeckers, dem dieser kostbare Garten zu verdanken war; Benassis war er ziemlich gleichgültig.

Der Major brach die nichtssagende Unterhaltung ab, die er

angesponnen hatte, und fragte den Arzt: »Wie haben Sie es fertiggebracht, innerhalb von zehn Jahren die Bevölkerung dieses Tals zu verdreifachen, in dem Sie siebenhundert Seelen vorgefunden hatten, und das, wie Sie sagten, heute deren mehr als zweitausend zählt?«

»Sie sind der erste, der mir diese Frage stellt«, antwortete der Arzt. »Wenn ich es mir als Ziel gesetzt habe, diesen Erdenwinkel hier voll ertragsfähig zu machen, so hat das Eingespanntsein in mein arbeitsreiches Leben mir nicht die Muße gelassen, darüber nachzudenken, auf welche Art und Weise ich im großen gewissermaßen ›eine Suppe aus Kieselsteinen‹ gekocht habe, wie der Bruder Bettelmönch sagt. Sogar Monsieur Gravier, einer unserer Wohltäter, dem ich dadurch, daß ich ihn wieder gesund machte, einen Dienst habe erweisen können, hat nicht an die Theorie gedacht, als er mit mir durch unser Bergland wanderte, um sich dort das Resultat der Praxis anzusehen.«

Es ergab sich eine Weile des Schweigens; Benassis begann nachzusinnen, ohne auf den forschenden Blick zu achten, mit dem sein Gast ihn zu durchdringen versuchte.

»Wie ich das fertiggebracht habe, lieber Herr?« fuhr er fort. »Nun, auf ganz natürliche Weise und mittels eines sozialen Gesetzes von der Anziehungskraft, die zwischen den Bedürfnissen, die wir uns schaffen, und den Mitteln zu ihrer Befriedigung obwaltet. Das sagt alles. Völker ohne Bedürfnisse sind arm.[17] Als ich mich in diesem Weiler niederließ, gab es hier hundertdreißig Bauernfamilien, und im Tal etwa zweihundert Feuerstellen. Die Ortsbehörde entsprach dem allgemeinen Elend; sie bestand aus einem des Schreibens unkundigen Bürgermeister und einem Ratsschreiber, der als Halbpächter weit von der Gemeinde weg wohnte; und ferner aus einem armen Teufel von Friedensrichter, der von seinem Gehalt lebte und die Zivilstandsakten wohl oder übel von seinem Schreiber führen lassen mußte, einem weiteren Unglücksmenschen, der sich kaum in dem, was er tat, auskannte. Der bisherige Pfarrer war im Alter von siebzig Jahren gestorben; sein Vikar, ein ungebildeter Mensch, hatte gerade seine Nachfolge angetreten. Diese Leute stellten die Intelligenz des Dorfes dar und regierten es. Inmitten dieser schönen Natur verkamen die Einwohner im Schmutz und lebten von Kartoffeln und Milchprodukten; der Käse, den die meisten von ihnen in kleinen Körben nach Grenoble oder in die Umgebung trugen, war das einzige Erzeugnis, das ihnen einiges Geld einbrachte. Die Reichsten oder die am wenigsten Faulen säten für den Bedarf des Weilers Buchweizen, manchmal auch Gerste oder Hafer, aber nie Weizen. Der einzige im Dorf, der einen Gewerbebetrieb führte, war der Bürgermeister; er besaß eine Sägerei und kaufte das geschlagene Holz zu niedrigen Preisen auf, um es zu zersägen. Aus Mangel an Wagen transportierte er in der schönen Jahreszeit seine Baumstämme mittels einer am Geschirr seiner Pferde befestigten Kette, die an einem in das Holz eingeschlagenen Eisenkrampen endete. Um nach Grenoble zu gelangen, sei es zu Pferde, sei es zu Fuß, mußte man einen weiten Weg oben über das Gebirge nehmen; das Tal war unpassierbar. Die hübsche Landstraße, auf der Sie sicherlich hergekommen sind, die zwischen hier und dem ersten Dorf, das Sie gesehen haben, als Sie im Distrikt anlangten, war damals bei jedem Wetter nur ein Morast. Kein politisches Geschehnis, keine Revolution war in dieses unzugängliche, völlig außerhalb der sozialen Bewegungen gelegene Dorf gelangt. Lediglich Napoleons Name ist hier erschollen[18], er ist zu einer Religion geworden, und zwar durch ein paar alte Soldaten, die von hier stammten und an den heimischen Herd zurückkehrten; sie erzählen während der Spinnstubenabende den schlichten Leuten fabelhaft ausgeschmückte Geschichten von den Abenteuern dieses Mannes und seiner Armeen. Daß jene Soldaten heimgekehrt sind, ist übrigens ein unerklärliches Phänomen. Vor meiner Ankunft sind nämlich die jungen Leute, die ins Heer eingetreten waren, immer dabeigeblieben. Dieser Umstand zeugt zur Genüge vom Elend des Dorfs, und so kann ich darauf verzichten, es Ihnen zu schildern. Das also war der Zustand, in dem ich den Distrikt übernahm; es gehören dazu noch jenseits der Berge mehrere Gemeinden mit guter Landwirtschaft; sie sind recht glücklich und beinahe wohlhabend. Von den Hütten im Dorf, wahren Ställen, in denen Vieh und Menschen in buntem Gemisch zusammengepfercht hausten, will ich lieber gar nicht reden. Ich bin auf dem Rückweg von der Grande-Chartreuse hier vorbeigekommen. Da ich kein Gasthaus vorfand, mußte ich bei dem Vikar übernachten; er wohnte damals provisorisch in diesem zum Verkauf ausgeschriebenen Haus. Eine Frage ergab die andere, und so erlangte ich eine oberflächliche Kenntnis von der kläglichen Lage dieses Dorfs, dessen gutes Klima, dessen vortrefflicher Boden und Naturgegebenheiten mich entzückt hatten. Ich war damals darauf erpicht, mir ein Leben zu schaffen, das anders war als das, dessen Leiden mich erschöpft hatten. Es drang mir einer der Gedanken ins Herz, die Gott uns sendet, damit wir uns willig in unser Unglück schicken. Ich beschloß, dieses Dorf zu erziehen, wie ein Lehrer ein Kind erzieht. Loben Sie mich nicht meiner Wohltätigkeit wegen; sie ist viel zu sehr dem Eigennutz entsprungen, nämlich meinem damaligen Verlangen nach Ablenkung. Ich habe also versucht, den Rest meiner Lebenstage einer mühevollen Aufgabe zu widmen. Die in diesem Distrikt, den die Natur so reich bedacht und der Mensch so arm gemacht hat, durchzuführenden Veränderungen erforderten ein ganzes Leben; sie verlockten mich gerade um der Schwierigkeit der Durchführung willen. Sobald ich die Gewißheit hatte, ich werde das Pfarrhaus und viel Brachland und Ödland billig bekommen, widmete ich mich gewissenhaft dem Beruf eines Landarztes, dem letzten, den ein Mensch in seiner Heimat wohl zu ergreifen gedenkt. Ich wollte der Freund der Armen werden, ohne von ihnen die geringste Gegenleistung zu erwarten. Oh, ich habe mich keiner Selbsttäuschung hingegeben, weder über den Charakter der Landbevölkerung noch über die Hindernisse, auf die man stößt, wenn man versucht, die Menschen und die Dinge zu bessern. Ich habe mir meine Leute nicht ins Idyllische umgefälscht; ich habe sie als das genommen, was sie sind, nämlich als arme, weder gänzlich gute noch gänzlich schlechte Bauern, denen unablässiges Arbeiten nicht erlaubt, sich in Gefühlen zu ergehen, aber die mitunter tief empfinden können. Kurzum, ich habe vor allem erkannt, daß ich lediglich auf sie einwirken könne, wenn ich an ihre unmittelbar eintretenden Vorteile und ihren unmittelbar eintretenden Wohlstand appellierte. Alle Bauern sind Söhne des heiligen Thomas, des ungläubigsten Apostels; sie wollen stets, daß Worte durch Tatsachen bekräftigt werden.«

»Vielleicht werden Sie über meinen Anfang lachen«, fuhr der Arzt nach einer Pause fort. »Ich habe nämlich dieses schwierige

Werk mit einer Korbflechterei begonnen. Die armen Leute hier kauften ihre Käsehürden[19] und die für ihren kümmerlichen Handel unentbehrlichen Korbwaren in Grenoble. Ich gab einem intelligenten jungen Menschen die Anregung, längs des Bergbachs ein großes Stück Land zu pachten, das die jährlichen Anschwemmungen stets düngten, und wo die Korbweide gut gedeihen mußte. Nach einer Abschätzung der Korbwaren, die im Distrikt gebraucht wurden, suchte ich in Grenoble einen jungen Arbeiter ausfindig zu machen, der geschickt war und dem es an Geld gebrach. Als ich ihn aufgetrieben hatte, fiel es mir nicht schwer, ihn dahin zu bringen, daß er sich hier niederließ; ich versprach ihm, ich wolle ihm das Geld zum Ankauf der für seinen Betrieb nötigen Weidenruten vorschießen, bis mein Weidenpflanzer sie ihm liefern könne. Ich brachte ihn dazu, daß er seine Korbwaren zu einem billigeren Preis als in Grenoble verkaufte und dabei bessere Ware lieferte. Er verstand mich. Die Weidenpflanzung und die Korbflechterei stellten eine Spekulation dar, deren Resultate erst nach vier Jahren geschätzt werden konnten. Sie wissen wohl, daß die Korbweidenruten erst vom dritten Jahr an gut zum Schneiden sind. Während der Zeit seines Landlebens lebte mein Korbmacher und bekam sein Material sozusagen als Pfründner. Bald heiratete er eine Frau aus Saint-Laurent-du-Pont[20], die ein bißchen Geld hatte. Daraufhin ließ er sich ein gesundes, gut durchlüftetes Haus bauen; die Wahl des Bauplatzes und der Plan wurden meinen Ratschlägen entsprechend durchgeführt. Welcher Triumph! Ich hatte an diesem Flecken einen Gewerbezweig geschaffen; ich hatte ihm einen Produzenten und ein paar Arbeiter zugeführt. Ob Sie meine Freude für kindisch halten . . .? Während der ersten Tage nach der Niederlassung meines Korbflechters konnte ich an seiner Werkstatt nicht vorübergehen, ohne daß mir das Herz höher schlug. Wenn ich dann in dem neuen Haus mit den grüngestrichenen Fensterläden, an dessen Tür eine Bank stand, eine Rebe emporwuchs und Bündel von Weidenruten lagen, eine saubere, gut gekleidete Frau sitzen sah, die ein dickes, rosiges und weißes Kind nährte, inmitten von Arbeitern, die samt und sonders heiter waren, sangen und eifrig an ihren Korbwaren flochten, unter der Leitung eines Mannes, der ehedem arm und abgezehrt gewesen war und jetzt Glück ausstrahlte, gestehe ich Ihnen, daß ich nicht der Freude widerstehen konnte, für eine Weile selber Korbflechter zu spielen; ich trat in die Werkstatt ein, erkundigte mich nach dem Geschäftsgang und empfand dabei eine Befriedigung, die ich nicht zu schildern vermag. Ich erfreute mich an der Freude dieser Menschen und an meiner eigenen. Das Haus dieses Mannes, des ersten, der fest an mich geglaubt hatte, wurde meine ganze Hoffnung. Trug ich denn nicht bereits die Zukunft dieser armen Ortschaft im Herzen, wie die Frau des Korbflechters ihren ersten Säugling in dem ihren . . .? Ich hatte viele Dinge anzupacken; ich stieß auf mancherlei Ideen. Ich begegnete einem heftigen Widerstand; er wurde von dem ungebildeten Bürgermeister geschürt, dem ich seine Stellung genommen hatte und dessen Einfluß vor dem meinigen dahinschwand; ich wollte ihn zu meinem Adjunkten und zum Mitwirkenden bei meinen Wohltätigkeitsbestrebungen machen. Ja, in diesem Kopf, dem härtesten von allen, habe ich versucht, das erste Licht der Aufklärung zu verbreiten. Ich habe diesen Mann bei seinem Selbstgefühl und bei seinem Eigennutz gepackt. Ein halbes Jahr lang haben wir zusammen zu Abend gegessen, und ich weihte ihn halbwegs in meine Reformpläne ein. Viele Leute würden in dieser notwendigen Freundschaft den härtesten und verdrießlichsten Teil meiner Aufgabe sehen; aber war jener Mann denn nicht ein Werkzeug, und zwar das wertvollste von allen? Weh dem, der seine Axt verachtet oder sie sogar sorglos wegwirft! Wäre ich nicht sehr inkonsenquent gewesen, wenn ich, der ich dem Ort weiterhelfen wollte, vor dem Gedanken zurückgeschreckt wäre, einem Menschen weiterzuhelfen? Das dringlichste Mittel zum Gedeihen war eine Landstraße. Wenn wir vom Gemeinderat die Ermächtigung erhielten, einen guten Weg von hier bis an die Landstraße nach Grenoble zu bauen, war mein Adjunkt der erste, der Nutzen davon hatte; denn anstatt seine Baumstämme über schlechte Fußsteige schleppen zu lassen, was kostspielig war, konnte er sie auf einer guten Straße zweiter Ordnung leicht transportieren, einen Großhandel mit Holz jeglicher Art aufziehen und nicht länger elende sechshundert Francs jährlich verdienen, sondern schöne Summen, die ihm eines Tages ein gewisses Vermögen bescheren würden. Als dieser Mann endlich überzeugt war, wurde er mein treuester Anhänger. Einen ganzen Winter lang stieß mein ehemaliger Bürgermeister in der Kneipe mit seinen Freunden an und brachte es fertig, den uns Unterstellten klarzumachen, daß ein guter, fahrbarer Weg für den Ort ein Quell des Reichtums sein würde, da dann jedermann die Möglichkeit hätte, mit Grenoble in Handelsbeziehungen zu treten. Als der Gemeinderat dem Plan des Wegebaus zugestimmt hatte, setzte ich beim Präfekten die Auszahlung von etwas Geld aus dem Wohltätigkeitsfond des Départements durch, damit die Transporte bezahlt werden konnten, die durchzuführen die Gemeinde aus Mangel an Fahrzeugen außerstande war. Um das große Werk schneller zu Ende zu bringen und die Ahnungslosen, die wider mich murrten und behaupteten, ich wolle den Frondienst wieder einführen, möglichst unmittelbar zu einer richtigen Einschätzung der Ergebnisse zu veranlassen, habe ich schließlich während des ersten Jahrs meiner Verwaltungstätigkeit die gesamte Bevölkerung des Fleckens, ob sie nun wollte oder nicht, die Frauen, die Kinder und sogar die Greise, auf den Berg hinaufgeschleppt, wo ich selber auf einem vortrefflichen Untergrund den großen Weg abgesteckt hatte, der von unserem Dorf bis an die Landstraße nach Grenoble heranführt. Das Baumaterial lag glücklicherweise reichlich an der ganzen Baustrecke entlang. Dieses langwierige Unternehmen kostete mich viel Geduld. Bald verweigerten die einen aus Unkenntnis der Gesetze die Naturalleistungen; bald konnten andere, denen es an Brot gebrach, tatsächlich keinen Arbeitstag verlieren; es mußte also den letzteren Getreide zuerteilt werden, und die anderen galt es mit freundlichen Worten zu beruhigen. Doch als zwei Drittel des Weges fertig waren, der etwa zwei Meilen lang ist, hatten die Einwohner dessen Nutzen so klar erkannt, daß das letzte Drittel mit einem Eifer vollendet wurde, der mich überraschte. Ich sorgte für den künftigen Reichtum der Gemeinde dadurch vor, daß ich an den Seitengräben entlang eine Doppelreihe Pappeln pflanzen ließ. Diese Bäume stellen schon heute fast ein Vermögen dar und leihen unserm Weg das Aussehen einer königlichen Landstraße; durch seine Lage ist er stets trocken, und überdies ist er so gut gebaut, daß seine Unterhaltskosten jährlich kaum zweihundert Francs betragen; ich will ihn Ihnen zeigen, da Sie ihn ja noch nicht haben sehen können: Um herzukommen, haben Sie sicherlich den hübschen unteren Weg genommen, den die Einwohner vor drei Jahren von sich aus haben anlegen wollen, damit eine Verbindung zu den Niederlassungen im Tal gebahnt wurde, die sich dort gebildet hatten. Auf diese Weise hat sich innerhalb von drei Jahren der gesunde Menschenverstand dieser Ortschaft, wo bis dahin jede Intelligenz fehlte, Ideen zu eigen gemacht, die vor fünf Jahren ein Reisender vielleicht niemals für möglich gehalten haben würde. Doch weiter. Die Werkstatt meines Korbflechters war ein Beispiel, das sich auf die arme Bevölkerung fruchtbar auswirkte. Wenn der Weg die direkteste Ursache zum künftigen Wohlstand des Fleckens werden sollte, mußten alle Grundgewerbe angeregt werden, um diese beiden Keime eines gedeihlichen Zustands weiter zu entwickeln. Während ich dem Weidenpflanzer und dem Korbflechter half, während ich meinen Weg bauen ließ, setzte ich mein Werk unmerklich fort. Ich besaß zwei Pferde; der Holzhändler, mein Adjunkt, hatte drei; er konnte sie nur in Grenoble beschlagen lassen, wenn er einmal hinfuhr; also veranlaßte ich einen Hufschmied, der sich auch ein bißchen in der Veterinärkunde auskannte, hierher überzusiedeln; ich versprach ihm, er werde viel zu tun bekommen. Am gleichen Tag begegnete ich einem alten Soldaten, der nicht recht wußte, was er anfangen sollte, seine einzige Einnahme war ein Ruhesold von hundert Francs; aber er konnte lesen und schreiben, und so gab ich ihm die Stelle eines Schreibers im Bürgermeisteramt; durch einen glücklichen Zufall fand ich eine Frau für ihn, und so wurden seine Träume vom Glück erfüllt. Nun aber mußten Häuser geschaffen werden, für diese beiden neuen Haushalte, für den meines Korbflechters und für die zweiundzwanzig Familien, die das Kretin-Dorf verlassen sollten. Zwölf andere Haushalte, deren Oberhäupter Arbeiter waren, also Produzenten und Konsumenten, siedelten sich hier an: Maurer, Zimmerleute, Dachdecker, Schreiner, Schlosser und Glaser, die für lange Zeit Arbeit hatten; mußten sie nicht ihre eigenen Häuser errichten, nachdem sie die der anderen gebaut hatten? Brachten sie keine Arbeiter mit? Während des zweiten Jahres meiner Verwaltungstätigkeit entstanden in der Gemeinde siebzig Häuser. Ein Gewerbezweig machte einen anderen erforderlich. Dadurch, daß ich die Ortschaft bevölkerte, schuf ich neue Lebensbedürfnisse, die diesen armen Leuten bislang unbekannt gewesen waren. Das Bedürfnis zeitigte das Gewerbe, das Gewerbe den Handel, der Handel einen Gewinn, der Gewinn Wohlstand, und der Wohlstand nützliche Gedanken. Die verschiedenen Arbeiter verlangten gut durchgebackenes Brot; wir bekamen einen Bäcker. Aber Buchweizen konnte nicht länger die einzige Nahrung dieser aus ihrer erniedrigenden Untätigkeit gerissenen und im wesentlichen fleißig gewordenen Bevölkerung bleiben; als ich kam, hatten sie Buchweizen gegessen; ich wollte sie zunächst dazu bringen, daß sie sich von Roggen oder Mengkorn nährten, um es dann zu erleben, daß eines Tages auch die ärmsten Leute ein Stück Weißbrot hätten. Für mich bestand der intellektuelle Fortschritt ganz und gar im sanitären. Wenn in einem Dorf ein Metzger vorhanden ist, so läßt das gleichermaßen auf Intelligenz wie auf Reichtum schließen. Wer arbeitet, der ißt, und wer ißt, der denkt. Da ich den Tag voraussah, da Weizen angebaut werden mußte, hatte ich sorgfältig die Qualität der Äcker überwacht; ich war mir sicher, daß ich dem Flekken zu einem landwirtschaftlichen Aufblühen verhelfen könne und zu einer Verdoppelung der Einwohnerschaft, sobald sie sich an die Arbeit gemacht haben würde. Der Augenblick war gekommen. Monsieur Gravier in Grenoble besaß in der Gemeinde Ländereien, aus denen er keine Einkünfte bezog, die aber in Weizenfelder umgewandelt werden konnten. Er ist, wie Sie wissen, Abteilungsleiter in der Präfektur. Teils aus Anhänglichkeit an seinen Heimatort, teils besiegt durch mein beharrliches Drängen, hatte er sich meinen Forderungen bereits sehr zugeneigt bezeigt; es gelang mir, ihm klarzumachen, daß er ohne sein Wissen für sich selber gearbeitet habe. Mehrere Tage gingen mit Eingaben, Besprechungen und Kostenanschlägen hin; ich verpfändete mein Vermögen, um ihn gegenüber dem Risiko eines Unternehmens sicherzustellen, von dem seine beschränkte Frau ihn abzuschrecken versuchte, und er willigte ein, hier vier Pachthöfe mit je hundert Morgen zu errichten; er versprach, die notwendigen Summen für Urbarmachung, Ankauf von Saatgut, landwirtschaftlichen Geräten, Vieh und die Anlage von Feldwegen vorzustrecken. Ich meinerseits ließ zwei Pachthöfe bauen, teils um mein Ödland und Brachland unter den Pflug zu bekommen, teils um durch das Beispiel die nützlichen Methoden moderner Bodenbewirtschaftung zu lehren. Innerhalb von sechs Wochen vergrößerte sich die Ortschaft um dreihundert Einwohner. Sechs Pachthöfe, auf denen mehrere Haushaltungen leben sollten, riesige Urbarmachungen, die durchzuführen es galt, zu erledigende Arbeiten: All das rief nach Arbeitern. Stellmacher, Erdarbeiter, für die Bauunternehmer schaffende Arbeiter und Handlanger strömten in Scharen herbei. Auf der Straße nach Grenoble wimmelte es von Karrenwagen, von kommenden und wegfahrenden. Im Dorf war alles in Bewegung. Der Geldumlauf ließ bei allen den Wunsch entstehen, selber welches zu verdienen; die stumpfe Gleichgültigkeit hatte aufgehört, die Ortschaft war aufs neue erwacht. Ich will mit ein paar Worten die Geschichte Monsieur Graviers, eines der Wohltäter des Distrikts, zu Ende führen. Trotz seines bei einem Provinzler und Büromenschen nur zu natürlichen Mißtrauens hat er, im Glauben an meine Versprechungen, mehr als vierzigtausend Francs vorgestreckt, ohne zu wissen, ob er sie je wieder hereinbekommen würde. Jeder seiner Höfe bringt heute tausend Francs Pacht, seine Pächter haben so gut gewirtschaftet, daß jeder von ihnen mindestens hundert Morgen Ackerland besitzt, dreihundert Schafe, zwanzig Kühe, zehn Ochsen und fünf Pferde, und mehr als zwanzig Leute beschäftigt. Ich fahre fort. Im Lauf des vierten Jahres wurden unsere Höfe fertig. Wir hatten eine Weizenernte, die die Leute aus dem Dorf ein Wunder dünkte; sie war so überreich, wie sie es auf jungfräulichem Boden sein mußte. Ich habe während dieses Jahres sehr oft um mein Werk gezittert! Regen oder Dürre konnten meine gesamte Arbeit zunichte machen, indem sie das Vertrauen minderten, das ich mir schon errungen hatte. Der Weizenanbau machte die Mühle notwendig, die Sie gesehen haben; sie bringt mir jährlich etwa fünfhundert Francs ein. Daher sagen die Bauern auch auf ihre Weise, ›ich hätte Schwein‹, und sie glauben an mich wie an ihre Reliquien. Die Neubauten, die Pachthöfe, die Mühle, die Pflanzungen, die gebauten Wege haben allen Handwerkern, die ich hierhergezogen hatte, Arbeit verschafft. Obgleich unsere Bauten gut und gern ein Kapital von sechzigtausend Francs repräsentieren, das wir in das Dorf gesteckt haben, wird uns dieses Geld reichlich durch die Einkünfte zurückerstattet, die die Verbraucher schaffen. Ich hörte nicht auf mit meinen Bemühungen, die im Entstehen begriffenen Gewerbebetriebe zu beleben. Auf meine Anregung hin hat sich ein Baumzüchter im Flecken niedergelassen, und ich habe sogar den Ärmsten gepredigt, Obstbäume zu pflanzen, damit sie eines Tages in Grenoble das Monopol des Obsthandels erobern könnten. – ›Ihr schleppt doch Käse dorthin‹, habe ich ihnen gesagt, ›warum nicht auch Geflügel, Eier, Gemüse, Wild, Heu, Stroh usw.?‹ Jeder meiner Ratschläge wurde zur Quelle eines Vermögens, wenigstens für die, die sie befolgten. Es bildete sich also eine Fülle kleiner Unternehmen, deren Entwicklung sich erst langsam, dann aber von Tag zu Tag schneller vollzog. Jeden Montag fahren jetzt von dem Flecken aus mehr als sechzig Karrenwagen mit unsern verschiedenen Erzeugnissen nach Grenoble, und es wird jetzt mehr Buchweizen für die Fütterung des Geflügels geerntet als ehedem für die Ernährung der Menschen gesät worden ist. Der Holzhandel ist allzu beträchtlich geworden und hat unterteilt werden müssen. Vom vierten Jahr unserer Ära der Gewerbetätigkeit an haben wir Händler mit Brennholz, Vierkantholz, Brettern und Rinde gehabt, dazu Kohlenbrenner. Schließlich haben sich vier neue Sägereien für Planken und Bohlen aufgetan. Als dem ehemaligen Bürgermeister ein Licht über den Handel aufging, empfand er das Bedürfnis, lesen und schreiben zu lernen. Er hat die Holzpreise in den verschiedenen Ortschaften verglichen, und dabei sind ihm so große Unterschiede zugunsten seiner eigenen Produktion aufgefallen, daß er sich Ort für Ort neue Kunden verschaffte und heute ein Drittel des Départements beliefert. Unser Transportwesen hat sich so schnell entwickelt, daß wir drei Stellmacher und zwei Sattler beschäftigen, von denen jeder nicht weniger als drei Gehilfen hat. Schließlich verbrauchen wir soviel Eisen, daß ein Kleinschmied sich im Flecken niedergelassen hat, dem es hier sehr gut geht. Das Verlangen nach Gewinn entfacht einen Ehrgeiz, der seither meine Gewerbetreibenden dazu gebracht hat, vom Flecken auf den Distrikt und vom Distrikt auf das Département überzugreifen und durch größeren Umsatz ihre Einkünfte zu steigern. Ich brauchte sie jetzt nur noch auf neue Absatzgebiete hinzuweisen, dann tat ihr gesunder Menschenverstand das übrige. Vier Jahre hatten zu einer Wandlung des Aussehens der Ortschaft hingereicht. Als ich hergekommen war, hatte ich keinen einzigen Laut vernommen; aber zu Beginn des fünften Jahrs war hier alles Leben und Bewegung. Fröhliche Lieder, der Lärm der Werkstätten, das dumpfe oder schrille Kreischen der Werkzeuge hallten mir wohltuend im Ohr wider. Ich sah eine buntdurcheinandergewürfelte Bevölkerung in einem neuen, sauberen, gesunden, mit Bäumen bepflanzten Dorf kommen und gehen. Jeder Einwohner war sich bewußt, daß es ihm gut gehe, und alle Gesichter atmeten die Zufriedenheit, die ein nützlicher Tätigkeit gewidmetes Leben verleiht.

Jene fünf Jahre bilden in meinen Augen die erste Phase im gedeihlichen Leben unseres Fleckens«, fuhr der Arzt nach einer Pause fort. »Während dieser Zeit hatte ich in den Köpfen und im Ackerland alles urbar gemacht und zum Keimen gebracht. Eine zweite Phase bereitete sich vor. Bald verlangte diese kleine Welt danach, sich besser zu kleiden. Es kam ein Kurzwarenhändler zu uns, und mit ihm der Schuster, der Schneider und der Hutmacher. Dieser Beginn des Luxus trug uns einen Metzger und einen Krämer ein; dann eine Hebamme, deren ich dringend bedurfte, da ich durch die Entbindungen beträchtliche Zeit verlor. Das neugewonnene Land gab vortreffliche Ernten. Des weiteren wurde die gute Qualität unserer landwirtschaftlichen Produkte durch den Stalldünger und den dem Wachsen der Bevölkerung verdankten aufrechterhalten. Mein Unternehmen konnte sich also in all seinen Folgerungen entfalten. Nachdem ich gesündere Häuser geschaffen und die Einwohnerschaft nach und nach dazu gebracht hatte, sich besser zu ernähren, wollte ich, daß auch die Tiere sich dieses Beginns zivilisierter Zustände erfreuten. Von der dem Vieh zuteil gewordenen Sorgfalt hängt die Schönheit der Rassen und der Einzeltiere ab, und demgemäß die der Produkte; ich predigte also, daß die Ställe gesund eingerichtet werden müßten. Durch den Vergleich des Nutzens, den ein gut untergebrachtes, gut gepflegtes Tier abwirft, mit dem mageren Ertrag, den ein schlecht gepflegtes Stück Vieh bringt, bewirkte ich unmerklich einen Wandel in der Viehhaltung der Gemeinde: Kein Tier hat es mehr schlecht. Kühe und Ochsen wurden gepflegt wie in der

Schweiz und in der Auvergne. Schafställe, Pferde- und Kuhställe, Molkereien und Scheunen wurden neu gebaut, und zwar nach dem Muster der meinen und derjenigen Monsieur Graviers: gut durchlüftet und folglich gesund. Unsere Pächter waren meine Apostel; sie bekehrten rasch die Ungläubigen, indem sie ihnen die Güte meiner Vorschriften durch sofort sich ergebende Resultate bewiesen. Was nun die Leute betrifft, denen es an Geld gebrach, so lieh ich ihnen welches und bevorzugte dabei die armen Gewerbetreibenden; sie dienten als Beispiel. Auf meinen Rat hin wurden minderwertige, kränkliche oder durchschnittliche Tiere sofort verkauft und durch schöne ersetzt. Auf diese Weise gewannen zur gegebenen Zeit unsere Produkte auf allen Märkten den Vorrang vor denen der anderen Gemeinden. Wir hatten prächtige Herden und dementsprechend gutes Leder. Dieser Fortschritt war von hoher Wichtigkeit. Und zwar aus folgendem Grund. In der Landwirtschaft ist nichts belanglos. Ehedem wurde unsere Baumrinde zu schäbigen Preisen verkauft, und an unserm Leder war nicht viel dran; als jedoch unsere Rinder und unser Leder besser geworden waren, ermöglichte es uns der Bach, Lohgerbereien einzurichten; es kamen Gerber zu uns, deren Geschäft schnell wuchs. Wein war im Flecken etwas Unbekanntes gewesen, man hatte nur Most getrunken; jetzt wurde er natürlich zum Bedürfnis: Es kam zur Einrichtung von Schenken. Seither hat die älteste der Schenken sich vergrößert, sie ist zum Gasthaus geworden und liefert den Reisenden, die beginnen, unsere Straße auf ihrem Weg nach der Grande-Chartreuse zu benutzen, Maultiere. Seit zwei Jahren haben wir einen so ansehnlichen Geschäftsverkehr, daß zwei Gasthöfe davon leben können. Zu Beginn der zweiten Phase unseres Wohlstands starb der Friedensrichter. Sehr zu unserm Glück wurde sein Nachfolger ein ehemaliger Notar aus Grenoble, der durch eine falsche Spekulation verarmt war, dem indessen noch genug Geld übriggeblieben war, um im Dorf als reich zu gelten; Monsieur Gravier wußte ihn zu überreden, hierher zu kommen; er hat sich ein hübsches Haus gebaut; er hat meine Bemühungen unterstützt, indem er die seinen hinzugesellte; er hat einen Pachthof gebaut und Heideland urbar gemacht; er besitzt heute drei Sennhütten im Gebirge. Er hat eine große Familie. Er hat den bisherigen Schreiber, den bisherigen Gerichtsvollzieher weggeschickt und sie durch Leute ersetzt, die sehr viel gebildeter und vor allem fleißiger sind als ihre Vorgänger. Diese beiden neuen Haushaltungen haben eine Brennerei und eine Wollwäscherei errichtet, zwei sehr nützliche Unternehmen, die die Häupter der beiden Familien im Nebenberuf betreiben. Nun ich der Gemeinde Einnahmen verschafft hatte, verwandte ich diese dazu, ohne daß sich Widerspruch erhob, ein Bürgermeisteramt zu bauen, in dem ich eine kostenlose Schule und die Wohnung eines Elementarlehrers unterbrachte. Zur Ausübung dieser wichtigen Funktion wählte ich einen armen Priester, der den Eid auf die Republik geleistet und den das ganze Département verworfen hatte; er hat bei uns ein Asyl für seine alten Tage gefunden. Die Lehrerin ist eine wackere, verarmte Frau, die nicht wußte, wo sie ihr Haupt betten sollte; wir haben dafür gesorgt, daß sie kleine Einkünfte bekam, sie hat unlängst ein Pensionat für junge Mädchen aufgemacht, in das die reichen Pächter der Umgegend ihre Töchter zu schicken anfangen. Monsieur, wenn ich berechtigt war, Ihnen die bisherige Geschichte dieses Erdenfleckchens in meinem Namen zu erzählen, so ist jetzt der Augenblick gekommen, von dem an Monsieur Janvier, der neue Pfarrer, ein wahrer, auf die Proportionen eines Dorfpfarrers reduzierter Fénelon[21], zur Hälfte an diesem Erneuerungswerk beteiligt ist: Er hat es fertiggebracht, den Sitten des Fleckens etwas Mildes und Brüderliches zu geben, und eben dadurch scheint die gesamte Bevölkerung zu einer einzigen Familie zu werden. Monsieur Dufau, der Friedensrichter, ist zwar erst später gekommen, verdient aber gleichfalls den Dank der Einwohnerschaft. Um Ihnen den Stand der Dinge bei uns in Ziffern auszudrücken, die mehr besagen als meine Reden, so besitzt die Gemeinde heute zweihundert Morgen Wald und hundertsechzig Morgen Weideland. Ohne dazu einen Gemeindesteuerzuschlag zu benötigen, genügt dem Pfarrer ein Gehaltszuschuß von hundert Talern, und dem Feldhüter ein solcher von zweihundert Francs; den gleichen bekommen der Lehrer und die Lehrerin; wir verfügen über fünfhundert Francs für den Unterhalt der Wege, und ebensoviel für Reparaturen am Bürgermeisteramt, am Pfarrhaus und an der Kirche und für einige andere Unkosten. In fünfzehn Jahren wird die Gemeinde für hunderttausend Francs Wald zum Abholzen haben, und sie wird ihre Abgaben entrichten können, ohne daß es die Einwohner auch nur einen roten Heller kostet; sie wird sicherlich einmal eine der reichsten Gemeinden Frankreichs werden. Aber vielleicht langweile ich Sie«, sagte Benassis zu Genestas, als er seinen Zuhörer in einer so nachdenklichen Haltung sah, daß sie als die eines Unaufmerksamen angesehen werden konnte.

»O nein«, sagte der Major.

»Monsieur«, fuhr der Arzt fort, »Handel, Gewerbe, Landwirtschaft und unser Verbrauch waren nur örtlich begrenzt. Auf einer gewissen Stufe blieb unser Wohlstand stehen. Freilich forderte ich eine Posthilfsstelle, einen Verschleiß für Tabak, Schießpulver und Spielkarten; freilich veranlaßte ich durch die Annehmlichkeit des Aufenthalts und unserer neuen Gesellschaft den Steuereinnehmer, der Gemeinde, in der er bis jetzt lieber gewohnt hatte als im Hauptort des Distrikts, den Rücken zu kehren; freilich vermochte ich zur gegebenen Zeit und am rechten Ort jeden Gewerbezweig herbeizurufen, für den ich das Bedürfnis geweckt hatte; freilich ließ ich Ehepaare und fleißige Leute kommen und verschaffte ihnen allen das Gefühl des Wohlstands; auf diese Weise wurde, je nachdem sie Geld hatten, weiteres Land urbar gemacht; kleine Ackerbauern, kleine Grundbesitzer strömten herbei und machten allmählich das Bergland ertragfähig. Die Unglücksmenschen, die ich hier vorgefunden hatte und die zu Fuß ein bißchen Käse nach Grenoble geschleppt hatten, fuhren jetzt in Karrenwagen hin, die mit Obst, Eiern, Hähnchen und Puten beladen waren. Alle waren unmerklich wohlhabender geworden. Am schlechtesten war derjenige dran, der nur seinen Garten zu besorgen, nur sein Gemüse, sein Obst und sein Frühgemüse zu bauen hatte. Schließlich, und das ist ein Zeichen des Wohlstands, backte keiner mehr sein eigenes Brot, um keine Zeit zu verlieren, und die Kinder hüteten die Herden. Aber der Herd des Gewerbefleißes mußte in Brand gehalten werden, und zwar dadurch, daß ihm immerfort neuer Brennstoff zugeführt wurde. Die Ortschaft besaß noch keine wachsenden Gewerbebetriebe, die den Handelsverkehr aufrechterhalten und große Transaktionen erforderlich machen konnten, Zweigniederlassungen, einen Markt. Es genügt nicht, daß ein Ort von der

441

Geldmenge, die er besitzt und die sein Kapital bildet, nichts verliert; man vergrößert seinen Wohlstand nicht, indem man jenes Geld mehr oder weniger geschickt durch das Spiel der Produktion und des Verbrauchs in die größtmögliche Zahl von Händen gelangen läßt. Darin besteht das Problem nicht. Wenn ein Dorf voll ertragsfähig ist, wenn seine Produkte sich mit seinem Verbrauch im Gleichgewicht befinden, dann muß, um neue Einnahmen zu schaffen und den Volkswohlstand zu steigern, ein Austauschgebiet außerhalb gewonnen werden, damit der Waage des Handels beständiges Übergewicht zugeführt wird. Dieser Gedanke hat Staaten ohne Hinterland wie Tyros[22], Karthago, Venedig, Holland und England dazu bestimmt, sich des Transporthandels zu bemächtigen. Ich suchte für unser kleines Gebiet hier nach analogen Gedanken, um eine dritte Phase anzubahnen, die des Handels. Unser Gedeihen, das für die Augen eines flüchtigen Besuchers kaum wahrnehmbar war, denn unser Distrikthauptort sieht, von außen betrachtet, aus wie jeder andere, war nur für mich allein erstaunlich. Die Einwohnerschaft, die sich von ungefähr zusammengefunden hatte, konnte über das Gesamtergebnis nicht urteilen, da sie ja an der Bewegung teilhatte. Nach Ablauf von sieben Jahren lernte ich zwei Fremde kennen, die wahren Wohltäter dieses Marktfleckens, den sie vielleicht in eine Stadt verwandeln werden. Der eine ist ein Tiroler von unglaubwürdiger Handfertigkeit, der Schuhe für die Landbevölkerung und Stiefel für die elegante Welt in Grenoble herstellt, wie kein Pariser Handwerker sie fabrizieren könnte. Er war ein armer Wandermusikant, einer der fleißigen Deutschen, die sich Werk und Werkzeug schaffen, Musik und Instrument; er hatte singend und arbeitend Italien durchwandert und machte Rast in unserm Ort. Er fragte, ob nicht Bedarf an Schuhen bestehe; man schickte ihn zu mir, ich bestellte zwei Paar Stiefel bei ihm; die Leisten dazu bastelte er selber zusammen. Die Geschicklichkeit dieses Ausländers überraschte mich; ich stellte ihm Fragen, seine Antworten waren knapp und genau; sein Gehaben, sein Gesicht, alles bestärkte mich in der guten Meinung, die ich von ihm gewonnen hatte; ich schlug ihm vor, im Flecken ansässig zu werden, und versprach ihm, sein Gewerbe mit allen meinen Mitteln zu unterstützen; ich stellte ihm eine ziemlich beträchtliche Summe

Geldes zur Verfügung. Er erklärte sich bereit. Ich hatte dabei ganz bestimmte Gedanken. Unser Leder war besser geworden; wir konnten es nach einer gewissen Zeitspanne selber verbrauchen, wenn wir Schuhwerk zu mäßigen Preisen fabrizierten. Ich fing also die Sache mit der Korbflechterei auf anderem Gebiet in vergrößertem Maßstab von vorn an. Der Zufall hatte mir einen über die Maßen geschickten und fleißigen Mann zugeführt, den ich anstellen mußte, um dem Ort einen produktiven und stabilen Gewerbezweig zu sichern. Schuhwerk gehört zu den Gebrauchsgegenständen, für die der Bedarf nie stockt, und die geringste Verbesserung bei der Herstellung wird vom Verbraucher auf der Stelle wahrgenommen. Ich hatte das Glück, nicht fehlzugreifen. Heute haben wir fünf Gerbereien, sie brauchen alle Häute des Départements auf, manchmal lassen sie sich sogar welche aus der Provence kommen, und jede hat ihre eigene Gerberlohemühle. Ja, Monsieur, und diese Gerbereien reichen nicht aus, um dem Tiroler all das Leder zu liefern, das er braucht; er beschäftigt nämlich nicht weniger als vierzig Arbeiter...! Der andere Mann, dessen Abenteuer nicht minder merkwürdig ist, aber das anzuhören Sie vielleicht langweilen würde, ist ein schlichter Bauersmann, dem es gelang, Mittel und Wege zu finden, billiger als anderswo die breitkrempigen Hüte herzustellen, die hierzulande getragen werden; er führt sie in alle benachbarten Départements aus, bis in die Schweiz und nach Savoyen. Diese beiden Gewerbe, unversiegliche Quellen des Wohlstands, wenn der Distrikt die Qualität der Erzeugnisse und deren Wohlfeilheit beibehalten kann, haben mir den Gedanken eingegeben, hier jährlich drei Messen zu veranstalten; der Präfekt, der den industriellen Fortschritt dieses Distrikts erstaunlich fand, hat mich bei der Erlangung des königlichen Erlasses unterstützt, der dazu erforderlich war. Letztes Jahr haben unsere drei Messen stattgefunden; sie sind unter dem Namen Schuh- und Hutmesse bis nach Savoyen hinein bekannt. Als der Bürovorsteher eines Grenobler Notars, ein armer, aber gebildeter junger Mann, ein großer Arbeiter, der mit Mademoiselle Gravier verlobt ist, von diesen Wandlungen hörte, ist er nach Paris gefahren und hat die Einrichtung eines Notariats beantragt; dem wurde stattgegeben. Da seine Bestallung ihn nichts kostete, hat er sich ein

443

Haus gegenüber demjenigen des Friedensrichters bauen lassen können, und zwar auf dem Marktplatz des neuen Dorfs. Wir haben jetzt wöchentlich einen Markttag; es werden dabei recht beträchtliche Geschäfte in Vieh und in Weizen getätigt. Nächstes Jahr wird sicher ein Apotheker zu uns kommen, dann ein Uhrmacher, ein Möbelhändler und ein Buchhändler, kurz und gut, die lebensnotwendigen Überflüssigkeiten. Vielleicht läuft alles darauf hinaus, daß der Ort das Aussehen einer Kleinstadt annimmt und wir Bürgerhäuser bekommen. Die Bildung hat so zugenommen, daß ich im Gemeinderat auf nicht die mindeste Spur von Widerstand gestoßen bin, als ich beantragte, die Kirche ausbessern und ausschmücken zu lassen, ein Pfarrhaus zu bauen, einen schönen Platz für die Messe zu schaffen, ihn mit Bäumen zu bepflanzen und einen Bebauungsplan anzulegen, damit wir später gesunde, durchlüftete, gut geführte Straßen bekämen. So sind wir dahin gelangt, neunzehnhundert Feuerstellen zu haben statt hundertsiebenunddreißig, dreitausend Stück Hornvieh statt achthundert, und anstatt siebenhundert Seelen zweitausend im Flecken, und, die Bewohner des Tals mitgerechnet, dreitausend. Es gibt in der Gemeinde zwölf reiche Häuser, hundert wohlhabende Familien, und zweihundert, die ihr gutes Auskommen haben. Der Rest arbeitet. Jedermann kann lesen und schreiben. Schließlich haben wir siebzehn Abonnements auf verschiedene Zeitungen. Sie werden zwar in unserm Distrikt immer noch Leute antreffen, denen es schlecht geht; ich jedenfalls sehe noch viel zu viele; aber es bettelt hier niemand, es findet sich Arbeit für jedermann. Ich mache jetzt täglich bei meinen Krankenbesuchen zwei Pferde müde; ich kann mich gefahrlos zu jeder Tageszeit in einem Umkreis von fünf Meilen bewegen, und wer auf mich schösse, der würde keine zehn Minuten am Leben bleiben. Die stillschweigende Zuneigung der Einwohnerschaft ist alles, was ich persönlich bei diesen Wandlungen gewonnen habe, abgesehen von der Freude, von jedermann, wenn ich vorübergehe, mit fröhlicher Miene begrüßt zu werden: ›Guten Tag, Monsieur Benassis!‹ Sie können sich wohl denken, daß das durch meine Musterpachthöfe ohne mein Wollen erworbene Vermögen in meinen Händen ein Mittel und kein Resultat ist.«

»Wenn in allen Ortschaften jedermann täte wie Sie, Monsieur,

444

dann würde Frankreich groß sein und könnte über Europa die Achseln zucken«, rief Genestas begeistert.

»Aber nun halte ich Sie schon eine halbe Stunde hier fest«, sagte Benassis, »es ist fast dunkel, wir wollen uns zu Tisch setzen.«

Nach der Gartenseite hin bietet das Haus des Arztes eine Fassade mit fünf Fenstern in jedem Stockwerk dar. Es besteht aus einem Erdgeschoß und einem ersten Stock; das Ziegeldach weist vorspringende Mansarden auf. Die grüngestrichenen Fensterläden heben sich von der grauen Tönung der Hauswand ab, an der sich als Zierat zwischen den beiden Stockwerken von einem Ende zum andern friesartig eine Weinrebe herzieht. Unten an der Hauswand vegetieren traurig ein paar Bengalrosensträucher, halb ertränkt von dem Regenwasser vom Dach, das keine Traufe hat. Geht man über den großen Treppenabsatz, der eine Art Flur bildet, hinein, so findet sich rechts ein vierfenstriges Wohnzimmer; zwei Fenster gehen auf den Hof hinaus, die beiden andern auf den Garten. Dieses Wohnzimmer war wohl der Gegenstand vieler Ersparnisse und vieler Hoffnungen des armen Verstorbenen gewesen; es ist gedielt, halbhoch getäfelt und mit Gobelins aus dem vorletzten Jahrhundert geschmückt. Die großen, breiten, mit geblümtem Seidenstoff bezogenen Sessel, die alten, vergoldeten Armleuchter, die den Kaminsims schmükken, und die Vorhänge mit den dicken Quasten zeugten von dem Wohlstand, in dem der Pfarrer gelebt hatte. Benassis hatte diese Einrichtung, der es nicht an Eigenart mangelte, noch durch zwei Konsolen mit geschnitzten Girlanden ergänzt, die einander gegenüber zwischen den Fenstern standen, sowie durch eine Stutzuhr aus Schildpatt mit eingelegtem Messing, die den Kamin zierte. Der Arzt benutzte dieses Zimmer selten; es strömte den feuchten Geruch von Räumen aus, die stets verschlossen sind. Man witterte darin noch den verstorbenen Pfarrer, der eigentümliche Duft seines Tabaks schien nach wie vor aus dem Kaminwinkel herzuwehen, wo er für gewöhnlich gesessen hatte. Die beiden großen Bergèren standen symmetrisch an beiden Seiten des Kamins, in dem seit dem Aufenthalt Monsieur Graviers kein Feuer gebrannt hatte, in dem jetzt indessen die hellen Flammen des Fichtenholzes glänzten.

»Es ist abends noch kalt«, sagte Benassis, »man freut sich, das Feuer zu sehen.«

Der nachdenklich gewordene Genestas begann sich über die Gleichgültigkeit des Arztes gegenüber den gewöhnlichen Dingen des Lebens klarzuwerden.

»Monsieur«, sagte er zu ihm, »Sie haben eine wahrhaft staatsbürgerliche Seele, und es wundert mich, daß Sie, nachdem Sie so vieles vollbrachten, nicht versucht haben, die Regierung aufzuklären.«

Benassis begann zu lachen, aber leise und mit trauriger Miene.

»Eine Denkschrift schreiben über die Mittel, Frankreich auf eine höhere Kulturstufe zu heben, nicht wahr? Das hat mir Monsieur Gravier schon früher als Sie gesagt. Leider läßt sich eine Regierung nicht aufklären, und unter allen Regierungen ist die für Aufklärung am wenigsten empfängliche stets die, die am ehesten glaubt, Aufklärung zu verbreiten. Sicherlich müßte das, was wir für diesen Distrikt getan haben, von allen Bürgermeistern für den ihren geleistet werden, vom Stadtrat für die Stadt und vom Präfekten für das Département, vom Minister für Frankreich, von jedem in der Interessensphäre, in der er wirkt. Da, wo ich dazu überredet habe, einen zwei Meilen langen Weg zu bauen, müßte der eine eine Landstraße zustande bringen, der andre einen Kanal; da, wo ich die Fabrikation von Bauernhüten ermutigt habe, müßte der Minister Frankreich vom industriellen Joch des Auslands befreien, dadurch nämlich, daß er einigen Uhrenfabriken Mut machte, daß er bei der Vervollkommnung unseres Eisens, unseres Stahls, unserer Feilen oder unserer Schmelztiegel behilflich wäre, der Seidenraupenzucht oder der Herstellung von Pastellfarben. Im Geschäftsleben bedeutet Ermutigung nicht Schutz. Die wahre Politik eines Landes muß bestrebt sein, es von jedem Tribut an das Ausland freizumachen, aber ohne das schmähliche Hilfsmittel der Zölle und Einfuhrverbote. Die Industrie kann nur durch sich selber gerettet werden; ihr Leben ist der Wettbewerb. Wird sie geschützt, so schläft sie ein; sie stirbt durch das Monopol wie durch Schutzzölle. Das Land, das sich alle andern tributpflichtig macht, wird den Freihandel verkünden, es wird auf dem Gebiet der Fabrikation die Macht fühlen, seine Produkte unterhalb der Preise seiner Konkurrenten zu halten. Frankreich könnte dies Ziel weit besser erreichen als England; denn Frankreich allein besitzt ein hinlänglich großes Territorium, um die landwirtschaftlichen Produkte auf einem Preisniveau zu halten, das eine Senkung der Industrielöhne nach sich zöge: Darauf müßte in Frankreich jede Verwaltungsmaßnahme hinauslaufen, denn darin beruht das Gesamt der Fragen unserer Zeit. Diese Untersuchung ist nicht Ziel und Zweck meines Lebens gewesen; die Aufgabe, die ich mir zögernd stellte, ist zufallsbedingt. Überdies sind dergleichen Dinge zu einfach, als daß man darauf eine Wissenschaft gründen könnte; sie haben nichts Auffälliges und nichts Theoretisches; sie haben das Unglück, ganz einfach nützlich zu sein. Wenn man etwas zu tun hat, überhastet man es nicht. Um auf diesem Gebiet zu einem Erfolg zu gelangen, muß man jeden Morgen in sich dieselbe Dosis des seltensten und dem Anschein nach leichtesten Mutes vorfinden: den Mut des Lehrers, der ohne Unterlaß die gleichen Dinge wiederholt, und das ist ein Mut, der nur kärglich belohnt wird. Wir verneigen uns respektvoll vor einem Mann, der, wie Sie, sein Blut auf einem Schlachtfeld vergossen hat, aber wir machen uns über denjenigen lustig, der das Feuer seines Lebens langsam aufbraucht, um die gleichen Worte Kindern des gleichen Alters zu sagen. Das im Dunkel vollbrachte Gute lockt niemanden. Es fehlt uns grundsätzlich an der staatsbürgerlichen Tugend, mit der die großen Männer der Antike dem Vaterland dienten, indem sie sich, wenn sie nicht gerade den Oberbefehl führten, in die letzte Reihe stellten. Die Krankheit unserer Zeit besteht im Überlegenheitsdünkel. Es gibt mehr Heilige als Nischen. Und zwar aus folgendem Grunde. Mit der Monarchie haben wir die *Ehre* verloren, mit der Religion unserer Väter die *christliche Tugend,* mit unseren fruchtlosen Regierungsversuchen den *Patriotismus.* Diese Prinzipien existieren nur noch teilweise, statt daß sie die Massen anfeuern; denn Ideen gehen niemals gänzlich unter. Um heutzutage die Gesellschaft zu stützen, haben wir kein anderes Mittel als den *Egoismus.* Die Individuen glauben an sich selber. Die Zukunft ist der soziale Mensch; darüberhinaus gewahren wir nichts mehr. Der große Mann, der uns aus dem Schiffbruch retten wird, dem wir entgegensteuern, wird sich sicherlich des Individualismus bedienen, um die Na-

447

tion neu zu gestalten; aber während wir auf diese Regeneration warten, sind wir im Jahrhundert der materiellen Interessen und des Positivismus. Dieses letztere Wort ist jetzt in aller Munde. Wir sind samt und sonders beziffert, und zwar nicht unserm Wert, sondern unserm Gewicht nach. Wenn der tätige Mensch einen Arbeitskittel trägt, wird er kaum eines Blickes gewürdigt. Dieses Gefühl hat sich auch die Regierung zu eigen gemacht. Der Minister schickt dem Seemann, der unter Lebensgefahr ein Dutzend Menschen gerettet hat, eine schäbige Medaille; aber dem Abgeordneten, der ihm seine Stimme verkauft, gibt er das Kreuz der Ehrenlegion. Wehe dem Land, in dem es so zugeht! Die Nationen wie die Individuen danken ihre Tatkraft lediglich ihren großen Gefühlen. Die Gefühle eines Volkes sind sein Glaube. Anstatt gläubig zu sein, haben wir Interessen. Wenn jeder nur an sich selber denkt und nur an sich selber glaubt, wie soll man da auf viel Zivilcourage stoßen, wenn die Vorbedingung zu dieser Tugend in der Selbstentäußerung besteht? Die Zivilcourage und die soldatische Tapferkeit entspringen dem gleichen Prinzip. Sie sind dazu berufen, Ihr Leben auf einen Schlag hinzugeben; uns entrinnt das unsre tropfenweise. Auf jeder Seite derselbe Kampf in anderen Formen. Es genügt nicht, ein rechtschaffener Mensch zu sein, wenn man das kleinste Fleckchen Erde kultivieren will: Man muß dazu auch Kenntnisse besitzen; aber Wissen, Rechtschaffenheit und Patriotismus sind nichts ohne den festen Willen, mit dem ein Mann sich von allen persönlichen Interessen freimachen muß, um sich einer sozialen Idee zu widmen. Freilich, es gibt in Frankreich mehr als einen gebildeten Menschen, und in einer Gemeinde mehr als einen Patrioten; aber ich bin mir gewiß, daß es in jedem Distrikt nicht *einen* Menschen gibt, der bei solcherlei kostbaren Eigenschaften auch nur das standhafte Wollen und die Ausdauer besäße, mit der der Hufschmied sein Eisen hämmert. Der zerstörende Mensch und der aufbauende Mensch sind zwei Phänomene des Willens: Der eine bereitet das Werk vor, der andere vollendet es; der erstere mutet an wie der Genius des Bösen, und der zweite scheint der Genius des Guten zu sein; dem einen der Ruhm, dem andern die Vergessenheit. Das Böse besitzt eine leuchtende Seele, die vulgäre Seelen erweckt und sie mit Bewunderung erfüllt, während das Gute lange Zeit hindurch stumm ist. Der menschliche Dünkel hat sich bald die glänzendste Rolle erkoren. Ein ohne individuelle Hintergedanken vollbrachtes Friedenswerk wird also immer nur etwas Zufälliges sein, ehe die Erziehung, die Bildung die Sitten Frankreichs nicht geändert hat. Wenn jene Sitten sich geändert haben, wenn wir alle große Bürger geworden sind, werden wir dann nicht trotz der Annehmlichkeiten eines trivialen Lebens das langweiligste und gelangweilteste, das unkünstlerischste, das unglücklichste Volk auf Erden werden? Diese großen Fragen zu entscheiden kommt mir nicht zu; ich stehe nicht an der Spitze des Landes. Jenseits dieser Erwägungen stehen aber noch dem, was die Regierung an exakten Prinzipien besitzen müßte, andere Schwierigkeiten entgegen. In Dingen der Bodenkultur gibt es nichts Absolutes. Die Ideen, die der einen Gegend gemäß sind, sind für die andere tödlich, und mit den Intelligenzen ist es wie mit der Bodenbeschaffenheit. Wenn wir so viele schlechte Verwaltungsbeamte haben, so liegt das daran, daß das Verwaltungswesen wie der Geschmack einem sehr hohen, sehr reinen Gefühl entspringt. In dieser Hinsicht rührt geniale Begabung von einer Tendenz der Seele und nicht von einer Wissenschaft her. Niemand kann die Handlungen oder die Gedanken eines Verwaltungsbeamten werten; seine wahren Richter sind weit von ihm entfernt, und die Resultate noch ferner. Also kann sich jeder gefahrlos Verwaltungsmann nennen. In Frankreich flößt das Verlockende, das dem Geist innewohnt, große Achtung vor Leuten ein, die Ideen haben; aber Ideen sind dort, wo es eines Willens bedarf, etwas Geringes. Kurzum, die Kunst der Verwaltung besteht nicht darin, den Massen mehr oder weniger richtige Ideen oder Methoden aufzuerlegen, sondern darin, die schlechten oder guten Ideen jener Massen in eine nützliche Richtung zu zwingen, die sie in Übereinstimmung mit dem Gemeinwohl bringt. Wenn die Vorteile oder die Gepflogenheiten einer Gegend in einen schlechten Weg einmünden, kehren die Einwohner sich von sich aus von ihren Irrtümern ab. Führt nicht jeder Fehler auf dem Gebiet der Landwirtschaft, der Politik oder des Privatlebens zu Verlusten, die das Interesse auf die Dauer wieder ausgleicht? Hier habe ich zum Glück reinen Tisch vorgefunden. Meinen Ratschlägen entsprechend wird der Boden gut bestellt; aber es wurden ja auch keine Fehler in der Bestellung gemacht, und der Boden war gut: Es ist mir also leichtgefallen, Ackerbau in fünf Fruchtfolgen, künstliche Bewässerung und die Kartoffel einzuführen. Mein agronomisches System stieß auf keine Vorurteile. Man benutzte hier noch nicht, wie in gewissen Teilen Frankreichs, schlechte Pflugscharen; die Hacke genügte für das bißchen Arbeit, das zu leisten war. Der Stellmacher war daran interessiert, meinen Räderpflug anzupreisen; dadurch brachte er nämlich sein Handwerk in Schwung; ich hatte in ihm einen Helfer. Aber hier wie auch anderswo habe ich stets versucht, die Interessen der einen mit denen der andern zusammenlaufen zu lassen. Dann bin ich von Produktionen, die diese armen Leute unmittelbar interessierten, zu denen übergegangen, die ihren Wohlstand steigerten. Ich habe nichts von draußen her eingeführt; ich habe lediglich die Ausfuhr unterstützt, die sie bereichern sollte und deren Wohltaten ihnen ohne weiteres verständlich waren. Diese Leute wurden durch ihr Tun und ohne es zu ahnen meine Apostel. Noch eine Erwägung! Wir sind hier nur fünf Meilen von Grenoble entfernt, und die Nähe einer Großstadt bietet viele Absatzmöglichkeiten für Landesprodukte. Nicht alle Gemeinden liegen vor den Toren einer Großstadt. Bei jedem Unternehmen dieser Art muß daher der Geist der Ortschaft befragt werden, seine Lage, seine Hilfsmittel; der Boden, die Menschen und die Dinge müssen genau untersucht werden; man muß nicht in der Normandie Reben pflanzen wollen. Auf diese Weise ist also nichts variabler als das Verwaltungswesen; es hat nur wenige allgemeingültige Prinzipien. Das Gesetz ist eindeutig; die Sitten, der Boden, die Intelligenzen sind es nicht; nun aber ist Verwalten die Kunst, die Gesetze so anzuwenden, daß die Interessen nicht beeinträchtigt werden; alles darin ist örtlich bedingt. Auf der andern Seite der Bergkette, an deren Fuß unser verlassenes Dorf gelegen ist, kann man unmöglich mit Räderpflügen die Äcker bearbeiten; der Boden ist dazu nicht tief genug; wenn nun also der Bürgermeister jener Gemeinde unser Verhalten nachahmen wollte, würde er die von ihm Verwalteten zugrunde richten; ich habe ihm geraten, Rebpflanzungen anzulegen, und im letzten Jahr hat das kleine Dorf vorzügliche Ernten gehabt; es tauscht seinen Wein gegen unseren Weizen ein. Ich genoß endlich einiges Vertrauen bei den Leuten, auf die ich eingeredet hatte; wir standen unablässig in Verbindung. Ich heilte meine Bauern von ihren Krankheiten, die leicht zu heilen waren; es handelte sich nämlich immer nur darum, sie durch eine gehaltreiche Ernährung wieder zu Kräften kommen zu lassen. Sei es aus Sparsamkeit, sei es aus Geldmangel: Die Landbevölkerung ernährt sich so schlecht, daß ihre Krankheiten immer nur von Unterernährung herrühren, und im allgemeinen geht es ihnen gesundheitlich ziemlich gut. Als ich mich gewissenhaft zu diesem Leben in entsagungsvollem Dunkel entschlossen hatte, habe ich lange geschwankt, ob ich Pfarrer, Landarzt oder Friedensrichter werden sollte. Nicht ohne Grund werden im Sprichwort die drei Schwarzröcke zusammen genannt, der Priester, der Mann des Gesetzes und der Arzt: Der eine legt den Wunden der Seele Pflaster auf, der andere denen des Geldbeutels, der dritte denen des Leibes; sie repräsentieren die Gesellschaft in ihren Hauptdaseinsbedingungen: im Gewissen, im Besitz und in der Gesundheit. Früher bildeten das erste, dann der zweite den ganzen Staat. Die uns auf Erden vorhergegangen sind, dachten, und vielleicht mit Recht, daß der Priester, als über Ideen verfügend, die ganze Regierung sein müsse: Er war damals König, Oberpriester und Richter; aber damals war ja auch alles Gläubigkeit und Gewissen. Heute ist das alles ganz anders geworden; wir wollen doch unsere Zeit nehmen, wie sie ist Na, schön, ich glaube, daß der Fortschritt der Kultur und das Wohl der Massen von diesen drei Menschentypen abhängen; sie sind die drei Mächte, die das Volk unmittelbar die Auswirkungen von Tatsachen, Interessen und Prinzipien fühlen lassen, der drei großen Resultate, die bei einer Nation durch die Ereignisse, das Eigentum und die Ideen hervorgebracht werden. Die Zeit schreitet fort und führt Wandlungen herbei, der Besitz nimmt zu oder ab, es muß alles nach diesen unterschiedlichen Mutationen reguliert werden: daher die Prinzipien der Ordnung. Um zu zivilisieren, um Produktionen zu schaffen, muß man den Massen verständlich machen, worin das Privatinteresse mit den nationalen Interessen harmoniert, die aus Tatsachen, Interessen und Prinzipien bestehen. Jene drei Berufe, die notwendigerweise mit jenen menschlichen Resultaten zusammenhängen, scheinen mir heute unbedingt die größten Hebel der Zivilisation zu sein; sie allein können einem gutgesonnenen Menschen beständig wirksame Mittel zur Verbesserung des Loses der armen Bevölkerungsschichten darbieten, mit denen ebenjene Berufe andauernd in Berührung stehen. Aber der Bauer hört lieber auf den Mann, der ihm ein Rezept verschreibt, um ihm den Leib zu retten, als auf den Priester, der über das Seelenheil diskutiert: Der eine kann mit ihm über den Acker reden, den er bestellt, der andere ist genötigt, ihn über den Himmel zu unterhalten, um den er sich heutzutage unglücklicherweise nur sehr wenig Gedanken macht; ich sage ›unglücklicherweise‹, denn das Dogma vom künftigen Leben ist nicht nur ein Trost, sondern überdies ein zum Regieren geeignetes Werkzeug. Ist die Religion nicht die einzige Macht, die die sozialen Gesetze sanktioniert? Wir haben seit kurzem Gott gerechtfertigt. Als die Religion fehlte, war die Regierung gezwungen, die Schreckensherrschaft zu erfinden, um ihre Gesetze zu etwas Durchführbarem zu machen; aber das war eine menschliche Schreckensherrschaft, sie ist vorübergegangen. Ja, also, wenn der Bauer krank, an sein karges Lager gefesselt oder am Genesen ist, dann muß er auf Vernunftschlüsse hören, und die versteht er sehr wohl, wenn sie ihm klar und deutlich dargeboten werden. Dieser Gedanke hat mich zum Arzt gemacht. Ich rechnete mit meinen Bauern und für sie; ich gab ihnen nur Ratschläge von sicherer Wirkung, die sie zwangen, die Richtigkeit meiner Anschauungen anzuerkennen. Beim Volk muß man stets als unfehlbar gelten. Die Unfehlbarkeit hat Napoleon geschaffen, sie hätte aus ihm einen Gott gemacht, wenn das Universum ihn nicht bei Waterloo hätte niederstürzen hören. Wenn Mohammed eine Religion geschaffen hat, nachdem er ein Drittel des Erdballs erobert hatte, so ist ihm das dadurch gelungen, daß er die Welt um das Schauspiel seines Todes brachte. Beim Dorfbürgermeister und beim Eroberer gelten dieselben Prinzipien: Die Nation und die Gemeinde sind ein und dieselbe Herde. Die Masse ist überall dieselbe. Kurzum: Ich habe mich immer unbeugsam gegenüber denen verhalten, die ich mir durch mein Geld verpflichtet hatte. Ohne diese Festigkeit hätten mir alle auf der Nase herumgetanzt. Bauern ebenso wie die Leute aus der großen Welt mißachten schließlich den, den sie hinters Licht führen. Begaunert worden zu sein: zeugt das nicht von Schwäche? Nur die Kraft herrscht. Ich habe nie von jemandem auch nur einen Heller für meine ärztlichen Bemühungen verlangt, ausgenommen von solchen, die sichtlich reich waren; aber ich habe den Preis meiner Mühewaltung nie verhehlt. Ich habe nie Medikamente umsonst abgegeben, es sei denn, der Patient sei sehr bedürftig gewesen. Wenn meine Bauern mich nicht bezahlen, so wissen sie doch wenigstens, was sie mir schulden; manchmal beschwichtigen sie ihr Gewissen und bringen mir Hafer für meine Pferde oder Weizen, wenn er wohlfeil ist. Aber wenn der Müller mir als Entgelt für meine Bemühungen nur Aale anböte, so würde ich ihm obendrein noch sagen, er sei viel zu großzügig für eine solche Kleinigkeit; meine Höflichkeit trägt Früchte: Im Winter bekomme ich von ihm ein paar Sack Mehl für die Armen. Sehen Sie, diese Leute haben Herz, wenn man es ihnen nicht schändet. Ich denke heute mehr Gutes und weniger Schlechtes von ihnen als früher.«

»Sie haben sich wohl viel Mühe gegeben?« fragte Genestas.

»Ich? Durchaus nicht«, entgegnete Benassis. »Es hat mich nicht mehr gekostet, etwas Nützliches zu sagen, als Albernheiten zu schwätzen. Ganz nebenbei, gesprächsweise, im Scherz, habe ich zu ihnen von ihnen selbst gesprochen. Anfangs haben sie mir nicht zugehört; ich hatte in ihnen viel Widerstreben zu bekämpfen: Ich war ein Bourgeois, und für sie ist ein Bourgeois ein Feind. Dieser Kampf hat mir Spaß gemacht. Zwischen Wohltun und Übeltun waltet kein Unterschied als Ruhe des Gewissens oder Unruhe; die aufgewendete Mühe ist dieselbe. Wenn die Schurken sich anständig aufführen wollten, würden sie Millionäre, anstatt gehängt zu werden; das ist es.«

»Monsieur«, rief die hereinkommende Jacquotte, »das Essen wird wieder kalt.«

»Monsieur«, sagte Genestas und hielt den Arzt am Arm fest, »ich habe zu dem, was ich soeben vernommen habe, Ihnen nur eine Bemerkung zu machen. Ich kenne keinen Bericht über Mohammeds Kriege, so daß ich seine militärischen Talente nicht beurteilen kann; aber wenn Sie den Kaiser während des Feldzugs in Frankreich[23] hätten manövrieren sehen, dann würden Sie ihn mit Leichtigkeit für einen Gott gehalten haben; und wenn er bei Waterloo besiegt worden ist, so geschah das, weil er mehr als

453

ein Mensch war; er wog zu schwer für diese Erde, und da hat sie unter ihm aufgemuckt, das ist es. In jeder anderen Hinsicht bin ich vollauf Ihrer Meinung, und, bei Gottes Donner, die Frau, die Sie geboren hat, hat ihre Zeit nicht vertan.«

»Nun aber los«, rief Benassis lächelnd, »jetzt wollen wir zu Tisch gehen.«

Das Eßzimmer war vollständig getäfelt und grau gestrichen. Das Mobiliar bestand diesmal aus ein paar Strohstühlen, einer Anrichte, Schränken, einem Ofen und der berühmten Uhr des verstorbenen Pfarrers, ferner aus weißen Gardinen an den Fenstern. Der weißgedeckte Tisch hatte nichts, was nach Luxus roch. Das Geschirr war aus Steingut. Die Suppe bestand, nach der Gewohnheit des verstorbenen Pfarrers, aus der kräftigsten Fleischbrühe, die je eine Köchin hat ziehen und einkochen lassen. Kaum hatten der Arzt und sein Gast ihre Suppe gegessen, als ein Mann ohne weiteres in die Küche eindrang und trotz Jacquotte im Eßzimmer eine Unterbrechung zuwege brachte.

»Na, was ist denn los?« fragte der Arzt.

»Folgendes, Monsieur, unsere Bürgerin Madame Vigneau ist ganz weiß geworden, so weiß, daß wir alle es mit der Angst bekommen haben.«

»Ja«, rief Benassis heiter aus, »dann muß ich von Tisch aufstehen.«

Er erhob sich. Trotz der inständigen Bitten seines Gastgebers fluchte Genestas nach Soldatenart, wobei er seine Serviette hinwarf, daß er ohne seinen Gastgeber nicht weiteressen wolle; er ging tatsächlich ins Wohnzimmer zurück, um sich zu wärmen und dabei über das Elend nachzudenken, das unvermeidlich in allen Lebenslagen angetroffen wird, denen der Mensch sich hienieden anbefohlen hat.

Benassis war bald zurück, und die beiden künftigen Freunde setzten sich wieder zu Tisch.

»Taboureau ist eben dagewesen und hat Sie sprechen wollen«, sagte Jacquotte zu ihrem Herrn, als sie die Schüsseln hereinbrachte, die sie warmgestellt hatte.

»Wer ist denn bei ihm krank?« fragte er.

»Niemand; er hatte Sie in eigener Sache sprechen wollen, wenigstens hat er das gesagt, und er will wiederkommen.«

»Gut. Dieser Taboureau«, fuhr Benassis fort und wandte sich dabei an Genestas, »ist für mich ein philosophischer Traktat; sehen Sie ihn sich ganz genau an, wenn er kommt; Sie werden bestimmt Ihren Spaß an ihm haben. Er war Tagelöhner, ein wackerer Mann, sparsam, einer, der wenig aß und viel arbeitete. Sowie der komische Kauz ein paar Taler beisammen hatte, entwickelte sich seine Intelligenz; er hat den Fortschritt verfolgt, den ich diesem armen Distrikt auferlegt hatte, und versucht, ihn sich zunutze zu machen und reich zu werden. Innerhalb von acht Jahren hat er ein großes Vermögen zusammengebracht, groß für den Distrikt hier. Vielleicht besitzt er jetzt etwa vierzigtausend Francs. Aber ich möchte Sie unter Tausenden das Mittel erraten lassen, durch das er jene Summe hat erwerben können: Sie würden nicht darauf kommen. Er ist Wucherer, und zwar so durch und durch Wucherer, und noch dazu ein Wucherer mit einer auf die Interessen aller Bewohner des Distrikts sich trefflich gründenden Kombinationsgabe, daß ich meine Zeit vergeuden würde, wenn ich es unternähme, sie eines Besseren über die Vorteile zu belehren, die sie aus ihrem Handel mit Taboureau zu ziehen glauben. Wenn dieser Teufelskerl jedermann seine Äcker pflügen sah, lief er in die Umgebung und kaufte Saatgut auf, um den armen Leuten das, was sie sicherlich brauchten, zu liefern. Hier wie überall besaßen die Bauern, und sogar ein paar Pächtern ging es so, nicht genug Geld, um ihr Saatgut zu kaufen. Den einen lieh Meister Taboureau einen Sack Gerste, für den sie ihm nach der Ernte einen Sack Roggen zurückerstatten mußten; andern einen Sester[24] Weizen für einen Sack Mehl. Heute hat unser Mann diese sonderbare Art von Handel über das ganze Département ausgebreitet. Wenn ihm auf seinem Weg nichts in die Quere kommt, wird er vielleicht eine Million verdienen. Also gut und schön, der Tagelöhner Taboureau war ein braver, entgegenkommender und umgänglicher Kerl, der jedem bei der Arbeit half, der ihn darum bat; aber in dem Maß, wie seine Einnahmen sich vergrößerten, ist Monsieur Taboureau prozeßsüchtig, ränkevoll und hochfahrend geworden. Je reicher, desto lasterhafter wurde er. Sobald der Bauer von seinem rein der Arbeit gewidmeten Leben zu einem gewissen Wohlstand oder in den Besitz von Land gelangt, wird er unerträglich. Es gibt eine halb anständige, halb verdorbene, halb gebildete, halb ungebildete Klasse, die stets die Regierungen zur Verzweiflung treiben wird. Ein bißchen vom Geist dieser Klasse werden Sie in Taboureau gewahren, einem dem Anschein nach schlichten, sogar völlig unwissenden Menschen, der aber ganz bestimmt durchtrieben ist, sobald es sich um seinen Vorteil handelt.«

Das Geräusch schwerer Schritte kündete das Kommen des Geldverleihers an.

»Herein, Taboureau!« rief Benassis.

Der auf solcherlei Weise durch den Arzt vorbereitete Major schaute den Bauern prüfend an und erblickte in Taboureau einen mageren, etwas verkrümmten Mann mit gewölbter, sehr faltiger Stirn. Das hohlwangige Gesicht sah aus, als werde es von kleinen, grauen, schwarz gesprenkelten Augen durchbohrt. Der Wucherer hatte einen verkniffenen Mund, und sein spitzes Kinn strebte einer ironisch gekrümmten Nase entgegen. Seine hervortretenden Backenknochen wiesen die sternförmigen Falten auf, die auf ein Wanderleben und die Kniffe von Roßtäuschern schließen lassen. Sein Haar ergraute bereits. Er trug einen blauen, ziemlich sauberen Kittel, dessen viereckige Taschen ihm prall über den Hüften saßen und dessen offene Aufschläge eine weiße, geblümte Weste sehen ließen. Er stand breitbeinig da und stützte sich auf einen Spazierstock mit dickem Knauf. Obwohl Jacquotte das gar nicht recht war, war dem Getreidehändler ein kleiner Spaniel nachgelaufen und hatte sich neben ihn gelegt.

»Na, was gibt's?« fragte ihn Benassis.

Taboureau blickte mit mißtrauischer Miene auf den Unbekannten, den er am Tisch des Doktors sitzend vorgefunden hatte, und sagte: »Es ist kein Krankheitsfall, Herr Bürgermeister; aber Sie verstehen sich ja darauf, den Schmerzen des Geldbeutels ein Pflaster aufzulegen wie denen des Körpers, und ich bin gekommen, um Sie einer kleinen Schwierigkeit wegen um Rat zu fragen, die wir mit einem Mann aus Saint-Laurent haben.«

»Warum gehst du dann nicht zum Herrn Friedensrichter oder dessen Schreiber?«

»Na, weil Monsieur doch viel geschickter ist und weil ich meiner Sache sicherer sein würde, wenn ich seine Billigung haben könnte.«

»Mein lieber Taboureau, armen Leuten gebe ich meinen ärztlichen Rat gern umsonst; aber die Rechtshändel eines so reichen Mannes, wie du es bist, kann ich nicht unentgeltlich nachprüfen. Wissen zu erwerben ist sehr teuer.«

Taboureau fing an, seinen Hut zu zerknüllen.

»Wenn du meinen Rat willst, der dir nämlich eine gehörige Stange Geld ersparen wird, die du sonst den Rechtsverdrehern in Grenoble zu zahlen hättest, dann mußt du der Martin, die die Anstaltskinder großzieht, ein Säckchen Roggen schicken.«

»Freilich, Monsieur, das will ich gutherzig tun, wenn Sie es für nötig halten. Kann ich meinen Fall vortragen, ohne daß der Herr da sich langweilt?« fügte er hinzu und zeigte auf Genestas. – »Dann also«, fuhr er auf ein Nicken des Arztes hin fort, »vor so etwa zwei Monaten ist ein Mann aus Saint-Laurent zu mir gekommen: ›Taboureau‹, hat er zu mir gesagt, ›könnten Sie mir wohl hundertsiebenunddreißig Sester Gerste verkaufen?‹ – ›Warum nicht?‹ habe ich zu ihm gesagt. ›Das ist doch mein Gewerbe. Müssen sie gleich geliefert werden?‹ – ›Nein‹, hat er mir gesagt, ›zu Frühlingsbeginn, so im März.‹ – ›Gut!‹ Dann haben wir über den Preis geredet, und als wir unsern Wein getrunken hatten, haben wir vereinbart, er solle mir den Preis zahlen, den die Gerste beim letzten Markt in Grenoble hatte, und ich würde sie ihm im März liefern, selbstverständlich die Verluste beim Lagern angerechnet. Aber die Gerste steigt und steigt und geht ab wie warme Semmeln. Ich brauche Geld und verkaufe meine Gerste; das ist doch selbstverständlich, nicht wahr?«

»Nein«, sagte Benassis, »deine Gerste gehörte dir nicht mehr, sie war bloß bei dir eingelagert. Und wenn die Gerste gefallen wäre, hättest du deinen Käufer dann nicht gezwungen, sie zum vereinbarten Preis zu übernehmen?«

»Aber er hätte vielleicht überhaupt nicht gezahlt, dieser Mann. Krieg ist Krieg und Schnaps ist Schnaps! Der Kaufmann muß den Gewinn einstreichen, wenn er sich bietet. Schließlich gehört einem die Ware doch erst dann, wenn man sie bezahlt hat, nicht wahr, Herr Offizier? Man sieht ja, daß der Herr Soldat gewesen ist.«

»Taboureau«, sagte Benassis ernst, »du rennst ins Unglück. Gott bestraft früher oder später böse Taten. Wie kann ein so befähigter und gescheiter Mensch wie du, ein Mensch, der seine Geschäfte redlich abwickelt, hier im Distrikt ein Beispiel der Unredlichkeit geben? Wenn du dich zu solchen Machenschaften hergibst, wie sollen dann die, denen es schlecht geht, ehrliche Leute bleiben und nicht stehlen? Deine Arbeiter werden dir einen Teil der Zeit stehlen, die sie dir schulden, und jeder hier wird moralisch herunterkommen. Du hast unrecht. Deine Gerste war als geliefert anzusehen. Wenn der Mann aus Saint-Laurent sie abgeholt hätte, dann hättest du sie ihm nicht wieder wegnehmen können: Also hast du über etwas verfügt, das dir nicht mehr gehörte; deine Gerste war nach euern Vereinbarungen bereits zu realisierbarem Geld geworden. – Aber weiter.«

Genestas warf dem Arzt einen verständnisvollen Blick zu, um ihn auf Taboureaus Unerschütterlichkeit aufmerksam zu machen. Während dieser Vorhaltungen hatte sich im Gesicht des Wucherers keine Fiber bewegt, seine Stirn war nicht rot geworden, seine kleinen Augen waren ruhig geblieben.

»Tja, dann bin ich also dem Buchstaben nach verpflichtet, die Gerste zum Winterpreis zu liefern; aber ich bin der Ansicht, daß ich das durchaus nicht zu tun brauche.«

»Hör mal zu, Taboureau, liefere schleunigst deine Gerste, oder rechne nicht länger mit irgend jemandes Achtung. Selbst wenn du einen so gearteten Prozeß gewönnest, würdest du als ein Mann ohne Treu und Glauben dastehen, als ein Wortbrüchiger und Ehrloser . . .«

»Nur zu, haben Sie keine Angst, sagen Sie getrost, ich sei ein Lump, ein Gauner, ein Dieb. Im Geschäftsleben sagt man so was, Herr Bürgermeister, ohne daß sich wer beleidigt fühlt. Im Geschäftsleben, wissen Sie, da heißt es: Jeder für sich.«

»Na, und warum bringst du dich freiwillig in eine Lage, in der du dergleichen Ausdrücke verdienst?«

»Aber wenn nun das Gesetz für mich ist . . .«

»Das Gesetz ist ganz und gar nicht für dich.«

»Sind Sie sich dessen sicher, Monsieur, ganz, ganz sicher? Denn, sehen Sie, das Geschäft ist wichtig.«

»Natürlich bin ich mir dessen sicher. Wenn ich nicht gerade beim Essen säße, würde ich dir das Gesetzbuch zu lesen geben. Wenn der Prozeß stattfindet, dann verlierst du ihn, aber dann betrittst du mein Haus nie wieder; ich will nämlich keine Leute bei mir sehen, die ich nicht achte. Verstanden? Deinen Prozeß verlierst du.«

»Haha, nein, nein, ich verliere ihn absolut nicht«, sagte Taboureau. »Passen Sie mal auf, Herr Bürgermeister, die Sache ist nämlich die, daß der Mann aus Saint-Laurent *mir* die Gerste schuldet; *ich* hatte sie ihm abgekauft, und er weigert sich, sie mir zu liefern. Ich habe bloß erst sicher sein wollen, daß ich gewänne, ehe ich zum Gerichtsvollzieher ging und mich in Unkosten stürzte.«

Genestas und der Arzt sahen einander an und verhehlten die Überraschung, die ihnen das raffinierte Vorgehen dieses Mannes bereitete, der auf solche Weise die Wahrheit über jenen Rechtsfall hatte herausbekommen wollen.

»Na, schön, Taboureau, dein Mann ist nicht vertrauenswürdig; mit solchen Leuten darf man keine Geschäfte machen.«

»Ach, solche Leute verstehen was von Geschäften.«

»Guten Abend, Taboureau.«

»Ihr Diener, Herr Bürgermeister und der andere Herr.«

»Tja«, sagte Benassis, als der Wucherer gegangen war, »glauben nicht auch Sie, daß dieser Mann in Paris bald Millionär sein würde?«

Nach dem Essen gingen der Arzt und sein Pensionsgast wieder ins Wohnzimmer hinüber, wo sie den Rest des Abends über Krieg und Politik redeten, bis die Stunde zum Schlafengehen gekommen war; während dieses Gesprächs bekundete Genestas die lebhafteste Abneigung gegen die Engländer.

»Monsieur«, sagte der Arzt, »dürfte ich wissen, wen als Gast zu beherbergen ich die Ehre habe?«

»Ich heiße Pierre Bluteau«, antwortete Genestas, »und bin Rittmeister in Grenoble.«

»Gut. Wollen Sie es ebenso halten wie Monsieur Gravier? Morgens, nach dem Frühstück, machte es ihm Freude, mich bei meinen Fahrten oder Ritten in die Umgebung zu begleiten. Ich bin mir nicht gewiß, ob Sie an den Dingen Gefallen finden werden, mit denen ich mich befasse, so alltäglich sind sie. Schließlich sind Sie weder Grundbesitzer noch Dorfbürgermeister, und Sie werden im Distrikt nichts zu sehen bekommen, was Sie nicht schon anderswo gesehen haben; eine Hütte sieht aus wie die andere; aber schließlich kommen Sie an die frische Luft und Ihre Gänge haben ein Ziel.«

»Nichts könnte mir größere Freude machen als dieser Vorschlag; ich selber habe ihn nicht zu machen gewagt, aus Furcht, Ihnen lästig zu fallen.«

Der Major Genestas, der diesen Namen beibehalten soll, trotz seines in wohlberechneter Absicht gewählten Pseudonyms, wurde von seinem Gastgeber in ein im ersten Stock gerade über dem Wohnzimmer gelegenes Schlafzimmer geführt.

»Gut«, sagte Benassis, »Jacquotte hat bei Ihnen geheizt. Wenn Ihnen etwas fehlen sollte, finden Sie am Kopfende Ihres Bettes einen Klingelzug.«

»Ich glaube nicht, daß mir auch nur das mindeste fehlen könnte«, rief Genestas. »Sogar ein Stiefelknecht ist da. Man muß ein alter Krieger sein, um den Wert eines solchen Dinges zu kennen! Im Krieg ergibt sich mehr als ein Augenblick, da man ein Haus niederbrennen möchte, um solch einen Schurken von Stiefelknecht zu bekommen. Nach großen Märschen, und vor allem nach einem Gefecht, kommt es vor, daß der geschwollene Fuß aus dem nassen Leder mit aller Gewalt nicht heraus will; auf diese Weise habe ich mehr als einmal mit den Stiefeln geschlafen. Ist man allein, dann ist das Unglück noch erträglich.«

Der Major kniff ein Auge ein, um dieser letzten Bemerkung einen durchtriebenen Hintersinn zu geben; dann hielt er, nicht ohne Überraschung, in einem Zimmer Umschau, wo alles bequem, sauber und beinahe elegant war.

»Welch ein Luxus!« sagte er. »Auch Sie wohnen sicher herrlich.«

»Sehen Sie es sich mal an«, sagte der Arzt, »ich bin Ihr Nachbar; nur durch die Treppe sind wir voneinander getrennt.«

Genestas war einigermaßen verdutzt, als er beim Betreten von des Arztes Zimmer eine kahle Kammer gewahrte; die Wände hatten als einzigen Schmuck eine alte, gelbliche Tapete mit braunem Rosettenmuster; sie war stellenweise verschossen. Das grob lackierte Eisenbett wurde von einem Holzständer überragt, von dem zwei Vorhänge aus grauem Baumwollstoff niederhingen; davor lag ein schmaler, schäbiger Fußteppich, dessen Grundge-

460

webe zu sehen war; das Bett ähnelte einem Krankenhausbett. Am Kopfende stand einer der Nachttische mit vier Beinen, deren Vorderseite auf- und zugerollt werden kann und dabei ein Geräusch wie Kastagnettengeklapper vollführt. Drei Stühle, zwei Korblehnsessel, eine Nußbaumkommode, auf der eine Waschschüssel und ein sehr altertümlicher Wasserkrug standen, dessen Deckel mit einer Bleifassung an dem Gefäß befestigt war, vervollständigten die Einrichtung. Die Feuerstelle im Kamin war kalt, und alle zum Rasieren erforderlichen Dinge lagen auf der getünchten steinernen Fensterbank vor einem alten Spiegel, der an einer Schnur hing. Der sauber gefegte Fliesenboden war an mehreren Stellen abgetreten, rissig und durchlöchert. Gardinen aus grauem Baumwollstoff mit grünen Fransen schmückten die beiden Fenster. Alles, sogar der runde Tisch, auf dem ein paar Papierblätter, ein Schreibzeug und Federn herumlagen, alles in diesem schlichten Gemälde, dem nur die von Jacquotte aufrechterhaltene äußerste Sauberkeit eine gewisse Korrektheit zuteil werden ließ, flößte Gedanken an ein quasi mönchisches Leben ein, ein den Dingen gegenüber gleichgültiges Leben voller Innerlichkeit. Eine offenstehende Tür ließ den Major in einen kleinen Raum blicken, in dem der Arzt sich sicherlich sehr selten aufhielt. Jener Raum war fast in demselben Zustand wie das Schlafzimmer. Ein paar verstaubte Bücher lagen verstreut auf staubigen Brettern, und Regale voller etikettierter Flaschen ließen erraten, daß die Apothekerei hier mehr Raum einnahm als die Wissenschaft.

»Jetzt werden Sie mich fragen, weshalb solch ein Unterschied zwischen Ihrem Schlafzimmer und dem meinen besteht«, begann Benassis von neuem. »Wissen Sie, ich habe mich stets um deren willen geschämt, die ihre Gäste unter dem Dach unterbringen und ihnen Spiegel geben, die so sehr verzerren, daß man, wenn man hineinschaut, sich für größer oder kleiner hält als man ist, oder für krank oder für schlagflüssig. Muß man sich nicht bemühen, seinen Freunden die Behausung, die sie vorübergehend innehaben, so angenehm wie möglich zu gestalten? Gastfreundschaft dünkt mich zugleich eine Tugend, ein Glück und ein Luxus; aber unter welchem Gesichtspunkt Sie sie auch betrachten, ohne dabei den Fall auszuschließen, bei dem es sich um ein reines

461

Geschäft handelt: Muß man nicht für seinen Gast oder seinen Freund alle Behaglichkeiten, alle Annehmlichkeiten des Lebens entfalten? Daher sind bei Ihnen die schönen Möbel, der warme Teppich, die Draperien, die Stutzuhr, die Armleuchter und das Nachtlicht; bei Ihnen ist die Kerze; Ihnen wird Jacquottes Fürsorge zuteil; sie hat Ihnen sicherlich neue Pantoffeln, Milch und ihre Wärmflasche hingestellt. Ich hoffe, Sie haben niemals bequemer gesessen als in dem weichen Lehnsessel, den der verstorbene Pfarrer ausfindig gemacht hat, ich habe keine Ahnung, wo; aber es stimmt schon, man muß bei allen Dingen, wenn es sich um Musterbilder des Guten, des Schönen und des Bequemen handelt, bei der Kirche danach suchen. Kurzum, ich hoffe, daß Ihnen in Ihrem Zimmer alles gefällt. Sie finden darin gute Rasiermesser, vorzügliche Seife, all die kleinen Nebendinge, die einem ein Heim so behaglich machen. Aber, mein lieber Monsieur Bluteau, auch wenn meine Auffassung von Gastfreundschaft Ihnen den Unterschied noch nicht erklärt haben sollte, der zwischen Ihrem und meinem Raum liegt, dann werden Sie vielleicht die Nüchternheit meines Schlafzimmers und die Unordnung meines Arbeitszimmers prächtig verstehen, wenn Sie morgen Zeuge des Kommens und Gehens sind, das bei mir herrscht. Überdies führe ich kein häusliches Leben; ich bin immer draußen. Bleibe ich daheim, dann kommen jeden Augenblick die Bauern und wollen mich sprechen, ich gehöre ihnen mit Leib, Seele und Zimmer. Kann ich mich da um Etikette und um die unvermeidlichen Beschädigungen kümmern, die diese guten Leute, ohne es zu wollen, anrichten würden? Der Luxus gehört in die Stadtpalais, die Schlösser, die Boudoirs und in die Schlafzimmer der Freunde. Kurz und gut, ich halte mich hier eigentlich nur zum Schlafen auf; was geht mich da der Plunder des Reichtums an? Überdies können Sie ja auch nicht wissen, wie gleichgültig mir alles hienieden ist.«

Sie wünschten einander mit einem herzlichen Händedruck gute Nacht und gingen zu Bett. Der Major schlief erst ein, nachdem er sich mehr als einen Gedanken über diesen Mann gemacht hatte, der ihm von Stunde zu Stunde größer erschien.

ZWEITES KAPITEL

Über Land

Die Zuneigung, die jeder Reiter seinem Pferd entgegenbringt, trieb Genestas schon am frühen Morgen in den Stall, und er war sehr angetan von der Pflege, die Nicolle seinem Tier hatte angedeihen lassen.

»Schon aufgestanden, Herr Rittmeister Bluteau?« rief Benassis und ging seinem Gast entgegen. »Sie sind durch und durch Soldat; Sie hören den Weckruf überall, sogar auf dem Dorfe.«

»Geht's gut?« antwortete Genestas und bot ihm in einer freundschaftlichen Aufwallung die Hand.

»Völlig gut geht es mir nie«, erwiderte Benassis halb traurig, halb heiter.

»Hat Monsieur gut geschlafen?« fragte Jacquotte Genestas.

»Das will ich meinen, Sie Hübsche! Sie haben mir ein Bett gemacht, als wäre ich eine Braut.«

Lächelnd ging Jacquotte hinter ihrem Herrn und dem Offizier her. Als sie gesehen hatte, daß sie zu Tisch gegangen waren, sagte sie zu Nicolle: »Er ist trotzdem ein guter Kerl, der Herr Offizier.«

»Kann man sagen! Er hat mir schon vierzig Sous geschenkt!«

»Wir fangen damit an, daß wir zwei Tote besuchen«, sagte Benassis beim Verlassen des Eßzimmers zu seinem Gast. »Obwohl die Ärzte nur sehr ungern ihren vorgeblichen Opfern von Angesicht zu Angesicht gegenübertreten, will ich Sie in zwei Häuser führen, wo Sie eine recht merkwürdige Beobachtung über die menschliche Natur machen können. Sie werden dort zwei Bilder sehen, die Ihnen beweisen sollen, wie sehr die Gebirgler sich von den Bewohnern der Ebene im Ausdruck ihrer Empfindungen unterscheiden. Der auf der Bergeshöhe gelegene Teil unseres Distrikts bewahrt Bräuche von altertümlicher Färbung, die verschwommen an biblische Szenen erinnern. Es besteht auf der Kette unserer Berge eine von der Natur gezogene Trennungslinie, von der an alles ein anderes Aussehen hat: oben die Kraft, unten die Geschicklichkeit; oben Gefühlsweite, unten ein beständiges Einswerden mit den Interessen des materiellen Lebens. Mit

463

Ausnahme des Ajou-Tales, das auf der Nordseite von Schwach-sinnigen, auf der Südseite von intelligenten Leuten bewohnt ist, zwei Bevölkerungen, die nur durch einen Gebirgsbach getrennt, aber in jeder Hinsicht einander unähnlich sind, in Statur, Gang, Physiognomie, Sitten und Tätigkeit, habe ich nirgendwo eine so in die Augen fallende Verschiedenheit gesehen wie dort. Diese Tatsache müßte die Verwaltungsbeamten eines Landstrichs zu eingehenden Lokalstudien bezüglich der Anwendung der Gesetze auf die Massen veranlassen. Aber die Pferde sind fertig; wir wollen aufbrechen.«

Innerhalb kurzer Zeit gelangten die beiden Reiter zu einem in dem Teil des Fleckens gelegenen Haus, der nach den Berg-zügen der Grande-Chartreuse hinübersieht. Vor der Tür dieses Hauses, dessen Aussehen recht sauber war, erblickten sie einen mit einem schwarzen Tuch bedeckten Sarg, der zwischen vier Kerzen auf zwei Stühlen stand, und alsdann auf einem Schemel eine Kupferschale mit Weihwasser, in dem ein Buchsbaumzweig lag. Jeder Vorübergehende trat in den Hof, kniete vor der Leiche nieder, sprach ein Paternoster und sprengte ein paar Tropfen Weihwasser auf die Bahre. Über dem schwarzen Tuch erhoben sich die grünen Tuffen eines neben die Haustür gepflanzten Jas-minstrauchs, und über der Tür zog sich das knotige Gewinde einer Rebe hin, die schon Blätter hatte. Ein junges Mädchen war gerade mit dem Fegen des Platzes vor dem Haus fertig; sie hatte dem dunklen Drang nach Sauberkeit gehorcht, den jede Feier-lichkeit beansprucht, sogar die traurigste von allen. Der älteste Sohn des Toten, ein junger, zweiundzwanzigjähriger Bauer, stand reglos an den Türpfosten gelehnt. Er hatte Tränen in den Augen; sie bildeten sich, ohne herabzufallen, oder vielleicht wischte er sie dann und wann heimlich ab. Benassis und Genestas hatten ihre Pferde an eine der Pappeln gebunden, die längs einer kleinen, brusthohen Mauer standen, über die hinweg sie diese Szene beobachteten; als sie den Hof betraten, kam die Witwe aus ihrem Kuhstall, begleitet von einer Frau, die einen Topf voll Milch trug.

»Haben Sie nur Mut, meine arme Pelletier«, sagte die Frau.

»Ach, liebe Frau, wenn man fünfundzwanzig Jahre lang mit einem Mann zusammengelebt hat, dann ist es sehr hart, wenn man sich trennen muß!« Und ihre Augen füllten sich mit Tränen. »Bezahlen Sie die zwei Sous?« fügte sie nach einer Pause hinzu und hielt der Nachbarin die Hand hin.

»Ach, sieh da, das hätte ich beinah vergessen«, sagte die andere Frau und gab ihr das Geldstück. »Kommen Sie, trösten Sie sich, Nachbarin. Ach, da ist ja Monsieur Benassis.«

»Na, arme Mutter, geht's Ihnen jetzt besser?« fragte der Arzt.

»Doch, ja, lieber Herr«, sagte sie schluchzend, »es muß ja wohl trotz alledem gehen. Ich habe mir gesagt, jetzt habe mein Mann keine Schmerzen mehr. Er hat soviel Schmerzen gehabt! Aber kommen Sie doch herein, die Herren. Jacques, gib doch den Herren Stühle! Los, spute dich. Mein Gott, du machst deinen armen Vater nicht wieder lebendig, und wenn du hundert Jahre lang da stehen bleibst! Und außerdem mußt du jetzt für zwei arbeiten.«

»Nein, nein, gute Frau, lassen Sie Ihren Sohn in Ruhe, wir wollen uns nicht setzen. Sie haben da einen Jungen, der für Sie sorgen kann und der wohl imstande ist, an die Stelle des Vaters zu treten.«

»Geh, zieh dich an, Jacques«, rief die Witwe, »sie müssen gleich kommen und ihn holen.«

»Dann also leben Sie wohl, Mutter«, sagte Benassis.

»Meine Herren, ich bin Ihnen dankbar.«

»Da sehen Sie«, sprach der Arzt weiter, »hier wird der Tod als ein vorhergesehener Unglücksfall betrachtet, der den Ablauf des Familienlebens nicht aufhält, und es wird auch keine Trauerkleidung getragen. Auf dem Dorf will sich keiner eine solche Ausgabe machen, sei es aus Not, sei es aus Sparsamkeit. Auf dem Lande gibt es also keine Trauerkleidung. Nun aber ist die Trauer weder ein Brauch noch ein Gesetz; sie ist etwas Besseres, sie ist eine Einrichtung, die mit allen Gesetzen zu tun hat, deren Befolgung vom gleichen Prinzip abhängt, nämlich von der Moral. Na ja, trotz unserer Bemühungen ist es weder mir noch dem Pfarrer Janvier gelungen, unseren Bauern verständlich zu machen, wie wichtig öffentliche Bekundungen für die Aufrechterhaltung der sozialen Ordnung sind. Diese wackeren Leute, die erst gestern mündig geworden sind, haben noch nicht die Fähigkeit, die neuen Beziehungen zu erfassen, die sie mit dergleichen allgemeinen Ideen verknüpfen; sie sind erst bei Ideen angelangt, die Ordnung und physisches Wohlsein erzeugen: Später, wenn jemand mein Werk fortsetzt, werden sie zu Prinzipien gelangen, die dazu dienen, die öffentlichen Rechte aufrechtzuerhalten. Es genügt nämlich nicht, ein anständiger Mensch zu sein; man muß auch als ein solcher wirken. Die Gesellschaft lebt nicht nur durch Moralideen; um auszudauern, bedarf sie der Handlungen, die mit jenen Ideen im Einklang stehen. In den meisten ländlichen Gemeinden kommen auf an die hundert Familien, die der Tod ihres Oberhaupts beraubt hat, nur ein paar Individuen, die, als mit lebhaftem Empfindungsvermögen begabt, den Toten ein langes Andenken bewahren; aber alle übrigen werden ihn nach einem Jahr völlig vergessen haben. Ist solch ein Vergessen nicht ein arger Schaden? Eine Religion ist das Herz eines Volkes, sie drückt seine Empfindungen aus und vergrößert sie, indem sie ihnen ein Ziel gibt; aber ohne einen sichtlich verehrten Gott existiert die Religion nicht, haben die menschlichen Gesetze keine Kraft. Das Gewissen gehört Gott allein, aber der Körper fällt unter das soziale Gesetz; ist es nun aber nicht der Beginn des Atheismus, wenn auf diese Weise die Zeichen eines frommen Schmerzes ausgelöscht werden, wenn den Kindern, die noch nicht nachdenken können, und allen Leuten, die der Beispiele bedürfen, nicht eindringlich die Notwendigkeit vor Augen geführt wird, den Gesetzen durch eine offenkundige Schicksalsergebung in die Befehle der Vorsehung zu gehorchen, die schlägt und tröstet, die die Güter dieser Welt spendet und nimmt? Ich gestehe, daß ich nach Übergangstagen spöttischer Ungläubigkeit hier den Wert religiöser Zeremonien in den Familienfeierlichkeiten begriffen habe. Die Grundlage menschlicher Gesellschaftsbildungen wird immer die Familie sein. Dort beginnt die Auswirkung der Macht und des Gesetzes; dort zumindest kann Gehorsam gelernt werden. Wenn man den Familiengeist und die väterliche Macht in all ihren Konsequenzen betrachtet, so sind sie zwei Prinzipien, die in unserem neuen gesetzgeberischen System noch zu wenig entwickelt worden sind. Die Familie, die Gemeinde, das Département, unser ganzes Land beruhen indessen darauf. Die Gesetze müßten also auf diesen drei großen Einteilungen aufgebaut werden. Meiner Meinung nach können die

Heirat zweier Gatten, die Geburt der Kinder, der Tod der Väter mit gar nicht zuviel Prunk umgeben werden. Was die Kraft des Katholizismus ausgemacht, was ihn so tief in das Sittenleben sich hat verwurzeln lassen, ist gerade der Glanz, bei dem er bei den ernsten Gelegenheiten des Lebens auftritt, um sie mit einer auf so naive Weise rührenden, so großen Pompentfaltung zu umgeben, sobald der Priester sich zur Höhe seiner Sendung erhebt und es versteht, sein Amt mit der Erhabenheit der christlichen Moral in Einklang zu bringen. Ehedem habe ich die katholische Religion für eine Ansammlung von Vorurteilen und Aberglauben gehalten, die geschickt ausgebeutet wurde, und über die eine intelligente Zivilisation hätte zu Gericht sitzen müssen; hier habe ich ihre politische Notwendigkeit und moralische Nützlichkeit erkannt; hier habe ich ihre Macht begriffen, und zwar gerade durch den Wert des Wortes, das sie ausdrückt. Religion heißt ›Band‹, und sicherlich stellt der Kult, oder, anders gesagt, die ausgedrückte Religion, die einzige Kraft dar, die die sozialen Gattungen verbinden und ihnen eine dauerhafte Form geben könnte. Kurzum, hier habe ich den Balsam geatmet, den die Religion auf die Wunden des Lebens träufelt; ohne darüber lange hin und her zu reden, habe ich gespürt, wie bewundernswert sie sich mit den leidenschaftlichen Gepflogenheiten der südlichen Nationen verträgt.

Biegen Sie in den ansteigenden Weg ein«, unterbrach sich der Arzt, »wir müssen auf die Hochfläche hinauf. Von dort aus können wir die beiden Täler überblicken, und es bietet sich Ihnen ein schönes Schauspiel dar. Wir befinden uns dann etwa dreitausend Fuß über dem Mittelmeer und sehen Savoyen und die Dauphiné, die Berge des Lyonnais und die Rhône. Wir sind dann in einer anderen Gemeinde, einem Gebirgsdorf, und dort werden Sie in einem Pachthof, der Monsieur Gravier gehört, das Schauspiel erleben, das ich erwähnt habe, nämlich selbstverständlichen Pomp, der meine Gedanken über die großen Ereignisse des Lebens verwirklicht. In jener Gemeinde wird fromm Trauerkleidung getragen. Die Armen betteln, um sich ihre schwarzen Kleider kaufen zu können. Bei einer solchen Gelegenheit verweigert ihnen niemand Hilfe. Es geht kaum ein Tag hin, ohne daß eine Witwe von ihrem Verlust spricht, und stets unter Tränen: Noch zehn Jahre nach ihrem Unglück sind ihre Gefühle genauso tief wie am Tage danach. Dort herrschen noch patriarchalische Sitten: Die Machtvollkommenheit des Vaters ist unbegrenzt, sein Wort gilt als unumstößlich; beim Essen sitzt er allein am oberen Tischende; seine Frau und seine Kinder bedienen ihn; die um ihn sind, bedienen sich, wenn sie mit ihm sprechen, stets gewisser ehrerbietiger Redewendungen; vor ihm steht jeder mit entblößtem Haupt da. In so erzogenen Männern erwacht instinktiv das Bewußtsein ihrer Größe. Solche Bräuche stellen meines Erachtens eine noble Erziehung dar. Daher sind die Menschen in dieser Gemeinde im allgemeinen rechtlich, sparsam und fleißig. Jeder Familienvater pflegt seinen Besitz gleichmäßig unter seine Kinder zu verteilen, wenn das Alter ihm das Arbeiten verbietet; die Kinder ernähren ihn dann. Im letzten Jahrhundert hat ein neunzigjähriger Greis seinen Besitz unter seine vier Söhne verteilt und dann bei jedem von ihnen ein Vierteljahr gewohnt. Als er den ältesten verließ, um zu dem jüngeren überzusiedeln, hat einer seiner Bekannten ihn gefragt: ›Na, bist du zufrieden?‹ – ›Mein Gott, und wie! Sie haben mich behandelt, als sei ich ihr Kind‹, hat der alte Mann zu ihm gesagt. Dieses Wort, Monsieur, ist einem Offizier namens Vauvenargues[25], einem berühmten Moralisten, der damals in Grenoble in Garnison stand, so bemerkenswert erschienen, daß er in mehreren Pariser Salons davon gesprochen hat, und dort ist dieser schöne Ausspruch von einem Schriftsteller namens Chamfort[26] aufgegriffen worden. Nun, es kommt bei uns oftmals zu noch prägnanteren Aussprüchen, aber dann ist kein Historiker da, der würdig wäre, sie anzuhören.«

»Ich habe Mährische Brüder[27] und Lollarden[28] in Böhmen und Ungarn erlebt«, sagte Genestas, »das sind Christen, die Ihren Gebirglern recht ähnlich sind. Diese wackern Leute ertragen die Kriegsnöte mit Engelsgeduld.«

»Monsieur«, antwortete der Arzt, »schlichte Sitten müssen einander in allen Ländern beinahe gleich sein. Das Wahre hat nur *eine* Form. Im Grunde tötet das Landleben viele Gedanken, aber es schwächt das Laster und entwickelt die Tugenden. Wirklich, je weniger Menschen auf einen Punkt zusammengedrängt sind, desto weniger Verbrechen und Vergehen werden dort begangen, und desto weniger üble Gesinnungen finden sich. Die Reinheit der Luft trägt viel zur Unschuld der Sitten bei.«

Die beiden Reiter, die im Schritt einen steinigen Weg hinaufgeritten waren, langten auf der Hochfläche an, von der Benassis gesprochen hatte. Dies Gelände zieht sich um einen sehr hohen, aber völlig kahlen Gipfel hin, der es beherrscht und auf dem auch nicht die Spur von Pflanzenwuchs existiert; der Gipfel ist grau, überall zerklüftet, schroff, unzugänglich; das fruchtbare, von Felsen gestützte Gelände erstreckt sich unterhalb jenes Gipfels und säumt ihn unregelmäßig in einer Breite von etwa einigen hundert Morgen. Im Süden erfaßt das Auge durch einen riesengroßen Einschnitt die französische Maurienne, die Dauphiné, die Felsen Savoyens und die fernen Bergzüge des Lyonnais. Als Genestas gerade diese Aussicht beschaute, die weithin von der Frühlingssonne beleuchtet war, erscholl klägliches Geschrei.

»Kommen Sie«, sagte Benassis zu ihm, »der ›Gesang‹ hat begonnen. ›Gesang‹ ist die Bezeichnung, die diesem Teil der Trauerzeremonie gegeben worden ist.«

Jetzt erblickte der Offizier auf dem Ostabhang des Gipfels die Baulichkeiten eines ansehnlichen Pachthofs; sie bildeten ein regelrechtes Quadrat. Das gewölbte Eingangstor bestand ganz aus Granit und hatte etwas Großartiges, das durch die Altertümlichkeit dieses Bauwerks, das Alter der danebenstehenden Bäume und die auf seiner Krone wachsenden Pflanzen noch mehr betont wurde. Das Hauptgebäude lag hinten im Hof, an dessen Seiten sich die Scheunen, die Schaf-, Pferde- und Kuhställe und die Wagenschuppen befanden; in der Mitte war die große Pfütze, in der die Misthaufen faulten. Jener Hof, der bei wohlhabenden, menschenreichen Pachthöfen für gewöhnlich so belebt ist, lag in diesem Augenblick stumm und trübselig da. Die Tür zum Wirtschaftshof war geschlossen; die Tiere blieben in ihren Ställen, von wo aus ihre Schreie kaum vernehmlich waren. Die Kuh- und Pferdeställe waren sorgsam geschlossen. Der zum Wohnhaus führende Weg war gesäubert worden. Diese vollkommene Ordnung dort, wo für gewöhnlich Unordnung herrschte, dieses Fehlen von Getriebe und die Stille an einer sonst so von Lärm erfüllten Stätte, das Schweigen des Berges, der Schatten, den der Gipfel warf, alles trug dazu bei, die Seele betroffen zu machen. So sehr auch Genestas an starke Eindrücke gewöhnt sein mochte, er konnte nicht umhin, zu erschauern, als er ein Dutzend weinender Männer und Frauen erblickte, die sich vor der Tür des größten Zimmers aufreihten und sämtlich riefen: »Der Herr ist tot«, und zwar erschreckend einstimmig und zweimal hintereinander, während der Zeit, deren es bedurfte, um vom Portal zur Wohnung des Pächters zu gelangen. Als dieser Ruf verhallt war, erklangen ächzende Laute aus dem Hausinneren, und durch die Fenster wurde eine Frauenstimme vernehmlich.

»Ich bringe es nicht über mich, mich in diesen Schmerz hineinzudrängen«, sagte Genestas zu Benassis.

»Ich besuche stets«, antwortete der Arzt, »die vom Tod heimgesuchten Familien, sei es, um mich zu überzeugen, ob ihnen durch den Schmerz nichts zugestoßen ist, oder sei es, um den Totenschein auszustellen; Sie können unbedenklich mit mir kommen; übrigens ist das, was jetzt geschehen wird, sehr eindrucksvoll, und wir werden so viel Leute vorfinden, daß Sie gar nicht auffallen werden.«

Genestas folgte dem Arzt und sah tatsächlich, daß das erste Zimmer voll von Verwandten war. Die beiden durchschritten diese Versammlung und stellten sich nahe der Tür eines Schlafzimmers auf; es stieß an den großen Raum, der als Küche und Versammlungsstätte der ganzen Familie diente, man kann schon sagen: der ganzen Ansiedlung; denn die Länge des Tisches ließ darauf schließen, daß sich hier für gewöhnlich an die vierzig Personen aufhielten. Benassis' Kommen unterbrach die Reden einer hochgewachsenen, schlicht gekleideten Frau mit aufgelöstem Haar, die mit einer vielsagenden Geste die Hand des Toten in der ihren hielt. Dieser lag in seinem besten Anzug steif ausgestreckt auf seinem Bett, dessen Vorhänge zurückgeschlagen waren. Das ruhige, verklärte Gesicht und vor allem das weiße Haar wirkten theatralisch. Zu beiden Seiten des Bettes hielten sich die Kinder und die nächsten Verwandten des Ehepaares auf, jede Linie auf einer Seite, die Verwandten der Frau links, die des Verstorbenen rechts. Männer und Frauen knieten und beteten, die meisten weinten. Rings um das Bett standen Kerzen. Der Gemeindepfarrer, der Vikar und der Küster standen mit-

470

ten im Zimmer um den offenen Sarg herum. Es war ein tragischer Anblick: das Familienoberhaupt angesichts eines Sargs, der es für immer verschlingen sollte.

»Ach, mein lieber Herr«, sagte die Witwe und deutete auf den Arzt, »wenn das Wissen des besten aller Menschen dich nicht hat retten können, dann stand es wohl dort oben geschrieben, daß du mir ins Grab vorangehen solltest! Ja, jetzt ist die Hand kalt, die mich so liebevoll an sich gedrückt hat! Ich habe für alle Zeit meinen lieben Gefährten verloren, und unser Haus verlor sein kostbares Haupt, denn du warst wahrhaftig unser Leiter. Ach, alle, die mit mir weinen, haben das Leuchten deines Herzens und den vollen Wert deiner Person gekannt, aber ich allein habe gewußt, wie sanft und geduldig du warst! Ach, mein Gatte, mein Mann, muß ich dir nun Lebewohl sagen, unserer Stütze, dir, meinem guten Herrn und Meister! Und wir, deine Kinder, denn du liebtest uns alle gleichermaßen, wir alle haben unsern Vater verloren!«

Die Witwe warf sich über die Leiche, umarmte sie, überschüttete sie mit Tränen, wärmte sie mit Küssen, und während dieser Pause riefen die Knechte und Mägde: »Der Herr ist tot!«

»Ja«, wiederholte die Witwe, »er ist tot, dieser liebe, vielgeliebte Mann, der uns allen unser Brot gab, der für uns pflanzte und erntete, der über unser Glück wachte und uns mit Befehlen voller Milde durchs Leben führte; jetzt kann ich es zu seinem Lob sagen, er hat mir nie den leisesten Kummer gemacht, er war gut, stark und geduldig; und als wir ihn marterten, um ihm seine kostbare Gesundheit wiederzugeben, da hat es gesagt, dieses liebe Lamm: ›Laßt mich, Kinder, alles ist unnütz!‹ Das hat er uns mit der gleichen Stimme gesagt wie ein paar Tage zuvor: ›Alles geht gut, ihr Freunde!‹ Ja, großer Gott! Ein paar Tage haben hingereicht, uns die Freude dieses Hauses zu rauben und unser Dasein zu verdunkeln, nun die Augen des besten aller Menschen sich schlossen, des redlichsten, des verehrtesten, eines Mannes, der nicht seinesgleichen hatte beim Führen des Pflugs; der ohne Furcht bei Tag und Nacht durch unsere Berge eilte und bei der Heimkehr Frau und Kindern stets entgegenlächelte. Ach, wie sehr haben wir alle ihn geliebt! Wenn er fort war, wurden Heim und Herd traurig, wir aßen alle nur lustlos. Ach, was soll jetzt werden, nun unser Schutzengel in die Erde gebettet werden soll und wir ihn nie mehr wiedersehen? Nie mehr, ihr Freunde! Nie mehr, ihr lieben Verwandten! Nie mehr, ihr Kinder! Ja, meine Kinder haben ihren guten Vater verloren, unsere Verwandten ihren guten Verwandten, meine Freunde haben einen guten Freund verloren, und ich, ich habe alles verloren, wie das Haus seinen Herrn verloren hat!«

Sie ergriff die Hand des Toten, kniete nieder, um ihr Gesicht inniger hineinzuschmiegen, und küßte sie. Das Gesinde rief dreimal: »Der Herr ist tot!« Da trat der älteste Sohn zu der Mutter hin und sagte zu ihr:

»Mutter, jetzt kommen die von Saint-Laurent; es muß ihnen Wein gegeben werden.«

»Sohn«, antwortete sie leise und sprach nicht länger in dem feierlichen Klageton, durch den sie ausgedrückt hatte, was sie empfand, »nimm die Schlüssel, du bist fortan der Herr, sorg dafür, daß sie hier bewillkommnet werden, wie dein Vater sie willkommen geheißen hätte; es darf sich für sie hier nichts geändert haben.«

»Daß ich dich noch einmal von Herzen ansehen könnte, du würdiger Mann!« sprach sie weiter. »Aber leider spürst du mich ja nicht mehr, ich kann dich nicht mehr erwärmen! Ach, ich möchte nichts, als dich noch einmal trösten und dich wissen lassen, daß du, solange ich lebe, in dem Herzen verbleiben wirst, das du erquickt hast, und daß ich glücklich sein werde in der Erinnerung an mein Glück und daß die liebe Erinnerung an dich nicht aus diesem Zimmer weichen wird. Ja, es wird stets von dir erfüllt sein, solange Gott mich darinnen läßt. Hörst du mich, mein lieber Mann? Ich schwöre dir, daß ich dein Bett so lassen werde, wie es jetzt ist. Ich habe mich nie ohne dich hineingelegt, und so möge es denn leer und kalt bleiben. Dadurch, daß ich dich verlor, habe ich wahrhaft alles verloren, was die Frau ausmacht: den Herrn, den Gatten, den Vater, den Freund, den Gefährten, den Mann, wirklich, alles!«

»Der Herr ist tot!« rief das Gesinde.

Während dieses Rufs, in den alle einstimmten, nahm die Witwe die Schere, die ihr am Gürtel hing, schnitt sich das Haar ab und legte es in die Hand ihres Gatten. Es entstand tiefe Stille.

»Daß sie das tut, bedeutet, daß sie sich nicht wieder verheiraten will«, sagte Benassis. »Viele der Verwandten haben abgewartet, wozu sie sich entschließen würde.«

»Nimm, mein lieber Herr«, sagte sie mit einem Überschwang der Stimme und des Herzens, der jedermann erschütterte, »und bewahr im Grab die Treue, die ich dir geschworen habe. So sind wir immer vereint, und ich werde unter deinen Kindern verbleiben aus Liebe zu dieser Nachkommenschaft, die dir die Seele verjüngt hat. Mögest du mich hören, mein Mann, mein einziger Schatz, und vernehmen, daß ich durch dich, den Toten, noch am Leben erhalten werde, um deinem heiligen Willen zu gehorchen und um dein Andenken zu ehren!«

Benassis drückte Genestas die Hand, wodurch er ihn aufforderte, ihm zu folgen, und sie gingen hinaus. Das erste Zimmer war voll von Leuten aus einer andern Gemeinde, die gleichfalls im Gebirge gelegen war; alle waren stumm und gesammelt, wie wenn der Schmerz und die Trauer, die über diesem Haus schwebten, sie schon ergriffen hätten. Als Benassis und der Major die Schwelle überschritten, hörten sie, wie einer der Neuankömmlinge den Sohn des Toten fragte: »Wann ist er denn gestorben?«

»Ach!« rief der Älteste, ein Mann von fünfundzwanzig Jahren, »ich habe ihn nicht sterben sehen! Er hatte mich gerufen, aber ich war nicht da!« Schluchzer unterbrachen ihn, aber er sprach weiter: »Am Abend zuvor hatte er zu mir gesagt: ›Junge, du gehst in den Flecken und bezahlst unsere Steuern; die Feierlichkeiten bei meinem Begräbnis könnten verhindern, daß daran gedacht wird, und dann würden wir zu spät zahlen, was noch nie geschehen ist.‹ Es schien ihm besser zu gehen: Da bin ich denn also losgezogen. Während meines Fortseins ist er dann gestorben, ohne daß ich seine letzte Umarmung empfangen hätte! In seiner letzten Stunde hat er mich nicht bei sich gesehen wie sonst immer!«

»Der Herr ist tot!« wurde gerufen.

»Ach, er ist tot, und ich habe weder seinen letzten Blick empfangen noch seinen letzten Seufzer vernommen. Wie konnte ich an die Steuern denken? Wäre es nicht besser gewesen, all unser Geld zu verlieren, als das Haus zu verlassen? Konnte unser Vermögen sein letztes Lebewohl aufwiegen? Mein Gott! Wenn dein Vater krank ist, dann verlaß ihn nie, Jean, sonst schaffst du dir Gewissensbisse dein Leben lang.«

»Lieber Freund«, sagte Genestas zu ihm, »ich habe Tausende von Männern auf den Schlachtfeldern sterben sehen, und der Tod hat nicht gewartet, bis ihre Söhne kamen und ihnen Lebewohl sagten; also trösten Sie sich, Sie sind nicht der einzige.«

»Ein Vater, lieber Herr«, sagte er und zerschmolz in Tränen, »dieser Vater, der ein so guter Mensch war!«

»Diese Leichenrede«, sagte Benassis und führte Genestas zu den Nebengebäuden des Pachthofs hin, »wird bis zu dem Augenblick andauern, da die Leiche in den Sarg gelegt wird, und während der ganzen Zeit nehmen die Worte dieser weinenden Frau an Heftigkeit und Bilderreichtum zu. Aber um so vor einer so imponierenden Versammlung zu sprechen, muß eine Frau sich das Recht dazu durch ein makelloses Leben erworben haben. Wenn die Witwe sich das geringste Vergehen vorzuwerfen hätte, würde sie nicht wagen, auch nur ein einziges Wort zu sagen; sonst hieße das, sich selber verdammen und gleichzeitig Anklägerin und Richterin zu sein. Ist dieser Brauch, den Toten und den Lebenden zu richten, nicht etwas Erhabenes? Die Trauerkleidung wird erst nach acht Tagen bei einer allgemeinen Versammlung angelegt. Während dieser Woche bleibt die Familie bei den Kindern und der Witwe, um ihnen bei der Regelung ihrer Angelegenheiten zu helfen und um sie zu trösten. Dieses Beisammensein übt großen Einfluß auf die Gemüter aus; es unterdrückt schlechte Regungen durch den menschlichen Respekt, der die Menschen packt, wenn sie beieinander sind. Ist dann der Tag gekommen, an dem die Trauerkleidung angelegt wird, gibt es eine feierliche Mahlzeit, bei der alle Verwandten sich voneinander verabschieden. All das vollzieht sich ernst, und wer es an den Verpflichtungen fehlen läßt, die der Tod eines Familienoberhaupts auferlegt, würde niemanden zu seinem ›Gesang‹ haben.«

Der Arzt befand sich jetzt gerade vor dem Kuhstall; er machte dessen Tür auf und ließ den Major hineingehen, um ihn ihm zu zeigen. »Sie müssen wissen, Herr Rittmeister, daß alle unsere Kuhställe nach diesem Muster neu gebaut worden sind. Ist es nicht prächtig?«

474

Genestas konnte nicht umhin, die Geräumigkeit zu bewundern; die Kühe und Ochsen standen in zwei Reihen geordnet, den Schwanz der Seitenwand zugekehrt und den Kopf der Stallmitte, die sie durch eine ziemlich breite Gasse betraten, die zwischen ihnen und der Mauer angebracht war; ihre durchbrochenen Krippen ließen ihre gehörnten Köpfe und ihre blanken Augen sehen. Auf diese Weise konnte der Herr des Hofs sein Vieh leicht kontrollieren. Der Futtervorrat war im Dachgebälk untergebracht, wo eine Art Bretterboden eingebaut worden war; er fiel in die Raufen, ohne daß es Mühe kostete und ohne daß dabei etwas verlorenging. Zwischen den beiden Krippenreihen befand sich ein breiter, gepflasterter, sauberer und von durchstreichendem Windzug gut gelüfteter Raum.

»Im Winter«, sagte Benassis, der mit Genestas in der Stallmitte auf und ab ging, »finden die Spinnabende und die gemeinschaftlichen Arbeiten hier statt. Es werden Tische aufgestellt, und die Leute wärmen sich, ohne daß es etwas kostet. Die Schafställe sind ebenfalls nach diesem System errichtet worden. Sie können sich nicht vorstellen, wie leicht die Tiere sich an Ordnung gewöhnen; ich habe sie oft angestaunt, wenn sie hereinkommen. Jedes kennt seinen Platz und läßt demjenigen den Vortritt, das als erstes hineingehen muß. Sehen Sie? Es besteht genügend Raum zwischen dem Tier und der Stallwand zum Melken und Pflegen; ferner ist der Boden abschüssig, so daß das Wasser leicht abfließen kann.«

»Von diesem Stall aus kann man auf alles übrige schließen«, sagte Genestas. »Ohne Ihnen schmeicheln zu wollen, das sind schöne Resultate!«

»Sie sind nicht mühelos errungen worden«, antwortete Benassis. »Aber was für Tiere sind das auch!«

»Freilich, sie sind prächtig, und Sie hatten recht, sie mir zu rühmen«, antwortete Genestas.

»Jetzt«, sagte der Arzt, als er wieder zu Pferde saß und das Portal hinter ihm lag, »wollen wir über das neu gewonnene Land und durch die Weizenfelder reiten, das Eckchen meiner Gemeinde, das ich die ›Beauce‹ getauft habe.«

Ungefähr eine Stunde lang ritten die beiden Reiter durch Felder, zu deren schönem Stand der Offizier den Arzt beglück-

475

wünschte; dann folgten sie dem Bergzug und gelangten wieder auf das Gebiet des Fleckens, bald redend, bald stumm, je nachdem die Gangart der Pferde ihnen zu sprechen erlaubte oder sie zum Schweigen zwang.

»Ich hatte Ihnen gestern versprochen«, sagte Benassis zu Genestas, als sie in einer kleinen Schlucht ankamen, durch die die beiden Reiter in das große Tal hineingelangten, »Ihnen einen der beiden Soldaten zu zeigen, die nach dem Sturz Napoleons aus dem Heeresdienst hierher zurückgekehrt sind. Wenn ich mich nicht irre, werden wir ihn ein paar Schritte weiter antreffen, wo er eine Art natürlichen Reservoirs vertieft, in dem sich die Bergwasser stauen und in dem sich Anschwemmungen angesammelt haben. Aber damit Sie Anteil an jenem Mann nehmen, muß ich Ihnen seine Lebensgeschichte erzählen. Er heißt Gondrin«, fuhr er fort; »er ist bei der großen Aushebung von 1792 im Alter von achtzehn Jahren eingezogen und in die Artillerie gesteckt worden. Als Gemeiner hat er die Feldzüge in Italien unter Napoleon mitgemacht, ist ihm nach Ägypten gefolgt und nach dem Frieden von Amiens[29] aus dem Orient wiedergekommen; danach wurde er unter dem Kaiserreich Garde-Pionier und hat beständig in Deutschland gestanden. Und zuletzt ist der arme Schanzer dann mit nach Rußland gezogen.«

»Dann sind wir beinah Waffenbrüder«, sagte Genestas, »ich habe dieselben Feldzüge mitgemacht. Man muß einen eisernen Körper gehabt haben, um der Willkür so vieler verschiedener Klimata standzuhalten. Wahrhaftig, der liebe Gott muß für die, die noch auf den Beinen sind, nachdem sie Italien, Ägypten, Deutschland, Portugal und Rußland durchzogen hatten, einen Patentbrief ausgefertigt haben.«

»Daher werden Sie einen gehörigen Klotz von Mann zu sehen bekommen«, fuhr Benassis fort. »Sie wissen über den Rückzug Bescheid; unnütz, Ihnen davon zu erzählen. Mein Mann ist einer der Pioniere von der Beresina[30]; er hat am Bau der Brücke mitgearbeitet, über die die Armee gezogen ist, und um die ersten Pfosten einzurammen, hat er bis an den Bauch im Wasser gestanden. General Eblé, unter dessen Befehl die Pioniere standen, hat unter ihnen nur zweiundvierzig ausfindig machen können, die, wie Gondrin sagt, ›dickfellig‹ genug waren, diese Arbeit durchzuführen. Der General ist sogar selber ins Wasser gestiegen, um ihnen Mut zu machen; er hat ihnen zugeredet, er hat jedem von ihnen tausend Francs Pension und das Kreuz der Ehrenlegion versprochen. Dem ersten Mann, der in die Beresina gestiegen ist, hat eine dicke Eisscholle ein Bein weggerissen, und der Mann ist seinem Bein nachgefolgt. Aber Ihnen werden die Schwierigkeiten des Unternehmens besser durch dessen Ergebnis klarwerden: Von den zweiundvierzig Pionieren ist heute nur noch Gondrin übrig.[31] Neununddreißig sind beim Übergang über die Beresina umgekommen, und die beiden andern sind elend in polnischen Lazaretten zugrunde gegangen. Dieser arme Soldat ist erst 1814 aus Wilna zurückgekommen, nach der Rückkehr der Bourbonen. Der General Eblé, von dem Gondrin nie ohne Tränen in den Augen spricht, war tot.[32] Der Pionier war taub und invalid geworden, und wer nicht lesen und schreiben konnte, fand weder Unterstützung noch jemanden, der sich für ihn einsetzte. Als er, der sich sein Brot erbettelt hatte, in Paris angelangt war, hat er in den Büros des Kriegsministeriums Schritte unternommen, nicht um die versprochenen tausend Francs Pension, und auch nicht, um das Kreuz der Ehrenlegion zu bekommen, sondern nur die einfache Rente, auf die er nach zweiundzwanzigjähriger Dienstzeit und nach wer weiß wie vielen Feldzügen Anspruch hatte; aber er hat weder den rückständigen Sold noch die Reisekosten noch eine Pension bewilligt erhalten. Nach einem Jahr vergeblicher Bittgesuche, während welcher Zeit er allen denen, die er gerettet, die Hand hingestreckt hatte, ist der Pionier betrübt, aber in sein Schicksal ergeben, hier wieder angekommen. Dieser unbekannte Held hebt jetzt für zehn Sous das Klafter Chausseegräben aus. Da er es gewohnt ist, wie er sagt, in sumpfigem Gelände zu schaffen, übernimmt er Arbeiten, an die sich kein anderer Arbeiter heranmacht. Er entwässert Sümpfe, zieht Gräben in überschwemmten Wiesen und kann sich etwa drei Francs den Tag verdienen. Seine Schwerhörigkeit leiht ihm ein bekümmertes Aussehen, von Natur aus ist er wenig gesprächig, aber er hat Herz. Wir sind gute Freunde. An den Jahrestagen der Schlacht bei Austerlitz, am Geburtstag des Kaisers, der Katastrophe von Waterloo lade ich ihn zum Abendessen ein und schenke ihm zum Nachtisch einen Napoleon, damit er ein

Vierteljahr lang seinen Wein bezahlen kann. Die Hochachtung, die ich für diesen Mann empfinde, wird übrigens von der ganzen Gemeinde geteilt; sie täte nichts lieber, als ihn zu ernähren. Wenn er arbeitet, dann nur aus Stolz. In jedem Haus, das er betritt, ehrt ihn jeder nach meinem Beispiel und lädt ihn zum Abendessen ein. Mein Zwanzigfrancsstück nimmt er nur als ein Bildnis des Kaisers entgegen. Die an ihm verübte Ungerechtigkeit hat ihn tief betrübt, aber er trauert noch immer mehr dem Ehrenkreuz nach als der Pension. Aber etwas tröstet ihn. Als General Eblé dem Kaiser nach dem Bau der Brücken die noch einsatzfähigen Pioniere vorstellte, hat Napoleon unseren armen Gondrin umarmt, der ohne diese Akkolade[33] vielleicht schon tot wäre; er lebt nur durch diese Erinnerung und durch die Hoffnung auf die Rückkehr Napoleons; nichts kann ihn von dessen Tod überzeugen[34], und da er fest glaubt, seine Gefangenschaft sei den Engländern zu verdanken, glaube ich, er würde auf den nichtigsten Vorwand hin den besten der Aldermen[35] totschlagen, die hier als Vergnügungsreisende herkommen.«

»Los, weiter!« rief Genestas, als er aus der tiefen Versunkenheit auffuhr, mit der er dem Arzt zugehört hatte. »Lassen Sie uns schnell hinreiten, ich will diesen Mann kennenlernen.«

Und die beiden Reiter setzten ihre Pferde in scharfen Trab.

»Der andere Soldat«, begann Benassis aufs neue, »ist noch einer jener eisernen Kerle, die mit der Armee von Land zu Land gezogen sind. Er hat gelebt, wie alle französischen Soldaten leben, von Kugeln, von Säbelhieben, von Siegen: Er hat viel mitgemacht und immer nur wollene Achselklappen getragen.[36] Sein Charakter ist jovial, er hängt fanatisch an Napoleon, der ihm auf dem Schlachtfeld von Valutina Gora[37] das Kreuz angeheftet hat. Als echter Sohn der Dauphiné hat er stets Sorge getragen, seine Angelegenheiten ins reine zu bringen; daher hat er sein Ruhegehalt und seinen Ehrensold als Ritter der Ehrenlegion. Es handelt sich um einen Infanteristen namens Goguelat; 1812 ist er zur Garde gekommen. Er ist gewissermaßen Gondrins Haushälterin. Die beiden wohnen zusammen bei der Witwe eines Hausierers, der sie ihr Geld einhändigen; die gute Frau beherbergt sie, nährt sie, kleidet sie und sorgt für sie, wie wenn sie ihre Söhne wären. Goguelat spielt hier den Postboten. In dieser Ei-

478

genschaft ist er der Neuigkeitskrämer des Distrikts, und durch die Gewohnheit, Neuigkeiten zu berichten, ist er zum Redner bei den Spinnabenden geworden, zum anerkannten Erzähler; daher hält Gondrin ihn für einen Schöngeist, für einen, der es faustdick hinter den Ohren hat. Spricht Goguelat von Napoleon, scheint der Pionier seine Worte einzig an der Bewegung seiner Lippen zu erraten. Falls die beiden heute abend zu der Spinnstunde gehen, die in einer meiner Scheunen stattfindet, und wir sie unbeobachtet sehen können, dann sollen Sie dieses Schauspiel erleben. Aber jetzt sind wir an der Grube angelangt, und ich sehe meinen Freund, den Pionier, nicht.«

Der Arzt und der Major hielten aufmerksam Umschau; sie sahen nur den Spaten, die Hacke, den Karren, den Waffenrock Gondrins neben einem schwarzen Schlammhaufen, aber keine Spur des Mannes in den verschiedenen Steinrinnen, durch die das Wasser hereinrann, willkürliche Löcher, die fast ganz von jungen Erdbeerbäumen überschattet waren.

»Allzu weit kann er nicht sein. Olé, Gondrin!« rief Benassis.

Da gewahrte Genestas zwischen dem Blattwerk auf einer Geröllhalde den Rauch einer Tabakspfeife, wies den Arzt darauf hin, und dieser wiederholte seinen Ruf. Gleich danach streckte der alte Pionier den Kopf vor, erkannte den Bürgermeister und stieg auf einem kleinen Fußpfad herab.

»He, alter Freund«, rief Benassis, der aus seiner Hand eine Art Schalltrichter gemacht hatte, »hier ist ein Kamerad, ein Ägypter, der dich hat kennenlernen wollen.«

Gondrin hob sofort den Kopf zu Genestas hin und warf auf ihn den tiefen, forschenden Blick, mit dem die alten Soldaten einander bedenken, um rasch die Gefahren abzuschätzen, die sie überstanden haben. Als er das rote Bändchen[38] des Majors gesehen hatte, legte er stumm den Handrücken an die Stirn.

»Wenn der kleine Korporal[39] noch lebte«, rief der Offizier ihm zu, »hättest du das Kreuz und eine schöne Pension, denn du hast allen denen das Leben gerettet, die Epauletten tragen und die sich am 1. Oktober 1812[40] auf der andern Seite des Flusses befanden; aber, lieber Freund«, fügte der Major hinzu, als er absaß und ihm aus einer jähen Herzensregung heraus die Hand drückte, »ich bin nicht der Kriegsminister.«

Als der alte Pionier diese Worte vernahm, schüttete er sorgfältig die Asche aus seiner Pfeife, steckte sie weg, richtete sich auf und sagte mit geneigtem Kopf: »Ich habe nur meine Pflicht getan, Herr Offizier, aber die andern haben das mir gegenüber nicht getan. Sie haben mich nach meinen Ausweispapieren gefragt! ›Meine Ausweise . . .?‹ habe ich zu ihnen gesagt, ›aber die sind doch das neunundzwanzigste Bulletin.‹[41]«

»Es muß eine neue Eingabe gemacht werden, Kamerad. Mit ein bißchen Protektion wird dir heute unbedingt Gerechtigkeit.«

»Gerechtigkeit!« rief der alte Pionier in einem Tonfall, der den Arzt und den Major zusammenzucken ließ.

Es entstand ein kurzes Schweigen; die beiden Reiter sahen diesen Überrest der ehernen Soldaten an, die Napoleon aus drei Generationen ausgesondert hatte. Sicherlich war Gondrin ein schönes Beispiel jener unzerstörbaren Masse, die zugrunde ging, ohne zu zerbrechen. Der alte Mann war kaum fünf Fuß hoch, sein Oberkörper und seine Schultern waren außerordentlich breit; sein Gesicht war gegerbt, von Falten durchzogen, hohlwangig, aber muskulös; es hatte ein paar Spuren des Martialischen bewahrt. Alles an ihm war ungeschlacht; seine Stirn schien ein Steinblock zu sein; sein dünnes, graues Haar fiel schwächlich herab, als fehle es seinem müden Kopf schon an Lebenskraft; seine Arme waren wie seine Brust, die teilweise durch den Ausschnitt seines groben Hemds zu sehen war, mit Haaren bedeckt, und kündeten von ungemeiner Kraft. Kurzum, er stand auf seinen beinahe verbogenen Beinen da wie auf einer unerschütterlichen Basis.

»Gerechtigkeit!« wiederholte er. »Die gibt es für unsereinen nie! Wir haben keine Überbringer von Zahlungsaufforderungen, um das uns Geschuldete einzutreiben. Und da wir uns den Wanst vollschlagen müssen«, sagte er und klopfte sich auf den Magen, »haben wir keine Zeit zum Warten. Da nun aber die Redensarten der Leute, die ihr Leben damit hinbringen, daß sie in den Büros im Warmen sitzen, nicht den Nährwert von Gemüse haben, bin ich darauf angewiesen, meinen Sold vom Gemeingut zu erheben«, sagte er und schlug mit dem Spaten auf den Schmutz.

»Alter Kamerad, so kann das nicht weitergehen«, sagte Genestas. »Ich danke dir das Leben, und ich wäre undankbar, wenn ich dir nicht beistünde! Ich weiß noch genau, wie ich die Beresinabrücke überschritten habe, und ich kenne wackere Kerle, deren Erinnerung daran noch frisch ist und die mir behilflich sein werden, damit das Vaterland dich so belohnt, wie du es verdienst.«

»Dann wird es von Ihnen heißen, Sie seien Bonapartist! Mischen Sie sich da nicht hinein, Herr Offizier. Überdies geht es mit mir ja bald zu Ende, und ich habe mir hier mein Loch gemacht wie ein Blindgänger. Ich bin bloß nicht darauf gefaßt gewesen, wo ich doch auf Wüstenkamelen geritten bin und ein Glas Wein am großen Kamin des brennenden Moskau getrunken habe, daß ich unter den Bäumen sterben würde, die mein Vater gepflanzt hat«, sagte er und machte sich wieder an die Arbeit.

»Der arme Alte«, sagte Genestas. »An seiner Stelle würde ich es genauso machen wie er; wir haben unsern Vater nicht mehr. Monsieur«, sagte er zu Benassis, »die Resignation dieses Mannes macht mich tief traurig; er weiß nicht, welchen Anteil ich an ihm nehme, und wird glauben, ich sei einer der goldverbrämten Lumpen, die gegen das Elend der gemeinen Soldaten unempfindlich sind.« Er wandte sich unvermittelt um, ergriff den Pionier bei der Hand und schrie ihm ins Ohr: »Bei dem Ordenskreuz, das ich trage und das früher Ehre bedeutete, schwöre ich, alles zu tun, was zu unternehmen menschenmöglich ist, um für dich eine Pension durchzusetzen, und wenn ich zehn ministerielle Ablehnungen hinunterschlucken müßte, wende ich mich an den König, den Dauphin und wer weiß wen!«

Als der alte Gondrin diese Worte vernahm, zitterte er, sah Genestas an und fragte ihn: »Sind Sie denn auch mal Gemeinner gewesen?«

Der Major nickte. Auf dieses Zeichen hin wischte der Pionier sich die Hand ab, ergriff die Genestas', drückte sie herzlich und sagte: »Herr General, als ich damals ins Wasser gestiegen bin, habe ich der Armee das Almosen meines Lebens dargebracht, und dabei ist was 'rausgekommen, denn ich stehe ja noch auf meinen zwei Beinen. Wollen Sie die letzte Ursache von allem wissen? Also: Seit ›der andere‹[42] kaltgestellt worden ist, habe ich an nichts mehr Freude. Immerhin«, fügte er fröhlich hinzu und zeigte auf den Erdboden, »haben sie mir hier zwanzigtausend Francs angewiesen, und ich halte mich durch Teilzahlungen schadlos, wie jener andre gesagt hat!«

»Nun, Kamerad«, sagte Genestas, den die Erhabenheit dieses Verzichts erschütterte, »du sollst wenigstens das einzige haben, was dir zu schenken du mich nicht hindern kannst.«

Der Major schlug sich aufs Herz, blickte den Pionier kurz an, stieg wieder zu Pferde und ritt neben Benassis weiter.

»Solcherlei Grausamkeiten der Verwaltungsbehörden wiegeln die Armen zum Kriege gegen die Reichen auf«, sagte der Arzt. »Die Leute, denen augenblicklich die Macht anvertraut ist, haben niemals ernsthaft darüber nachgedacht, was sich aus einem Unrecht ergeben muß, das einem Mann aus dem Volk angetan worden ist. Ein Armer, der gezwungen ist, sich sein täglich Brot zu verdienen, kämpft nicht lange, das stimmt schon; aber er redet und findet ein Echo in allen leidenden Herzen. Ein einziges Unrecht vervielfacht sich durch die Zahl derjenigen, die sich in ihm getroffen fühlen. Diese Hefe gärt. Aber das ist noch gar nichts. Es ergibt sich daraus ein weit größeres Übel. Solcherlei Ungerechtigkeiten nähren im Volk einen dumpfen Haß gegen die sozial Höherstehenden. Der Bürger wird und bleibt der Feind des Armen, der ihn in Acht und Bann tut, ihn betrügt und bestiehlt. Für den Armen ist der Diebstahl weder ein Vergehen noch ein Verbrechen, sondern eine Rache. Wenn es sich darum handelt, den kleinen Leuten Gerechtigkeit zu bezeigen, und ein Verwaltungsbeamter mißhandelt sie und prellt sie um ihre erworbenen Rechte, wie können wir dann von Unglücklichen, die nichts zu essen haben, verlangen, daß sie sich in ihr Elend schicken und Achtung vor dem Eigentum haben...? Ich zittere vor Wut, wenn ich bedenke, daß ein Bürodiener, dessen ganze Arbeitsleistung im Abstauben von Akten besteht, die tausend Francs Pension bekommt, die Gondrin versprochen worden waren. Und dann werfen gewisse Leute, die niemals das Übermaß der Leiden haben beurteilen können, dem Volke sein Übermaß an Racheverlangen vor! Aber an dem Tag, da die Regierung mehr individuelles Unglück als Gedeihen verursacht hat, hängt ihr Sturz nur noch von einem Zufall ab; und durch ihren Sturz begleicht das Volk seine Rechnung auf seine Weise. Ein Staatsmann sollte sich die Armen stets zu den Füßen der Gerechtigkeit vorstellen; denn einzig für die Armen ist die Gerechtigkeit erfunden worden.«

Als sie wieder auf das Territorium des Fleckens gelangten, erblickte Benassis auf dem Weg zwei Passanten und sagte zu dem Major, der seit einer Weile sehr nachdenklich weitergeritten war: »Sie haben das mit Resignation getragene Elend eines Veteranen der Armee gesehen; jetzt sollen Sie dasjenige eines alten Ackerbauern kennenlernen. Da kommt ein Mann, der sein Leben lang für die andern gehackt, gepflügt, gesät und geerntet hat.«

Genestas gewahrte jetzt einen armen Greis, der zusammen mit einer alten Frau seines Weges ging. Der Mann schien an einem Hüftleiden zu kranken; er ging mühsam, die Füße in schlechten Holzschuhen. Auf der Schulter trug er einen Quersack, in dessen einer Tasche ein paar Werkzeuge schwankten, deren durch langen Gebrauch und Schweiß geschwärzte Stiele ein leichtes Geklapper vollführten; die hintere Tasche enthielt sein Brot, ein paar rohe Zwiebeln und Nüsse. Seine Beine schienen ganz krumm zu sein. Sein durch die gewohnte Arbeit gekrümmter Rücken zwang ihn, ganz gebückt zu gehen; daher stützte er sich, um sein Gleichgewicht zu bewahren, auf einen langen Stab. Sein schneeweißes Haar wogte unter einem schäbigen, von den Unbilden der Jahreszeiten verfärbten, mit weißem Zwirn zusammengenähten Hut hervor. Seine Kleidung aus grobem Leinen war an hundert Stellen geflickt und bot mannigfache Farbkontraste dar. Er war gewissermaßen eine menschliche Ruine, der nichts an den Eigenheiten fehlte, die Ruinen zu etwas so Ergreifendem machen. Seine Frau ging ein bißchen gerader als er, war gleichfalls in Lumpen gehüllt, hatte eine plumpe Haube auf dem Kopf und trug auf dem Rücken einen runden, abgeplatteten Tonkrug an einem durch die Henkel gezogenen Riemen. Als die beiden die Huftritte der Pferde hörten, hoben sie die Köpfe, erkannten Benassis und blieben stehen. Die beiden alten Leute, der eine lahm an allen Gliedern durch die Arbeit, die andere, seine treue Gefährtin, gleichermaßen verbraucht, hatten Gesichter, deren Züge durch die Falten ausgelöscht waren; die Haut war durch die Sonne geschwärzt und durch die rauhe Luft verhärtet; sie

483

anzusehen tat einem weh. Wäre ihre Lebensgeschichte nicht auf ihren Physiognomien eingemeißelt gewesen, so hätte ihre Haltung sie erraten lassen. Sie hatten beide unablässig gearbeitet und beide unablässig gelitten, da sie viel Leid und wenig Freuden miteinander geteilt hatten; sie schienen sich an ihr Unglück gewöhnt zu haben, wie der Gefangene sich an seinen Kerker gewöhnt; an ihnen war alles Schlichtheit. Ihre Gesichter ermangelten nicht einer gewissen heiteren Offenheit. Wenn man sie genauer musterte, mutete ihr einförmiges Leben, das Los so vieler armer Menschenwesen, fast beneidenswert an. Man gewahrte an ihnen zwar Spuren von Schmerz, aber nicht von Kummer.

»Na, mein wackerer Papa Moreau, wollen Sie denn unbedingt immer noch arbeiten?«

»Ja, Monsieur Benassis. Ich will Ihnen noch ein Stück Heideland oder zwei urbar machen, ehe ich abkratze«, antwortete der alte Mann heiter, und seine kleinen schwarzen Augen belebten sich.

»Trägt Ihre Frau da Wein? Wenn Sie sich schon nicht ausruhen wollen, müssen Sie doch wenigstens Wein trinken.«

»Mich ausruhen? Das langweilt mich. Wenn ich in der Sonne bin und den Boden urbar mache, dann erfrischen mich die Sonne und die Luft. Was nun den Wein betrifft, ja, da ist Wein drin, und ich weiß genau, wir danken es Ihnen, daß wir ihn vom Herrn Bürgermeister von Courteil fast umsonst bekommen haben. Haha, Sie können es noch so listig anfangen, man kommt Ihnen dennoch auf die Schliche.«

»Na, dann also adieu, Mutter. Ihr geht doch heute wohl auf das Landstück am Champferlu?«

»Ja, wir haben gestern abend damit angefangen.«

»Na, dann nur munter!« sagte Benassis. »Ihr müßt doch dann und wann recht zufrieden sein, wenn ihr zu dem Berg hinüberseht, den ihr fast ganz allein urbar gemacht habt.«

»Freilich, ja«, antwortete die Alte, »das ist unser Werk! Wir haben wohl das Recht erworben, unser Brot zu essen.«

»Da sehen Sie«, sagte Benassis zu Genestas, »die Arbeit, den Boden, den sie bebauen, stellen das Staatsschuldbuch der Armen dar. Dieser wackere Mann würde sich für entehrt halten, wenn er ins Krankenhaus gehen oder betteln müßte; er will mit der

Hacke in der Hand sterben, mitten auf dem Feld, in der Sonne.
Weiß Gott, er hat einen stolzen Mut! Da er von je hat arbeiten
müssen, ist die Arbeit sein Leben geworden; aber er hat auch
keine Angst vor dem Tode! Er ist ein tiefer Philosoph, ohne es
zu ahnen. Dieser alte Papa Moreau hat mich auf den Gedanken
gebracht, hier im Distrikt ein Heim für die Landarbeiter, für die
Handwerker, kurz, für die Leute auf dem Lande zu gründen,
die, nachdem sie ihr ganzes Leben lang gearbeitet haben, in ein
ehrenhaftes, armes Alter gelangen. Ich habe nicht mit dem Vermögen gerechnet, das ich mir erworben habe und das für mich
persönlich unnütz ist. Ein Mann, der von der Höhe seiner Hoffnungen herabgestürzt ist, braucht wenig. Nur das Leben der
Müßiggänger ist kostspielig, vielleicht ist es sogar ein Diebstahl
an der Gesellschaft, wenn man verbraucht, ohne zu produzieren.
Als Napoleon von den Diskussionen hörte, die nach seinem Sturz
über seine Pension geführt wurden, hat er gesagt, er brauche nur
ein Pferd und einen Taler pro Tag. Als ich hierher kam, hatte
ich auf Geld verzichtet. Seither habe ich erkannt, daß das Geld
Fähigkeiten besitzt und zu etwas Notwendigem wird, wenn man
Gutes tun will. Ich habe also testamentarisch mein Haus zur
Gründung eines Heims zur Verfügung gestellt, in dem obdach-
lose, unglückliche alte Leute, die weniger stolz sind als Moreau,
ihre alten Tage verleben können. Ferner soll ein gewisser Teil
der neuntausend Francs, die mir mein Landbesitz und meine
Mühle einbringen, dazu verwandt werden, in allzu kalten Win-
tern wahrhaft Bedürftigen häusliche Hilfe zu spenden. Diese
Einrichtung wird der Aufsicht durch den Gemeinderat unterstellt, zu dem der Pfarrer als Vorsitzender hinzutritt. Auf diese
Weise wird das Vermögen, das der Zufall mich in diesem Distrikt hat finden lassen, darin verbleiben. Die Statuten dieser
Institution sind in meinem Testament aufgezeichnet; es würde
langweilig sein, wollte ich sie Ihnen berichten; es genügt, wenn
ich Ihnen sage, daß ich an alles gedacht habe. Ich habe sogar
einen Reservefonds geschaffen, der es der Gemeinde eines Tages
ermöglichen soll, Stipendien für Kinder auszusetzen, die zu
Hoffnungen in den Künsten und Wissenschaften Anlaß geben.
So wird sogar nach meinem Tod mein Kulturwerk fortdauern.
Sie müssen wissen, Rittmeister Bluteau, wenn man erst einmal

485

mit einer Aufgabe angefangen hat, dann ist etwas in uns, das uns dazu antreibt, sie nicht unvollendet zu lassen. Dieses Verlangen nach Ordnung und Vollkommenheit ist eins der deutlichsten Zeichen für etwas Künftiges. Aber jetzt müssen wir uns beeilen, ich muß meinen Rundgang zu Ende führen, und ich habe noch fünf oder sechs Krankenbesuche zu machen.«

Nachdem sie eine Zeitlang weitergetrabt waren, sagte Benassis lachend zu seinem Gefährten: »Aber, Rittmeister Bluteau, Sie lassen mich schwatzen wie eine Elster, und aus Ihrem Leben, das merkwürdig sein muß, erzählen Sie mir nichts! Ein Soldat Ihres Alters hat zuviel erlebt, um nicht mehr als nur *ein* Abenteuer berichten zu können.«

»Ach«, antwortete Genestas, »mein Leben ist das Leben der Armee. Alle Offiziersgesichter ähneln einander. Da ich nie ein höheres Kommando und immer nur einen Rang gehabt habe, bei dem man Säbelhiebe empfängt oder austeilt, habe ich getan wie alle anderen auch. Ich bin dorthin gegangen, wohin Napoleon uns geführt hat, und ich habe mich bei allen Schlachten, bei denen die Kaiserliche Garde mitgekämpft hat, in der Feuerlinie befunden. Das alles sind gut bekannte Geschehnisse. Sich um seine Pferde kümmern, manchmal Hunger und Durst leiden, kämpfen, wenn es sein muß: Da haben Sie das ganze Soldatenleben. Ist es nicht denkbar einfach? Es gibt Schlachten, die für unsereinen ganz und gar darin bestehen, daß ein Pferd sein Eisen verliert und uns in eine üble Lage bringt. Alles in allem habe ich so viele Länder gesehen, daß ich mich daran gewöhnt habe, welche zu sehen, und so viele Tote, daß ich dazu gelangt bin, mein eigenes Leben für nichts zu erachten.«

»Aber Sie müssen doch in gewissen Momenten in Lebensgefahr gewesen sein, und wenn Sie von diesen persönlichen Gefahrenmomenten erzählten, müßte das sehr seltsam sein.«

»Vielleicht«, antwortete der Major.

»Dann sagen Sie mir, was Sie am tiefsten erschüttert hat. Scheuen Sie sich nicht, nur zu! Ich bin überzeugt, daß es Ihnen nicht an Bescheidenheit fehlt, auch wenn Sie mir von irgendeiner Heldentat berichten würden. Wenn jemand ganz sicher ist, von denjenigen, denen er sich anvertraut, verstanden zu

486

werden, müßte er dann nicht eine gewisse Freude empfinden, wenn er sagt: ›Das habe ich getan‹?«

»Gut, dann will ich Ihnen ein besonderes Begebnis erzählen, das mir bisweilen Gewissensbisse verursacht. In den fünfzehn Jahren der Kämpfe ist es mir kein einziges Mal widerfahren, außer im Fall berechtigter Selbstverteidigung, einen Menschen zu töten. Wir sind aufmarschiert, wir attackieren; wenn wir die, die vor uns stehen, nicht zurückwerfen, bitten sie uns nicht erst um die Erlaubnis, uns zur Ader zu lassen; also muß man töten, um nicht selber draufzugehen; das Gewissen bleibt ruhig. Aber einmal habe ich bei einer ganz besonderen Gelegenheit dennoch einen Kameraden ins Jenseits befördern müssen. Wenn ich darüber nachdenke, tut die Sache mir leid, und manchmal habe ich die Grimasse des Mannes vor Augen. Sie sollen sich selber ein Urteil bilden . . . Es war während des Rückzugs von Moskau. Wir wirkten eher wie eine Herde abgetriebener Ochsen denn wie die Große Armee. Gute Nacht, Disziplin und Fahnen! Jeder war sich selbst der Nächste, und der Kaiser, das kann man schon sagen, hat damals gewußt, wo seine Macht endete. Bei der Ankunft in Studzianka, einem kleinen Dorf jenseits der Beresina, fanden wir Scheunen und Hütten zum Abbrechen vor, und Mieten mit Kartoffeln und Rüben. Eine Zeitlang hatten wir weder Häuser noch Eßbares gefunden; die Armen hatten sich gütlich getan. Wie Sie sich denken können, haben die zuerst Gekommenen alles weggegessen. Ich kam als einer der letzten. Glücklicherweise war ich genauso müde wie hungrig. Ich machte eine Scheune ausfindig, ging hinein, sah darin an die zwanzig Generale, höhere Offiziere, alles, ohne sie besonders herausstreichen zu wollen, Männer, die viel geleistet haben: Junot[43], Narbonne[44], der Adjutant des Kaisers, kurzum, alle großen Tiere der Armee. Es waren auch gemeine Soldaten darunter, und sie hätten ihr Strohlager keinem Marschall von Frankreich abgetreten. Aus Platzmangel schliefen die einen im Stehen, an die Mauer gelehnt, die andern lagen auf der Erde, eng aneinandergedrängt, um warm zu bleiben, und ich suchte vergebens nach einem Eckchen, wo ich mich hinsetzen konnte. Als ich über diesen Bodenbelag von Männern hinwegstelzte, schimpften die einen, die andern sagten nichts, aber keiner rückte ein bißchen beiseite. Sie wären nicht mal beiseite gerückt, um einer Kugel auszuweichen; aber es war ja da auch keiner verpflichtet, den Regeln einfacher, anständiger Höflichkeit zu folgen. Schließlich gewahrte ich ganz hinten in der Scheune etwas wie ein im Innern angebrachtes Dach; da hinaufzusteigen, darauf war keiner gekommen, oder er hatte nicht mehr die Kraft aufgebracht; ich kletterte hinauf, machte es mir bequem, und als ich der Länge nach ausgestreckt lag, sehe ich mir die Männer an, die daliegen wie Kälber. Der traurige Anblick hat mich fast zum Lachen gebracht. Die einen knabberten an gefrorenen Karotten und bezeigten dabei etwas wie eine tierische Lust, und in schäbige Schals gewickelte Generale schnarchten, daß sich die Balken bogen. Ein angezündeter Kienspan erhellte die Scheune; hätte er sie in Brand gesetzt, wäre keiner aufgestanden, um zu löschen. Ich legte mich auf den Rücken, und vor dem Einschlafen richtete ich selbstverständlich den Blick nach oben und sah, wie der Hauptbalken, auf dem das ganze Dach ruhte und der die Sparren hielt, eine leichte Bewegung von Osten nach Westen vollführte. Dieser verdammte Balken tanzte ganz nett. »Meine Herren«, sagte ich zu den andern, »draußen ist ein Kamerad, der sich auf unsere Kosten wärmen will.« Der Balken mußte bald herabfallen. »Meine Herren, meine Herren, wir sind in Lebensgefahr, sehen Sie doch bloß mal den Balken!« rufe ich noch einmal, und zwar so laut, daß meine Schlafkameraden aufwachen mußten. Sie haben sich zwar den Balken angesehen, aber die, die geschlafen hatten, haben weitergeschlafen, und die, die aßen, haben mir nicht mal geantwortet. Als ich das sah, mußte ich meinen Platz verlassen, auf die Gefahr hin, daß er mir weggenommen wurde, denn es handelte sich darum, diesen Haufen von Berühmtheiten zu retten. Ich ging also hinaus, um die Scheune herum, und sah einen langen Teufel von Württemberger mit einer gewissen Begeisterung an dem Balken zerren. – ›Hallo! Hallo!‹ sagte ich zu ihm und gab ihm zu verstehen, daß er mit seinem Tun aufhören sollte. – ›Geh mir aus dem Gesicht, oder ich schlag dich tot!‹[45] rief er. – ›Na, schön!‹ Ich nahm sein Gewehr, das er am Boden hatte liegen lassen, schlug ihm den Schädel ein, ging wieder hinein und legte mich schlafen. Das ist die Geschichte.«

»Aber das war doch ein Fall von Notwehr gegen einen einzelnen um vieler willen; also haben Sie sich nichts vorzuwerfen«, sagte Benassis.

»Die andern«, fuhr Genestas fort, »haben geglaubt, ich sei durchgedreht; aber ob durchgedreht oder nicht, viele dieser Leute leben heute behaglich in schönen Stadtpalais, ohne daß ihnen das Herz von Dankbarkeitsgefühlen bedrückt wird.«

»Dann hätten Sie also das Gute nur getan, um die exorbitanten Zinsen einzustreichen, die man Dankbarkeit nennt?« fragte Benassis lachend. »Das wäre Wucher gewesen.«

»Ach, ich weiß ganz gut«, antwortete Genestas, »daß das Verdienstliche einer guten Tat bei dem geringsten Nutzen, den man daraus zieht, zunichte wird; allein schon sie zu erzählen bedeutet, daß man sich eine Rente an Selbstgefühl verschafft, die die Dankbarkeit aufwiegt. Aber wenn der anständige Mensch immer schwiege, würde der Verpflichtete kaum je von der Guttat sprechen. Nach Ihrem System bedarf das Volk der Beispiele; wo könnte man bei diesem allgemeinen Schweigen welche finden? Und noch etwas! Wenn unser armer Pionier, der die französische Armee gerettet und nie Gelegenheit gefunden hat, mit Nutzen davon zu reden, nicht die Kraft seiner Arme behalten hätte, würde sein gutes Gewissen ihm dann Brot schaffen . . .? Darauf antworten Sie mir mal, Sie Philosoph!«

»Vielleicht gibt es in der Moral nichts Absolutes«, antwortete Benassis. »Aber das ist ein gefährlicher Gedanke; er läßt den Egoismus die Gewissensfälle zum Nutzen des persönlichen Interesses interpretieren. Passen Sie mal auf, Herr Rittmeister: Ist der Mensch, der den Prinzipien der Moral strikt folgt, nicht größer als der, der davon abweicht, wenn auch aus Notwendigkeit? Ist unser verkrümmter, dem Hungertode naher Pionier nicht genauso erhaben wie Homer? Das menschliche Leben ist wohl eine letzte Prüfung für die Tugend wie für das Genie, die beide von einer besseren Welt gefordert werden. Tugend und Genie dünken mich die beiden schönsten Formen der völligen und beständigen Hingabe, die Jesus Christus die Menschen gelehrt hat. Das Genie bleibt arm, währen es die Welt erleuchtet; die Tugend bewahrt Schweigen, während sie sich für das Gemeinwohl opfert.«

»Einverstanden«, sagte Genestas, »aber die Erde wird von Menschen und nicht von Engeln bewohnt; wir sind nicht vollkommen.«

»Sie haben recht«, sagte Benassis. »Ich für mein Teil habe wacker die Fähigkeit, Fehler zu begehen, mißbraucht. Aber müßten wir nicht nach der Vollkommenheit streben? Ist die Tugend für die Seele nicht ein schönes Ideal, das immerfort wie ein himmlisches Vorbild betrachtet werden muß?«

»Amen«, sagte der Offizier. »Zugegeben, der tugendhafte Mensch ist etwas Schönes; aber Sie müssen auch einräumen, daß die Tugend eine Gottheit ist, die sich ein bißchen Gesprächigkeit in allen Ehren herausnehmen darf?«

»Ach!« sagte der Arzt mit einem gewissen Lächeln voll bitterer Melancholie, »Sie haben die Nachsicht derer, die mit sich selbst in Frieden leben, wogegen ich streng bin wie jemand, der in seinem Leben nur zu gut die Flecken sieht, die er auszulöschen hat.«

Die beiden Reiter waren bei einer Hütte angelangt, die am Ufer des Gebirgsbachs lag. Der Arzt ging hinein. Genestas blieb an der Tür stehen und betrachtete abwechselnd das Schauspiel, das die frische Landschaft und das das Innere der Hütte ihm boten, in der ein Mann im Bett lag. Als Benassis seinen Patienten untersucht hatte, rief er plötzlich: »Ich kann mir das Kommen ersparen, gute Frau, wenn Sie nicht tun, was ich verordne. Sie haben Ihrem Mann Brot gegeben; wollen Sie ihn denn umbringen? Zum Donnerwetter noch mal! Wenn Sie ihn jetzt was anderes zu sich nehmen lassen als seinen Queckenaufguß, dann betrete ich Ihr Haus nicht wieder, und Sie können sich einen Arzt herholen, wo Sie wollen.«

»Aber lieber Monsieur Benassis, der arme Alte hat doch vor Hunger geweint, und wenn ein Mann seit vierzehn Tagen nichts in den Magen bekommen hat . . .«

»Wollen Sie jetzt auf mich hören oder nicht? Wenn Sie Ihren Mann einen einzigen Happen Brot essen lassen, ehe ich ihm erlaube, etwas zu sich zu nehmen, dann bringen Sie ihn um; haben Sie mich verstanden?«

»Er soll nichts, aber auch gar nichts bekommen, lieber Herr. Geht es ihm denn besser?« fragte sie und ging dem Arzt nach.

»Unsinn! Sie haben seinen Zustand verschlimmert, weil Sie ihm etwas zu essen gegeben haben. Kann ich Ihnen denn nicht verständlich machen, Sie Spatzengehirn, daß man Leuten, die eine Diät halten müssen, nichts zu essen geben darf? Die Bauern sind unverbesserlich!« wandte Benassis sich an den Offizier. »Wenn ein Kranker mal ein paar Tage lang nichts zu sich nimmt, glauben sie, er müsse sterben, und stopfen ihn mit Suppe oder Wein voll. Diese unselige Frau da hätte ums Haar ihren Mann umgebracht.«

»Meinen Mann umgebracht mit einem Stückchen in Wein getauchtes Brot!«

»Ganz bestimmt, gute Frau. Es wundert mich, daß er nach dem Stück in Wein getauchtes Brot, das Sie ihn haben schlucken lassen, überhaupt noch am Leben ist. Vergessen Sie nicht, genau zu befolgen, was ich Ihnen sage.«

»Ach, lieber Herr, lieber wollte ich selber sterben, als dagegen verstoßen.«

»Na schön, ich werde ja sehen. Morgen abend komme ich wieder und lasse ihn zur Ader.«

»Wir wollen zu Fuß am Bach entlanggehen«, sagte Benassis zu Genestas, »von hier bis zu dem Haus, in das ich mich begeben muß, gibt es keinen Weg, der für Pferde passierbar wäre Der kleine Junge dieses Mannes wird auf unsere Pferde aufpassen. – Bewundern Sie ein bißchen unser hübsches Tal«, fuhr er fort, »ist es nicht wie ein englischer Park? Wir gehen jetzt zu einem Arbeiter, der untröstlich über den Tod eines seiner Kinder ist. Sein Ältester, obwohl noch ganz jung, hat bei der letzten Ernte arbeiten wollen wie ein Mann; der arme Junge hat seine Kräfte überfordert und ist gegen Herbstende an Entkräftung gestorben. Ich erlebe es zum erstenmal, daß das Vatergefühl so entwickelt ist. Für gewöhnlich bedauern die Bauern beim Tod ihrer Kinder nur den Verlust von etwas Nützlichem, das einen Teil ihres Vermögens ausgemacht hat; die Trauer richtet sich nach dem Alter. Wenn ein Sohn erwachsen ist, wird er für seinen Vater zum Kapital. Aber dieser arme Mann hat seinen Sohn wirklich liebgehabt. – ›Ich komme über diesen Verlust nicht hinweg!‹ hat er mir eines Tages gesagt, als ich ihn reglos auf einer Wiese stehen sah; er hatte seine Arbeit vergessen,

stützte sich auf seine Sense und hielt in der Hand seinen Wetz-
stein, den er sich gelangt hatte, um sich seiner zu bedienen, aber
er benutzte ihn nicht. Seither hat er mir nichts wieder über seinen Kummer gesagt; aber er ist schweigsam geworden und leidet. Und nun ist eins seiner kleinen Mädchen erkrankt . . .«

Im Plaudern waren Benassis und sein Gast bei einem Häuschen angelangt, das auf dem Damm einer Lohmühle lag. Dort
erblickten sie unter einem Weidenbaum einen etwa vierzig-
jährigen Mann, der dastand und mit Knoblauch eingeriebenes
Brot aß.

»Na, Gasnier, geht's der Kleinen besser?«

»Ich weiß nicht«, sagte er mit düsterer Miene, »Sie werden
schon sehen, meine Frau ist bei ihr. Ich fürchte, trotz Ihrer Bemühungen, daß der Tod bei mir eingezogen ist und mir alles
wegnehmen will.«

»Der Tod quartiert sich bei niemandem ein, Gasnier; dazu
hat er keine Zeit. Sie dürfen den Mut nicht verlieren.«

Gefolgt von dem Vater trat Benassis ins Haus. Eine halbe
Stunde danach kam er zusammen mit der Mutter wieder heraus; er sagte zu ihr: »Seien Sie unbesorgt, tun Sie, was zu
tun ich Ihnen angeraten habe, dann kommt sie durch.«

»Wenn dies alles Sie langweilt«, sagte er später zu dem Offizier, als sie wieder aufsaßen, »könnte ich Sie auf den Weg zum
Flecken führen, und Sie könnten heimreiten.«

»Nein, wahrhaftig, ich langweile mich nicht.«

»Aber Sie werden überall nur Hütten zu sehen bekommen,
die eine wie die andre sind; dem Anschein nach ist nichts mono-
toner als das Land.«

»Nur weiter«, sagte der Offizier.

Ein paar Stunden lang ritten sie so durchs Land; sie durchquerten den Distrikt in seiner ganzen Breite, und gegen Abend
gelangten sie in den Teil, der an den Flecken grenzte.

»Ich muß jetzt nach dort hinunter«, sagte der Arzt zu Genestas und deutete auf eine Stelle, wo sich Ulmen erhoben. »Diese
Bäume sind vielleicht zweihundert Jahre alt«, fügte er hinzu.
»Da wohnt nämlich die Frau, um derentwillen gestern, als wir
beim Abendessen saßen, ein Junge mich geholt und gesagt hat,
sie sei ganz weiß geworden.«

»War es gefährlich?«

»Nein«, sagte Benassis, »Begleiterscheinung der Schwangerschaft. Die Frau ist im letzten Monat. In diesem Zustand bekommen manche Frauen Spasmen. Auf jeden Fall will ich aus Vorsicht hingehen und nachschauen, ob nichts Beunruhigendes eingetreten ist; ich selber will die Frau entbinden. Übrigens kann ich Ihnen da einen unserer neuen Industriezweige zeigen, eine Ziegelei. Der Weg ist gut, wollen Sie galoppieren?«

»Kann Ihr Pferd auch mitkommen?« fragte Genestas und rief dem seinen zu: »Hopp, Neptun!«

Im Handumdrehen war der Offizier hundert Schritt voraus und verschwand in einer Staubwolke; aber ungeachtet der Schnelligkeit seines Pferdes hörte er den Arzt stets neben sich. Benassis sagte seinem Pferd etwas und überholte den Major, der erst an der Ziegelei wieder zu ihm stieß, als der Arzt gerade dabei war, sein Pferd in aller Ruhe an einen Zaunpfahl zu binden.

»Hol' Sie der Teufel!« rief Genestas und betrachtete das Pferd, das weder schwitzte noch schnaufte. »Was für ein Pferd haben Sie denn da?«

»Haha!« antwortete lachend der Arzt, »Sie haben es sicher für einen Schinder gehalten. Für den Augenblick würde uns die Geschichte dieses schönen Tiers zuviel Zeit wegnehmen; es möge Ihnen genügen, zu erfahren, daß Rustan[46] ein echter Berber aus dem Atlasgebirge ist. Ein Berber ist einem Araberpferd gleichwertig. Meiner steigt im gestreckten Galopp die Berge hinauf, ohne daß ihm das Fell feucht wird, und trabt sicheren Fußes an Abgründen entlang. Er ist übrigens ein wohlverdientes Geschenk. Ein Vater hat geglaubt, mir so das Leben seiner Tochter bezahlen zu können, einer der reichsten Erbinnen Europas, die ich dem Tode nah an der Landstraße nach Savoyen fand. Wenn ich Ihnen sagte, wie ich diese junge Dame geheilt habe, würden Sie mich für einen Scharlatan halten. Doch da höre ich Pferdeschellen und das Geräusch eines Karrenwagens auf dem Weg; wollen mal sehen, ob es nicht zufällig Vigneau selber ist; schauen Sie sich den Mann gut an.«

Bald gewahrte der Offizier vier riesige Pferde, die aufgeputzt waren wie diejenigen der reichsten Landwirte der Brie. Die

Wollquasten, die Schellen, das Lederzeug waren von imponierender Sauberkeit. Auf dem geräumigen, blau getünchten Wagen saß ein pausbäckiger, sonnenverbrannter junger Mensch, pfiff vor sich hin und hielt seine Peitsche wie eine Flinte.

»Nein, es ist nur der Fuhrknecht«, sagte Benassis. »Staunen Sie nur, wie der industrielle Wohlstand des Besitzers sich in allem widerspiegelt, sogar in der Kleidung dieses Kutschers! Ist das nicht ein Anzeichen geschäftlicher Intelligenz, wie es in dieser ländlichen Weltverlorenheit selten ist?«

»Ja, ja, all das scheint sehr gut zurechtgemacht zu sein«, entgegnete der Offizier.

»Na, also! Vigneau besitzt zwei ähnliche Fuhrwerke. Außerdem hat er noch einen kleinen Wagen, mit dem er seine Geschäftsfahrten macht, denn sein Handel erstreckt sich jetzt sehr weit, und dabei hat der Mann noch vor vier Jahren nicht das mindeste besessen; nein, das stimmt nicht, er hatte Schulden. Aber lassen Sie uns hineingehen.«

»Mein Junge«, sagte Benassis zu dem Fuhrknecht, »Madame Vigneau ist doch sicher daheim?«

»Im Garten ist sie; ich habe sie eben über die Hecke hinweg gesehen; ich will ihr sagen, Sie seien da.«

Genestas folgte Benassis, der ihn über einen ausgedehnten, von Hecken eingefriedigten Platz führte. In einer Ecke lagen Haufen von weißer Erde und Ton für die Fabrikation von Ziegeln und Fliesen; auf einer andern Seite erhoben sich Stapel von Heidekrautreisig und Holz zum Heizen des Brennofens; noch weiter, auf einer von Flechtwerk umgebenen Tenne, zerschlugen Arbeiter weiße Steine oder richteten Ziegelerde her; gegenüber dem Eingang, unter den großen Ulmen, befand sich die Herstellungsstätte für runde und viereckige Ziegel, ein großer Raum im Grünen, an den sich die Dächer der Trockenanlage anschlossen; daneben sah man den Brennofen und dessen tiefe Öffnung, die langen Schaufeln, den schwarzen Hohlweg. Parallel zu diesen Bauten stand ein Gebäude von ziemlich kärglichem Aussehen, das der Familie als Wohnung diente, und neben dem auch der Wagenschuppen, die Pferde- und Kuhställe sowie auch die Scheune ihren Platz gefunden hatten. Auf dem weiten Platz tummelten sich Geflügel und Schweine. Die Sauberkeit,

die in den mannigfachen Anlagen herrschte, und ihr guter Zustand zeugten von dem wachsamen Auge des Besitzers.

»Vigneaus Vorgänger«, sagte Benassis, »war ein Unglücks-
mensch, ein Nichtstuer, der am liebsten immer nur trank. Als
früherer Arbeiter verstand er sich darauf, seinen Brennofen
zu heizen und seine Formen zu bezahlen; übrigens besaß er
weder Tätigkeitsdrang noch Geschäftsgeist. Wenn man seine
Ware nicht abholte, blieb sie einfach liegen, verrottete und verkam. So ist er denn auch Hungers gestorben. Seine Frau, die er
durch schlechte Behandlung fast schwachsinnig gemacht hatte,
versank im Elend. Diese Faulheit, diese unverbesserliche Blödheit
gingen mir dermaßen zu Herzen und der Anblick dieser Fabrik
war mir so widerwärtig, daß ich es vermied, hier vorbeizureiten.
Zum Glück waren der Mann und die Frau beide alt. Eines schönen Tages erlitt der Ziegelbrenner einen Schlaganfall, und ich
ich ließ ihn sofort nach Grenoble ins Krankenhaus bringen. Der
Besitzer der Ziegelei erklärte sich ohne Widerrede bereit, sie in
dem Zustand zu übernehmen, in dem sie sich befand, und ich
machte mich auf die Suche nach neuen Pächtern, die an den
Verbesserungen mitwirken konnten, die ich in allen Gewerbe-
betrieben des Distrikts durchführen wollte. Der Mann einer
Zofe der Madame Gravier, ein Handwerker, der bei einem
Töpfer arbeitete und nur sehr wenig Geld verdiente und seine
Familie nicht unterstützen konnte, hörte auf meinen Rat. Dieser Mann brachte den Mut auf, unsere Ziegelei zu pachten, ohne
einen roten Heller zu besitzen. Er ließ sich hier nieder, lehrte
seine Frau, die alte Mutter seiner Frau und seine Mutter, Ziegel
zu streichen, und machte sie zu seinen Arbeitern. Ich weiß
wahrhaftig nicht, wie sie durchgekommen sind. Möglicherweise
hat sich Vigneau das Holz zum Heizen seines Ofens geliehen;
er hat wohl auch seinen Werkstoff bei Nacht körbeweise heran-
geholt und ihn bei Tage bearbeitet; kurzum, er hat in aller
Heimlichkeit eine grenzenlose Energie entfaltet, und die beiden
alten, zerlumpten Frauen haben geschuftet wie Neger. Auf
diese Weise hat Vigneau ein paar Öfen voll brennen können
und hat Brot gegessen, das mit dem Schweiße seines ganzen
Hausstands teuer bezahlt worden war; aber er hat durchgehalten. Sein Mut, seine Geduld, seine Leistungen lenkten die Blicke

vieler Leute auf ihn; er wurde bekannt. Er war unermüdlich; morgens fuhr er nach Grenoble, verkaufte dort seine Ziegel und seine Backsteine; dann kam er gegen Mittag wieder heim und fuhr am Abend nochmals in die Stadt; er schien sich zu vervielfachen. Gegen Ende des ersten Jahrs stellte er zwei kleine Jungen als Hilfskräfte an. Als ich das sah, lieh ich ihm einiges Geld. Na, und von Jahr zu Jahr hat sich das Los dieser Familie dann gebessert. Vom zweiten Jahr an brauchten die beiden alten Mütter keine Backsteine mehr zu formen und keine Steine mehr zu zerkleinern; sie bestellten jetzt kleine Gärten, kochten das Essen, flickten die Kleider, spannen abends und sammelten tagsüber Holz. Die junge Frau, die lesen und schreiben kann, übernahm die Buchführung. Vigneau hatte ein kleines Pferd, um in die Umgebung zu fahren und sich Kunden zu suchen; dann beschäftigte er sich gründlich mit der Kunst des Ziegelbrennens, fand Mittel und Wege zur Herstellung schöner, weißer Fliesen und verkaufte sie unter dem Marktpreis. Im dritten Jahr hatte er bereits einen Karrenwagen und zwei Pferde. Als er das erstemal anspannte, wirkte seine Frau beinah elegant. Alles in seinem Haushalt stand im Einklang mit dem, was er verdiente, und immer legte er Wert auf Ordnung, Sparsamkeit und Sauberkeit, die Haupterzeuger seines kleinen Vermögens. Endlich konnte er sechs Arbeiter anstellen und sie gut bezahlen. Er hatte einen Fuhrknecht und brachte daheim alles in guten Stand; kurz und gut, allmählich ist er, da er sich weiterbildete und sich auf seine Arbeit und seinen Handel verstand, zu Wohlstand gelangt. Im letzten Jahr hat er die Ziegelei gekauft; nächstes Jahr baut er sich ein neues Haus. Jetzt sind diese wackeren Leute gesund und munter und gut gekleidet. Die magere, blasse Frau, die anfangs die Sorgen und Ängste ihres Mannes hatte teilen müssen, ist wieder mollig, frisch und hübsch geworden. Die beiden alten Mütter sind überglücklich und erledigen den Kleinkram im Haus und im Handel. Die Arbeit hat Geld erzeugt, und das Geld dadurch, daß es innere Ruhe verschaffte, hat Gesundheit, Überfluß und Freude erzeugt. Wahrhaftig, dieser Haushalt ist für mich die lebendige Geschichte meiner Gemeinde und die der jungen Handelsstaaten. Diese Ziegelei hier, die ich früher als so trübselig, leer, unsauber und unproduktiv erlebt hatte, ist jetzt in vollem Betrieb, hat eine gute Belegschaft, ist lebendig, reich und wohlversorgt. Dort liegen für ein schönes Stück Geld Holz und alle für die Arbeit der Jahreszeit erforderlichen Materialien; Sie wissen ja wohl, daß Ziegel nur während einer bestimmten Zeit des Jahres fabriziert werden. Kann man an dieser Tatkraft nicht seine Freude haben? Mein Ziegelbrenner hat an allen Bauten des Fleckens mitgearbeitet. Er ist immer wachäugig gewesen, immer auf den Beinen, immer tätig; die Leute des Distrikts nennen ihn ›den Unersättlichen‹.«

Kaum hatte Benassis diese Worte zu Ende gesprochen, als eine junge, gutgekleidete Frau mit einer hübschen Haube, weißen Strümpfen, einer seidenen Schürze, einem rosa Kleid, welche Tracht ein wenig an ihren früheren Zofenstand erinnerte, die zum Garten führende Gittertür öffnete und so schnell, wie ihr Zustand es erlaubte, herankam; aber die beiden Reiter gingen ihr entgegen. Madame Vigneau war tatsächlich eine hübsche, ziemlich mollige Frau mit sonnenverbranntem Gesicht, dessen Haut einmal weiß gewesen sein mußte. Obgleich auf ihrer Stirn ein paar Falten zurückgeblieben waren, Spuren vergangener Not, hatte sie glückliche, zuvorkommende Züge.

»Monsieur Benassis«, sagte sie mit verschmitzter Miene, als sie ihn anhalten sah, »wollen Sie mir nicht die Ehre erweisen, sich ein Weilchen bei uns zu verschnaufen?«

»Sehr gern«, antwortete er. »Gehn Sie voran, Herr Rittmeister.«

»Den Herren muß es recht warm sein! Wollen Sie ein bißchen Milch oder Wein? Monsieur Benassis, kosten Sie doch den Wein, den mein Mann so nett gewesen ist, für meine Niederkunft zu beschaffen. Sie müssen mir sagen, ob er gut ist.«

»Sie haben einen braven Mann.«

»Ja«, sagte sie ruhig und wandte sich um, »ich bin reich gesegnet worden.«

»Wir möchten nichts zu uns nehmen, Madame Vigneau; ich bin nur hergekommen, um mich zu überzeugen, ob Ihnen nichts zugestoßen ist.«

»Nichts«, sagte sie. »Sie sehen ja, ich war im Garten beim Umgraben, um etwas zu tun.«

497

In diesem Augenblick kamen die beiden Mütter, um Benassis zu sehen, und der Fuhrknecht blieb mitten im Hof stehen, an einer Stelle, die es ihm ermöglichte, den Arzt anzuschauen.

»Nun, geben Sie mir die Hand«, sagte Benassis zu Madame Vigneau.

Mit gewissenhafter Aufmerksamkeit fühlte er den Puls der jungen Frau, konzentrierte sich dabei und schwieg. Währenddessen musterten die drei Frauen den Major mit der naiven Neugierde, die die Landleute zu bekunden sich nicht scheuen.

»Bestens!« rief der Arzt fröhlich.

»Kommt sie bald nieder?« riefen die beiden Mütter.

»Na, sicher diese Woche. Ist Vigneau unterwegs?« fragte er nach einer Pause.

»Ja«, antwortete die junge Frau. »Er beeilt sich mit dem Abschluß seiner Geschäfte, damit er während meiner Niederkunft daheimbleiben kann, der liebe Mann.«

»Na, Kinder, dann nur zu, auch weiterhin gutes Gedeihen! Fahrt damit fort, Geld und Kinder zu machen.«

Genestas war voller Bewunderung für die im Innern dieses fast zerfallenen Hauses herrschende Sauberkeit. Als Benassis das Erstaunen des Offiziers wahrnahm, sagte er zu ihm: »Nur Madame Vigneau versteht sich so gut darauf, einen Haushalt in Ordnung zu halten! Ich wollte, gewisse Leute aus dem Flekken kämen her und nähmen hier Unterricht.«

Die Frau des Ziegelbrenners wandte den Kopf ab und wurde rot; aber die beiden Mütter ließen auf ihren Gesichtern alle Freude erglänzen, die die Lobesworte des Arztes in ihnen auslösten, und alle begleiteten ihn bis zu der Stelle, wo die Pferde standen.

»Nun?« wandte Benassis sich an die beiden Alten. »Ihr habt's gut! Oder wollt ihr nicht Großmütter werden?«

»Ach, reden Sie nicht davon«, sagte die junge Frau, »sie machen mich ganz wütend. Meine beiden Mütter wollen einen Jungen, und mein Mann wünscht sich eine kleine Tochter; ich glaube, es wird mir schwerfallen, beide Teile zufriedenzustellen.«

»Aber was wünschen Sie sich denn?« fragte Benassis lachend.

»Oh, ich, Monsieur, ich will ein Kind.«

»Sehen Sie, sie ist schon ganz Mutter«, sagte der Arzt zu dem Offizier und nahm sein Pferd am Zügel.

»Adieu, Monsieur Benassis«, sagte die junge Frau. »Es wird meinem Mann sehr leid tun, daß er nicht zu Hause gewesen ist, wenn er hört, Sie seien hier gewesen.«

»Er hat doch nicht vergessen, mir meine tausend Ziegel nach La Grange-aux-Belles zu schicken?«

»Sie wissen doch, daß er alle Bestellungen im Distrikt ausfallen lassen würde, um Sie zu beliefern. Lassen Sie's gut sein, sein größter Kummer ist, von Ihnen Geld zu nehmen; aber ich sage ihm immer, Ihre Taler brächten Glück, und das stimmt auch.«

»Auf Wiedersehen«, sagte Benassis.

Die drei Frauen, der Fuhrknecht und die beiden aus den Werkstätten gekommenen Arbeiter, die den Arzt hatten sehen wollen, blieben an dem Flechtzaun stehen, der der Ziegelei als Eingang diente, damit sie sich bis zum letzten Augenblick seiner Anwesenheit erfreuen konnten, so wie es jedermann jenen Menschen tut, die er gern hat. Müssen die Einflüsterungen des Herzens nicht überall die gleichen sein? Daher werden die liebenswerten Gepflogenheiten der Freundschaft selbstverständlich an jeder Stätte befolgt.

Nachdem Benassis den Sonnenstand geprüft hatte, sagte er zu seinem Gefährten: »Es ist noch zwei Stunden hell, und wenn Sie nicht gar zu ausgehungert sind, können wir noch ein reizendes Geschöpf aufsuchen, dem ich fast immer die Zeit widme, die mir zwischen Abendessen und der Beendigung meiner Besuche verbleibt. Im Distrikt wird sie ›meine kleine Freundin‹ genannt; aber glauben Sie bitte nicht, daß diese Bezeichnung, die hier für eine künftige Gattin im Schwang ist, irgendwelche Nachrede decke oder billige. Obgleich meine Fürsorglichkeit für das arme Kind es zum Gegenstand einer recht begreiflichen Eifersucht macht, verbietet die Meinung, die jedermann sich über meinen Charakter gebildet hat, jede gehässige Bemerkung. Wenn sich auch keiner die Laune zu erklären vermag, der ich anscheinend nachgebe, indem ich dem Gräbermädchen eine Rente zahle, damit sie leben kann, ohne arbeiten zu müssen, glaubt alle Welt an ihre Tugend; alle Welt weiß, daß, wenn meine Zuneigung einmal die Grenzen einer freundschaftlichen Begönnerung überschritte, ich keinen Augenblick zögern würde, sie zu heiraten. Aber«, fügte der Arzt hinzu und zwang sich zu lächeln, »für mich existiert weder in diesem Distrikt noch anderswo eine Frau. Ein sehr mitteilsamer Mann, lieber Herr, empfindet ein unbesiegliches Verlangen, sich in ganz besonderem Maß an ein Ding oder ein Wesen unter allen Wesen und Dingen anzuschließen, die um ihn sind, vor allem, wenn das Leben für ihn öde ist. Glauben Sie mir daher dies eine: Denken Sie immer günstig von einem Menschen, der seinen Hund oder sein Pferd gern hat! Unter der leidenden Herde, die der Zufall mir anvertraut hat, ist diese arme kleine Kranke für mich, was in meiner sonnigen Heimat, dem Languedoc, das Lieblingslamm ist, dem die Schäferinnen verschossene Bänder umbinden, mit dem sie Gespräche führen, das sie am Rain der Weizenfelder weiden lassen und dessen saumseligen Schritt der Hund nie antreibt.«

Als er diese Worte sagte, hatte Benassis dagestanden, die Hand in der Mähne seines Pferdes, bereit zum Aufsitzen; allein er saß nicht auf, als ob die Empfindung, die in ihm aufgewallt war, nicht mit jähen Bewegungen in Einklang zu bringen sei.

»Nun«, rief er, »kommen Sie mit zu ihr! Wenn ich Sie zu ihr führe, sagt Ihnen das nicht, daß ich zu ihr stehe wie zu einer Schwester?«

Als die beiden Reiter im Sattel saßen, fragte Genestas den Arzt: »Wäre es indiskret, wenn ich Sie um ein paar erklärende Worte über Ihr Gräbermädchen bäte? Unter all den Menschen, die Sie mich kennenlernen ließen, scheint sie mir nicht die am wenigsten merkwürdige Persönlichkeit zu sein.«

»Monsieur«, antwortete Benassis und hielt sein Pferd an, »vielleicht werden Sie das Interesse nicht teilen, das mir das Gräbermädchen einflößt. Ihr Schicksal ähnelt dem meinen: Wir haben unsere Berufung verfehlt; das Gefühl, das ich ihr entgegenbringe, und die Rührung, die ich empfinde, wenn ich sie erblicke, entspringen der Gleichheit unserer Lage. Als Sie in den Heeresdienst eintraten, sind Sie Ihrer Neigung gefolgt oder haben an diesem Beruf Gefallen gefunden; denn sonst wären Sie nicht bis zu Ihrem Alter im drückenden Harnisch der militärischen Disziplin verblieben; also können Sie weder etwas vom Elend einer Seele verstehen, deren Sehnsüchte immer aufs neue erstehen und immer enttäuscht werden, noch den ständigen Kummer eines Geschöpfs, das genötigt ist, außerhalb seiner Sphäre zu leben. Solcherlei Leiden bleiben ein Geheimnis zwischen den Geschöpfen und Gott, der ihnen diese Heimsuchungen schickt, denn sie allein kennen die Stärke von Eindrücken, die ihnen die Geschehnisse des Lebens machen. Sie selber nun aber, der abgestumpfte Zeuge von soviel Unglück, wie der Verlauf eines langen Krieges es gezeitigt hat, haben Sie nicht dennoch in Ihrem Herzen eine Traurigkeit verspürt, wenn Sie mitten im Frühling einen Baum erblickten, dessen Blätter gelb waren, einen Baum, der hinsiechte und starb, weil er in ein Erdreich gepflanzt worden war, dem die notwendigen Vorbedingungen für sein volles Gedeihen ermangelten? Seit ich zwanzig Jahre alt war, hat mir die passive Wehmut einer verkümmernden Pflanze, wenn ich sie erblickte, weh getan; heute wende ich bei einem solchen Anblick stets den Kopf weg. Mein jugendlicher Schmerz war das verschwommene Vorgefühl der Schmerzen, die ich als Mann auf mich nehmen mußte, war eine Art Sympathie zwischen meiner Gegenwart und einer Zukunft, die ich instinktiv in diesem pflanzlichen Leben gewahrte, das sich vorzeitig dem Ende entgegenneigte, dem Bäume und Menschen entgegengehen.«

»Ich habe, als ich Sie so gütig sah, gedacht, daß Sie gelitten haben müßten!«

»Sie sehen, Monsieur«, fuhr der Arzt fort, ohne auf Genestas' Bemerkung zu antworten, »von dem Gräbermädchen sprechen, heißt von mir selbst sprechen. Das Gräbermädchen ist eine in fremdes Erdreich versetzte Pflanze, aber eine Menschenpflanze, die unablässig von traurigen oder tiefen Gedanken verzehrt wird, die einander vervielfachen. Das arme Mädchen ist immerfort in einem Zustand des Leidens. Bei ihr tötet die Seele den Körper. Könnte ich kalten Blickes ein schwaches Geschöpf ansehen, das dem größten und in unserer egoistischen Welt am wenigsten gewürdigten Unglück anheimgefallen ist, während ich selber, ein Mann und gegen Leiden abgehärtet, allabendlich versucht bin, mich zu weigern, die Last weiterhin zu tragen, die ein solches Unglück bedeutet? Vielleicht hätte ich mich sogar geweigert ohne einen frommen Gedanken, der meinen Kummer lindert und in meinem Herzen wohltuende Illusionen erweckt. Auch wenn wir nicht sämtlich Kinder eines und desselben Gottes wären, würde das Gräbermädchen noch immer meine Schwester im Leid sein.«

Benassis gab seinem Pferd Schenkeldruck und zog den Major Genestas mit sich, wie wenn er sich scheue, die begonnene Unterhaltung in dieser Tonart fortzuführen.

»Monsieur«, fuhr er fort, als die Pferde nebeneinander hertrabten, »die Natur hat dieses arme Mädchen gewissermaßen für den Schmerz geschaffen, wie andere Frauen für die Liebesfreude. Gewahrt man solche Prädestinationen, so ist es unmöglich, nicht an ein anderes Leben zu glauben. Alles wirkt auf das Gräbermädchen ein: Wenn das Wetter grau und düster ist, dann ist sie traurig und ›weint mit dem Himmel‹; dieser Ausdruck stammt von ihr. Sie singt mit den Vögeln, beruhigt sich und wird wieder heiter mit den Himmeln, kurzum, sie wird schön an einem schönen Tag, ein köstliches Arom ist für sie eine fast unerschöpfliche Lust: Ich habe es erlebt, daß sie einen ganzen Tag lang den Duft genoß, den die Resedastauden nach einem der regnerischen Morgen aushauchten, die die Seele der Blumen entwickeln und dem Tag irgendwie etwas Frisches und Glänzendes verleihen; sie hatte sich mit der Natur, mit allen Pflanzen entfaltet. Ist die Luft schwer und elektrisch geladen, so hat das Gräbermädchen Depressionen, die nichts zu beschwichtigen vermag; sie geht zu Bett und klagt über tausend unterschiedliche Leiden, ohne zu wissen, was ihr eigentlich fehlt; frage ich sie, so antwortet sie mir, ihre Knochen würden weich, ihr Fleisch zerschmölze zu Wasser. Während dieser unbelebten Stunden empfindet sie das Leben nur durch den Schmerz; ihr Herz ist ›außerhalb ihrer selbst‹, um Ihnen noch einen ihrer Ausdrücke anzuführen. Bisweilen habe ich das arme Mädchen dabei ertappt, daß es beim Anblick gewisser Bilder weinte, wie sie in unsern Bergen bei Sonnenuntergang zu sehen sind, wenn zahlreiche, prächtige Wolken sich über unsern goldenen Gipfeln zusammenballen. – ›Warum weinen Sie, Kleines?‹ habe ich sie gefragt. – ›Ich weiß es nicht‹, hat sie mir geantwortet, ›mir wird ganz stumpfsinnig zumute, wenn ich dort hinaufschaue, und ich weiß vor lauter Hinschauen gar nicht, wo ich bin.‹ – ›Aber was sehen Sie denn da?‹ – ›Das kann ich Ihnen nicht sagen.‹ Dann könnten Sie einen ganzen Abend lang mit Fragen in sie dringen, Sie bekämen kein Wort aus ihr heraus; aber sie würde Ihnen gedankenvolle Blicke zuwerfen oder mit feuchten Augen dasitzen, halb schweigsam, sichtlich in sich versunken. Ihre Versunkenheit ist so tief, daß sie sich überträgt; wenigstens auf mich wirkt sie sich aus wie eine allzu stark mit Elektrizität geladene Wolke. Eines Tages habe ich sie mit Fragen bedrängt, ich habe sie mit aller Gewalt zum Sprechen bringen wollen und habe ihr ein paar etwas zu heftige Worte gesagt; nun, da hat sie angefangen, in Tränen zu zerschmelzen. Bei andern Gelegenheiten ist das Gräbermädchen heiter, entgegenkommend, lachlustig, tätig, geistreich; sie plaudert lustvoll; sie drückt neue, originelle Ideen aus. Außerdem ist sie außerstande, sich irgendeiner fortlaufenden Arbeit zu unterziehen: Wenn sie aufs Feld hinausging, blieb sie ganze zwei Stunden damit beschäftigt, eine Blume anzuschauen, das Wasser fließen zu sehen, sich genau die pittoresken Wunder anzusehen, die sich an den klaren, ruhigen Bächen finden, die hübschen Mosaiken aus Kieselsteinen, aus Erde, aus Sand, aus Wasserpflanzen, aus Moos, aus braunen Ablagerungen, deren Farben so weich sind, deren Tönungen so seltsame Kontraste darbieten. Als ich in diese Gegend kam, war das arme Mädchen dem Hungertod nahe; da es sie demütigte, ihr Brot von andern Leuten entgegenzunehmen, nahm sie ihre Zuflucht zur öffentlichen Wohltätigkeit erst in dem Augenblick, da sie durch äußerste Not dazu gezwungen wurde. Oftmals hat die Scham ihr Energie gespendet; ein paar Tage lang hat sie Feldarbeit gemacht; aber bald war sie erschöpft; eine Erkrankung zwang sie, die begonnene Arbeit wieder aufzugeben. Kaum war sie genesen, als sie zu einem Pachthof in der Umgebung ging und bat, man möge sie das Vieh betreuen lassen; aber nachdem sie sich ihrer Pflicht auf verständnisvolle Weise entledigt hatte, ging sie wieder weg, ohne zu sagen, warum. Ihre tägliche Arbeit war wohl ein allzu schweres Joch für sie; sie ist ja ganz Unabhängigkeit, ganz Laune. Dann machte sie sich daran, Trüffeln oder Pilze zu suchen, und ging nach Grenoble, um sie zu verkaufen. In der Stadt wurde sie durch allerlei Krimskrams verlockt; sie vergaß ihr Elend, da sie sich durch den Besitz von ein paar kleinen Geldstücken für reich hielt, und kaufte sich Bänder und andere Kinkerlitzchen, ohne an das Brot für den nächsten Tag zu denken. Wenn dann irgendein Mädchen aus dem Flecken ihr Messingkreuz, ihr Jeanettenherz oder ihr Samtband haben wollte, verschenkte sie es, glücklich, eine Freude machen zu können; denn sie lebt nur durch ihr Herz. Daher wurde das Gräbermädchen abwechselnd geliebt, bedauert und verachtet. Das arme Kind litt unter allem, unter ihrer Trägheit, ihrer Güte, ihrer Gefallsucht; sie ist nämlich kokett, leckermäulig und neugierig; kurzum, sie ist ein weibliches Wesen, sie gibt ihren Eindrücken, ihren Regungen mit der Naivität eines Kindes nach: Erzählt man ihr von einer schönen Tat, so erbebt sie, wird rot, ihre Brüste heben sich, sie weint vor Freude; wenn man ihr eine Diebsgeschichte erzählt, wird sie vor Schrecken blaß. Sie ist die unverfälschte Natur, das redlichste Herz und die zarteste Rechtschaffenheit, die vorstellbar sind; wenn man ihr hundert Geldstücke anvertraute, würde sie sie in einem Winkel vergraben und fortfahren, sich ihr Brot zu erbetteln.«

Benassis' Stimme wechselte die Klangfarbe, als er das Folgende sagte.

»Ich habe sie auf die Probe stellen wollen, und ich habe es bereut. Eine Probe ist doch Bespitzelung, nicht wahr, oder doch zumindest Mißtrauen?«

Hier hielt der Arzt inne, als sinne er heimlich über etwas nach; er gewahrte die Verlegenheit nicht, in die seine Worte seinen Gefährten versetzt hatten, der, um sich seine Verwirrung nicht anmerken zu lassen, sich damit abgab, die Zügel seines Pferdes anders zu fassen. Bald ergriff Benassis aufs neue das Wort.

»Ich hätte mein Gräbermädchen gern verheiratet, nur zu gern hätte ich einen meiner Pachthöfe einem wackeren jungen Menschen gegeben, der sie glücklich gemacht hätte, und sie wäre es geworden. Ja, das arme Mädchen hätte ihre Kinder bis zur Selbstvergessenheit liebgehabt, und alle Gefühle, von denen sie überquillt, hätten sich in das ergossen, was bei der Frau alles in sich zusammenfaßt, in die Mutterschaft; aber kein Mann hat es fertiggebracht, ihr zu gefallen. Dabei ist sie von einer für sie gefährlichen Sensibilität; sie weiß es, und sie hat mir ihre nervöse Veranlagung eingestanden, als sie sah, daß ich sie gemerkt hatte. Sie gehört zu der kleinen Zahl von Frauen, bei denen die leiseste körperliche Berührung ein gefährliches Erschauern hervorruft; daher muß man es ihr hoch anrechnen, daß sie unberührt geblieben ist, daß sie ihren weiblichen Stolz bewahrt hat. Sie ist unzähmbar wie eine Schwalbe. Ach, welch eine reiche Natur ist sie! Sie ist dazu geschaffen, eine im Wohlstand lebende, geliebte Frau zu sein; sie wäre wohltätig und treu geblieben. Mit ihren zweiundzwanzig Jahren bricht sie schon unter der Last ihrer Seele zusammen und vergeht als ein Opfer ihrer zu heftig vibrierenden Nervenfibern, ihres zu kräftigen oder zu heiklen Organismus. Eine heftige, getäuschte Liebe würde mein armes Gräbermädchen irrsinnig machen. Nachdem ich mich eingehend mit ihrem Temperament befaßt, nachdem ich den Grund ihrer langen Nervenanfälle und ihrer Empfindlichkeit gegen Elektrizität erkannt, nachdem ich den offenbaren Zusammenhang zwischen ihr und den Schwankungen der Atmosphäre, den Mondphasen festgestellt und sorgfältig untersucht hatte, habe ich mich ihrer angenommen als eines Geschöpfs, das außerhalb aller andern steht und dessen krankhafte Konstitution einzig von mir verstanden werden konnte. Sie ist, wie ich Ihnen schon sagte, das Lamm mit den Bändern. Aber Sie werden sie ja sehen; da drüben liegt ihr Häuschen.«

Sie hatten jetzt auf von Buschwerk gesäumten Kehren, die sie im Schritt hinter sich brachten, den Berg bis zu etwa einem Drittel seiner Höhe erstiegen. Als sie an der Biegung einer jener Kehren anlangten, erblickte Genestas das Haus des Gräbermädchens. Jene Wohnstatt lag auf einem Hauptbuckel des Berghangs. Dort war eine hübsche, geneigte, mit Bäumen bepflanzte, etwa drei Morgen große Rasenfläche, aus der mehrere Quellen hervorsprudelten, mit einer kleinen Mauer umgeben, die hoch genug war, um als Einfriedung zu dienen, aber nicht hoch genug, um dem Blick auf den Flecken zu wehren. Das Haus war aus Backsteinen erbaut und mit einem Flachdach gedeckt, das wenige Fuß vorsprang, und bot in der Landschaft einen zauberhaften Anblick. Es bestand aus einem Erdgeschoß und einem ersten Stockwerk mit grüngestrichener Tür und ebensolchen Fensterladen. Es lag nach Süden und war weder breit noch tief genug, um andere Öffnungen zu haben als die der Fassade, deren ländliche Eleganz in ungemeiner Sauberkeit bestand. Nach deutscher Mode war das vorspringende Schutzdach mit weißgestrichenen Brettern verschalt. Ein paar blühende Akazien und andere duftende Bäume, Rotdorn, Kletterpflanzen, ein dicker Nußbaum, der stehengelassen worden war, und ein paar Trauerweiden an den Bachläufen erhoben sich rings um das Haus. Dahinter befand sich ein dichtes Massiv aus Buchen und Fichten, ein dunkler Hintergrund, von dem das hübsche Bauwerk sich kräftig abhob. Zu dieser Tageszeit war die Luft von mannigfachen Düften des Gebirges und des Gartens des Gräbermädchens erfüllt. Der reine, ruhige Himmel war am Horizont wolkig. In der Ferne begannen die Gipfel die lebhaften rosa Tönungen anzunehmen, die ihnen der Sonnenuntergang häufig verleiht. Von hier oben aus war das ganze Tal zu überblicken, von Grenoble bis zu der kreisrunden Felsumwallung, an deren Fuß der kleine See liegt, an dem Genestas tags zuvor vorbeigekommen war. Oberhalb des Hauses und in ziemlich großer Entfernung erschien die Pappelzeile, die den großen Weg vom Flecken nach Grenoble bezeichnete. Und schließlich funkelte der schräg von den Sonnenstrahlen durchschienene Flecken wie ein Diamant, da er mit sämtlichen Fensterscheiben rotes Licht reflektierte, das zu rieseln schien. Bei diesem Anblick hielt Genestas sein Pferd an und deutete auf die Fabriken im Tal, den neuen Flecken und das Haus des Gräbermädchens.

»Nächst dem Sieg bei Wagram und der Rückkehr Napoleons in die Tuilerien 1815«, sagte er seufzend, »hat dies hier auf mich den stärksten Eindruck gemacht. Diese Freude verdanke ich Ihnen; denn Sie haben mich all das Schöne wahrzunehmen gelehrt, das der Mensch beim Anblick einer Ortschaft zu finden vermag.«

»Ja«, sagte der Arzt lächelnd, »besser Städte erbauen als erobern.«

»Aber, aber! Die Einnahme von Moskau und die Übergabe von Mantua![47] Wissen Sie denn nicht, was das bedeutet? Gereicht das nicht uns allen zum Ruhm? Sie sind ein wackerer Mann, aber Napoleon war ebenfalls ein guter Mann; ohne England hätten Sie beide sich verständigt, und er wäre nicht gestürzt worden, unser Kaiser; ich kann wohl gestehen, daß ich ihn jetzt liebe, er ist ja tot! Und«, sagte der Offizier und warf einen Blick in die Runde, »hier gibt es ja auch keine Spitzel. Welch ein Herrscher! Jedermann hat er durchschaut! Er hätte Sie in seinen Staatsrat aufgenommen, weil er Verwaltungsmann war, und zwar ein großer Verwaltungsmann, er hat sogar gewußt, ob nach einer Schlacht noch Patronen in den Patronentaschen waren. Der arme Mann! Während Sie mir von Ihrem Gräbermädchen erzählten, habe ich daran denken müssen, daß er auf St. Helena gestorben ist. Ach, war das ein Klima und ein Aufenthaltsort, die einem Manne genügen konnten, der es gewohnt war, mit den Füßen in den Steigbügeln und mit dem Hintern auf einem Thron zu leben? Es heißt, er habe dort gegärtnert.[48] Zum Teufel, er war nicht danach geartet, Kohl zu pflanzen! Jetzt müssen wir den Bourbonen dienen, und zwar getreulich, denn schließlich ist und bleibt Frankreich Frankreich, wie Sie gestern sagten.«

Mit diesen Worten saß Genestas ab und folgte damit mechanisch dem Beispiel Benassis', der sein Pferd mit dem Zügel an einen Baum band.

»Ob sie nicht daheim ist?« sagte der Arzt, als er das Gräbermädchen nicht auf der Haustürschwelle erblickte.

Sie gingen hinein; im Zimmer des Erdgeschoßes war niemand.

»Sicher hat sie die Huftritte zweier Pferde gehört«, sagte Benassis lächelnd, »und ist nach oben gegangen, um sich eine Haube aufzusetzen, einen Gürtel umzubinden, oder was dergleichen mehr ist.«

Er ließ Genestas allein und ging nach oben, um das Gräbermädchen zu holen. Der Major hielt im Zimmer Umschau. An den Wänden klebte eine graue Tapete mit Rosenmuster, und den Fußboden bedeckte statt eines Teppichs eine Strohmatte. Die Stühle, der Lehnsessel und der Tisch waren aus Holz, das noch mit seiner Rinde bekleidet war. Blumenkörbe aus Reifen und Weidenruten waren mit Blumen und Moos gefüllt und schmückten das Zimmer, an dessen Fenstern Gardinen aus weißem Perkal mit roten Fransen gerafft waren. Auf dem Kaminsims ein Spiegel, eine schlichte Porzellanvase und zwei Lampen; neben

dem Lehnstuhl ein Hocker aus Fichtenholz; dann ein Tisch, zu-
geschnittenes Leinen, ein paar Achselbänder, angefangene Hemden, kurzum, das Arbeitsgerät einer Weißnäherin, ihr Körbchen, ihre Schere, Zwirn und Nadeln. All das war sauber und
frisch wie eine vom Meer an den Strand geworfene Muschel.
An der andern Seite des Korridors, an dessen Ende sich eine
Treppe befand, gewahrte Genestas eine Küche. Der erste Stock
schien wie das Erdgeschoß nur aus zwei Räumen zu bestehen.

»Haben Sie doch keine Angst«, sagte Benassis zu dem Gräbermädchen. »Nur zu, kommen Sie . . .!«

Als Genestas diese Worte vernahm, trat er rasch ins Zimmer
zurück. Bald erschien ein zierliches, gutgewachsenes junges Mädchen in einem schmal rosa gestreiften Kleid aus Schleierperkal;
sie war rot vor Scham und Schüchternheit. Ihr Gesicht fiel lediglich durch eine gewisse Abplattung der Züge auf; dadurch ähnelte es den Kosaken- und Russengesichtern, die die Katastrophe
von 1814 in Frankreich unglücklicherweise so bekanntgemacht
hat. Das Gräbermädchen hatte tatsächlich, wie die Nordländer,
eine kurze, an der Spitze stark aufgestülpte Nase; ihr Mund
war groß, ihr Kinn klein; ihre Hände und Arme waren rot, ihre
Füße breit und kräftig wie die einer Bäuerin. Obwohl man ihr
die Einwirkung des trockenen Windes, der Sonne und der
frischen Luft anmerkte, war ihre Gesichtsfarbe bleich wie ein
welkendes Kraut; aber diese Farbe machte ihre Physiognomie
schon beim ersten Erblicken interessant; ferner lag in ihren
blauen Augen ein so sanfter Ausdruck, in ihren Bewegungen war
soviel Anmut, in ihrer Stimme soviel Seele, daß trotz des offenbaren Mißklangs, der zwischen ihren Zügen und den von Benassis dem Major gerühmten Eigenschaften bestand, der letztere
das launische, kränkliche Geschöpf erkannte, das den Leiden
einer in ihrer Entwicklung gehemmten Natur ausgesetzt war.
Das Gräbermädchen hatte mit hastigen Bewegungen ein Feuer
aus Torfsoden und dürren Zweigen geschürt, sich dann in einen
Sessel gesetzt und ein angefangenes Hemd wieder vorgenommen;
so saß sie unter den Blicken des Offiziers da, halb verschämt; sie
wagte nicht aufzublicken und war dem Anschein nach ruhig;
aber das beschleunigte sich Heben und Senken ihrer Brüste, deren Schönheit Genestas betroffen machte, verriet ihre Furcht.

»Na, mein armes Kind, sind Sie gut weitergekommen?« fragte Benassis und nahm die Leinenstücke in die Hand, aus denen Hemden werden sollten.

Das Gräbermädchen schaute den Arzt mit schüchterner, flehender Miene an: »Schelten Sie mich nicht«, antwortete sie, »ich habe heute nichts daran getan, obwohl Sie sie mir in Auftrag gegeben haben, und noch dazu für Leute, die sie dringend brauchen; aber das Wetter ist so schön gewesen! Ich bin spazierengegangen und habe für Sie Pilze und weiße Trüffeln gesammelt und sie Jacquotte gebracht; sie war sehr froh, da Sie ja doch jemanden zum Abendessen bei sich haben. Ich bin ganz glücklich, weil ich das ahnte. Irgend etwas hat mir gesagt, ich solle welche suchen.«

Und sie fing wieder an zu nähen.

»Sie haben hier ein recht hübsches Haus, Mademoiselle«, sagte Genestas zu ihr.

»Es gehört nicht mir«, antwortete sie und schaute den Fremden mit Augen an, die zu erröten schienen, »es gehört Monsieur Benassis.« Und dann richtete sie den Blick sanft auf den Arzt.

»Sie wissen doch ganz genau, mein Kind«, sagte er und ergriff ihre Hand, »daß niemand Sie je hinaustreiben wird.«

Das Gräbermädchen sprang auf und ging hinaus.

»Nun?« fragte der Arzt den Offizier. »Wie gefällt sie Ihnen?«

»Ach«, antwortete Genestas, »sie hat mich auf seltsame Weise bewegt. Sie haben ihr Nest reizend hergerichtet!«

»Pah! Eine Tapete für fünfzehn oder zwanzig Sous, aber gut ausgewählt, weiter gar nichts. Die Möbel sind nichts Besonderes; mein Korbflechter hat sie angefertigt; er hat mir seine Dankbarkeit bezeigen wollen. Die Gardinen hat das Gräbermädchen aus ein paar Ellen Baumwollstoff selber genäht. Das Haus und die Einrichtung kommen Ihnen hübsch vor, weil Sie beides an einem Berghang vorgefunden haben, in einer weltverlorenen Gegend, wo Sie nicht darauf gefaßt waren, etwas Schmuckes anzutreffen; aber das Geheimnis dieser guten Wirkung beruht in einer gewissen Harmonie zwischen dem Haus und der Natur, die hier Bäche und ein paar gut gruppierte Bäume zusammengefügt hat und auf der Rasenfläche ihre schönsten Kräuter, ihre duftenden Erdbeerpflanzen, ihre hübschen Veilchen ausgestreut hat.«

»Na, was haben Sie?« fragte Benassis das zurückkommende Gräbermädchen.

»Nichts, nichts«, antwortete sie, »ich habe geglaubt, eins meiner Hühner sei nicht zurückgekommen.«

Sie log; aber das hatte nur der Arzt gemerkt; er flüsterte ihr zu: »Sie haben geweint.«

»Warum sagen Sie mir so etwas, wenn jemand anders dabei ist?« antwortete sie.

»Mademoiselle«, sagte Genestas, »Sie tun sehr unrecht daran, hier ganz allein zu bleiben; in einen so reizenden Käfig wie diesen hier gehört auch ein Männchen.«

»Das stimmt«, sagte sie, »aber es hilft eben nichts. Ich bin arm, und ich bin schwierig. Ich bin nicht in der Verfassung, meinem Mann das Essen aufs Feld hinauszutragen oder eine Karre zu schieben, das Elend derer, die ich liebhaben würde, zu empfinden, ohne es je enden lassen zu können, den ganzen Tag Kinder auf dem Arm herumzuschleppen und das Zeug eines Mannes zu flikken. Der Herr Pfarrer sagt, das seien keine christlichen Gedanken; ich weiß es nur zu gut, aber was soll ich machen? An gewissen Tagen esse ich lieber ein Stück trockenes Brot, als mir etwas zum Abendessen zuzubereiten. Warum sollte ich einem Mann mit meinen Fehlern zur Last fallen? Vielleicht würde er sich zu Tode schuften, um meine Launen zu befriedigen, und das wäre nicht gerecht. Pah, ich bin irgendwie behext worden und muß es ganz allein tragen.«

»Überdies ist mein armes Gräbermädchen zum Nichtstun geboren«, sagte Benassis, »und man muß sie nehmen, wie sie ist. Aber was sie Ihnen da gesagt hat, bedeutet lediglich, daß sie noch nie jemanden geliebt hat«, fügte er lachend hinzu.

Dann stand er auf und trat für eine Weile auf den Rasenplatz hinaus.

»Sie müssen doch Monsieur Benassis recht liebhaben?« fragte Genestas sie.

»O ja! Und gleich mir möchten viele Leute im Distrikt sich für ihn am liebsten in Stücke reißen lassen. Aber er, der die andern heilt, hat etwas, das durch nichts geheilt werden kann. Sind Sie sein Freund? Wissen Sie vielleicht, was er hat? Wer wohl hat einem Mann wie ihm Kummer bereiten können? Er ist doch das wahre Ebenbild des lieben Gottes auf Erden! Ich kenne hier mehrere Leute, die glauben, ihr Weizen gedeihe besser, wenn er morgens an ihrem Feld entlanggegangen sei.«

»Und was glauben Sie?«

»Ich? Wenn ich ihn gesehen habe ...« Sie schien zu zögern, dann sprach sie weiter: »... bin ich den ganzen Tag über glücklich.« Sie senkte den Kopf und betätigte die Nadel mit seltsamer Schnelligkeit.

»Na, hat der Rittmeister Ihnen was von Napoleon erzählt?« fragte der wieder hereinkommende Arzt.

»Hat er den Kaiser gesehen?« rief das Gräbermädchen und betrachtete das Gesicht des Offiziers mit leidenschaftlicher Neugier.

»Das kann man schon sagen«, antwortete Genestas. »Mehr als tausendmal.«

»Ach, wie gern würde ich etwas vom Militär erfahren!«

»Vielleicht kommen wir morgen wieder und trinken eine Tasse Milchkaffee bei Ihnen. Und dann soll Ihnen etwas vom Militär erzählt werden, mein Kind«, sagte Benassis, nahm sie beim Hals und küßte sie auf die Stirn. »Sie ist meine Tochter, merken Sie es?« wandte er sich an den Major. »Wenn ich sie nicht auf die Stirn geküßt habe, fehlt mir den ganzen Tag etwas.«

Das Gräbermädchen drückte Benassis die Hand und sagte leise zu ihm: »Oh, Sie sind so gut!« Dann verabschiedeten sie sich; aber sie folgte ihnen; sie wollte sehen, wie sie zu Pferde stiegen. Als Genestas im Sattel saß, flüsterte sie Benassis fragend zu: »Wer ist der Herr eigentlich?«

»Haha!« antwortete der Arzt und setzte den Fuß in den Bügel, »vielleicht ein Mann für dich.«

Sie stand da und sah ihnen nach, wie sie die Kehren hinabritten, und als sie am Ende des Gartens vorbeikamen, sahen sie, daß sie auf einen Steinhaufen geklettert war, um sie noch einmal sehen und ihnen zuwinken zu können.

»Dieses Mädchen hat etwas Außergewöhnliches an sich«, sagte Genestas zu dem Arzt, als sie weit weg vom Haus waren.

»Nicht wahr?« antwortete er. »Ich habe mir zwanzigmal gesagt, sie müßte eine reizende Frau abgeben; aber ich könnte sie nur so lieben, wie man seine Schwester oder seine Mutter liebt; mein Herz ist tot.«

»Hat sie Eltern?« fragte Genestas. »Was trieben ihr Vater und ihre Mutter?«

»Ach, das ist eine ganze Geschichte«, entgegnete Benassis. »Sie hat weder Eltern noch Verwandte sonst jemand. Einzig ihr Name hat mein Interesse an ihr erweckt. Das Gräbermädchen ist im Dorf geboren worden. Ihr Vater, ein Taglöhner aus Saint-Laurent-du-Pont, wurde der ›Gräber‹ genannt, wohl eine Abkürzung von Totengräber, denn seit undenklichen Zeiten war das Amt des Leichenbestatters von der Familie ausgeübt worden. In jenem Namen liegt alle Schwermut des Friedhofs. Nach römischem Brauch, der hier wie in ein paar anderen Gegenden Frankreichs noch geübt wird, ist dieses Mädchen nach dem Namen ihres Vaters das ›Gräbermädchen‹ genannt worden. Jener Taglöhner hatte eine Liebesheirat mit der Zofe irgendeiner Gräfin geschlossen, deren Gut ein paar Meilen von unserm Flecken entfernt liegt. Hier wie in allen ländlichen Gegenden hat die Liebe wenig mit der Eheschließung zu tun. Im allgemeinen wollen die Bauern eine Frau, um Kinder zu bekommen und um eine Hausfrau zu haben, die ihnen eine gute Suppe kocht und ihnen das Essen aufs Feld hinausbringt, die ihnen Hemden näht und ihnen die Kleidung stopft. Seit langem hatte sich in unserer Gegend so etwas nicht ereignet; hier läßt häufig ein junger Mann seine Angelobte sitzen um eines Mädchen willens, das drei oder vier Morgen Ackerland mehr als jene besitzt. Das Schicksal des Gräbers und seiner Frau hat sich nicht so glücklich gestaltet, daß es unsere Dauphinéer von ihren eigensüchtigen Berechnungen abgebracht hätte. Die Gräberin, die eine schöne Person war, ist bei der Geburt ihrer Tochter gestorben. Der Mann hat sich diesen Verlust so zu Herzen genommen, daß er im selben Jahr ebenfalls gestorben ist und seinem Kind nichts hinterlassen hat als ein schwankendes und natürlich sehr kärgliches Leben. Die Kleine wurde von einer mildtätigen Nachbarin aufgenommen, die sie bis zum neunten Lebensjahr aufgezogen hat. Die Ernährung des Gräbermädchens wurde zu einer zu großen Belastung für jene gute Frau, und so schickte sie ihren Zögling in der Jahreszeit, da auf den

Landstraßen die Vergnügungsreisenden durchkommen, zum Betteln ihres Brots aus. Eines Tages ging das Waisenkind auf das Schloß der Gräfin und bat um Brot, und im Andenken an ihre Mutter wurde es dabehalten. Sie wurde dazu erzogen, eines Tages die Zofe der Tochter des Hauses zu werden, die fünf Jahre danach geheiratet hat; während dieser Zeit ist die arme Kleine das Opfer aller Launen reicher Leute gewesen, deren Edelmut zumeist nichts Beständiges und Folgerichtiges innewohnt: Sie sind wohltätig aus einer Anwandlung oder aus Laune; bald sind sie Gönner, bald Freunde, bald Herren und Gebieter; so verfälschen sie noch die ohnehin schon falsche Situation der unglücklichen Kinder, für die sie sich interessieren, und sie verspielen deren Herz, Leben und Zukunft völlig sorglos, da sie sie für etwas Geringfügiges halten. Das Gräbermädchen wurde zunächst beinahe die Gefährtin der jungen Erbin: Es wurde ihr Lesen und Schreiben beigebracht, und ihre künftige Herrin machte sich bisweilen den Spaß, ihr Musikunterricht zu erteilen. So war sie denn abwechselnd Gesellschafterin und Zofe und wurde zu nichts Ganzem. Sie gewöhnte sich Geschmack am Luxus und Schmuck an und übernahm Manieren, die zu ihrer wahren Stellung nicht paßten. Seither hat das Unglück auf rauhe Weise ihre Seele geläutert, aber gänzlich hat es das verschwommene Gefühl, sie sei zu Höherem bestimmt, nicht auslöschen können. Eines Tages schließlich, und das war ein Unheilstag für das arme Kind, überraschte die jetzt verheiratete junge Gräfin das Gräbermädchen, das jetzt nur noch ihre Zofe war, wie es eins der gräflichen Ballkleider angezogen hatte und vor einem Spiegel tanzte. Das damals siebzehnjährige Waisenkind wurde erbarmungslos auf die Straße gesetzt; ihre Trägheit ließ sie wieder ins Elend zurücksinken, auf den Landstraßen umherirren, betteln, arbeiten, wie ich es Ihnen erzählt habe. Sie hat häufig daran gedacht, sich ins Wasser zu stürzen, manchmal auch, sich dem Erstbesten hinzugeben; sie legte sich an der Mauer in die Sonne, düster, nachdenklich, den Kopf im Gras; dann warfen Reisende ihr ein paar Sou zu, gerade weil sie sie um nichts bat. Ein Jahr lang ist sie nach einer arbeitsreichen Ernte, bei der sie nur in der Hoffnung, sich zugrunde zu richten, mitgearbeitet hatte, im Krankenhaus zu Annecy gewesen. Man muß sie selber von ihren Gefühlen und ihren Gedanken während jenes Lebensabschnitts erzählen hören; sie ist bisweilen recht seltsam in ihren naiven Bekenntnissen. Schließlich ist sie dann um die Zeit, da ich mich entschloß, mich hier niederzulassen, in den Flecken zurückgekommen. Ich wollte die Moral der von mir Betreuten kennenlernen; also befaßte ich mich mit ihrem Charakter; er machte mich betroffen; als ich dann ihre organischen Unvollkommenheiten festgestellt hatte, beschloß ich, mich ihrer anzunehmen. Vielleicht gewöhnt sie sich mit der Zeit an die Näherei, aber auf jeden Fall habe ich ihre Zukunft sichergestellt.«

»Sie ist da oben recht allein«, sagte Genestas.

»Nein, eine meiner Schafhirtinnen geht zum Übernachten zu ihr«, antwortete der Arzt. »Sie haben wohl die Gebäude meines Pachthofes nicht bemerkt; sie liegen oberhalb des Hauses, verdeckt von den Fichten. Oh, sie ist in Sicherheit. Übrigens gibt es in unserm Tal keine schlechten Kerle; wenn zufällig mal welche auftauchen, stecke ich sie ins Heer, wo sie vorzügliche Soldaten abgeben.«

»Das arme Mädchen!« sagte Genestas.

»Die Leute im Distrikt bedauern sie nicht«, entgegnete Benassis, »sie halten sie vielmehr für sehr glücklich; aber es besteht nun mal zwischen ihr und den übrigen Frauen der Unterschied, daß Gott ihnen die Kraft gegeben hat und ihr die Schwachheit; und das sehen sie nicht ein.«

Als die beiden Reiter in die Landstraße nach Grenoble einbogen, hielt Benassis, der die Wirkung dieses neuen Ausblicks auf Genestas voraussah, mit befriedigter Miene an, um die Überraschung des andern zu genießen. Zwei sechzig Fuß hohe grüne Wände rahmten, so weit das Auge reichte, einen breiten Weg ein, der gewölbt war wie ein Gartenweg, und bildeten ein Naturdenkmal, das geschaffen zu haben ein Mann wohl stolz sein konnte. Die Bäume waren nicht gestutzt und bildeten jeder einzelne die riesige grüne Palme, die die italienische Pappel zu einem der herrlichsten Gebilde des Pflanzenreichs macht. Die eine Wegseite lag bereits im Schatten und stellte eine breite Wand von schwarzen Blättern dar, während die andere stark von der untergehenden Sonne beleuchtet wurde, die den jungen Sprossen Goldtöne lieh; sie bot den ganzen Kontrast der Spiele und Reflexe dar, den das Licht und der Wind auf ihrem sich bewegenden Vorhang hervorbrachten.

»Sie müssen hier sehr glücklich sein«, rief Genestas. »Hier ist Ihnen alles eine Freude.«

»Die Liebe zur Natur«, sagte der Arzt, »ist die einzige, die die menschlichen Hoffnungen nicht enttäuscht. Hier gibt es keinen Trug. Dies sind zehnjährige Pappeln. Haben Sie je welche gesehen, die sich so gut entwickelt haben wie meine?«

»Gott ist groß!« sagte der Offizier; er hielt mitten auf dem Wege, von dem er weder das Ende noch den Anfang wahrnehmen konnte.

»Sie wirken wohltuend auf mich«, rief Benassis. »Es freut mich, Sie wiederholen zu hören, was ich selber mich oftmals in der Mitte dieser Allee sagen höre. Sicherlich findet sich hier etwas, das fromm stimmt. Wir bilden hier nichts als zwei Pünktchen, und das Gefühl unserer Kleinheit leitet uns stets zu Gott zurück.«

Sie ritten jetzt langsam und schweigend weiter und lauschten dem Huftritt ihrer Pferde, der in diesem grünen Tunnel widerhallte, als hätten sie sich unter den Wölbungen einer Kathedrale befunden.

»Wie viele sinnliche Wahrnehmungen gibt es doch, von denen die Stadtleute nichts ahnen«, sagte der Arzt. »Riechen Sie den Duft, den das Bienenharz[49] der Pappeln und die Ausscheidungen der Lärchen ausströmen? Welch ein Genuß!«

»Hören Sie doch!« rief Genestas. »Wir wollen anhalten.«

Jetzt hörten sie in der Ferne Singen.

»Ist es eine Frau oder ein Mann oder ein Vogel?« fragte der Major ganz leise. »Ist es die Stimme dieser großen Landschaft?«

»Von allem etwas«, antwortete der Arzt, saß ab und band sein Pferd an einen Pappelzweig.

Dann bedeutete er dem Offizier, zu tun wie er und ihm zu folgen. Sie gingen langsam einen von zwei blühenden Weißdornhecken gesäumten Pfad entlang; der durchdringende Duft verbreitete sich in der feuchten Abendluft. Die Sonnenstrahlen drangen in den Pfad mit einer Art Ungestüm ein, den der von dem langen Pappelvorhang geworfene Schatten noch spürbarer machte; und diese nachdrücklichen Lichtergüsse hüllten mit ihren rötlichen Farbtönen eine Hütte ein, die am Ende dieses sandigen Weges stand. Über ihr Strohdach schien Goldstaub geworfen zu sein, das für gewöhnlich braun war wie Kastanienschalen, und dessen verkommener First von Hauswurz und Moos übergrünt war. Die Hütte war in diesem Lichtnebel kaum zu sehen; aber die alten Mauern, die Tür, alles hatte einen flüchtigen Glanz, alles war für den Augenblick schön, wie es für Sekunden ein Menschenantlitz ist, das sich unter der Gewalt einer Leidenschaft erwärmt und färbt. Beim Leben in freier Luft begegnet man wohl solcherlei ländlichen, rasch vorübergehenden Lieblichkeiten, die in uns den Wunsch des Apostels entfachen, der auf dem Berg zu Jesus Christus sagte: »Hier ist's gut sein; hier laß uns Hütten bauen.« Die Landschaft schien in diesem Augenblick eine reine, liebliche Stimme zu besitzen, so rein und lieblich war sie, aber auch eine traurige Stimme wie das im Westen dem Erlöschen nahe Leuchten; ein vages Abbild des Todes, eine im Himmel durch die Sonne gegebene göttliche Ankündigung, wie sie auf Erden die Blumen und die hübschen Eintagsinsekten geben. Zu dieser Stunde waren alle Farbtöne der Sonne mit Melancholie durchtränkt, und jenes Singen war melancholisch; es war übrigens ein Volkslied, ein Lied der Liebe und der Sehnsucht, das ehedem im Dienst des nationalen Hasses Frankreichs gegen England gestanden hatte, dem jedoch Beaumarchais[50] seine wahre Poesie wiedererstattet hat, indem er es auf die französische Bühne übertrug und es einem Pagen in den Mund legte, der seiner Patin sein Herz ausschüttet.[51] Jene Weise wurde ohne Worte von einer Stimme moduliert, deren klagender Ton in der Seele nachzitterte und sie rührte.

»Der Schwanengesang«, sagte Benassis. »In der Zeitspanne eines Jahrhunderts ertönt diese Stimme keine zweimal für Menschenohren. Schnell, wir müssen ihn am Singen hindern! Der Junge bringt sich um; es wäre grausam, ihm länger zu lauschen.«

»Sei doch still, Jacques! Schweig sofort!« rief der Arzt.

Der Gesang hörte auf. Genestas stand reglos und benommen da. Eine Wolke bedeckte die Sonne, die Landschaft und die Stimme waren zu gleicher Zeit verstummt. Schatten, Kühle und Schweigen waren an die Stelle des sanften Lichtglanzes und des Kindergesangs getreten.

»Warum«, fragte Benassis, »gehorchst du mir nicht? Nie wieder bringe ich dir Reiskuchen, Schneckenbouillon, frische Datteln und Weißbrot mit. Willst du denn sterben und deine arme Mutter betrüben?«

Genestas betrat einen kleinen, leidlich sauber gehaltenen Hof und erblickte einen fünfzehnjährigen Jungen, der schwächlich wie eine Frau und blond war, aber wenig Haar und eine hochrote Gesichtsfarbe hatte, wie wenn er Rouge aufgelegt habe. Er erhob sich langsam von der Bank, auf der er unter einem dichten Jasminstrauch, unter blühendem Flieder gesessen hatte, die üppig emporgeschossen waren und ihn mit ihrem Blattwerk umhüllt hatten.

»Du weißt doch ganz genau«, sagte der Arzt, »daß ich dir gesagt habe, du sollst mit der Sonne zu Bett gehen, dich nicht der Abendkühle aussetzen und nicht reden. Was fällt dir ein, zu singen?«

»Ach, Monsieur Benassis, es war da so warm, und es tut so wohl, im Warmen zu sitzen! Mich friert immer. Als ich mich so wohl fühlte, habe ich, ohne mir was dabei zu denken, einfach, weil es mir Freude machte, vor mich hingesungen: ›Marlborough zieht aus zum Kriege‹, und habe mir dabei zugehört, weil meine Stimme fast so klang wie die kleine Flöte Ihres Hirten.«

»Also, mein lieber Jacques, daß mir das nicht wieder vorkommt, verstanden? Gib mir die Hand.«

Der Arzt fühlte ihm den Puls. Die blauen Augen des Jungen waren für gewöhnlich sanft; jetzt aber ließ ein fiebriger Ausdruck sie glänzen.

»Na ja, ich hab's mir gedacht, du bist in Schweiß«, sagte Benassis. »Ist deine Mutter denn nicht da?«

»Nein.«

»Dann marsch, ins Haus und ins Bett.«

Der junge Kranke, dem Benassis und der Offizier folgten, ging zurück in die Hütte.

»Bitte stecken Sie doch eine Kerze an, Rittmeister Bluteau«, sagte der Arzt, der Jacques half, seine grobe, zerlumpte Kleidung abzulegen.

Als Genestas in der Hütte Licht gemacht hatte, war er betroffen ob der ungemeinen Magerkeit dieses Jungen; er bestand nur noch aus Haut und Knochen. Als der kleine Bauer gebettet war, klopfte Benassis ihm auf die Brust und horchte auf das Geräusch, das seine Finger vollführten; als er dann Töne von unheilvoller Vorbedeutung vernommen hatte, zog er die Bettdecke wieder über Jacques, trat vier Schritte zurück, kreuzte die Arme und musterte ihn.

»Wie fühlst du dich, kleiner Mann?«

»Gut.«

Benassis rückte einen Tisch mit vier gewundenen Beinen an das Bett, nahm ein Glas und ein Fläschchen vom Kaminsims, und bereitete einen Trank aus klarem Wasser und ein paar Tropfen der bräunlichen Flüssigkeit, die das Fläschchen enthielt und die er beim Licht der Kerze, die Genestas ihm hinhielt, sorglich abmaß.

»Deine Mutter läßt auf sich warten.«

»Sie kommt«, sagte der Junge, »ich höre sie auf dem Weg.«

Der Arzt und der Offizier warteten und hielten Umschau. Zu Füßen des Bettes lag eine mit Moos gestopfte Matratze ohne Laken und Decke, auf der die Mutter zu schlafen pflegte, sicherlich in den Kleidern. Genestas wies Benassis mit dem Finger auf dieses Lager hin; der nickte langsam, um auszudrücken, daß auch er bereits diese mütterliche Aufopferung bewundert habe. Als im Hof das Geklapper von Holzschuhen laut wurde, ging der Arzt hinaus.

»Es muß diese Nacht bei Jacques gewacht werden, Mutter Colas. Wenn er sagt, er bekomme keine Luft, dann lassen Sie ihn trinken, was ich in das Glas getan habe, das auf dem Tisch steht. Achten Sie darauf, daß er jedesmal nur zwei oder drei Schluck trinkt. Das Glas muß für die ganze Nacht reichen. Vor allem lassen Sie das Fläschchen unangerührt, und wenn Ihr Junge zu schwitzen anfängt, ziehen Sie ihm ein frisches Hemd an.«

»Ich habe heute seine Hemden nicht waschen können, lieber Herr, ich habe meinen Hanf nach Grenoble schaffen müssen, damit ich Geld bekam.«

»Gut, ich lasse Ihnen Hemden schicken.«

»Geht es ihm denn schlechter, dem armen Jungen?« fragte die Frau.

»Sie dürfen sich auf nichts Gutes gefaßt machen, Mutter Colas;

er hat die Dummheit begangen zu singen; aber schelten Sie ihn nicht aus, fahren Sie ihn nicht hart an, nehmen Sie sich zusammen. Wenn Jacques allzusehr klagt, dann lassen Sie mich durch eine Nachbarin holen. Guten Abend.«

Der Arzt rief seinen Gefährten und ging wieder dem Pfade zu.

»Ist der kleine Bauernjunge etwa brustkrank?« fragte Genestas.

»Mein Gott, ja!« antwortete Benassis. »Die Natur müßte ein Wunder tun; die Wissenschaft kann ihn nicht retten. Unsere Lehrer an der Pariser Ecole de Médecine haben uns oft von dem Phänomen erzählt, dessen Zeuge Sie gewesen sind. Gewisse Krankheiten dieser Art erzeugen in den Stimmwerkzeugen Veränderungen, die den Kranken für kurze Zeit die Fähigkeit verleihen, mit einer Vollendung zu singen, die kein ausgebildeter Sänger erreichen kann. Ich habe Sie einen traurigen Tag durchleben lassen«, sagte der Arzt, als er wieder zu Pferde saß. »Überall Leiden und überall Tod, aber auch überall Schicksalsergebenheit. Die Landleute sterben alle weise; sie leiden, schweigen und legen sich hin wie die Tiere. Aber wir wollen nicht vom Tod sprechen und lieber unsere Pferde antreiben. Wir wollen im Flecken anlangen, ehe es völlig dunkel ist, damit Sie das neue Viertel sehen können.«

»He! Da brennt es irgendwo«, sagte Genestas und zeigte auf eine Stelle des Berghangs, wo eine Flammengarbe aufschoß.

»Das ist kein Schadenfeuer. Sicherlich hat unser Kalkbrenner seinen Ofen voll. Dieser neue Gewerbezweig nützt unser Heidekraut aus.«

Plötzlich knallte ein Gewehrschuß; Benassis stieß einen unwilligen Ruf aus und sagte mit einer Aufwallung von Ungeduld: »Wenn das Butifer war, dann wollen wir mal sehen, wer von uns beiden der Stärkere ist.«

»Da drüben ist geschossen worden«, sagte Genestas und deutete auf einen Buchenwald, der über ihnen am Berghang lag. »Ja, da oben; verlassen Sie sich auf das Ohr eines alten Soldaten.«

»Da müssen wir sofort hin!« rief Benassis; er ritt geradewegs auf das Wäldchen zu und ließ sein Pferd über Gräben und Felder fliegen, als handele es sich um ein Rennen querfeldein, so sehr verlangte ihn danach, den Schützen auf frischer Tat zu ertappen.

»Der Mann, den Sie suchen, läuft davon«, rief Genestas ihm zu; er hatte ihm kaum folgen können.

Benassis riß sein Pferd herum, ritt zurück, und der Gesuchte zeigte sich bald auf einem Felsvorsprung, hundert Schritte oberhalb der beiden Reiter.

»Butifer«, rief Benassis, als er sah, daß jener eine lange Flinte trug, »komm 'runter.«

Butifer erkannte den Arzt und antwortete mit einem respektvoll freundschaftlichen Zeichen, das von vollkommenem Gehorsam aussagte.

»Ich sehe ein«, sagte Genestas, »daß ein von der Angst oder einer heftigen Erregung getriebener Mann auf diese Felsspitze hat klettern können; aber wie soll er da wieder herabsteigen?«

»Das macht mir keine Sorge«, antwortete Benassis, »auf diesen Burschen müßten die Ziegen eifersüchtig sein! Sie werden schon sehen.«

Der Major war es durch die Kriegsereignisse gewohnt, den eigentlichen Wert der Menschen zu beurteilen; er bewunderte die eigenartige Behendigkeit, die elegante Sicherheit der Bewegungen Butifers, als dieser an den Vorsprüngen des Felsens hinabklomm, auf dessen Spitze er sich so kühn gewagt hatte. Der geschmeidige, kräftige Körper des Jägers hielt sich anmutig in jeder Lage im Gleichgewicht, die einzunehmen die Steilheit des Wegs ihn zwang; er setzte den Fuß ruhiger auf eine Felsschroffe, als er einen Parkettboden betreten hätte, so sicher schien er zu sein, sich notfalls dort halten zu können. Seine lange Flinte handhabte er, als halte er lediglich einen Spazierstock. Butifer war ein junger, mittelgroßer, aber dürrer, magerer, nerviger Mann, dessen männliche Schönheit Genestas erstaunte, als er ihn vor sich sah. Offenbar gehört er der Zunft der Schmuggler an, die ihr Gewerbe ohne Gewalttätigkeit ausüben und nur List und Geduld anwenden, um den Staat zu begaunern. Er hatte ein männliches, sonnengebräuntes Gesicht. Seine hellgelben Augen funkelten wie die eines Adlers, mit dessen Schnabel seine schmale, an der Spitze leicht gebogene Nase viel Ähnlichkeit besaß. Seine Backen waren von einem leichten Flaum bedeckt. Sein roter, halb offener Mund ließ glänzend weiße Zähne sehen. Sein Vollbart, sein Schnurrbart, sein Backenbart waren rostrot; er ließ alles wachsen, es kräuselte sich von Natur und steigerte noch den männlichen, furchteinflößenden Ausdruck seines Gesichts. Alles an ihm war Kraft. Die Muskeln seiner andauernd geübten Hände waren von seltsamer Festigkeit und Dicke. Seine Brust war breit, und seine Stirn zeugte von einer wilden Intelligenz. Er hatte die unerschrockene und entschlossene, aber ruhige Miene eines Mannes, der es gewohnt ist, sein Leben aufs Spiel zu setzen, und der seine körperliche und intellektuelle Kraft in Gefahren jeglicher Art so oft erprobt hat, daß er keinerlei Zweifel an sich selbst mehr hegt. Er trug eine von den Dornen zerfetzte Jacke und an den Füßen Ledersohlen, die mit Aalhaut befestigt waren. Eine blaue, geflickte, zerschlissene Leinenhose ließ seine Beine sehen, die rot, schlank und sehnig waren wie die eines Hirschs.

»Da sehen Sie den Mann, der früher einmal einen Schuß auf mich abgefeuert hat«, sagte Benassis leise zu dem Major. »Wenn ich ihm heute den Wunsch kundtäte, ich möchte jemanden los sein, würde er ihn ohne Zaudern umlegen. – Butifer«, fuhr er fort, an den Wilderer gewandt, »ich hatte dich wirklich für einen Mann von Ehre gehalten, und ich habe mein Wort verpfändet, weil ich das deine hatte. Das Versprechen, das ich dem Staatsanwalt in Grenoble gab, gründet sich auf deinen Eid, nicht mehr zu wildern und ein ordentlicher, tüchtiger, arbeitsamer Mensch zu werden. Und dabei warst du es, der eben den Schuß abgegeben hat, und du befindest dich hier im Revier des Grafen de Labranchoir. Wenn dich nun einer seiner Jagdaufseher gehört hätte, du Unglückswurm! Zu deinem Glück werde ich kein Protokoll aufnehmen; dann nämlich wärst du rückfällig, und du hast nicht einmal einen Waffenschein! Ich habe dir dein Gewehr aus Entgegenkommen gelassen, weil ich weiß, wie du an der Waffe hängst.«

»Sie ist schön«, sagte der Major; er hatte eine Jagdflinte aus Saint-Etienne[52] erkannt.

Der Schmuggler hob den Kopf zu Genestas hin, als wolle er ihm für diese Anerkennung danken.

»Butifer«, fuhr Benassis fort, »dein Gewissen muß dir jetzt Vorwürfe machen. Wenn du dein altes Treiben wieder anfängst, befindest du dich bald wieder in einem von Mauern umschlossenen Gehege; dann kann dich kein Beistand mehr vor dem Zuchthaus retten; du würdest gebrandmarkt und ausgepeitscht. Du selber bringst mir heute abend dein Gewehr; ich bewahre es für dich auf.«

Butifer preßte den Lauf seiner Waffe krampfhaft an sich.

»Sie haben recht, Herr Bürgermeister«, sagte er. »Ich bin im Unrecht, ich habe mein Wort gebrochen, ich bin ein Hund. Mein Gewehr muß zu Ihnen wandern, aber wenn Sie es mir nehmen, dann nur als meine Erbschaft. Der letzte Schuß, den meiner Mutter Sohn abgibt, soll mir ins Gehirn gehen. Es hilft eben nichts! Ich habe getan, was Sie gewollt haben; den ganzen Winter hindurch habe ich mich ruhig verhalten; aber im Frühling, da ist der Saft emporgeschossen. Ich kann nicht das Feld bestellen, ich habe nicht das Herz danach, mein Leben lang Geflügel zu mästen; ich kann mich nicht beugen, um Gemüse zu hacken, und auch nicht in die Luft peitschen, wenn ich auf einem Karrenwagen sitze, oder im Stall einem Pferd den Rücken trockenreiben; soll ich denn vor Hunger verrecken? Nur da oben fühle ich mich wohl«, sagte er nach einer Pause und zeigte zu den Bergen hinauf. »Seit acht Tagen bin ich hier, ich hatte einen Gemsbock gesehen, und der Gemsbock liegt da oben«, sagte er und deutete auf die Felsspitze, »er steht Ihnen zur Verfügung! Mein guter Monsieur Benassis, lassen Sie mir mein Gewehr. Hören Sie, ich verspreche es Ihnen ganz fest, ich ziehe aus der Gemeinde weg, ich gehe in die Alpen, da werden die Gemsenjäger mir nichts sagen; im Gegenteil, sie werden mich mit Freuden aufnehmen, und dann komme ich in irgendeiner Gletscherspalte um. Lassen Sie mich offen sein: Ich will lieber ein Jahr oder zwei auf den Höhen leben, ohne der Regierung, den Zollwächtern, den Jagdhütern oder dem Staatsanwalt zu begegnen, anstatt hundert Jahre lang in Ihrem Sumpfland modern. Nur nach Ihnen wird mich verlangen; die andern können mir den Buckel 'runterrutschen! Sie haben zwar recht, aber Sie dürfen die Menschen doch nicht ausrotten!«

»Und Louise?« fragte Benassis.

Butifer stand nachdenklich da.

»Paß mal auf, mein Junge«, sagte Genestas, »lerne lesen und

schreiben, komm in mein Regiment, setz dich aufs Pferd und werde berittener Schütze. Wenn dann zum Aufsitzen geblasen wird und es in einen richtigen Krieg geht, dann wirst du schon sehen, daß der liebe Gott dich zu einem Leben inmitten von Kanonen, Kugeln und Schlachten erschaffen hat, und dann wirst du General.«

»Ja, wenn Napoleon wiedergekommen wäre«, antwortete Butifer.

»Du kennst doch unsere Vereinbarungen«, sagte der Arzt zu ihm. »Beim zweiten Rückfall, hast du mir versprochen, wolltest du Soldat werden. Ich lasse dir ein halbes Jahr Frist, um lesen und schreiben zu lernen, und dann werde ich schon ein Bürgersöhnchen finden, für das du Soldat werden kannst.«

Butifer blickte zu den Bergen hinauf.

»Nein, du gehst nicht in die Alpen«, rief Benassis aus. »Ein Mann wie du, ein Mann von Ehre und einer Fülle großer Begabungen, muß seinem Lande dienen, eine Brigade kommandieren und nicht um eines Gemsschwanzes willen zugrunde gehen. Das Leben, das du führst, bringt dich geradewegs ins Zuchthaus. Deine anstrengenden Beschäftigungen zwingen dich zu langen Ruhepausen; auf die Dauer gewöhnst du dir ein müßiges Leben an, und das zerstört in dir dann jeden Sinn für Ordnung, es gewöhnt dich an den Mißbrauch deiner Kraft, daran, daß du dir selbst Gerechtigkeit verschaffst, und ich will dich, auch gegen deinen Willen, auf den rechten Weg bringen.«

»Dann soll ich also vor Verschmachten und Kummer verrecken? Ich ersticke, wenn ich in einer Stadt bin. Ich kann es nicht länger als einen Tag in Grenoble aushalten, wenn ich mit Louise mal hingegangen bin.«

»Wir alle haben Neigungen, die wir entweder zu bekämpfen oder unsern Mitmenschen nützlich zu machen verstehen müssen. Aber es ist spät, ich habe Eile, du kommst morgen zu mir und bringst mir dein Gewehr, dann reden wir über all das, mein Junge. Adieu. Verkauf deinen Gemsbock in Grenoble.«

Die beiden Reiter trabten davon.

»Das nenne ich einen Mann«, sagte Genestas.

»Einen Mann auf schlechtem Weg«, antwortete Benassis. »Aber was tun? Sie haben es ja mit angehört. Ist es nicht jämmerlich, so gute Eigenschaften verkommen zu sehen? Sollte der Feind in Frankreich einfallen, so könnte Butifer an der Spitze von hundert jungen Leuten in La Maurienne eine Division einen Monat lang aufhalten; aber in Friedenszeiten kann er seine Energie nur in Lagen entfalten, die wider die Gesetze verstoßen. Er muß immer gegen etwas ankämpfen; wenn er sein Leben nicht aufs Spiel setzt, kämpft er gegen die Gesellschaft und hilft den Schmugglern. Dieser Bursche setzt ganz allein mit einem kleinen Boot über die Rhône und schafft Schuhe nach Savoyen[53]; er sucht schwerbeladen Zuflucht auf einem unzugänglichen Gipfel, wo er zwei Tage lang bleiben und von Brotkrusten leben kann. Kurzum, er liebt die Gefahr, wie andere den Schlaf lieben. Nur um die Lust auszukosten, die außergewöhnliche Situationen ihm verschaffen, hat er sich außerhalb des gewöhnlichen Lebens gestellt. Ich will nicht, daß er unmerklich auf der schiefen Ebene weiter abrutscht, daß ein solcher Mensch ein Straßenräuber wird und auf dem Schafott endet. Aber sehen Sie doch, Herr Rittmeister, wie unser Flecken sich ausnimmt!«

Genestas gewahrte in der Ferne einen großen, runden, mit Bäumen bestandenen Platz, in dessen Mitte sich ein von Pappeln umstandener Brunnen befand. Die Einfassung wurde von Böschungen gebildet, auf denen sich drei Reihen verschiedenartiger Bäume erhoben: erst Akazien, dann Pawlownien[54], und oben auf der Krone kleine Ulmen.

»Dort werden unsere Messen abgehalten«, sagte Benassis. »Die Hauptstraße beginnt mit den beiden schönen Häusern, von denen ich Ihnen erzählt habe, dem des Friedensrichters und dem des Notars.«

Sie ritten jetzt eine breite, sorgfältig mit dicken Steinen gepflasterte Straße entlang; an jeder Seite standen etwa hundert neue Häuser, fast alle waren durch Gärten voneinander getrennt. Die Kirche, deren Portal einen hübschen Blickpunkt bildete, schloß jene Straße ab, in deren Mitte zwei weitere, erst neuerdings angelegte, abzweigten; es erhoben sich dort bereits mehrere Häuser. Das Rathaus lag am Kirchplatz gegenüber dem Pfarrhaus. Je weiter Benassis ritt, desto mehr Frauen, Kinder und Männer, die ihre Tagesarbeit beendet hatten, traten vor die Haustür; die einen nahmen die Mützen ab, andere begrüßten

524

ihn, die kleinen Kinder umhüpften jauchzend sein Pferd, als sei die Gutartigkeit des Tiers ihnen bekannt wie die Güte seines Herrn. Es war eine stille Fröhlichkeit, die, wie alle tiefen Gefühle, ihre besondere Schamhaftigkeit und ihre sich mitteilende Anziehungskraft besaß. Als Genestas sah, wie der Arzt willkommen geheißen wurde, dachte er, jener sei am Vorabend allzu bescheiden in der Schilderung der Zuneigung gewesen, die ihm die Bewohner des Distrikts entgegenbrachten. Dies hier war wohl die mildeste Form königlicher Herrschaft, diejenige, deren Berechtigung in den Herzen der Untertanen geschrieben steht, was übrigens das einzige wahre Königtum ist. Wie mächtig auch die Ausstrahlungen des Ruhms und der Macht sein mögen, deren ein Mensch sich erfreut, seine Seele hat bald Empfindungen durchschaut, wie sie ihm jede Betätigung nach außen hin einträgt, und er wird sich nur zu schnell der eigenen, tatsächlichen Nichtigkeit bewußt, da durch die Ausübung seiner physischen Fähigkeiten nichts verändert worden, nichts erneut, nichts größer geworden ist. Könige, und wäre die Erde ihr Eigentum, sind wie auch andere Menschen dazu verurteilt, in einem kleinen Kreis zu leben, dessen Gesetzen sie unterstehen, und ihr Glück hängt von den persönlichen Eindrücken ab, die sie dabei empfinden. Benassis nun aber begegnete überall im Distrikt nur Gehorsam und Freundschaft.

DRITTES KAPITEL

Napoleon fürs Volk

»Na, endlich!« sagte Jacquotte. »Die Herren warten schon eine ganze Weile auf Sie. Immer dasselbe. Ich verpatze mein Abendessen jedesmal, wenn es besonders gut sein soll. Jetzt ist alles verbrutzelt.«

»Na ja, da sind wir also«, antwortete Benassis lächelnd.

Die beiden Reiter saßen ab und gingen ins Wohnzimmer, in dem sich die von dem Arzt Geladenen befanden.

»Meine Herren«, sagte er und nahm Genestas bei der Hand,

»ich habe die Ehre, Ihnen Herrn Rittmeister Bluteau von dem Kavallerieregiment vorzustellen, das in Grenoble in Garnison steht, einen alten Soldaten, der mir versprochen hat, eine Zeitlang unter uns zu weilen.« Dann wandte er sich an Genestas und deutete auf einen hochgewachsenen, dürren, grauhaarigen, schwarzgekleideten Herrn: »Dies ist Monsieur Dufau, der Friedensrichter, von dem wir schon gesprochen haben; er hat viel zum Gedeihen der Gemeinde beigetragen. – Dieser Herr hier«, fuhr er fort und stellte ihm einen jungen, mageren, mittelgroßen Herrn vor, der ebenfalls schwarz gekleidet war und eine Brille trug, »dieser Herr hier ist der Schwiegersohn von Monsieur Gravier, der Notar Tonnelet, der erste Notar, der sich im Flecken niedergelassen hat.« Dann wandte er sich einem dicken Mann zu, der halb bäuerisch, halb bürgerlich wirkte, ein plumpes, pickeliges Gesicht hatte, das indessen eitel Wohlwollen ausstrahlte: »Dies hier ist mein würdiger Adjunkt, Monsieur Cambon, der Holzhändler, dem ich das wohlwollende Vertrauen danke, das die Einwohnerschaft mir gewährt. Er ist einer der Schöpfer des Wegs, den Sie so sehr bewundert haben. – Ihnen zu sagen, welchen Beruf dieser Herr ausübt«, fügte Benassis hinzu und deutete auf den Pfarrer, »das brauche ich wohl nicht. Sie erblicken in ihm einen Mann, den gern zu haben niemand umhin kann.«

Das Antlitz des Priesters beanspruchte die Aufmerksamkeit des Offiziers durch den Ausdruck einer moralischen Schönheit, deren Verführungskraft unwiderstehlich war. Auf den ersten Blick hätte Monsieur Janviers Gesicht anmutlos wirken können, so viele seiner Züge waren streng und abstoßend. Seine kleine Gestalt, seine Magerkeit, seine Haltung kündeten von großer physischer Schwäche; aber sein stets gelassener Gesichtsausdruck zeugte von dem tiefen, inneren Frieden des Christen und von einer Kraft, die durch die Keuschheit der Seele hervorgebracht wird. Seine Augen, in denen der Himmel sich widerzuspiegeln schien, verrieten den unerschöpflichen Brandherd der Nächstenliebe, die sein Herz verzehrte. Seine seltenen und ungekünstelten Gesten waren die eines bescheidenen Menschen; er bewegte sich mit der schamhaften Schlichtheit junger Mädchen. Sein Anblick flößte Respekt und das unbestimmte Verlangen ein, mit ihm näher bekannt zu werden.

»Aber Herr Bürgermeister«, sagte er und verbeugte sich, wie um sich der Lobesrede zu entziehen, die Benassis auf ihn gehalten hatte.

Der Klang seiner Stimme drang dem Major bis ins Innerste; er versank durch die paar bedeutungslosen Worte, die dieser unbekannte Priester gesprochen hatte, in eine fast fromme Nachdenklichkeit.

»Meine Herren«, sagte Jacquotte, die bis in die Mitte des Wohnzimmers vorgedrungen war, wo sie, die Faust in die Hüfte gestemmt, stehenblieb, »Ihre Suppe steht auf dem Tisch.«

Auf die Aufforderung Benassis' hin, der der Reihe nach jeden einzelnen aufrief, um die Formalitäten des Vortritts zu vermeiden, gingen die fünf Gäste des Arztes ins Eßzimmer hinüber, und nachdem sie das ›Benedicite‹ angehört hatten, das der Pfarrer ohne Emphase halblaut sprach, setzten sie sich zu Tische. Auf dem Tisch lag eine Decke aus jenem Damast, den die Brüder Graindorge unter Heinrich IV. erfunden hatten, geschickte Weber, die diesem dicken, allen Hausfrauen bekannten Stoff ihren Namen gegeben haben.[55] Die Tischwäsche strahlte, so weiß war sie, und duftete nach Thymian, den Jacquotte stets ins Waschwasser tat. Das Geschirr war aus weißer Fayence mit blauem Rand und tadellos erhalten. Die Weinkannen hatten die altertümliche achteckige Form, die sich heutzutage nur noch in der Provinz findet. Die Messergriffe, sämtlich aus geschnitztem Horn, stellten bizarre Gestalten dar. Beim Betrachten dieser Dinge von altmodischem Luxus, die dennoch aussahen, als seien sie fast neu, fand jeder, daß sie im Einklang mit der Biederkeit und dem Freimut des Hausherrn standen. Genestas' Aufmerksamkeit verweilte kurz auf dem Deckel der Suppenterrine, den die plastische Darstellung von mancherlei Gemüse krönte; er war sehr gut bemalt nach der Art des Bernard de Palissy, eines berühmten Künstlers des 16. Jahrhunderts.[56] Jene Tafelrunde entbehrte nicht der Originalität. Benassis' und Genestas' kraftvolle Köpfe standen in prächtigem Gegensatz zu dem Apostelkopf des Monsieur Janvier; ebenso hoben die durchfurchten Gesichter des Friedensrichters und des Adjunkten das jugendliche Gesicht des Notars hervor. Die ganze menschliche Gesellschaft schien durch diese unterschiedlichen Physiognomien repräsentiert zu werden, in denen

527

sich Selbstzufriedenheit, Einverständnis mit der Gegenwart und Glaube an die Zukunft abzeichneten. Einzig Monsieur Tonnelet und Monsieur Janvier, die noch jung an Jahren waren, grübelten gern über das künftige Geschehen nach, von dem sie spürten, daß es ihnen gehören werde, während die übrigen Gäste vorzugsweise die Unterhaltung auf die Vergangenheit zurücklenkten; alle jedoch betrachteten die menschlichen Dinge voller Ernst, und ihre Ansichten spiegelten zwiefach getönte Melancholie wider: Die eine hatte die Blässe der Abenddämmerung und galt der fast erloschenen Erinnerung an Freuden, die nie wiederkehren würden; die andere war wie Frührot und gab Hoffnung auf einen schönen Tag.

»Sie dürften heute einen erschöpfenden Tag hinter sich gebracht haben, Herr Pfarrer«, sagte Monsieur Cambon.

»Ja«, antwortete Janvier. »Das Begräbnis des armen Kretins und das des alten Pelletier haben zu verschiedenen Zeiten stattgefunden.«

»Jetzt können wir wohl die Hütten des alten Dorfs abreißen lassen«, sagte Benassis zu seinem Adjunkten. »Dieser Abbruch bringt uns mindestens einen Morgen Wiesenland ein, und die Gemeinde spart überdies die hundert Francs, die uns der Unterhalt des Kretins Chaubard gekostet hat.«

»Wir sollten diese hundert Francs drei Jahre lang für den Bau eines Stegs am untern Weg auswerfen, da, wo der große Bach ist«, sagte Monsieur Cambon. »Die Leute aus dem Flecken und aus dem Tal haben es sich angewöhnt, über das Feld von Jean-François Pastoureau zu laufen, und dadurch fügen sie im Lauf der Zeit dem armen Kerl großen Schaden zu.«

»Freilich«, sagte der Friedensrichter, »das Geld könnte gar keine bessere Verwendung finden. Meiner Ansicht nach ist der Mißbrauch des Wegerechts einer der größten Übelstände auf dem Lande. Ein Zehntel der Prozesse, die vor dem Friedensrichter verhandelt werden, beruht auf unrechtmäßigen Servituten. In einer ganzen Menge von Gemeinden wird auf diese Weise nahezu ungestraft gegen das Besitzrecht verstoßen. Die Achtung vor dem Eigentum und die Achtung vor dem Gesetz sind zwei Gefühle, die in Frankreich nur zu oft unbekannt sind, und es ist überaus notwendig, dafür einzutreten. Viele Leute dünkt es unehrenhaft, dem Gesetz Unterstützung zu leihen, und das: ›Laß dich anderswo hängen!‹, eine sprichwörtliche Redensart, die von einem Gefühl löblicher Großherzigkeit diktiert worden zu sein scheint, ist im Grunde nur eine heuchlerische Formel, die dazu dient, unseren Egoismus zu verschleiern. Seien wir doch ehrlich...! Es gebricht uns an Patriotismus. Der echte Patriot ist der Staatsbürger, der so tief von der Wichtigkeit der Gesetze durchdrungen ist, daß er sie durchführen läßt, auch auf das eigene Risiko und die eigene Gefahr hin. Einen Übeltäter ungestraft davonlaufen lassen, heißt das nicht, sich zum Mitschuldigen seiner künftigen Verbrechen machen?«

»Alles steht im Zusammenhang«, sagte Benassis. »Wenn die Bürgermeister ihre Wege gut unterhielten, gäbe es nicht so viele Trampelpfade. Und wenn außerdem die Gemeinderäte besser im Bilde wären, würden sie die Eigentümer und den Bürgermeister unterstützen, wenn diese sich der Errichtung eines unrechtmäßigen Servituts widersetzen; alle würden den ahnungslosen Leuten klarmachen, daß das Schloß, das Feld, die Hütte, der Baum gleichermaßen heilig sind, und daß das *Recht* nicht nach dem unterschiedlichen Wert des Besitzes größer oder kleiner wird. Aber solcherlei Verbesserungen lassen sich nur allmählich durchführen; sie hängen in der Hauptsache von der Moral der Bevölkerung ab, und die können wir nicht ohne das wirksame Eingreifen der Pfarrer völlig ummodeln. Das bezieht sich aber nicht auf Sie, Monsieur Janvier.«

»Ich beziehe es auch gar nicht auf mich«, antwortete lachend der Pfarrer. »Lasse ich es mir etwa nicht angelegen sein, die Dogmen der katholischen Kirche mit Ihren Ansichten über das Verwaltungswesen zu koinzidieren? So habe ich in meinen Hirtenreden über den Diebstahl oft versucht, den Mitgliedern des Kirchspiels dieselben Ansichten einzuimpfen, die Sie gerade eben über das Recht geäußert haben. Wirklich, Gott wägt den Diebstahl nicht nach dem Wert des Gestohlenen, er verurteilt den Dieb. Das ist der Sinn der Gleichnisse gewesen, die dem Verständnis meiner Pfarrkinder anzugleichen ich versucht habe.«

»Das ist Ihnen gelungen, Herr Pfarrer«, sagte Cambon. »Ich kann die Wandlungen beurteilen, die Sie in den Geistern hervorgerufen haben, wenn ich nämlich den gegenwärtigen Zustand der Gemeinde mit ihrem früheren Zustand vergleiche. Ganz bestimmt gibt es wenig Distrikte, in denen die Arbeiter in bezug auf die Einhaltung der Arbeitszeit so gewissenhaft wie die unsrigen sind. Das Vieh wird gut gehütet und richtet nur durch Zufall Schaden an. Der Wald wird respektiert. Kurzum, Sie haben es unsern Bauern sehr gut verständlich gemacht, daß die Muße der Reichen der Lohn für ein sparsames, arbeitsames Leben ist.«

»Dann sind Sie also mit Ihrem Fußvolk recht zufrieden, Herr Pfarrer?« fragte Genestas.

»Herr Rittmeister«, antwortete der Priester, »man darf nicht erwarten, hienieden irgendwo Engeln zu begegnen. Überall, wo Not ist, ist auch Leid. Das Leid und die Not sind lebendige Kräfte, mit denen Mißbrauch getrieben wird wie mit der Macht. Wenn die Bauern zwei Meilen zurückgelegt haben, um an ihre Arbeitsstätte zu gelangen, und abends müde den Heimweg antreten, und wenn sie dann die Jäger sehen, die durch ihre Felder oder über ihre Wiesen laufen, damit sie rascher an den gedeckten Tisch kommen, glauben Sie, daß sie sich dann ein Gewissen daraus machen, das gleiche zu tun? Wer unter denen, die sich auf solcherlei Weise die Pfade trampeln, über die die Herren sich vorhin beschwert haben, ist dann der eigentliche Schuldige? Der, der arbeitet, oder der, der seinen Vergnügungen nachgeht? Heutzutage machen uns die Reichen wie die Armen gleichermaßen zu schaffen. Der Glaube muß wie die Macht stets von den himmlischen oder sozialen Höhen herabsteigen; und sicherlich besitzen heute die gehobenen Schichten weniger Glauben als das Volk, dem Gott eines Tages den Himmel als Belohnung für seine geduldig ertragenen Übel verheißt. Sosehr ich mich auch der kirchlichen Disziplin und der Denkart meiner Vorgesetzten unterwerfe, glaube ich, daß wir seit langem weniger anspruchsvoll in Fragen des Kults sein sollten, sondern versuchen, das religiöse Gefühl in den Herzen der Mittelschichten wieder zu erwecken, in denen über das Christentum diskutiert wird, anstatt daß dessen Maximen praktisch durchgeführt werden. Die Philosopheme der Reichen sind ein recht fatales Beispiel für die Armen gewesen und haben lange Interregnen im Königreich Gottes verursacht. Was wir heute bei unsern Schäflein gewinnen, hängt völlig von unserm persönlichen Einfluß ab; ist es nicht ein Unglück, daß der

Glaube einer Gemeinde der Achtung zuzuschreiben ist, die ein einzelner Mensch dort genießt? Wenn das Christentum von neuem die soziale Ordnung befruchtet hat, indem es alle Klassen mit seinen bewahrenden Lehren durchdringt, dann dürfte auch sein Kult nicht mehr in Frage gestellt sein. Der Kult einer Religion ist ihre Form, die Gesellschaften bestehen nur durch die Form. Euch die Fahnen, uns das Kreuz ...«

»Herr Pfarrer«, unterbrach Genestas Monsieur Janvier, »ich wüßte gern, warum Sie die armen Leute daran hindern, sich am Sonntag beim Tanz zu amüsieren?«

»Herr Rittmeister«, antwortete der Pfarrer, »an sich haben wir nichts gegen den Tanz; wir tun ihn lediglich in Acht und Bann als eine Ursache der Unmoral, die auf dem Land den Frieden stört und die Sitten verdirbt. Den Geist der Familie reinigen, die Heiligkeit ihrer Bande aufrechterhalten, heißt das nicht, das Übel an der Wurzel abschneiden?«

»Ich weiß«, sagte Monsieur Tonnelet, »daß in jeder Gemeinde ein paar Liederlichkeiten vorkommen; in der unsern jedoch werden sie selten. Wenn mehrere von unsern Bauern sich kein Gewissen daraus machen, dem Nachbarn beim Pflügen eine Furche Acker wegzunehmen, oder bei jemand anders Weidenruten zu schneiden, wenn sie sie grade nötig haben, so sind das kleine Sünden verglichen mit den Sünden der Stadtleute. Daher finde ich, daß die Bauern in diesem Tal sehr fromm sind.«

»Oh, fromm!« sagte lächelnd der Pfarrer. »Fanatismus ist hier nicht gerade zu befürchten.«

»Aber Herr Pfarrer«, fuhr Cambon fort, »wenn die Leute im Flecken jeden Morgen zur Messe gingen, wenn sie jede Woche beichteten, würde es schwerhalten, die Felder zu bestellen, und ferner würden für die Besorgung der Amtspflichten drei Pfarrer kaum genügen.«

»Arbeiten ist leben«, entgegnete der Pfarrer. »Das Praktizieren vermittelt die Kenntnis der religiösen Prinzipien, von denen die menschliche Gesellschaft lebt.«

»Und was halten Sie dann vom Patriotismus?« fragte Genestas.

»Der Patriotismus«, antwortete der Pfarrer ernst, »flößt nur vergängliche Gefühle ein; die Religion macht sie dauerhaft. Der

Patriotismus ist ein an den Augenblick gebundenes Vergessen persönlicher Interessen, wogegen das Christentum ein vollständiges System der Gegnerschaft wider die verderbten Neigungen des Menschen darstellt.«

»Aber während der Kriege der Revolution hat doch der Patriotismus . . .«

»Ja, während der Revolution haben wir Wunder vollbracht«, unterbrach Benassis Genestas. »Aber zwanzig Jahre später, 1814, war unser Patriotismus schon tot; dagegen haben Frankreich und Europa sich innerhalb von hundert Jahren zwölfmal auf Asien gestürzt, angetrieben von einem religiösen Gedanken.[57]«

»Vielleicht«, sagte der Friedensrichter, »ist es leicht, die materiellen Interessen, die zu Kämpfen zwischen Volk und Volk führen, zeitlich zu begrenzen; aber die Kriege, die zur Stützung von Dogmen, deren Ziel niemals fest umrissen ist, unternommen werden, sind notwendigerweise unbeendbar.«

»Ja, aber, Monsieur, Sie reichen ja den Fisch nicht weiter«, sagte Jacquotte, die die Teller gewechselt hatte, wobei Nicolle ihr half.

Ihren Gewohnheiten getreu, brachte die Köchin jeden Gang einzeln herein, welcher Brauch den Nachteil hat, daß starke Esser ganz erheblich zulangen, und daß die Mäßigen, deren Hunger schon bei den ersten Gängen gestillt worden ist, die besten Dinge unangerührt lassen müssen.

»Oh, meine Herren«, sagte der Priester zum Friedensrichter, »wie können Sie behaupten, die Religionskriege hätten keine festumrissenen Ziele gehabt? Ehedem war die Religion innerhalb der Gesellschaft ein so mächtiges Band, daß die materiellen Interessen von den religiösen Fragen nicht getrennt werden konnten. Daher wußte jeder Soldat ganz genau, warum er kämpfte . . .«

»Wenn um der Religion willen so viel gekämpft worden ist«, sagte Genestas, »dann dürfte Gott deren Gebäude recht unvollkommen errichtet haben. Muß eine göttliche Institution die Menschen nicht allein schon durch den Charakter der Wahrheit überzeugen?«

Alle Tischgäste blickten den Pfarrer an.

»Meine Herren«, sagte Monsieur Janvier, »Religion wird

empfunden und nicht definiert. Wir sind weder Richter über die Mittel noch die Ziele des Allmächtigen.«

»Dann muß man also, Ihrer Meinung nach, an alle Ihre Salemaleikums glauben?« fragte Genestas mit der biederen Harmlosigkeit eines Offiziers, der sich nie Gedanken über Gott gemacht hat.

»Monsieur«, antwortete der Priester ernst, »die katholische Religion macht besser als jede andere allen menschlichen Ängsten ein Ende; aber auch, wenn dem nicht so wäre, möchte ich Sie fragen, was Sie riskieren, wenn Sie an ihre Wahrheiten glauben?«

»Nicht eben viel«, sagte Genestas.

»Na also! Aber was setzen Sie aufs Spiel, wenn Sie *nicht* daran glauben? Doch wir wollen lieber von den irdischen Belangen reden, die Sie am meisten angehen. Bedenken Sie, wie nachdrücklich der Finger Gottes in den menschlichen Dingen spürbar geworden ist, wenn er nur durch die Hand seines Stellvertreters daran rührte. Die Menschen haben viel verloren, als sie von dem durch das Christentum gebahnten Weg abwichen. Die Kirche, deren Geschichte zu lesen nur wenige Menschen sich einfallen lassen und die man nach gewissen irrigen, im Volk absichtlich verbreiteten Meinungen beurteilt, hat doch von je das vollkommene Musterbild der Regierung dargestellt, die die Menschen heute zu errichten trachten. Das Prinzip der Wahl hat aus ihr schon seit langem eine große politische Macht gemacht. Es gab früher keine einzige religiöse Institution, die nicht auf der Freiheit und der Gleichheit beruht hätte. Alle Mittel und Wege arbeiteten am Werk mit. Der Rektor, der Abbé, der Bischof, der Ordensgeneral, der Papst wurden damals gewissenhaft den Erfordernissen der Kirche gemäß ausgewählt, sie gaben deren Gedanken Ausdruck; daher war man ihnen den blindesten Gehorsam schuldig. Ich möchte über die sozialen Wohltaten dieses Gedankens schweigen; er hat die modernen Nationen geschaffen, er hat so viele Dichtungen, Kathedralen, Statuen, Gemälde und Musikwerke inspiriert, so daß ich Sie nur darauf hinzuweisen brauche, daß Ihre Volkswahlen, die Schwurgerichte und die beiden Kammern ihre Wurzeln in den provinziellen und den ökumenischen Konzilen haben, im Episkopat und dem Kardinalskollegium; mit dem Unterschied freilich, daß die gegenwärtigen philosophischen

533

Ideen über die Kultur mir vor der erhabenen, der göttlichen Idee der katholischen Gemeinschaft zu verblassen scheinen, dem Bild einer weltweiten sozialen Gemeinschaft, die vollbracht wird durch das Wort und durch die Tat, die beide sich im religiösen Dogma vereinigen. Es wird den neuen politischen Systemen, für so vollkommen man sie auch halten möge, schwerfallen, aufs neue die Wunder zu vollbringen, die wir den Zeitaltern verdanken, da die Kirche der menschlichen Intelligenz zu Hilfe kam.«

»Warum?« fragte Genestas.

»Erstens, weil die Wahl, um ein Prinzip zu sein, seitens der Wähler absolute Gleichheit verlangt; sie müssen ›gleichartige Einheiten‹ sein, um mich eines Ausdrucks aus der Geometrie zu bedienen, was die moderne Politik niemals fertigbringen wird. Zweitens werden die großen politischen Dinge nur durch die Macht der Gefühle zuwege gebracht, die einzig und allein die Menschen zu einigen vermag, aber die moderne Philosophie hat die Gesetze auf das persönliche Interesse gegründet, das danach strebt, sie zu isolieren. Ehedem begegnete man mehr als heute unter den Nationen Menschen, die auf eine großherzige Weise von einem Geist der Mütterlichkeit für die verkannten Rechte, für die Leiden der Masse beseelt waren. Daher hat der Priester, der Abkömmling der Mittelklasse, sich der materiellen Kraft widersetzt und die Völker gegen ihre Feinde verteidigt. Die Kirche hat irdische Besitzungen gehabt, und ihre zeitlichen Interessen, die sie eigentlich hatten festigen sollen, haben schließlich ihre Wirksamkeit geschwächt. Wirklich, wenn der Priester privilegierten Besitz hat, wirkt er als ein Unterdrücker; bezahlt der Staat ihn, wird er zum Beamten und schuldet ihm seine Zeit, sein Herz und sein Leben; die Bürger machen ihm seine Tugenden zur Pflicht, und seine Wohltätigkeit, die durch das Prinzip der freien Wahl versiegt, verdorrt in seinem Herzen. Wenn jedoch der Priester arm ist, wenn er aus freiem Entschluß Priester wird und keinen andern Halt als Gott hat, kein Vermögen als die Herzen der Gläubigen, dann wird er wieder zum Missionar wie in Amerika, dann setzte er sich als Apostel ein und ist der Fürst des Guten. Kurzum, er kann nur durch Entbehrung herrschen, und am Überfluß geht er zugrunde.«

Monsieur Janvier hatte die Aufmerksamkeit auf sich gelenkt.

Die Tischgäste schwiegen und hingen Gedanken über die Worte nach, die im Mund eines schlichten Landpfarrers etwas so Neues waren.

»Monsieur Janvier, unter all den Wahrheiten, die Sie gesagt haben, findet sich ein schwerer Irrtum«, sagte Benassis. »Wie Sie wissen, mag ich nur ungern über die allgemeinen Belange diskutieren, die von den modernen Literaten und Regierungen aufs Tapet gebracht werden. Meiner Meinung nach sollte jemand, der ein politisches System konzipiert und die Macht in sich verspürt, es durchzuführen, stillschweigen, die Macht ergreifen und handeln; will er jedoch in der glücklichen Unbekanntheit des schlichten Bürgers bleiben, ist es dann nicht Wahnwitz, wenn er die Massen durch individuelle Diskussionen bekehren will? Dennoch will ich Sie jetzt bekämpfen, lieber Seelenhirt, weil ich mich hier an rechtliche Leute wende, die es gewohnt sind, gemeinsam ihr Licht leuchten zu lassen und in allen Dingen das Wahre zu suchen. Meine Gedanken dürften Sie seltsam dünken; aber sie sind die Frucht der Erwägungen, die die Katastrophen unserer letzten vierzig Jahre in mir ausgelöst haben. Das allgemeine Wahlrecht, das heutzutage diejenigen verlangen, die zu der sogenannten konstitutionellen Opposition gehören[58], war in der Kirche ein ausgezeichnetes Prinzip, weil, wie Sie uns soeben haben sehen lassen, die ihr angehörenden Individuen sämtlich gebildet, durch das gleiche religiöse Gefühl diszipliniert, von dem gleichen System durchtränkt waren und also genau wußten, was sie wollten und wohin sie gingen. Aber der Triumph der Ideen, mit deren Hilfe der moderne Liberalismus unklugerweise gegen die glückliche Regierung der Bourbonen Krieg führt, würde den Untergang Frankreichs und der Liberalen selber bedeuten. Die Häupter der Linken wissen das ganz genau. Wenn, was Gott verhüte, das Bürgertum unter dem Banner der Opposition die sozial Höherstehenden, gegen die seine Eitelkeit sich auflehnt, niederschlagen sollte, so würde diesem Triumph sogleich ein Kampf nachfolgen, den das Bürgertum gegen das Volk zu führen hätte, da dieses im Bürgertum eine Art Adel erblicken würde, zwar einen schäbigen, aber dennoch einen, dessen Vermögen und Privilegien ihm um so verhaßter wären, je näher es sich ihm fühlte. In diesem Kampf würde die Gesellschaft, ich sage nicht: die Nation, aufs neue untergehen, weil der stets nur vorübergehende Triumph der leidenden Masse die größte Unordnung in sich einbeschließt. Dieser Kampf würde erbittert und pausenlos sein, denn er würde auf den zahlreichen Spaltungen zwischen den Wählern beruhen, deren weniger aufgeklärter, aber zahlenmäßig überlegener Teil den Sieg über die sozialen Spitzen in einem System davontragen würde, bei dem die Stimmen gezählt und nicht gewogen wurden. Es folgt daraus, daß eine Regierung nie stärker organisiert und infolgedessen vollkommener ist, als wenn sie zur Verteidigung eines eng umzirkten Privilegiums eingesetzt würde. Was ich in diesem Augenblick als ›Privilegium‹ bezeichne, ist keins der ehedem mißbräuchlich gewissen Personen zum Schaden aller zugestandenen Rechte; nein, es drückt vielmehr auf speziellere Weise den sozialen Kreis aus, in dem die Evolutionen der Macht sich zusammenschließen. Die Macht, die Regierung, ist gewissermaßen das Herz des Staates. Nun aber hat die Natur in all ihren Schöpfungen das Lebensprinzip eingeengt, um ihm größere Spannkraft zu verleihen: so auch im politischen Organismus. Ich will meine Gedanken durch Beispiele erhärten. Gäbe es in Frankreich nur hundert Pairs, so würden sie nur hundert Reibungen verursachen. Schaffte man die Pairswürde ab, so würden alle reichen Leute zu Privilegierten werden; statt hundert hätte man deren zehntausend, und damit hätte man die Wände der sozialen Ungleichheiten verbreitert. Im Grunde stellt für das Volk allein schon das Recht, zu leben ohne zu arbeiten, ein Privileg dar. In seinen Augen ist, wer konsumiert, ohne zu produzieren, ein Räuber. Es will sichtbare Arbeitsleistung und mißt intellektueller Produktion, die es am meisten bereichert, keinen Wert bei. Wenn Sie also auf solcherlei Weise die Reibungsflächen vervielfachen, dehnen sie den Kampf auf alle Punkte des sozialen Organismus aus, anstatt ihn auf einen engen Kreis zu beschränken. Sind Angriff und Widerstand allgemein, so steht der Untergang eines Landes unmittelbar bevor. Es wird stets weniger Reiche als Arme geben; den letzteren gehört also der Sieg, sobald der Kampf zu einem materiellen Kampf wird. Die Historie nimmt es auf sich, mein Prinzip zu stützen. Die römische Republik hat die Eroberung der Welt der Konstitution des Senatoren-Privilegs verdankt. Der Senat erhielt den Machtgedanken

starr aufrecht. Als aber die Ritter und die neuen Männer
den Wirkungsbereich der Regierung dadurch ausgedehnt hatten,
daß sie das Patriziat erweiterten, war die Sache der Öffentlichkeit verloren. Trotz Sulla, und nach Cäsar, hat Tiberius daraus
das römische Kaiserreich geschaffen, ein System, in dem die
Macht, da sie sich in der Hand eines einzigen Mannes zusam-
menballte, diesem großen Herrschaftsbereich ein paar weitere
Jahrhunderte der Dauer beschert hat. Der Kaiser war nicht mehr
in Rom, als die Ewige Stadt den Barbaren erlag. Als unser Land
erobert wurde, erfanden die Franken, die es unter sich aufteilten,
das Feudal-Privileg[59], um sich ihre besonderen Besitztümer zu
sichern. Die hundert oder tausend Häuptlinge, die das Land besaßen, legten ihre Institutionen zu dem Zweck fest, die durch die
Eroberung erworbenen Rechte zu verteidigen. Auf diese Weise
dauerte der Feudalismus so lange, wie die Privilegien eingeschränkt wurden. Als nun aber aus den ›Männern dieser Nation‹,
der richtigen Übersetzung des Wortes ›Edelleute‹, statt fünfhundert fünfzigtausend wurden, kam es zur Revolution. Da der
Wirkungsbereich der Macht zu ausgedehnt war, besaß sie weder
Antrieb noch Kraft, und überdies war sie wehrlos gegen die Freilassung des Geldes und des Denkens, die sie nicht vorhergesehen
hatte. Da also der Triumph der Bourgeoisie über das System der
Monarchie das Ziel hatte, in den Augen des Volks die Zahl der
Privilegierten zu erhöhen, würde der Triumph des Volkes über
die Bourgeoisie die unvermeidliche Wirkung dieser Wandlung
werden. Wenn diese Umwälzung stattfindet, dann ist ihr Mittel
das ohne Einschränkung auf die Massen ausgedehnte Wahlrecht.
Wer abstimmt, der schwatzt. Beschwatzte Regierungen existieren
nicht. Können Sie sich eine Gesellschaft ohne Regierung vorstellen? Nein. Na, wer Regierung, wer Macht sagt, der sagt auch
Kraft. Die Kraft muß auf ›beurteilten Dingen‹ beruhen. Das sind
die Gründe, die mich auf den Gedanken gebracht haben, daß das
Prinzip der Wahl eins der verhängnisvollsten für die Existenz
moderner Regierungen ist. Freilich glaube ich meine Zuneigung
zu der armen, leidenden Bevölkerungsschicht zur Genüge bewiesen zu haben, und so könnte ich schwerlich beschuldigt werden,
ich wolle ihr Unglück; aber so sehr ich sie auf dem arbeitsamen
Weg bewundere, den sie eingeschlagen hat und auf dem sie in

ihrer Geduld und Resignation erhaben ist, erkläre ich sie für unfähig, an der Regierung teilzunehmen. Die Proletarier dünken mich die Minderjährigen einer Nation, und sie müssen immer unter Vormundschaft bleiben. Daher ist meiner Meinung nach das Wort ›Wahl‹ nahe daran, genausoviel Schaden anzurichten, wie es die Worte ›Gewissen‹ und ›Freiheit‹ getan haben, die falsch verstanden und falsch definiert und dann den Völkern hingeworfen worden sind als Symbole der Revolte und als Befehle zum Zerstören. Die Bevormundung der Massen erscheint mir also als etwas Gerechtes und Notwendiges für die Stützung der Gesellschaft.«

»Dieses System bricht so offenbar mit allen unsern heutigen Ideen, daß wir wohl ein bißchen Anrecht darauf haben, Sie um Ihre Begründungen zu bitten«, unterbrach Genestas den Arzt.

»Gern, Herr Rittmeister.«

»Was hat unser Herr da geredet?« rief Jacquotte, als sie wieder in ihre Küche gegangen war. »Hat der arme, liebe Mann ihnen da nicht etwa dazu geraten, dem Volk den Garaus zu machen? Und sie sitzen da und hören zu!«

»Das hätte ich Monsieur Benassis niemals zugetraut«, antwortete Nicolle.

»Wenn ich kräftige Gesetze verlange, um die unwissende Masse im Zaum zu halten«, fuhr der Arzt nach einer kleinen Pause fort, »so will ich, daß das soziale System schwache und nachgiebige Netze habe, um jeden aus der Menge aufsteigen zu lassen, der den Willen hat und die Fähigkeiten in sich verspürt, sich zu den oberen Klassen zu erheben. Alle Macht strebt nach ihrer Erhaltung. Um zu leben, müssen die Regierungen heute wie ehedem sich die starken Männer assimilieren, indem sie sie nehmen, wo sie sie finden, um sich aus ihnen Verteidiger zu schaffen und den Massen die energischen Leute zu entziehen, die sie aufwiegeln. Dadurch, daß ein Staat dem öffentlichen Ehrgeiz zugleich steile und leichte Wege auftut, steile für die unvollkommenen Regungen, leichte für wirkliche Willenskraft, kommt er den Revolutionen zuvor, die die Aufwärtsbewegung der wirklich Überlegenen bis zu ihrem Niveau hemmen. Unsere vierzig Jahre der Quälerei haben jedem vernünftigen Menschen beweisen müssen, daß Überlegenheit eine Folge der sozialen Ordnung ist. Sie hat

538

dreierlei unbestreitbare Spielarten: Überlegenheit des Denkens, politische Überlegenheit und Überlegenheit des Vermögens. Sind das nicht die Kunst, die Macht und das Geld oder, anders ausgedrückt, das Prinzip, das Mittel und das Resultat? Oder, wenn wir reinen Tisch voraussetzen, bei völliger Gleichheit der sozialen Einheiten, bei Geburten im gleichen Verhältnis und der Zuweisung des gleichen Stücks Erde an jede Familie, würden Sie binnen kurzer Zeit die gegenwärtigen Ungleichheiten im Vermögensbestand abermals vorfinden, und daraus ergibt sich die überraschende Wahrheit, daß die Überlegenheit des Vermögens, des Denkens und der Macht eine Tatsache sind, der man sich beugen muß, eine Tatsache nämlich, die die Masse stets als bedrückend auffassen wird, da sie in dem auf die allerrechtmäßigste Weise Erworbenen immer nur Privilegien sehen wird. Geht man von dieser Basis aus, wird also der Gesellschaftsvertrag ein beständiger Pakt unter denen sein, die besitzen, gegen die, die nicht besitzen. Nach diesem Prinzip werden die Gesetze von denen gemacht, die Nutzen daraus ziehen, denn sie müssen den Instinkt zur Selbsterhaltung haben und voraussehen, was ihnen gefährlich ist. Sie sind interessierter an der Ruhe der Massen als diese selber. Die Völker brauchen ein Glück, das fix und fertig ist. Wenn Sie diesen Standpunkt bei der Betrachtung der Gesellschaft einnehmen, wenn Sie sie in ihrer Gesamtheit auffassen wollen, werden Sie bald mit mir erkennen, daß das Wahlrecht nur von Männern ausgeübt werden darf, die Vermögen, Macht oder Intelligenz besitzen, und dann werden Sie gleichermaßen erkennen, daß ihre Sachführer nur außerordentlich beschränkte Funktionen haben können. Der Gesetzgeber, meine Herren, muß seinem Jahrhundert überlegen sein. Er konstatiert die Tendenz der allgemeinen Irrtümer und stellt die Punkte fest, zu denen die Ideen einer Nation hinneigen; er arbeitet also immer noch mehr für die Zukunft als für die Gegenwart, mehr für die heranwachsende als für die hinschwindende Generation. Wenn Sie nun aber die Masse dazu aufrufen, das Gesetz zu machen, kann dann die Masse sich selbst überlegen sein? Nein. Je mehr die Versammlung die Meinungen der Menge getreulich repräsentiert, desto weniger wird sie mit der Regierung übereinstimmen, desto weniger gehoben und klar umrissen werden ihre Ansichten sein, desto schwankender ihre Gesetzgebung; denn die Menge ist und wird immer das sein, was eben eine Menge ist. Das Gesetz fordert eine Unterwerfung unter Regeln, jede Regel steht in Widerstreit zu den natürlichen Sitten, zu den Interessen des Individuums; wird die Masse Gesetze gegen sich selbst vorschlagen? Nein. Oft muß die Tendenz der Gesetze im umgekehrten Verhältnis zur Tendenz der Sitten stehen. Die Gesetze nach den allgemeinen Sitten modeln, hieße das nicht in Spanien Prämien für die religiöse Intoleranz und für das Nichtstun aussetzen, in England für den Merkantilgeist, in Italien für die Liebe zu den Künsten, die zwar dazu dienen, die Gesellschaft auszudrücken, die aber nicht die ganze Gesellschaft sein können; in Deutschland für die Einordnung in die Adelsschichten, in Frankreich für den Geist der Leichtfertigkeit, für die Beliebtheit von Ideen, für die Leichtigkeit, uns in Fraktionen zu zerspalten, die uns stets aufgefressen haben? Was ist denn seit mehr als vierzig Jahren geschehen, seit die Wahlkollegien Hand an die Gesetze legen? Wir haben vierzigtausend Gesetze. Ein Volk, das vierzigtausend Gesetze hat, hat überhaupt kein Gesetz. Können fünfhundert mittelmäßige Intelligenzen, denn ein Jahrhundert hat nicht mehr als hundert große Intelligenzen zur Verfügung, die Kraft besitzen, sich zu solcherlei Betrachtungen aufzuschwingen? Nein. Die Männer, die ohne Unterlaß aus fünfhundert verschiedenen Lokalitäten kommen, werden niemals auf dieselbe Weise den Geist des Gesetzes verstehen, und das Gesetz muß doch aus einem Guß sein. Aber ich gehe noch weiter. Früher oder später fällt eine Versammlung unter das Zepter eines Mannes, und anstatt Dynastien von Königen zu haben, hat man die wechselnden, kostspieligen Dynastien von Premierministern. Am Schluß jeder Beratung ersteht dann ein Mirabeau, ein Danton, ein Robespierre oder ein Napoleon: Prokonsuln oder ein Kaiser. Es bedarf tatsächlich einer bestimmten Quantität an Kraft, um eine bestimmte Last zu heben; diese Kraft kann auf eine mehr oder weniger große Zahl von Hebeln verteilt werden; aber letztlich muß die Kraft der Last entsprechen: Hier nun aber ist die Last die unwissende, leidende Masse, die die unterste Schicht jeder Gesellschaft bildet. Die Macht, die von Natur etwas Einschränkendes ist, bedarf einer großen Konzentration, um der Volksbewegung

540

einen gleich kräftigen Widerstand entgegenzusetzen. Das ist die Anwendung des Prinzips, das ich soeben entwickelt habe, als ich zu Ihnen von der Einschränkung des Privilegs der Regierung sprach. Wenn man Leute von Talent zuläßt, so unterwerfen sie sich diesem Naturgesetz und unterwerfen ihm das Land; wenn man mittelmäßige Leute beruft, so werden sie früher oder später durch das überlegene Genie besiegt: Der talentierte Abgeordnete hat ein Gefühl für das Recht des Staats; der mittelmäßige Abgeordnete findet sich mit der Gewalt ab. Alles in allem: Eine Versammlung gibt einer Idee nach wie der Konvent während der Schreckensherrschaft; einer Macht wie die Gesetzgebende Körperschaft unter Napoleon; einem System oder dem Gelde wie heutzutage. Die republikanische Versammlung, die ein paar gutwillige Geister erträumen, ist unmöglich; die sie wollen, sind restlos hinters Licht geführte Leute oder künftige Tyrannen. Kommt Ihnen eine beratende Versammlung, die über die Gefahren einer Nation diskutiert, wenn gehandelt werden müßte, nicht lächerlich vor? Das Volk möge Bevollmächtigte haben, die beauftragt sind, Steuern zu bewilligen oder abzulehnen; das ist gerecht und billig, und das hat es von je gegeben, unter den grausamsten Tyrannen wie unter den wohlwollendsten Fürsten. Das Geld ist nicht zu erfassen, die Steuern haben ihre natürlichen Grenzen, über die sich eine Nation erhebt, um sie abzulehnen, oder denen sie sich unterwirft, um zu sterben. Wenn diese gewählte Körperschaft, die sich je nach den Erfordernissen wandelt wie die Ideen, die sie verkörpert, sich dagegen auflehnt, daß die Masse einem schlechten Gesetz gehorcht, ist alles gut. Aber anzunehmen, daß fünfhundert aus allen Winkeln eines Reichs stammende Männer ein gutes Gesetz zustande brächten, ist das nicht ein schlechter Scherz, für den die Völker früher oder später büßen müssen? Die Macht, das Gesetz müssen also das Werk eines einzelnen sein, der durch die Kraft der Dinge gezwungen ist, unaufhörlich sein Tun einer allgemeinen Billigung zu unterwerfen. Aber die Modifikationen, die die Ausübung der Macht mit sich bringt, sei es die Macht eines einzelnen, mehrerer oder der Menge, können sich nur in den religiösen Institutionen eines Volkes finden. Die Religion ist das einzige wahrhaft wirksame Gegengewicht gegen den Mißbrauch der höchsten Macht. Wenn das religiöse Gefühl einer Nation zugrunde geht, so wird sie aus Prinzip aufrührerisch, und der Fürst wird notwendigerweise zum Tyrannen. Die Kammern, die man zwischen die Herrscher und die Untertanen schaltet, sind nur Palliative gegen diese beiden Tendenzen. Entsprechend dem, was ich soeben gesagt habe, werden die Versammlungen entweder zu Komplizen des Aufruhrs oder der Tyrannei. Nichtsdestoweniger ist die Regierung eines einzelnen, der ich zuneige, nicht immer absolut gut, denn die Ergebnisse der Politik werden ewig von den Sitten und dem abhängen, was geglaubt wird. Wenn eine Nation alt ist, wenn die Philosopheme und der Hang zum Diskutieren sie bis ins Mark verdorben haben, marschiert ebenjene Nation trotz der Formen der Freiheit dem Despotismus entgegen; gerade wie weise Völker fast immer die Freiheit unter den Formen des Despotismus finden. Daraus ergibt sich die Notwendigkeit einer großen Einschränkung in den Wahlgesetzen, die Notwendigkeit einer starken Macht, die den Reichen zum Freund des Armen macht und dem Armen völlige Resignation befiehlt. Kurz und gut, es besteht eine echte Notwendigkeit, die Versammlung auf die Frage der Steuern und die Aufzeichnung der Gesetze zu beschränken, indem man ihr deren unmittelbare Aufstellung nimmt. Es existieren in manchen Köpfen andere Gedanken, ich weiß es. Heute wie früher gibt es glühende Geister, die auf der Suche nach ›dem Bestmöglichen‹ sind und die die Gesellschaft vernünftiger leiten möchten, als es geschieht. Aber die Neuerungen, die auf einen völligen sozialen Umschwung hinzielen, bedürfen einer universellen Sanktion. Den Neuerern ziemt Geduld. Wenn ich die Zeit ermesse, die die Ausbreitung des Christentums erforderte, einer moralischen Revolution, die rein friedlich erfolgen sollte, so durchschauert es mich bei dem Gedanken an das Unglück einer Revolution in materiellen Belangen, und ich entschließe mich zur Aufrechterhaltung der bestehenden Institutionen. Jedem sein eigener Gedanke, hat das Christentum gesagt; jedem sein eigener Acker, hat das moderne Gesetz gesagt. Das moderne Gesetz hat sich mit dem Christentum ins Einvernehmen gesetzt. Jedem sein eigener Gedanke, das ist die Sanktionierung der Rechte der Intelligenz; jedem sein eigener Acker, das ist die Sanktionierung des den Mühen der Arbeit verdankten Besitzes. Darauf beruht unsere Gesellschaft. Die Natur hat das menschliche Leben auf das Gefühl der Selbsterhaltung basiert; das soziale Leben gründet sich auf das persönliche Interesse. So geartet sind für mich die wahren politischen Prinzipien. Indem die Religion diese beiden egoistischen Gefühle unter dem Gedanken an ein künftiges Leben erdrückt, modifiziert sie die Härte der Gesellschaftsverträge. Ebenso lindert Gott die Leiden, die das Sichreiben der Interessen erzeugt, durch das religiöse Gefühl, das aus der Selbstvergessenheit eine Tugend macht, gerade wie er durch unbekannte Gesetze die Reibungen im Mechanismus seiner Welten gemildert hat. Das Christentum sagt dem Armen, er müsse den Reichen ertragen, und dem Reichen, er müsse das Elend des Armen lindern; für mich sind diese paar Worte die Essenz aller göttlichen und menschlichen Gesetze.«

»Ich, der ich kein Staatsmann bin«, sagte der Notar, »erblicke in einem Herrscher den Liquidator einer Gesellschaft, die in einem beständigen Zustand der Liquidation verbleiben muß; er hinterläßt seinem Nachfolger Aktivposten in der gleichen Höhe der von ihm übernommenen.«

»Auch ich bin kein Staatsmann«, unterbrach Benassis heftig den Notar. »Es bedarf lediglich des gesunden Menschenverstands, um das Los einer Gemeinde, eines Distrikts oder eines Arrondissements zu verbessern; wer ein Département verwaltet, bedarf schon des Talents; aber diese vier Verwaltungsbereiche stellen beschränkte Horizonte dar, die ein gewöhnliches Auge leicht zu überschauen vermag; ihre Interessen hängen mit der großen Bewegung des Staats durch sichtbare Bande zusammen. In der höheren Sphäre wird alles größer; der Blick des Staatsmanns muß den Standpunkt beherrschen, auf den er gestellt worden ist. Während es sich für die Schaffung von vielerlei Gutem in einem Département, einem Arrondissement, einem Distrikt oder einer Gemeinde darum handelt, über eine Verfallsfrist von zehn Jahren vorauszuschauen, um ein Ergebnis abzuschätzen, bedarf es, sobald es um eine Nation geht, der Vorahnung der Geschicke und ihrer Einschätzung über ein Jahrhundert hinweg. Das Genie eines Colbert[60], eines Sully[61] ist nichts, wenn es sich nicht auf die Willenskraft stützt, die einen Napoleon, einen Cromwell[62] ausmacht. Ein großer Minister, meine Herren, ist ein großer, auf

543

alle Jahre des Jahrhunderts, dessen Glanz und Wohlergehen von ihm vorbereitet worden sind, geschriebener Name. Beständigkeit ist die Tugend, die ihm am notwendigsten ist. Aber ist nicht auch Beständigkeit in allen menschlichen Dingen der höchste Ausdruck der Kraft? Wir erleben seit einiger Zeit zuviel Menschen mit mehr regierungstreuen als nationalen Gedanken, um nicht den wahren Staatsmann genauso zu bewundern wie denjenigen, der uns das größte menschliche Dichtwerk darbietet. Immer über dem Augenblick stehen und dem Schicksal zuvorkommen, über der Macht stehen und darin nur durch das Gefühl der Nützlichkeit verbleiben, deren Kräfte man nicht mißbrauchen darf, seine Leidenschaften und sogar allen vulgären Ehrgeiz beiseite lassen, um Herr seiner Fähigkeiten zu bleiben, um vorherzusehen, um ohne Unterlaß zu wollen und zu handeln; gerecht und absolut dazustehen; weder mißtrauisch noch vertrauensselig zu sein, weder zweiflerisch noch leichtgläubig, weder dankbar noch undankbar, weder hinter den Ereignissen zurückzubleiben noch durch einen Gedanken überrascht zu werden; endlich durch das Gefühl der Massen zu leben und sie stets zu beherrschen im Entfalten der Schwingen des eigenen Geistes, durch die Tragweite der eigenen Stimme und das Durchdringende des eigenen Blicks, den Einzelheiten keine Beachtung zu schenken, wohl aber den Folgen aller Dinge, heißt das nicht, ein bißchen mehr als ein Mann und Mensch sein? Müßten daher nicht die Namen dieser großen, noblen Väter der Nationen für alle Zeit volkstümlich sein?«

Es ergab sich ein Schweigen; die Gäste blickten einander an.

»Ihr Herren, ihr habt nicht das mindeste von der Armee gesagt«, rief Genestas. »Die militärische Organisation scheint mir der wahre Typus jeder guten bürgerlichen Gesellschaft zu sein; der Degen ist der Vormund eines Volkes.«

»Herr Rittmeister«, antwortete lachend der Friedensrichter, »ein alter Advokat hat einmal gesagt, daß die Reiche mit dem Degen beginnen und mit dem Tintenfaß aufhören; wir sind jetzt beim Tintenfaß angelangt.«

»Jetzt, meine Herren, haben wir die Geschicke der Welt geregelt; jetzt wollen wir von etwas anderem reden. Los, Herr Rittmeister, ein Glas Wein von der Ermitage[63]«, rief der Arzt lachend.

»Lieber zwei als eins«, sagte Genestas und hielt sein Glas hin, »ich will sie auf Ihre Gesundheit als eines Mannes trinken, der der Gattung Mensch Ehre macht.«

»Und den wir alle sehr gern haben«, sagte der Pfarrer mit milder Stimme.

»Monsieur Janvier, wollen Sie mich denn die Sünde der Hoffart begehen lassen?«

»Der Herr Pfarrer hat leise gesagt, was der Distrikt laut sagt«, entgegnete Cambon.

»Meine Herren, ich schlage vor, wir begleiten Monsieur Janvier heim zum Pfarrhaus und machen einen Mondscheinspaziergang.«

»Also auf denn!« sagten die Tischgäste und machten es sich zur Pflicht, den Pfarrer heimzugeleiten.

Nachdem sie sich von dem Pfarrer und den Gästen verabschiedet hatten, nahm der Arzt Genestas beim Arm und sagte: »Lassen Sie uns zu meiner Scheune gehen. Dort, Rittmeister Bluteau, sollen Sie von Napoleon reden hören. Ich habe da ein paar Helfershelfer, die Goguelet, unsern Briefträger, zum Reden über diesen Gott des Volks bringen sollen. Nicolle, mein Stallknecht, hat uns eine Leiter hingestellt, damit wir durch eine Luke oben aufs Heu klettern können; von da aus läßt sich alles überblicken. Glauben Sie mir, kommen Sie mit, ein Spinnabend ist etwas ganz Besonderes. Es geschieht nicht zum erstenmal, daß ich mich ins Heu lege, um einen Soldatenbericht oder eine Bauerngeschichte anzuhören. Aber wir müssen uns gut verstecken; wenn diese armen Leute einen Fremden sehen, zieren sie sich und sind nicht mehr sie selber.«

»Haha, lieber Gastgeber«, sagte Genestas, »habe ich nicht oft genug getan, als schliefe ich, um meinen Reitern im Biwak zuzuhören? Lassen Sie's gut sein, ich habe in den Pariser Theatern nie so herzlich gelacht wie bei dem Bericht über den Rückzug von Moskau, den ein alter Wachtmeister vor Rekruten, die Angst vor dem Krieg hatten, auf komische Weise zum besten gab. Er sagte, die französische Armee habe ins Bett gemacht, man habe alles geeist getrunken, die Toten seien unterwegs stehengeblieben, man habe Weißrußland gesehen, die Pferde seien mit den Zähnen gestriegelt worden, wer gern Schlittschuh lief, sei auf seine

Kosten gekommen, die Liebhaber von Gefrorenem hätten sich daran satt essen können, die Frauen seien im allgemeinen kalt gewesen, und die einzige merkliche Unannehmlichkeit habe darin bestanden, daß man kein warmes Wasser zum Rasieren gehabt hätte. Kurzum, er hat so komische Sachen erzählt, daß sogar ein alter Furier, dem die Nase abgefroren war und der deswegen ›Restnase‹ genannt wurde, darüber lachen mußte.«

»Pst!« machte Benassis, »wir sind da, ich klettere als erster hinauf, folgen Sie mir.«

Beide stiegen die Leiter hinauf und duckten sich ins Heu, ohne von den am Spinnabend Teilnehmenden gehört zu werden; sie befanden sich über ihnen und konnten sie gut sehen. Man saß in Gruppen um drei oder vier Kerzen herum; einige Frauen nähten, andere spannen, mehrere taten nichts und hielten mit vorgerecktem Hals Kopf und Augen auf einen alten Bauern gerichtet, der eine Geschichte erzählte. Die meisten Männer standen oder lagen auf Heubündeln. Diese in tiefem Schweigen verharrenden Gruppen wurden spärlich vom flackernden Schein der Kerzen beleuchtet, um die herum mit Wasser gefüllte Glaskugeln gehängt waren, so daß das Licht strahlenförmig gebündelt wurde, in dessen Helle die arbeitenden Frauen saßen. Die Geräumigkeit der Scheune, deren oberer Teil düster und schwarz blieb, schwächte das Licht noch mehr ab; es beleuchtete ungleichmäßig die Köpfe und schuf pittoreske Helldunkeleffekte. Hier glänzten die braune Stirn und die hellen Augen einer kleinen, neugierigen Bäuerin; dort hoben die Lichtbänder die rauhen Stirnen von ein paar alten Männern hervor und umrissen auf phantastische Weise ihre abgetragene oder verschossene Kleidung. Alle diese aufmerksamen, in unterschiedlichen Posen dastehenden Leute drückten durch die Reglosigkeit ihrer Züge die völlige Hingabe an den Erzähler aus. Es war ein seltsames Bild, in dem der wundersame Einfluß erglänzte, den die Poesie auf alle Gemüter ausübt. Zeigt sich der Bauer nicht dadurch, daß er von seinem Erzähler ein stets einfaches Wunderbares oder ein fast unglaubwürdiges Unmögliches verlangt, als der Freund der reinsten Poesie?

»Obgleich dieses Haus tückisch wirkte«, sagte der Bauer gerade, als die beiden neuen Zuhörer sich hingesetzt hatten, um

ihm zu lauschen, »war die arme bucklige Frau erschöpft davon,
daß sie ihren Hanf zum Markt geschleppt hatte, und sie ging
hinein; auch die hereingebrochene Nacht zwang sie dazu. Sie
bat bloß um ein Nachtlager; sie zog eine Brotrinde aus ihrem
Sack und aß sie; das war alles, was sie zu sich nahm. So nahm
denn die Wirtin, die niemand anders war als die Frau der Räuber und keine Ahnung hatte, was während der Nacht zu unternehmen sie verabredet hatten, die Bucklige auf und brachte sie
nach oben, ohne Licht. Unsere Bucklige warf sich auf ein elendes
Lager, sprach ihre Gebete, dachte an ihren Hanf und wollte
einschlafen. Aber ehe sie einschlief, hört sie ein Geräusch und
sieht zwei Männer mit einer Laterne hereinkommen; jeder von
ihnen hält ein Messer in der Hand: Da bekommt sie es mit der
Angst, denn ihr müßt wissen, zu jener Zeit waren die Edelleute
so versessen auf Pastete aus Menschenfleisch, daß welche für sie
gemacht wurde. Aber da die Alte eine Haut hatte, die vollkommen eine Hornhaut war, beruhigte sie sich wieder und dachte,
sie würde für unverdaulich gehalten werden. Die beiden Männer gehen an der Buckligen vorbei zu einem Bett hin, das in der
großen Kammer stand und in das der Herr mit dem dicken
Koffer gelegt worden war, den sie für einen Zauberer gehalten
hatten. Der größere hebt die Laterne und packt den Herrn an
den Füßen; der kleine, der getan hatte, als sei er besoffen, packt
ihn beim Kopf und schneidet ihm den Hals ab, glatt, mit einem
einzigen Schnitt: krack! Dann lassen sie die Leiche und den Kopf
einfach im Blut liegen, stehlen den Koffer und gehen wieder
nach unten. Da war unsere Bucklige in einer schönen Lage! Zuerst will sie machen, daß sie wegkommt, ohne daß jemand etwas
merkt; sie weiß ja noch nicht, daß die Vorsehung sie da hingebracht hatte zu Gottes Ruhm, und damit das Verbrechen bestraft
werde. Sie hatte Angst, und wenn man Angst hat, hält man sich
nicht mit Kleinigkeiten auf. Aber die Wirtin, die sich bei den
beiden Räubern nach der Buckligen erkundigt hatte, machte sie
bange, und sie stiegen behutsam wieder die kleine Holztreppe
hinauf. Die arme Bucklige kauert sich vor Angst zusammen und
hört, wie die beiden sich leise streiten. – ›Ich sage dir: stich sie
ab.‹ – ›Ist nicht nötig.‹ – ›Stich sie ab.‹ – ›Nein!‹ Sie kommen
'rein. Unsere Frau, die nicht dumm war, macht die Augen zu und

tut, als schliefe sie. Sie liegt da und schläft wie ein Kind, die Hand auf dem Herzen, und atmet wie ein Engelein. Der mit der Laterne läßt das Licht in die Augen der eingeschlafenen Alten fallen, und unsere Frau zuckt nicht mit der Wimper, solche Angst hatte sie um ihren Hals. – ›Du siehst doch, sie pennt wie 'n Mehlsack‹, sagt der Große. – ›Alte Weiber haben es faustdick hinter den Ohren‹, antwortet der Kleine. ›Ich mach' sie tot, dann können wir ruhiger sein. Außerdem können wir sie einpökeln und unsern Schweinen zu fressen geben.‹ Unsere Alte hört das und rührt sich nicht. – ›Na, schön, sie pennt also‹, sagt der kleine Schlaukopf, als er sieht, daß die Bucklige sich nicht rührt. Auf diese Weise ist die Alte davongekommen. Und man kann schon sagen, daß sie beherzt war. Ganz bestimmt sind hier wohl junge Mädchen, die nicht wie ein Engelein geatmet hätten, wenn sie von den Schweinen hätten sprechen hören. Jetzt hoben die beiden Räuber den toten Mann hoch, rollten ihn in seine Bettücher und warfen ihn in den kleinen Hof, und die Alte hörte, wie die Schweine grunzend herbeigelaufen kamen, nuff, nuff!, um ihn zu fressen. Und dann, am andern Morgen«, fuhr der Erzähler nach einer Pause fort, »gab die Frau zwei Sous für ihr Nacht-lager und ging weg. Sie nahm ihren Sack, tat, als wäre nichts geschehen, erkundigte sich, was es Neues gäbe, ging in Frieden und wollte loslaufen. Aber die Angst schnitt ihr die Beine ab, gerade rechtzeitig. Und zwar aus folgendem Grund. Kaum war sie 'ne halbe Viertelmeile weit gekommen, da sieht sie einer der Räuber, der ihr schlauerweise nachgegangen war, um herauszu-bekommen, ob sie auch wirklich nichts gesehen hatte. Das erriet sie natürlich und setzte sich auf einen Stein. – ›Was haben Sie denn, gute Frau?‹ fragt sie der Kleine, denn der Kleine, der tückischere von den beiden, war es, der ihr nachspionierte. – ›Ach, guter Mann‹, antwortet sie, ›mein Sack ist so schwer, und ich bin so müde, ich könnte schon den Arm eines wackeren Mannes (da könnt ihr sehen, wie durchtrieben sie war!) brauchen, um zu meiner ärmlichen Hütte zu kommen.‹ Und da erbietet sich der Räuber, sie hinzubringen. Sie ist einverstanden. Der Mann hakt sie unter, um zu sehen, ob sie Angst hat. Haha, die Frau, die zittert kein bißchen und geht ruhig weiter. Und nun reden die beiden über Landwirtschaft, und wie der Hanf am besten angebaut wird, ganz gemütlich, bis zu dem Vorort der Stadt, in der die Bucklige wohnte, und da verabschiedete sich der Räuber von ihr, aus Angst, jemandem vom Gericht zu begegnen. Die Frau kam zur Mittagsstunde heim, wartete auf ihren Mann und dachte darüber nach, was ihr unterwegs und während der Nacht passiert ist. Abends kam der Hanfbauer nach Hause. Er hatte Hunger, sie mußte ihm was zu essen machen. Während sie nun so ihre Pfanne einfettet, um ihm was zu braten, erzählt sie ihm, wie sie ihren Hanf verkauft hat, und schwatzt dabei, wie Frauen eben schwatzen, aber sie sagt nichts von den Schweinen und nichts von dem ermordeten, gefressenen und bestohlenen Herrn. Dann hält sie ihre Pfanne ins Feuer, um sie zu reinigen. Sie will sie auswischen, und da sieht sie, daß sie voll Blut ist. – ›Was hast du denn da 'reingetan?‹ fragt sie ihren Mann. – ›Nichts‹, antwortet er. Sie glaubt, sie hätte eine Weibereinbildung gehabt, und hält ihre Pfanne wieder ins Feuer. Bums! Da fällt ein Kopf durch den Schornstein. – ›Siehst du? Das ist ganz genau der Kopf des Toten‹, sagt die Alte. ›Wie er mich ansieht! Was mag er von mir wollen?‹ – ›Daß du ihn rächst!‹ sagt eine Stimme zu ihr. – ›Wie dumm du bist‹, sagt der Hanfbauer. ›Das sind mal wieder deine Faseleien ohne Sinn und Verstand.‹ Er nimmt den Kopf, der ihn in den Finger beißt, und wirft ihn auf seinen Hof. – ›Mach mir meinen Eierkuchen‹, sagt er, ›du brauchst dich deswegen nicht zu ängstigen. Es war bloß ein Kater.‹ – ›Ein Kater‹, sagt sie, ›dabei war er kugelrund‹. Wieder setzt sie die Pfanne aufs Feuer. Bums! Da fällt ein Bein herab. Der Mann wundert sich über das Bein genausowenig wie über den Kopf, packt es und wirft es vor die Tür. Schließlich fallen nacheinander das andere Bein, die beiden Arme, der Rumpf, der ganze ermordete Reisende herab. Keine Rede von Eierkuchen. Der alte Hanfhändler war arg hungrig. – ›Bei meinem Seelenheil‹, sagt er, ›wenn mein Eierkuchen fertig werden soll, müssen wir sehen, wie wir diesen Mann zufriedenstellen.‹ – ›Gibst du jetzt zu, daß es ein Mann ist?‹ sagt die Bucklige. ›Warum hast du vorhin gesagt, es sei kein Kopf, du alter Nörgler?‹ Die Frau zerschlägt die Eier, backt den Eierkuchen und trägt ihn auf, ohne noch weiter zu maulen, weil sie merkt, was sie da angerichtet hat, und es mit der Angst bekommt. Ihr Mann setzt sich hin und fängt an zu

essen. Die Bucklige, die Angst hat, sagt, sie sei nicht hungrig. –
›Tock, tock!‹ ein Fremder klopft an die Tür. – ›Wer ist da?‹ –
›Der tote Mann von gestern.‹ – ›Herein‹, antwortet der Hanfbauer. Da kommt also der Reisende herein, setzt sich auf einen
Schemel und sagt: ›Gedenket Gottes, der allen denen den Frieden der Ewigkeit spendet, die sich zu seinem Namen bekennen!
Frau, du hast mich sterben sehen, und du bewahrst Schweigen.
Ich bin von den Schweinen gefressen worden! Schweine kommen
nicht ins Paradies. Also muß ich, ein Christ, zur Hölle fahren,
weil eine Frau nicht den Mund auftut. Hat man je so etwas erlebt? Du mußt mich erlösen!‹ Die Frau, die es immer mehr mit
der Angst bekommen hatte, wischt ihre Pfanne aus, zieht ihr
Sonntagskleid an, geht aufs Gericht, erzählt von dem Verbrechen, es wird entdeckt, und die Räuber werden auf dem Marktplatz säuberlich gerädert. Nachdem dies gute Werk vollbracht
war, hatten die Frau und ihr Mann immer den schönsten Hanf,
den man je gesehen hat. Und dann, was ihnen noch lieber war,
bekamen sie, was sie sich seit langem gewünscht hatten, nämlich
einen Jungen, und der wurde im Lauf der Zeit vom König zum
Baron gemacht. Das ist die wahre Geschichte von der beherzten
Buckligen.«

»Solche Geschichten mag ich nicht, davon muß ich immer träumen«, sagte das Gräbermädchen. »Mir sind Napoleons Abenteuer lieber.«

»Richtig«, sagte der Feldhüter. »Los, Monsieur Goguelet, erzählen Sie uns was vom Kaiser.«

»Es ist schon reichlich spät«, sagte der Briefträger, »und ich
mag die Siege nicht zu kurz kommen lassen.«

»Das ist einerlei, erzählen Sie trotzdem! Wir kennen sie ja,
weil Sie sie uns schon wer weiß wie oft erzählt haben; aber es
macht immer wieder Freude, davon zu hören.«

»Erzählen Sie uns doch vom Kaiser!« riefen mehrere.

»Ihr wollt es«, antwortete Goguelet. »Na schön, ihr werdet
schon sehen, es macht keinen Eindruck, wenn es im Sturmschritt
heruntererzählt wird. Lieber möchte ich euch mal eine ganze
Schlacht schildern. Wollt ihr die bei Champ-Aubert[64] hören, wo
sämtliche Patronen verschossen wurden und wo wir uns mit
dem Bajonett zu Leibe gegangen sind?«

»Nein! Vom Kaiser! Vom Kaiser!«

Der Infanterist stand von seinem Heubündel auf und ließ über die Versammlung jenen düsteren Blick gleiten, der für alte Soldaten bezeichnend und der erfüllt ist von Elend, Geschehnissen und Leiden. Er packte seine Jacke an den Aufschlägen und hob sie an, als handele es sich darum, sich abermals den Tornister aufzupacken, in dem er ehedem seine Wäsche, seine Schuhe, seinen ganzen Besitz herumgeschleppt hatte; dann stützte er den Körper auf das linke Bein, stellte das rechte vor und kam gutwillig den Wünschen der Versammlung nach. Er strich sich das graue Haar auf einer Seite aus der Stirn, um sie frei zu machen, und reckte den Kopf gen Himmel, um sich zur Höhe der gigantischen Geschichte zu erheben, die er jetzt erzählen wollte.

»Ihr müßt wissen, Freunde, daß Napoleon auf Korsika geboren wurde; das ist eine französische Insel, die die Sonne Italiens erwärmt, da schmort alles wie in einem Backofen, und da bringt man einander um, vom Vater auf den Sohn, mir nichts, dir nichts: Das ist dort so Brauch. Um gleich mit dem Merkwürdigsten der Sache anzufangen: Seine Mutter, die die schönste Frau ihrer Zeit und eine ganz Gerissene gewesen ist, kam auf den Gedanken, ihn Gott zu weihen, damit er vor den Gefahren seiner Kindheit und seines Lebens bewahrt bleibe, weil sie geträumt hatte, daß am Tage ihrer Niederkunft die ganze Welt in Brand stünde. Das war ein Vorzeichen! Also bittet sie, Gott möge ihn schützen, unter der Bedingung, daß Napoleon die heilige Religion wiederherstelle, die damals am Boden lag. So wurde es vereinbart, und so ist es dann auch gekommen.

Jetzt folgt mir gut und sagt mir dann, ob das, was ihr hören werdet, mit rechten Dingen hat zugehen können.

Es ist sicher und gewiß, daß allein ein Mann, der es sich hat einfallen lassen, einen geheimen Pakt zu schließen, imstande ist, durch die Linien der andern hindurchzugehen, durch die Kugeln, durch den Kartätschenhagel, der uns hinmachte wie Fliegen, aber der vor seinem Haupt Respekt hatte. Davon habe ich, ich persönlich, bei Eylau[65] den Beweis erhalten. Ich sehe ihn noch vor mir: Er steigt auf eine Anhöhe, nimmt sein Fernglas, sieht sich seine Schlacht an und sagt: ›Die Sache klappt!‹ Einer von den Großkopfeten mit Federbusch, die ihm äußerst lästig waren und ihm überallhin folgten, auch wenn er beim Essen saß, wie uns erzählt worden ist, wollte sich aufspielen, und als der Kaiser wegging, stellte er sich dahin, wo der Kaiser gestanden hat. Ha. Bauz! Weggeputzt der Federbusch! Ihr könnt euch wohl denken, daß Napoleon sich verpflichtet hatte, sein Geheimnis für sich zu behalten. Deshalb sind alle, die um ihn waren, sogar seine besonderen Freunde, gefallen wie Nüsse: Duroc[66], Bessières[67], Lannes[68], alles Leute, stark wie Stahlbarren, die er nach seinem Willen goß. Kurz und gut, der Beweis, daß er Gottes Sohn war und zum Vater der Soldaten geschaffen, ist, daß er nie Leutnant oder Hauptmann war! Jawohl, sofort oberster Heerführer. Er sah kaum wie ein Dreiundzwanzigjähriger aus, als er schon ein alter General war, nach der Einnahme von Toulon, wo er angefangen hat, den andern zu zeigen, daß sie keine Ahnung vom Einsatz der Kanonen hätten. Und dann fiel da der Italienarmee ein magerer Oberkommandierender zu, der Italienarmee, der es an Brot, an Munition, an Schuhwerk, an Uniformen fehlte, einer armen Armee, die nackt war wie ein Regenwurm. – ›Ihr Freunde‹, sagt er, ›jetzt sind wir alle beisammen. Jetzt setzt euch mal in die Köpfe, daß ihr heute in vierzehn Tagen Sieger sein werdet, neu eingekleidet, daß ihr alle Mäntel habt, gute Gamaschen, tadelloses Schuhzeug; aber, Kinder, ihr müßt marschieren, damit ihr es euch in Mailand holt; da gibt es nämlich so was.‹ Und dann wurde losmarschiert. Der Franzose war erledigt, platt wie eine Wanze; jetzt richtet er sich wieder auf. Wir waren dreißigtausend Barfüßler gegen achtzigtausend großmäulige Deutsche, alles schöne Männer, glänzend ausgerüstet, ich sehe sie noch vor mir. Da bläst uns Napoleon, der damals erst Bonaparte war, irgendwas in den Wanst. Und wir marschieren bei Nacht und marschieren bei Tag, wir verhauen sie bei Montenotte[69] und verprügeln sie mörderisch bei Rivoli[70], Lodi[71], Arcole[72], Millesimo[73] und lassen nicht locker. Der Soldat findet Geschmack daran, Sieger zu sein. Da wickelt nun also Napoleon diese deutschen Generale ein; sie wußten nicht, wo sie sich verkriechen sollten, um ungeschoren zu bleiben; tadellos hat er sie eingewickelt, und manchmal klaut er ihnen auf einen Zug an die zehntausend Mann, weil er sie mit fünfzehnhundert Franzosen umzingelt, die er auf seine Weise wirken läßt, als wären es viel mehr. Kurz und gut, er nimmt ihnen ihre Kanonen, ihren Proviant, ihr Geld, ihre Munition ab, alles, was sie an Wegnehmenswertem hatten; er wirft sie ins Wasser, er schlägt sie im Gebirge, er beißt sie in der Luft, er verschlingt sie auf der Erde, er peitscht sie überall. Jetzt haben unsere Truppen sich gemausert; denn, seht ihr, der Kaiser, der war auch ein Mann von Geist, der ließ sich von der Einwohnerschaft willkommen heißen und sagte, er sei gekommen, um sie zu befreien. Und fortan gibt das Zivilvolk uns Quartiere und verwöhnt uns; die Frauen ebenfalls, es waren nämlich sehr einsichtsvolle. Und schließlich, im Ventôse 96, so hieß damals der heutige März, waren wir noch in einem Winkel des Lands der Murmeltiere in die Enge getrieben; aber nach dem Feldzug, da waren wir die Herren von Italien, wie Napoleon es vorausgesagt hatte. Und im nächsten März, innerhalb eines einzigen Jahrs und nach zwei Feldzügen, hat er uns vor Wien geführt; alles war saubergefegt. Wir hatten hintereinander drei verschiedene Armeen aufgegessen und vier österreichische Generale kaltgestellt, darunter war ein ganz alter mit weißem Haar, und der hat in Mantua festgesessen wie eine Ratte im Strohsack. Auf den Knien haben die Könige um Gnade gebettelt! Der Friede war errungen. Hätte ein Mensch das fertiggebracht? Nein. Gott hat ihm geholfen, das steht fest. Er hat sich unterteilt wie die fünf Brote im Evangelium; am Tag hat er die Schlacht befehligt, bei Nacht hat er sie vorbereitet, die Posten haben gesehen, wie er immer auf und ab ging und weder schlief noch aß. Fortan erkannte der Soldat diese Wunderdinge an und erkor ihn zu seinem Vater. Und weiter, vorwärts! Die andern, in Paris, als sie das sahen, sagten sich: ›Das ist einer, der scheint seine Befehle vom Himmel zu bekommen; der ist ganz bestimmt imstande, seine Hand auf Frankreich zu legen; der muß auf Asien oder Amerika losgelassen werden; vielleicht begnügt er sich damit!‹ Das stand für ihn geschrieben wie für Jesus Christus. Tatsache ist, daß er den Befehl bekommt, in Ägypten auf Posten zu ziehen. Da habt ihr seine Ähnlichkeit mit Gottes Sohn. Aber das ist noch nicht alles. Er ruft seine besten Leute zusammen, die, aus denen er auf ganz besondere Weise Teufelskerle gemacht hatte, und sagt zu ihnen so etwa: ›Ihr Freunde, es ist uns eine Viertelstunde bewilligt worden, auf Ägypten 'rumzukauen. Wir aber wollen es im Handumdrehen verschlucken, wie wir es mit Italien gemacht haben. Die einfachen Soldaten sollen Fürsten mit eigenem Landbesitz werden.‹ – ›Vorwärts! Vorwärts, Jungs!‹ sagen die Unteroffiziere. Und so kommen wir nach Toulon, Marschrichtung Ägypten. Damals hatten nun aber die Engländer alle ihre Schiffe auf See. Als wir uns einschiffen, da sagt uns Napoleon: ›Die bekommen uns nicht zu sehen, und es ist ganz gut, wenn ihr schon jetzt wißt, daß euer General einen Stern am Himmel hat, der uns leitet und uns beschützt!‹ Gesagt, getan. Als wir übers Meer fahren, nehmen wir Malta, wie eine Orange, um seinen Siegesdurst zu löschen; er war nämlich einer, der immer was zu tun haben mußte. Nun sind wir also in Ägypten. Gut. Da gibt es wieder einen Befehl. Die Ägypter, müßt ihr wissen, sind es, solange die Erde steht, gewohnt gewesen, Riesen als Herrscher gehabt zu haben, und Heere so zahlreich wie die Ameisen; es ist nämlich ein Land der Genien und der Krokodile, und da haben sie Pyramiden gebaut, die so groß sind wie unsere Berge, und darunter haben sie ihre Könige gelegt, damit sie frisch blieben, so was gefällt ihnen ganz besonders. Als wir nun landen, da sagt der kleine Korporal zu uns: ›Kinder, die Länder, die ihr jetzt erobern sollt, die hängen an einem ganzen Haufen von Göttern, und die müßt ihr respektieren, weil der Franzose der Freund aller Welt sein und die Leute bekämpfen soll, ohne sie zu quälen. Setzt euch in den Kürbis, daß vorläufig nichts angerührt werden darf, weil wir später ja ohnehin alles bekommen werden! Und jetzt ohne Tritt marsch!‹ Alles klappt tadellos. Aber alle diese Leute da, denen Napoleon unter dem Namen Kebir-Bonaberdis, einem Wort in ihrem Dialekt, das bedeutet: der Sultan macht Feuer, vorausgesagt worden war, hatten vor ihm eine Teufelsangst. Da haben denn der Großtürke, Asien und Afrika die Zauberei zu Hilfe gerufen und uns einen bösen Geist namens Mody[74] entgegengeschickt, von dem es heißt, er sei auf einem Schimmel vom Himmel gekommen; das Pferd war, wie sein Herr, kugelfest, und beide lebten bloß von der Luft. Manche haben ihn gesehen; aber ich selber habe keine Veranlassung, euch zu sagen, es sei bestimmt so gewesen. Die Regierungen Arabiens und der Mamelucken wollten ihren Truppen einreden, der Mody sei imstande, sie vor dem Tod in der Schlacht zu bewahren; sie behaupteten, er sei ein Engel und gesandt, um Napoleon zu bekämpfen und ihm Salomons Siegel wieder abzunehmen, das zu ihrem Kriegsgerät gehörte und von dem sie behaupteten, unser General habe es ihnen gestohlen. Ihr könnt euch wohl denken, daß wir sie dennoch dazu gebracht haben, ein schiefes Gesicht zu ziehen.

Ja, und nun sagt mir mal, wie konnten sie was von Napoleons Pakt wissen? Ging das mit rechten Dingen zu?

Es galt ihnen für gewiß, daß er Gewalt über die Geister habe und sich mir nichts, dir nichts von einem Ort zum andern bewegen könne wie ein Vogel. Er war ja tatsächlich auch überall zugegen. Schließlich hat er ihnen eine Königin entführt, die schön war wie der lichte Tag und für die er alle seine Schätze geben wollte und Diamanten, dick wie Taubeneier; aber der Mameluck, dem sie gehörte, obgleich er auch noch andere gehabt hat, der hatte das rundweg abgelehnt. Unter solchen Umständen konnte der Handel nur mit sehr viel Kämpfen geschlichtet werden. Und daran haben wir es dann auch nicht fehlen lassen, denn es gab Hiebe für alle Welt. Also haben wir uns bei Alexandria, bei Gizeh und vor den Pyramiden in Schlachtordnung aufgestellt. Wir haben in der Sonne marschieren müssen und durch Sand, wo die, die schwache Augen hatten, Wasser sahen, das man nicht trinken konnte, und Schatten, wo man nur so schwitzte. Aber wir sind mit den Mamelucken fertig geworden wie mit Braten ohne Beilage, und alles hat sich Napoleons Stimme gebeugt; und er bemächtigte sich Ober- und Unterägyptens und Arabiens, bis zu den Hauptstädten von Reichen, die es gar nicht mehr gab und wo Tausende von Standbildern waren, die fünfhundert Teufel der Natur, und außerdem, das war das Sonderbarste, eine Unzahl von Eidechsen; Donnerwetter, war das ein Land! Da hätte sich jeder seine paar Morgen Ackerland nehmen können, ganz nach Belieben. Während er sich mit seinen Angelegenheiten im Landesinneren befaßt, wo er großartige Dinge vollbringen wollte, verbrennen ihm die Engländer seine Flotte in der Schlacht bei Abukir[75]; sie wußten gar nicht, was sie sich alles ausdenken sollten, um uns zu ärgern. Aber Napoleon, der die Achtung von Orient und Okzident besaß, den der Papst seinen Sohn nannte und der Vetter Mohammeds seinen lieben Vater, wollte sich an England rächen und ihm Indien wegnehmen, als Entschädigung für seine Flotte. Er wollte uns durchs Rote Meer nach Asien fü' ren, in Länder, wo es nichts als Diamanten und Gold gibt, als Sold für die Soldaten, und Paläste als Ruhequartiere; und da einigt sich der Mody mit der Pest und schickt sie uns, um unsere Siege zu unterbrechen. Das Ganze halt! Dann marschiert alles vorbei bei dieser Parade, von der man nicht auf eigenen Beinen heimkommt. Die sterbenden Soldaten können Saint-Jean-d'Acre[76] nicht nehmen, in das wir dreimal mit heldenmütiger, kriegerischer Dickköpfigkeit eingedrungen sind. Aber die Pest war nun mal stärker; es fehlte nicht viel, und wir hätten gesagt: ›Du bist mir der Rechte!‹ Alle waren hundeelend. Einzig Napoleon war frisch wie eine Rose, und die ganze Armee hat gesehen, wie er Pestbeulen anfaßte, ohne daß es ihm was ausgemacht hätte.

Ja, ihr Freunde, glaubt ihr, daß das mit rechten Dingen zugegangen ist?

Die Mamelucken, die wußten, daß wir alle in den Lazaretten lagen, wollten uns den Weg versperren; aber Napoleon hatte für solche Witze nichts übrig. Er sagt also zu seinen Teufelskerlen, denen, die ein dickeres Fell hatten als die andern: ›Los, fegt mir mal die Landstraße sauber.‹ Junot, ein erstklassiger Haudegen, und dazu wirklich sein Freund, nimmt bloß tausend Mann, und trotzdem hat er die Armee eines Paschas in Bruch geschlagen, der die Anmaßung besessen hatte, uns den Weg zu verlegen. Na, da kommen wir denn also nach Kairo zurück; das war unser Hauptquartier. Und nun passiert wieder was Neues. Während Napoleon weg war, hat sich Frankreich von den Leuten in Paris den Charakter versauen lassen; sie behielten den Sold der Truppen ein, ihre ganze Unterwäsche, ihre Uniformen; sie ließen sie vor Hunger krepieren und wollten, daß sie der ganzen Welt Gesetze auferlegten, aber sich um nichts sonst kümmern. Das waren Schwachköpfe, die sich damit amüsierten zu schwatzen, anstatt Hand anzulegen. Und deswegen wurden unsere Armeen geschlagen und Frankreichs Grenzen verletzt: Der *Mann* war eben nicht mehr da. Seht ihr, ich sage ›der Mann‹, weil er so genannt worden ist; aber das war eine Dummheit, weil er doch einen Stern und sonst noch mancherlei Besonderes hatte: die Männer, das waren wir! Er hört, was in Frankreich los ist, und zwar nach seiner berühmten Schlacht bei Abukir[77], wo er, ohne mehr als dreihundert Mann zu verlieren, und noch dazu mit einer einzigen Division, die große, fünfundzwanzigtausend Mann starke türkische Armee geschlagen und die größere Hälfte ins Meer getrieben hat, ruckzuck! Das war sein letzter Donnerschlag in Ägypten. Als er sieht, daß da unten alles verloren ist, sagt er sich: ›Ich bin der Retter Frankreichs, ich weiß es, ich muß hin.‹ Aber bedenkt, daß die Armee von seiner Abreise nichts gewußt hat, sonst wäre er nämlich mit Gewalt zurückgehalten und zum Kaiser des Orients gemacht worden. Und so sind wir denn alle ganz traurig, als er weg ist, weil er doch unsere Freude gewesen war. Er überläßt den Oberbefehl Kléber[78], einem tollen Kerl, der aus der Garde hervorgegangen ist; der wird von einem Ägypter ermordet, und der wieder wird zu Tode gebracht, indem man ihm ein Bajonett in den Hintern stößt, was die Art ist, wie in jenem Land guillotiniert wird; aber das ist eine so lange dauernde Quälerei, daß ein Soldat Mitleid mit dem Verbrecher bekommt und ihm seine Feldflasche hinhält; und kaum hat der Ägypter das Wasser getrunken, da verdreht er vor Wonne die Augen und ist hin. Aber Spaß hat uns die Geschichte doch nicht gemacht. Napoleon setzte also den Fuß in eine Nußschale, ein ganz kleines, bedeutungsloses Schiff mit dem Namen ›Fortune‹, und im Handumdrehen, den Engländern vor der Nase weg, die mit Linienschiffen, Fregatten und allem, was Segel setzen konnte, Blockade machten, landet er in Frankreich; er hat sich ja immer darauf verstanden, die Meere mit einem Schritt zu überschreiten. Geht so was mit rechten Dingen zu? Pah! Kaum ist er in Fréjus[79] angekommen, da ist er auch schon in Paris. Da vergöttert ihn alle Welt; er jedoch ruft die Regierung zusammen. ›Was habt ihr aus meinen Kindern, den Soldaten, gemacht?‹ sagt er zu den Advokaten. ›Ihr seid ein Haufen von Taugenichtsen, ihr kümmert euch nicht die Spur um die Welt und mästet euch an Frankreich. Das ist gemein, und ich spreche für alle, die unzufrieden sind!‹ Und da wollen sie losschwatzen und ihn umbringen. Er aber schließt sie in ihrer Schwatzbude ein, läßt sie aus den Fenstern springen und steckt sie sofort unter seine Soldaten, wo sie stumm wie die Fische und weich wie Tabaksbeutel werden. Durch diesen Handstreich wird er Konsul; und da er nicht dazu geschaffen ist, am Höchsten Wesen zu zweifeln, erfüllt er jetzt sein dem lieben Gott gegebenes Versprechen, der ihm so nachdrücklich beigestanden hatte; er gibt ihm seine Kirchen zurück, er stellt die Religion wieder her; die Glocken läuten für Gott und für ihn. Jetzt ist alle Welt zufrieden: erstens die Priester, die nicht mehr schikaniert werden dürfen, zweitens die Bürger, die wieder Handel treiben können ohne Angst vor den Räubereien des Gesetzes, das ungerecht geworden war; drittens die Adligen, die totzumachen er verbot, wie es leider zur Gewohnheit geworden war. Aber es gab Feinde, die ausgefegt werden mußten, und er schläft nicht über seinem Suppennapf ein, weil, wie ihr wissen müßt, sein Auge die ganze Welt durchdrang, als sei sie nichts als ein einfacher Menschenkopf. Und jetzt erscheint er in Italien, als stecke er bloß mal den Kopf zum Fenster 'raus, und sein Blick genügt. Die Österreicher werden bei Marengo[80] verschluckt wie Gründlinge von einem Walfisch! Hupp! Hier hat die französische Siegesgöttin ihre Tonleiter so laut gesungen, daß die ganze Welt es hörte, und das hat genügt. ›Wir spielen nicht mehr mit!‹ sagen die Deutschen. – ›Uns reicht's!‹ sagen die andern. Der Erfolg: Europa duckt sich; England kneift. Allgemeiner Friede[81], bei dem die Könige und die Völker tun, als wollten sie sich umarmen. Da geschah es, daß der Kaiser sich die Ehrenlegion ausdachte, eine feine Sache, das könnt ihr mir glauben! ›In Frankreich‹, hat er zu Boulogne vor der ganzen Armee gesagt, ›hat jedermann Mut! Wenn also die Zivilbevölkerung was Glänzendes leistet, dann ist sie die Schwester des Soldaten, der Soldat ist ihr Bruder; unter der Fahne der Ehre sollen sie vereinigt werden.‹ Wir, die wir noch unten in Ägypten waren, kommen zurück.[82] Alles war anders geworden! Als General hatten wir ihn verlassen, und im Nu finden wir ihn als Kaiser wieder. Weiß Gott, Frankreich hatte sich ihm gegeben wie ein schönes Mädchen einem Lanzenreiter. Als das nun geschehen war, und zwar zur Genugtuung aller, wie man sagen kann, da gab es eine heilige Zeremonie, wie sie unter der Himmelskuppel noch nicht erlebt worden war. Der Papst und die Kardinäle in ihren goldenen und roten Gewändern kommen über die Alpen gezogen, eigens um ihn vor der Armee und dem Volk, die in die Hände klatschen, zu krönen. Aber da ist noch was, das euch nicht zu erzählen ungerecht wäre. In Ägypten, in der Wüste, in der Gegend von Syrien, erscheint ihm auf Moses' Berg ›der Rote Mann‹ und sagt zu ihm: ›Es geht alles gut.‹ Dann bei Marengo, am Abend des Siegs, hat sich der Rote Mann zum zweitenmal vor ihm erhoben und zu ihm gesagt: ›Du wirst die ganze Welt zu deinen Füßen sehen, wirst Kaiser der Franzosen werden, König von Italien, Herr von Holland, Herrscher von Spanien, von Portugal, den Illyrischen Provinzen, Protektor von Deutschland, Retter Polens, erster Adler der Ehrenlegion, und überhaupt alles.‹ Dieser Rote Mann, müßt ihr wissen, war sein eigener Gedanke, so 'ne Art Bote, wie manche sagen, der ihm als Verbindungsmann mit seinem Stern diente. Ich selber habe das nie geglaubt; aber der Rote Mann ist eine unbestreitbare Tatsache, und Napoleon hat selber mit ihm gesprochen, und er hat gesagt, in harten Augenblicken werde er zu ihm kommen, und er bleibe im Tuilerien-Palais, oben unterm Dach. Also, am Abend des Krönungstages hat Napoleon ihn zum drittenmal gesehen, und sie haben über vielerlei Dinge beratschlagt. Dann geht der Kaiser geradewegs nach Mailand und läßt sich zum König von Italien krönen. Da beginnt erst richtig der Triumph des Soldaten. Fortan wird alles, was schreiben kann, Offizier. Es regnet Pensionen und Verleihungen von Herzogtümern; Schätze für den Generalstab, die Frankreich nichts kosten; und die Ehrenlegion schafft für die einfachen Soldaten Renten, und daraus beziehe ich nach wie vor meine Pension. Kurzum, es werden Armeen gehalten, wie man es nie zuvor erlebt hat. Aber der Kaiser, der wußte, daß er der Kaiser aller Welt sein müßte, denkt an die Bürger und läßt ihnen, ganz wie sie es mögen, märchenhafte Bauwerke errichten, an Stellen, wo vorher alles so kahl gewesen ist wie auf meiner Hand; nehmt mal an, ihr kämt aus Spanien und wolltet nach Berlin; na ja, da würdet ihr überall Triumphbögen finden mit gemeinen Soldaten drauf, aber schöne Bildhauerarbeit, nicht mehr und nicht minder als Generale. Innerhalb von zwei oder drei Jahren füllt Napoleon, ohne euch Steuern aufzuerlegen, seine Keller mit Gold, baut Brücken, Paläste, Landstraßen, schafft Gelehrte, Feste, Gesetze, Schiffe, Häfen; und er gibt eine Unzahl von Millionen aus, und immer noch mehr, und immer noch mehr; so daß man mir gesagt hat, er hätte ganz Frankreich mit Hundertsousstücken pflastern können, wenn er's nur gewollt hätte. Und als er nun so behaglich auf seinem Thron sitzt und so recht der Herr aller Dinge ist, den Europa um Erlaubnis bitten muß, wenn es was unternehmen will: Weil er nun aber vier Brüder und drei Schwestern hatte, sagt er uns im Plauderton im Tagesbefehl: ›Kinder, ist es richtig, daß die Verwandten eures Kaisers immerfort die Hand ausstrecken müssen? Nein. Ich will, daß sie genauso glänzend dastehen wie ich! Jetzt ist es unbedingt notwendig, daß für jeden von ihnen ein Königreich erobert wird, damit der Franzose Herr von allem und jedem ist; damit die Soldaten der Garde die Welt erzittern lassen, und Frankreich spucken kann, wohin es will, und daß zu ihm gesagt wird, wie es auf meinen Münzen steht: ›Gott schütze dich!‹ – ›Gemacht!‹ sagt die Armee, ›wir fischen dir Königreiche mit dem Bajonett!‹ Ha, da konnte man doch nicht mehr zurück, seht ihr! Und hätte er's sich in den Kopf gesetzt, den Mond zu erobern, dann hätten wir das irgendwie deichseln müssen, den Tornister packen und 'raufklettern; zum Glück hat er das nicht gewollt. Die Könige, die ihre weichen Thronsessel gewohnt waren, haben sich natürlich am Ohr zupfen lassen; und dann hieß es für uns: vorwärts! Wir marschieren, wir ziehen los, und das Zittern fängt wieder an, mit schöner Einmütigkeit. Was hat er zu jener Zeit an Menschen und Stiefelsohlen verschlissen! Wir kämpften so grausig, daß alle andern als die Franzosen davon vollkommen erledigt gewesen wären. Aber ihr wißt ja, daß der Franzose der geborene Philosoph ist und weiß, daß er früher oder später sterben muß. Daher sind wir dann ja auch alle gestorben, ohne den Mund aufzutun, weil wir die Freude hatten, den Kaiser auf den Landkarten dies hier machen zu sehen!« (Der Infanterist zog mit dem Fuß hurtig einen Kreis auf dem Tennenboden.) »Und dann sagte er: ›Dies soll ein Königreich werden!‹ Und schon war es ein Königreich. Was war das für eine schöne Zeit! Im Handumdrehen wurden die Obersten Generale; die Generale Marschälle, die Marschälle Könige. Und von denen ist noch einer übrig und steht da und kann es Europa sagen, obgleich er ein Gaskogner ist, ein Verräter an Frankreich, um seine Krone zu behalten, und er ist nicht rot geworden vor

Scham, weil Kronen, ihr wißt es ja, aus Gold sind![83] Na ja, die Pioniere, die lesen konnten, wurden trotzdem geadelt. Ich, der ich hier zu euch spreche, habe in Paris elf Könige und ein ganzes Volk von Fürstlichkeiten gesehen, die Napoleon umgaben, wie die Sonne von Strahlen umgeben ist! Ihr versteht wohl, daß jeder Soldat, da er doch Aussicht hatte, einen Thron zu besteigen, vorausgesetzt, daß er was geleistet hatte, daß ein Gardekorporal eine Sehenswürdigkeit war, wenn er vorbeiging, weil eben jeder seinen Anteil am Siege hatte, was im Bulletin ausdrücklich bekanntgegeben wurde. Und was für Schlachten hat es damals gegeben! Austerlitz[84], wo die Armee manövriert hat wie auf dem Paradeplatz; Eylau, wo die Russen in einem See ertränkt worden sind, als hätte Napoleon draufgehaucht[85]; Wagram[86], wo drei Tage hintereinander unverdrossen gekämpft worden ist. Kurz und gut, es gab so viele Schlachten wie Heilige im Kalender. Damals hat sich erwiesen, daß Napoleon in seiner Scheide das wahre Schwert Gottes trug. Jetzt besaß der Soldat seine Achtung, und er machte ihn zu seinem Kind und Sohn, kümmerte sich darum, ob er Stiefel habe, Wäsche, Mäntel, Brot und Patronen; obgleich er Wert auf seine Majestät legte, denn Regieren war ja sein Beruf. Aber gleichgültig! Ein Sergeant oder sogar ein Soldat konnte ihn anreden: ›Herr Kaiser‹, gerade wie ihr manchmal zu mir sagt: ›Lieber Freund‹. Und er ging auf die Gründe ein, die ihm vorgetragen wurden; er schlief im Schnee wie wir alle; kurz und gut, er wirkte fast wie ein gewöhnlicher Mensch. Ich, der ich hier stehe, habe ihn mit beiden Beinen im Kugelregen stehen sehen, und er ist dabei genauso ruhig gewesen wie ihr hier, hat durch sein Fernglas geschaut und sich mit seiner Schlacht befaßt; da sind wir natürlich ebenfalls ruhig geblieben wie Baptiste[87]. Ich weiß nicht, wie er das anfing, aber wenn er zu uns sprach, dann fuhren uns seine Worte wie Feuer in den Magen; und um ihm zu zeigen, daß wir seine Kinder waren und außerstande auszukneifen, gingen wir im Gleichschritt auf die Lümmel von Kanonen los, die brüllten und ganze Heerscharen von Kugeln auf uns kotzten, ohne ›Obacht!‹ zu sagen. Sogar die Sterbenden hatten noch das Zeug dazu, sich aufzurichten, um ihm eine Ehrenbezeigung zu machen und zu rufen: ›Es lebe der Kaiser!‹

Ging das mit rechten Dingen zu? Hättet ihr das für einen gewöhnlichen Menschen getan?

Als er nun seine ganze Familie gut untergebracht hatte, war er genötigt, die Kaiserin Joséphine, die trotzdem eine gute Frau war, aber ihm keine Kinder schenken konnte, zu verlassen, obwohl er sie ungemein liebhatte. Aber er mußte nun mal Kinder haben, der Regierung wegen. Als sämtliche Herrscher Europas von dieser Schwierigkeit erfuhren, da haben sie sich darum geprügelt, wer ihm eine Frau geben sollte. Und dann hat er, wie uns gesagt worden ist, eine Österreicherin geheiratet, die die Tochter der Cäsaren war; Cäsar, das war ein Mann aus alten Zeiten, von dem noch immer geredet wird, und nicht nur bei uns, wo es von ihm heißt, er habe alles geschaffen, sondern in ganz Europa. Und das ist so wahr, daß ich, der eben in diesem Augenblick zu euch spreche, an die Donau gegangen bin, wo ich die Stücke einer Brücke gesehen habe, die dieser Mann gebaut hat, der in Rom ein Verwandter Napoleons gewesen zu sein scheint, und daraus hat sich der Kaiser das Recht hergeleitet, für seinen Sohn Cäsars Erbschaft zu übernehmen. Also nach seiner Heirat, die für die ganze Welt ein Fest wurde, und bei der er dem Volk auf zehn Jahre die Steuern erlassen hat, die dann aber trotzdem gezahlt worden sind, weil die blöden Hunde von Steuerbeamten sich nicht danach gerichtet haben, da hat seine Frau einen kleinen Jungen bekommen, und das war der König von Rom; so was war auf Erden noch nicht dagewesen, denn nie zuvor war ein Kind bei Lebzeiten seines Vaters als König geboren worden. An diesem Tag ist in Paris ein Luftballon[88] aufgestiegen, um es in Rom zu sagen, und der Ballon hat die Reise an einem einzigen Tag zurückgelegt. Haha! Ist jetzt noch einer unter euch, der behauptet, das sei mit rechten Dingen zugegangen? Nein, es stand in den Sternen geschrieben! Und wer nicht sagt, Napoleon sei von Gott gesandt worden, um Frankreich triumphieren zu lassen, der soll die Krätze kriegen. Aber jetzt ärgert sich der Kaiser von Rußland, der sein Freund war, daß er keine Russin geheiratet hat, und unterstützt die Engländer, unsere Feinde; Napoleon ist ja stets daran gehindert worden, mit denen mal ein paar Worte in ihrem Krämerladen zu reden. Mit diesen Enterichen mußte also Schluß gemacht

werden. Napoleon wird wütend und sagt zu uns: ›Soldaten!
Ihr habt alle Hauptstädte Europas bezwungen; bleibt nur noch
Moskau, das sich mit England verbündet hat. Um nun aber
London erobern zu können und Indien, das den Engländern
gehört, finde ich es richtig, daß wir nach Moskau ziehen.‹ Und
jetzt sammelt sich die größte Armee, die je ihre Gamaschen über
den Erdball geschleppt hat, und die wird so merkwürdig gut
aufgestellt, daß er an einem einzigen Tag eine Million Menschen
Revue passieren lassen kann. – ›Hurrah!‹ sagen die Russen. Und
da liegt das ganze Rußland, Kosakenpferde, die dahinflitzen.
Es ging Land gegen Land, allgemeines Durcheinander, bei dem
man sich in acht nehmen mußte. Und wie der Rote Mann zu
Napoleon gesagt hatte: ›Das bedeutet Asien gegen Europa!‹ –
›Genügt‹, hat er gesagt, ›ich werde mich vorsehen.‹ Und nun
kommen tatsächlich sämtliche Könige und lecken Napoleon die
Hand! Österreich, Preußen, Bayern, Sachsen, Polen, Italien,
alles ist mit uns, schmeichelt uns, und das war schön! Nie haben
die Adler sich so gebrüstet wie bei diesen Paraden, als sie über
allen Fahnen Europas schwebten. Die Polen wußten nicht aus
noch ein vor Freude, weil der Kaiser sie aufgewiegelt hatte; und
von da an sind Polen und Frankreich immer Geschwister gewesen. Schließlich ruft die Armee: ›Rußland muß unser sein!‹
Gut ausgerüstet rücken wir ein; wir marschieren und marschieren: kein Russe zu sehen. Endlich entdecken wird die Bande in
ihrem Lager an der Moskwa. Da hab' ich das Kreuz bekommen,
und ich darf wohl sagen, es war eine verteufelt heiße Schlacht.[59]
Der Kaiser war beunruhigt; er hatte den Roten Mann gesehen,
und der hatte zu ihm gesagt: ›Mein Sohn, du rückst zu schnell
vor, es fehlt dir noch an Truppen, deine Freunde werden dich
verraten.‹ Daher machte er Friedensvorschläge. Aber ehe er unterzeichnet, fragt er uns: ›Wollen wir die Russen noch mal verdre-
schen?‹ – ›Topp!‹ hat die Armee gerufen. ›Vorwärts!‹ haben die
Unteroffiziere gesagt. Meine Stiefel waren durchgelatscht, meine
Uniformstücke aus den Nähten, weil wir uns auf Wegen hatten
abschinden müssen, die ganz und gar nicht bequem sind! Aber
das ist ja egal! ›Wenn es denn schon Schluß sein soll mit der
ganzen Geschichte, dann will ich sie noch mal nach Herzenslust
auskosten‹, sage ich mir. Wir standen vor der großen Schlucht,

563

ganz in vorderster Linie! Das Signal wird gegeben, siebenhundert Geschütze fangen eine Unterhaltung an, daß einem das Blut hätte aus den Ohren quellen können. Man muß seine Feinde gerecht beurteilen; unsere Russen haben sich da umbringen lassen, als wären sie Franzosen; sie wankten und wichen nicht, und wir kamen nicht voran. ›Vorwärts!‹ wird uns zugerufen, ›der Kaiser kommt!‹ Es stimmt, er reitet im Galopp vorbei und macht uns ein Zeichen, es komme viel darauf an, daß die Schanze genommen würde. Er feuert uns an, wir laufen, ich komme als erster an der Schlucht an. O mein Gott, die Leutnants fielen, die Obersten, die Soldaten![90] Kommt nicht drauf an. Das gab Schuhe für die, die keine mehr hatten, und Achselstücke für die Schlauköpfe, die lesen konnten. Sieg! schreit es auf der ganzen Linie. Donnerwetter, so was hatte es noch nicht gegeben, fünfundzwanzigtausend Franzosen lagen am Boden. Entschuldigt, aber es war wirklich ein gemähtes Weizenfeld: Nur statt der Halme müßt ihr euch Männer denken! Wir alle waren recht ernüchtert. Der *Mann* kommt, wir stellen uns im Kreis um ihn herum. Und nun schmeichelt er uns; er konnte nämlich liebenswürdig sein, wenn er wollte, und uns mit notgeschlachtetem Kuhfleisch befriedigen, wenn wir Hunger hatten wie die Wölfe. Also verteilt der Schmeichler eigenhändig die Kreuze, erweist den Gefallenen eine Ehrenbezeigung; dann sagt er zu uns: ›Nach Moskau!‹ – ›Auf nach Moskau!‹ ruft die Armee. Wir nehmen Moskau. Haben da etwa die Russen nicht ihre Stadt in Brand gesteckt? Es war wie ein zwei Meilen breites Strohfeuer, und zwei Tage lang hat es geflammt. Gebäude fielen zusammen wie Schieferbrocken! Es gab wahre Regengüsse von geschmolzenem Eisen und Blei, und die waren natürlich grauenhaft; und euch kann man es ja heute sagen: Es war das Wetterleuchten unseres Unglücks. Der Kaiser sagt: ›Jetzt ist es genug; dabei gehen ja alle meine Soldaten drauf!‹ Wir machen uns einen Spaß daraus, uns ein Weilchen zu verschnaufen und unsern Kadaver wieder instand zu setzen, weil wir nämlich tatsächlich sehr abgekämpft waren. Wir nehmen ein goldenes Kreuz mit, das auf dem Kreml gestanden hatte, und jeder Soldat hatte ein kleines Vermögen. Aber beim Rückmarsch setzt der Winter einen Monat zu früh ein, was die Gelehrten, diese Rindviecher, sich nicht zur Genüge klargemacht hatten, und die Kälte zwickt und zwackt uns. Es gibt keine Armee mehr, ist euch das klar? Keine Generale, und nicht mal mehr Unteroffiziere. Fortan herrschen nur Elend und Hunger, und das war eine Regierung, unter der wir alle gleich waren! Jeder war nur darauf bedacht, Frankreich wiederzusehen; keiner bückte sich, um sein Gewehr oder sein Geld aufzuheben; und jeder trottete einfach gradeaus, hielt seine Waffe, wie es gerade kam, und pfiff auf den Ruhm. Schließlich war das Wetter so schlecht, daß der Kaiser seinen Stern nicht mehr hat sehen können. Es hatte sich etwas zwischen den Himmel und ihn geschoben. Der arme Mann, es machte ihn ganz krank, zu sehen, daß seine Adler nicht mehr auf den Sieg zuflogen! Es hat ihm arg zu schaffen gemacht, das könnt ihr mir glauben! Jetzt kommt die Beresina. Hier, ihr Freunde, das kann man schon bei allem, was es an Heiligstem gibt, nämlich auf Ehrenwort, behaupten: Seit es Menschen gibt, hat es nie und nimmer ein solches Durcheinander in der Armee gegeben, von Fahrzeugen und Artillerie, bei einer solchen Schneemenge, unter einem so feindlichen Himmel. Die Gewehrläufe verbrannten einem die Hände, wenn man sie anfaßte, so kalt war es. Da ist die Armee durch die Pioniere gerettet worden, die tapfer auf dem Posten gewesen sind, und da hat sich Gondrin so großartig benommen, der einzige Überlebende von den Leuten, die es sich in den Kopf gesetzt hatten, ins Wasser zu steigen und die Brücke zu bauen, über die die Armee hinwegmarschiert ist und sich vor den Russen in Sicherheit gebracht hat, die immer noch Respekt vor der Großen Armee hatten, in Anbetracht der Siege. Und«, sagte er und deutete auf Gondrin, der ihn mit der eigenartigen Aufmerksamkeit der Schwerhörigen anblickte, »Gondrin ist durch und durch Soldat, sogar ein Soldat von Ehre, der eure höchste Achtung verdient. Ich habe«, fuhr er dann fort, »den Kaiser gesehen, wie er unbeweglich an der Brücke gestanden hat; ihn hat nicht gefroren. Ging das mit rechten Dingen zu? Er sah mit an, wie seine Schätze untergingen, seine Freunde, seine alten Ägyptenkämpfer. Pah, alle zogen sie an ihm vorüber, die Frauen, die Packwagen, die Artillerie; alles aufgebraucht, verschlungen, ruiniert. Die Tapfersten hatten die Adler behalten; denn die Adler, müßt ihr wissen, die waren Frankreich, die waren ihr alle, die waren die Ehre des Zivilvolks und des Militärs, die mußten rein bleiben und durften nicht den Kopf der Kälte wegen senken. Man wurde nur wieder warm, wenn man beim Kaiser war, denn wenn er sich in Gefahr befand, dann liefen wir herzu, wir Steifgefrorenen, die wir nicht mehr anhielten, um einem Freund die Hand zu reichen. Es heißt auch, in der Nacht habe er über seine arme Familie von Soldaten geweint. So was konnten auch nur Leute wie er und Franzosen überstehen; und wir haben es ja auch überstanden, aber unter Verlusten, großen Verlusten, sage ich euch! Die Verbündeten hatten unsere Lebensmittel aufgegessen. Alles fing an, ihn zu verraten, wie der Rote Mann es ihm gesagt hatte. Die Pariser Schwatzbolde, die seit der Aufstellung der Kaiserlichen Garde den Mund gehalten hatten, halten ihn für tot und zetteln eine Verschwörung zum Sturz des Kaisers an, in die der Polizeipräfekt verwickelt wurde.[91] Er hört davon, es ärgert ihn, und ehe er abreist, sagt er zu uns: ›Lebt wohl, Kinder, bleibt auf euerm Posten, ich komme wieder.‹ Pah, seine Generale reden verworrenes Zeug, denn ohne ihn war nichts mehr los. Die Marschälle schwatzten Dummheiten, machten Dummheiten, und das war ganz natürlich; Napoleon, der ein guter Mensch war, hatte sie mit Gold vollgestopft; sie waren so fett geworden, daß sie nicht mehr marschieren wollten. Daher rührt alles Unglück, denn mehrere sind einfach in der Garnison geblieben, ohne dem Feind den Rücken durchzubleuen, hinter dem sie standen, während wir nach Frankreich zurückgetrieben wurden. Aber der Kaiser kommt zu uns zurück mit Rekruten und noch dazu famosen Rekruten, deren Moral er vollständig umgekrempelt und aus denen er Hunde gemacht hat, die jeden bissen, und mit einer Ehrengarde aus Bürgern, einer schönen Truppe, die zusammenschmolz wie Butter in der Sonne. Trotz unserer strengen Haltung ist jetzt alles gegen uns; aber die Armee vollbringt noch immer Wunder an Tapferkeit. Fortan gibt es Haufen von Schlachten, Volk gegen Volk: bei Dresden[92], Lützen[93], Bautzen[94] ... Vergeßt das nicht, ihr Leute, denn da ist der Franzose so ganz besonders tapfer gewesen, daß ein guter Grenadier nicht länger als ein halbes Jahr am Leben blieb. Wir siegten immer, aber wiegeln da nicht in unserm Rücken die Engländer die Völker auf und reden ihnen Dummheiten ein? Na ja, wir machen uns Bahn durch diese Meute von Nationen hindurch. Überall, wo der Kaiser erscheint, kommen wir durch; denn überall, auf dem Festland wie auf See, wo er gesagt hat: ›Ich will durch!‹, da sind wir auch durchgekommen. Und schließlich sind wir in Frankreich, und manch einem armen Fußlatscher hat trotz der Härte der Zeit die Heimatluft die Seele wieder zufrieden gemacht. Ich persönlich kann schon sagen, daß sie mir das Leben wieder frisch gemacht hat. Aber in dieser Stunde galt es, Frankreich, das Vaterland, das schöne Frankreich gegen ganz Europa zu verteidigen, das uns grollte, daß wir den Russen was vorschreiben wollten, indem wir sie in ihre Grenzen zurücktrieben, damit sie uns nicht auffraßen, wie es im Norden üblich ist, denn der giert immer nach dem Süden, wie ich mehrere Generale habe sagen hören. Jetzt also sieht der Kaiser seinen eigenen Schwiegervater, seine Freunde, die er auf Königsthrone gesetzt, und die Kanaillen, denen er ihre Throne zurückgegeben hatte, samt und sonders gegen sich. Und sogar Franzosen wenden sich auf höheren Befehl in unseren eigenen Reihen gegen uns, wie in der Schlacht bei Leipzig[95]. Sind das nicht schreckliche Dinge, deren gemeine Soldaten nicht fähig wären? So was brach sein Wort täglich dreimal, und das nannte sich Fürstlichkeit! Und jetzt beginnt die Invasion. Überall, wo unser Kaiser sein Löwenantlitz zeigt, weicht der Feind zurück, und der Kaiser hat zu jener Zeit bei der Verteidigung Frankreichs mehr Wunder vollbracht als ehedem bei der Eroberung Italiens, des Orients, Spaniens, Europas und Rußlands. Jetzt will er alle Ausländer begraben, um sie Achtung vor Frankreich zu lehren, und er läßt sie bis vor Paris rücken, um sie mit einem Ruck zu verschlingen und sich durch eine noch größere Schlacht als alle bisherigen, eine Hauptschlacht, mit einem Wort, auf den höchsten Gipfel des Genies zu erheben! Aber die Pariser haben Angst um ihr Fell, das keine zwei Liards wert ist, und um ihre Häuschen; sie öffnen ihre Tore: Jetzt geht es mit den Ragusaden[96] los, und nun ist es aus mit dem Glück; die Kaiserin wurde angepöbelt, und aus allen Fenstern wurden weiße Fahnen gehängt. Die Generale, zu denen er seine besten Freunde gemacht hatte, verlassen ihn und gehen zu den Bourbonen über, von denen bis jetzt nie die Rede gewesen war. Da nimmt er in

Fontainebleau Abschied von uns: ›Soldaten ...!‹ Ich höre ihn noch, wir weinten alle wie richtige Kinder; die Adler, die Fahnen wurden gesenkt wie bei einem Begräbnis, und man kann ja auch wirklich sagen, es war die Trauerfeier des Kaiserreichs, und seine schmucken Heere waren nur noch Skelette. Da hat er uns also von der Freitreppe seines Schlosses aus gesagt: ›Kinder, wir sind durch Verrat besiegt worden, aber wir werden uns im Himmel wiedersehen, dem Vaterland der Tapferen. Verteidigt meinen kleinen Sohn; ich vertraue ihn euch an; es lebe Napoleon II.!‹ Er hatte sterben wollen, und um nicht als besiegter Napoleon dazustehen, nimmt er so viel Gift, daß es ein ganzes Regiment hätte umbringen können, weil er, wie Christus in der Passion, sich von Gott und seinem Talisman verlassen glaubte; aber das Gift kann ihm nichts anhaben. Da habt ihr es! Er erkennt, daß er unsterblich ist. Er ist seiner Sache und der ewigen Dauer seines Kaisertums sicher und geht eine Zeitlang auf eine Insel, um die Leute hier zu beobachten, die natürlich Dummheiten ohne Ende begehen. Während er so auf Posten steht, haben ihn die Chinesen und das Viehzeug an der afrikanischen Küste, die Barbaresken und andere, mit denen nicht gut Kirschen essen ist, für alles andere als einen Menschen gehalten; sie haben seine Flagge respektiert und gesagt, wer daran rühre, der vergreife sich an Gott. Er beherrschte noch die ganze Welt, und die Leute hier hatten ihn vor die Tür seines Frankreich gesetzt. Da schifft er sich auf derselben Nußschale ein, auf der er aus Ägypten gekommen war, fährt den englischen Schiffen an der Nase vorbei, setzt den Fuß auf französischen Boden, Frankreich erkennt ihn wieder, der verdammte Kuckuck[97] fliegt von Kirchturm zu Kirchturm, und ganz Frankreich schreit: ›Es lebe der Kaiser!‹ Und hier in der Gegend ist die Begeisterung für dieses Wunder aller Zeiten wirklich echt gewesen, die Dauphiné hat sich tadellos verhalten; und mich hat es ganz besonders befriedigt zu wissen, daß die Leute vor Freude geweint haben, als sie seinen grauen Überrock wiedersahen. Am 1. März landet Napoleon mit zweihundert Mann, um das Königreich Frankreich und Navarra zu erobern, das am 20. März wieder zum französischen Kaiserreich geworden war. An jenem Tag war der *Mann* in Paris, hat alles saubergefegt, hat sein geliebtes Frankreich wieder in Besitz genommen und aufs neue seine Truppen gesammelt; er hat ihnen nur zu sagen brauchen: ›Ich bin wieder da!‹ Das ist das größte Wunder, das Gott je getan hat! Hat je ein Mensch einzig dadurch die Herrschaft ergriffen, daß er seinen Hut zeigte? Glaubte man denn tatsächlich, Frankreich sei geschlagen? Keine Rede! Beim Erblicken des Adlers bildet sich aufs neue eine Nationalarmee, und wir marschieren alle nach Waterloo. Und da stirbt nun die Garde mit einem Schlag. Der verzweifelte Napoleon steht dreimal an der Spitze des Rests den feindlichen Kanonen gegenüber, ohne den Tod zu finden! Das haben wir alle gesehen. Die Schlacht ist also verloren. Am Abend ruft der Kaiser seine alten Soldaten zusammen, verbrennt auf einem mit unserm Blut getränkten Feld seine Fahnen und seine Adler; die armen, immer siegreichen Adler, die in allen Schlachten gerufen hatten: ›Vorwärts!‹ und die über ganz Europa geflogen waren, wurden vor der Schande bewahrt, dem Feind anheimzufallen. Alle Schätze Englands könnten ihm nicht mal den Schwanz eines Adlers verschaffen. Es gibt keine Adler mehr! Der Rest ist bekannt. Der ›Rote Mann‹, ein Lump, der er war, geht zu den Bourbonen über. Frankreich ist zerschmettert, der Soldat gilt nichts mehr, man raubt ihm das, was man ihm schuldet, man schickt ihn heim und setzt an seine Stelle Adlige, die nicht mehr marschieren können, ein wahrer Jammer war das! Durch Verrat bemächtigt man sich Napoleons. die Engländer nageln ihn auf einer wüsten Insel im weiten Meer fest, auf einem Felsen, zehntausend Fuß hoch über der Erde. Das ist nun das Ende vom Lied; da muß er bleiben, bis der ›Rote Mann‹ ihm zu Frankreichs Glück wieder die Macht verleiht. Gewisse Leute sagen, er sei tot! Na, was heißt das schon: tot! Ihr seht, daß sie ihn nicht kennen. Sie wiederholen diesen Unsinn nur, um das Volk in die Falle zu locken, damit es bei ihrer Bruchregierung ruhig bleibt. Paßt mal auf. Die Wahrheit von alledem ist, daß seine Freunde ihn in der Wüste allein gelassen haben, um eine Prophezeiung zu erfüllen, die über ihn ergangen ist; ich habe nämlich vergessen, euch zu belehren, daß sein Name Napoleon bedeutet ›der Löwe der Wüste‹. Und das ist so wahr wie das Evangelium. Alles andere, was ihr über den Kaiser vielleicht vernehmen werdet, sind menschenunwürdige Eseleien. Denn, seht ihr, keinem vom Weibe

Geborenen hätte Gott das Recht verliehen, seinen Namen rot auf das Erdenrund zu schreiben, das seiner nie vergessen wird! Es lebe Napoleon, der Vater des Volks und der Soldaten!«

»Es lebe der General Eblé[98]!« rief der Pionier.

»Wie hast du es bloß angefangen, daß du in der Schlucht an der Moskwa nicht umgekommen bist?« fragte eine Bäuerin.

»Wie soll ich das wissen? Ein ganzes Regiment stark sind wir hineingegangen, und hernach standen nur noch hundert Infanteristen auf den Beinen, weil nämlich nur Infanteristen sie nehmen konnten! Die Infanterie, die ist in einer Armee alles . . .«

»Und die Kavallerie?« rief Genestas, ließ sich von seinem Heuhaufen herunterrutschen und tauchte mit einer Schnelligkeit auf, die auch die Beherztesten einen Schreckensschrei ausstoßen ließ. »He, alter Junge, du vergißt Poniatowskis[99] rote Lanzenreiter, die Kürassiere, die Dragoner, den ganzen Laden! Als Napoleon ungeduldig darüber wurde, weil er die Schlacht sich nicht bis zum siegreichen Abschluß entwickeln sah, da hat er zu Murat gesagt: ›Majestät, schneide mir das mal in zwei Teile‹, da sind wir losgezogen, erst im Trab, dann im Galopp, eins, zwei! Und die feindliche Armee war durchschnitten wie ein Apfel mit einem Messer. Eine Kavallerieattacke, mein Lieber, das ist doch wie eine Salve von Kanonenkugeln!«

»Und die Pioniere?« rief der Taube.

»Ach, Kinder!« fuhr Genestas fort; er schämte sich über seinen Rutsch, als er sich inmitten einer schweigenden, verdutzten Runde sah, »unter uns sind keine Spitzel und Provokateure! Da, nehmt das und trinkt einen auf den kleinen Korporal.«

»Es lebe der Kaiser!« riefen die Teilnehmer an der Spinnstunde wie aus einem Munde.

»Still, Kinder!« sagte der Offizier und versuchte, seine tiefe Erschütterung zu verbergen. »Still! Er ist tot, gestorben mit den Worten: ›Ruhm, Frankreich und Schlacht.‹ Kinder, er hat sterben müssen. Aber sein Andenken . . .? Niemals!«

Goguelet machte eine ungläubige Geste; dann sagte er ganz leise zu den Umstehenden: »Der Offizier ist noch im Dienst, er ist der Befehlsüberbringer von denen da und soll dem Volk sagen, der Kaiser sei tot. Man darf ihm deswegen nicht böse sein, seht ihr; ein Soldat kennt eben nur seinen Befehl.«

Beim Verlassen der Scheune hörte Genestas das Gräbermädchen sagen: »Dieser Offizier da, müßt ihr wissen, ist ein Freund des Kaisers und Monsieur Benassis'.« Alle Teilnehmer an der Spinnstunde stürzten zur Tür, um dem Major nachzusehen; im Mondschein sahen sie, wie er den Arzt unterhakte.

»Ich habe mich dumm benommen«, sagte Genestas. »Lassen Sie uns schnell heimgehen! Diese Adler, diese Kanonen, diese Feldzüge . . . ich wußte nicht mehr, wo ich war.«

»Na ja! Aber was sagen Sie zu meinem Goguelet?« fragte ihn Benassis.

»Mit solchen Geschichten[100] behält Frankreich stets die vierzehn Armeen der Republik im Leibe, und es könnte völlig durch Kanonenschüsse die Unterhaltung mit Europa weiterführen. Das ist meine Meinung.«

Innerhalb kurzer Zeit waren sie bei Benassis' Haus angelangt, und bald saßen sie beide nachdenklich einander am Wohnzimmerkamin gegenüber, wo das ersterbende Feuer noch ein paar Funken sprühte. Trotz der Vertrauensbekundungen, die Genestas durch den Arzt zuteil geworden waren, zögerte er noch immer, ihm eine letzte Frage zu stellen; sie hätte als indiskret empfunden werden können. Doch nachdem er ihm ein paar forschende Blicke zugeworfen hatte, machte ihm ein freundliches Lächeln voll Höflichkeit Mut, wie es die Lippen wahrhaft starker Männer verschönt; Benassis schien dadurch schon im voraus eine zusagende Antwort zu geben. Also sagte der Major: »Ihr Leben ist so gänzlich verschieden von dem gewöhnlicher Leute, daß es Sie nicht wundern wird, wenn ich Sie nach den Ursachen Ihrer Zurückgezogenheit fragen möchte. Dünkt meine Neugier Sie unziemlich, so müssen Sie wenigstens zugeben, daß sie begreiflich ist. Wissen Sie, ich hatte Kameraden, mit denen ich mich nie geduzt habe, nicht einmal nach mehreren Feldzügen; aber ich habe auch andere gehabt, denen ich zu sagen pflegte: ›Hol doch mal unser Geld beim Zahlmeister ab!‹, nachdem wir erst drei Tage zuvor zum erstenmal zusammen gezecht hatten, wie das bisweilen selbst unter verständigen Leuten geschehen kann. Na, kurz und gut, Sie sind einer der Männer, deren Freund ich werde, ohne sie erst um Erlaubnis zu fragen, und ohne daß ich recht weiß, warum eigentlich.«

»Rittmeister Bluteau . . .«

Seit einiger Zeit konnte Genestas jedesmal, wenn der Arzt den falschen Namen aussprach, den sein Gast sich zugelegt hatte, eine leichte Grimasse nicht unterdrücken. In diesem Augenblick erhaschte Benassis diesen Ausdruck des Widerwillens und sah den Offizier fest an, um den Grund dafür herauszubekommen; aber da es für ihn wirklich recht schwierig gewesen wäre, hinter die Wahrheit zu kommen, schrieb er jenes Zucken einem körperlichen Schmerz zu und fuhr fort: »Herr Rittmeister, ich spreche nur sehr ungern von mir. Seit gestern habe ich mir bereits mehrmals Gewalt antun müssen, als ich Ihnen die Verbesserungen erklärte, die ich hier habe durchsetzen können; doch dabei handelte es sich um die Gemeinde und deren Bewohner, deren Interessen sich notwendigerweise mit den meinen mischen. Wenn ich Ihnen jetzt die Geschichte meines Lebens erzählte, so hieße das, Sie lediglich von mir selbst zu unterhalten, und mein Leben ist ganz uninteressant.«

»Auch wenn es so einfach wäre wie das Ihres Gräbermädchens«, antwortete Genestas, »möchte ich es kennenlernen, um die Widerwärtigkeiten zu erfahren, die einen Mann Ihres Schlages in diesen Distrikt hatten verschlagen können.«

»Herr Rittmeister, seit zwölf Jahren habe ich geschwiegen. Nun, da ich am Rand meines Grabes stehe und den Stoß erwarte, der mich hineinstürzen wird, will ich Ihnen ehrlich eingestehen, daß dieses Schweigen auf mir zu lasten beginnt. Seit zwölf Jahren leide ich, ohne die Tröstungen empfangen zu haben, die die Freundschaft einem gramverzehrten Herzen spendet. Meine armen Patienten, meine Bauern bieten mir zwar Beispiele völliger Schicksalsergebenheit; und ich verstehe sie, und sie merken es; während hier kein einziger meine heimlichen Tränen aufsammeln noch mir den Händedruck eines ehrlichen Mannes geben kann, die schönste aller Entschädigungen, deren niemand sonst ermangelt, nicht einmal Gondrin.«

In einer jähen Aufwallung streckte Genestas Benassis die Hand hin; diese Geste bewegte den Arzt tief.

»Vielleicht hätte das Gräbermädchen mich auf engelhafte Weise angehört«, fuhr er mit veränderter Stimme fort; »aber vielleicht hätte sie mich dann geliebt, und das hätte ein Unglück

572

gegeben. Sehen Sie, Herr Rittmeister, ein alter, nachsichtiger Soldat wie Sie oder ein junger Mann voller Illusionen sind die einzigen, die meine Beichte anhören könnten; sie vermag nämlich nur von einem Mann verstanden zu werden, der sich im Leben gut auskennt, oder von einem Knaben, dem es noch völlig fremd ist. War kein Priester zur Stelle, so beichteten die alten, auf dem Schlachtfeld sterbenden Heerführer ihrem Schwertgriff und machten aus dessen Kreuz einen getreuen Vermittler zwischen sich und Gott. Ob nun wohl Sie, eine der besten Klingen Napoleons, Sie, der Sie hart und stark wie Stahl sind, mich vielleicht gut verstehen würden? Um an meiner Erzählung Anteil zu nehmen, ist es erforderlich, sich in gewisse Zartheiten des Gefühls hineinzuversetzen und Anschauungen zu teilen, die. schlichten Herzen etwas ganz Natürliches sind, aber die vielen klugen Leuten, die es gewohnt sind, sich für ihre Privatinteressen der Grundsätze zu bedienen, die den Staatsregierungen vorbehalten sind, lächerlich erscheinen könnten. Ich will Ihnen alles ehrlich berichten als ein Mann, der weder das Gute noch das Böse in seinem Leben rechtfertigen, der Ihnen aber auch nichts verschweigen will, weil er heute fern von Welt und Gesellschaft lebt, dem Urteil der Menschen gleichgültig gegenübersteht und voller Hoffnung auf Gott ist.«

Benassis hielt inne; dann stand er auf und sagte: »Ehe ich meine Erzählung beginne, will ich den Tee bestellen. Seit zwölf Jahren hat Jacquotte nie verfehlt, hereinzukommen und mich zu fragen, ob ich welchen wolle; sie würde uns sicherlich unterbrechen. Wollen Sie auch welchen, Herr Rittmeister?«

»Nein, danke.«

Benassis kam schnell wieder herein.

VIERTES KAPITEL

Die Beichte des Landarztes

»Ich bin«, begann der Arzt, »in einer Kleinstadt der Languedoc geboren worden, wo mein Vater schon seit langem seinen Wohnsitz hatte, und dort hat meine früheste Kindheit sich abgespielt. Mit acht Jahren wurde ich auf das Gymnasium von Sorèze[101] geschickt; ich verließ es erst, als es galt, meine Ausbildung in Paris abzuschließen. Mein Vater hatte die tollste, verschwenderischste Jugend durchlebt; aber sein vergeudetes väterliches Erbe wurde durch eine glänzende Heirat und durch die langsamer. Ersparnisse wiederhergestellt, die man in der Provinz macht; dort ist man eitel auf den Besitz und nicht auf Ausgaben; dort erlischt der natürliche Ehrgeiz des Mannes und wird zum Geiz, mangels nobler Nahrung. Nun, da er reich geworden war und nur einen einzigen Sohn hatte, wollte er auf diesen die kühle Erfahrung übertragen, die er gegen seine verflüchtigten Illusionen eingetauscht hatte: Das ist der letzte, edle Irrtum alter Leute, die vergeblich versuchen, ihre Tugenden und ihre klugen, vorsichtigen Berechnungen Söhnen zu vermachen, die vom Leben hingerissen sind und es schleunigst genießen wollen. Diese Voraussicht diktierte für meine Erziehung einen Plan, dessen Opfer ich wurde. Mein Vater verheimlichte mir sorgfältig die Höhe seines Vermögens und verurteilte mich zu meinem Besten, während meiner schönsten Jahre die Entbehrungen und kleinlichen Sorgen eines jungen Menschen auf mich zu nehmen, der danach giert, sich seine Unabhängigkeit zu erringen; er wünschte, mir die Tugenden der Armut einzuflößen: Geduld, Wissensdurst und Arbeitsliebe. Indem er mich auf solcherlei Weise den Wert des Geldes kennen lehrte, hoffte er, mir beizubringen, mein Erbteil zu bewahren; daher drängte er mich, sobald ich imstande war, seine Ratschläge zu verstehen, einen Beruf zu erwählen und einzuschlagen. Meine Neigung galt dem Studium der Medizin. Von Sorèze, wo ich zehn Jahre lang der halb klösterlichen Disziplin der Oratorianer unterstanden hatte und in die Einsamkeit eines Provinzgymnasiums versunken gewesen war, wurde ich ohne Übergang in die Hauptstadt verpflanzt. Mein Vater brachte mich

574

hin; er wollte mich einem seiner Freunde empfehlen. Die beiden alten Herren trafen ohne mein Wissen bis ins kleinste gehende Vorbeugungsmaßnahmen gegen das Überschäumen meiner damals recht unschuldigen Jugend. Meine Pension wurde nach den tatsächlichen Erfordernissen des Lebens streng berechnet, und ich durfte die vierteljährlichen Raten nur gegen Vorzeigung meiner gegengezeichneten Kolleghefte von der Ecole de Médecine[102] entgegennehmen. Dieses einigermaßen verletzende Mißtrauen wurde in Gründe der Ordnung und der Rechnungsführung gekleidet. Übrigens bezeigte mein Vater sich freigebig, was alle notwendigen Kosten meiner Ausbildung und die Freuden des Pariser Lebens betraf. Sein alter Freund war nur zu froh, einen jungen Menschen durch das Labyrinth zu geleiten, das ich betreten hatte; er gehörte zu jener Art von Menschen, die ihre Gefühle genauso sorgfältig einordnen wie ihre Papiere. Wenn er in seinem Merkbuch vom vergangenen Jahr nachschlug, konnte er stets genau sehen, was er damals in dem Monat, an dem Tag und der Stunde, in denen er sich befand, getan hatte. Das Leben war für ihn ein Unternehmen, über das er kaufmännisch Buch führte. Übrigens war er ein vortrefflicher Mensch, aber durchtrieben, peinlich genau und mißtrauisch; er ließ es nie an Scheingründen zur Bemäntelung der Vorsichtsmaßregeln fehlen, die er mir gegenüber ergriff; er kaufte meine Lehrbücher, er bezahlte meine Kolleggelder; als ich reiten lernen wollte, machte er sich persönlich auf die Suche nach der besten Reitschule, brachte mich hin und kam meinen Wünschen dadurch zuvor, daß er mir für die freien Tage ein Pferd zur Verfügung stellte. Trotz dieser Altmännerlisten, die ich von dem Augenblick an zu vereiteln wußte, da ich einiges Interesse daran hatte, gegen ihn anzukämpfen, wurde dieser vortreffliche Mann für mich zu einem zweiten Vater. – ›Lieber Freund‹, sagte er zu mir, als er zu ahnen begann, daß ich mein Gängelband zerreißen würde, falls er es nicht lockerte, ›junge Leute begehen oft Dummheiten; dazu reißt die Hitzigkeit ihres Alters sie hin; es könnte dir passieren, daß du Geld brauchtest; dann komm bitte zu mir. Dein Vater hat mir früher einmal großzügig geholfen; ich werde stets ein paar Taler zu deiner Verfügung halten; aber lüg mir niemals etwas vor, schäme dich nicht, mir einzugestehen, was du falsch gemacht hast; ich bin auch einmal jung gewesen; wir werden uns stets verstehen wie zwei gute Kameraden.‹ Mein Vater hatte mich in einer gutbürgerlichen Pension im Quartier latin bei respektablen Leuten untergebracht; ich hatte dort ein recht freundliches möbliertes Zimmer. Diese erste Unabhängigkeit, die Güte meines Vaters, das Opfer, das er um meinetwillen zu bringen schien, machten mir indessen wenig Freude. Vielleicht muß man die Freiheit genossen haben, um ihren ganzen Wert zu empfinden. Nun aber waren die Erinnerungen an meine ungebundene Kindheit unter dem Gewicht der Langeweile auf dem Gymnasium, die ich noch immer nicht abgeschüttelt hatte, fast erloschen; alsdann hatten die Ermahnungen meines Vaters mir neue Aufgaben gewiesen, die es zu erfüllen galt; und schließlich war Paris für mich wie ein Rätsel, man fühlt sich dort nicht wohl, ehe man nicht seine Freuden kennengelert hat. Ich gewahrte also keinerlei Veränderung in meiner Lage; nur daß mein neues Gymnasium geräumiger war und Ecole de Médecine hieß. Trotzdem studierte ich zunächst tapfer drauflos und folgte beflissen den Vorlesungen; ich stürzte mich Hals über Kopf in die Arbeit, ohne mir Ablenkungen zu verschaffen, so sehr setzten die Schätze der Wissenschaft, von denen die Hauptstadt überquillt, meine Phantasie in Erstaunen. Doch bald ließen mich unkluge Bindungen, deren Gefährlichkeit hinter der bis zum Wahnwitz vertrauensseligen Freundschaft verborgen war, die alle jungen Menschen verlockt, unmerklich in das Pariser Bummelleben abgleiten. Die Theater und deren Schauspieler, für die ich mich begeisterte, begannen das Werk meiner moralischen Zerrüttung. Die Theater einer Großstadt sind recht verhängnisvoll für junge Menschen, die dadurch nie aus heftigen Erregungszuständen herauskommen, gegen die sie fast immer fruchtlos ankämpfen; daher scheinen mir Gesellschaft und Gesetze Komplicen der Liederlichkeiten zu sein, die sie dann begehen. Unsere Gesetzgebung hat sozusagen die Augen gegenüber den Leidenschaften geschlossen, die einen jungen Mann zwischen zwanzig und fünfundzwanzig quälen; in Paris fällt alles über ihn her, seine Gelüste werden unablässig gereizt, die Kirche predigt ihm das Gute, die Gesetze empfehlen es ihm, wogegen die Dinge und die Sitten ihn zum Bösen einladen: Lachen der anständigste Mann und die frömmste Frau sich nicht ins Fäustchen über die Enthaltsamkeit? Kurzum: Jene Großstadt scheint es sich zur Aufgabe gemacht zu haben, nichts als die Laster zu ermutigen; denn die Hindernisse, die den Eintritt in die Stände verbieten, in denen ein junger Mann auf ehrenhafte Weise sein Glück machen könnte, sind noch zahlreicher als die unablässig seinen Leidenschaften gestellten Fallen, die ihn um sein Geld bringen sollen. So ging ich denn geraume Zeit allabendlich in irgendein Theater und steckte mich allmählich mit den Gewohnheiten der Faulheit an. Im Innern schloß ich Vergleiche mit meinen Pflichten; oftmals verschob ich meine dringendsten Betätigungen auf den nächsten Tag; bald erledigte ich, anstatt mich weiterzubilden, nur noch die Arbeiten, die unbedingt notwendig zur Erlangung der Grade sind, die man erwerben muß, ehe man Arzt wird. In den öffentlichen Vorlesungen hörte ich nicht mehr die Professoren; meiner Meinung nach redeten sie bloß Unsinn. Ich zerbrach jetzt bereits meine Idole; ich wurde Pariser. Kurzum, ich führte das ungewisse Leben eines jungen Mannes aus der Provinz, der in die Hauptstadt verschlagen worden ist und sich noch eine Zeitlang echte Gefühle bewahrt, der noch an gewisse Moralgesetze glaubt, aber der sich durch schlechte Beispiele verderben läßt, obwohl er sich dagegen zur Wehr setzen will. Ich verteidigte mich schlecht; ich hatte Helfershelfer in meinem Innern. Ja, meine Physiognomie trügt nicht; ich habe alle Leidenschaften durchlebt; ihre Spuren sind mir verblieben. Indessen habe ich im Herzensgrund ein Gefühl moralischer Vollkommenheit bewahrt, das mich inmitten meiner Wirrnisse verfolgte und mich eines Tages zu Gott zurückführen mußte, über Müdigkeit und Gewissensbisse, mich, den Mann, dessen Jugend ihren Durst mit den reinen Wassern der Religion gestillt hatte. Wird, wer inständig die Wollüste der Erde verspürt, nicht früher oder später vom Geschmack der Früchte des Himmels verlockt? Zunächst durchlebte ich die tausenderlei Glückseligkeiten und Verzweiflungen, die sich mehr oder weniger heftig in jeder Jugend finden: Bald hielt ich das Bewußtsein meiner Kraft für Willensstärke und täuschte mich über die Reichweite meiner Fähigkeiten; bald sank ich beim Erblicken der schwächsten Klippe, an der ich mich stoßen konnte, viel tiefer, als es natürlicherweise nötig gewesen wäre; ich faßte die umfassendsten Pläne, ich träumte von Ruhm, ich entschloß mich, zu arbeiten, aber dann machte eine Lustfahrt diese edlen Anwandlungen zunichte. Die vagen Erinnerungen an meine großartigen, nicht zur Reife gediehenen Vorhaben hinterließen mir trügerischen Schein, der mich daran gewöhnte, an mich zu glauben, ohne mir die Kraft zu geben, etwas hervorzubringen. Diese Faulheit voller Überheblichkeit machte mich zu einem Weichling. Ist nicht derjenige ein Weichling, der die gute Meinung, die er von sich selbst hegt, ungerechtfertigt läßt? Ich entfaltete eine ziellose Geschäftigkeit; ich wollte die Blumen des Lebens ohne die Arbeit, die sie erblühen läßt. Da ich die Hindernisse verkannte, hielt ich alles für leicht; den Erfolg in der Wissenschaft und beim Geldverdienen schrieb ich glücklichen Zufällen zu. Genie war für mich Scharlatanerie. Ich hielt mich für gelehrt, weil ich es werden konnte; und ohne an die Geduld zu denken, die die großen Werke erzeugt oder an die Ausführung, die erst die Schwierigkeiten enthüllt, nahm ich Vorschußlorbeeren auf jedweden Ruhm. Meine Genüsse hatten sich rasch erschöpft; am Theater hat man nicht lange Freude. Paris wurde also bald leer und öde für einen armen Studenten, dessen Gesellschaft nur aus einem alten Mann bestand, der nichts von Welt und Gesellschaft wußte, und aus einer Familie, in der nur langweilige Leute verkehrten. Deswegen bin ich wie alle jungen Menschen, die des eingeschlagenen Berufs überdrüssig sind, ohne einen Leitgedanken oder eine im Denken verankerte Systematik zu haben, ganze Tage lang durch die Straßen geschweift, über die Quais, durch die Museen und die öffentlichen Parks. Wenn das Leben tatenlos hingeht, ist es in diesem Alter mehr als in jedem andern eine Last; denn dann ist es erfüllt von Saft, der verlorengeht, und von Bewegung ohne Ergebnis. Ich verkannte die Macht, die ein fester Wille einem jungen Menschen in die Hand gibt, der Ideen hat, und der, um sie durchzuführen, über alle vitalen Kräfte verfügt, die durch die unerschütterliche Gläubigkeit der Jugend noch gesteigert werden. Als Kinder sind wir naiv und ahnen nichts von den Gefahren des Lebens; als Heranwachsende werden wir uns seiner Schwierigkeiten und seiner ungeheuerlichen Weite bewußt; bei diesem Anblick verläßt uns bisweilen der Mut; da wir noch Neulinge im Gewebe des sozialen Lebens sind, verbleiben wir im Bann einer gewissen Albernheit, einer gewissen Verstörtheit, als befänden wir uns hilflos in einem fremden Land. In jedem Alter lösen unbekannte Dinge unwillkürlich Schrecken aus. Der junge Mensch ist wie der Soldat, der gegen Kanonen anmarschiert, aber vor Phantomen davonläuft. Er schwankt zwischen den Maximen von Welt und Gesellschaft; er weiß weder zu geben noch zu nehmen, weder sich zu verteidigen noch anzugreifen; er liebt die Frauen und läßt sie unangetastet, als hätte er Angst vor ihnen; seine guten Eigenschaften gereichen ihm zum Nachteil, er ist ganz Edelmut, ganz Keuschheit und frei von den eigensüchtigen Berechnungen des Geizes; wenn er liebt, dann tut er es um seines Vergnügens und nicht um materieller Vorteile willen; inmitten der vielen zweifelhaften Wege zeigt ihm sein Gewissen, mit dem er noch keine Vergleiche geschlossen hat, den richtigen Weg, und er zögert, ihm zu folgen. Die Menschen, die dazu bestimmt sind, den Eingebungen des Herzens zu folgen, anstatt der Gedankenarbeit des Kopfes, verbleiben lange in dieser Lage. So erging es auch mir. Ich wurde zum Spielball zweier entgegengesetzter Regungen. Ich wurde gleichzeitig von den Begierden des jungen Menschen angestachelt und stets von dessen sentimentaler Albernheit zurückgehalten. Die Pariser Gefühlswallungen sind grausam für Seelen, die mit lebhafter Sensibilität begabt sind: Die Bevorzugung, die dort die Überlegenen oder die Reichen genießen, stachelt die Leidenschaften an; in jener Welt der Größe und der Kleinheit dient die Eifersucht häufiger als Dolch denn als Stachel; inmitten des beständigen Kampfes zwischen Ehrgeiz, Begierde und Haß ist es unmöglich, nicht entweder Opfer oder Komplize dieser allgemeinen Bewegung zu werden; unmerklich läßt der ständige Anblick des glücklichen Lasters und der verspotteten Tugend einen jungen Menschen schwanken; das Pariser Leben nimmt ihm bald den ›Flaum‹ des Gewissens; dann beginnt und vollendet sich das höllische Werk seiner Demoralisation. Die höchste der Freuden, die, die zunächst alle andern in sich begreift, ist von solchen Gefahren umgeben, daß es unmöglich ist, nicht über die geringsten Betätigungen, zu der sie verleitet, genau nachzudenken und nicht deren sämtliche Folgen zu berechnen. Solcherlei Berechnungen führen zum Egoismus. Wenn irgendein armer Student vom Ungestüm seiner Leidenschaften fortgerissen wird und geneigt ist, sich zu vergessen, bezeigen die, die um ihn sind, ihm so viel Mißtrauen und flößen es ihm ein, daß es sehr schwierig für ihn ist, es nicht zu teilen und nicht auf der Hut vor seinen edelmütigen Gedanken zu sein. Dieser Kampf dörrt aus, läßt das Herz verkümmern, treibt das Leben ins Gehirn und ruft jene Pariser Fühllosigkeit hervor, jene Sitten, bei denen sich unter der anmutigsten Frivolität, unter Schwärmereien, die sich als Exaltationen aufspielen, Politik oder Geld verstecken. Dort hindert die Trunkenheit des Glücks auch die naivste Frau nicht, stets ihre Vernunft zu behalten. Diese Atmosphäre mußte mein Verhalten und mein Gefühlsleben beeinflussen. Die Sünden, die meine Tage vergifteten, wären für die Herzen vieler Leute nur eine geringe Belastung gewesen; aber die Südländer besitzen einen frommen Glauben, der sie an den katholischen Wahrheiten und an einem jenseitigen Leben nicht zweifeln läßt. Jener Glaube gibt ihren Leidenschaften große Tiefe und ihren Gewissensbissen Dauer. Zu der Zeit, da ich Medizin studierte, war das Militär überall Herr und Meister; um den Frauen zu gefallen, mußte man mindestens Oberst sein. Was bedeutete in der Gesellschaft ein armer Student? Nichts. Ich wurde heftig angestachelt durch die Stärke meiner Leidenschaften, für die ich kein Ventil fand; durch Geldmangel wurde ich bei jedem Schritt, jedem Wunsch gehemmt; das Studium und der Ruhm dünkten mich ein allzu langer Weg zur Erlangung der Freuden, die mich verlockten; ich schwankte hin und her zwischen meiner geheimen Scham und den schlechten Beispielen; ich gewahrte allzu leichte Gelegenheiten für Ausschweifungen niedrigster Art; ich erblickte nichts als Schwierigkeiten, in die gute Gesellschaft zu kommen; so verbrachte ich traurige Tage, ein Opfer der Verschwommenheit der Leidenschaften, des tötenden Müßiggangs, der Mutlosigkeiten, in die sich jähe Exaltationen mischten. Schließlich endete diese Krise mit einer für junge Menschen recht alltäglichen Lösung. Es hat mir immer im höchsten Maß widerstrebt, das Glück einer Ehe zu stören; meine unwillkürliche Offenherzigkeit hindert mich daran, meine Gefühle zu tarnen; es wäre mir also rein physisch unmöglich gewesen, in einem Zustand offenkundiger Lüge zu leben. Hastig genossene Liebesfreuden lockten mich kaum; ich koste das Glück am liebsten ganz aus. Da ich nicht geradezu lasterhaft war, brachte ich keine Kraft gegen meine Vereinsamung nach all den fruchtlosen Bemühungen auf, Einlaß in die große Welt zu finden, wo ich einer Frau hätte begegnen können, die es sich hätte angelegen sein lassen, mir die Gefahren jeden Wegs zu erklären, die mir gute Manieren beigebracht, mich beraten hätte, ohne meinen Stolz zu empören; die mich überall eingeführt hätte, wo ich für meine Zukunft nützliche Beziehungen anknüpfen konnte. In meiner Verzweiflung hätte mich vielleicht das gefährlichste aller Liebesabenteuer verführt; aber es versagte sich mir alles, sogar die Gefahr, und so führte die Unerfahrenheit mich wieder in meine Einsamkeit zurück, in der ich Auge in Auge mit meinen ungestillten Leidenschaften verblieb. Endlich schloß ich einen zunächst geheimen Liebesbund mit einem jungen Mädchen, an das ich mich, mochte sie wollen oder nicht, herangemacht hatte, bis sie mein Los mit mir teilte. Dieses junge Ding, das einer anständigen, aber wenig begüterten Familie angehörte, wandte sich um meinetwillen bald von seinem bescheidenen Leben ab und vertraute mir ohne Bangen eine Zukunft an, die die Tugend ihr wohl schön gestaltet hätte. Die Kärglichkeit meiner Lage ist ihr wohl als die sicherste Bürgschaft erschienen. Von diesem Augenblick an haben die Stürme, die mir das Herz beunruhigten, meine übersteigerten Wünsche und mein Ehrgeiz sich im Glück beschwichtigt, dem Glück eines jungen Menschen, der weder die Gepflogenheiten von Welt und Gesellschaft noch deren Ordnungsgebote, noch die Macht der Vorurteile kennt; es war ein vollkommenes Glück, wie das eines Kindes. Ist die erste Liebe nicht eine zweite Kindheit, die uns zwischen unsere Tage der Mühen und Arbeit zugeworfen wird? Es gibt Menschen, die das Leben sofort begreifen, es so beurteilen, wie es ist; die die Irrtümer der Welt wahrnehmen, um daraus Nutzen zu ziehen, die die gesellschaftlichen Vorschriften erkennen, um sie zu ihrem Vorteil zu drehen und zu wenden, und die die Tragweite von allem zu berechnen verstehen. Diese kalten Menschen gelten den menschlichen Gesetzen nach als weise. Aber dann gibt es noch arme Dichter, nervöse Leute mit lebhaften Gefühlen, und die machen dann alles falsch; zu den letzteren gehörte ich. Meine erste Liebesbindung war keine echte Leidenschaft; ich war meinen Trieben und nicht meinem Herzen gefolgt. Ich opferte mir ein armes Mädchen und ließ es nicht an vortrefflichen Gründen fehlen, um mich zu überzeugen, ich täte nichts Schlechtes. Sie nun aber war ganz Hingabe; sie besaß ein goldenes Herz, ein rechtliches Denken und eine schöne Seele. Sie hat mir immer nur vortreffliche Ratschläge gegeben. Als erstes fachte ihre Liebe meinen Mut an; dann zwang sie mich behutsam, mein Studium wieder aufzunehmen; da sie an mich glaubte, sagte sie mir Erfolge, Ruhm und Vermögen voraus. Heutzutage hängt die medizinische Wissenschaft mit allen Wissenschaften zusammen, und sich darin auszuzeichnen ist ein schwieriges Unterfangen, jedoch lohnt es sich. Berühmtheit ist in Paris immer bares Geld. Dieses gute Mädchen vergaß sich selber um meinetwillen gänzlich; sie teilte mein Leben in allen seinen Wechselfällen, und ihre Sparsamkeit ließ uns meiner Kärglichkeit etwas wie Luxus abgewinnen. Als wir zu zweit waren, hatte ich mehr Geld für meine Launen als zu der Zeit, da ich allein gewesen war. Es war mein schönster Lebensabschnitt. Ich arbeitete eifrig, ich hatte ein Ziel; mir war neuer Mut zuteil geworden; ich brachte meine Gedanken, mein Tun einem Menschen dar, der es fertiggebracht hatte, sich lieben zu lassen, und mehr noch: mir eine tiefe Achtung einzuflößen durch die Weisheit, die sie in einer Lage entfaltete, in der jede Weisheit als etwas Unmögliches anmutete. Aber es war ein Tag wie der andere. Diese Einförmigkeit des Glücks, der köstlichste Zustand, den es auf Erden gibt und dessen wahrer Wert erst nach allen Stürmen des Herzens richtig eingeschätzt werden kann, dieser wonnige Zustand, in dem es keinen Lebensüberdruß gibt, wo die geheimsten Gedanken zum Austausch gelangen, wo man sich verstanden weiß, nun, für einen strebenden, nach gesellschaftlichen Auszeichnungen hungernden Mann, der es müde ist, dem Ruhm nachzugehen, weil dieser zu schwerfälligen Schrittes einherschreitet, wurde dieses Glück bald zu einer Last. Meine alten Träume bedrängten mich aufs neue. Mich verlangte ungestüm nach den Freuden des Reichtums, und ich verlangte sie im Namen der Liebe. Ich gab diesen Wünschen naiv Ausdruck, wenn ich abends von einer lieben Stimme befragt wurde, in Minuten, da ich mich melancholisch und grüblerisch in die Wollüste einer imaginären Üppigkeit versenkte. Sicherlich habe ich das süße Geschöpf, das sich meinem Glück geweiht hat, dann innerlich aufstöhnen lassen. Für sie bestand also das größte aller Kümmernisse darin, mich etwas begehren zu sehen, das sie mir nicht augenblicklich geben konnte. Die Opferwilligkeit der Frau ist etwas Erhabenes!«

Dieser Ausruf des Arztes zeugte von geheimer Bitterkeit; denn jetzt versank Benassis in eine vorübergehende Grübelei, die Genestas respektierte.

»Na, gut«, fuhr er fort, »ein Geschehnis, das diese begonnene Ehe hätte festigen müssen, zerstörte sie und wurde die Hauptursache meines Unglücks. Mein Vater starb und hinterließ ein beträchtliches Vermögen; die Regelung der Erbfolge rief mich für ein paar Monate in die Languedoc, und ich fuhr allein hin. Jetzt war ich also frei. Jede Verpflichtung, auch die angenehmste, ist für die Jugend eine Last: Man muß Lebenserfahrung besitzen, um die Notwendigkeit eines Jochs und der Arbeit anzuerkennen. Mit der Lebhaftigkeit eines der Languedoc Entstammenden empfand ich es lustvoll, zu gehen und zu kommen, ohne jemandem für mein Tun und Lassen Rechenschaft ablegen zu müssen, nicht einmal aus freien Stücken. Zwar löste ich die eingegangene Bindung nicht völlig; allein ich war mit meinen Angelegenheiten beschäftigt, die mich davon ablenkten, und unmerklich wurde die Erinnerung daran schwächer. Nicht ohne ein peinliches Gefühl mußte ich daran denken, daß ich jene Bindung nach meiner Rückkehr wieder aufnehmen müsse; dann jedoch fragte ich mich, warum ich sie wieder aufnehmen solle. Inzwischen erhielt ich von wahrer Zärtlichkeit erfüllte Briefe; aber mit zweiundzwanzig Jahren stellt ein junger Mann sich alle Frauen gleich zärtlich vor; er kann noch nicht zwischen dem Herzen und der Triebleidenschaft unterscheiden; er bringt in der Lustempfindung alles durcheinander, denn diese scheint zunächst alles zu enthalten; erst später, als ich Menschen und Dinge besser kannte, habe ich beurteilen können, was jene Briefe an wahrem Adel enthielten; jene Briefe, in denen sich nie Eigensüchtiges in den Ausdruck der Gefühle mischte, in denen sie sich um meinetwillen über mein Vermögen freute und es um ihretwillen beklagte; in denen sie nicht vermutete, ich könne meine

583.

Meinung ändern, weil sie mich eines Gesinnungswandels für unfähig hielt. Ich jedoch gab mich bereits ehrgeizigen Berechnungen hin und gedachte, mich in die Wonnen des Reichtums zu stürzen, eine Persönlichkeit zu werden, eine glänzende Partie zu machen. Ich begnügte mich damit, zu sagen: ›Sie hat mich sehr lieb!‹, und zwar mit der Kälte eines Ehemannes. Ich war bereits in Verlegenheit, wenn ich überlegte, wie ich mich aus diesem Verhältnis freimachen sollte. Solche Verlegenheit, solche Scham führen zur Grausamkeit; um nicht vor seinem Opfer erröten zu müssen, bringt der Mann, der damit begonnen hat, es zu verwunden, es schließlich um. Die Überlegungen, die ich später über jene Tage des Irrens anstellte, haben mir mehrere Abgründe des Herzens enthüllt. Ja, glauben Sie mir, die Leute, die ihr Lot am tiefsten in die Laster und Tugenden der menschlichen Natur hinabgesenkt haben, sind diejenigen, die sich in sich selbst gutgläubig erkundeten. Der Ansatzpunkt ist unser Gewissen. Von uns aus gelangen wir zu den Menschen, niemals von den Menschen zu uns. Bei meiner Rückkehr nach Paris bezog ich ein Stadtpalais, das ich hatte mieten lassen, ohne von dem Wandel meiner Lebensumstände oder von meiner Rückkehr die einzige benachrichtigt zu haben, die daran interessiert war. Ich wünschte, unter den jungen Leuten, die damals im Vordergrund standen, eine Rolle zu spielen. Nachdem ich ein paar Tage lang die ersten Wonnen des Überflusses ausgekostet und mich daran zur Genüge berauscht hatte, um nicht schwach zu werden, besuchte ich das arme Geschöpf, von dem ich mich freimachen wollte. Der den Frauen angeborene Takt half ihr, meine geheimen Gefühle zu erraten und ihre Tränen vor mir zu verbergen. Sie mußte mich verachten; aber in ihrer Sanftheit und Güte hat sie mir nie Verachtung bezeigt. Diese Nachsicht hat mich grauenhaft gequält. Wir Mörder, sei es im Salon oder auf der Landstraße, wollen, daß unsere Opfer sich wehren; dann nämlich scheint der Kampf ihren Tod zu rechtfertigen. Zunächst wiederholte ich meine Besuche in aller Herzlichkeit. Zwar war ich nicht zärtlich, aber ich bemühte mich doch, liebenswürdig zu wirken; dann wurde ich unmerkbar höflich; eines Tages ließ sie mich gewissermaßen in stillschweigendem Einverständnis zu ihr sprechen wie zu einer Fremden, und ich glaubte, durchaus anständig gehandelt zu haben. Nichtsdestoweniger stürzte ich mich mit einer wahren Wut in das Gesellschaftsleben, um in dessen Festen die paar Gewissensbisse zu ersticken, die ich noch empfand. Wer sich verachtet, bringt es nicht fertig, allein zu sein; so führte ich denn das ausschweifende Leben, das in Paris alle jungen Leute führen, die Geld haben. Da ich Bildung und ein gutes Gedächtnis besaß, schien es, als hätte ich mehr Geist, als ich tatsächlich hatte, und so glaubte ich denn, ich sei mehr wert als die andern: Die Leute, denen daran gelegen sein mußte, mir zu beweisen, ich sei ein überlegener Mensch, fanden, daß ich bereits davon überzeugt war. Diese Überlegenheit wurde so mühelos anerkannt, daß ich mir nicht einmal die Mühe zu machen brauchte, sie zu bezeigen. Von allen Praktiken der Gesellschaft ist das Lob die niederträchtigste. Gerade in Paris verstehen die Politiker jeder Art sich darauf, ein Talent von der Geburt an dadurch zu ersticken, daß sie ihm verschwenderisch Ruhmeskränze in die Wiege werfen. Ich machte also meinem Ruf keine Ehre, ich nutzte meine Tagesberühmtheit nicht dazu aus, mir eine Karriere zu eröffnen, und ich knüpfte keine einzige nutzbringende Verbindung an. Ich erging mich in tausenderlei Nichtigkeiten jeglicher Gattung. Ich hatte jene Eintagsliebschaften, die die Schmach der Pariser Salons sind, in die hinein jeder auf der Suche nach einer wahren Liebe geht, auf der Jagd nach ihr abstumpft, in ein elegantes Lotterleben verfällt und dahin gelangt, daß er eine wahre Liebe genauso anstaunt wie die Gesellschaft eine gute Tat. Ich tat wie die andern; ich habe oftmals junge, edle Seelen durch die gleichen Hiebe verwundet, die mich selber insgeheim trafen. Trotz dieses falschen Augenscheins, der mich in einem üblen Licht erscheinen ließ, bestand in mir nach wie vor ein wenig unvergängliches Zartgefühl, dem ich stets gehorchte. Bei vielen Gelegenheiten wurde ich getäuscht, und ich hätte erröten müssen, wenn es nicht geschehen wäre; ich schadete mir durch eine Gutgläubigkeit, zu der ich mich innerlich beglückwünschte. Im Grunde sind Welt und Gesellschaft von Bewunderung für die Geschicklichkeit erfüllt, in welcher Form auch immer sie sich bekunden möge. Für sie ist der Erfolg stets Gesetz. Somit schrieb die Welt mir Laster, gute Eigenschaften, Siege und Rückschläge zu, die ich gar nicht aufzuweisen hatte; sie dichtete mir galante Abenteuer an, von denen ich keine Ahnung hatte; sie warf mir Handlungen vor, die mir völlig fremd waren; aus Stolz dünkte es mich verächtlich, diese Verleumdungen Lügen zu strafen, und aus Eigenliebe nahm ich Klatschreden in Kauf, sofern sie mir günstig waren. Mein Leben war dem Anschein nach glücklich, aber in Wirklichkeit jämmerlich. Ohne das Unglück, das bald über mich hereinbrach, hätte ich nach und nach meine guten Eigenschaften eingebüßt und die schlechten triumphieren lassen, nämlich durch das unablässige Spiel der Leidenschaften, den Mißbrauch der den Körper entnervenden Genüsse und die verabscheuungswerten Gewohnheiten des Egoismus, die die Triebkräfte der Seele abnutzen. Ich richtete mich zugrunde. Und zwar folgendermaßen. In Paris begegnet jeder, wie groß auch sein Vermögen sein mag, stets einem Vermögen, das größer ist als das seine; und dieses dient ihm dann als Vorbild, und er möchte es noch überbieten. Gleich vielen Hirnlosen wurde ich das Opfer dieses Kampfes; nach vier Jahren war ich genötigt, einigen Grundbesitz zu verkaufen und andern hypothekarisch zu belasten. Dann aber traf mich ein furchtbarer Schlag. Fast zwei Jahre lang hatte ich die Verlassene nicht besucht; aber nun, da es mit mir abwärts ging, hätte das Unglück mich sicherlich zu ihr zurückgeführt. Eines Abends, bei einem fröhlichen Gelage, wurde mir ein von schwacher Hand hingekritzeltes Briefchen überbracht, etwa dieses Inhalts: ›Ich habe nur noch kurze Zeit zu leben; lieber Freund, ich möchte Dich sehen, um das Schicksal meines Kindes zu erfahren, zu wissen, ob Du es als das Deine anerkennst, und auch, um die Reue zu mildern, die Du eines Tages über meinen Tod empfinden könntest.‹ Dieser Brief ließ mich zu Eis erstarren, er offenbarte geheime Schmerzen über das Vergangene, wie er künftige Geheimnisse enthielt. Ich verließ zu Fuß das Haus, ohne auf meinen Wagen zu warten, und lief durch ganz Paris, von meinen Gewissensbissen getrieben, im Bann der Heftigkeit eines ersten Gefühls, das zu etwas Dauerndem wurde, als ich mein Opfer vor mir gesehen hatte. Die Sauberkeit, hinter der sich die bittere Not dieser Frau verbarg, kündete von den Ängsten ihres Lebens; sie ersparte mir die Beschämung darüber, indem sie mit vornehmer Zurückhaltung erst dann davon zu sprechen begann, als ich ihr feierlich gelobt hatte, unser Kind zu adoptieren. Die Frau starb, trotz aller Pflege, die ich ihr angedeihen ließ, trotz aller Hilfsmittel der ärztlichen Wissenschaft, die ich vergebens anrief. Diese Fürsorglichkeit, die verspätete Opferwilligkeit diente lediglich dazu, ihr die letzten Augenblicke weniger bitter zu machen. Sie hatte unablässig gearbeitet, um ihr Kind großzuziehen und zu ernähren. Das Muttergefühl hatte sie zwar gegen das Unglück aufrechterhalten können, aber nicht gegen die brennendste ihrer Kümmernisse, meine Treulosigkeit. Hundertmal hatte sie bei mir Schritte unternehmen wollen, hundertmal hatte ihr weiblicher Stolz sie daran gehindert; sie hatte sich damit begnügt zu weinen, ohne mir zu fluchen, wenn sie daran denken mußte, daß kein Tropfen des Goldes, das ich in Strömen für meine Launen vergeudete, in ihren armen Haushalt fiel, um das Leben einer Mutter und ihres Kindes zu erleichtern. Ihr großes Unglück war ihr als die natürliche Strafe für ihren Fehltritt erschienen. Ein gütiger Priester von Saint-Sulpice, dessen nachsichtige Stimme ihr die Ruhe wiedergab, hatte sich ihrer angenommen; sie war dahin gelangt, im Dunkel der Altäre ihre Tränen zu trocknen und dort Hoffnungen zu schöpfen. Die Bitterkeit, die ich in Fluten in ihr Herz hatte einströmen lassen, war unmerklich süß geworden. Als sie eines Tages vernahm, daß ihr Sohn ›Vater‹ sagte, ein Wort, das sie ihn nicht gelehrt hatte, vergab sie mir meine Schuld. Aber durch die Tränen und Schmerzen, durch die Arbeit bei Tag und Nacht war ihre Gesundheit geschwächt worden. Die Religion hatte ihr zu spät ihre Tröstungen und den Mut gespendet, die Übel des Lebens zu ertragen. Sie hatte sich ein Herzleiden zugezogen, dessen Ursache ihre Ängste waren, ihr beständiges Warten auf meine Rückkehr, diese immer wieder erwachende, obwohl immer wieder getäuschte Hoffnung. Als es ihr dann schließlich ganz schlecht ging, hatte sie mir auf ihrem Sterbebett die paar Worte geschrieben, die frei von Vorwürfen und ihr von der Religion diktiert worden waren, aber auch von ihrem Glauben an meine Güte. Sie hielt mich, so hat sie gesagt, mehr für verblendet als verderbt; sie ist sogar so weit gegangen, daß sie sich beschuldigte, sie sei in ihrem Frauenstolz zu weit gegangen. ›Hätte ich eher geschrieben‹, hat sie mir gesagt, ›so hätten wir vielleicht noch Zeit gehabt, unsern Sohn durch eine Eheschließung zu legitimieren.‹ Nur um ihres Sohnes willen hat sie diese Bindung gewünscht; und sie hätte sie auch nicht verlangt, wenn sie nicht bereits gefühlt hätte, der Tod werde sie lösen. Allein es war keine Zeit mehr dazu; sie hatte damals nur noch einige Stunden zu leben. An diesem Bett habe ich den Wert eines treuen Herzens kennengelernt und bin für alle Zeit andern Sinnes geworden. Ich stand in dem Alter, wo die Augen noch Tränen haben. Während der letzten Tage, die dieses kostbare Leben noch währte, zeugten meine Worte, mein Tun und meine Tränen von der Reue eines ins Herz getroffenen Mannes. Zu spät erkannte ich die erlesene Seele, die zu wünschen und zu suchen die Niedrigkeiten von Welt und Gesellschaft, die Nichtigkeit und Selbstsucht der Frauen von Welt mich gelehrt hatten. Ich hatte es satt, soviel Larven zu sehen, satt, soviel Lügen anzuhören; ich hatte die wahre Liebe angerufen, von der erkünstelte Leidenschaften mich hatten träumen lassen; dort habe ich sie bewundert, aber sie war von mir getötet worden, ich hatte sie nicht festhalten können, als sie noch gänzlich mein gewesen war. Eine vierjährige Erfahrung hatte mir meinen eigenen, wahren Charakter enthüllt. Mein Temperament, die Natur meiner Phantasie, meine religiösen Grundanschauungen, die weniger zerstört als eingeschlafen waren, meine geistige Haltung, mein verkanntes Herz, alles in mir hatte mich schon seit einiger Zeit dahin gebracht, mein Leben durch die Wollüste des Herzens, und die Liebesleidenschaften durch die Wonnen des Familienlebens zu reinigen, die echtesten unter allen. Da ich mich in der Leere eines zwecklos aufgeregten Lebens mit mir selbst herumgeschlagen, da ich eine Lust ausgepreßt hatte, der es stets an Gefühlen gebrach, die sie hätten verschönen müssen, entfachten Bilder häuslichen Lebens zu zweit in mir die heftigsten Gefühlswallungen. Auf diese Weise wurde die Umwälzung, die sich in meinen Lebensgewohnheiten vollzog, zu etwas Dauerhaftem, obwohl sie schnell geschah. Mein durch den Aufenthalt in Paris verdorbenes südliches Wesen hätte mich schwerlich dahin gebracht, über das Geschick eines armen, betrogenen Mädchens in Mitleid zu zerfließen, und ich hätte wohl gar über ihre Schmerzen gelacht, wenn irgendein Witzbold mir in lustiger Gesellschaft davon erzählt hätte; in Frankreich löst sich der Abscheu vor einem Verbrechen stets in der Geschliffenheit eines geistvollen Wortspiels auf; aber angesichts dieses himmlischen Geschöpfs, dem ich nichts vorzuwerfen hatte, verstummten alle Subtilitäten: Der Sarg stand da, mein Kind lächelte mich an, ohne zu wissen, daß ich seine Mutter gemordet hatte. Jene Frau starb; sie starb glücklich im Bewußtsein, von mir geliebt zu werden, und diese neue Liebe entstammte nicht dem Mitleid, und nicht einmal dem Band, das uns beide gezwungenermaßen einte. Nie werde ich die letzten Stunden des Todeskampfes vergessen, da die wiedergewonnene Liebe und das gestillte Muttergefühl alle Schmerzen verstummen ließen. Der Überfluß, der Luxus, von dem sie sich jetzt umgeben sah, die Freude ihres Kindes, das in der hübschen Kleidung des ersten Lebensalters noch viel schöner geworden war, waren das Unterpfand einer glücklichen Zukunft für dies kleine Wesen, in dem sie sich weiterleben sah. Der Vikar von Saint-Sulpice, der Zeuge meiner Verzweiflung, machte diese noch tiefer dadurch, daß er mir keinerlei banale Trostesworte spendete, sondern mich auf die Gewichtigkeit meiner Verpflichtungen hinwies; aber ich bedurfte keiner Anstachelung; mein Gewissen sprach laut genug. Eine Frau hatte sich mir auf noble Weise anvertraut; ich hatte sie belogen, indem ich ihr sagte, ich liebte sie, als ich sie bereits verriet; ich war die Ursache aller Schmerzen eines armen Mädchens, das, nachdem es die Demütigungen von Welt und Gesellschaft in Kauf genommen hatte, mir heilig sein mußte; im Sterben verzieh sie mir und vergaß all ihr Leid, weil sie im Vertrauen auf das Wort eines Mannes einschlummerte, der ihr schon einmal sein Wort gebrochen hatte. Agathe hatte mir ihre Jungmädchengläubigkeit gespendet und überdies noch in ihrem Herzen die Gläubigkeit der Mutter gefunden und mir dargebracht. Oh, dies Kind, ihr Kind! Gott allein kann wissen, was es mir bedeutete. Das liebe kleine Wesen war wie seine Mutter voller Anmut in seinen Bewegungen, seinen Worten, seinen Gedanken; aber war es für mich denn nicht mehr als ein Kind? War es nicht meine Verzeihung, meine Ehre? Ich hatte es herzlich lieb wie ein Vater; ich wollte es noch mehr lieben als seine Mutter es geliebt hätte und meine Reue in Glück verwandeln, sofern es mir gelang, es glauben zu lassen, es habe nicht aufgehört, an der Mutterbrust zu liegen; ich hing an ihm mit allen menschlichen Banden und mit allen frommen Hoffnungen. So habe ich denn alles im Herzen getragen, was Gott an Zärtlichkeit den Müttern zuteil werden läßt. Die Stimme dieses Kindes ließ mich erbeben; ich schaute das Eingeschlafene lange mit stets sich erneuernder Freude an, und oft fiel eine Träne auf seine Stirn; ich hatte ihm angewöhnt, daß es, wenn es aufgewacht war, an mein Bett kam und sein Gebet verrichtete. Wieviel sanfte Gefühlsregungen hat nicht das schlichte, reine ›Vaterunser‹ in mir ausgelöst, wenn der frische, reine Mund dieses Kindes es sprach; aber auch wieviel schreckliche Erschütterungen! Eines Morgens, als er gesagt hatte: ›Vater unser, der du bist im Himmel . . .‹, hielt er inne und fragte: ›Warum nicht: Mutter unser?‹ Diese Frage schmetterte mich zu Boden. Ich vergötterte meinen Sohn, und dabei hatte ich bereits so viele Gründe für Unheil in sein Leben gesät. Obwohl die Gesetze die Fehltritte der Jugend anerkannt und fast unter ihren Schutz genommen haben, indem sie unehelichen Kindern widerwillig eine legale Existenz zuerkannten, haben Welt und Gesellschaft durch unüberwindliche Vorurteile das Widerstreben des Gesetzes noch verstärkt. Aus dieser Zeit stammen die ernsten Überlegungen, die ich über die Grundlagen der Gesellschaft, über ihren Mechanismus, über die Pflichten des Menschen und über die Moralität angestellt habe, die die Bürger beseelen sollte. Das Genie erfaßt vor allem diese Bindungen zwischen den Gefühlen des Menschen und den Geschicken der Gesellschaft; die Religion flößt guten Geistern die zum Glück erforderlichen Prinzipien ein; aber einzig die Reue diktiert sie einer stürmischen Phantasie: Die Reue hat mich erleuchtet. Ich lebte lediglich für ein Kind, und durch dieses Kind wurde ich dazu gebracht, über die großen sozialen Fragen nachzudenken. Ich beschloß, es schon im voraus auf persönliche Weise mit allen Mitteln zum Erfolg auszurüsten, damit sein Aufstieg verläßlich vorbereitet werde. Damit es also Englisch, Deutsch, Italienisch und Spanisch lernte, umgab ich es nacheinander mit Leuten aus jenen Ländern; sie waren beauftragt, ihm von Kindheit an die Aussprache ihrer Sprachen beizubringen. Zu meiner Freude nahm ich in ihm ausgezeichnete Veranlagungen wahr, die ich benutzte, um es im Spiel weiterzubilden. Keinen einzigen falschen Gedanken wollte ich in seinen Geist eindringen lassen; vor allem trachtete ich danach, es rechtzeitig an das Arbeiten des Verstandes zu gewöhnen, ihm den raschen, sicheren Überblick zu verschaffen, der verallgemeinert, und jene Geduld, die bis in winzigste Einzelheiten der Spezialgebiete hinabsteigt; und schließlich habe ich es gelehrt, zu leiden und zu schweigen. Ich habe nicht geduldet, daß in seiner Gegenwart ein unsauberes oder nur unpassendes Wort ausgesprochen wurde. Durch meine Sorge trugen die Menschen und Dinge, die meinen Sohn umgaben, dazu bei, ihn zu veredeln, seine Seele zu erheben, ihm die Liebe zum Wahren einzuflößen, den Abscheu vor der Lüge; ihn schlicht und einfach in Worten, Tun und Gehaben zu machen. Die Lebhaftigkeit seiner Phantasie ließ ihn rasch die von außen an ihn herangetragenen Lehren erfassen, gerade wie die Fähigkeit seiner Intelligenz ihm alles übrige, das er lernte, leicht machte. Welch hübsche Pflanze galt es hier zu pflegen! Welche Freude wird den Müttern zuteil! Mir ist damals klargeworden, wie seine Mutter hat leben und ihr Unglück ertragen können. Das war das größte Ereignis meines Lebens, und jetzt komme ich auf die Katastrophe zu sprechen, die mich in diesen Distrikt getrieben hat. Ich werde Ihnen also die banalste, die simpelste Geschichte der Welt erzählen, aber für mich die furchtbarste. Nachdem ich also einige Jahre lang mich gänzlich dem Kind gewidmet hatte, aus dem ich einen Mann hatte machen wollen, erschreckte mich meine Einsamkeit; mein Sohn war herangewachsen, er würde mich verlassen. Die Liebe bildete in meiner Seele einen Grundpfeiler des Daseins. Ich empfand ein Verlangen nach Zuneigung, das stets getäuscht worden war und mit dem Altern aufs neue und stärker erstand und wuchs. Es waren damals in mir alle Vorbedingungen für eine echte Bindung vorhanden. Ich war geprüft worden; ich hatte die Glückseligkeiten der Treue und das Glück erkannt, das die Verwandlung eines Opfers in Freude mit sich bringt; die geliebte Frau sollte stets den ersten Platz in meinem Tun und meinem Denken einnehmen. Ich gefiel mir darin, auf imaginäre Weise eine Liebe zu empfinden, die zu dem Grad von Gewißheit gelangt ist, wo die Gefühlswallungen zwei Wesen so völlig durchdringen, daß das Glück ins Leben übergegangen ist, in die Blicke, die Worte, und keine Erschütterung mehr zeitigt. Jene Liebe ist dann im Leben, wie das religiöse Gefühl in der Seele ist; sie belebt es, sie stützt und erhellt es. Ich faßte die eheliche Liebe anders auf als die meisten Männer; ich fand, daß ihre Schönheit, ihre Großartigkeit gerade in den Dingen beruhe, die sie in so vielen Ehen zugrunde gehen lassen. Ich empfand lebhaft die moralische Größe eines Lebens zu zweit, das innerlich zur Genüge geteilt wird, damit die banalsten Handlungen kein Hindernis mehr für den Fortbestand der Gefühle bilden. Aber wo sind die Herzen, deren Pochen so vollkommen isochronisch ist, entschuldigen Sie diesen wissenschaftlichen Ausdruck, daß sie zu dieser himmlischen Einheit gelangen? Falls es sie überhaupt gibt, dann legen Natur oder Zufall so große Entfernungen zwischen sie, daß sie sich nicht vereinigen können; sie lernen einander zu spät kennen, oder sie werden zu früh durch den Tod getrennt. Diese Schicksalsfügung muß einen Sinn haben; aber danach habe ich nie geforscht. Ich leide zu sehr an meiner Wunde, um sie genau untersuchen zu können. Vielleicht ist das vollkommene Glück ein Zwitterwesen, das sich in unserer Gattung nicht fortpflanzen könnte. Mein glühendes Verlangen nach einer so gearteten Ehe wurde noch durch andere Gründe angefacht. Ich hatte keine Freunde. Für mich war die Welt öde und leer. In mir ist etwas, das sich dem lieblichen Phänomen der Vereinigung der Seelen widersetzt. Ein paar Leute haben mich zwar aufgesucht; aber nichts hat sie zum Wiederkommen bewogen, sosehr ich mich auch darum bemühte. Vielen Menschen gegenüber habe ich zum Verstummen gebracht, was die Welt als Überlegenheit bezeichnet; ich hielt mit ihnen gleichen Schritt und Tritt, ich machte mir ihre Ideen zu eigen, ich lachte ihr Lachen, ich sah über ihre Charakterfehler hinweg; wäre ich zum Ruhm gelangt, so hätte ich ihn ihnen gegen ein bißchen Zuneigung verkauft. Jene Menschen haben sich ohne Bedauern von mir gelöst. In Paris ist alles Falle und Schmerz für Seelen, die dort echte Gefühle suchen wollen. Wohin ich in Welt und Gesellschaft den Fuß setzte, verbrannte der Boden rings um mich. Für die einen galt meine Liebenswürdigkeit als Schwäche; wenn ich ihnen als ein Mann, der in sich die Kraft verspürte, eines Tages die Macht zu ergreifen, die Krallen zeigte, war ich tückisch; für andere war das köstliche Lachen, das mit zwanzig Jahren aufhört und dem uns später hinzugeben uns beinahe beschämt, ein Gegenstand des Spottes;

ich amüsierte sie. Heutzutage langweilt sich die Welt und will dennoch Ernst im beiläufigsten Gespräch. Ein gräßliches Zeitalter! Man beugt sich vor einem glatten, mittelmäßigen und kalten Menschen; man haßt, aber gehorcht ihm. Später sind mir die Gründe dieser augenscheinlichen Inkonsequenz klargeworden. Mittelmäßigkeit genügt in allen Lebensstunden; sie ist das Alltagskleid der Gesellschaft; alles, was aus dem sanften Schatten heraustritt, den mittelmäßige Menschen werfen, ist etwas allzu Glänzendes; Genie und Originalität sind Kleinode, die man wegschließt und aufbewahrt, um sich damit an gewissen Tagen zu schmücken. Kurzum, ich war einsam mitten in Paris, ohne jemanden ausfindig machen zu können, der mir nicht nichts zurückerstattet, wenn ich ihm alles ausgeliefert hätte; mein Sohn genügte mir nicht zur Befriedigung meines Herzens, weil ich ein Mann war; eines Tages, als ich mein Leben erkalten fühlte, als ich unter der Last meiner geheimen Leiden zusammenknickte, begegnete ich der Frau, die mich die Liebe in ihrem Ungestüm kennen lehren sollte, die Ehrfurcht vor einer eingestandenen Liebe, die Liebe mit ihren fruchtbaren Hoffnungen auf Glück, mit einem Wort: die Liebe! Ich hatte die Bekanntschaft mit dem alten Freund meines Vaters wieder angeknüpft, der mich ehedem betreut hatte; in seinem Haus lernte ich die junge Dame kennen, für die ich eine Liebe empfand, die mein Leben lang andauern sollte. Je älter der Mensch wird, desto mehr erkennt er den wunderbaren Einfluß der Ideen auf die Geschehnisse. Sehr achtenswerte Vorurteile, die edlen religiösen Gedanken entstammen, wurden zur Ursache meines Unglücks. Jenes junge Mädchen gehörte einer außerordentlich frommen Familie an; ihre katholischen Anschauungen dankte sie dem Geist einer Sekte, die fälschlicherweise die Jansenisten genannt wird und die früher in Frankreich Wirren ausgelöst hat; wissen Sie, warum?«

»Nein«, sagte Genestas.

»Jansenius[103], der Bischof von Ypern, schrieb ein Buch, in dem man Behauptungen zu erblicken glaubte, die nicht mit den Lehren des Heiligen Stuhls übereinstimmten. Später schienen jene Textstellen keine Ketzereien mehr zu enthalten; einige Autoren gingen sogar so weit, daß sie die materielle Existenz der Maximen leugneten. Diese unbedeutenden Streitigkeiten ließen in der gallikanischen Kirche zwei Parteien entstehen, die der Jansenisten und die der Jesuiten. Auf beiden Seiten standen einander große Männer gegenüber. Es war ein Kampf zwischen zwei mächtigen Körperschaften. Die Jansenisten beschuldigten die Jesuiten, diese predigten eine zu schlaffe Moral, und trugen ihrerseits eine übertriebene Reinheit der Sitten und der Grundsätze zur Schau; die Jansenisten wurden also in Frankreich gewissermaßen katholische Puritaner, sofern diese beiden Begriffe sich vereinen lassen. Während der Französischen Revolution bildete sich, infolge des wenig bedeutenden Schismas, das das Konkordat hervorgerufen hatte, eine Kongregation reiner Katholiken, die den Bischöfen die Anerkennung verweigerte, die durch die Revolutionsregierung und die Handlungsweise des Papstes eingesetzt worden waren. Diese Herde von Getreuen bildete die sogenannte ›Kleine Kirche‹; ihre Schäflein bekannten sich wie die Jansenisten zu jener exemplarischen Regelmäßigkeit der Lebensführung, die ein Grundgesetz für das Dasein aller geächteten und verfolgten Sekten zu sein scheint. Mehrere jansenistische Familien gehörten der Kleinen Kirche an. Die Eltern jenes jungen Mädchens hatten sich diese beiden gleichermaßen strengen Puritanismus zu eigen gemacht, die dem Charakter und der Physiognomie etwas Imponierendes verleihen; denn es ist eine Eigentümlichkeit absoluter Doktrinen, die einfachsten Handlungen dadurch zu vergrößern, daß sie mit dem künftigen Leben verknüpft werden; daher Großartigkeit und köstliche Reinheit des Herzens, die Achtung vor andern und vor sich selbst; daher irgendein hochempfindliches Gefühl für Recht und Unrecht; ferner eine große Mildtätigkeit, aber auch strikte, und, um alles zu sagen, unversöhnliche Rechtlichkeit; schließlich noch ein tiefer Abscheu vor allen Lastern, zumal vor der Lüge, die sie alle in sich begreift. Ich erinnere mich nicht, köstlichere Augenblicke durchlebt zu haben als die, da ich zum erstenmal im Haus meines alten Freundes ein echtes junges Mädchen bewundern durfte, ein schüchternes, ganz aus Gehorsam bestehendes Mädchen, das alle dieser Sekte eigentümlichen Tugenden ausstrahlte, ohne daß sie deswegen einen besonderen Stolz bekundet hätte. Ihre schlanke, zarte Gestalt verlieh ihren Bewegungen eine Anmut, die ihre Glaubensstrenge nicht zu mindern vermochte; der Schnitt ihres Gesichts war vornehm, und ihre Züge besaßen die Feinheit einer jungen Dame, die einer adligen Familie angehört; ihr Blick war gleichzeitig sanft und stolz, ihre Stirn ruhig; ihr üppiges Haar war schlicht zu Zöpfen geflochten, die ihr den Kopf krönten und ihr, ohne daß sie es wußte, als Schmuck dienten. Kurzum, Herr Rittmeister, sie bot mir den Typus einer Vollkommenheit dar, wie wir Männer ihn stets in der Frau erblicken, in die wir verliebt sind; muß man nicht, um sie zu lieben, in ihr die Merkmale jener erträumten Schönheit wiederfinden, die unseren persönlichen Vorstellungen entspricht? Als ich sie ansprach, antwortete sie mir schlicht, ohne Übereilung oder falsche Schamhaftigkeit; sie wußte ja nichts von der Lustempfindung, die der Wohllaut ihrer Stimme und ihre äußeren Reize auslösten. Alle diese Engel besitzen die gleichen Kennzeichen, an denen das Herz sie erkennt: den gleichen weichen Stimmklang, den gleichen zärtlichen Blick, die gleiche Weiße des Teints, irgend etwas Hübsches in den Gesten. Diese Eigenschaften harmonieren miteinander, verschmelzen und stimmen sich aufeinander ab, um zu bezaubern, ohne daß man erfassen könnte, worin eigentlich der Zauber besteht. Eine göttliche Seele strahlt aus allen Bewegungen. Ich liebte leidenschaftlich. Diese Liebe erweckte und befriedigte die Gefühle, die mich durchwogten: Ehrgeiz, Vermögen, alle meine Träume, endlich! Schön, nobel, reich und gut erzogen, wie sie war, besaß dieses junge Mädchen die Vorzüge, die Welt und Gesellschaft willkürlich von einer Frau verlangen, die die hohe Stellung einnimmt, die zu erreichen ich erstrebte; da sie gebildet war, drückte sie sich mit der geistvollen Redegewandtheit aus, die in Frankreich zugleich selten und verbreitet ist, wo bei vielen Frauen die hübschesten Wortprägungen leer sind, während bei ihr die geistvolle Wendung voller Sinn war. Und schließlich und vor allem hatte sie ein tiefes Bewußtsein ihrer Würde, die Respekt erheischte; ich kann mir bei einer Gattin nichts Schöneres wünschen. Ich halte jetzt inne, Herr Rittmeister! Man schildert eine geliebte Frau stets nur höchst unvollkommen; zwischen ihr und uns präexistieren Geheimnisse, die sich der Zergliederung entziehen. Nur zu bald zog ich meinen alten Freund ins Vertrauen; er führte mich in die Familie ein, in deren Kreis mir seine achtunggebietende Autorität zu Hilfe kam.

Obwohl ich zunächst mit der kühlen Höflichkeit empfangen wurde, dieser Eigentümlichkeit exklusiver Menschen, die niemals die Freunde im Stich lassen, die sie sich einmal erkoren haben, gelang es mir später, herzlich willkommen geheißen zu werden. Sicherlich verdankte ich diese Achtungsbezeigung dem Verhalten, an dem ich bei dieser Gelegenheit festhielt. Ungeachtet meiner leidenschaftlichen Liebe tat ich nichts, was mich in meinen eigenen Augen hätte herabsetzen können; ich trieb keine Liebedienerei, ich schmeichelte in keiner Weise denjenigen, von denen mein Schicksal abhing, ich zeigte mich, wie ich war, und zumal als Mann. Als mein Charakter bekannt war, sprach mein alter Freund, der ebenso wie ich darauf erpicht war, daß mein trauriges Junggesellentum enden möge, von meinen Hoffnungen, die günstig aufgenommen wurden, wenngleich mit jener klugen Zurückhaltung, deren Leute von Welt sich nur selten entschlagen; und im Verlangen, mir eine ›gute Partie‹ zu verschaffen, welcher Ausdruck aus einem so feierlichen Akt eine Art Handelsgeschäft macht, bei dem der eine der beiden Gatten den andern übers Ohr zu hauen trachtet, bewahrte der alte Herr Schweigen über das, was er als eine Jugendeselei bezeichnete. Seiner Meinung nach würde die Existenz meines Kindes eine moralische Entrüstung zeitigen, mit der verglichen die Vermögensfrage zu etwas Bedeutungslosem würde und die einen Bruch herbeiführen würde. Er hatte recht. ›Das ist‹, so sagte er zu mir, ›eine Angelegenheit, die sich tadellos zwischen dir und deiner Frau regeln wird; du wirst von ihr mühelos eine schöne und gute Absolution erhalten.‹ Kurzum, um meine Skrupel zu unterdrücken, ließ er keinen der stichhaltigen Gründe außer acht, wie die gängige Weisheit der Gesellschaft sie einflüstert. Ich muß Ihnen gestehen, daß trotz meines Versprechens mein erstes Gefühl mich loyal antrieb, dem Familienoberhaupt alles darzulegen; aber dessen kalte Strenge machte mich bedenklich, und ich schreckte vor den Folgen dieses Geständnisses zurück; ich schloß einen feigen Vergleich mit meinem Gewissen; ich beschloß, abzuwarten und von meiner Zukünftigen genügend Unterpfänder der lieben Zuneigung zu erlangen, um mein Glück durch dieses furchtbare Bekenntnis nicht zu gefährden. Mein Entschluß, im geeigneten Augenblick alles zu gestehen, legitimierte die Sophismen der

596

Gesellschaft und die des klugen alten Herrn. Ohne Wissen der Freunde der Familie wurde ich also von den Eltern des jungen Mädchens als deren künftiger Gatte betrachtet. Ein charakteristisches Merkmal dieser frommen Familien ist eine grenzenlose Diskretion; man schweigt in ihnen über alles und jedes, sogar über Belanglosigkeiten. Sie können sich nicht vorstellen, Herr Rittmeister, wie dieser sanfte Ernst, der sich über die harmlosesten Betätigungen breitet, den Gefühlen Tiefe verleiht. Dort waren sämtliche Beschäftigungen nützlich; die Frauen benutzten ihre Mußestunden dazu, Wäsche für die Armen zu fertigen; die Unterhaltung war niemals leichtfertig; aber das Lachen war nicht verpönt, wenngleich die Scherze einfach und nie gehässig waren. Die Gespräche dieser Orthodoxen muteten zunächst seltsam an; es fehlte ihnen das Pikante, das die üble Nachrede und die Skandalgeschichten den Unterhaltungen in der Gesellschaft zuteil werden lassen; denn einzig der Vater und der Onkel lasen die Zeitung, und meine Zukünftige hatte nie auch nur einen Blick auf jene Blätter geworfen, deren harmlosestes noch von Verbrechen oder öffentlichen Lastern spricht; später jedoch empfand die Seele in dieser reinen Atmosphäre den Eindruck, den unsere Augen von grauen Farbtönen empfangen, nämlich eine weiche Ruhe, eine süße innere Stille. Dem Anschein nach war dieses Leben von erschreckender Monotonie. Der Anblick des Hausinnern wirkte irgendwie frostig: Ich gewahrte darin jeden Tag die Möbel, sogar die am häufigsten gebrauchten, genau auf die gleiche Weise aufgestellt, und die unscheinbarsten Dinge waren stets gleichmäßig sauber. Nichtsdestoweniger hatte diese Lebensart etwas sehr Anziehendes. Nachdem ich den anfänglichen Widerwillen eines Mannes, der an die Freuden der Mannigfaltigkeit, des Luxus und des Pariser Lebens und Treibens gewöhnt ist, niedergerungen hatte, wurde ich mir der Vorzüge dieses Daseins bewußt; es entwickelt die Gedanken in ihrer ganzen Ausdehnung und zeitigt unwillkürlich Betrachtungen; das Herz herrscht darin, nichts lenkt es ab, es gewahrt darin schließlich irgend etwas, das so unermeßlich ist wie das Meer. Hier wie im Kloster löst sich das Denken, da es unaufhörlich dieselben Dinge wiederfindet, notwendigerweise von den Dingen und wendet sich ungeteilt der Unendlichkeit der Gefühle zu. Für einen so ehrlich verliebten Menschen, wie ich es war, mußten die Stille, die Schlichtheit des Lebens, die fast mönchische Wiederholung derselben, zur selben Stunde vollbrachten Betätigungen der Liebe ein Mehr an Kraft spenden. Durch diese tiefe Ruhe gewannen die geringsten Bewegungen, ein Wort, eine Geste eine ungeheure Bedeutung. Da im Ausdrücken der Gefühle nichts Gezwungenes obwaltete, boten ein Lächeln, ein Blick den Herzen, die einander verstehen, unerschöpfliche Bilder zum Schildern ihrer Entzückungen und ihrer Nöte dar. Deswegen habe ich damals begriffen, daß die Sprache in der Pracht ihrer Wendungen nichts so Mannigfaches, so Beredtes besitzt wie das Austauschen von Blicken und die Harmonie des beiderseitigen Lächelns. Wie oft habe ich nicht versucht, meine Seele in meine Augen oder auf meine Lippen gleiten zu lassen, da ich ja doch zum Schweigen gezwungen war, um dadurch das Gesamt des Ungestüms meiner Liebe einem jungen Mädchen verständlich zu machen, das in meiner Nähe stets ruhig blieb, und dem das Geheimnis meiner Anwesenheit in der Wohnung noch nicht enthüllt worden war: Denn ihre Eltern wollten ihr bei diesem wichtigsten Schritt ihres Lebens völlig freie Wahl lassen. Aber wenn man echte, leidenschaftliche Liebe empfindet, beschwichtigt dann nicht allein schon das Nahesein der geliebten Frau unser heftigstes Begehren? Wenn wir bei ihr sein dürfen, genießen wir dann nicht das Glück des Christen vor dem Antlitz Gottes? Ist Sehen nicht Anbeten? Wenn es für mich mehr noch als für jeden andern eine Marter war, nicht berechtigt zu sein, den Überschwängen meines Herzens Ausdruck zu geben; wenn ich gezwungen war, darin die glühenden Worte zu begraben, die die glühendsten Gefühle verfälschen, indem sie sie ausdrücken, ließ dennoch dieser Zwang, der meine Leidenschaft gefangensetzte, sie heftiger in den kleinen Dingen hervorbrechen, und die geringsten Zwischenfälle gewannen jetzt ungemein an Wert. Sie ganze Stunden lang bewundern zu dürfen, auf eine Antwort zu warten und lange die Modulationen ihrer Stimme zu genießen, um darin ihre geheimsten Gedanken wahrzunehmen; das Zittern ihrer Finger zu erspähen, wenn ich ihr irgendeinen Gegenstand reichte, den sie gesucht hatte; Vorwände zu ersinnen, um ihr Kleid oder ihr Haar zu streifen, um ihre Hand zu ergreifen, um sie mehr sagen zu lassen, als sie hatte sagen wollen: Alle diese Nichtigkeiten waren große Ereignisse. Während dergleichen Ekstasen trugen Augen, Geste und Stimme der Seele unbekannte Bewegungen der Liebe zu. Das war meine Ausdrucksweise, das einzige, was mir die kühle, jungfräuliche Zurückhaltung dieses jungen Mädchens gestattete; denn ihr Gehaben änderte sich nicht; sie verhielt sich mir gegenüber stets wie eine Schwester zu ihrem Bruder; nur daß in dem Maße, wie meine Leidenschaft wuchs, der Kontrast zwischen meinen Worten und den ihrigen, zwischen meinen Blicken und den ihrigen immer auffälliger wurde und ich schließlich erriet, daß schüchternes Schweigen das einzige Mittel war, das diesem jungen Mädchen zum Ausdrücken ihrer Gefühle zur Verfügung stand. War sie nicht stets im Salon, wenn ich ihn betrat? Blieb sie nicht stets darin, solange mein erwarteter und vielleicht vorausgeahnter Besuch dauerte? Kündete diese stillschweigende Treue nicht von dem Geheimnis ihrer unschuldigen Seele? Und letztlich: Lauschte sie meinen Worten nicht mit einer Freude, die zu verhehlen sie nicht verstand? Die Naivität unseres Verhaltens und die Melancholie unserer Liebe mußten wohl schließlich die Eltern ungeduldig gemacht haben; da sie mich fast ebenso schüchtern wie ihre Tochter sahen, beurteilten sie mich günstig und betrachteten mich als jemanden, der ihrer Achtung würdig war. Der Vater und die Mutter vertrauten sich meinem alten Freunde an und sagten ihm die schmeichelhaftesten Dinge über mich: Ich war ihr Adoptivsohn geworden; sie bewunderten vor allem die Moralität meiner Gefühle. Wirklich, ich fühlte mich damals wieder jung. In dieser frommen, reinen Umwelt wurde der zweiunddreißigjährige Mann wieder zu einem glaubensvollen Jüngling. Der Sommer ging zu Ende; geschäftliche Angelegenheiten hatten die Familie wider ihre Gewohnheit in Paris festgehalten; aber im September stand es ihr frei, nach einem in der Auvergne gelegenen Landsitz abzureisen, und der Vater bat mich mitzukommen und zwei Monate lang in einem alten Schloß zu wohnen, das verloren in den Bergen des Cantal[104] lag. Als ich diese freundliche Einladung erhielt, antwortete ich nicht sogleich. Mein Zögern trug mir die wonnigste, köstlichste unwillkürliche Äußerung ein, durch die ein bescheidenes junges

Mädchen die Geheimnisse ihres Herzens zu verraten vermag. Evelina[105] . . . Mein Gott!« rief Benassis und saß nachdenklich und stumm da.

»Entschuldigen Sie, Rittmeister Bluteau«, fuhr er nach einer langen Pause fort. »Zum erstenmal seit zwölf Jahren spreche ich einen Namen aus, der nach wie vor in meinen Gedanken umherflattert und den eine Stimme mir oftmals zuruft, wenn ich träume. Evelina also, da ich sie nun einmal genannt habe, hob den Kopf mit einer Bewegung, deren jähe Raschheit von dem ihren Gesten innewohnenden Gleichmaß abstach; sie blickte mich ohne Stolz, vielmehr mit schmerzlicher Unruhe an; sie errötete und schlug die Augen nieder. Die Langsamkeit, mit der sie die Lider wieder hob, löste in mir ein mir bislang unbekannt gebliebenes Wonnegefühl aus. Ich konnte nur stockend und stammelnd antworten. Die Erregung meines Herzens sprach eindringlich zu dem ihren, und sie dankte mir durch einen süßen, beinah feuchten Blick. Wir hatten einander alles gesagt. Ich folgte der Familie auf ihr Gut. Da unsere Herzen einander verstanden, hatten die Dinge um uns ein neues Aussehen gewonnen; fortan war uns nichts mehr gleichgültig. Obwohl wahre Liebe immer die gleiche ist, muß sie unseren Gedanken Formen entleihen, und so ist sie sich selbst beständig ähnlich und unähnlich in jedem Menschenwesen, bei dem die Leidenschaft zum einzigen Werk wird, darin seine Sympathien sich ausdrücken. Daher wissen lediglich der Philosoph und der Dichter um die Tiefe der banal gewordenen Definition der Liebe: ein Egoismus zu zweit. Wir lieben im andern uns selber. Aber wenn auch der Ausdruck der Liebe so verschiedenartig ist, daß kein Liebespaar in der Zeitenfolge seinesgleichen hat, so gehorcht sie dennoch in Herzensergießungen dem gleichen Modus. Daher bedienen sich die jungen Mädchen, sogar die frömmsten und keuschesten, derselben Sprache und unterscheiden sich nur durch die Anmut ihrer Gedanken. Allein wo für jede andere das unschuldige Eingeständnis dessen, was sie bewegte, etwas Natürliches und Selbstverständliches gewesen wäre, erblickte Evelina darin eine Konzession an stürmische Gefühle, die den Sieg über die gewohnte Ruhe ihrer frommen Jugend davontragen konnten; der flüchtigste Blick schien ihr auf gewaltsame Weise durch die Liebe entrissen zu werden. Dieser beständige Kampf zwischen ihrem Herzen und ihren Grundsätzen lieh dem geringsten Ereignis ihres Lebens, das an der Oberfläche so ruhig und in der Tiefe so aufgewühlt war, einen Charakter der Kraft, die den Übertreibungen junger Mädchen, deren Verhalten durch die mondänen Sitten sogleich verfälscht wird, weit überlegen war. Während der Fahrt entdeckte Evelina in der Natur vielerlei Schönes und sprach davon mit Bewunderung. Wenn wir nicht berechtigt zu sein glauben, dem Glück Ausdruck zu geben, das die Nähe des geliebten Wesens uns bereitet, dann lenken wir die Empfindungen, von denen unser Herz überquillt, auf die Außendinge ab, die unsere verborgenen Gefühle dann verschönen. Das Poetische der Landschaften, die an unsern Augen vorüberglitten, war für uns beide ein wohlverstandener Dolmetscher, und das Lob, das wir ihnen zollten, barg für unsere Seelen die Geheimnisse unserer Liebe. Wiederholt gefiel sich Evelinas Mutter darin, die Tochter durch ein paar weibliche Bosheiten in Verlegenheit zu bringen. – ›Du bist nun schon zwanzigmal durch dieses Tal gefahren, liebes Kind, ohne daß es dir Eindruck zu machen schien‹, sagte sie auf einen allzu gefühlvollen Satz Evelinas. – ›Liebe Mutter, da war ich wohl noch nicht in dem Alter, in dem man diese Art von Schönheit zu schätzen weiß.‹ Herr Rittmeister, verzeihen Sie mir diese Einzelheit, die für Sie reizlos sein muß; aber diese schlichte Antwort hat mir unaussprechliche Freude gemacht; ich schöpfte sie aus dem Blick, der mir dabei zugeworfen wurde. Auf diese Weise dienten hier ein von der aufgehenden Sonne bestrahltes Dorf, dort eine mit Efeu bewachsene Ruine, die wir zusammen betrachtet haben, dazu, unsern Seelen durch die Erinnerung von etwas gegenständlich Vorhandenem süße Erregungen stärker einzuprägen, bei denen es für uns um unsere ganze Zukunft ging. Wir langten auf dem väterlichen Schloß an; dort blieb ich etwa vierzig Tage. Diese Zeit ist der einzige vollkommene Glücksanteil, den der Himmel mir gewährt hat. Ich genoß Freuden, von denen die Stadtbewohner nichts wissen. Es war das Gesamt an Glück, das zwei Liebenden zuteil wird, die unter demselben Dach wohnen, die die Heirat in Gedanken vorwegnehmen, die gemeinsam über Land schlendern, die bisweilen allein sein können, sich in der

Tiefe irgendeines hübschen Tälchens unter einen Baum setzen, von dort aus die Bauten einer alten Mühle betrachten, einander ein paar vertrauliche Geständnisse entreißen, wissen Sie, jene kleinen, freundlichen Plaudereien, durch die einer täglich tiefer in das Herz des andern eindringt. Ach, das Leben in freier Luft, die Schönheiten von Himmel und Erde harmonieren so gut mit der Vollkommenheit und den Entzückungen der Seele! Einander anlächeln im Aufschauen zu den Himmelsweiten, schlichte Worte in den Gesang der Vögel im feuchten Laubwerk mischen, langsamen Schrittes heimkehren und dabei dem Klang der Glocke lauschen, die einen zu früh zurückruft, gemeinsam einen Einzelzug der Landschaft bewundern, den launischen Flug eines Insekts verfolgen, eine goldene Fliege beobachten, ein zerbrechliches Geschöpf, das etwas von einem liebenden, reinen jungen Mädchen hat: Heißt das nicht, alle Tage ein wenig höher in den Himmel hinaufgelockt werden? Es gab für mich in diesen vierzig Glückstagen Erinnerungen, die einem ganzen Leben Farbe verleihen können, Erinnerungen, die um so schöner und umfassender sind, als ich hinfort nie wieder verstanden werden sollte. Am heutigen Tag haben dem Anschein nach schlichte Bilder, die indessen voll bitterer Bedeutung für ein gebrochenes Herz waren, mich an hingeschwundene, aber nie vergessene Liebesstunden erinnert. Ich weiß nicht, ob Ihnen die Wirkung der untergehenden Sonne auf dem Dach der Hütte des kleinen Jacques aufgefallen ist. Einen Augenblick lang haben die feurigen Sonnenstrahlen die Natur aufglänzen lassen, und dann ist die Landschaft jäh düster und dunkel geworden. Diese beiden so verschiedenen Anblicke boten mir ein getreues Abbild jenes Abschnitts meiner Lebensgeschichte dar. Monsieur, ich empfing von ihr das einzige, erhabene Zeichen, das zu geben einem unschuldigen jungen Mädchen verstattet ist, und das, je flüchtiger es ist, desto mehr verpflichtet: süßes Gelöbnis der Liebe, Erinnerung an die Sprache, die in einer besseren Welt gesprochen wird! Nun, da ich sicher war, geliebt zu werden, schwor ich, alles zu sagen, ihr gegenüber kein Geheimnis zu haben; ich schämte mich, daß ich so lange gezögert hatte, ihr von meinen selbstgeschaffenen Kümmernissen zu erzählen. Unseligerweise ließ am Morgen nach diesem schönen Tag ein Brief des Erziehers meines Sohns mich um ein Leben bangen, das mir so teuer war. Ich reiste ab, ohne Evelina mein Geheimnis anzuvertrauen; der Familie gab ich als Grund eine ernste geschäftliche Angelegenheit an. Während meines Fernseins wurden die Eltern ängstlich. Sie fürchteten, ich unterhalte irgendwelche Liebesbeziehungen, und schrieben nach Paris, um Erkundigungen über mich einzuziehen. Im Widerspruch zu ihren frommen Grundsätzen mißtrauten sie mir, ohne mir die Möglichkeit zu geben, ihren Argwohn zu zerstreuen; einer ihrer Bekannten setzte sie ohne mein Wissen über meine Jugenderlebnisse ins Bild, übertrieb, was ich falsch gemacht hatte, und wies nachdrücklich auf das Vorhandensein meines Sohnes hin, das ich, wie er behauptete, absichtlich verschwiegen hätte. Als ich meinen künftigen Schwiegereltern schrieb, bekam ich keine Antwort; sie kehrten nach Paris zurück, ich fand mich bei ihnen ein und wurde nicht empfangen. Bestürzt schickte ich meinen alten Freund hin, um den Grund eines Verhaltens zu erkunden, das mir unverständlich war. Als der alte Herr die Ursache erfahren hatte, verhielt er sich nobel, nahm die Verantwortung für mein Schweigen auf sich, wollte mich rechtfertigen und konnte nichts erreichen. Die Geldinteressen und die moralischen Bedenken waren zu gewichtig für diese Familie, sie war in ihren Vorurteilen zu rückständig, als daß sie ihren einmal gefaßten Entschluß hätte ändern können. Meine Verzweiflung war grenzenlos. Anfangs versuchte ich, den Sturm zu beschwören; aber meine Briefe wurden mir ungeöffnet zurückgesandt. Als alle menschlichen Mittel erschöpft waren, als die Eltern dem alten Herrn, dem Urheber meines Unglücks, gesagt hatten, daß sie es bis in alle Ewigkeit ablehnen würden, ihre Tochter mit einem Mann zu vereinen, der sich den Tod einer Frau und das Leben eines unehelichen Kindes vorzuwerfen habe, auch wenn Evelina sie auf den Knien anflehen würde, da, Herr Rittmeister, blieb mir nur noch eine letzte Hoffnung, und die war schwach wie der Weidenzweig, an den ein Unseliger, wenn er am Ertrinken ist, sich klammert. Ich wagte zu glauben, daß Evelinas Liebe stärker sei als die väterlichen Entschlüsse und daß sie die Unbeugsamkeit ihrer Eltern zu besiegen wissen werde; ihr Vater konnte ihr ja die Gründe für die Weigerung verborgen haben, die unserer Liebe den Todesstoß versetzte;

ich wollte, daß sie in Kenntnis der Ursache über mein Schicksal entscheide, ich schrieb ihr. Ach, unter Tränen und Schmerzen kritzelte ich, nicht ohne grausame Hemmungen, den einzigen Liebesbrief hin, den ich jemals geschrieben habe. Ich weiß heute nur noch verschwommen, was die Verzweiflung mir diktierte; sicherlich habe ich meiner Evelina gesagt, wenn sie ehrlich und wahrhaftig gewesen sei, könne und dürfe sie nie einen anderen als mich lieben; wäre ihr Leben nicht verfehlt, wäre sie nicht dazu verdammt, ihren künftigen Gatten oder mich zu belügen? Verriete sie nicht die weiblichen Tugenden, wenn sie ihrem verkannten Liebhaber die gleiche Opferwilligkeit versagte, die sie ihm bezeigt haben würde, wenn die in unseren Herzen bereits vollzogene Ehe wirklich geschlossen worden wäre? Und welche Frau würde sich nicht lieber durch die Gelöbnisse des Herzens gebunden fühlen als durch die Ketten des Gesetzes? Ich rechtfertigte meine Sünden durch die Anrufung aller Reinheit der Unschuld, ohne etwas von dem zu vergessen, was eine edle, großmütige Seele milder stimmen konnte. Aber, da ich Ihnen nun einmal alles gestehe, will ich Ihnen auch ihre Antwort und meinen letzten Brief holen«, sagte Benassis und ging hinaus, um in sein Schlafzimmer hinaufzusteigen.

Er kam bald wieder und hielt eine verschlissene Brieftasche in der Hand, der er nicht ohne tiefe Erschütterung schlecht geordnete Papiere entnahm; sie zitterten in seinen Fingern.

»Dies ist der verhängnisvolle Brief«, sagte er. »Das Kind, das diese Zeilen schrieb, wußte nicht, von welcher Wichtigkeit dies Papierblatt, das ihre Gedanken enthält, für mich sein würde. Und dies hier«, sagte er und zeigte einen andern Brief, »ist der letzte Aufschrei, den mir mein Leid entriß; sie sollen es gleich beurteilen. Mein alter Freund hat meinen Flehbrief überbracht, ihn heimlich übergeben und sein weißes Haar durch die Bitte gedemütigt, Evelina möge ihn lesen und ihn beantworten; und dies hier hat sie mir geschrieben: ›Monsieur . . .‹

Mich, der vor kurzem noch ihr ›Lieber‹ gewesen war, eine keusche Bezeichnung, die sie sich erdacht hatte, um einer keuschen Liebe Ausdruck zu geben, mich redete sie mit ›Monsieur‹ an! Dies eine Wort sagte alles. Aber hören Sie den Brief. ›Es ist sehr grausam für ein junges Mädchen, wenn sie in dem Mann, dem ihr Leben hatte anvertraut werden sollen, Falschheit wahrnimmt; nichtsdestoweniger habe ich Sie entschuldigen müssen; wir Frauen sind so schwach! Ihr Brief hat mich gerührt; aber schreiben Sie mir nicht mehr; Ihre Handschrift schafft mir Verstörungen, die ich nicht ertragen kann. Wir sind für immer geschieden. Die Gründe, die Sie mir anführten, haben mich verführt; sie haben das Gefühl erstickt, das sich in meiner Seele wider Sie erhoben hatte; es wäre mir so lieb gewesen, Sie rein zu wissen! Aber Sie und ich sind von meinem Vater als zu schwach befunden worden! Ja, ich habe es gewagt, zu Ihren Gunsten zu sprechen. Um meine Eltern anzuflehen, habe ich das größte Entsetzen, das mich je gepackt hat, überwinden und meine Lebensgewohnheiten fast verleugnen müssen. Jetzt gebe ich abermals Ihren Bitten nach und mache mich schuldig, weil ich Ihnen ohne Wissen meines Vaters antworte; aber meine Mutter weiß es; ihre Nachsicht, als sie mir die Freiheit ließ, kurze Zeit mit Ihnen allein zu sein, hat mir bewiesen, wie lieb sie mich hat, und mich in meiner Achtung vor dem Willen der Familie bestärkt; ich war sehr nahe daran, ihn zu verkennen. Daher schreibe ich Ihnen zum ersten- und letztenmal. Ich verzeihe Ihnen rückhaltlos das Unglück, das Sie in mein Leben gesät haben. Ja, Sie haben recht, eine erste Liebe erlischt nie. Ich bin kein reines junges Mädchen mehr; ich würde auch keine keusche Gattin sein können. Ich weiß also nicht, was mein Schicksal sein wird. Sie sehen, daß das Jahr, das von Ihnen erfüllt gewesen ist, einen langen Nachhall in der Zukunft haben wird; aber ich werfe Ihnen nichts vor. Ich würde stets geliebt werden! Warum haben Sie mir das gesagt? Können diese Worte die aufgewühlte Seele eines armen, einsamen Mädchens beschwichtigen? Haben Sie mir nicht schon mein künftiges Leben verdorben, indem Sie mir Erinnerungen geben, die stets wiederkehren werden? Wenn ich jetzt nur noch Jesus angehören kann: Wird er dann ein zerrissenes Herz entgegennehmen? Aber er hat mir diese Kümmernisse nicht vergebens gesandt; er hat seine Absichten, und er hat mich wohl zu sich rufen wollen, zu sich, der heute meine einzige Zuflucht ist. Mir bleibt nichts auf dieser Erde. Sie haben, um sich über Ihren Schmerz hinwegzutäuschen, alles ehrgeizige, dem Mann angeborene Streben. Das ist kein

Vorwurf, eher etwas wie ein frommer Trost. Ich denke, daß, wenn wir in diesem Augenblick eine uns wundscheuernde Bürde tragen, deren schwererer Teil auf mir lastet. Der, auf den ich meine ganze Hoffnung gesetzt habe und auf den Sie nicht eifersüchtig sein können, hat unser beider Leben verknüpft; er wird es nach seinem Willen wieder lösen. Ich habe gemerkt, daß Ihre religiösen Anschauungen nicht auf dem lebendigen, reinen Glauben beruhen, der uns hilft, hienieden unser Leid zu tragen. Wenn Gott geneigt ist, die Wünsche eines unablässigen, inbrünstigen Gebets zu erhören, wird er Ihnen die Gnade seiner Erleuchtung gewähren. Leben Sie wohl, Sie, der Sie mein Leiter hatten sein sollen, Sie, den ich sündlos ›Lieber‹ nennen durfte und für den ich noch immer leben kann, ohne mich schämen zu müssen. Gott verfügt über unsere Tage nach seinem Wohlgefallen; er könnte Sie als den ersten von uns beiden zu sich rufen; aber wenn ich dann allein auf Erden zurückbleibe, dann, ja, dann vertrauen Sie mir jenes Kind an.‹

Dieser von hochherzigen Gefühlen erfüllte Brief«, fuhr Benassis fort, »enttäuschte meine Hoffnungen. Daher hörte ich zunächst einzig auf meinen Schmerz; später habe ich den Duft des Balsams geatmet, den dieses junge Mädchen selbstvergessen auf die Wunden meiner Seele träufeln wollte; aber in der Verzweiflung schrieb ich ihr ein wenig hart.

›Mademoiselle, dies eine Wort sagt Ihnen, daß ich auf Sie verzichte und Ihnen gehorche! Ein Mann empfindet noch eine grausige Wonne darin, wenn er der Geliebten gehorsam ist, sogar dann, wenn sie ihm befiehlt, sie zu verlassen. Sie haben recht, und ich verdamme mich selber. Ich habe ehedem den Opferwillen eines jungen Mädchens verkannt, heute muß meine leidenschaftliche Liebe verkannt werden. Aber ich hätte nicht geglaubt, daß die einzige Frau, der ich meine Seele als Geschenk dargebracht hätte, es auf sich nehmen würde, dieses Rachewerk durchzuführen. Niemals hätte ich in einem Herzen, das mir so zärtlich und liebevoll erschien, soviel Härte vermutet, wenngleich vielleicht Tugend. Jetzt erst habe ich die Größe meiner Liebe erkannt; sie hat dem unerhörtesten aller Schmerzen widerstanden, nämlich der Verachtung, die Sie bezeigen, indem Sie ohne Bedauern die Bande zerrissen, die uns einten. Leben Sie wohl auf ewig. Ich bewahre den demütigen Stolz der Reue, und ich werde mir eine Lebensbedingung suchen, in der ich die Sünden abbüßen kann, für die Sie, meine Fürsprecherin im Himmel, ohne Erbarmen waren. Vielleicht ist Gott weniger grausam als Sie. Mein Leid, ein ganz von Ihnen erfülltes Leid, soll ein verwundetes Herz strafen, das in der Einsamkeit stets bluten wird; denn verwundeten Herzen ziemt Dunkel und Stille. Kein anderes Bild der Liebe wird sich meinem Herzen noch einprägen. Obwohl ich keine Frau bin, habe ich gleich Ihnen verstanden, daß ich mich, als ich sagte: ›Ich liebe dich‹, für mein ganzes Leben gebunden hatte. Ja, diese meiner Geliebten zugeflüsterten Worte waren keine Lüge; könnte ich anderen Sinnes werden, so hätten Sie recht mit Ihrer Verachtung; so werden Sie denn bis in alle Ewigkeit das Idol meiner Einsamkeit sein. Reue und Liebe sind zwei Tugenden, die einem alle übrigen einflößen sollten; darum werden Sie trotz der Abgründe, die uns trennen werden, immer der Leitgedanke meines Tuns sein. Obwohl Sie mein Herz mit Bitterkeit erfüllt haben, sollen sich darin keinerlei bittere, gegen Sie gerichtete Gedanken finden; hieße es nicht, meine neuen Werke falsch beginnen, wenn ich nicht meine Seele von aller schlechten Hefe reinigte? So leben Sie denn wohl, Sie einziges Herz auf Erden, das ich liebe und aus dem ich verjagt worden bin. Nie hat ein Lebewohl mehr an Gefühlen und Zärtlichkeit enthalten; trägt es nicht eine Seele und ein Leben vondannen, das wieder zu beseelen in niemandes Macht steht? Leben Sie wohl; Ihnen der Friede, mir alles Unglück!‹«

Als diese beiden Briefe gelesen worden waren, blickten Genestas und Benassis einander eine Weile an, beide im Bann trauriger Gedanken, die sie einander nicht mitteilten.

»Nachdem ich diesen letzten Brief abgesandt hatte, dessen Entwurf, wie Sie sehen, erhalten geblieben ist und der für mich heute alle meine Freuden, wenngleich verwelkt, darstellt«, fuhr Benassis fort, »verfiel ich in eine unaussprechliche Niedergeschlagenheit. Die Bande, die hienieden einen Menschen an das Dasein zu fesseln vermögen, fanden sich sämtlich in jener keuschen Hoffnung vereint, die hinfort verloren war. Es galt, von den Wonnen erlaubter Liebe Abschied zu nehmen und die großherzigen Ideen sterben zu lassen, die im Grunde meines Herzens erblüht waren. Die Sehnsüchte einer reuigen Seele, die nach dem Schönen, dem Guten und Ehrenhaften gedürstet hatte, waren von wahrhaft frommen Leuten zurückgestoßen worden. In der ersten Zeit wurde mein Geist von den extravagantesten Entschlüssen durchtobt; aber der Anblick meines Sohnes kämpfte sie glücklicherweise nieder. Ich spürte jetzt, wie meine Liebe zu ihm durch all das Unglück, dessen unschuldige Ursache er war und an dem ich allein die Schuld trug, beständig wuchs. So wurde er denn mein ganzer Trost. Mit meinen vierunddreißig Jahren konnte ich noch hoffen, meinem Land auf edle Weise von Nutzen zu sein; ich beschloß, darin ein berühmter Mann zu werden, um durch den Ruhm oder den Glanz der Macht den Makel auszulöschen, der die Geburt meines Sohnes befleckte. Wieviel schöne Gefühle verdanke ich ihm, und wie sehr hat er mich in den Tagen leben lassen, da ich mich mit seiner Zukunft beschäftigte! Ich ersticke!« rief Benassis. »Nach elf Jahren kann ich noch immer nicht an jenes Unheilsjahr denken ... Dieses Kind, ich habe es verloren.«

Der Arzt verstummte und barg das Gesicht in den Händen; er ließ sie sinken, als er wieder ein wenig Ruhe gewonnen hatte. Genestas sah jetzt nicht ohne Rührung die Tränen, die die Augen seines Gastgebers feuchteten.

»Dieser Donnerschlag hat mich zunächst entwurzelt«, fuhr Benassis fort. »Ich empfing die Erleuchtung einer gesunden Moral erst, als ich mich aus Welt und Gesellschaft in einen anderen Boden verpflanzt hatte. Erst später erkannte ich in dem mir widerfahrenen Unglück die Hand Gottes, und noch später wußte ich mich in mein Los zu schicken, wenn ich seine Stimme vernahm. Meine Resignation konnte sich nicht plötzlich vollziehen; mein ungestümer Charakter mußte noch einmal erwachen; ich vergeudete die letzten Flammen meines Aufbegehrens in einem letzten Gewittersturm; ich habe lange gezögert, ehe ich den einzigen Entschluß faßte, den zu fassen einem Katholiken geziemt. Zuerst wollte ich Selbstmord begehen. All diese Geschehnisse hatten in mir ein maßloses Gefühl der Schwermut entstehen lassen; kaltblütig entschloß ich mich zu diesem Akt der Verzweiflung. Ich meinte, es sei uns gestattet, das Leben zu verlassen, wenn das Leben uns verlassen habe. Der Selbstmord schien mir in der Natur zu liegen. Der Kummer muß in der Seele des Menschen die gleichen Verheerungen anrichten, die ein Übermaß an Schmerz in seinem Körper zuwege bringt; nun aber hat doch wohl das mit Vernunft begabte Wesen, wenn es an einer moralischen Krankheit leidet, das gleiche Recht, sich das Leben zu nehmen, wie ein an der Drehkrankheit leidendes Schaf, das sich den Schädel an einem Baum zerschmettert. Sind Leiden der Seele denn leichter zu heilen als körperliche Leiden? Daran zweifle ich nach wie vor. Ich weiß nicht, wer der feigere ist: der, der immer noch hofft, oder der, der nicht mehr hofft. Der Selbstmord dünkte mich die letzte Krise einer moralischen Krankheit, wie der natürliche Tod die einer physischen Krankheit ist; aber da das moralische Leben den besonderen Gesetzen des menschlichen Willens unterworfen ist, müßte sein Aufhören dann nicht im Einklang mit den Bekundungen der Intelligenz stehen? Daher tötet der Gedanke und nicht die Pistole. Spricht übrigens nicht der Zufall, der uns in dem Augenblick hinrafft, da das Leben vollkommen glücklich ist, den Menschen frei, der es ablehnt, ein unglückliches Leben hinzuschleppen? Aber die Grübeleien, in denen ich mich in jenen Trauertagen erging, führten mich zu höheren Betrachtungen. Für eine gewisse Zeit teilte ich die großen Gefühle der heidnischen Antike; aber indem ich darin nach neuen Rechten für den Menschen suchte, glaubte ich, ich könne beim Schein der modernen Fackeln tiefer in die Frage eindringen, die die Alten zu Systemen reduziert hatten. Epikur[106] hieß den Selbstmord gut. War er nicht die Ergänzung seiner Morallehre? Er bedurfte des Sinnengenusses um jeden Preis; fiel diese Voraussetzung fort, so war es schön und löblich für das beseelte Wesen, in die Ruhe der unbeseelten Natur einzugehen; da den einzigen Lebenszweck des Menschen das Glück oder die Hoffnung auf Glück bildete, wurde der Tod für den Leidenden und den ohne Hoffnung Leidenden zu einem Gut; ihn sich freiwillig geben war ein letzter Akt des gesunden Menschenverstands. Er rühmte diesen Akt nicht und er tadelte ihn auch nicht; er begnügte sich zu sagen, und dabei brachte er dem Bacchus ein Trankopfer dar: ›Über das Sterben sollte man nicht lachen, aber auch nicht weinen.‹ Moralischer und mehr von der Lehre der Pflichten durchdrungen als die Epikuräer schrieben Zenon[107] und die ganze

Stoa[108] in gewissen Fällen dem Stoiker den Selbstmord vor. Die Stoa begründet folgendermaßen: Der Mensch unterscheidet sich vom Tier dadurch, daß er selbstherrlich über seine Person verfügt; nimmt man ihm dieses Recht über sein Leben oder seinen Tod, so macht man ihn zum Sklaven der Menschen und Ereignisse. Das richtig verstandene Recht über Leben und Tod bildet das wirksame Gegengewicht gegen alle natürlichen und sozialen Übel; wird ebenjenes Recht dem Menschen über seinesgleichen eingeräumt, so erzeugt es sämtliche Tyranneien. Die Macht des Menschen besteht also nirgends ohne uneingeschränkte Freiheit seines Handelns: Darf er also den schmählichen Folgen eines nicht wiedergutzumachenden Fehlers entschlüpfen? Der gewöhnliche Mensch schluckt die Schande und lebt weiter; der Weise trinkt den Schierlingsbecher und stirbt; soll er den Rest seines Lebens der Gicht streitig machen, die ihm die Knochen zermalmt, oder dem Krebs, der ihm das Antlitz zerfrißt? Der Weise nimmt den richtigen Augenblick wahr, schickt die Kurpfuscher weg und sagt seinen Freunden, die er durch seine Gegenwart nur traurig stimmte, ein letztes Lebewohl. Ist man in die Gewalt des Tyrannen geraten, den man mit bewaffneter Hand bekämpft hat, was soll man dann tun? Das Aktenstück der Unterwerfung ist aufgesetzt; es bleibt einem nichts, als es zu unterzeichnen oder den Kopf preiszugeben: Der Dumme läßt ihn sich abschlagen, der Feige unterzeichnet, der Weise vollzieht einen letzten Akt der Freiheit, er bringt sich um. ›Ihr freien Menschen‹, rief damals der Stoiker, ›versteht euch darauf, frei zu bleiben! Frei von euren Leidenschaften, indem ihr sie den Pflichten aufopfert; frei von euresgleichen, indem ihr ihnen das Eisen oder das Gift vorzeigt, die euch ihrem Machtbereich entziehen; frei vom Schicksal, indem ihr selber den Punkt bestimmt, jenseits dessen ihr ihm keine Gewalt mehr über euch einräumt; frei von Vorurteilen, indem ihr sie nicht mit den Pflichten verwechselt; frei von allen tierischen Ängsten, indem ihr den plumpen Instinkt zu überwinden wißt, der so viele Unglückliche an das Leben kettet.‹ Nachdem ich diese Argumentation aus dem philosophischen Wortschwall der Alten herausgelöst hatte, glaubte ich ihr dadurch eine christliche Form aufzuprägen, daß ich sie durch die Gesetze der Willensfreiheit verstärkte, die Gott uns gegeben hat, damit er uns eines Tages vor seinem Tribunal richten könne; und ich sagte mir: ›Dort will ich für mich plädieren!‹ Aber diese Grübeleien zwangen mich, über den Tag nach meinem Tod nachzudenken, und so geriet ich wieder in den Bann meines alten, erschütterten Glaubens. Alles wird ernst im menschlichen Leben, wenn die Ewigkeit auf dem leichtesten unserer Entschlüsse lastet. Wenn dieser Gedanke sich mit seiner ganzen Macht auf die Seele eines Menschen auswirkt und ihn irgend etwas Ungeheures fühlen läßt, das ihn in Beziehung zum Unendlichen bringt, dann wandeln sich die Dinge auf seltsame Weise. Von diesem Standpunkt aus betrachtet, ist das Leben sehr groß und sehr klein. Das Bewußtsein meiner Verfehlungen ließ mich nicht an den Himmel denken, solange ich noch Hoffnungen auf Erden hatte, solange ich in einigen sozialen Betätigungen Trost für mein Leid fand. Lieben, sich dem Glück einer Frau widmen, Haupt einer Familie sein, hieß das nicht, dem bohrenden Drang, meine Sünden zu büßen, edle Nahrung zuführen? Nun, da dieser Versuch gescheitert war, blieb mir da nicht noch eine Sühnung, wenn ich mich einem Kinde weihte? Doch als nach diesen beiden Aufschwüngen meiner Seele Verachtung und Tod sie in ewige Trauer gehüllt hatten, als alle meine Gefühle gleichzeitig verletzt wurden und ich hienieden nichts mehr gewahrte, hob ich die Augen zum Himmel auf, und dort begegnete ich Gott. Allein ich versuchte, die Religion zur Komplizin meines Todes zu machen. Abermals las ich die Evangelien und fand keine Textstelle, die den Selbstmord untersagte; aber diese Lektüre durchdrang mich mit dem göttlichen Gedanken an den Heiland der Menschen. Freilich, er sagt darin nichts über die Unsterblichkeit der Seele; aber er spricht uns vom schönen Reich seines Vaters; er verbietet uns auch nirgendwo den Vatermord, aber er verdammt alles, was böse ist. Die Glorie seiner Evangelisten und der Beweis ihrer Mission besteht weniger in der Schaffung von Gesetzen als darin, auf Erden den neuen Geist neuer Gesetze verbreitet zu haben. Der Mut, den ein Mensch entfaltet, wenn er sich umbringt, schien mir jetzt seine eigene Verdammung zu sein: Wenn er in sich die Kraft zum Sterben verspürt, dann muß er auch die zum Kämpfen besitzen; Ablehnung des Leidens ist nicht Stärke, sondern Schwäche; und

611

heißt überdies das Aufgeben des Lebens nicht, den christlichen Glauben abschwören, dem Jesus als Grundlage die erhabenen Worte gegeben hat: ›Selig sind, die da Leid tragen‹? Der Selbstmord dünkte mich jetzt in keiner Krise mehr entschuldbar, nicht einmal bei einem Menschen, der aus einer falschen Auffassung der Seelengröße heraus einen Augenblick, ehe der Henker zuschlägt, über sich selbst verfügt. Hat Jesus Christus dadurch, daß er sich kreuzigen ließ, uns nicht gelehrt, allen menschlichen Gesetzen zu gehorchen, auch wenn sie ungerecht angewandt werden? Das Wort ›Resignation‹, das auf dem Kreuz steht und so verständlich für alle ist, die diese heiligen Lettern zu lesen verstehen, erschien mir jetzt in seiner göttlichen Klarheit. Ich besaß noch achtzigtausend Francs; zuerst wollte ich weit von den Menschen weggehen und mein Leben damit hinbringen, daß ich irgendwo in einem Landhaus vegetierte; aber Menschenfeindschaft ist eine Art Eitelkeit, die sich unter Igelstacheln verbirgt, und keine katholische Tugend. Das Herz eines Menschenfeinds blutet nicht, es krampft sich zusammen, und das meine blutete in allen seinen Adern. Ich dachte an die Gebote der Kirche, an die Hilfsmittel, die sie den Betrübten darbietet; so gelangte ich dazu, die Schönheit des Gebets in der Einsamkeit zu verstehen, und es kam mir der Gedanke, mich Gott zu weihen, nach dem schönen Ausdruck unserer Väter. Obwohl mein Entschluß unwiderruflich feststand, hatte ich mir die Fähigkeit bewahrt, die Mittel zu prüfen, die ich anwenden mußte, um an mein Ziel zu gelangen. Ich machte die Reste meines Vermögens flüssig und reiste nahezu beruhigt ab. ›Der Friede im Herrn‹ war eine Hoffnung, die mich nicht trügen konnte. Zunächst verlockte mich die Ordensregel des heiligen Bruno[109], und so kam ich zu Fuß, vertieft in ernste Gedanken, zur Grande-Chartreuse. Das war für mich ein feierlicher Tag. Ich war des majestätischen Schauspiels nicht gewärtig gewesen, das sich mir auf dieser Wanderung darbot, wo sich bei jedem Schritt irgendeine übermenschliche Macht bekundet. Diese überhängenden Felsen, diese Abgründe, diese Gießbäche, die eine Stimme im Schweigen vernehmen lassen, diese von hohen Bergen umgrenzte und dennoch grenzenlose Einsamkeit, dieses Asyl, zu dem der Mensch nur durch seine sterile Neugier gelangt, dieser wüste, durch die malerischsten Schöpfungen der Natur gemildertе Schrecken, diese tausendjährigen Fichten und diese Eintagspflanzen, all das stimmt ernst. Es würde einem schwerfallen zu lachen, wenn man die Einöde des heiligen Bruno durchwandert. Ich erblickte die Grande-Chartreuse, ich erging mich unter ihren alten, schweigenden Wölbungen, ich hörte unter den Bogengängen das Wasser der Quelle Tropfen für Tropfen niederfallen. Ich trat in eine Zelle ein, um dort das Maß meines Nichts zu nehmen; ich atmete den tiefen Frieden, den mein Vorgänger dort genossen hatte, und ich las voller Rührung die Inschrift, die er, wie es im Kloster Brauch war, auf seine Tür geschrieben hatte; alle Vorschriften für das Leben, das ich führen wollte, waren darin in drei lateinischen Worten ausgedrückt: *Fuge, late, tace*...«[110]

Genestas neigte den Kopf, als verstehe er.

»Ich war entschlossen«, fuhr Benassis fort. »Diese mit Fichtenholz getäfelte Zelle, dies harte Bett, diese Zurückgezogenheit, all das behagte meiner Seele. Die Kartäuser waren in der Kapelle; ich ging hinein, um mit ihnen zu beten. Dort wurden meine Entschlüsse zunichte. Ich will die katholische Kirche nicht richten; ich bin sehr orthodox; ich glaube an ihre Werke und ihre Vorschriften. Aber als ich diese alten Männer, die sich in der Welt nicht auskannten und für die Welt erstorben waren, ihre Gebete singen hörte, erkannte ich im Klosterleben etwas wie einen erhabenen Egoismus. Diese Zurückgezogenheit nützt nur dem Menschen und ist nichts als ein langer Selbstmord; ich verurteile sie nicht. Wenn die Kirche diese Gräber aufgetan hat, sind sie sicherlich einigen Christen notwendig, die auf der Welt völlig unnütz sind. Ich glaubte besser zu handeln, wenn ich meine Reue für die gesellige Welt nutzbar gestaltete. Nach der Rückkehr ließ ich es mir angelegen sein nachzuforschen, unter welchen Gegebenheiten ich meine Gedanken über die Resignation in die Tat umsetzen konnte. In meiner Phantasie führte ich bereits das Leben eines einfachen Matrosen; ich verurteilte mich dazu, dem Vaterland dadurch zu dienen, daß ich mich in die letzte Reihe eingliederte und auf alle intellektuellen Leistungen verzichtete; aber wenn das auch ein Leben der Arbeit und der Aufopferung war: Es dünkte mich noch nicht nützlich genug. Hieß das nicht, Gottes Absichten hintergehen? Wenn er mir einige Geisteskräfte verliehen hatte, war es dann nicht meine Pflicht, sie zum Besten von meinesgleichen zu gebrauchen? Ferner, wenn es mir verstattet ist, frei zu sprechen, verspürte ich in mir irgendwie einen Expansionsdrang, dem rein mechanische Obliegenheiten nicht genügt hätten. Ich erblickte im Seemannsleben keine Weide für die Güte, die ein Ausfluß meiner Veranlagung ist, so wie jede Blume ihren besonderen Duft ausströmt. Ich war, wie ich Ihnen bereits gesagt habe, genötigt, hier im Flecken zu übernachten. Während der Nacht glaubte ich in dem mitleidigen Gedanken, den mir der Zustand dieser armen Ortschaft einflößte, einen Befehl Gottes zu vernehmen. Ich hatte an den grausamen Schmerzen der Mutterschaft teilgenommen; ich beschloß, mich ihnen gänzlich zu weihen; ich wollte sie in einer ausgedehnteren Sphäre als der der Mutter stillen und dadurch eine barmherzige Schwester für ein ganzes Dorf werden, indem ich dort die Wunden der Armen beständig pflegte. Gottes Finger schien mir also eindringlich mein Schicksal vorgezeichnet zu haben, als ich bedachte, daß der erste ernsthafte Gedanke meiner jungen Jahre mich dem Arztberuf geneigt gemacht hatte; und so beschloß ich denn, ihn hier auszuüben. Überdies hatte ich in meinem Brief geschrieben: ›Wunden Herzen Dunkel und Stille‹; was ich mir selbst gelobt hatte, wollte ich durchführen. Ich habe einen Weg der Stille und der Resignation eingeschlagen. *Das Fuge, late, tace* des Kartäusers ist hier meine Devise; meine Arbeit ist tätiges Gebet; mein moralischer Selbstmord ist das Leben dieses Distrikts, in dem es mir behagt, dadurch, daß ich die Hand ausstrecke, Glück und Freude zu säen, zu spenden, was ich nicht habe. Die Gewohnheit, mit Bauern zusammenzuleben, mein Fernsein von Welt und Gesellschaft haben mich tatsächlich verwandelt. Mein Gesicht hat einen andern Ausdruck angenommen; es hat sich an die Sonne gewöhnt, und die hat es gefurcht und gehärtet. Ich habe vom Landmann den Gang, die Ausdrucksweise und die Kleidung übernommen, das Sichgehenlassen, die Gleichgültigkeit gegen alles, was Grimasse ist. Meine Freunde in Paris oder die kleinen Freundinnen, deren Cicisbeo ich war, würden niemals in mir den Mann wiedererkennen, der für kurze Zeit im Vordergrund stand, den an Spielereien, Luxus und die Pariser Leckereien gewöhnten Sybariten. Heute ist alles

Äußerliche mir völlig gleichgültig, wie es bei allen der Fall ist, die sich von einem einzigen Gedanken leiten lassen. Ich habe im Leben kein anderes Ziel mehr, als es zu verlassen; ich will nichts zur Vorwegnahme oder zur Beschleunigung des Endes tun; aber ich werde mich an dem Tage, da ich erkranke, ohne Bedauern zum Sterben niederlegen. Das, Herr Rittmeister, sind in aller Aufrichtigkeit die Ereignisse des Lebens, wie ich es früher führte. Ich habe Ihnen keine meiner Sünden verheimlicht; sie sind groß gewesen, ich habe sie gemein mit manchen anderen Menschen. Ich habe viel gelitten, ich leide tagtäglich; aber ich habe in meinen Leiden die Vorbedingung einer glücklichen Zukunft erblickt. Nichtsdestoweniger gibt es ungeachtet meiner Resignation Schmerzen, denen gegenüber ich kraftlos bin. Heute wäre ich fast geheimen Qualen erlegen, vor Ihren Augen, ohne Ihr Wissen . . .«

Genestas sprang vom Stuhl auf.

»Ja, Rittmeister Bluteau, Sie waren dabei anwesend. Haben Sie mir nicht die Lagerstatt der Mutter Colas gezeigt, als wir Jacques betteten? Ja, ja, ich kann ohnehin kein Kind sehen, ohne an den Engel denken zu müssen, den ich verloren habe; aber beurteilen Sie dann meine Schmerzen beim Zubettbringen eines Kindes, das zum Sterben verurteilt ist! Ich kann kein Kind kaltblütigen Blickes anschauen.«

Genestas erbleichte.

»Ja, die hübschen, blonden Köpfe, die unschuldigen Köpfe von Kindern, denen ich begegne, erzählen mir immer wieder von meinem Unglück und erwecken meine Qualen aufs neue. Kurzum, es ist mir ein schauerlicher Gedanke, daß so viele Menschen mir für das bißchen Gute, das ich hier tue, danken, wo dieses Gute doch die Frucht meiner Reue ist. Sie sind der einzige, Herr Rittmeister, der mein Lebensgeheimnis kennt. Hätte ich meinen Mut aus einem reineren Gefühl geschöpft als aus dem des Bewußtseins meiner Sünden, so würde ich sehr glücklich sein! Aber dann hätte ich Ihnen auch nichts von mir zu erzählen gehabt.«

FÜNFTES KAPITEL

Elegien

Als Benassis mit seiner Erzählung zu Ende gekommen war, gewahrte er auf dem Gesicht des Offiziers einen tief sorgenvollen Ausdruck, der ihn betroffen machte. Es rührte ihn, so tief verstanden worden zu sein; er bereute fast, seinen Gast so erschüttert zu haben, und er sagte zu ihm: »Aber Rittmeister Bluteau, mein Unglück . . .«

»Nennen Sie mich nicht Rittmeister Bluteau!« Mit diesem Ausruf unterbrach Genestas den Arzt und sprang mit einem Ungestüm auf, der von innerer Unzufriedenheit zu zeugen schien. »Es gibt keinen Rittmeister Bluteau; ich bin ein Halunke!«

Benassis blickte nicht ohne lebhafte Überraschung Genestas an, der sich im Wohnzimmer auf und ab bewegte wie eine Hummel, die einen Ausgang aus dem Raum sucht, in den sie sich verflogen hat.

»Aber wer sind Sie nun eigentlich?« fragte Benassis.

»Ach, das ist es ja gerade!« antwortete der Offizier und blieb vor dem Arzt stehen; ihn anzublicken wagte er nicht. »Ich habe Sie hinters Licht geführt!« fuhr er mit veränderter Stimme fort. »Zum erstenmal in meinem Leben habe ich gelogen, und ich bin hart dafür bestraft worden, denn jetzt kann ich Ihnen weder den Grund meines Besuchs noch meiner verdammten Spitzelei sagen. Seit ich sozusagen einen flüchtigen Blick in Ihre Seele getan habe, hätte ich lieber eine Ohrfeige bekommen, als zu hören, daß Sie mich Bluteau nennen! Sie, Sie könnten mir diesen Betrug verzeihen, aber ich werde ihn mir nie verzeihen, ich, Pierre-Joseph Genestas, der ich, um mein Leben zu retten, nicht einmal vor einem Kriegsgericht lügen würde.«

»Sie sind der Major Genestas«, rief Benassis und sprang auf. Er ergriff die Hand des Offiziers, drückte sie herzlich und sagte: »Monsieur, wie Sie es vorhin behauptet hatten: Wir sind Freunde gewesen, ohne einander zu kennen. Ich habe mir innig gewünscht, Sie kennenzulernen, als Monsieur Gravier mir von Ihnen erzählte. ›Einer der Helden Plutarchs‹[111], hat er mir von Ihnen gesagt.«

616

»Ich entstamme ganz und gar nicht dem Plutarch«, antwortete Genestas, »ich bin Ihrer unwürdig, und ich könnte mich prügeln. Ich hätte Ihnen in aller Offenheit mein Geheimnis eingestehen müssen. Aber das ging nicht! Ich habe recht daran getan, eine Maske vorzulegen und selber hierher zu kommen, um Erkundigungen über Sie einzuziehen. Jetzt weiß ich, daß ich schweigen muß. Wäre ich offen und ehrlich gewesen, so hätte ich Ihnen einen Schmerz angetan. Gott bewahre mich davor, Ihnen auch nur den leisesten Kummer zu machen!«

»Aber ich verstehe Sie nicht, Herr Major.«

»Lassen wir es dabei sein Bewenden haben. Ich bin gar nicht krank. Ich habe einen schönen Tag durchlebt, und morgen verschwinde ich wieder. Wenn Sie nach Grenoble kommen, finden Sie dort einen Freund mehr vor, und zwar einen, über den es nichts zu lachen gibt. Die Börse, der Säbel, das Blut: Alles von Pierre-Joseph Genestas gehört Ihnen. Letztlich haben Sie Ihre Worte auf guten Boden gesät. Wenn ich den Abschied genommen habe, ziehe ich mich in eine Art Loch zurück, werde dessen Bürgermeister und versuche zu tun wie Sie. Wenn es mir an Ihrem Wissen gebricht, dann hole ich es nach.«

»Sie haben recht. Der Eigentümer, der seine Zeit dazu benutzt, in seiner Gemeinde auch nur dem geringsten Fehler bei der Bebauung abzuhelfen, hat für sein Land genausoviel Gutes getan wie der beste Arzt: Erleichtert der eine die Schmerzen einiger Menschen, so heilt der andere die Wunden des Vaterlandes. Aber Sie erregen auf seltsame Weise meine Neugier. Könnte ich Ihnen in irgendeiner Beziehung von Nutzen sein?«

»Von Nutzen!« sagte der Major mit bewegter Stimme. »Mein Gott, lieber Monsieur Benassis, der Gefallen, um den ich Sie vorhin hatte bitten wollen, ist etwas fast Unmögliches. Sehen Sie, ich habe in meinem Leben diesem und jenem Christenmenschen den Garaus gemacht; aber man kann Menschen töten und dennoch ein gutes Herz haben; und obwohl ich rauh wirke, kann ich dennoch gewisse Dinge verstehen.«

»Wollen Sie sich nicht aussprechen?«

»Nein, ich will Ihnen nicht absichtlich einen Schmerz bereiten.«

»Ach, Herr Major, ich kann viel ertragen.«

617

»Monsieur«, sagte der Offizier zitternd, »es handelt sich um das Leben eines Kindes.«

Benassis' Stirn zog sich plötzlich in Falten; aber er bedeutete Genestas durch eine Handbewegung, er möge weitersprechen.

»Eines Kindes«, fuhr der Major fort, »das durch beständige, genaue Pflege noch gerettet werden könnte. Wo wäre ein Arzt zu finden, der imstande wäre, sich einem einzigen Patienten zu widmen? In der Stadt gibt es so einen keinesfalls. Ich habe von Ihnen sagen hören, Sie seien ein vortrefflicher Mensch; aber ich habe befürchtet, einem angemaßten Ruf zum Opfer zu fallen. Ehe ich also meinen Jungen jenem Monsieur Benassis anvertraute, von dem mir so schöne Dinge erzählt worden waren, habe ich ihn mir genau anschauen wollen. Und jetzt . . .«

»Genug«, sagte der Arzt. »Ist es also Ihr Sohn?«

»Nein, lieber Monsieur Benassis, nein. Um Ihnen dies Mysterium klarzumachen, müßte ich Ihnen eine Geschichte erzählen, in der ich nicht eben die glänzendste Rolle spiele; aber Sie haben mir Ihre Geheimnisse anvertraut; also kann ich Ihnen wohl die meinigen sagen.«

»Warten Sie, Herr Major«, sagte der Arzt und rief nach Jacquotte, die auf der Stelle erschien, und die er um seinen Tee bat. »Sehen Sie, Herr Major, nachts, wenn alles schläft, dann schlafe *ich* nicht . . .! Meine Kümmernisse bedrängen mich; dann suche ich sie dadurch zu verdrängen, daß ich Tee trinke. Dies Getränk verschafft mir etwas wie einen nervösen Rauschzustand, einen Schlummer, ohne den ich nicht mehr am Leben wäre.[112] Lehnen Sie es noch immer ab, ebenfalls welchen zu trinken?«

»Ich«, sagte Genestas, »gebe Ihrem Ermitage-Wein den Vorzug.«

»Gut! Jacquotte«, sagte Benassis zu seiner Haushälterin, »bringen Sie Wein und Keks.«

»Wir wollen uns einen Haarbeutel für die Nacht antrinken«, fuhr der Arzt, an seinen Gast gewendet, fort.

»Der Tee muß Ihnen doch aber schädlich sein?« fragte Genestas.

»Er trägt mir schreckliche Gichtanfälle ein; aber ich könnte auf diese Gewohnheit nicht mehr verzichten, sie ist zu angenehm; sie spendet mir jeden Abend ein paar Minuten, in denen ich das Leben nicht mehr als Last empfinde. Nun los, ich höre Ihnen zu, vielleicht vermag Ihre Erzählung den allzu heftigen Eindruck auszulöschen, den mir die erweckten Erinnerungen gemacht haben.«

»Mein lieber Doktor«, sagte Genestas und stellte sein leeres Glas auf den Kaminsims, »nach dem Rückzug von Moskau sammelte mein Regiment sich in einer kleinen polnischen Stadt. Wir kauften für schweres Geld Pferde auf und blieben dort bis zur Rückkehr des Kaisers in Garnison. So weit war alles gut. Ich muß Ihnen noch sagen, daß ich damals einen Freund hatte. Während des Rückzugs ist mir mehrfach durch das Eingreifen eines Wachtmeisters namens Renard das Leben gerettet worden; er hat für mich Dinge vollbracht, auf die hin zwei Männer zu Brüdern werden, abgesehen von den Erfordernissen der Disziplin. Wir hatten Quartier im selben Haus, einem der aus Holz gebauten Rattennester, in denen eine ganze Familie haust und in denen auch nur ein Pferd unterstellen zu können wir nie geglaubt hätten. Diese Bruchbude gehörte Juden, die darin ihre sechsunddreißig Handelsgeschäfte betrieben, und der alte Judenvater, der keine steifen Finger hatte, wenn es sich um das Hantieren mit Geld handelte, hatte während unseres Rückzugs glänzende Geschäfte gemacht. Solcherlei Leute leben im Schmutz und sterben im Gold. Ihr Haus war über Kellern errichtet worden, die natürlich ebenfalls aus Holz waren, und in die sie ihre Kinder gesteckt hatten, zumal ein Mädchen, das schön war wie eine Jüdin, wenn sie sich sauber hält und nicht blond ist. Sie war siebzehn, weiß wie Schnee, hatte samtige Augen, Wimpern schwarz wie Mäuseschwänze, leuchtendes, wuscheliges Haar, in das man am liebsten hineingefaßt hätte, ein wirklich vollkommenes Geschöpf! Kurz und gut, ich gewahrte als erster diese merkwürdigen Vorräte, und zwar eines Abends, als geglaubt wurde, ich sei schlafen gegangen, während ich ruhig auf der Straße spazierenging und meine Pfeife rauchte. Jene Kinder wimmelten alle durcheinander wie ein Wurf junger Hunde. Es war ein komischer Anblick. Die Eltern aßen mit ihnen zu Abend. Im Hinschauen erblickte ich durch den Rauchnebel hindurch, den der Vater mit seinem Tabaksqualm erzeugte, die junge Jüdin, die sich dort ausnahm wie ein ganz neuer Napoleondor unter plumpen Kupfermünzen. Ich, mein lieber Benassis, habe nie Zeit gehabt, mir Gedanken über die Liebe zu machen; als ich jedoch dieses junge Mädchen sah, begriff ich, daß ich bislang lediglich den Bedürfnissen der Natur nachgegeben hatte; aber diesmal war alles beteiligt, Kopf, Herz und das übrige. Ich verliebte mich also bis über beide Ohren, o ja, aber toll! Ich blieb stehen, rauchte meine Pfeife weiter und befaßte mich damit, die Jüdin anzustarren, bis sie ihre Kerze ausgeblasen hatte und zu Bett gegangen war. Unmöglich, ein Auge zuzumachen! Die ganze Nacht blieb ich draußen, stopfte meine Pfeife, rauchte sie und ging auf der Straße auf und ab. So war mir nie zuvor zumute gewesen. Es war das einzige Mal in meinem Leben, daß ich daran gedacht habe zu heiraten. Als es Tag geworden war, sattelte ich mein Pferd und trabte zwei geschlagene Stunden lang über Land, um mich zu erfrischen; und ohne es zu merken, habe ich mein Pferd fast zuschanden geritten . . .« Genestas hielt inne, blickte seinen neuen Freund mit ängstlicher Miene an und sagte: »Entschuldigen Sie, Benassis, ich bin kein Redner, ich spreche, wie mir der Schnabel gewachsen ist; wäre ich in einem Salon, so würde ich Hemmungen haben; aber hier bei Ihnen und auf dem Lande . . .«

»Nur weiter«, sagte der Arzt.

»Als ich wieder in mein Zimmer trat, fand ich darin Renard eifrig beschäftigt vor. Er hatte geglaubt, ich sei im Duell gefallen; er war dabei, seine Pistolen zu reinigen, und er hatte vor, einen Streit mit dem zu entfachen, der mich ins Jenseits befördert hätte . . . Ja, darin zeigte sich der wahre Charakter dieses Burschen. Ich vertraute Renard meine Liebe an und zeigte ihm das Nest mit den Kindern. Da mein Renard das Kauderwelsch dieser komischen Vögel da verstand, bat ich ihn, mir behilflich zu sein, den Eltern meinen Antrag zu unterbreiten und zu versuchen, eine Beziehung zwischen Judith und mir anzubahnen. Sie hieß nämlich Judith. Kurz und gut, vierzehn Tage lang war ich der Glücklichste aller Sterblichen, weil der Jude und seine Frau uns jeden Abend mit Judith zusammen essen ließen. Sie kennen sich in diesen Dingen aus, ich will keinesfalls Ihre Geduld auf die Probe stellen; aber da Sie nichts vom Tabakgenuß verstehen, haben Sie keine Ahnung von der Lust, die ein wackerer Kerl empfindet, der ruhig mit seinem Freund Renard und dem Vater des Mädchens seine Pfeife raucht und die Prinzessin anschaut. So was ist sehr behaglich. Aber ich muß Ihnen sagen, daß Renard Pariser war, aus besserer Familie. Sein Vater, ein Großhändler in Kolonialwaren, hatte ihn zum Notar bestimmt, und er verstand was; aber die Rekrutenaushebung hatte ihn erfaßt, er mußte dem Schreibzeug Lebewohl sagen. Überdies war er wie geschaffen zum Tragen der Uniform; er hatte ein Gesicht wie ein junges Mädchen und kannte sich tadellos in der Kunst aus, den Leuten um den Bart zu gehen. *Ihn* liebte Judith, um mich kümmerte sie sich so wenig wie ein Pferd um Brathähnchen. Während ich in Ekstase geriet, wenn ich Judith anschaute, und in den Wolken schwebte, bahnte mein Renard, der seinen Namen nicht umsonst trug, müssen Sie wissen, sich seinen Weg unterirdisch; der Verräter setzte sich mit dem Mädchen ins Einvernehmen, und zwar so gut, daß die beiden einander auf landesübliche Weise heirateten, weil die Einholung der Erlaubnis zu lange gedauert haben würde. Doch er versprach, sie nach dem französischen Gesetz zu heiraten, wenn zufällig ihrer beider Ehe angefochten werden sollte. Aber Tatsache ist, daß in Frankreich Madame Renard wieder Mademoiselle Judith wurde. Hätte ich das erfahren, so hätte ich Renard umgelegt, ohne ihm auch nur Zeit zum Atemholen zu lassen; aber die Eltern, das Mädchen und mein Wachtmeister, sie alle steckten unter einer Decke und verstanden sich wie die Jahrmarktstaschendiebe. Während ich meine Pfeife rauchte, während ich Judith anbetete wie das heilige Sakrament, verabredete mein Renard seine Rendezvous und trieb seine kleinen Angelegenheiten gut voran. Sie sind der einzige, dem ich diese Geschichte erzählt habe, die ich als eine Infamie bezeichne; ich habe immer überlegt, warum ein Mann, der vor Scham umkäme, wenn er ein Geldstück wegnähme, skrupellos seinem Freund die Frau, das Glück und das Leben stiehlt. Kurz und gut, die beiden waren schon längst verheiratet und glücklich, während ich nach wie vor abends beim Essen dabeisaß, wie ein Schwachsinniger Judith bewunderte und wie ein Tenor auf die Mienen antwortete, die sie mir schnitt, um mir Sand in die Augen zu streuen. Sie können sich wohl denken, daß die beiden ihren Betrug ganz besonders teuer bezahlen mußten.

So wahr ich ein Ehrenmann bin, Gott achtet mehr als wir glauben auf die Dinge dieser Welt. Jetzt brechen die Russen über uns herein. Der Feldzug von 1813 beginnt. Wir werden überflutet. Eines schönen Morgens kommt der Befehl, wir sollten uns zu einer bestimmten Stunde auf dem Schlachtfeld von Lützen einfinden. Der Kaiser hat ganz genau gewußt, was er tat, als er uns befahl, uns sofort in Marsch zu setzen. Die Russen hatten uns umgangen. Unser Oberst verplempert die Zeit damit, sich von einer Polin zu verabschieden, die eine Viertelmeile außerhalb der Stadt wohnte, und die Vorhut der Kosaken sticht ihn und seine Eskorte denn auch wirklich ab. Wir haben grade die Zeit, aufzusitzen und uns vor der Stadt zu formieren, um ein Scharmützel zu liefern und die Russen zurückzuwerfen, um dann Frist zu haben, uns nachts aus dem Staub zu machen. Wir haben drei Stunden lang immer wieder angegriffen und wahre Gewaltstücke vollbracht. Während wir kämpften, gewannen unser Troß und unsere Munitionswagen einen Vorsprung. Wir hatten einen Artilleriepark und große Pulvervorräte, die der Kaiser bitter brauchte. Unsere Abwehr hatte auf die Russen Eindruck gemacht; sie glaubten, wir hätten ein Armeekorps hinter uns. Trotzdem erfuhren sie nur zu bald durch Spione ihren Irrtum und wußten nun, daß sie bloß ein Kavallerieregiment und unsere Infanteriebedeckungsmannschaften vor sich hatten. Da machten sie dann gegen Abend einen Angriff, um alles über den Haufen zu werfen, und zwar so hitzig, daß mehrere von uns dabei liegen geblieben sind. Wir wurden umzingelt. Ich war mit Renard in vorderster Linie und sah ihn kämpfen und dreinhauen wie der leibhaftige Satan, weil er nämlich an seine Frau dachte. Dank ihm konnten wir in die Stadt zurück, die unsere Kranken und leicht Verwundeten in Verteidigungszustand gesetzt hatten; aber das war zum Gotterbarmen. Wir ritten als die letzten hinein, er und ich, und wir fanden unseren Weg durch einen Haufen Kosaken versperrt. Einer dieser Wilden will mich mit der Lanze durchbohren, Renard sieht es und drängt sein Pferd zwischen uns beide, um den Stoß abzuwehren; sein armes Pferd, ein schönes Tier, weiß Gott, bekommt den Stich ab, und reißt im Zusammenbrechen Renard und den Kosaken mit sich zu Boden. Ich mache den Kosaken fertig, packe Renard beim Arm und

622

ziehe ihn vor mich aufs Pferd, quer, wie einen Kornsack. – ›Adieu, Herr Rittmeister, aus und vorbei‹, sagt Renard zu mir. – ›Nein‹, antwortete ich, ›wollen sehen.‹ Ich war jetzt in der Stadt, ich sitze ab und setze ihn an eine Hausecke, auf ein bißchen Stroh. Er hatte sich den Schädel eingeschlagen, das Gehirn quoll ihm ins Haar, und er redete noch. Oh, er war schon ein tüchtiger Kerl. – ›Wir sind quitt‹, sagt er. ›Ich habe Ihnen mein Leben gegeben, ich hatte Ihnen Judith genommen. Sorgen Sie für sie und für ihr Kind, wenn sie eins bekommt. Das beste wäre, wenn Sie sie heirateten.‹ Monsieur, im ersten Augenblick habe ich ihn liegen lassen wie einen Köter; ich bin aber noch mal hingegangen ... er war tot. Die Russen hatten die Stadt in Brand gesteckt, da fiel mir Judith ein; ich holte sie also, sie setzte sich hinter mich auf die Kruppe, und dank der Schnelligkeit meines Pferdes stoße ich wieder zum Regiment, das seinen Rückzug durchgeführt hatte. Von dem Juden und seiner Familie fand sich keine Spur mehr! Alle verschwunden, wie Ratten. Nur Judith hatte auf Renard gewartet; ich habe ihr zunächst nichts gesagt, wie Sie sich denken können. Inmitten aller Katastrophen des Feldzugs von 1813 habe ich für diese Frau sorgen müssen, sie unterbringen, ihr einige Behaglichkeit verschaffen, schließlich sie sogar pflegen, und ich glaube, sie hat überhaupt nicht gemerkt, in welchem Zustand wir uns befanden. Ich mußte darauf bedacht sein, sie stets zehn Meilen von uns entfernt zu halten, voran, nach Frankreich zu; sie ist mit einem Knaben niedergekommen, während wir bei Hanau kämpften.[113] In diesem Gefecht wurde ich verwundet; ich traf Judith in Straßburg wieder; dann kehrte ich nach Paris zurück, weil ich das Pech hatte, während des Frankreichfeldzugs im Bett bleiben zu müssen. Ohne diesen traurigen Zufall wäre ich in ein Eliteregiment der Garde versetzt worden, und da hätte der Kaiser mich befördert. Kurz und gut, ich hatte jetzt für eine Frau zu sorgen, für ein Kind, das nicht meins war, und ich hatte drei gebrochene Rippen! Renards Vater, ein alter, zahnloser Hai, wollte von seiner Schwiegertochter nichts wissen; der Judenvater war wie weggeschmolzen. Judith ging vor Kummer zugrunde. Eines Morgens weinte sie, als sie meinen Verband erneuerte. – ›Judith‹, sagte ich zu ihr, ›um Ihr Kind steht es schlecht.‹ – ›Und um mich auch‹, sagte sie. – ›Pah!‹ antwortete ich, ›wir lassen uns einfach die notwendigen Papiere kommen, ich heirate Sie und erkenne das Kind als meins an . . .‹ Ich konnte nicht zu Ende sprechen. Ach, lieber Doktor Benassis, um den Blick einer Sterbenden zu erhalten, mit dem Judith mir dankte, könnte man schlechthin alles tun; ich merkte, daß ich sie nach wie vor liebte, und von jenem Tag an wuchs ihr kleiner Junge mir ans Herz. Während die Papiere und die jüdischen Eltern unterwegs waren, siechte die arme Frau vollends hin. Am Vorabend ihres Todes fand sie die Kraft, sich anzukleiden, sich zu schmükken, sich allen üblichen Förmlichkeiten zu unterziehen, einen Haufen Papiere zu unterschreiben; als dann ihr Kind einen Namen und einen Vater hatte, legte sie sich wieder zu Bett, ich küßte ihre Hände und Stirn, und dann starb sie. Das war meine Hochzeit. Ich kaufte die paar Fußbreit Erde, in der das arme Mädchen bestattet worden ist, und stand am übernächsten Tag als der Vater eines Waisenkindes da; während des Feldzugs von 1815 habe ich es zu einer Amme gegeben. Seit jener Zeit, ohne daß jemand um meine Geschichte gewußt hätte, habe ich für diesen kleinen Wicht gesorgt, als sei er von mir gewesen. Sein Großvater ist, wo der Pfeffer wächst; er hat alles verloren und zieht mit seiner Familie zwischen Rußland und Persien hin und her. Es besteht Aussicht, daß er da zu Vermögen kommt; er scheint sich nämlich auf den Edelsteinhandel zu verstehen. Ich habe den Jungen ins Collège geschickt; aber unlängst habe ich ihn in der Mathematik so weit gebracht, daß er die Ecole Polytechnique[114] besuchen und danach eine gute Stellung bekommen kann, und da ist der arme kleine Kerl krank geworden. Er hat es auf der Brust. Wie die Pariser Ärzte sagen, wäre noch Hilfe möglich, nämlich wenn er in den Bergen herumliefe und in jedem Augenblick durch einen gutgewillten Menschen betreut würde. Da habe ich an Sie gedacht und bin hergekommen, um Ihre Gedanken und Ihre Lebensführung kennenzulernen. Nach dem, was Sie mir erzählt haben, kann ich Ihnen diesen Kummer nicht machen, obgleich wir schon gute Freunde sind.«

»Herr Major«, sagte Benassis nach einem Augenblick des Schweigens, »bringen Sie Judiths Kind zu mir. Gott will wohl, daß ich durch diese letzte Prüfung hindurchgehe, und ich werde sie auf mich nehmen. Ich will dies Leid Gott darbringen, dessen

Sohn am Kreuz gestorben ist. Übrigens sind meine Empfindungen während Ihrer Erzählung ganz weich gewesen; ist das nicht ein günstiges Vorzeichen?«

Genestas nahm beide Hände Benassis' in die seinen und drückte sie heftig; dabei konnte er ein paar Tränen nicht zurückhalten, die seine Augen feuchteten und ihm über die gegerbten Wangen rollten.

»Wir wollen dies alles für uns behalten«, sagte er.

»Ja, Herr Major. Aber Sie haben ja gar nicht getrunken?«

»Ich hatte keinen Durst«, antwortete Genestas. »Mir ist ganz dumm im Kopf.«

»Und wann bringen Sie den Jungen zu mir?«

»Schon morgen, wenn Sie wollen. Er ist seit zwei Tagen in Grenoble.«

»Gut; brechen Sie morgen beizeiten auf und kommen Sie wieder; ich erwarte Sie beim Gräbermädchen; dort können wir dann alle vier zu Mittag essen.«

»Abgemacht«, sagte Genestas.

Die beiden Freunde wünschten einander eine gute Nacht und gingen schlafen. Als sie auf dem Treppenabsatz angelangt waren, der ihre beiden Schlafzimmer trennte, stellte Genestas seinen Leuchter auf die Fensterbank und trat an Benassis heran.

»Bei Gottes Donner!« sagte er in naiver Begeisterung zu ihm, »ich möchte Sie heute abend nicht verlassen, ohne Ihnen gesagt zu haben, daß Sie der dritte unter den Christenmenschen sind, der mich hat begreifen lassen, daß da oben doch was los ist!« Und er zeigte gen Himmel.

Der Arzt antwortete mit einem Lächeln voller Melancholie und drückte herzlich die Hand, die Genestas ihm hinhielt.

Am andern Morgen, noch vor Tagesanbruch, ritt Major Genestas zur Stadt, und gegen Mittag befand er sich auf der großen Straße von Grenoble zu dem Flecken, gerade an der Stelle, wo der Weg abbiegt, der zum Gräbermädchen führte. Er saß in einem vierrädrigen, offenen Einspänner, einem leichten Fahrzeug, wie man es auf allen Straßen dieses gebirgigen Landstrichs antrifft. Genestas hatte als Fahrtgenossen einen mageren, schwächlich aussehenden jungen Menschen, der erst zwölf zu sein schien, obwohl er im sechzehnten Lebensjahr stand. Bevor der Offizier ausstieg, hielt er nach mehreren Richtungen Ausschau, ob er nicht einen Bauern entdecke, der den Wagen zurück zu Benassis' Haus bringen könne; der Pfad war nämlich so schmal, daß man nicht bis zum Haus des Gräbermädchens fahren konnte. Zufällig tauchte der Feldhüter auf der Landstraße auf und enthob Genestas dieser Sorge; dieser konnte jetzt mit seinem Adoptivsohn zu Fuß auf Gebirgspfaden zu ihrem Treffpunkt gehen.

»Freut es dich nicht, Adrien, daß du nun ein ganzes Jahr lang in dieser schönen Gegend umherlaufen kannst, daß du jagen und reiten lernen kannst, anstatt über deinen Büchern immer blasser zu werden? Sieh doch mal!«

Adrien warf auf das Tal den matten Blick eines kranken Kindes; und da er, wie alle jungen Menschen, gleichgültig gegenüber den Schönheiten der Natur war, sagte er im Weitergehen:

»Du bist sehr gütig, Vater.«

Genestas zog sich bei dieser krankhaften Gleichgültigkeit das Herz zusammen; er gelangte zum Haus des Gräbermädchens, ohne nochmals das Wort an seinen Sohn gerichtet zu haben.

»Sie sind pünktlich, Herr Major!« rief Benassis und erhob sich von der Holzbank, auf der er gesessen hatte.

Aber er nahm gleich wieder Platz und wurde nachdenklich, als er Adrien erblickte; langsam prüfte er das gelbe, erschöpfte Gesicht und bewunderte dabei die schönen, ovalen Linien, die diesen noblen Zügen das Gepräge gaben. Der Junge war das leibhafte Ebenbild seiner Mutter; ihr dankte er den olivenfarbenen Teint und die schönen schwarzen, auf geistvolle Weise melancholischen Augen. Alle Merkmale jüdisch-polnischer Schönheit fanden sich in diesem üppig behaarten Kopf, der zu groß für den schmächtigen Körper war, dem er angehörte.

»Schläfst du gut, junger Mann?« fragte ihn Benassis.

»Ja.«

»Zeig mir mal deine Knie, kremple die Hose hoch.«

Errötend nestelte Adrien die Strumpfbänder los und zeigte sein Knie, das der Arzt sorgfältig betastete.

»Gut. Jetzt sag mal was, schrei, schrei ganz laut!«

Adrien schrie.

»Genug! Zeig mal deine Hände her . . .«

Der junge Mensch streckte weiche, weiße Hände hin; sie waren blau geädert wie die einer Frau.

»In welchem Collège warst du in Paris?«

»Im Saint-Louis.«

»Hat da euer Vorsteher nicht nachts immer sein Brevier gelesen?«

»Ja.«

»Dann bist du also nicht gleich eingeschlafen?«

Da Adrien keine Antwort fand, sagte Genestas zu dem Arzt: »Dieser Schulleiter ist ein würdiger Priester; er hat mir geraten, meinen kleinen Infanteristen aus Gesundheitsgründen aus der Schule zu nehmen.«

»Na, gut!« antwortete Benassis und senkte einen scharfen Blick in Adriens zitternde Augen. »Da kann noch geholfen werden. Ja, wir werden aus diesem Buben einen Mann machen. Wir wollen zusammen leben wie zwei Kameraden, mein Junge! Wir gehen früh zu Bett und stehen früh wieder auf. Ich bringe Ihrem Sohn das Reiten bei, Herr Major. Nach einem Monat oder zweien, wenn wir ihm durch eine Molkenkur den Magen in Ordnung gebracht haben, besorge ich ihm einen Waffenschein und einen Jagdschein und gebe ihn in Butifers Hände; dann können sie beide auf die Gemsenjagd gehen. Gönnen Sie Ihrem Sohn vier oder fünf Monate Landleben; dann werden Sie ihn nicht wiedererkennen, Herr Major. Butifer wird heilfroh sein; ich kenne den Burschen; er soll mit dir bis in die Schweiz gehen, junger Freund, durch die Alpen; er soll dich die Bergspitzen hinaufziehen, damit du in sechs Monaten sechs Zoll wächst; er soll dafür sorgen, daß du rote Backen bekommst, deine Nerven härtest und deine schlechten Schulgewohnheiten vergißt. Danach kannst du dann weiter die Schule besuchen und ein Mann werden. Butifer ist ein anständiger Kerl; wir können ihm die Summe anvertrauen, die zur Bestreitung der Kosten eurer Reisen und Jagden erforderlich ist; seine Verantwortung dürfte ihn für ein halbes Jahr vernünftig machen, und das bedeutet für ihn einen Gewinn.«

Genestas' Gesicht schien sich bei jedem Wort des Arztes mehr aufzuhellen.

»Jetzt wollen wir zu Mittag essen. Das Gräbermädchen kann

die Zeit nicht abwarten, dich zu sehen zu bekommen«, sagte Benassis und gab Adrien einen leichten Klaps auf die Backe.

»Dann ist er also nicht brustkrank?« fragte Genestas den Arzt, den er beim Arm genommen und beiseite gezogen hatte.

»Nicht mehr als Sie oder ich.«

»Aber was hat er denn?«

»Pah!« antwortete Benassis, »er ist in einem üblen Übergangsalter, und weiter gar nichts.«

Das Gräbermädchen erschien auf der Türschwelle, und Genestas nahm nicht ohne Überraschung wahr, daß sie zugleich schlicht und kokett gekleidet war. Dies war nicht mehr das Bauernmädchen des gestrigen Tags, sondern eine elegante, anmutige Pariserin, und sie warf ihm Blicke zu, denen gegenüber er sich schwach werden fühlte. Der Soldat wandte die Augen ab und schaute auf einen Nußbaumtisch, der ohne Decke, aber so gut gewachst war, daß er wie poliert wirkte; darauf standen Eier, Butter, eine Pastete und duftende Walderdbeeren. Überall hatte das arme Mädchen Blumen hingestellt, die davon kündeten, daß dies für sie ein Festtag sei. Bei diesem Anblick konnte der Major nicht umhin, dieses schlichte Haus und diese Rasenfläche zu begehren; er schaute das Bauernmädchen mit einer Miene an, aus der zugleich Hoffnungen und Zweifel sprachen; dann richtete er die Blicke auf Adrien, dem das Gräbermädchen gerade Eier reichte und mit dem sie sich anstandshalber beschäftigte.

»Herr Major«, sagte Benassis, »Sie wissen ja, um welchen Preis Sie hier Gastfreundschaft genießen. Sie müssen meinem Gräbermädchen etwas aus dem Soldatenleben erzählen.«

»Zunächst müssen wir den Herrn in Ruhe lassen; aber nachher, wenn er seinen Kaffee getrunken hat . . .«

»Freilich, gern«, antwortete der Major. »Aber dennoch stelle ich eine Bedingung für meine Erzählung: Auch Sie müssen uns ein Abenteuer aus Ihrem früheren Dasein erzählen.«

»Aber«, antwortete sie errötend, »mir ist doch niemals etwas zugestoßen, was zu erzählen sich lohnen würde. – Möchtest du noch etwas von der Reispastete, mein junger Freund?« fragte sie Adrien, als sie sah, daß dessen Teller leer war.

»Ja, gern.«

628

»Die Pastete ist köstlich«, sagte Genestas.

»Was werden Sie dann erst zu ihrem Kaffee mit Sahne sagen?« rief Benassis.

»Ich möchte lieber unserer hübschen Gastgeberin lauschen.«

»Sie fangen es falsch an, Genestas«, sagte Benassis. »Hör mal zu, mein Kind«, fuhr der Arzt fort, an das Gräbermädchen gewandt, der er die Hand drückte, »der Offizier, der da neben dir sitzt, verbirgt unter einer rauhen Schale ein vortreffliches Herz, und du kannst hier plaudern, wie es dir beliebt. Sprich oder schweig; wir wollen dir nicht lästig fallen. Armes Kind, wenn du je angehört und verstanden wirst, dann durch die drei Menschen, mit denen du in diesem Augenblick beisammen bist. Erzähl uns, wen du früher liebgehabt hast; deinen gegenwärtigen Herzensgeheimnissen geschieht damit kein Abbruch.«

»Da bringt Mariette gerade den Kaffee«, antwortete sie. »Wenn ihr alle bedient seid, will ich euch gern erzählen, wen ich liebgehabt habe. – Aber der Herr Major darf sein Versprechen nicht vergessen«, fügte sie hinzu und bedachte Genestas mit einem zugleich bescheidenen und aggressiven Blick.

»Dazu bin ich außerstande«, antwortete Genestas respektvoll.

»Als ich sechzehn war«, sagte das Gräbermädchen, »mußte ich, obwohl ich schwächlich war, mir auf den Landstraßen Savoyens mein Brot erbetteln. Ich schlief in Les Echelles in einer großen Krippe voll Stroh. Der Herbergsvater, der mich aufgenommen hatte, war ein guter Mensch; aber seine Frau konnte mich nicht leiden und schimpfte in einem fort mit mir. Das tat mir sehr weh, weil ich doch kein schlechtes Bettlermädchen war; ich betete abends und morgens zu Gott, ich stahl nicht, ich ging, wie der Himmel mich lenkte, und bat um was zu essen, und weil ich ja doch nichts zu tun verstand und weil ich wirklich krank war und völlig unfähig, eine Hacke hochzuheben oder Baumwolle zu verlesen. Ja, und aus der Herberge wurde ich dann eines Hundes wegen weggejagt. Seit meiner Jugend war ich elternlos und ohne Freunde; ich war niemals jemandem begegnet, dessen Blicke mir wohlgetan hätten. Die gute Frau Morin, die mich aufgezogen hatte, war tot; sie ist sehr freundlich zu mir gewesen; aber ich kann mich kaum einer Liebkosung von ihr erinnern; überdies hat die arme Alte Feldarbeit leisten müssen wie ein Mann; aber wenn sie mich auch verhätschelte, so gab sie mir auch Klapse mit dem Holzlöffel auf die Finger, wenn ich zu rasch unsere Suppe aus ihrer Schüssel aß. Die arme Alte! Es vergeht kaum ein Tag, an dem ich sie nicht in meine Gebete einschließe! Gebe der liebe Gott, daß sie es dort oben besser hat als hienieden, und vor allem ein besseres Bett; sie jammerte immer über die klägliche Lagerstatt, auf der wir beide schliefen. Ihr könnt euch nicht vorstellen, liebe Herren, wie es einem in der Seele weh tut, nichts als Schimpfworte, scharfe Anweisungen und Blicke einzuheimsen, die einem durchs Herz dringen wie Messerstiche. Ich habe alte Bettler gekannt, denen das nicht das mindeste mehr ausmachte; aber ich war nun mal nicht für dies Gewerbe geschaffen. Ein ›Nein‹ hat mich stets weinen lassen. Jeden Abend kam ich trauriger heim, und ich fühlte mich erst getröstet, wenn ich meine Gebete gesprochen hatte. Kurzum, in Gottes ganzer Schöpfung fand sich kein einziges Herz, an dem ich das meine hätte ausruhen können! Nur das Himmelsblau hatte ich zum Freund. Ich bin immer glücklich gewesen, wenn ich sah, daß der Himmel ganz blau war. Hatte der Wind die Wolken weggefegt, so legte ich mich in eine Felsenecke und sah mir das Wetter an. Dann träumte ich, ich sei eine große Dame. Im Hinschauen glaubte ich, ich werde von diesem Blau umspült; in Gedanken lebte ich ganz da oben, ich fühlte mich gewichtslos, ich stieg, ich stieg, und mir wurde ganz leicht. Aber um auf meine Liebe zurückzukommen, muß ich euch sagen, daß der Herbergsvater von seiner Hündin ein Junges bekommen hatte, ein Hündchen, so nett wie ein Menschenkind, weiß, mit schwarzen Tupfen an den Pfoten; ich sehe es noch immer vor mir, dies Engelsgeschöpf! Der arme Kleine ist das einzige Geschöpf gewesen, das mir in jener Zeit freundliche Blicke zugeworfen hat; ich hob ihm meine besten Bissen auf; er kannte mich; er lief mir abends entgegen; er schämte sich meines Elends nicht, sprang an mir empor, leckte mir die Füße; er hatte in seinen Augen etwas so Gütiges, so Dankbares, daß mir oft die Tränen in die Augen traten, wenn ich ihn sah. – ›Das ist nun das einzige Wesen, das mich ein bißchen gern hat‹, sagte ich zu mir. Im Winter schlief er zu meinen Füßen. Es tat mir weh, wenn ich sah, daß er geprügelt wurde; deswegen habe ich es ihm abgewöhnt, in die Häuser zu laufen und Knochen zu stehlen; er begnügte sich mit meinem Brot. Wenn ich bekümmert war, setzte er sich vor mich hin, sah mir in die Augen und schien zu sagen: ›Bist du denn so traurig, du armes Gräbermädchen?‹ Wenn die Passanten mir Sousstücke zuwarfen, sammelte er sie aus dem Staub auf und brachte sie mir, der gute Pudel. Solange ich diesen Freund hatte, war ich weniger unglücklich. Jeden Tag legte ich ein paar Sous beiseite; ich wollte versuchen, fünfzig Francs zusammenzubekommen, um ihn dem Papa Manseau abzukaufen. Als eines Tages seine Frau sah, daß der Hund mich liebhatte, kam es ihr in den Sinn, sich in ihn zu vernarren. Beachtet bitte, daß der Hund sie nicht leiden konnte. Diese Tiere, die wittern die Seelen! Sie merken sofort, wenn man sie liebhat. Ich hatte mir ein goldenes Zwanzigfrancsstück oben in meinen Rock genäht; da sagte ich denn zu Monsieur Manseau: ›Lieber Herr, ich hatte Ihnen meine ganzen Jahresersparnisse für Ihren Hund geben wollen; aber ehe Ihre Frau ihn für sich will, obwohl sie sich kaum um ihn kümmert, verkaufen Sie ihn mir doch für zwanzig Francs; da, hier sind sie.‹ – ›Nein, mein Herzchen‹, hat er zu mir gesagt, ›steck deine zwanzig Francs ein. Der Himmel bewahre mich davor, armen Leuten ihr Geld wegzunehmen. Behalt den Hund. Wenn meine Frau allzu sehr tobt, dann geh deiner Wege.‹ Seine Frau hat ihm eine fürchterliche Szene des Hundes wegen gemacht . . du lieber Himmel, man hätte meinen können, das Haus stehe in Flammen; und wißt ihr, was sie dann ausgeheckt hat? Als sie merkte, daß der Hund an mir hing, daß sie ihn niemals haben könne, da hat sie ihn vergiften lassen. Mein armer Pudel ist in meinen Armen gestorben, ich habe ihn beweint, als sei er mein Kind gewesen, und ich habe ihn unter einer Tanne begraben. Ihr wißt nicht, was ich in dieses Grab hineingelegt habe. Ich habe mir gesagt, als ich mich danebensetzte, nun sei ich für immer allein auf Erden, nichts werde mir glücken, ich würde wieder werden müssen, was ich zuvor gewesen war, ohne irgend jemanden auf Erden, und in keinem mir zugewandten Blick würde ich Freundschaft lesen. Schließlich bin ich die ganze Nacht im Freien geblieben und habe Gott gebeten, doch Mitleid mit mir zu haben.

631

Als ich dann wieder auf der Landstraße war, habe ich einen armen kleinen Jungen von zehn Jahren getroffen, der keine Hände hatte. ›Der liebe Gott hat mich erhört‹, dachte ich. Ich hatte nie zuvor so zu ihm gebetet wie in jener Nacht. ›Ich will mich dieses armen Jungen annehmen‹, habe ich mir gesagt; ›wir betteln gemeinsam, und ich bin seine Mutter, zu zweit geht es sicher besser; ich bringe vielleicht für ihn mehr Mut auf als für mich selber!‹ Anfangs schien der Junge ganz zufrieden zu sein, das Gegenteil wäre ihm auch wohl schwergefallen; ich tat alles, was er wollte, ich gab ihm von allem das Beste, kurzum, ich war seine Sklavin, er tyrannisierte mich; aber das schien mir immer noch besser als das Alleinsein. Pah! Sobald der kleine Lümmel wußte, daß ich oben im Kleid zwanzig Francs hatte, da hat er es aufgetrennt und mir mein Goldstück geklaut, den Preis meines armen Pudels! Ich hatte dafür Messen lesen lassen wollen. Ein Junge ohne Hände! Es durchschauert einen. Dieser Diebstahl hat mir mehr an Lebensmut genommen als sonst was. Ich konnte also nichts liebhaben, ohne daß es mir unter den Fingern verkam. Eines Tages sehe ich eine hübsche französische Kalesche den Hang nach Les Echelles hinauffahren. Darin saßen eine junge Dame, die schön war wie die Jungfrau Maria, und ein junger Herr, der ihr ähnlich sah. – ›Siehst du das hübsche Mädchen da?‹ fragte der junge Herr sie und warf mir ein Silberstück zu. Sie allein, Monsieur Benassis, können ermessen, welches Glücksgefühl dieses Kompliment in mir auslöste, das einzige, das ich jemals vernommen hatte; aber der Herr hätte besser getan, mir kein Geld zuzuwerfen. Sofort schossen mir tausend Gedanken durch den Kopf, ich lief auf Seitenpfaden, die den Weg abkürzten, und schon bin ich in den Felsen von Les Echelles, lange vor der Kalesche, die ganz langsam gefahren ist. Ich habe den jungen Herrn wiedersehen können; er war recht verdutzt, mich noch mal zu sehen; ich jedoch war so froh, daß mir das Herz bis in den Hals hinaufpochte; etwas zog mich zu ihm hin; als er mich erkannt kannte, setzte ich meinen Lauf fort; ich ahnte ja schon, daß die junge Dame und er am Wasserfall von Couz Rast machen würden; da haben sie mich unter den Nußbäumen an der Landstraße bemerkt; sie haben mich ausgefragt und schienen sich für mich zu interessieren. Nie im Leben hatte ich so wohlklingende Stimmen gehört wie die des schönen jungen Herrn und seiner Schwester, denn es war ganz sicher seine Schwester; ein Jahr lang habe ich daran denken müssen; immer habe ich gehofft, sie möchten wiederkommen. Ich hätte zwei Jahre meines Lebens darum gegeben, diesen Reisenden wiederzusehen; so liebenswert ist er mir vorgekommen! Das waren, bis zu dem Tage, da ich Monsieur Benassis kennenlernte, die größten Ereignisse meines Lebens; denn als meine Herrin mich hinauswarf, bloß weil ich ihr elendes Ballkleid angezogen hatte, da hat sie mir leid getan und ich habe ihr verziehen; und so wahr ich ein anständiges Mädchen bin: Wenn ich offen zu euch sprechen darf, dann habe ich mich für was Besseres als sie gehalten, obwohl sie eine Gräfin war.«

»Na also«, sagte Genestas nach einem kurzen Schweigen, »Sie sehen ja, daß Gott sich als Ihr Freund erwiesen hat; hier leben Sie doch wie der Fisch im Wasser.«

Auf diese Worte hin sah das Gräbermädchen Benassis mit Blicken voller Dankbarkeit an.

»Ich wollte, ich wäre reich!« sagte der Offizier.

Auf diesen Ausruf folgte tiefes Schweigen.

»Sie sind mir eine Geschichte schuldig«, sagte schließlich das Gräbermädchen, und ihre Stimme klang schmeichlerisch.

»Ich will sie Ihnen erzählen«, antwortete Genestas. »Am Vorabend der Schlacht bei Friedland[115]«, fuhr er nach einer Pause fort, »war ich mit einem Auftrag ins Quartier des Generals Davout[116] geschickt worden, und ich war auf dem Rückweg in mein Biwak, als ich an einer Wegbiegung Auge in Auge dem Kaiser gegenüberstehe. Napoleon sieht mich an: ›Du bist doch der Rittmeister Genestas?‹ fragt er. – ›Jawohl, Majestät.‹ – ›Du warst doch mit in Ägypten?‹ – ›Jawohl, Majestät.‹ – ›Reite auf diesem Weg nicht weiter, halt dich links‹, sagt er zu mir, ›da kommst du schneller zu deiner Division.‹ Sie können sich nicht vorstellen, in was für einem gütigen Ton der Kaiser diese Worte zu mir gesagt hat, wo er doch ganz andere Dinge im Kopf hatte, weil er durchs Gelände ritt, um sein Schlachtfeld zu erkunden. Ich erzähle Ihnen dieses Abenteuer, um euch deutlich zu machen, was für ein Gedächtnis er hatte, und damit Sie sehen, daß ich einer von denen war, deren Gesicht er kannte. Im Jahre 1815 habe ich den Eid geleistet. Ohne diese Dummheit wäre ich heute vielleicht schon Oberst; aber ich habe nie die Absicht gehabt, die Bourbonen zu verraten; in jener Zeit habe ich nichts als Frankreich im Kopf gehabt und daß es verteidigt werden müßte. Ich war damals Schwadronschef in einem Eliteregiment der Kaiserlichen Garde, und trotz der Schmerzen, die meine Verwundung mir noch immer machte, habe ich an der Schlacht bei Waterloo[117] wacker teilgenommen. Als alles vorbei war, habe ich Napoleon nach Paris begleitet; als er dann nach Rochefort[118] ging, bin ich ihm gegen seinen Befehl gefolgt; es gefiel mir, darüber zu wachen, daß ihm unterwegs nichts zustieß. So kam es, daß ich, als er am Meeresufer spazierenging, zehn Schritte von ihm entfernt auf Posten stand. – ›Na, Genestas‹, sagt er und tritt zu mir hin, ›wir sind also noch nicht tot?‹ Dies Wort hat mir das Herz zerrissen. Wenn Sie es gehört hätten, Sie hätten wie ich von Kopf bis Füßen gezittert. Er hat mir das schuftige englische Schiff gezeigt, das den Hafen blockierte, und zu mir gesagt: ›Wenn ich das sehe, dann bedaure ich, daß ich mich nicht im Blut meiner Garde ertränkt habe!‹ – Ja«, sagte Genestas und blickte den Arzt und das Gräbermädchen an, »das waren seine eigenen Worte. – ›Die Marschälle, die Sie daran gehindert haben, selber zu schießen, und Sie in Ihre Kutsche setzten, die waren nicht Ihre Freunde.‹ – ›Komm mit mir‹, rief er lebhaft, ›das Spiel ist noch nicht aus.‹ – ›Majestät, ich werde gern wieder zu Ihnen stoßen; aber gegenwärtig habe ich ein mutterloses Kind auf dem Hals und bin nicht frei.‹ Adrien, der da sitzt, hat mich also gehindert, mit nach St. Helena zu gehen. – ›Da‹, sagt er zu mir, ›ich habe dir niemals was geschenkt; du bist keiner von denen gewesen, die immer die eine Hand voll und die andere offen hatten; da hast du die Tabaksdose; ich habe sie während dieses letzten Feldzugs immer bei mir gehabt. Bleib in Frankreich; das braucht schließlich auch brave Kerle! Bleib im Dienst, vergiß mich nicht. Du bist von meiner Armee der letzte Ägypter, den ich in Frankreich noch auf beiden Beinen gesehen habe.‹ Und da hat er mir eine kleine Tabaksdose geschenkt. – ›Laß drauf gravieren ‚Ehre und Vaterland‘‹, hat er zu mir gesagt, ›das ist die Geschichte unserer beiden letzten Feldzüge.‹ Dann ist sein Gefolge wieder zu ihm gestoßen, und ich bin den ganzen Vormittag bei ihnen geblieben. Der Kaiser

634

ging am Strand auf und ab; er war nach wie vor ganz ruhig; aber manchmal zog er die Brauen zusammen. Gegen Mittag wurde seine Einschiffung für absolut unmöglich gehalten. Die Engländer wußten, daß er in Rochefort war; entweder mußte er sich ihnen ausliefern oder nochmals Frankreich durchqueren. Wir alle waren besorgt! Die Minuten dünkten uns Stunden. Napoleon stand zwischen den Bourbonen, die ihn erschossen haben würden, und den Engländern, die keine anständigen Menschen sind, denn niemals werden sie die Schande von sich abwaschen, mit der sie sich bedeckten, als sie einen Feind, der sie um Gastfreundschaft bat, auf einen Felsen warfen. In dieser Angstlage stellt ihm irgendwer aus seinem Gefolge den Marineleutnant Doret[119] vor, der jenem grade Mittel und Wege für die Überfahrt nach Amerika vorgeschlagen hatte. Tatsächlich lagen im Hafen eine Staatsbrigg und ein Handelsschiff. – ›Kapitän‹, fragt ihn der Kaiser, ›wie wollen Sie das denn fertigbringen?‹ – ›Majestät‹, antwortete der Mann, ›Sie gehen auf das Handelsschiff, ich mit ergebenen Männern auf die Brigg, unter der weißen Fahne[120], wir greifen den Engländer an, stecken ihn in Brand, fliegen in die Luft, Sie fahren vorbei.‹ – ›Wir kommen mit Ihnen!‹ habe ich dem Kapitän zugerufen. Napoleon hat uns alle angeblickt und gesagt: ›Kapitän Doret, bleiben Sie in Frankreich.‹ Das ist das einzigemal gewesen, daß ich Napoleon gerührt gesehen habe. Dann hat er uns ein Zeichen mit der Hand gemacht und ist ins Haus gegangen. Ich bin abgereist, als ich ihn an Bord des englischen Schiffes hatte gehen sehen. Er war verloren, und er hat es gewußt. Es gab im Hafen einen Verräter, der durch Signale die Feinde von der Anwesenheit des Kaisers verständigt hatte. Napoleon hat also ein letztes Mittel versucht; er hat getan, was er auf den Schlachtfeldern zu tun pflegte; er ist zu ihnen gegangen, anstatt sie zu sich kommen zu lassen. Sie sprechen von Kümmernissen, aber nichts kann die Verzweiflung derjenigen schildern, die ihn um seiner selbst willen geliebt haben.«

»Und wo ist seine Tabaksdose?« fragte das Gräbermädchen.

»In Grenoble, in einer Schachtel«, antwortete der Major.

»Ich komme mal und schaue sie mir an, wenn Sie erlauben. Sich vorzustellen, daß Sie etwas besitzen, das seine Finger angerührt haben! Hatte er schöne Hände?«

»Sehr schöne.«

»Ist er wirklich tot?« fragte sie. »Sagen Sie mir ja die Wahrheit!«

»Ja, freilich ist er tot, liebes Kind.«

»Ich war 1815 noch so klein, daß ich immer nur seinen Hut habe sehen können; und dabei wäre ich in Grenoble fast erdrückt worden.«

»Das ist aber ein guter Sahnekaffee«, sagte Genestas. »Na, Adrien, gefällt's dir hier? Besuchst du Mademoiselle mal?«

Der Knabe antwortete nicht; er schien Furcht zu haben, das Gräbermädchen anzusehen. Benassis beobachtete den jungen Menschen unausgesetzt; er schien in dessen Seele zu lesen.

»Freilich wird er sie besuchen«, sagte Benassis. »Aber wir müssen heim zu mir; ich muß eines meiner Pferde nehmen und einen ziemlich langen Ritt machen. Setzen Sie sich, während ich fort bin, mit Jacquotte ins Einvernehmen.«

»Kommen Sie doch mit uns«, sagte Genestas zum Gräbermädchen.

»Gern«, antwortete sie. »Ich habe Madame Jacquotte mehreres zu überbringen.«

Sie machten sich auf den Weg zum Haus des Arztes, und das Gräbermädchen, das diese Gesellschaft aufgeheitert hatte, führte sie auf schmalen Pfaden durch die wildesten Gegenden des Gebirges.

»Herr Offizier«, sagte sie nach einer Weile des Schweigens, »Sie haben nichts von sich selbst erzählt, und ich hätte doch so gern gehört, wenn Sie irgendein Kriegsabenteuer berichtet hätten. Was Sie von Napoleon gesagt haben, hat mir gefallen, aber es hat mir weh getan. Wenn Sie so nett wären ...«

»Sie hat recht«, rief Benassis freundlich, »Sie sollten uns irgendein hübsches Abenteuer erzählen, indessen wir weitergehen. Los, was Interessantes, wie das mit dem Dachbalken an der Beresina.«

»Ich habe recht wenig Erinnerungen«, sagte Genestas. »Es gibt Leute, denen alles mögliche zustößt; und ich habe es nie zum Helden eines Begebnisses gebracht. Halt, folgendes ist das einzige Komische, was mir widerfahren ist. Im Jahre 1805, als ich erst Leutnant war, gehörte ich zur Großen Armee und stand vor

Austerlitz. Vor der Einnahme von Ulm[121] hatten wir ein paar Kämpfe zu liefern, an denen die Kavallerie in besonderem Maß beteiligt war. Ich stand damals unter dem Befehl Murats[122], der nie darauf verzichtete, Farbe zu bekennen. Nach einem der ersten Treffen des Feldzugs bemächtigten wir uns einer Gegend, in der sehr viele schöne Landsitze lagen. Am Abend biwakierte mein Regiment im Park eines schönen Schlosses, das von einer jungen, hübschen Frau bewohnt wurde, einer Gräfin. Ich will mich natürlich bei ihr einquartieren und beeile mich, um jede Plünderung zu unterbinden. Ich komme in dem Augenblick in den Salon, da mein Quartiermeister auf die Gräfin anlegt und brutal etwas verlangt, das jene Frau ihm ganz bestimmt nicht gewähren konnte; er war nämlich zu häßlich; ich schlage ihm mit dem Säbel den Karabiner weg, der Schuß geht in einen Spiegel; dann ziehe ich dem Mann noch einen mit der flachen Klinge über und strecke ihn zu Boden. Auf das Geschrei der Gräfin und den Gewehrschuß hin läuft ihre ganze Dienerschaft herbei und bedroht mich. – ›Halt‹, sagt sie auf Deutsch zu denen, die mich aufspießen wollen, ›dieser Offizier hat mir das Leben gerettet!‹ Sie ziehen sich zurück. Die Dame hat mir ihr Taschentuch geschenkt, ein schönes, gesticktes Taschentuch, das ich noch habe, und zu mir gesagt, ich würde auf ihrem Gut immer eine Zuflucht finden, und wenn mich ein Kummer drücke, welcher Art auch immer, so würde ich in ihr eine Schwester und getreue Freundin haben; kurzum, sie wendet jedes erdenkliche Mittel an. Die Frau war schön wie ein Hochzeitstag und niedlich wie ein junges Kätzchen. Wir haben gemeinsam zu Abend gegessen. Am andern Morgen war ich bis zum Wahnsinn verliebt; aber an jenem andern Morgen mußte ich bei Günzburg, glaube ich, an die Front, und ich zog ab, versehen mit dem Taschentuch. Der Kampf spinnt sich an; ich sage mir: ›Her zu mir, ihr Kugeln! Mein Gott, ist denn unter allen, die vorbeipfeifen, keine für mich?‹ Aber ich wünschte mir keine in den Schenkel, denn dann hätte ich ja nicht in das Schloß zurückkehren können. Ich hatte die Sache nicht satt; ich wollte bloß eine hübsche Verwundung am Arm, um von der Prinzessin verbunden und verhätschelt zu werden. Wie ein Rasender habe ich mich auf dem Feind gestürzt. Aber ich habe kein Glück gehabt; ich bin mit heiler Haut davongekommen. Es wurde nichts mit der Gräfin; wir mußten weitermarschieren. Da haben Sie die Geschichte.«

Sie waren bei Benassis angelangt; er stieg sofort zu Pferde und verschwand. Als der Arzt heimkehrte, hatte die Köchin, der Genestas seinen Sohn empfohlen hatte, sich bereits Adriens bemächtigt und ihn in dem bewußten Zimmer Monsieur Graviers untergebracht. Sie war höchst erstaunt, als ihr Gebieter anordnete, sie solle in seinem eigenen Schlafzimmer ein schlichtes Gurtbett für den jungen Mann aufstellen; und dieser Befehl wurde so gebieterisch erteilt, daß Jacquotte nicht den leisesten Einwand erheben konnte. Nach dem Abendessen schlug der Major den Weg nach Grenoble ein, beglückt über die abermaligen Versicherungen Benassis', daß sein Sohn bald völlig wiederhergestellt sein werde.

In den ersten Dezembertagen, acht Monate, nachdem er seinen Sohn dem Arzt anvertraut hatte, wurde Genestas zum Oberstleutnant in einem Regiment befördert, das in Poitiers in Garnison lag. Er wollte gerade Benassis seine Abreise mitteilen, als er von dem Freund einen Brief erhielt, der ihm Adriens völlige Gesundung meldete.

»Der Junge«, schrieb er, »ist groß und kräftig geworden; es geht ihm wunderbar. Seit Sie ihn nicht gesehen haben, hat er sich Butifers Lehren so zunutze gemacht, daß er ein ebenso guter Schütze wie unser Schmuggler geworden ist; er ist übrigens geschmeidig und geschickt, ein guter Fußgänger und guter Reiter. Alles an ihm hat sich gewandelt. Der Sechzehnjährige, der früher erst zwölf zu sein schien, mutet jetzt an, als sei er zwanzig. Er hat einen sicheren, stolzen Blick. Er ist ein Mann, und zwar ein Mann, an dessen Zukunft Sie jetzt denken müssen.«

»Ganz sicher suche ich Benassis morgen auf und hole mir seinen Rat, welchen Beruf ich den Jungen ergreifen lassen soll«, sagte sich Genestas auf dem Weg zu dem Festmahl, das seine Offiziere ihm gaben; er durfte nämlich nur noch einige Tage in Grenoble bleiben.

Als der Oberstleutnant heimkam, überreichte ihm sein Bursche einen Brief, den ein Bote gebracht hatte; er hatte lange auf Antwort gewartet. Obwohl Genestas ganz verdreht von den vielen Gesundheiten war, die die Offiziere ihm zugetrunken hatten, erkannte er die Handschrift seines Sohnes, glaubte, es handele sich um irgendein kleines Anliegen, wie junge Menschen sie haben, und ließ den Brief auf dem Tisch liegen; dort fand er ihn am andern Morgen wieder, als die Champagnerdünste sich verflüchtigt hatten.

»Mein lieber Vater ...« – Aha, du kleiner Schlaukopf, du verstehst dich aufs Schmeicheln, wenn du was von mir holen willst! Dann fuhr er fort und las die Worte: »Der gute Monsieur Benassis ist tot ...« Der Brief entfiel Genestas' Händen; er las erst nach einer langen Pause weiter. »Dieses Unglück hat den ganzen Flecken bestürzt gemacht, und es hat uns um so mehr überrascht, als Monsieur Benassis am Abend zuvor durchaus wohlauf war, ohne den geringsten Anschein irgendeiner Krankheit. Als habe er um sein Ende gewußt, hat er vorgestern alle seine Patienten besucht, auch die am weitesten entfernt wohnenden; er hat mit allen Leuten gesprochen, denen er begegnete, und zu ihnen gesagt: ›Lebt wohl, Freunde.‹ Wie gewöhnlich ist er gegen fünf Uhr heimgekommen, um mit mir zu Abend zu essen. Jacquotte meinte, er habe ein etwas rotes und violettes Gesicht; da es draußen kalt war, bereitete sie ihm kein Fußbad, das sie ihn sonst immer zu nehmen zwang, wenn sie sah, daß er einen Blutandrang zum Kopf hatte. Deswegen ruft das arme Mädchen seit zwei Tagen unter Tränen: ›Wenn ich ihm ein Fußbad gemacht hätte, lebte er noch!‹ Monsieur Benassis hatte Hunger; er aß viel und war heiterer als sonst immer. Wir haben zusammen viel gelacht, und dabei hatte ich ihn niemals lachen sehen. Nach dem Abendessen, so gegen sieben Uhr, hat ein Mann aus Saint-Laurent-du-Pont ihn geholt; es sei ein sehr dringlicher Fall. Er hat zu mir gesagt: ›Ich muß hin; dabei bin ich mit meiner Verdauung noch nicht fertig, und in diesem Zustand steige ich nicht gern zu Pferde, zumal bei kaltem Wetter; so was kann einen Menschen umbringen!‹ Trotzdem reitet er los. Kurz vor neun bringt Goguelet, der Postbote, einen Brief für Monsieur Benassis. Jacquotte ist müde, weil sie große Wäsche gehabt hat, sie gibt mir den Brief, geht schlafen und bittet mich, in unserm Schlafzimmer für den seligen Herrn Benassis Tee zu bereiten; denn ich schlafe nach wie vor bei ihm auf meiner kleinen Roßhaarmatratze. Ich lösche das Feuer im Wohnzimmer und gehe nach oben, um auf meinen lieben Freund zu warten. Ehe ich den Brief auf den Kaminsims legte, habe ich ihn mir in einer Regung der Neugierde angesehen. Er kam aus Paris, und die Adresse schien mir von einer Frauenhand geschrieben worden zu sein. Ich erwähne das des Einflusses wegen, den dieser Brief auf das Geschehene gehabt hat. Gegen zehn Uhr habe ich den Schritt von Monsieur Benassis' Pferd gehört. Er hat zu Nicolle gesagt: ›Es ist eine Hundekälte; ich fühle mich nicht wohl.‹ – ›Soll ich Jacquotte wecken?‹ hat Nicolle gefragt. – ›Ach was!‹ Damit ist er hinaufgestiegen. – ›Ich habe Ihnen Ihren Tee bereitgestellt‹, sagte ich zu ihm. – ›Danke, Adrien!‹ antwortete er mir und lächelte mir zu wie stets. Es war sein letztes Lächeln. Er legte seine Halsbinde ab, als bekomme er keine Luft. – ›Warm ist es hier!‹ sagt er. Dann hat er sich in einen Sessel geworfen. – ›Es ist ein Brief für Sie gekommen, lieber Freund‹, sage ich zu ihm, ›hier ist er.‹ Er nimmt den Brief, schaut die Schrift an und schreit auf: ›Ha! Mein Gott, vielleicht ist sie frei!‹ Dann hat sein Kopf sich nach hinten geneigt, und seine Hände haben gezittert; schließlich hat er einen Leuchter auf den Tisch gestellt und den Brief entsiegelt. Sein Ausruf hatte so erschreckend geklungen, daß ich ihn ansah, während er las; und ich sah, wie er rot wurde und weinte. Dann plötzlich ist er, den Kopf zuerst, vornübergefallen; ich richte ihn auf und sehe, daß sein Gesicht ganz entstellt ist. – ›Ich sterbe‹, stammelt er und macht einen grausigen Versuch, sich aufzurichten. ›Einen Aderlaß, schnell!‹ ruft er und packt meine Hand. ›Adrien, verbrenn diesen Brief!‹ Und er hielt mir den Brief hin, ich habe ihn ins Feuer geworfen. Ich rufe Jacquotte und Nicolle; aber bloß Nicolle hört mich; er kommt herauf und hilft mir, Monsieur Benassis auf mein kleines Roßhaarbett zu legen. Er hörte nichts mehr, der liebe Freund! Seit jenem Augenblick hat er zwar die Augen offen gehabt, aber er hat nichts mehr sehen können. Nicolle ist weggeritten, um Monsieur Bordier, den Wundarzt, zu holen; er hat dabei im Flecken Alarm geschlagen. Also war unmittelbar danach das ganze Dorf auf den Beinen. Monsieur Janvier, Monsieur Dufau, alle, die Du kennst, sind als die ersten gekommen. Monsieur Benassis war schon fast tot, es gab keine Hilfe mehr. Monsieur Bordier hat ihm die Fußsohlen angebrannt, aber er hat kein Lebenszeichen mehr erlangen können. Es war gleichzeitig ein Gichtanfall und ein Bluterguß im Gehirn. Ich berichte dir getreulich all diese Einzelheiten, weil ich weiß, lieber Vater, wie gern du Monsieur Benassis gehabt hast. Was mich betrifft, so bin ich sehr traurig und sehr bekümmert. Ich kann Dir sagen, daß ich, Dich ausgenommen, niemanden lieber gehabt habe. Ich habe, wenn ich abends mit dem guten Monsieur Benassis plauderte, mehr davon gehabt als von allem, was ich in der Schule gelernt habe. Als am nächsten Morgen sein Tod sich im Flecken herumgesprochen hatte, gab es ein unglaubliches Schauspiel. Hof und Garten standen voller Menschen. Es wurde geschluchzt und geweint; kurzum, niemand hat gearbeitet, einer erzählte dem andern, was Monsieur Benassis zu ihm gesagt habe, als er zum letztenmal mit ihm sprach; einer zählte alles auf, was ihm von ihm an Gutem zuteil geworden war; die am wenigsten Erschütterten redeten für die andern mit; die Menge wuchs von Stunde zu Stunde; jeder wollte ihn sehen. Die Trauernachricht hat sich schnell im ganzen Distrikt verbreitet; alle Leute, sogar die aus der weiteren Umgebung, haben alle denselben Gedanken gehabt: Männer, Frauen, Mädchen und Knaben sind von zehn Meilen in der Runde her in den Flecken gekommen. Als der Leichenzug sich in Bewegung setzte, ist der Sarg von den vier Gemeindeältesten in die Kirche getragen worden, aber unter unendlicher Mühewaltung, denn zwischen Monsieur Benassis' Haus und der Kirche hatten sich etwa fünfhundert Menschen eingefunden, und die meisten sind niedergekniet wie bei der Prozession. Die Kirche konnte die Menge nicht fassen. Als das Totenamt begann, hat trotz des Schluchzens eine so große Stille geherrscht, daß man das Glöckchen und die Gesänge am Ende der Hauptstraße hat hören können. Aber als dann die Leiche nach dem neuen Friedhof getragen werden sollte, den Monsieur Benassis der Gemeinde geschenkt hatte, ohne zu ahnen, der arme Mann, daß er als erster dort bestattet werden sollte, hat sich ein großes Wehklagen erhoben. Monsieur Janvier sprach die Gebete schluchzend, und alle, die dabei waren, hatten Tränen in den Augen. Schließlich ist er dann begraben worden. Am Abend hatte die Menge sich verteilt, und jedermann ist heimgegangen, und in der ganzen Gegend war nichts als Trauer und Schluchzen. Am andern Morgen haben Gondrin, Goguelet, Butifer, der Feldhüter und mehrere andere sich daran gemacht, an der Stelle, wo Monsieur Benassis liegt, eine Art zwanzig Fuß hoher Erdpyramide zu errichten, die mit Rasensoden belegt wird, woran alle mitarbeiten. Das, lieber Vater, sind die Geschehnisse, die sich seit drei Tagen hier ereignet haben. Monsieur Benassis' Testament ist völlig offen von Monsieur Dufau in einem Tisch gefunden worden. Der Gebrauch, den unser guter Freund von seinem Besitz gemacht, hat, sofern das möglich ist, die Zuneigung, die man für ihn hegte, und die Trauer über seinen Tod noch gesteigert. Jetzt, lieber Vater, erwarte ich durch Butifer, der Dir diesen Brief überbringt, eine Antwort, durch die Du mir mein weiteres Verhalten vorschreiben sollst. Holst Du mich hier ab, oder soll ich zu Dir nach Grenoble kommen? Sag mir, was ich tun soll, und sei meines völligen Gehorsams sicher.

Leb wohl, lieber Vater, ich sende Dir tausend Grüße als Dein Dich liebender Sohn

Adrien Genestas«

»Ich muß sofort hin«, rief der Soldat.

Er befahl, sein Pferd zu satteln, und er ritt an einem jener Dezembermorgen los, an denen der Himmel mit einem grauen Schleier verhangen und der Wind nicht stark genug ist, um den Nebel zu vertreiben, durch den hindurch die zu Skeletten gewordenen Bäume und feuchten Häuser nicht mehr ihr gewöhnliches Aussehen haben. Es herrschte stumpfe Stille, denn es gibt auch eine Stille, die strahlt. Bei schönem Wetter wohnt dem geringsten Geräusch Heiterkeit inne; aber bei düsterem Wetter ist die Natur nicht schweigsam, sondern stumm. Der Nebel heftet sich an die Bäume und kondensiert sich daran zu Tropfen, die langsam auf die Blätter fallen, wie Tränen. Jeder Laut erstirbt in der Atmosphäre. Der Oberst Genestas, dessen Herz sich unter Todesgedanken und tiefem Bedauern zusammenkrampfte, stimmte mit dieser so traurigen Natur überein. Unwillkürlich verglich er den lieblichen Frühlingshimmel und das Tal, das er bei seinem ersten Ritt hierher so fröhlich gesehen hatte, mit dem schwermütigen Anblick des bleigrauen Himmels und der ihres grünen Schmucks beraubten Berge, die noch nicht ihr Schneekleid angelegt hatten. Nacktes Erdreich ist ein schmerzlicher Anblick für einen Mann, der einem Grab entgegengeht; für ihn scheint jenes

Grab überall zu liegen. Die schwarzen Fichten, die hier und dort die Gipfel zierten, mischten Bilder der Trauer in alle, die die Seele des Offiziers erschütterten; daher konnte er jedesmal, wenn er das Tal in seiner ganzen Ausdehnung überblickte, nicht umhin, an das Unglück zu denken, das auf diesem Distrikt lastete, und an die Leere, die der Tod eines Mannes dort hatte entstehen lassen. Genestas kam bald an die Stätte, wo er bei seinem ersten Ritt eine Tasse Milch getrunken hatte. Als er den Rauch aus der Hütte aufsteigen sah, in der die Kinder aus dem Heim aufwuchsen, mußte er noch inständiger an Benassis' wohltätigen Geist denken, und er wollte hineingehen, um der armen Frau in dessen Namen ein Almosen zu spenden. Er band sein Pferd an einen Baum und öffnete ohne anzuklopfen die Haustür.

»Guten Tag, Mutter«, sagte er zu der Alten, die er am Feuer sitzen und von ihren Kindern umkauert vorfand, »erkennen Sie mich wieder?«

»Ja, aber sicher, lieber Herr. Sie sind an einem schönen Frühlingstag bei uns gewesen und haben mir zwei Taler geschenkt.«

»Da, Mutter, das hier ist für Sie und für die Kinder!«

»Mein guter Herr, ich danke Ihnen. Möge der Himmel Sie segnen!«

»Danken Sie nicht mir, das Geld kommt vom armen Vater Benassis zu Ihnen.«

Die Alte hob den Kopf und sah Genestas an.

»Ach, obgleich er all sein Gut unserm armen Dorf vermacht hat und wir alle seine Erben sind, haben wir unsern größten Reichtum verloren; denn er hat allem hier zum Guten verholfen.«

»Adieu, Mutter, betet für ihn!« sagte Genestas, nachdem er den Kindern ein paar leichte Klapse mit der Reitpeitsche gegeben hatte.

Dann stieg er, begleitet von der ganzen kleinen Familie, wieder zu Pferde und ritt davon. Er folgte dem Talweg und fand den breiten Pfad, der hinauf zum Gräbermädchen führte. Er kam bis an die Rampe, von der aus er das Haus sehen konnte; aber er sah, nicht ohne große Unruhe, daß die Türen und Laden geschlossen waren; also kehrte er auf dem großen Weg zurück,

643

dessen Pappeln keine Blätter mehr trugen. Als er in den Weg einbog, sah er den alten Tagelöhner beinahe sonntäglich gekleidet; er ging langsam, ganz allein und ohne Werkzeug.

»Guten Tag, biederer Moreau.«

»Ach, guten Tag, Monsieur! Ich kenne Sie noch«, fügte der wackere Mann nach kurzem Schweigen hinzu. »Sie sind ein Freund von unserem verstorbenen Herrn Bürgermeister! Ach, wäre es nicht besser gewesen, wenn der liebe Gott statt seiner einen armen Hüftkranken wie mich genommen hätte? Ich bin hier nichts, und er war jedermanns Freude.«

»Wissen Sie, warum niemand im Haus des Gräbermädchens ist?«

Der alte Mann blickte zum Himmel auf.

»Wie spät ist es wohl? Man kann die Sonne nicht sehen«, sagte er.

»Zehn Uhr.«

»Oh, dann ist sie in der Messe oder auf dem Kirchhof. Sie geht alle Tage hin; sie hat von ihm eine Leibrente von fünfhundert Francs und auf Lebenszeit sein Haus geerbt; aber sie ist fast irrsinnig über seinen Tod.«

»Wohin wollen Sie denn, guter Mann?«

»Zum Begräbnis des kleinen Jacques; der ist nämlich mein Neffe. Der kleine Kümmerling ist gestern morgen gestorben. Es scheint wahrhaftig, als hätte der liebe Monsieur Benassis ihn am Leben erhalten. Alles, was jung ist, muß sterben!« sagte Moreau noch mit halb kläglicher, halb verschmitzter Miene.

Am Eingang des Fleckens hielt Genestas sein Pferd an, als er Gondrin und Goguelet erblickte, die beide mit Schaufeln und Hacken bewaffnet waren.

»Na, ihr alten Kameraden«, rief er ihnen zu, »nun haben wir also das Unglück gehabt, ihn zu verlieren . . .«

»Genug, genug, Herr Offizier«, antwortete Goguelet bockig. »Wir wissen es nur zu gut; wir haben eben Rasensoden für sein Grab gestochen.«

»Gibt das nicht eine schöne Lebensgeschichte ab, die sich erzählen läßt?« fragte Genestas.

»Ja«, entgegnete Goguelet, »bis auf die Schlachten ist er der Napoleon unseres Tals.«

644

Bei seiner Ankunft am Pfarrhaus sah Genestas an der Tür Butifer und Adrien stehen; sie plauderten mit Monsieur Janvier, der offenbar gerade seine Messe gelesen hatte. Sowie Butifer sah, daß der Offizier sich zum Absitzen anschickte, lief er hin und hielt das Pferd am Zügel, und Adrien fiel seinem Vater um den Hals; der Oberstleutnant war ganz gerührt über diesen Überschwang, verbarg aber seine Gefühle und sagte zu ihm: »Na, nun bist du ja repariert, Adrien! Donnerwetter ja! Dank unserm armen Freund bist du beinahe ein Mann geworden! Ich werde Meister Butifer, deinen Lehrer, nicht vergessen.«

»Haha, Herr Oberst«, sagte Butifer, »nehmen Sie mich nur ja mit in Ihr Regiment! Seit der Herr Bürgermeister tot ist, habe ich Angst vor mir selbst. Schließlich hat er doch gewollt, ich solle Soldat werden, und da tue ich ihm seinen Willen. Er hat Ihnen gesagt, was mit mir los ist; also werden Sie wohl ein bißchen Nachsicht mit mir haben . . .«

»Abgemacht, mein Junge«, sagte Genestas und schlug in seine Hand ein. »Sei unbesorgt, du bekommst schon einen guten Posten«.

»Ja, also, Herr Pfarrer . . .«

»Herr Oberst, ich bin genauso bekümmert wie alle Leute im Distrikt; aber ich empfinde noch inständiger als sie den Verlust, den wir erlitten haben. Dieser Mann war ein Engel![123] Zum Glück ist er gestorben, ohne zu leiden. Gott hat mit wohltätiger Hand die Bindungen eines Lebens gelöst, das eine ständige Wohltat für uns war.«

»Darf ich Sie, ohne aufdringlich sein zu wollen, bitten, mich zum Friedhof zu begleiten? Ich möchte ihm so gern etwas wie ein Lebewohl sagen.«

Butifer und Adrien folgten Genestas und dem Pfarrer, die plaudernd ein paar Schritte vor ihnen hergingen. Als der Oberstleutnant den Flecken hinter sich gelassen hatte und dem kleinen See zuschritt, gewahrte er an der Rückseite des Berges ein großes, felsiges, von Mauern umgebenes Landstück.

»Das ist der Friedhof«, sagte der Pfarrer zu ihm. »Drei Monate, bevor er hingebracht wurde, machten ihn die Unzulänglichkeiten betroffen, die sich aus der Nachbarschaft der Friedhöfe und der Kirchen ergeben; und um dem Gesetz nachzukommen,

das die Verlegung in eine gewisse Entfernung von Wohnstätten
fordert, hat er selber der Gemeinde jenes Terrain geschenkt. Wir
begraben dort heute einen armen kleinen Jungen: Auf diese
Weise fangen wir damit an, die Unschuld und die Tugend hin-
einzubetten. Ist der Tod etwa eine Belohnung? Erteilt Gott uns
eine Lehre, indem er zwei vollkommene Geschöpfe zu sich ruft?
Gehen wir zu ihm, wenn wir im jugendlichen Alter durch harte
körperliche Leiden und im fortgeschritteneren Alter durch seelische Leiden geprüft worden sind? Sehen Sie, dies ist das bäuer-
lich-schlichte Denkmal, das wir ihm errichtet haben.«

Genestas gewahrte eine Erdpyramide von etwa zwanzig Fuß
Höhe; sie war noch kahl, aber die unteren Ränder waren von
den tätigen Händen einiger Einwohner schon mit Rasensoden
belegt worden. Das Gräbermädchen saß weinend, den Kopf
zwischen den Händen, auf den Steinen, die ein riesiges Kreuz im
Boden festhielten; es bestand aus Fichtenholz, das noch seine
Rinde trug. Der Offizier las, was in großen Buchstaben in das
Holz geschnitzt worden war:

D. O. M.

HIER RUHT

DER GUTE DOKTOR BENASSIS,

UNSER ALLER

VATER.

BETET FÜR IHN!

»Haben Sie, Herr Pfarrer«, fragte Genestas, »dies . . .«

»Nein«, antwortete der Geistliche, »wir haben nur die Worte
genommen, die von der Höhe dieser Berge bis nach Grenoble
hin in aller Munde waren.«

Nachdem Genestas eine Weile schweigend dagestanden hatte
und zu dem Gräbermädchen hingetreten war, das ihn aber nicht
hörte, sagte er zu dem Pfarrer: »Sobald mein Abschiedsgesuch
bewilligt worden ist, komme ich hierher und beschließe meine
Tage unter Ihnen.«

Anmerkungen

DER LANDARZT

1 Berühmtes Kloster, 1084 vom heiligen Bruno gegründet, in einem Alpental des Départements Isère.

2 Es handelt sich um den Marktflecken Voreppe an der Roise. Die Ortschaft, die Balzac zum Rang einer Kreishauptstadt erhebt, liegt etwa 12 km von Grenoble und der Grande-Chartreuse entfernt. Balzac, der im September 1832 mit Mme de Castries in Aix weilte, hat einen Ausflug nach der Grande-Chartreuse unternommen und ist wahrscheinlich auch nach Voreppe gekommen. Vielleicht hat er dort Dr. Amable Rome (1781–1850) kennengelernt, einen in der ganzen Gegend berühmten Ortsarzt. Jener Dr. Rome scheint Balzac als Modell für seinen Dr. Benassis gedient zu haben. Zu jener Zeit lebte in Voreppe auch als Ortspfarrer der Abbé Marchand, ein Freund des Arztes. Es wird vermutet, daß der Abbé dem guten Pfarrer Janvier des Romans einige Züge geliehen hat.

3 Savoyische Landschaft, Tal des Arc.

4 Arbutus unedo L., in Südeuropa häufig; die Früchte sind genießbar.

5 Balzac bezeichnet die Tanne als »gommeux«, gummiartig oder gummigebend. Der richtigere Ausdruck ist »résineux«, harzig.

6 7. September 1812; Sieg Napoleons über Kutusow.

7 Die Edition Conard wie die Edition de la Pléïade bringen die Jahreszahl 1829, die aber auf einem Druckfehler beruhen muß; denn später, bei der Erwähnung von Napoleons Bulletin gelegentlich der Besetzung Wiens im Jahre 1809, heißt es, Genestas sei um jene Zeit Rittmeister, also Schwadronschef, geworden.

8 Pierre du Terrail, Seigneur de Bayard (1443–1524), berühmter Heerführer, zeichnete sich in den Kriegen Karls VIII., Ludwigs XII. und Franz' I. aus; er erhielt den Beinamen »Ritter ohne Furcht und Tadel«. Er fiel durch einen Arkebusenschuß bei Abbiate grasso.

9 Lehre des Pyrrhon, des ersten der großen griechischen Skeptiker im vierten Jahrhundert vor Christi Geburt.

10 Diese Proklamation ist in der ›Correspondance générale de Napoléon I.‹, 18. Band, Seite 654 (Paris 1865) abgedruckt worden.

11 Françoise-Marie-Antoinette Saucerolle, genannt Raucourt (1756 bis 1815), debütierte 1772 am Théâtre-Français und wurde 1806

vom Kaiser mit der Reorganisation der französischen Schauspie-
lertruppen beauftragt, die Gastspielreisen durch Europa unternehmen sollten.

12 Der Medea-Stoff ist mehrfach dramatisch behandelt worden: von
Euripides, Pierre Corneille und Thomas Corneille. Es ist anzunehmen, daß Balzac auf Pierre Corneilles Tragödie anspielt, die
1635 entstand.

13 Charles-Antoine-Guillaume Pigault de l'Epinoy, genannt Pigault-
Lebrun (1753–1835), führte ein bewegtes Leben, war Regisseur
des ›Théâtre-Français‹ und schrieb in seiner Spätzeit eine Anzahl
leichter, lebenslustiger Romane von scharfer Kraft der Beobachtung aus dem bürgerlichen Leben, die z. T. zu Beginn des 19. Jahrhunderts auch ins Deutsche übersetzt wurden. Balzac dankt dem
heute Vergessenen mancherlei Anregungen.

14 Kleine Landschaft östlich von Paris, feucht und bewaldet, bis 1328
Grafschaft, Hauptort Meaux.

15 Alte Provinz Frankreichs, Hauptstadt Limoges, erst unter Heinrich IV. mit der Krone vereinigt; sie umfaßt die heutigen Départements Corrèze und Haute-Vienne.

16 Im Arrondissement Saint-Jean-de-Maurienne, am Arc.

17 Einer der Fundamentalsätze der Nationalökonomie. Möge man,
wie Rousseau, die Armut gewisser Länder lobpreisen oder sie bedauern, wie Voltaire es tat: Immer wird man eine Beziehung zwischen der Mannigfaltigkeit und der Verfeinerung der Bedürfnisse
und dem Reichtum feststellen. Unter der Restauration war es eine
Lieblingsidee der liberalen Partei, daß Besitz die Moral fördere.

18 Bekanntlich wurde Napoleon 1815 bei seiner Rückkehr von Elba
in der Dauphiné begeistert empfangen.

19 Geflechte aus Weidenzweigen, auf denen der frisch geformte Käse
abtropft.

20 Kreisstadt im Arrondissement Grenoble, in der Nähe der Grande-
Chartreuse, die Balzac besucht hatte, wie aus seinen Briefen an
Mme Carraud und Mme Hanska hervorgeht. Vielleicht hat er
dort von jenem M. Jullien gehört, der, wie Jean-Jacques Ampère
(1800–1864, Literat, Bruder des berühmten Physikers André-Ma-
rie Ampère) in seinen Lebenserinnerungen berichtet, in der Gemeinde Villard große Verehrung genoß; er war deren »Vater und
absoluter Beherrscher«; man kannte ihn auf sechs Meilen in der
Runde als den »Bergkönig«.

21 François de Salignac de la Mothe-Fénelon (1651–1715), Erzbischof
von Cambrai, Erzieher des Herzogs von Burgund (des Enkels

Ludwigs XIV. und Vaters Ludwigs XV.; 1682–1712), für den er den ›Télémaque‹ schrieb und dessen ungestümen Charakter er milderte, bekannte sich zum Quietismus und geriet in eine heftige Polemik mit Bossuet. Rom verurteilte ihn, und er unterwarf sich.

22 Neben Sidon die bedeutendste See- und Handelsstadt der Phöniker; Blütezeit um 1000 v. Chr. Von Nebukadnezar dreizehn Jahre lang vergeblich belagert, 332 v. Chr. durch Alexander d. Gr. zerstört; zur Zeit der Kreuzzüge Festung; heute der kleine Hafenort Sur.

23 1814, nach dem Rheinübergang der Alliierten.

24 Getreidemaß, etwa anderthalb Hektoliter.

25 Luc de Clapiers, Marquis de Vauvenargues (1715–1747), Moralist, trat in seinen ›Maximes‹ für eine Rehabilitierung des Gefühls und der Liebe ein. Er war 1732–1744 Offizier in einem Infanterieregiment und nahm an mehreren Feldzügen teil, so besonders 1741–1743 am Österreichischen Erbfolgekrieg. Von einem Aufenthalt Vauvenargues' in Grenoble ist nichts bekannt.

26 Nicolas-Sébastien Roch, genannt de Chamfort (1741–1794), geistvoller Moralist. Balzac schreibt den Namen fälschlich »Champfort«. Er beging während der Schreckensherrschaft Selbstmord. Jener Ausspruch findet sich in ›Caractères et anecdotes‹, ohne daß Chamfort die Quelle angäbe. Daß der Ausspruch von Vauvenargues stammt, ist, falls es nicht auf einer mündlichen Überlieferung beruht, wohl eine Erfindung Balzacs.

27 Die Sekte der Mährischen Brüder bildete sich im 15. Jahrhundert in Prag unter den Anhängern des Johannes Huß. Sie führten die Gütergemeinschaft durch, und ihre Priester heirateten. Seit 1460 wurden sie verfolgt; um 1480 ließ sich ein Teil von ihnen in Fulnek in Mähren nieder. Sie trennten sich mehr und mehr von der katholischen Kirche und näherten sich der lutherischen Häresie. Im 16. und 17. Jahrhundert gingen aus ihren Reihen bemerkenswerte Polemiker, Grammatiker und Pädagogen hervor, so der berühmte Amos Comenius (Komensky). 1620, nach dem Untergang des selbständigen Königsreichs Böhmen, emigrierten sie nach Polen und wurden bei der ersten Teilung Polens im Gebiet von Posen angesiedelt. 1817 wurde die Sekte in Preußen unterdrückt, bestand aber verborgen in einigen Städten Böhmens und Mährens weiter. Noch heute gibt es Vereinigungen der Mährischen Brüder in Amerika und Holland. Ihre Lehre ist ein mystisches, liberales Christentum.

28 Die Lollarden sind Sektierer im Gefolge des Häretikers Walter

Lollard, der Ende des 13. Jahrhunderts in England geboren und 1322 in Köln verbrannt wurde. Lollard lehnte die Sakramente der Ehe und Taufe und der leiblichen Gegenwart Christi ab und machte die katholischen Priester und Zeremonien lächerlich. Er lehrte die Heiligkeit der Dämonen, die ungerechterweise von den Engeln aus dem Himmel verjagt worden seien. Lollards Lehre fand in England, Deutschland und zumal in Böhmen Verbreitung und hatte zur Zeit des Todes ihres Stifters etwa 80 000 Anhänger.

29 1802, Friedensschluß zwischen Frankreich, England, Spanien und Holland.

30 Fluß im russischen Gouvernement Minsk, durch einen Kanal mit der Düna verbunden. Berühmt durch den unglücklichen Übergang der französischen Armee beim Rückzug von Moskau am 27. bis 29. November 1812. Balzac gibt in seiner Novelle ›Lebwohl‹ eine glänzende Schilderung jener Katastrophe.

31 Kleiner Irrtum Balzacs bzw. des Doktors Benassis. Den Übergang über die Beresina hatten zwei jener Pioniere überlebt, beide Unteroffiziere im I. Pionier-Bataillon. Sie hießen Pierre Lazutte und Nicolas Camus. Der Herzog von Feltre (Henri-Jacques-Guillaume Clarke, 1765–1818), Marschall von Frankreich und Kriegsminister, richtete am 29. April 1813 ein Gesuch an den Kaiser, in dem er, sich auf General Eblé berufend, Lazutte für die Beförderung zum Leutnant und Camus für die Ehrenlegion vorschlug. General Lauriston unterstützte das Gesuch. Der Kaiser beförderte daraufhin schon am 5. Mai 1813 Lazutte zum Leutnant und verlieh Camus das Ritterkreuz der Ehrenlegion. Lazutte starb 1837, Camus 1860 als Achtzigjähriger.

32 General Jean-Baptiste Eblé (1758–1812) kam beim Übergang über die Beresina um.

33 Kuß auf beide Wangen, als Auszeichnung eines Untergebenen durch einen Vorgesetzten; in Frankreich bei Begrüßungen und Verabschiedungen unter Verwandten allgemein üblich.

34 Napoleon starb am 5. Mai 1821. Manzoni würdigte seinen Tod durch eine erhabene Ode, die Goethe ins Deutsche übersetzte.

35 Englisch: Aldermann, Ratsherr, Stadtrat.

36 D. h.: er ist nie Offizier geworden.

37 Am 19. August 1812. »Zwei Tage nach der Schlacht bei Smolensk kam es bei Valutina Gora aufs neue zu einem Treffen, weil Ney einem Teil des russischen Heeres den Weg nach Moskau verlegen wollte. In diesem Treffen erhielten die Russen stets neue Verstär-

kungen, die Franzosen dagegen wurden von ihren in der Nähe befindlichen Landsleuten im Stich gelassen, weil Junot, welcher im nächsten Jahr wahnsinnig wurde und schon damals zuweilen irre gewesen sein soll, ohne ausdrückliche Ordre nicht vorrücken wollte, und Napoleon, der die Umstände nicht genau kannte, diese Ordre nicht erteilte. Ney konnte daher seinen Zweck nicht erreichen.« (Schlossers Weltgeschichte, XV, 550.)

38 Abzeichen des Ritters der Ehrenlegion.

39 Spitzname Napoleons in der Armee.

40 Siehe Anmerkung 30.

41 Das berühmt-berüchtigte 29. Bulletin, das letzte der Großen Armee, vom 3. Dezember 1812, in dem Napoleon offen den Rückzug und den Zustand der Großen Armee zugab, und das wie mehrere andere Schlachtenbulletins des Kaisers mit den Worten schloß: »Der Gesundheitszustand Seiner Majestät ist nie besser gewesen.«

42 So bezeichneten die Bonapartisten während der Restauration den entthronten Napoleon.

43 Andoche Junot (1771–1813), General, Herzog von Abrantès, Gatte der berühmten Mme d'Abrantès, der Freundin Balzacs. Napoleon zeichnete ihn bei der Belagerung von Toulon aus und eröffnete ihm glänzende Möglichkeiten auf militärischem und diplomatischem Gebiet. Als Gesandter in Portugal hielt er prunkvoll Hof. 1813 wurde er zum Generalgouverneur der Illyrischen Provinzen ernannt. Als die Symptome einer Geisteskrankheit, die schon früher aufgetreten waren, sich häuften, wurde er nach Montbard (Côte d'Or) gebracht, wo er sich aus dem Fenster stürzte und das Bein brach; er wurde amputiert und starb ein paar Tage später.

44 Graf Louis de Narbonne (1755–1814) galt fälschlich als ein natürlicher Sohn Ludwigs XV. Unter dem Ancien-Régime war er Oberst, dann 1791 Kriegsminister der Nationalversammlung, emigrierte im gleichen Jahr und wurde erst 1809 zurückberufen. Der Kaiser betreute ihn mit verschiedenen Missionen und nahm ihn mit nach Rußland. 1813 wurde er Botschafter in Wien, und nach dem Prager Kongreß Gouverneur von Torgau, wo er am Typhus starb. Auf St. Helena äußerte sich Napoleon über ihn zu Montholon: »Ich hätte Narbonne nach Durocs Tod zum Großmarschall ernennen müssen; er wäre auch ein ausgezeichneter Hofmarschall der Kaiserin gewesen, aber sie hat M. de Beauharnais als Hofmarschall behalten wollen ... Aus dem strohköpfigen Minister Ludwigs XVI. war ein Mann von Herz und Verstand geworden, ein

sehr geistvoller Mensch, ein hochbegabter Diplomat. Leider habe ich auf Talleyrand gehört, der ihn fürchtete.«

45 Von Balzac in (fehlerhaftem) Deutsch geschrieben.

46 Held eines persischen Epos, nach dem der Leibmameluck Napoleons genannt wurde (1780–1845); sicherlich nannte Benassis sein Berberpferd nach diesem.

47 Rückeroberung Mantuas durch Bonaparte, 1797.

48 Darüber berichtet Frédéric Masson in seinem Werk ›Napoléon à Sainte-Hélène‹ (Paris 1912).

49 Harzige Ausscheidung der Blattknospen von Pappeln, Weiden usw., die die Bienen sammeln, um damit die Spalten des Bienenkorbs zu verpichen oder die Waben an den Wänden zu befestigen. Es ist eine braune oder graugelbliche Substanz von leicht aromatischem Geruch, die in der Kälte erhärtet, aber bei Wärme wieder weich wird.

50 Pierre-Augustin Caron de Beaumarchais (1732–1799), Schriftsteller und Polemiker, berühmt durch seine Komödien ›Der Barbier von Sevilla‹ und ›Figaros Hochzeit‹, nach denen die Librettisten Rossinis und Mozarts ihre Operntexte schrieben. Beaumarchais ließ auf auf eigene Kosten die erste Gesamtausgabe der Werke Voltaires drucken, die berühmte ›Kehler Ausgabe‹, und ruinierte sich beinahe dadurch. Lesenswert sind seine ›Memoiren‹.

51 Es handelt sich um die seinerzeit vielgesungene Melodie ›Marlborough s'en va-t-en guerre‹, auf die Cherubino in ›Mariage de Figaro‹ (II, 4) der Gräfin Almaviva seine Romanze singt:
Mon coursier hors d'haleine
(Que mon coeur, mon coeur a de peine),
J'errais de plaine en plaine.

52 Hauptstadt des Départements Loire, bekannt u. a. durch Waffenfabriken.

53 Savoyen gehörte damals noch zu Italien; es kam erst 1860 an Frankreich.

54 Der »japanische Firnisbaum« mit breiten Blättern und blauen Blütenkerzen, aus deren nußartigen Früchten eine Art Möbelpolitur gewonnen wird. In Europa als Zierbaum häufig angepflanzt.

55 Graindorge bedeutet »Gerstenkorn«. Ob eine Weberfamilie Graindorge, der das Einweben von Blumen und Quadraten in das Leinen zu danken wäre, tatsächlich existiert hat, ist recht zweifelhaft.

56 Bernard Palissy (um 1510–1589 oder 1590), dem Balzac bezeichnenderweise die Adelspartikel verleiht, Töpfer und Emailleur, Schriftsteller und Gelehrter, ist noch heute berühmt durch seine in

allen großen Museen befindlichen keramischen Arbeiten, die sich
durch naturalistischen plastischen Schmuck auszeichnen. Bei seinen
Brennversuchen verheizte er sämtliche Möbel und sogar die Fuß-
böden seines Hauses. Es sind ihm auch mineralogische und chemische Entdeckungen zu verdanken. 1589 wurde er als Hugenotte
verhaftet und in die Bastille überführt, wo er gestorben ist, ohne
daß sein Todesjahr bekannt wäre.

57 Offenbar eine Anspielung auf die Kreuzzüge; aber mit der Zeit-
angabe nimmt Balzac es hier nicht genau. Denn der erste Kreuz-
zug fand 1096 statt, der achte und letzte 1270.

58 Die Juli-Revolution hatte das allgemeine Wahlrecht *nicht* eingeführt: 1830 hatten de Genaude und Berryer eine Volksabstim-
mung verlangt; 1831 wollte Godefroy Cavaignac, daß die Souveränität des Volks durch das allgemeine Wahlrecht ins Werk gesetzt
werde. Im selben Jahr drückte Lamartine den gleichen Wunsch
durch einen Brief über »rationelle Politik« aus, den er an den
Chefredakteur der ›Revue européenne‹ sandte: Die Wahl, hieß es
darin, solle universell, um wahr, und proportionell, um gerecht
zu sein. Louis Blanc definierte die demokratische Regierung als
diejenige, die als Leitgedanken die Souveränität des Volkes habe
und als Ursprung das allgemeine Wahlrecht. Prinz Louis-Napo-
léon, damals Gefangener in der Festung Ham, bewilligte ein regle-
mentiertes und dirigiertes allgemeines Wahlrecht, wie es während
des Konsulats und des Kaiserreichs bestanden habe. De Cormenin
forderte in allen seinen Pamphleten und Schriften das Volkswahl-
recht.
Das allgemeine Wahlrecht wurde indessen erst durch das Dekret
vom 5. März 1848 verkündet, und zwar durch ein Dekret, das am
folgenden Tag im ›Moniteur‹ erschien; der Paragraph 5 lautete:
»Die Wahl erfolgt geheim und allgemein.«
Die Proklamation der nationalen Souveränität erfolgte 1789, die
Verkündung des allgemeinen Wahlrechts erst 1848.

59 Graf de Boulainvilliers (1658–1722) drückte als erster in seiner
›Histoire de l'Ancien Gouvernement de France‹ und seinen ›Recherches sur l'Ancienne Noblesse‹ den Gedanken aus, daß der
Feudalismus, die natürliche und legitime Konstitution Frankreichs,
die Auswirkung der fränkischen Eroberung sei und daß alle Erweiterungen der königlichen Autorität und der Freiheiten der Gemeinden nichts als eine Usurpation an den Rechten des Adels seien,
des einzigen Erben der Franken, der Besitzer Galliens durch das
Recht der Eroberung, der Herren der Galloromanen, die durch

653

ihn in den Stand der Bürgerlichkeit und der Dienstbarkeit zurückgedrängt worden seien. Diese den Tatsachen absolut widersprechende Theorie schlich sich im 18. Jahrhundert langsam in die Gehirne der Adligen und Philosophen ein. Aus der Geschichtsschreibung war sie natürlich in die Politik hinübergeglitten, wo sie einander entgegengesetzten Leidenschaften und Interessen diente und zum Vorwand der Revolution von 1789 wurde: Sieyès treibt in seiner berühmten Broschüre über den ›Dritten Stand‹ rigoros die Adligen, die ihre Privilegien durch ein vorgebliches Recht der Eroberung verteidigten, »in ihre Wälder Frankens« zurück. Die doktrinären Historiker der ersten Hälfte des 19. Jahrhunderts, Augustin Thierry, Guizot und andere, alle im Bann dieser irrigen Meinungen, begrüßten in der Juli-Monarchie die endgültige Befreiung des gallischen Bodens und Volkes. Später fanden die gleichen Irrtümer Ausdruck in der Rassentheorie des Grafen Gobineau (1816 bis 1882), der fälschlich die Überlegenheit der germanischen Rasse verkündete und damit ein Unheil anrichtete, das er weder vorausgesehen noch gewollt hat. Es bedurfte der Arbeiten von Fustel de Coulanges über ›L'Invasion Germanique‹ und ›Les Institutions de l'Ancienne France‹, um die historische Wahrheit festzustellen und damit die Brandfackel des Bürgerkriegs auszulöschen, die die falsche Auffassung von der merowingischen Gesellschaft für zwei Klassen von Staatsbürgern bildete, die sich beide für die Nachkommen zweier feindlicher Rassen hielten.

60 Jean-Baptiste Colbert (1619–1683), einer der größten Minister Frankreichs. Mazarin, dessen Vertrauensmann er war, hinterließ ihn Ludwig XIV., der ihn nach Fouquets Sturz 1664 zum Generalkontrolleur der Finanzen ernannte. Er begünstigte Industrie und Handel, ließ Handwerker aus dem Ausland kommen, vervielfachte die staatlichen Werkstätten, reorganisierte das Finanzwesen, die Justiz und die Marine und schuf die Invaliden-Kasse. Er förderte Kunst und Wissenschaft, errichtete die Sternwarte und starb, ohne alle seine Reformpläne durchführen zu können; der König und das Volk trauerten ihm nicht nach.

61 Maximilien de Béthune, Baron de Rosay, Herzog von Sully (1559 bis 1641), Freund und Minister Heinrichs IV. Er verwaltete mit Sparsamkeit das Finanzwesen und förderte den Ackerbau.

62 Oliver Cromwell (1599–1658), Lordprotektor von England, bereitete als Abgeordneter die Revolution vor, schlug 1645 die königlichen Truppen bei Naseby; verurteilte 1649 Karl I. Stuart zum Tode und unterwarf Irland und Schottland.

63 Abhang der Drôme, am linken Rhôneufer, wo hochgeschätzter Wein gebaut wird.

64 Dorf an der Marne, Arrondissement Eperny, wo Napoleon am 10. Februar 1814 die Russen und Preußen schlug.

65 Dorf in Litauen, wo Napoleon im Februar 1807 die Russen und Preußen schlug.

66 Géraud-Christophe-Michel Duroc (1772–1813), Herzog von Friaul, Großmarschall des kaiserlichen Palastes, gefallen bei Bautzen.

67 Jean-Baptiste Bessières (1766–1813), Herzog von Istrien, Marschall von Frankreich, einer der fähigsten Unterführer Napoleons. Fiel am Vorabend der Schlacht bei Lützen.

68 Jean Lannes (1769–1809), Herzog von Montebello, Marschall von Frankreich, gehörte 1792 einem Freiwilligenbataillon an, war drei Jahre später General, nahm am Ägyptenfeldzug teil, begünstigte den Staatsstreich vom 18. Brumaire, zeichnete sich bei Montebello und Marengo aus, nahm Saragossa 1809 und wurde in der Schlacht bei Essling (21. und 22. Mai 1809) tödlich verwundet.

69 Dorf bei Savona (Provinz Genua), 11. April 1796 Sieg Napoleons über die Österreicher unter Argenteau.

70 Dorf an der Etsch (Provinz Verona), 15. Januar 1797 Sieg Napoleons über die Österreicher.

71 Stadt in der Provinz Mailand, 10. Mai 1796 Sieg Napoleons über die Österreicher.

72 Dorf bei Verona, 15.–17. November 1796 Sieg Napoleons über die Österreicher.

73 Stadt in der Provinz Genua, 14. April 1796 Sieg Napoleons über die Österreicher.

74 Vielleicht aus »le maudit«, der Verfluchte, gebildet.

75 1. August 1798, Seesieg der Engländer unter Nelson. Abukir ist ein Dorf bei Alexandria.

76 Akka oder Akkon, das antike Ptolemaïs, befestigte Stadt in Syrien, 1191 von den Kreuzfahrern erobert, Sitz des Johanniter-Ordens, 1291 wieder verloren; 1799 von Bonaparte vergeblich belagert.

77 Die Landschlacht bei Abukir fand am 25. Juli 1799 statt.

78 Jean-Baptiste Kléber (1753–1800), Freiwilliger von 1792, nahm an der Belagerung von Mainz teil, hatte ein Kommando in der Vendée, zeichnete sich bei Fleurus aus, wurde an die Spitze der Rheinarmee gestellt; in Ägypten nahm er Alexandria im Sturm.

siegte am Berge Tabor, erhielt nach Bonapartes Abreise den Oberbefehl, schlug die Türken am 20. März 1800 bei Heliopolis, eroberte
in kurzer Zeit ganz Ägypten zurück und wurde am 14. Juni in
Kairo durch einen Mamelucken erdolcht.

79 9. Oktober 1799.

80 Dorf in der norditalienischen Provinz Alessandria; 14. Juni 1800
glänzender Sieg Bonapartes über die Österreicher.

81 Der Friede von Amiens, 27. März 1802, zwischen Frankreich, England, Spanien und der Batavischen Republik.

82 Die letzten französischen Truppen, nur noch etwa 20 000 Mann,
wurden mit Waffen und Geschützen im September 1801 auf englischen Schiffen nach Frankreich zurückbefördert.

83 Bezieht sich auf Bernadotte, der 1810 von König Karl XIII. von
Schweden adoptiert wurde, 1813 zu den Alliierten überging und
1818 unter dem Namen Karl XIV. Johann König von Schweden
wurde, wo seine Dynastie noch heute regiert.

84 Stadt in Mähren, Bez. Brünn; am 2. Dezember 1805 Sieg Napoleons über die Österreicher und Russen.

85 Irrtum Goguets oder Balzacs: Jene Episode gehört nicht der Schlacht
bei Eylau, sondern der Schlacht bei Austerlitz an, als Napoleon
die gefrorene Fläche eines Sees, über die die Russen marschierten,
mit Geschützen einschießen ließ.

86 Dorf in Niederösterreich; 5. und 6. Juli 1809 Sieg Napoleons über
die Österreicher.

87 Bezieht sich auf den Pantomimen Jean-Baptiste-Gaspard Deburau
(1796–1846).

88 Montgolfiers erster Luftballon war mit durch direktes Feuer er-
hitzter und dadurch verdünnter und leichter gewordener Luft gefüllt (1782). Schon im nächsten Jahr füllte Charles seinen Ballon
mit Wasserstoff.

89 Die Schlacht an der Moskwa (französische Bezeichnung) oder bei
Borodino (deutsche Bezeichnung) wurde bei dem Dorf dieses Na-
mens (Gouvernement Moskau) am 7. September 1812 geschlagen.
Napoleon besiegte Kutusow. Es war die blutigste Schlacht des
Krieges; die Verluste der Russen betrugen 50 000, die der Fran-
zosen 30 000 Mann.

90 Die Franzosen verloren bei Borodino 49 Generale, 37 Oberste und
6547 andere Offiziere (nach Schlossers Weltgeschichte, Bd. XV).

91 Die Verschwörung des Generals Graf Claude-François de Malet

(1754–1812), das operettenhafte Unternehmen eines halb Irrsinnigen, der dann erschossen wurde.

92 26. und 27. August 1813, Sieg Napoleons über die böhmische Armee.

93 2. Mai 1813, Sieg Napoleons über die Verbündeten (Schlacht bei Großgörschen).

94 20. und 21. Mai 1813, Sieg Napoleons über die Russen und Preußen.

95 In der sogenannten Völkerschlacht bei Leipzig (16.–18. Oktober 1813) gingen die sächsischen und württembergischen Truppen zu den Verbündeten über; Bernadotte verhielt sich schwankend.

96 Marmont, Herzog von Ragusa, hatte sich nach der Besetzung von Paris durch die Alliierten mit seinem Armeekorps in die Nähe von Corbeil zurückgezogen und heimliche Unterhandlungen mit den Alliierten angeknüpft, was die Abdankung Napoleons unvermeidlich machte.

97 Damals im Schwang befindliche Spottbezeichnung des kaiserlichen Adlers.

98 Der General Jean-Baptiste Graf Eblé (1758–1812) hatte an den Kriegen der Revolution und des Kaiserreichs teilgenommen; beim Übergang über die Beresina erhielt er den Vertrauensauftrag, die Notbrücke zu bauen, damit die französische Armee unter dem Geschützfeuer der Russen ihren Rückzug durchführen konnte. Obwohl er vom Kaiser den strikten Befehl bekommen hatte, zu einer bestimmten Stunde die Brücke zu zerstören, nahm er es auf sich, die Durchführung dieses Befehls um ein paar Stunden hinauszuschieben. Auf diese Weise rettete er zahlreiche Nachzügler der Großen Armee, ohne daß die Kosaken die Brücke benutzen konnten.

99 Joseph, Fürst Poniatowski (1762–1813), polnischer General aus altem Geschlecht, in der Schlacht bei Leipzig zum Marschall von Frankreich ernannt, deckte den Rückzug des französischen Heeres und ertrank, als er, schwer verwundet, zu Pferde die vom Hochwasser angeschwollene Elster durchschwimmen wollte.

100 Anspielung auf George Sands ›Histoire de France écrite sous la dictée de Blaise Bonin‹. Diese Geschichte Frankreichs, erzählt von einem einfachen Mann, ist in Stil und Abfassung Balzacs Erzählung von Napoleon ähnlich, die vielleicht dem Werk der Sand ihre Anregung dankt.

101 Kleinstadt im Tarn, Arrondissement Castres. Die dortige, 787 ge-

657

gründete Benediktinerabtei hat von je eine kostenlose Schule für den Unterricht der Knaben aus der Umgegend unterhalten. 1682 wurde die Schule durch den Abt Dom Jacques Hody in eine ›Akademie‹ für Bürgertum und Adel umgewandelt und trug die Bezeichnung ›Seminar‹. Eine weitere Reorganisation führte 1757 Dom Victor de Fougeras durch; er wandte eine neue, sehr weltliche Erziehungs- und Unterrichtsmethode an. Trotz seiner Bezeichnung diente dieses Seminar nicht nur der Ausbildung junger Priester, sondern allen freien Berufen. 1771 wurde es in eine ›Ecole Militaire Royale‹ (Königliche Militärschule) umgewandelt. Das Institut zu Sorèze wurde vor revolutionären Zerstörungen durch zwei Benediktiner bewahrt: Dom François Ferlus und dessen Bruder Dom Raymond-Dominique Ferlus. Die Zeit der Revolution, des Kaiserreichs und der ersten Hälfte der Restauration war die Glanzzeit der Schule, dank der ausgedehnten Werbemaßnahmen und der geistigen Unabhängigkeit und Tatkraft ihrer Leiter. Doch 1824 ließ nach einer Untersuchung der Großmeister der Universität, Monsignore Frayssinous (1765–1841), die Schule schließen; erst 1830 konnte sie wieder eröffnet werden. 1840 ging sie in die Hände der Jesuiten über, die sie ein paar Jahre später an den Pater Lacordaire (1802–1861) abtraten, einen der glänzendsten Prediger des 19. Jahrhunderts; er schuf sie zu einer Bildungsstätte für Dominikaner um.

102 Die medizinische Fakultät der Universität.

103 Cornelius Jansen (1585–1638), holländischer Theologe. In seinem Hauptwerk ›Augustinus‹ (1640) legte er seine Auffassung von den Lehren des heiligen Augustinus über die Gnadenwahl, die Willensfreiheit und die Prädestination dar. Einer der bedeutendsten Jansenisten war Pascal; auch Racine stand unter ihrem Einfluß. Rom verurteilte jene Lehre als Ketzerei; die Jansenisten wurden verfolgt, ihr Kloster Port-Royal niedergerissen (1712).

104 Département in der Auvergne, Hauptstadt Aurillac, Unterpräfekturen in Mauriac und Saint-Flour.

105 Balzac gibt jenem Mädchen den Vornamen seiner Geliebten Mme Hanska, die während der Niederschrift des Romans ›Der Landarzt‹ in sein Leben getreten war.

106 Epikur (342–270 v. Chr.), griechischer Philosoph, der in seinem Garten eine Schule eröffnete. Er fand die Glückseligkeit (eudaimonia) in der Lust, der völligen Abwesenheit des Schmerzes, die durch körperliche Gesundheit, Mäßigkeit im Sinnengenuß und Vermeidung allen Unrechts erreicht wird.

107 Es gibt drei griechische Philosophen dieses Namens: Zenon aus
Elea (490–430 v. Chr.), Zenon aus Kition (336–264 v. Chr.), der
von Balzac gemeinte Gründer der Philosophenschule der Stoa;
und Zenon aus Sidon (um 150 v. Chr.), der Epikuräer.

108 Die Philosophenschule der Stoa nimmt die Erfahrung als Grundlage aller Erkenntnis; sie betrachtet das Weltganze von der göttlichen Vernunft als Seele durchdrungen. Voraussetzung der Tugend
ist höchste innere Ruhe und Erhabenheit über die Affektionen
sinnlicher Lust und Unlust, die den Weisen nicht gefühllos, aber
unverwundbar macht.

109 Gründer des Kartäuser-Ordens (1035–1101), geboren in Köln, gestorben in Kalabrien. Kalendertag der 6. Oktober.

110 Fliehe die Welt, halte dich verborgen, schweige!

111 Plutarch (50–120), griechischer Schriftsteller, der unter Trajan und
Hadrian bürgerliche Ehrenämter bekleidete. Besonders bekannt
durch seine vergleichenden Lebensbeschreibungen berühmter Griechen und Römer ›Vitae parallelae‹.

112 Diese Wirkung des Tees widerspricht aller ärztlichen und profanen
Erfahrung. Überdies sagt Benassis wenige Zeilen später, der Tee-
genuß trage ihm heftige Gichtanfälle ein. Dennoch läßt Balzac den
wackeren Arzt tagelang zu Pferde seine Patienten besuchen . . .

113 30./31. Oktober 1813, Sieg Napoleons über Österreicher und
Bayern.

114 Höhere Bildungsanstalt für Artillerieoffiziere und Ingenieure.

115 Kreisstadt im ehemaligen Regierungsbezirk Königsberg. 14. Juni
1807 Sieg Napoleons über Russen und Preußen.

116 Louis-Nicolas Davout (1770–1823), Herzog von Auerstädt, Fürst
von Eckmühl, Marschall von Frankreich, einer der besten Feld-
herrn Napoleons.

117 18. Juni 1815.

118 Befestigte Hafenstadt im Département Charente-Maritime.

119 Der Leutnant Louis Doret (1789–1866) hat tatsächlich Napoleon
1815 in Rochefort vorgeschlagen, ihn trotz der Blockade durch
englische Schiffe nach Amerika zu bringen.

120 Dem Lilienbanner der Bourbonen.

121 1805, Kapitulation des österreichischen Generals Mack.

122 Joachim Murat (1767–1815), Marschall von Frankreich, Großherzog von Berg, seit 1808 König von Neapel, verheiratet mit Napoleons jüngster Schwester Caroline. Versuchte, sein Königreich wie-

der zu erobern, wurde bei Pizzo gefangengenommen und erschossen. Der Gastwirtssohn starb stolz wie ein Stuart.

123 Monsieur Alain spielt in Balzacs Roman ›Die Kehrseite der Zeitgeschichte‹ auf Doktor Benassis an.

Biographische Notizen über die Romangestalten

DER LANDARZT

Die Gestalten des Romans ›Der Landarzt‹ erscheinen in der ›Menschlichen Komödie‹ nicht wieder.

DER DORFPFARRER

Übertragung von Ernst Sander

In der endgültigen Ausgabe seines Romans ›Le Curé de Village‹, die 1846 erschien, gibt Balzac als Entstehungszeit an: »Paris, Januar 1837 – März 1845.« Dieser beträchtliche Zeitraum, der andeutungsweise den Tatsachen entspricht, läßt darauf schließen, daß das Werk lange und langsam gereift ist. Leider gibt Balzacs Korrespondenz nur sehr wenige Aufschlüsse über die Entstehung des Romans. Die Veröffentlichung erfolgte bruchstückweise. Vom 1. bis 7. Januar 1839 erschien in ›La Presse‹ ein Fragment ›Le Curé de Village‹, das die Urform des heutigen dritten Kapitels, ›Le Curé de Montégnac‹ (›Der Pfarrer von Montégnac‹) darstellt; als Datum der Entstehung war angegeben: »Les Jardies, Dezember 1838.« Vom 30. Juni bis 13. Juli brachte ›La Presse‹ als Fortsetzung das heutige erste Kapitel des Romans unter dem Titel ›Véronique‹, datiert: »Les Jardies, April 1839«. Ebenfalls in ›La Presse‹ erschien vom 30. Juli bis 1. August 1839 das heutige Schlußkapitel ›Véronique au tombeau‹, (›Véronique am Rande des Grabes‹), ohne Entstehungsdatum. Im Mai 1841 erschien in zwei Bänden die erste Buchausgabe; diese beginnt mit ›Véronique‹, daran schloß sich ein Kapitel ›Der Dorfpfarrer‹, es folgte eine Reihe unveröffentlichter Kapitel, und den Schluß bildete ›Véronique am Rande des Grabes‹. Die in ›La Presse‹ vorabgedruckten Teile waren gründlich überarbeitet worden; das Ganze war in 29 Kapitel aufgeteilt. Diese Ausgabe enthielt des weiteren eine Vorrede sowie die Widmung »An Hélène«, die Balzac später tilgte. Die endgültige, abermals überarbeitete, für die ›Menschliche Komödie‹ bestimmte Fassung, in fünf Kapitel gegliedert, erschien 1846.

Die Widmung an Hélène lautet: »Auch das kleinste Schiff sticht nicht in See, ohne daß die Besatzung es unter den Schutz eines lebendigen Emblems oder eines angebeteten Namens stellte; lassen Sie mich also diesen Brauch nachahmen, und seien Sie, Madame, die Schutzherrin dieses Werks, das in unsern literarischen Ozean hinaussteuert; möge es durch diesen kaiserlichen Namen, den die Kirche heiliggesprochen und den für mich Ihre Ergebenheit doppelt geheiligt hat, vor Stürmen bewahrt bleiben.«

Mit dem »kaiserlichen Namen« spielt Balzac auf die heilige Helena, die Mutter Konstantins des Großen, an. Die Widmungsempfängerin freilich hatte wenig mit einer Heiligen gemein; es handelt sich bei ihr um das, was im Französischen galant als »Abenteurerin« bezeichnet wird. Sie kam am 18. August 1808 in Rochefort-sur-Mer als Tochter eines Marineleutnants Pierre Valette

661

zur Welt und verlor früh die Mutter. 1826 heiratete sie einen Notar Gougeon aus Vannes; dieser starb im folgenden Jahr, worauf Hélène wieder ihren Mädchennamen annahm und sich aus eigener Machtvollkommenheit adelte. Es scheint, daß sie eine ansehnliche Zahl von Liebesabenteuern gehabt hat. Balzac dürfte sie 1836 kennengelernt haben; er bereiste mit ihr die Bretagne und besuchte Batz, Le Croisic und Guérande, also die Schauplätze seines Romans ›Béatrix‹, dessen korrigierte Fahnenabzüge er ihr schenkte. Das Verhältnis der beiden hat bis 1841 gedauert; in jenem Jahr widmete ihr Balzac den ›Dorfpfarrer‹. Dann kam es zu einem Zerwürfnis. Wie aus einem Briefe Hélènes hervorgeht, den Eve de Balzac nach des Meisters Tod fand, hat die Valette ihn bestohlen; zudem wurde Balzac durch den Schriftsteller Edmond Cador, der gleichfalls mit der Dame befreundet war, über diese aufgeklärt und war so enttäuscht, daß er die Widmung bei einer Neuauflage des ›Dorfpfarrers‹ strich. Im September 1850 versuchte Hélène ergebnislos, von Balzacs Witwe 20 000 Francs zu erpressen. Sie starb am 14. Januar 1873 in Paris.

ERSTES KAPITEL

Véronique

In der Unterstadt von Limoges befand sich vor dreißig Jahren an der Ecke der Rue de la Vieille-Poste und der Rue de la Cité einer der Läden, an denen sich seit dem Mittelalter nichts geändert zu haben scheint. Große, an tausend Stellen geborstene Steinplatten lagen auf dem hier und dort feuchten Erdboden; wer auf die Vertiefungen und Erhöhungen dieses seltsamen Pflasters nicht achtgab, lief Gefahr, hinzufallen. Die staubigen Hauswände ließen ein bizarres Mosaik aus Holz und Ziegeln, Haustein und Eisen sehen; all das war mit einer Festigkeit aufgeschichtet, die der Zeit, vielleicht aber auch dem Zufall zu verdanken war. Seit mehr als hundert Jahren senkte sich die aus kolossalen Balken bestehende Decke, ohne unter der Last der oberen Stockwerke zu zerbrechen. Jene Stockwerke bestanden aus Fachwerk; ihre Außenseite war mit Schieferplatten verkleidet, die so festgenagelt worden waren, daß sie geometrische Figuren bildeten; dadurch war ein naives Abbild der Bürgerhäuser alter Zeiten erhalten geblieben. Keins der Fenster, deren hölzerne

Umrahmung früher mit heute durch Wetterunbill zerstörten Schnitzereien geschmückt gewesen war, stand gerade: Die einen sprangen vor, andere traten zurück, manche wollten sich verrenken; alle hatten, ohne daß man wußte, auf welche Weise es hineingekommen war, Erdreich in den vom Regen gehöhlten Spalten, aus denen im Frühling ein paar kümmerliche Blumen hervorsproßten, schüchterne Kletterpflanzen und dünnes Gras. Moos bedeckte samtig die Dachflächen und Fensterbänke. Der Eckpfeiler bestand zwar aus gemischtem Mauerwerk, das heißt aus Lagen von Sandstein, Ziegeln und Kieseln; aber er sah zum Fürchten aus, weil er ganz krummgebogen war; es schien, als müsse er eines schönen Tages durch die Last des Hauses, dessen Giebel etwa um einen halben Fuß[1] überhing, herausgedrückt werden. Daher haben der Stadtrat und die Wegebau-Verwaltung dieses Haus angekauft und dann abbrechen lassen, um die Straßenkreuzung zu verbreitern. Jener Pfeiler an der Ecke der beiden Straßen fiel den Liebhabern der Altertümer von Limoges durch eine hübsche, hineingemeißelte Nische auf, in der eine während der Revolution verstümmelte Statue der heiligen Jungfrau zu sehen war. Bürger mit archäologischem Ehrgeiz gewahrten dort die Spuren des steinernen Randes, auf den die Leuchter gestellt wurden, in die das fromme Volk brennende Kerzen steckte, auf den es Votivbilder und Blumen legte. Hinten im Haus führte eine wurmstichige Holztreppe zu zwei oberen Stockwerken, über denen ein Speicher lag. Das Haus lehnte sich an zwei Nachbarhäuser; es hatte keine Tiefe und bekam sein Licht lediglich durch die Fenster an den Straßenseiten. Jedes Stockwerk enthielt nur zwei kleine Kammern, deren jede durch ein Fenster erhellt wurde; das eine lag nach der Rue de la Vieille-Poste, das andere nach der Rue de la Cité zu. Im Mittelalter hatte kein Handwerker eine bessere Behausung. Offenbar hatte jenes Haus ehemals Kettenhemdschmieden, Waffenschmieden oder Messerschmieden gehört, irgendwelchen Meistern, deren Gewerbe die frische Luft nicht unlieb war; im Innern konnte man nur dann klar sehen, wenn die eisenbeschlagenen Läden an beiden Straßenseiten fortgenommen wurden; dort waren zur Rechten wie zur Linken des Eckpfeilers je eine Tür, wie bei vielen Läden, die an einer

663

Straßenecke liegen. An jeder Tür setzte nach der Schwelle aus schönem, im Lauf der Jahrhunderte abgetretenem Sandstein ein brusthohes Mäuerchen an, in dem sich eine Rille befand; diese wiederholte sich in dem Balken darüber, auf dem die Wand jeder Hausseite ruhte. Seit undenklichen Zeiten wurden in diese Rille ungeschlachte Läden geschoben; sie wurden durch riesengroße, verbolzte Eisenbänder festgehalten; waren die beiden Türen durch ähnliche Vorrichtungen verrammelt, dann waren die Händler in ihrem Haus wie in einer Festung eingeschlossen. Warfen die Leute, die dieser Überrest der alten Stadt interessierte, einen forschenden Blick in das Innere, das die Limousiner[2] noch während der ersten zwanzig Jahre dieses Jahrhunderts vollgestopft mit altem Eisenkram, Kupfergeschirr, Spiralfedern, Radeisen, Glocken und allem, was es bei Abbrüchen an Metallen gibt, gesehen hatten, so gewahrten sie die Stelle, wo eine Schmiedeesse gestanden hatte, erkennbar an einem langen Rußstreifen, wodurch die Mutmaßungen der Altertumsforscher über die ursprüngliche Bestimmung des Hauses bestätigt wurden. Im ersten Stock waren eine Kammer und eine Küche, im zweiten zwei Kammern. Der Speicher diente zur Aufbewahrung für empfindlichere Dinge als die, die in wirrem Durcheinander in den Laden geworfen waren. Jenes Haus war von einem gewissen Sauviat zunächst gemietet und später gekauft worden, einem Jahrmarktshändler, der zwischen 1792 und 1796 in einem Umkreis von fünfzig Meilen rings um die Auvergne das Land durchzogen und dort Töpferwaren, Schüsseln, Teller, Gläser, kurzum alle Dinge, deren auch die ärmsten Haushalte bedurften, gegen altes Eisen, Kupfer, Messing, Blei getauscht hatte, gegen alles Metall, gleichgültig in welcher Gestalt. Der Auvergnat gab eine Kasserolle aus braunem Steingut im Wert von zwei Sous gegen ein Pfund Blei oder zwei Pfund Eisen ab, gegen einen zerbrochenen Spaten, eine zerhauene Hacke, einen alten, gesprungenen eisernen Kochtopf; und da er stets Richter in eigener Sache war, wog er sein Alteisen selbst ab. Vom dritten Jahr an begann Sauviat dazu mit Kesseln zu handeln. 1793 konnte er ein Schloß erwerben, das als Nationalgut verkauft wurde, und ließ es abbrechen; den Gewinn, den er dabei machte, wiederholte er sicherlich auch an anderen Stellen des von ihm bereisten Gebietes; später gaben ih,m diese ersten Versuche den Gedanken ein, einem seiner in Paris wohnenden Landsleute ein Geschäft im großen vorzuschlagen. Auf diese Weise wurde die ob ihrer Verwüstungen so berüchtigte »Schwarze Bande«[3] im Gehirn des alten Sauviat geboren, des Jahrmarktshändlers, den ganz Limoges siebenundzwanzig Jahre lang in jenem armseligen Laden inmitten seiner zersprungenen Glocken, seiner Waagebalken, seiner Ketten, seiner Eisenträger, seiner verbogenen bleiernen Regenrinnen, seines Alteisens jeglicher Art gesehen hatte; man muß ihm Gerechtigkeit widerfahren lassen und sagen, daß er nie die Berühmtheit noch die Ausdehnung dieser Gesellschaft gekannt hat; Nutzen daraus zog er nur durch das Kapital, das er dem berühmten Bankhaus Brézac anvertraut hatte. Als der Auvergnat es satt hatte, die Jahrmärkte und die Dörfer abzuklappern, ließ er sich in Limoges nieder, wo er 1797 die Tochter eines verwitweten Kesselschmieds namens Champagnac geheiratet hatte. Als sein Schwiegervater gestorben war, kaufte er das Haus, in dem er eine feste Niederlassung seines Eisenhandels eingerichtet hatte; zuvor hatte er ihn noch drei Jahre lang gemeinsam mit seiner Frau ringsum auf dem Lande betrieben. Sauviat war ein angehender Fünfziger gewesen, als er die Tochter des alten Champagnac geheiratet hatte, die ihrerseits nicht weniger als dreißig Lenze zählen mochte. Die Champagnac war weder schön noch hübsch, stammte jedoch aus der Auvergne, und der dortige Dialekt hatte für beide Anziehungskraft besessen; ferner besaß sie den dicken Hals, der es den Frauen gestattet, auch die härtesten Arbeiten auf sich zu nehmen; daher hatte sie Sauviat auf allen seinen Wanderzügen begleitet. Sie brachte auf ihrem Buckel Blei oder Eisen heim und zog den schäbigen Karren voller Töpferwaren, mit denen ihr Mann einen getarnten Wucherhandel betrieb. Die Champagnac war braun, hatte rote Backen und strotzte vor Gesundheit; wenn sie lachte, zeigte sie weiße Zähne, die lang und breit wie Mandeln waren; ferner besaß sie die Brüste und Hüften der Frauen, die die Natur dazu geschaffen hat, Mütter zu werden. Wenn dieses kräftige Mädchen sich nicht eher verheiratet hatte, so muß ihr Zölibat dem »Ohne Mitgift« des Harpagon[4] zugeschrieben werden, nach dem ihr Vater handelte, ohne je Molière gelesen zu haben. Sauviat schreckte vor dem »Ohne Mit-

665

gift« nicht zurück; überdies durfte ein Fünfzigjähriger nicht heikel sein, und ferner ersparte seine Frau ihm die Ausgaben für eine Dienstmagd. Er fügte der Einrichtung seines Schlafzimmers nichts hinzu; darin waren von seinem Hochzeitstag an bis zum Tag seines Umzugs nichts als ein Säulenbett mit einem geteilten Betthimmel und grünen Sergevorhängen, eine Truhe, eine Kommode, vier Sessel, ein Tisch und ein Spiegel vorhanden gewesen, die von unterschiedlichster Herkunft waren. Die Truhe enthielt in ihrem oberen Teil Zinngeschirr, dessen einzelne Teile nicht zusammenpaßten. Nach diesem Schlafzimmer kann jedermann sich die Küche vorstellen. Weder der Ehemann noch die Frau konnten lesen; das war eine kleine Bildungslücke, die sie nicht daran hinderte, wunderbar zu rechnen und das blühendste aller Handelsunternehmen zu betreiben. Sauviat kaufte nie einen Gegenstand ohne die Gewißheit, ihn mit hundert Prozent Gewinn weiterverkaufen zu können. Um sich der Notwendigkeit der Führung von Geschäftsbüchern zu entschlagen, bezahlte und verkaufte er alles in bar. Überdies besaß er ein so vollkommenes Gedächtnis, daß, mochte ein Gegenstand auch fünf Jahre in seinem Laden liegenbleiben, er und seine Frau sich bis auf einen Liard des Einkaufspreises erinnerten, auf den sie für jedes Jahr Zinsen schlugen. Bis auf die Zeit, die die Sauviat der Haushaltsarbeit widmete, saß sie stets auf einem schäbigen, an den Pfeiler ihres Ladens lehnenden Holzstuhl; sie strickte und schaute dabei den Vorübergehenden nach, wachte über ihren Eisenkram, verkaufte ihn, wog ihn ab und lieferte ihn persönlich ab, wenn Sauviat zum Einkaufen unterwegs war. Im Morgengrauen war zu hören, wie der Alteisenhändler sich an seinen Fensterläden zu schaffen machte; der Hund machte, daß er auf die Straße kam, und dann kam bald die Sauviat und half ihrem Mann, auf die Mäuerchen an der Rue de la Vieille-Poste und der Rue de la Cité kleine Glocken, alte Spiralfedern, Schellen, geborstene Gewehrläufe auszulegen, den ganzen Krempel, mit dem sie handelten; er diente als Firmenschild und lieh dem Laden ein recht elendes Aussehen, obwohl sich darin bisweilen für zwanzigtausend Francs Blei, Stahl und Glockenmetall befanden. Niemals sprachen der ehemalige Jahrmarktshökerer oder seine Frau von ihrem Vermögen; sie hielten es geheim wie ein Übeltäter sein

Verbrechen; lange Zeit standen sie im Verdacht, sie beschnitten ihre Goldlouis und ihre Taler. Als Champagnac gestorben war, machten die Sauviats nicht etwa eine Inventuraufnahme; sie durchstöberten vielmehr mit der Intelligenz von Ratten alle Winkel seines Hauses, ließen es nackt wie eine Leiche zurück und verkauften die Kessel in ihrem eigenen Laden. Einmal alljährlich, im Dezember, fuhr Sauviat nach Paris; er bediente sich dann der öffentlichen Postwagen. Daher mutmaßten die Späher des Stadtviertels, der Eisenhändler führe seine Geldanlagen in Paris selber durch, um das Bekanntwerden seines Vermögens zu verhehlen. Später erfuhr man, daß er seit seiner Jugend mit einem der bedeutendsten Pariser Metallhändler, einem Auvergnat wie er selbst, in Verbindung stand und seine Kapitalien sich in der Kasse des Bankhauses Brézac gedeihlich entwickeln ließ, der Säule der berüchtigten »Schwarzen Bande«, die sich, wie bereits gesagt, auf den Rat ihres Teilhabers Sauviat hin zusammengeschlossen hatte.

Sauviat war ein kleiner, dicker Mann mit müdem Gesicht; es war ihm ein Ausdruck von Redlichkeit eigen, der den Kunden bestach, und dieser Ausdruck half ihm, gut zu verkaufen. Die Trockenheit seiner Versicherungen und die völlige Gleichgültigkeit seiner Haltung unterstützten ihn bei seinen Bestrebungen. Seine gesunde Gesichtsfarbe ließ sich unter dem schwarzen, metallischen Staub, der sein krauses Haar und sein pockennarbiges Antlitz überpuderte, nur schwer erraten. Seiner Stirn fehlte es nicht an Adel; sie ähnelte der Stirn, die sämtliche Maler dem heiligen Petrus leihen, dem rauhesten, am meisten nach »Volk« aussehenden und zugleich gewitztesten aller Apostel. Seine Hände waren diejenigen eines unermüdlichen Arbeiters, breit, dick, vierschrötig und von unveränderlichen Rissen durchzogen. Sein Oberkörper zeigte eine eiserne Muskulatur. Nie trug er etwas anderes als seine Jahrmarktshändlertracht: plumpe Nagelschuhe, von seiner Frau gestrickte blaue Strümpfe, darüber Ledergamaschen, flaschengrüne Samthosen, eine karierte Weste, aus der der Messingschlüssel seiner silbernen Taschenuhr herniederhing; sie war an einer Eisenkette befestigt, die durch den Gebrauch glatt und glänzend wie Stahl geworden war, und ferner eine Jacke mit kurzen Schößen aus demselben Samtstoff wie die

Hose, und schließlich um den Hals eine Binde aus buntem Rouenner Baumwollstoff, der durch das Scheuern des Barts fadenscheinig geworden war. An Sonn- und Feiertagen trug Sauviat einen Gehrock aus maronenfarbenem Tuch; dieser wurde so geschont, daß er ihn im Verlauf von zwanzig Jahren nur zweimal hatte zu erneuern brauchen. Das Leben von Zuchthaussträflingen muß im Vergleich zu demjenigen der Sauviats als üppig gelten; Fleisch aßen sie nur an hohen Festtagen. Bevor die Sauviat das für den Tagesbedarf erforderliche Geld herausrückte, wühlte sie in ihren beiden zwischen Rock und Unterrock verborgenen Taschen und brachte niemals anderes als schlechte, beschnittene oder abgenützte Geldstücke zum Vorschein, Taler zu sechs Francs oder zu fünfundfünfzig Sous, die sie mit trostlosen Blicken anschaute, ehe sie eins davon wechselte. Die meiste Zeit über begnügten sich die Sauviats mit Heringen, roten Erbsen[5], Käse, harten Eiern, die unter einen Salat gemischt wurden, sowie der Jahreszeit entsprechenden Gemüsen, die auf die billigste Weise zubereitet wurden. Nie legten sie Vorräte an, ausgenommen ein paar Bündel Knoblauch oder Zwiebeln, die sich lange hielten und nicht viel kosteten; das bißchen Feuerholz, das sie im Winter verbrauchten, kaufte die Sauviat bei durchziehenden Reisigsammlern, und zwar von einem Tag auf den andern. Winters um sieben, sommers um acht Uhr lag das Ehepaar im Bett; der Laden war geschlossen und wurde von ihrem riesigen Hund bewacht, der sich sein Futter in den Küchen des Stadtviertels suchte. Die alte Sauviat verbrauchte das Jahr über noch nicht mal für drei Francs Kerzen.

Dem nüchternen, arbeitsamen Leben dieser Leute wurde eine Freude zuteil, aber eine von der Natur gespendete Freude, und für diese machten sie ihre einzigen bekanntgewordenen Ausgaben. Im Mai 1802 bekam die Sauviat eine Tochter. Sie kam ganz allein nieder, und bereits fünf Tage danach lag sie schon wieder ihren Pflichten als Hausfrau ob. Sie nährte ihr Kind selber, saß dabei auf ihrem Stuhl, mitten im Windzug, und fuhr fort, Alteisen zu verkaufen, während sie ihr Kind stillte. Ihre Milch kostete nichts; also nährte sie die Kleine, der das nicht schlecht bekam, zwei Jahre lang. Véronique wurde das schönste Kind der Unterstadt; die Passanten blieben stehen und schauten sie an. Die Nachbarinnen nahmen jetzt bei dem alten Sauviat Spuren von Gefühl wahr; man hatte nämlich bislang geglaubt, es fehle ihm gänzlich. Während seine Frau ihm das Essen bereitete, hielt der Händler die Kleine auf dem Arm und trällerte ihr auvergnatische Liedchen vor. Bisweilen sahen die Arbeiter ihn unbeweglich dastehen und die auf dem Schoß ihrer Mutter eingeschlafene Véronique ansehen. Für seine Tochter dämpfte er seine rauhe Stimme; ehe er sie auf den Arm nahm, wischte er sich die Hände an der Hose ab. Als Véronique ihre ersten Gehversuche machte, knickte der Vater die Beine ein, hockte sich vier Schritt von ihr entfernt nieder, streckte ihr die Arme entgegen und schnitt ihr Gesichter, so daß sich die tiefen, mit Metallstaub angefüllten Falten seines harten, strengen Gesichts freudig zusammenzogen. Dieser aus Blei, Eisen und Messing bestehende Mann wurde wieder zu einem Menschen aus Blut, Knochen und Fleisch. Wenn er, reglos wie ein Standbild, mit dem Rücken an seinen Pfeiler gelehnt dastand, ließ ein Schrei Véroniques ihn auffahren; er sprang über den Eisenkram hinweg zu ihr hin; denn sie verbrachte ihre Kindheit damit, mit den Resten niedergerissener Schlösser zu spielen, die in den Tiefen dieses weitläufigen Ladens umherlagen, ohne sich je daran zu verletzen; sie ging auch zum Spielen auf die Straße oder zu den Nachbarn, freilich, ohne daß die Mutter sie je aus den Augen verlor. Es ist nicht unnütz, zu sagen, daß die Sauviats über die Maßen fromm waren. Als die Revolution im vollsten Gange gewesen war, hatte Sauviat die Sonn- und Feiertage gehalten. Zweimal hätte es ihn fast den Hals gekostet, weil er bei einem nicht vereidigten Priester die Messe gehört hatte. Schließlich wurde er ins Gefängnis geworfen und mit gutem Grund angeklagt, die Flucht eines Bischofs begünstigt zu haben, dem er auf diese Weise das Leben rettete. Zum Glück hatte der Jahrmarktshändler, der sich auf Feilen und Eisenriegel verstand, entweichen können; aber er wurde *in contumaciam*[6] zum Tode verurteilt; und da er, nebenbei bemerkt, sich niemals stellte, um davon freigesprochen zu werden, starb er als ein amtlich Toter. Seine Frau teilte seine frommen Gefühle. Der Geiz dieses Ehepaars gab nur der Stimme der Religion nach. Die alten Eisenhändler spendeten pünktlich geweihtes Brot und gaben bei allen Sammlungen. Wenn der Vikar von

Saint-Etienne zu ihnen kam und um Beihilfen bat, rückten Sauviat oder seine Frau sofort ohne lange Umstände oder Grimassenschneiden das heraus, was sie als ihren Anteil beim Almosensammeln der Gemeinde betrachteten. Die verstümmelte Madonna an ihrem Eckpfeiler wurde seit 1799 zu Ostern stets mit Buchsbaumzweigen geschmückt. In der Jahreszeit der Blumen sahen die Vorübergehenden sie stets mit Sträußen bedacht, die in blauen Glasvasen frisch gehalten wurden, zumal seit Véroniques Geburt. Bei Prozessionen behängten die Sauviats ihr Haus sorgfältig mit Tücher, an die Blumen gesteckt waren, und trugen zur Ausschmückung und zur Errichtung des Ruhealtars bei, des Stolzes ihrer Straßenkreuzung. Véronique Sauviat wuchs also christlich auf. Als sie sieben war, bekam sie als Lehrerin eine aus der Auvergne stammende Graue Schwester[7], der die Sauviats ein paar kleine Gefälligkeiten erwiesen hatten. Sie waren beide ziemlich hilfsbereit, sofern es sich nur um ihre Person oder ihre Zeit handelte, wie eben arme Leute, die einander mit einer gewissen Herzlichkeit unter die Arme greifen. Die Graue Schwester lehrte Véronique Lesen und Schreiben; sie unterrichtete sie in der Geschichte des Volkes Gottes, im Katechismus, im Alten und Neuen Testament, und sie brachte ihr auch ein bißchen Rechnen bei. Das war alles; die Schwester glaubte, damit sei es genug, und es war bereits zuviel. Mit neun Jahren erstaunte Véronique das ganze Stadtviertel durch ihre Schönheit. Jeder bewunderte ein Antlitz, das eines Tages des Pinsels jener Maler würdig sein konnte, die es zur Suche nach dem Ideal-Schönen drängt. Sie wurde »die kleine Madonna« genannt; sie versprach, wohlgewachsen und weißhäutig zu werden. Ihr Madonnenantlitz, denn der Volksmund hatte sie richtig benannt, wurde durch üppiges blondes Haar vervollkommnet, das die Reinheit ihrer Züge noch betonte. Wer die erhabene kleine Jungfrau Tizians auf seinem großen Gemälde ›Marias Tempelgang‹[8] gesehen hat, kann sich ein Bild davon machen, wie Véronique in ihrer Kindheit ausgesehen hat: die gleiche kindliche Reinheit, das gleiche seraphische Staunen in den Augen, die gleiche edle, schlichte Haltung, die Statur eines Königskinds. Mit elf Jahren bekam sie die Blattern und dankte einzig der Pflege der Schwester Marthe das Leben. Während der beiden Monate, in denen die Tochter in Lebensgefahr schwebte, offenbarten die Sauviats dem ganzen Stadtviertel, wie groß ihre Liebe zu dem Kinde sei. Sauviat ging nicht mehr zu Versteigerungen; er blieb die ganze Zeit in seinem Laden, stieg zu seiner Tochter hinauf, kam alle paar Augenblicke wieder nach unten und wachte zusammen mit seiner Frau jede Nacht bei ihr. Sein stummer Schmerz wirkte zu tief, als daß jemand gewagt hätte, ihn anzureden; die Nachbarn musterten ihn voller Mitgefühl und fragten immer nur Schwester Marthe, wie es Véronique gehe. Während der Tage, als die Gefahr am höchsten gestiegen war, sahen die Vorübergehenden und die Nachbarn zum ersten und einzigen Mal in Sauviats Leben, daß ihm langsam zwischen den Lidern Tränen hervorquollen und langsam in seine hohlen Wangen tropften; er wischte sie nicht weg; er war stundenlang wie betäubt; er wagte nicht, zu seiner Tochter hinaufzusteigen, er blickte vor sich hin, ohne etwas zu sehen; man hätte ihn bestehlen können. Véronique kam mit dem Leben davon; aber mit ihrer Schönheit war es aus. Jenes Gesicht, in dessen Tönung Braun und Rot harmonisch miteinander verschmolzen gewesen waren, blieb durchsiebt von tausend Grübchen, die die Haut, deren fruchtige Weiße ganz dunkel geworden war, grob machten. Die Stirn hatte dem Wüten der Seuche nicht entgehen können; sie war braun geworden und blieb wie gehämmert. Nichts ist eine größere Dissonanz als diese ziegelsteinfarbenen Tönungen unter blondem Haar; sie zerstören eine prästabilierte Harmonie[9]. Die hohlen, willkürlichen Risse des Hautgewebes hatten die Reinheit des Profils verändert, die Feinheit des Gesichtsschnitts und der Nase, deren griechische Form kaum noch wahrnehmbar war, des Kinns, das erlesen gewesen war wie der Rand einer weißen Porzellantasse. Die Krankheit hatte nur das verschont, was sie nicht hatte erreichen können: die Augen und die Zähne. Ebensowenig hatte Véronique die Eleganz und Schönheit ihres Körpers eingebüßt, und auch nicht die Üppigkeit ihrer Linien und die Anmut ihrer Taille. Mit fünfzehn Jahren war sie ein schönes Mädchen und zudem, was die Sauviats tröstete, ein frommes und gutes Mädchen, das nie untätig, sondern arbeitsam und häuslich war. Nach der Genesung und der Erstkommunion gaben die Eltern ihr die beiden Wohnräume im zweiten Stockwerk. Der sich selbst und seiner Frau gegenüber so harte Sauviat

671

begann jetzt zu ahnen, was Behaglichkeit sei; es kam ihm eine verschwommene Vorstellung, daß er die Tochter über einen Verlust hinwegtrösten müsse, von dem sie noch nichts wußte. Der Fortfall jener Schönheit, die der Stolz jener beiden Menschen gewesen war, machte ihnen Véronique noch teurer und kostbarer. Eines Tages schleppte Sauviat auf dem Rücken einen aus zweiter Hand gekauften Teppich herbei und nagelte ihn eigenhändig in Véroniques Zimmer an. Bei der Versteigerung eines Schloßinventars behielt er für sie das rote Damastbett einer großen Dame, sowie die Vorhänge, die Sessel und Stühle aus dem gleichen Stoff zurück. Er stattete mit alten Dingen, deren wahrer Wert ihm stets unbekannt blieb, die beiden Zimmer aus, in denen seine Tochter lebte. Er stellte Resedatöpfe auf die Fensterbank und brachte von seinen Gängen bald Rosenstöcke, bald Nelken mit, alle möglichen Blumen, die ihm wohl die Gärtner oder die Gastwirte schenkten. Hätte Véronique Vergleiche anstellen und sich des Charakters, der Lebensgewohnheiten und Unbildung ihrer Eltern bewußt werden können, so hätte sie gemerkt, wieviel Liebe in all diesen kleinen Dingen lag; so jedoch liebte sie sie aus einem erlesenen Naturell heraus und ohne Überlegung. Véronique hatte die schönste Wäsche, die ihre Mutter bei den Händlern auftreiben konnte. Die Sauviat überließ es der Tochter, sich für ihre Kleider die Stoffe zu kaufen, die sie sich wünschte. Die Eltern waren glücklich über die Bescheidenheit der Tochter, die keinerlei Neigung zur Verschwendung bezeigte. Für die Feiertage begnügte Véronique sich mit einem blauen Seidenkleid, und an Werktagen trug sie winters ein Kleid aus grobem Wollstoff, sommers ein solches aus gestreiftem Kattun. Sonntags ging sie mit ihren Eltern zum Hochamt, und nach der Vesper unternahm sie mit ihnen Spaziergänge an der Vienne entlang oder in die Umgebung. Wochentags blieb sie daheim und beschäftigte sich mit Stickereien, deren Erlös sie den Armen zukommen ließ; so zeigte sie die schlichtesten, keuschesten und beispielhaftesten Lebensgewohnheiten. Manchmal nähte sie Bettwäsche für die Altersheime. Zwischen ihren Arbeiten las sie, und sie las nur die Bücher, die der Vikar von Saint-Etienne ihr lieh, ein Priester, den Schwester Marthe die Bekanntschaft der Sauviats hatte machen lassen.

Die Regeln der häuslichen Sparsamkeit galten übrigens Véronique gegenüber als gänzlich aufgehoben. Ihre Mutter war nur zu froh, ihr mit erlesener Kost aufzuwarten; sie kochte eigens für sie. Die Eltern aßen nach wie vor ihre Nüsse und ihr trockenes Brot, ihre Heringe, ihre in gesalzener Butter gedünsteten Erbsen und Bohnen, während für Véronique nichts frisch und schön genug sein konnte. »Véronique muß Sie ein gehöriges Stück Geld kosten«, sagte ein gegenüber wohnender Hutmacher, der für seinen Sohn Absichten auf Véronique hatte und das Vermögen des Alteisenhändlers auf hunderttausend Francs schätzte. – »Ja, Herr Nachbar, ja«, antwortete der alte Sauviat, »sie könnte mich um ganze zehn Taler bitten, und ich würde sie ihr trotzdem geben. Sie hat alles, was sie will, aber verlangen tut sie niemals was. Sanft wie ein Lamm ist sie!« Tatsächlich hatte Véronique keine Ahnung vom Preis der Dinge; niemals hatte sie irgend etwas gebraucht; ein Geldstück hatte sie erst an ihrem Hochzeitstag erblickt, nie hatte sie ein Geldtäschchen bei sich; die Mutter kaufte und schenkte ihr alles, was sie haben wollte, und so kam es, daß sie, wenn sie einmal einem Bettler ein Almosen geben wollte, danach in den Taschen ihrer Mutter wühlen mußte. »Dann kostet sie Sie also nicht viel«, sagte da der Hutmacher. – »Das können Sie glauben!« antwortete Sauviat. »Vierzig Taler im Jahr würden für sie noch nicht ausreichen. Und ihr Zimmer! Da stehen für mehr als hundert Taler Möbel drin; aber wenn man nur eine einzige Tochter hat, dann kann man schon leichtsinnig sein. Und schließlich, das bißchen, was wir besitzen, fällt ja doch einmal ganz und gar ihr zu.« – »Das bißchen? Sie müssen doch reich sein, Papa Sauviat. Jetzt treiben Sie seit vierzig Jahren einen Handel, bei dem es keine Verluste gibt.« – »Ach, für zwölfhundert Francs wird mir schon keiner die Ohren abschneiden!« antwortete der alte Eisenhändler.

Von dem Tag an, da Véronique die schmelzende Schönheit eingebüßt hatte, mit der ihr Kleinmädchengesicht in der Öffentlichkeit Aufsehen erregt hatte, verdoppelte Vater Sauviat seinen Fleiß. Sein Handel belebte sich so sehr, daß er fortan jährliche Reisen nach Paris unternahm. Jeder ahnte, daß er mit dem Geld einen Ausgleich für das schaffen wollte, was er in seiner Ausdrucksweise »die Mangelhaftigkeit« seiner Tochter zu nennen

673

pflegte. Als Véronique fünfzehn Jahre alt war, vollzog sich ein Wandel in den häuslichen Gepflogenheiten. Bei Dunkelwerden stiegen die Eltern zu ihrer Tochter hinauf, die ihnen während der Abendstunden beim Schein einer Lampe, die hinter einer mit Wasser gefüllten Glaskugel stand, aus dem ›Leben der Heiligen‹ und den ›Erbaulichen Briefen‹[10] etwas vorlas, kurzum aus allen Büchern, die ihr der Vikar geliehen hatte. Die alte Sauviat strickte und rechnete sich aus, daß sie auf diese Weise die Kosten des Lampenöls wiedergewann. Die Nachbarn konnten von ihren Behausungen aus die beiden alten Leute sehen, wie sie reglos wie zwei chinesische Figuren auf ihren Sesseln saßen und der Tochter zuhörten und sie mit allen Kräften einer Intelligenz bewunderten, die abgestumpft gegen alles war, was nicht mit dem Handel oder der Religion zu tun hatte. Sicherlich hat es auf Erden junge Mädchen gegeben, die ebenso rein waren wie Véronique; aber reiner und bescheidener ist keins von ihnen gewesen. Ihre Beichte mußte die Engel staunen lassen und hätte die heilige Jungfrau erfreut. Mit siebzehn Jahren war sie vollkommen entwickelt und wirkte so, wie sie hatte werden sollen. Sie war von mittlerem Wuchs, weder ihr Vater noch ihre Mutter waren hochgewachsen; aber ihre Formen empfahlen sich durch eine anmutige Geschmeidigkeit, durch die wohlgefälligen Schlangenlinien, um die sich die Maler so schmerzlich bemühen, und die die Natur mit eigener Hand so fein zeichnet, und deren zarte und zugleich kräftige Konturen sich den Augen der Kenner trotz der Leibwäsche und der Dicke der Kleidung enthüllen, wie sie sich auf dem nackten Körper abzeichnen und verteilen, möge man wollen oder nicht. Véronique war wahr, schlicht und natürlich und hob ihre Schönheit noch durch Bewegungen hervor, die völlig frei von Künstelei waren. Sie hatte ihre volle Geltung erlangt, wenn es erlaubt ist, diesen kräftigen Ausdruck der Sprache der Juristen zu entlehnen. Sie hatte die üppigen Arme der Auvergnatinnen, die rote, mollige Hand einer schönen Gasthofsmagd, starke, aber regelmäßige Füße, die mit allen ihren Formen harmonierten. An ihr vollzog sich ein hinreißendes und wunderbares Phänomen, das der Liebe eine Frau verhieß, die allen Augen verborgen blieb. Jenes Phänomen war vielleicht eine der Ursachen der Bewunderung, die ihre Eltern für ihre Schönheit bezeigten, von der sie sagten, sie sei göttlich, zum großen Erstaunen der Nachbarn. Die ersten, denen diese Tatsache auffiel, waren die Priester der Kathedrale und die Gläubigen, die an den heiligen Tisch herantraten. Wenn in Véronique ein heftiges Gefühl zum Ausbruch kam, und der fromme Überschwang, dem sie preisgegeben war, wenn sie sich zur Kommunion einfand, muß zu den heftigsten Gefühlswallungen eines so treuherzigen jungen Mädchens gezählt werden, war es, wie wenn ein inneres Leuchten die Blatternarben hinschwinden lasse. Das reine, strahlende Gesicht ihrer Kindheit erschien aufs neue in seiner ursprünglichen Schönheit. Obgleich leicht verschleiert durch die starre Schicht, die die Krankheit darüber gebreitet hatte, schimmerte ihr Antlitz, wie eine Blume geheimnisvoll unter dem Meereswasser schimmert, wenn die Sonne es durchdringt. Véronique war für eine kurze Zeitspanne verwandelt: Die kleine Madonna erschien und verschwand wie eine himmlische Erscheinung. Die Pupille ihrer Augen, die sich gänzlich zu verengen vermochte, schien sich dann auszudehnen und verdrängte das Blau der Iris, das dann nur noch einen dünnen Kreis bildete. Auf diese Weise vervollständigte die Verwandlung des Auges, das stark wie das des Adlers geworden war, die seltsame Wandlung des Gesichts. War es der Sturm verhaltener Leidenschaften, war es eine aus der Seelentiefe emporgestiegene Kraft, was die Pupille am hellen, lichten Tag vergrößerte, wie es bei allen anderen Menschen gewöhnlich nur im Dunkel geschieht, wodurch dann der Azur ihrer himmlischen Augen sich bräunte? Wie dem auch sei, es war unmöglich, Véronique kalten Blutes anzusehen, wenn sie sich mit Gott vereint, sich der Gemeinde in ihrem ursprünglichen Glanz gezeigt und dann vom Altar an ihren Platz zurückgekehrt war. Ihre Schönheit hätte dann diejenige der schönsten Frauen verdunkelt. Welch ein Zauber für einen verliebten, eifersüchtigen Mann hätte jener körperliche Schleier besessen, der die Gattin vor allen Blikken hätte verbergen sollen, ein Schleier, den einzig die Hand der Liebe hätte lüften und über erlaubten Wollüsten hätte wieder niederfallen lassen dürfen! Véronique besaß schöngeschwungene Lippen, von denen man hätte meinen können, sie seien mit Scharlachfarbe gemalt worden, so sehr schwoll in ihnen reines, warmes Blut. Ihr Kinn und der untere Teil ihres Gesichts waren

675

ein wenig stark aufgetragen in der Bedeutung, die die Maler diesem Wort beilegen, und diese verdickte Gestaltung ist, nach den unerbittlichen Gesetzen der Physiognomik, das Merkmal für eine fast morbide Heftigkeit in der Liebe. Über der wohlgebildeten, aber fast gebieterischen Stirn trug sie ein herrliches Diadem dichten, üppigen, kastanienbraun gewordenen Haars.

Von ihrem sechzehnten Lebensjahr an bis zu ihrem Hochzeitstag bewahrte Véronique eine nachdenkliche Haltung voller Melancholie. In einer so tiefen Einsamkeit mußte sie, wie die Einsiedler, das große Schauspiel dessen, was in ihr vorging, prüfend betrachten: die Entwicklung ihres Denkens, die Mannigfaltigkeit der Bilder und Gleichnisse, und das Erblühen der Gefühle, die ein keusches Leben erhitzte. Die durch die Rue de la Cité Gehenden konnten, wenn sie die Nase hoben, an schönen Tagen die Sauviat-Tochter an ihrem Fenster sitzen und nähen, säumen oder mit recht versonnener Miene die Nadel aus ihrem Stramin ziehen sehen. Ihr Kopf zeichnete sich deutlich zwischen den Blumen ab, die die braune, rissige Bank ihres Fensters mit den bleiverglasten Scheiben poetisch verklärten. Manchmal steigerte der Widerschein der roten Damastvorhänge noch die Wirkung dieses ohnehin schon so farbigen Kopfes; wie eine purpurgetönte Blume beherrschte sie das luftige Pflanzenbeieinander, das sie so sorglich auf ihrer Fensterbank pflegte. Dieses ungekünstelte alte Haus besaß somit etwas noch weit Ungekünstelteres: ein Mädchenbildnis, das des Mieris[11], des Ostade[12], des Terborch[13] und des Gerard Dou[14] würdig gewesen wäre, gerahmt von einem der alten, fast zermorschten, verwitterten bräunen Fenster, auf die ihre Pinsel so versessen waren. Wenn ein Fremder, den das Bauwerk überraschte, offenen Mundes stehenblieb, und zum zweiten Stock hinaufsah, streckte der alte Sauviat den Kopf vor, so daß er über die von den vorgekragten Stockwerken gebildete Linie hinausblicken konnte, und war dann stets sicher, seine Tochter am Fenster vorzufinden. Dann ging der Alteisenhändler wieder hinein, rieb sich die Hände und sagte im Dialekt der Auvergne zu seiner Frau: »Heda, Alte, dein Kind wird angeschaut!«

Im Jahre 1820 geschah in dem schlichten, allen Ereignissen entrückten Leben, das Véronique führte, etwas, das für jedes andere junge Mädchen bedeutungslos gewesen wäre, aber auf ihre

676

Zukunft vielleicht einen unheilvollen Einfluß ausgeübt hat. An einem abgeschafften Feiertag, der für die ganze Stadt ein Werktag war, während die Sauviats ihren Laden schlossen, sich zur Kirche begaben und spazierengingen, blieb Véronique auf dem Weg ins Freie vor dem Schaufenster eines Buchhändlers stehen, wo sie das Buch ›Paul und Virginie‹[15] liegen sah. Sie ließ es sich einfallen, es des Titelstichs wegen zu kaufen, ihr Vater bezahlte hundert Sous für den verhängnisvollen Band und steckte ihn in die zweite Tasche seines Gehrocks. »Tätest du nicht besser, es dem Herrn Vikar zu zeigen?« fragte die Mutter, für die jedes gedruckte Buch stets ein wenig nach Zauberei roch. – »Daran habe ich auch schon gedacht!« antwortete Véronique einfach. Das Kind verbrachte die Nacht damit, diesen Roman zu lesen, eines der rührendsten Bücher, die in französischer Sprache geschrieben worden sind. Die Schilderung dieser gegenseitigen Liebe, die beinahe biblisch und der frühesten Zeitalter der Welt würdig ist, verheerte Véroniques Herz. Eine Hand, muß man sagen: eine göttliche oder eine teuflische? hob den Schleier, der ihr bislang die Natur verdeckt hatte. Die in dem schönen Mädchen verborgene kleine Madonna fand am andern Morgen ihre Blumen schöner, als sie tags zuvor gewesen waren; sie vernahm deren symbolische Sprache, sie musterte das Blau des Himmels mit einer von Überschwängen erfüllten Beharrlichkeit, und dann rannen ihr grundlos Tränen aus den Augen. Im Leben aller Frauen gibt es einen Augenblick, da sie sich über ihre Schönheit klar werden, da ihr bis dahin stummer Körper gebieterisch spricht; nicht immer erweckt ein durch einen unwillkürlichen Blick erkorener Mann ihren sechsten, schlummernden Sinn; sondern öfter vielleicht noch geschieht es durch ein unvorhergesehenes Schauspiel, den Anblick einer Landschaft, eine Lektüre, das Erblicken einer religiösen Zeremonie, ein Zusammenwirken von Düften in der Natur, eine köstliche Morgenfrühe mit zarten Dunstverhüllungen, eine göttliche Musik mit schmeichelnden Klängen, kurzum, durch eine unerwartete Aufwallung in der Seele oder im Körper. Bei diesem einsamen, in dieses düstere Haus eingeengten Mädchen, das von schlichten, beinahe bäuerlichen Eltern aufgezogen worden war, und das niemals ein unreines Wort gehört, dessen harmloser Verstand nie den mindesten üblen Eindruck erhalten hatte; der engelhaften Schülerin der Schwester Marthe und des guten Vikars von Saint-Etienne wurde die Liebe, die das Leben der Frau ist, durch ein anmutiges Buch enthüllt, durch die Hand eines Genies. Für jede andere wäre diese Lektüre gefahrlos gewesen; für sie jedoch war dieses Buch schlimmer als ein obszönes. Verderbnis ist etwas Relatives. Es gibt jungfräuliche, sublime Naturen, die ein einziger Gedanke verderben kann; er richtet darin um so mehr Schaden an, als die Notwendigkeit des Widerstrebens nicht vorausgesehen worden war. Am andern Tag zeigte Véronique das Buch dem guten Priester, der dessen Kauf billigte, in solch einem Ruf der Kindlichkeit, Unschuld und Reinheit stand ›Paul und Virginie‹. Aber die Glut der Tropen und die Schönheit der Landschaften, die fast puerile Reinheit einer nahezu heiligen Liebe hatten stark auf Véronique eingewirkt. Sie wurde durch die sanfte, edle Persönlichkeit des Autors zum Kult des Idealen hingeleitet, dieser fatalen menschlichen Religion! Sie träumte davon, als Liebhaber einen jungen Mann zu haben, wie Paul es war. Ihre Gedanken umspielten wollüstige Bilder auf einer dufterfüllten Insel. Aus purer Kinderei nannte sie eine Insel in der Vienne, die unterhalb von Limoges ungefähr dem Faubourg Saint-Martial gegenüberliegt, die Insel Mauritius. In Gedanken wohnte sie dort in einer phantastischen Welt, wie alle jungen Mädchen sie sich erschaffen, und die sie durch ihre eigenen Vollkommenheiten bereichern. Lange Stunden verbrachte sie an ihrem Fenster und sah die Handwerker vorübergehen, die einzigen Männer, an die zu denken die bescheidene gesellschaftliche Stellung ihrer Eltern ihr erlaubte. Sie, die sich sicherlich an den Gedanken gewöhnt hatte, einen Mann aus dem Volke zu heiraten, gewahrte in sich Instinkte, die sie vor allem Plumpen zurückfahren ließen. In dieser Lage mußte sie sich darin gefallen, einen der Romane zu ersinnen, die alle jungen Mädchen sich für sich allein ausdenken. Sie faßte vielleicht mit der einer eleganten, jungfräulichen Einbildungskraft eigenen Glut den schönen Plan, einen dieser Männer zu veredeln, ihn zu der Höhe zu erheben, in die ihre Träume ihn schon versetzt hatten; sie machte vielleicht einen Paul aus irgendeinem jungen Menschen, den sie mit den Blicken erkoren hatte, nur um ihre törichten Gedanken an ein lebendiges Wesen zu heften, wie die Dünste der feuchten Atmosphäre, wenn sie vom Frost ergriffen werden, an einem Baumzweig, einem Wegrain zu Kristallen werden. Sie mußte sich in einen tiefen Abgrund stürzen; denn wenn sie oftmals ausgesehen hatte, als komme sie aus großen Höhen zurück, wenn sich auf ihrer Stirn ein leuchtender Widerschein zeigte, so schien sie jetzt öfter noch Blumen in der Hand zu halten, die am Rand eines Gießbachs gepflückt worden waren, eines Gießbachs, dem sie bis in die Tiefen einer Schlucht gefolgt war. An heißen Abenden bat sie um den Arm ihres alten Vaters und versäumte keinen Spaziergang am Ufer der Vienne, wo sie sich Begeisterungsausbrüchen über die Schönheit des Himmels und der Felder hingab, über die rote Pracht der untergehenden Sonne, über die schmukken Köstlichkeiten taufeuchter Morgenfrühe. Ihr Geist hauchte fortan einen Duft natürlicher Poesie aus. Ihr Haar, das sie zu Zöpfen geflochten schlicht um den Kopf gewunden getragen hatte, bürstete sie jetzt glänzend und lockte es. Ihre Kleidung wurde raffinierter. Die Rebe, die wild aufgewachsen und sich, wie es nicht anders hatte sein können, in die Arme der alten Ulme geworfen hatte, wurde verpflanzt, gestutzt, und entfaltete sich jetzt an einem grünen, koketten Spalier.

Als der damals siebzig Jahre alte Sauviat im Dezember 1822 von einer Reise nach Paris heimgekehrt war, kam eines Abends der Vikar; nach ein paar beiläufigen Sätzen sagte der Priester: »Denken Sie daran, Sauviat, Ihre Tochter zu verheiraten! In Ihrem Alter darf man die Erfüllung einer wichtigen Pflicht nicht länger verschieben.« – »Aber will Véronique sich denn verheiraten?« – »Wie du willst, lieber Vater«, antwortete sie und schlug die Augen nieder. – »Wir bringen sie schon unter die Haube«, rief die dicke Mutter Sauviat lächelnd aus. – »Warum hast du mir vor meiner Abreise nichts davon gesagt, Alte?« entgegnete Sauviat. »Jetzt muß ich nochmal nach Paris fahren.« Jérôme-Baptiste Sauviat, als ein Mann, in dessen Augen das Vermögen alles Glück darzustellen schien, der in der Liebe niemals etwas anderes als eine Notwendigkeit erblickt hatte, und in der Ehe nur ein Mittel, sein Hab und Gut auf ein anderes Ich zu übertragen, hatte sich gelobt, Véronique an einen reichen Bürger zu verheiraten. Dieser Gedanke hatte in seinem Gehirn seit langem die Gestalt eines Vorurteils angenommen. Sein Nachbar, der

Hutmacher, der über zweitausend Francs Zinsen verfügte, hatte für seinen Sohn, dem er sein Unternehmen abgetreten hatte, schon zweimal um die Hand des berühmten Mädchens angehalten; denn als ein solches galt Véronique im Stadtviertel um ihres beispielhaften Lebenswandels und ihrer christlichen Sittsamkeit willen. Sauviat hatte bereits höflich abgelehnt, ohne Véronique etwas davon zu sagen. Eines Tages, nachdem der Vikar, der in den Augen des Ehepaars Sauviat eine wichtige Persönlichkeit war, von der Notwendigkeit gesprochen hatte, Véronique, deren Beichtvater er war, zu verheiraten, rasierte sich der alte Sauviat, zog sich an wie für einen Feiertag und verließ das Haus, ohne seiner Tochter und seiner Frau etwas zu sagen. Beide waren sich klar darüber, daß der Vater sich auf die Suche nach einem Schwiegersohn begeben hatte. Sauviat begab sich zu Monsieur Graslin.

Monsieur Graslin, ein reicher Bankier in Limoges, hatte, wie Sauviat selber, ohne einen Sou der Auvergne den Rücken gekehrt und war hergekommen, um Laufbursche zu werden; er hatte eine Stellung als Kassenbote bei einem Finanzmann angetreten und dann, wie viele Finanzleute, seinen Weg durch Sparsamkeit und auch durch glückliche Zufälle gemacht. Mit fünfundzwanzig Jahren war er Kassierer und zehn Jahre später Teilhaber des Bankhauses Perret und Grossetête geworden; und schließlich hatte er als alleiniger Inhaber der Bank dagestanden, nachdem er die alten Bankiers abgefunden hatte, die sich beide aufs Land zurückzogen und ihm ihr Kapital gegen geringe Zinsen zur freien Verfügung stellten. Pierre Graslin, der damals siebenundvierzig Jahre zählte, galt als der Besitzer von mindestens sechshunderttausend Francs. Der Ruf von Pierre Graslins Vermögen war unlängst im ganzen Département noch größer geworden; jeder hatte seiner Großzügigkeit Beifall gezollt; sie bestand darin, daß er sich in dem neuen Stadtviertel um die Place des Arbres, das dazu bestimmt war, Limoges ein angenehmes Aussehen zu verleihen, ein schönes Haus gebaut hatte, dessen Fassade derjenigen eines öffentlichen Gebäudes entsprach. Pierre Graslin zögerte, jenes Haus, das seit einem halben Jahr fertig war, zu möblieren; es war ihn so teuer gekommen, daß er den Zeitpunkt des Einzugs verschoben hatte. Vielleicht hatte seine

Eigenliebe ihn die weisen Regeln übertreten lassen, die bis dahin sein Leben gelenkt hatten. Mit dem gesunden Menschenverstand des Geschäftsmannes meinte er, das Innere seines Hauses müsse halten, was die Fassade verspreche. Das Mobiliar, das Silberzeug und alles übrige, was zu dem Leben gehörte, das er in seinem Stadtpalais führen wollte, würden seiner Schätzung nach genausoviel kosten wie der Bau. Trotz des Geredes der Stadt und der Witzeleien der Geschäftswelt, trotz der mitleidigen Mutmaßungen seiner lieben Nächsten blieb er in dem alten, feuchten und schmutzigen Erdgeschoß in der Rue Montantmanigne wohnen, in der er zu Vermögen gekommen war. Die Öffentlichkeit machte boshafte Glossen: aber Graslin hatte die Billigung seiner beiden alten stillen Teilhaber, die ihn ob dieser ungewöhnlichen Festigkeit lobten. Ein Vermögen und eine Existenz wie die Pierre Graslins mußten in einer Provinzstadt mehr als nur eine Begehrlichkeit reizen. Daher war Monsieur Graslin seit zehn Jahren mehr als nur ein Heiratsantrag gemacht worden. Aber der Junggesellenstand behagte so sehr einem Mann, der von morgens bis abends beschäftigt war, ermüdet von Geschäftsgängen, mit Arbeit überhäuft, eifrig hinter Abschlüssen her wie der Jäger hinter dem Wild, daß Graslin in keine der Fallen ging, die ehrgeizige Mütter, die für ihre Töchter auf diese glänzende gesellschaftliche Stellung erpicht waren, ihm gestellt hatten. Graslin, dieser Sauviat in höherer Sphäre, gab täglich keine vierzig Sous aus und ging gekleidet wie sein zweiter Kommis. Zwei Kommis und ein Kassenbote genügten ihm nämlich zur Tätigung von Geschäften, die durch die Vielfalt der Einzelheiten riesengroß waren. Ein Kommis erledigte die Korrespondenz, ein zweiter führte die Kasse. Im übrigen war Pierre Graslin Leib und Seele des Ganzen. Seine Kommis hatte er sich unter seinen Familienangehörigen ausgesucht; sie waren verläßliche, intelligente Leute, die an die Arbeit gewöhnt waren wie er selber. Was den Kassenboten betraf, so führte er das Leben eines Lastwagengauls. Graslin stand zu allen Jahreszeiten um fünf auf und ging nie vor elf zu Bett; er hatte eine Zugehfrau, eine alte Avergnatin, die für ihn kochte. Das braune Steingutgeschirr, das gute, grobe Hausleinen entsprachen vollauf dem Zuschnitt dieses Hauses. Die Auvergnatin hatte Weisung, die Summe von drei Francs für das

681

Gesamt der täglichen Haushaltsausgaben nicht zu überschreiten. Der Bote fungierte als Diener. Die beiden Kommis machten sich ihre Zimmer selber. Die Tische aus schwarz gewordenem Holz, die Stühle mit den zerfledderten Strohsitzen, die Schränke, die schäbigen Holzbetten, das ganze Mobiliar, mit dem das Kontor und die drei darüber gelegenen Zimmer ausgestattet waren, waren keine tausend Francs wert, inbegriffen den kolossalen, ganz aus Eisen bestehenden, in das Mauerwerk eingelassenen Geldschrank, ein Vermächtnis seiner Vorgänger; vor diesem schlief der Kassenbote, zwei Hunde zu seinen Füßen. Graslin verkehrte nicht in der Gesellschaft, in der soviel von ihm die Rede war. Zwei- oder dreimal im Jahr aß er beim Generalsteuereinnehmer, mit dem er seiner Geschäfte wegen in dauernder Verbindung stand. Außerdem speiste er ein paarmal in der Präfektur; zu seinem Leidwesen war er zum Mitglied des Generalrats des Départements gewählt worden. – Damit vertue er seine Zeit, pflegte er zu sagen. Bisweilen, wenn er mit seinen Kollegen Geschäfte abgeschlossen hatte, behielten diese ihn zum Mittag- oder Abendessen bei sich. Und schließlich mußte er noch zu seinen alten Chefs gehen, die den Winter stets in Limoges verbrachten. Er legte so wenig Wert auf gesellschaftliche Beziehungen, daß er innerhalb von fünfundzwanzig Jahren keinem Menschen auch nur ein Glas Wasser angeboten hatte. Wenn Graslin durch die Straßen ging, zeigte einer ihn dem andern und sagte dabei: »Da kommt Monsieur Graslin!«, was soviel besagt wie: daß es sich da um einen Mann handele, der ohne einen Sou nach Limoges gekommen sei und es zu einem ungeheuren Vermögen gebracht habe! Der auvergnatische Bankier war ein Musterbild, das mancher Vater seinem Sohn vorhielt, ein Anlaß zu boshaften Bemerkungen, die manche Frau ihrem Ehemann ins Gesicht warf. Jeder vermag einzusehen, von welchen Gedanken ein Mann geleitet wurde, der zum Angelpunkt des gesamten Finanzwesens des Limousin geworden war, wenn er die verschiedenen Heiratsvorschläge ablehnte, die ihm zu machen man nicht müde wurde. Die Töchter der Herren Perret und Grossetête waren verheiratet worden, ehe Graslin in der Lage gewesen war, sie zu heiraten; aber da jede dieser Damen blutjunge Töchter hatte, ließ man Graslin schließlich in Ruhe und meinte, entweder der alte Perret

682

oder der schlaue Grossetête hätten schon im voraus die Eheschließung Graslins mit einer ihrer Enkeltöchter in die Wege geleitet. Sauviat hatte aufmerksamer und ernsthafter als sonst jemand den Aufstieg seines Landsmanns verfolgt, den er seit seiner Niederlassung in Limoges gekannt hatte; aber ihre beiderseitigen Stellungen wichen, wenigstens dem Augenschein nach, so sehr von einander ab, daß ihre oberflächlich gewordene Freundschaft nur selten eine Auffrischung erfuhr. Dennoch, eben als Landsmann, hatte Graslin es nie verschmäht, mit Sauviat zu plaudern, wenn der Zufall es wollte, daß sie einander begegneten. Beide hatten ihr ursprüngliches Duzen beibehalten, aber nur wenn sie im Dialekt der Auvergne sprachen. Als der Generalsteuereinnehmer von Bourges, der jüngste der Brüder Grossetête, im Jahr 1823 seine Tochter dem jüngsten Sohn des Grafen de Fontaine vermählt hatte, witterte Graslin, daß die Grossetêtes ihn nicht in ihre Familie einheiraten lassen wollten. Nach seiner Besprechung mit dem Bankier kam Papa Sauviat fröhlich zum Essen in das Zimmer seiner Tochter und sagte zu den beiden Frauen: »Véronique wird Madame Graslin.« – »Madame Graslin?« rief die Mutter Sauviat verdutzt. – »Ist das menschenmöglich?« fragte Véronique, der Graslin in Person unbekannt war, aber die ihn sich vorstellte wie eine Pariser Grisette sich einen der Rothschilds vorstellt. – »Ja, die Sache ist abgemacht«, sagte feierlich der alte Sauviat. »Graslin richtet sein Haus prächtig ein; er schafft für unsere Tochter den schönsten Wagen, den es in Paris, und die schönsten Pferde an, die es im Limousin gibt; er kauft für sie ein Gut im Wert von fünfhunderttausend Francs und stellt sein Stadtpalais für sie sicher; kurzum, Véronique wird die erste Dame von Limoges und die reichste des Départements, und mit Graslin kann sie machen, was sie will!« Véroniques Erziehung, ihre Religiosität, ihre Ahnungslosigkeit hinderten sie daran, auch nur einen einzigen Einwand zu machen; sie dachte nicht einmal daran, daß ohne sie über sie verfügt worden war. Am andern Tag reiste Sauviat nach Paris und blieb ungefähr eine Woche abwesend.

Wie man sich vorstellen kann, war Pierre Graslin wortkarg und ging geradewegs und rasch auf sein Ziel los. Beschlossen hieß für ihn ausgeführt. Im Februar 1822 schlug in Limoges wie ein

Blitz eine einzigartige Neuigkeit ein: das Stadtpalais Graslin wurde üppig ausgestattet; ein Rollwagen nach dem andern kam aus Paris, hielt Tag für Tag vor der Einfahrt und wurde im Hof ausgeladen. Die Stadt durchliefen Gerüchte, wie schön und geschmackvoll das teils moderne, teils antike Mobiliar sei, je nach der Mode. Die Firma Odiot[16] schickte mit der Eilpost wunderbares Tafelsilber. Schließlich langten drei Wagen an, eine Kalesche, ein Coupé und ein Kabriolett; sie waren in Stroh verpackt wie Kostbarkeiten. – »Monsieur Graslin heiratet!« Diese Worte waren an einem einzigen Abend in aller Munde, in den Salons der Oberschicht, in den Haushaltungen, in den Läden, in den Vorstädten und bald im ganzen Limousin. Aber wen? Darauf konnte niemand antworten. Es gab in Limoges ein Geheimnis.

Nach Sauviats Heimkehr fand um halb zehn der erste abendliche Besuch Graslins statt. Véronique, der es mitgeteilt worden war, wartete; sie trug ihr blaues Seidenkleid mit Busenschleier, auf den ein kleiner Batistkragen mit breitem Samt niederfiel; ihr Haar war glatt gescheitelt und am Hinterkopf zu einem griechischen Knoten zusammengerafft. Sie saß auf einem Gobelinstuhl neben ihrer Mutter, die in einem breiten Sessel mit geschnitzter Lehne und rotem Samtbezug am Kamin saß; der Sessel stammte aus einem alten Schloß. Im Kamin flackerte ein großes Feuer. Auf dem Kaminsims steckten zu beiden Seiten einer antiken Stutzuhr, deren Wert den Sauviats sicherlich unbekannt war, sechs Kerzen in zwei alten Messingleuchtern, die Rebstöcke darstellten, und beleuchteten dieses braune Zimmer und die blühende Véronique. Die alte Mutter hatte ihr bestes Kleid angezogen. Aus der Stille der Straße trat in dieser Stunde des Schweigens durch die weiche Dunkelheit der alten Treppe Graslin vor die bescheidene, kindliche Véronique hin, die noch in den köstlichen Vorstellungen lebte, die Bernardin de Saint-Pierres Buch ihr von der Liebe vorgegaukelt hatte. Graslin war klein und mager, sein dichtes schwarzes Haar sah aus wie das Roßhaar eines Staubbesens und ließ sein Gesicht kräftig hervortreten; es war rot wie das eines ausgepichten Trinkers und mit häßlichen, blutenden oder kurz vor dem Aufbrechen stehenden Pickeln bedeckt. Es handelte sich dabei weder um Aussatz noch um Flechte, sondern um die Auswirkungen eines durch beständige Arbeit, durch die Unruhe, das rasende Tempo des Geschäftslebens, die durchwachten Nächte, durch Nüchternheit und ein keusches Leben erhitzten Blutes und schien diesen beiden Krankheiten ähnlich zu sein. Der Bankier hat trotz der Ratschläge seiner Teilhaber, seiner Kommis und seines Arztes es nie fertiggebracht, sich den medizinischen Maßnahmen zu unterziehen, die diese Krankheit verhindert oder gemildert hätten; sie war zunächst leicht aufgetreten und hatte sich dann von Tag zu Tag verschlimmert. Er wollte davon frei werden; ein paar Tage lang nahm er Bäder und trank die verordneten Tränklein; aber der Geschäftsbetrieb riß ihn fort, er vergaß darüber die Sorge um seine Person. Ein paar Tage lang beabsichtigte er, mit der Arbeit auszusetzen, zu reisen und eine Kur in einem Badeort zu machen; aber macht je halt, wer Millionen nachjagt? In diesem feuerroten Gesicht glänzten zwei graue Augen, die von der Pupille aus mit grünen Fäden durchzogen und mit braunen Punkten gesprenkelt waren; zwei habgierige, starke Augen, deren Blick einem bis ins Innerste ging, zwei unerbittliche Augen voller Entschlossenheit, Redlichkeit und Berechnung. Graslin hatte eine Stulpnase, einen Mund mit dicken, wulstigen Lippen, eine gewölbte Stirn, Backenknochen, die den Spötter verrieten, dicke Ohren mit breiten, von der Schärfe des Bluts zerfressenen Rändern; kurzum, er war der antike Satyr, ein Faun in Gehrock und schwarzer Seidenweste, den Hals in eine weiße Binde eingezwängt. Die breiten, kräftigen Schultern, die ehedem Lasten getragen hatten, waren bereits gekrümmt, und unterhalb dieses über die Maßen entwickelten Oberkörpers bewegten sich dürre Beine, die ziemlich schlecht an kurzen Schenkeln steckten. Die mageren, behaarten Hände hatten die gekrümmten Finger von Leuten, die es gewohnt sind, Talerstücke zu zählen. Die Gesichtsfalten verliefen in gleichmäßigen Furchen von den Backen zum Mund, wie bei allen Menschen, die sich mit materiellen Interessen befassen. Daß er es gewohnt sei, rasche Entscheidungen zu treffen, war aus der Art zu ersehen, wie die Brauen an jeder Seite der Stirn hochgezogen waren. Obwohl der Mund ernst und schmal war, zeugte er von verborgener Güte, von einer vortrefflichen Seele, die unter den Geschäften vergraben lag und vielleicht erstickt war, aber die im Umgang mit einer Frau wieder aufleben konnte. Bei diesem Anblick krampfte Véroniques Herz sich heftig zusammen; es wurde ihr schwarz vor den Augen; ihr war, als habe sie einen leisen Schrei ausgestoßen; aber sie war stumm geblieben und hatte mit starrem Blick dagesessen.

»Véronique, das ist Monsieur Graslin«, sagte da der alte Sauviat zu ihr.

Véronique stand auf, knickste, sank auf ihren Stuhl zurück und sah ihre Mutter an, die dem Millionär zulächelte und, gerade wie Sauviat, glücklich zu sein schien, und zwar so glücklich, daß das arme Mädchen die Kraft aufbrachte, seine Überraschung und seinen tiefen Widerwillen zu verheimlichen. In der jetzt sich anspinnenden Unterhaltung war von Graslins Gesundheit die Rede. Der Bankier musterte sich unbefangen in dem Spiegel mit den ovalen Facetten und dem Ebenholzrahmen. – »Schön bin ich nicht, Mademoiselle«, sagte er. Und er begründete die Pickel auf seinem Gesicht mit seinem aufreibenden Leben; er erzählte, wie er die Verordnungen des Arztes unbeachtet gelassen habe; er gab der Hoffnung Ausdruck, daß sein Gesicht sich ändern werde, sobald eine Frau seinen Haushalt leiten und besser als er selber auf ihn achtgeben würde.

»Heiratet man denn einen Mann seines Gesichts wegen, Landsmann?« fragte der alte Eisenhändler und versetzte ihm einen gewaltigen Klaps auf den Schenkel.

Graslins Erklärung hatte sich an die angeborenen Regungen gewandt, von denen das Herz jeder Frau mehr oder weniger erfüllt ist. Véronique dachte, daß ja sie selber ein durch eine schreckliche Krankheit zerstörtes Gesicht habe, und ihre christliche Bescheidenheit ließ sie sich von ihrem ersten Eindruck erholen. Als Graslin von der Straße her einen Pfiff vernahm, ging er hinunter; der besorgte Sauviat folgte ihm. Beide kamen schnell wieder herauf. Der Laufjunge hatte einen ersten Blumenstrauß gebracht, dessen Ablieferung sich verzögert hatte. Als der Bankier diese Fülle exotischer Blumen zeigte, deren Düfte das Zimmer durchzogen, und ihn seiner Zukünftigen reichte, stiegen in Véronique Gefühle auf, die denen gänzlich entgegengesetzt waren, die Graslins erster Anblick in ihr ausgelöst hatte; ihr war, als tauche sie in die ideale, phantastische Welt der Tropennatur ein. Nie zuvor hatte sie weiße Kamelien[17] gesehen, nie den Duft des Alpengoldregens[18] gerochen, der Zitronenmelisse[19], des Azoren-Jasmins[20], der ostindischen Verbenen[21], der Muskatrosen[22], alle diese himmlischen Düfte, die wie Erreger von Zärtlichkeit sind und dem Herzen Hymnen von Wohlgeruch singen. Graslin überließ Véronique dieser Empfindung. Seit der Rückkehr des Alteisenhändlers schlich sich der Bankier, wenn alles in Limoges schlief, an den Mauern entlang bis zum Haus des Papa Sauviat. Leise klopfte er an die Fensterläden, der Hund schlug nicht an, der alte Mann kam herunter, machte seinem Landsmann auf, und Graslin verbrachte eine Stunde oder zwei bei Véronique in dem braunen Zimmer. Dort erhielt Graslin stets sein Auvergnaten-Nachtmahl, das die Mutter Sauviat ihm auftischte. Nie kam dieser seltsame Liebhaber, ohne Véronique einen Strauß aus den seltensten Blumen mitzubringen; sie waren im Treibhaus des Monsieur Grossetête gepflückt worden, der einzigen Persönlichkeit in Limoges, die in das Geheimnis dieser Heirat eingeweiht war. Der Botenjunge holte stets am späten Abend den Strauß ab; der alte Grossetête stellte ihn selber zusammen. Innerhalb zweier Monate kam Graslin etwa fünfzigmal; und jedesmal brachte er ein kostbares Geschenk mit: Ringe, eine Taschenuhr, eine goldene Kette, ein Toilettenkästchen, und was dergleichen mehr ist.

Diese unglaubliche Freigiebigkeit möge durch eine Bemerkung gerechtfertigt werden. Véroniques Mitgift bestand aus beinahe dem gesamten Vermögen ihres Vaters, siebenhundertfünfzigtausend Francs. Für sich behielt der Alte eine Eintragung ins Staatsschuldbuch in Höhe von achttausend Francs, die sein Helfershelfer Brézac für sechzigtausend Francs in Assignaten gekauft hatte; diese hatte er ihm anvertraut, als er ins Gefängnis gekommen war. Brézac hatte sie ihm aufbewahrt und ihn stets davon abgehalten, sie zu verkaufen. Jene sechzigtausend Francs in Assignaten hatten zu der Zeit, da Sauviat in Gefahr war, auf dem Schafott zu enden, die Hälfte seines Vermögens dargestellt. Brézac war bei dieser Gelegenheit auch der getreue Verwahrer des Rests gewesen, der in siebenhundert Goldlouis bestand, einer ungeheuren Summe, mit der der Auvergnate von neuem zu arbeiten begann, als er die Freiheit wiedergewonnen hatte. Im

687

Lauf von dreißig Jahren hatte jeder dieser Louis sich in einen Tausendfrancsschein verwandelt, allerdings unter Beihilfe der Zinsen aus den Staatspapieren, der Erbschaft Champagnac, der angehäuften Erträge seines Handels und der Zinsen und Zinseszinsen, die beim Bankhaus Brézac immer mehr anwuchsen. Brézac empfand für Sauviat redliche Freundschaft, wie alle Auvergnaten sie einander bezeigen. So hatte Sauviat, als er sich einmal die Fassade des Stadtpalais Graslin anschaute, sich gesagt: »In diesem Palast soll Véronique mal wohnen!« Er wußte ja, daß kein anderes Mädchen im Limousin siebenhundertfünfzigtausend Francs als Mitgift bekam und weitere zweihundertfünfzigtausend zu erhoffen hatte. Graslin, sein erkorener Schwiegersohn, mußte also unbedingt Véronique heiraten.

Allabendlich bekam Véronique einen Strauß, der am nächsten Tag ihr kleines Wohnzimmer zierte; vor den Nachbarn verbarg sie ihn. Sie staunte die köstlichen Schmuckstücke an, die Perlen, die Diamanten, die Armbänder, die Rubine, Dinge, die allen Evastöchtern gefallen; war sie so geschmückt, fand sie sich weniger häßlich. Sie merkte, wie glücklich ihre Mutter über diese Heirat war, und besaß keine Vergleichsmöglichkeiten; überdies ahnte sie nichts von den Pflichten, die der Zweck der Ehe sind; und schließlich vernahm sie die feierliche Stimme des Vikars von Saint-Etienne, der ihr Graslin als einen Ehrenmann rühmte, mit dem sie ein achtbares Leben führen werde. Véronique fand sich also bereit, Monsieur Graslins Aufmerksamkeiten entgegenzunehmen. Wenn in einem so zurückgezogenen und einsamen Leben wie demjenigen Véroniques ein einziger Mensch auftritt, der tagtäglich kommt, so kann dieser Mensch nicht gleichgültig bleiben: Entweder wird er gehaßt, und die durch die vertiefte Kenntnis seines Charakters berechtigte Abneigung macht ihn unerträglich; oder aber die Gewohnheit, mit ihm beisammen zu sein, macht gewissermaßen die Blicke gegenüber den körperlichen Fehlern stumpf. Der Geist trachtet nach einem Ausgleich. Die Physiognomie beschäftigt die Neugier, außerdem gewinnen die Züge an Lebendigkeit, es zeigt sich in ihnen flüchtig etwas Schönes. Schließlich wird dann das unter der äußeren Hülle verborgene Innere entdeckt. Sind die ersten Eindrücke dann erst einmal verjagt, gewinnt die Anziehung ebenso an Kraft, wie die Seele sich daran festklammert als an ihre eigene Schöpfung. Man liebt. Das ist der Grund für die Liebe, die schöne Frauen für anscheinend häßliche Männer empfinden. Die herzliche Zuneigung läßt das Äußere vergessen; es tritt bei einem Wesen nicht mehr in Erscheinung, bei dem dann nur noch die Seele gewertet wird. Überdies nimmt die Schönheit, die bei einer Frau etwas so Unentbehrliches ist, bei einem Mann einen so seltsamen Charakter an, daß sicherlich unter Frauen ebenso viele Meinungsverschiedenheiten über männliche Schönheit herrschen wie unter Männern über weibliche Schönheit. Nach tausenderlei Überlegungen, nach vielen Kämpfen mit sich selbst ließ Véronique also das Aufgebot veröffentlichen. Fortan wurde in Limoges von nichts als von diesem unglaublichen Abenteuer geredet. Niemand wußte, was dahintersteckte, nämlich die riesengroße Mitgift. Wäre jene Mitgift bekannt gewesen, hätte Véronique die freie Wahl für einen Ehemann offengestanden; aber vielleicht wäre sie auch dann getäuscht worden! Von Graslin hieß es, er habe sich sterblich in sie verliebt. Es kamen Dekorateure aus Paris, die das schöne Haus einrichteten. In Limoges wurde nur noch von der Verschwendung des Bankiers gesprochen: Der Wert der Kronleuchter wurde genannt, es wurde von Vergoldungen im Wohnzimmer erzählt, von den Motiven der Stutzuhren; die Blumentische wurden geschildert, die weichen, warmen Lehnsessel, die Luxusgegenstände, die Neuheiten. Im Garten des Stadtpalais Graslin wurde über einem Eiskeller eine köstliche Volière errichtet, und jeder sperrte Mund und Nase auf, als er darin seltene Vögel erblickte, Papageien, chinesische Fasane, Enten, wie noch niemand sie gesehen hatte; denn natürlich kamen die Leute und schauten sie sich an. Monsieur und Madame Grossetête, ein altes, in Limoges hochgeachtetes Ehepaar, machten in Graslins Begleitung den Sauviats mehrere Besuche. Madame Grossetête, eine ehrwürdige Dame, beglückwünschte Véronique zu ihrer glücklichen Ehe. So wurden die Kirche, die Familie, die Gesellschaft bis in die geringsten Dinge hinein an dieser Eheschließung mitschuldig.

Im April wurden allen Bekannten Graslins die offiziellen Einladungen überbracht. Eines schönen Tages fuhren um elf Uhr eine Kalesche und ein Coupé mit Limousiner Pferden, die der alte Grossetête ausgesucht hatte, und die nach englischer Art an-

geschirrt waren, vor dem bescheidenen Laden des Eisenhändlers
vor und brachten, während das ganze Stadtviertel aufgeregt zu-
schaute, die früheren Chefs des Bräutigams und dessen beide
Kommis her. Die Straße stand voller Menschen, die herbeigeeilt
waren, um die Tochter der Sauviats zu sehen, der der beste Fri-
seur von Limoges auf ihr schönes Haar den Brautkranz und
einen sehr teuren Schleier aus englischen Spitzen gesetzt hatte.
Véronique trug nur ein schlichtes, weißes Musselinkleid. Eine
recht ansehnliche Schar der vornehmsten Damen der Stadt erwartete die Hochzeitsgesellschaft in der Kathedrale, wo der Bischof, dem die Frömmigkeit der Sauviats bekannt war, sich her-
abließ, Véronique zu trauen. Ganz allgemein wurde die Braut
häßlich gefunden. Sie betrat ihr Stadtpalais, und dort gab es für
sie eine Überraschung nach der andern. Ein Galaessen sollte dem
Ball vorangehen, zu dem Graslin fast ganz Limoges geladen
hatte. Das für den Bischof, den Präfekten, den Gerichtspräsiden-
ten, den Generalsteuereinnehmer, den Bürgermeister, den General, Graslins ehemalige Chefs und deren Frauen veranstaltete
Essen wurde zu einem Triumph für die Jungvermählte, die, wie
alle schlichten, natürlichen Mädchen, eine unvermutete Anmut
bezeigte. Keiner der Brautleute konnte tanzen, und so fuhr Véronique damit fort, die Rolle der Hausherrin zu spielen; sie erwarb sich dabei die Achtung und das Wohlwollen der meisten
Leute, die sie kennenlernte, weil sie von Grossetête, der herzliche Freundschaft für sie empfand, sich über jeden einzelnen
Auskünfte hatte geben lassen. Auf diese Weise beging sie keinen
Verstoß. Während jener Abendgesellschaft gaben die beiden ehemaligen Bankiers das für das Limousin ungeheure Vermögen
bekannt, das der alte Sauviat seiner Tochter geschenkt hatte. Gegen neun Uhr war der Alteisenhändler heimgegangen und hatte
sich schlafen gelegt; er hatte es seiner Frau überlassen, beim Entkleiden der Braut zugegen zu sein. In der ganzen Stadt hieß es,
Madame Graslin sei zwar häßlich, aber gut gewachsen.

Der alte Sauviat liquidierte sein Geschäft und verkaufte dann
sein Haus in der Stadt. Er erwarb am linken Ufer der Vienne ein
Landhaus; es war zwischen Limoges und Cluzeau gelegen, zehn
Minuten vom Faubourg Saint-Martial entfernt; dort wollte er
mit seiner Frau geruhsam seine Tage beenden. Die beiden alten

690

Leute hatten Zimmer im Stadtpalais Graslin und aßen wöchentlich ein- oder zweimal bei ihrer Tochter zu Abend; diese machte das Haus der beiden oft zum Ziel ihrer Spazierfahrten. Die Ruhe hätte beinahe dem alten Eisenhändler das Leben gekostet. Glücklicherweise fand Graslin Mittel und Wege, seinen Schwiegervater zu beschäftigen. Im Jahre 1823 mußte der Bankier eine Porzellanmanufaktur übernehmen, deren Eigentümern er große Summen vorgestreckt hatte; sie konnten sie ihm nur dadurch zurückerstatten, daß sie ihm ihren Betrieb verkauften. Durch seine Beziehungen und weitere Zuwendungen an Kapital machte Graslin jene Fabrik zu einer der ersten von Limoges; drei Jahre später verkaufte er sie mit großem Gewinn. Die Leitung dieses großen Unternehmens, das zufällig im Faubourg Saint-Martial lag, übertrug er seinem Schwiegervater, der trotz seiner zweiundsiebzig Jahre viel zum Gelingen dieses Geschäfts beitrug und sich dabei verjüngte. Graslin konnte also seine Geschäfte in der Stadt weiterführen und brauchte sich nicht um eine Fabrik zu kümmern, die ohne die leidenschaftliche Tatkraft Sauviats ihn vielleicht genötigt haben würde, sich mit einem seiner Kommis zu assoziieren und einen Teil der Einkünfte zu verlieren, die er dort gewann, wobei er überdies sein hineingestecktes Kapital rettete. Sauviat kam 1827 durch einen Unfall ums Leben. Als er die Inventur der Fabrik leitete, stolperte er in eine »Charosse«, eine Art Lattenkiste, wie sie zum Verpacken von Porzellan benutzt wird; er zog sich dabei eine leichte Verletzung am Bein zu, auf die er nicht achtgab; es entstand Brand, er sträubte sich, sich das Bein abnehmen zu lassen, und so starb er. Die Witwe verzichtete auf die rund zweihundertfünfzigtausend Francs, die Sauviats Hinterlassenschaft ausmachten, und begnügte sich mit einer Monatsrente von zweihundert Francs, die für ihre Bedürfnisse vollauf genügte, und die ihr zu zahlen ihr Schwiegersohn sich verpflichtete. Sie behielt ihr Landhaus, wo sie allein und ohne Magd lebte, ohne daß die Tochter sie von diesem Entschluß abzubringen vermochte, an dem sie mit der Hartnäckigkeit alter Leute festhielt. Übrigens besuchte die Mutter Sauviat fast täglich ihre Tochter, geradeso wie diese damit fortfuhr, ihre Spazierfahrten nach dem Landhaus zu machen, von wo aus man einen reizenden Anblick auf die Vienne genoß. Es war von dort aus jene Insel zu sehen, die Véronique so sehr liebte, und die sie sich früher zu ihrer Insel Mauritius umgeschaffen hatte.

Damit die Geschichte des Ehepaars Graslin nicht durch diese beiläufigen Geschehnisse unterbrochen würde, mußte zunächst diejenige der Sauviats durch Vorwegnahme dieser Ereignisse abgeschlossen werden, die indessen zur Erklärung des heimlichen Lebens dienen können, das Madame Graslin führte. Die alte Mutter war sich klar darüber geworden, wie sehr Graslins Geiz ihre Tochter vielleicht einmal würde behindern können, und so hatte sie sich lange geweigert, den Rest ihres Vermögens herauszurücken; aber Véronique, die außerstande war, auch nur einen einzigen der Fälle vorauszusehen, in denen die Frauen den Genuß ihres Geldes wünschen, hatte aus Gründen der Noblesse darauf bestanden; sie wollte Graslin dafür danken, daß er ihr ihre Jungmädchenfreiheit zurückgegeben hatte.

Der ungewöhnliche Glanz, mit dem Graslins Eheschließung begangen worden war, hatte alle seine Lebensgewohnheiten umgestoßen und seinem Charakter ganz und gar nicht entsprochen. Dieser große Finanzmann war ein sehr kleiner Geist. Véronique hatte den Mann nicht durchschauen können, mit dem sie ihr Leben verbringen sollte. Während seiner fünfundfünfzig Besuche hatte Graslin lediglich den Geschäftsmann durchblicken lassen, den nimmermüden Arbeiter, der Unternehmungen konzipierte, witterte und stützte, der die politischen Ereignisse analysierte und sie jedesmal in ihren Beziehungen zur Bank von Frankreich wertete. Die Million seines Schwiegervaters hatte den Emporkömmling geblendet; er hatte sich aus Berechnung großzügig gezeigt; aber wenn er alles im großen Stil betrieben hatte, so hatte der Ehefrühling ihn dazu getrieben, und ferner das, was er seine Vernarrtheit nannte, und auch jenes Haus, das noch heutzutage das Stadtpalais Graslin genannt wird. Als er sich Pferde, eine Kalesche und ein Coupé geleistet hatte, bediente er sich ihrer selbstverständlich, um seine Hochzeitsbesuche zu machen, um zu all den Abendessen und Bällen zu fahren, die man als »Retour de noces«[23] bezeichnet, und die von den Spitzen der Behörden und reichen Häusern den Jungvermählten gegeben werden. In der Gefühlswallung, die ihn über seine Sphäre hinaustrug, hatte Graslin einen Empfangstag eingerichtet und sich einen Koch aus

Paris verschrieben. Ein ganzes Jahr lang führte er also ein Leben, wie es jemand führen muß, der sechzehnhunderttausend Francs sein eigen nannte und über drei Millionen verfügen konnte, wenn man die ihm anvertrauten Kapitalien hinzurechnet. Er war jetzt zur markantesten Persönlichkeit von Limoges geworden. Während jenes Jahrs steckte er allmonatlich fünfundzwanzig Goldstücke in das Geldtäschchen seiner Frau. In der ersten Zeit ihrer Ehe beschäftigte sich die gute Gesellschaft von Limoges ausgiebig mit Véronique; es war ein »gefundenes Fressen« für die Neugierde, die in der Provinz fast stets ohne Nahrung bleibt. Véronique wurde um so eingehender betrachtet, als sie in der Gesellschaft wie ein Phänomen wirkte; allein sie behielt darin die schlichte, bescheidene Haltung jemandes bei, der ihm unbekannte Gepflogenheiten, Verhaltensweisen und Dinge beobachtet, um sich ihnen anzupassen. Sie galt bereits als häßlich, aber gut gewachsen; fortan wurde sie zwar für gutartig, aber für dumm gehalten. Sie lernte viele Dinge, sie bekam so viel zu hören und zu sehen, daß ihre Miene und ihre Redewendungen jenem Urteil einen Anschein von Berechtigung liehen. Übrigens besaß sie eine Art Unempfindlichkeit, die arg dem Mangel an Geist ähnelte. Die Ehe, dieser harte Beruf, wie sie sagte, für den die Kirche, das Gesetzbuch und ihre Mutter ihr die größte Schicksalsergebenheit, den vollkommensten Gehorsam empfohlen hatten, sofern sie nicht gegen alle menschlichen Gesetze verstoßen und nicht wiedergutzumachendes Unheil verursachen wollte, hatte sie in eine Betäubung gestürzt, die bisweilen in ein schwindelerregendes Delirium ausartete. Sie war schweigsam und in sich gekehrt, und so hörte sie ebensosehr auf sich selber wie auf die andern. Da sie, wie Fontenelle[24] es ausgedrückt hat, die große Schwierigkeit des Daseins empfand, eine Schwierigkeit, die immer größer wurde, erschrak sie vor sich selbst. Die Natur lehnte sich gegen die Befehle der Seele auf, und der Körper mißverstand den Willen. Das arme, in eine Falle geratene Geschöpf weinte an der Brust der großen Mutter der Armen und Betrübten; sie fand Hilfe bei der Kirche, sie verdoppelte ihren Glaubenseifer, sie vertraute die ihr vom Teufel gelegten Hinterhalte ihrem tugendhaften Beichtvater an, sie betete. Niemals, zu keiner Zeit ihres Lebens, hat sie ihre religiösen Pflichten inbrünstiger erfüllt. Die Verzweiflung darüber, daß sie ihren Mann nicht liebte, warf sie gewaltsam zu Füßen der Altäre nieder, wo göttliche, tröstende Stimmen ihr Geduld anempfahlen. Sie wurde geduldig und sanft, sie lebte weiter und wartete auf das Glück der Mutterschaft. – »Haben Sie heute morgen Madame Graslin gesehen?« fragten die Frauen einander. »Die Ehe scheint ihr nicht zu bekommen; ganz grün sah sie aus.« – »Ja, aber hätten Sie Ihre Tochter einem Mann wie Monsieur Graslin gegeben? Ein solches Scheusal heiratet man nicht ungestraft.« Seit Graslin sich verheiratet hatte, überhäuften ihn alle Mütter, die zehn Jahre lang hinter ihm her gewesen waren, mit boshaften Reden. Véronique magerte ab und wurde tatsächlich häßlich. Ihre Augen wurden matt, ihre Züge grob, sie wirkte schüchtern und gehemmt. Ihr Blick war von der traurigen Kälte, die den Frömmlerinnen vorgeworfen wird. Ihr Gesicht wurde grau. Während dieses ersten Ehejahrs schleppte sie sich matt hin; und dabei verläuft ebendieses Jahr bei jungen Frauen gewöhnlich so strahlend. Daher suchte sie bald Ablenkung im Lesen; sie nützte dabei das Vorrecht der verheirateten Frauen, alles lesen zu dürfen. Sie las die Romane Walter Scotts, die Dichtungen Lord Byrons, die Werke Schillers und Goethes, kurzum die neue und alte Literatur. Sie lernte reiten, tanzen und zeichnen. Sie verfertigte Aquarelle und Sepiazeichnungen; sie suchte eifrig nach allen Hilfsmitteln, mit denen die Frauen der Langweile des Alleinseins begegnen. Mit einem Wort, sie gab sich jene zweite Erziehung, die die Frauen fast stets von einem Mann erhalten, die bei ihr indessen einzig von ihr selbst abhing. Die Überlegenheit einer franken, freien, wie in einer Wüste aufgewachsenen Natur, die indessen von der Religion gekräftigt worden war, hatte ihr etwas wie eine wildgewachsene Größe zuteil werden lassen und Bedürfnisse in ihr geweckt, denen die Provinzwelt keine Befriedigung bieten konnte. Alle Bücher schilderten ihr die Liebe; sie suchte nach einer Anwendungsmöglichkeit dessen, was sie gelesen hatte, und gewahrte nirgends echte Liebe. Die Liebe verblieb in ihrem Herzen im Zustand jener Keime, die auf einen Sonnenstrahl warten. Ihre tiefe Schwermut, die durch beständiges Grübeln über sich selber erzeugt worden war, führte sie auf dunklen Pfaden zu den schimmernden Träumen ihrer letzten Jungmädchentage zurück. Mehr als einmal mußte sie ihre alten, romantischen Traumgespinste betrachten, und sie wurde dabei gleichzeitig deren Schauplatz und Gegenstand. Sie sah jene lichtgebadete, beblühte, durchduftete Insel wieder, auf der alles ihre Seele geliebkost hatte. Oft hielten ihre blassen Augen mit scharf spähender Neugier in den Salons Umschau: Die Männer darin sahen alle aus wie Graslin; sie musterte sie eingehend und schien ihre Frauen auszufragen; aber da sie keinen ihrer heimlichen Schmerzen auf den Gesichtern widergespiegelt sah, kehrte sie düster und traurig, beunruhigt über sich selber, wieder heim. Die Autoren, die sie am Vormittag gelesen hatte, entsprachen ihren höchsten Gefühlen, ihre innere Haltung gefiel ihr; aber abends hörte sie Banalitäten, die nicht einmal durch eine geistreiche Form getarnt wurden, Gespräche, die dumm und leer waren, oder angefüllt mit lokalen, persönlichen Belangen, die sie nichts angingen. Sie wunderte sich über die Hitzigkeit, die bei Auseinandersetzungen entfaltet wurde, bei denen es sich um alles andere als um das Gefühl handelte; dieses jedoch war für sie der Kernpunkt des Lebens. Oft sah man sie mit starren Blicken geistesabwesend dasitzen; dann gedachte sie wohl der Stunden ihrer ahnungslosen Jugend in jenem von Harmonien erfüllten Zimmer, Harmonien, die jetzt zerstört waren wie sie selber. Sie empfand einen grausigen Abscheu davor, in den Abgrund der Kleinlichkeiten hinabzustürzen, in dem die Frauen sich bewegten, unter denen zu leben sie gezwungen war. Die Verachtung, die ihr auf der Stirn und den Lippen geschrieben stand und die nur schlecht verhehlt wurde, hielt man für die Anmaßung einer Emporgekommenen. Madame Graslin beobachtete auf allen Gesichtern eine Kälte und verspürte in allen Reden eine Unfreundlichkeit, deren Gründe ihr unbekannt blieben, da sie noch keine Freundin hatte finden können, mit der sie so vertraut gewesen wäre, daß jene sie hätte aufklären oder beraten können; die Ungerechtigkeit, die kleine Geister rebellisch macht, führt höherstehende Seelen auf sich selbst zurück und läßt ihnen etwas wie Demut zuteil werden; Véronique verurteilte sich und forschte danach, worin sie unrecht habe; sie wollte freundlich sein, da wurde behauptet, sie sei falsch; sie gab sich doppelt sanftmütig, da wurde ihr nachgesagt, sie sei eine Heuchlerin; und ihre Frömmigkeit kam der Verleumdung zu Hilfe. Sie stürzte sich in Unkosten, sie gab Abendessen und Bälle, da wurde sie der Hoffart bezichtigt. Bei allen ihren Versuchen griff sie fehl; sie wurde falsch beurteilt; der niedrige, händelsüchtige Dünkel, der für die Provinzgesellschaft bezeichnend ist, wo jeder stets die Waffen der Anmaßung und der Hintergedanken trägt, stieß sie zurück, und so geriet Madame Graslin wieder in die tiefste Einsamkeit. Liebebedürftig kehrte sie in die Arme der Kirche zurück. Ihre große, von einem so schwachen Körper umhüllte Seele ließ sie in den mannigfachen Vorschriften des Katholizismus ebenso viele Mahnsteine erblicken, die längs der Abgründe des Lebens errichtet, ebenso viele Weiser, die von mildtätigen Händen angebracht worden waren, um die menschliche Schwachheit auf dem Lebenswege zu stützen; sie erfüllte jetzt mit größter Strenge die geringsten religiösen Pflichten. Die liberale Partei gliederte also Madame Graslin in die Zahl der Betschwestern der Stadt ein; sie wurde den Ultras[25] zugerechnet. Zu den unterschiedlichen Klagepunkten, zu denen Véronique unschuldigerweise Anlaß gegeben hatte, fügte also der Parteigeist noch seine gelegentliche Empörung hinzu: Aber da sie bei diesem Scherbengericht nichts einbüßte, kehrte sie Welt und Gesellschaft den Rücken und stürzte sich in die Lektüre, die ihr unendliche Hilfsquellen darbot. Sie sann über die Bücher nach, sie verglich die Methoden, sie steigerte maßlos die Reichweite ihrer Intelligenz und die Ausdehnung ihrer Bildung; so tat sie die Pforte ihrer Seele der Wißbegier auf. Während dieser Zeitspanne geflissentlichen Lernens, in der die Religion ihrem Geist Hilfe angedeihen ließ, gewann sie die Freundschaft Monsieur Grosetêtes, eines der alten Herren, bei denen das Provinzleben die Überlegenheit mit einer Rostschicht überzogen hat; trifft jene Überlegenheit indessen mit einer lebendigen Intelligenz zusammen, so gewinnt sie stellenweise wieder einigen Glanz. Der wackere Mann gewann lebhaftestes Interesse an Véronique, die ihn für die salbungsvolle, sanfte Herzenswärme, wie sie alten Herren eigen ist, dadurch belohnte, daß sie für ihn als den ersten die Schätze ihrer Seele und die Reichtümer ihres heimlich gepflegten und jetzt blühenden Geistes offenbarte. Das Bruchstück eines zu jener Zeit an Monsieur Grosetête geschriebenen Briefes ist bezeichnend für die Lage, in der sich jene Frau befand, die eines Tages den sicheren

Beweis eines so starken und hochstehenden Charakters geben sollte.

»Die Blumen, die Sie mir für den Ball geschickt haben, waren bezaubernd, aber sie haben quälende Grübeleien in mir ausgelöst. Diese hübschen, von Ihnen gepflückten und zum Sterben an meiner Brust und in meinem Haar erkorenen, ein Fest verschönernden Geschöpfe haben mich an die denken lassen, die in Ihrem Wald erblühen und dahinwelken, ohne erblickt worden zu sein, und deren Düfte von niemandem geatmet worden sind. Ich habe mich gefragt, warum ich tanzte, warum ich mich schmückte, gerade wie ich Gott frage, warum ich auf dieser Erde bin. Sie sehen, lieber Freund, alles ist Falle für den Unglücklichen; das Harmloseste läßt die Kranken an ihr Leiden denken; aber das größte Unrecht bei gewissen Übeln besteht in der Beharrlichkeit, die sie zu einer Zwangsvorstellung werden lassen. Müßte ein beständiger Schmerz nicht ein göttlicher Gedanke sein? Sie lieben die Blumen um ihrer selbst willen, während ich sie liebe, wie ich das Anhören schöner Musik liebe. Auf diese Weise, wie ich Ihnen schon sagte, versagt sich mir das Geheimnis einer Fülle von Dingen. Sie, lieber alter Freund, haben eine Leidenschaft, Sie sind Blumenzüchter. Wenn Sie wieder in die Stadt kommen, müssen Sie Ihre Neigung auf mich übertragen, müssen mich dahin bringen, daß ich so behenden Fußes in mein Treibhaus gehe wie Sie in das Ihrige, um die Entwicklung der Pflanzen zu betrachten, mich mit ihnen zu entfalten und zu blühen, zu bewundern, was man geschaffen hat, neue, unverhoffte Farben zu erblicken, die sich vor unsern Augen ausbreiten und kreuzen, dank unserer Betreuung. Ich empfinde einen herzzerreißenden Überdruß. Mein Treibhaus birgt nur leidende Seelen. Die Nöte, die zu lindern ich mich bemühe, stimmen meine Seele traurig, und wenn ich sie mir zu eigen mache, nachdem ich eine junge Frau ohne Windeln für ihr Neugeborenes, einen Greis ohne Brot gesehen und für die Stillung ihrer Bedürfnisse gesorgt habe, genügt die Gemütswallung, die die Beseitigung ihrer verzweifelten Lage in mir ausgelöst hat, meiner Seele nicht. Ach, lieber Freund, ich verspüre in mir herrliche und vielleicht Schaden stiftende Kräfte, die nichts in den Staub zwingen kann, und die die härtesten Gebote der Kirche nicht niederringen. Wenn ich meine Mutter aufsuche und

697

mich allein draußen in den Feldern befinde, überkommt mich ein
Drang zum Weinen, und dann weine ich. Mir ist, als sei mein
Körper das Gefängnis, in dem ein böser Geist ein ächzendes Geschöpf festhält, das auf die geheimnisschweren Worte wartet, die
eine ungemäße Form sprengen müssen. Aber der Vergleich
stimmt nicht. Langweilt sich bei mir nicht vielmehr der Körper,
wenn ich diesen Ausdruck gebrauchen darf? Beschäftigt meine
Seele nicht die Religion, nähren meinen Geist nicht unablässig die
Bücher und ihre Reichtümer? Warum verlangt mich nach einem
Schmerz, der den aufreibenden Frieden meines Lebens brechen
würde? Wenn kein Gefühl, keine Vorliebe, die ich hegen könnte,
mir zu Hilfe kommt, fühle ich mich einem Schlund entgegengehen, in dem alle Gedanken abstumpfen, in dem der Charakter
sich mindert, in dem die Antriebsfedern schlaff werden, in dem
die Fähigkeiten einschlummern, in dem alle Kräfte der Seele sich
verzetteln, und in dem ich nicht das Menschenwesen sein werde,
von dem die Natur gewollt hat, daß ich es sei. Das ist die Bedeutung meines Weinens. Aber jenes Weinen soll Sie nicht daran
hindern, mir Blumen zu schicken. Ihre so sanfte und wohlwollende Freundschaft hat mich seit ein paar Monaten mit mir selbst
ausgesöhnt. Ja, es stimmt mich glücklich, zu wissen, daß Sie einen
Freundesblick auf meine zugleich verdorrte und blühende Seele
werfen, daß Sie ein gütiges Wort zur Bewillkommnung des halb
zerbrochenen Flüchtlings bei seiner Rückkehr finden, der das
wilde Pferd des Traums bestiegen hat.«

Als Graslins drittes Ehejahr zu Ende ging und er sah, daß seine
Frau sich nicht mehr seiner Pferde bediente, verkaufte er sie, als
sich dazu eine günstige Gelegenheit bot; er verkaufte auch die
Wagen, er kündigte dem Kutscher, ließ sich seinen Koch vom
Bischof nehmen und ersetzte ihn durch eine Köchin. Seiner Frau
gab er kein Geld mehr; er sagte ihr einfach, er werde alle ihre
Rechnungen begleichen. Er war der glücklichste Ehemann von
der Welt, da er auf keinerlei Widerstand gegen seinen Willen
seitens dieser Frau stieß, die ihm eine Mitgift von einer Million
eingetragen hatte. Madame Graslin, die ernährt und aufgezogen
worden war, ohne zu wissen, was Geld ist, ohne den Zwang, es
als ein unentbehrliches Element ihrem Leben einzubeziehen, kam

698

bei ihrer Entsagung keinerlei Verdienst zu. In einer Ecke des Sekretärs fand Graslin die Summen wieder, die er seiner Frau eingehändigt hatte, abzüglich des Geldes für Almosen und Toiletteausgaben; die letzteren waren unbeträchtlich, der verschwenderischen Aussteuer wegen. Graslin rühmte Véronique in ganz Limoges als das Musterbild einer Frau. Er bedauerte, sich so luxuriös eingerichtet zu haben, und ließ alles verhüllen. Das Schlafzimmer, das Boudoir und das Ankleidezimmer wurden von diesen Schonungsmaßnahmen ausgenommen, von denen keine einzige dem Schonen diente, da die Möbel sich unter Schutzhüllen genauso abnützen wie ohne solche. Er wohnte im Erdgeschoß seines Hauses, in dem seine Büros untergebracht waren; er nahm dort sein früheres Leben wieder auf; er jagte den Geschäften mit der gleichen tatkräftigen Beflissenheit nach wie in vergangenen Tagen. Der Auvergnat hielt sich für einen vortrefflichen Ehemann, wenn er an der Mittags- und Abendmahlzeit, für deren Bereitung seine Frau sorgte, teilnahm; aber er war so unpünktlich, daß er keine zehnmal im Monat mit ihr gemeinsam zu essen begann; daher forderte er sie aus Zartgefühl auf, sie solle nicht auf ihn warten. Trotzdem blieb Véronique sitzen, bis Graslin gekommen war, um ihn eigenhändig zu bedienen; zumindest in einem wahrnehmbaren Punkt wollte sie ihre Pflichten als Gattin erfüllen. Nie hatte der Bankier, dem alles mit der Ehe Zusammenhängende recht gleichgültig war, und der in seiner Frau immer nur siebenhundertfünfzigtausend Francs erblickt hatte, an Véronique irgendwelchen Widerwillen bemerkt. Unmerklich hatte er um der Geschäfte willen seine Frau vernachlässigt. Als er ein Bett in eine neben seinem Arbeitszimmer gelegene Kammer stellen wollte, hatte sie ihm schleunigst seinen Wunsch erfüllt. So befanden sich drei Jahre nach ihrer Hochzeit diese beiden schlecht zusammenpassenden Menschenwesen jedes wieder in seiner ursprünglichen Sphäre, beide glücklich, dorthin zurückgekehrt zu sein. Der Geldmann mit seinen achtzehnhunderttausend Francs verfiel um so nachdrücklicher aufs neue seinen früheren geizigen Lebensgewohnheiten, als er sie für kurze Zeit aufgegeben hatte; seine beiden Kommis und sein Botenjunge waren besser untergebracht und wurden ein bißchen besser ernährt; das war der ganze Unterschied zwischen jetzt und einst. Seine Frau hatte eine Köchin und eine Zofe, die beiden unentbehrlichen dienstbaren Geister; aber das unbedingt Notwendige ausgenommen, rückte Graslin aus seiner Kasse nichts für seinen Haushalt heraus. Véronique war nur zu froh über die Wendung, die die Dinge genommen hatten; sie erblickte im Glück des Bankiers den Ausgleich für jene Trennung, die sie niemals erbeten hätte: Sie verstand es nicht, Graslin so unangenehm zu sein, wie Graslin auf sie abstoßend wirkte. Diese geheime Scheidung stimmte sie zugleich traurig und fröhlich; sie hatte sich auf die Mutterschaft verlassen, um ihrem Leben einen Inhalt zu geben; aber trotz ihrer beiderseitigen Ergebung waren die Gatten in das Jahr 1828 gelangt, ohne ein Kind zu haben.

So lebte denn Madame Graslin in ihrem prachtvollen Haus und von einer ganzen Stadt beneidet in derselben Einsamkeit wie in dem elenden Loch ihres Vaters, freilich ohne die Hoffnung und ohne die kindlichen Freuden der Unschuld. Sie lebte dort in den Ruinen ihrer Luftschlösser, bereichert um eine traurige Erfahrung, gestützt von ihrem religiösen Glauben; ihre Beschäftigung bildeten die Armen der Stadt, die sie mit Wohltaten überhäufte. Sie fertigte Windeln für die Kinder an, sie gab denen, die auf Stroh schliefen, Matratzen und Bettücher; auf allen ihren Gängen wurde sie von ihrer Zofe begleitet, einer jungen Auvergnatin, die ihre Mutter ihr verschafft hatte, und die mit Leib und Seele an ihr hing; sie hatte aus ihr eine tugendhafte Spionin gemacht, der es oblag, herauszufinden, wo Schmerzen zu lindern und Not zu mildern war. Diese tatkräftige Fürsorge zusammen mit der striktesten Erfüllung religiöser Pflichten war in tiefster Geheimhaltung begraben und wurde überdies von den Stadtpfarrern geleitet, mit denen sich Véronique über alle ihre guten Werke ins Einvernehmen setzte, damit nicht in den Händen des Lasters Geld verkam, das für unverschuldetes Elend hätte nützlich sein können. Während dieser Zeitspanne gewann sie eine Freundschaft, die ebenso stark und ihr ebenso kostbar wurde wie die des alten Grossetête; sie wurde das geliebte Beichtkind eines höheren Priesters, der um unverstanden gebliebener Verdienste willen verfolgt worden war, eines der Großvikare der Diözese, des Abbé Dutheil. Dieser Priester gehörte dem winzig kleinen Teil der französischen Geistlichkeit an, der zu einigen

Zugeständnissen geneigt ist; er wollte die Kirche mit den Interessen des Volkes vereinigen, um ihr durch die Befolgung der wahren Lehren des Evangeliums ihren früheren Einfluß auf die Massen zurückzugewinnen, der sie damals aufs neue an die Monarchie hätte knüpfen können. Sei es nun, daß der Abbé die Unmöglichkeit erkannt hatte, die römische Kurie und den hohen Klerus aufzuklären, sei es, daß er seine Meinungen denjenigen seiner Vorgesetzten aufgeopfert hatte, er war innerhalb der Grenzen der rigorosesten Orthodoxie verblieben, wobei er wußte, daß allein schon die Bekundung seiner Grundsätze ihm den Weg zur Bischofswürde versperren mußte. Dieser bedeutende Priester bot die Vereinigung großer christlicher Bescheidenheit mit einem großen Charakter dar. Er war frei von Hochmut und Ehrgeiz; er verblieb auf seinem Posten und erfüllte dort seine Pflichten inmitten von Gefahren. Die Liberalen der Stadt kannten die Beweggründe seines Verhaltens nicht; sie beriefen sich auf seine Meinungen und hielten ihn für einen Patrioten, was in der katholischen Sprache Revolution heißt. Seine Untergebenen, die nicht wagten, sein Verdienst laut zu verkünden, liebten ihn; die ihm Gleichgestellten, die ihn nicht aus den Augen ließen, fürchteten ihn; dem Bischof war er unbequem. Seine Tugenden und sein Wissen, um beides wurde er vielleicht beneidet, hinderten jede Verfolgung; es war unmöglich, sich über ihn zu beschweren, obwohl er Kritik an den politischen Ungeschicklichkeiten übte, durch die Thron und Klerus sich gegenseitig kompromittierten; was daraus folgen würde, sagte er erfolglos voraus, wie die arme Kassandra[26], die vor und nach dem Fall ihrer Vaterstadt gleichermaßen verflucht wurde. Sofern es nicht zur Revolution kam, mußte der Abbé Dutheil wie einer der in den Fundamenten verborgenen Steine bleiben, auf denen alles ruht. Sein Werk war bekannt und anerkannt, aber man ließ ihn in seiner Stellung, wie die meisten der tüchtigen Geister, deren Aufstieg zur Macht der Schrecken des Durchschnitts ist. Hätte er, wie der Abbé Lamenais[27] zur Feder gegriffen, so wäre er sicherlich gleich diesem von der römischen Kurie in den Bann getan worden. Der Abbé Dutheil beeindruckte. Sein Äußeres kündete von einer jener tiefen Seelen, die an der Oberfläche stets gleichmäßig und ruhig sind. Seine hohe Gestalt, seine Magerkeit beeinträchtigten keineswegs die allgemeine Wirkung seiner Züge; sie gemahnten an diejenigen, deren das Genie der spanischen Maler sich vorzugsweise bediente, wenn sie die großen mönchischen Denker darstellten, und die neuerdings von Thorwaldsen[28] für die Apostel wiedergefunden worden sind. Die langen, fast starren Falten seines Gesichts entsprechen denjenigen seiner Kleidung; sie haben den Anstand, den das Mittelalter in den mystischen Statuen zur Geltung gebracht hat, die es an die Portale seiner Kirchen heftete. Der Ernst der Gedanken, des Worts und der Betonung entsprachen bei dem Abbé Dutheil einander und standen ihm wohl an. Sah man seine dunklen Augen, die durch strenge Bußübungen tief eingesunken und von einem bräunlichen Ring umgeben waren, sah man seine Stirn, die gelb war wie ein alter Stein, seinen Kopf und seine fast knochenhaften Hände, so wäre man sich keiner andern Stimme und keiner andern Grundsätze gewärtig gewesen als derjenigen, die aus seinem Munde kamen. Jene körperliche Größe, die im Einklang mit seiner moralischen Größe stand, lieh diesem Priester etwas Hochfahrendes, Verächtliches, das sogleich durch seine Bescheidenheit und das, was er äußerte, Lügen gestraft wurde, aber nicht zu seinen Gunsten sprach. Hätte er einen höheren Rang innegehabt, so hätten diese Eigenschaften es bewirkt, daß er auf die Massen den notwendigen Einfluß gehabt hätte, denjenigen, den die Massen sich ohne weiteres von so begabten Männern gefallen lassen, aber Vorgesetzte verzeihen es ihren Untergebenen nie, wenn sie die äußeren Zeichen der Größe besitzen oder wenn sie die der Antike entlehnte Würde entfalten, die den heutigen Organen der Macht so häufig mangelt.

Durch einen der absonderlichen Zufälle, die nur den abgefeimtesten Höflingen selbstverständlich erscheinen, ging der andere Generalvikar, der Abbé de Grancour, ein fettes Männlein mit blühender Gesichtsfarbe und blauen Augen, dessen Meinungen denen des Abbé Dutheil gerade entgegengesetzt waren, gerne mit ihm, ohne dabei indessen etwas zu äußern, was ihn das Wohlwollen des Bischofs hätte kosten können, dem er alles geopfert haben würde. Der Abbé de Grancour glaubte an die Bedeutung seines Amtsbruders, erkannte dessen Talente an und billigte insgeheim dessen Lehre, die er in der Öffentlichkeit verurteilte; er gehörte nämlich zu jenen Menschen, die Überlegenheit anzieht und einschüchtert, die sie hassen und mit der sie nichts-destoweniger gern umgehen. – »Er würde mich auf die Wangen küssen und dabei verfluchen«, pflegte der Abbé Dutheil von ihm zu sagen. Der Abbé de Grancour hatte weder Freunde noch Feinde; ihm war es bestimmt, als Generalvikar zu sterben. Er sagte, er fühle sich zu Véronique hingezogen durch den Wunsch, eine so fromme und wohltätige Dame zu beraten, und das hieß der Bischof gut; aber im Grunde war er beglückt, daß er dann ein paar Abende mit dem Abbé Dutheil verbringen konnte.

Fortan kamen jene beiden Priester regelmäßig zu Véronique, um ihr sozusagen Bericht über die Unglücklichen zu erstatten und die Mittel und Wege zu besprechen, wie man sie moralisie-ren könne, indem man ihnen half[29]. Aber Monsieur Graslin hatte von Jahr zu Jahr die Schnüre seines Geldbeutels enger gezogen, als er trotz der geschickten Täuschungsmanöver seiner Frau und Alines erfahren hatte, daß das erbetene Geld weder dem Haus-halt noch der Kleidung zugute komme. Es verdroß ihn, wenn er sich ausrechnete, was die Wohltätigkeit seiner Frau ihn kostete. Er wollte selber mit der Köchin abrechnen, er ließ sich über die winzigsten Ausgaben unterrichten, er zeigte, welch ein begabter Verwaltungsmann er sei, wenn er durch die Praxis bewies, daß sein Haushalt mit tausend Talern glänzend geführt werden könne. Dann stellte er mit seiner Frau vom Schreiber bis zum Chef die Ausgaben zusammen, billigte ihr monatlich hundert Francs zu und rühmte diese Abmachung als fürstliche Freigebig-keit. Der Garten am Haus, der sich selbst überlassen worden war, wurde sonntags durch den Laufjungen in Ordnung ge-bracht, der Blumen sehr gern hatte. Nach der Kündigung des Gärtners wandelte Graslin das Treibhaus in ein Lager um, in dem er Waren aufbewahrte, die ihm als Pfand für seine Dar-lehen anvertraut worden waren. Die Vögel in der Volière über dem Eiskeller ließ er Hungers sterben, um der Ausgabe für ihr Futter zu entgehen. Schließlich hielt er sich in einem Winter ohne Frost für berechtigt, fortan keine Transportkosten für Eis mehr zu zahlen. Im Jahre 1828 gab es nichts an Luxus mehr, was nicht verdammt worden wäre. Im Stadtpalais Graslin herrschte ohne Widerstand Knauserei. Das Gesicht des Hausherrn, das sich während der drei Jahre des Umgangs mit seiner Frau gebessert hatte, da sie ihn pünktlich den Verordnungen des Arztes nachkommen ließ, wurde jetzt röter, glühender und bepustelter denn je. Die Geschäfte nahmen eine so große Ausdehnung an, daß der Laufjunge, wie ehedem der Chef, zum Kassierer aufrückte, und daß ein Auvergnat für die groben Arbeiten im Haus Graslin ausfindig gemacht werden mußte. So konnte vier Jahre nach ihrer Heirat diese reiche Frau über keinen Taler mehr verfügen. Dem Geiz ihrer Eltern war der Geiz ihres Mannes nachgefolgt. Madame Graslin wurde sich über die Notwendigkeit des Geldes erst klar, als ihre Wohltätigkeit gehemmt wurde.

Zu Beginn des Jahres 1828 hatte Véronique ihre blühende Gesundheit wiedererlangt, jene, die das unschuldige junge Mädchen, das am Fenster des alten Hauses in der Rue de la Cité saß, als so schön hatte erscheinen lassen; aber inzwischen hatte sie sich eine große literarische Bildung erworben, sie konnte jetzt denken und reden. Eine erlesene Urteilsfähigkeit lieh ihren treffenden Bemerkungen Tiefe. Nun sie sich an die kleinen gesellschaftlichen Dinge gewöhnt hatte, trug sie ihre modischen Toiletten mit unendlicher Grazie. Erschien sie um jene Zeit zufällig wieder in einem Salon, so sah sie sich, nicht ohne Überraschung, von einer gewissen respektvollen Hochachtung umgeben. Diese Einstellung und diese Bewillkommnung waren den beiden Generalvikaren und dem alten Grossetête zu danken. Als der Bischof und einige einflußreiche Persönlichkeiten von einem so schönen Leben im verborgenen und von so beständig erwiesenen Wohltaten hörten, hatten sie von dieser Blüte echten Mitleids, diesem nach Tugend duftenden Veilchen gesprochen, und so hatte sich denn ohne Wissen der Madame Graslin einer jener Umschwünge vollzogen, die sich langsam vorbereiten, aber dafür von um so längerer Dauer und größerer Festigkeit sind. Dieser Wandel der öffentlichen Meinung brachte es mit sich, daß Véroniques Salon Einfluß gewann; er wurde in diesem Jahr von den Hochmögenden der Stadt häufig besucht, und das war folgendermaßen zugegangen. Der junge Vicomte de Grandville wurde gegen Ende jenes Jahres als Staatsanwaltsstellvertreter an das Gericht von Limoges versetzt; es ging ihm der Ruf voran, den man in der Provinz von vornherein allen Parisern verleiht. Ein paar Tage nach seiner Ankunft antwortete er bei einer Abendgesellschaft in der Präfektur auf eine ziemlich törichte Frage, die liebenswürdigste, geistvollste und vornehmste Dame der Stadt sei Madame Graslin. – »Dann ist sie vielleicht auch die schönste?« fragte die Frau des Generalsteuereinnehmers. – »Dem wage ich in Ihrer Gegenwart nicht zuzustimmen«, entgegnete er. »Denn ich bin im Zweifel. Madame Graslin besitzt eine Schönheit, die in Ihnen keine Eifersucht entfachen darf; sie wird nie bei vollem Tageslicht sichtbar. Madame Graslin ist schön für die, die sie gern hat; und Sie sind schön für alle Welt. Bei Madame Graslin verbreitet die Seele, wenn sie einmal durch wahre Begeisterung in Bewegung gesetzt worden ist, über das Gesicht einen Ausdruck, der es verändert. Ihre Physiognomie ist wie eine Landschaft, die im Winter trübselig, im Sommer herrlich ist; Welt und Gesellschaft sehen sie immer nur im Winter. Wenn sie mit Freunden über irgendein literarisches oder philosophisches Thema plaudert, oder über religiöse Fragen, an denen sie Anteil nimmt, dann lebt sie auf, und es erscheint plötzlich eine unbekannte Frau von wunderbarer Schönheit.« Diese Erklärung, die die gleiche Ursache hatte wie die frühere Bemerkung über das Phänomen, das ehedem Véronique so schön gemacht hatte, wenn sie vom heiligen Tisch zurückkam, erregte in Limoges größtes Aufsehen; denn dort spielte der neue Staatsanwaltsstellvertreter, dem, wie es hieß, der Posten des Staatsanwalts zugesagt worden war, die erste Rolle. In allen Provinzstädten wird ein Mann, der um ein paar Zoll über den andern steht, eine Zeitlang mehr oder weniger zum Gegenstand einer Beliebtheit, die dem Enthusiasmus sehr ähnlich sieht, und die den Gegenstand dieses vergänglichen Kults täuscht. Dieser gesellschaftlichen Laune verdanken wir die Arrondissement-Genies, die Verkannten und deren unaufhörlich gekränkten Dünkel. Der Mann, den die Frauen in Mode bringen, ist häufiger ein Stadtfremder als ein Einheimischer; was nun aber den Vicomte de Grandville betrifft, so griff, was selten ist, diese Bewunderung nicht fehl. Madame Graslin war die einzige, mit der dieser Pariser Gedanken austauschen und eine vielseitige Unterhaltung führen konnte. Ein paar Monate nach seiner Ankunft schlug der Staatsanwaltsstellvertreter, den der wachsende Zauber der Gespräche und der Umgangsformen Véroniques angezogen hatte,

705

dem Abbé Dutheil und einigen angesehenen Herren der Stadt vor, im Haus der Madame Graslin Whist zu spielen. Véronique empfing jetzt fünfmal die Woche; denn sie wollte, wie sie sagte, sich für ihren Haushalt zwei freie Tage vorbehalten. Als Madame Graslin auf diese Weise die einzigen überlegenen Männer der Stadt um sich geschart hatte, verschmähten es auch ein paar andere Leute nicht, sich ein Geistesdiplom beizulegen und an Véroniques geselligen Abenden teilzunehmen. Véronique ließ in ihrem Salon drei oder vier bemerkenswerte Offiziere des Garnisonskommandos und des Regimentsstabs zu. Die Geistesfreiheit, die ihre Gäste genossen, die unbedingte Diskretion, an der man ohne ausdrückliche Vereinbarung festhielt und die man durch Übernahme der Gepflogenheiten der höchsten Kreise bewahrte, machten Véronique die Zulassung derer, die die Ehre ihrer Gesellschaft anstrebten, äußerst schwierig. Die Damen der Stadt sahen nicht ohne Neid Madame Graslin von den geistreichsten und liebenswürdigsten Herren von ganz Limoges umgeben; und ihre Macht wurde jetzt um so größer, je zurückhaltender sie wurde; sie ließ vier oder fünf stadtfremde Damen zu, die mit ihren Männern aus Paris gekommen waren und Abscheu vor dem Provinzgeschwätz empfanden. Wenn ein außerhalb dieser Elitewelt Stehender einen Besuch machte, so wurde sogleich in stillschweigender Übereinkunft das Gesprächsthema gewechselt; die Stammgäste äußersten dann nur noch Nichtigkeiten. Das Stadtpalais Graslin bildete also eine Oase, wo überlegene Geister sich von der Langeweile des Provinzlebens erholten, wo die Anhänger der Regierung offenherzig über die Politik plaudern konnten, ohne befürchten zu müssen, ihre Worte würden weitergetratscht werden, wo man witzig über alles spottete, was Spott verdiente, wo jeder seine Amtstracht ablegte und sich seinem wahren Charaker überließ. So geschah es, daß Madame Graslin, die das unscheinbarste Mädchen von Limoges gewesen und als nichtig, häßlich und dumm angesehen worden war, zu Beginn des Jahres 1828 als die erste Dame der Stadt und die berühmteste in der Welt der Frauen betrachtet wurde. Niemand besuchte sie vormittags, denn jedermann wußte, wann sie der Wohltätigkeit oblag und kannte die Pünktlichkeit ihrer religiösen Übungen; fast stets ging sie in die Frühmesse, um nicht das

Frühstück ihres Mannes hinauszuzögern, der zwar keinen Sinn für Regelmäßigkeit hatte, den sie aber immer bedienen wollte. Graslin hatte sich schließlich daran gewöhnt, seiner Frau in diesen kleinen Dingen zu willfahrten. Nie ließ er sich eine Gelegenheit entgehen, seine Frau zu loben; er hielt sie für vollkommen, sie forderte von ihm nichts, er konnte Taler auf Taler häufen und sich geschäftlich entfalten; er hatte Beziehungen zu dem Bankhaus Brézac angeknüpft; sein stetes Höhersteigen und Fortschreiten brachte es mit sich, daß er auf dem Ozean des Geschäftslebens schwamm; zudem erhielt sein über die Maßen angespanntes Interesse ihn in der stillen und berauschenden Spielwut der auf die großen Ereignisse am grünen Tisch der Spekulation konzentrierten Spieler.

Während dieser glücklichen Zeit und bis zum Beginn des Jahres 1829 gelangte Madame Graslin unter den Augen ihrer Freunde zu einem Höhepunkt wahrhaft außergewöhnlicher Schönheit, deren Gründe niemals völlig erklärt zu werden vermochten. Das Blau der Iris nahm an Umfang zu wie eine Blume und verminderte den braunen Kreis der Pupillen, es wirkte, als sei es in ein feuchtes, schmachtendes Licht der Liebe getaucht. Man sah, wie ihre von Erinnerungen, von Glücksgedanken erleuchtete Stirn weiß wurde wie ein Firngipfel im Morgenschimmer, und ihre Züge wurden durch irgendein inneres Feuer gereinigt. Ihr Gesicht verlor die starken braunen Tönungen, die den Beginn einer Leberentzündung angezeigt hatten, der Krankheit kraftvoller Temperamente oder der Menschen mit leidender Seele, deren Liebesregungen sich etwas entgegenstemmt. Ihre Schläfen belebte eine anbetungswerte Frische. Schließlich nahm man oftmals für flüchtige Augenblicke das himmlische, eines Raffael würdige Antlitz wahr, das die Krankheit überkrustet hatte, wie die Zeit ein Gemälde dieses großen Meisters beschmutzt. Ihre Hände muteten weißer an, ihre Schultern gewannen eine köstliche Fülle, ihre hübschen, lebhaften Bewegungen gaben ihrer biegsamen, geschmeidigen Taille den einstigen Wert zurück. Die Damen der Stadt warfen ihr heimlich vor, sie liebe Monsieur de Grandville, der ihr übrigens andauernd den Hof machte; dem aber setzte Véronique die Schranken eines frommen Widerstands entgegen. Der Staatsanwaltsstellvertreter bezeigte ihr gegenüber die respektvolle Bewunderung, über die die Stammgäste jenes Salons sich keiner Täuschung hingaben. Die Priester und die Leute von Geist errieten wohl, daß diese Neigung, die auf seiten des jungen Juristen Verliebtheit war, bei Madame Graslin die Grenzen des Erlaubten nicht überschritt. Als der Vicomte de Grandville einer Abwehr müde war, die sich auf die reinsten religiösen Gefühle stützte, ging er, wie die Intimsten jenes Kreises wußten, leichtfertige Liebschaften ein, die indessen seiner dauernden Bewunderung und seinem Kult gegenüber der schönen Madame Graslin keinen Abbruch taten, denn so wurde sie im Jahre 1829 in Limoges genannt. Die klarer Sehenden schrieben die Wandlung im Aussehen, die Véronique für ihre Freunde noch bezaubernder machte, den geheimen Entzückungen zu, die jede Frau, auch die frömmste, empfindet, wenn sie sich umworben sieht, wenn ihr die Genugtuung widerfährt, endlich in einer Umgebung zu leben, die ihrer Klugheit gemäß ist, bei der Freude des Gedankenaustauschs, beim Hinschwinden der Öde ihres Lebens, bei dem Glück, von liebenswürdigen, gebildeten Männern umgeben zu sein, wahren Freunden, deren Zuneigung von Tag zu Tag zunahm. Vielleicht hätte es noch tieferer, scharfsichtigerer oder mißtrauischerer Beobachter als der Stammgäste des Stadtpalais Graslin bedurft, um die wilde Größe, die Kraft des Volks zu erahnen, die Véronique in die Tiefe ihrer Seele zurückgedrängt hatte. Wenn sie gelegentlich überrascht wurde, erstarrt in einem düsterem oder auch nur sinnendem Grübeln, war jeder ihrer Freunde sich bewußt, daß sie in ihrem Herzen viel Jammer trug, daß sie sicherlich am Vormittag in viele Schmerzen eingeweiht worden war, daß sie in Pfuhle eingedrungen war, wo das Laster durch seine Unbekümmertheit erschreckend wirkt; oftmals schalt sie der Staatsanwaltsstellvertreter, der bald zum Staatsanwalt aufgerückt war, einer unverständigen Wohltat wegen, die die Justiz, wie er aus den geheimen Strafakten ersehen, als eine Ermutigung zu geplanten Verbrechen enthüllt hatte. – »Brauchen Sie Geld für irgendeinen Ihrer Armen?« fragte sie da der alte Grossetête und ergriff ihre Hand. »Dann werde ich an Ihren Wohltaten mitschuldig.« – »Es ist leider nicht möglich, jedermann reich zu machen!« antwortete sie und stieß einen Seufzer aus. Zu Beginn jenes Jahres trat das Ereignis ein, das Véroniques Innenleben völlig wandeln und den wundervollen Ausdruck ihrer Züge umgestalten sollte, wodurch freilich ein Bildnis entstand, das für die Augen der Maler tausendmal verlockender gewesen wäre. Aus Sorge um seine Gesundheit wollte Graslin zum größten Leidwesen seiner Frau nicht länger in seinem Erdgeschoß wohnen bleiben; er zog wieder in die eheliche Wohnung hinauf, wo er sich pflegen ließ. Bald danach gab es eine Neuigkeit in Limoges, und diese betraf den Zustand der Madame Graslin: Sie war schwanger; ihre mit Freude untermischte Traurigkeit machte ihren Freunden zu schaffen; sie ahnten jetzt, daß sie trotz ihrer Tugend glücklich gewesen war, von ihrem Mann getrennt zu leben. Vielleicht hatte sie seit dem Tag, da der Staatsanwalt es abgelehnt hatte, die reichste Erbin von Limoges zu heiraten, und Véronique umwarb, sich ein besseres Schicksal erhofft. Fortan hatten die tiefsinnigen Politiker, die zwischen zwei Whistpartien die Polizeiaufsicht über die Gefühle und die Vermögen ausübten, geahnt, daß der Justizbeamte und die junge Frau auf den kränklichen Zustand des Bankiers Hoffnungen gebaut hatten, die nun durch jenes Ereignis nahezu zerstört worden waren. Die tiefen Verwirrungen, die in jener Zeitspanne das Leben Véroniques kennzeichneten, die Ängste, die eine erste Niederkunft bei den Frauen auslöst, die, wie es heißt, Gefahren birgt, wenn sie nicht unmittelbar nach der ersten Jugend erfolgt, machten ihre Freunde ihr gegenüber noch aufmerksamer; jeder von ihnen bezeigte ihr tausend kleine Fürsorglichkeiten, die ihr bewiesen, wie stark und verläßlich ihrer aller Zuneigung war.

ZWEITES KAPITEL

Tascheron

In ebenjenem Jahr erlebte Limoges das schreckliche Schauspiel und die seltsame Tragödie des Prozesses Tascheron, bei dem der junge Vicomte de Grandville die Talente entfaltete, die später seine Ernennung zum Generalstaatsanwalt bewirkten.

Ein alter Mann, der ein einzeln stehendes Haus im Faubourg

Saint-Etienne bewohnt hatte, war ermordet worden. Ein großer Obstgarten trennt jenes Haus von dem Faubourg; vom freien Feld ist es ebenfalls getrennt, und zwar durch einen Ziergarten, an dessen Ende alte, nicht mehr benutzte Treibhäuser stehen. Der Fluß Vienne bildet vor dieser Behausung eine steile Böschung, von deren Abhang aus der Fluß übersehen werden kann. Der abschüssige Hof wird am Ufer durch eine kleine Mauer abgeschlossen, in der sich in gewissen Abständen Pilaster erheben; sie sind durch Gitter miteinander verbunden, die aber mehr als Schmuck denn als Schutz dienen, denn die Stäbe bestehen aus angestrichenem Holz. Jener alte Mann, er hieß Pingret, war seines Geizes wegen berüchtigt und lebte mit einer einzigen Magd zusammen, einem Bauernmädchen, das für ihn die Feldarbeit verrichtete. Er pflegte seine Spaliere selber, stutzte seine Bäume, erntete sein Obst und schickte es zum Verkauf in die Stadt, und ebenso das Frühgemüse, durch dessen Zucht er sich auszeichnete. Die Nichte dieses alten Mannes, seine einzige Erbin, war mit einem kleinen Rentner, Monsieur des Vanneaulx, in der Stadt verheiratet; sie hatte den Onkel mehrfach gebeten, einen Mann zur Bewachung seines Hauses anzustellen, wobei sie darauf hingewiesen hatte, daß er dadurch die Erträgnisse einiger Landstücke dazugewinnen würde, die nur mit sich selbst überlassenen Bäumen bestanden waren, und wo er selber immer Abfallkorn gesät hatte; aber er hatte das beständig abgelehnt. Dieser Widerspruch im Verhalten eines Geizhalses hatte in den Häusern, in denen die des Vanneaulx' ihre Abende verbrachten, Stoff zu mancherlei Mutmaßungen gegeben. Mehr als einmal hatten die unterschiedlichsten Erwägungen die Boston-Partien unterbrochen. Ein paar Schlauköpfe hatten daraus das Vorhandensein eines Schatzes unter den Luzernen gefolgert. – »Wenn ich an der Stelle der Madame des Vanneaulx wäre«, hatte ein Spaßmacher gesagt, »würde ich meinem Onkel keinesfalls in den Ohren liegen; wird er ermordet, na ja, dann kann man ihn beerben. Ich würde erben.« Madame des Vanneaulx wollte ihren Onkel bewachen lassen, wie die Unternehmer des Théâtre-Italien ihren Tenor bitten, er möge sich den Hals gut einwickeln, und ihm gar ihren Mantel geben, wenn er seinen eigenen vergessen hat. Sie hatte dem kleinen Pingret einen prachtvollen Hühnerhund angeboten, aber der alte

Mann hatte ihn ihr durch Jeanne Malassis, seine Magd, zurückgeschickt: »Ihr Onkel will keinen weiteren Esser im Haus haben«, hatte sie zu Madame des Vanneaulx gesagt. Was geschah, bewies, wie begründet die Befürchtungen der Nichte gewesen waren. Pingret wurde in einer dunklen Nacht mitten in einem Luzernefeld ermordet, wo er wahrscheinlich in einen mit Gold gefüllten Topf noch ein paar Louis gesteckt hatte. Die durch das Ringen geweckte Magd hatte den Mut aufgebracht, dem alten Geizhals zu Hilfe zu eilen, und der Mörder war genötigt gewesen, sie umzubringen, um ihre Zeugenschaft zu beseitigen. Diese Berechnung, die nahezu alle Mörder bestimmt, die Zahl ihrer Opfer zu erhöhen, ist ein Unglück, das durch die ihrer wartende Todesstrafe erzeugt wird. Der Doppelmord wurde von absonderlichen Umständen begleitet, die der Anklage wie der Verteidigung die gleichen Aussichten einräumen mußten. Eines Morgens erblickten die Nachbarn weder den kleinen Papa Pingret noch seine Magd; als sie im Vorbeigehen sich durch die Holzgitter hindurch das Haus genauer ansahen und merkten, daß wider alle Gewohnheit die Türen und Fenster geschlossen waren, entstand im Faubourg Saint-Etienne ein Gerücht, das sich bis hinauf in die Rue des Cloches verbreitete, wo Madame des Vanneaulx wohnte. Die Nichte hatte von je eine Katastrophe befürchtet; sie benachrichtigte die Justiz, und die Türen wurden aufgebrochen. Alsbald gewahrte man in den vier Feldstücken vier leere Löcher, um die herum die Scherben von Töpfen zerstreut lagen, die am Vortage noch voller Gold gewesen waren. In zweien der schlecht wieder zugeschütteten Löcher lagen die Leichen des Papa Pingret und der Jeanne Malassis in ihren Kleidern verscharrt. Die arme Magd war barfuß, im Hemd, herbeigelaufen. Während der Staatsanwalt, der Polizeikommissar und der Untersuchungsrichter die Unterlagen für den Prozeß zusammenstellten, sammelte der unglückliche des Vanneaulx die Topfscherben und berechnete nach deren Größe die gestohlene Summe. Die Justizbeamten bestätigten die Richtigkeit der Berechnungen und schätzten die entwendeten Werte auf tausend Goldstücke je Topf; aber waren es Goldstücke zu achtundvierzig oder vierzig, zu vierundzwanzig oder zwanzig Francs gewesen?[30] Alle, die in Limoges auf Erbschaften warteten, teilten den Schmerz der des

Vanneaulx. Die Limousiner Phantasie erhielt kräftige Nahrung durch den Anblick jener zerbrochenen Goldtöpfe. Was den kleinen Papa Pingret betraf, der oftmals persönlich Gemüse auf dem Markt feilgeboten, der von Zwiebeln und Brot gelebt, jährlich keine dreihundert Francs ausgegeben, sich nie jemandem verpflichtet oder gegen sich eingenommen und im Faubourg Saint-Etienne nie auch nur das mindeste Gute getan hatte, so trauerte ihm keine Seele nach. Der Heroismus der Jeanne Malassis dagegen, den der alte Geizhals schwerlich belohnt haben würde, wurde als fehl am Platz angesehen; die Zahl der Gemüter, die ihn bewunderten, war gering im Vergleich zu denjenigen, die sagten: »Ich hätte hübsch weitergeschlafen!« Die Herren vom Gericht fanden in dem kahlen, verwahrlosten, kalten, düsteren Haus weder Tinte noch Feder für die Protokollaufnahme vor. Die Neugierigen und der Erbe wurden sich jetzt des Irrsinns bewußt, der bei gewissen Geizhälsen auftritt. Die Angst des kleinen Greises vor Ausgaben trat an den nicht ausgebesserten Dächern deutlich zu Tage, die ihre Flanken dem Licht, dem Regen und dem Schnee auftaten; auch in den grünen Rissen, die die Mauern durchzogen, den morschen Türen, die beim kleinsten Stoß herauszufallen drohten, sowie in den Fensterscheiben, die aus ungeöltem Papier bestanden. Überall Fenster ohne Gardinen, Kamine ohne Spiegel und Feuerböcke; auf der Feuerstelle lagen gewissermaßen zur Zier ein Holzkloben oder Kleinholz, die vom Schweiß des Rauchfangs[31] fast lackschwarz geworden waren; ferner hinkende Stühle, zwei dürftige, flache Lagerstätten, gesprungene Töpfe, gekittete Teller, Sessel mit abgebrochenen Lehnen, Vorhänge, die die Zeit mit dreister Hand mit Lochstickerei versehen hatte, ein wurmstichiger Sekretär, in dem er seine Sämereien eingeschlossen hatte, Bettwäsche, die durch Stopfen und eingenähte Flicken dick geworden war, kurzum, ein Haufen Gelumpe, der nur durch den Hausherrn am Leben geblieben war und nun, nach dessen Tod, in Fetzen und Staub zerfiel, in chemische Zersetzung, der in Bruch ging, zu etwas nicht Benennbarem wurde, sobald die brutalen Hände des wütenden Erben oder der Beamten daran rührten. Diese Dinge schwanden hin, als hätten sie Angst vor einer öffentlichen Versteigerung. Die große Mehrzahl der Bürger in der Hauptstadt des Limousin nahm lange Zeit hindurch Anteil an den wackeren des Vanneaulx, die zwei Kinder hatten; als jedoch die Justiz den mutmaßlichen Urheber des Verbrechens gefunden zu haben glaubte, lenkte diese Persönlichkeit die Aufmerksamkeit auf sich; er wurde zum Helden, und die des Vanneaulx mußten im Hintergrund des Gemäldes verbleiben.

Schon gegen Ende März hatte Madame Graslin einige der Unpäßlichkeiten verspürt, die eine erste Schwangerschaft mit sich bringt und die sich nicht länger verbergen lassen. Die Justiz zog damals noch Erkundigungen über das im Faubourg Saint-Etienne begangene Verbrechen ein, und der Mörder war noch nicht verhaftet worden. Véronique empfing ihre Freunde in ihrem Schlafzimmer; dort wurde gespielt. Seit ein paar Tagen ging Madame Graslin nicht mehr aus; sie hatte bereits mehrere der sonderbaren Launen gehabt, die bei allen Frauen der Schwangerschaft zugeschrieben werden; ihre Mutter besuchte sie fast tagtäglich, und die beiden Frauen blieben stundenlang beisammen. Es war neun Uhr, die Spieltische waren ohne Spieler geblieben, alle redeten über den Mord und die des Vanneaulx. Der Staatsanwalt kam herein.

»Wir haben Papa Pingrets Mörder gefaßt«, sagte er mit aufgeräumter Miene.

»Wer ist es denn?« wurde von allen Seiten gefragt.

»Ein Porzellanarbeiter mit musterhafter Führung, der es sicherlich zu etwas gebracht hätte. Er hat in der früheren Fabrik Ihres Mannes gearbeitet«, sagte er und wandte sich dabei Madame Graslin zu.

»Und wie heißt er?« fragte Véronique mit schwacher Stimme.

»Jean-François Tascheron.«

»Der Unselige!« antwortete sie. »Ja, ich habe ihn ein paarmal gesehen, mein seliger Vater hatte mich auf ihn als einen besonders wertvollen Menschen hingewiesen.«

»Beim Tode meines Mannes war er da schon nicht mehr; er war in die Fabrik der Herren Philippart übergewechselt«, warf die alte Sauviat ein. »Aber fühlt meine Tochter sich gut genug, um diese Unterhaltung anzuhören?« fragte sie und sah Madame Graslin an, die weiß wie ihre Bettlaken geworden war.

Von jenem Abend an überließ die alte Mutter Sauviat ihr

Haus sich selbst und übernahm trotz ihrer siebzig Jahre die Krankenpflege ihrer Tochter. Sie wich nicht aus dem Schlafzimmer; die Freunde der Madame Graslin fanden sie zu jeder Tagesstunde heroisch am Krankenlager sitzen, wo sie sich mit ihrem ewigen Strickzeug beschäftigte und wie zur Zeit der Blattern kein Auge von Véronique wandte, an ihrer Statt Antworten gab und die Besucher nicht immer eintreten ließ. Die gegenseitige Liebe von Mutter und Tochter war in Limoges so gut bekannt, daß das Verhalten der alten Frau niemanden wunderte.

Als der Staatsanwalt einige Tage danach die Einzelheiten über Jean-François Tascheron erzählen wollte, die zu erfahren die ganze Stadt begierig war, unterbrach die Sauviat ihn barsch und sagte ihm, er werde Madame Graslin noch schlechte Träume verschaffen. Véronique jedoch bat Monsieur de Grandville, weiterzusprechen; sie sah ihn dabei starr an. Auf diese Weise erfuhren die Freunde der Madame Graslin als die ersten und in ihrem Hause durch den Staatsanwalt das Ergebnis der Untersuchung, das bald danach öffentlich bekannt werden sollte. Hier mögen in gedrängter Übersicht die Hauptpunkte der Anklageschrift folgen, die die Staatsanwaltschaft damals vorbereitete.

Jean-François Tascheron war der Sohn eines kleinen, mit Familie belasteten Pächters, der in dem Marktflecken Montégnac wohnte. Zwanzig Jahre vor jenem Verbrechen, das im Limousin berühmt geworden ist, machte der Bezirk von Montégnac durch seine üblen Sitten von sich reden. Die Staatsanwaltschaft von Limoges sagte wortwörtlich, daß auf hundert Verurteilte im Département fünfzig dem Arrondissement angehörten, zu dem Montégnac gehörte. Seit 1816, zwei Jahre nach der Einsetzung des Pfarrers Bonnet, hatte Montégnac seinen traurigen Ruf verloren; seine Bewohner hatten aufgehört, ihr Kontingent vors Schwurgericht zu schicken. Dieser Wandel wurde ganz allgemein dem Einfluß zugeschrieben, den Monsieur Bonnet auf jene Gemeinde ausübte, die ehedem die Heimstatt übler Subjekte gewesen war, die die Gegend zur Verzweiflung brachten. Das Verbrechen Jean-François Tascherons hatte plötzlich Montégnac seinen alten Ruf wiedergegeben. Durch eine ganz besondere Gunst des Zufalls war die Familie Tascheron beinah die einzige im Dorf, die die alten beispielhaften Sitten und die frommen Ge-

714

wohnheiten beibehalten hatte, die die Beobachter heutzutage auf dem Lande mehr und mehr hinschwinden sehen; sie war somit ein Stützpunkt für den Pfarrer gewesen, und dieser hatte sie natürlich in sein Herz geschlossen. Jene Familie zeichnete sich durch ihre Redlichkeit, ihre Eintracht und ihre Arbeitsliebe aus; sie hatte Jean-François Tascheron immer nur gute Beispiele gegeben. Der junge Mann, der von dem löblichen Ehrgeiz, auf anständige Weise in der Industrie zu Vermögen zu gelangen, nach Limoges getrieben worden war, hatte das Dorf unter dem Bedauern seiner Verwandten und Freunde verlassen, die ihn gern hatten. Während der beiden Lehrlingsjahre war sein Verhalten löblich gewesen; kein spürbarer Verstoß hatte das furchtbare Verbrechen angekündigt, durch das sein Leben beendet wurde. Jean-François Tascheron hatte die Zeit, die andere Arbeiter der Ausschweifung oder der Kneipe widmen, dazu verwandt, zu lernen und sich weiterzubilden. Die peinlich genauen Nachforschungen der Provinzjustiz, die viel Zeit zur Verfügung hat, ergaben keinerlei Erhellungen über Geheimnisse in diesem Dasein. Die eingehend befragte Wirtin des ärmlichen Unterkunftshauses, in dem Jean-François gewohnt hatte, sagte aus, sie habe niemals einen jungen Menschen von so reinen Sitten beherbergt. Er sei von liebenswürdigem, sanftem Charakter gewesen, gewissermaßen heiter und fröhlich. Etwa ein Jahr vor jenem Verbrechen habe seine Gemütsverfassung sich anscheinend gewandelt; jeden Monat habe er mehrmals außerhalb des Hauses genächtigt, und oft mehrere Nächte hintereinander. In welchem Teil der Stadt? Das wisse sie nicht. Lediglich aus dem Zustand der Schuhe habe sie wiederholt geschlossen, daß ihr Mieter draußen auf dem Lande gewesen sein müsse. Obgleich er aus der Stadt hinausgegangen sei, habe er, statt eisenbeschlagene Stiefel anzuziehen, Halbschuhe getragen. Vor dem Fortgehen habe er sich rasiert, sich parfümiert und saubere Wäsche angezogen. Der Untersuchungsrichter dehnte seine Nachforschungen bis in die verrufenen Häuser und bis auf die Frauen mit schlechtem Lebenswandel aus; aber dort war Jean-François Tascheron unbekannt. Es wurde nach Auskünften in der Klasse der Arbeiterinnen und Grisetten geforscht; aber keines der Mädchen, die ein leichtfertiges Leben führten, hatte mit dem Beschuldigten Beziehungen unterhalten. Ein Verbrechen ohne Motiv ist etwas Unbegreifliches, vor allem bei einem jungen Menschen, dessen Neigung der Bildung gilt, und dessen Ehrgeiz ihm Gedanken und einen Verstand hatte geben müssen, die ihn den andern Arbeitern überlegen machten. Staatsanwaltschaft und Untersuchungsrichter schrieben den von Tascheron begangenen Mord der Spielleidenschaft zu; aber nach genauen Nachforschungen ergab sich, daß der Festgenommene niemals gespielt hatte. Jean-François hüllte sich anfangs in ein System des Leugnens, das freilich vor den Geschworenen in anbetracht der Beweise in sich zusammenbrechen mußte, das indessen auf das Mitwirken jemandes schließen ließ, der über juristische Kenntnisse verfügte oder mit einem überlegenen Geist begabt war. Die Beweise, deren wichtigste hier angeführt werden sollen, waren, wie bei vielen Mordfällen, zugleich belastend und entlastend. Erstens war Tascheron in der Nacht des Verbrechens nicht in seinem Zimmer gewesen; er wollte aber nicht sagen, wo er sich aufgehalten habe. Der Festgenommene ließ sich nicht dazu herbei, sich ein Alibi zu verschaffen. Einen Fetzen seines Kittels, der, ohne daß er es gemerkt hatte, von der armen Magd beim Kampf herausgerissen worden war, hatte der Wind weggeweht, und er war in einem Baum wiedergefunden worden. Am Abend war er in der Nähe des Hauses von Passanten, von Leuten aus dem Faubourg gesehen worden, die sich dessen ohne das Verbrechen schwerlich erinnert hätten. Ein Dietrich, den er selber sich angefertigt hatte, um durch die aufs Feld führende Tür hereinkommen zu können, und der recht geschickt in einem der Löcher vergraben war, lag zwei Fuß tiefer; aber zufällig hatte Monsieur des Vanneaulx dort nachgegraben; er hatte wissen wollen, ob das Schatzlager nicht etwa zwei Schichten gehabt habe. Der Untersuchungsrichter hatte schließlich herausbekommen, wer das Eisen geliefert, wer den Schraubstock geliehen, wer die Feile geliefert hatte. Dieser Nachschlüssel war das erste Indiz gewesen; er hatte auf Tascherons Spur geführt, und dieser war an der Grenze des Départements in einem Walde verhaftet worden, wo er auf das Vorbeifahren einer Postkutsche gewartet hatte. Eine Stunde später, und er wäre nach Amerika abgereist. Schließlich hatte trotz der Sorgfalt, mit der die Fußspuren auf dem beackerten Boden und im Schmutz des Weges beseitigt worden waren, der Feldhüter Abdrücke von Halbschuhen gefunden, sie sorgsam beschrieben und aufbewahrt wurden. Nach der Haussuchung bei Tascheron ergab sich, daß die Sohlen seiner Halbschuhe, als sie jenen Fußspuren angepaßt wurden, vollkommen damit übereinstimmten. Dieses fatale Zusammentreffen bestätigte die Beobachtungen der neugierigen Wirtin. Der Untersuchungsrichter schrieb das Verbrechen einem fremden Einfluß und nicht einem persönlichen Entschluß zu. Er glaubte an eine Mittäterschaft, die durch die Unmöglichkeit bewiesen wurde, die vergrabenen Summen ganz allein fortzuschaffen. So stark ein Mann auch sein möge, fünfundzwanzigtausend Francs in Gold trägt er nicht sehr weit. Wenn jeder Topf diese Summe enthalten hatte, dann wären vier Gänge nötig gewesen. Nun aber hatte sich durch einen eigenartigen Umstand die Stunde feststellen lassen, zu der das Verbrechen begangen worden war. In dem Schrecken, den die Schreie ihres Herrn ihr verursacht haben mußten, hatte Jeanne Malassis beim Aufspringen den Nachttisch umgestoßen, auf dem ihre Taschenuhr lag. In jener Uhr, dem einzigen Geschenk, das der Geizhals ihr innerhalb von fünf Jahren gemacht hatte, war durch den Stoß die Feder gebrochen; sie zeigte auf zwei Uhr nach Mitternacht. Um Mitte März, dem Zeitpunkt des Verbrechens, wird es zwischen fünf und sechs Uhr morgens hell. Wohin die Summen auch geschleppt sein mochten, nach dem Zirkelschluß der Hypothesen, die Untersuchungsrichter und Staatsanwalt vertraten, hatte also Tascheron das Wegschaffen nicht ganz allein durchführen können. Die Sorgfalt, mit der Tascheron die Fußspuren verwischt und dabei die seinen unbeachtet gelassen hatte, wies auf eine geheimnisvolle Beihilfe hin. Da die Justiz zu Erfindungen genötigt war, schrieb sie das Verbrechen einem Liebeswahnsinn zu; und da der Gegenstand jener Leidenschaft in den unteren Klassen nicht aufzufinden war, richtete sie den Blick höher. Vielleicht hatte eine Bürgersfrau, die der Verschwiegenheit eines jungen, wie Seïd[32] gewachsenen Mannes sicher war, einen Roman angeknüpft, dessen Lösung so grausig war? Diese Vermutung war nahezu berechtigt durch die Begleitumstände des Mordes. Der alte Mann war durch Spatenhiebe getötet worden. Also war seine Ermordung das Ergebnis eines plötzlichen, unvorhergesehenen, zufälligen Verhängnisses. Die beiden Liebenden hätten sich

717

zum Stehlen und nicht zum Morden verabredet haben können. Der verliebte Tascheron und der Geizhals Pingret, beide im Bann unversöhnlicher Leidenschaften, hatten einander auf dem gleichen Fleckchen Erde getroffen, beide in der dichten Finsternis der Nacht, angelockt vom Golde. Um etwas Licht in diese dunklen Umstände zu bringen, wandte die Justiz gegen eine Schwester Jean-François', die dieser sehr lieb hatte, das Hilfsmittel der Festnahme an und setzte sie in Untersuchungshaft, in der Hoffnung, durch sie in die Geheimnisse des Privatlebens ihres Bruders einzudringen. Denise Tascheron verschanzte sich in einem System von Ableugnungen, das ihr die Klugheit diktiert und das sie in den Verdacht brachte, sie wisse um die Ursachen des Verbrechens, obwohl sie nicht das mindeste wußte. Diese Verhaftung sollte ihr Leben brandmarken. Der Festgenommene bezeigte einen bei Leuten aus dem Volk recht seltenen Charakter: Er hatte die geschicktesten »Moutons«[33] in die Irre geführt, mit denen er in einer Zelle gesessen hatte, ohne zu durchschauen, was sie waren. Für die besseren Köpfe in der Richterschaft galt Jean-François somit als ein Verbrecher aus Leidenschaft und nicht aus Not, wie die Mehrzahl der gewöhnlichen Mörder, die alle erst die Zuchtpolizei und das Zuchthaus durchlaufen, ehe sie zu ihrem letzten Schlag ausholen. Im Sinne dieser Auffassung wurden tatkräftige und kluge Nachforschungen unternommen; aber die unwandelbare Verschwiegenheit des Verbrechers ließ den Untersuchungsrichter ohne Handhabe. Als der ziemlich einleuchtende Roman jener Liebe zu einer Dame der Gesellschaft gebilligt war, wurde Jean-François mehrmals einem Kreuzverhör unterworfen; aber seine Verschwiegenheit triumphierte über alle Seelenqualen, die der geschickte Untersuchungsrichter ihm auferlegte. Als der Richter bei einer letzten Bemühung zu Tascheron sagte, die Person, um deretwillen er das Verbrechen begangen habe, sei bekannt und verhaftet worden, verzog er keine Miene und begnügte sich, ironisch zu antworten: »Ich würde sie gern mal sehen!« Angesichts dieser Umstände teilten viele Leute den Verdacht der Richter, der anscheinend durch das Schweigen bestätigt wurde, das der Angeklagte wahrte. Das Interesse heftete sich in hohem Maße an den zu einem Rätsel gewordenen jungen Menschen. Jedermann dürfte leicht einsehen, wie sehr diese Einzelheiten die allgemeine Neugier beschäftigten, und mit welcher Gier den Verhandlungen gefolgt wurde. Trotz den Nachforschungen der Polizei war die Untersuchung auf der Schwelle der Hypothese stehengeblieben, ohne daß sie gewagt hätte, in das Geheimnis einzudringen; sie witterte darin zu viele Gefahren! Bei gewissen Justizfällen genügen den Richtern halbe Gewißheiten nicht. Also wurde gehofft, die Wahrheit werde vor dem Schwurgericht zutage treten; denn dort pflegen viele Verbrecher sich untreu zu werden.

Monsieur Graslin war einer der für diese Sitzungsperiode ernannten Geschworenen, so daß Véronique teils durch ihren Mann, teils durch Monsieur de Grandville auch die geringsten Einzelheiten des Kriminalprozesses erfahren mußte, der etwa vierzehn Tage lang das Limousin und Frankreich in Spannung hielt. Die Haltung des Angeklagten bestätigte die Fabel, die sich die Stadt entsprechend den Mutmaßungen des Gerichts zu eigen gemacht hatte; mehr als einmal tauchte Jean-François' Blick in die Schar der Frauen aus besseren Kreisen, die gekommen waren, um die tausenderlei Aufregungen dieses in der Wirklichkeit geschehenden Dramas auszukosten. Jedesmal, wenn der Blick jenes Mannes mit einem hellen, aber undurchdringlichen Strahl dieses elegante Parterre umfaßte, rief er darin heftige Erschütterungen hervor, so sehr fürchtete jede Frau, in den inquisitorischen Augen der Staatsanwaltschaft und der Geschworenen als seine Mitschuldige zu wirken. Die ergebnislosen Bemühungen der Untersuchung wurden jetzt offenbar und enthüllten die Vorsichtsmaßnahmen, die der Angeklagte getroffen hatte, um seinem Verbrechen den vollen Erfolg zu sichern. Ein paar Monate vor der verhängnisvollen Nacht hatte Jean-François sich einen Paß nach Nordamerika verschafft. So hatte also der Plan bestanden, Frankreich zu verlassen; die betreffende Frau mußte demnach verheiratet sein; mit einem jungen Mädchen zu entfliehen, hätte sich wohl erübrigt. Vielleicht hatte das Verbrechen bezweckt, den Wohlstand jener Unbekannten auch weiterhin andauern zu lassen. Die Justiz hatte in den behördlichen Registern keinen Paß nach jenem Land verzeichnet gefunden, der auf den Namen einer Frau ausgestellt gewesen wäre. Für den Fall, daß die Mitschuldige sich ihren Paß in Paris verschafft hätte, waren die dortigen Register durchgesehen worden, aber vergeblich, gerade wie in den benachbarten Präfekturen. Die winzigsten Einzelheiten der Verhandlungen brachten die tiefen Überlegungen einer hohen Intelligenz zutage. Wenn die tugendhaftesten Limousiner Damen die recht unerklärliche Benutzung von Halbschuhen im gewöhnlichen Leben beim Gehen durch Schmutz und über Äcker dem Verlangen zuschrieben, den alten Pingret zu belauern, waren die intelligenteren unter den Herren entzückt, wenn sie darlegten, wie nützlich Halbschuhe seien, um in ein Haus hineinzugehen, dort die Korridore zu durchschleichen und geräuschlos durch die Fenster zu steigen. Also hatten Jean-François und seine Geliebte (jung, schön, romantisch, jedermann entwarf ein herrliches Porträt) offenbar geplant, eine Fälschung zu begehen und »mit Ehefrau« auf den Paß zu schreiben. Abends wurden in allen Salons die Kartenpartien durch boshafte Nachforschungen derjenigen unterbrochen, die sich in den März 1829 zurückversetzten und überlegten, welche Frauen damals nach Paris gereist waren, und welche anderen offensichtlich oder geheim Vorbereitungen zu einer Flucht hätten treffen können. Limoges genoß damals seinen Prozeß Fualdès, bei dem es zudem eine unbekannte Madame Manson gab[34]. Daher war nie zuvor eine Provinzstadt so beunruhigt und neugierig wie Limoges jeden Abend nach der Verhandlung. Man träumte dort von diesem Prozeß, bei dem alles den Angeklagten größer erscheinen ließ; seine Antworten wurden klüglich nochmals vorgenommen, verbreitet, kommentiert; sie zeitigten ausgiebig Diskussionen. Als einer der Geschworenen Tascheron fragte, warum er sich einen Paß nach Amerika habe ausstellen lassen, antwortete der Arbeiter, er habe dort eine Porzellanmanufaktur errichten wollen. Auf diese Weise deckte er, ohne sein Verteidigungssystem aufs Spiel zu setzen, nach wie vor seine Komplicin und gestattete es jedermann, sein Verbrechen der Notwendigkeit zuzuschreiben, sich das Kapital für einen so ehrgeizigen Plan zu verschaffen. Als die Verhandlungen ihren Höhepunkt erreicht hatten, konnte es nicht anders sein, als daß Véroniques Freunde an einem Abend, da sie weniger leidend schien, nicht versucht hätten, Erklärungen für die Verschwiegenheit des Verbrechers zu suchen. Tags zuvor hatte der Arzt Véronique einen Spaziergang angeraten. So hatte sie denn an jenem

Morgen den Arm ihrer Mutter genommen, hatte die Stadt umgangen und war bis zum Landhaus der Sauviat gelangt, wo sie sich ausgeruht hatte. Nach der Heimkehr hatte sie versucht, außer Bettes zu bleiben, und auf ihren Mann gewartet; Graslin kam immer erst um acht vom Schwurgericht nach Hause; sie hatte ihm gerade, wie gewohnt, das Abendessen aufgetischt und mußte nun gezwungenermaßen die Diskussion ihrer Freunde mitanhören.

»Wenn mein seliger Vater noch lebte«, sagte sie zu ihnen, »dann würden wir mehr darüber erfahren haben, oder vielleicht wäre dieser Mann dann gar kein Verbrecher geworden. Aber ich merke, daß Sie alle in einem seltsamen Gedanken befangen sind. Sie wollen, daß die Liebe der Beweggrund dieses Verbrechens sei; darüber bin ich derselben Ansicht wie Sie; aber warum glauben Sie, die Unbekannte sei verheiratet? Könnte er nicht ein junges Mädchen geliebt haben, dessen Eltern sie ihm verweigert hätten?«

»Eine junge Unverheiratete hätte später auf gesetzliche Weise die Seine werden können«, antwortete Monsieur de Grandville. »Tascheron ist ein Mensch, dem es nicht an Geduld mangelt; er würde Zeit gehabt haben, auf ehrliche Weise zu Vermögen zu kommen und auf den Augenblick zu warten, in dem es jedem Mädchen freisteht, auch gegen den Willen der Eltern zu heiraten.«

»Ich wußte nicht«, sagte Madame Graslin, »daß solch eine Eheschließung möglich sei; aber wieso hat man in einer Stadt, wo alles gewußt wird, wo jeder sieht, was bei seinen Nachbarn geschieht, nicht den leisesten Verdacht? Wenn man liebt, muß man einander doch wenigstens sehen oder gesehen haben? Was denkt ihr darüber, ihr Herren vom Gericht?« fragte sie und senkte einen festen Blick in die Augen des Staatsanwalts.

»Wir alle glauben, daß die Frau der Bürgerklasse oder den Kaufmannskreisen angehört.«

»Ich denke das Gegenteil«, sagte Madame Graslin. »Dazu sind die Gefühle der Frauen dieser Art nicht hochgestimmt genug.«

Diese Antwort lenkte die Blicke aller auf Véronique, und jeder erwartete eine Erklärung dieses paradoxen Ausspruchs.

»Während der Nachtstunden, die ich schlaflos verbringe, oder am Tag in meinem Bett habe ich nicht umhin können, mir über diesen mysteriösen Fall Gedanken zu machen, und ich glaube, ich habe Tascherons Motive erraten. Aus folgendem Grund habe ich an ein junges Mädchen gedacht. Eine verheiratete Frau hat Interessen oder gar Gefühle, die ihr Herz teilen und es daran hindern, zu jenem vollkommenen Außersichsein zu gelangen, das eine so große Leidenschaft entfacht. Man darf kein Kind haben, um einer Liebe teilhaftig zu werden, in der die mütterlichen Gefühle sich mit denjenigen vereinen, die dem Begehren entspringen. Dieser Mann ist offenbar von einer Frau geliebt worden, die seine Stütze hatte sein wollen. Die Unbekannte muß in ihrer Leidenschaft die Genialität gehabt haben, der wir die schönen Werke der Künstler, der Dichter verdanken, und die in jeder Frau vorhanden ist, wenngleich in einer anderen Form; ihr ist es bestimmt, Menschen zu erschaffen und nicht Dinge. Unsere Werke, das sind unsere Kinder! Unsere Kinder sind unsere Gemälde, unsere Bücher, unsere Statuen. Sind wir Frauen nicht Künstler in ihrer ersten Ausbildung. Deswegen setze ich meinen Kopf zum Pfande, daß, wenn die Unbekannte kein junges Mädchen, sie jedenfalls nicht Mutter ist. Die Herren vom Gericht müßten die Klugheit und das Feingefühl von uns Frauen haben, um die tausenderlei Nüancen zu erspüren, die ihnen unaufhörlich bei sehr vielen Gelegenheiten entgehen. Wäre ich Ihr Stellvertreter gewesen«, sagte sie zu dem Staatsanwalt, »dann hätten wir die Schuldige gefunden, sofern die Unbekannte überhaupt schuldig ist. Ich nehme an, wie auch der Herr Abbé Dutheil, daß die beiden Liebenden geplant hatten, mit den Schätzen des armen Pingret zu entfliehen, da sie ja doch kein Geld hatten, um in Amerika leben zu können. Der Diebstahl hat dann durch die fatale Logik, die die Todesstrafe den Verbrechern einflößt, den Mord zur Folge gehabt. Deswegen«, sagte sie und warf dem Staatsanwalt einen flehenden Blick zu, »würde es ein Ihrer würdiges Unterfangen sein, wenn Sie dadurch, daß Sie das Vorsätzliche fortfallen ließen, dem Unglücklichen das Leben retteten. Dieser Mensch ist groß trotz seines Verbrechens; vielleicht wird er seine Sünden durch eine großartige Reue wiedergutmachen. Die Werke der Reue müssen in den Gedanken der Justiz etwas gelten. Gibt es heutzutage nichts Besseres zu tun, als den Kopf herzugeben oder, wie ehedem, den Mailänder Dom[35] zu stiften, um Missetaten zu sühnen?«

»Madame, Sie sind in Ihren Gedankengängen erhaben«, sagte der Staatsanwalt, »aber auch wenn das ›Vorsätzlich‹ fortfiele, stände Tascheron immer noch unter der Wucht der Todesstrafe, der gewichtigen, bewiesenen Umstände wegen, die den Diebstahl begleiteten, als da sind die Dunkelheit, das Einsteigen, der Einbruch usw.«

»Dann glauben Sie also, daß er verurteilt wird?« fragte sie und senkte die Lider.

»Ich bin mir dessen gewiß; die Staatsanwaltschaft wird siegen.«

Ein leichtes Frösteln ließ Madame Graslins Kleid knistern; sie sagte: »Mich friert!« Sie nahm den Arm ihrer Mutter und legte sich schlafen.

»Heute geht es ihr viel besser«, sagten ihre Freunde.

Am andern Tag war Véronique dem Tode nah. Als ihr Arzt erstaunt war, sie dem Ende so nahe zu sehen, sagte sie ihm lächelnd: »Habe ich Ihnen nicht im voraus gesagt, dieser Spaziergang würde mir nicht bekommen?«

Seit der Eröffnung der Gerichtsverhandlungen hatte Tascheron keinerlei Großmäuligkeit oder Heuchelei gezeigt. Der Arzt versuchte, im Bestreben, die Kranke zu zerstreuen, diese Haltung zu verklären, die die Verteidiger ausbeuteten. Das Talent eines Advokaten habe den Angeklagten über das Endergebnis getäuscht; er habe geglaubt, er werde dem Tod entgehen, sagte der Arzt. Manchmal habe man auf seinem Gesicht eine Hoffnung bemerkt, die mit einem noch größeren Glück als dem, zu leben, zusammenzuhängen schien. Das Vorleben dieses dreiundzwanzigjährigen Mannes kontrastiere so sehr zu den Taten, die sein Leben abschlössen, daß seine Verteidiger seine Haltung als etwas hingestellt hätten, woraus Schlüsse gezogen werden könnten. Schließlich seien die erdrückenden Beweise in der Hypothese der Anklage durch das, was die Verteidigung vorgebracht habe, so geschwächt worden, daß von dem Anwalt mit günstigen Aussichten für seinen Kopf gekämpft werde. Um seinem Klienten das Leben zu retten, kämpfe er bis zum äußersten auf dem Boden des ›Vorsätzlichen‹; hypothetisch gebe er das Vorsätzliche bei dem Diebstahl zu, nicht aber bei den Morden, die das Ergebnis zweier unerwarteter Kämpfe gewesen seien. Wer Erfolg haben werde, die Staatsanwaltschaft oder die Anwaltschaft, das sei noch zweifelhaft.

Nach dem Besuch des Arztes erhielt Véronique denjenigen des Staatsanwalts, der jeden Morgen vor der Verhandlung zu ihr kam.

»Ich habe gestern die Plädoyers gelesen«, sagte sie zu ihm. »Heute wird mit den Entgegnungen angefangen; ich nehme so viel Anteil an dem Angeklagten, daß ich möchte, er käme mit dem Leben davon; können Sie nicht einmal in Ihrem Leben auf einen Triumph verzichten? Lassen Sie sich von dem Anwalt besiegen. Ja, schenken Sie mir dieses Leben, dann bekommen Sie vielleicht eines Tages das meine . . .! Nach dem schönen Plädoyer von Tascherons Anwalt bestehen Zweifel, und so . . .«

»Ihre Stimme klingt bewegt«, sagte der Vicomte mit einer gewissen Verwunderung.

»Wissen Sie auch, warum?« antwortete sie. »Mein Mann hat ein grausiges Zusammentreffen festgestellt, und das ist so beschaffen, daß es mir bei meiner Sensibilität den Tod bringen kann: Ich werde zu der Zeit niederkommen, da Sie den Befehl geben werden, daß dieser Kopf fällt.«

»Kann ich das Strafgesetzbuch abändern?« fragte der Staatsanwalt.

»Wahrhaftig, Sie verstehen nichts von Liebe«, antwortete sie und schloß die Augen.

Sie legte den Kopf auf das Kissen und verabschiedete den Justizbeamten mit einer gebieterischen Geste.

Monsieur Graslin setzte sich nachdrücklich, aber vergebens, für den Freispruch ein; er gab dafür eine Begründung, der sich zwei ihm befreundete Geschworene anschlossen, und die ihm von seiner Frau nahegelegt worden war.

»Wenn wir diesen Mann am Leben lassen, kommt die Familie des Vanneaulx in den Besitz der Erbschaft Pingret.« Dieses unwiderstehliche Argument führte zwischen den Geschworenen eine Spaltung von fünf zu sieben herbei, was die Zuwahl eines Beigeordneten des Gerichtshofs erforderlich machte; aber das Gericht schloß sich der Minderheit der Geschworenen an. Nach der

Rechtsprechung jener Zeit bedeutete ein solches Zusammengehen Verurteilung. Als das Urteil verkündet wurde, bekam Tascheron einen Wutanfall, wie er bei einem Mann in der Vollkraft des Lebens nur zu begreiflich ist, aber den die Richter, die Anwälte, die Geschworenen und die Zuhörerschaft so gut wie nie bei einem zu Unrecht Verurteilten beobachtet hatten. Doch schien für alle Beteiligten das Drama mit diesem Urteil noch nicht abgeschlossen zu sein. Ein so verbissener Kampf ließ fortan, wie es bei dergleichen Fällen fast stets geschieht, zwei diametral entgegengesetzte Meinungen über die Schuld des Helden entstehen, in dem die einen einen unterdrückten Unschuldigen, die andern einen mit Recht verurteilten Verbrecher erblickten. Die Liberalen hielten an Tascherons Unschuld fest, weniger aus Überzeugung, als um der Regierung zu widersprechen. »Wie kann man einen Menschen verurteilen«, sagten sie, »nur weil sein Fuß halbwegs in die Stapfen eines andern Fußes paßt? Deswegen, weil er nachts nicht zu Hause gewesen ist, als ob nicht alle jungen Menschen lieber stürben, als eine Frau zu kompromittieren? Weil er sich Werkzeuge geliehen und Eisen gekauft hat? Es ist nämlich nicht bewiesen worden, daß er den Nachschlüssel angefertigt hat. Um eines Stücks blauen Leinens willen, das in einem Baum gehangen und das vielleicht der alte Pingret selber dort angebracht hat, um die Sperlinge zu verscheuchen, und das zufällig in ein Loch seines Kittels paßt? Wovon nicht ein Menschenleben abhängt! Kurz und gut, Jean-François hat alles abgeleugnet, und die Staatsanwaltschaft hat keinen Zeugen vorgeführt, der das Verbrechen mitangesehen hätte!« Sie bekräftigten, erweiterten das System der Plädoyers des Anwalts und schmückten es aus. Was war denn der alte Pingret? Ein geplatzter Geldschrank! sagten die Freigeister. Ein paar angebliche Fortschrittler, Leugner der heiligen Gesetze des Eigentums, die die Saint-Simonisten[36] damals bereits in der abstrakten Sphäre wirtschaftlicher Ideen bekämpften, gingen noch weiter: »Der alte Pingret ist der eigentliche Urheber des Verbrechens. Indem dieser Mensch sein Gold anhäufte, hat er sein Vaterland bestohlen. Wie viele Unternehmungen hätten mit seinen unnütz daliegenden Kapitalien fruchtbar gemacht werden können! Er hat Industrie und Gewerbe geschädigt; er ist mit Recht bestraft worden.« Die Magd? Die wurde bedauert.

Denise, die den Listen der Justiz ein Schnippchen geschlagen und
bei den Verhandlungen keine Antwort gegeben hatte, ohne zuvor lange zu überlegen, was sie sagen solle, erregte das lebhafteste Interesse. Sie wurde zu einer, in einem andern Sinne, der
Jeanie Deans[37] vergleichbaren Gestalt; sie besaß deren Anmut und
Bescheidenheit, Frömmigkeit und Schönheit. François Tascheron
erregte also auch weiterhin die Neugier nicht nur der Stadt, sondern des ganzen Départements, und einige romantische Damen
bezeigten ihm öffentlich ihre Bewunderung. – »Wenn wirklich
irgendeine Liebe zu einer Frau dahintersteckt, die über ihm steht,
dann ist dieser Mann schwerlich ein gewöhnlicher Mensch«, sagten sie. »Ihr werdet schon sehen, er stirbt tadellos!« Die Frage:
»Wird er reden? Wird er nicht reden?« führte zu Wetten. Seit
jenem Wutanfall, mit dem er seine Verurteilung aufgenommen
hatte, und der ohne das Dabeisein der Gendarmen für einige dem
Gericht oder der Zuhörerschaft Angehörende hätte verhängnisvoll werden können, bedrohte der Verbrecher mit der Wut eines
wilden Tieres alle, die sich ihm irgendwie näherten; der Kerkermeister mußte ihm die Zwangsjacke anlegen, sowohl um ihn daran zu hindern, sich etwas anzutun, als um die Auswirkungen seiner Raserei zu vereiteln. Als Tascheron durch dieses Mittel, das
über alle Gewalttätigkeiten siegt, gebändigt war, machte er seiner Verzweiflung durch krampfhafte Bewegungen Luft, die seine
Wärter erschreckten, sowie durch Ausrufe und Blicke, die man im
Mittelalter der Besessenheit zugeschrieben hätte. Er war so jung,
daß die Frauen über dieses von Liebe erfüllte Leben, das jetzt gewaltsam abgeschlossen werden sollte, in Mitleid zerschmolzen.
›Der letzte Tag eines zum Tode Verurteilten‹[38], eine düstere Elegie, ein nutzloses Plädoyer gegen die Todesstrafe, diese große
Stütze aller Gesellschaftsschichten, die vor kurzem wie eigens für
diese Gelegenheit erschienen war, bildete bei allen Unterhaltungen das Tagesgespräch. Und wer hätte schließlich nicht mit dem
Finger auf die unsichtbare Unbekannte gezeigt, die, die Füße im
Blut, hoch aufgerichtet auf dem Podium des Schwurgerichtssaals
wie auf einem Piedestal stand, von furchtbaren Schmerzen zerrissen, und innerhalb ihres Haushalts zum tiefsten Schweigen
verurteilt? Beinahe bewunderte man diese Limousiner Medea[39]

mit der weißen Brust über einem stählernen Herzen, mit der un-durchdringlichen Stirn.

Vielleicht wohnte sie bei diesem oder jenem als Schwester oder Kusine, oder sie war dieses und jenes Frau oder Tochter. Welch ein Schrecken im Schoß der Familien! Gemäß einem erhabenen Wort Napoleons ist im Reich der Phantasie die Macht des Unbekannten unermeßlich. Was nun aber die hunderttausend dem Ehepaar des Vanneaulx gestohlenen Francs betraf, die keine Nachforschungen der Polizei wieder hatte auftreiben können, so bildete das standhafte Schweigen des Verbrechers eine seltsame Niederlage für die Staatsanwaltschaft. Monsieur de Grandville, der den Generalstaatsanwalt vertrat – dieser befand sich damals in der Abgeordnetenkammer –, versuchte es mit einem vulgären Mittel: Er machte eine Strafmilderung für den Fall eines Geständnisses glaubhaft; aber als er bei dem Verurteilten erschien, empfing dieser ihn mit verdoppelten Wutschreien, epileptischen Krampfzuckungen und warf ihm Zornesblicke zu, in denen das Bedauern funkelte, ihm nicht ans Leben zu können. Das Gericht rechnete nur noch mit dem Beistand der Kirche im letzten Augenblick. Die des Vanneaulx waren verschiedentlich zum Abbé Pascal, dem Gefängnisgeistlichen, gegangen. Dieser Abbé ermangelte nicht der besonderen Gabe, die dazu erforderlich ist, sich bei den Gefangenen Gehör zu verschaffen; er trotzte fromm den Ausbrüchen Tascherons; er versuchte, mit ein paar Worten die Gewitterstürme dieses sich in Krämpfen windenden mächtigen Charakters zu durchdringen. Aber der Kampf dieser geistlichen Vaterschaft mit dem Orkan der entfesselten Leidenschaften schlug den armen Abbé Pascal nieder und erschöpfte ihn. – »Dieser Mensch hat sein Paradies hienieden gefunden«, sagte der alte Mann mit weicher Stimme. Die kleine Madame des Vanneaulx beratschlagte mit ihren Freundinnen, um zu erfahren, ob sie es wagen dürfe, ihrerseits einen Schritt bei dem Verbrecher zu unternehmen. Der Sieur des Vanneaulx sprach von Vergleichsmöglichkeiten. In seiner Verzweiflung schlug er Monsieur de Grandville vor, für den Mörder seines Onkels ein Gnadengesuch einzureichen, falls der Mörder die hunderttausend Francs zurückerstatte. Der Staatsanwalt antwortete, die königliche Majestät werde sich schwerlich zu einem solchen Kompromiß herablas-

727

sen. Die des Vanneaulx wandten sich an Tascherons Anwalt und boten ihm zehn Prozent der Summe, wenn es ihm gelinge, diese ausfindig zu machen. Der Anwalt war der einzige, bei dessen Anblick Tascheron nicht außer sich geriet; die Erben ermächtigten ihn, dem Verbrecher weitere zehn Prozent anzubieten, über die er zugunsten seiner Familie verfügen könne. Trotz der Abzüge, die diese habgierigen Menschen an ihrer Erbschaft vornehmen wollten, und trotz seiner Redegewandtheit konnte der Anwalt bei seinem Klienten nichts erreichen. Die wütenden des Vanneaulx verfluchten und verwünschten den Verurteilten. – »Nicht nur, daß er ein Mörder ist, außerdem hat er keine Spur von Takt!« riefen die des Vanneaulx in vollem Ernst, ohne die berühmte ›Wehklage um Fualdès‹[40] zu kennen, als sie von dem Mißerfolg des Abbé Pascal erfuhren und durch die möglicherweise erfolgende Verwerfung der Revision alles verloren glaubten. »Wozu dient ihm da, wo er hingeht, unser Vermögen? Ein Mord, so was ist schließlich zu begreifen, aber ein unnützer Diebstahl, das ist was Unbegreifliches. In was für Zeiten leben wir, daß Leute der Gesellschaft sich für einen solchen Räuber interessieren? Für den spricht doch nichts.« – »Wenn nun aber die Rückerstattung seine kleine Freundin kompromittierte?« sagte eine alte Jungfer. – »Wir würden ihm Schweigen geloben«, rief der Sieur des Vanneaulx aus. – »Dann machten Sie sich der Unterlassung der Anzeige schuldig«, antwortete ein Anwalt. – »Ach, dieser Schuft!« war das Schlußwort des Sieur des Vanneaulx. Eine der Damen aus dem Kreis um Madame Graslin, der sie lachend dieses Hinundhergerede der des Vanneaulx berichtete, eine sehr geistvolle Frau, eine von denen, die vom schönen Ideal träumen und wollen, daß alles und jedes vollkommen sei, bedauerte das Wüten des Verurteilten; ihr wäre es lieber gewesen, wenn er sich kalt, ruhig und würdig verhalten hätte. – »Merken Sie denn nicht«, antwortete ihr Véronique, »daß er auf diese Weise allen Verlockungen ausweicht und alle Versuche vereitelt? Er spielt aus Berechnung das wilde Tier.« – »Außerdem ist er kein Mann unserer Kreise«, entgegnete die exilierte Pariserin, »sondern ein Arbeiter.« – »Ein Mann unserer Kreise hätte die Unbekannte nur zu bald ans Messer geliefert!« antwortete Madame Graslin. Alle diese Geschehnisse, die in sämtlichen Salons und Haushalten ausgepreßt, durchgeknetet, auf tausendfache Weise kommentiert und von den gewandtesten Zungen der Stadt durchgehechelt wurden, liehen der Hinrichtung des Verbrechers ein grausiges Interesse; seine Berufung war nach zwei Monaten vom Obersten Gericht verworfen worden. Welches würde die Haltung des Verbrechers in seinen letzten Augenblicken sein, der sich gebrüstet hatte, er werde seine Hinrichtung unmöglich machen, der ein verzweifeltes Sichsträuben angekündigt hatte? Würde er reden? Würde er sich selbst untreu werden? Wer würde die Wette gewinnen? Soll man hingehen? Soll man nicht hingehen? Wieso soll man hingehen? Die Lage der Lokalitäten, die den Verbrechern die quälenden Ängste einer langen Fahrt erspart, schränkt in Limoges die Zahl der eleganten Zuschauer ein. Das Gerichtsgebäude, in dem sich das Gefängnis befindet, nimmt die Ecke der Rue du Palais und der Rue du Pont-Hérisson ein. Die Rue du Palais wird in gerader Linie durch die kurze Rue de Monte-à-Regret fortgesetzt, die zur Place d'Aîne oder des Arènes führt, wo die Hinrichtungen stattfinden; diesem Umstand dankt der Platz sicherlich seinen Namen. Der Weg ist also nur kurz, und folglich gibt es nur wenige Häuser und wenig Fenster. Wer aus der guten Gesellschaft möchte sich übrigens unter die Volksmenge mischen, die den Platz füllt? Aber diese von Tag zu Tag erwartete Hinrichtung wurde zur großen Verwunderung der Stadt von Tag zu Tag verschoben, und zwar aus folgendem Grunde. Die fromme Schicksalsergebenheit der großen Übeltäter, die dem Tod entgegengehen, ist einer der Triumphe, die die Kirche sich vorbehält, und die ihren Eindruck auf die Masse nur selten verfehlt; die Reue bestätigt nur allzu sehr die Macht der religiösen Vorstellungen, als daß, abgesehen von aller christlichen Anteilnahme, obgleich diese der Hauptgesichtspunkt der Kirche ist, die Geistlichkeit nicht untröstlich sein müßte, wenn ihr bei diesen glänzenden Gelegenheiten etwas mißlingt. Im Juli 1829 waren die Umstände noch durch den Parteigeist verschlimmert, der sogar die geringfügigsten Einzelheiten des politischen Lebens vergiftete. Die liberale Partei freute sich darauf, bei einem so öffentlichen Vorgang die Priester-Partei scheitern zu sehen; dieser Ausdruck ist eine Erfindung Montlosiers[41], eines Royalisten, der zu den Konstitutionellen übergegangen und von diesen weit über seine

Absichten hinaus mitgerissen worden war. Die Parteien begehen massenweise infame Handlungen, die einen einzelnen mit Schande bedecken würden; wenn daher ein Einzelmensch sie in den Augen der Masse in sich zusammenfaßt, wird er zu einem Robespierre[42], Jeffreys[43] oder Laubardemont[44], eine Art Sühnealtar, an den alle Komplicen heimlich Ex-Votos[45] anheften. Im Einverständnis mit dem Bischofspalais schob die Staatsanwaltschaft die Hinrichtung auf, ebensosehr in der Hoffnung, herauszubekommen, was dem Gericht von dem Verbrechen noch unbekannt geblieben war, als um die Kirche bei dieser Gelegenheit triumphieren zu lassen. Indessen war die Macht der Staatsanwaltschaft nicht unbegrenzt, und das Urteil mußte früher oder später vollstreckt werden. Dieselben Liberalen, die um der Opposition willen Tascheron als unschuldig hingestellt und versucht hatten, eine Bresche in das Gerichtsurteil zu schlagen, murrten jetzt darüber, daß ebenjenes Urteil nicht vollstreckt werde. Ist die Opposition systematisch, so gelangt sie stets zu solcherlei Sinnlosigkeiten; es handelt sich ja für sie nicht darum, Recht zu haben, sondern immer nur darum, der Regierung zu trotzen. Somit hatte die Staatsanwaltschaft in den ersten Augusttagen durch das. als »Öffentliche Meinung« bezeichnete, oftmals so blöde Geschwätz nicht mehr freie Hand. Die Hinrichtung wurde angekündigt. Nun es zum Äußersten gekommen war, nahm der Abbé Dutheil es auf sich, dem Bischof einen letzten Versuch vorzuschlagen, dessen Gelingen die Wirkung haben sollte, in dieses Justizdrama die ungewöhnliche Persönlichkeit einzuführen, die als Bindeglied aller übrigen diente, die die größte aller Gestalten dieses Romans ist und der es bestimmt war, auf der Vorsehung vertrauten Wegen Madame Graslin auf den Schauplatz zu führen, auf dem ihre Tugenden den hellsten Glanz ausstrahlten, auf dem sie sich als erhabene Wohltäterin und engelhafte Christin bezeigen sollte.

Das Bischofspalais von Limoges liegt auf einem Hügel, an dem die Vienne entlangfließt, und seine Gärten, die durch starke, von Balustraden umkränzte Mauern gestützt werden, senken sich, dem natürlichen Gefälle des Bodens folgend, terrassenförmig nieder. Der Hügel erhebt sich auf eine Weise, daß auf dem gegenüberliegenden Ufer der Faubourg Saint-Etienne am Fuß der letzten Terrasse zu liegen scheint. Von dort aus bietet sich der Fluß je nach der Richtung, die die Spaziergänger einschlagen, entweder in geradem Lauf oder es quer durchschneidend, inmitten eines üppigen Panoramas dar. Hinter den Gärten des Bischofspalais zieht die Vienne nach Westen hin in einer eleganten Kurve, in der der Faubourg Saint-Martial gelegen ist, der Stadt entgegen. Jenseits jenes Faubourg liegt in geringer Entfernung ein hübsches Landhaus, Le Cluzeau genannt, dessen Baumgruppen von den am weitesten vorspringenden Terrassen aus zu sehen sind; in der perspektivischen Verkürzung erscheinen sie mit den Kirchtürmen des Faubourg verbunden. Gegenüber von Le Cluzeau ist jene gebuchtete, dicht mit Buschwerk und Pappeln bestandene Insel zu sehen, die Véronique in ihrer frühen Jugend »die Insel Mauritius« genannt hatte. Im Osten wird die Ferne durch amphitheatralisch gestaffelte Hügel eingenommen. Die zauberhafte Lage und die Schlichtheit des Bauwerks, die alles andere als ärmlich ist, machen aus jenem Palais das bemerkenswerteste Baudenkmal jener Stadt, deren Bauten weder durch die Erlesenheit der Materialien noch nur durch architektonische Vollendung glänzen. Der Abbé Dutheil war seit langem mit dem Anblick vertraut, der jene Gärten der Aufmerksamkeit derer empfiehlt, die Reisen durch malerische Gegenden unternehmen; der Abbé hatte sich von Monsieur de Grancour begleiten lassen und stieg von Terrasse zu Terrasse nieder, ohne die roten Farben, die orangenen Tönungen, die blaßvioletten Abschattungen zu beachten, die der Sonnenuntergang auf die alten Mauern und auf die Balustraden der Terrassenmauern, auf die Häuser des Faubourg und die Wasser des Flusses warf. Er suchte den Bischof, der zu jener Stunde auf seiner letzten Terrasse unter einer Weinlaube saß; er war dorthin gegangen, um seinen Nachtisch zu verzehren und sich dem bezaubernd schönen Abend hinzugeben. Die Pappeln auf der Insel schienen in diesem Augenblick die Wasser mit den verlängerten Schatten ihrer schon gilbenden Häupter zu zerteilen; die Sonne lieh ihnen das Aussehen goldenen Laubwerks. Die Strahlen des sinkenden Tagesgestirns wurden von Massen unterschiedlichen Grüns auf mannigfache Weise zurückgeworfen und erzeugten ein köstliches Gemisch von Farbtönen voller Melancholie. In der Tiefe des Tals kräuselte sich auf der Vienne eine Fläche flitterartiger Wirbel in der leichten Abendbrise und hob die braunen Flecken hervor, die die Dächer des Faubourg Saint-Etienne bildeten. Die lichtgebadeten Glockentürme und Häusergiebel des Fauborg Saint-Martial vermischten sich mit den Reben am Gitterwerk der Laube. Das sanfte Gesumm einer halb im zurücktretenden Bogen des Flusses verborgenen Provinzstadt, die Milde der Luft, alles trug dazu bei, den Prälaten in die geruhsame Stimmung zu versetzen, die alle Autoren für angebracht halten, die über die Verdauung geschrieben haben; seine Blicke waren mechanisch auf das rechte Flußufer gerichtet, auf die Stelle, wo die hohen Pappeln der Insel nach dem Faubourg Saint-Etienne zu die Mauern des kleinen Besitztums erreichten, wo der Doppelmord an dem alten Pingret und seiner Magd begangen worden war; doch als seine kleine, einen Augenblick während Glückseligkeit durch seine Großvikare und durch die Schwierigkeiten gestört wurde, die seine Großvikare ihm ins Gedächtnis zurückriefen, verdüsterten undurchdringliche Gedanken seine Blicke. Die beiden Priester führten diese Versunkenheit auf Verdruß zurück, wogegen der Prälat in den Sandbänken der Vienne nach der Lösung des Rätsels gesucht hatte, auf die die des Vanneaulx und das Gericht damals so erpicht waren.

»Monseigneur«, wandte der Abbé de Grancour sich an den Bischof, »es ist alles vergebens, und wir werden es zu unserem Schmerz erleben, daß dieser unselige Tascheron als Gottloser stirbt; er wird die furchtbarsten Flüche gegen die Religion ausstoßen, er wird den armen Abbé Pascal mit Schmähungen überhäufen, er wird auf das Kruzifix speien, er wird alles ableugnen, sogar die Hölle.«

»Er wird das Volk erschrecken«, sagte der Abbé Dutheil. »Der große Skandal und der Abscheu, den er auslösen wird, werden unsere Niederlage und unsere Ohnmacht vertuschen. Deswegen habe ich auf dem Herweg zu Monsieur de Grancour gesagt, daß dieses Schauspiel mehr als einen Sünder in den Schoß der Kirche zurückführen wird.«

Diese Worte machten den Bischof verwirrt; er legte die Traube, an der er herumgepickt hatte, auf einen bäuerlichen Holztisch, wischte sich die Finger ab und bedeutete den beiden Großvikaren, sie möchten sich setzen.

»Der Abbé Pascal hat sich nicht richtig verhalten«, sagte er schließlich.

»Von dem letzten Auftritt im Gefängnis her ist er ganz krank«, sagte der Abbé de Grancour. »Ohne seine Unpäßlichkeit hätten wir ihn mitgebracht, und dann hätte er die Schwierigkeiten erklärt, die alle Versuche vereiteln, die zu unternehmen Eure Bischöflichen Gnaden befohlen hatten.«

»Der Verurteilte singt aus vollem Hals unanständige Lieder, sobald er einen von uns gewahrt, und überdröhnt mit seiner Stimme die Worte, die man ihn anhören lassen will«, sagte ein junger, neben dem Bischof sitzender Priester.

Dieser junge, mit reizenden Gesichtszügen begabte Herr stützte den rechten Arm auf den Tisch; seine weiße Hand sank lässig auf die Weintrauben nieder, deren dunkelste Beeren er sich aussuchte; das geschah mit dem Behagen und der Zutraulichkeit eines ständigen Tischgenossen oder besonderen Günstlings. Dieser junge Herr, der zugleich Tischgenosse und Günstling des Prälaten war, war der jüngere Bruder des Barons de Rastignac[46]; Familienbande und Zuneigung verknüpften ihn mit dem Bischof von Limoges. Vermögensverhältnisse hatten den jungen Herrn sich der Kirche widmen lassen; der Bischof hatte ihn als Privatsekretär angestellt, um ihm Zeit zum Abwarten einer Gelegenheit zum Aufstieg zu lassen. Der Abbé Gabriel trug einen Familiennamen, der ihn zu den höchsten kirchlichen Würden bestimmte.

»Dann bist du also hingegangen, mein Sohn?« fragte ihn der Bischof.

»Ja, Monseigneur; sobald ich vor ihm erschien, hat der Unselige gegen Sie und mich die ekelhaftesten Schimpfereien ausgespien; er verhält sich auf eine Weise, die es einm Priester unmöglich macht, bei ihm zu verweilen. Gestatten Eure bischöflichen Gnaden mir, einen Rat zu geben?«

»Lauschen wir also der Weisheit, die Gott bisweilen in einen Kindermund legt«, sagte der Bischof lächelnd.

»Hat er nicht Bileams Eselin sprechen lassen?« antwortete der junge Baron de Rastignac lebhaft.

»Nach gewissen Kommentatoren hat sie von dem, was sie sagte, nicht viel verstanden«, entgegnete der Bischof lachend.

Die beiden Großvikare lächelten; erstens hatte Monseigneur den Scherz geäußert, und zweitens verspottete jener Scherz leise den jungen Abbé, auf den die Würdenträger und Ehrgeizlinge aus der Umgebung des Prälaten eifersüchtig waren.

»Meine Meinung ist es«, sagte der junge Abbé, »Monsieur de Grandville zu bitten, die Hinrichtung nochmals hinauszuschieben. Wenn der Verurteilte erfährt, daß er unserm Eingreifen ein paar Tage Aufschub verdankt, wird er vielleicht so tun, als wolle er uns anhören, und wenn er uns anhört . . .«

»Wird er auf seinem Verhalten beharren, weil er die Vorteile sieht, die es ihm verschafft«, unterbrach der Bischof seinen Günstling. »Meine Herren«, fuhr er nach einer Weile des Schweigens fort, »kennt die Stadt diese Einzelheiten?«

»In welchem Haus wird nicht darüber geredet?« fragte der Abbé de Grancour. »Der Zustand, in den der gute Abbé Pascal durch seine letzte Bemühung versetzt worden ist, bildet gegenwärtig das Thema sämtlicher Gespräche.«

»Wann soll Tascheron hingerichtet werden?« fragte der Bischof.

»Morgen, am Markttag«, antwortete Monsieur de Grancour.

»Ihr Herren, die Religion darf nicht unterliegen«, rief der Bischof aus. »Je mehr erregte Aufmerksamkeit diesem Fall bezeigt wird, desto mehr Wert lege ich darauf, einen glänzenden Triumph zu erringen. Die Kirche befindet sich in einer schwierigen Lage. Wir sind gezwungen, in einer Industriestadt Wunder zu vollbringen, wo der Geist der Auflehnung gegen die religiösen und monarchischen Lehren tief Wurzel gefaßt hat, wo das System des Prüfens, das aus dem Protestantismus entstanden ist und sich heutzutage Liberalismus nennt, und dem es freisteht, morgen einen anderen Namen anzunehmen, sich auf alles und jedes erstreckt. Bitte gehen Sie zu Monsieur de Grandville, er ist völlig einer der Unsern, und sagen Sie ihm, wir verlangten einen Aufschub von ein paar Tagen. Ich selber werde den Unglücksmenschen aufsuchen.«

»Sie, Monseigneur?« fragte der Abbé de Rastignac. »Falls Sie scheitern, hätten Sie dann nicht allzuviel aufs Spiel gesetzt? Sie dürfen nur hingehen, wenn Sie des Erfolges sicher sind.«

»Wenn Eure Bischöflichen Gnaden mir erlauben, meine Meinung zu äußern«, sagte der Abbé Dutheil, »glaube ich ein Mittel zu wissen, das bei dieser traurigen Gelegenheit den Triumph der Religion sichert.«

Der Prälat antwortete durch ein leidlich kühles Zeichen der Zustimmung, das anzeigte, wie wenig Geltung der Generalvikar besaß.

»Wenn irgend jemand Gewalt über diese rebellische Seele zu haben und sie zu Gott zurückzuführen vermag«, fuhr der Abbé Dutheil fort, »dann der Pfarrer des Dorfs, in dem Tascheron geboren wurde, Monsieur Bonnet.«

»Einer Ihrer Schützlinge«, sagte der Bischof.

»Monseigneur, der Pfarrer Bonnet ist einer der Menschen, die sich selber schützen, und zwar durch ihre streitbaren Tugenden wie durch ihre frommen Werke.«

Diese bescheidene, schlichte Antwort wurde mit einem Schweigen aufgenommen, das jeden andern als den Abbé Dutheil beklommen gemacht hätte; sie sprach von verkannten Menschen, und die drei Priester wollten darin einen der demütigen, aber unwiderleglichen, geschickt geschärften Sarkasmen erblicken, die die Geistlichen auszeichnen; sie sind es gewohnt, wenn sie sagen, was sie sagen wollen, die strengsten Regeln zu beobachten. Doch dem war nicht so; der Abbé Dutheil dachte nie an sich.

»Ich höre schon viel zu lange von diesem heiligen Aristides[47] reden«, antwortete der Bischof lächelnd. »Ließe ich dieses Licht unter dem Scheffel, so wäre das meinerseits eine Ungerechtigkeit oder Voreingenommenheit. Ihre Liberalen rühmen Ihren Monsieur Bonnet, als gehöre er ihrer Partei an; ich will mir selbst ein Urteil über diesen Bauernapostel bilden. Bitte gehen Sie zum Generalstaatsanwalt und erbitten Sie in meinem Namen einen Aufschub; ich warte seine Antwort ab, ehe ich unsern lieben Abbé Gabriel nach Montégnac schicke; er soll uns diesen heiligen Mann herbringen. Wir wollen Seine Hochseligkeit in den Stand setzen, Wunder zu tun.«

Als der Abbé Dutheil diese Antwort des Prälaten und Edelmannes vernahm, wurde er rot, aber er wollte sich nicht anmerken lassen, was sie für ihn an Kränkendem enthielt. Die beiden Großvikare verneigten sich schweigend und ließen den Bischof mit seinem Günstling allein.

»Die Geheimnisse des Geständnisses, die wir gern wüßten, sind sicherlich dort unten begraben«, sagte der Bischof zu seinem jungen Abbé und deutete auf die Pappelschatten, die bis an ein einsames Haus heranreichten; es lag zwischen der Insel und dem Faubourg Saint-Etienne.

»Auch ich habe das immer gemeint«, antwortete Gabriel. »Ich bin kein Richter, ich will kein Spitzel sein; aber wäre ich Richter gewesen, so wüßte ich den Namen der Frau, die bei jedem Gerücht, bei jeder Äußerung zusammenzuckt, und deren Stimme nichtsdestoweniger ruhig und rein bleiben muß, auf die Gefahr hin, den Verurteilten auf das Schafott zu begleiten. Dabei hat sie nichts zu befürchten: Ich habe den Mann gesehen; er wird das Geheimnis seiner glühenden Liebe mit sich ins Dunkel nehmen.«

»Kleiner Schlauberger«, sagte der Bischof, zupfte seinen Sekretär am Ohr und zeigte ihm zwischen der Insel und dem Faubourg Saint-Etienne die Stelle, die ein letztes rotes Aufflammen des Sonnenuntergangs beleuchtete und auf die die Augen des jungen Priesters starrten. »Da hätte das Gericht nachgraben sollen, nicht wahr . . .?«

»Ich habe den Verbrecher aufgesucht, um zu erfahren, welche Wirkung meine Mutmaßung auf ihn haben würde; aber er wird von Spitzeln überwacht; hätte ich laut gesprochen, so würde ich die Frau bloßgestellt haben, um derentwillen er stirbt.«

»Wir wollen lieber schweigen«, sagte der Bischof. »Wir sind nicht Männer der menschlichen Gerechtigkeit. Ein Kopf genügt. Überdies wird jenes Geheimnis früher oder später der Kirche anvertraut werden.«

Die Scharfsicht, die das ständige Meditieren den Priestern verleiht, war derjenigen der Staatsanwaltschaft und der Polizei weit überlegen. Da sie den Schauplatz des Verbrechens von der Höhe ihrer Terrasse aus betrachteten, hatten der Prälat und sein Sekretär tatsächlich am Ende Einzelheiten wahrgenommen, die trotz der Nachforschungen des Untersuchungsrichters und der Verhandlungen vor dem Schwurgericht noch unbekannt waren. Monsieur de Grandville spielte bei Madame Graslin Whist; es mußte seine Heimkehr abgewartet werden, und so erfuhr das bischöfliche Palais seine Entscheidung erst gegen Mitternacht. Der Abbé Gabriel, dem der Bischof seinen Wagen gegeben hatte, brach morgens gegen zwei nach Montégnac auf. Jenes Dorf liegt ungefähr neun Meilen von der Stadt entfernt in dem Teil des Limousin, der sich an den Corrèze[48]-Bergen entlangzieht und an das Département Creuse[49] stößt. So ließ denn der junge Abbé Limoges im Banne aller Leidenschaften, die das für den nächsten Tag versprochene Schauspiel aufgewühlt hatte; es sollte noch einmal ausfallen.

DRITTES KAPITEL

Der Pfarrer von Montégnac

Wenn es sich um Geldinteressen handelt, tendieren Priester und Frömmler dazu, die Gesetze genau zu beobachten. Liegt das an der Armut? Oder ist es die Auswirkung einer Selbstsucht, zu der ihre Vereinsamung sie verurteilt, und die in ihnen die dem Menschen innewohnende Neigung zum Geiz begünstigt? Oder liegt es an den Berechnungen, die die Sparsamkeit anstellt, weil die Ausübung der Wohltätigkeit es befiehlt? Jeder Charakter bietet eine andere Erklärung dar. Die Hemmung, in der Tasche zu stöbern, wird oft mit liebenswürdiger Gutmütigkeit getarnt, bekundet sich oft aber auch ohne Umschweife. Gabriel de Rastignac, der hübscheste junge Mensch, den die Altäre sich seit langer Zeit vor ihren Tabernakeln hatten neigen sehen, gab den Postillons immer nur dreißig Sous Trinkgeld; also wurde er immer nur ganz langsam gefahren. Bischöfe, die den festgesetzten Fahrpreis nur verdoppeln, werden von den Postillons zwar höchst ehrerbietig gefahren, aber sie verursachen an den bischöflichen Wagen keinen Schaden, aus Angst, sich irgendeine Ungnade zuzuziehen. Der Abbé Gabriel, der zum erstenmal allein reiste, sagte bei jedem Pferdewechsel mit sanfter Stimme: »Fahrt doch schneller, ihr Herren Postillons.« – »Wir lassen die Peitsche nur spielen«, antwortete ihm ein alter Postillon, »wenn die Reisenden den Daumen spielen lassen!«[50] Der junge Herr drückte sich in die Wagenecke, ohne sich diese Antwort erklären zu können. Um sich etwas Abwechslung zu verschaffen, schaute er sich die

Gegend an, die er durchfuhr, und stieg mehrere der Anhöhen, über die die Landstraße von Bordeaux nach Lyon sich hinschlängelt, zu Fuß hinan.

Fünf Meilen hinter Limoges, nach den anmutigen Abhängen längs der Vienne und den hübschen, sich niedersenkenden Wiesen des Limousin, die an manchen Stellen an die Schweiz erinnern, und zumal bei Saint-Léonard, nimmt die Landschaft ein trauriges, schwermütiges Aussehen an. Es finden sich dann weite, unbestellte Ebenen, Steppen ohne Gras und Pferde, nur am Horizont von den Höhenzügen des Départements Corrèze begrenzt. Jene Berge bieten dem Auge des Reisenden weder die schroffen Erhebungen der Alpen und deren erhabene Zerklüftungen, noch die heißen Schluchten und trostlosen Gipfel des Apennin, und auch nicht das Grandiose der Pyrenäen; ihr Aufundab, das von der Bewegung der Wasser herrührt, zeugt von der Beschwichtigung der großen Katastrophe und der Ruhe, mit der die flüssigen Massen sich zurückgezogen haben. Dieses Aussehen ist den meisten Erdbewegungen Frankreichs gemeinsam; es hat vielleicht im gleichen Maße wie das Klima dazu beigetragen, ihm den Beinamen des »Lieblichen« einzutragen, den Europa ihm bestätigt hat[51]. Dieser flache Übergang zwischen den Landschaften des Limousin, der Marche und der Auvergne bietet dem durchfahrenden Denker und Dichter Bilder der Unendlichkeit dar, vor denen manche Seelen erschrecken; Damen, die sich im Wagen langweilen, werden zu Träumereien veranlaßt; für den Bewohner indessen ist diese Gegend lediglich rauh, wild und ertraglos. Der Boden dieser großen, grauen Ebenen ist unfruchtbar. Nur die Nähe einer großen Stadt könnte dort das Wunder erneuern, das sich während der beiden letzten Jahrhunderte in der Brie[52] vollzogen hat. Hier nun aber fehlen die großen Städte, die manchmal dergleichen Ödland Leben verleihen, in dem der Landmann nichts als leere Stellen sieht, wo die Kultur ächzt und stöhnt, wo der Vergnügungsreisende weder ein Gasthaus noch das findet, was ihn entzückt, nämlich das Malerische. Höherstehende Geister verabscheuen indessen diese Heidegegenden nicht, notwendige Schatten im Rundgemälde der Natur. Unlängst hat Cooper, dieses so melancholische Talent, auf herrliche Weise das Poetische dieser Einöden in »Die Prärie«[53] anschaulich gemacht. Diese weiten, vom Pflanzengeschlecht vergessenen Räume, die von nichts als unfruchtbaren Mineralientrümmern, von hergerollten Kieselsteinen, von totem Erdreich bedeckt sind, stellen Herausforderungen an die Kultur dar. Frankreich sollte sich die Lösung dieser Schwierigkeiten angelegen sein lassen, wie es die Engländer mit denen getan haben, die Schottland ihnen bot, wo ihre geduldige, ihre heroische Landwirtschaft die dürrsten Heideflächen in Ertrag bringende Bauernhöfe umgewandelt hat. Läßt man dieses soziale Brachland in seinem wilden Urzustand, so erzeugt es aus Mangel an Nahrung Mutlosigkeit, Faulheit und Schwäche, und sogar Verbrechen, wenn die Not allzu laut spricht. Diese wenigen Worte enthalten die Frühgeschichte von Montégnac. Was soll man in einem von der Regierung vernachlässigten, vom Adel verlassenen, von der Industrie in Acht und Bann getanen Ödland anfangen? Man erklärt der Gesellschaft, die ihre Pflichten verkennt, den Krieg. Daher fristeten die Bewohner von Montégnac ehemals ihr Dasein durch Diebstahl und Mord, wie voreinst die Schotten im Hochland. Wer sich aufs Nachdenken versteht, begreift beim Anblick der Gegend nur zu gut, daß die Einwohner dieses Dorfs sich vor zwanzig Jahren im Kriegszustand mit der Gesellschaft befunden hatten. Dieses große Plateau, das an der einen Seite durch das Tal der Vienne, an der andern Seite durch die hübschen Täler der Marche, alsdann durch die Auvergne abgeteilt und von den Bergen der Corrèze begrenzt wird, ähnelt, abgesehen von der Landwirtschaft, dem Plateau La Beauce[54], das das Loire-Becken von dem der Seine trennt, sowie denjenigen der Touraine[55] und des Berry[56] sowie vielen andern, die wie Facetten an der Oberfläche Frankreichs liegen und zahlreich genug sind, um die größten Verwaltungsbeamten zum Nachdenken anzuregen. Es ist seltsam, daß man sich über das beständige Aufsteigen der Volksmassen nach höheren sozialen Stufen beschwert, und daß die Regierung kein Mittel dagegen findet, in einem Land, in dem die Statistik mehrere Millionen Brachland festgestellt hat, von dem gewisse Teile, wie im Berry, sieben oder acht Fuß Humus darbieten. Viele jener Landstriche, die ganze Dörfer ernähren, die riesige Erträge liefern könnten, gehören starrköpfigen Gemeinden, die sich weigern, sie an Spekulanten zu verkaufen, weil sie sich das Recht erhalten wollen, darauf hundert Kühe weiden zu lassen. Über all diesen ungenutzten Ländereien steht das Wort »nicht nutzbar« geschrieben. Jeder Boden kann irgendwie genützt werden. Es fehlt weder an Armen noch am Willen, sondern am Wissen um diese Dinge und am Verwaltungstalent. Bis auf den heutigen Tag sind in Frankreich diese Plateaus gegenüber den Tälern vernachlässigt worden; die Regierung hat ihre Hilfsgelder, hat ihre Fürsorge dort gegeben, wo die Interessen sich selber stützten. Den meisten dieser unglücklichen Ödländer fehlt es an Wasser, der ersten Vorbedingung für allen Ertrag. Die Nebel, die diesen grauen, toten Boden dadurch fruchtbar machen könnten, daß sie ihre Oxyde[57] dort ablagerten, streifen rasch darüber hin, vom Winde verweht, mangels Bäumen, die sie überall anderswo zurückhalten und ihnen die nahrhaften Substanzen auspumpen. An mehreren solchen Stellen hieße es, das Evangelium predigen, wenn man dort Bäume pflanzte. Die Einwohner, die von der nächsten großen Stadt durch eine für arme Leute unüberwindliche Entfernung getrennt waren, eine Entfernung, die eine Wüste zwischen der Stadt und ihnen ausbreitet, hatten keinerlei Absatzmöglichkeiten für ihre Produkte, sofern sie überhaupt etwas produzierten; sie waren auf einen nicht genutzten Wald angewiesen, der ihnen Brennholz und eine ungewisse Ernährung durch Wilddieberei bot; im Winter war ihnen der Hunger auf den Fersen. Da die Äcker nicht die für den Getreideanbau erforderliche Bodentiefe besaßen, hatten die Unglücklichen weder Vieh noch Ackergeräte; sie lebten von Kastanien. Kurzum, alle die in einem Museum, wo sie die Gesamtheit der tierischen Produkte überblickten, die unbesiegliche Melancholie empfunden haben, die der Anblick brauner Farbe hervorruft, wie sie die europäischen Produkte kennzeichnet, werden vielleicht verstehen, wie sehr der Anblick dieser grauen Ebenen durch den trostlosen Gedanken an ihre Unfruchtbarkeit, den sie einem beständig vor Augen führen, die seelisch-moralische Verfassung beeinflussen muß. Dort gibt es weder Kühe noch Schatten, noch Gegensätze, keine der Vorstellungen, keinen der Anblicke, die das Herz erfreuen. Man würde einen armseligen, verkrüppelten Apfelbaum umarmen wie einen Freund.

Eine erst unlängst gebaute Départements-Landstraße durchzog

jene Ebene, so daß sie sich mit der großen Landstraße gabelte. Nach ein paar Meilen lag, wie sein Name sagt, am Fuß eines Hügels Montégnac, der Hauptort eines Bezirks, an dem eins der Arrondissements des Départements Haute-Vienne beginnt. Der Hügel gehört zu Montégnac, das in seinem Umkreis Bergnatur und Charakter der Ebene vereinigt. Diese Gemeinde mit ihren tief und hoch gelegenen Feldern ist ein kleines Schottland. Hinter dem Hügel, an dessen Fuß der Marktflecken hockt, erhebt sich, etwa eine Meile entfernt, ein erster Gipfel der Corrèzer Kette. Innerhalb dieses Raumes breitet sich ein großer, nach Montégnac benannter Wald aus; er beginnt auf dem Hügel von Montégnac, steigt ihn hinab, füllt die Täler und die unfruchtbaren Abhänge, hat große, kahle Stellen, umrundet die Bergspitze und gelangt mittels einer Zunge bis an die Landstraße nach Aubusson; die Spitze stößt an eine steile Böschung jenes Weges. Die Böschung überragt eine Schlucht, durch die die große Landstraße von Bordeaux nach Lyon hindurchführt. Oftmals sind tief unten in jener gefährlichen Schlucht die Wagen, die Reisenden, die Wanderer von Räubern angehalten worden, deren Überfälle unbestraft blieben: Die Bodenbeschaffenheit begünstigte sie; auf nur ihnen bekannten Pfaden zogen sie sich in die unzugänglichen Teile des Waldes zurück. Eine solche Gegend bot den Nachforschungen der Gerichte wenig Handhaben. Dort kam niemand durch. Da kein Verkehr bestand, konnten weder Handel noch Industrie, noch Gedankenaustausch, noch irgendeine Art von Reichtum existieren: Die sichtbaren Wunder der Kultur sind stets das Ergebnis der Anwendung einfacher Ideen. Der Gedanke ist stets der Ausgangs- und Endpunkt jeder Gesellschaft. Die Geschichte Montégnacs ist ein Beweis für dieses Axiom der Sozialwissenschaft. Als die Regierung sich um die dringenden, materiellen Bedürfnisse der Gegend kümmern konnte, hatte sie jene Waldzunge abgeholzt und dort ein Wachthaus mit Gendarmen errichtet, die die Post nach beiden Richtungen bis zu den Stationen begleiteten; aber zur Schande der Gendarmerie gewann das Wort und nicht der Säbel, gewann der Pfarrer Bonnet und nicht der Gendarmeriewachtmeister Chervin diese bürgerliche Schlacht dadurch, daß er die Moral der Bevölkerung wandelte. Der Pfarrer, der für dieses arme Land eine religiöse

Liebe hegte, hatte versucht, es zu regenerieren, und hatte sein Ziel erreicht.

Als der Abbé Gabriel eine Stunde lang diese abwechselnd steinigen und staubigen Ebenen durchfahren hatte, wo die Rebhühner friedlich in Völkern umherspazierten und das dumpfe, schwere Geräusch ihrer Flügel vernehmen ließen, wenn sie beim Nahen des Wagens aufstoben, sah er, wie alle Reisenden, die dort hindurchgefahren sind, mit einer gewissen Freude die Dächer des Marktfleckens auftauchen. Am Eingang von Montégnac befindet sich eine der seltsamsten Poststationen, die in Frankreich zu sehen sind. Das Schild, das sie anzeigt, besteht aus einem Eichenholzbrett, auf das ein ehrgeiziger Postillon die Worte »Pauste-o-chevos«[58] geschnitzt und mit Tinte geschwärzt hat; es ist mit vier Nägeln über einem schäbigen Stall befestigt, in dem kein Pferd steht. Der fast immer offenen Tür dient als Schwelle eine Planke, die so eingelassen ist, daß sie den Boden des Stalls, der tiefer liegt als der des Wegs, vor Überschwemmungen durch Regen schützt. Der verzweifelte Reisende erblickt weißes, verschlissenes, geflicktes Zaumzeug, das beim ersten Anziehen der Pferde reißen müßte. Die Pferde sind bei der Feldarbeit, auf der Weide, jedenfalls irgendwo anders als im Stall. Sind sie zufällig darin, so fressen sie; wenn sie mit Fressen fertig sind, ist der Postillon bei seiner Tante oder seiner Kusine, beim Heuen, oder er schläft gerade; niemand weiß, wo er steckt, man muß warten, bis einer hingeht und ihn holt; er kommt immer erst, wenn er fertig ist mit dem, was er gerade tat; wenn er dann gekommen ist, vergeht eine endlose Zeit, bis er einen Kittel gefunden hat, seine Peitsche, oder bis er seinen Pferden die Brustriemen angelegt hat. Auf der Türschwelle steht eine gutmütige, dicke Frau und regt sich mehr auf als der Reisende, und damit dieser nicht vor Wut platzt, macht sie sich mehr Bewegung, als die Pferde es tun. Sie stellt den Inbegriff der Postmeisterin dar, deren Mann auf dem Felde ist. Der Günstling Seiner Bischöflichen Gnaden ließ seinen Wagen vor einem sogearteten Stall stehen, dessen Wände aussahen wie eine Landkarte, und dessen Strohdach wie ein Blumenbeet in Blüte; es senkte sich unter dem Gewicht der Hauswurz[59]. Er bat die Postmeisterin, alles für seine Rückfahrt vorzubereiten, die er in einer Stunde antreten wollte, und erfragte den Weg zum

Pfarrhaus; die gute Frau zeigte ihm zwischen zwei Häusern ein Gäßchen, das zur Kirche führte; neben dieser liege das Pfarrhaus.

Während der junge Abbé diesen steinigen, von Hecken gesäumten Pfad hinanstieg, fragte die Postmeisterin den Postillon aus. Von Limoges an hatte jeder ankommende Postillon seinem weiterfahrenden Kollegen die Mutmaßungen des erzbischöflichen Palais erzählt, die er von dem aus der Stadt kommenden Postillon erfahren hatte. So geschah es, daß, während in Limoges die Einwohner aufstanden und sich über die Hinrichtung des Mörders des alten Pingret unterhielten, die ganze Landstraße entlang die Landleute einander die durch den Bischof erlangte Begnadigung des Unschuldigen verkündeten und über die vorgeblichen Irrtümer der menschlichen Justiz schwatzten. Als später Jean-François dennoch hingerichtet wurde, galt er vielleicht als ein Märtyrer.

Als der Abbé ein paar Schritte auf diesem Pfad gegangen war, der rot vom Herbstlaub und schwarz von Brombeeren und Schlehen war, wandte er sich mit der mechanischen Bewegung um, die uns veranlaßt, die Örtlichkeit zu mustern, die wir zum erstenmal betreten; es ist dies eine Art angeborener physischer Neugier, die auch den Pferden und den Hunden eigen ist. Die Lage Montégnacs wurde ihm durch ein paar Quellen verdeutlicht, die der Hügel entspringen läßt, und durch einen schmalen Bachlauf, an dem entlang sich die Département-Straße hinzieht, die den Hauptort des Arrondissements mit der Präfektur[60] verbindet. Wie alle Dörfer dieser Hochebene sind die Häuser von Montégnac aus sonnengetrocknetem Lehm erbaut, der zu gleich großen Würfeln geformt war. Nach einem Brand kommt es vor, daß ein Haus aus Ziegelsteinen errichtet wird. Man findet ausnahmslos Strohdächer. Alles zeugt von großer Armut. Vor Montégnac erstrecken sich Roggen-, Rüben- und Kartoffelfelder, die der Ebene abgerungen worden sind. Am Hang sah er ein paar bewässerte Wiesen, auf denen die berühmten Limousiner Pferde gezüchtet werden; sie waren, wie es heißt, ein Vermächtnis der Araber, als sie von den Pyrenäen nach Frankreich hinabgestiegen waren, um dann zwischen Tours und Poitiers[61] unter der Axt der Franken vernichtet zu werden, die Karl Martell[62] befehligte. Die An-

743

höhen wirkten ausgetrocknet. Verbrannte, rötliche, wie entzündet aussehende Flecken zeigten den dürren Boden an, auf dem die Kastanien gern wachsen. Die Wasserläufe, die sorgsam für die Bewässerung ausgenutzt wurden, kamen nur den Wiesen zugute, die von Kastanien gesäumt und von Hecken eingefaßt wurden; dort wuchs das feine, seltene, kurze und fast süße Gras, das der Zucht jener stolzen, empfindlichen Pferde dient, die zwar nicht sehr widerstandsfähig gegen Anstrengungen, aber glänzend und vortrefflich dort sind, wo sie geboren wurden, und die sich durch Verpflanzungen verändern. Ein paar unlängst hergebrachte Maulbeerbäume wiesen auf die Absicht hin, Seidenzucht zu betreiben. Wie die meisten Dörfer der Welt hatte Montégnac nur eine einzige Straße, durch die die Landstraße führte. Aber es gab ein Ober- und ein Unter-Montégnac, und beide wurden durch rechtwinklig in die Hauptstraße mündende Gassen geteilt. Eine Häuserreihe auf dem Buckel des Hügels bot den heiteren Anblick gestufter Gärten; ihre Eingänge nach der Straße hin bestanden aus mehreren Stufen; jene Treppe war bei den einen aus Erde, bei den andern aus Kieselsteinen, und hier und dort saßen ein paar alte Frauen, die spannen oder auf die Kinder aufpaßten; sie belebten das Bild und hielten den geselligen Verkehr zwischen Ober- und Unter-Montégnac aufrecht, indem sie über die für gewöhnlich ruhige Straße hinweg miteinander redeten und auf diese Weise die Neuigkeiten ziemlich rasch vom einen Ende des Fleckens zum andern gelangen ließen. Die Gärten standen voller Obstbäume und zeigten Kohl-, Zwiebel- und Gemüsebeete; an ihren Terrassen hatten sie alle Bienenkörbe. Parallel dazu verlief eine weitere Häuserreihe, deren Gärten sich zum Flusse hin neigten; dessen Lauf wurde betont durch prächtige Hanffelder, sowie durch diejenigen unter den Obstbäumen, die feuchten Boden lieben; einige der Häuser, wie das der Post, lagen in Mulden, was die Tätigkeit von ein paar Webern begünstigte; fast alle wurden von Nußbäumen beschattet, dem Baum fetter Erde. An dieser Seite, also an dem der großen Ebene entgegengesetzten Ende, lag ein Anwesen, das weitläufiger und gepflegter als die andern war; darum herum scharten sich weitere, gleichfalls gut gehaltene Häuser. Dieser vom Flecken durch seine Gärten getrennte Weiler hieß damals bereits »Les Tascherons«, und

744

dieser Name hat sich bis auf den heutigen Tag erhalten. Die Gemeinde war an und für sich unbedeutend; aber es gehörten zu ihr an die dreißig verstreut liegende Meierhöfe. Im Tal, nach dem Fluß zu, zeigten ein paar »Knicks«[63], ähnlich denjenigen der Marche und des Berry, die Wasserläufe an und zeichneten ihre grünen Fransen rings um die Gemeinde, die dalag wie ein Schiff auf offener See. Wenn ein Haus, ein Acker, ein Dorf, eine Gegend aus einem jämmerlichen Zustand in einen befriedigenden gelangt ist, ohne daß man bereits von glänzenden Zuständen oder gar Reichtum sprechen könnte, wirkt das Leben dort so natürlich, daß der Betrachter auf den ersten Blick sich nie die gewaltigen Mühen vorstellen kann, die unendlich im kleinen, aber grenzenlos in der Ausdauer sind, all die Arbeit, die in den Fundamenten eingegraben ist, die vergessene Mühsal, auf der die ersten Wandlungen beruhen. Daher dünkte dieser Anblick den jungen Abbé nichts Besonderes, als er mit einem flüchtigen Blick dieses anmutige Landschaftsbild umfaßte. Er wußte ja nicht, in welchem Zustand sich das Dorf vor der Ankunft des Pfarrers Bonnet befunden hatte. Er stieg den Pfad ein paar Schritte weiter hinauf, und bald erblickte er, etwa hundert Klafter[64] oberhalb der zu den Häusern von Ober-Montégnac gehörenden Gärten, die Kirche und das Pfarrhaus; er hatte beides bereits aus der Ferne wahrgenommen; aber da hatten sie sich nicht abgehoben von den mächtigen, von Kletterpflanzen eingehüllten Trümmern der alten Burg von Montégnac, die im zwölften Jahrhundert einer der Wohnsitze der Familie de Navarreins gewesen war. Das Pfarrhaus, ein Gebäude, das wohl ursprünglich für einen Oberfeldhüter oder einen Verwalter errichtet worden war, kündigte sich durch eine lange, hohe, mit Linden bepflanzte Terrasse an, von der aus der Blick über die Gegend schweifen konnte. Die Treppe dieser Terrasse und deren Stützmauern waren von einem Alter, das aus den Verheerungen der Zeit und des Wetters ersichtlich war. Die Steine der Treppe, die durch die unmerkliche, aber beständig wirkende Kraft des Pflanzenwuchses verschoben worden waren, ließen hohes Gras und Unkraut emporschießen. Die Moospolster, die sich an die Steine hefteten, hatten ihren drachengrünen Teppich oben auf jeder Stufe ausgebreitet. Zahlreiche Familien von Mauerpflanzen, Kamille und

Frauenhaar[65] sproßten in üppigen, mannigfaltigen Büscheln aus den Abzugslöchern des Mauerwerks, das trotz seiner Dicke Risse aufwies. Die Vegetation hatte dort das eleganteste Wirkwerk von gefiederten Farnen, violettem Löwenmaul mit goldenem Stempel, blauem Natterkopf[66] und braunen Kryptogamen ausgebreitet, so daß der Stein nur ein Beiwerk zu sein schien und nur an seltenen Stellen diesen lebendigen Gobelin durchlöcherte. Auf dieser Terrasse bildeten Buchsbaumeinfassungen die geometrischen Figuren eines Lustgartens, der das Haus des Pfarrers einrahmte; darüber bildete der Fels eine weißliche Fläche, auf der kümmerliche Bäume standen und sich neigten wie ein Federschmuck. Die Ruinen der Burg überragten das Haus und die Kirche. Das aus Feldsteinen und Mörtel erbaute Pfarrhaus hatte ein Stockwerk unter einem riesigen Schrägdach mit zwei Giebeln; darunter befanden sich Speicherräume, die, nach dem elenden Zustand der Luken zu urteilen, sicherlich leer waren. Das Erdgeschoß bestand aus zwei durch einen Korridor getrennten Zimmern, an dessen Ende sich eine Holztreppe befand, auf der man zum ersten Stock hinaufstieg, der gleichfalls aus zwei Zimmern bestand. Eine kleine Küche war an das Haus nach der Hofseite hin angebaut; dort waren auch ein Pferde- und ein Kuhstall zu sehen, beide völlig leer, überflüssig und verwahrlost. Der Gemüsegarten lag zwischen Haus und Kirche. Ein zerfallener, überdachter Gang führte vom Pfarrhaus zur Sakristei. Als der junge Abbé die vier bleiverglasten Fenster sah, die braunen, mit Moos überwachsenen Mauern, die rohe Holztür dieses Pfarrhauses, rissig wie ein Paket Zündhölzer, da ergriff ihn nicht etwa die anbetungswürdige Naivität dieser Einzelheiten, die Anmut des Pflanzengewuchers, das die Dächer, die verwitterten hölzernen Fensterbänke zierte, und die Risse, aus denen üppige Kletterpflanzen herauswucherten, die Rebgeschlinge, deren in sich verdrehte Ranken mit den kleinen Trauben durch die Fenster eindrangen, als wollten sie lachende Gedanken hineintragen; er war vielmehr glücklich, daß er mehr Aussicht hatte, Bischof als Dorfpfarrer zu werden. Dieses stets offenstehende Haus schien allen zu gehören. Der Abbé Gabriel betrat den Raum, der mit der Küche in Verbindung stand, und gewahrte ein armseliges Mobiliar: einen Tisch mit vier gewundenen Säulenbeinen aus

altem Eichenholz, einen Gobelinsessel, Holzstühle und statt einer
Anrichte eine alte Truhe. Es war niemand in der Küche, nur ein
Kater, der darauf schließen ließ, daß im Haus eine Frau waltete.
Der andere Raum diente als Wohnzimmer. Als der junge Priester einen Blick hineinwarf, gewahrte er Sessel aus Naturholz,
die mit Gobelinstoff überzogen waren. Das Wandgetäfel und die
Deckenbalken bestanden aus Kastanienholz und waren eben-
holzschwarz. Es befanden sich in diesem Zimmer eine Uhr mit
grünem, mit Blumen bemaltem Gehäuse, ein Tisch mit verschlis-
sener grüner Decke, ein paar Stühle, auf dem Kaminsims standen
zwei Leuchter und dazwischen unter einem grünen Glassturz ein
Jesuskind aus Wachs. Der Kamin war mit Holz verkleidet, in
das plumpe Ornamente geschnitzt waren; davor stand ein Ofen-
schirm aus Tapete, deren Muster den Guten Hirten mit dem
Lamm auf der Schulter darstellte; es handelte sich dabei wohl um
ein Geschenk, durch das die Tochter des Bürgermeisters oder des
Friedensrichters für die Mühe hatte danken wollen, die bei ihrem
Unterricht bezeigt worden war. Der Anblick des kläglichen Zustands, in dem das Haus sich befand, tat weh: Die ehemals weiß
gekalkten Wände hatten stellenweise die Farbe verloren und
waren in Manneshöhe durch Scheuern schmutzig geworden; die
Treppe mit den bauchigen Balustren und den Holzstufen war
zwar sauber gehalten, schien aber unter jedem Fußtritt zu wanken. Hinten stand der Eingangstür gegenüber eine weitere Tür
offen; sie führte in den Gemüsegarten und erlaubte dem Abbé de
Rastignac, sich darüber klarzuwerden, wie gering an Umfang
jener Garten war; er wirkte wie eingezwängt durch eine in den
weißlichen, weichen Stein des Berges eingeschnittene Festungs-
mauer, die üppige Spaliere verkleideten, lange, schlecht unterhaltene Gitter mit Reben, deren Blätter von der Lepra[67] zerfressen waren. Er kehrte um und erging sich auf den Wegen des ersten Gartens, von wo aus sich seinen Augen oberhalb des Dorfs
der prächtige Anblick des Tals darbot, einer wahren Oase am
Saum der weiten Ebene, die, vom lichten Morgennebel verhüllt,
einem ruhigen Meer ähnelte. Hinten gewahrte man auf der einen
Seite die weiten, dunklen Schattierungen des bronzefarbenen
Forstes und auf der andern die Kirche und die auf dem Fels
hockende Burgruine, die sich lebhaft vom Blau des Äthers abhob.

747

Der Abbé Gabriel ließ unter seinen Schritten den Sand der kleinen sternförmigen, runden oder rautenförmigen Gartenwege knirschen und schaute abwechselnd auf das Dorf, dessen Bewohner sich schon in Gruppen zusammengeschart hatten und wohl über ihn redeten, und auf das kühle Tal mit seinen holprigen Wegen, seinem von Weidenbäumen gesäumten Bach, das so wohlig von der Unendlichkeit der Ebene abstach; es überkamen ihn jetzt Empfindungen, die die Natur seiner Gedanken veränderten; er staunte über die Ruhe dieser Stätte, er unterlag dem Einfluß dieser reinen Luft, dem Frieden, den die Enthüllung eines Lebens einflößt, das sich wieder der biblischen Schlichtheit zugewandt hat; er empfand flüchtig und verworren all das Schöne dieses Pfarrhauses und ging wieder hinein, um alle Einzelheiten nochmals mit ernster Neugier zu betrachten. Ein kleines Mädchen, das wohl beauftragt war, auf das Haus zu achten, das jedoch im Garten genascht hatte, hörte auf den großen Fliesen, mit denen die beiden unteren Räume ausgelegt waren, die Schritte eines Mannes, der knarrende Stiefel trug. Sie kam herein. Da sie erschrak, daß sie mit einer Frucht in der Hand und einer andern zwischen den Zähnen ertappt worden war, antwortete sie nichts auf die Fragen dieses schönen, jungen, schmucken Abbés. Nie im Leben hätte die Kleine geglaubt, daß es einen solchen Abbé geben könne, einen mit leuchtend weißer Batistwäsche, wie aus dem Ei gepellt, in schönes schwarzes Tuch gekleidet, ohne Flecke oder Falten.

»Monsieur Bonnet«, sagte sie schließlich, »Monsieur Bonnet liest die Messe, und Mademoiselle Ursule ist in der Kirche.«

Der Abbé Gabriel hatte den Gang nicht gesehen, durch den das Pfarrhaus mit der Kirche verbunden war; er schlug also wieder den Pfad ein, um durch das Hauptportal in die Kirche einzutreten. Die Vorhalle war nach dem Dorfe zu gelegen; man gelangte auf verrutschten und abgetretenen Steinstufen hinein, von einem durch Rinnsale ausgewaschenen Platz aus; er war mit jenen dicken Ulmen bestanden, deren Anpflanzung der Protestant Sully[68] befohlen hatte. Diese Kirche, eine der ärmsten Frankreichs, wo es doch so viele arme Kirchen gibt, ähnelte jenen großen Scheunen, die über der Tür ein vorspringendes Dach haben, das von Pfeilern aus Holz oder Ziegelstein gestützt wird. Sie war aus Feldsteinen und Mörtel erbaut, wie das Haus des Pfarrers; neben ihr stand ein viereckiger Glockenturm ohne Spitze; er war mit dicken Rundziegeln gedeckt. Die Außenseite der Kirche schmückten die reichsten Skulpturen, verschönt durch das Spiel von Licht und Schatten, mit dem die Natur, die sich darauf so gut versteht wie Michelangelo, sie plastisch durchgeformt, in sich vereinigt und getönt hatte. Auf beiden Seiten umschlang der Efeu mit seinen kräftigen Ranken die Mauern und ließ durch sein Laubwerk hindurch so viele Adern und Sehnen erscheinen, wie man sie bei einer Muskelfigur findet. Dieser Mantel, den die Zeit den Mauern übergeworfen hatte, um die von ihr geschlagenen Wunden zu verhüllen, war bunt gesprenkelt von Herbstblumen, die aus den Ritzen hervorgewachsen waren, und bot Singvögeln ein Obdach. Die Fensterrose über dem Schutzdach der Vorhalle war von blauen Glockenblumen umrahmt wie die erste Seite eines mit reichen Malereien geschmückten Meßbuches. Die mit dem Pfarrhaus verbundene, nach Norden gelegene Seite war weniger beblüht; dort sah die Mauer grau und rot durch große, moosbewachsene Stellen; die andere Seite indessen und der Chor, um die beide der Friedhof sich hinzog, boten eine überschwengliche, mannigfache Blütenpracht. Ein paar Bäume, darunter ein Mandelbaum, eins der Embleme der Hoffnung, hatten sich in den Rissen angesiedelt. Zwei riesige Fichten, die sich an den Chor lehnten, dienten als Blitzableiter. Der Friedhof war von einer kleinen, zerfallenen Mauer umgeben, die durch ihre eigenen Trümmer in Brusthöhe zusammengehalten wurde; als Schmuck diente ihm ein Eisenkreuz, das in einen Sockel eingelassen war und zu Ostern durch einen der rührenden christlichen Bräuche, die in den Städten in Vergessenheit geraten sind, mit geweihtem Buchsbaum geschmückt wurde. Der Dorfpfarrer ist der einzige Priester, der am Tag der österlichen Auferstehung zu seinen Toten sagt: »Ihr werdet im Glück weiterleben!« Hier und dort steckten ein paar verwitterte Kreuze in den grasbewachsenen Hügeln.

Das Innere harmonierte vollkommen mit der poetischen Verwahrlosung des schlichten Äußeren, dessen Luxus von der wenigstens diesmal mildtätigen Zeit geliefert worden war. Innen richtete sich das Auge zunächst an den Dachstuhl, der mit Kastanien-

749

holz verschalt war; das Alter hatte ihm die schönsten Tönungen aller europäischen Hölzer verliehen; er wurde in gleichen Abständen von kräftigen Trägern gestützt, die auf Querbalken ruhten. Die vier weißgekalkten Wände wiesen keinerlei Schmuck auf. Die Not hatte diese Gemeinde ohne ihr Wissen zu Bilderstürmern gemacht. Die mit Fliesen ausgelegte, mit Bänken bestückte Kirche erhielt ihr Licht durch vier spitzbogige Seitenfenster mit Bleiverglasung. Dem sargförmigen Altar schmückte ein großes Kruzifix über einem Tabernakel aus Nußbaumholz, das mit einigem sauberen, schimmernden Schnitzwerk geschmückt war; ferner standen darauf acht billige Leuchter aus weiß angestrichenem Holz sowie zwei Porzellanvasen mit künstlichen Blumen, die der Portier eines Wechselmaklers stolz abgelehnt hätte, aber mit denen Gott sich begnügte. Die Ewige Lampe bestand aus einem Nachtlicht, das in einem alten tragbaren Weihwasserkessel aus versilbertem Messing stand, der an Seidenschnüren hing, die wohl aus irgendeinem abgebrochenen Schloß stammten. Die Taufbecken waren aus Holz wie auch die Kanzel und wie eine Art Verschlag für die Kirchenvorsteher, die Patrizier des Fleckens. Ein Marienaltar bot dem allgemeinen Staunen zwei kolorierte Lithographien in einem kleinen, vergoldeten Rahmen. Der Altar war weiß gestrichen, mit künstlichen Blumen geschmückt, die in gedrechselten Vasen aus vergoldetem Holz standen; es lag darauf eine Tischdecke mit häßlicher Kante aus rostroten Spitzen. Hinten in der Kirche befand sich ein hohes, schmales Fenster, das mit einem großen Vorhang aus rotem Kattun verhängt war und eine magische Wirkung hatte. Dieser reiche Purpurmantel warf einen rosigen Schein über die weißgekalkten Wände; es war, als strahle ein Gottesgedanke vom Altar aus und erfülle das armselige Kirchenschiff, um es zu erwärmen. An einer der Wände des zur Sakristei führenden Gangs stand der Schutzpatron des Dorfes, ein großer Johannes der Täufer mit seinem Lamm, holzgeschnitzt und grauenhaft bemalt. Trotz ihrer so großen Armut fehlte es dieser Kirche nicht an den sanften Harmonien, die schönen Seelen gefallen, und die durch die Farben noch betont werden. Die reichen, braunen Tönungen des Holzes steigerten wunderbar das reine Weiß der Wände und vermählten sich ohne Dissonanz mit dem triumphalen Purpurschein, der in das Schiff fiel. Diese strenge Dreieinigkeit der Farben gemahnte an den großen katholischen Gedanken. Beim Anblick dieses kärglichen Hauses Gottes war zwar das erste Gefühl Überraschung; dann jedoch folgte eine mit Mitleid gemischte Bewunderung: Drückte es nicht das Elend des Dorfs aus? Paßte es nicht zu der naiven Schlichtheit des Pfarrhauses? Übrigens war die Kirche sauber und gut gehalten. Man atmete darin wie einen Wohlgeruch die ländlichen Tugenden; nichts zeugte von Vernachlässigung. Sie war bräunlich und schlicht, aber in ihr lebte das Gebet, sie hatte eine Seele, man spürte sie, ohne sich das Wie erklären zu können.

Der Abbé Gabriel schlich behutsam weiter; er wollte die fromme Versunkenheit der beiden Gruppen nicht stören, die in den vorderen Bänken dicht am Hauptaltar saßen; dort, wo die Ewige Lampe hing, war er durch eine recht plumpe Balustrade abgetrennt, die ebenfalls aus Kastanienholz bestand, und über die das für die Kommunion bestimmte Tuch gebreitet war. Zu beiden Seiten des Kirchenschiffs waren an die zwanzig Bauern und Bäuerinnen in ein inbrünstiges Gebet versunken; sie beachteten den Fremden nicht, als er den schmalen Gang durchschritt, der die beiden Bankreihen trennte. Als der Abbé Gabriel unter der Lampe angelangt war, von wo aus er die beiden kleinen Seitenschiffe überschauen konnte, durch die das Kreuz gebildet wurde, und deren eines zur Sakristei, deren anderes auf den Kirchhof führte, bemerkte er nach der Kirchhofseite hin eine schwarz gekleidete, auf den Fliesen kniende Familie; in jenen beiden Teilen der Kirche standen keine Bänke. Der junge Abbé kniete auf der Stufe der Balustrade nieder, die den Chor vom Kirchenschiff abtrennte, und begann zu beten; dabei beobachtete er mit einem Seitenblick das Schauspiel, das ihm bald klar werden sollte. Das Evangelium war verlesen worden. Der Pfarrer legte das Meßgewand ab, stieg am Altar hinunter und trat an die Balustrade. Der junge Abbé hatte diesen Augenblick vorausgesehen; ehe Monsieur Bonnet ihn sehen konnte, lehnte er sich zurück an die Wand. Es schlug zehn Uhr.

»Meine Brüder«, sagte der Pfarrer mit bewegter Stimme, »in ebendiesem Augenblick muß ein Sohn dieser Gemeinde der menschlichen Gerechtigkeit seine Schuld erstatten und die Todesstrafe erleiden; wir bringen das heutige Meßopfer dar für die Ruhe seiner Seele. Laßt uns unsere Gebete vereinigen, damit wir von Gott erlangen, daß er diesen Sohn in seinen letzten Augenblicken nicht verlasse; möge seine Reue im Himmel die Gnade erlangen, die ihm hienieden verweigert worden ist. Der Untergang dieses Unglücklichen, eines derjenigen, bei denen wir am ehesten damit gerechnet hatten, daß sie gute Beispiele gäben, kann nur der Mißachtung der religiösen Grundsätze zugeschrieben werden ...«

Der Pfarrer wurde durch die Schluchzlaute unterbrochen, die aus der von der Familie in Trauerkleidung gebildeten Gruppe aufstiegen; an ihrem Übermaß an Herzleid erkannte der junge Priester die Familie Tascheron, ohne sie je gesehen zu haben. Zunächst lehnten an der Wand zwei alte, mindestens siebzigjährige Leute, zwei reglose Gesichter mit tiefen Falten, bräunlich wie Florentiner Bronze. Jene beiden Gestalten, die in ihren alten, geflickten Kleidern stoisch wie zwei Statuen dastanden, mußten die Großeltern des Verurteilten sein. Ihre geröteten, glasigen Augen schienen Blut zu weinen; ihre Arme zitterten so sehr, daß die Stöcke, auf die sie sich stützten, auf dem Fliesenboden ein leises Geräusch hervorriefen. Neben ihnen standen die Eltern, die Gesichter in den Taschentüchern verborgen, und zerschmolzen in Tränen. Um diese vier Familienhäupter knieten zwei verheiratete Schwestern, die von ihren Männern begleitet worden waren. Dann drei vom Schmerz ganz stumpfe Söhne. Fünf kleine, kniende Kinder, deren ältestes noch nicht sieben Jahre alt war, verstanden wohl nicht, um was es hier ging; sie schauten und lauschten mit der dem Anschein nach erstarrten Neugier, die für den Bauern bezeichnend, aber die die bis aufs höchste gesteigerte Wahrnehmung realer Dinge ist. Schließlich lauschte noch das arme Mädchen, das auf Verlangen der Justiz gefangengesetzt worden war, die zuletzt Gekommene, jene Denise, die Märtyrerin ihrer Bruderliebe, mit einer Miene, die zugleich Verstörung und Unglauben kündete. Für sie konnte der Bruder nicht sterben. Sie verkörperte wunderbar diejenige der drei Marien, die nicht an Christi Tod geglaubt, obwohl sie seinen Todeskampf miterlebt hatte. Sie war bleich und hatte trockene Augen wie Menschen, die viel gewacht haben; ihre Jugendfrische war schon gewelkt, und zwar weniger durch die Feldarbeit als durch den Kummer; allein sie besaß noch immer die Schönheit der Landmädchen, volle, runde Formen, schöne rote Arme, ein ganz rundes Gesicht, reine Augen, die in diesem Augenblick durch ein Aufblitzen der Verzweiflung aufflammten. Unterhalb des Halses war an mehreren Stellen feste, weiße Haut zu sehen, die die Sonne nicht gebräunt hatte; sie ließ auf eine blühende Hautfarbe schließen, eine verborgene Weiße. Die beiden verheirateten Töchter weinten; ihre Männer, geduldige Landwirte, waren ernst. Die drei andern Jungen waren tief traurig und blickten zu Boden. In diesem schrecklichen Bilde der Schicksalsergebenheit und des hoffnungslosen Schmerzes zeigten einzig Denise und ihre Mutter einen Anflug von Auflehnung. Die andern Dorfbewohner nahmen an dem Schmerz dieser achtbaren Familie durch ein aufrichtiges, frommes Mitleid teil; es lieh all diesen Gesichtern den gleichen Ausdruck und steigerte sich bis zum Schrecken, als die wenigen Sätze des Pfarrers ihnen zu verstehen gaben, daß in diesem Augenblick das Fallbeil auf den Kopf des jungen Menschen niedersauste, den sie alle kannten, dessen Geburt sie miterlebt, den sie sicherlich für unfähig gehalten hatten, ein Verbrechen zu begehen. Die Schluchzer, die die schlichte, kurze Ansprache unterbrachen, die der Pfarrer seinen Beichtkindern halten mußte, verwirrten ihn so sehr, daß er aufhörte und sie aufforderte, inbrünstig zu beten. Obwohl diesem Anblick nichts innewohnte, was einen Priester hätte überraschen können, war Gabriel de Rastignac zu jung, um nicht tief davon erschüttert zu werden. Er hatte die priesterlichen Tugenden noch nicht geübt; er fühlte sich zu einem anderen Geschick berufen; er hatte nicht in alle sozialen Abgründe hinabzusteigen brauchen, wo das Herz beim Anblick der Übel blutet, die sie anfüllen; seine Mission war die der hohen Geistlichkeit, die den Opfergeist aufrechterhält und die gehobene Intelligenz der Kirche darstellt, und die bei glanzvollen Anlässen auf den größten Schauplätzen die nämlichen Tugenden entfaltet wie die erlauchten Bischöfe von Marseille und Meaux, wie die Erzbischöfe von Arles und Cambrai[69]. Diese kleine Schar von Landleuten, die um den weinten, für den beteten, den sie auf einem großen, öffentlichen Platz hingerichtet glaubten, vor Tausenden von Menschen, die von überall hergekommen waren, um die Qual durch eine ungeheure Schande noch zu vergrößern; dieses schwache Gegengewicht von Anteilnahme und Gebeten, das Gegenteil jener Fülle wüster Schaubegier und gerechter Flüche, mußte erschüttern, zumal in dieser armseligen Kirche. Der Abbé Gabriel fühlte sich versucht, zu den Tascherons hinzugehen und ihnen zu sagen: »Euer Sohn, euer Bruder hat einen Aufschub erhalten.« Aber er scheute sich, die Messe zu stören, und überdies wußte er ja, daß dieser Aufschub die Hinrichtung nicht verhindern würde. Anstatt der heiligen Handlung zu folgen, fühlte er sich unwiderstehlich gedrängt, den Seelenhirten zu beobachten, von dem man das Wunder der Bekehrung des Verbrechers erwartete. Nach dem Muster des Pfarrhauses hatte Gabriel de Rastignac sich ein imaginäres Porträt des Pfarrers Bonnet entworfen: einen dicken, stämmigen Mann mit kräftigem, rotem Gesicht, einen rauhen, halb bäurischen, sonnengebräunten Arbeiter. Statt dessen war der Abbé seinesgleichen begegnet. Bonnet war von kleiner, dem Anschein nach schwächlicher Gestalt; er machte zunächst durch das leidenschaftliche Gesicht betroffen, es war so, wie man sich ein Apostelgesicht vorstellt: von beinahe dreieckiger Form, beginnend mit einer breiten, faltendurchfurchten Stirn, und vollendet durch zwei von den Schläfen bis zur Kinnspitze sich hinziehenden mageren Linien, die seine hohlen Wangen zeichneten. In diesem Antlitz, das durch eine wachsgelbe Hautfarbe schmerzlich wirkte, strahlten zwei Augen, aus deren Blau ein von lebendiger Hoffnung brennender Glaube leuchtete. Es wurde durch eine lange, schmale, gerade Nase mit gut geschnittenen Flügeln geteilt, unter der ein breiter Mund mit ausgeprägten Lippen stets sprach, auch wenn er geschlossen war, und aus dem eine der Stimmen drang, die zu Herzen gehen. Das kastanienbraune, spärliche, sehr feine, glatt dem Kopf anliegende Haar zeugte von einer schwachen Konstitution, die lediglich durch mäßige Lebensweise aufrechterhalten wurde. Die ganze Kraft dieses Mannes bildete der Wille. Das alles sprach für ihn. Seine kurzen Hände hätten bei jedermann auf eine Neigung zu grobschlächtigen Genüssen schließen lassen, und vielleicht hatte er, wie Sokrates, seine üblen Gelüste niedergerungen. Seine Magerkeit wirkte unangenehm. Die Schultern traten zu sehr hervor. Der im Verhältnis zu den Gliedmaßen zu kräftig entwikkelte Oberkörper gab ihm das Aussehen eines Buckligen ohne Buckel. Alles in allem mußte er mißfallen. Nur Menschen, die um die Wunder des Denkens, des Glaubens und der Kunst wissen, konnten den lodernden Märtyrerblick verehren, die Blässe der Standhaftigkeit und die liebende Stimme, die den Pfarrer Bonnet auszeichneten. Dieser Mann war der Urkirche würdig, die nur noch in den Gemälden des sechzehnten Jahrhunderts und auf den Seiten des Verzeichnisses der christlichen Märtyrer fortbesteht; ihn prägte menschliche Größe, die der höchsten göttlichen Größe durch die Überzeugung nahekommt, deren unauslöschliches Hervortreten die vulgärsten Gesichter verschönt, die mit einer warmen Tönung die Gesichter der Männer vergoldet, die sich irgendeinem Kult geweiht haben, gerade wie sie durch ein gewisses Leuchten das Gesicht der Frau verschönt, die eine große Liebe verklärt. Die Überzeugung ist der zu seiner höchsten Macht gelangte menschliche Wille. Sie ist gleichzeitig Wirkung und Ursache; sie macht Eindruck auf die kältesten Seelen; sie ist eine Art stummer Beredsamkeit, die die Massen mitreißt.

Als der Pfarrer vom Altar herabgestiegen war, war sein Blick dem des Abbé Gabriel begegnet; er hatte ihn erkannt, und als der Sekretär des bischöflichen Palasts sich in der Sakristei einfand, befand Ursule, der ihr Herr bereits seine Weisungen erteilt hatte, sich allein darin und forderte den jungen Abbé auf, ihr zu folgen.

»Monsieur«, sagte Ursule, eine Frau im kanonischen Alter, als sie den Abbé de Rastignac durch den überdachten Gang in den Garten führte, »der Herr Pfarrer hat mich beauftragt, Sie zu fragen, ob Sie gefrühstückt hätten. Sie müssen schon in aller Morgenfrühe von Limoges abgefahren sein, um schon um zehn Uhr hier anzukommen; ich will also alles zum Essen vorbereiten. Der Herr Abbé wird hier nicht die Tafel Seiner Bischöflichen Gnaden vorfinden; aber wir werden tun, was wir können. Monsieur Bonnet wird gleich wiederkommen; er ist diese armen Leute trösten gegangen ... die Tascherons ... Heute ist der Tag, da ihr Sohn ein schreckliches Geschick erleidet ...«

»Ja«, sagte endlich der Abbé Gabriel, »wo ist eigentlich das Haus dieser wackeren Leute? Ich muß auf Monseigneurs Befehl Monsieur Bonnet augenblicklich mit nach Limoges nehmen. Der

Unglückliche wird heute nicht hingerichtet; Monseigneur hat einen Aufschub durchgesetzt.«

»Oh!« sagte Ursule; ihr juckte die Zunge, daß sie diese Neuigkeit unter die Leute bringen konnte; »Monsieur hat Zeit genug, ihnen diesen Trost zu bringen, während ich das Essen vorbereite; das Haus der Tascherons liegt am Dorfende. Folgen Sie dem Pfad, der unten an der Terrasse vorbeigeht, dann kommen Sie hin.«

Als Ursule den Abbé aus den Augen verloren hatte, ging sie hinunter, um die Neuigkeit im Dorf auszusäen, wobei sie die zum Mittagessen nötigen Dinge einkaufte.

Der Pfarrer hatte erst in der Kirche ganz unvermittelt von einem verzweifelten Entschluß erfahren, den die Verwerfung der Berufung durch das Kassationsgericht den Tascherons eingegeben hatte. Die wackeren Leute wollten dem Dorf den Rücken kehren; an ebendiesem Morgen sollten sie den Preis für ihre im voraus verkauften Besitztümer ausgezahlt erhalten. Der Verkauf hatte Zeit und Formalitäten erfordert, die sie nicht vorausgesehen hatten. Da sie gezwungen gewesen waren, seit der Verurteilung Jean-François' im Dorf zu bleiben, war jeder Tag für sie ein Kelch voller Bitterkeit gewesen, den sie hatten leeren müssen. Der in aller Heimlichkeit gefaßte Plan war erst am Vorabend des Tages durchgesickert, an dem die Hinrichtung stattfinden sollte. Die Tascherons hatten geglaubt, das Dorf vor jenem Schicksalstag verlassen zu können; aber der Käufer ihres Besitzes war im Bezirk fremd, er stammte aus dem Département Corrèze; ihre Beweggründe waren ihm gleichgültig, und außerdem waren seine Gelder verspätet eingegangen. Auf diese Weise war die Familie genötigt, ihr Unglück bis zum Bodensatz auszukosten. Das Gefühl, das ihnen die Auswanderung befohlen hatte, war so heftig in ihren schlichten, an Kompromisse mit dem Gewissen wenig gewöhnten Seelen, daß die Großeltern, die Töchter und deren Ehemänner, die Eltern, alles, was den Namen Tascheron trug oder nahe mit ihm verwandt war, das Dorf verlassen wollten. Diese Auswanderung schmerzte die ganze Gemeinde. Der Bürgermeister hatte den Pfarrer aufgesucht und ihn gebeten, doch zu versuchen, diese wackeren Leute zum Bleiben zu bewegen. Nach dem neuen Gesetz ist der Vater nicht mehr für den

Sohn verantwortlich, und ein Verbrechen des Vaters befleckt die Familie nicht mehr. Im Einklang mit den verschiedenen bürgerlichen Gleichstellungen, die die väterliche Macht so sehr geschwächt haben, hat dieses System dem Individualismus zum Siege verholfen, der die moderne Gesellschaft verschlingt. So kommt es, daß derjenige, der sich über die Zukunft Gedanken macht, den Familiengeist dort zerstört sieht, wo die Bearbeiter des neuen Gesetzbuches freie Entscheidung und Gleichheit hatten einführen wollen. Stets wird die Familie die Grundlage der Gesellschaft bilden. Die Familie früherer Zeiten, die notwendigerweise zeitlich gebunden sein und immerfort geteilt werden mußte, die sich neu bildete, um sich dann abermals aufzulösen, existiert in Frankreich nicht mehr. Diejenigen, die bei der Zerstörung des alten Bauwerks mitgewirkt haben, handelten logisch, als sie die Familiengüter gleichfalls teilten, als sie die Autorität des Vaters minderten, als sie aus jedem Sohn das Oberhaupt einer neuen Familie machten, als sie die großen Verantwortlichkeiten unterdrückten; aber ist der wiederaufgebaute soziale Staat mit seinen jungen Gesetzen, die noch nicht lange erprobt sind, ebenso fest gegründet wie die Monarchie es war, trotz ihrer alten Mißbräuche? Als die Gesellschaft die Solidarität der Familien einbüßte, verlor sie auch die fundamentale Kraft, die Montesquieu[70] entdeckt und als »die Ehre« bezeichnet hatte. Sie hat alles isoliert, um besser herrschen zu können; sie hat alles zerteilt, um zu schwächen. Sie regiert über die Einheiten, über die Ziffern, die zusammengeballt sind wie Getreidekörner in einem Haufen. Können die Allgemeininteressen die Familien ersetzen? Bei dieser großen Frage hat die Zeit das Wort. Nichtsdestoweniger dauert das alte Gesetz fort; es hat seine Wurzeln so tief gesenkt, daß man nach wie vor lebendige Ausläufer von ihnen in den unteren Volksschichten findet. Noch immer gibt es Provinzwinkel, in denen fortbesteht, was man als Vorurteil bezeichnet, wo die Familie unter dem Verbrechen eines ihrer Söhne oder eines ihrer Väter leidet. Dieser Glaube hatte für die Tascherons das Dorf unbewohnbar gemacht. Ihre tiefe Frömmigkeit hatte sie am Morgen in die Kirche geführt: War es möglich, daß, ohne daß sie daran teilnahmen, eine Messe gelesen, die Gott dargebracht wurde, um ihn zu bitten, er möge ihrem Sohn eine Reue einflößen, die ihn dem ewigen Leben zurückgab, und mußten sie nicht überdies Abschied vom Altar ihres Dorfs nehmen? Aber ihr Plan war nun einmal gefaßt. Als der Pfarrer, der ihnen nachgegangen war, in das Haupthaus eintrat, fand er die für die Reise gepackten Bündel vor. Der Käufer wartete mit dem Geld auf seinen Verkäufer. Der Notar war beim Ausfertigen der Quittungen. Im Hof hinter dem Haus stand ein angespannter Karrenwagen, der die Alten mit dem Geld und Jean-François' Mutter befördern sollte. Der Rest der Familie wollte bei Nacht zu Fuß aufbrechen.

In dem Augenblick, da der junge Abbé den unteren Raum betrat, in dem alle diese Leute sich versammelt hatten, hatte der Pfarrer von Montégnac gerade alle Hilfsmittel seiner Beredsamkeit erschöpft. Die beiden alten Leute, die der Schmerz völlig fühllos gemacht hatte, kauerten in einem Winkel auf ihren Säkken und schauten ihr altes, ererbtes Haus, ihre Möbel und den Käufer an, und dann schauten sie einander an, als wollten sie sich fragen: »Haben wir je geglaubt, so etwas könne geschehen?« Diese Alten, die seit langem das Regiment ihrem Sohn, dem Vater des Verbrechers, abgetreten hatten, waren, wie alle Könige nach der Abdankung, wieder in die passive Rolle der Untertanen und der Kinder hinabgeglitten. Tascheron stand da; er lauschte dem Seelenhirten und gab ihm mit gesenkter Stimme einsilbige Antworten. Dieser etwa achtundvierzig Jahre alte Mann hatte das schöne Gesicht, das Tizian allen seinen Aposteln zu geben gewußt hat: ein gläubiges Gesicht von ernster, wohlüberlegter Redlichkeit, ein strenges Profil, eine rechtwinklig geschnittene Nase, blaue Augen, eine noble Stirn, regelmäßige Züge, schwarzes, krauses, widerspenstiges Haar, das mit der Symmetrie wuchs, die den durch das Arbeiten in freier Luft gebräunten Gesichtern Reiz verleiht. Es war leicht zu sehen, daß die Einwände des Pfarrers sich an einem unbeugsamen Willen brachen. Denise lehnte am Backtrog und sah dem Notar zu, der sich dieses Möbels als Schreibtisch bediente; man hatte ihm den Sessel der Großmutter hingeschoben. Der Käufer saß neben dem Amtsschreiber auf einer Kiste. Die beiden verheirateten Schwestern breiteten das Tuch über den Tisch und trugen die letzte Mahlzeit auf, die die Alten in ihrem Haus, in ihrem Dorf gaben, ehe sie in unbekannte Gegenden davonzogen. Die Männer hockten auf einem großen, mit grünem Sergestoff bezogenen Bett. Die Mutter war am Kamin beschäftigt und schlug dort eine Omelette. Die Enkelkinder drängten sich an der Tür, vor der die Familie des Käufers stand. Der alte, verräucherte Raum mit den schwarzen Balken, durch dessen Fenster man einen sorglich gepflegten Garten erblicken konnte, dessen Bäume von den beiden Siebzigjährigen gepflanzt worden waren, entsprach ihrem geballten Schmerz, der in den vielen verschiedenen Charakteren dieser Gesichter zu lesen stand. Die Mahlzeit war vor allem für den Notar, den Käufer, die Kinder und die Männer bestimmt. Den Eltern, Denise und ihren Schwestern war das Herz zu schwer, als daß sie ihren Hunger hätten stillen können. Es wohnte der Erfüllung dieser letzten Pflichten ländlicher Gastfreundschaft eine hohe, grausame Schicksalsergebenheit inne. Die Tascherons, diese antiken Menschen, endeten, wie man beginnt, indem sie die Ehren des Hauses erwiesen. Dieses Bild ohne Emphase und dennoch voller Feierlichkeit machte die Blicke des bischöflichen Sekretärs betroffen, als er dem Pfarrer von Montégnac die Absichten des Prälaten mitgeteilt hatte.

»Der Sohn dieses braven Mannes ist also noch am Leben«, sagte Gabriel dem Pfarrer.

Auf diese Worte hin, die in der herrschenden Stille alle vernommen hatten, sprangen die beiden Alten auf, als sei ihnen die Posaune des Jüngsten Gerichts erklungen. Die Mutter ließ ihre Pfanne ins Kaminfeuer fallen. Alle übrigen versteinerten in Verblüffung.

»Jean-François ist begnadigt worden«, rief plötzlich das ganze Dorf, das nach dem Haus der Tascherons hingeströmt war. »Seine Gnaden der Herr Bischof hat...«

»Ich hab's ja gewußt, daß er unschuldig war«, sagte die Mutter.

»Das macht das Geschäft nicht zunichte«, sagte der Käufer zum Notar, der durch eine bestätigende Geste antwortete.

Der Abbé Gabriel war im Augenblick der Zielpunkt aller Blicke geworden; sein bekümmerter Gesichtsausdruck ließ einen Irrtum ahnen, und um ihn nicht selber aufklären zu müssen, ging er hinaus, und der Pfarrer folgte ihm. Er stellte sich draußen vor das Haus, und um die Menge heimzuschicken, sagte er den ersten, die ihn umringten, die Hinrichtung sei nur aufgeschoben worden. Sogleich löste den Tumult eine grausige Stille ab. Als der Abbé Gabriel und der Pfarrer wieder hineingingen, gewahrten sie auf allen Gesichtern den Ausdruck entsetzlichen Schmerzes; sie hatten das Schweigen des Dorfs verstanden.

»Ihr Freunde – Jean-François ist nicht begnadigt worden«, sagte der junge Abbé, als er sah, daß der Schlag getroffen hatte. »Aber der Zustand seiner Seele hat Monseigneur dermaßen in Sorge versetzt, daß er den letzten Tag eures Sohns hat hinauszögern lassen, um ihn wenigstens in der Ewigkeit zu erlösen.«

»Er lebt also«, rief Denise aus.

Der junge Abbé nahm den Pfarrer beiseite und erklärte ihm die gefährliche Lage, in die der Unglaube seines Pfarrkindes die Kirche gebracht habe, und was der Bischof von ihm erwarte.

»Monseigneur verlangt meinen Tod«, antwortete der Pfarrer. »Ich habe es bereits dieser heimgesuchten Familie abgeschlagen, ihrem unglücklichen Sohn beizustehen. Die Unterredung und der Anblick, der meiner wartet, würden mich zerbrechen wie ein Glas. Möge jeder tun, was er kann. Die Schwäche meiner Organe oder vielmehr die allzu große Veränderlichkeit meines Nervensystems verbietet es mir, diese Funktion unseres heiligen Amtes auszuüben. Ich bin ein schlichter Dorfpfarrer geblieben, um meinen Nächsten in der Sphäre nützlich zu sein, in der ich ein christliches Leben führen kann. Ich bin sorglich mit mir zu Rate gegangen, wie ich sowohl dieser tugendhaften Familie als auch meinen Seelsorgerpflichten gegenüber diesem armen Jungen genügen könnte; aber allein schon bei dem Gedanken, mit ihm zusammen den Verbrecherkarren zu besteigen, allein schon bei dem Gedanken, den grausigen Vorbereitungen beizuwohnen, verspüre ich in meinen Adern einen Todesschauer. Von keiner Mutter könnte man so etwas verlangen, und bedenken Sie doch, Monsieur, daß er im Schoß meiner armen Kirche geboren worden ist.«

»Dann weigern Sie sich also«, fragte der Abbé Gabriel, »Monseigneur zu gehorchen?«

»Monseigneur weiß nicht, wie es um meine Gesundheit bestellt ist; er weiß nicht, daß bei mir die Natur widerstrebt ...«, sagte Monsieur Bonnet und blickte den jungen Abbé an.

»Es gibt Augenblicke, da wir, wie Belsunce[71] in Marseille, dem gewissen Tod trotzen müssen«, unterbrach ihn der Abbé Gabriel.

In diesem Augenblick spürte der Pfarrer, wie eine Hand an seiner Soutane zupfte; er hörte Schluchzlaute, wandte sich um und sah die ganze Familie auf den Knien liegen. Alt und jung, groß und klein, Männer und Frauen, alles streckte flehende Hände aus. Ein einziger Schrei erscholl, als er ihnen sein glühendes Antlitz zuwandte.

»Retten Sie wenigstens seine Seele!«

Die alte Großmutter hatte am Saum der Soutane gezupft und feuchtete ihn jetzt mit ihren Tränen.

»Ich will gehorchen, Monsieur.«

Als er das gesagt hatte, mußte der Pfarrer sich setzen, so sehr zitterten ihm die Beine. Der junge Sekretär legte ihm dar, in welchem Zustand der Raserei Jean-François sich befinde.

»Glauben Sie«, fragte der Abbé Gabriel abschließend, »daß der Anblick seiner jungen Schwester ihn erweichen könnte?«

»Ja, freilich«, antwortete der Pfarrer. »Denise, Sie müssen uns begleiten.«

»Und ich ebenfalls«, sagte die Mutter.

»Nein«, sagte der Vater. »Dieser Sohn existiert nicht mehr, ihr wißt es. Keiner von uns darf ihn sehen.«

»Widersetzen Sie sich nicht seinem Seelenheil«, sagte der junge Abbé, »indem sie ihm die Mittel verweigern, es zu erlangen. In diesem Augenblick kann sein Tod noch schädlicher werden, als sein Leben es gewesen ist.«

»Dann soll sie gehen«, sagte der Vater. »Das wird dann ihre Strafe sein, daß sie mich ihren Jungen nie züchtigen lassen wollte!«

Der Abbé Gabriel und Monsieur Bonnet gingen zum Pfarrhaus zurück; Denise und ihre Mutter wurden aufgefordert, sich dort im Augenblick der Abfahrt der beiden Geistlichen nach Limoges einzufinden. Auf dem Weg, der Ober-Montégnac umrundet, konnte der junge Herr weniger oberflächlich als in der Kirche den Pfarrer mustern, den der Generalvikar ihm so sehr gerühmt hatte; sogleich wurde er zu dessen Gunsten eingenommen durch

761

eine schlichte Würde, durch diese magische Stimme, durch Reden, die mit der Stimme harmonierten. Der Pfarrer hatte erst ein einziges Mal das bischöfliche Palais betreten, seit der Prälat Gabriel de Rastignac als Sekretär angestellt hatte; nur ganz flüchtig hatte er diesen Günstling gesehen, der zur Bischofswürde bestimmt war; aber er wußte um die Größe seines Einflusses; dennoch bewahrte er ihm gegenüber eine würdevolle Gelassenheit, aus der die souveräne Unabhängigkeit sprach, die die Kirche ihren Pfarrern in deren Gemeinden gewährt. Die Gefühle des jungen Abbé belebten sein Antlitz durchaus nicht; sie ließen es streng werden; es blieb mehr als kalt; es erstarrte zu Eis. Ein Mann, der es fertiggebracht hatte, die Moral einer Bevölkerung zu wandeln, mußte mit einer gewissen Fähigkeit zum Beobachten begabt, mußte mehr oder weniger Physiognomiker sein; aber wenn der Pfarrer auch nur über das Wissen um das Gute verfügt hätte, so hatte er doch gerade erst eine seltene Feinfühligkeit bewiesen; er war betroffen über die Kälte, mit der der Sekretär des Bischofs seine Anreden und seine Höflichkeiten aufnahm. Er mußte diese Geringschätzung einer geheimen Unzufriedenheit zuschreiben, und so forschte er in sich, wodurch er ihn hätte kränken können, und in welcher Hinsicht sein Verhalten in den Augen seiner Vorgesetzten tadelnswert sei. Eine Weile herrschte beklemmendes Schweigen, das der Abbé de Rastignac durch eine Frage aristokratisch-stolzer Zurückhaltung brach.

»Haben Sie nicht eine recht arme Kirche, Herr Pfarrer?«

»Sie ist zu klein«, antwortete Monsieur Bonnet. »An hohen Festtagen stellen die alten Männer Bänke in die Vorhalle; die jungen Leute stehen im Kreis auf dem Kirchplatz; aber es herrscht eine solche Stille, daß auch die draußen meine Stimme vernehmen können.«

Gabriel bewahrte ein paar Augenblicke lang Schweigen.

»Wenn die Einwohner so fromm sind, warum lassen Sie Ihre Kirche dann in einem solchen Zustand der Kahlheit?«

»Ach, Monsieur, ich bringe nicht den Mut auf, dafür Summen auszugeben, die den Armen helfen können. Die Armen sind die Kirche. Übrigens brauchte ich den Besuch Seiner Bischöflichen Gnaden an einem Fronleichnamsfest nicht zu fürchten! Dann geben nämlich die Armen alles, was sie haben, der Kirche! Haben

762

Sie nicht die Nägel gesehen, die in gewissen Abständen in die Wände eingeschlagen sind? Daran wird dann eine Art Drahtgeflecht befestigt, in das die Frauen Blumensträuße stecken. Die Kirche ist dann ganz und gar mit Blumen bekleidet, und die bleiben frisch bis zum Abend. Meine arme Kirche, die Ihnen so kahl vorkommt, ist geschmückt wie eine Braut; sie duftet balsamisch; der Boden ist mit Laub bestreut, in der Mitte wird für das Heilige Sakrament ein Weg freigelassen, und den bedecken Rosenblätter. An diesem Tage würde mir nicht einmal der Prunk der Peterskirche in Rom Angst machen. Der Heilige Vater hat sein Gold, ich habe meine Blumen; jedem sein eigenes Wunderwerk. Ach, der Marktflecken Montégnac ist zwar arm; aber er ist katholisch. Ehedem wurden, die hier durchzogen, ausgeplündert; jetzt könnte ein Reisender hier einen Beutel voll Taler verlieren, und er würde ihn in meinem Hause wiederfinden.«

»Ein solches Ergebnis gereicht Ihnen zum Lobe«, sagte Gabriel.

»Es handelt sich keineswegs um mich«, antwortete der Pfarrer und errötete; die feingeschliffene Bosheit hatte ihn getroffen. »Sondern um das Wort Gottes, um das geweihte Brot.«

»Ein etwas schwarzes Brot«, entgegnete lächelnd der Abbé Gabriel.

»Weißbrot geziemt nur den Mägen der Reichen«, antwortete der Pfarrer bescheiden.

Da ergriff der junge Abbé Monsieur Bonnets Hände und drückte sie herzlich.

»Verzeihen Sie mir, Herr Pfarrer«, sagte er und versöhnte sich unvermittelt mit ihm durch einen Blick seiner schönen blauen Augen, der dem Pfarrer bis in die Tiefen seiner Seele drang, »Monseigneur hat mir empfohlen, Ihre Geduld und Ihre Bescheidenheit zu erproben; aber ich brauche nicht weiterzugehen, ich sehe schon, wie sehr Sie durch die Lobsprüche der Liberalen verleumdet worden sind.«

Das Frühstück stand bereit: frische Eier, Butter, Honig und Obst, Sahne und Kaffee; Ursule hatte es zwischen Blumensträußen auf einem weißen Tischtuch und einem antiken Tisch in dem alten Eßzimmer aufgetragen. Das Fenster, das auf die Terrasse hinausging, stand offen. Die Klematis umrahmte die Fensterbank; sie war schwer beladen mit weißen Blütensternen, die

noch heller wirkten durch das gelbe Büschel der gelockten Staubgefäße. Auf der einen Seite rankte sich Jasmin[72], auf der andern
stieg Kapuzinerkresse empor. Oben bildeten die schon geröteten
Trauben einer Rebe eine reiche Bordüre, wie kein Bildhauer sie
hätte nachschaffen können, so viel Anmut lieh ihr das durch das
Spitzenwerk der Blätter zerteilte Licht.

»Sie finden hier das Leben auf seine einfachste Formel gebracht«, sagte der Pfarrer lächelnd, ohne dabei die Miene abzulegen, die von der Traurigkeit in seinem Herzen geprägt war.
»Hätten wir von Ihrem Kommen gewußt – aber wer hätte dessen Grund vorhersehen können? – so würde Ursule sich ein paar
Bergforellen verschafft haben; mitten im Wald ist nämlich ein
Gebirgsbach, in dem es ganz vortreffliche gibt. Aber ich vergesse,
daß wir im August sind; da ist der Gabou trocken. Mir ist recht
wirr im Kopf . . .«

»Sind Sie sehr gern hier?« fragte der junge Abbé.

»Ja. Wenn Gott es erlaubt, werde ich als Pfarrer von Montégnac sterben. Am liebsten wäre es mir, wenn mein Beispiel von
den ausgezeichneten Männern befolgt worden wäre, die etwas
Besseres zu tun glaubten, indem sie Philanthropen[73] wurden.
Die moderne Philanthropie ist das Unglück der Gesellschaft; einzig die Prinzipien der katholischen Religion können die Krankheiten heilen, die im Körper der Gesellschaft am Werk sind. Anstatt die Krankheit zu beschreiben und ihre Verheerungen durch
elegische Klagen zu vergrößern, hätte ein jeder Hand anlegen
und als einfacher Arbeiter in den Weinberg des Herrn eintreten
sollen. Meine Aufgabe hier ist bei weitem noch nicht erfüllt,
Monsieur: Es genügt nicht, die Leute zu moralisieren, die ich in
einem grausigen Zustand gottloser Gefühle vorgefunden habe;
ich will inmitten einer völlig überzeugten Generation sterben.«

»Sie haben nur Ihre Pflicht getan«, sagte wiederum recht trokken der junge Herr; er fühlte, wie der Neid seine Zähne in sein
Herz schlug.

»Freilich«, antwortete der Priester bescheiden; zuvor hatte
er ihm einen forschenden Blick zugeworfen, gleich als habe er
ihn fragen wollen: Ist dies nun abermals eine Prüfung? – »Ich
wünsche zu jeder Stunde«, fügte er hinzu, »daß jeder im Königreich die seine täte.«

Dieser tief bedeutungsvolle Satz zeigte auch, daß im Jahre 1829 dieser Priester, der ebenso groß durch sein Denken wie durch die Demut seiner Lebensweise war, und der sein Denken dem seiner Vorgesetzten unterordnete, einen klaren Blick für die Geschicke der Monarchie und der Kirche besaß.

Als die beiden trostlosen Frauen gekommen waren, ließ der junge Abbé, der äußerst ungeduldig war, zurück nach Limoges zu gelangen, sie im Pfarrhaus und sah nach, ob die Pferde angespannt waren. Gleich darauf kam er wieder und meldete, es sei alles zur Abfahrt bereit. Unter den Augen der ganzen Einwohnerschaft von Montégnac, die sich am Wege vor der Posthalterei zusammengeschart hatte, brachen alle vier auf. Die Mutter und die Schwester des Verurteilten schwiegen. Die beiden Priester, die in vielen Gesprächsstoffen Klippen witterten, konnten weder tun, als seien sie gleichgültig, noch fröhlich dreinschauen. Auf der Suche nach irgendeinem neutralen Gefilde für die Unterhaltung durchfuhren sie die Ebene, deren Anblick auf die Dauer ihrer beider melancholisches Stillschweigen beeinflußte.

»Aus welchen Gründen haben Sie den geistlichen Stand erwählt?« fragte plötzlich der Abbé Gabriel den Pfarrer Bonnet aus einem Anfall tollköpfiger Neugier heraus, der ihn überkam, als der Wagen in die große Landstraße einbog.

»Ich habe im Priestertum keinen ›Stand‹ erblickt«, antwortete schlicht der Pfarrer. »Mir ist unbegreiflich, wie man aus andern Gründen Priester werden kann als durch die unerklärliche Macht der Berufung. Ich weiß, daß manche Männer Arbeiter im Weinberg des Herrn geworden sind, nachdem sie ihr Herz im Dienst der Leidenschaften verbraucht hatten: Die einen haben hoffnungslos geliebt, die andern sind betrogen worden; diese haben das Schönste in ihrem Leben dadurch verloren, daß sie entweder eine geliebte Gattin oder eine angebetete Geliebte begruben; jene hatte das gesellschaftliche Leben angeekelt in einer Zeit, da Ungewißheit über allen Dingen schwebt, sogar über den Gefühlen, da der Zweifel mit den holdesten Gewißheiten sein Spiel treibt und sie als Glauben bezeichnet. Manche kehren der Politik den Rükken zu einer Zeit, da sie Macht eine Sühne dünkt, wenn die Regierten den Gehorsam als etwas Verhängnisvolles betrachten. Viele verlassen eine Gesellschaft, die ohne Fahnen ist, und in der die Gegensätze sich zusammenschließen, um das Gute zu entthronen. Ich denke nicht, daß man sich Gott aus Habsucht weiht. Manche Menschen können im Priestertum ein Mittel zur Regeneration unseres Vaterlands erblicken; aber nach meiner schwachen Einsicht ist der patriotische Priester ein Unsinn. Der Priester darf nur Gott gehören. Ich habe unser aller Vater, obwohl er alles entgegennimmt, nicht die Überbleibsel meines Herzens und die Reste meines Wissens darbringen wollen; ich habe mich ihm ganz und gar geschenkt. In einer der rührenden Theorien der heidnischen Religionen schritt das den falschen Göttern zugedachte Opfer blumenbekränzt zum Tempel. Dieser Brauch hat mich immer gerührt. Ein Opfer ist nichts ohne Anmut, ohne Gnade. Mein Leben ist schlicht und ohne den kleinsten Roman. Wenn Sie jedoch eine vollständige Beichte wollen, will ich Ihnen alles sagen. Meine Familie ist mehr als wohlhabend; sie ist beinahe reich. Mein Vater, der alleinige Schöpfer seines Vermögens, ist ein harter, unbeugsamer Mann; übrigens behandelt er seine Frau und seine Kinder, wie er sich selbst behandelt. Ich habe auf seinen Lippen nie das leiseste Lächeln wahrgenommen. Seine eiserne Hand, sein ehernes Gesicht, seine zugleich düstere und rauhe Tatkraft hielten uns alle, Frau, Kinder, Angestellte und Dienerschaft, unter dem Druck eines ungezügelten Despotismus. Ich hätte mich, ich spreche nur für mich selbst, diesem Leben anpassen können, wenn jene Macht einen gleichmäßigen Druck ausgeübt hätte; aber launisch und flackernd wechselte sie unerträglich. Nie wußten wir, ob wir recht taten oder unrecht, und die schreckliche Spannung, die sich daraus ergibt, ist im häuslichen Leben unerträglich. Man ist dann lieber auf der Straße daheim. Wäre ich allein im Haus gewesen, so hätte ich ohne Murren alles von meinem Vater ertragen; aber mein Herz wurde von ätzenden Schmerzen zerrissen, und diese ließen einer heißgeliebten Mutter keine Ruhe; ihre Tränen, wenn ich sie gewahrte, lösten in mir Wutanfälle aus, in denen ich nicht mehr bei Sinnen war. Die Zeit, da ich im Collège war, wo die Kinder für gewöhnlich soviel Leid ertragen und so hart arbeiten müssen, war für mich wie ein Goldenes Zeitalter. Ich hatte Angst vor den Ferien. Meine Mutter war glücklich, wenn sie mich heimkommen sah Als die Schule hinter mir lag, als ich unter das väterliche Dach zurückkehren und bei meinem Vater Kommis werden mußte, war es mir unmöglich, länger als ein paar Monate dort zu bleiben: Mein durch die Pubertät verwirrter Verstand hätte hinschwinden können. Als ich an einem traurigen Herbstabend mit meiner Mutter den Boulevard Bourdon entlangging, der damals eine der trübseligsten Stätten von ganz Paris war, schüttete ich ihr mein Herz aus und sagte ihr, nur in der Kirche sähe ich ein für mich mögliches Leben. Meine Neigungen, meine Gedanken, sogar was ich liebte, mußte, solange mein Vater lebte, immerfort durchkreuzt werden. Trug ich die Priestersoutane, so war er genötigt, mich zu respektieren; ich konnte dann bei gewissen Gelegenheiten der Schützer meiner Familie werden. Meine Mutter hat sehr geweint. Zu jener Zeit trat mein älterer Bruder, der später General geworden und bei Leipzig gefallen ist, als einfacher Soldat ins Heer ein; die gleichen Gründe, die meine Berufung herbeiführten, hatten ihn aus dem Hause getrieben. Ich riet meiner Mutter, sich als einziges Rettungsmittel einen charaktervollen Schwiegersohn zu erwählen, meine Schwester zu verheiraten, sobald sie das dazu geeignete Alter erreicht habe, und sich auf diese neue Familie zu stützen. Unter dem Vorwand, ich wolle der Einberufung zum Militärdienst entgehen, ohne daß es meinen Vater etwas koste, trat ich also 1807 als Neunzehnjähriger in das Priesterseminar von Saint-Sulpice ein. In diesen alten, berühmten Bauten fand ich Frieden und Glück; sie wurden einzig durch die Leiden getrübt, in denen ich meine Schwester und meine Mutter vermutete; ihre Nöte daheim waren sicherlich größer geworden, denn wenn sie mich besuchten, bestärkten sie mich in meinem Entschluß. Vielleicht war ich durch das, was ich gelitten hatte, in die Geheimnisse der Nächstenliebe eingeweiht worden, wie sie der große heilige Paulus in seiner wundervollen Epistel dargelegt hat; ich wollte die Wunden der Armen auf irgendeinem unbekannten Fleckchen Erde verbinden und dann, falls Gott geruhte, meine Mühen zu segnen, durch mein Beispiel beweisen, daß die katholische Religion, wenn man sich an ihre menschlichen Werke hielt, die einzig wahre, die einzig gute und einzig schöne kulturschaffende Macht ist. Während der letzten Tage meines Diakonats hat mich wohl die Gnade erleuchtet. Ich habe meinem Vater völlig verziehen; ich habe in ihm das Werkzeug meines Schicksals erblickt. Trotz eines langen, zärtlichen Briefs, in dem ich diese Dinge darlegte und überall das Wirken des Fingers Gottes aufzeigte, hat meine Mutter manche Träne geweint, als sie mein Haar unter der Schere der Kirche fallen sah; sie wußte, auf wieviel Lebensfreuden ich verzichtete, ohne daß sie ahnte, welchen geheimen Seligkeiten ich entgegenstrebte. Wie zartfühlend doch die Frauen sind! Als ich Gott angehörte, empfand ich eine grenzenlose Ruhe, ich verspürte weder Bedürfnisse noch Eitelkeiten mehr, noch Sorgen um irdische Güter, die so viele Menschen beunruhigen. Ich dachte, die Vorsehung müsse sich meiner annehmen wie einer ihr gehörenden Sache. Ich war in eine Welt eingegangen, aus der die Furcht verbannt, in der die Zukunft gewiß und wo alles göttliches Werk ist, sogar das Schweigen. Diese Seelenruhe ist eine der Wohltaten der Gnade. Meine Mutter begriff nicht, daß man sich einer Kirche anbefehlen könne; dennoch war sie glücklich, als sie mich mit heiterer Stirn und glücklicher Miene vor sich sah. Nachdem ich die Priesterweihe empfangen hatte, besuchte ich im Limousin einen meiner Verwandten väterlicherseits, der mir ganz zufällig von den Zuständen erzählte, die im Bezirk von Montégnac herrschten. Ein Gedanke, der wie ein Lichtschein in mir aufzuckte, sagte mir innerlich: ›Das ist dein Weinberg!‹ Und so bin ich hergekommen. Das, Monsieur, ist meine Geschichte; und wie Sie sehen, ist sie ganz einfach und uninteressant.«

In diesem Augenblick erschien in den Gluten des Sonnenuntergangs Limoges. Die beiden Frauen konnten bei diesem Anblick ihren Tränen nicht wehren.

Der junge Mensch, den diese beiden so verschiedenen Lieben aufsuchen wollten, und der soviel offen bekundete Neugier, soviel heuchlerische Sympathie und soviel echtes Mitgefühl erregt hatte, lag auf einer Gefängnispritsche in der Zelle, die für die zum Tode Verurteilten bestimmt war. An der Tür wachte ein Spitzel, um die Äußerungen aufzufangen, die ihm, sei es im Schlaf, sei es in seinen Wutanfällen, entschlüpfen konnten, solchen Wert legte die Justiz darauf, mit allen menschenmöglichen Mitteln den Komplicen Jean-François Tascherons herauszubekommen und die gestohlenen Summen wiederzufinden. Die des Vanneaulx hatten die Polizei bestochen, und die Polizei bespitzelte dieses absolute Schweigen. Wenn der zum moralischen Wächter des Gefangenen bestellte Mann ihn durch einen eigens dazu angebrachten Spalt betrachtete, fand er ihn stets in der gleichen Haltung vor, eingeschnürt in die Zwangsjacke und den Kopf in einer Lederbandage, seit er versucht hatte, den Stoff und die Fesseln mit den Zähnen zu zerfetzen. Jean-François schaute mit starren, verzweifelten Augen zur Decke hinauf; sie glühten und waren gerötet wie vom Andrang eines Lebens, das schreckliche Gedanken aufwühlten. Er wirkte wie eine lebendige Statue des antiken Prometheus; der Gedanke an ein verlorenes Glück verschlang ihm das Herz; als daher der zweite Staatsanwalt ihn aufgesucht hatte, konnte dieser Justizbeamte nicht umhin, der Überraschung Ausdruck zu verleihen, die ein so standhafter Charakter in ihm ausgelöst hatte. Beim Erblicken jedes menschlichen Wesens, das seine Zelle betrat, geriet Jean-François in eine Wut, die die Grenzen der zu jener Zeit der Medizin bei dergleichen Erregungszuständen bekannten weit übertraf. Sobald er hörte, wie der Schlüssel im Schloß sich drehte oder wie die Riegel der eisenbeschlagenen Tür zurückgeschoben wurden, trat ihm ein dünner weißer Schaum auf die Lippen. Jean-François, damals fünfundzwanzig Jahre alt, war klein, aber gut gebaut. Sein krauses, sprödes Haar wuchs ihm ziemlich weit in die Stirn und ließ auf große Energie schließen. Seine hellbraunen, leuchtenden Augen standen zu nahe an der Nasenwurzel, ein Fehler, der ihm eine Ähnlichkeit mit Raubvögeln verlieh. Er hatte ein bräunliches Rundgesicht, wie es für die Bewohner Mittelfrankreichs bezeichnend ist. Ein Zug seiner Physiognomie bestätigte eine Behauptung Lavaters[74] über die zu Mördern vorbestimmten Menschen; seine Schneidezähne standen übereinander. Dennoch zeigte sein Gesicht die Merkmale der Redlichkeit, einer sanften Harmlosigkeit im Gehaben; daher erschien es keineswegs ungewöhnlich, daß eine Frau ihn leidenschaftlich hätte lieben können. Sein frischer Mund, dem schimmernd weiße Zähne zur Zier gereichten, war voller Anmut. Seine Lippen hatten die mennigrote Tönung, die von verhaltener Wildheit zeugt, und diese findet bei vielen Menschen ein Betätigungsfeld im Ungestüm der Liebe. In seiner Haltung war nichts von den schlechten Gewohnheiten der Arbeiter. Für die Augen der Frauen, die den Verhandlungen bei-

769

gewohnt hatten, schien es mehr als wahrscheinlich, daß eine Frau diese an Arbeit gewöhnten Muskeln entspannt, die Haltung dieses bäuerlichen Menschen veredelt und seiner Person etwas Gefälliges verliehen hatte. Die Frauen erkennen die Spuren der Liebe bei einem Mann, gerade wie die Männer bei einer Frau sehen, ob sie, wie man gemeinhin sagt, die Liebe schon hinter sich hat.

Als es gegen Abend ging, hörte Jean-François, wie die Riegel sich bewegten, und das Geräusch des Schlosses; mit einem Ruck wandte er den Kopf und stieß das schreckliche dumpfe Grollen aus, mit dem sein Wutanfall begann; aber es überkam ihn ein heftiges Zittern, als in dem durch die Dämmerung gemilderten Licht die geliebten Köpfe seiner Schwester und seiner Mutter sich abzeichneten, und hinter dieser das Antlitz des Pfarrers von Montégnac.

»Diese Barbaren! Das hatten sie mir noch aufgespart«, sagte er und schloß die Augen.

Denise, die vor kurzem noch im Gefängnis gelebt hatte, war gegen alles und jedes mißtrauisch; sicherlich hatte der Spitzel sich versteckt und kam wieder; sie stürzte sich auf den Bruder, neigte ihr tränennasses Gesicht über das seine und flüsterte ihm zu: »Vielleicht werden wir belauscht.«

»Sonst hätte man euch nicht hergeschickt«, antwortete er laut. »Ich habe es seit langem als eine Gnade erbeten, niemanden von meiner Familie zu sehen.«

»Wie sie ihn mir zugerichtet haben«, sagte die Mutter zum Pfarrer. »Mein armer Junge, mein armer Junge!« Sie sank auf das Fußende der Pritsche nieder und verbarg den Kopf in der Soutane des Priesters, der neben ihr stand. – »Ich kann ihn nicht ansehen: gefesselt, geknebelt, in diesen Sack gesteckt . . .«

»Wenn Jean mir verspricht, vernünftig zu sein«, sagte der Pfarrer, »sich nichts anzutun und sich gesittet zu verhalten, solange wir bei ihm sind, setze ich es durch, daß er entfesselt wird; aber der geringste Verstoß gegen sein Versprechen würde dann auf mich zurückfallen.«

»Mich verlangt so sehr danach, mich frei zu bewegen, lieber Monsieur Bonnet«, sagte der Verurteilte, dessen Augen sich mit

Tränen füllten, »daß ich Ihnen mein Wort gebe, zu tun, wie Sie wollen.«

Der Pfarrer ging hinaus, der Kerkermeister kam herein; die Zwangsjacke wurde ausgezogen.

»Hoffentlich bringen Sie mich heute abend nicht um«, sagte der Schließer.

Jean gab keine Antwort.

»Armer Bruder!« sagte Denise und brachte einen Korb, der zuvor sorgfältig untersucht worden war, »hier hast du ein paar Dinge, die du magst; sicherlich bekommst du hier nur wenig zu essen.«

Sie brachte Früchte zum Vorschein, die sie gepflückt, als sie erfahren hatte, sie dürfe das Gefängnis betreten, sowie einen Brotkuchen, den die Mutter rasch beiseite gebracht hatte. Diese Freundlichkeit, die ihn an seine jungen Jahre erinnerte, Stimme und Gesten der Schwester, die Gegenwart der Mutter und des Pfarrers, all das wirkte auf Jean: Er zerschmolz in Tränen.

»Ach, Denise«, sagte er, »seit einem halben Jahr habe ich keine einzige richtige Mahlzeit gehabt. Ich habe gegessen, weil der Hunger mich dazu trieb, weiter nichts.«

Mutter und Schwester gingen hinaus, kamen und gingen. Es beseelte sie der Drang, der die Hausfrauen dazu antreibt, es den Männern behaglich zu machen, und so tischten sie schließlich ihrem armen Jungen ein Abendessen auf. Dabei wurde ihnen geholfen; es war Befehl ergangen, sie in allem zu unterstützen, was mit der Sicherheit des Verurteilten zu vereinbaren war. Die des Vanneaulx hatten den traurigen Mut aufgebracht, zum Wohlbehagen dessen, von dem sie nach wie vor ihre Erbschaft erwarteten, beizutragen. Jean erlebte also einen letzten Widerschein des Familienglücks, eines Glücks, das verdüstert wurde durch den strengen Ton, den ihm die Umstände liehen.

»Ist meine Berufung verworfen?« fragte er Monsieur Bonnet.

»Ja, mein Sohn. Dir bleibt nichts, als eines Christen würdig zu enden. Dieses Leben ist nichts im Vergleich zu dem, das deiner wartet; du mußt an deine ewige Seligkeit denken. Den Menschen gegenüber kannst du dich dadurch entsühnen, daß du ihnen dein Leben läßt; aber mit etwas so Geringem begnügt Gott sich nicht.«

»Mein Leben lassen . . .? Ach, Sie wissen nicht, was alles ich verlassen muß.«

Denise warf dem Bruder einen Blick zu, als wolle sie ihm sagen, abgesehen von den religiösen Dingen müsse er vorsichtig sein.

»Wir wollen nicht davon reden«, fuhr er fort und aß von dem Obst mit einer Gier, die von einem sehr heftigen inneren Glühen kündete. »Wann muß ich . . .«

»Nein, nichts davon, solange ich dabei bin«, sagte die Mutter.

»Aber ich würde dann ruhiger sein«, sagte er leise zu dem Pfarrer.

»Er ist und bleibt immer derselbe«, rief Monsieur Bonnet. neigte sich zu ihm hin und flüsterte ihm zu: »Wenn Sie sich heute nacht mit Gott aussöhnen, und wenn Ihre Reue es mir erlaubt, Ihnen die Absolution zu erteilen, dann morgen. – Schon dadurch, daß wir Sie beruhigten, haben wir viel erreicht«, fügte er laut hinzu.

Beim Vernehmen dieser letzten Worte wurden Jeans Lippen bleich, seine Augen verdrehten sich in einem heftigen Krampf, und über sein Gesicht ging ein Gewitterschauer.

»Wieso bin ich denn ruhig?« fragte er sich. Glücklicherweise begegnete sein Blick den Augen seiner Denise, die voll Tränen waren, und er gewann wieder die Herrschaft über sich. – »Na, gut, aber nur Sie kann ich anhören«, sagte er zum Pfarrer. »Man hat ganz genau gewußt, wo man mich packen konnte.« Und er warf den Kopf in den Schoß seiner Mutter.

»Hör ihn an, mein Sohn«, sagte die Mutter weinend, »er setzt sein Leben aufs Spiel, der liebe Monsieur Bonnet, als er es auf sich nahm, dich . . .« Sie zögerte; dann sagte sie: »Dich ins ewige Leben zu geleiten.« Dann küßte sie Jeans Kopf und behielt ihn eine Weile an ihrem Herzen.

»Er will mich geleiten?« fragte Jean und blickte den Pfarrer an, der es über sich brachte, das Haupt zu neigen. – »Gut, dann höre ich ihn an und tue alles, was er will.«

»Du versprichst es mir«, sagte Denise, »wir alle wollen doch nichts als deine Seele retten. Und willst du vielleicht, daß in ganz Limoges und im Dorf gesagt wird, ein Tascheron habe es nicht fertiggebracht, würdig zu sterben? Kurzum, bedenk doch, daß du alles, was du hier verlierst, im Himmel wiederfinden kannst, wo die Seelen, denen verziehen worden ist, einander wiedersehen.«

Diese übermenschliche Anstrengung hatte die Kehle des heldenhaften Mädchens ausgetrocknet. Sie tat wie ihre Mutter, sie schwieg, aber sie hatte gesiegt. Der Verbrecher, der bislang getobt hatte, daß ihm sein Glück durch die Justiz entrissen wurde, erzitterte als die erhabene katholische Lehre von seiner Schwester so naiv ausgedrückt worden war. Alle Frauen, sogar ein Bauernmädchen wie Denise, verstehen sich darauf, sich etwas so Zartsinniges einfallen zu lassen; sind sie nicht alle erpicht darauf, die Liebe zu verewigen? Denise hatte zwei empfindliche Saiten angerührt. Der wiedererwachte Stolz hatte andere Tugenden herbeigerufen, die vor soviel Elend vereist und vor Verzweiflung erstarrt waren. Jean ergriff die Hand seiner Schwester, küßte sie und legte sie auf eine tief bedeutungsvolle Weise auf sein Herz; er drückte sie zugleich sanft und kraftvoll.

»Ja, ja«, sagte er, »es muß auf alles verzichtet werden: das ist des Herzens letzter Schlag und letzter Gedanke; nimm beides an dich, Denise!« Und er warf ihr einen der Blicke zu, durch die der Mensch, wenn es darauf ankommt, versucht, seine Seele einer andern Seele aufzuprägen.

Dieser Ausspruch, dieser Gedanke waren ein ganzes Testament. Dieses unausgesprochene Vermächtnis, das ebenso getreulich gemacht wie getreulich erbeten war, wurde von der Mutter, der Schwester, Jean und dem Priester so gut verstanden, daß alle sich von einander abwandten, um sich nicht gegenseitig ihre Tränen zu zeigen und um das Geheimnis ihrer Gedanken zu wahren. Diese wenigen Worte waren die Agonie einer großen Liebe, der Abschied einer väterlichen Seele von den schönsten irdischen Dingen, die Vorahnung eines katholischen Verzichts. Deswegen ermaß der Pfarrer, der von der Majestät aller großen menschlichen Dinge, auch der verbrecherischen, überwältigt wurde, diese unbekannte Leidenschaft an der Größe der Schuld: Er hob die Augen auf, um die Gnade Gottes anzurufen. Hier offenbarten sich die rührenden Tröstungen und das unendlich Liebevolle der katholischen Religion, die so menschlich, so sanft wird durch die Hand, die sich bis zum Menschen hinabsenkt, um ihm das Gesetz der höheren Welten zu erklären, und die so schrecklich und göttlich ist durch die Hand, die sie ihm entgegenstreckt, um ihn in den Himmel zu geleiten. Aber Denise hatte auf geheimnisvolle Weise dem Pfarrer die Stelle gezeigt, wo der Felsblock nachgeben würde, den Riß, aus dem die Wasser der Reue hervorstürzen würden. Plötzlich verfiel Jean wieder den auf diese Weise erweckten Erinnerungen; er stieß den eisigen Schrei der Hyäne aus, die von den Jägern aufgestört wird.

»Nein, nein«, schrie er und fiel auf die Knie, »ich will leben. Mutter, nimm du meinen Platz ein, gib mir deine Kleider, ich werde schon zu entkommen wissen. Gnade, Gnade! Geh zum König, sag ihm . . .«

Er hielt inne, ließ ein grausiges Röhren hören und klammerte sich heftig an die Soutane des Pfarrers.

»Geht«, sagte Monsieur Bonnet leise zu den beiden überwältigten Frauen.

Jean hatte dieses Wort vernommen; er hob den Kopf, blickte die Mutter, die Schwester an und küßte ihnen die Füße.

»Wir wollen einander Lebewohl sagen; kommt nicht wieder her; laßt mich mit Monsieur Bonnet allein, sorgt euch nicht länger um mich«, sagte er und drückte Mutter und Schwester mit einer Umarmung an sich, in die er sein ganzes Leben legen zu wollen schien.

»Wie kommt es, daß man an so was nicht stirbt?« fragte Denise ihre Mutter, als sie an der Einlaßpforte angelangt waren.

Es war gegen acht Uhr abends, als diese Trennung stattfand. Am Gefängnistor fanden die beiden Frauen den Abbé de Rastignac vor, der sich bei ihnen nach dem Gefangenen erkundigte.

»Sicherlich wird er sich mit Gott aussöhnen«, sagte Denise. »Zwar ist die Reue noch nicht eingetreten; aber sie ist ganz nahe.«

So erfuhr denn der Bischof schon eine kurze Weile später, daß der Klerus bei dieser Gelegenheit triumphieren, und daß der Verurteilte mit den erbaulichsten religiösen Gefühlen das Schafott besteigen würde. Der Bischof, bei dem sich der Generalstaatsanwalt befand, bekundete den Wunsch, den Pfarrer zu sehen. Erst gegen Mitternacht kam Monsieur Bonnet in das bischöfliche Palais. Der Abbé Gabriel, der mehrmals den Weg vom Pa-

774

lais zum Kerker zurückgelegt hatte, hielt es für notwendig, den Pfarrer im Wagen des Bischofs mitzunehmen; denn der arme Priester befand sich in einem Zustand der Entkräftung, der ihm nicht gestattete, sich seiner Beine zu bedienen. Die Aussicht auf den ihm bevorstehenden harten Tag, die geheimen Kämpfe, deren Zeuge er gewesen war, der Anblick der rückhaltlosen Reue, die sein lange Zeit hindurch rebellisches Beichtkind schließlich niedergeschmettert hatte, als ihm die große Abrechnung der Ewigkeit vorgehalten wurde, all das hatte zusammengewirkt, um Monsieur Bonnet zu zerbrechen, dessen nervöse, elektrische Natur sich leicht in das Unglück anderer versetzte. Seelen, die dieser schönen Seele ähneln, nehmen die Eindrücke, die Nöte, die Leidenschaften, die Schmerzen derer, für die sie sich interessieren, so inständig in sich auf, daß sie sie tatsächlich empfinden, und zwar auf eine grausige Weise, so daß sie deren ganze Tragweite ermessen können, die den Menschen entgeht, die durch die Anteilnahme des Herzens oder den Paroxysmus der Schmerzen blind geworden sind. In dieser Hinsicht ist ein Priester wie Monsieur Bonnet eher ein Künstler, der fühlt, denn ein Künstler, der urteilt. Als der Pfarrer sich im Salon des bischöflichen Palais befand, zusammen mit den beiden Großvikaren, dem Abbé de Rastignac, Monsieur de Grandville und dem Generalstaatsanwalt, glaubte er zu spüren, daß von ihm irgendeine Enthüllung erwartet wurde.

»Herr Pfarrer«, sagte der Bischof, »haben Sie irgendwelche Geständnisse erlangt, die Sie, ohne gegen Ihre Pflichten zu verstoßen, dem Gericht zur Erhellung anvertrauen könnten?«

»Monseigneur, um diesem armen, verwirrten Kind die Absolution erteilen zu können, habe ich nicht nur abgewartet, bis seine Reue so ehrlich und so rückhaltlos geworden war, wie die Kirche es nur wünschen konnte, sondern ich habe überdies die Rückerstattung des Geldes gefordert.«

»Diese Rückerstattung«, sagte der Generalstaatsanwalt, »hat mich zu Seiner Bischöflichen Gnaden geführt; sie wird so vonstatten gehen, daß dabei Licht auf die dunklen Teile dieses Prozesses fällt. Ganz sicher sind Mitschuldige vorhanden.«

»Nicht die Interessen der menschlichen Justiz«, entgegnete der Pfarrer, »haben mich handeln lassen. Ich weiß nicht, wo und wie die Rückerstattung erfolgen wird; aber stattfinden wird sie. Als Monseigneur mich zu einem meiner Pfarrkinder berief, hat er mich wieder in die unverbrüchlichen Bedingungen versetzt, die den Pfarrern im Bereich ihrer Gemeinden die Rechte verleihen, die Monseigneur in seiner Diözese ausübt, ausgenommen die Fälle kirchlicher Disziplin und kirchlichen Gehorsams.«

»Gut«, sagte der Bischof. »Aber es handelt sich darum, von dem Verurteilten freiwillige Geständnisse gegenüber dem Gericht zu erlangen.«

»Meine Mission ist es, für Gott eine Seele zu gewinnen«, antwortete Monsieur Bonnet.

Monsieur de Grancour zuckte leicht die Achseln; aber der Abbé Dutheil nickte billigend.

»Sicher will Tascheron jemanden decken, den die Rückerstattung kenntlich machen könnte«, sagte der Generalstaatsanwalt.

»Monsieur«, entgegnete der Pfarrer, »ich weiß absolut nichts, was Ihren Verdacht entkräften oder bestärken könnte. Im übrigen ist das Beichtgeheimnis unverletzlich.«

»Die Rückerstattung findet also statt?« fragte der Mann des Gesetzes.

»Ja«, antwortete der Mann Gottes.

»Das genügt mir«, sagte der Generalstaatsanwalt; er verließ sich auf die Geschicklichkeit der Polizei bei der Erlangung von Auskünften, als ob Leidenschaften und persönliches Interesse nicht geschickter wären als alle Polizei.

Am übernächsten Tag, einem Markttag, wurde Jean-François Tascheron zur Hinrichtung geführt, wie es die frommen Seelen und politischen Köpfe der Stadt gewünscht hatten. Als ein Musterbild der Bescheidenheit und Frömmigkeit küßte er inbrünstig ein Kruzifix, das Monsieur Bonnet ihm mit bebender Hand hinhielt. Man behielt den Unglücklichen genau im Auge; von allen wurden seine Blicke beobachtet: Würde er sie auf jemandem in der Menge oder auf einem Hause ruhen lassen? Seine Verschwiegenheit war vollkommen und undurchdringlich. Er starb als Christ, reuig und losgesprochen.

Der arme Pfarrer von Montégnac wurde bewußtlos vom Fuß des Schafotts hinweggetragen, obwohl er die Hinrichtungsmaschine nicht gesehen hatte.

Mitten in der Nacht des nächsten Tages, drei Meilen von Limoges entfernt, auf offener Landstraße, an einer einsamen Stelle, bat Denise, obwohl sie erschöpft von der Müdigkeit und dem Schmerz war, ihren Vater flehentlich, sie mit Louis-Marie Tascheron, einem ihrer Brüder, nochmals nach Limoges zurückgehen zu lassen.

»Was hast du noch in dieser Stadt zu suchen?« antwortete der Vater barsch, legte die Stirn in Falten und zog die Brauen zusammen.

»Vater«, sagte sie leise zu ihm, »wir müssen nicht nur den Anwalt bezahlen, der ihn verteidigt hat, sondern auch das Geld zurückgeben, das er versteckt hat.«

»Richtig«, sagte der redliche Mann und steckte die Hand in einen Lederbeutel, den er bei sich trug.

»Nein, nein«, sagte Denise, »er ist dein Sohn nicht mehr. Nicht denen, die ihn verflucht, sondern denen, die ihn gesegnet haben, kommt es zu, den Advokaten zu entschädigen.«

»Wir wollen in Le Havre auf euch warten«, sagte der Vater.

Denise und ihr Bruder kehrten vor Tagesanbruch in die Stadt zurück, ohne gesehen worden zu sein. Als später die Polizei von ihrer Wiederkehr erfuhr, hat sie nie feststellen können, wo die beiden sich versteckt gehalten hatten. Gegen vier stiegen Denise und ihr Bruder zur Oberstadt hinauf, wobei sie an den Hauswänden entlangschlichen. Das arme Mädchen wagte nicht aufzublicken, aus Scheu, Augen zu begegnen, die das Haupt ihres Bruders hatten fallen sehen. Nachdem sie den Pfarrer Bonnet aufgesucht hatten, der trotz seiner Schwäche eingewilligt hatte, Denise bei dieser Gelegenheit als Vater und Vormund zu dienen, begaben sie sich zu dem Anwalt; er wohnte in der Rue de la Comédie.

»Guten Tag, ihr armen Kinder«, sagte der Advokat und verbeugte sich vor Monsieur Bonnet. »Worin kann ich Ihnen nützlich sein? Wollen Sie mich vielleicht beauftragen, die Freigabe der Leiche Ihres Bruders zu beantragen?«

»Nein«, sagte Denise und schluchzte auf bei diesem Gedanken, der ihr noch gar nicht gekommen war, »ich komme, um mich unserer Schuld Ihnen gegenüber zu entledigen, sofern Geld eine ewige Schuld begleichen kann.«

777

»Setzen Sie sich doch bitte«, sagte der Anwalt, der jetzt merkte, daß Denise und der Pfarrer immer noch standen.

Denise wandte sich ab und nahm aus ihrem Mieder zwei Fünfhundertfrancsscheine, die mit einer Stecknadel an ihrem Hemd befestigt gewesen waren; dann setzte sie sich und hielt sie dem Verteidiger ihres Bruders hin. Der Pfarrer warf dem Anwalt einen funkelnden Blick zu, der sich indessen bald feuchtete.

»Behalten Sie dieses Geld«, sagte der Anwalt, »behalten Sie es für sich, Sie armes Mädchen; reiche Leute bezahlen eine verlorene Sache nicht so großzügig.«

»Ich kann Ihnen unmöglich gehorchen«, sagte Denise.

»Dann kommt also das Geld gar nicht von Ihnen?« fragte der Anwalt lebhaft.

»Verzeihen Sie mir«, antwortete sie und schaute Monsieur Bonnet an; sie wollte wissen, ob sie sich durch diese Lüge nicht an Gott versündige.

Der Pfarrer hielt die Augen niedergeschlagen.

»Na, gut«, sagte der Anwalt, behielt den einen Fünfhundertfrancsschein und reichte den andern dem Pfarrer, »ich teile mit den Armen. Und jetzt, Denise, tauschen Sie mir diesen Schein, der ganz sicher mir gehört«, sagte er und hielt ihr die andere Banknote hin, »gegen Ihr schwarzes Samtband und Ihr goldenes Kreuz. Ich will das Kreuz an meinen Kamin hängen als Erinnerung an das reinste und beste Jungmädchenherz, dem ich sicherlich in meinem Anwaltsleben begegnen werde.«

»Ich schenke es Ihnen, aber verkaufen tu ich es Ihnen nicht«, rief Denise, nestelte ihr Halsband ab und reichte es ihm.

»Gut«, sagte der Pfarrer, »ich nehme die fünfhundert Francs an und lasse den armen Jungen exhumieren und nach dem Friedhof von Montégnac überführen. Sicherlich hat Gott ihm vergeben; Jean wird an dem großen Tage, da die Gerechten und Reuigen zur Rechten des Vaters gerufen werden, mit meiner Herde auferstehen.«

»Einverstanden«, sagte der Anwalt. Er ergriff Denisens Hand, zog sie an sich und küßte sie auf die Stirn; aber diese Geste hatte einen andern Zweck. – »Mein Kind«, sagte er, »niemand in Montégnac hat Fünfhundertfrancsscheine; in Limoges sind sie recht selten, niemand bekommt sie ohne Aufgeld; also ist Ihnen dieses

Geld geschenkt worden; Sie werden mir nicht sagen, von wem, und ich frage Sie nicht danach; aber hören Sie: Wenn Sie hier in der Stadt noch etwas im Zusammenhang mit Ihrem armen Bruder zu tun haben, dann seien Sie auf der Hut! Monsieur Bonnet, Sie und Ihr Bruder werden von Spitzeln überwacht. Man weiß, daß Ihre Familie fortgezogen ist. Wenn Sie hier erblickt werden, dann werden Sie umstellt, ohne daß Sie es merken.«

»Leider«, sagte sie, »habe ich hier nichts mehr zu tun.«

»Sie ist klug«, sagte sich der Anwalt, als er sie hinausgeleitete. »Sie ist gewarnt worden; mag sie sich irgendwie herauswickeln.«

In den letzten Septembertagen, die warm waren wie Sommertage, hatte der Bischof die Hochmögenden der Stadt zum Abendessen geladen. Unter den Gästen befanden sich der Generalstaatsanwalt und der erste Staatsanwalt. Einige Diskussionen belebten den Abend und dehnten ihn ungebührlich aus. Es wurden Whist und Tricktrack gespielt, ein Spiel, für das Bischöfe eine Schwäche haben. Gegen elf Uhr abends stand der Generalstaatsanwalt auf den oberen Terrassen. Von dort aus, wo er stand, gewahrte er einen Lichtschein auf jener Insel, die an einem gewissen Abend die Aufmerksamkeit des Abbé Gabriel und des Bischofs auf sich gelenkt hatte, auf Véroniques Insel, mit einem Wort: Jenes Licht erinnerte ihn an die ungeklärten Geheimnisse des von Tascheron begangenen Verbrechens. Dann, als er keinen Grund fand, daß man zu dieser Stunde auf der Vienne Feuer anzünde, überkam der heimliche Gedanke, der dem Bischof und seinem Sekretär gekommen war, ihn mit einer so jähen Erleuchtung, daß sie wie das große Feuer wirkte, das in der Ferne schimmerte. – »Wir alle sind große Dummköpfe gewesen!« rief er aus, »aber jetzt haben wir die Komplicen.« Er ging wieder in den Salon, suchte Monsieur de Grandville, flüsterte ihm ein paar Worte zu, dann verschwanden sie beide; aber der Abbé de Rastignac war ihnen aus Höflichkeit gefolgt; er spähte nach, wohin sie gingen, sah, daß sie sich auf die Terrasse zu bewegten und gewahrte das Feuer am Ufer der Insel. – »Jetzt ist sie verloren«, dachte er.

Die Sendboten der Justiz kamen zu spät. Denise und LouisMarie, den Jean das Tauchen gelehrt hatte, waren zwar noch am Ufer der Vienne, und zwar an einer von Jean angegebenen

Stelle; aber Louis-Marie Tascheron hatte bereits viermal getaucht, und jedesmal hatte er zwanzigtausend Francs in Gold heraufgebracht. Die erste Summe hatte in einem an den vier Ecken zusammengeknoteten Halstuch gesteckt. Dieses Tuch war sogleich ausgewrungen worden, damit kein Wasser darin blieb, und dann wurde es in ein schon im voraus angezündetes Feuer aus trockenem Holz geworfen. Denise blieb so lange an dem Feuer, bis sie sah, daß die Hülle völlig verzehrt war. Die zweite Hülle war ein Schal, die dritte ein Batisttaschentuch. In dem Augenblick, da sie die vierte Hülle ins Feuer werfen wollte, ergriffen die Gendarmen, die von einem Polizeikommissar begleitet wurden, dieses wichtige Beweisstück, und Denise ließ es sich abnehmen, ohne die leiseste Erregung zu bezeigen. Es war ein Taschentuch, auf dem, obwohl es im Wasser gelegen hatte, noch ein paar Blutspuren verblieben waren. Denise wurde sogleich verhört, was sie da treibe; sie sagte aus, sie habe das gestohlene Gold nach den Angaben ihres Bruders aus dem Wasser geholt; der Kommissar fragte sie, warum sie die Hüllen verbrannt habe, und sie antwortete, damit habe sie eine der von ihrem Bruder gestellten Bedingungen erfüllt. Als sie gefragt wurde, worin die Umhüllungen denn bestanden hätten, antwortete sie kühn und ohne zu lügen: »Aus einem Halstuch, einem Batisttaschentuch und einem Schal.«

Das beschlagnahmte Taschentuch hatte ihrem Bruder gehört.

Dieser Fischzug und seine Begleitumstände machten in der Stadt Limoges viel von sich reden. Zumal der Schal bestätigte die Annahme, Tascheron habe sein Verbrechen aus Liebe begangen. – »Auch nach seinem Tode beschützt er sie noch«, sagte eine Dame, als sie diese letzten Enthüllungen vernahm, die so geschickt unnütz gemacht worden waren. – »Vielleicht wird jetzt in Limoges ein Ehemann merken, daß ihm ein Halstuch fehlt, aber dann muß er gezwungenermaßen den Mund halten«, sagte lächelnd der Generalstaatsanwalt. – »Der Verlust an Toilettegegenständen wird jetzt so kompromittierend, daß ich heute abend meinen Kleiderschrank überprüfen werde«, sagte lächelnd die alte Madame Perret. – »Welches wohl die hübschen Füßchen sein mögen, deren Spur so sorglich ausgelöscht worden ist?« fragte Monsieur de Grandville. – »Pah! Vielleicht die einer häßlichen Frau«, antwortete der Generalstaatsanwalt. – »Sie hat ihren Fehltritt teuer bezahlt«, entgegnete der Abbé de Grancour. – »Wissen Sie, was dieser Fall beweist?« rief der Staatsanwalt. »Er zeigt, was alles die Frauen bei der Revolution verloren haben, die die sozialen Ränge durcheinandergewürfelt hat. Solcherlei Leidenschaften begegnet man nur noch bei Männern, die einen riesigen Abstand zwischen sich und ihren Geliebten wahrnehmen.« – »Sie schreiben der Liebe viel Eitelkeiten zu«, antwortete der Abbé Dutheil. – »Was denkt Madame Graslin?« fragte der Präfekt. – »Was soll sie schon denken? Sie ist, wie sie mir gesagt hatte, während der Hinrichtung niedergekommen und hat seitdem niemanden empfangen; sie ist nämlich schwerkrank«, sagte Monsieur de Grandville.

In einem andern Salon der Stadt Limoges trug sich eine beinahe komische Szene zu. Die Freunde der des Vanneaulx kamen und beglückwünschten sie zur Rückerstattung ihrer Erbschaft. – »Na ja, der arme Kerl hätte begnadigt werden sollen«, sagte Madame des Vanneaulx. »Liebe und nicht Eigennutz hatten ihn dazu gebracht: Er war weder liederlich noch ein schlechter Mensch.« – »Er war durch und durch gewissenhaft«, sagte der Sieur des Vanneaulx, »und wenn ich wüßte, wo seine Familie ist, würde ich mich erkenntlich zeigen. Sind wackere Leute, diese Tascherons.«

Als Madame Graslin nach der langen Krankheit, die auf ihre Niederkunft gefolgt war und sie gezwungen hatte, in völliger Abgeschiedenheit und im Bett zu bleiben, gegen Ende des Jahres 1829 aufstehen konnte, hörte sie ihren Mann von einem ziemlich beträchtlichen Geschäft sprechen, das er abschließen wollte. Die Familie de Navarreins plante den Verkauf des Waldes von Montégnac und der unbebauten Landstücke, die sie in der Umgegend besaß. Graslin hatte die Klausel seines Ehevertrags, durch die er gehalten war, die Mitgift seiner Frau in Grund und Boden anzulegen, noch nicht erfüllt; er hatte es vorgezogen, die Summe auf der Bank arbeiten zu lassen, und sie bereits verdoppelt. In diesem Zusammenhang schien Véronique sich des Namens Montégnac zu erinnern; sie bat ihren Mann, seinen Verpflichtungen nachzukommen und jenen Grundbesitz für sie zu erwerben. Monsieur Graslin war viel daran gelegen, den Pfarrer Bonnet kennenzulernen, um Auskünfte über den Wald und die Ländereien zu erhalten, die der Herzog von Navarreins verkaufen wollte; denn der Herzog sah den schrecklichen Kampf voraus, den der Fürst von Polignac[75] zwischen dem Liberalismus und dem Haus Bourbon vorbereitete, und den er sehr pessimistisch beurteilte; auch gehörte er zu den beharrlichsten Gegnern des Staatsstreichs. Der Herzog hatte seinen Sachwalter nach Limoges geschickt und ihn beauftragt, nur gegen eine hohe Geldsumme in bar zu verkaufen; er erinnerte sich nämlich viel zu gut der Revolution von 1789, um nicht Nutzen aus den Lehren zu ziehen, die sie der ganzen Aristokratie erteilt hatte. Jener Sachwalter stand seit einem Monat in Unterhandlungen mit Graslin, dem schlauesten Fuchs des Limousin, dem einzigen Mann, der, wie alle Fachleute aussagten, fähig war, einen ansehnlichen Landbesitz zu erwerben und auf der Stelle zu bezahlen. Auf ein paar Zeilen hin, die der Abbé Dutheil an Monsieur Bonnet schrieb, eilte der letztere nach Limoges und sprach im Stadtpalais Graslin vor. Véronique wollte den Pfarrer bitten, mit ihr zu essen; aber der Bankier erlaubte Monsieur Bonnet erst, zu seiner Frau hinaufzugehen, nachdem er ihn eine Stunde lang in seinem Arbeitszimmer festgehalten und Auskünfte erlangt hatte, die ihn so sehr befriedigten, daß er sofort den Kauf des Waldes und der Ländereien von Montégnac gegen fünfhunderttausend Francs abschloß. Er willigte in den Wunsch seiner Frau ein, indem er vertraglich festlegte, daß diese Erwerbung und alle, die damit zusammenhängen würden, getätigt worden seien, um die Klausel seines Ehevertrags bezüglich der Anlage der Mitgift zu erfüllen. Graslin unterzog sich dieses Akts der Redlichkeit um so lieber, als er ihn ja nichts mehr kostete. Zu der Zeit, da Graslin in Unterhandlungen stand, bestand jener Grundbesitz aus dem Forst von Montégnac, der aus etwa dreißigtausend Morgen unbebaubarem Boden bestand, der Burgruine, dem Park und etwa fünftausend Morgen in der unbebauten Ebene, die vor Montégnac lag. Unmittelbar danach tätigte Graslin mehrere Erwerbungen, um sich zum Besitzer des ersten Bergs der Corrèzer Kette zu machen, an dem der sogenannte Wald von Montégnac endete. Seit der Einführung der Grundsteuern hatte der Herzog von Navarreins jährlich keine fünfzehntausend Francs aus dieser

Herrschaft herausgewirtschaftet, die ehedem eins der reichsten Lehen des Königreichs gebildet hatte, und dessen Ländereien dem vom Konvent befohlenen Verkauf teils ihrer Unfruchtbarkeit wegen entgangen waren, teils um der anerkannten Unmöglichkeit willen, sie zu bebauen.

Als der Pfarrer die ob ihrer Frömmigkeit und ihres Geistes berühmte Frau erblickte, von der er hatte reden hören, konnte er sich einer überraschten Geste nicht erwehren. Véronique war damals in die dritte Phase ihres Lebens gelangt, diejenige, in der sie durch die Ausübung ihrer höchsten Tugenden immer größer werden sollte, und während welcher sie zu einer völlig anderen Frau wurde. Der raffaelischen Madonna, die mit elf Jahren vom durchlöcherten Mantel der Blattern verhüllt worden war, war die schöne, noble, leidenschaftliche Frau nachgefolgt; und aus jener von heimlichen Heimsuchungen betroffenen Frau war eine Heilige hervorgegangen. Ihr Antlitz hatte jetzt einen gelblichen Ton, ähnlich dem, wie ihn die strengen Gesichter der durch ihre Kasteiungen berühmten Äbtissinnen haben. Die zarten Schläfen wirkten jetzt wie vergoldet. Die Lippen waren blasser geworden; sie besaßen nicht mehr die Röte halb erschlossener Granatapfelblüten, sondern die kühlen Farbtöne einer Bengal-Rose. In den Augenwinkeln und an der Nasenwurzel hatten die Schmerzen zwei perlmutterne Stellen eingegraben, über die viele heimliche Tränen hinweggeronnen waren. Jene Tränen hatten die Spuren der Blattern ausgelöscht und die Haut weggeätzt. Die Neugier richtete sich unwiderstehlich auf jene Stelle, wo das blaue Netz der kleinen Adern hastig gepocht und wie geschwollen unter dem Einströmen des Bluts gewirkt hatte, das bis dorthin geflutet war, wie um die Tränen zu nähren[76]. Nur die Umgebung der Augen hatte die braunen Farbtöne bewahrt; nach unten hin waren sie schwarz geworden, und auf den arg faltig gewordenen Lidern bräunlich. Die Wangen waren hohl, und ihre Falten kündeten von ernsten Gedanken. Das Kinn, an dem in der Jugend üppiges Fleisch die Muskeln bedeckt hatte, war kleiner geworden, freilich zum Nachteil des Ausdrucks; es enthüllte jetzt die unnachgiebige religiöse Strenge, die Véronique nur sich selbst gegenüber ausübte. Mit neunundzwanzig Jahren besaß Véronique, die sich bereits eine große Zahl weißer Haare hatte auszupfen lassen müssen, nur noch spärliches, sprödes Haar; ihre Niederkunft hatte ihr das Haar zerstört[77] und ihr damit etwas genommen, das zu ihrem schönsten Schmuck gehört hatte. Ihre Magerkeit wirkte erschreckend. Trotz der Verbote ihres Arztes hatte sie ihren Sohn selber stillen wollen. Der Arzt trumpfte in der Stadt auf, als er alle Veränderungen sich vollziehen sah, die er für den Fall vorausgesagt hatte, daß Véronique wider sein Verbot selber stillte. – »So etwas kann eine einzige Niederkunft bei einer Frau zuwege bringen«, sagte er. »Sie vergöttert also ihr Kind. Ich habe stets festgestellt, daß die Mütter ihre Kinder des Preises wegen lieben, den sie sie kosten.« Dennoch stellten Véroniques umfältelte Augen das einzige dar, was in ihrem Antlitz jung geblieben war: Das dunkle Blau der Iris loderte in einem wilden Glanz, in den sich das Leben geflüchtet zu haben schien, als es aus der reglosen, kalten Maske gewichen war, die dennoch ein frommer Ausdruck belebte, sobald es sich um den Nächsten handelte. Daher endeten denn auch die Überraschung und das Erschrecken des Pfarrers in dem Maß, wie er Madame Graslin all das Gute erklärte, das ein Eigentümer in Montégnac vollbringen könne, wenn er dort wohnte. Für einen Augenblick wurde Véronique wieder schön und erleuchtet von dem Lichtschein einer unerhofften Zukunft.

»Ich will hinziehen«, sagte sie. »Das wird mir wohltun. Ich lasse mir von meinem Mann einiges Kapital geben und beteilige mich dann nachdrücklich an Ihrem frommen Werk. Montégnac soll fruchtbar gemacht werden; wir werden Wasser finden, um Ihre unfruchtbare Ebene zu befeuchten. Wie Moses schlagen Sie an einen Fels, und es werden ihm Zähren entquillen!«

Als der Pfarrer von Montégnac von den Freunden, die er in Limoges besaß, über Madame Graslin ausgefragt wurde, sprach er von ihr wie von einer Heiligen.

Noch am Morgen seiner Erwerbung schickte Graslin einen Architekten nach Montégnac. Er wollte die Burg zu einem Schloß ausbauen und die Gärten, die Terrasse und den Park wiederherstellen lassen sowie den Wald durch Anlage von Schonungen ertragreich machen; er entfaltete bei dieser Wiederherstellung eine stolze Tatkraft.

Zwei Jahre danach wurde Madame Graslin von einem großen

Unglück betroffen. Im August 1830 überraschten Graslin die Katastrophen des Handels und des Bankwesens[78]; trotz seiner Klugheit war er hineinverwickelt worden; er ertrug weder den Gedanken an einen Konkurs noch denjenigen des Verlusts eines Vermögens von drei Millionen, das er in vierzig Jahren der Arbeit erworben hatte; die seelische Erkrankung, das Ergebnis seiner Ängste, verschlimmerte die von je vorhanden gewesene Entzündung seines Bluts; er mußte das Bett hüten. Seit ihrer Schwangerschaft hatten sich Véroniques freundschaftliche Gefühle gegenüber ihrem Mann noch gesteigert und alle Hoffnungen ihres Bewunderers, des Monsieur de Grandville, zunichte gemacht; sie versuchte, ihren Mann durch wachsame Pflege zu retten, doch es gelang ihr lediglich, die Qualen Graslins um ein paar Monate zu verlängern; diese Frist war indessen sehr von Vorteil für Grossetête, der das Ende seines ehemaligen Kommis voraussah und von ihm die notwendigen Auskünfte für eine schnelle Liquidation des Habens erbat. Graslin starb im April 1831, und der tiefe Schmerz seiner Witwe wich nur der christlichen Schicksalsergebenheit. Das erste, was Véronique äußerte, war, daß sie auf ihr eigenes Vermögen verzichten wolle, damit die Gläubiger befriedigt werden konnten; aber dazu genügte reichlich Monsieur Graslins Vermögen. Zwei Monate später überließ die Liquidation, mit der Grossetête sich befaßt hatte, Madame Graslin das Besitztum Montégnac und sechshunderttausend Francs, ihr gesamtes eigenes Vermögen; auf diese Weise haftete dem Namen ihres Sohns kein Makel an; Graslin hatte niemandes Vermögen geschädigt, nicht einmal dasjenige seiner Frau. Francis Graslin besaß noch ungefähr hunderttausend Francs. Monsieur de Grandville, dem die Seelengröße und die guten Eigenschaften Véroniques bekannt waren, machte ihr einen Heiratsantrag; aber zur Verblüffung von ganz Limoges wies Madame Graslin den neuernannten Generalstaatsanwalt ab, unter dem Vorwand, die Kirche mißbillige eine zweite Ehe. Grossetête, ein Mann von äußerst gesundem Menschenverstand und sicherem Blick, riet Véronique, den Rest ihres Vermögens und desjenigen Monsieur Graslins in Staatsrentenpapieren anzulegen; er selber führte diese Finanzoperation im Juli durch, in dem die französischen Papiere die größten Aussichten boten, drei Prozent für fünfzig Francs.

Francis hatte also sechstausend Francs Zinsen und seine Mutter ungefähr vierzigtausend. Véroniques Vermögen war noch immer das größte des Départements. Als alles geregelt war, verkündete Madame Graslin ihren Plan, Limoges zu verlassen und in Montégnac, in Monsieur Bonnets Nähe, zu wohnen. Abermals bat sie den Pfarrer zu sich, um ihn über das Werk zu befragen, das er in Montégnac in Angriff genommen hatte und an dem sie sich beteiligen wollte; er jedoch versuchte, ihr großherzig diesen Entschluß auszureden, indem er sie darauf hinwies, daß ihr Platz in der Gesellschaft sei.

»Ich entstamme dem Volk und will zum Volk zurückkehren«, antwortete sie.

Der Pfarrer, den die Liebe zu seinem Dorf erfüllte, widersetzte sich jetzt der Berufung der Madame Graslin um so weniger, als sie aus freien Stücken die Verpflichtung übernommen hatte, nicht länger in Limoges zu wohnen; sie hatte das Stadtpalais Grossetête überlassen, und dieser hatte es zur Deckung der ihm geschuldeten Summen zum vollen Wert übernommen.

Am Tag ihrer Abreise gegen Ende August 1831 wollten die zahlreichen Freunde der Madame Graslin sie bis vor die Tore der Stadt begleiten. Manche zogen gar bis zur ersten Poststation mit. Véronique fuhr mit ihrer Mutter in einer Kalesche. Der Abbé Dutheil, der vor einigen Tagen ein Bistum erhalten hatte, saß mit dem alten Grossetête auf dem Vordersitz des Wagens. Als sie über die Place d'Aîne fuhren, durchzuckte Véronique ein heftiger Schmerz, ihr Gesicht verzerrte sich, so daß man das Spiel der Muskeln sah; sie preßte ihr Kind mit einer krampfhaften Bewegung an sich, die die Sauviat dadurch abschirmte, daß sie ihr das Kind sofort abnahm; die alte Mutter schien der Erregung der Tochter gewärtig gewesen zu sein. Der Zufall wollte es, daß Madame Graslin die Stelle wiedersah, wo einst das Haus ihres Vaters gestanden hatte; sie drückte der Sauviat heftig die Hand, dicke Tränen rollten ihr aus den Augen und rannen ihr hastig die Wangen hinab. Als Limoges hinter ihr lag, warf sie einen letzten Blick darauf zurück und schien ein Glücksgefühl zu verspüren, das von allen ihren Freunden wahrgenommen wurde. Als der Generalstaatsanwalt, jener junge, fünfundzwanzigjährige Herr, den zum Manne zu nehmen sie sich geweigert hatte, ihr mit dem

Ausdruck tiefen Bedauerns die Hand küßte, bemerkte der neue Bischof die seltsame Regung, durch die das Schwarz der Pupille in Véroniques Augen das Blau verdrängte, das diesmal auf einen ganz dünnen Kreis gemindert wurde. Offenbar kündete das Auge von einem heftigen inneren Aufruhr.

»Also werde ich ihn niemals wiedersehen!« flüsterte sie der Mutter zu, die dieses Geständnis entgegennahm, ohne daß ihr altes Gesicht die leiseste Gefühlsregung bezeigte.

Die Sauviat wurde in diesem Augenblick von dem vor ihr sitzenden Grossetête beobachtet; trotz seiner Menschenkenntnis konnte der ehemalige Bankier nicht den Haß Véroniques gegen den Justizbeamten ahnen, den sie doch in ihrem Haus empfangen hatte. Was das betrifft, so besitzen die Kleriker eine Scharfsicht, die weiter reicht als diejenige anderer Menschen; daher verwunderte der Bischof Véronique durch einen Priesterblick.

»Trauern Sie in Limoges nichts nach?« fragten Seine Bischöflichen Gnaden Madame Graslin.

»Sie verlassen es ja ebenfalls«, antwortete sie. »Und auch Sie werden nur noch selten herkommen«, fügte sie hinzu und lächelte Grossetête an, der sich von ihr verabschiedete.

Der Bischof geleitete Véronique bis nach Montégnac.

»Eigentlich müßte ich diese Straße in Trauerkleidung entlanggehen«, flüsterte sie der Mutter zu, als sie die Anhöhe von Saint-Léonard zu Fuß hinanstieg.

Die Alte mit dem herben Faltengesicht legte den Finger auf den Mund und deutete auf den Bischof, der das Kind mit schreckenerregender Aufmerksamkeit musterte. Dieses Verhalten, aber mehr noch der erkennende Blick des Prälaten ließ Madame Graslin erschauern. Beim Anblick der weiten Ebenen, die ihre grauen Flächen vor Montégnac ausdehnen, verloren Véroniques Augen ihren Glanz; es überkam sie Schwermut. Da gewahrte sie den Pfarrer, der ihr entgegengegangen war, und sie ließ ihn in den Wagen steigen.

»Dies also ist Ihr Herrschaftsgebiet, Madame«, sagte ihr Monsieur Bonnet und zeigte auf die unbebaute Ebene.

787

VIERTES KAPITEL

Madame Graslin in Montégnac

Ein paar Minuten später erschienen der Marktflecken Montégnac und sein Hügel, auf dem die neuen Baulichkeiten ins Auge stachen, im goldenen Schein der untergehenden Sonne, voller Poesie durch den Kontrast dieses hübschen Naturbildes, das dort lag wie eine Oase in der Wüste. Madame Graslins Augen füllten sich mit Tränen; der Pfarrer zeigte ihr eine breite, weiße Spur, die im Berghang etwas wie eine Narbe bildete.

»Das haben meine Gemeindekinder vollbracht, um ihrer Schloßherrin ihre Dankbarkeit zu bezeigen«, sagte er und deutete auf jenen gebahnten Weg. »Wir können bis zum Schloß im Wagen fahren. Diese Auffahrt ist geschaffen worden, ohne daß sie Sie einen Sou kostet; in zwei Monaten wollen wir sie bepflanzen. Bischöfliche Gnaden können sich vorstellen, was an Mühe, Arbeit und Hingabe erforderlich gewesen sind, um eine solche Veränderung vorzunehmen.«

»Das haben Ihre Gemeindekinder vollbracht?« fragte der Bischof.

»Ohne daß sie dafür etwas haben annehmen wollen, Monseigneur. Die Ärmsten haben mit Hand angelegt im Wissen, sie würden eine Mutter bekommen.«

Am Fuß des Berges fanden die Reisenden sämtliche Dorfbewohner versammelt; sie ließen Böllerschüsse knallen und feuerten ein paar Gewehre ab; dann boten die beiden hübschesten Mädchen in weißen Kleidern Madame Graslin Blumensträuße und Früchte dar.

»So in diesem Dorf empfangen zu werden!« rief sie und umklammerte Monsieur Bonnets Hand, als sei sie drauf und dran, in einen Abgrund zu stürzen.

Die Menge begleitete den Wagen bis zum Ehrengitter. Von dort aus konnte Madame Graslin ihr Schloß sehen, von dem sie bislang nur die Baumasse erblickt hatte. Bei diesem Anblick war sie beinah erschrocken über die Pracht ihres Wohnsitzes. Sandstein ist in jener Gegend selten; der Granit, der sich im Gebirge findet, ist schwer zu bearbeiten; der Architekt, den Graslin mit der Neugestaltung des Schlosses beauftragte, hatte also Backstein als hauptsächliches Baumaterial des ausgedehnten Komplexes verwendet, wodurch der Bau um so weniger Kosten verursacht hatte, als der Wald von Montégnac das zur Herstellung erforderliche Holz und die Tonerde geliefert hatte. Das Balkenwerk und die Steine entstammten gleichfalls jenem Wald. Ohne diese Sparmaßnahmen hätte Graslin sich zugrunde gerichtet. Der Großteil der Ausgaben hatte in Transportkosten, der Materialgewinnung und den Löhnen bestanden. So war das Geld im Dorf geblieben und hatte neues Leben hineingebracht. Auf den ersten Blick stellte das Schloß eine riesige rote Masse dar, die von den schwarzen Strichen der Fugen durchzogen und von grauen Linien begrenzt war; denn die Fenster, die Türen, die Gesimse, die Ekken und steinernen Mauerbänder jedes Stockwerks bestanden aus Granit, der zu flachen Pyramiden behauen war. Der Hof, der die Form eines geneigten Ovals hatte, wie der des Schlosses zu Versailles, war von einer Backsteinmauer umgeben, in die von behauenem Granit eingerahmte Verzierungen eingelassen waren. Vor jener Mauer standen Gruppen von Sträuchern, die sich durch eine besondere Wahl auszeichneten; alle wiesen verschiedene Grüntöne auf. Zwei prächtige schmiedeeiserne Tore, die einander gegenüberlagen, führten an der einen Seite auf eine Terrasse mit Blick auf Montégnac, an der andern zu den Nebengebäuden und einem Wirtschaftshof. Das große Ehrentor, bei dem die unlängst vollendete Landstraße endete, wurde von zwei hübschen Pavillons im Stil des sechzehnten Jahrhunderts flankiert. Die nach dem Hof zu gelegene Fassade bestand aus drei Pavillons, deren mittlerer von den beiden andern durch zwei Verbindungsbauten getrennt wurde; sie lag nach Osten. Die ihr völlig gleiche Gartenfassade lag nach Westen. Die Pavillons hatten nach vorne nur je ein Fenster, und jeder Verbindungsbau hatte deren drei. Der mittlere Pavillon, der als Glockenturm gestaltet war und an den Ecken kleine, gewundene Verzierungen hatte, fiel durch die Eleganz seines sparsam verteilten plastischen Schmucks auf. Die Kunst zeigt sich in der Provinz schüchtern, und obwohl seit dem Jahre 1829 das Anbringen von Zierwerk auf die Stimme der Schriftsteller hin Fortschritte gemacht hat, hatten die Eigentümer damals noch Scheu vor den Ausgaben, die aus Mangel an Konkurrenz und geschickten Handwerkern recht ansehnlich waren. Jeder der Eckpavillons war drei Fenster tief und hatte sehr steile Dächer, die mit Granitbalustraden geschmückt waren, und in jeder Dreiecksfläche des Dachs, das im Ansteigen durch eine elegante, von bleiernen Regenrinnen umsäumte, mit einem schmiedeeisernen Gitter umschlossene Plattform abgeschlossen wurde, erhob sich ein elegant gemeißeltes Fenster. In jedem Stockwerk fielen die Kragsteine der Türen und Fenster durch plastischen Schmuck auf, der demjenigen der Häuser in Genua nachgebildet war. Der Pavillon mit den drei nach Süden gehenden Fenstern blickte auf Montégnac; der andere, an der Nordseite, war zum Wald hingewendet. Von der Gartenfassade aus umfaßte der Blick den Teil von Montégnac, wo die Tascherons gewohnt hatten, und senkte sich auf die Landstraße nieder, die zum Hauptort des Arrondissements hinführte. Von der Hoffassade aus konnte man den Ausblick auf die riesige Ebene genießen, die nach Montégnac zu von den Bergketten der Corrèze umschlossen wurde, die sich indessen in der unendlichen Linie der flachen Weiten verliert. Die Verbindungsbauten hatten über dem Erdgeschoß nur ein Stockwerk; es endete mit einem von Mansarden im alten Stil durchbrochenen Dach; die beiden Eckpavillons indessen erhoben sich zwei Stockwerke hoch. Der mittlere trug eine flache Kuppel, ähnlich derjenigen der sogenannten »Pavillons de l'Horloge« der Tuilerien oder des Louvre; in ihm befindet sich nur ein Raum, eine Loggia; als Schmuck dient ihr eine Uhr. Aus Sparsamkeit waren alle Dächer mit gerillten Ziegeln gedeckt worden, was ein gewaltiges Gewicht ergab, das indessen durch das dem Wald entnommene Balkenwerk mit Leichtigkeit getragen wurde. Vor seinem Tode hatte Graslin die Zufahrtsstraße geplant, die jetzt aus Dankbarkeit vollendet worden war; denn durch das Bauunternehmen, das Graslin als »seine Marotte« bezeichnet hatte, waren fünfhunderttausend Francs in die Gemeinde geflossen. Daher hatte Montégnac sich beträchtlich vergrößert. Hinter den Nebengebäuden, am Hang des Hügels, der nach Norden hin flacher wird und schließlich in die Ebene übergeht, hatte Graslin den Bau eines riesigen Gutshofs begonnen; das zeugte von der Absicht, aus den unbebauten Ländereien der Ebene Nutzen zu ziehen. In den Nebengebäuden waren sechs

Gärtnerjungen untergebracht und einem Pförtner unterstellt worden, der zugleich Obergärtner war; sie fuhren in diesem Augenblick mit den Anpflanzungen fort und führten die Arbeiten zu Ende, die Monsieur Bonnet für unerläßlich gehalten hatte. Das Erdgeschoß des Schlosses war ganz und gar für Empfänge und Gesellschaften bestimmt und prunkvoll möbliert worden. Es ergab sich, daß der erste Stock ziemlich dürftig ausgestattet war; Monsieur Graslins Tod hatte die Möbelsendungen unterbrochen.

»Ach, Monseigneur«, sagte Madame Graslin nach dem Rundgang durch das Schloß dem Bischof, »für mich, die ich in einer Hütte hatte wohnen wollen, hat mein armer Mann solche Narrheiten begangen!«

»Und Sie«, sagte der Bischof, »Sie wollen nun also gute Werke tun?« fügte er nach einer Pause hinzu und merkte, daß bei seinen Worten Madame Graslin ein Schauer durchrann.

Sie nahm den Arm ihrer Mutter, die Francis an der Hand hielt, und ging allein bis zu der langen Terrasse, unter der Kirche und Pfarrhaus liegen, und von der aus man die gestaffelten Häuser des Fleckens sieht. Der Pfarrer bemächtigte sich Monseigneur Dutheils, um ihm die verschiedenen Landschaftsbilder zu zeigen. Bald jedoch gewahrten die beiden Priester am andern Ende der Terrasse Véronique und deren Mutter, die starr wie Statuen dastanden: Die Alte hatte ihr Taschentuch in der Hand und trocknete sich die Augen; die Tochter hatte die Hände flach auf der Balustrade liegen und schien unten nach der Kirche hinzudeuten.

»Was ist Ihnen, Madame?« fragte der Pfarrer Bonnet die alte Sauviat.

»Nichts«, antwortete Madame Graslin, wandte sich um und ging den beiden Priestern ein paar Schritte entgegen. »Ich habe nicht gewußt, daß ich ständig den Friedhof vor Augen haben würde.«

»Sie können ihn ja verlegen lassen; das lassen die Gesetze zu.«

»Die Gesetze!« sagte sie, und dieser Ausruf klang wie ein Aufschrei.

Da blickte der Bischof Véronique abermals an. Sie war des dunklen Blicks überdrüssig, mit dem der Priester die fleischliche

791

Hülle durchdrang, die ihre Seele deckte, und darin das Geheimnis entdeckte, das in einem der Gräber des Friedhofs verborgen lag, und sie rief ihm zu: »Nun gut, ja!«

Der Bischof verdeckte seine Augen mit der Hand und stand eine Weile nachdenklich und überwältigt da.

»Stützen Sie meine Tochter«, rief die Alte, »sie wird ganz blaß.«

»Die Luft ist kräftig, ich bin wie benommen«, sagte Madame Graslin und sank ohnmächtig in die Arme der beiden Geistlichen; sie trugen sie in eines der Schlafzimmer des Schlosses.

Als sie wieder zu Bewußtsein kam, sah sie den Bischof und den Pfarrer auf den Knien liegen und für sie zu Gott beten.

»Möge der Engel, der Sie heimgesucht hat, Sie nie wieder verlassen!« sagte der Bischof und erteilte ihr den Segen. »Leben Sie wohl, liebe Tochter.«

Diese Worte ließen Madame Graslin in Tränen zerschmelzen.

»Dann ist sie also gerettet!« rief die Sauviat.

»In dieser Welt und in der jenseitigen«, sagte der Bischof, wandte sich noch einmal um und verließ das Zimmer.

Jenes Zimmer, in das die Sauviat ihre Tochter hatte tragen lassen, liegt im ersten Stock des Seitenpavillons, dessen Fenster nach der Kirche, dem Friedhof und der Südseite von Montégnac hinblicken. Madame Graslin wollte dort wohnen bleiben, und sie richtete sich, so gut es ging, mit Aline und dem kleinen Francis ein. Die alte Sauviat blieb selbstverständlich bei ihrer Tochter. Madame Graslin bedurfte einiger Tage, um sich von den heftigen Erregungen zu erholen, die sie bei der Ankunft überkommen hatten; übrigens hatte die Mutter sie gezwungen, den ganzen Vormittag über im Bett zu bleiben. Abends setzte Véronique sich auf die Terrassenbank, von der aus ihre Augen auf die Kirche, das Pfarrhaus und den Friedhof hinabblicken konnten. Trotz des stummen Widerstrebens der alten Sauviat nahm Madame Graslin also eine Gewohnheit an, wie Geisteskranke sie bezeigen; sie setzte sich stets auf den gleichen Platz und überließ sich einer düsteren Melancholie.

»Mit Madame geht es zu Ende«, sagte Aline zu der alten Sauviat.

Der Pfarrer, der nicht hatte aufdringlich wirken wollen, kam, als die beiden Frauen ihn unterrichtet hatten, daß Madame Graslin an einer seelischen Erkrankung leide, regelmäßig zu ihr. Dieser wahre Seelenhirt war sorglich darauf bedacht, seine Besuche stets zu der Stunde abzustatten, da Véronique sich mit ihrem Sohn, beide in Trauerkleidung, an die Ecke der Terrasse setzte. Der Oktober begann; die Natur wurde düster und traurig. Monsieur Bonnet, der seit Véroniques Ankunft in Montégnac bei ihr eine tiefe, innere Wunde erkannt hatte, hielt es für klug, abzuwarten, bis er das volle Vertrauen dieser Frau gewonnen hätte, die sein Beichtkind werden sollte. Eines Abends schaute Madame Graslin den Pfarrer aus fast erloschenen Augen an; es sprach aus ihnen eine unselige Unentschlossenheit, wie sie in Menschen herrscht, die mit dem Gedanken an den Tod spielen. Von diesem Augenblick an zögerte Monsieur Bonnet nicht länger, sondern machte es sich zur Pflicht, die Weiterentwicklung dieser grausigen Seelenkrankheit zu hemmen. Zunächst fand zwischen Véronique und dem Priester ein Kampf mit leeren Worten statt, hinter denen sie ihre wahren Gedanken verbargen. Ungeachtet der herrschenden Kälte saß Véronique zu jener Stunde auf der Granitbank! Francis saß auf ihrem Schoß. Die Sauviat stand daneben, an die Ziegelsteinbalustrade gelehnt, und verdeckte absichtlich den Blick auf den Friedhof. Aline wartete, daß ihre Herrin ihr das Kind übergebe.

»Ich glaubte, Madame«, sagte der Pfarrer, der bereits zum siebtenmal gekommen war, »Sie litten lediglich an Melancholie; aber ich merke«, flüsterte er ihr zu, »es ist nackte Verzweiflung. Diese Empfindung ist weder christlich noch katholisch.«

»Und«, antwortete sie, warf dem Himmel einen durchdringenden Blick zu und ließ ein bitteres Lächeln über ihre Lippen hinwegirren, »welche Empfindung läßt denn die Kirche den Verdammten, wenn nicht die Verzweiflung?«

Als der heiligmäßige Mann diese Worte vernahm, gewahrte er in dieser Seele ungeheure, verheerte Weiten.

»Ach, Sie machen aus diesem Hügel Ihre Hölle, und dabei sollte er der Kalvarienberg sein, von dem aus Sie sich gen Himmel aufschwingen könnten.«

»Ich besitze nicht mehr genügend Stolz, um mich auf ein sol-

793

ches Piedestal zu stellen«, antwortete sie in einem Tonfall, aus dem tiefste Selbstverachtung sprach.

Da nahm der Priester in einer der Erleuchtungen, wie sie bei solchen reinen Seelen etwas Selbstverständliches und gar nicht selten sind – da nahm der Gottesmann das Kind auf den Arm, küßte es auf die Stirn und sagte mit väterlicher Stimme: »Du armes Kind!« Dann übergab er es der Zofe, die es wegtrug.

Die Sauviat blickte die Tochter an; sie erkannte, wie tief Monsieur Bonnets Ausspruch auf sie gewirkt hatte, denn Tränen standen in Véroniques Augen, die so lange trocken gewesen waren. Die alte Auvergnatin gab dem Priester einen Wink und verschwand.

»Gehen Sie ein paar Schritte auf und ab«, sagte Monsieur Bonnet zu Véronique und führte sie über die ganze Terrasse, von deren anderem Ende aus der Dorfteil Les Tascherons zu sehen war. »Sie gehören mir; ich schulde Gott Rechenschaft für Ihre kranke Seele.«

»Warten Sie, bis ich mich von meiner Mattigkeit erholt habe«, sagte sie.

»Ihre Mattigkeit rührt von unheilvollen Grübeleien her«, entgegnete er lebhaft.

»Ja«, sagte sie mit der Naivität des Schmerzes, der den Punkt erreicht hat, an dem man keine Rücksicht mehr nimmt.

»Ich merke, Sie sind in den Abgrund der Gleichgültigkeit hinabgestürzt«, rief er. »Wenn es einen Grad körperlichen Schmerzes gibt, bei dem die Scham verlischt, dann gibt es auch einen Grad seelischen Schmerzes, bei dem die Kraft der Seele hinschwindet; ich weiß es.«

Es wunderte sie, bei Monsieur Bonnet so subtile Beobachtungen und ein so zartes Mitgefühl anzutreffen; aber, wie man bereits gesehen hat, hatte bei diesem Mann der erlesene Zartsinn, den keine irdische Leidenschaft beeinträchtigt hatte, ihm für die Leiden seiner Beichtkinder das mütterliche Verständnis der Frau verliehen. Diese *mens divinior*[79], diese apostolische Liebe erhebt den Priester über andere Menschen und macht ihn zu einem göttlichen Wesen. Madame Graslin hatte noch nicht genügend Erfahrung im Umgang mit Monsieur Bonnet, als daß sie die in der Seele verborgene Schönheit hatte erkennen können, aus der wie aus einer Quelle Gnade, Erquickung, wahres Leben hervorsprudelt.

»Ach, Monsieur!« rief sie und befahl sich ihm durch eine Geste und einen Blick an, wie sie Sterbenden eigen sind.

»Ich verstehe Sie!« entgegnete er. »Aber was tun? Was soll werden?«

Schweigend schritten sie an der Balustrade entlang, der Ebene zu. Dieser feierliche Augenblick dünkte den Überbringer der frohen Botschaft, den Sohn Jesu günstig.

»Nehmen Sie an, Sie stünden Gott gegenüber«, sagte er leise und geheimnisvoll. »Was würden Sie ihm sagen . . .?«

Madame Graslin blieb stehen wie vom Donner gerührt und zuckte leicht zusammen. – »Ich würde ihm sagen wie Jesus Christus: ›Vater, warum hast du mich verlassen?‹« antwortete sie schlicht und in einem Tonfall, der dem Pfarrer Tränen in die Augen steigen ließ.

»O Magdalena! Dies ist das Wort, das ich von Ihnen erwartete«, rief Monsieur Bonnet; er konnte nicht umhin, sie zu bewundern. »Sie sehen, Sie suchen Zuflucht bei Gottes Gerechtigkeit, Sie rufen sie an! Hören Sie mich an, Madame. Die Religion ist das vorweggenommene Gericht Gottes. Die Kirche hat sich die Beurteilung aller Vorgänge in der Seele vorbehalten. Die menschliche Gerechtigkeit ist ein schwaches Abbild der himmlischen Gerechtigkeit; sie ist nur eine blasse Nachahmung und den Bedürfnissen der Gesellschaft angepaßt.«

»Was wollen Sie damit sagen?«

»Sie sind nicht Richter in Ihrer eigenen Sache, Sie sind Gott unterstellt«, sagte der Priester. »Sie haben kein Recht, sich zu verurteilen oder sich freizusprechen. Gott, liebe Tochter, ist ein großer Berichtiger aller Prozesse.«

»Oh!« stieß sie aus.

»Er sieht den Ursprung der Dinge, wo wir nur die Dinge an sich gesehen haben.«

Véronique blieb betroffen stehen; diese Gedanken waren für sie etwas Neues.

»Ihnen«, fuhr der tapfere Priester fort, »Ihnen, die Sie eine so große Seele haben, schulde ich andere Worte als die, die für meine schlichten Pfarrkinder geeignet sind. Sie, deren Denken so kultiviert ist, können sich bis zum göttlichen Sinn der katholischen Religion aufschwingen, der für die Kleinen und die Armen seinen Ausdruck in Bildern und Worten findet. Hören Sie mir gut zu, es handelt sich hier um Sie; denn trotz der Höhe des Standpunkts, den ich für eine kurze Weile einnehmen will, geht es immer nur um Ihre Sache. Das *Recht,* das zum Schutz der Gesellschaft erfunden worden ist, basiert auf der Gleichheit. Die Gesellschaft, die lediglich eine Zusammenfassung von Gegebenheiten ist, basiert auf der Ungleichheit. Es besteht also ein Mißklang zwischen den Gegebenheiten und dem Recht. Muß die Gesellschaft vom Gesetz unterdrückt oder begünstigt werden? Mit andern Worten: Darf das Gesetz sich der inneren sozialen Bewegung entgegenstemmen, um die Gesellschaft fortdauern zu lassen, oder muß es entsprechend jener Bewegung gestaltet werden, um sie zu leiten? Seit es eine Gesellschaft gibt, hat kein Gesetzgeber es auf sich zu nehmen gewagt, diese Frage zu entscheiden. Alle Gesetzgeber haben sich damit begnügt, die Gegebenheiten zu analysieren, die tadelnswerten oder verbrecherischen Gegebenheiten zu bezeichnen, und daran Bestrafungen oder Belohnungen zu knüpfen. So ist nun einmal das menschliche Gesetz beschaffen; es verfügt weder über die Mittel, den Verfehlungen zuvorzukommen, noch über die Mittel, die Rückfälligkeit derer zu verhindern, die es bestraft hat. Die Philanthropie ist ein erhabener Irrtum; sie quält unnützerweise den Leib und erzeugt nicht den Balsam, der die Seele heilt. Der Philanthrop erzeugt Pläne, bringt Ideen hervor und vertraut die Durchführung den Menschen an, der Stille, der Arbeit, den Unterweisungen, stummen, machtlosen Dingen. Die Religion weiß nichts von solchen Unvollkommenheiten, denn sie hat das Leben über diese Welt hinaus ausgedehnt. Sie betrachtet uns alle als sündig und im Stand der Erniedrigung; deshalb hat sie ein unerschöpfliches Schatzhaus an Nachsicht aufgetan; wir sind alle mehr oder weniger in unserer Regeneration fortgeschritten, niemand ist unfehlbar, die Kirche ist gefaßt auf unsere Sünden und sogar auf unsere Verbrechen. Da, wo die Gesellschaft einen Verbrecher erblickt, den sie von ihrem Körper abtrennen muß, erblickt die Kirche eine Seele, die zu retten es gilt. Und mehr noch ...! Die Kirche wird von Gott inspiriert, mit dem sie sich eingehend befaßt und den sie betrachtet; sie erkennt die Ungleichheit der Kräfte an; sie prüft das Mißverhältnis der auferlegten Lasten. Findet sie die Menschen ungleich an Herz, Körper, Verstandeskräften, Fähigkeit und Wert, so macht sie sie alle gleich durch Reue und Buße. Hier, Madame, ist die Gleichheit kein leeres Wort mehr, denn wir vermögen alle einander gleich zu sein durch das Gefühl, und wir sind es. Von dem ungestalten Fetischglauben der Wilden bis zu den anmutigen Schöpfungen der Griechen, bis zu den tiefen, weisen Lehren der Ägypter und Inder, wie sie in heitere oder schreckliche Kulte umgesetzt worden sind, lebt im Menschen eine Überzeugung, nämlich die seines Falles, seiner Sünde, und daher rührt überall der Gedanke des Opfers, der Sühne. Der Tod des Erlösers, der das Menschengeschlecht freigekauft hat, ist das Sinnbild dessen, was wir für uns selber tun müssen: Wir sollen unsere Sünden sühnen! Uns von unseren Irrtümern freikaufen! Von unsern Verbrechen! Alles ist sühnbar; darin liegt der ganze Katholizismus; das ist der Grundgedanke seiner anbetungswürdigen Sakramente, die der Gnade zum Triumph verhelfen und dem Sünder Hilfe leisten. Zu weinen, Madame, zu ächzen und zu stöhnen wie Magdalena in der Wüste, das ist erst der Anfang; das Ende besteht im Handeln. Die Klöster haben geweint und gehandelt, sie haben gebetet und Kultur geschaffen; sie sind die tätigen Mittel unserer göttlichen Religion gewesen. Sie haben gebaut, gepflanzt und Europa kultiviert und dabei den Schatz unserer Kenntnisse und den der menschlichen Gerichtsbarkeit, der Politik und der Künste gerettet. Stets wird man Europa als die Stätte jener strahlenden Zentren anerkennen. Die meisten modernen Städte sind Töchter eines Klosters. Wenn Sie glauben, Gott müsse Sie verdammen, dann sagt die Kirche Ihnen durch meine Stimme, daß alles durch die guten Werke der Reue und Buße gesühnt werden kann. Gottes große Hände wägen das Böse, das begangen worden ist, und gleichzeitig den Wert der vollbrachten Wohltaten. Seien Sie für sich allein das Kloster; sie können dessen Wunderleistungen hier aufs neue beginnen. Ihre Gebete müssen praktische Arbeit sein. Ihrer Arbeit soll und muß das Glück derer entspringen, über die Ihr Vermögen und Ihre Verstandesgaben Sie gestellt haben, all das, bis zu dieser naturgegebenen Höhe, die das Sinnbild Ihrer sozialen Stellung ist.«

Bei diesen letzten Worten hatten der Priester und Madame Graslin sich umgewandt und waren denselben Weg, der Ebene zu, zurückgegangen, und so konnte der Pfarrer auf das unterhalb des Hügels gelegene Dorf und zugleich auf das die Landschaft beherrschende Schloß deuten. Es war jetzt halb fünf. Ein gelblicher Sonnenstrahl hüllte die Balustrade und die Gärten ein, beleuchtete das Schloß, ließ die vergoldeten gußeisernen Dachzierate erglänzen und erhellte die weite Ebene, die durch die Landstraße geteilt wurde, ein trauriges, graues Seidenband, das keine Kante besaß, wie sie überall anderswo die Bäume bilden, die es an beiden Seiten säumen. Als Véronique und Monsieur Bonnet an der Baumasse des Schlosses vorübergegangen waren, konnten sie oberhalb des Hofes, der Ställe und Nebengebäude den Wald von Montégnac sehen, über den jene Helle hinglitt wie eine Liebkosung. Obwohl der letzte Glanz der untergehenden Sonne nur die Gipfelhöhen erreichte, erlaubte er noch, vollkommen deutlich vom Hügel, an dem Montégnac gelegen ist, bis zu der ersten Spitze der Corrèzer Berge die Mannigfaltigkeit des prächtigen Gobelingewebes zu überblicken, die ein Wald im Herbst darbietet. Die Eichen bildeten Flächen von Florentiner Bronze; die Nußbäume, die Kastanienbäume zeigten ihre graugrünen Farbtöne; die Bäume, die früh welkten, schimmerten in ihrem goldenen Laubwerk, und alle diese Farben wurden gegliedert durch die grauen Stellen Ödlands. Die Stämme der gänzlich entlaubten Bäume zeigten ihre weißlichen Säulenreihen. Die rostroten, falben und grauen Farbtöne, die kunstvoll durch den bleichen Widerschein der Oktobersonne miteinander verschmolzen wurden, glichen sich harmonisch der unfruchtbaren Ebene an, der ungeheuren Brachfläche, die grünlich wirkte wie stehendes Wasser. Ein Gedanke des Priesters sollte dieses schöne, stumme Schauspiel erklären: kein Baum, kein Vogel, der Tod in der Ebene, das Schweigen im Walde; hier und dort ein paar Rauchfahnen über den Hütten des Dorfs. Das Schloß mutete düster wie seine Herrin an. Durch eine seltsame Gesetzlichkeit ahmt in einem Hause alles denjenigen nach, der darin herrscht; sein Geist durchwebt es. Madame Graslins Verstand war über die Worte des Pfarrers, ihr Herz war durch die Überzeugung betroffen; ihre Liebesfähigkeit war durch den engelhaften Klang jener Stimme angerührt worden; Véronique blieb plötzlich stehen. Der Pfarrer hatte den Arm erhoben und auf den Wald gedeutet; Véronique sah hin.

»Finden Sie darin nicht einige Ähnlichkeit mit dem sozialen Leben? Jedem sein eigenes Schicksal! Wieviel Ungleichheit gibt es innerhalb dieser Masse von Bäumen! Den am höchsten stehenden fehlt es an Humus und Wasser, sie sterben als die ersten ...!«

»Es gibt darunter welche, die das Messer der Frau, die im Walde Holz holt, in der Anmut ihrer Jugend sterben läßt!« sagte sie voller Bitterkeit.

»Fallen Sie nicht wieder in solche Gefühle zurück«, entgegnete der Priester streng, wenn auch voller Nachsicht. »Das Unglück dieses Waldes besteht darin, daß er nicht gelichtet worden ist; sehen Sie das Phänomen, das diese Massen darstellen?«

Véronique, für die die Besonderheiten der Naturgegebenheiten von Wäldern etwas kaum Begreifliches waren, lenkte den Blick gehorsam auf den Wald und wandte ihn dann langsam wieder dem Pfarrer zu.

»Fallen Ihnen nicht«, fragte er, da er aus jenem Blick Véroniques Ahnungslosigkeit sah, »Zeilen auf, in denen die Bäume jeglicher Art noch grün sind?«

»Ja, richtig!« rief sie aus. »Wie kommt das?«

»Dort«, entgegnete der Pfarrer, »liegt das Vermögen Montégnacs und das Ihrige, ein ungeheures Vermögen, auf das ich Monsieur Graslin hingewiesen hatte. Sie sehen die Einkerbungen der drei Täler; deren Wasserläufe ergießen sich in den Gebirgsbach Gabou. Dieser Gießbach trennt den Wald von Montégnac von der Gemeinde, die nach jener Seite hin an die unsere grenzt. Im September und Oktober ist er fast trocken, aber im November führt er viel Wasser. Sein Wasser, dessen Menge leicht durch Anlagen im Wald erhöht werden könnte, wenn man nichts verlorengehen ließe und die kleinen Quellen zusammenfaßte, jenes Wasser dient zu nichts; aber lassen Sie zwischen den beiden Hügeln des Gießbachs ein oder zwei Stauwerke errichten, um die Wasser zu stauen, um sie aufzubewahren, wie es Riquet in Saint-Ferréol[80] getan hat, wo man riesige Staubecken gebaut hat, um den Kanal der Languedoc zu speisen, dann können Sie die brachliegende Ebene mit dem klug verteilten Wasser fruchtbar machen; sie lassen es in Gräben mit Schleusenbrettern laufen; die füllen sich dann zu der Zeit, die für jene Ländereien nützlich ist, und den Überlauf leitet man in unsern kleinen Bach ab. Längs aller Ihrer Kanäle pflanzen Sie schöne Pappeln, und dann können Sie auf den schönsten Wiesen, die man sich denken kann, Vieh züchten. Was ist denn Gras? Das Ergebnis von Sonne und Wasser. Es gibt in den Ebenen dort genug Erde für die Wurzeln des Grases; das Wasser wird den Tau liefern, der den Boden fruchtbar macht; dann finden die Pappeln Nahrung und halten die Nebel fest, deren Bestandteile von allen Pflanzen aufgesogen werden: Darauf beruht das Geheimnis der schönen Vegetation in den Tälern. Eines Tages werden Sie Leben, Freude und Bewegung dort sehen, wo jetzt Schweigen herrscht, dort, wo das Auge sich der Unfruchtbarkeit wegen trübt. Wäre das nicht ein schönes Gebet? Würden solche Arbeiten nicht Ihre Mußestunden besser ausfüllen als schwermütige Grübeleien?«

Véronique drückte dem Pfarrer die Hand; sie sagte nur wenige Worte, aber diese waren groß: »Es soll geschehen.«

»Sie begreifen dieses große Unterfangen«, entgegnete er, »aber durchführen werden Sie es nicht. Weder Sie noch ich besitzen die erforderlichen Kenntnisse zur Verwirklichung eines Gedankens, der jedermann kommen kann, der jedoch ungeheure Schwierigkeiten mit sich bringt; denn obwohl diese Schwierigkeiten einfach anmuten und kaum verhüllt sind, erfordern sie die genauesten Hilfsmittel der Wissenschaft. Gehen Sie also von heute an auf die Suche nach den menschlichen Werkzeugen, die Ihnen dazu verhelfen werden, daß Sie in zwölf Jahren sechs- oder siebentausend Louis Einkünfte aus den sechstausend Morgen erzielen, die Sie auf diese Weise fruchtbar machen. Eines Tages wird diese Arbeit Montégnac zu einer der reichsten Gemeinden des Départements machen. Vorerst bringt der Wald Ihnen noch nichts ein; aber früher oder später wird die Spekulation kommen und sich das prächtige Holz holen, diesen von der Zeit angehäuften Schatz, den einzigen, dessen Erzeugung vom Menschen weder beschleunigt noch durch anderes ersetzt zu werden vermag. Vielleicht wird eines Tages der Staat selber die Transportmittel für diesen Wald schaffen, dessen Bäume für seine Flotte von Nutzen sind; aber damit wird er warten, bis die verzehnfachte Bevölkerung von Montégnac seinen Schutz verlangt; denn der Staat ist wie Fortuna, er gibt nur den Reichen. Diese Gegend wird in jener Zeit eine der schönsten von ganz Frankreich sein, der Stolz Ihres Enkels, dem dann vielleicht das Schloß im Verhältnis zu seinen Einkünften schäbig vorkommen wird.«

»Jetzt«, sagte Véronique, »hat mein Leben eine Zukunft.«

»Ein solches Werk vermag viele Sünden zu sühnen«, sagte der Pfarrer.

Nun er sich verstanden sah, versuchte er einen letzten Ansturm auf die Intelligenz dieser Frau; er hatte durchschaut, daß bei ihr die Intelligenz zum Herzen führe, während bei allen andern Frauen das Herz der Weg zur Intelligenz ist. – »Wissen Sie«, fragte er sie nach einer Pause, »in welchem Irrtum Sie befangen sind?« Sie blickte ihn ängstlich an. – »Ihre Reue ist vorläufig nur das Gefühl einer erlittenen Niederlage, und so war vielleicht die Reue der Menschen vor dem Kommen Jesu Christi beschaffen; aber die Reue von uns Katholiken ist das Erschrekken einer Seele, die auf schlechtem Wege gegen etwas gestoßen ist und der sich in jenem Erschrecken Gott offenbart hat! Jetzt ähneln Sie noch dem Heiden Orest[81], werden Sie zum heiligen Paulus!«

»Ihre Worte haben mich gänzlich verwandelt«, rief sie. »Jetzt, oh, jetzt will ich leben.«

»Der Geist hat gesiegt«, sagte sich der bescheidene Priester und ging frohen Herzens davon. Er hatte der geheimen Verzweiflung, die Madame Graslin verzehrte, ein Betätigungsfeld gewiesen, indem er ihrer Reue die Form einer schönen, guten Tat gab. So kam es, daß Véronique gleich am andern Tag an Monsieur Grossetête schrieb. Ein paar Tage danach erhielt sie aus Limoges drei Reitpferde, die dieser alte Freund ihr geschickt hatte. Monsieur Bonnet hatte Véronique auf deren Frage hin den Sohn des Postmeisters empfohlen, einen jungen Menschen, der entzückt war, in den Dienst der Madame Graslin zu treten und an die fünfzig Taler zu verdienen. Dieser junge Bursche hatte ein rundes Gesicht, schwarzes Haar und schwarze Augen; er war klein, schlank und kräftig und hieß Maurice Champion. Er gefiel Véronique und konnte sogleich seinen Dienst antreten. Er sollte seine Herrin auf ihren Ritten begleiten und für die Pferde sorgen.

Der Oberaufseher von Montégnac war ein ehemaliger Feldwebel der Königlichen Garde und stammte aus Limoges; der Herzog von Navarreins hatte ihn von einem seiner Güter nach Montégnac geschickt, um dessen Wert abzuschätzen und ihn mit Auskünften zu versehen, damit er wüßte, welchen Nutzen er daraus ziehen könne. Jérôme Colorat hatte nichts als unbestelltes, unfruchtbares Land gesehen, Wälder, die der Transportschwierigkeiten wegen nicht auszubeuten waren, eine Burgruine, sowie die riesigen Ausgaben, die zu machen waren, um dort aufs neue einen Wohnsitz zu schaffen und die Gärten wiederherzustellen. Zumal die mit Granitblöcken durchsäten Lichtungen hatten ihn erschreckt, die von weitem den mächtigen Waldbestand kennzeichneten; und so war dieser redliche, aber beschränkte Diener zur Ursache des Verkaufs jener Besitzungen geworden.

»Colorat«, sagte Madame Graslin zu ihrem Feldhüter, den sie hatte kommen lassen, »von morgen an werde ich höchstwahrscheinlich alle Vormittage ausreiten. Sie müssen die verschiedenen Teile der Ländereien, die zu diesem Gutsbesitz gehören, kennen, und auch die, die mein Mann dazugekauft hat; Sie sollen sie mir zeigen; ich will alles selber besichtigen.«

Die Schloßbewohner vernahmen voller Freude von dem Wandel, der sich in Véroniques Lebensführung vollzogen hatte. Ohne Weisung dazu erhalten zu haben, suchte Aline von sich aus das alte schwarze Reitkleid ihrer Herrin hervor und richtete es her, so daß es getragen werden konnte. Am nächsten Morgen sah die Sauviat mit unbeschreiblichem Wohlgefallen die Tochter zum Ausreiten gekleidet. Geführt von ihrem Aufseher und Champion, die sich auf ihre Erinnerungen verlassen mußten, da die Pfade in dem unbewohnten Bergland kaum kenntlich waren, machte Madame Graslin es sich zur Aufgabe, nur die Gipfel zu durchstreifen, unterhalb derer ihre Wälder sich erstreckten, um deren Abhänge kennenzulernen und sich mit den Schluchten vertraut zu machen, den naturgeschaffenen Wegen, die jene lange Bergkette durchschnitten. Sie wollte ihre Aufgabe ermessen, die Natur der Wasserläufe studieren und die Grundelemente des

Unternehmens herausfinden, auf das der Pfarrer sie hingewiesen hatte. Sie folgte Colorat, der vorausritt; Champion hielt sich ein paar Schritte hinter ihr.

Wenn Véronique dieses baumbestandene Gebiet durchritt und abwechselnd dem Auf und Ab der Wellen des Geländes folgte, die in den Berggegenden Frankreichs so nahe beieinander liegen, wurde sie von den Wundern des Waldes überwältigt. Es gab dort hundertjährige Bäume, deren erste sie erstaunten, und an die sie sich schließlich gewöhnte; dann sich selbst überlassenen Hochwald, oder auf einer Lichtung eine einzeln stehende Fichte von gewaltiger Höhe; und endlich, als das Seltenste, einen der Sträucher, die überall Zwergwuchs haben, hier jedoch durch merkwürdige Umstände sich gewaltig entwickelt hatten und bisweilen so alt wie der Boden wirkten. Nicht ohne ein unaussprechliches Gefühl sah sie eine Wolke sich über nackten Felsen ballen. Sie bemerkte die weißlichen Furchen, die die Bäche der Schneeschmelze sich ausgewaschen hatten, und die von weitem aussahen wie Narben. Nach einer Schlucht ohne Pflanzenwuchs bewunderte sie auf den abfallenden Hängen eines felsigen Hügels hundertjährige Kastanienbäume, die aufgereckt dastanden wie die Fichten der Alpen. Die Schnelligkeit ihres Rittes gestattete es ihr, fast wie im Vogelflug weite Strecken von Triebsand wahrzunehmen, mit vereinzelten Bäumen bestandene Mulden, überhängende Felsen, dunkle Täler, große Flächen noch blühenden Heidekrauts, und andere mit schon verdorrtem; bald steindurchsetzte Einsamkeiten mit Wacholder und Kapernsträuchern; bald Wiesen mit kurzem Gras, Landstücke, die hundertjähriger Lehm fett machte, kurzum Trauriges, Glanzvolles, Sanftes, Kraftvolles, die eigenartigen Aspekte der Gebirgsnatur in Mittelfrankreich. Und im Erblicken dieser Bilder von mannigfacher Form, die indessen der gleiche Gedanke belebte, überkam sie die tiefe Traurigkeit, die diese zugleich wildwüchsige und verkommene, im Stich gelassene, unfruchtbare Natur ausdrückte, und die ihren geheimen Gefühlen entsprach. Und wenn sie durch einen Einschnitt hindurch zu ihren Füßen die Ebenen gewahrte, als sie irgendeine steile Schlucht zwischen Sand und Steinen erklommen hatte, in der verkrüppelte Sträucher gewachsen waren, und als dieser Anblick immer wiederkehrte, machte der Geist dieser strengen Natur sie betroffen, erfüllte sie mit ihr neuen Wahrnehmungen, denen durch die Bedeutungen dieser unterschiedlichen Schauspiele etwas Erregendes innewohnte. Es gibt kein Waldstück, das nicht eine ganz bestimmte Bedeutung hat; keine Lichtung, kein Dickicht, die nicht Ähnlichkeiten mit dem Labyrinth menschlicher Gedanken darbietet. Welcher unter den Menschen mit kultiviertem Geist, oder welcher, dessen Herz Wunden davongetragen hat, kann sich in einem Wald ergehen, ohne daß der Wald zu ihm spräche? Unmerklich erhebt sich darin eine tröstliche oder furchtbare Stimme; allein sie ist häufiger tröstlich als furchtbar. Wenn man sorglich die Ursachen des zugleich ernsten, schlichten, weichen und geheimnisvollen Gefühls zu ergründen trachtet, das einen dort überkommt, so würde man sie vielleicht in dem erhabenen und sinnreichen Anblick aller dieser Geschöpfe wahrnehmen, die ihrem Schicksal gehorchen und ihm unwandelbar unterworfen sind. Früher oder später erfüllt das zermalmende Gefühl des Ausdauerns der Natur uns das Herz, wühlt uns tief auf und beunruhigt uns schließlich durch Gott. Daher empfing Véronique im Schweigen der Gipfel, im Duft der Wälder, in der Heiterkeit der Luft, wie sie es am Abend Monsieur Bonnet sagte, die Gewißheit einer erhabenen Milde. Sie hatte die Möglichkeit einer Ordnung der Dinge gewahrt, die höher war als diejenige, innerhalb derer ihre Grübeleien sich bis jetzt bewegt hatten. Sie hatte etwas wie ein Glücksgefühl verspürt. Seit langem hatte sie nicht so tiefen Frieden empfunden. Dankte sie dieses Gefühl der Ähnlichkeit, die sie zwischen diesen Landschaften und den erschöpften, ausgedörrten Stellen ihrer Seele wahrnahm? Hatte sie die Wirrnisse der Natur mit einer gewissen Freude erblickt, weil sie gemeint hatte, dort sei die Materie bestraft worden, ohne gesündigt zu haben? Freilich, sie war tief bewegt worden, denn zu wiederholten Malen hatten Colorat und Champion einander auf sie hingewiesen; sie war ihnen wie verklärt erschienen. An einer bestimmten Stelle gewahrte Véronique in den steilen Wänden der Sturzbäche etwas namenlos Strenges. Sie ertappte sich bei dem Wunsch, in diesen heißen Schluchten das Wasser brausen zu hören. – »Immer lieben!« dachte sie. Beschämt ob dieses Wortes, das ihr wie von einer Stimme entgegengeschleudert worden war, trieb sie ihr Pferd kühn dem ersten Berggipfel der Corrèze entgegen, auf den sie ungeachtet der Warnung ihrer beiden Führer zuritt. Ganz allein gelangte sie auf den Gipfel dieser Roche-Vive genannten Kuppe, verweilte dort ein paar Minuten und überschaute das ganze Land. Nachdem sie die geheime Stimme von so vielem Erschaffenen vernommen hatte, das zu leben verlangte, empfing sie in sich selbst einen Anstoß, der sie bestimmte, bei ihrem Werk die Beharrlichkeit zu entfalten, die an ihr so sehr bewundert worden war, und von der sie so viele Beweise gegeben hatte. Sie band ihr Pferd mit dem Zügel an einen Baum und ließ den Blick über die Raumesweite schweifen, in der die Natur sich als Stiefmutter bezeigt hatte; und sie verspürte in ihrem Herzen mütterliche Regungen, wie sie sie ehedem empfunden hatte, wenn sie ihr Kind ansah. Sie war darauf vorbereitet, die erhabene Unterweisung zu empfangen, die dieser Anblick ihr durch die fast unwillkürlichen, tiefen Gedanken dargeboten hatte, durch die, nach ihrem schönen Ausdruck, ihr Herz von der Spreu gereinigt worden war, und dadurch erwachte sie aus einer Lethargie.

»Da habe ich eingesehen«, sagte sie zu dem Pfarrer, »daß unsere Seelen umgepflügt werden müssen wie ein Acker.«

Die weite Landschaft wurde von der bleichen Novembersonne beleuchtet. Schon zogen ein paar graue, von einem kalten Wind gejagte Wolken von Westen her. Es war etwa drei Uhr; Véronique hatte vier Stunden reiten müssen, um hierher zu gelangen; aber wie alle Menschen, in denen ein tiefes inneres Elend nagt, hatte sie den Außendingen keinerlei Beachtung geschenkt. In diesem Augenblick war ihr Leben wahrhaft groß durch das erhabene Erlebnis der Natur geworden.

»Bleiben Sie nicht länger hier, Madame«, sagte ein Mann zu ihr, dessen Stimme sie erzittern ließ. »Sie würden sonst nirgendwohin zurückkehren können; Sie sind nämlich mehr als zwei Meilen von jeder Behausung entfernt; bei Dunkelheit ist der Wald unwegsam; aber dergleichen Gefahren sind nichts im Vergleich zu der, die Ihrer hier wartet. In ein paar Minuten wird auf dieser Kuppe aus unbekannten Gründen eine Eiseskälte herrschen, die schon manchem den Tod gebracht hat.«

Madame Graslin gewahrte unter sich ein von der Sonne fast schwarzgebranntes Gesicht, in dem zwei Augen funkelten, die wie Feuerzungen waren. Zu beiden Seiten dieses Gesichts hing ein breiter Schwall braunen Haars herab, und darunter bewegte sich ein fächerförmiger Bart. Der Mann lüftete respektvoll einen der riesengroßen, breitkrempigen Hüte, wie die Bauern in Mittelfrankreich sie tragen, und es kam dabei eine jener kahlen, aber prachtvollen Stirnen zum Vorschein, durch die gewisse Bettler öffentliche Aufmerksamkeit erregen. Véronique verspürte nicht die leiseste Angst; sie befand sich in der Verfassung, wo für die Frauen all die kleinen Erwägungen aufhören, die sie furchtsam machen.

»Wie kommen Sie hierher?« fragte sie.

»Ich wohne nicht weit von hier«, antwortete der Unbekannte.

»Und was tun und treiben Sie in dieser Ödnis?« fragte Véronique.

»Ich lebe hier.«

»Aber wie und wovon?«

»Ich bekomme einen kleinen Betrag dafür, daß ich diesen ganzen Teil des Waldes bewache«, sagte er und deutete auf den Abhang der Bergspitze, die derjenigen, die nach den Ebenen von Montégnac blickte, gegenüber gelegen war.

Madame Graslin hatte inzwischen einen Gewehrlauf und eine Jagdtasche gewahrt. Hätte sie überhaupt Angst gehabt, wäre sie jetzt beruhigt gewesen.

»Sind Sie Waldhüter?«

»Nein, Madame, um Waldhüter zu werden, muß man einen Eid leisten können, und um ihn zu leisten, muß man im Besitz aller bürgerlichen Rechte sein . . .«

»Wer sind Sie eigentlich?«

»Ich bin Farrabesche«, sagte der Mann tief demütig und senkte dabei den Blick zu Boden.

Madame Graslin, der dieser Name nichts sagte, musterte den Mann und stellte in seinem ungemein sanften Gesicht Zeichen verborgener Wildheit fest: Die unregelmäßig gewachsenen Zähne prägten dem Mund mit blutroten Lippen einen Zug von Ironie und übler Kühnheit auf; die braunen, vorspringenden Backenknochen hatten etwas unbestimmt Tierisches. Der Mann war mittelgroß, hatte breite Schultern, einen gedrungenen, sehr kurzen, dicken Hals und die breiten, behaarten Hände gewalttätiger

Menschen, die imstande sind, mit den Vorteilen einer bestialischen Natur Mißbrauch zu treiben. Aus seinen letzten Worten hatte überdies etwas Geheimnisvolles gesprochen, dem seine Haltung, seine Physiognomie und seine Person einen furchtbaren Sinn gaben.

»Dann stehen Sie also in meinen Diensten?« fragte Véronique ihn freundlich.

»Also habe ich die Ehre, mit Madame Graslin zu sprechen?« fragte Farrabesche.

»Ja, mein Freund«, antwortete sie.

Farrabesche verschwand mit der Blitzesschnelle eines wilden Tiers; zuvor hatte er einen angstvollen Blick auf seine Herrin geworfen. Véronique stieg schleunigst wieder zu Pferde und ritt zu ihren beiden Bedienten hin, die schon angefangen hatten, sich ihretwegen zu beunruhigen; man wußte in der ganzen Gegend, wie ungesund die Roche-Vive war. Colorat bat seine Herrin, durch ein kleines Tal hinabzureiten, das nach der Ebene hinführte. Es sei gefährlich, sagte er, über die Höhen heimzureiten, wo die ohnehin zuwenig begangenen Wege sich kreuzten und wo er sich trotz seiner Kenntnis der Gegend verirren könne. Als sie auf ebenem Boden waren, verlangsamte Véronique den Schritt ihres Pferdes.

»Wer ist eigentlich dieser Farrabesche, den Sie angestellt haben?« fragte sie ihren Oberaufseher.

»Ist Madame ihm begegnet?« rief Colorat aus.

»Ja, aber er ist weggelaufen.«

»Der arme Kerl! Vielleicht weiß er nicht, wie gütig Madame sind.«

»Also kurz und gut, was hat er ausgefressen?«

»Aber Madame, Farrabesche ist doch ein Mörder«, antwortete Champion naiv.

»Dann ist er also begnadigt worden?« fragte Véronique mit bewegter Stimme.

»Nein, Madame«, antwortete Colorat. »Farrabesche hat vor dem Schwurgericht gestanden; er ist zu zehn Jahren Zuchthaus verurteilt worden, hat die Hälfte seiner Zeit verbüßt, dann wurde er begnadigt, und im Jahre 1827 ist er aus dem Zuchthaus zurückgekommen. Er dankt sein Leben dem Herrn Pfarrer;

der hat ihn nämlich veranlaßt, sich zu stellen. Er war *in contumaciam*[82] zum Tode verurteilt worden; früher oder später hätten sie ihn geschnappt, und dann wäre er übel dran gewesen. Monsieur Bonnet ist ganz allein zu ihm hingegangen, auf die Gefahr hin, umgebracht zu werden. Was er zu Farrabesche gesagt hat, weiß kein Mensch. Zwei Tage lang sind die beiden allein geblieben, am dritten hat er ihn nach Tulle[83] gebracht, und da hat der andre sich dann gestellt. Monsieur Bonnet hat sich einen guten Anwalt verschafft und ihm Farrabesches Sache anbefohlen; Farrabesche ist mit zehn Jahren Zuchthaus davongekommen, und da hat der Herr Pfarrer ihn besucht. Dieser Kerl, der Schrecken der ganzen Gegend, ist sanft wie ein junges Mädchen geworden, er hat sich widerstandslos ins Zuchthaus bringen lassen. Nach seiner Rückkehr hat er sich unter dem Schutz des Herrn Pfarrers hier niedergelassen, keiner tut mehr als ihn grüßen, alle Sonn- und Feiertage kommt er zur Kirche, zur Messe. Obwohl er unter uns seinen Platz hat, drückt er sich an eine Wand, ganz allein. Von Zeit zu Zeit geht er zur Beichte; aber auch am Tisch des Herrn hält er sich abseits.«

»Und dieser Mensch hat also einen andern Menschen umgebracht?«

»Einen?« fragte Colorat. »Er hat mehrere auf dem Gewissen. Aber trotzdem ist er ein guter Kerl.«

»Ist das möglich!« rief Véronique aus und ließ in ihrer Betroffenheit den Zügel auf den Hals des Pferdes fallen.

»Sehen Sie, Madame«, fuhr der Aufseher fort, der sich nichts Besseres wünschte, als diese Geschichte erzählen zu können, »Farrabesche hat vielleicht grundsätzlich recht gehabt; er war der letzte der Farrabesches, das war eine alte Corrèzer Familie, das kann man schon sagen. Sein ältester Bruder, der Hauptmann Farrabesche, war nämlich zehn Jahre zuvor in Italien, bei Montenotte[84] gefallen; mit zweiundzwanzig Jahren Hauptmann! Hat der nicht Pech gehabt? Und dabei ist er ein fähiger Mensch gewesen; er hat lesen und schreiben können und hatte sich vorgenommen, General zu werden. Die ganze Familie war tieftraurig, und sie hat ja auch allen Grund dazu gehabt! Ich, der ich zu jener Zeit unter dem ›Andern‹[85] diente, habe von seinem Tod reden hören. Oh, der Hauptmann Farrabesche hat einen schönen

Tod gehabt; er hat die Armee und den Kleinen Korporal[86] gerettet! Ich hatte schon unter General Stengel[87], einem Deutschen, das heißt einem Elsässer, gedient; das war ein großartiger General, aber kurzsichtig, und dieser Körperfehler hat dann seinen Tod verursacht; er ist bald nach dem Hauptmann Farrabesche gefallen. Der kleine Nachzügler, der, von dem wir reden, war also sechs Jahre alt, als er vom Tod seines großen Bruders hörte. Der zweite Bruder diente ebenfalls, aber als Gemeiner; er ist als Unteroffizier im Ersten Garderegiment, schöner Posten, in der Schlacht bei Austerlitz[88] gefallen; da haben wir, müssen Sie wissen, Madame, so ruhig manövriert wie im Tuileriengarten ... Ich bin nämlich auch dabeigewesen! Oh, ich habe Glück gehabt, ich habe alles mitgemacht, ohne auch nur einen Kratzer abzubekommen. Unser Farrabesche nun also, der war zwar beherzt, aber er hatte es sich in den Kopf gesetzt, nicht Soldat zu werden. Denn tatsächlich ist ja die Armee dieser Familie nicht gut bekommen. Als der Unterpräfekt ihn 1811 einberufen hat, da hat er sich in die Wälder verdrückt. Und dann hat er sich einer Schar von ›Fußbrennern‹[89] angeschlossen, entweder aus freien Stücken oder gewaltsam; jedenfalls aber hat er mitgemacht! Sie begreifen wohl, daß einzig und allein der Herr Pfarrer weiß, was er bei diesen Hundsföttern, mit Verlaub, getrieben hat. Oft hat er mit den Gendarmen gekämpft, und auch mit den Linientruppen! Kurz und gut, sieben Scharmützel hat er mitgemacht ...«

»Es heißt, er habe zwei Soldaten und drei Gendarmen umgelegt!« sagte Champion.

»Weiß man denn die Zahl? Er hat sie nicht gesagt«, fuhr Colorat fort. »Kurz und gut, Madame, fast alle andern sind geschnappt worden; aber er, na ja, er war jung und schnell, er kannte die Gegend besser, er ist stets entkommen. Diese Fußbrenner hielten sich immer in der Umgegend von Brive[90] und Tulle auf; sie haben sich häufig hier herumgedrückt, weil Farrabesche sie hier leicht verstecken konnte. 1814 hat sich keiner mehr um ihn gekümmert, es wurden ja keine Rekruten ausgehoben; aber 1815 hat er wieder in die Wälder müssen[91]. Da er ja schließlich von irgendwas leben mußte, hat er noch einmal bei einem Überfall auf eine Postkutsche mitgeholfen, da unten in der Schlucht; aber schließlich hat er sich auf den Rat vom Herrn Pfarrer gestellt. Es war nicht leicht, Zeugen aufzutreiben; keiner hat gegen ihn aussagen wollen. Da haben sein Anwalt und der Herr Pfarrer alles getan, daß er mit zehn Jahren davonkam. Er hat Glück gehabt nach der Fußbrennerei; denn er hat tatsächlich Füße gebrannt.«

»Aber was bedeutet denn das: Füße brennen?«

»Wenn Sie wollen, Madame, dann sage ich Ihnen, wie sie es gemacht haben, soweit ich es von diesem oder jenem gehört habe, denn Sie müssen wissen: selber habe ich es nicht getan. So was ist nicht schön, aber Not kennt kein Gebot. Sind also immer zu sieben oder acht bei einem Pächter oder Bauern eingedrungen, von dem sie glaubten, er habe Geld; dann steckten sie ein Feuer an, veranstalteten mitten in der Nacht ein Essen, und dann, zwischen Obst und Käse, wenn der Hausherr ihnen die geforderte Summe nicht 'rausrücken wollte, hängten sie ihn mit den Füßen an den Kesselhaken und machten ihn erst wieder los, wenn sie ihr Geld hatten: so trieben sie es. Sie kamen immer maskiert. Bei manchen von ihren Zügen ist es schiefgegangen. Ei ja, es gibt ja stets bockige oder geizige Menschen. Ein Pächter, der alte Cochegrue, der noch von 'ner Eierschale was abgekratzt hätte, hat sich die Füße ruhig verbrennen lassen! Na, er ist dran gestorben. Die Frau von Monsieur David in der Nähe von Brive ist an den Folgen des Schreckens gestorben, den diese Kerle ihr eingejagt haben, als sie bloß zusah, wie ihrem Mann die Füße zusammengebunden wurden. – ›Gib ihnen doch, was du hast!‹, hat sie immerzu zu ihm gesagt. Er hat es nicht wollen, da hat sie ihnen das Versteck gezeigt. Die Fußbrenner sind fünf Jahre lang der Schrecken des Landes gewesen; aber vergessen Sie nicht, sofern das in Ihren Kopf 'rein will, Pardon, Madame, daß mehr als ein Junge aus gutem Haus dazu gehört hat, und daß sie grade durch die in die Patsche geraten sind.«

Madame Graslin hörte zu, ohne etwas zu entgegnen. Der kleine Champion, der darauf erpicht war, seine Herrin gleichfalls zu unterhalten, wollte jetzt sagen, was er von Farrabesche wußte.

»Madame muß alles erfahren, was damit zusammenhängt; Farrabesche hat nicht seinesgleichen beim Laufen oder beim Rei-

810

ten. Er legt einen Ochsen mit einem Faustschlag um! Er trifft
auf siebenhundert Schritt, jawohl! Keiner schießt besser als er.
Als ich klein war, wurden mir Farrabesches Abenteuer erzählt.
Eines Tages wird er mit dreien seiner Kameraden überrumpelt:
es kommt zum Kampf, und wie! Zwei werden verwundet, der
dritte fällt, na ja! Farrabesche merkt, daß er erledigt ist; pah!
Er springt dem Pferd des einen Gendarmen auf die Kruppe,
hinter den Mann, piekt das Pferd, daß es durchgeht, setzt es in
vollen Galopp, verschwindet und umklammert den Oberkörper
des Gendarmen; so fest hat er ihn gedrückt, daß er ihn nach
einer gewissen Strecke zu Boden werfen und allein auf dem
Pferd hat sitzenbleiben können, und ist als Herr des Pferdes
verduftet! Und dann hat er noch die Frechheit besessen, es zehn
Meilen hinter Limoges zu verkaufen. Nach diesem Streich ist er
ein Vierteljahr lang verschollen und unauffindbar gewesen. Es
wurden hundert Louis für den ausgesetzt, der ihn ausliefern
würde.«

»Ein andermal«, sagte Colorat, »hat er die hundert Louis, die
der Präfekt von Tulle für seine Ergreifung ausgesetzt hatte,
einem seiner Vettern zukommen lassen wollen, Giriex aus Vizay.
Sein Vetter hat ihn denunziert und getan, als wolle er ihn ausliefern! Oh, er hat ihn sogar ausgeliefert. Die Gendarmen waren
heilfroh, ihn nach Tulle zu bringen. Aber dazu kam es nicht, sie
mußten ihn ins Gefängnis von Lubersac[92] sperren, und da ist er
gleich in der ersten Nacht ausgebrochen, und zwar durch eine
Öffnung, die da einer seiner Spießgesellen gebohrt hatte, ein
gewisser Gabilleau, ein Deserteur vom 17. Regiment, der dann
in Tulle hingerichtet worden ist; er wurde vor der Nacht, in der
er hatte ausrücken wollen, abtransportiert. Diese Abenteuer gaben Farrabesche einen ganz besonderen Anstrich. Die Bande
hatte ihre Vertrauensleute, wissen Sie. Außerdem waren die Fußbrenner nicht mal unbeliebt. Ach, Donnerwetter ja, die Kerle
waren nicht so wie die heutigen, jeder hat sein Geld gradezu
fürstlich verschwendet. Stellen Sie sich vor, Madame, eines
Abends wird Farrabesche von den Gendarmen verfolgt, nicht
wahr; na ja, auch diesmal ist er ihnen entschlüpft und hat vierundzwanzig Stunden lang in der Jauchegrube eines Bauernhofs
gesteckt, Luft hat er durch einen Strohhalm geholt, dicht neben

dem Misthaufen. Was hat ihm solche kleine Unannehmlichkeit schon ausgemacht, wo er doch ganze Nächte in den höchsten Baumspitzen zugebracht hat, wo sich kaum Sperlinge halten können, und von da aus hat er die Soldaten gesehen, die unter ihm hin und her liefen und ihn suchten! Farrabesche ist einer der fünf bis sechs Fußbrenner gewesen, die die Justiz niemals hat schnappen können; aber da er aus der Gegend stammte und gezwungenermaßen mitmachte, und weil er schließlich nur in die Wälder gegangen war, um nicht Soldat werden zu müssen, hat er die Frauen auf seiner Seite gehabt, und das will schon was sagen.«

»Dann hat Farrabesche also sicherlich mehrere Menschen getötet«, sagte Madame Graslin.

»Ganz bestimmt«, entgegnete Colorat, »er hat sogar, heißt es, den Reisenden umgebracht, der in der Postkutsche von 1812 saß; aber der Kurier und der Postillon, die einzigen Zeugen, die ihn hätten wiedererkennen können, waren bei seiner Verurteilung schon tot.«

»Hat er ihn denn ausrauben wollen?« fragte Madame Graslin.

»Oh! Sie haben alles genommen; aber die fünfundzwanzigtausend Francs, die sie vorgefunden haben, die haben der Regierung gehört.«

Madame Graslin ritt eine Meile schweigend weiter. Die Sonne war untergegangen, der Mond erhellte die graue Ebene, sie mutete jetzt an wie das offene Meer. Es kam ein Augenblick, da Champion und Colorat Madame Graslin anblickten; ihr tiefes Schweigen beunruhigte sie; es ging ihnen durch und durch, als sie auf Véroniques Wangen zwei leuchtende Spuren gewahrten, die von einem Übermaß an Tränen herrührten; ihre Augen waren gerötet; sie standen voller Tränen, die Tropfen für Tropfen niederfielen.

»Oh, Madame«, sagte Colorat, »Sie brauchen ihn nicht zu bedauern! Der Bursche hat gute Tage gehabt, und niedliche Geliebte; und jetzt, obwohl er unter polizeilicher Überwachung steht, schützt ihn die Achtung und Freundschaft des Herrn Pfarrers; er hat nämlich bereut, und seine Führung im Zuchthaus ist mustergültig gewesen. Jeder weiß, daß er ein genauso anständiger Mensch ist wie der anständigste unter uns; die Sache ist nur die, daß er stolz ist und sich nicht der Gefahr aussetzen will, irgendeine Bekundung des Abscheus zu erfahren; er lebt still und ruhig und tut auf seine Art Gutes. Er hat auf der andern Seite der Roche-Vive auf rund zehn Morgen Schonungen angelegt, und im Wald pflanzt er an allen Stellen, wo er merkt, daß Bäume gedeihen könnten, welche an; außerdem befreit er die Bäume von toten Zweigen, sammelt abgestorbenes Holz, bündelt es und stellt es armen Leuten zur Verfügung. Jeder Arme weiß, daß er bei ihm Holz bekommt, das fix und fertig ist; also geht er zu ihm und bittet ihn darum, anstatt es zu klauen und in Ihrem Wald Schaden zu stiften; so daß er also, wenn er heute den Leuten ›einheizt‹, ihnen Gutes tut! Farrabesche hängt an Ihrem Wald und sorgt für ihn, als sei er sein Eigentum.«

»Und er ist am Leben ...! Ganz für sich allein!«, rief Madame Graslin; sie hatte sich beeilt, die letzten Worte hinzuzufügen.

»Entschuldigen Sie, Madame, er sorgt für einen kleinen Jungen, der demnächst fünfzehn wird«, sagte Maurice Champion.

»Richtig, ja«, sagte Colorat, »die Curieux hat das Kind nämlich bekommen, kurz bevor Farrabesche sich stellte.«

»Ist es sein Sohn?« fragte Madame Graslin.

»Ja, das meint jeder.«

»Und warum hat er das Mädchen nicht geheiratet?«

»Ja, wie denn? Dann wäre er doch festgenommen worden! Deswegen, als die Curieux hörte, er sei verurteilt worden, hat das arme Mädchen dem Dorf den Rücken gekehrt.«

»War sie hübsch?«

»Oh!« sagte Maurice, »meine Mutter behauptet, sie sähe, warten Sie mal ... einem andern Mädchen ähnlich, das ebenfalls aus dem Dorf weggezogen ist, der Denise Tascheron.«

»Dann ist er also geliebt worden?« fragte Madame Graslin.

»Pah! Er war doch ein Fußbrenner«, sagte Colorat. »Die Frauen mögen nun mal alles Ungewöhnliche. Dabei hat im Dorf nichts so Staunen erregt wie diese Liebschaft. Catherine Curieux hat züchtig gelebt wie eine Madonna; sie hat in ihrem ganzen Dorf als eine Perle an Tugend gegolten, in Vizay, das ist ein großer Marktflecken in der Corrèze, an der Grenze der beiden Départements. Ihre Eltern sind da Pächter der Herren Brézac.

Catherine Curieux war so an die siebzehn, als Farrabesche verurteilt wurde. Die Farrabesches waren eine alte Familie aus derselben Gegend; sie haben sich im Gebiet von Montégnac niedergelassen, da bewirtschafteten sie den Pachthof der Gemeinde. Die Eltern Farrabesche sind tot; und die drei Schwestern der Curieux sind verheiratet, eine in Aubusson, eine in Limoges, und eine in Saint-Léonard.«

»Glauben Sie, daß Farrabesche weiß, wo Catherine ist?« fragte Madame Graslin.

»Wenn er es wüßte, würde er sich der Polizeiaufsicht entziehen, oh, dann würde er hingehen ... Gleich als er wieder hier war, hat er sich durch Monsieur Bonnet den kleinen Curieux von den Eltern, die ihn betreuten, ausgebeten; Monsieur Bonnet hat es selber für ihn durchgesetzt.«

»Weiß denn niemand, was aus ihr geworden ist?«

»Pah!« sagte Colorat, »das junge Ding hat geglaubt, es sei eine Verlorene! Sie hat sich gescheut, im Dorf zu bleiben! Nach Paris ist sie gegangen. Und was sie da treibt? Da liegt der Hase im Pfeffer! Sie da suchen heißt, eine Murmel zwischen den Kieselsteinen hier in der Ebene wiederfinden wollen!«

Colorat zeigte auf die Ebene von Montégnac, und zwar oben von der Auffahrt aus, die Madame Graslin jetzt hinaufgeritten war; es waren von dort aus nur noch ein paar Schritte bis zum Schloßtor. Die besorgte Sauviat, Aline und die Dienerschaft warteten dort; sie wußten nicht, was sie von einem so langen Ausbleiben halten sollten.

»Na«, sagte die Sauviat, als sie der Tochter beim Absitzen half, »du mußt doch schrecklich müde sein?«

»Nein, Mutter«, sagte Madame Graslin mit so veränderter Stimme, daß die Sauviat die Tochter musterte und sah, daß sie sehr geweint hatte.

Madame Graslin ging mit Aline ins Haus; diese hatte über alles, was das Privatleben ihrer Herrin betraf, Weisungen erhalten; Véronique schloß sich in ihrem Zimmer ein und ließ nicht mal ihre Mutter vor; und als die Sauviat kommen wollte, sagte Aline zu der alten Auvergnatin: »Madame schläft schon.«

Am nächsten Morgen ritt Véronique abermals fort und ließ sich nur von Maurice begleiten. Sie wollte möglichst schnell zur

Roche-Vive gelangen und schlug deshalb den Weg ein, auf dem sie abends zuvor heimgeritten war. Als sie in die Schlucht hinabritt, die jene Kuppe vom letzten Hügel des Waldes trennt, denn von der Ebene aus gesehen scheint die Roche-Vive ganz isoliert zu sein, sagte sie zu Maurice, er solle ihr Farrabesches Haus zeigen und auf sie warten und auf die Pferde aufpassen; sie wolle allein hingehen. Maurice führte sie also zu einem Pfad, der auf den der Ebene gegenüberliegenden Hang der Roche-Vive hinabführte, und zeigte ihr das Strohdach einer Behausung, die halb verdeckt von jenem Berg dalag; darunter erstreckten sich die Schonungen. Es ging jetzt auf Mittag. Eine leichte Rauchwolke, die dem Schornstein entstieg, zeigte ihr, wo das Haus lag; bald gelangte Véronique hin; aber zunächst zeigte sie sich nicht. Beim Anblick dieser bescheidenen Wohnstatt, die inmitten eines von einer dürren Dornenhecke umgebenen Gartens lag, blieb sie eine Weile stehen und hing Gedanken nach, von denen nur sie selber wußte. Unterhalb des Gartens zogen sich ein paar Morgen Wiesenland hin; es war von einer grünen Hecke umschlossen, und hier und dort erhoben sich die gestutzten Kronen von Apfel-, Birn- und Pflaumenbäumen. Über dem Haus, nach dem Berggipfel zu, wo das Gelände sandig wurde, erhoben sich die vergilbten Wipfel einer herrlichen Kastanienpflanzung. Als sie die Gittertür öffnete, die aus halbverfaulten Holzlatten bestand, gewahrte Madame Graslin einen Viehstall, einen kleinen Geflügelhof und all das malerische, lebendige Zubehör der Wohnungen armer Leute, denen sicherlich das Poetische des Landlebens innewohnt. Wer hätte ohne Rührung auf der Hecke ausgebreitete Wäsche, das am Dach hängende Zwiebelbündel, die zum Trocknen hingestellten eisernen Kochtöpfe, die Holzbank erblicken können, die von Geißblattranken beschattet wurde, und die Hauswurz auf dem First des Strohdachs, die sich in Frankreich auf nahezu allen Hütten findet und von einem ärmlichen, fast pflanzenhaften Leben kündet?

Unmöglich konnte Véronique zu ihrem Forsthüter gelangen, ohne bemerkt zu werden; zwei schöne Jagdhunde schlugen sogleich an, als das Rascheln ihres Reitkleides auf dem welken Laub vernehmlich wurde; sie nahm die Schleppe des weiten Rocks über den Arm und schritt auf das Haus zu. Farrabesche und sein Junge, die draußen auf einer Holzbank gesessen hatten, standen auf und entblößten beide die Köpfe; sie bezeigten dabei eine achtungsvolle, aber nicht im mindesten unterwürfige Haltung.

»Ich habe gehört«, sagte Véronique und betrachtete dabei aufmerksam den Jungen, »daß Sie hier meine Interessen wahrnehmen; da wollte ich mir mal Ihr Haus und die Schonungen mit eigenen Augen ansehen und mit Ihnen an Ort und Stelle bereden, was sich noch an Verbesserungen durchführen läßt.«

»Ich stehe Madame zur Verfügung«, sagte Farrabesche.

Véronique hatte ihre Freude an dem Jungen, der ein reizendes, leicht sonnenverbranntes, braunes, regelmäßiges, vollkommen ovales Gesicht hatte, eine rein gezeichnete Stirn, orangene Augen von ungemeiner Lebhaftigkeit und schwarzes, über der Stirn und an beiden Seiten des Gesichts geschnittenes Haar. Der Kleine war größer als für gewöhnlich Jungen dieses Alters. Seine Hose wie sein Hemd waren aus grobem, ungebleichtem Leinen, seine Weste aus grobem, sehr abgenutztem blauen Tuch hatte Hornknöpfe; er trug einen Rock aus dem Stoff, der komischerweise Maurienner[93] Samt genannt wird und mit dem die Savoyarden sich kleiden, dicke Nagelschuhe und keine Strümpfe. Diese Bekleidung war genau die des Vaters; nur hatte Farrabesche auf dem Kopf einen großen, bäuerlichen Filzhut, und der Kleine eine braune Wollmütze. Obwohl die Physiognomie dieses Jungen klug und lebendig war, bewahrte sie mühelos den besonderen Ernst, der in der Einsamkeit wohnenden Geschöpfen eigen ist; er hatte sich der Stille des Waldes und dem Leben darin anpassen müssen. Daher waren Farrabesche und sein Sohn hauptsächlich nach der Seite des Körperlichen hin entwickelt; sie besaßen die auffälligen Eigenheiten der Indianer: den durchdringenden Blick, das beständige Lauern, eine gewisse Selbstbeherrschung, ein verläßliches Gehör, eine auffällige Behendigkeit, eine intelligente Geschicklichkeit. Aus dem ersten Blick, den der Junge seinem Vater zugeworfen, hatte Madame Graslin eine der grenzenlosen Zuneigungen erraten, bei denen der Instinkt sich mit dem Denken gemischt hat, und bei denen das tätigste Glück sowohl das Wollen des Instinkts als auch das Prüfen des Denkens bestätigt.

»Ist das der Junge, von dem mir erzählt worden ist?« fragte Véronique und zeigte auf den Knaben.

»Ja, Madame.«

»Haben Sie denn nichts unternommen, um seine Mutter wiederzufinden?« fragte Véronique Farrabesche, dem sie durch einen Wink bedeutet hatte, ein paar Schritte beiseite zu treten.

»Madame weiß wohl nicht, daß es mir verboten ist, mich aus der Gemeinde zu entfernen, in der ich ansässig bin?«

»Und haben Sie nie wieder von ihr gehört?«

»Als ich meine Zeit abgesessen hatte«, antwortete er, »händigte mir der Kommissar eine Summe von tausend Francs aus, die mir in kleinen Raten alle drei Monate geschickt worden waren; das Reglement erlaubte nicht, daß sie mir vor dem Tag meiner Entlassung gegeben würden. Ich habe gemeint, nur Catherine könne es sein, die an mich gedacht habe, da Monsieur Bonnet es nicht gewesen war, deswegen habe ich den Betrag für Benjamin aufgehoben.«

»Und Catherines Eltern?«

»Die haben, seit sie fortgegangen war, nicht mehr an sie gedacht. Überdies haben sie dadurch, daß sie sich des Kleinen annahmen, genug getan.«

»Gut, Farrabesche«, sagte Véronique und wandte sich wieder dem Hause zu, »ich will alles tun, um herauszubekommen, ob Catherine noch lebt, wo sie ist, und auf welche Weise sie ihr Dasein fristet . . .«

»Oh, was sie auch treiben möge, Madame«, rief der Mann mit weicher Stimme, »ich werde es als ein Glück betrachten, wenn ich sie zur Frau bekomme. Es ist an ihr, Schwierigkeiten zu machen, nicht an mir. Unsere Heirat würde diesen armen Jungen, der von seiner Lage noch nichts ahnt, legitimieren.«

Der Blick, den der Vater auf den Sohn warf, erklärte das Leben, das diese beiden verlassenen oder freiwillig in die Einsamkeit gegangenen Menschenwesen führten; sie waren einander alles, wie zwei in eine Wüste verschlagene Landsleute.

»So lieb haben Sie Catherine?« fragte Véronique.

»Ich würde sie auch dann lieben, Madame«, antwortete er, »wenn sie in meiner Lage nicht die einzige Frau wäre, die es auf Erden für mich gibt.«

Madame Graslin wandte sich rasch ab und ging in die Kastanienpflanzung, als habe sie ein jäher Schmerz durchzuckt. Der Forstaufseher glaubte, irgendeine Laune habe sie überkommen; er wagte nicht, ihr zu folgen. Véronique verweilte dort etwa eine Viertelstunde; anscheinend beschäftigte sie sich damit, die Landschaft anzuschauen. Sie konnte von dort aus den ganzen Teil des Waldes überblicken, der die Seite des Tals einnimmt, wo der Wildbach fließt; er war jetzt ohne Wasser, voller Steine, und sah aus wie ein riesiger Graben, der sich zwischen zwei bewaldeten Bergen hinzog, die zu Montégnac und einer andern, parallelen Hügelkette gehörten; die erstere war steil, ohne Pflanzenwuchs, kaum, daß ein paar kümmerliche Bäume darauf standen. Die andere Kette, auf der ein paar Birken, Wacholder und Heidekraut wuchsen und die ziemlich trostlos wirkte, gehörte zu einem benachbarten Gut und zum Département Corrèze. Ein Gemeindeweg, der den Unebenheiten des Tals folgte, diente als Trennungslinie zwischen dem Arrondissement von Montégnac und den beiden Gütern. Diese öde, schlecht gelegene Talsenkung wurde wie von einer Einfriedungsmauer von einem schönen Waldstück umschlossen, das sich auf dem andern Abhang jener langgestreckten Kette ausdehnte, deren Schroffheit einen merklichen Gegensatz zu derjenigen darstellte, auf der Farrabesches Haus gelegen war. Auf der einen Seite schroffe, gequälte Formen; auf der andern anmutige Gestaltungen, elegante Bogenschwingungen; auf der einen Seite die kalte, stumme Reglosigkeit unfruchtbaren Bodens, der durch waagerechte Blöcke, durch kahle, nackte Felsen gehalten wurde; auf der andern Bäume von mannigfachem Grün, deren meiste jetzt ihr Laub abgeworfen hatten, aber deren schöne, gerade, unterschiedlich gefärbte Stämme sich auf jeder Geländefalte erhoben, und deren Gezweig jetzt im Winde schwankte. Ein paar Bäume, die ausdauernder als die andern waren, wie Eichen, Ulmen, Buchen und Edelkastanien, hatten ihr gelbes, bronzenes oder ins Violette spielendes Blattwerk bewahrt.

Gegen Montégnac zu, wo das Tal sich maßlos erweiterte, bildeten die beiden Hügelzüge ein riesiges Hufeisen, und von der Stelle aus, wo Véronique an einem Baum lehnte, konnte sie die Täler überblicken, die wie die Stufen eines Amphitheaters wirkten, auf dem die Baumkronen sich übereinander staffelten wie Zuschauer. Diese schöne Landschaft bildete also die Rückseite ihres Parks; sie ist ihm später einbezogen worden. Nach dorthin, wo Farrabesches Hütte lag, verengerte sich das Tal mehr und mehr und endete in einen etwa hundert Fuß breiten Paß.

Die Schönheit dieser Aussicht, über die Madame Graslins Blicke mechanisch hinirrten, rief sie bald zu sich selbst zurück; sie ging wieder zum Haus hin, wo Vater und Sohn schweigend stehengeblieben waren, ohne zu versuchen, sich die seltsame Versunkenheit ihrer Herrin zu erklären. Sie musterte das Haus, das sorgfältiger gebaut worden war, als das Strohdach es hatte vermuten lassen; es hatte wohl leer gestanden, seit die Navarreins sich nicht mehr um diesen Gutsbesitz gekümmert hatten. War keine Jagd, brauchte man auch keine Forstaufseher mehr. Obwohl das Haus also länger als hundert Jahre unbewohnt dagestanden hatte, waren die Mauern gut; aber an allen Seiten waren Efeu und Schlingpflanzen daran emporgerankt. Als Farrabesche die Erlaubnis erhalten hatte, dort zu bleiben, hatte er das Dach mit Stroh decken lassen, eigenhändig das Innere mit Fliesen ausgelegt und seinen ganzen Hausrat hineingetragen. Beim Eintreten nahm Véronique zwei Bauernbetten wahr, einen großen Schrank aus Nußbaumholz, einen Backtrog, eine Anrichte, einen Tisch, drei Stühle, und auf den Brettern der Anrichte ein paar irdene Schüsseln; kurzum, alle lebensnotwendigen Utensilien. Über dem Kamin hingen zwei Gewehre und zwei Jagdtaschen. Eine Anzahl von Dingen, die der Vater für den Jungen gefertigt hatte, rührten Véronique tief: ein Kriegsschiff, eine Schaluppe, eine holzgeschnitzte Tasse, eine wundervoll gearbeitete Holzschatulle, ein Kästchen mit eingelegter Stroharbeit, ein Kruzifix und ein wundervoller Rosenkranz. Der Rosenkranz bestand aus Pflaumenkernen, die auf jeder Seite einen Kopf von erlesener feiner Schnitzarbeit trugen: Jesus-Christus, die Apostel, die Madonna, Johannes den Täufer, den heiligen Joseph, die heilige Anna, die beiden Magdalenen.

»Das mache ich, damit der Kleine an den langen Winterabenden seinen Spaß hat«, sagte er mit einer Miene, als müsse er sich entschuldigen.

An der Vorderseite des Hauses waren Jasmin und hochstämmige Rosen gepflanzt worden, die an der Mauer lehnten und bis zu den Fenstern des ersten, unbewohnten Stockwerks hinauf blühten; dort häufte Farrabesche seine Vorräte auf; er hatte Hühner, Enten und zwei Schweine; er kaufte nur Brot, Salz, Zucker und einige Gewürze. Weder er noch sein Sohn tranken Wein.

»Alles, was mir von Ihnen erzählt worden ist und was ich sehe«, sagte Madame Graslin schließlich zu Farrabesche, »läßt mich Ihnen eine Anteilnahme entgegenbringen, die nicht fruchtlos bleiben wird.«

»Daran erkenne ich Monsieur Bonnet«, rief Farrabesche aus, und seine Stimme klang gerührt.

»Da irren Sie sich; der Herr Pfarrer hat mir noch nichts über Sie gesagt; der Zufall oder vielleicht Gott haben alles so gefügt.«

»Ja, Madame, Gott! Gott allein kann Wunder für einen unglücklichen Menschen wie mich tun.«

»Wenn Sie unglücklich gewesen sind«, sagte Madame Graslin so leise, daß das Kind nichts verstehen konnte, und aus einer Beobachtung weiblichen Zartgefühls heraus, das Farrabesche naheging, »dann machen Ihre Reue, Ihr Verhalten und die Achtung Monsieur Bonnets Sie würdig, glücklich zu sein. Ich habe die erforderlichen Befehle gegeben, daß der Bau des großen Pachthofs vollendet wird, den neben dem Schloß zu errichten mein Mann geplant hatte; Sie sollen mein Pächter werden; da haben Sie Gelegenheit zur Entfaltung Ihrer Kräfte und Ihres Betätigungsdranges; da kann Ihr Sohn Ihnen zur Hand gehen. Der Generalstaatsanwalt in Limoges soll erfahren, wer Sie sind, und die demütigende Polizeiaufsicht, die Ihr Leben hemmt, soll aufgehoben werden; das verspreche ich Ihnen.«

Bei diesen Worten fiel Farrabesche wie niedergeschmettert von der Verwirklichung einer Hoffnung, der er vergeblich nachgehangen hatte, auf die Knie; er küßte den Saum von Madame Graslins Reitkleid; er küßte ihr die Füße. Als Benjamin in den Augen des Vaters Tränen sah, fing er an zu schluchzen, ohne zu wissen, warum.

»Stehn Sie auf, Farrabesche«, sagte Madame Graslin, »Sie wissen nicht, wie sehr es meiner Natur entspricht, daß ich für Sie tue, was zu tun ich Ihnen verspreche. Nicht wahr, Sie haben die grünen Bäume da drüben gepflanzt?« fragte sie und zeigte auf ein paar Nadelhölzer, Nordlandfichten, Tannen und Lärchen am Fuß des gegenüberliegenden dürren, trockenen Hügels.

»Ja.«

»Dann ist der Boden dort besser?«

»Die Wasser spülen immerzu was von den Felsen ab und schwemmen bei Ihnen ein bißchen lockere Erde an; das habe ich ausgenützt, denn Ihnen gehört doch alles, was längs des Tals unterhalb des Wegs liegt.«

»Dann fließt also unten in diesem langen Tal viel Wasser?«

»Oh, Madame«, rief Farrabesche, »in ein paar Tagen, wenn das Regenwetter kommt, werden Sie vielleicht vom Schloß aus den Wildbach rauschen hören! Aber nichts ist dem vergleichbar, was zur Zeit der Schneeschmelze geschieht. Dann strömen die Wassermassen von den Teilen des Waldes nieder, die jenseits von Montégnac liegen, von den großen Hängen, die sich an den Berg lehnen, auf dem Ihre Gärten und der Park liegen; kurz und gut, alle Wassermassen von den Hügeln strömen da hinab und machen eine Sintflut. Zum Glück für Sie halten die Bäume das Erdreich fest, das Wasser gleitet über die Blätter weg, die im Herbst wie eine Wachstuchdecke sind; sonst würde nämlich die Talsohle sich erhöhen, aber der Hang ist zugleich sehr steil, und ich weiß nicht, ob die mitgerissenen Erdmassen da liegenbleiben würden.«

»Wohin fließt das Wasser ab?« fragte Madame Graslin; sie war stutzig geworden.

Farrabesche zeigte auf die enge Schlucht, die das Tal unterhalb seines Hauses abzuschließen schien. – »Es verbreitet sich über eine kreidige Hochfläche, die das Limousin von der Corrèze trennt, und da bleibt es in grünen Lachen mehrere Monate lang stehen; es sickert dann in die Poren des Bodens ein, aber ganz langsam. Daher wohnt auch niemand auf dieser ungesunden Ebene, auf der nichts wachsen kann. Kein Vieh mag die Binsen und das Schilf fressen, die in diesem Brackwasser wachsen. Diese ausgedehnte Heidefläche umfaßt vielleicht dreitausend Morgen, sie bildet das Gemeindeland dreier Gemeinden; aber es ist wie mit der Ebene von Montégnac, man kann da nichts anbauen. Bei

821

Ihnen gibt es wenigstens Sand und ein bißchen Humus in Ihrem Geröll; aber da ist bloß ganz reiner Tuffstein.«

»Lassen Sie die Pferde holen; ich will mir all das selber ansehen.«

Madame Graslin zeigte Benjamin die Stelle, wo Maurice stand; er lief davon.

»Man hat mir gesagt, Sie kennten die geringsten Eigenheiten dieser Gegend«, fuhr Madame Graslin fort, »erklären Sie mir doch, warum von den Abhängen meines Waldes, die nach der Ebene von Montégnac hin liegen, keine Wasserläufe ausgehen, nicht der kleinste Bach, weder bei Regenwetter noch bei der Schneeschmelze?«

»Ach, Madame«, sagte Farrabesche, »der Herr Pfarrer, der sich so viel mit dem Gedeihen von Montégnac beschäftigt, hat den Grund davon erraten, freilich ohne den Beweis dafür zu haben. Seit Ihrer Ankunft hat er mich den Lauf der Wasser von Stelle zu Stelle in jeder Schlucht und in allen Tälern feststellen lassen. Gestern kam ich vom Fuß der Roche-Vive her, wo ich die Bewegungen des Geländes untersucht hatte, gerade als mir die Ehre der Begegnung mit Ihnen widerfahren ist. Ich hatte den Tritt der Pferde gehört und wissen wollen, wer hierherkäme. Monsieur Bonnet ist nicht nur ein Heiliger, Madame, er ist auch ein Gelehrter. – ›Farrabesche‹, hat er zu mir gesagt, – ich arbeitete damals an dem Zufahrtsweg zum Schloß, den die Gemeinde gebaut hat; von da aus hat der Herr Pfarrer mir die ganze Bergkette gezeigt, von Montégnac bis zur Roche-Vive, fast zwei Meilen ist sie lang; – ›weil der Berghang da kein Wasser in die Ebene ergießt, muß die Natur eine Art Regenrinne geschaffen haben, die es anderswo hinleitet!‹ Na ja, Madame, diese Erwägung ist so einfach, daß sie dumm wirkt; ein Kind hätte sie anstellen können! Aber kein Mensch, seit Montégnac Montégnac ist, weder die Edelherren noch die Verwalter, noch die Aufseher, weder Arm noch Reich, die doch samt und sonders gesehen haben, daß die Ebene aus Wassermangel unbestellbar war, haben sich gefragt, wohin die Wasser des Gabou sich verlaufen. Die drei Gemeinden, in denen durch das stehende Wasser das Fieber grassiert, und ich selbst, wir haben uns ebenfalls nicht den Kopf dar-

über zerbrochen; erst der Gottesmann hat kommen müssen . . .«
Farrabesche bekam feuchte Augen, als er das sagte.

»Alles, was die Genialen finden«, sagte da Madame Graslin, »ist so einfach, daß jeder glaubt, er hätte es finden können. Aber«, sagte sie zu sich selbst, »das Schöne am Genie ist, daß es jedermann ähnelt, aber niemand ihm.«

»Mit einem Schlag«, fuhr Farrabesche fort, »habe ich den Herrn Pfarrer verstanden; er hat keine großen Worte zu machen brauchen, um mir zu erklären, was ich zu tun hatte. Madame, die Sache ist um so merkwürdiger, als auf der Seite Ihrer Ebene, weil sie ja doch ganz und gar Ihnen gehört, es in den Bergen ziemlich tiefe Risse und Spalten gibt, die von Schluchten und tief ausgehöhlten Schlünden durchschnitten werden; aber alle diese Spalten, diese Täler, diese Schluchten und Schründe und mithin Bewässerungsgräben, durch die die Wassermassen abfließen, ergießen sich in mein kleines Tal; das liegt nämlich ein paar Fuß tiefer als der Boden Ihrer Ebene. Heute weiß ich den Grund für diese Erscheinung; folgendermaßen ist es: Von der Roche-Vive bis nach Montégnac zieht sich am Fuß der Bergkette etwas wie ein Wall hin, dessen Höhe zwischen zwanzig und dreißig Fuß abwechselt; er ist an keiner Stelle durchbrochen und besteht aus einer Art Gestein, die Monsieur Bonnet Schiefer nennt. Das Erdreich ist weicher als Stein; es hat nachgegeben, sich ausgehöhlt; und da haben die Wassermengen natürlich ihren Abfluß durch die Einschnitte jenes Tals in den Gabou genommen. Die Bäume, das Buschwerk, die Sträucher verbergen dem Blick diese Bodenbeschaffenheit; aber wenn man der Bewegung der Wasserläufe folgt und der Spur, die ihr Lauf hinterläßt, kann man sich leicht von den Tatsachen überzeugen. Auf diese Weise empfängt der Gabou die Wasser von zwei Abhängen, die von der Rückseite der Berge, über denen Ihr Park liegt, und die von den Felsen uns gegenüber. Nach der Meinung des Herrn Pfarrers würde dieser Zustand der Dinge aufhören, wenn die natürlichen Abflüsse des nach Ihrer Ebene zu gelegenen Hangs sich durch die Erdmassen und die Steine, die die Wassermassen mit sich führen, verstopfen und höher werden würden als das Bett des Gabou. Dann würde Ihre Ebene ebenso überschwemmt werden wie das Gemeindeland, das Sie sich ansehen wollen; aber dazu gehören Hunderte von Jahren. Wäre es überhaupt wünschenswert, Madame? Wenn Ihr Boden nämlich diese Wassermassen nicht aufsaugte, wie das Gemeindeland es tut, dann bekäme auch Montégnac stehendes Wasser, das die Gegend verpesten würde.«

»Dann müßten also die Stellen, die der Herr Pfarrer mir vor ein paar Tagen gezeigt hat, die, wo die Bäume noch ihr grünes Laub haben, die natürlichen Kanäle sein, durch die die Wasser in den Gießbach Gabou abfließen?«

»Ja, Madame. Zwischen der Roche-Vive und Montégnac liegen drei Berge, und folglich sind da drei Pässe, von denen die durch die Schieferbank zurückgehaltenen Wassermassen sich in den Gabou ergießen. Der noch grüne Waldgürtel unten, der zu Ihrer Ebene zu gehören scheint, bezeichnet die Rinne, die der Herr Pfarrer geahnt hat.«

»Dann soll, was Montégnacs Unglück ausmacht, bald zu seinem Gedeihen beitragen«, sagte Madame Graslin in einem Tonfall tiefster Überzeugung. »Und da Sie das erste Werkzeug bei diesem Unternehmen gewesen sind, sollen Sie daran teilnehmen; gehen Sie auf die Suche nach fleißigen und verläßlichen Arbeitern; der Mangel an Geld muß durch Hingabe und Arbeit ersetzt werden.«

Benjamin und Maurice kamen in dem Augenblick, da Véronique diesen Satz beendet hatte; sie ergriff den Zügel ihres Pferdes und bedeutete Farrabesche, auf das Maurices zu steigen.

»Führen Sie mich«, sagte sie, »zu der Stelle, von der aus die Wassermassen sich über das Gemeindeland ergießen.«

»Es ist um so nützlicher, daß Madame selber dahin geht«, sagte Farrabesche, »als auf den Rat des Herrn Pfarrers hin der selige Monsieur Graslin an der Ausmündung jener Schlucht noch der Eigentümer von dreihundert Morgen geworden ist, auf denen die Wasser einen Lehm hinterlassen, der schließlich auf einer gewissen Strecke guten Boden erzeugt hat. Madame wird die Rückseite der Roche-Vive sehen; da breitet sich herrlicher Wald aus, und da würde Monsieur Graslin wahrscheinlich einen Pachthof errichtet haben. Die günstigste Stelle würde die sein, wo die Quelle versickert, die bei meinem Haus ist; man könnte sie ausnützen.«

824

Farrabesche ritt voran, um den Weg zu zeigen; er ließ Véronique auf einem steilen Pfad folgen, der an die Stelle führte, wo die beiden Abhänge sich zusammendrängten und dann, der eine nach Osten, der andere nach Westen, wieder auseinanderstrebten, als habe ein Stoß sie zurückprallen lassen. Dieser enge Durchlaß war mit dicken Steinen angefüllt, zwischen denen hohes Gras wuchs; er war etwa sechzig Fuß breit. Die schroff eingeschnittene Roche-Vive wirkte wie eine Granitmauer, auf der nicht das mindeste Geröll lag; aber die Höhe dieser starren Mauer war von Bäumen bekrönt, deren Wurzeln hinabhingen. Dort umklammerten Kiefern den Boden mit ihren gespaltenen Füßen; sie schienen sich dort zu halten wie auf einem Zweig hockende Vögel. Der Hügel gegenüber, den die Zeit ausgehöhlt hatte, besaß eine durchfurchte, sandige, gelbe Front; er wies flache Vertiefungen auf, Einbuchtungen ohne Festigkeit; sein weiches, zum Zerbröckeln neigendes Gestein zeigte ockerfarbene Tönungen. Ein paar Pflanzen mit Stachelblättern, unten ein paar Kletten, Binsen und Wasserpflanzen unterstrichen die Nordlage und die Magerkeit des Bodens. Das Bett des Wildbachs bestand aus ziemlich hartem, gelblichem Stein. Offenbar waren die beiden Ketten, obgleich parallel und wie zerspalten im Augenblick der Katastrophe, die den Erdball verändert hat, aus einer unerklärlichen Laune oder aus einem unbekannten Grunde, dessen Aufdeckung dem Genie vorbehalten bleibt, aus gänzlich unterschiedlichen Elementen zusammengesetzt, der Kontrast ihrer beider Bestandteile trat an dieser Stelle besonders deutlich hervor. Von dort aus überblickte Véronique ein riesiges, ausgedörrtes Plateau ohne jeden Pflanzenwuchs; es bestand aus kreidigem Gestein, was das Einsickern des Wassers erklärte, und war von Brackwassertümpeln und Stellen durchsät, wo der Boden schuppig bröckelte. Zur Rechten waren die Berge der Corrèze sichtbar. Zur Linken wurde der Blick durch den mächtigen Buckel der Roche-Vive gehemmt, auf der die schönsten Bäume standen, und an deren Fuß sich ein Wiesengelände von etwa zweihundert Morgen Umfang ausdehnte, dessen Bewachsung lebhaft von dem häßlichen Anblick dieses trostlosen Plateaus abstach.

»Mein Sohn und ich haben den Graben gezogen, den Sie da unten sehen«, sagte Farrabesche, »Sie erkennen ihn an dem hohen Gras; er soll bis zu dem führen, der Ihren Wald begrenzt. An dieser Seite stößt Ihr Besitztum an eine Wüstenei; das erste Dorf liegt nämlich eine Meile von hier entfernt.«

Véronique ritt hastig auf dieser gräßlichen Ebene dahin; ihr Führer folgte. Sie ließ ihr Pferd über den Graben setzen; sie ritt mit verhängtem Zügel durch diese düstere Landschaft und schien eine wilde Lust bei der Betrachtung dieses großen Bildes der Trostlosigkeit zu empfinden. Farrabesche hatte recht. Keine Kraft, keine Macht konnte diesem Boden etwas abgewinnen; er dröhnte unter den Hufen der Pferde, als sei er hohl. Obgleich dieses Phänomen von dem von Natur porösen Kreidegestein herrührte, fanden sich auch Spalten und Risse, durch die die Wassermassen verschwanden und wohl ferne Quellen speisten.

»Dabei gibt es auch Seelen, die so beschaffen sind«, rief Véronique und hielt ihr Pferd an, das sie eine Viertelstunde hatte galoppieren lassen. Nachdenklich hielt sie inmitten dieser Einöde, wo es weder Tiere noch Insekten gab; kein Vogel überflog sie je. In der Ebene von Montégnac fanden sich doch wenigstens Kiesel, Sandflächen, ein paar Stücke lockeren oder tonhaltigen Bodens, Geröll, eine ein paar Zoll dicke Humusschicht, die bebaut werden konnte; aber hier gab es nur den undankbarsten Tuff, der noch nicht Stein geworden und nicht mehr Erdreich war, und tat dem Auge weh; daher mußte man den Blick unbedingt der Unendlichkeit des Äthers zuwenden. Nachdem Véronique die Grenze ihrer Wälder und die von ihrem Mann gekaufte Wiese betrachtet hatte, ritt sie zum Austritt des Gabou zurück, aber langsam. Sie ertappte Farrabesche dabei, wie er eine Art Laufgraben betrachtete, der aussah, als habe ein Spekulant versucht, diesen verlassenen Winkel zu sondieren, weil er sich eingebildet hatte, die Natur halte dort Schätze verborgen.

»Was haben Sie?« fragte ihn Véronique, als sie auf diesem männlichen Gesicht einen Ausdruck tiefer Kümmernis wahrnahm.

»Madame, diesem Graben danke ich mein Leben, oder, um es richtiger auszudrücken, die Zeit der Reue und der Sühnung meiner Sünden in den Augen der Menschen.«

Diese Art der Deutung des Lebens bewirkte, daß Madame

Graslin vor dem Graben ihr Pferd anhielt und wie angenagelt dort verharrte.

»Da habe ich mich versteckt, Madame. Der Boden hallt so gut wider, daß ich, wenn ich das Ohr an die Erde preßte, auf mehr als eine Meile die Pferde der Gendarmerie oder den Tritt der Soldaten hören konnte, der etwas ganz Besonderes an sich hat. Dann konnte ich durch den Gabou an eine Stelle laufen, wo ich ein Pferd stehen hatte, und dann konnte ich stets zwischen mich und meine Verfolger fünf oder sechs Meilen legen. Catherine brachte mir während der Nacht etwas zu essen; wenn sie mich nicht fand, so fand ich doch stets Brot und Wein in einem Loch, das mit einem Stein zugedeckt war.«

Diese Erinnerung an sein unstetes, verbrecherisches Leben, die sich auf Farrabesche schädlich hätte auswirken können, fand bei Madame Graslin das nachsichtigste Mitleid; aber sie ritt schnell dem Gabou zu, wohin der Forsthüter ihr folgte. Während sie die Maße jener Öffnung abschätzte, durch die man das langgestreckte Tal erblickte, das auf der einen Seite so lachend, auf der andern so wüst und verarmt dalag, und im Hintergrund, mehr als eine Meile entfernt, die gestaffelten Hügel der Rückseite von Montégnac, sagte Farrabesche: »In ein paar Tagen gibt es hier großartige Wasserfälle!«

»Und nächstes Jahr wird am gleichen Tag nicht ein Wassertropfen hier hindurchfließen. Beide Seiten sind mein Eigentum, ich werde eine feste Mauer bauen lassen, sie soll hoch genug sein, um die Wasser zu stauen. Anstelle eines Tals, das nichts einbringt, bekomme ich einen See von zwanzig, dreißig, vierzig oder fünfzig Fuß Tiefe; eine Meile wird er lang; das ergibt ein riesiges Reservoir, das das Wasser für die Bewässerungsanlagen liefern wird, durch die ich die ganze Ebene von Montégnac fruchtbar machen will.«

»Der Herr Pfarrer hatte recht, Madame, wenn er uns sagte, als wir mit unserem Zufahrtsweg fertig waren: ›Ihr arbeitet für eure Mutter!‹ Möge Gott einem solchen Unternehmen seinen Segen spenden!«

»Schweigen Sie, Farrabesche«, sagte Madame Graslin, »die Idee dazu stammt von Monsieur Bonnet.«

Als Véronique wieder an Farrabesches Haus angelangt war,

hieß sie Maurice ihr folgen und ritt sogleich zum Schloß zurück. Die Mutter und Aline waren bei Véroniques Anblick höchst überrascht über die Wandlung ihrer Züge; die Hoffnung, dieser Gegend Gutes tun zu können, hatte ihr wieder ein glückliches Aussehen gegeben. Madame Graslin schrieb an Grossetête, er möge von Monsieur de Grandville für den armen, freigelassenen Sträfling völlige Freiheit erbitten; sie erteilte über dessen Lebensführung Auskünfte, die durch ein Zeugnis des Bürgermeisters von Montégnac und einen Brief Monsieur Bonnets bestätigt wurden. Sie fügte diesem Eilbrief noch Angaben über Catherine Curieux bei und bat Grossetête, den Generalstaatsanwalt für das gute Werk, das sie plane, zu interessieren und ihn zu einem Schreiben an die Pariser Polizeipräfektur zu veranlassen, um jenes Mädchen wieder aufzufinden. Allein schon der Umstand, daß sie Geld an das Zuchthaus geschickt, wo Farrabesche seine Strafe verbüßt hatte, könne genügend Indizien liefern. Véronique legte Wert darauf, zu erfahren, warum Catherine nicht zu ihrem Kind und zu Farrabesche zurückgekehrt sei. Dann unterrichtete sie ihren alten Freund über ihre Entdeckungen am Gießbach Gabou und erinnerte ihn nachdrücklich daran, daß er ihr doch den geschickten Mann aussuchen möge, um den sie ihn bereits gebeten hatte.

Der nächste Tag war ein Sonntag, und zwar der erste nach Véroniques Übersiedlung nach Montégnac, da sie sich imstande fühlte, in der Kirche der Messe beizuwohnen; sie ging hin und nahm auf der Bank Platz, die ihr in der Marienkapelle gehörte. Als sie sah, wie kahl diese arme Kirche war, gelobte sie sich, alljährlich eine Summe für die Bedürfnisse der Kirchenverwaltung und die Ausschmückung der Altäre zu stiften. Sie hörte die sanften, engelhaften Worte des Pfarrers, dessen Predigt wahrhaft erhaben war, obwohl sie sich in schlichten Ausdrücken erging und das Auffassungsvermögen jener Leute nicht überstieg. Das Erhabene kommt aus dem Herzen, der Verstand findet es nicht, und die Religion ist eine unversiegbare Quelle jenes Erhabenen ohne falschen Glanz; denn der Katholizismus, der die Herzen durchdringt und wandelt, ist ganz Herz. Monsieur Bonnet hatte in der Epistel einen Text gefunden, den er weiter ausführen konnte und der bedeutete, daß Gott früher oder später seine

Verheißungen erfüllt, die Seinen begünstigt und die Guten ermutigt. Er machte die großen Dinge verständlich, die sich für die Gemeinde aus der Anwesenheit einer wohltätigen reichen Dame ergeben würden, und legte dabei dar, daß die Pflichten des Armen gegenüber dem wohltätigen Reichen genauso weit reichten wie die des wohltätigen Reichen gegenüber dem Armen; ihrer beider Hilfe müsse gegenseitig sein.

Farrabesche hatte mit einigen von denen gesprochen, die gern mit ihm umgingen, als Folge des christlichen Mitleids, das Monsieur Bonnet in der Gemeinde in die Tat umgesetzt hatte, und des ihm bezeigten Wohlwollens. Das Verhalten der Madame Graslin ihm gegenüber bildete den Gesprächsstoff der ganzen Gemeinde; sie hatte sich, wie es auf dem Lande Brauch ist, vor der Messe auf dem Kirchplatz versammelt. Nichts war besser geeignet, dieser Frau die Freundschaft dieser überaus mißtrauischen Gemüter einzutragen. Als Véronique aus der Kirche kam, fand sie daher fast die ganze Gemeinde vor, wie sie in zwei Reihen Spalier bildete. Während sie hindurchschritt, grüßte jedermann sie respektvoll und in tiefem Schweigen. Dieser Empfang rührte sie, obwohl dessen wahrer Grund ihr unbekannt war; als einen der letzten erblickte sie Farrabesche und sagte zu ihm: »Sie sind ein guter Jäger; vergessen Sie nicht, uns Wildbret zu bringen.«

Ein paar Tage danach erging sich Véronique mit dem Pfarrer in dem dem Schloß nächstgelegenen Teil des Waldes; sie wollte mit ihm in die gestaffelten Täler hinabsteigen, die sie von Farrabesches Haus aus wahrgenommen hatte. Jetzt erhielt sie Gewißheit über die Verteilung der hochgelegenen Zuflüsse des Gabou. Auf Grund dieser Untersuchung fiel dem Pfarrer auf, daß die Wasserläufe, die einige Teile von Ober-Montégnac bewässerten, von den Corrèzer Bergen kamen. Jene Ketten vereinigten sich an dieser Stelle mit dem Berg durch jenen schroffen Abhang, der parallel zur Kette der Roche-Vive verläuft. Bei der Rückkehr von diesem Spaziergang zeigte der Pfarrer eine kindliche Freude; mit der Naivität eines Dichters sah er bereits den Wohlstand seines lieben Dorfs vor sich. Ist der Dichter nicht ein Mensch, der seine Hoffnungen vor der Zeit verwirklicht? Monsieur Bonnet mähte schon sein Gras, als er von der Terrasse aus auf die noch unbebaute Ebene deutete.

Am folgenden Tag kamen Farrabesche und sein Sohn mit Wildbret beladen. Der Forstaufseher hatte Madame Graslin eine Tasse aus geschnitzter Kokosnußschale mitgebracht, ein wahres Meisterwerk; es stellte eine Schlacht dar. Madame Graslin ging in diesem Augenblick auf ihrer Terrasse spazieren; sie befand sich an der Seite, von der aus man nach Les Tascherons hinüberblicken konnte. Jetzt setzte sie sich auf eine Bank, nahm die Tasse in die Hand und betrachtete lange dieses Wunderwerk. Ein paar Tränen traten ihr in die Augen.

»Sie haben sicherlich viel auszuhalten gehabt«, sagte sie nach einem langen Schweigen zu Farrabesche.

»Was tun, Madame«, antwortete er, »wenn man da ist und nicht Gedanken an Fluchtmöglichkeiten nachhängt, wie sie das Leben fast aller Verurteilter aufrechterhalten?«

»Ein furchtbares Leben ist das«, sagte sie mit klagender Betonung und forderte durch Geste und Blick Farrabesche zum Sprechen auf.

Farrabesche hielt das krampfige Zittern und alle Zeichen der Erregung, die er an Madame Graslin wahrnahm, für ein heftiges Zeichen mitleidiger Wißbegier. Da erschien die Sauviat auf einem Gartenweg und schien kommen zu wollen; aber Véronique zog ihr Taschentuch, winkte ihr ab und sagte mit einem Ungestüm, den sie der alten Auvergnatin nie zuvor bezeigt hatte: »Laß mich allein, Mutter!«

»Madame«, sprach Farrabesche weiter, »zehn Jahre lang[94] habe ich«, sagte er und zeigte auf sein Bein, »eine Kette getragen, die an einem dicken Eisenring befestigt war und mich an einen andern Mann fesselte. Während meiner Strafzeit war ich gezwungen, mit drei Verurteilten zusammenzuleben. Geschlafen habe ich auf einem hölzernen Feldbett. Ich habe sehr schwer arbeiten müssen, um mir eine kleine Matratze zu verschaffen; die wurde *Serpentin*[95] genannt. In jedem Saal sind achthundert Männer. Jedes der Betten, die darin stehen, und die *Tolards*[96] genannt werden, ist für vierundzwanzig Männer bestimmt, die alle zu zweit aneinandergefesselt sind. Jeden Abend und jeden Morgen wird durch die Kette jedes Paars eine große Kette gezogen, die *filet de ramas*[97] genannt wird. Diese Kette hält alle Paare an den Füßen zusammen und verläuft am Rand des *Tolard*. Nach zwei Jahren hatte ich mich noch immer nicht an das Geklirr dieses Eisenzeugs gewöhnt; es sagte einem in einem fort: ›Du bist im Zuchthaus!‹ Wenn man für eine Weile einschläft, bewegt sich irgendein schlechter Kamerad oder fängt einen Streit an und erinnert einen daran, wo man sich befindet. Man muß eine Lehrzeit durchmachen, nur um schlafen zu lernen. Kurz und gut, ich habe erst schlafen können, als ich durch übermäßige Erschöpfung ans Ende meiner Kräfte gelangt war. Wenn ich schlafen konnte, hatte ich wenigstens die Nächte zum Vergessen. Das ist dort etwas wert, Madame, das Vergessen! Ist man erstmal da drin, muß man lernen, auch in den kleinsten Kleinigkeiten seine Bedürfnisse nach einem unerbittlich festgelegten Reglement zu befriedigen. Stellen Sie sich vor, Madame, welche Wirkung ein solches Leben auf einen jungen Menschen wie mich ausüben mußte, der ich im Wald gelebt hatte wie die Eichhörnchen und die Vögel! Hätte ich nicht sechs Monate lang mein Brot zwischen den vier Wänden einer Gefängniszelle gegessen, so würde ich mich, trotz der schönen Worte Monsieur Bonnets, der, das kann ich sagen, der Vater meiner Seele gewesen ist, ach!, so würde ich mich beim Anblick meiner Genossen ins Meer gestürzt haben. In der freien Luft ging es noch; aber war man dann wieder im Saal, zum Schlafen oder zum Essen, denn gegessen wird aus Kübeln, und jeder Kübel ist für drei Paare, dann war ich nicht mehr am Leben; die wüsten Visagen und die Redeweise meiner Genossen sind mir immer unerträglich gewesen. Zum Glück gingen wir sommers um fünf, winters um halb acht trotz Wind, Kälte, Hitze oder Regen zur ›Strapaze‹, das heißt zur Arbeit. Der größte Teil dieses Lebens vollzieht sich draußen im Freien, und die Luft scheint einem sehr gut zu sein, wenn man aus einem Raum kommt, in dem es von achthundert Verurteilten wimmelt. Es ist Seeluft, müssen Sie bedenken! Man genießt die Brise, man befreundet sich mit der Sonne, man nimmt Anteil an den Wolken, die vorüberziehen, man hofft auf die Schönheit der Tageshelle. Ich habe meine Arbeit immer ernst genommen.«

Farrabesche hielt inne; über Véroniques Wangen rollten zwei dicke Tränen.

»Ach, Madame, ich habe Ihnen nur von den rosigen Seiten dieses Daseins erzählt«, rief er, der Meinung, der Gesichtsausdruck der Madame Graslin gelte ihm. »Die von der Regierung ergriffenen furchtbaren Vorsichtsmaßnahmen, die beständigen Nachforschungen durch die Stockmeister, die Überprüfung der Eisenfesseln morgens und abends, die grobschlächtige Ernährung, die häßliche Kleidung, die einen auf Schritt und Tritt demütigt, die Unbequemlichkeit beim Schlafen, das grausige Geklirr der vierhundert Doppelketten in einem Raum, der widerhallte, die Aussicht, erschossen und von Kugeln durchlöchert zu werden, wenn es einem halben Dutzend übler Burschen einfiel, zu rebellieren, alle diese entsetzlichen Daseinsbedingungen sind nichts, sie sind nur die rosige Seite, wie ich Ihnen sagte. Ein Mensch, ein Bürger, der das Unglück hätte, da hineinzukommen, müßte binnen kurzem vor Kummer zugrunde gehen. Muß man nicht stets mit einem andern beisammensein? Ist man nicht gezwungen, die Gesellschaft von fünf Männern während der Mahlzeit zu ertragen, und von dreiundzwanzig während der Schlafenszeit, und ihre Redereien mitanhören? Diese Gesellschaft, Madame, hat ihre stummen Gesetze; gehorcht man ihnen nicht, so wird man ermordet; aber gehorcht man ihnen, so wird man zum Mörder! Man muß Opfer sein oder Henker! Alles in allem, stürbe man mit einem Schlag, so wäre man von diesem Leben erlöst; aber sie kennen sich darin aus, einem Böses anzutun, und den Haß dieser Menschen zu ertragen ist unmöglich, sie haben alle Macht über einen Verurteilten, der ihnen mißfällt, und sie können ihm jeden Augenblick seines Lebens zu einer Marter machen, die schlimmer ist als der Tod. Einzig der bereut und sich gut führen will, ist der gemeinsame Feind; vor allem wird er der Angeberei verdächtigt. Auf Angeberei steht Todesstrafe, sogar auf den bloßen Verdacht schon. Jeder Saal hat sein Tribunal, wo die Vergehen gegen die Gemeinschaft abgeurteilt werden. Sich den Gebräuchen nicht fügen ist verbrecherisch, und wer in diese Lage gerät, muß des Urteils gewärtig sein; auf diese Weise muß jeder bei allen Ausbrüchen mitwirken; jeder Verurteilte hat seine Stunde zum Ausbrechen, und in dieser Stunde muß das ganze Zuchthaus ihm Hilfe leisten und Deckung geben. Zu verraten, was ein Verurteilter um seines Ausbrechens willen versucht, ist ein Verbrechen. Ich will Ihnen nichts von den schauerlichen Sitten im Zuchthaus erzählen; man ist dort buchstäblich nie sein eigener Herr. Um die Versuche zur Rebellion oder zum Ausbrechen zu neutralisieren, kuppelt die Verwaltung stets gegensätzliche Charaktere aneinander und macht auf diese Weise die Qual der Kette unerträglich; sie schmiedet Leute zusammen, die einander nicht leiden können oder die sich gegenseitig mißtrauen.«

»Wie haben Sie sich verhalten?« fragte Madame Graslin.

»Ach, folgendermaßen«, fuhr Farrabesche fort, »ich habe Glück gehabt; auf mich ist niemals das Los gefallen, einen Verurteilten umzubringen; ich habe nie für irgend jemandes Tod gestimmt, ich bin nie bestraft worden, ich habe nie Feinde gehabt und bin gut mit den drei Genossen ausgekommen, die man mir nacheinander zugeteilt hat; sie haben mich alle drei gefürchtet und gern gehabt. Aber ich bin ja auch im Zuchthaus schon berühmt gewesen, ehe ich hineinkam. Ein Fußbrenner! Ich galt ja doch für einen von diesen Raubgesellen. Ich habe zwar beim Fußbrennen zugesehen«, fuhr Farrabesche nach einer Pause leise fort, »aber ich habe niemals dabei mitmachen noch was von dem geraubten Geld haben wollen. Ich hatte mich vom Militärdienst gedrückt, das war alles. Ich habe den Kameraden geholfen, ich habe ausgekundschaftet, ich habe gekämpft, ich habe auf gefährlichen Posten Schmiere gestanden oder die Nachhut gebildet; aber ich habe nie Menschenblut vergossen, außer wenn ich mein Leben verteidigte! Ach, das alles habe ich Monsieur Bonnet und meinem Anwalt gesagt; daher haben die Richter ganz genau gewußt, daß ich kein Mörder war! Aber trotzdem bin ich ein großer Verbrecher, nichts von dem, was ich tat, ist erlaubt. Zwei meiner Kameraden hatten schon von mir geredet als einem Mann, der der größten Dinge fähig sei. Im Zuchthaus, müssen Sie wissen, Madame, gilt nichts so viel wie dieser Ruf, nicht mal das Geld. Damit man in dieser Elendsrepublik in Ruhe gelassen wird, genügt ein Mord als Freibrief. Ich habe nichts getan, um diese Meinung zunichte zu machen. Ich war traurig und schicksalsergeben; man konnte sich in meinem Gesichtsausdruck täuschen, und man hat sich getäuscht. Meine düstere Haltung, mein Schweigen sind als Zeichen der Wildheit gedeutet worden. Alle, Sträflinge, Beamte, die Jungen und die Alten haben mich respektiert. Ich war in meinem Saal tonangebend. Nie ist mein Schlaf gestört, nie bin ich der Angeberei verdächtigt worden. Ich habe mich nach ihren Regeln anständig verhalten; nie habe ich eine Gefälligkeit verweigert, nie den geringsten Ekel bezeigt; kurzum, ich habe nach außen hin mit den Wölfen geheult und im Innern zu Gott gebetet. Mein letzter Genosse ist ein zweiundzwanzigjähriger Soldat gewesen, der gestohlen hatte und deshalb desertiert war; den habe ich vier Jahre lang gehabt, wir sind Freunde gewesen; und wo ich auch wäre, auf den kann ich mich verlassen, wenn er rauskommt. Der arme Teufel hieß Guépin, er war kein schlechter Mensch, bloß leichtsinnig; seine zehn Jahre werden ihn heilen. Oh, wenn meine Kameraden herausbekommen hätten, daß ich mich aus Frömmigkeit meinen Qualen unterwarf; daß ich, wenn ich meine Zeit abgesessen hätte, in einem abgelegenen Winkel zu leben gedachte, ohne wissen zu lassen, wo ich steckte, in der Absicht, dieses furchtbare Volk zu vergessen und keinem von ihnen je wieder über den Weg zu laufen, dann hätten sie mich vielleicht in den Wahnsinn getrieben.«

»Aber für einen armen, schwachen jungen Menschen, der sich von einer Leidenschaft hat hinreißen lassen, und dem die Todesstrafe erlassen worden ist . . .«

»Oh, Madame, für Mörder gibt es keine vollständige Begnadigung! Man fängt damit an, die Todesstrafe in zwanzig Jahre Zuchthaus umzuwandeln. Aber gerade für einen jungen Menschen ist das erschreckend! Ich kann Ihnen das Leben nicht schildern, das ihn erwartet; der Tod ist hundertmal besser. Ja, auf dem Schafott zu sterben ist dann ein Glück.«

»Das zu denken habe ich nicht gewagt«, sagte Madame Graslin.

Véronique war bleich geworden, weiß wie eine Kerze. Um ihr Gesicht zu verbergen, lehnte sie die Stirn auf die Balustrade und verharrte so eine Weile. Farrabesche wußte nicht, ob er gehen oder bleiben sollte. Madame Graslin erhob sich, blickte Farrabesche mit einer fast majestätischen Miene an und sagte zu seiner größten Verwunderung zu ihm: »Ich danke Ihnen, mein Freund!« Ihre Stimme griff ihm ans Herz. – »Aber woher haben

Sie den Mut genommen, zu leben und zu leiden?« fragte sie ihn nach einer Pause.

»Ach, Madame, Monsieur Bonnet hatte mir einen Schatz in die Seele gelegt! Daher ist er mir lieber als sonst jemand auf Erden.«

»Auch lieber als Catherine?« fragte Madame Graslin und lächelte mit einer gewissen Bitterkeit.

»Fast genauso lieb.«

»Was hat er denn getan?«

»Madame, die Worte und die Stimme dieses Mannes haben mich gezähmt. Catherine hat ihn zu der Stelle geführt, die ich Ihnen neulich auf dem Gemeindeland gezeigt habe, und er ist ganz allein zu mir gekommen; er sei, hat er mir gesagt, der neue Pfarrer von Montégnac, ich sei sein Pfarrkind, er liebe mich, er wisse, ich sei bloß verirrt und nicht verloren; er wolle mich nicht verraten, sondern retten; kurzum, er hat mir Dinge gesagt, die einen bis zum tiefsten Seelengrund aufwühlen! Und dieser Mann, sehen Sie, Madame, befiehlt einem, das Gute zu tun, mit der Kraft derer, die einen verleiten wollen, das Böse zu tun. Er hat mir verkündet, der liebe, gute Mann, daß Catherine Mutter sei, und ob ich zwei Menschenwesen der Schande und der Verlassenheit preisgeben wolle! – ›Ach was‹, habe ich ihm gesagt, ›es geht ihnen eben wie mir, ich habe keine Zukunft.‹ Er hat mir geantwortet, ich hätte zwei böse Zukünfte vor mir, die im Jenseits und die hienieden, wenn ich mich darauf versteifte, kein anderes Leben anzufangen. Hienieden würde ich auf dem Schafott enden. Wenn ich geschnappt würde, wäre vor Gericht keine Verteidigung möglich. Aber wenn ich mir die Nachsicht der neuen Regierung für Dinge, die mit der Einberufung zum Militärdienst zusammenhingen, zunutze machen wolle, wenn ich mich stellte, dann würde er alles dransetzen, mir das Leben zu retten; er würde einen guten Anwalt für mich ausfindig machen, und der würde mich mit zehn Jahren Zuchthaus herausziehen. Dann hat mir Monsieur Bonnet vom Jenseits gesprochen. Catherine hat geweint wie eine büßende Magdalena. Da, Madame«, sagte Farrabesche und zeigte seine rechte Hand, »auf diese Hand hat sie ihr Gesicht gedrückt, und ich habe gemerkt, daß meine Hand ganz naß wurde. Sie hat mich angefleht, ich solle doch am Leben bleiben! Der Herr Pfarrer hat mir versprochen, mir wie meinem Jungen ein ruhiges, glückliches Dasein zu verschaffen, hier am Ort, und mich vor jeder Kränkung zu schützen. Schließlich hat er mich in der Glaubenslehre unterwiesen wie einen kleinen Jungen. Nach drei nächtlichen Besuchen hatte er mich weich gemacht wie einen Handschuh. Wollen Sie wissen, warum, Madame?«

Hier blickten Farrabesche und Madame Graslin einander an; ihre gegenseitige Spannung war ihnen unerklärlich.

»Ach ja«, fuhr der arme entlassene Zuchthäusler fort, »als er das erstemal wegging, als Catherine mich verlassen hatte, um ihn zurückzuführen, da war ich ganz allein. Da verspürte ich in meiner Seele eine Frische, eine Ruhe, eine Sanftmut, wie ich sie seit meiner Kindheit nicht mehr empfunden hatte. Es war wie das Glück, das die arme Catherine mir geschenkt hatte. Die Liebe dieses gütigen Mannes, der mich aufgesucht, die sorgende Anteilnahme, die er an mir, an meiner Zukunft, an meiner Seele genommen hatte, all das hat mich durchwogt und mich gewandelt. In mir wurde es licht. Solange er mit mir gesprochen, hatte ich widerstrebt. Das war nun mal so. Er war Priester, und mit denen hatten wir Banditen nichts zu schaffen. Aber als ich das Geräusch seiner Schritte und derjenigen Catherines nicht mehr hörte, oh, da wurde ich, wie er mir zwei Tage danach gesagt hat, von der Gnade erleuchtet. Von dieser Stunde an hat mir Gott die Kraft verliehen, alles zu ertragen, das Gefängnis, die Verurteilung, die Ketten und den Abtransport und das Leben im Zuchthaus. Ich baute auf sein Wort wie auf das Evangelium, ich betrachtete meine Leiden als eine Schuld, die abzuzahlen es galt. Wenn ich gar zu sehr litt, sah ich, nach Ablauf von zehn Jahren, dieses Haus im Wald, meinen kleinen Benjamin und Catherine vor mir. Er hat Wort gehalten, der gute Monsieur Bonnet. Aber *ein* Mensch hat mir gefehlt. Catherine ist weder am Zuchthaustor noch auf dem Gemeindeland gewesen. Sie muß vor Kummer gestorben sein. Deshalb bin ich immer traurig. Dank Ihnen kann ich jetzt nützliche Arbeit leisten, und der will ich mich mit Leib und Seele widmen, zusammen mit meinem Jungen; denn für den lebe ich doch . . .«

»Sie lassen mich begreifen, wie der Herr Pfarrer diese Gemeinde hat wandeln können.«

»Oh, ihm widersteht niemand«, sagte Farrabesche.

»Ja, ja, ich weiß es«, antwortete Véronique kurz und verabschiedete Farrabesche durch einen Wink.

Farrabesche zog sich zurück. Véronique verblieb einen Teil des Tages auf der Terrasse und ging auf und ab, trotz des feinen Regens, der bis zum Abend andauerte. Sie war düster gestimmt. Wenn ihr Gesicht sich auf diese Weise verkrampfte, wagten weder ihre Mutter noch Aline, sie anzureden. Sie beachtete auch bei Anbruch der Dämmerung nicht, daß ihre Mutter mit Monsieur Bonnet plauderte, der auf den Einfall kam, diesen schlimmen Schwermutsanfall zu unterbrechen, indem er sie durch ihren Sohn holen ließ. Der kleine Francis lief hin, nahm seine Mutter bei der Hand, und sie ließ sich wegführen. Als sie Monsieur Bonnet erblickte, tat sie eine überraschte Geste, in der ein leichtes Erschrecken zu verspüren war. Der Pfarrer geleitete sie auf die Terrasse zurück und fragte sie: »Nun, Madame, worüber haben Sie denn mit Farrabesche gesprochen?«

Um nicht zu lügen, wollte Véronique nicht antworten, sondern stellte Monsieur Bonnet ihrerseits eine Frage.

»Ist dieser Mann Ihr erster Sieg?«

»Ja«, antwortete er. »Seine Eroberung sollte mir ganz Montégnac in die Hand geben, und ich habe mich nicht getäuscht.«

Véronique drückte Monsieur Bonnet die Hand und sagte ihm mit tränenerstickter Stimme: »Von heute an bin ich Ihr Beichtkind, Herr Pfarrer. Morgen will ich Ihnen eine Generalbeichte ablegen.«

Dieser letzte Ausspruch offenbarte bei dieser Frau eine große innere Anstrengung, einen furchtbaren Sieg, den sie über sich selbst davongetragen hatte; der Pfarrer geleitete sie, ohne etwas zu sagen, zum Schloß zurück und leistete ihr bis zur Stunde des Abendessens Gesellschaft; er sprach mit ihr über die riesigen Verbesserungen in Montégnac.

»Der Ackerbau ist eine Frage des Wetters«, sagte er, »und das Wenige, was ich davon weiß, hat mich begreifen lassen, welch einen Gewinn es bei einem gut ausgenützten Winter geben kann. Jetzt setzt der Regen ein, bald werden unsere Berge mit Schnee bedeckt sein, dann ist, was Sie vorhaben, unmöglich; also treiben Sie Monsieur Grossetête zur Eile an.«

Unmerklich hatte Monsieur Bonnet, der die Kosten der Unterhaltung bestritten und Madame Graslin gezwungen hatte, sich daran zu beteiligen und sich abzulenken, sie dahin gebracht, daß sie sich, als er sie verließ, fast gänzlich von den Aufregungen des Tages erholt hatte. Dennoch meinte die Sauviat, die Tochter sei so aufgeregt, daß sie die Nacht über bei ihr blieb.

Am übernächsten Tag überbrachte ein Eilbote, den Monsieur Grossetête aus Limoges an Madame Graslin geschickt hatte, ihr folgende Briefe.

An Madame Graslin
»Liebes Kind, obwohl es schwierig war, Pferde für Sie ausfindig zu machen, hoffe ich, daß Sie mit den dreien zufrieden sind, die ich Ihnen geschickt habe. Wenn Sie Arbeitspferde oder Kutschpferde brauchen, müssen wir sie uns anderswo verschaffen. Auf alle Fälle indessen ist es besser, wenn Sie Ihre Feldarbeit oder Ihre Transporte mit Ochsen durchführen. Alle Gegenden, wo die landwirtschaftlichen Arbeiten von Pferden geleistet werden, verlieren ein Kapital, wenn das Pferd außer Dienst gestellt wird; wogegen Ochsen, anstatt einen Verlust darzustellen, den Landwirten, die sich ihrer bedienen, noch Gewinn abwerfen.

Ich billige Ihr Unternehmen in allen Punkten, mein Kind; Sie brauchen diese aufreibende Arbeit für Ihre Seele, die sich wider Sie gewandt hat und drauf und dran war, Sie zugrunde zu richten. Aber was Sie mich gebeten hatten, Ihnen außer den Pferden zu beschaffen, nämlich jenen Mann, der imstande wäre, Ihnen zu helfen, und vor allem, Sie zu verstehen, so ist das eine der Seltenheiten, die wir in der Provinz nicht züchten oder die wir dort schwerlich behalten. Überdies haben wir Angst vor diesen Leuten mit überlegener Intelligenz, und wir nennen sie ›Originale‹. Ferner sind die Leute, die zur Kategorie der Wissenschaftler gehören, und aus dieser wollen Sie ja doch Ihren Mitarbeiter beziehen, für gewöhnlich so gescheit und in so fester Stellung, daß ich Ihnen nicht habe schreiben wollen, für wie unmöglich ich einen solchen Fund halte. Sie haben einen Dichter von mir verlangt oder, wenn Sie wollen, einen Narren; aber unsere Narren gehen nun mal alle nach Paris. Ich habe von Ihrem Vorhaben mit jungen Beamten vom Katasteramt gesprochen, mit Unternehmern von Erdarbeiten, mit Leitern von Kanalbauarbeiten, und niemand hat ›Vorteile‹ in dem erblickt, was Sie vorschlagen. Plötzlich nun aber hat mir der Zufall den Mann in die Arme getrieben, den Sie wünschen; es ist ein junger Herr, für den ich etwas tun zu müssen glaube; Sie werden aus seinem Brief ersehen, daß man keine Wohltaten aufs Geratewohl erweisen darf. Das, worüber man auf Erden am meisten nachdenken sollte, ist eine gute Tat. Man weiß nie, ob das, was einen gut dünkt, sich nicht später als ein Übel erweist. Wohltätigkeit ausüben, das weiß ich heute, heißt, Schicksal spielen . . .«

Als Madame Graslin diesen Satz las, ließ sie die Briefe sinken und saß eine Weile nachdenklich da. – »Mein Gott!« sagte sie, »wann wirst du aufhören, mich durch alle Hände zu züchtigen?« Dann nahm sie sich die Briefblätter wieder vor und las weiter.

»Gérard scheint mir einen kühlen Kopf und ein heißes Herz zu haben, also ist er wohl der Mann, der Ihnen nottut. Paris ist gegenwärtig in Gärung durch neue Doktrinen; ich wäre nur zu froh, wenn dieser junge Mensch nicht in die Fallen ginge, die ehrgeizige Köpfe den Instinkten der großherzigen französischen Jugend stellen. Zwar billige ich das stumpfsinnige Provinzleben nicht unbeschränkt; aber ebensowenig könnte ich das leidenschaftliche Pariser Leben billigen, jene Neuerungssucht, die die Jugend auf neue Wege treibt. Sie allein kennen meine Einstellung: Meiner Meinung nach dreht sich die geistige Welt um sich selber wie die materielle Welt. Mein armer Schützling verlangt Unmögliches. Keine Macht könnte einem so heftigen, herrscherlichen, unbedingten Ehrgeiz widerstehen. Ich bin nun mal für das Hausbackene, für Langsamkeit in der Politik, und ich mag die sozialen Umwälzungen nicht, denen alle diese großen Geister sich unterwerfen. Ich vertraue Ihnen meine Prinzipien an, die eines monarchistisch gesonnenen, in Vorurteilen befangenen alten Mannes, weil Sie diskret sind! Hier, unter wackeren Leuten, die, je tiefer sie sinken, desto mehr an den Fortschritt glauben, schweige ich; aber ich leide, wenn ich die nie wieder gutzumachenden Übel sehe, die unserm lieben Land schon angetan worden sind.

Ich habe jenem jungen Mann also geantwortet, es wäre eine seiner würdige Aufgabe. Er wird Sie aufsuchen; und obgleich sein Brief, den ich dem meinen beifüge, Ihnen ermöglicht, ihn zu beurteilen, werden Sie ihn überdies noch kritisch betrachten, nicht wahr? Ihr Frauen erratet vielerlei aus dem Äußern der Menschen. Überdies müssen alle Männer, deren ihr euch bedient, auch die gleichgültigsten, euch gefallen. Wenn er Ihnen nicht genehm ist, können Sie ihn ablehnen; aber wenn er Ihnen behagt, liebes Kind, dann heilen Sie ihn von seinem schlecht getarnten Ehrgeiz, dann lassen Sie ihn sich dem glücklichen, ruhigen Leben auf dem Lande widmen, wo man dauernd Gutes tun kann, wo die Eigenschaften großer, starker Seelen sich ständig betätigen können, wo man tagtäglich in dem, was die Natur hervorbringt, Gründe zur Bewunderung wahrnimmt, und in den wirklichen Fortschritten, in den wirklichen Verbesserungen eine eines Mannes würdige Betätigung. Ich weiß genau, daß große Ideen große Handlungen zeugen; aber da solcherlei Ideen etwas sehr Seltenes sind, finde ich, daß für gewöhnlich die Dinge mehr wert sind als die Ideen. Wer ein Stück Erde fruchtbar macht, wer einen Obstbaum veredelt, wer eine Gras-Sorte einem sterilen Boden anpaßt, steht weit höher als diejenigen, die nach Formeln für die Menschheit suchen. In welcher Hinsicht hat Newtons Wissenschaft das Los der Landbevölkerung geändert? Ach, Liebe, ich habe Sie immer sehr gern gehabt; aber heute, nun ich begreife, was Sie versuchen wollen, bete ich Sie beinah an. Keiner in Limoges hat Sie vergessen; ihr großer Entschluß, den Boden von Montégnac zu verbessern, wird hier bewundert. Wissen Sie uns ein bißchen Dank dafür, daß wir uns darauf verstehen, zu bewundern, was schön ist, und vergessen Sie dabei nicht, daß der erste Ihrer Bewunderer auch Ihr erster Freund ist.

F. Grossetête«

Gérard an Grossetête

»Ich muß Ihnen, Monsieur, traurige Geständnisse machen; aber Sie haben an mir wie ein Vater gehandelt, als Sie nur ein Gönner hätten sein können. Also kann ich sie nur Ihnen sagen, der

Sie aus mir alles gemacht haben, was ich bin. Ich habe mir eine grausige Krankheit zugezogen, eine seelische Krankheit: Ich habe in der Seele Gefühle und im Geist Neigungen, die mich völlig ungeeignet zu dem machen, was Staat oder Gesellschaft von mir wollen. Vielleicht wird Ihnen das als ein Akt der Undankbarkeit erscheinen; dabei ist es ganz einfach ein Akt der Anklage. Als ich zwölf Jahre alt war, da haben Sie, mein großherziger Pate, in dem Sohn eines schlichten Arbeiters eine gewisse Befähigung für die exakten Wissenschaften und einen frühreifen Wunsch zum Vorwärtskommen gewittert; deswegen haben Sie mein Streben nach den höheren Regionen begünstigt, während es doch eigentlich mein Schicksal war, Zimmermann zu bleiben wie mein armer Vater, der nicht lange genug gelebt hat, um seine Freude an meinem Aufstieg zu haben. Ganz sicher, Monsieur, haben Sie recht daran getan, und es vergeht kein Tag, an dem ich Sie nicht segne; daher bin ich es vielleicht, der unrecht hat. Aber möge ich nun recht haben oder mich täuschen, ich leide; und räume ich Ihnen nicht einen hohen Platz ein, wenn ich meine Klagen an Sie richte? Nehme ich da nicht Sie, wie Gott, als höchsten Richter? Jedenfalls vertraue ich mich Ihrer Nachsicht an.

Zwischen meinem sechzehnten und achtzehnten Lebensjahr habe ich mich dem Studium der exakten Wissenschaften auf eine Weise hingegeben, daß ich, wie Sie wissen, darüber krank geworden bin. Meine Zukunft hing von der Aufnahme in die Ecole Polytechnique[98] ab. Während jener Zeitspanne haben meine Arbeiten mein Hirn maßlos angestrengt; ich wäre fast gestorben; ich habe Tag und Nacht studiert; ich glaubte mich stärker, als die Natur meiner Organe es vielleicht zugelassen hätte. Ich wollte Examina mit so guten Ergebnissen hinter mich bringen, daß mir der Platz in der Ecole sicher war, und zwar ein so guter, daß ich ein Anrecht auf Erlaß des Schulgelds besaß; denn dieses zu bezahlen hatte ich Ihnen erübrigen wollen: und ich habe triumphiert! Noch heute zittere ich bei dem Gedanken an die furchtbare ›Einberufung von Gehirnen‹, die alljährlich dem Staat aus Familienehrgeiz preisgegeben werden; jener Ehrgeiz verlegt so grausame Studien in eine Zeit, da der Heranwachsende seine verschiedenen Möglichkeiten des Wachstums vollendet, und muß also unbekannte Unglücksfälle hervorrufen, da beim Lampenlicht gewisse

841

kostbare Fähigkeiten abgetötet werden, die sich später groß und stark entwickelt haben würden. Die Naturgesetze sind unerbittlich, sie weichen weder den Unternehmungen noch den Willensäußerungen der Gesellschaft. Im geistigen Ordnungssystem wie in dem der Natur rächt sich jeder Mißbrauch. Die Früchte, die vor der Zeit von einem Baum im Treibhaus verlangt werden, reifen auf Kosten des Baums oder auf Kosten der Qualität des Hervorgebrachten. La Quintinie[99] hat Orangenbäume zum Absterben gebracht, um Ludwig XIV. allmorgendlich zu jeder Jahreszeit einen Strauß Orangenblüten bringen zu können. Genauso ist es mit den Intelligenzen. Die den Gehirnen Heranwachsender abverlangte Kraft ist ein Diskont auf ihre Zukunft. Unserer Zeit fehlt vor allem der gesetzgeberische Geist. Europa hat seit Jesus Christus bislang keine wahren Gesetzgeber gehabt; Jesus hat kein politisches Gesetzbuch gegeben und also sein Werk unvollendet hinterlassen. Hat es denn vor der Errichtung von Fachschulen und ihrer Methode der Rekrutierung des Schülernachwuchses jene großen Geister gegeben, die in ihrem Kopf die Unermeßlichkeit der totalen Beziehungen einer Institution mit den menschlichen Kräften getragen, die darin die Vorteile und die Unzulänglichkeit ausgewogen hätten, die in der Vergangenheit die Gesetze der Zukunft aufspüren? Hat man sich je Gedanken über das Schicksal der Ausnahmemenschen gemacht, die durch einen fatalen Zufall vor der Zeit Kenntnisse der Wissenschaften besaßen? Hat man deren Seltenheit rechnerisch einbezogen? Hat man die Mittel und Wege erforscht, durch die sie den beständigen Druck des Denkens haben ertragen können? Wie viele sind gleich Pascal[100] vorzeitig gestorben, abgenutzt und verbraucht vom wissenschaftlichen Studium! Hat man das Alter errechnet, in dem diejenigen, die lange lebten, ihre Studien begannen? Wußte man, weiß man in dem Augenblick, da ich dieses niederschreibe, um die innere Beschaffenheit der Gehirne, die den vorzeitigen Ansturm des menschlichen Wissens ertragen können? Ahnt man, daß diese Frage vor allem die Physiologie des Menschen angeht? Nein, ich selber glaube jetzt, daß es die allgemeine Regel ist, lange im vegetativen Zustand des Heranwachsens zu verbleiben. Die Ausnahme, daß sich die Kraft der Organe schon in der Reifezeit ausbildet, hat zumeist als Ergebnis die Verkürzung des Lebens. So kommt es, daß der geniale Mensch, der der vorzeitigen Ausübung seiner Fähigkeiten widerstrebt, eine Ausnahme unter Ausnahmen sein muß. Wenn ich mit den sozialen Gegebenheiten und den Beobachtungen der Mediziner übereinstimme, ist die Methode, die in Frankreich bei der Heranziehung des Nachwuchses für Fachschulen befolgt wird, also eine Verstümmelung nach Art der von La Quintinie vorgenommenen, und sie wird an den schönsten Exemplaren jeder Generation verübt. Aber ich fahre fort, und ich will meine Zweifel jeder Ordnung der Tatsachen zugesellen. Als ich in die Ecole aufgenommen worden war, habe ich abermals und mit noch beträchtlich größerem Eifer gearbeitet, um sie ebenso triumphierend zu verlassen, wie ich in sie eingetreten war. Von meinem neunzehnten bis zu meinem einundzwanzigsten Lebensjahr habe ich durch beständige Übung alle meine Begabungen erweitert, alle meine Fähigkeiten genährt. Jene beiden Jahre waren die Krönung der drei ersten; in den letzteren hatte ich mich lediglich darauf vorbereitet, Gutes zu leisten. Daher war ich über die Maßen stolz, mir das Recht erworben zu haben, unter allen Laufbahnen diejenige zu erwählen, die mir am meisten zusagte; ich konnte Militär- oder Marine-Ingenieur werden, zur Artillerie oder in den Generalstab gehen, mich dem Bergbau zuwenden oder in das Amt für Brücken- und Wegebau eintreten. Aber wie viele junge Menschen unterliegen dort, wo ich triumphiert hatte! Wissen Sie, daß der Staat von Jahr zu Jahr seine wissenschaftlichen Forderungen bezüglich der Ecole steigert, daß die Studien von Semester zu Semester härter und schwieriger werden? Die vorbereitenden Arbeiten, denen ich mich unterzogen hatte, waren nichts im Vergleich zu den verbissenen Studien auf der Ecole, deren Ziel es ist, die Gesamtheit des physikalischen, mathematischen, astronomischen, chemischen Wissens mit ihren Nomenklaturen den Köpfen junger, neunzehn- bis einundzwanzigjähriger Menschen einzubleuen. Der Staat, der sich in Frankreich in vielerlei Hinsicht an die Stelle der väterlichen Macht zu setzen scheint, besitzt weder Herz noch Vaterliebe; er macht seine Experimente *in anima vili*[101]. Nie hat er die grausige Statistik der Leiden angefordert, die er verursacht hat; seit sechsunddreißig Jahren hat er sich nicht um die Zahl der aufgetretenen Hirnhautentzündungen gekümmert, noch um die unter diesen jungen Menschen erfolgten Verzweiflungsausbrüche, noch um die geistigen Zerrüttungen, die ihre Zahl mindern. Ich schildere Ihnen diese schmerzliche Seite der Frage, denn sie ist eine der Vorbedingungen des Endergebnisses: Für ein paar Schwachköpfe steht dieses Ergebnis nahe bevor, anstatt hinausgezögert zu werden. Sie wissen ja, daß Schüler, die ein langsames Auffassungsvermögen haben, oder die durch ein Übermaß an Arbeit vorübergehend geschwächt sind, drei statt zwei Jahre auf der Ecole bleiben können, und daß diese dann Gegenstand einer Beargwöhnung sind, die sich auf ihre Fähigkeiten recht ungünstig auswirkt. Kurzum, es besteht die Möglichkeit für junge Menschen, die sich später als überlegen erweisen, von der Schule abzugehen, ohne Beamte zu werden, weil sie beim Schlußexamen nicht die geforderte Summe an Wissen aufzuweisen vermochten. Die nennt man dann ›Dörrobst‹, und Napoleon machte aus ihnen seine Subalternoffiziere! Heutzutage stellt das ›Dörrobst‹ einen enormen Kapitalverlust für die Familien und verlorene Zeit für das Individuum dar. Aber schließlich, ich selber habe triumphiert! Mit einundzwanzig Jahren besaß ich ein Wissen in der Mathematik bis zu dem Grade, wohin so viele geniale Männer sie gebracht haben, und ich war versessen darauf, mich auszuzeichnen, indem ich deren Arbeit fortsetzte. Dieses Verlangen ist so natürlich, daß fast alle Schüler beim Abgehen die Augen auf die moralische Sonne richten, die wir als Ruhm bezeichnen! Unser aller erster Gedanke ist es gewesen, ein Newton[102], ein Laplace[103] oder ein Vauban[104] zu werden. Das sind die Mühen, die Frankreich den jungen Menschen abverlangt, die diese berühmte Ecole Polytechnique verlassen!

Wollen wir jetzt einmal das Schicksal dieser Menschen betrachten, die so sorgfältig aus einer ganzen Generation ausgesiebt worden sind? Mit einundzwanzig Jahren erträumt man sich das ganze Leben, man ist auf Wunder gefaßt. Ich trat in die Schule für Brücken- und Wegebau ein, ich war Ingenieur-Schüler. Ich studierte die Wissenschaft der Baukonstruktion, und mit welchem Eifer! Sie dürften sich dessen noch erinnern. Im Jahre 1826 habe ich sie verlassen, vierundzwanzig Jahre alt; ich war noch immer bloß Ingenieur-Aspirant; der Staat gab mir monatlich hundertfünfzig Francs. Diese Summe verdient in Paris der kleinste Buchhalter mit achtzehn Jahren und opfert dafür täglich nur vier Stunden seiner Zeit. Durch ein unerhörtes Glück, vielleicht der Auszeichnung wegen, die meine Studien mir hatten zuteil werden lassen, wurde ich 1828 mit fünfundzwanzig Jahren zum Ingenieur ernannt. Man schickte mich, Sie wissen ja, wohin, in eine Unterpräfektur, mit zweitausendfünfhundert Francs Gehalt. Die Geldfrage ist ohne Bedeutung. Freilich, mein Schicksal ist glänzender, als dasjenige eines Zimmermannssohns es gewesen wäre; aber welcher Krämerlehrling, der mit sechzehn in einen Laden gesteckt wird, würde mit sechsundzwanzig nicht auf dem Wege zu einem unabhängigen Vermögen sein? Damals habe ich begriffen, worauf diese schreckliche Entfaltung von Intelligenz, diese gigantischen Anstrengungen hinausliefen, die der Staat verlangt! Der Staat hat mich Pflasterungen oder Steinhaufen an den Landstraßen zählen und ausmessen lassen. Ich habe Rinnen quer über die Straßen, kleine Brückenübergänge unterhalten, ausbessern und gelegentlich bauen, Böschungen regulieren, Chausseegräben reinigen oder ziehen müssen. Im Büro mußte ich Anfragen wegen Begradigungen oder Anpflanzung und Fällen von Chausseebäumen beantworten. Das sind nämlich die wichtigsten und häufig die einzigen Beschäftigungen der Ingenieure, und hinzu kommen von Zeit zu Zeit ein paar Nivellierungsarbeiten, die wir selber durchführen müssen, und die der kleinste unter unsern Bauführern allein schon aus seiner Erfahrung heraus sehr viel besser macht als wir, trotz unserer wissenschaftlichen Kenntnisse. Wir sind an die vierhundert Ingenieure oder Ingenieur-Schüler, und da es nur hundertundeinige Chefingenieure gibt, können nicht alle Ingenieure in diese gehobene Stellung gelangen; außerdem gibt es über dem Chefingenieur keine Stellung mehr, die man anstreben könnte, man kann nicht als Mittel zum Aufsaugen des Nachwuchses mit den zwölf oder fünfzehn Generalinspekteurstellen oder Abteilungsleiterposten rechnen, Stellungen, die in unserm Korps fast ebenso überflüssig sind wie der Rang eines Obersten bei der Artillerie, wo die Batterie die maßgebende Einheit ist. Der Ingenieur wie der Artillerie-Hauptmann verfügt über das ganze erforderliche Wissen; er sollte über sich nur einen Verwaltungschef haben, um die sechsundachtzig staatlichen Ingenieure zusammenzufassen; denn für ein Département genügt ein

845

Ingenieur, dem zwei Aspiranten zur Hand gehen. Die Hierarchie in solcherlei Korps hat als Ergebnis, daß die aktiven Fähigkeiten den dienstälteren erloschenen Fähigkeiten untergeordnet werden, die im Glauben, sie machten es besser, für gewöhnlich die ihnen unterbreiteten Planungen abändern oder entstellen, vielleicht mit dem einzigen Ziel, es nicht zu erleben, daß ihr Vorhandensein in Frage gestellt wird; denn das scheint mir der einzige Einfluß zu sein, den in Frankreich der Generalrat des Amts für Brücken- und Wegebau auf die öffentlichen Arbeiten ausübt. Nehmen wir trotzdem einmal an, ich sei zwischen dreißig und vierzig Jahren Ingenieur erster Klasse, und im Alter von fünfzig Jahren Chefingenieur! Ach, ich sehe meine Zukunft; sie zeichnet sich vor meinen Augen ab! Mein Chefingenieur ist sechzig; er ist, wie ich, mit Auszeichnung von der berühmten Ecole abgegangen; er ist in zwei Départements über dem, was ich tue, alt und grau geworden; er ist dabei der durchschnittlichste Mensch geworden, den man sich vorstellen kann; er ist von all der Höhe, zu der er sich aufgeschwungen hatte, wieder herabgestürzt; und mehr noch, er befindet sich nicht mehr auf der Höhe der Wissenschaft, die Wissenschaft ist weitergeschritten, er jedoch ist stehengeblieben; und mehr noch, er hat vergessen, was er wußte! Der Mann, der mit zweiundzwanzig Jahren mit allen Merkmalen der Überlegenheit hervortrat, hat heute nichts mehr als den Schein davon. Zunächst hat er, da er sich durch seine Ausbildung den exakten Wissenschaften und der Mathematik zugewandt hatte, alles vernachlässigt, was nicht zu ›seinem Fach‹ gehörte. Daher können Sie sich nicht vorstellen, wie weit seine Nullität in allen andern Zweigen menschlichen Wissens geht. Das Rechnen hat ihm Herz und Hirn ausgedörrt. Nur Ihnen wage ich das Geheimnis seiner Nichtigkeit anzuvertrauen, die er mit dem Ruhm der Ecole Polytechnique tarnt. Dieses Etikett macht Eindruck, und auf Grund dieses Vorurteils wagt niemand, seine Befähigung anzuzweifeln. Ihnen allein darf ich sagen, daß das Erlöschen seiner Talente ihn dazu gebracht hat, das Département eine Million statt zweihunderttausend Francs gelegentlich eines einzigen Falles ausgeben zu lassen. Ich habe protestieren und den Präfekten aufklären wollen; aber ein mir befreundeter Ingenieur hat mich auf einen unserer Kollegen aufmerksam gemacht, der durch ein solches Vorgehen das schwarze Schaf in der Verwaltung geworden ist. – ›Würde es dir recht sein, wenn du Chefingenieur wirst und erleben müßtest, daß deine Versehen durch deinen Untergeordneten aufgedeckt würden?‹ hat er mich gefragt. ›Dein Chefingenieur wird Abteilungsinspekteur werden. Sobald einer der Unsern einen schweren Fehler begeht, nimmt die Verwaltung, die natürlich niemals unrecht haben darf, ihn aus dem aktiven Dienst und macht ihn zum Inspekteur.‹ Auf diese Weise wird die dem Talent geschuldete Belohnung der Nichtigkeit zuteil. Ganz Frankreich hat die Katastrophe mit der ersten Hängebrücke[105] mitten in Paris miterlebt, die ein Ingenieur, Mitglied der Akademie der Wissenschaften, hatte errichten wollen, ein trauriger Fall, der durch Fehler verursacht wurde, die weder der Erbauer des Briare-Kanals[106] unter Heinrich IV. noch der Mönch[107] begangen hätten, der den Pont-Royal gebaut hat; die Verwaltung hat jenen Ingenieur dadurch getröstet, daß sie ihn in den Generalrat berief. Sollten die Fachschulen also große Fabriken für die Fertigung von Unfähigkeiten sein? Dieses Thema erfordert lange Betrachtungen. Wenn ich recht hätte, so wäre eine Reform zumindest in den Unterrichtsmethoden erforderlich; denn die Nützlichkeit der Fachschulen wage ich nicht anzuzweifeln. Wenn wir allein schon die Vergangenheit betrachten, sehen wir, daß es Frankreich nie an großen Talenten gemangelt hat, wie der Staat sie braucht, und die er sich heute für seinen Gebrauch nach dem Muster von Monge[108] suchen will. Ist Vauban aus einer andern Schule hervorgegangen als der großen Schule mit Namen ›Berufung‹? Wer war der Lehrer Riquets[109]? Wenn die Genies auf diese Weise aus der Gesellschaft emporschießen und von der Berufung getrieben werden, sind sie nahezu stets vollkommen; der betreffende Mann ist dann nicht nur ein Spezialist, sondern der Gabe der Universität teilhaftig. Ich glaube nicht, daß ein aus der Ecole hervorgegangener Ingenieur je eines der architektonischen Wunder zu bauen vermöchte, die Lionardo da Vinci zu errichten verstand, der gleichzeitig Mechaniker, Architekt und Maler war, einer der Erfinder auf dem Gebiet der Hydraulik, ein unermüdlicher Erbauer von Kanälen. Die aus der Ecole hervorgegangenen Schüler sind von Jugend auf mittels der absoluten Einfachheit der Lehrsätze herangebildet worden; sie büßen den

Sinn für Eleganz und Schmuckwerk ein; eine Säule dünkt sie unnütz, sie kehren zu dem Punkt zurück, wo die Kunst beginnt, indem sie sich an das Nützliche halten. Doch das alles ist nichts im Vergleich zu der Krankheit, die mich aushöhlt! Ich spüre, wie sich in mir die schreckliche Verwandlung vollzieht; ich fühle, wie meine Kräfte und Fähigkeiten hinschwinden; sie waren über die Maßen angespannt und erschlaffen jetzt. Ich lasse mich vom Prosaischen meines Lebens überwältigen. Ich, der ich mich durch die Natur meiner Bemühungen zu großen Dingen bestimmt hatte, sehe mich Auge in Auge den kleinsten gegenüber; ich muß meterweise Kieselsteine abschätzen, Landstraßen kontrollieren, Materiallieferungen bestellen. Keine zwei Stunden am Tag bin ich voll beschäftigt. Ich sehe meine Kollegen heiraten und in eine Lage geraten, die dem Geist der modernen Gesellschaft widerspricht. Ist mein Ehrgeiz denn so maßlos? Ich möchte meinem Land nützlich sein. Das Land hat äußerste Kraftentfaltung von mir gefordert; es hat mich geheißen, ich solle einer der Repräsentanten aller Wissenschaften sein; und jetzt verschränke ich die Arme in der tiefsten Provinz. Es gestattet mir nicht, die Örtlichkeit zu verlassen, in die ich eingepfercht bin, und meine Kräfte dadurch zu üben, daß ich mich an nützlichen Projekten versuche. Eine dunkle und wirkliche Mißgunst ist der sichere Lohn für denjenigen unter uns, der seinen Inspirationen nachgibt und über das hinausgeht, was sein spezieller Dienst von ihm fordert. In diesem Fall ist die einzige Gunst, die ein überlegener Mensch sich erhoffen darf, daß er sein Talent und seine Vermessenheit vergißt, daß er sein Projekt in den Aktenmappen der Direktion begräbt. Welche Belohnung wird Vicat[110] erhalten, derjenige unter uns, der den einzigen wirklichen Fortschritt in der praktischen Wissenschaft der Baukonstruktion veranlaßt hat? Der Generalrat des Amts für Brücken- und Wegebau besteht teilweise aus Leuten, die durch lange und bisweilen ehrenvolle Dienstjahre verbraucht sind, und die nur noch die Kraft zum Ablehnen aufbringen und durchstreichen, was sie nicht mehr verstehen; er ist der Dämpfer, dessen man sich bedient, um alle Projekte kühner Geister zunichte zu machen. Jener Rat scheint geschaffen worden zu sein, um die Arme der schönen Jugend zu lähmen, die nichts als arbeiten, nichts als Frankreich dienen will!

In Paris geschehen Ungeheuerlichkeiten: Die Zukunft einer Provinz hängt von der Bestätigung dieser Zentralisatoren ab, die durch Machenschaften, die Ihnen in den Einzelheiten darzulegen ich nicht die Muße habe, die Ausführung der besten Pläne hemmen; in Wirklichkeit sind die besten diejenigen, die der Habgier der Firmen oder der Spekulanten die meisten Handhaben bieten, die am meisten den Mißbrauch, die Ausnutzung ermöglichen, und die Ausnutzung ist in Frankreich stets stärker als die Bodenverbesserung. Noch fünf Jahre, und ich bin nicht mehr ich selbst, ich sehe, wie mein Ehrgeiz erlischt und ebenso mein nobles Verlangen, die Fähigkeiten zu gebrauchen, die zu entfalten mein Land mich aufgefordert hat; in dem dunklen Winkel, wo ich lebe, setzen sie Rost an. Auch wenn ich mit den glücklichsten Möglichkeiten rechne, erscheint die Zukunft mir gering. Ich habe einen Urlaub dazu benutzt, nach Paris zu reisen; ich will umsatteln, mir eine Gelegenheit zur Nutzung meiner Energie, meiner Talente und meines Dranges nach Betätigung suchen. Ich werde mein Abschiedsgesuch einreichen und in Länder gehen, wo es an Spezialisten auf meinem Gebiet fehlt, und wo diese große Dinge verrichten können. Wenn nichts von alledem möglich ist, stürze ich mich in eine der neuen Lehren, die, wie es scheint, wichtige Veränderungen im gegenwärtigen Gesellschaftsgefüge dadurch anbahnen wollen, daß sie die arbeitende Klasse besser leiten. Was sind wir denn anderes als Arbeiter ohne Werk, als Werkzeuge in einem Laden? Wir sind organisiert, als handele es sich darum, den Erdball um und um zu gestalten, und dabei haben wir nichts zu tun. Ich verspüre in mir etwas Großes, aber es mindert sich, es muß hinschwinden, und das sage ich Ihnen mit mathematischer Unumwundenheit. Bevor ich den Stellungswechsel vornehme, wüßte ich gern Ihre Ansicht; ich betrachte mich als Ihren Sohn und werde niemals wichtige Schritte unternehmen, ohne sie Ihnen zu unterbreiten; denn Ihre Erfahrung gleicht Ihrer Güte. Ich weiß sehr wohl, daß der Staat, nachdem er sich seine Spezialisten verschafft hat, nicht eigens für sie Bauwerke zum Errichten erfinden kann; er hat keine dreihundert Brücken jährlich zu erbauen; und er kann ebensowenig seine Ingenieure Bauwerke errichten lassen, wie er einen Krieg erklärt, um Gelegenheit zum Gewinnen von Schlachten und zum Hervortreten großer Heerführer zu geben; aber da sich stets ein genialer Mensch eingestellt hat, wenn die Umstände nach einem solchen verlangten, und da, sobald viel Geld auszugeben war und große Dinge vollbracht werden mußten, sich aus der Menge stets einer der einzigartigen Männer erhob, wofür als Beispiel allein schon Vauban genügt, beweist nichts besser die Unnötigkeit der ›Institution‹. Kurzum, wenn man durch so ausgiebige Vorbereitungen einen begabten Menschen angestachelt hat, wie sollte man dann nicht verstehen, daß er tausenderlei Anstrengungen macht, ehe er sich für null und nichtig erklären läßt? Ist das gute Politik? Heißt das nicht, brennenden Ehrgeiz entfachen? Hätte man all diesen begierigen Gehirnen sagen sollen, sie vermöchten alles zu errechnen, nur nicht ihr Schicksal? Allein es gibt Ausnahmen unter diesen sechshundert jungen Menschen, starke Männer, die ihrer Abwertung Widerstand entgegensetzen, und ich kenne einige von ihnen; aber wenn man von ihrem Ringen mit den Menschen und mit den Dingen erzählen könnte, wie sie, ausgerüstet mit nützlichen Projekten, mit Konzeptionen, die in reglosen Provinzen Leben und Reichtum erzeugen müßten, dort auf Widerstände stoßen, wo der Staat sie hatte glauben lassen, sie würden Hilfe und Schutz finden, dann würde man den Mann, der etwas kann, den Begabten, dessen Natur ein Wunderwerk ist, hundertmal unglücklicher und bedauernswerter finden als den Mann, dessen verkümmerte Natur sich in die Herabwürdigung seiner Fähigkeiten fügt. Deswegen will ich lieber ein kommerzielles oder industrielles Unternehmen leiten, lieber von wenigem leben und eins der zahlreichen Probleme zu lösen versuchen, deren Bewältigung der Industrie und der Gesellschaft fehlt, als in meiner gegenwärtigen Stellung verbleiben. Sie werden mir sagen, daß mich in meinem Wohnsitz nichts daran hindere, meine intellektuellen Kräfte zu erproben und in der Stille dieses Durchschnittslebens auf die Lösung irgendeines der Menschheit nützlichen Problems bedacht zu sein. Ach, kennen Sie nicht den Einfluß der Provinz und die erschlaffenden Auswirkungen eines Lebens, das gerade zur Genüge ausgefüllt ist, um die Zeit mit nahezu wertlosen Arbeiten hinzubringen, und dennoch nicht genugsam ausgefüllt, um die reichen Mittel auszuwirken, die unsere Ausbildung geschaffen hat? Glauben Sie, lieber

Gönner, nicht, ich würde vom Drang, zu Geld zu kommen oder von einem unsinnigen Verlangen nach Ruhm verzehrt. Ich bin ein zu guter Rechner, um nicht um die Nichtigkeit des Ruhms zu wissen. Die für dieses Leben notwendige Rastlosigkeit läßt mich nicht wünschen, zu heiraten, denn wenn ich meine gegenwärtige Bestimmung betrachte, schätze ich das Dasein nicht hoch genug ein, um dieses kümmerliche Geschenk einem andern Ich zuteil werden zu lassen. Obgleich ich das Geld als eins der mächtigsten Mittel betrachte, die dem sozialen Menschen zum Handeln gegeben sind, so ist es schließlich doch nur ein Mittel. Ich setze also meine einzige Freude in die Gewißheit, meinem Land nützlich zu sein. Mein größter Genuß wäre es, in einem meinen Fähigkeiten entsprechenden Milieu zu wirken. Wenn Sie also in Ihrer Gegend, Ihrem Bekanntenkreis, in dem Raum, in dem Sie glänzen, von einem Unternehmen hören, das einige der Fähigkeiten erfordert, von denen Sie wissen, daß ich sie besitze, so will ich ein halbes Jahr lang auf Ihre Antwort warten. Was ich Ihnen hier schreibe, verehrter Herr und Freund, das denken andere. Ich habe es erlebt, daß viele meiner Kameraden oder ehemalige Schüler, die wie ich in der Falle eines Spezialistenfachs sitzen, Landkartenzeichner, Lehrer an der Kriegsschule, Festungsbaumeister im Hauptmannsrang, die darauf gefaßt sind, bis an ihr Lebensende Hauptleute zu bleiben, bitter bedauern, nicht in den aktiven Heeresdienst übergewechselt zu sein. Kurzum, wir haben uns zu wiederholten Malen unter uns die lange Verblendung eingestanden, deren Opfer wir geworden sind, und deren man erst inne wird, wenn es zu spät ist, ihr zu entrinnen, wenn das Tier ein Teil der Maschinerie geworden ist, die es treibt, wenn der Patient sich an seine Krankheit gewöhnt hat. Als ich mir diese traurigen Ergebnisse richtig vergegenwärtigt hatte, habe ich mir folgende Fragen vorgelegt; ich teile sie Ihnen mit als einem vernünftigen Menschen, der befähigt ist, sie reiflich zu durchdenken, im Wissen, daß sie das Ergebnis von im Feuer der Leiden gereinigten Überlegungen sind. Welches Ziel setzt sich der Staat? Will er fähige Männer erlangen? Die Mittel, die er anwendet, laufen diesem Ziel stracks zuwider; er hat sicherlich die anständigsten Mittelmäßigkeiten geschaffen, die eine der Überlegenheit feindliche Regierung sich nur wünschen kann. Will er auserwählten Intelligenzen eine Laufbahn auftun? Er hat ihnen dazu die minderwertigste Vorbedingung geschaffen: Es gibt unter denjenigen, die die Ecole absolviert haben, keinen einzigen, der nicht zwischen fünfzig und sechzig bedauert hätte, in die Falle gegangen zu sein, die durch die Verheißungen des Staats verhüllt wird. Will er Männer von Genie haben? Welches gewaltige Genie haben denn die Fachschulen seit 1790 hervorgebracht? Hätte Cachin[111], dieses Genie, dem wir Cherbourg verdanken, ohne Napoleon existiert? Der kaiserliche Despotismus hat ihn ausgezeichnet; das konstitutionelle Regime hätte ihn erstickt. Zählt die Akademie der Wissenschaften viele Mitglieder, die aus den Fachschulen hervorgegangen sind? Vielleicht sind zwei oder drei darunter! Das Genie wird sich stets außerhalb der Fachschule enthüllen. Auf den Wissensgebieten, mit denen die Fachschulen sich befassen, gehorcht das Genie stets seinen eigenen Gesetzen; es entwickelt sich nur unter Verhältnissen, über die der Mensch nichts vermag; weder der Staat noch die Wissenschaft vom Menschen, die Anthropologie, kennen sie. Riquet[112], Perronet [113], Lionardo da Vinci, Cachin, Palladio[114], Brunelleschi[115], Michelangelo, Bramante[116], Vauban[117] und Vicat[118] verdanken ihr Genie unerforschten Voraussetzungen, denen wir den Namen ›Zufall‹ geben, dieses Schlagwort der Dummen. Niemals, ob nun mit oder ohne Fachschulen, mangeln diese erhabenen Werkleute ihren Jahrhunderten. Aber werden durch diese Einrichtungen dem Staat die Arbeiten von öffentlichem Nutzen besser oder billiger geleistet? Zunächst kommen Privatunternehmungen sehr gut ohne Ingenieure aus; alsdann aber sind die Arbeiten, die unsere Regierung ausführen läßt, die kostspieligsten und kosten überdies noch den riesigen Verwaltungsapparat des Amts für Brücken- und Wegebau. Kurzum, in anderen Ländern, in Deutschland, in England und in Italien, wo es diese Einrichtungen nicht gibt, werden dergleichen Arbeiten mindestens ebenso gut gemacht und sind billiger als in Frankreich. Diese drei Länder fallen durch neue, nützliche Erfindungen auf diesem Gebiet auf. Ich weiß, es ist Mode, wenn von unsern Fachschulen die Rede ist, zu sagen, Europa beneide uns darum; aber in den fünfzehn Jahren, in denen Europa uns beobachtet, hat es keineswegs ihnen ähnliche geschaffen. England, dieser geschickte Rech-

852

ner, hat in seiner Arbeiterbevölkerung, aus der Männer der Praxis hervorgehen, die im Handumdrehen groß werden, wenn sie sich von der Praxis zur Theorie erheben, bessere Schulen. Stephenson[119] und MacAdam[120] sind nicht aus unsern berühmten Fachschulen hervorgegangen. Aber wozu auch? Wenn junge, geschickte Ingenieure voller Begeisterung und Eifer zu Beginn ihrer Laufbahn das Problem der Instandhaltung der Landstraßen Frankreichs gelöst haben, die alle fünfundzwanzig Jahre Hunderte von Millionen verschlingen und in einem jämmerlichen Zustand sind, so mögen sie getrost gelehrte Werke und Denkschriften veröffentlichen; all das geht im Schlund der Generaldirektion unter, in dieser Pariser Zentralstelle, in die alles hineinfließt und aus der nichts herauskommt, wo alte Männer auf die jungen Leute eifersüchtig sind, wo die gehobenen Stellungen dem alten Ingenieur, der auf einen Holzweg geraten ist, als Ruheposten dienen. So kommt es, daß wir mit einem über ganz Frankreich verbreiteten Korps von Fachkräften, das eins der Räderwerke des Verwaltungsapparats darstellt, das das Land leiten und es über die großen Fragen innerhalb seines Bereichs aufklären müßte, noch über die Eisenbahnen hin und her reden werden, wenn die andern Länder mit dem Bau der ihren längst fertig sind[121]. Denn wenn Frankreich je die Vortrefflichkeit der Fachschulen hätte beweisen müssen, hätte es da nicht in dieser herrlichen Phase der öffentlichen Arbeiten geschehen können, der es bestimmt war, das Antlitz der Staaten zu wandeln und das menschliche Leben durch die Modifizierung der Gesetze von Raum und Zeit zu verdoppeln? Belgien, die Vereinigten Staaten, Deutschland und England haben keine Einrichtungen wie die Ecole Polytechnique; aber sie werden längst Eisenbahnnetze besitzen, wenn unsere Ingenieure noch dabei sind, die unsern auf dem Papier zu entwerfen, wenn der abstoßende Eigennutz, der sich hinter den Projekten verbirgt, deren Ausführung nach wie vor verhindert. Man legt ja doch in Frankreich keinen Stein, ehe nicht zehn Pariser Federfuchser dumme und unnütze Gutachten darüber verfaßt haben. Auf diese Weise hat der Staat keinen Nutzen von seinen Fachschulen; und was den Einzelmenschen betrifft, so sind seine Einkünfte gering und sein Leben ist eine bittere Enttäuschung. Freilich beweisen die Fähigkeiten, die der

Schüler zwischen sechzehn und sechsundzwanzig entfaltete, daß er, wenn er sich selbst überlassen geblieben wäre, sein Geschick größer und reicher gestaltet hätte als das, zu dem die Regierung ihn verurteilt hat. Als Kaufmann, als Gelehrter, als Offizier hätte dieser Elitemensch auf einem umfassenderen Gebiet wirken können, wären seine kostbaren Fähigkeiten und sein Eifer nicht dümmlicherweise und vor der Zeit entkräftet worden. Wo also bleibt der Fortschritt? Der Staat wie der Einzelmensch verlieren unbedingt bei dem gegenwärtigen System. Verlangt nicht die Erfahrung eines halben Jahrhunderts Änderungen in der Betätigung dieser Institution? Was für ein heiliges Amt stellt doch die Verpflichtung dar, in Frankreich aus einer ganzen Generation die Männer auszusieben, die dazu erkoren sind, die Gelehrtenschaft der Nation zu bilden! Welche Studien hätten diese Hohenpriester des Schicksals nicht betreiben müssen! Mathematische Kenntnisse sind ihnen vielleicht nicht so notwendig wie physiologische. Meinen nicht auch Sie, daß dazu etwas wie das Zweite Gesicht gehört, aus dem die Zauberkunst der großen Männer besteht? Die Examinatoren sind ehemalige Lehrer, ehrenwerte, im Dienst ergraute Leute, deren Aufgabe sich darauf beschränkt, die mit dem besten Gedächtnis Begabten herauszufinden; sie können nichts tun, als was von ihnen verlangt wird. Dabei müßten ihre Funktionen die bedeutendsten im Staat sein, und sie dürften nur von Ausnahmemenschen ausgeübt werden. Bitte glauben Sie nicht, verehrter Herr und Freund, daß mein Tadel sich lediglich auf die Ecole Polytechnique beschränkt, die ich absolviert habe; er bezieht sich nicht nur auf die Institution an sich, sondern zugleich und vor allem auf die Art, wie ihr Schüler zugeführt werden. Diese Art ist der ›Wettbewerb‹, eine moderne Erfindung, die ihrem Wesen nach schlecht ist, und zwar schlecht nicht nur auf dem Gebiet der Wissenschaft, sondern überall, wo sie angewandt wird, in den Künsten, bei jeder Auswahl von Menschen, Projekten oder Dingen. Wenn es schon für unsere berühmten Fachschulen ein Unglück ist, daß sie nicht mehr an bedeutenden Menschen hervorgebracht haben, als jede andere Zusammenfassung junger Menschen es getan hätte, so ist es noch weit schmählicher, daß die ersten großen Preise des Institut de France weder einen großen Maler noch einen großen Musiker, noch einen großen Architekten, noch einen großen Bildhauer gezeitigt haben; gerade wie ja auch seit zwanzig Jahren die Wahlen in ihrer Schlammpfütze von Mittelmäßigkeiten keinen einzigen großen Staatsmann ans Ruder gebracht haben. Was ich hier bemerke, zielt auf einen Irrtum, der in Frankreich das Erziehungswesen wie die Politik verdirbt. Dieser üble Irrtum beruht auf folgendem, von den Organisatoren mißverstandenem Prinzip:

›Nichts, weder in der Erfahrung noch in der Natur der Dinge, vermag die Gewißheit zu geben, daß die intellektuellen Qualitäten des Jünglings die des reifen Mannes sein werden.‹

In diesem Augenblick stehe ich mit mehreren ausgezeichneten Männern in Verbindung, die sich mit allen moralischen Erkrankungen beschäftigt haben, von denen Frankreich verzehrt wird. Gleich mir haben sie erkannt, daß das höhere Unterrichtswesen nur eine Zeitlang während Fähigkeiten hervorbringt, weil sie ungenutzt bleiben und keine Zukunft haben; daß die Leuchten, die aus dem niederen Schulwesen hervorgehen, ohne Nutzen für den Staat sind, weil sie der Gläubigkeit und des Gefühls bar sind. Unser gesamtes System des öffentlichen Unterrichtswesens verlangt eine weitgehende Umgestaltung, bei der ein Mann von tiefem Wissen, von mächtiger Willenskraft und dem gesetzgeberischen Genie den Vorsitz führen müßte, wie es unter den Modernen vielleicht einzig im Kopf Jean-Jacques Rousseaus vorhanden gewesen ist. Vielleicht sollte die Überfülle von Spezialfächern im Elementarunterricht angewandt werden, der den Völkern so notwendig ist. Wir besitzen zu wenig geduldige, der Aufopferung fähige Lehrer für die Leitung jener Volksmassen. Die bedauerliche Anzahl von Vergehen und Verbrechen weist auf eine soziale Wunde hin, deren Ursprung in der Halbbildung beruht, die dem Volk vermittelt wird und die sozialen Bande zu sprengen droht, indem sie das Volk zur Genüge nachdenken läßt, um es zur Abkehr vom religiösen Glauben zu veranlassen, der für die Regierung etwas Vorteilhaftes ist, aber es nicht genug nachdenken läßt, um sich zur Theorie des Gehorsams und der Pflicht aufzuschwingen, dem letzten Ziel der Transzendentalphilosophie. Es ist unmöglich, eine ganze Nation Kant studieren zu lassen; überdies sind Glauben und Gewöhnung für die Völker besser als Gelehrsamkeit und Urteilskraft. Wenn ich mein Leben noch einmal von vorn beginnen müßte, würde ich vielleicht in ein Priesterseminar eintreten und ein schlichter Dorfpfarrer oder Gemeindeschullehrer werden. Ich bin auf meinem Wege zu weit fortgeschritten, um nichts als ein schlichter Elementarlehrer zu sein, und außerdem kann ich mich in einem größeren Kreis betätigen als in dem einer Schule oder einer Pfarre. Die Saint-Simonisten, denen mich anzuschließen ich versucht gewesen bin, wollen einen Weg einschlagen, auf dem ich ihnen nicht hätte folgen können; aber trotz ihrer Irrtümer haben sie an mehrere schmerzhafte Punkte, die Ergebnisse unserer Gesetzgebung, gerührt, die man nur mit Scheinmitteln zu heilen versucht, ungenügenden Mitteln, die nichts bewirken, als in Frankreich eine große moralische und politische Krise zu verzögern. Leben Sie wohl, erblicken Sie in all diesem die Versicherung meiner ehrfürchtigen und getreuen Zuneigung, die trotz dieser Ausführungen stets nur noch größer werden kann.

Grégoire Gérard«

Seiner alten Bankiergewohnheit entsprechend hatte Grossetête auf der Rückseite dieses Briefes gleich folgende Antwort entworfen und darunter das feierliche Wort »Beantwortet« geschrieben.

»Es ist um so unnützer, mein lieber Gérard, auf die in Ihrem Brief enthaltenen Ausführungen einzugehen, als ich durch ein Spiel des Zufalls (ich bediene mich dieses Ausdrucks der Dummen) Ihnen einen Vorschlag zu machen habe, der bezweckt, Sie aus der Lage zu befreien, in der Sie sich so unwohl fühlen. Madame Graslin, die Besitzerin der Waldungen von Montégnac und eines ungemein sterilen Plateaus, das sich unterhalb der langen Hügelkette erstreckt, auf der ihr Wald gelegen ist, plant, Nutzen aus diesem riesigen Besitztum zu ziehen, ihre Waldungen auszubeuten und ihre steinigen Ebenen in Ackerland umzuwandeln. Zur Durchführung dieses Vorhabens bedarf sie eines Mannes aus Ihrem Fachgebiet und von Ihrem Betätigungsdrang, der sowohl Ihre uneigennützige Hingabe und Ihre praktisch nutzbaren Ideen besitzt. Es ist dabei wenig zu verdienen und viel Arbeit zu leisten! Ein gewaltiges Ergebnis soll mit kleinen Mitteln erzielt, eine ganze Gegend soll völlig umgewandelt werden! Überfluß aus der größten Kargheit entstehen zu lassen, war das nicht Ihr Wunsch, der Sie eine Dichtung hatten schaffen wollen? Nach dem Klang der Aufrichtigkeit, der in Ihrem Brief herrscht, zögere ich nicht, Ihnen zu sagen, Sie sollten schleunigst zu mir nach Limoges kommen; aber, lieber Freund, reichen Sie nicht Ihr Entlassungsgesuch ein, lassen Sie sich lediglich vom Dienst beurlauben und erklären Sie Ihrer Behörde, Sie wollten sich mit Ihr Fach betreffenden Fragen außerhalb der staatlichen Arbeiten auseinandersetzen. Auf diese Weise verlieren Sie nichts von Ihren Anrechten und haben Zeit, zu beurteilen, ob das von dem Pfarrer von Montégnac ausgeheckte Unternehmen, das Madame Graslin lockt, durchführbar ist. Ich werde Ihnen mündlich die Vorteile auseinandersetzen, die Sie finden könnten, falls die großen Umwandlungen sich als möglich erweisen. Verlassen Sie sich stets auf die Freundschaft Ihres ganz ergebenen

Grossetête«

Madame Graslin antwortete Grossetête lediglich mit den wenigen Worten: »Danke, lieber Freund, ich erwarte Ihren Schützling.« Sie zeigte den Brief des Ingenieurs Monsieur Bonnet und sagte dabei: »Noch ein Verwundeter, der das große Lazarett sucht.«

Der Pfarrer las den Brief, las ihn nochmals, ging zwei- oder dreimal stumm auf der Terrasse auf und ab, und reichte ihn dann Madame Graslin zurück mit den Worten: »Das ist eine schöne Seele und ein höhergearteter Mensch! Er sagt, daß die vom Geist der Revolution geschaffenen Schulen nur Unfähigkeiten fabrizieren; ich selber nenne sie Fertigungsstätten von Ungläubigen; denn wenn Monsieur Gérard kein Atheist ist, dann ist er Protestant...«

»Wir werden ihn fragen«, sagte sie; diese Antwort hatte sie stutzig gemacht.

Vierzehn Tage danach, im Dezember, kam trotz der Kälte Monsieur Grossetête nach Schloß Montégnac, um dort seinen Schützling vorzustellen, den Véronique und Monsieur Bonnet ungeduldig erwartet hatten.

»Ich muß Sie sehr liebhaben, mein Kind«, sagte der alte Herr, nahm Véroniques beide Hände in die seinen und küßte sie mit jener Galanterie der Bejahrten, die die Frauen nie beleidigt, »ja, sehr liebhaben, daß ich bei solchem Wetter Limoges verlassen habe; aber ich habe Wert darauf gelegt, Ihnen Monsieur Grégoire Gérard persönlich als Geschenk zu überreichen. Er ist ein Mann nach Ihrem Herzen, Monsieur Bonnet«, sagte der alte Bankier und begrüßte den Pfarrer herzlich.

Das Äußere Gérards war nicht eben einnehmend. Er war mittelgroß, stämmig, der Kopf steckte ihm in den Schultern, wie man gemeinhin sagt, sein Haar war goldgelb, er hatte rote Albinoaugen und fast weiße Brauen und Wimpern. Obwohl seine Gesichtsfarbe wie stets bei Leuten dieser Art blendend weiß war, hatte sie durch sehr auffällige Blatternarben ihren ursprünglichen Glanz eingebüßt; sicherlich hatte das viele Studieren seine Sehkraft geschwächt; er trug nämlich eine Brille. Als er seinen groben Gendarmenmantel abgelegt hatte, milderte der zum Vorschein kommende Anzug nicht gerade die Anmutlosigkeit seines Äußern. Die Art, wie er seinen Anzug trug und zugeknöpft hatte, sein nachlässig geknüpftes Halstuch, sein nicht ganz frisches Hemd boten die Merkmale der mangelnden Sorgfalt für die eigene Person, den man den mehr oder weniger zerstreuten Wissenschaftlern zum Vorwurf macht. Wie bei nahezu allen Denkern kündeten sein Verhalten und seine Haltung, der Bau des Oberkörpers und die Magerkeit der Beine von einer gewissen körperlichen Entkräftung, die das Grübeln verursacht hatte; aber die Kraft des Herzens und die leidenschaftlich strebende Intelligenz, wovon sein Brief Proben enthalten hatte, leuchteten auf seiner Stirn, von der man hätte sagen können, sie sei aus karrarischem Marmor gemeißelt. Die Natur schien sich diese Stelle vorbehalten zu haben, um dort die offenbaren Merkmale der inneren Größe, der Ausdauer und der Güte dieses Mannes anzubringen. Die Nase war wie bei allen Menschen gallischer Rasse abgeplattet. Sein fester, gerader Mund wies auf absolute Verschwiegenheit hin und auf Sinn für Sparsamkeit; aber das ganze, von den Studien erschöpfte Gesicht war vor der Zeit gealtert.

»Wir haben Ihnen zunächst dafür zu danken, Monsieur«, sagte Madame Graslin zu dem Ingenieur, »daß Sie sich bereit gefunden haben, die Arbeiten in einer Gegend zu leiten, die Ihnen

858

keine Annehmlichkeiten zu bieten vermag außer der Genugtuung, zu wissen, daß man dort Gutes vollbringen kann.«

»Madame«, antwortete er, »Monsieur Grossetête hat mir auf der Herfahrt so viel von Ihnen berichtet, daß ich mich glücklich schätzen würde, wenn ich Ihnen nützlich sein könnte, und daß die Aussicht, in Ihrer und Monsieur Bonnets Nähe zu leben, mich bezaubernd dünkt. Sofern man mich nicht aus dieser Gegend verjagt, rechne ich damit, hier meine Tage zu beschließen.«

»Wir werden versuchen, Sie nicht anderer Meinung zu machen«, sagte Madame Graslin lächelnd.

»Hier«, sagte Grossetête zu Véronique, die er beiseite gezogen hatte, »sind Papiere, die der Generalstaatsanwalt mir übergeben hat; er ist sehr erstaunt gewesen, daß Sie sich nicht unmittelbar an ihn gewandt haben. Alles, um was Sie gebeten haben, ist rasch und getreulich durchgeführt worden. Erstens wird Ihr Schützling wieder in alle seine Bürgerrechte eingesetzt; und zweitens wird Ihnen Catherine Curieux binnen dreier Monate hergeschickt.«

»Wo ist sie denn?« fragte Véronique.

»Im Hospital Saint-Louis«, antwortete der alte Herr. »Ihre Genesung muß abgewartet werden, ehe sie Paris verlassen darf.«

»Oh! Das arme Mädchen ist krank!«

»Hierin werden Sie alle wünschenswerten Auskünfte finden«, sagte Grossetête und überreichte Véronique ein Päckchen.

Sie ging wieder zu ihren Gästen, um sie in das prächtige Eßzimmer des Erdgeschosses zu führen; sie wurde von Grossetête und Gérard, denen sie den Arm gereicht hatte, hineingeleitet. Sie selbst trug das Essen auf, nahm aber nicht daran teil. Seit ihrer Ankunft in Montégnac hatte sie es sich zur Regel gemacht, alle Mahlzeiten allein einzunehmen, und Aline, die um das Geheimnis dieses Vorrechts wußte, hütete es fromm bis zu dem Tag, da ihre Herrin in Todesgefahr schwebte.

Natürlich waren der Bürgermeister, der Friedensrichter und der Arzt von Montégnac eingeladen worden.

Der Arzt, ein junger Mann von siebenundzwanzig Jahren namens Roubaud hatte inständig gewünscht, die im ganzen Limousin berühmte Frau kennenzulernen. Den Pfarrer hatte es um so mehr gefreut, diesen jungen Mann im Schloß einzuführen, als ihn danach verlangt hatte, für Véronique etwas wie einen geselligen Kreis zu schaffen, um sie zu zerstreuen und um ihrem Geist Nahrung zu geben. Roubaud war einer der jungen, hochgebildeten Ärzte, wie sie gegenwärtig aus der Ecole de Médecine[122] zu Paris hervorgehen, und der sicherlich auf dem weiten Schauplatz der Hauptstadt hätte glänzen können; aber das ehrgeizige Treiben in Paris hatte ihn erschreckt, überdies hatte er gefühlt, daß er mehr Wissen als Intrigantentum, mehr Befähigung als Geldgier besitze, und so hatte sein sanfter Charakter ihn auf den begrenzten Schauplatz der Provinz zurückgeführt, wo er vielleicht hoffte, schneller als in Paris Anerkennung zu finden. In Limoges war er auf eingewurzelte Gewohnheiten und unerschütterliche Patientencliquen gestoßen; also hatte er sich von Monsieur Bonnet gewinnen lassen, der ihn auf Grund seines sanften, zuvorkommenden Gesichts als einen derjenigen einschätzte, die ihm angehören und an seinem Werk mitarbeiten sollten. Roubaud war klein und blond und hatte eine ziemlich fade Miene; aber seine grauen Augen zeugten von dem Tiefblick des Psychologen und von der Zähigkeit fleißiger Menschen. Montégnac hatte nur einen ehemaligen Regimentswundarzt besessen, der mehr mit seinem Weinkeller als mit seinen Patienten beschäftigt und zudem zu alt war, um den harten Beruf eines Landarztes noch weiterhin ausüben zu können. Jetzt lag er im Sterben. Roubaud wohnte seit anderthalb Jahren in Montégnac und war dort beliebt geworden. Aber dieser junge Schüler Despleins[123] und der Nachfolger Cabanis'[124] war kein gläubiger Katholik. In bezug auf die Religion verharrte er in einer tödlichen Gleichgültigkeit, von der er nicht ablassen wollte. Daher brachte er den Pfarrer zur Verzweiflung; zwar richtete er nicht das mindeste Unheil an, er sprach nie über religiöse Dinge, seine Tätigkeit rechtfertigte sein beständiges Fehlen in der Kirche; zudem war er gänzlich unbefähigt zum Proselytenmachen; er verhielt sich, wie der beste Katholik es getan hätte; aber er hatte es sich untersagt, über ein Problem nachzugrübeln, von dem er meinte, es liege außerhalb des menschlichen Fassungsvermögens. Wenn der Pfarrer den Arzt sagen hörte, der Pantheismus sei die Religion aller großen Geister, glaubte er ihn den Dogmen des Pythagoras von der Seelenwanderung geneigt. Roubaud, der Madame Graslin zum erstenmal sah, empfand bei ihrem Anblick eine heftige Erschütterung; sein ärztliches Wissen ließ ihn in ihrer Physiognomie, ihrer Haltung, in den Verheerungen des Antlitzes unerhörte seelische und körperliche Leiden ahnen, einen Charakter von übermenschlicher Kraft, sowie große Fähigkeiten, die dazu dienen, die mannigfachsten Schicksalsumschwünge zu ertragen; er gewahrte darin alles, auch die dunkelsten und absichtlich verborgen gehaltenen Räume. So bemerkte er auch das Leid, das das Herz dieses schönen Geschöpfs verzehrte; denn gerade wie die Farbe einer Frucht das Vorhandensein eines nagenden Wurms vermuten läßt, erlauben gewisse Tönungen des Gesichts den Ärzten, einen vergiftenden Gedanken zu erkennen. Von diesem Augenblick an schloß Monsieur Roubaud sich so innig an Madame Graslin an, daß er fürchtete, er werde sie über eine schlichte, erlaubte Freundschaft hinaus liebgewinnen. Die Stirn, der Gang und zumal der Blick Véroniques hatten eine Beredsamkeit, die die Männer stets verstehen, und die genauso nachdrücklich sagte, sie sei für die Liebe abgestorben, wie andere Frauen vermöge einer anders gearteten Beredsamkeit das Gegenteil behaupten; im Nu weihte der Arzt ihr eine ritterliche Verehrung. Er wechselte einen raschen Blick mit dem Pfarrer. Da sagte sich Monsieur Bonnet: »Das ist der Donnerschlag, der diesen armen Ungläubigen wandeln wird. Madame Graslin wird mehr Beredsamkeit aufbringen als ich.«

Der Bürgermeister, ein alter Bauer, sperrte über den Luxus dieses Eßzimmers Mund und Nase auf und war überrascht, daß er mit einem der reichsten Männer des Départements an einem Tisch saß; er hatte seine beste Kleidung angelegt, aber er fühlte sich darin ein bißchen unbehaglich, wodurch seine innere Unsicherheit noch größer wurde; Madame Graslin in ihrem Trauerkleid machte überdies noch großen Eindruck auf ihn; so spielte er eine stumme Rolle. Er war ein früherer Pächter aus Saint-Léonard, hatte das einzige bewohnbare Haus des Marktfleckens gekauft und bestellte die dazu gehörenden Äcker selber. Zwar konnte er lesen und schreiben, konnte jedoch seine Amtspflichten nur mit Hilfe des Schreibers am Friedensgericht erfüllen, der alles Diesbezügliche für ihn vorbereitete. Daher wünschte er inständig die Schaffung einer Notarstelle, um auf diesen Beamten die Bürde seiner Obliegenheiten abwälzen zu können. Allein die Armut des Bezirks Montégnac machte die Einrichtung einer Notarkanzlei zu etwas beinah Überflüssigem, und so wurde die Einwohnerschaft von den Notaren der Hauptstadt des Arrondissements ausgebeutet.

Der Friedensrichter hieß Clousier; er war früher in Limoges Advokat gewesen; aber die Prozesse hatten vor ihm Reißaus genommen; er hatte nämlich das schöne Axiom in die Praxis umsetzen wollen, daß der Advokat der erste Richter des Klienten und des Prozesses sei. Um 1809 hatte er seinen jetzigen Posten bekommen, dessen magere Einkünfte ihm zu leben gestatteten. Inzwischen war er in ein höchst ehrenhaftes, aber denkbar großes Elend geraten. Nachdem der biedere Mann zweiundzwanzig Jahre lang in dieser armen Gemeinde gelebt hatte, war er Bauer geworden und sah in seinem Gehrock fast so aus wie die Pächter der Umgegend. Unter dieser gewissermaßen grobschlächtigen Außenseite verbarg Clousier einen hellsichtigen Geist; er hing hohen politischen Gedanken nach, war aber in völlige Unbekümmertheit verfallen, die er seiner vollkommenen Kenntnis der Menschen und ihres Eigennutzes verdankte. Dieser Mann, der lange Zeit hindurch den Scharfblick Monsieur Bonnets getäuscht hatte, und der in einer höheren Sphäre an L'Hospital[125] erinnert hätte, war, wie alle wahrhaft tiefen Naturen zu keiner Intrige fähig; er war dahin gelangt, daß er das beschauliche Dasein der alten Einsiedler lebte. Durch seine Anspruchslosigkeit war er wohl reich geworden; keine Rücksichtnahme konnte seinen Geist beeinflussen; er kannte sich in den Gesetzen aus und urteilte unparteiisch. Seine auf das Allernotwendigste beschränkte Lebensführung war sauber und regelmäßig. Die Bauern mochten Monsieur Clousier und schätzten ihn um der väterlichen Selbstlosigkeit willen, mit der er ihre Zwistigkeiten schlichtete und sie in allen Kleinigkeiten beriet. Der wackere Clousier, wie er in ganz Montégnac genannt wurde, hatte seit zwei Jahren als Schreiber einen seiner Neffen bei sich, einen ziemlich intelligenten jungen Menschen, der in der Folgezeit viel zum Gedeihen des Bezirks beigetragen hat. Das Gesicht dieses alten Herrn fiel durch eine breite, hohe Stirn auf. An jeder Seite seines kahlen Schädels standen struppig zwei weiße Haarbüschel ab. Seine lebhafte

Gesichtsfarbe und sein wohlgerundeter Bauch hätten den Glauben erwecken können, er huldige, trotz seiner Mäßigkeit, ebensosehr Bacchus wie Troplong[126] und Toullier[127]. Seine fast erloschene Stimme deutete auf asthmatische Beklemmungen hin. Vielleicht hatte die trockene Luft von Ober-Montégnac dazu beigetragen, daß er sich in diesem Dorf niedergelassen hatte. Er wohnte dort in einem Häuschen, das ein ziemlich reicher Holzschuhfabrikant, dem es gehörte, für ihn hatte herrichten lassen. Clousier hatte Véronique bereits in der Kirche gesehen und sich ein Urteil über sie gebildet, ohne seine Gedanken jemandem mitgeteilt zu haben, nicht einmal Monsieur Bonnet, mit dem sich zu befreunden er begonnen hatte. Jetzt sollte der Friedensrichter sich zum erstenmal in seinem Leben in einem Kreis von Menschen befinden, die imstande waren, ihn zu verstehen.

Als diese sechs Leute an dem reichgedeckten Tisch Platz genommen hatten, denn Véronique hatte ihren gesamten Hausrat von Limoges nach Montégnac geschickt, empfanden sie kurze Zeit eine gewisse Verlegenheit. Der Arzt, der Bürgermeister und der Friedensrichter kannten weder Grossetête noch Gérard. Doch während des ersten Ganges brachte die Wohlgelauntheit des alten Bankiers unmerklich das Eis einer ersten Begegnung zum Schmelzen. Dann riß die Liebenswürdigkeit der Madame Graslin Gérard mit sich fort und machte Monsieur Roubaud Mut. Unter ihrer Leitung erkannten diese von erlesenen Werten erfüllten Seelen ihre Verwandtschaft. Bald fühlte ein jeder sich in einer sympathischen Umgebung. So geschah es, daß, als der Nachtisch aufgetragen wurde, als das Kristall und das goldgerandete Porzellan funkelten, als edle Weine die Runde machten, die Aline, Champion und Grossetêtes Diener einschenkten, die Unterhaltung so vertraulich wurde, daß die vier überdurchschnittlichen Herren, die der Zufall zusammengeführt hatte, einander ihre wahre Meinung über wichtige Themen sagten, Themen, über die man gern spricht, wenn man einander als vertrauenswürdig erkannt hat.

»Ihre Beurlaubung ist mit der Juli-Revolution zusammengefallen«, sagte Grossetête mit einer Miene zu Gérard, als wolle er ihn um seine Meinung befragen.

»Ja«, antwortete der Ingenieur. »Ich war während der drei

863

berühmten Tage in Paris, ich habe alles mitangesehen; ich habe traurige Dinge daraus gefolgert.«

»Und welche?« fragte Monsieur Bonnet lebhaft.

»Es gibt nur noch unter schmutzigen Hemden Partiotismus«, entgegnete Gérard. »Das ist Frankreichs Untergang. Der Juli stellt die freiwillige Niederlage derer dar, die durch Namen, Reichtum und Talent in Amt und Würden waren. Die opferwilligen Massen haben den Sieg über die reichen und intelligenten Klassen davongetragen, denen Aufopferung unsympathisch ist.«

»Wenn man nach dem urteilt, was seit einem Jahr geschieht«, fiel Monsieur Clousier, der Friedensrichter, ein, »ist diese Umwälzung eine Prämie, die dem Übel gegeben worden ist, das uns verzehrt, nämlich dem Individualismus. Heute in fünfzehn Jahren wird jede hochherzige Frage mit: ›Was geht mich das an?‹ beantwortet werden, dem Schlagwort der Willensfreiheit, die von den religiösen Höhen, in die Luther, Calvin[128], Zwingli[129] und Knox[130] sie hatten hinaufführen wollen, bis in die Volkswirtschaft hinabgesunken ist. ›Jeder für sich; jeder in seinen vier Wänden‹, diese beiden schrecklichen Redensarten werden mit dem ›Was geht mich das an?‹ die dreifache Weisheit des Bürgers und des kleinen Grundbesitzers bilden. Dieser Egoismus ist das Ergebnis der Fehler unserer bürgerlichen Gesetzgebung, die ein bißchen gar zu hastig durchgeführt wurde, und der die Juli-Revolution unlängst eine furchtbare Weihe gegeben hat.«

Nach diesem Kernspruch, dessen Beweggründe die Tafelnden lange beschäftigen sollten, versank der Friedensrichter wieder in sein gewohntes Schweigen. Monsieur Bonnet war durch Clousiers Äußerung und durch den Blick, den Gérard und Grossetête gewechselt hatten, kühn geworden; er wagte sich noch weiter vor.

»Der gute König Karl X.«, sagte er, »ist bei dem einsichtsvollsten und heilsamsten Unternehmen gescheitert, das je ein Monarch für das Wohl der ihm anvertrauten Völker eingeleitet hat; die Kirche muß stolz auf den Anteil sein, den sie bei seinen Ratssitzungen gehabt hat. Aber es hat den oberen Klassen an Herz und Geist gemangelt, wie auch schon, als es um die große Frage des Gesetzes über das Erstgeburtsrecht[131] ging, das dem einzigen kühnen Staatsmann, den die Restauration besessen hat, dem Grafen de Peyronnet[132] ewig zur Ehre gereichen wird. Die Nation durch die Familie zu erneuern, der Presse ihre vergiftende Tätigkeit zu untersagen und ihr nur das Recht zu lassen, nützlich zu sein, die gewählte Kammer in ihre wirklichen Befugnisse zurückzuversetzen, der Religion ihre Macht über das Volk zurückzuerstatten, das sind die vier Kardinalpunkte der Innenpolitik des Hauses Bourbon gewesen. Warten Sie nur ab, heute in zwanzig Jahren wird ganz Frankreich die Notwendigkeitkeit dieser großen, gesunden Politik eingesehen haben. König Karl X. war übrigens mehr bedroht in der Situation, aus der er herauswollte, als in der, in der seine väterliche Macht zugrunde gegangen ist. Die Zukunft unseres schönen Landes, wo periodisch alles in Frage gestellt wird, wo man unaufhörlich diskutieren wird, anstatt zu handeln, wo die selbstherrlich gewordene Presse zum Werkzeug des niedrigsten Ehrgeizes werden wird, wird die Weisheit dieses Königs beweisen, der unlängst die wahren Regierungsgrundsätze mit sich in die Ferne genommen hat, und die Geschichtsschreibung wird ihm den Mut zugute halten, mit dem er seinen besten Freunden Widerstand leistete, nachdem er die Wunde sondiert, ihre Tiefe erkannt und die Notwendigkeit der Heilmittel eingesehen hatte, deren Anwendung von denen nicht befürwortet wurde, für die er in die Bresche sprang.«

»Na, Herr Pfarrer, Sie legen sich offenherzig und ohne die mindeste Einschränkung ins Zeug«, rief Gérard. »Aber ich möchte Ihnen nicht widersprechen. Napoleon war mit seinem Rußland-Feldzug dem Geist seines Jahrhunderts um vierzig Jahre voraus; er ist nicht verstanden worden. Das Rußland und das England von 1830 sind die Erklärung für den Feldzug von 1812. Karl X. hat das gleiche Unglück ausgekostet: in fünfundzwanzig Jahren werden seine ›Ordonnanzen‹[133] vielleicht Gesetze werden.«

»Frankreich ist zu redegewandt, um nicht geschwätzig zu sein, zu sehr von Eitelkeit erfüllt, als daß es die wahren Talente zu erkennen vermöchte; trotz der wunderbaren Vernunft seiner Sprache und seiner Massen das letzte aller Länder, in denen das System der beiden beratenden Versammlungen hätte zugelassen werden dürfen«, fuhr der Friedensrichter fort. »Zumindest hätten die Unzulänglichkeiten unseres Nationalcharakters durch die bewundernswerten Beschränkungen, die Napoleons Erfahrung ihnen entgegengestellt hatte, bekämpft werden müssen. Dieses System kann noch in Kauf genommen werden in einem Lande, dessen Tatkraft durch die Bodenbeschaffenheit Grenzen gesetzt sind, wie in England; aber das Erstgeburtsrecht, wenn es auf die Übertragung von Grund und Boden angewandt wird, ist stets notwendig, und wenn jenes Recht abgeschafft wird, dann wird das System der Volksvertretung zum Wahnwitz. England verdankt seine Existenz sozusagen einem Feudalgesetz, das den Grund und Boden und den Wohnsitz der Familie den ältesten Söhnen zuerkennt. Rußland beruht auf dem Feudalrecht der Autokratie. Daher befinden sich diese beiden Nationen heutzutage auf dem Weg eines erschreckenden Fortschritts. Österreich hat unseren Invasionen nicht Widerstand leisten können, aber es hat den Krieg gegen Napoleon nur auf Grund des Erstgeburtsrechts wieder beginnen können, das die wirkenden Kräfte der Familie bewahrt und die dem Staat notwendigen großen Produktionen aufrechterhält. Das Haus Bourbon, das spürte, wie es durch die Schuld des Liberalismus zu etwas Drittrangigem in Europa hinabglitt, wollte sich in seiner Stellung behaupten, und das Land hat es in dem Augenblick gestürzt, da es das Land gerettet hatte. Ich weiß nicht, wie tief uns das gegenwärtige System absinken lassen wird.«

»Sollte es zum Krieg kommen, so steht Frankreich ohne Pferde da wie Napoleon im Jahr 1813; er war als einzige Bezugsquelle für den Nachschub auf Frankreich angewiesen, hat seine beiden Siege bei Lützen[134] und Bautzen[135] nicht ausnützen können und ist dann bei Leipzig vernichtet worden«, rief Grossetête. »Bleibt der Friede erhalten, dann wird das Übel nur desto größer: In fünfundzwanzig Jahren wird Frankreichs Rinder- und Pferdebestand auf die Hälfte zurückgegangen sein.«

»Monsieur Grossetête hat recht«, sagte Gérard. »Daher ist das Werk, das Sie hier versuchen wollen, Madame«, fuhr er, zu Véronique gewandt, fort, »ein Dienst, den Sie dem Land erweisen.«

»Ja«, sagte der Friedensrichter, »weil Madame nur einen Sohn hat. Aber wird der Zufall es stets bei dieser Erbfolge belassen? Während einer gewissen Zeitspanne wird die große, prachtvolle

Bodenkultur, die Sie hoffentlich schaffen werden, da sie nur einem einzigen Besitzer gehört, fortlaufend Hornvieh und Pferde hervorbringen. Aber dennoch wird einmal ein Tag kommen, da die Waldungen und die Weidewiesen entweder geteilt oder in Parzellen verkauft werden. Von Teilung zu Teilung werden die sechstausend Morgen Ihrer Ebene tausend oder zwölfhundert Besitzer haben, und von da an ist es aus mit Pferden und Großvieh.«

»Ach, in jenen Zeiten . . .«, sagte der Bürgermeister.

»Da hören Sie das: ›Was geht mich das an?‹, auf das Monsieur Clousier hingewiesen hatte«, rief Monsieur Grossetête, »da ist es auf frischer Tat ertappt worden! Aber«, fuhr der Bankier ernsten Tons fort und sprach jetzt zu dem verdutzten Bürgermeister, »diese Zeit ist bereits hereingebrochen! Auf zehn Meilen im Umkreis von Paris kann das bis ins unendliche zerteilte Land kaum noch die Milchkühe ernähren. Die Gemeinde Argenteuil[136] besteht aus dreißigtausendachthundertfünfundachtzig Parzellen, von denen manche noch nicht fünfzehn Centimes Einnahmen bringen. Ohne die riesigen Pariser Düngemittel, die die Erzielung von hochwertigem Viehfutter ermöglichen, weiß ich nicht, wie die Züchter sich aus der Affäre ziehen sollten. Dabei läßt dieses Kraftfutter und der dauernde Aufenthalt der Kühe im Stall sie an Entzündungskrankheiten[137] sterben. Rings um Paris verwendet man die Kühe wie in den Straßen die Pferde. Kulturen, die produktiver sind als die Heugewinnung, nämlich Gemüse- und Obstbau, Baumschulen und Weinbau verdrängen dort die Wiesen. Noch ein paar Jahre, und die Milch kommt per Post nach Paris, wie die Seefische. Was sich rings um Paris vollzieht, findet auch in der Umgebung aller Großstädte statt. Die Seuche der übertriebenen Teilung des Grundbesitzes erstreckt sich in Frankreich über hundert Städte und wird es eines Tages gänzlich aufzehren. Nach Chaptal[138] hat man im Jahre 1800 kaum zwei Millionen Hektar Rebpflanzungen gezählt; eine genaue Statistik würde heute mindestens zehn ergeben. Wird die Normandie durch das System unserer Erbfolge bis ins unendliche zerteilt, so wird sie die Hälfte ihrer Produktion an Pferden und Rindern einbüßen; aber sie wird das Milchmonopol für Paris erhalten, denn zum Glück setzt sich ihr Klima dem Weinbau entgegen. Auch das ständige Steigen der Fleischpreise wird dann ein merkwürdiges Phänomen darstellen. 1850, also heute in zwanzig Jahren, wird Paris, das 1814 für das Pfund Fleisch sieben bis elf Sous zahlte, dafür zwanzig Sous zahlen, sofern nicht ein Genie auftritt, das die Gedanken Karls X. durchzuführen weiß.«

»Sie haben den Finger auf die große Wunde Frankreichs gelegt«, entgegnete der Friedensrichter. »Die Ursache des Übels liegt in den Paragraphen über das Erbrecht im Code civil, die eine gleichmäßige Teilung der Güter vorschreiben. Das ist die Stampfe, durch deren beständige Einwirkung der Boden zerbröckelt, die Vermögen individualisiert werden, wodurch sie die notwendige Stabilität einbüßen, die Stampfe, die immerfort zerstückelt, ohne je wieder zusammenzufügen, und die schließlich Frankreich umbringen wird. Die Französische Revolution hat einen zerstörenden Virus verbreitet, dem die Julitage unlängst eine neue Aktivität haben zuteil werden lassen. Dieses ansteckende Gift hat als Ursache die Zulassung des Bauern zum Grundbesitz. Wenn die Paragraphen über das Erbrecht die Ursache des Übels sind, so ist der Bauer das Mittel dazu. Der Bauer rückt nichts von dem heraus, was er erobert hat. Wenn dieser Gattung Mensch ein Stück Erde in den stets aufgesperrten Rachen fällt, so zerkleinert sie es so lange, bis es nur noch aus drei Furchen besteht. Und nicht einmal dann wird haltgemacht! Sie teilt die drei Furchen quer durch, wie der Herr uns vorhin am Beispiel der Gemeinde Argenteuil bewiesen hat. Der unsinnige Wert, den der Bauer den kleinsten Parzellen beimißt, macht die ›Flurbereinigung‹ unmöglich. Rechtsgang und Recht sind durch jene Teilung außer Kurs gesetzt worden; Eigentum wird zum Unsinn. Aber es ist noch gar nichts, wenn man mitansieht, wie die Macht des Fiskus und des Gesetzes über die Parzellen hinschwindet, die Parzellen, die die vernünftigsten Verfügungen unmöglich machen; es gibt noch weit größere Übel. Man hat nämlich mit Grundbesitzern zu rechnen, die fünfzehn oder fünfundzwanzig Centimes Einkommen haben! Der Herr dort«, sagte er und deutete auf Grossetête, »hat uns vorhin von der Abnahme der Rinder- und Pferdezucht erzählt, daran trägt das gesetzliche System viel Schuld. Der zum Grundbesitzer gewordene Bauer hält nur Kühe, die liefern ihm Nahrung, die Kälber verkauft er, er verkauft sogar die Butter; Ochsen zu züchten, darauf verfällt er nicht, noch weniger auf Pferdezucht; aber da er niemals genug Viehfutter erntet, um ein Jahr der Dürre zu überdauern, schickt er seine Kuh, wenn er sie nicht mehr ernähren kann, auf den Markt. Wenn durch eine fatale Fügung die Heuernte zwei Jahre hintereinander ausfiele, würden Sie im dritten Jahr in Paris sonderbare Preisveränderungen für Ochsenfleisch, besonders aber für Kalbfleisch erleben.«

»Wie wird man dann die patriotischen Bankette[139] durchführen?« fragte lächelnd der Arzt.

»Oh!« rief Madame Graslin und blickte Roubaud an, »kann die Politik denn nie ohne Zeitungskalauer auskommen, nicht einmal hier?«

»Die Bourgeoisie«, fuhr Clousier fort, »spielt bei dieser schweren Aufgabe die Rolle der Pioniere in Amerika. Sie kauft die großen Güter auf, gegen die der Bauer nichts unternehmen kann, und zerteilt sie; und wenn sie sie dann zerkleinert und zerstückelt hat, liefert die gerichtliche oder freiwillige Versteigerung sie früher oder später den Bauern aus. All das läßt sich heutzutage in Ziffern zusammenfassen. Ich kenne keine, die deutlicher sprächen als die folgenden: Frankreich besteht aus neunundvierzig Millionen Hektar, die auf vierzig zu reduzieren angemessen ist; man muß nämlich die Wege, die Landstraßen, die Dünen, die Kanäle und die unfruchtbaren, unbestellten oder die von den Kapitalisten vernachlässigten Landstriche wie die Ebene von Montégnac abziehen. Nun aber kommen auf vierzig Millionen Hektar für zweiunddreißig Millionen Bewohner im Grundsteuerregister hundertfünfundzwanzig Millionen Parzellen. Die Zahlen hinter dem Komma habe ich ausgelassen. Auf diese Weise sind wir über das Agrargesetz hinaus und weder am Ende des Elends noch der Zwietracht! Diejenigen, die den Grund und Boden zerkrümeln und die Produktion mindern, werden sich Organe zulegen, um laut herauszuschreien, daß die wahre soziale Gerechtigkeit darin bestehe, jedem nur die Nutznießung seines eigenen Bodens zuzugestehen. Sie werden sagen, dauernder Besitz sei Diebstahl! Die Saint-Simonisten haben schon damit angefangen.«

»Der Richter hat gesprochen«, sagte Grossetête, »das Folgende fügt der Bankier diesen beherzten Bemerkungen hinzu. Dadurch, daß der Grundbesitz dem Bauern und dem Kleinbürger zugänglich gemacht wurde, ist Frankreich ein ungeheurer Schaden zugefügt worden, den nicht einmal die Regierung ahnt. Man kann die Masse der Bauern auf drei Millionen Familien schätzen, die Bedürftigen nicht mitgerechnet. Diese Familien leben vom Lohn. Dieser Lohn wird in Geld ausgezahlt, anstatt in Lebensmitteln ...«

»Ein weiterer riesiger Fehler in unserer Gesetzgebung«, rief Clousier dazwischen. »Die Möglichkeit, in Lebensmitteln zu zahlen, hätte 1790 befohlen werden können; aber wollte man heutzutage ein solches Gesetz vorschlagen, so hieße das, eine Revolution riskieren.«

»Auf diese Weise zieht der Proletarier das Geld des Landes an sich. Nun aber«, fuhr Grossetête fort, »hat der Bauer keine andere Leidenschaft, keinen andern Wunsch, keinen andern Willen, kein anderes Lebensziel, denn als Grundbesitzer zu sterben. Dieser Wunsch entstammt, wie Monsieur Clousier sehr richtig dargelegt hat, der Revolution; er ist das Ergebnis der Versteigerung der Nationalgüter. Man muß schon nicht die mindeste Vorstellung von dem haben, was draußen auf dem Lande vor sich geht, wenn man nicht als feststehende Tatsache einräumt, daß diese drei Millionen Familien jährlich je fünfzig Francs in der Erde vergraben und auf diese Weise dem Geldumlauf hundertfünfzig Millionen entziehen. Die Wissenschaft der Nationalökonomie hat als Grundsatz aufgestellt, daß ein Taler zu fünf Francs, der im Lauf eines Tages durch hundert Hände geht, voll und ganz fünfhundert Francs gleichzusetzen ist. Nun aber steht für uns alte Beobachter der ländlichen Zustände fest, daß der Bauer sich sein Land aussucht; er liegt auf der Lauer und wartet, er legt sein Kapital nie auf der Bank an. Der Landerwerb durch die Bauern muß nach siebenjährigen Perioden berechnet werden. Auf diese Weise lassen die Bauern eine Summe von elfhundert Millionen sieben Jahre lang tot und ohne Bewegung liegen; aber da das Kleinbürgertum ebensoviel eingräbt und sich bezüglich des Grundbesitzes, den der Bauer nicht anknabbern kann, genauso verhält, verliert Frankreich innerhalb von zweiundvierzig Jahren die Zinsen von mindestens zwei Milliarden, das heißt, etwa hundert Millionen innerhalb von sieben Jahren, oder sechshundert Millionen innerhalb von zweiundvierzig Jahren. Aber es hat nicht nur sechshundert Millionen verloren, es hat überdies versäumt, für sechshundert Millionen industrielle oder landwirtschaftliche Produkte zu erzeugen, was einen Verlust von zwölfhundert Millionen darstellt; denn wenn das Industrieprodukt nicht das Doppelte seiner Herstellungskosten einbringt, könnte der Handel nicht existieren. Das Proletariat beraubt sich selbst um sechshundert Millionen Lohn! Diese sechshundert Millionen Verlust in bar, der jedoch für einen kundigen Volkswirtschaftler durch den Ausfall der Gewinne beim Geldumlauf einen Verlust von rund zwölfhundert Millionen darstellt, erklärt die Unterlegenheit, in der sich, verglichen mit England, unser Handel, unsere Marine und unsere Landwirtschaft befinden. Trotz der Verschiedenheit, die zwischen den beiden Territorien besteht, und die überdies zu zwei Dritteln zu unsern Gunsten ausfällt, könnte England die Kavallerie zweier französischer Armeen mit Pferden versehen, und Fleisch gäbe es dort für die ganze Welt. Aber in jenem Land, wo die auf dem Grundbesitz lastenden Steuern dessen Erwerbung für die niederen Klassen nahezu unmöglich machen, wird jeder Taler zum Kaufmann und rollt. Auf diese Weise verdanken wir den Paragraphen über das Erbrecht nicht nur die Wunde der Zerstückelung, die der Verminderung der Rinder, Pferde und Schafe, sondern überdies den Verlust von sechshundert Millionen Zinsen dadurch, daß der Bauer und der Bourgeois ihr Geld vergraben, also für zwölfhundert Millionen weniger Produkte, oder in einem halben Jahrhundert drei Milliarden, die nicht im Umlauf sind.«

»Noch schlimmer als die materielle Wirkung ist die moralische!« rief der Pfarrer. »Wir erschaffen im Volk bettlerhafte Grundeigentümer, bei den Kleinbürgern Halbgebildete, und das ›Jeder in seinen vier Wänden, jeder für sich‹, das im Juli dieses Jahres bei den gehobeneren Klassen seine Wirkung getan hat, wird bald den Mittelstand zerrüttet haben. Ein Proletariat, das des Gefühls entwöhnt ist, das keine andern Götter hat als Neid und Gier, keinen andern Fanatismus als die Verzweiflung des Hungers, das weder Treue noch Glauben besitzt, wird vorrücken und den Fuß auf das Herz des Landes setzen. Der Ausländer,

der unter dem monarchischen Gesetz herangewachsen ist, wird uns ohne König, aber mit dem Königtum vorfinden, ohne Gesetz, aber mit der Gesetzlichkeit, ohne Besitzer, aber mit dem Besitz, ohne Regierung, aber mit dem Wahlrecht, ohne Kraft, aber mit der Willensfreiheit, ohne Glück, aber mit der Gleichheit. Hoffen wir, daß bis dahin Gott in Frankreich einen Mann der Vorsehung erstehen läßt, einen der Erkorenen, die den Nationen einen neuen Geist einhauchen, und der, sei er ein Marius[140] oder ein Sulla[141], möge er sich von unten her aufschwingen oder von der Höhe herabsteigen, die Gesellschaft neu gestalten wird.«

»Den wird man dann erst mal vors Schwurgericht oder das Zuchtpolizeigericht stellen«, antwortete Gérard. »Die Verurteilung des Sokrates oder Jesu Christi würde bei beiden im Jahre 1831 wiederholt werden, wie damals in Jerusalem und Attika. Heute wie damals läßt die eifersüchtige und neidische Mittelmäßigkeit die Denker und die großen Ärzte auf dem Gebiet der Politik, die die Wunden Frankreichs eingehend untersucht haben und sich dem Geist ihres Jahrhunderts widersetzen, im Elend sterben. Halten sie jedoch dem Elend stand, so machen wir sie lächerlich oder bezeichnen sie als Träumer. In Frankreich revoltiert man auf geistigem Gebiet gegen den großen Mann, wie man auf politischem gegen den Souverän revoltiert.«

»Ehedem sprachen die Sophisten zu einer kleinen Schar von Männern; heutzutage erlaubt ihnen die periodisch erscheinende Presse, einer ganzen Nation den Kopf zu verdrehen«, rief der Friedensrichter, »und die Presse, die für den gesunden Menschenverstand eintritt, hat kein Echo.«

Der Bürgermeister blickte Monsieur Clousier tief erstaunt an. Madame Graslin, die nur zu froh war, in einem schlichten Friedensrichter einem Mann zu begegnen, der sich mit so ernsten Fragen befaßte, fragte den neben ihr sitzenden Monsieur Roubaud: »Kannten Sie Monsieur Clousier?«

»Ich habe ihn erst heute kennengelernt. Madame, Sie vollbringen Wunder«, antwortete er ihr leise. »Sehen Sie sich doch seine Stirn an, welch schöne Form! Gleicht sie nicht der klassischen oder traditionellen Stirn, die die Bildhauer dem Lykurgos oder den Weisen Griechenlands gaben? – Offenbar hat die Juli-Revolution einen antipolitischen Sinn«, sagte er laut; als der ehemalige Student die von Grossetête aufgestellte Berechnung begriffen hatte, hätte er vielleicht eine Barrikade errichtet.

»Es ist ein dreifacher Sinn«, sagte Clousier. »Für das Rechts- und Finanzwesen haben Sie ihn verstanden, aber für die Regierung gilt folgendes. Die königliche Macht, die durch das Dogma von der Volkssouveränität geschwächt worden ist, zu deren Gunsten unlängst die Wahl vom 9. August 1830 entschieden hat, wird versuchen, dieses gegnerische Prinzip zu bekämpfen, das dem Volk das Recht lassen würde, sich jedesmal eine neue Dynastie zu geben, wenn es die Gedanken seines Königs nicht versteht: Damit werden wir einen inneren Kampf bekommen, der die Fortschritte Frankreichs lange Zeit hindurch hemmen dürfte.«

»Allen diesen Klippen ist England weise ausgewichen«, entgegnete Gérard. »Ich bin dort gewesen; ich bewundere diesen Bienenstock, der über das Universum ausschwärmt und es zivilisiert; die Diskussion ist dort eine politische Komödie, die dazu dient, das Volk zufriedenzustellen und die Auswirkungen der Macht zu tarnen, die sich in ihrer hohen Sphäre frei bewegt; die Wahl liegt dort nicht in den Händen der stupiden Bourgeoisie wie in Frankreich. Wäre der Besitz dort zerstückelt worden, so würde England nicht mehr existieren. Dort lenken der Großgrundbesitz, die Lords, den sozialen Mechanismus. Die englische Marine bemächtigt sich vor der Nase Europas ganzer Teile des Erdballs, um dort die Bedürfnisse des Handels zu befriedigen und die Unglücklichen und Mißzufriedenen nach dorthin abzuschieben. Anstatt gegen die Tüchtigen Krieg zu führen, sie auszulöschen und mißzuverstehen, begibt die englische Aristokratie sich auf die Suche nach ihnen, belohnt sie und verleibt sie sich beständig ein. Bei den Engländern geht alles, was die Tätigkeit der Regierung und die Auswahl der Menschen und Dinge betrifft, rasch vor sich, während sich bei uns alles langsam vollzieht; und langsam sind sie dort, wo wir ungeduldig sind. Bei ihnen ist das Geld kühn und geschäftig; bei uns ist es zaghaft und argwöhnisch. Was Monsieur Grossetête über die industriellen Verluste gesagt hat, die der Bauer Frankreich zufügt, findet seinen Beweis in einem Bild, das ich Ihnen mit ein paar Worten entwerfen will. Durch seine beständige Bewegung hat das englische Kapital für zehn Milliarden Industriewerte und Aktien

873

geschaffen, die Zinsen tragen, wogegen das französische Kapital, das als Masse ihm überlegen ist, noch nicht den zehnten Teil davon geschaffen hat.«

»Das ist um so auffälliger«, sagte Roubaud, »als die Engländer lymphatisch sind, und wir im allgemeinen sanguinisch oder nervös.«

»Das, Monsieur«, sagte Clousier, »ist eine große Frage, mit der man sich eingehend befassen müßte. Das Ausfindigmachen von Institutionen, die geeignet sind, das Temperament eines Volks zu dämpfen. Gewiß war Cromwell ein großer Gesetzgeber. Er allein hat das heutige England geschaffen, als er die Navigationsakte[142] erfand, die die Engländer zu den Feinden aller übrigen Nationen gemacht hat, die ihnen einen wüsten Hochmut eingeimpft hat; der nämlich ist ihre Stärke. Aber trotz ihrer Zitadelle Malta wird eines Tages, wenn Frankreich und Rußland die Rolle des Schwarzen Meers und des Mittelmeers erkennen, der mittels neuer Erfindungen regulierte Weg nach Asien über Ägypten oder auf dem Euphrat England töten, wie ehedem die Entdeckung des Kaps der Guten Hoffnung Venedig getötet hat.«

»Und nichts von Gott!« rief der Pfarrer. »Monsieur Clousier und Monsieur Roubaud sind der Religion gegenüber gleichgültig. Und Sie?« fragte er und blickte Gérard an.

»Er ist Protestant«, antwortete Grossetête.

»Sie hatten es geahnt«, rief Véronique und schaute den Pfarrer an, während sie Clousier die Hand reichte, um nach oben zu gehen.

Die Voreingenommenheiten, die Monsieur Gérards Äußeres gegen ihn hatten aufsteigen lassen, waren schnell hingeschwunden, und die drei Notabeln von Montégnac beglückwünschten sie zu einer solchen Erwerbung.

»Unglücklicherweise«, sagte Monsieur Bonnet, »existiert zwischen Rußland und den katholischen Ländern, an die das Mittelmeer brandet, ein Grund zum Antagonismus durch das in sich unwichtige Schisma[143], das die griechische Religion von der lateinischen trennt und für die Zukunft der Menschheit ein großes Unglück bedeutet.«

»Jeder predigt für seine Heiligen«, sagte Madame Graslin lächelnd. »Monsieur Grossetête denkt an verlorene Milliarden; Monsieur Clousier an das umgestoßene Recht; der Arzt erblickt in der Gesetzgebung eine Frage der Temperamente, und der Herr Pfarrer sieht in der Religion ein Hindernis für das Bündnis zwischen Rußland und Frankreich.«

»Fügen Sie dem noch hinzu, Madame«, sagte Gérard, »daß ich im Vergraben der Kapitalien des Kleinbürgers und des Bauern eine Verzögerung des Eisenbahnbaus in Frankreich erblicke.«

»Was möchten Sie denn haben?« fragte sie.

»Oh! Die bewundernswerten Staatsräte, die unter dem Kaiser die Gesetze überlegt haben, und die gesetzgebende Körperschaft, die von den fähigen Köpfen des Landes und zugleich von den Grundbesitzern gewählt wurde, und deren einzige Rolle es war, sich schlechten Gesetzen oder willkürlichen Kriegen zu widersetzen. Sie werden schon sehen, die Abgeordnetenkammer wird in ihrer heutigen Zusammensetzung zur Regierung kommen, und das begründete dann die gesetzliche Anarchie.«

»Mein Gott!« rief der Pfarrer in einem Anfall von heiliger Vaterlandsliebe aus, »wie kann es geschehen, daß so erleuchtete Geister wie diese hier«, und dabei deutete er auf Clousier, Roubaud und Gérard, »das Übel sehen, dabei auf das Heilmittel hinweisen und nicht damit beginnen, es bei sich selber anzuwenden? Sie alle, die Sie die angegriffene Gesellschaftsklasse repräsentieren, Sie alle erkennen die Notwendigkeit des passiven Gehorsams der Massen im Staat an, wie im Krieg denjenigen der Soldaten; Sie wollen die Einheitlichkeit der Macht, und Sie wünschen, daß diese nie in Frage gestellt wird. Was England durch die Entwicklung der Überheblichkeit und des menschlichen Eigennutzes erreicht hat, was beides Glaubenssache ist, kann hier bei uns nur durch Gefühle erreicht werden, die dem Katholizismus zu verdanken sind, und dabei sind Sie nicht Katholiken! Ich, der Priester, falle aus der Rolle und vernünftele mit den Vernünftlern. Wie sollen Ihrer Meinung nach die Massen fromm werden und gehorchen, wenn sie über sich Unglauben und Disziplinlosigkeit gewahren? Die Völker, die durch irgendeinen Glauben in sich geeinigt sind, werden stets leichtes Spiel mit Völkern ohne Glauben haben. Das Gesetz im Allgemeininteresse, das den Patriotismus erzeugt, wird sogleich zerstört durch das

Gesetz der Sonderinteressen, zu denen es ermächtigt, und das den Egoismus erzeugt. Verläßlich und von Dauer ist nur das Natürliche, und das Naturgegebene in der Politik ist die Familie. Die Familie muß der Ausgangspunkt für alle Institutionen sein. Eine universelle Wirkung läßt auf eine universelle Ursache schließen; und worauf Sie allseitig hingewiesen haben, das stammt aus dem sozialen Prinzip an sich, und dieses ist machtlos, weil es als Basis die Willensfreiheit genommen hat, und weil die Willensfreiheit die Mutter des Individualismus ist. Das Glück von der Sicherheit, der Intelligenz, der Fähigkeit allein abhängen zu lassen ist weniger weise, als das Glück von der Sicherheit, der Intelligenz der Institutionen und der Fähigkeit eines Einzelmenschen abhängen zu lassen. Man findet die Weisheit leichter bei einem Einzelmenschen als bei einer ganzen Nation. Die Völker haben ein Herz und keine Augen; sie fühlen zwar, aber sie sehen nicht. Die Regierungen jedoch müssen sehen und dürfen sich nie von Gefühlen bestimmen lassen. Es besteht also ein offenbarer Widerspruch zwischen den ersten Regungen der Massen und der Tätigkeit der Macht, die die Kraft und die Einigkeit der Massen bestimmen muß. Einen großen Fürsten anzutreffen ist eine Auswirkung des Zufalls, um in Ihrer Sprache zu sprechen; aber sich irgendeiner Versammlung anzuvertrauen, möge sie sich auch aus ehrenwerten Leuten zusammensetzen, das ist Irrsinn. Frankreich ist gegenwärtig irre! Ach, davon sind Sie ebenso überzeugt wie ich. Wenn alle gutgläubigen Menschen wie Sie ihrer Umgebung ein Beispiel böten, wenn alle verständigen Hände in der großen Republik der Seelen Altäre errichteten, der einzigen Kirche, die die Menschheit auf den richtigen Weg geleitet hat, dann könnten wir in Frankreich aufs neue die Wunder erleben, die unsere Väter dort vollbracht haben.«

»Nichts zu machen, Herr Pfarrer«, sagte Gérard. »Wenn ich wie im Beichtstuhl zu Ihnen sprechen darf, dann sage ich, daß ich den Glauben als eine Lüge betrachte, die man sich vorspiegelt, die Hoffnung als eine Lüge, die man sich über die Zukunft vorgaukelt, und Ihre christliche Nächstenliebe als die List eines Kindes, das artig ist, um Zuckerwerk zu bekommen.«

»Dabei schläft man so gut«, sagte Madame Graslin, »wenn die Hoffnung einen einwiegt.«

876

Dieser Ausspruch ließ Roubaud innehalten; er hatte gerade etwas sagen wollen; der Ausspruch wurde durch einen Blick Grossetêtes und des Pfarrers bekräftigt.

»Ist es unsere Schuld«, sagte Clousier, »wenn Jesus Christus keine Zeit gehabt hat, eine Regierungsform entsprechend seiner Moral auszubilden, wie es Moses und Konfuzius, die beiden größten Gesetzgeber der Menschheit, getan haben? Denn die Juden und die Chinesen existieren, die einen trotz ihrer Versprengung über die ganze Erde, und die andern trotz ihrer Isolierung, als eine geschlossene Nation.«

»Ach, Sie machen mir viel Arbeit«, rief der Pfarrer naiv aus, »aber ich werde triumphieren, ich werde Sie alle bekehren ...! Sie sind dem Glauben näher als Sie glauben. Hinter der Lüge sitzt die Wahrheit; gehen Sie einen Schritt weiter, und dann schauen Sie nach rückwärts!«

Nach diesem Ausruf des Pfarrers wechselte die Unterhaltung das Thema.

Bevor Monsieur Grossetête am andern Morgen aufbrach, versprach er Véronique, sich an ihrem Vorhaben zu beteiligen, sobald dessen Durchführung sich als möglich erwiesen haben würde; Madame Graslin und Gérard begleiteten seinen Wagen zu Pferd und verließen ihn erst an der Einmündung der Landstraße von Montégnac in die von Bordeaux nach Lyon führende. Der Ingenieur war so ungeduldig, das Gelände kennenzulernen, und Véronique war so begierig, es ihm zu zeigen, daß sie beide diesen Ausflug am Vorabend geplant hatten. Nach ihrem Abschied von dem gütigen alten Herrn ritten sie eilends in die weite Ebene hinaus, am Fuß der Bergkette entlang, von der zum Schloß hinaufführenden Auffahrt bis zum Gipfel der Roche-Vive. Der Ingenieur erkannte sogleich die sich hinziehende Bank, auf die Farrabesche hingewiesen hatte, und die eine letzte Ablagerung unterhalb der Hügel bildete. Wenn man also die Wassermassen so ableitete, daß sie sich nicht mehr in einen unzerstörbaren, von der Natur selber geschaffenen Kanal ergossen, und diesen von den Erdmassen befreite, mit denen er angefüllt war, wurde die Bewässerung durch die lange Rinne erleichtert, die etwa zehn Fuß über der Ebene lag. Die erste und allein entscheidende Arbeit bestand darin, die Wassermenge abzuschätzen, die durch den Gabou floß, und festzustellen, ob die Flanken jenes Tals sie nicht versickern lassen würden.

Véronique gab Farrabesche ein Pferd; er sollte den Ingenieur begleiten und ihm auch die geringsten seiner Beobachtungen mitteilen. Nach ein paar Tagen der Geländeuntersuchungen fand Gérard die Basis der beiden parallelen Ketten, obwohl diese von verschiedener Beschaffenheit waren, widerstandsfähig genug, um die Wassermassen zurückzuhalten. Im Lauf des Januar des nächsten Jahres, der regnerisch war, berechnete er die durch den Gabou abfließende Wassermenge. Jene Menge, vereinigt mit dem Wasser der drei Quellen, die in den Gießbach geleitet werden konnten, erbrachte eine genügend große Wassermenge zur Bewässerung eines Gebietes von der dreifachen Größe der Ebene von Montégnac. Der Staudamm im Gabou, die Arbeiten und Bauten, die erforderlich waren, um das Wasser durch die drei Täler in die Ebene zu leiten, brauchten nicht mehr als sechzigtausend Francs zu kosten, denn der Ingenieur hatte auf dem Gemeindeland eine kalkhaltige Masse entdeckt, die den Kalk billig liefern würde; der Wald lag nahe, Stein und Holz kosteten nichts und mußten nicht weit transportiert werden. Bis zum Anbruch der Jahreszeit, in der der Gabou trocken sein würde, der einzigen für all diese Arbeiten geeigneten Zeit, konnte das erforderliche Material herbeigeschafft, konnten die Vorbereitungen getroffen werden, damit der wichtige Bau rasch erstand. Aber die Erschließung der Ebene würde nach Gérards Schätzung mindestens zweihunderttausend Francs kosten, ungerechnet das Besäen und Bepflanzen. Die Ebene mußte in Quadrate geteilt werden, jedes zweihundertfünfzig Meter groß, und dort konnte das Gelände nicht gleich gepflügt, sondern mußte zunächst von den dicksten Steinen befreit werden. Erdarbeiter mußten eine große Zahl von Gräben ausheben und sie mit Steinen ausmauern, damit kein Wasser wegsickerte, und damit es nach Bedarf aufwärts geführt werden konnte. Dieses Unternehmen erforderte tätige, getreulich schaffende Arme und gewissenhafte Arbeiter. Der Zufall hatte ein Gelände ohne Hindernisse beschert, eine einheitliche Ebene; die Wassermassen, die ein Gefälle von zehn Fuß hatten, konnten nach Wunsch verteilt werden; nichts hinderte die Erzielung der schönsten landwirtschaftlichen Ergebnisse, und zugleich würden dem Auge die herrlichen grünen Teppiche dargeboten werden, die den Stolz und den Reichtum der Lombardei bilden. Gérard ließ aus der Gegend, in der er bislang seine Funktionen ausgeübt hatte, einen alten, erfahrenen Bauführer namens Fresquin kommen.

Madame Graslin schrieb also an Grossetête und bat ihn, ihr ein Darlehen in Höhe von zweihundertfünfzigtausend Francs zu verschaffen; als Deckung konnten ihre Staatspapiere dienen, die, wenn sie sechs Jahre stillagen, nach Gérards Berechnung zur Bezahlung von Zinsen und Kapital hinreichen würden. Der Darlehensvertrag wurde im Lauf des März geschlossen. Die Planungen Gérards, dem sein Bauführer Fresquin half, waren jetzt gänzlich skizziert worden, und ebenso die Nivellierungen, die Bohrungsarbeiten, die Untersuchungen und die Kostenanschläge. Die Nachricht von diesem weitläufigen Unternehmen hatte sich in der ganzen Gegend verbreitet und die arme Bevölkerung angespornt. Der unermüdliche Farrabesche, Colorat, Clousier, der Bürgermeister von Montégnac, Roubaud, alle, die Anteil am Dorf oder an Madame Graslin nahmen, suchten Arbeiter aus oder wiesen Bedürftige nach, die es verdienten, beschäftigt zu werden. Gérard kaufte auf eigene Rechnung und auf die Monsieur Grossetêtes tausend Morgen auf der andern Seite der Landstraße nach Montégnac. Fresquin, der Bauführer, erwarb ebenfalls fünfhundert Morgen und ließ Frau und Kinder nach Montégnac kommen.

In den ersten Apriltagen des Jahres 1833 kam Monsieur Grossetête, um sich die von Gérard gekauften Grundstücke anzusehen; aber seine Fahrt nach Montégnac war hauptsächlich durch Catherine Curieux' Ankunft veranlaßt worden; Madame Graslin hatte sie erwartet, und sie war mit der Eilpost von Paris nach Limoges gekommen. Er fand Madame Graslin im Begriff, zur Kirche zu fahren. Monsieur Bonnet sollte eine Messe lesen, um den Segen des Himmels auf die Arbeiten herabzuflehen, die jetzt in Angriff genommen werden sollten. Alle Arbeiter, die Frauen und Kinder waren dabei.

»Hier ist Ihr Schützling«, sagte der alte Herr und stellte Véronique eine etwa dreißigjährige, leidend und schwach aussehende Frau vor.

»Sie sind also Catherine Curieux?« fragte Madame Graslin.

»Ja, Madame.«

Véronique musterte Catherine eine Weile. Das Mädchen war ziemlich groß, gut gebaut und hellhäutig; sie hatte Züge von ungemeiner Sanftmut, denen die schöne graue Tönung ihrer Augen nicht widersprach. Die Form des Gesichts und der Schnitt der Stirn kündeten von einer zugleich erhabenen und schlichten Noblesse, wie man sie bisweilen auf dem Land bei sehr jungen Mädchen findet; eine gewisse Blüte der Schönheit, die die Feldarbeit, die beständigen Sorgen und Mühen im Haushalt, der Sonnenbrand und der Mangel an Pflege mit erschreckender Schnelligkeit hinschwinden lassen. Ihre Haltung zeigte jene Freiheit der Bewegungen, die für Bauernmädchen bezeichnend ist; ihr hatten die unwillkürlich in Paris angenommenen Gewohnheiten noch eine zusätzliche Anmut verliehen. Wäre Catherine in der Corrèze geblieben, so wäre sie längst faltig und welk gewesen, ihre ehedem lebhaften Farben wären grell geworden; aber Paris hatte sie gebleicht und ihr ihre Schönheit bewahrt; die Krankheit, die Anstrengungen, die Kümmernisse hatten sie mit der geheimnisvollen Gabe der Schwermut beschenkt, dem intimen Denken, das den armen Landbewohnern völlig abgeht; die sind an ein fast animalisches Dasein gewöhnt. Ihre Kleidung war ganz von dem Pariser Geschmack, den alle Frauen, auch die am wenigsten gefallsüchtigen, sich so schnell zu eigen machen, und hob sie von den Bauersfrauen ab. Da sie ihr Schicksal nicht kannte und außerstande war, sich ein Urteil über Madame Graslin zu bilden, wirkte sie ziemlich schüchtern.

»Haben Sie Farrabesche noch immer lieb?« fragte Véronique, die Grossetête für einen Augenblick allein gelassen hatte.

»Ja«, antwortete sie und wurde rot.

»Wenn Sie ihm schon während seiner Strafzeit tausend Francs geschickt hatten, warum sind Sie dann nicht gekommen und haben ihn abgeholt, als er entlassen wurde? Ist in Ihnen irgendein Widerwille gegen ihn? Sprechen Sie zu mir wie zu Ihrer Mutter. Hatten Sie Angst, es sei ein durch und durch schlechter Mensch, oder er wolle nichts mehr von Ihnen wissen?«

»Nein, Madame; aber ich konnte weder lesen noch schreiben; ich war bei einer sehr anspruchsvollen alten Dame in Stellung;

sie wurde krank, es waren Nachtwachen nötig, ich habe für sie sorgen müssen. Obwohl ich mir ausrechnete, daß der Augenblick der Freilassung Jacques' immer näher rückte, konnte ich erst nach dem Tod jener Dame aus Paris fort; sie hat mir nichts hinterlassen, trotz meiner Aufopferung für ihre Interessen und sie selber. Ehe ich heimfuhr, wollte ich mich von einer Krankheit heilen, die ich mir durch die Nachtwachen und all die Mühe, die ich mir gegeben, zugezogen hatte. Als ich meine Ersparnisse aufgezehrt hatte, habe ich mich entschließen müssen, ins Krankenhaus Saint-Louis zu gehen; von dort komme ich; ich bin wieder gesund.«

»Gut, mein Kind«, sagte Madame Graslin, die diese schlichte Erklärung weich gestimmt hatte. »Aber sagen Sie mir jetzt, warum Sie Ihre Eltern so jäh verlassen, warum Sie Ihr Kind im Stich gelassen, warum Sie nichts von sich haben hören oder schreiben lassen . . .«

Statt zu antworten, brach Catherine in Tränen aus.

»Madame«, sagte sie, nachdem ein Händedruck Véroniques sie beschwichtigt hatte, »ich weiß nicht, ob ich damit unrecht tat, aber es ging über meine Kraft, im Dorf zu bleiben. Ich habe nicht an mir gezweifelt, wohl aber die andern; ich hatte Angst vor dem Geschwätz und dem Klatsch. Solange Jacques sich hier in Gefahr befand, war ich ihm notwendig; doch als er fort war, habe ich mich kraftlos gefühlt: ein Mädchen mit einem Kind zu sein, und ohne Mann! Das verworfenste Geschöpf hätte mehr gegolten als ich. Ich weiß nicht, was aus mir geworden wäre, wenn ich die geringste Bemerkung über Benjamin und seinen Vater gehört hätte. Umgebracht hätte ich mich, oder ich wäre verrückt geworden. Mein Vater oder meine Mutter hätten mir im Zorn Vorwürfe machen können. Ich bin zu lebhaft, um einen Streit oder eine Kränkung ertragen zu können, und dabei bin ich doch so weich! Ich bin hart bestraft worden, weil ich ja doch mein Kind nicht sehen konnte, und dabei ist kein Tag vergangen, ohne daß ich seiner gedacht hätte! Vergessen wollte ich sein, und ich bin es gewesen. Kein Mensch hat an mich gedacht. Sie haben mich für tot gehalten, und dabei habe ich wer weiß wie oft alles stehen und liegen lassen und für einen Tag hierher kommen wollen, um meinen Jungen zu sehen.«

»Ihren Jungen? Da, mein Kind, können Sie ihn sehen!«

Catherine erblickte Benjamin, und es überrann sie wie ein Fieberschauer.

»Benjamin«, sagte Madame Graslin, »komm her, gib deiner Mutter einen Kuß.«

»Meiner Mutter?« rief der überraschte Benjamin. Er fiel Catherine um den Hals; sie drückte ihn mit ungestümer Kraft an sich. Aber der Junge entrang sich ihr, lief davon und rief: »Ich will ihn holen.«

Madame Graslin mußte Catherine zum Hinsetzen nötigen, die ohnmächtig zu werden drohte. Da gewahrte Véronique Monsieur Bonnet; sie konnte nicht umhin, zu erröten, bei dem durchdringenden Blick ihres Beichtvaters, der in ihrem Herzen las.

»Ich hoffe, Herr Pfarrer«, sagte sie bebend, »daß Sie schnell die Eheschließung zwischen Catherine und Farrabesche vollziehen werden. Erkennen Sie Monsieur Bonnet nicht wieder, mein Kind? Er wird Ihnen sagen, daß Farrabesche sich seit seiner Rückkehr wie ein anständiger Mensch benommen, daß er sich die Achtung der ganzen Gegend erworben hat, und daß, wenn es auf Erden eine Stätte gibt, wo Sie glücklich und angesehen leben können, das Montégnac ist. Sie werden hier mit Gottes Hilfe zu Vermögen kommen; Sie beide sollen nämlich meine Pächtersleute werden. Farrabesche hat seine Bürgerrechte wiedererlangt.«

»All das ist wahr, mein Kind«, sagte der Pfarrer.

In diesem Augenblick kam Farrabesche heran; sein Sohn hatte ihn herbeigezerrt. Blaß und stumm blieb er vor Catherine und Madame Graslin stehen. Er ahnte, wie sehr die Wohltätigkeit der einen tätig gewesen, und er ahnte auch alles, was die andere hatte leiden müssen, weil sie nicht gekommen war. Véronique zog den Pfarrer beiseite; er hatte mit ihr das gleiche tun wollen. Sobald sie weit genug entfernt waren, um nicht belauscht zu werden, blickte Monsieur Bonnet sein Beichtkind fest an und sah es rot werden; Véronique schlug die Augen nieder, als fühle sie sich schuldig.

»Sie entwürdigen das Gute«, sagte er streng zu ihr.

»Und wodurch?« fragte sie und hob den Kopf.

»Gutes zu tun«, entgegnete Monsieur Bonnet, »ist eine Leidenschaft, die der Liebe genauso überlegen ist wie die Menschheit, Madame, dem Einzelgeschöpf. Nun aber vollzieht dies alles sich nicht einzig durch die Kraft und mit der Naivität der Tugend. Sie fallen von der menschheitlichen Größe zurück in den Kult eines Einzelgeschöpfs! Ihre Wohltätigkeit gegenüber Farrabesche und Catherine schließt Erinnerungen und Hintergedanken in sich ein, die ihr in Gottes Augen alles Verdienstliche nehmen. Reißen Sie selbst aus Ihrem Herzen die Überreste des Pfeils, den der Geist des Bösen hineingepflanzt hat. Nehmen Sie Ihren Handlungen nicht deren Wert. Ob Sie jetzt nicht endlich zu der heiligen Unbewußtheit des Guten gelangen, das Sie tun, der Unbewußtheit, die doch die höchste Begnadigung menschlichen Handelns ist?«

Madame Graslin hatte sich abgewandt, um sich die Augen zu trocknen, deren Tränen dem Pfarrer sagten, daß sein Wort an eine blutende Stelle des Herzens gerührt habe, wo sein Finger in einer schlecht geschlossenen Wunde wühlte. Farrabesche, Catherine und Benjamin kamen heran, um ihrer Wohltäterin zu danken; sie jedoch gab ihnen einen Wink, sich zu entfernen und sie mit Monsieur Bonnet allein zu lassen.

»Da sehen Sie, wie ich sie betrübe«, sagte sie und zeigte ihm die traurig Gestimmten, und der Pfarrer, der ein weiches Herz hatte, machte ihnen ein Zeichen, damit sie zurückkämen. – »Seid vollauf glücklich«, sagte sie zu ihnen. »Hier ist die Verfügung, die Ihnen alle Ihre Bürgerrechte zurückgibt und Sie von demütigenden Formalitäten befreit«, fügte sie hinzu und überreichte Farrabesche ein Dokument, das sie in der Hand gehalten hatte.

Farrabesche küßte Véronique ehrfurchtsvoll die Hand und schaute sie mit dem zugleich zärtlichen und unterwürfigen, ruhigen und ergebenen, durch nichts abzulenkenden Blick an; er war wie der eines treuen Hundes, der zu seinem Herrn aufsieht.

»Wenn Jacques es sehr schwer gehabt hat, Madame«, sagte Catherine, deren schöne Augen lächelten, »so hoffe ich, ihm so viel Glück erstatten zu können, wie er Leid getragen hat; denn was er auch getan haben mag, er ist kein schlechter Mensch.«

Madame Graslin wandte den Kopf ab; sie wirkte wie zerbrochen beim Anblick dieser jetzt glücklichen Familie, und Monsieur Bonnet verabschiedete sich von ihr; er wollte zur Kirche gehen, wohin sie sich an Monsieur Grossetêtes Arm schleppte.

883

Nach dem Mittagessen gingen alle, um dem Beginn der Arbeiten beizuwohnen; auch alle alten Leute aus Montégnac waren gekommen, um dabei zuzuschauen. Von der Rampe aus, auf der der Weg zum Schloß hinanstieg, konnten Monsieur Grossetête und Monsieur Bonnet, zwischen denen Véronique stand, die Anlage der vier ersten Wege erblicken, die gebahnt wurden, und die als Lagerplatz der gesammelten Steine dienten. Fünf Erdarbeiter häuften am Rand der Felder den Humus auf und machten auf diese Weise einen Raum von achtzehn Fuß frei, der Breite jeden Wegs. Auf jeder Seite waren vier Männer tätig, den Graben zu höhlen; auch sie warfen den Humus in Gestalt einer Böschung auf das Feld. Hinter ihnen gruben, je weiter jene Böschung fortschritt, zwei Männer Löcher und pflanzten Bäume hinein. Auf jedem der Quadrate sammelten arbeitsfähige Bedürftige, zwanzig Frauen und vierzig Mädchen oder Kinder, im ganzen neunzig Leute, die Steine auf, die weitere Arbeiter längs der Böschungen meterweise aufschichteten, um die Arbeitsleistung jeder Gruppe festzustellen. So schritten alle Arbeiten fort und wurden rasch durchgeführt, und zwar von ausgesuchten Arbeitern und voller Eifer. Grossetête versprach Madame Graslin, ihr Bäume zu schicken und von seinen Freunden welche für sie zu erbitten. Offenbar reichten die Baumschulen des Schlosses für so zahlreiche Anpflanzungen nicht aus. Als der Tag zu Ende ging, der mit einem großen Abendessen im Schloß abgeschlossen werden sollte, bat Farrabesche Madame Graslin, ihm für einen Augenblick Gehör zu schenken.

»Madame«, sagte er, der sich zusammen mit Catherine eingefunden hatte, »Sie hatten die Güte, mir den Pachthof des Schlosses zuzusagen. Als Sie mir eine solche Gunst gewährten, war es Ihre Absicht, mir Gelegenheit zur Erwerbung eines Vermögens zu geben; aber Catherine hat über unsere Zukunft eigene Gedanken, und die möchte ich Ihnen jetzt unterbreiten. Wenn ich zu Geld und Gut gelange, gibt es Neider; ein Wort ist bald gesagt; ich könnte Unannehmlichkeiten haben; die aber muß ich scheuen, und überdies wäre Catherine stets in Angst; kurzum, die Nachbarschaft anderer Menschen behagt uns nicht. Ich möchte Sie also in aller Schlichtheit bitten, uns die Ländereien in Pacht zu geben, die an der Mündung des Gabou auf dem Gemeindeland liegen, und dazu ein Stückchen Wald auf der Rückseite der Roche-Vive. Sie werden da gegen Juli viele Arbeiter haben; es wird also ein leichtes sein, dort in günstiger Lage, auf einer Bodenerhebung, einen Hof zu erbauen. Da können wir glücklich sein. Ich lasse Guépin kommen. Mein armer Freigelassener wird arbeiten wie ein Pferd; vielleicht kann ich ihn verheiraten. Mein Junge ist kein Faulpelz; es wird kein Mensch kommen und uns auf die Finger schauen; wir machen dieses Fleckchen Erde urbar, und ich will all meinen Ehrgeiz daran setzen, Ihnen einen schönen Pachthof zu schaffen. Ferner möchte ich Ihnen als Pächter Ihres großen Hofs einen Vetter Catherines vorschlagen, der Vermögen hat; er dürfte fähiger als ich sein, einen so großen Apparat wie jenen Pachthof zu leiten. Wenn es Gott gefällt, daß Ihr Unternehmen glückt, haben Sie heute in fünf Jahren fünf- bis sechstausend Rinder oder Pferde auf der Ebene, die jetzt urbar gemacht wird, und da bedarf es eines tüchtigen Kopfes, der sich in dergleichen auskennt.«

Madame Graslin gewährte Farrabesches Bitte; sie wurde dem gesunden Menschenverstand gerecht, der sie ihm eingegeben hatte.

Seit dem Beginn der Arbeiten auf der Ebene nahm Madame Graslins Leben die Regelmäßigkeit des Daseins auf dem Lande an. Morgens ging sie zur Messe, betreute ihren Sohn, an dem sie sehr hing, und suchte ihre Arbeiter auf. Nach dem Abendessen empfing sie ihre Freunde aus Montégnac in ihrem kleinen Salon; er war im ersten Stock des Uhrpavillons gelegen. Sie lehrte Roubaud, Clousier und den Pfarrer das Whistspiel; Gérard kannte es bereits. Nach der Kartenpartie, so gegen neun, ging jeder heim. Bei diesem stillen Leben waren die einzigen Ereignisse das Fortschreiten jedes einzelnen Teilstücks des großen Unternehmens. Als im Juni der Gießbach Gabou trocken lag, siedelte Monsieur Gérard in das Haus des Forsthüters über. Farrabesche hatte bereits seinen Hof am Gabou bauen lassen. Fünfzig aus Paris gekommene Maurer verbanden die beiden Bergzüge durch eine Mauer von zwanzig Fuß Dicke, die zwölf Fuß tief auf einem Betonfundament ruhte. Die Mauer war etwa sechzig Fuß hoch und verjüngte sich; ihre Krone war nur zehn Fuß breit. Gérard lehnte nach dem Tal zu eine Betonböschung daran; ihre

Basis war zwölf Fuß breit. Nach dem Gemeindeland zu stützte eine ähnliche Böschung, die ein paar Fuß hoch mit Humus bedeckt wurde, dieses gewaltige Stauwerk, das die Wassermassen nicht zum Einsturz bringen konnten. Für den Fall allzu reichlicher Regengüsse hatte der Ingenieur in geeigneter Höhe einen Abfluß angebracht. Das Mauerwerk wurde an jeder Bergflanke bis zum Tuff oder Granit hineingetrieben, damit das Wasser seitlich keinen Ausgang fand. Mitte August war die Talsperre fertig. Gleichzeitig hatte Gérard in den drei Haupttälern drei Kanäle vorbereitet, und keine dieser Anlagen erreichte den Betrag seiner Kostenanschläge. So konnte also der Pachthof des Schlosses vollendet werden. Die Bewässerungsanlagen in der Ebene leitete Fresquin; sie standen mit dem von der Natur geschaffenen Kanal unten an der Bergkette nach der Ebene zu in Verbindung; und von dort gingen die Bewässerungsgräben aus. In den Gräben, die durch die Fülle von Kieselsteinen hatten eine Steingrundlage erhalten können, wurden Wehre angebracht, damit der Wasserstand in der Ebene stets in der richtigen Höhe gehalten werden konnte.

Jeden Sonntag nach der Messe stiegen Véronique, der Ingenieur, der Pfarrer, der Arzt und der Bürgermeister durch den Park hinab und beobachteten die Bewegung der Wassermassen. Der Winter 1833/34 war sehr regenreich gewesen. Das Wasser der drei Quellen war nach dem Gießbach hingeleitet worden, und das Regenwasser hatte das Gaboutal in drei Teiche verwandelt; sie waren in kluger Vorausschau gestaffelt angelegt worden, damit für Zeiten großer Dürre ein Reservoir entstand. An den Stellen, wo das Tal sich verbreiterte, hatte Gérard ein paar Hügelkuppen ausgenutzt und sie zu Inseln gemacht, die mit den verschiedenartigsten Bäumen bepflanzt wurden. Dieses weitläufige Unternehmen hatte die Landschaft völlig verändert; aber es waren fünf oder sechs Jahre nötig, bis sie ihr wahres Gesicht erhalten hatte. – »Die Gegend war ganz nackt«, pflegte Farrabesche zu sagen, »und jetzt hat Madame sie bekleidet.«

Seit diesen großen Umgestaltungen wurde Véronique in der ganzen Gegend »Madame« genannt. Als im Juni 1833 die Regengüsse aufhörten, wurden die Berieselungsanlagen auf dem Gelände der bereits eingesäten Wiesen erprobt, deren junges, auf diese Weise genährtes Grün die überlegenen Qualitäten der *marcite*[144] Italiens und der Schweizer Wiesen hatte. Das Bewässerungssystem, das dem der Bauernhöfe der Lombardei nachgebaut worden war, berieselte gleichmäßig das ganze Gelände; seine Oberfläche war gleichmäßig wie ein Teppich. Der Salpetergehalt des im Wasser aufgelösten Schnees trug sicherlich viel zur Hochwertigkeit des Grases bei. Der Ingenieur hoffte, in den Erträgnissen einige Ähnlichkeit mit denjenigen der Schweiz zu finden, für die jene Substanz, wie man weiß, eine unversiegbare Quelle des Reichtums ist. Die Anpflanzungen an den Wegseiten, die durch das in den Gräben gelassene Wasser zur Genüge Feuchtigkeit erhielten, gediehen rasch. Daher war 1838, fünf Jahre nach der Unternehmung der Madame Graslin in Montégnac, aus der unbestellten, von zwanzig Generationen für unfruchtbar gehaltenen Ebene, eine grüne, ertragreiche, gänzlich bepflanzte geworden. Gérard hatte dort fünf Pachthöfe gebaut, jeden zu tausend Morgen, ungerechnet den großen, zum Schloß gehörenden. Gérards Hof, der Grossetêtes und der Fresquins, die den Überschuß des Wassers der Besitzungen der Madame Graslin erhielten, waren sämtlich nach den gleichen Plänen errichtet worden und wurden nach denselben Methoden bewirtschaftet. Gérard hatte sich auf seinem Besitztum ein reizendes Landhaus gebaut. Als alles fertig war, wählten die Bewohner von Montégnac auf den Vorschlag des Bürgermeisters hin, der froh war, sich zur Ruhe setzen zu können, Gérard zum Bürgermeister der Gemeinde.

Im Jahre 1840 gab der erste Transport von Ochsen, den Montégnac auf die Pariser Märkte schickte, Anlaß zu einem ländlichen Fest. Die Pachthöfe in der Ebene züchteten Großvieh und Pferde; denn durch die Reinigung des Geländes hatten sich sieben Fuß Humus ergeben, den das jährlich abfallende Laub der Bäume, der Dung des weidenden Viehs und vor allem das Schneewasser aus dem Gabou-Reservoir beständig anreichern mußte. In jenem Jahr erachtete Madame Graslin es für notwendig, ihrem jetzt elfjährigen Sohn einen Hauslehrer zu geben; sie wollte sich nicht von ihm trennen, aber sie wollte nichtsdestoweniger einen gebildeten Menschen aus ihm machen. Monsieur Bonnet schrieb an das Priesterseminar. Madame Graslin ihrerseits sagte über ihren Wunsch und über ihre Verlegenheit ein paar Worte zu Monsieur Dutheil, der unlängst zum Erzbischof ernannt worden war. Die Wahl eines Mannes, der mindestens neun Jahre im Schloß wohnen sollte, war eine große, ernste Angelegenheit. Gérard hatte sich bereits erboten, seinen Freund Francis in die Mathematik einzuführen; aber man kam ohne einen Hauslehrer nicht aus, und die zu treffende Wahl erschreckte Madame Graslin um so mehr, als sie spürte, daß ihr Gesundheitszustand schwankend wurde. Je mehr der Wohlstand ihres geliebten Montégnac wuchs, desto mehr verdoppelte sie die geheimen Kasteiungen ihres Lebens. Monseigneur Dutheil, mit dem sie in stetem Briefwechsel stand, machte ihr den Mann ausfindig, den sie sich gewünscht hatte. Er schickte aus seiner Diözese einen jungen, fünfundzwanzigjährigen Lehrer namens Ruffin her, einen Kopf, der zur Privaterziehung berufen war; er besaß ausgedehnte Kenntnisse; sein Charakter war von äußerster Feinfühligkeit, die indessen die für die Leitung eines Jungen erforderliche Strenge nicht ausschloß; bei ihm tat die Frömmigkeit der Wissenschaft keinen Schaden; zudem war er geduldig und besaß ein angenehmes Äußeres. »Ich mache Ihnen da ein wahres Geschenk, geliebte Tochter«, hatte der Prälat geschrieben. »Dieser junge Mann ist würdig, die Erziehung eines Prinzen zu leiten; daher verlasse ich mich darauf, daß Sie ihm eine gedeihliche Zukunft sichern werden; schließlich soll er doch der geistige Vater Ihres Sohnes werden.«

Monsieur Ruffin gefiel den treuen Freunden der Madame Graslin so sehr, daß seine Ankunft nichts an den verschiedenen Freundschaftsbeziehungen störte, die sich um dieses Idol gebildet hatten, dessen Stunden und Augenblicke jeder mit einer gewissen Eifersucht beanspruchte.

Das Jahr 1843 sah den Wohlstand von Montégnac sich über alle Hoffnungen hinaus vergrößern. Der Hof am Gabou wetteiferte mit den Höfen in der Ebene, und der zum Schloß gehörende gab das Beispiel für alle Verbesserungen. Die fünf anderen Pachthöfe, deren stufenweise gesteigerter Pachtzins im zwölften Vertragsjahr für jeden die Summe von dreißigtausend Francs erreichen sollte, warfen damals schon alles in allem Einkünfte in Höhe von sechzigtausend Francs ab. Die Pächter, die begannen, die Frucht ihrer Opfer und derjenigen der Madame Graslin zu pflücken, konnten jetzt die Weidewiesen der Ebene verbessern, wo nun Gras von erster Qualität wuchs und die niemals Dürren zu befürchten hatten. Der Hof am Gabou zahlte freudig einen ersten Pachtzins von viertausend Francs. Während dieses Jahrs richtete ein aus Montégnac stammender Mann einen Postkutschenverkehr ein, der den Hauptort des Arrondissements mit Limoges verband und täglich sowohl von Limoges wie von jenem Hauptort abging. Monsieur Clousiers Neffe verkaufte sein Amt als Gerichtsschreiber und erhielt die Genehmigung, eine Notarskanzlei zu eröffnen. Die Regierung ernannte Fresquin zum Steuereinnehmer des Bezirks. Der neue Notar baute sich ein hübsches Haus in Ober-Montégnac, pflanzte auf dem dazugehörenden Gelände Maulbeerbäume und wurde Gérards Adjunkt. Der durch soviel Erfolg kühn gemachte Ingenieur faßte den Plan, das Vermögen der Madame Graslin, die in diesem Jahr wieder in den Besitz der für das Darlehen verpfändeten Staatsrentenpapiere gelangte, ins Kolossale zu vergrößern. Er wollte den kleinen Fluß kanalisieren und das überschüssige Wasser des Gabou hineinleiten. Jener Kanal, der bis Vienne geführt werden sollte, würde es ermöglichen, die zwanzigtausend Morgen des riesigen Waldbestandes von Montégnac auszubeuten, den Colorat bewunderungswürdig betreut hatte, und der aus Mangel an Transportmöglichkeiten keinen Ertrag abgeworfen hatte. Man konnte jährlich tausend Morgen abholzen und dabei auf zwanzig Jahre vorausdisponieren; auf diese Weise konnte kostbares Bauholz nach Limoges geführt werden. Das war ehedem Graslins Plan gewesen; er hatte damals den Plänen des Pfarrers bezüglich der Ebene wenig Gehör geschenkt und sich weit mehr mit der Kanalisation des kleinen Flusses abgegeben.

FÜNFTES KAPITEL

Véronique am Rande des Grabes

Ungeachtet der Haltung der Madame Graslin, gewahrten ihre Freunde zu Beginn des folgenden Jahres an ihr die Symptome, die die Vorboten eines nahen Todes sind. Auf alle Bemerkungen Roubauds, auf die geschicktesten und hellsichtigsten Fragen gab Véronique stets die gleiche Antwort: sie fühle sich vortrefflich. Allein im Frühling besuchte sie ihre Waldungen, ihre Pachthöfe und ihre schönen Wiesen und bekundete dabei eine kindliche Freude, die anzeigte, daß sie trübe Ahnungen hegte.

Da Gérard sich in die Notwendigkeit versetzt sah, eine kleine Betonmauer vom Staudamm des Gabou bis zum Park von Montégnac zu errichten, unten an dem la Corrèze genannten Hügel entlang, kam er auf den Gedanken, den Wald von Montégnac einzufrieden und ihn mit dem Park zu vereinigen. Madame Graslin bewilligte für diese Arbeiten jährlich dreißigtausend Francs; sie sollten sieben Jahre dauern, aber sie bewahrten den schönen Wald vor den Ansprüchen, die die Regierung auf nicht eingezäunte Wälder von Privatleuten erhebt. Die drei Teiche des Gaboutals sollten sich also im Park befinden. Jeder dieser Teiche, die stolz als Seen bezeichnet wurden, hatte seine Insel. In diesem Jahr hatte Gérard im Einvernehmen mit Grossetête für Madame Graslin eine Geburtstagsüberraschung vorbereitet. Auf der größten der Inseln, der zweiten, hatte er eine kleine, außen ziemlich rustikale, innen vollkommen elegante Kartause errichtet. Der alte Bankier hatte sich an der Verschwörung beteiligt, an der auch Farrabesche, Fresquin, Clousiers Neffe und die meisten reichen Leute von Montégnac mitwirkten. Grossetête hatte für die Kartause ein hübsches Mobiliar geschickt. Der Glockenturm war dem von Vévey nachgebildet und wirkte in der Landschaft ganz reizend. Sechs Boote, zwei für jeden Teich, waren heimlich während des Winters von Farrabesche und Guépin gebaut, angestrichen und betakelt worden; der Zimmermann von Montégnac hatte ihnen dabei geholfen.

Um Mitte Mai wurde Madame Graslin nach dem Mittagessen, das sie ihren Freunden gegeben hatte, von ihnen durch den Park geführt, den Gérard auf überlegene Weise entworfen hatte; er betreute ihn seit fünf Jahren als Gartenarchitekt und Naturforscher. Es ging zu der hübschen Wiese im Gaboutal, wo am Ufer des ersten Teichs die beiden Boote schwammen. Jene von ein paar klaren Bächen berieselte Wiese war unten an dem schönen Halbrund gewonnen worden, mit dem das Gabou-Tal beginnt. Kunstvoll gelichtete Wälder, und zwar so, daß sie die elegantesten Massen oder dem Blick angenehme Ausschnitte bildeten, umschlossen jene Wiese und liehen ihr einen die Seele lieblich berührenden Hauch von Einsamkeit. Auf einer Anhöhe hatte Gérard gewissenhaft jenes Schweizerhaus aus dem Tal von Sitten nachbauen lassen, das an der Straße nach Brieg gelegen ist und das alle Touristen bewundern. Dort sollten die Kühe und die Molkerei des Schlosses untergebracht werden. Von der Galerie aus überblickte man die von dem Ingenieur geschaffene Landschaft; ihre Seen machten sie der hübschen Fernblicke der Schweiz ebenbürtig. Es war ein herrlicher Tag. Keine Wolke am blauen Himmel; auf Erden tausenderlei anmutiges Nebenbei, wie es sich im schönen Monat Mai bildet. Die vor zehn Jahren an den Rändern gepflanzten Bäume, die Trauerweiden, die Salweiden, Erlen, Eschen, die holländischen, italienischen und nordamerikanischen Pappeln, der Weißdorn und Rotdorn, die Akazien und Birken, lauter erlesene Exemplare und alle so verteilt, wie der Boden und ihr Wuchs es erforderten, hielten in ihrem Laubwerk etwas von dem Dunst fest, der aus dem Wasser aufgestiegen war und wie leichte Rauchwolken aussah. Die Wasserfläche war blank wie ein Spiegel und still wie der Himmel; sie spiegelte die hohen, grünen Massen des Waldes wider, dessen in der durchsichtigen Luft sich klar abzeichnende Wipfel sich von dem unten wachsenden Buschwerk abhoben; es war in leichte Schleier gehüllt. Die Seen waren durch starke Dämme getrennt; sie bildeten drei Spiegel mit verschiedenartigen Reflexen; ihre Wasser ergossen sich vom einen in den andern, in lauschenden Kaskaden. Jene Dämme bildeten Wege, auf denen man von einem Ufer zum andern gelangte, ohne das ganze Tal umgehen zu müssen. Vom Schweizerhaus aus sah man durch einen Ausschnitt die unbestellbare, kreidige, unfruchtbare Steppe des Gemeindelandes, die, von der hinteren Galerie aus gesehen, dem offenen Meer ähnelte; sie bildete einen starken Gegensatz zu der jungen Natur des Sees und seiner Ufer. Als Véronique die Freude ihrer Freunde sah, die ihr die Hand reichten, um ihr beim Einsteigen in das größte der Boote zu helfen, traten ihr die Tränen in die Augen; sie ließ schweigend weiterrudern, bis zu dem Augenblick, da sie am ersten Damm anlegte. Als sie ihn hinabgestiegen war, um sich in das zweite Boot zu begeben, gewahrte sie die Kartause; Grossetête saß mit seiner ganzen Familie davor auf einer Bank.

»Wollen Sie mich denn dahin bringen, daß ich dem Leben nachtrauere?« fragte sie den Pfarrer.

»Wir wollen Sie am Sterben hindern«, antwortete Clousier.

»Die Toten macht man nicht wieder lebendig«, entgegnete sie.

Monsieur Bonnet warf seinem Beichtkind einen strengen Blick zu, der es wieder zu sich selbst brachte.

»Lassen Sie mich doch für Ihre Gesundheit sorgen«, bat Roubaud sie mit weicher, flehender Stimme, »ich bin sicher, daß ich dem Bezirk seinen lebendigen Ruhm und allen unsern Freunden das Bindeglied ihres gemeinsamen Lebens erhalten kann.«

Véronique senkte den Kopf, und Gérard ruderte langsam der Insel in der Mitte des Sees zu, der größten der drei; dort hallte das Geräusch der Wassermassen des ersten, jetzt übervollen, aus der Ferne her, und dadurch bekam diese köstliche Landschaft eine Stimme.

»Sie tun recht daran, mich von dieser entzückenden Schöpfung Abschied nehmen zu lassen«, sagte sie, als sie die Schönheit der Bäume erblickte; sie waren so dicht belaubt, daß sie die beiden Ufer verbargen.

Die einzige Mißbilligung, die ihre Freunde sich gestatteten, bestand in einem düstern Schweigen, und auf einen abermaligen Blick Monsieur Bonnets hin sprang Véronique leichtfüßig an Land und setzte eine heitere Miene auf, die sie nicht wieder ablegte. Sie war wieder Schloßherrin geworden, sie gab sich bezaubernd, und die Familie Grossetête erkannte in ihr die schöne Madame Graslin vergangener Tage wieder. – »Ganz sicher könnte sie noch weiterleben!« flüsterte ihm ihre Mutter zu. An diesem schönen Festtag, inmitten dieser erhabenen Schöpfung, die einzig mit den Hilfsmitteln der Natur zuwegegebracht worden war, schien nichts Véronique kränken zu wollen, und dennoch empfing

892

sie hier den Todesstoß. Gegen neun Uhr sollte über die Wiesen heimgekehrt werden, deren Wege ebenso schön waren wie englische oder italienische Landstraßen und den Stolz des Ingenieurs bildeten. Die Unmengen von Kieselsteinen, die bei der Säuberung der Ebene in Haufen an der Seite aufgeschüttet worden waren, erlaubten es, jene Wege so gut instand zu halten, daß sie wie macadamisiert[145] wirkten. Die Wagen hielten am Ausgang des letzten Tals nach der Ebene hin, fast am Fuß der Roche-Vive. Die Gespanne waren sämtlich aus Pferden zusammengestellt, die in Montégnac gezüchtet worden waren; es waren die ersten Zuchtergebnisse, die für den Verkauf geeignet schienen; der Leiter des Gestüts hatte zehn davon für die Ställe des Schlosses einfahren lassen, und ihre Erprobung bildete einen Teil des Festprogramms. Vor der Kalesche der Madame Graslin, einem Geschenk Grossetêtes, stampften die vier schönsten Pferde; ihre Geschirre waren ganz schlicht. Nach dem Essen sollte die fröhliche Gesellschaft den Kaffee in einem kleinen Holzkiosk trinken, einer Nachahmung desjenigen am Bosporus; er lag an der Spitze der Insel, von wo aus der Blick sich über den letzten Teich erstrecken konnte. Colorats Haus, denn der Forsthüter war außerstande, so schwierige Funktionen wie die des Oberaufsehers von Montégnac zu erfüllen, war von Farrabesche bezogen worden; dieses und das neu hergerichtete alte Haus bildeten eine der baulichen Staffagen dieser Landschaft, die durch den großen Staudamm des Gabou abgeschlossen wurde; dieser lenkte auf eine anmutige Weise die Blicke auf eine Masse üppigen, kräftigen Pflanzenwuchses.

Von dort aus glaubte Madame Graslin ihren Sohn Francis in der Nähe der von Farrabesche gepflanzten Schonung zu sehen; sie suchte ihn mit den Augen, fand ihn nicht, und Monsieur Ruffin zeigte ihn ihr, wie er tatsächlich am Gestade mit den Kindern von Grossetêtes Enkelinnen spielte. Véronique befürchtete ein Unglück. Ohne auf jemanden zu hören, stieg sie vom Kiosk hinunter, sprang in eins der Boote, ließ sich am Dammweg absetzen und lief davon, um den Sohn zu holen. Dieser kleine Zwischenfall verursachte den Aufbruch. Der ehrwürdige Urgroßvater Grossetête schlug als erster vor, den schönen Pfad einzuschlagen, der an den beiden letzten Seen entlangführte und dabei den

Willkürlichkeiten des bergigen Bodens folgte. Madame Graslin sah von weitem Francis in den Armen einer Frau in Trauerkleidung. Aus der Form des Hutes und dem Schnitt der Kleidung war zu schließen, daß es sich bei jener Frau um eine Ausländerin handelte. Die erschrockene Véronique rief ihren Sohn; er kam zu ihr.

»Wer ist jene Frau?« fragte sie die Kinder, »und warum ist Francis von euch weggelaufen?«

»Die Dame hat ihn mit seinem Namen gerufen«, sagte ein kleines Mädchen.

Da langten die Sauviat und Gérard an, die der ganzen Gesellschaft vorangeeilt waren.

»Wer ist jene Frau, lieber Junge?« fragte Madame Graslin Francis.

»Ich kenne sie nicht«, sagte das Kind, »aber nur du und meine Großmutter haben mich so abgeküßt. Sie hat geweint«, sagte er leise zu seiner Mutter.

»Soll ich ihr nachgehen?« fragte Gérard.

»Nein«, antwortete ihm Madame Graslin mit einer Schroffheit, die nicht zu ihren Gewohnheiten gehörte.

Aus einem Zartgefühl heraus, das Véronique ihm hoch anrechnete, führte Gérard die Kinder fort, ging den übrigen entgegen und ließ die Sauviat, Madame Graslin und Francis allein.

»Was hat sie zu dir gesagt?« fragte die Sauviat ihren Enkel.

»Ich weiß es nicht, sie hat nicht französisch gesprochen.«

»Dann hast du nichts verstanden?« fragte Véronique.

»Doch! Ein paarmal hat sie gesagt, und deswegen habe ich es behalten: dear brother!«

Véronique nahm den Arm der Mutter und behielt den Sohn an der Hand; doch kaum hatte sie ein paar Schritte getan, als die Kräfte sie verließen.

»Was hat sie? Was ist geschehen?« wurde die Sauviat gefragt.

»Oh! Meine Tochter schwebt in Gefahr«, sagte mit kehliger, tiefer Stimme die alte Auvergnatin.

Madame Graslin mußte in ihren Wagen getragen werden; sie wollte, daß Aline und Francis ebenfalls hineinstiegen, und bedeutete Gérard, sie zu begleiten.

»Sie sind doch, wie ich glaube, in England gewesen?« fragte

sie ihn, als sie wieder bei vollem Bewußtsein war. »Und Sie können doch Englisch? Was bedeuten die Worte: dear brother?«

»Wer wüßte das nicht?« rief Gérard aus. »Sie heißen: lieber Bruder!«

Véronique wechselte mit Aline und der Sauviat einen Blick, der beide erstaunen ließ; aber sie dämmten ihre Erschütterung zurück. Das Freudengeschrei aller, die der Abfahrt der Wagen beiwohnten, der prunkende Glanz, den die untergehende Sonne auf den Wiesen entfachte, der vollendete Gang der Pferde, das Lachen ihrer nachfolgenden Freunde, der Galopp den die sie zu Pferde begleitenden ihre Reittiere anschlagen ließen, nichts von alledem entriß Madame Graslin ihrer Empfindungslosigkeit; die Mutter trieb den Kutscher zur Eile an, und so gelangte ihr Wagen als erster zum Schloß. Als die Gesellschaft sich dort eingefunden hatte, erfuhr man, Véronique habe sich in ihrem Zimmer eingeschlossen und wolle niemanden sehen.

»Ich fürchte«, sagte Gérard zu seinen Freunden, »Madame Graslin hat irgendeinen tödlichen Schlag erhalten . . .«

»Wo denn? Und wie denn?« wurde er gefragt.

»Im Herzen«, antwortete Gérard.

Am übernächsten Tag reiste Roubaud nach Paris; er hatte Madame Graslins Erkrankung als so ernst erkannt, daß er, um sie dem Tod zu entreißen, das Wissen und die Hilfe des besten Pariser Arztes beanspruchen wollte. Aber Véronique hatte Roubaud nur vorgelassen, um dem Drängen ihrer Mutter und Alines ein Ende zu machen, die sie bestürmt hatten, sich ärztlicher Behandlung zu unterziehen: Sie hatte gefühlt, daß sie zu Tode getroffen sei. Sie weigerte sich, Monsieur Bonnet zu empfangen; sie ließ ihm antworten, es sei noch nicht an der Zeit. Obgleich alle ihre Freunde, die zu ihrem Geburtstag aus Limoges herübergekommen waren, bei ihr bleiben wollten, bat sie um Nachsicht, daß sie die Pflichten der Gastfreundschaft nicht erfülle; aber sie wünsche, in tiefster Einsamkeit zu verbleiben. Also kehrten nach Roubauds jähem Aufbruch die Gäste des Schlosses Montégnac nach Limoges zurück, und zwar weniger enttäuscht als verzweifelt; denn alle, die Grossetête mitgebracht hatte, beteten Véronique an. Man erging sich in Mutmaßungen über das Geschehnis, das ein so geheimnisvolles Unheil hatte verursachen können.

895

Eines Abends, zwei Tage nach der Abfahrt der vielgliedrigen Familie Grossetête, führte Aline Catherine in Madame Graslins Zimmer. Die Farrabesche blieb wie festgenagelt stehen, als sie die Veränderung wahrnahm, die sich so plötzlich bei ihrer Herrin vollzogen hatte; sie sah, daß deren Gesicht beinahe entstellt war.

»Mein Gott, Madame!« rief sie. »Welch ein Unheil hat dieses arme Mädchen angerichtet! Hätten mein Mann und ich es voraussehen könen, so hätten wir sie nie aufgenommen; sie hat gehört, Madame sei krank, und sie schickt mich her, damit ich Madame Sauviat sage, sie möchte sie sprechen.«

»Hier?« rief Véronique. » Ja, wo ist sie denn?«

»Mein Mann hat sie ins Schloß geführt.«

»Gut«, antwortete Madame Graslin, »gehen Sie jetzt und sagen Sie Ihrem Mann, er solle heimgehen. Bestellen Sie der Dame, meine Mutter werde sie aufsuchen; sie möge warten.«

Als es dunkel geworden war, schritt Véronique, auf den Arm der Mutter gestützt, langsam durch den Park bis zum Schweizerhaus. Der Mond strahlte in seinem vollem Glanz, die Luft war milde, und die beiden sichtlich tiefbewegten Frauen schöpften auf irgendeine Weise aus der Natur neuen Mut. Dann und wann blieb die Sauviat stehen und ließ die Tochter sich ausruhen; Véroniques Schmerzen waren so heftig, daß sie erst gegen Mitternacht den Pfad zu erreichen vermochte, der sich vom Wald in die Wiese hinabsenkte, wo das silbrige Dach des Schweizerhauses schimmerte. Das Mondlicht lieh der ruhigen Oberfläche der Wasser die Färbung von Perlen. Die kleinen Geräusche der Nacht, die in der Stille so vernehmlich waren, waren von einer lieblichen Harmonie. Véronique setzte sich auf die Bank vor dem Schweizerhaus, inmitten des schönen Schauspiels der überstirnten Nacht. Das Geflüster zweier Stimmen, das Geräusch der Schritte zweier noch ferner Menschen wurden vom Wasser hergetragen, das, wenn alles still ist, die Laute ebenso getreulich wiedergibt wie es, wenn es ruhig daliegt, die Dinge spiegelt. Véronique erkannte an der wundervollen Sanftheit die Stimme des Pfarrers; sie vernahm das Rascheln der Soutane und das Knistern eines Seidenstoffs; es mußte der eines Frauenkleids sein.

»Laß uns hineingehen«, sagte sie zu ihrer Mutter.

Die Sauviat und Véronique setzten sich in dem unteren Raum, aus dem ein Stall werden sollte, auf eine Krippe.

»Mein Kind«, sagte der Pfarrer, »ich tadle Sie nicht, Sie sind entschuldbar, aber Sie können zur Ursache eines Unglücks werden, das nicht wiedergutzumachen ist; sie ist die Seele dieser Gegend.«

»Oh, Herr Pfarrer, noch heute abend will ich wieder fortgehen«, antwortete die Fremde; »aber Ihnen kann ich es ja sagen: Ein zweitesmal meine Heimat zu verlassen, das wäre mein Tod. Wäre ich einen Tag länger in diesem grausigen New York und in den Vereinigten Staaten geblieben, wo es weder Hoffnung noch Glauben, noch Menschenliebe gibt, so wäre ich gestorben, ohne krank gewesen zu sein. Die Luft, die ich atmete, tat mir in der Brust weh, was ich aß, ernährte mich nicht mehr, ich siechte hin und schien doch voller Leben und Gesundheit zu sein. Mein Leiden hat aufgehört, sowie ich den Fuß auf das Schiff gesetzt hatte; da habe ich geglaubt, ich sei schon in Frankreich. Ach, Herr Pfarrer, ich habe es mitangesehen, wie meine Mutter und eine meiner Schwägerinnen vor Kummer starben. Kurzum, mein Großvater Tascheron und meine Großmutter sind tot, tot, lieber Monsieur Bonnet, trotz des unerhörten Gedeihens von Tascheronville. Ja, mein Vater hat im Staat Ohio ein Dorf gegründet. Aus dem Dorf ist beinah eine Stadt geworden, und ein Drittel der dazugehörenden Ländereien wird von unserer Familie bestellt, die Gott ohne Unterlaß beschützt hat; unsere Äkker sind gediehen, unsere Erzeugnisse sind prächtig, und wir sind reich. Daher haben wir eine katholische Kirche bauen können, die Stadt ist katholisch, wir dulden dort keine anderen Kulte, und wir hoffen, durch unser Beispiel die tausend Sekten ringsum zu bekehren. Die wahre Religion ist in der Minderheit in jenem traurigen Land des Geldes und der Selbstsucht, wo es die Seele friert. Dennoch will ich dorthin zurückkehren und lieber sterben, als der Mutter unseres lieben Francis den geringsten Schaden anzutun und ihr das leiseste Leid zuzufügen. Nur, Monsieur Bonnet, führen Sie mich noch heute nacht zum Pfarrhaus, damit ich an ›seinem‹ Grab beten kann; denn das allein hat mich hierhergezogen; je mehr ich mich der Stätte näherte, wo ›er‹ ist, desto mehr fühlte ich, daß ich eine andere wurde. Nein, ich hätte nicht geglaubt, daß ich hier so glücklich sein könnte . . .!«

»Gut, gut«, sagte der Pfarrer, »wir wollen weggehen, kommen Sie. Wenn Sie eines Tages, ohne daß es zu Ungelegenheiten kommt, wiederkehren können, dann schreibe ich Ihnen, Denise; aber vielleicht ermöglicht dieser Besuch in Ihrer Heimat Ihnen, ohne zu leiden dort drüben zu bleiben . . .«

»Jetzt diese Gegend verlassen, wo sie so schön geworden ist! Sehen Sie denn nicht, was Madame Graslin aus dem Gabou gemacht hat?« fragte sie und deutete auf den mondüberschienenen See. »Und all dieser Grundbesitz wird einmal unserm lieben Francis gehören!«

»Sie sollen nicht wieder fort von hier, Denise«, sagte Madame Graslin und erschien in der Stalltür.

Jean-François Tascherons Schwester faltete beim Erblicken des Gespenstes, das zu ihr sprach, die Hände. Die vom Mond beschienene bleiche Véronique wirkte in dieser Minute, als sie sich vom Dunkel der offenen Stalltür abhob, wie ein Geisterschatten. Ihre Augen glänzten wie zwei Sterne.

»Nein, mein Kind, Sie brauchen die Heimat, die wiederzusehen Sie aus so weiter Ferne gekommen sind, nicht zu verlassen, und Sie sollen dort glücklich werden, oder aber Gott müßte sich weigern, mein Tun zu unterstützen; denn sicherlich ist er es, der Sie hergeschickt hat!«

Sie nahm die Hand der verdutzten Denise und führte sie auf einem Pfad an das andere Ufer des Sees; ihre Mutter und den Pfarrer ließ sie zurück; die beiden setzten sich auf die Bank.

»Wir wollen sie tun lassen, was sie will«, sagte die Sauviat.

Ein paar Minuten danach kam Véronique allein wieder und ließ sich von ihrer Mutter und dem Pfarrer ins Schloß zurückführen. Sie hatte wohl einen Plan gefaßt, von dem sie wollte, daß er geheim bliebe; denn niemand im Dorf bekam Denise zu sehen oder hörte von ihr reden. Als Madame Graslin zu Bett gegangen war, verließ sie es nicht wieder; jeden Tag ging es ihr schlechter; es schien sie zu verdrießen, daß sie nicht aufstehen konnte; mehrmals, aber vergebens, versuchte sie, im Park spazierenzugehen. Allein ein paar Tage nach diesem Geschehnis, Anfang Juni, bezwang sie sich am Vormittag und stand auf; sie wollte sich ankleiden und schmücken wie an einem Festtag; sie bat Gérard, ihr den Arm zu reichen, denn ihre Freunde waren jeden Tag gekommen, um sich nach ihr zu erkundigen; und als Aline gesagt hatte, ihre Herrin wolle einen Spaziergang machen, waren sie sämtlich ins Schloß geeilt. Madame Graslin hatte alle ihre Kräfte zusammengerafft und erschöpfte sie, um diesen Gang zu unternehmen. Sie führte ihren Plan mit einem Übermaß an Willensanspannung durch, und das mußte verhängnisvolle Folgen haben.

»Wir wollen zum Schweizerhaus gehen, und zwar allein«, sagte sie mit weicher Stimme zu Gérard und schaute ihn beinah kokett an. »Das ist dann meine letzte Eskapade; mir hat diese Nacht geträumt, die Ärzte kämen.«

»Wollen Sie sich Ihre Waldungen anschauen?« fragte Gérard.

»Zum letztenmal«, entgegnete sie. »Aber ich habe«, sagte sie mit einschmeichelnder Stimme, »Ihnen dort eigenartige Vorschläge zu machen.«

Sie zwang Gérard, an dem zweiten See, bis zu dem sie zu Fuß gegangen waren, das Boot zu besteigen. Als der Ingenieur, den diese Wasserfahrt wunderte, die Riemen bewegte, wies sie ihm die Kartause als Ziel.

»Lieber Freund«, sagte sie nach einer langen Pause, während derer sie Himmel, Wasser, Hügel und Ufer betrachtet hatte, »ich habe die seltsamste Bitte an Sie zu richten; aber ich glaube, Sie sind Manns genug, mir zu gehorchen.«

»In allem und jedem; ich bin sicher, daß Sie nur Gutes wollen können«, rief er aus.

»Ich will Sie verheiraten«, antwortete sie, »und Sie werden den Wunsch einer Sterbenden erfüllen, die gewiß ist, Ihr Glück zu machen.«

»Dazu bin ich zu häßlich«, sagte der Ingenieur.

»Die Betreffende ist hübsch, ist jung, will in Montégnac leben, und wenn Sie sie heiraten, tragen Sie dazu bei, mir meine letzten Augenblicke zu erleichtern. Es braucht zwischen uns nichts über ihre guten Eigenschaften gesagt zu werden; ich gebe sie Ihnen, weil sie ein Ausnahmegeschöpf ist; und da, wenn es sich um Anmut, Jugend und Schönheit handelt, der erste Blick genügt, wol-

899

len wir sie in der Kartause aufsuchen. Auf dem Rückweg können Sie mir dann in vollem Ernst ein Nein oder ein Ja sagen.«

Nach diesem vertraulichen Geständnis bewegte der Ingenieur die Riemen schneller, und darüber mußte Madame Graslin lächeln. Denise, die vor allen Blicken verborgen in der Kartause wohnte, erkannte Madame Graslin und beeilte sich zu öffnen. Véronique und Gérard traten ein; das arme Mädchen konnte nicht umhin, zu erröten, als es dem Blick des Ingenieurs begegnete, der ob Denises Schönheit angenehm überrascht war.

»Hat die Curieux es Ihnen an nichts fehlen lassen?« fragte Véronique sie.

»Sehen Sie nur, Madame«, sagte sie und zeigte ihr den gedeckten Tisch.

»Dies ist Monsieur Gérard, von dem ich Ihnen erzählt hatte«, fuhr Véronique fort. »Er wird der Vormund meines Sohns, und nach meinem Tod sollen Sie beide bis zu seiner Großjährigkeit im Schloß wohnen.«

»Oh, Madame, so etwas dürfen Sie nicht sagen.«

»Aber schaun Sie mich doch an, mein Kind«, sagte sie zu Denise, in deren Augen sie sogleich Tränen gesehen hatte. – »Sie kommt aus New York«, sagte sie zu Gérard.

Dadurch hatte sie die Beziehungen zwischen dem Paar angebahnt. Gérard stellte Denise ein paar Fragen, und Véronique ließ sie miteinander plaudern und schaute sich währenddessen den letzten Gabou-See an. Gegen sechs Uhr kehrten Gérard und Véronique im Boot zum Schweizerhaus zurück.

»Nun?« fragte sie und blickte den Freund an.

»Sie haben mein Wort.«

»Obwohl Sie frei von Vorurteilen sind«, fuhr sie fort, »darf ich Ihnen den grausamen Umstand nicht vorenthalten, der dieses arme Kind, das das Heimweh nach hier zurückgeführt, aus dem Dorf vertrieben hat.«

»Ein Fehltritt?«

»O nein!« sagte Véronique. »Hätte ich sie Ihnen dann angeboten? Sie ist die Schwester eines Arbeiters, der auf dem Schafott geendet hat ...«

»Ach so, Tascheron«, entgegnete er, »der Mörder des alten Pingret ...«

»Ja, sie ist die Schwester eines Mörders«, sagte Madame Graslin nochmals mit bitterer Ironie, »Sie können Ihr Wort zurücknehmen.«

Sie konnte nicht zu Ende sprechen; Gérard mußte sie auf die Bank vor dem Schweizerhaus tragen, auf der sie eine Weile ohne Bewußtsein saß. Als sie die Augen wieder aufschlug, sah sie Gérard vor sich knien; er sagte: »Ich heirate Denise!«

Madame Graslin zog Gérard hoch, nahm seinen Kopf und küßte ihn auf die Stirn; und als sie sah, daß ihn dieses Dankeszeichen wunderte, drückte sie ihm die Hand und sagte: »Sie werden bald die Lösung dieses Rätsels erfahren. Jetzt wollen wir versuchen, wieder auf die Terrasse zu gelangen; dort finden wir unsere Freunde wieder; es ist recht spät geworden, ich bin sehr müde, und dennoch will ich von weitem von dieser geliebten Ebene Abschied nehmen!«

Obwohl der Tag unerträglich heiß gewesen war, hatten die Gewitter, die während jenes Jahres einen Teil Europas und Frankreichs verheerten, aber das Limousin verschonten, sich im Loire-Becken entladen, und die Luft begann, sich abzukühlen. Der Himmel war jetzt so rein, daß das Auge die geringsten Einzelheiten in der Ferne zu erkennen vermochte. Welches Wort könnte das köstliche Konzert schildern, das die gedämpften Geräusche des Marktfleckens, der von den von den Feldern heimkehrenden Arbeitern belebt wurde, vollführten? Um gut wiedergegeben zu werden, verlangt diese Szene einen großen Landschafter und einen Maler der menschlichen Gestalt. Liegt nicht tatsächlich in der Müdigkeit der Natur und in derjenigen des Menschen eine seltsame, schwierig wiederzugebende Übereinstimmung? Die erschlaffende Hitze eines Hundstags und die Verdünnung der Luft geben dann dem leisesten Geräusch, das die Lebewesen vollführen, seine volle Bedeutung. Die vor ihren Türen sitzenden, auf ihre Männer, die häufig die Kinder mit heimbringen, wartenden Frauen schwatzen miteinander und arbeiten noch immer. Von den Dächern steigen Rauchwolken, die von der letzten Mahlzeit des Tages künden, der heitersten für die Bauern; denn danach gehen sie schlafen. Jede Bewegung drückt dann die frohen, ruhigen Gedanken derer aus, die ihr Tagwerk vollbracht haben. Man hört Lieder, von ganz anderer Art als die am Morgen angestimmten. Darin ahmen die Dorfbewohner die Vögel nach, deren abendliches Gezwitscher in nichts ihren Rufen bei Tagesanbruch gleicht. Die ganze Natur singt der Ruhe einen Hymnus, wie sie bei Sonnenaufgang einen Hymnus voller Heiterkeit singt. Die geringsten Betätigungen der Lebewesen scheinen sich jetzt mit den sanften, harmonischen Farben zu tönen, die der Sonnenuntergang über die Felder breitet, und die dem Wegsand etwas Sanftes leihen. Sollte jemand wagen, den Einfluß dieser Stunde, der schönsten des Tags, zu leugnen, so würden die Blumen ihn dadurch Lügen strafen, daß sie ihn mit ihren stärksten Düften berauschten; dann nämlich hauchen sie sie aus und mischen sie mit dem zärtlichsten Summen der Insekten, den verliebten Zwitscherlauten der Vögel. Die Bewässerungsgräben, die die Ebene jenseits des Dorfs furchen, hatten sich in feinen, leichten Dunst gehüllt. Auf den großen Wiesen, die die vom Département unterhaltene Landstraße teilt – auch sie war jetzt von Pappeln, Akazien und japanischen Firnisbäumen[146] in gleichmäßigen Abständen beschattet; sie waren nämlich so gut gediehen, daß sie bereits Schatten spendeten –, gewahrte man die mächtigen, berühmten Viehherden, einzel stehend oder in Gruppen, die einen wiederkäuend, die andern noch weidend. Männer, Frauen und Kinder beendeten die hübscheste der Feldarbeiten, das Heuen. Die Abendluft, die die von den Gewittern herrührende plötzliche Kühle belebte, trug die nahrhaften Düfte des geschnittenen Grases und der aufgeschichteten Heubündel heran. Die geringsten Einzelheiten dieses schönen Panoramas waren vollkommen deutlich zu sehen; und diejenigen, die ein Gewitter fürchteten, machten in aller Hast Heuhaufen fertig, um die die Heuenden mit beladenen Gabeln herumliefen; andere beluden die Karrenwagen inmitten der Heubinder; weitere mähten noch in der Ferne, und wieder andere wendeten die langen Zeilen geschnittenen Grases, die wie schräge Schraffuren auf den Wiesen lagen, damit sie trockneten; andere schichteten das Heu eilends zu Haufen auf. Man hörte das Lachen spielender Kinder; es mischte sich mit dem Gekreisch der sich in den Heuhaufen wälzenden. Man sah die rosa, die roten oder blauen Röcke, die Halstücher, die nackten Beine, die Arme der Frauen, die sämtlich breitrandige Hüte aus gewöhnlichem Stroh aufhatten, und die

Hemden der Männer, die fast alle weiße Hosen trugen. Die letzten Sonnenstrahlen stäubten durch die langen Zeilen der an Bewässerungsgräben, die die Ebene in ungleich große Wiesen teilten, gepflanzten Pappeln hindurch und liebkosten die Gruppen, die aus Pferden, Karren, Männern, Frauen, Kindern und Hornvieh bestanden. Die Kuhhirten und Schäferinnen begannen ihre Herden zusammenzutreiben; sie riefen sie mit den Klängen bäuerlicher Hörner. Alles vollzog sich lärmend und still, was ein eigentümlicher Widerspruch ist; er wird nur Leute verwundern, denen der Glanz des Landlebens unbekannt ist. Teils von der Seite des Dorfs her, teils von der andern kam ein Wagenzug mit Grünfutter nach dem andern. Dieser Anblick hatte etwas Einschläferndes. Daher schritt Véronique zwischen Gérard und dem Pfarrer schweigend einher. Wenn ein durch eine dörfliche Straße entstandener Ausblick zwischen den unterhalb der Terrasse, dem Pfarrhaus und der Kirche gelegenen, gestaffelten Häusern dem Blick erlaubte, in die Hauptstraße von Montégnac einzutauchen, gewahrten Gérard und Monsieur Bonnet, daß die Augen der Frauen, der Männer, der Kinder, kurz, aller Gruppen ihnen zugewandt waren und sicherlich in ganz besonderem Maß Madame Graslin folgten. Wieviel Liebe und Dankbarkeit wurden durch dieses Verhalten ausgedrückt! Mit wieviel Segenswünschen wurde Véronique überschüttet! Mit welch frommer Aufmerksamkeit wurden die drei Wohltäter einer ganzen Gegend betrachtet! So fügte der Mensch allen Abendgesängen noch einen Dankeshymnus hinzu. Aber wenn Madame Graslin beim Gehen die Augen auf die langen, herrlichen grünen Flächen gerichtet hielt, ihre Lieblingsschöpfung, wurden der Priester und der Bürgermeister es nicht müde, die Menschengruppen dort unten zu betrachten, deren Ausdruck mißzuverstehen unmöglich war: Schmerz, Schwermut und mit Hoffnungen untermischtes Bedauern zeichneten sich darin ab. Jedermann in Montégnac wußte, daß Monsieur Roubaud nach Paris gereist war, um Männer der ärztlichen Wissenschaft zu holen, und daß die Wohltäterin des Bezirks dem Ende einer Todeskrankheit entgegenging. Auf allen Märkten zehn Meilen in der Runde fragten die Bauern die aus Montégnac: »Wie geht's eurer Gutsherrin?« So schwebte der große Gedanke an den Tod über diesem Dorf, inmitten des ländlichen Bildes. In der Ferne, auf der Wiese, versanken mehr als ein Schnitter beim Schärfen seiner Sense, mehr als ein Mädchen mit auf die Forke gestütztem Arm, mehr als ein Pächter oben auf seinem Heuhaufen beim Erblicken der Madame Graslin in Nachdenken, beim Erblicken dieser großen Frau, die der Ruhm der Corrèze war; sie suchten in dem, was sie zu sehen vermochten, nach einem Günstiges versprechenden Zeichen; oder sie schauten sie an und bewunderten sie, wozu sie eine Empfindung antrieb, die ihnen mehr galt als die Arbeit. – »Sie geht spazieren, also geht es ihr besser!« Dieser schlichte Ausspruch war auf allen Lippen. Madame Graslins Mutter, die auf der Eisenbank saß, die Véronique am Ende ihrer Terrasse hatte aufstellen lassen, an der Ecke, von der aus der Blick durch die Balustrade hindurch auf den Friedhof fiel, beobachtete die Bewegungen ihrer Tochter; sie sah sie gehen, und ihren Augen entquollen ein paar Tränen. Sie war in die Anstrengungen dieses übermenschlichen Muts eingeweiht; sie wußte, daß Véronique bereits in diesem Augenblick die Schmerzen eines furchtbaren Todeskampfs durchlitt und sich nur durch einen heldenhaften Willen aufrecht hielt. Jene fast roten Tränen, die über das siebzigjährige, sonnenverbrannte, runzlige Gesicht rannen, dessen Pergamenthaut sich bei keiner Erregung zu falten schien, entlockten auch dem jungen Graslin Tränen, den Monsieur Ruffin zwischen den Knien hielt.

»Was hast du, mein Junge?« fragte der Hauslehrer ihn sofort.

»Meine Großmutter weint«, antwortete er.

Monsieur Ruffin, dessen Augen an der auf sie zukommenden Madame Graslin gehangen hatten, blickte die Mutter Sauviat an und war tief betroffen beim Anblick dieses alten, vom Schmerz versteinten, von Trauer benetzten Kopfs einer römischen Matrone.

»Madame, warum haben Sie sie nicht am Ausgehen gehindert?« fragte der Hauslehrer die alte Mutter, die ihr stummer Schmerz erhaben und heilig machte.

Während Véronique, die durch ein Schreiten von wunderbarer Eleganz förmlich majestätisch wirkte, herankam, ließ die Sauviat in ihrer Verzweiflung, daß sie die Tochter überleben werde, sich das Geheimnis vieler die Neugierde anstachelnder Dinge entschlüpfen.

»Gehen«, rief sie, »und dabei ein abscheuliches Büßerhemd aus Roßhaar tragen, das sie beständig in die Haut sticht!«

Diese Worte ließen den jungen Mann zu Eis erstarren; er hatte gegenüber der erlesenen Anmut von Véroniques Bewegungen nicht unempfänglich bleiben können und erzitterte bei dem Gedanken an die schreckliche, dauernde Herrschaft, die die Seele über den Körper hatte gewinnen können. Die um der Zwanglosigkeit ihrer Haltung, um ihres Anstands und ihres Ganges willen berühmteste Pariserin wäre in diesem Augenblick vielleicht von Véronique übertroffen worden.

»Seit dreizehn Jahren trägt sie es, sie hat es angelegt, seit der Kleine da entwöhnt war«, sagte die Alte und deutete auf den jungen Graslin. »Sie hat hier Wunder vollbracht; aber wenn man ihr Leben kennte, könnte sie heiliggesprochen werden. Seit sie hier ist, hat niemand sie essen sehen; wissen Sie auch, warum? Dreimal täglich bringt Aline ihr ein Stück trockenes Brot auf einer großen, aschgrauen Schüssel und in Wasser ohne Salz gekochtes Gemüse in einem roten Tontopf, er sieht aus wie die, in denen man den Hunden ihr Futter gibt! Ja, so ernährt sich die, die diesen Bezirk zum Leben erweckt hat. Wenn sie betet, kniet sie auf dem Saum ihres Büßerhemds. Ohne diese Kasteiungen, sagt sie, könnte sie nicht die lachende Miene aufsetzen, die man an ihr sieht. Ich sage Ihnen das«, fuhr die Alte leise fort, »damit Sie es dem Arzt weitersagen, den Monsieur Roubaud in Paris holt. Wenn er meine Tochter daran hindert, mit ihren Bußübungen fortzufahren, kommt sie vielleicht noch einmal davon, obwohl ihr der Tod schon die Hand auf den Kopf gelegt hat. Bedenken Sie doch! Ach, ich muß sehr stark sein, daß ich seit fünfzehn Jahren dies alles ertragen habe!«

Die alte Frau nahm die Hand ihres Enkels, hob sie hoch und fuhr sich damit über Stirn und Wangen, wie wenn die kindliche Hand einen heilsamen Balsam verbreite; dann drückte sie mit einer Liebe, deren Geheimnis gleichermaßen den Großmüttern und den Müttern eigen ist, einen Kuß darauf. Véronique war jetzt nur noch ein paar Schritte von der Bank entfernt; mit ihr kamen Clousier, der Pfarrer und Gérard heran. Das weiche Licht des Sonnenuntergangs beleuchtete sie; sie strahlte in einer schauerlichen Schönheit. Ihre gelbe, von langen, wie Wolken übereinandergehäuften Falten durchfurchte Stirn kündete inmitten innerlicher Kämpfe von einem starren Gedanken. Ihr aller Farbe bares Gesicht war ganz weiß, und zwar von der matten, oliven getönten Dürre und trug die Spuren großer, körperlicher Schmerzen, die durch seelische Leiden hervorgerufen worden waren. Sie bekämpfte die Seele durch den Körper und umgekehrt. Sie war so völlig zerstört, daß sie sich selbst nur ähnelte wie eine alte Frau ihrem Bildnis als junges Mädchen. Der glühende Ausdruck ihrer Augen zeugte von der despotischen Herrschaft, die ein christlicher Wille auf den Körper ausübt, der auf das zurückgeführt worden ist, was er dem Willen der Religion gemäß sein soll. Bei dieser Frau schleifte die Seele den Leib hinter sich her wie der Achilleus der weltlichen Dichtung Hektor geschleift hatte; sie hatte ihn siegreich über die steinigen Wege des Lebens gezerrt; sie hatte ihn fünfzehn Jahre lang das himmlische Jerusalem umkreisen lassen, in das sie einzugehen hoffte, nicht durch ein hinterlistiges Täuschungsmanöver, sondern unter triumphalen Beifallsrufen. Nie ist einer der Einsiedler, die in den dürren, wasserlosen afrikanischen Wüsten lebten, in stärkerem Maß Herr seiner Sinne gewesen als Véronique in diesem herrlichen Schloß, in dieser prangenden Gegend mit den weichen, wollüstigen Landschaftsbildern, unter dem Schutzmantel dieses riesigen Waldes, aus dem die Wissenschaft, die Erbin des Stabs des Moses, Überfluß, Wohlstand und Glück für eine ganze Gegend hatte entspringen lassen. Sie betrachtete die Ergebnisse von zwölf Jahren der Geduld, das Werk, das den Stolz eines überlegenen Menschen hätte bilden können, mit der sanften Bescheidenheit, die der Pinsel des Pontormo[147] dem erhabenen Antlitz seiner christlichen Keuschheit, die das himmlische Einhorn liebkost, hat zuteil werden lassen. Die fromme Schloßherrin, deren Schweigen von ihren beiden Begleitern geachtet wurde, als sie ihre Blicke auf den unermeßlichen Ebenen ruhen sahen, die ehemals dürr gewesen und die jetzt fruchtbar waren, ging mit gekreuzten Armen, die Augen starr auf den Horizont ihres Wegs gerichtet.

Plötzlich blieb sie zwei Schritte vor ihrer Mutter stehen, die sie anschaute, wie die Mutter Christi ihren am Kreuz hängenden Sohn angeschaut haben muß; sie hob die Hand und zeigte auf die Einmündung des Wegs nach Montégnac in die große Landstraße.

»Seht ihr«, sagte sie lächelnd, »die Kalesche dort mit den vier vorgespannten Postpferden? Das ist Monsieur Roubaud; er kommt zurück. Bald werden wir wissen, wieviel Stunden ich noch zu leben habe.«

»Stunden!« sagte Gérard.

»Habe ich Ihnen nicht gesagt, ich machte meinen letzten Spaziergang?« erwiderte sie Gérard. »Bin ich nicht hergekommen, um ein letztes Mal dieses schöne Schauspiel in all seinem Glanz zu betrachten?« Sie deutete nacheinander auf das Dorf, dessen ganze Einwohnerschaft in diesem Augenblick zusammengeschart auf dem Kirchplatz stand, und dann auf die schönen, von den letzten Sonnenstrahlen überglänzten Wiesen. – »Ach!« sprach sie weiter, »laßt mich in der merkwürdigen Wetterlage, der wir die Erhaltung unserer Ernten danken, einen Segen Gottes erblicken. Rings um uns haben Stürme, Regengüsse, Hagel und Blitz unablässig und erbarmungslos dreingeschlagen. So denkt das Volk; warum sollte ich es ihnen nicht gleichtun? Ich habe es so nötig, darin ein gutes Vorzeichen für das zu sehen, was meiner wartet, wenn ich die Augen schließe!« Der kleine Junge stand auf, ergriff die Hand der Mutter und legte sie sich aufs Haar. Véronique war über diese beredte Geste gerührt; sie ergriff den Sohn, und mit übernatürlicher Kraft hob sie ihn hoch, nahm ihn auf den linken Arm[148], als habe sie ihn noch an der Brust, und sagte zu ihm: »Siehst du dies Land, mein Sohn? Setze, wenn du zum Mann geworden bist, das Werk deiner Mutter fort.«

»Es gibt nur eine kleine Zahl Starker und Bevorzugter, denen es verstattet ist, dem Tod unmittelbar gegenüberzutreten, einen langen Zweikampf mit ihm auszufechten und dabei einen Mut und eine Gewandtheit zu bezeigen, die einen vor Bewunderung betroffen machen; Sie bieten uns dieses erschreckende Schauspiel dar, Madame«, sagte der Pfarrer mit ernster Stimme. »Aber vielleicht fehlt es Ihnen an Mitleid für uns; lassen Sie uns wenigstens hoffen, daß Sie sich täuschen. Gott wird erlauben, daß Sie alles zu Ende führen, was Sie begonnen haben.«

»Nur durch Sie, meine Freunde, habe ich etwas vollbracht«, sagte sie. »Ich habe Ihnen von Nutzen sein können; und jetzt bin ich es nicht mehr. Rings um uns ist alles grün; hier ist nichts mehr öde und leer als mein Herz. Sie wissen es, lieber Pfarrer; nur dort drüben kann ich Frieden und Verzeihung finden . . .«

Sie streckte die Hand nach dem Friedhof aus. Sie hatte seit ihrem Ankunftstag, als sie sich an dieser Stelle so schlecht befunden hatte, nie soviel darüber gesagt. Der Pfarrer musterte sein Beichtkind, und seine lange Gewohnheit, in ihr Inneres zu blikken, machte ihm deutlich, daß er in jener einfachen Äußerung einen neuen Triumph errungen hatte. Véronique hatte entsetzlich viel auf sich nehmen müssen, um nach diesen zwölf Jahren das Schweigen durch ein Wort zu brechen, das so vielerlei besagte. Daher faltete der Pfarrer auf die ihm eigene salbungsvolle Weise die Hände und betrachtete mit tiefer, frommer Rührung die Gruppe, die diese Familie bildete, deren sämtliche Geheimnisse in sein Herz eingegangen waren. Gérard, den die Worte Frieden und Verzeihung seltsam dünken mußten, stand verblüfft da. Monsieur Ruffin, dessen Augen an Véronique hingen, war wie betäubt. In diesem Augenblick jagte die zu rascher Fahrt angetriebene Kalesche an den Bäumen vorüber.

»Sie sind zu fünft!« sagte der Pfarrer, der die Fahrgäste sehen und zählen konnte.

»Zu fünft!« entgegnete Monsieur Gérard. »Ob fünf mehr wissen als zwei?«

»Ach!« rief Madame Graslin und stützte sich auf den Arm des Pfarrers, »der Generalstaatsanwalt ist dabei! Was hat denn der hier zu suchen?«

»Und Papa Grossetête auch«, rief der junge Graslin.

»Madame«, sagte der Pfarrer; er stützte Madame Graslin, als er sie ein paar Schritte abseits führte, »haben Sie Mut und seien Sie Ihrer würdig!«

»Was mag er wollen?« antwortete sie und lehnte sich an die Balustrade. »Mutter, wo bist du?« Die alte Sauviat lief mit einer Schnelligkeit herbei, der ihre Jahre nicht anzumerken waren. – »Ich soll ihn wiedersehen«, sagte sie.

»Wenn er mit Monsieur Grossetête kommt«, sagte der Pfarrer, »dann hat er wohl nur gute Absichten.«

»Oh, meine Tochter stirbt!« schrie die Sauviat auf, als sie sah, welchen Eindruck diese Worte auf den Zügen ihrer Tochter hervorriefen. Ob ihr Herz so furchtbare Aufregungen ertragen konnte? Bislang hatte Monsieur Grossetête jenen Mann davon abgehalten, Véronique zu besuchen.

Madame Graslins Gesicht glühte.

»Sie hassen ihn also sehr?« fragte der Abbé Bonnet sein Beichtkind.

»Sie ist aus Limoges weggezogen, um nicht der ganzen Stadt Einblick in ihre Geheimnisse zu geben«, sagte die Sauviat; sie war entsetzt über die rasche Veränderung, die sich in den ohnehin schon entstellten Zügen der Madame Graslin vollzogen hatte.

»Sehen Sie nicht, daß er die mir verbleibenden Stunden vergiften wird, Stunden, in denen ich nur an den Himmel denken darf? Er nagelt mich an die Erde fest«, rief Véronique.

Wiederum nahm der Pfarrer Madame Graslins Arm und zwang sie, ein par Schritte mit ihm zu tun; als sie allein waren, sah er sie mit einem jener engelhaften Blicke an, durch die er die heftigsten Wallungen der Seele zu beschwichtigen wußte.

»Wenn dem so ist«, sagte er, »dann befehle ich Ihnen als Ihr Beichtvater, ihn willkommen zu heißen, gütig und herzlich zu ihm zu sein, dieses Gewand des Zorns abzulegen und ihm zu verzeihen, wie Gott Ihnen verzeihen wird. Es ist also doch noch ein Rest von Leidenschaft in dieser Seele, die ich gereinigt glaubte. Verbrennen Sie dieses letzte Körnchen Weihrauch auf dem Altar der Buße, denn sonst würde alles in Ihnen Lüge sein.«

»Nur diese eine Anstrengung galt es zu tun; sie ist getan«, antwortete sie und wischte sich die Augen. »Der Böse hat diese letzte Falte meines Herzens bewohnt, und sicherlich hat Gott Monsieur de Grandville den Gedanken ins Herz gelegt, der ihn herführt. Wie oft wird Gott mich noch schlagen?« rief sie aus.

Sie blieb stehen, wie um ein stilles Gebet zu sprechen; sie kehrte zur Sauviat zurück und flüsterte ihr zu: »Liebe Mutter, sei freundlich und gütig zu dem Herrn Generalstaatsanwalt.«

Die alte Auvergnatin überrann ein Fieberschauer.

»Nun ist keine Hoffnung mehr«, sagte sie und ergriff die Hände des Pfarrers.

In diesem Augenblick fuhr die Kalesche, die das Peitschenknallen des Postillons anmeldete, die Auffahrt hinauf; das Tor stand offen, der Wagen fuhr in den Hof ein, und sogleich betraten die

Insassen die Terrasse. Es waren der ehrwürdige Erzbischof Dutheil, der gekommen war, um Monseigneur Gabriel de Rastignac zu weihen, der Generalstaatsanwalt, Monsieur Grossetête und Monsieur Roubaud, der Horace Bianchon[149], einem der berühmtesten Pariser Ärzte, den Arm gereicht hatte.

»Seien Sie willkommen«, sagte Véronique zu ihren Gästen. »Und besonders Sie«, fuhr sie fort und bot dem Generalstaatsanwalt die Hand; er reichte ihr die seine und drückte sie.

Das Erstaunen Monsieur Grossetêtes, des Erzbischofs und der Sauviat war so groß, daß es über die tiefe Verschwiegenheit siegte, die alte Leute sich erworben haben und die sie auszeichnet. Alle drei warfen einander Blicke zu . . .!

»Ich hatte mich auf das Mittlertum Seiner Erzbischöflichen Gnaden verlassen«, antwortete Monsieur de Grandville, »und auf das meines Freundes Grossetête, um mir eines freundlichen Empfangs durch Sie gewärtig zu sein. Es wäre mir mein Leben lang ein Kummer gewesen, wenn ich Sie nicht wiedergesehen hätte.«

»Ich danke dem, der Sie hierhergeführt hat«, erwiderte sie und blickte den Grafen de Grandville zum erstenmal seit fünfzehn Jahren an. »Lange Zeit hindurch habe ich Ihnen gegrollt; aber ich habe erkannt, wie ungerecht meine Gefühle waren, und den Grund werden Sie erfahren, wenn Sie bis morgen in Montégnac bleiben. – Monsieur«, sagte sie zu Horace Bianchon und begrüßte ihn, »wird sicher meine Ahnungen bestätigen. – Gott schickt Sie her, Monseigneur«, sagte sie zu dem Erzbischof und verneigte sich vor ihm. »Sie werden es unserer alten Freundschaft nicht verweigern, mir in meinen letzten Augenblick beizustehen. Durch welche Gunst habe ich alle Menschen um mich, die mich im Leben geliebt und gestützt haben?«

Bei dem Wort »geliebt« hatte sie sich mit anmutiger Aufmerksamkeit Monsieur de Grandville zugewandt, den dieses Zeichen der Zuneigung bis zu Tränen rührte. Tiefstes Schweigen herrschte in dieser Versammlung. Die beiden Ärzte fragten sich, durch welche Zaubermittel diese Frau sich aufrecht hielt, die doch Schmerzen leiden mußte. Die drei andern waren so erschrocken über die Veränderungen, die die Krankheit bei ihr hervorgerufen hatte, daß sie einander ihre Gedanken nur durch Blicke mitteilten.

»Erlauben Sie«, sagte sie mit ihrer gewohnten Anmut, »daß ich jetzt mit diesen Herren fortgehe; die Angelegenheit duldet keinen Aufschub.«

Sie verabschiedete sich von ihren Gästen, bot jedem der Ärzte einen Arm und bewegte sich auf das Schloß zu, wobei sie mit einer Mühe und Langsamkeit ging, die auf eine nahe bevorstehende Katastrophe schließen ließen.

»Monsieur Bonnet«, sagte der Erzbischof und blickte den Pfarrer an, »Sie haben Wunder vollbracht.«

»Es hieß, sie liege im Sterben«, rief Monsieur Grossetête, »aber sie ist ja schon tot, nur noch ein Geist ist sie ...«

»Eine Seele«, sagte Monsieur Gérard.

»Sie ist noch, wie sie immer war«, rief der Generalstaatsanwalt.

»Sie ist Stoikerin nach Art der Alten vom Portikus«[150], sagte der Hauslehrer.

Schweigend gingen sie an der Balustrade entlang und betrachteten die Landschaft, auf die die Gluten des Sonnenuntergangs Lichter vom schönsten Rot warfen.

»Für mich, der ich dieses Land vor dreizehn Jahren gesehen habe«, sagte der Erzbischof und zeigte auf die fruchtbaren Ebenen, das Tal und den Hügel von Montégnac, »ist dieses Wunder ebenso außergewöhnlich wie das, dessen Zeuge ich soeben gewesen bin; denn wie konnte man Madame Graslin aufstehen lassen? Sie hätte doch im Bett bleiben müssen.«

»Das hat sie auch getan«, sagte die Sauviat. »Aber nach den zehn Tagen, die sie das Bett nicht verlassen hat, hat sie aufstehen und zum letztenmal das Land sehen wollen.«

»Ich verstehe ihr Verlangen, Abschied von ihrer Schöpfung nehmen zu wollen«, sagte Monsieur de Grandville, »aber sie hat sich der Gefahr ausgesetzt, auf dieser Terrasse zu sterben.«

»Monsieur Roubaud hatte uns nahegelegt, ihr in nichts entgegen zu sein«, sagte die Sauviat.

»Welch ein Wunder!« rief der Erzbischof; seine Augen wurden des Schweifens über die Landschaft nicht müde. »Sie hat die Wüste besät! Aber wir wissen«, fügte er hinzu und blickte Gé-

911

rard an, »daß Ihre Wissenschaft und Ihre Arbeit viel dazu beigetragen haben.«

»Wir sind lediglich ihre Arbeiter gewesen«, antwortete der
Bürgermeister, »ja, wir sind die Hände, der Geist ist *sie!*«

Die Sauviat löste sich aus der Gruppe; sie wollte das Urteil
des Pariser Arztes erfahren.

»Wir müssen heroisch sein«, sagte der Generalstaatsanwalt
zum Erzbischof und dem Pfarrer, »wenn wir Zeugen dieses Ster-
bens sein wollen.«

»Ja«, sagte Monsieur Grossetête, »aber für eine solche Freundin muß man Großes auf sich nehmen.«

Als diese Menschen, die sich alle den größten Gedanken hingaben, mehrmals auf und ab gegangen waren, sahen sie zwei
Pächter der Madame Graslin auf sich zukommen; sie sagten, das
ganze Dorf habe sie hergeschickt; es verzehre sich in schmerzlicher Ungeduld, es wolle die Entscheidung des Pariser Arztes
vernehmen.

»Die Konsultation dauert an, wir wissen noch nichts, ihr
Freunde«, antwortete ihnen der Erzbischof.

Monsieur Roubaud kam jetzt eilends herbei, und sein hasti-
ger Schritt beschleunigte den der andern.

»Nun? Wie steht es?« fragte ihn der Bürgermeister.

»Sie hat keine achtundvierzig Stunden mehr zu leben«, antwortete Monsieur Roubaud. »Während meiner Abwesenheit ist
die Krankheit vollends ausgebrochen; Monsieur Bianchon versteht nicht, wie sie überhaupt hat gehen können. Dergleichen seltene Phänomene sind stets auf eine große seelische Erregung zurückzuführen. Daher, meine Herren«, sagte der Arzt zu dem
Erzbischof und dem Pfarrer, »gehört sie Ihnen; die ärztliche
Kunst ist überflüssig, und mein berühmter Kollege meint, Sie
hätten kaum noch die für Ihre Zeremonien erforderliche Zeit.«

»Wir wollen die vierzigstündigen Gebete sprechen«, sagte der
Pfarrer zu seinen Gemeindekindern und wandte sich zum Gehen.
»Eure Erzbischöflichen Gnaden werden doch sicherlich geruhen,
die Sterbesakramente zu reichen?«

Der Erzbischof neigte das Haupt; er konnte nichts sagen; in
seinen Augen standen Tränen. Alle setzten, stützten oder lehnten sich auf die Balustrade, und jeder hing seinen Gedanken

912

nach. Die Kirchenglocken sandten ein paar traurige Klänge herüber. Dann wurden die Schritte der ganzen Einwohnerschaft vernehmlich, die in die Vorhalle eilte. Der Lichtschein der angezündeten Kerzen drang durch die Bäume von Monsieur Bonnets Garten; Gesänge dröhnten. Auf den Feldern lag nur noch der rote Schimmer der Abenddämmerung; aller Vogelgesang hatte aufgehört. Nur der Laubfrosch ließ noch seine lange, helle, melancholische Weise ertönen.

»Ich muß meine Pflicht tun«, sagte der Erzbischof und ging langsamen Schrittes davon; es war, als trage er eine Last.

Die Konsultation hatte im großen Salon des Schlosses stattgefunden. Der riesige Raum stieß an ein mit roten Damastmöbeln ausgestattetes Galaschlafzimmer, in dem der prunkliebende Graslin die Verschwendung der Finanzleute entfaltet hatte. Véronique hatte es innerhalb von vierzehn Jahren keine sechsmal betreten; die großen Gemächer waren für sie völlig unnötig; sie hatte darin nie Empfänge veranstaltet; aber die Anstrengungen, die sie soeben unternommen hatte, um ihre letzte Pflicht zu erfüllen und ihr letztes Aufbegehren zu beschwichtigen, hatte sie der Kräfte beraubt; sie hatte nicht mehr bis in ihr Zimmer hinaufsteigen können. Als der berühmte Arzt die Hand der Kranken genommen und den Puls gefühlt hatte, blickte er Monsieur Roubaud an und gab ihm einen Wink; zu zweit nahmen sie sie und trugen sie auf das Bett jenes Schlafzimmers; Aline stieß die Türen auf. Wie alle Paradebetten war auch dieses nicht bezogen; die beiden Ärzte legten Madame Graslin auf die rote Damast-Decke nieder und streckten sie aus. Roubaud machte die Fenster auf, stieß die Laden beiseite und rief. Die Dienerschaft und die alte Sauviat eilten herbei. Die gelben Kerzen wurden angezündet.

»Es fügt sich«, rief die Sterbende lächelnd, »daß mein Tod sein wird, was er für eine christliche Seele sein soll, ein Fest!« Während der Untersuchung sagte sie noch: »Der Herr Generalstaatsanwalt hat getan, was seines Amtes ist; ich war schon im Fortgehen, er hat mich noch gestoßen ...« Die alte Mutter sah die Tochter an und legte einen Finger auf die Lippen. – »Mutter, ich werde alles sagen«, antwortete ihr Véronique. »Sieh doch,

913

in all diesem ist der Finger Gottes: ich sterbe in einem roten Zimmer.«

Die Sauviat erschrak bei diesem Ausspruch und ging hinaus: »Aline«, sagte sie, »sie will alles sagen, alles sagen!«

»Ach, Madame ist nicht mehr bei Sinnen«, rief die getreue Zofe, die Bettwäsche herbeischleppte. »Holen Sie rasch den Herrn Pfarrer, Madame.«

»Ihre Herrin muß entkleidet werden«, sagte Bianchon zu der hereinkommenden Zofe.

»Das wird schwierig sein; Madame trägt ein Büßerhemd aus Roßhaar.«

»Was? Im neunzehnten Jahrhundert?« rief der große Arzt aus. »Da gibt es noch solche Scheußlichkeiten?«

»Madame Graslin hat mir nicht erlaubt, ihr den Magen abzutasten«, sagte Monsieur Roubaud. »Ich habe über ihre Krankheit nur durch das Aussehen ihres Gesichts, den Pulsschlag und durch die Auskünfte etwas erfahren können, die ich von ihrer Mutter und ihrer Zofe erhielt.«

Véronique war auf ein Sofa gelegt worden, während das hinten in jenem Zimmer stehende Paradebett bezogen wurde. Die Ärzte besprachen sich leise. Die Sauviat und Aline machten das Bett. Die Gesichter der beiden Auvergnatinnen waren schrecklich anzusehen; ihr Herz wurde von dem Gedanken durchbohrt: Zum letztenmal machen wir ihr das Bett; hier wird sie sterben! Die Untersuchung dauerte nicht lange. Bianchon hatte vor allem verlangt, daß Aline und die Sauviat unbedingt, gegen den Willen der Kranken, das härene Büßerhemd aufschnitten und ihr ein richtiges Hemd anzögen. Während das geschah, waren die beiden Ärzte in den Salon gegangen. Als Aline, die das grausige Bußwerkzeug in ein Tuch gehüllt hatte, vorüberging, sagte sie zu ihnen: »Madames Körper ist eine einzige Wunde!«

Die beiden Ärzte gingen wieder hinein.

»Ihr Wille ist stärker als der Napoleons, Madame«, sagte Bianchon nach einigen Fragen, die Véronique bündig beantwortet hatte. »Sie haben Ihren Geist und Ihre Fähigkeiten bis in die letzte Phase der Krankheit hinein bewahrt; der Kaiser hatte darin seine strahlende Intelligenz längst verloren. Nach allem, was ich von Ihnen weiß, darf ich Ihnen die Wahrheit sagen.«

»Ich bitte Sie darum mit gefalteten Händen«, sagte sie. »Sie sind imstande zu ermessen, was mir an Kräften bleibt; und ich bedarf all meiner Lebenskraft noch für ein paar Stunden.«

»Sie sollten jetzt nur noch an Ihr Seelenheil denken«, sagte Bianchon.

»Wenn Gott mir die Gnade erweist, mich gänzlich sterben zu lassen«, antwortete sie mit einem himmlischen Lächeln, »dann glauben Sie nur, daß diese Gunst dem Ruhm seiner Kirche von Nutzen ist. Meine Geistesgegenwart ist notwendig, noch einen Gedanken Gottes zu erfüllen, während Napoleon sein ganzes Schicksal schon erfüllt hatte.«

Verwundert schauten die beiden Ärzte einander an, als sie diese Worte vernahmen; sie waren mit der gleichen Unbeschwertheit gesprochen worden, wie wenn Madame Graslin sich in ihrem Salon befunden hätte.

»Ach, jetzt kommt der Arzt, der mich heilen wird«, sagte sie, als sie den Erzbischof eintreten sah.

Sie nahm alle Kraft zusammen und setzte sich im Bett auf, um Monsieur Bianchon anmutig zu verabschieden und ihn zu bitten, etwas anderes als Geld für die gute Nachricht annehmen zu wollen, die er ihr soeben mitgeteilt habe; sie flüsterte der Mutter ein paar Worte zu, die den Arzt hinausgeleitete; dann vertröstete sie den Erzbischof bis zu dem Augenblick, da der Pfarrer erwartet wurde, und bekundete den Wunsch, ein wenig zu ruhen. Madame Graslin erwachte um Mitternacht und verlangte nach dem Erzbischof und dem Pfarrer; die Zofe bedeutete ihr, daß die beiden für sie beteten. Durch einen Wink schickte sie die Mutter und die Dienerin hinaus, und auf einen abermaligen Wink hin traten die beiden Priester an ihr Lager.

»Monseigneur und Ihnen, Herr Pfarrer, sage ich nichts, was Sie nicht schon wüßten. Ihnen vor allem, Monseigneur, der Sie Ihren Blick in mein Gewissen getaucht, der Sie darin fast meine ganze Vergangenheit gelesen haben; was Sie darin flüchtig wahrnahmen, hat Ihnen genügt. Mein Beichtvater, dieser Engel, den der Himmel mir zugesellt hat, weiß etwas mehr: Ihm habe ich alles gestehen müssen. Sie beide, deren Intelligenz durch den Geist der Kirche erleuchtet wird, will ich über die Art und Weise um Rat fragen, auf die ich als wahre Christin aus diesem Leben scheiden muß. Sie beide, als strenge und heilige Geister, glauben Sie, daß, wenn der Himmel sich dazu herabläßt, der vollkommensten, tiefsten Reue zu verzeihen, die je eine schuldige Seele aufgewühlt hat, meinen Sie, daß ich hienieden allen meinen Pflichten nachgekommen bin?«

»Ja«, sagte der Erzbischof, »ja, liebe Tochter.«

»Nein, Vater, nein«, sagte sie, und ihre Augen schleuderten Blitze. »Ein paar Schritte von hier entfernt liegt ein Grab, in dem ein Unglücklicher ruht, der die Last eines furchtbaren Verbrechens trägt; und in dieser prunkvollen Behausung hier wohnt eine Frau, die der Ruhm der Wohltätigkeit und der Tugend krönt. Diese Frau wird gesegnet! Jener arme junge Mensch wird verflucht! Der Verbrecher gilt als ein Verworfener; ich genieße allgemeine Achtung; dabei trage ich den größten Teil der Schuld an der Freveltat; er dagegen hat großen Anteil an meinem Ruhm und dessen Anerkennung; mir, der Betrügerin, wird das Verdienst beigemessen; er, der Märtyrer seiner Verschwiegenheit, ist mit Schmach und Schande bedeckt! Ich werde in ein paar Stunden sterben und sehe mit an, daß ein ganzer Bezirk mich beweint, daß ein ganzes Département meine Wohltaten lobpreist, mein Mitgefühl, meine Tugenden; er dagegen ist unter Beschimpfungen gestorben, angesichts einer ganzen Einwohnerschaft, die voller Haß gegen den Mörder herbeigeströmt war! Ihr, meine Richter, seid voller Nachsicht; aber ich selber vernehme eine gebieterische Stimme, die mir keine Ruhe läßt. Ach, die Hand Gottes, die weniger nachsichtig ist als die eure, hat mich Tag für Tag geschlagen, als wolle sie mir verkünden, es sei noch nicht alles gebüßt. Nur durch eine öffentliche Beichte können meine Sünden gesühnt werden. Er, er ist glücklich! Er, der Verbrecher, hat angesichts von Himmel und Erde sein Leben in Schanden hingegeben. Und ich, ich täusche die Welt noch immer, wie ich die menschliche Gerichtsbarkeit getäuscht habe. Unter allen Huldigungen ist keine, die mich nicht gekränkt hätte, unter allen Lobreden keine, die mir nicht das Herz verbrannt hätte. Erblicken Sie denn nicht im Kommen des Generalstaatsanwalts nach hier einen Befehl des Himmels, der im Einklang mit der Stimme ist, die mir zuruft: Bekenne!«

Die beiden Priester, der Kirchenfürst wie der schlichte Pfarrer, diese beiden großen Geister, hielten die Augen gesenkt und verharrten in Schweigen. Die Richter waren allzu erschüttert über die Größe der Schicksalsergebenheit der Schuldigen, als daß sie ein Urteil hätten aussprechen können.

»Mein Kind«, sagte der Erzbischof und hob sein schönes, durch die Gepflogenheiten eines frommen Lebens kasteites Haupt. »Sie gehen über die Gebote der Kirche hinaus. Die Glorie der Kirche besteht darin, daß sie ihre Dogmen mit den Sitten jedes Zeitalters in Einklang bringt; denn die Kirche ist dazu bestimmt, gemeinsam mit der Menschheit Jahrhundert auf Jahrhundert zu durchschreiten. Nach ihrer Entscheidung ist die Ohrenbeichte an die Stelle der öffentlichen Beichte getreten. Diese Stellvertretung hat das neue Gesetz geschaffen. Die Leiden, die Sie erduldet haben, genügen. Sterben Sie in Frieden: Gott hat Sie gewißlich erhört.«

»Aber entspricht das Geständnis der Verbrecherin nicht den Vorschriften der Urkirche, die den Himmel um so viele Heilige, Märtyrer und Bekenner bereichert hat, wie am Firmament Sterne stehen?« entgegnete sie nachdrücklich. »Wer hat geschrieben: ›Beichtet einer dem andern‹? Taten es nicht die unmittelbaren Schüler unseres Heilands? Lassen Sie mich öffentlich, auf den Knien, meine Schande beichten. Das ist dann die Wiedergutmachung des Unrechts, das ich der Welt und einer geächteten Familie angetan habe, die durch meine Schuld fast erloschen ist. Die Welt soll erfahren, daß meine guten Taten kein Opfer, sondern eine Schuld sind. Wenn nun später, nach meinem Tod, irgendein Hinweis den lügnerischen Schleier abreißen würde, der mich bedeckt ...! Ach, dieser Gedanke rückt mir die Todesstunde näher.«

»Ich erblicke in alledem Berechnungen, mein Kind«, sagte ernst der Erzbischof. »Es sind in Ihnen noch immer sehr starke Leidenschaften; und die, die ich für erloschen hielt, ist ...«

»Oh, ich schwöre es Ihnen, Monseigneur«, unterbrach sie den Prälaten und richtete entsetzensstarre Augen auf ihn, »mein Herz ist so gereinigt, wie es das Herz einer schuldigen, reuigen Frau nur sein kann; in mir ist nur noch der Gedanke an Gott.«

»Lassen wir, Monseigneur, der himmlischen Gerechtigkeit ihren Lauf«, sagte der Pfarrer mit gerührter Stimme. »Seit vier

917

Jahren sträube ich mich gegen diesen Gedanken; er ist die Ursache der einzigen Streite, die sich je zwischen meinem Beichtkind und mir erhoben. Ich habe bis auf den Grund dieser Seele geblickt; auf sie hat die Erde kein Anrecht mehr. Wenn die Tränen, das Ächzen, die Bußübungen von fünfzehn Jahren auf die gemeinsame Sünde zweier Menschenwesen eingewirkt haben, dann dürfen Sie nicht glauben, es sei in diesen langen, schrecklichen Gewissensnöten noch die geringste irdische Lust vorhanden. Seit langem schon mischt die Erinnerung nicht mehr ihre Flammen in die der inbrünstigsten Reue. Ja, eine solche Fülle von Tränen hat ein so großes Feuer gelöscht. Ich verbürge mich«, sagte er, legte die Hand auf das Haupt der Madame Graslin und ließ seine feuchten Augen sehen, »ich verbürge mich für die Reinheit dieser erzengelhaften Seele. Überdies erblicke ich in diesem Wunsch den Gedanken einer Wiedergutmachung gegenüber einer fernen Familie, die Gott hier, wie es scheint, durch eins der Geschehnisse, in denen seine Vorsehung sich bekundet, hat vertreten sein lassen.«

Véronique ergriff die zitternde Hand des Priesters und küßte sie.

»Sie sind oft hart mit mir umgesprungen, lieber Seelenhirt; aber in diesem Augenblick wird mir deutlich, wo Sie Ihre apostolische Milde verborgen hatten! Sie«, sagte sie und sah den Erzbischof an, »Sie, das Oberhaupt dieses Fleckchens vom Reich Gottes, seien Sie in dieser Stunde der Schmach mein Halt. Ich, die niedrigste der Frauen, will mich beugen; Sie sollen mich wieder aufrichten als eine, der verziehen worden, die dann vielleicht denjenigen gleich ist, die nie gefehlt haben.«

Der Erzbischof verharrte in Schweigen; er befaßte sich wohl damit, alle Überlegungen zu erwägen, die sein Adlerauge wahrnahm.

»Erzbischöfliche Gnaden«, sagte da der Pfarrer, »die Religion hat starke Stöße erhalten. Würde diese Rückkehr zu den alten Bräuchen, die durch die Größe der Sünde und der Reue notwendig geworden ist, nicht ein Triumph sein, der uns hoch angerechnet wird?«

»Wird man nicht sagen, wir seien Fanatiker? Es wird heißen,

wir hätten diese grausame Szene gefordert.« Und der Erzbischof versank aufs neue in seine Grübeleien.

Da klopfte es, und Horace Bianchon und Roubaud traten ein. Beim Öffnen der Tür erblickte Véronique ihre Mutter, ihren Sohn und die gesamte Dienerschaft im Gebet. Die Pfarrer der beiden Nachbargemeinden waren gekommen, um Monsieur Bonnet zu assistieren, und vielleicht auch, um den großen Prälaten zu begrüßen, den der französische Klerus einstimmig zu der Ehre der Kardinalswürde zu erheben gedachte, in der Hoffnung, daß das Licht seines wahrhaft gallischen Geistes das heilige Kollegium erleuchten werde. Horace Bianchon wollte zurück nach Paris reisen; er war gekommen, um sich von der Sterbenden zu verabschieden und ihr für ihre Freigebigkeit zu danken. Langsamen Schrittes trat er näher; aus der Haltung der beiden Priester ersah er, daß es sich um die Wunde des Herzens handelte, die die des Körpers herbeigeführt hatte. Er nahm Véroniques Hand, legte sie auf das Bett und fühlte ihr den Puls. Es war eine Szene, die durch die tiefste Stille, die einer ländlichen Sommernacht, zu etwas Feierlichem wurde. Der große Salon, dessen zweiflüglige Tür offengeblieben war, war für die kleine Menschenschar erleuchtet worden; sie knieten alle und beteten, bis auf die beiden Priester, die ihr Brevier im Sitzen lasen. Auf der einen Seite des prunkvollen Paradebettes befanden sich der Prälat in seinem violetten Gewand und der Pfarrer, auf der andern die beiden Männer der Wissenschaft.

»Bis in den Tod hinein ist sie innerlich aufgewühlt!« sagte Horace Bianchon, dem, wie allen Männern von übergroßer Begabung, oft Worte von der gleichen Größe wie die Anblicke, denen er beiwohnte, zur Verfügung standen.

Der Erzbischof erhob sich, als treibe ihn ein innerer Aufschwung; er rief Monsieur Bonnet und bewegte sich auf die Tür zu; sie durchschritten das Schlafzimmer, den Salon, und gingen auf die Terrasse hinaus, wo sie eine Weile auf und ab schritten. Gerade als sie, nachdem sie diesen Fall kirchlicher Disziplin durchgesprochen hatten, wieder hineingehen wollten, trat ihnen Roubaud entgegen.

»Monsieur Bianchon schickt mich; ich soll Ihnen sagen, Sie

möchten sich beeilen; Madame Graslin stirbt an einer Erregung, die nicht von den heftigen Schmerzen der Krankheit herrührt.«

Der Erzbischof beschleunigte den Schritt, und als er bei Madame Graslin eintrat, die ihm angstvoll entgegensah, sagte er: »Was Sie wollen, soll geschehen!«

Bianchon hielt noch immer den Puls der Kranken; unwillkürlich vollführte er eine überraschende Bewegung und warf einen Blick auf Roubaud und die beiden Priester.

»Monseigneur, dieser Körper gehört nicht mehr unserm Machtbereich an; Ihr Wort hat Leben entfacht, wo bereits der Tod waltete. Man könnte an ein Wunder glauben.«

»Schon seit langem ist Madame ganz Seele!« sagte Roubaud, und Véronique dankte ihm durch einen Blick.

In diesem Augenblick gab ein Lächeln, in dem sich das Glück abzeichnete, das der Gedanke an eine vollkommene Sühne in ihr ausgelöst hatte, ihrem Antlitz den Ausdruck der Unschuld wieder, den sie als Achtzehnjährige gehabt hatte. Alle inneren Nöte, die sich in erschreckenden Falten eingegraben hatten, die dunklen Farben, die bleifahlen Flecken, all die Einzelzüge, die dieses Haupt ehedem so grausig schön gemacht hatten, als es lediglich Schmerz ausgedrückt hatte, kurzum, die Veränderungen jeglicher Art waren hingeschwunden; alle dünkte es, als habe Véronique bislang eine Maske getragen, und als sei diese Maske jetzt abgefallen. Zum letztenmal vollzog sich das wundersame Phänomen, durch welches das Anlitz dieses Menschenwesens dessen Leben und Empfindungen deutlich und deutbar machte. Alles in ihr läuterte sich, erhellte sich, und es lag auf ihrem Antlitz etwas wie ein Widerschein der Flammenschwerter der Schutzengel, die sie umstanden. Sie wurde wieder, was sie gewesen war, als Limoges sie »die schöne Madame Graslin« genannt hatte. Die Liebe zu Gott erwies sich als mächtiger, als die schuldhafte Liebe es gewesen war; die eine hatte ehedem die Kräfte des Lebens hervortreten lassen; die andere wischte alle Hinfälligkeiten des Todes beiseite. Man vernahm einen unterdrückten Aufschrei; die Sauviat erschien, stürzte zum Bett hin und sagte: »So sehe ich denn endlich mein Kind wieder!« Der Ausdruck dieser alten Frau beim Aussprechen dieser beiden Worte »mein Kind« gemahnte so inständig an die erste Unschuld der Kinder, daß alle, die diesem schönen Sterben beiwohnten, die Köpfe abwandten, um ihre Rührung zu verbergen. Der berühmte Arzt nahm Madame Graslins Hand, küßte sie und ging dann. Das Geräusch seines Wagens durchhallte die ländliche Stille und besagte, daß es keine Hoffnung gebe, diesem Land seine Seele zu bewahren. Der Erzbischof, der Pfarrer, der Arzt, alle, die sich erschöpft fühlten, begaben sich zur Ruhe, als Madame Graslin selber für einige Stunden eingeschlummert war. Denn sie erwachte erst ums Morgengrauen und bat, man möge ihre Fenster öffnen. Sie wollte ihre letzte Sonne aufgehen sehen.

Um zehn Uhr morgens kam der Erzbischof im Ornat in Madame Graslins Schlafzimmer. Der Prälat setzte, gerade wie Monsieur Bonnet, ein so großes Vertrauen in diese Frau, daß beide ihr keinerlei Hinweis auf die Grenzen gemacht hatten, innerhalb deren ihre Geständnisse sich zu bewegen hätten. Véronique hatte eine zahlreichere Geistlichkeit um sich als die zur Kirche von Montégnac gehörende, denn die benachbarte Gemeinde hatte sich dazugesellt. Monseigneur sollte von vier Pfarrern assistiert werden. Die prächtigen Ornate, die Madame Graslin ihrer geliebten Gemeinde gestiftet hatte, gaben dieser Zeremonie großen Glanz. Acht Chorknaben in ihrer roten und weißen Gewandung standen vom Bett bis in den Salon hinein in zwei Reihen und hielten jeder einen riesigen, vergoldeten Bronzeleuchter, die Véronique aus Paris hatte kommen lassen. Das Kreuz und das Banner der Kirche wurden an jeder Seite der Estrade von zwei weißhaarigen Sakristanen gehalten. Dank der Dienstwilligkeit der Leute war neben der Salontür der der Sakristei entnommene hölzerne Altar aufgestellt und geschmückt und hergerichtet worden, damit Monseigneur dort die Messe lesen könne. Madame Graslin war gerührt über diese Fürsorge, die die Kirche sonst nur Personen aus königlichem Blut gewährt. Die beiden Flügel der zum Eßzimmer führenden Tür standen offen; so konnte sie sehen, daß das Erdgeschoß ihres Schlosses mit einem großen Teil der Einwohnerschaft gefüllt war. Die Freunde dieser Frau hatten alles vorausbedacht; denn im Salon befanden sich ausschließlich die Hausbediensteten. Weiter vorn und vor der Schlafzimmertür gruppierten sich die Freunde und die Leute, auf deren Verschwiegenheit man rechnen konnte. Grossetête, de

921

Grandville, Roubaud, Gérard, Clousier und Ruffin hatten sich in der ersten Reihe aufgestellt. Alle mußten sich erheben und stehen bleiben, um zu verhindern, daß die Stimme der Büßerin von andern als ihnen vernommen wurde. Überdies herrschte für die Sterbende ein glücklicher Umstand: Das Schluchzen ihrer Freunde erstickte ihre Bekenntnisse. An der Spitze aller boten zwei Personen einen schrecklichen Anblick. Die erste war Denise Tascheron: Ihre ausländische Kleidung von quäkerhafter Schlichtheit machte sie für die Dorfbewohner, die sie sehen konnten, unkenntlich; für die andere Person jedoch war sie eine schwer zu vergessende Bekanntschaft, und ihr Erscheinen wurde zu einer grausigen Erhellung. Der Generalstaatsanwalt erkannte blitzartig die Wahrheit; er ahnte die Rolle, die er bei Madame Graslin gespielt hatte, in ihrem vollem Umfang. In seiner Eigenschaft als Kind des neunzehnten Jahrhunderts war der Justizbeamte weniger als die andern von der religiösen Frage beherrscht; sein Herz durchzuckte ein wüstes Erschrecken, denn jetzt konnte er Véroniques inneres Drama im Stadtpalais Graslin während des Prozesses Tascheron überschauen. Jene tragische Zeitspanne erschien aufs neue in ihrer Gänze in seiner Erinnerung, erhellt durch die Blicke der alten Sauviat, die haßentfacht auf ihn fielen wie zwei Güsse geschmolzenen Bleis; die Alte, die zehn Schritte von ihm entfernt stand, hatte ihm nichts verziehen. Dieser Mann, die Verkörperung der menschlichen Gerechtigkeit, verspürte kalte Schauer. Bleich und bis ins Herz getroffen, wagte er nicht, die Augen auf das Bett zu richten, auf dem die Frau, die er so sehr geliebt hatte, fahl unter der Hand des Todes, um die Agonie zu überwinden ihre Kraft aus der Größe ihrer Sünde zog; und Véroniques hageres Profil, das sich weiß und scharf von dem roten Damast abzeichnete, löste in ihm ein Schwindelgefühl aus. Um elf Uhr begann die Messe. Als der Pfarrer von Vizay die Epistel verlesen hatte, legte der Erzbischof seine Dalmatika ab und stellte sich an die Türschwelle.

»Ihr Christen, die ihr hier versammelt seid, um der Zeremonie der letzten Ölung beizuwohnen, die wir der Herrin dieses Hauses erteilen wollen«, sagte er, »ihr, die ihr eure Gebete mit denen der Kirche vereinigt, um für sie bei Gott zu vermitteln, auf daß sie das ewige Heil erlange, vernehmet, daß sie sich in dieser letzten Stunde nicht als würdig befunden hat, die heilige Wegzehrung zu empfangen, ohne zur Erbauung ihrer Nächsten öffentlich die größte ihrer Sünden gebeichtet zu haben. Wir haben ihrem frommen Wunsch widerstrebt, obwohl dieser Akt der Zerknirschung in den ersten Tagen des Christentums lange Brauch gewesen ist; aber da diese arme Frau uns gesagt hat, es handele sich dabei um die Ehrenrettung eines unglücklichen Kindes dieser Gemeinde, stellen wir es ihr frei, den Eingebungen ihrer Reue zu folgen.«

Nach diesen mit salbungsvoller, priesterlicher Würde gesprochenen Worten trat der Erzbischof beiseite, um Véronique Platz zu machen. Die Sterbende erschien, gestützt auf ihre alte Mutter und den Pfarrer, zwei große, ehrwürdige Sinnbilder: dankte sie nicht ihren Körper der Mutterschaft, ihre Seele ihrer geistigen Mutter, der Kirche? Sie kniete auf einem Kissen nieder, faltete die Hände und sammelte sich ein paar Augenblicke lang, um in ihrem Innern aus einem vom Himmel sich ergießenden Quell die Kraft zum Sprechen zu schöpfen. In dieser Minute hatte die Stille etwas Erschreckendes. Keiner wagte, den neben ihm Stehenden anzublicken. Alle schlugen die Augen nieder. Allein als Véronique aufschaute, traf ihr Blick den des Generalstaatsanwalts, und der Ausdruck dieses weiß gewordenen Gesichts ließ sie erröten.

»Ich hätte nicht in Frieden sterben können«, sagte Véronique mit entstellter Stimme, »wenn ich von mir ein falsches Bild hinterlassen hätte, wie es jeder von Ihnen, die Sie mir zuhören, sich hat machen können. Sie sehen in mir eine große Verbrecherin, die sich Ihren Gebeten empfiehlt, und die sich durch eine öffentliche Beichte ihrer Sünde der Verzeihung würdig zu machen trachtet. Diese Sünde war so schwer und hat so verhängnisvolle Folgen gehabt, daß vielleicht keine Buße sie auszugleichen vermag. Aber je mehr Demütigungen ich auf dieser Erde erlitten habe, desto weniger habe ich sicherlich den Zorn im Himmelreich, das ich erstrebe, zu fürchten. Mein Vater, der soviel Vertrauen zu mir hatte, empfahl vor jetzt bald zwanzig Jahren meiner Fürsorge einen Sohn dieser Gemeinde, in dem er den Drang erkannt hatte, sich gut zu führen, eine Fähigkeit, sich weiterzubilden, und vortreffliche Charaktereigenschaften. Dieser Sohn ist der unglückliche Jean-François Tascheron; er hat sich alsbald an mich als an seine Wohltäterin angeschlossen. Wie geschah es, daß die Neigung, die ich ihm entgegenbrachte, schuldhaft wurde? Das erklären zu müssen, davon glaube ich befreit zu sein. Vielleicht würde man sehen, wie die reinsten Gefühle, die uns hienieden handeln lassen, unmerklich von ihrem Gefälle durch unerhörte Opfer, durch Gründe unserer Gebrechlichkeit, durch eine Fülle von Ursachen abgelenkt werden können, die dem Anschein nach die Schwere meiner Sünde zu mindern vermocht hätten. Aber wären auch die edelsten Gefühle meine Mitschuldigen gewesen, stände ich dann weniger schuldig da? Ich möchte lieber gestehen, daß ich, die durch Bildung und durch meine gesellschaftliche Stellung mich diesem jungen Menschen, den mein Vater mir anvertraut hatte, hätte überlegen glauben können, und von dem ich durch das angeborene Zartgefühl unseres Geschlechts getrennt war – daß ich auf verhängnisvolle Weise der Stimme des Bösen gelauscht habe. Nur zu bald habe ich mich viel zu sehr als die Mutter jenes jungen Mannes gefühlt, um unempfänglich gegenüber seiner stummen, zarten Bewunderung zu sein. Er allein hat als der erste mich meinem Wert entsprechend eingeschätzt. Vielleicht bin ich durch schauerliche Berechnungen verführt worden: Ich habe erwogen, wie verschwiegen ein junger Mensch, der mir alles verdankte und den der Zufall auf einen dem meinen so fernen Platz gestellt hatte, obwohl wir durch unsere Abkunft einander gleich waren, sein würde. Schließlich habe ich in meinem Ruf als Wohltäterin und meinen frommen Betätigungen einen Deckmantel zur Tarnung meines Verhaltens erblickt. Ach, und das ist sicherlich eine meiner größten Sünden, ich habe meine Leidenschaft im Dunkel der Altäre versteckt. Die tugendhaftesten Handlungen, meine Liebe zu meiner Mutter, die Betätigungen einer wahren, aufrichtigen Frömmigkeit inmitten so vieler Abirrungen, das alles habe ich dem erbärmlichen Triumph einer wahnwitzigen Liebe dienstbar gemacht, und es sind daraus ebensoviel Bande geworden, die mich umstrickten. Meine arme, heißgeliebte Mutter, die mir lauscht, ist, lange Zeit hindurch, ohne etwas zu ahnen, die unschuldige Mitschuldige bei all dem Bösen gewesen. Als ihr die Augen aufgingen, war schon allzuviel des Gefährlichen geschehen, als daß sie in ihrem Mutterherzen nicht die Kraft zum Schweigen aufgebracht hätte. So ist bei ihr das

Schweigen zur höchsten der Tugenden geworden. Ihre Liebe zu ihrer Tochter hat über ihre Liebe zu Gott gesiegt. Ach, ich befreie sie feierlich von dem lastenden Schleier, den sie getragen hat. Sie soll ihre letzten Tage vollenden, ohne weder ihre Augen noch ihre Stirn zum Lügen zu zwingen. Ihre mütterliche Liebe sei rein von Makel, ihr edles, heiliges, von Tugenden gekröntes Alter möge in all seinem Glanz erstrahlen und sei von dem Kettenring gelöst, durch den sie indirekt mit soviel Schandtaten verbunden war . . .!«

Hier schnitt Schluchzen Véronique für kurze Zeit das Wort ab; Aline ließ sie Riechsalz atmen.

»Auch die treue Dienerin, die mir diesen letzten Dienst erweist, ist besser zu mir gewesen, als ich es verdient hätte; sie hat zumindest getan, als wisse sie nichts von dem, was sie dennoch wußte; aber sie ist auch in das Geheimnis der Kasteiungen eingeweiht gewesen, durch die ich diesen Körper, der gefehlt hatte, zerbrochen habe. So bitte ich denn die Welt um Verzeihung, daß ich sie getäuscht habe, fortgerissen durch die schreckliche Logik weltlichen Lebens. Jean-François Tascheron ist nicht so schuldig, wie die Gesellschaft es hat glauben können. Ach, ihr alle, die ihr mir zuhört, ich flehe euch an, bedenkt seine Jugend und eine Trunkenheit, die ebensosehr durch die Gewissensbisse, die mich gepackt hatten, angefacht worden war wie durch Verführungen. Und mehr noch, es war Redlichkeit, aber eine mißverstandene Redlichkeit, die das größte unter allen Unglücken verursacht hat. Wir vermochten beide nicht diese ständigen Täuschungen zu ertragen. Er berief sich, der Unselige, auf meine eigene Größe; er wollte diese unheilvolle Liebe für andere so wenig abstoßend wie möglich machen. So bin denn ich zur Ursache seines Verbrechens geworden. Von der Notwendigkeit getrieben, hatte der Unglückliche, der schuldig wurde um des allzu großen Opferwillens für ein Idol willen, unter allen sträflichen Taten die erwählt, deren Schäden nicht wiedergutzumachen waren. Ich habe nichts davon gewußt, bis die Tat geschah. Bei ihrer Ausführung hat die Hand Gottes das ganze Gerüst falscher Kombinationen umgestürzt. Ich bin ins Haus zurückgekehrt, als ich die Schreie gehört hatte, die noch in meinen Ohren gellen, als ich blutige Kämpfe ahnte, denen Einhalt zu gebieten nicht in meiner Macht gestanden hätte, ich, der Gegenstand dieses Wahnsinns. Tascheron war irrsinnig geworden, das bestätige ich euch.«

Hier blickte Véronique den Generalstaatsanwalt an, und man hörte, wie sich Denises Brust ein tiefer Seufzer entrang.

»Er war seiner Vernunft ledig, als er sah, daß das, was er für sein Glück gehalten hatte, durch unvorhergesehene Umstände zerstört worden war. Der durch sein Herz irregeleitete Unglückliche ist verhängnisvollerweise vom Vergehen zum Verbrechen geschritten, und vom Verbrechen zum Doppelmord. Freilich, er ist von meiner Mutter als ein Unschuldiger fortgegangen, aber als ein Schuldiger ist er zurückgekehrt. Einzig ich auf Erden habe gewußt, daß weder Vorbedacht noch einer der erschwerenden Umstände vorlagen, die ihm sein Todesurteil eingetragen hätten. Hundertmal habe ich mich stellen wollen, um ihn zu retten, und hundertmal hat ein grausiger, notwendiger und höher gearteter Heroismus das Wort auf meinen Lippen ersterben lassen. Freilich, meine Anwesenheit ein paar Schritte von ihm entfernt hat vielleicht dazu beigetragen, ihm den abscheulichen, niederträchtigen, gemeinen Mut der Mörder zu verleihen. Wäre er allein gewesen, dann wäre er davongelaufen. Ich hatte diese Seele geformt, diesen Geist erzogen, dieses Herz größer werden lassen; ich kannte ihn, er war der Feigheit und der Niederträchtigkeit unfähig. Lassen Sie diesem unschuldigen Arm Gerechtigkeit widerfahren, lassen Sie dem Gerechtigkeit widerfahren, den Gott in seiner Milde friedlich in dem Grabe schlafen läßt, das ihr mit euern Tränen benetzt habt, da ihr wohl die Wahrheit ahntet! Bestraft, verflucht die Schuldige, die ihr hier vor euch habt! Ich war voller Angst über das nun einmal begangene Verbrechen und habe alles getan, um ihn zu verbergen. Ich, die Kinderlose, war von meinem Vater beauftragt worden, ein Kind Gott zuzuführen, und ich habe es aufs Schafott gebracht; ach, ergießt alle Vorwürfe über mich, überschüttet mich damit, die Stunde hat geschlagen!«

Bei diesen Worten funkelten ihre Augen in einem wilden Stolz; der hinter ihr stehende Erzbischof, der sie mit seinem Bischofsstab gestützt hatte, gab seine unzulängliche Haltung auf und bedeckte mit der rechten Hand seine Augen. Ein dumpfer

Aufschrei erscholl, wie wenn jemand stürbe. Zwei Männer, Gérard und Roubaud, fingen in ihren Armen die in tiefe Ohnmacht gefallene Denise Tascheron auf und trugen sie hinaus. Dieser Anblick dämpfte das Feuer in Véroniques Augen ein wenig; sie wurde unruhig; doch bald trat die Märtyrerheiterkeit wieder hervor.

»Jetzt wißt ihr es«, fuhr sie fort, »ich verdiene weder Lob noch Segen für mein Tun hienieden. Für den Himmel habe ich ein geheimes Leben peinigender Bußübungen geführt, das der Himmel bewerten wird! Mein Leben, das alle kannten, ist eine übergroße Wiedergutmachung der Übel gewesen, die ich verursacht habe: Ich habe meine Reue in unauslöschlichen Zügen in diese Erde eingegraben; sie wird fast bis in alle Ewigkeit sichtbar sein. Sie steht in den fruchtbar gemachten Feldern geschrieben, in dem größer gewordenen Dorf, in den Bächen, die vom Gebirg in die Ebene geleitet worden sind, die Ebene, die früher unbebaut und wüst dalag, und die jetzt grün und ertragreich ist. Heute in hundert Jahren wird kein Baum gefällt werden, von dem die Leute dieser Gegend sich nicht sagen werden, welchen Gewissensbissen sie seinen Schatten danken«, fuhr sie fort. »Diese reuige Seele, die in diesem Lande ein langes, nützliches Leben geführt hätte, wird also noch lange unter euch atmen. Was ihr seinen Talenten, einem auf würdige Weise erworbenen Vermögen verdankt hättet, das ist durch die Erbin seiner Reue vollbracht worden, durch die, die das Verbrechen verursacht hat. Alles, was der Gesellschaft zukommt, ist ausgeglichen worden; einzig ich bin belastet mit diesem Leben, das in seiner Blütezeit gehemmt wurde, das mir anvertraut worden war, und über das von mir Rechenschaft gefordert werden wird ...!«

Jetzt brachten Tränen das Feuer ihrer Augen zum Erlöschen. Sie machte eine Pause.

»Nun aber ist unter euch ein Mann, der, weil er seine Pflicht strikt erfüllt hat, für mich zum Gegenstand eines Hasses geworden ist, von dem ich glaubte, er werde ewig währen«, fuhr sie fort. »Er ist das erste Werkzeug meiner Folterqual gewesen. Ich stand dem Geschehenen zu nahe, ich watete noch zu tief im Blut, um die Justiz nicht zu hassen. Solange dieses Gran Zorn noch mein Herz verwirrte, habe ich begriffen, daß darin noch ein Rest verdammenswerter Leidenschaft verharrte; ich habe nichts zu verzeihen gehabt, ich habe lediglich diesen Winkel gereinigt, in dem das Böse sich verborgen hielt. So mühsam dieser Sieg auch gewesen ist, er ist vollständig errungen worden.«

Der Generalstaatsanwalt zeigte Véronique ein tränennasses Gesicht. Die menschliche Gerechtigkeit schien Gewissensbisse zu haben. Als die Büßerin den Kopf wandte, um weitersprechen zu können, traf ihr Blick das tränengebadete Gesicht eines alten Mannes, Grossetêtes, der ihr flehend die Hände entgegenstreckte, gleich als wolle er sagen: »Genug!« In diesem Augenblick vernahm diese erhabene Frau ein so vielstimmiges Schluchzen, daß sie in ihrer Rührung über soviel Sympathie und außerstande, den Balsam dieser allgemeinen Verzeihung zu ertragen, einen Schwächeanfall erlitt; als die alte Mutter sah, daß der Urquell von Véroniques Kraft verzehrt war, gewannen ihre Arme die Kraft der Jugend zurück und sie trug sie fort.

»Ihr Christen«, sagte der Erzbischof, »ihr habt die Beichte dieser Büßerin vernommen; sie bestätigt das Urteil der menschlichen Gerechtigkeit und vermag deren Skrupel oder Unruhe zu beschwichtigen. Ihr dürftet in all diesem neue Gründe gefunden haben, eure Gebete mit denen der Kirche zu vereinigen, die Gott das heilige Opfer der Messe darbietet, um seine Barmherzigkeit zugunsten einer so tiefen Reue zu erflehen.«

Die heilige Handlung nahm ihren Fortgang; Véronique folgte ihr mit einer Miene, aus der eine so große innere Zufriedenheit sprach, daß sie für die Augen aller nicht mehr dieselbe Frau zu sein schien. Auf ihrem Gesicht lag ein reiner Ausdruck; er war des jungen, harmlosen, keuschen Mädchens würdig, das sie in ihrem alten Vaterhaus gewesen war. Schon bleichte die Morgendämmerung der Ewigkeit ihre Stirn und übergoldete ihr Antlitz mit himmlischen Farbtönen. Sicherlich vernahm sie mystische Harmonien und schöpfte die Kraft zu leben aus dem Verlangen, sich ein letztes Mal mit Gott zu vereinigen; Pfarrer Bonnet trat an ihr Bett und erteilte ihr die Absolution; der Erzbischof salbte sie mit dem heiligen Öl, aus einem so väterlichen Gefühl heraus, daß allen Anwesenden deutlich wurde, wie lieb ihm dieses verirrte, heimgefundene Lamm war. Mit einer heiligen Salbung schloß der Prälat für die irdischen Dinge die Augen, die soviel

Unheil angerichtet hatten, und drückte das Siegel der Kirche auf diese allzu beredten Lippen. Die Ohren, durch die die bösen Einflüsterungen eingedrungen waren, wurden für immer verschlossen. So wurden alle durch die Bußübungen abgetöteten Sinne geheiligt, und der Geist des Bösen besaß keine Macht mehr über diese Seele. Nie hat eine Zuhörerschaft die Größe und Tiefe eines Sakraments besser verstanden als diese, die die Fürsorge der Kirche gerechtfertigt sah durch die Geständnisse dieser Sterbenden. So vorbereitet empfing Véronique den Leib Jesu Christi mit einem Ausdruck der Freude und der Hoffnung, die das Eis der Ungläubigkeit zerschmolz, auf das der Pfarrer so oft gestoßen war. In einem Augenblick war der tief verwirrte Roubaud zum Katholiken geworden! Dies Schauspiel war zugleich rührend und erschütternd gewesen; aber durch die Gegebenheiten der Dinge war es zu etwas Feierlichem geworden, so sehr, daß die Malerei darin vielleicht das Motiv zu einem ihrer Meisterwerke gefunden hätte. Als die Sterbende nach diesem Trauerakt hörte, wie das Johannes-Evangelium verlesen wurde, bedeutete sie ihrer Mutter durch ein Zeichen, man möge ihr ihren Sohn bringen, den der Hauslehrer herausgeführt hatte. Als die losgesprochene Mutter Francis auf der Estrade knien sah, glaubte sie sich ermächtigt, die Hände segnend auf diesen Kopf zu legen, und dann tat sie ihren letzten Seufzer. Die alte Sauviat stand da, immer auf ihrem Posten, wie seit zwanzig Jahren. Diese auf ihre Art herrische Frau drückte der Tochter, die soviel gelitten hatte, die Augen zu und küßte sie eins nach dem andern. Dann stellten sich alle Priester, gefolgt von der niederen Geistlichkeit, um das Bett auf. Beim Schein der Kerzen stimmten sie den furchtbaren Choral *De profundis* an, dessen Klagelaute der ganzen, vor dem Schloß knienden Einwohnerschaft, den in den Gemächern betenden Freunden und allen Dienern kundtaten, daß die Mutter dieses Bezirks gestorben sei. Der Hymnus wurde von einmütigem Ächzen und Wehklagen begleitet. Die Beichte dieser großen Dame war nicht über die Schwelle des Salons gedrungen und hatte nur befreundete Ohren als Zuhörer gehabt. Als die Bauern aus der Umgebung zusammen mit denen aus Montégnac nacheinander hereinkamen, um ihrer Wohltäterin mit einem grünen Zweig ein letztes Lebewohl zu spenden, in das sich Gebete und

Tränen mischten, erblickten sie einen Vertreter der irdischen Gerechtigkeit, der vom Schmerz übermannt war und die kalte Hand der Toten hielt, die er, ohne es zu wollen, so grausam, aber so gerecht verwundet hatte.

Zwei Tage danach führten der Generalstaatsanwalt, Grossetête, der Erzbischof und der Bürgermeister die Leiche der Madame Graslin zu ihrer letzten Ruhestätte; sie hielten die vier Zipfel des schwarzen Bahrtuchs. Unter tiefem Schweigen wurde sie in die Gruft gesenkt. Kein Wort wurde gesprochen; niemand brachte die Kraft auf, etwas zu sagen; alle Augen waren voller Tränen. – »Sie ist eine Heilige!« äußerten alle, als sie auf Wegen heimgingen, die der Bezirk angelegt hatte, den sie reich gemacht hatte, und dieser Ausspruch galt ihren ländlichen Schöpfungen, als sollten sie dadurch belebt werden. Niemand fand es seltsam, daß Madame Graslin neben der Leiche Jean-François Tascherons beigesetzt worden war; sie hatte nicht darum gebeten; aber aus einem Rest zärtlichen Mitleids heraus hatte die alte Mutter dem Sakristan nahegelegt, die zusammenzutun, die die Erde so grausam getrennt, und die die gleiche Reue im Fegefeuer vereinigt hatte.

Das Testament der Madame Graslin verwirklichte alle gehegten Erwartungen; sie stiftete in Limoges am Gymnasium Freiplätze und im Krankenhaus Betten, die lediglich für Arbeiter bestimmt waren; sie setzte eine beträchtliche Summe, auf sechs Jahre dreihunderttausend Francs, für die Erwerbung des »Les Tascherons« benannten Dorfteils aus, wo sie ein Hospiz zu bauen befahl. Dieses Hospiz, das für bedürftige alte Leute des Bezirks, für dessen Kranke, für zur Zeit der Niederkunft mittellose Frauen und Findelkinder bestimmt war, sollte den Namen «Tascheron-Hospiz« führen; Véronique hatte gewollt, daß es von Grauen Schwestern betreut werde; das Gehalt für den Chirurgen und den Arzt hatte sie auf viertausend Francs festgesetzt. Madame Graslin hatte Roubaud gebeten, der Chefarzt dieses Hospizes zu werden; sie hatte ihn mit der Wahl des Chirurgen und der Überwachung des Baus hinsichtlich der sanitären Anlagen betraut, gemeinsam mit Gérard, der der Architekt sein sollte. Ferner schenkte sie der Gemeinde Montégnac einen Komplex von Wiesen, der groß genug war, daß davon die Steuern bezahlt werden konnten. Die Kirche wurde mit einem Hilfsfonds bedacht, der für gewisse Ausnahmefälle bestimmt war; sie sollte ein Auge auf die Jugend haben und Ausschau halten, ob ein Montégnacer Sprößling Anlagen für die Künste, die Wissenschaften oder die Industrie bekunden würde. Die wohltätige Klugheit der Erblasserin hatte danach die Summe festgesetzt, die zu Ermunterungen jenem Fonds entnommen werden sollte. Die Nachricht von diesem Abscheiden, das überall als ein Unglück empfunden wurde, wurde von keinem das Andenken dieser Frau schmälernden Gerücht begleitet. Dieser Takt war eine Huldigung dieser katholischen, arbeitsamen Bevölkerung, die beginnt, in jenem Winkel Frankreichs aufs neue die Wunder der ›Erbaulichen Briefe‹[151] zu vollbringen.

Gérard war zum Vormund Francis Graslins ernannt und durch das Testament verpflichtet worden, im Schloß zu wohnen; er siedelte nach dort über; aber er heiratete Denise Tascheron, in der Francis etwas wie eine zweite Mutter fand, erst drei Monate nach Véroniques Tod.

Anmerkungen

DER DORFPFARRER

1 Altes Längenmaß: 1 Fuß = 32,5 cm.

2 Bewohner der Stadt Limoges und deren Umgebung.

3 Das als »Schwarze Bande« bezeichnete Abbruchunternehmen hat tatsächlich existiert; Balzac erwähnt es in mehreren seiner Romane.

4 Hauptgestalt in Molières Komödie ›L'Avare‹, ›Der Geizige‹ (1668).

5 Es handelt sich um sog. Feuerbohnen, die in manchen Gegenden Frankreichs, so im Loiret, »rote Erbsen« genannt wurden.

6 Lat.: in Abwesenheit.

7 Ein der Regel des heiligen Franz unterstellter, 1635 vom heiligen Vincent de Paul gegründeter Orden.

8 Im Dogenpalast zu Venedig.

9 Begriff aus der Philosophie Leibniz': die von Gott angeordnete Harmonie.

10 Die ›Lettres édifiantes écrites des Missions étrangères‹, deren erste, einbändige Ausgabe 1702 erschien, boten zugleich ein religiöses und wissenschaftliches Interesse. Es handelt sich dabei um die Annalen der katholischen Missionare aus allen Ländern der Welt, und gleichzeitig um wertvolle Auskünfte über Klima, Produkte und Sitten in den christianisierten Ländern. Die ›Briefe‹ erlebten zahlreiche Neuausgaben, die bis zu 40 Bänden anwuchsen.

11 Frans van Mieris (1635–1681), fruchtbarer, eleganter holländischer Genremaler.

12 Adrian van Ostade (1610–1685), Rembrandt-Schüler, Meister im niedrig-komischen Genre.

13 Gerard Terborch (1617–1681), glänzender Schilderer der höheren Stände seiner Zeit.

14 Gerard Dou oder Dow (1613–1675), Rembrandt-Schüler, Maler von Genrebildern in delikater Ausführung.

15 Der berühmte Roman von Bernardin de Saint-Pierre (1737–1814), erstmals erschienen 1787. Die von Balzac erwähnte Duodez-Ausgabe erschien, bei Didot gedruckt, im Februar 1820.

16 Die berühmte Juwelier-Firma Odiot, die die Wiege des Königs von Rom geliefert hatte, befand sich damals in der Rue de l'Evêque, einer kleinen Straße, die beim Bau der Avenue de l'Opéra

verschwand. Die Firma befindet sich heute an der Place de la Madeleine.

17 Die rot blühende japanische Kamelie wurde um 1739 durch den Pater Kamel (Camellus), nach dem sie benannt wurde, in Europa eingeführt. Die chinesische Kamelie blüht weiß; ihre Blütenblätter werden von den Chinesen zum Aromatisieren ihres Tees benutzt. Die ›Kameliendame‹ in Alexandre Dumas' berühmtem Roman (1848) führte diesen Namen, weil ihre nervöse Zartheit sie den Duft keiner andern Blume ertragen ließ.

18 Cytisus Laburnum L., zu den Schmetterlingsblütlern gehörend, seiner schönen gelben Blütentrauben wegen häufig als Zierstrauch angepflanzt, in Italien und Südosteuropa heimisch. Das sehr harte, feste Holz wird als »falsches Ebenholz« bezeichnet. Rinde und Samen sind giftig.

19 Andropogon nadus L. Reibt man die Blätter, so riechen sie nach Zitronen.

20 Jasminum azoricum, von den Azoren stammend; weißblütige Kletterpflanze von starkem, süßem Duft. Seit dreihundert Jahren in Südeuropa angepflanzt, zumal in Barockgärten.

21 Clerodendron L., auch Volkamerie genannt, zu den Verbenaceen gehörend, aus Ostindien stammend. Die Blüten sind wohlriechend.

22 Rosa moschata L., auch Moschusrose genannt. Die Blütenblätter dienen zum Aromatisieren von Puder.

23 Ein von den Bekannten dem jungvermählten Paar ein paar Tage nach der Hochzeit gegebenes Essen.

24 Bernard Le Bovier de Fontenelle (1657–1757), Neffe Corneilles, ständiger Sekretär der Akademie, über deren gestorbene Mitglieder er noch heute berühmte Nachrufe hielt, starb als Hundertjähriger an Altersschwäche. Seine letzten Aussprüche waren: »Ich hätte nie geglaubt, daß das Sterben so umständlich sei«, und: »Ich fühle nur noch, wie schwierig das Dasein ist.«

25 Der Partei der radikalen Royalisten und kirchlich Gesinnten.

26 Tochter des Priamos und der Hekabe, erhielt von Apollon die Gabe der Weissagung, versagte sich aber dann dem Gott und wurde von ihm dadurch bestraft, daß niemand ihre Weissagungen glauben sollte. Nach dem Fall Trojas, den sie vergebens prophezeit hatte, wurde sie die Sklavin Agamemnons, aber gleich nach der Ankunft in Griechenland von Klytemnestra getötet.

27 Hugues-Félicité-Robert de Lamenais (1782–1854), Philosoph, zum Priester geweiht, anfangs Verteidiger des Katholizismus und des

Königtums, nach der Juli-Revolution in seiner Zeitschrift ›L'Ave-
nir‹ und seinen ›Paroles d'un croyant‹ (›Worte eines Gläubigen‹,
1834, deutsch von Ludwig Börne, in fast alle Sprachen übersetzt)
Verteidiger der Revolution und der Demokratie. Balzac hat
diesen stürmischen, aber schwankenden Geist, mit dem er bei
Berryer zusammengetroffen ist, verschieden beurteilt, zunächst
ablehnend, später (in einem Brief an Mme Hanska aus dem Jahre
1838) als einen der wenigen großen Männer des »blöden« 19. Jahrhunderts.

28 Albert Bertel Thorwaldsen (1779–1844), dänischer Bildhauer,
einer der bedeutendsten Vertreter des europäischen Klassizismus.
Unter seinen Werken ist besonders bekannt der ›Löwe‹ in Luzern.
In seiner Vaterstadt Kopenhagen trägt ein Museum seinen Namen
und birgt viele seiner Werke.

29 Unter der Restauration war es eine Lieblingsidee der Liberalen,
daß Besitz die Moral fördere.

30 Vor Einführung des Dezimalsystems im Münzwesen wurde das
Duodezimalsystem angewandt.

31 Der Rauchfang des Kamins war innen mit Ruß bedeckt, der, wenn
er durch den Regen feucht wurde, eine schwärzlich-braune Flüssigkeit bildete: Diese nennt Balzac »Schweiß«.

32 Sklave Mohammeds; siehe Voltaires Tragödie ›Mahomet‹ (1742,
übersetzt von Goethe 1802).

33 Wörtlich: Hammel; hier zusammen mit einem Gefangenen ein-
gesperrter Spitzel, der dem ersteren Geständnisse entlocken soll.

34 Antoine-Bernardin Fualdès, geboren 1761, ein ehemaliger kaiser-
licher Staatsanwalt, den die Restauration abgesetzt hatte, wurde
am 19. März 1817 in Rodez durch zwei seiner alten Freunde
ermordet, die bereits Verbrechen begangen hatten und seine Enthüllungen fürchteten. Die niedrigen und romantischen Begleitumstände des Mordes, der in einem von der Witwe Bancal geleiteten Freudenhaus begangen wurde, machten den Fall bald
berühmt. Durch einen unglücklichen Zufall war eine junge, etwas
leichtlebige Frau aus der Stadt, Mme Manson, die entsetzte Zeugin
des Dramas gewesen und geriet in den Verdacht zumindest der
stummen Mitschuld bei dem Hinterhalt. Der Prozeß, der sechsundzwanzig Sitzungen dauerte, mußte um eines Formfehlers willen
nochmals durchgeführt werden und hielt ganz Europa in Atem;
der zweite Prozeß dauerte vom 25. März bis zum 4. Mai 1818; es
entstand darüber ein Bänkelsängerlied von 48 Strophen.

35 Der Bau des Mailänder Doms wurde 1386 unter der Regierung

des Gian Galeazzo Visconti begonnen. Worauf Balzac anspielt, hat sich nicht feststellen lassen. Es sind dem Gian Galeazzo Visconti zwar viele Untaten vorzuwerfen; aber es entspricht schwerlich seinem Charakter, daß er um ihrer Sühne willen jenen Dom habe errichten lassen; die einschlägige Literatur berichtet nichts darüber.

36 Claude-Henri, Graf de Saint-Simon (1760–1825), Begründer eines sozialistischen Systems, das erst nach dem Tode des Theoretikers zur Doktrin erhoben wurde und zu einer Parteigründung führte. Der Saint-Simonismus wurde zunächst von den Liberalen begünstigt, die sich dann aber von ihm abwandten, als sie mit ihren wirtschaftlichen und sozialen Forderungen nach »Gleichheit« immer unverhüllter hervortraten. Ihre Zeitungen waren der ›Organisateur‹ und später der ›Globe‹. Innerhalb der Partei machten sich zwei verschiedene Tendenzen geltend: eine rein politische, die Buchez und Bazard verfochten; beide gehörten der Charbonnerie an, wollten aus dem Saint-Simonismus eine republikanische Partei machen und sich des Staates bemächtigen; die andere Tendenz war mystisch und religiös; ihr Verfechter war Enfantin. Er wollte alle Privilegien der Geburt abschaffen, die Gleichheit von Mann und Frau herstellen, die Familie aufheben sowie die Güter- und Frauen-Gemeinschaft durchführen. Die Gesellschaft sollte zu einer Art großem kommunistischem Kloster für beide Geschlechter werden. 1831 schlossen Bazard und Enfantin sich gegenseitig aus der Partei aus. Enfantin ernannte sich zum »männlichen Messias« der neuen Religion und begab sich auf Bällen, Festen und Empfängen auf die Suche nach dem »weiblichen Messias«, konnte ihn aber nicht entdecken. 1832 gründete er mit 40 Anhängern in Ménilmontant eine »Meister-Gesellschaft«, in der er seine Prinzipien der individuellen und sozialen Moral durchzuführen gedachte. Es kam zu jeder erdenklichen Ausschweifung und Ausschreitung, so daß die Polizei eingriff und die »Gemeinschaft« auflöste. Im August 1832 endete die saint-simonistische Organisation vor dem Schwurgericht; Enfantin wurde zu Gefängnis verurteilt.

37 Gestalt aus Walter Scotts Roman ›The prison of Edinburgh‹.

38 Roman von Victor Hugo, erschienen Paris 1829.

39 Tochter des Königs Aiëtes von Kolchis, verhalf durch ihre Zauberkünste Jason zum Goldenen Vlies, entfloh mit ihm, wurde verstoßen, da Jason Kreusa vorzog, tötete diese durch ein vergiftetes Gewand, ermordete ihre Kinder, entfloh auf einem Drachenwagen, wurde von den Göttern unsterblich gemacht und in den Elysischen

Gefilden dem Achilleus vermählt. Der Stoff ist von den antiken Tragikern sowie von Corneille und Grillparzer bearbeitet worden.

40 Siehe Anmerkung 34. Die ›Wehklage um Fualdès‹, ein Bänkelsängerlied, stammte von einem Zahnarzt namens Catalan. Balzac spielt auf die 11. Strophe an, die indessen einen anderen Wortlaut hat; es ist in ihr nicht von »délicatesse«, sondern von »politesse« die Rede.

41 Als »Priester-Partei« wurden während der Restauration von den Liberalen die Ultra-Royalisten bezeichnet, die sich eng an die »Kongregation« angeschlossen hatten, die Leser des ›Drapeau blanc‹, der ›Quotidienne‹, des ›Moniteur‹, des ›Journal de Paris‹, der ›Gazette de France‹ und des ›Conservateur‹, ferner die Schüler de Maistres und Bonalds, die begeisterten Verehrer Chateaubriands, die Nutznießer der für die Emigranten bewilligten Milliarde, die Verfechter der Unterdrückung der Pressefreiheit und des Gesetzes wegen Gotteslästerung (auf die Todesstrafe stand). Gegen die Kongregation hatte sich die »Société des Amis de la Presse« erhoben, die 1819 aufgelöst und durch die freimaurerische Geheimgesellschaft der »Charbonnerie« (einer Abzweigung der italienischen »Carbonari«) ersetzt wurde, die Buchez 1821 organisierte. Ihre Zeitungen waren ›Minerva‹, ›Globe‹, ›National‹ und ›Temps‹. Die Führer der Liberalen waren Béranger, Manuel und Paul-Louis Courier. Sie führten große Reden gegen die Jesuiten und forderten die Wiederaufführung von Molières ›Tartuffe‹.
François-Dominique de Reynaud, Graf de Montlosier (1755 bis 1838), der berüchtigte Ultra-Gallikaner, wilder Gegner der Jesuiten, gegen die er »um ihres Besten willen« 1826 ein berühmtes ›Mémoire‹ schrieb.

42 Maximilian de Robespierre (1758–1794), Advokat, Mitglied des Konvents, herrschte als »kalter Blutdiktator« durch den Wohlfahrtsausschuß, entledigte sich durch die Guillotine sämtlicher Gegner, wurde am 9. Thermidor II (27. Juli 1794) gestürzt und hingerichtet.

43 George Jeffreys (1648–1689), Oberrichter in England unter Karl II. und Jakob II., wurde vom letzteren zum Kanzler ernannt, als Belohnung für die Ungerechtigkeit und Leidenschaft, mit der er die Komplicen der Rebellion des Herzogs von Monmouth (1685) verfolgte.

44 Jean-Martin de Laubardemont (1590–1653), Staatsrat, Richter, Werkzeug der Rache Richelieus: er schickte Urbain Grandier auf

den Scheiterhaufen und verurteilte Cinq-Mars und Thou zur Enthauptung.

45 Weihgaben.

46 Eine der glanzvollsten Gestalten der ›Menschlichen Komödie‹; Balzac läßt ihn in mehreren Werken auftreten und schildert seine Anfänge besonders eindrucksvoll in ›Vater Goriot‹.

47 Parodistisch gemeint. Aristides mit dem Beinamen »der Gerechte« war ein athenischer Staatsmann und Feldherr, Sohn des Lysimachos, einer der zehn Strategen der Athener in der Schlacht bei Marathon, wurde 483 v. Chr. auf Betreiben des Themistokles durch das Scherbengericht aus Athen verbannt, weil er sich dem Bau einer großen Flotte widersetzt hatte, kehrte 480 nach Athen zurück, befehligte die Athener in der Schlacht bei Plaitaia, gründete 476 den athenischen Seebund, machte die Staatsämter allen Bürgern zugänglich und starb völlig verarmt.

48 Die Corrèze ist ein im Zentral-Massiv entspringender, 85 km langer, nicht schiffbarer Fluß, an dem die gleichnamige Stadt gelegen ist, der das nach ihm benannte Département durchfließt und in die Vézère mündet.

49 Die Creuse entspringt im Süden des nach ihr benannten Départements und mündet in die Vienne.

50 Beim Abzählen des Trinkgeldes.

51 Die Bezeichnung »la douce France«, »das liebliche Frankreich«, erscheint zum erstenmal im ›Chanson de Roland‹, dem ›Rolandslied‹, einem im 12. Jahrhundert entstandenen Werk, wo von »France dulce« die Rede ist.

52 Landschaft östlich von Paris, bewaldet und feucht. Hauptort Meaux.

53 James Fenimore Cooper (1789–1851), bedeutender amerikanischer Erzähler, noch heute berühmt durch seine ›Lederstrumpf‹-Romane. Der Roman ›The Prairie‹ erschien 1827. Cooper schrieb auch Seeromane, zunächst romantische, dann immer realistischere. Durch sie erscheint er als ein Vorgänger Melvilles und Joseph Conrads.

54 Fruchtbare Ebene südwestlich von Paris. Département Eure-et-Loir, Hauptstadt Chartres.

55 Alte französische Provinz, 1204 durch Philippe-Auguste mit der Krone vereinigt, etwa das heutige Département Indre-et-Loire umfassend, Hauptstadt Tours.

56 Alte französische Provinz, 1100 von Philipp I. gekauft, etwa

937

die heutigen Départements Cher und Indre umfassend, Hauptstadt Bourges.

57 Der Nebel nimmt alle Verunreinigungen der Luft auf, darunter auch Oxyde, besonders aus dem Rauch über Feuerstellen. Diese sind aber eher ungünstig für die Vegetation. Allerdings würden Bäume die Feuchtigkeit besser halten.

58 Sozusagen phonetisch geschrieben: ›Poste aux chevaux‹ = Pferdepost.

59 Sempervivum tectorum L. Pflanzengattung der Krassulaceen; im Süddeutschen »Dachrösle« genannt.

60 Hier im Sinne der Hauptstadt des Départements, des Sitzes der Präfektur.

61 Vernichtungsschlacht der Franken gegen die Araber, 732.

62 Großvater Karls des Großen, 689–741.

63 Auf niedrige Erdwälle gepflanzte Hecken, an Bachläufen oder zur Abgrenzung von Feldern und Wiesen in windreichen Gegenden, in Norddeutschland vor allem in Holstein gebräuchlich.

64 Altes Längenmaß, 6 Fuß = 1,95 m.

65 Adiantum Capillus Veneris L.

66 Ectium Vulgare L.

67 Die Rebkrankheiten wurden erst in der zweiten Hälfte des 19. Jahrhunderts studiert. Balzac meint sicherlich eine Pilzkrankheit, die sich in dunklen Flecken auf den Blättern bekundet, und die er mit denen der Lepra vergleicht.

68 Maximilien de Béthune, Herzog von Sully, Baron de Rosay (1559–1641), der große Minister und Freund Heinrichs IV. Welcher Zusammenhang zwischen dem Hugenottentum Sullys und der Ulme besteht, ließ sich nicht feststellen.

69 Es handelt sich hier zunächst um Bossuet (1627–1704), den Bischof von Meaux; alsdann um Fénélon (1651–1715), den Erzbischof von Cambrai. Mit dem Bischof von Marseille dürfte Monsignore Belsunce (1671–1755) gemeint sein, der während der großen Pest 1720–1721 eine heroische Wohltätigkeit entfaltete; und der Erzbischof von Arles ist wahrscheinlich Monsignore Dulau, ein Opfer der Septembermorde von 1792.

70 Charles de Secondat, Baron de Montesquieu (1689–1755), berühmter Publizist, schrieb vor allem ›De l'Esprit des lois‹, ein staatswissenschaftliches Werk höchsten Ranges. Die Stelle, auf die Balzac anspielt, findet sich in III, 6 und 7. Für Montesquieu ist die Ehre das Prinzip der Macht, wie die Tugend das der Republik ist.

71 Siehe Anmerkung 69.

72 Neben dem bei uns häufig als Zierstrauch angepflanzten Jasminum grandiflorum und dem gelegentlich mit der Forsythie verwechselten, schon im Spätwinter gelb blühenden Jasminum floridum gibt es im Süden mehrere rankende Jasminarten, die nicht winterhart sind.

73 Menschenfreunde. Die Philanthropie war ein im späten 18. Jhdt. ausgebildetes System der Menschenliebe und Wohltätigkeit auf einer weltlichen Basis, ohne Einschaltung der Kirche.

74 Johann Kaspar Lavater (1741–1801), Schweizer Pastor und Philosoph, mit dem jungen Goethe befreundet. Er besaß eine lebhafte Phantasie und die Leichtgläubigkeit eines »Erleuchteten«, und so glaubte er, die Vorsehung habe ihn ganz besonderer Enthüllungen gewürdigt. Bei der Erwähnung des Namens Lavater denkt Balzac weniger an dessen theologisch-theosophische Schriften als an die berühmten ›Physiognomischen Fragmente‹ (1775/78), in denen Lavater den Beziehungen zwischen Gesicht und Charakter nachzugehen versucht; in ihnen wird die Nase als Hauptkennzeichen der Persönlichkeit betrachtet. Das Werk ist letztlich dilettantisch; die »Physiognomik« wurde im ausgehenden 18. Jahrhundert zu einem Gesellschaftsspiel, das erst durch das Auftauchen der ebenso dilettantischen ›Schädellehre‹ Galls abgelöst wurde.

75 Der Fürst Armand de Polignac (1780–1847) war am 8. August 1829 zum Außenminister ernannt worden; Ministerpräsident wurde er erst am 17. November. Seine gegenrevolutionäre, ultraroyalistische und klerikale Politik (er ließ sich bei vielen seiner Maßnahmen durch Visionen der Madonna leiten) scheint als Ziel die Einschränkung der Verfassung gehabt zu haben, wie es dann im Jahre 1830 durch die berüchtigten »Juli-Ordonnanzen« geschah.

76 Hier überwuchert Balzacs Romantik das medizinisch Mögliche. Tränen haben nicht die Eigenschaft, die Haut zu verätzen und Blatternarben auszulöschen; und bei dem bläulichen Adernetz kann es sich nur um Venen handeln. Diese nun aber pochen nicht, das tun nur Arterien.

77 Ebenfalls medizinisch unmöglich. Das Haar einer Niedergekommenen kann zwar ausfallen, wächst aber wieder nach.

78 Auswirkungen der Juli-Revolution, die Balzac, seiner politischen Einstellung entsprechend, übertreibt.

79 Lat.: Göttlicher Hauch, heimliche Beeinflussung durch den Himmel (Horaz, Sat. I. 4, 34).

80 Pierre-Paul Riquet, Baron de Bonrepaux (1604–1680), unterbreitete dem großen Minister Colbert 1662 den Plan eines Kanals, der das Mittelmeer mit dem Ozean verbinden sollte. Der Plan wurde 1665 genehmigt, das betreffende Edikt 1666 veröffentlicht und im April 1667 der Grundstein gelegt. Am 21. Februar 1672 fuhren fünf Boote von Naurouze ab und gelangten am übernächsten Tag gegen Abend in die Garonne. Der Kanal wurde 1681 vollendet, sieben Monate nach Riquets Tod; seine beiden Söhne hatten das Werk fortgesetzt.

81 Sohn des Agamemnon und der Klytämnestra, die er mitsamt ihrem Liebhaber Ägisthos erschlug, um den ermordeten Vater zu rächen. Er wurde von den Eumeniden verfolgt, wurde wahnsinnig, ging auf Apollos Geheiß nach Taurien, um das Bild der Artemis zu holen, sollte mit seinem Freund Pylades von seiner nach dort entrückten Schwester Iphigenia der Artemis geopfert werden, wurde aber von ihr erkannt und gerettet.

82 Siehe Anmerkung 6.

83 Hauptstadt des Départements Corrèze.

84 Dorf bei Savona. 11. April 1796 Sieg Napoleons über die Österreicher.

85 So wurde Napoleon während der Restauration von den Bonapartisten genannt.

86 Spitzname des Generals Bonaparte in der Armee.

87 Henri Stengel (1744–1796), General der leichten Kavallerie, fiel am 27. April 1796 bei Mondovi. Stengel war nicht Elsässer, sondern Pfälzer. Am 13. September 1792 hatte er bei Valmy den linken Flügel der Armee Kellermann befehligt; Bonaparte ernannte ihn zum Kommandeur der Kavallerie der Italien-Armee. Sein Nachfolger wurde Murat.

88 Stadt in Mähren, bei Brünn. 2. Dezember 1805 Sieg Napoleons über die Österreicher und Russen (Dreikaiserschlacht).

89 Über die »Fußbrenner« (»chauffeurs«) berichtet Balzac ausführlich in dem Roman ›Die Königstreuen‹. Sie versengten während der Chouans-Kriege ihren Opfern die Füße, um sie zu bestrafen oder zu Geständnissen zu bewegen. 1797 wurden die meisten verhaftet; hundertzehn wurden hingerichtet.

90 Brive-la-Gaillarde (nicht Brives, wie Balzac schreibt), Arrondissement-Hauptstadt an der Corrèze, südwestlich von Tulle.

91 Nach der Rückkehr Napoleons von Elba.

92 Städtchen im Département Corrèze, Arrondissement Brive.

93 Savoyische Landschaft im Arc-Tal.

94 Irrtum Balzacs; zuvor wurde berichtet, Farrabesche sei bereits nach fünf Jahren begnadigt worden.

95 Argot-Ausdruck: eine zwei Finger dicke Matratze. Das Wort ist eine Entstellung des italienischen »strapuntino« = kleine Steppdecke.

96 Argot-Ausdruck für eine geneigte Planke, abgeleitet von taule, table = Tisch.

97 Argot-Ausdruck = filet = Faden; ramas abgeleitet von ramasser = vereinigen.

98 Höhere Bildungsanstalt für Artillerie-Offiziere und Ingenieure.

99 Jean de La Quintinie (1626–1688), berühmter Gartenkünstler, war zunächst Advokat und wurde 1673 zum Verwalter der königlichen Obstgärten, 1687 zum Generaldirektor der Obst- und Gemüsegärten aller königlichen Schlösser ernannt. Er schrieb ein umfangreiches Werk über den Obst- und Gemüsebau.

100 Blaise Pascal (1623–1662), der große Mathematiker, Physiker und religiöse Denker, asketisch lebend, starb vor der Vollendung seines vierzigsten Lebensjahres.

101 Lat.: an geringwertigen Wesen (meist für Tierversuche gebräuchliche Formel).

102 Isaak Newton (1643–1727), Begründer der neueren mathematischen Physik und physischen Astronomie, Entdecker des Gravitationsgesetzes. .

103 Pierre-Simon, Graf de Laplace (1749–1827), Mathematiker und Astronom, bestimmte die Bewegungen der Hauptplaneten und entwickelte ein Weltsystem. Hauptwerk: ›Mécanique céleste‹ (1799 bis 1825, fünf Bände).

104 Sébastien le Prestre de Vauban (1633–1707), Marschall von Frankreich, berühmter Festungsbaumeister.

105 Der Einsturz der von dem Ingenieur Navier konstruierten Hauptbrücke über die Seine erfolgte am 6. September 1826, noch ehe der Bau vollendet war, und führte zum Aufgeben des Bauvorhabens durch die Stadtverwaltung. Die Unglücksbrücke hieß »Pont des Invalides« und ist die Vorgängerin des heutigen »Pont Alexandre III«, der für die Weltausstellung 1900 erbaut wurde. Die Edition Conard gibt im Anmerkungsteil eine ausführliche Dar-

stellung des heute völlig vergessenen und, da keine Menschenopfer zu beklagen waren, belanglosen Vorfalls und der anschließenden Polemik, in der Navier, ein übrigens ausgezeichneter Ingenieur, sich zu rechtfertigen suchte. Die Behauptung Balzacs, Navier sei zum Trost in den Generalrat berufen worden, ist irrig. Navier starb, einundfünfzigjährig, am 21. August 1836. Der Pariser Stadtrat hat ihn geehrt, indem er eine Straße im XVII. Arrondissement nach ihm benannte.

106 Der Briare-Kanal, der die Loire mit dem Loing-Kanal verbindet, wurde unter Ludwig XIII. vollendet.

107 Der Pont-Royal in Paris wurde nach Zeichnungen von Mansart 1685–1689 durch den Pater Romain erbaut.

108 Gaspard Monge (1746–1818), Mathematiker, Mitbegründer der Ecole Polytechnique. Er begleitete Napoleon nach Ägypten.

109 Pierre-Paul de Riquet (1604–1680), Ingenieur, Erbauer des Canal du Midi.

110 Louis Vicat (1786–1861), Ingenieur im Amt für Brücken- und Wegebau, erfand einen besonderen Beton für die Fundamente von Brückenpfeilern.

111 Joseph-Marie-François Cachin (1757–1825), Ingenieur beim Amt für Brücken- und Wegebau, regulierte den Lauf der Orne von Caen bis zum Meer und begann 1804 mit dem Bau des Deichs von Cherbourg, der erst nach seinem Tod vollendet wurde.

112 Siehe Anmerkung 109.

113 Jean-Rodolphe Perronet (1708–1794), Direktor der Ecole des Ponts et Chaussées, baute den Canal de Bourgogne sowie in Paris den Pont de Neuilly und den Pont de la Concorde.

114 Andrea Palladio (1508–1580), klassischer Baumeister der Hochrenaissance. Hauptwerke in Venedig und Vicenza.

115 Filippo Brunelleschi (1377–1446), Erbauer von Santa Maria dei Fiori in Florenz mit der ersten Kuppel der Neuzeit; Michelangelo erklärte von ihr, es koste Mühe, sie nachzuahmen, aber übertreffen lasse sie sich nicht.

116 Donato Lazzari, genannt Bramante (1444–1514), schuf die Pläne und begann 1506 mit dem Bau der Peterskirche.

117 Siehe Anmerkung 104.

118 Siehe Anmerkung 110.

119 George Stephenson (1781–1848), Sohn eines Heizers, zunächst selbst Arbeiter, dann durch Selbststudium Bergwerksingenieur, er-

fand die Lokomotive, die am 25. Juli 1814 ihre erste Fahrt antrat, und baute zwischen 1830 und 1840 eine große Zahl englischer Eisenbahnlinien. – Sein Sohn Robert (1803–1859) baute Eisenbahnlinien in England, Schweden, Italien, den Vereinigten Staaten und Ägypten und konstruierte mehrere große Brücken.

120 John-London MacAdam (1756–1836), Erfinder der nach ihm benannten Methode der Straßenpflasterung.

121 Die von Balzac häufig geschmähte Juli-Monarchie hat für die Entwicklung des französischen Eisenbahnwesens Bedeutendes geleistet, indem sie den sich bildenden Aktienunternehmungen für den Bau von Eisenbahnlinien tatkräftige finanzielle Unterstützung zuteil werden ließ.

122 Die medizinische Fakultät der Universität Paris.

123 Anspielung auf Balzacs Arztgestalt in der Novelle ›Die Messe des Gottesleugners‹; in Desplein hat Balzac wahrscheinlich den berühmten Chirurgen Guillaume Dupuytren (1777–1835) als Vorbild genommen. Er war Universitätsprofessor und der Arzt Ludwigs XVIII. und Karls X. und schließlich Mitglied der Akademie der Wissenschaften. Er hat viel operiert, aber wenig geschrieben.

124 Pierre-Jean-Georges Cabanis (1757–1808), bedeutender Arzt und Politiker, verkehrte bei Mme Helvétius, wo er der Freund und Nachfolger der Enzyklopädisten wurde. Dort lernte er auch Mirabeau kennen, der in seinen Armen starb. Er gehörte dem ›Rat der Fünfhundert‹ an, unterstützte die Politik des Direktoriums und befreundete sich mit Siéyès. Er war Mitarbeiter an der Verfassung des Jahres VIII. Seinen Atheismus betonte er mit naiver Heftigkeit.

125 Michel de l'Hospital (1507–1573), Staatsmann, Rat am Pariser Parlamentsgericht, Gesandter beim Trientiner Konzil, Oberintendant der Finanzen und schließlich (1561) Kanzler von Frankreich, tat alles, um den religiösen Haß zu beschwichtigen und weiteres Blutvergießen zu verhindern. Er besaß ein ausgeprägtes Gefühl für Freiheit und Gleichheit. 1568 vertrieb der Haß der Guise ihn vom Hofe.

126 Raymond-Théodore Troplong (1795–1869), unter der Restauration Staatsanwalt beim Obersten Gericht, unter Louis-Philippe Rat am Kassationsgericht und Pair von Frankreich, schließlich unter Napoleon III. Oberpräsident und Senator des Kaiserreichs, ist der Verfasser einer Reihe von Abhandlungen über das Zivilrecht.

127 Charles-Bonaventure-Marie Toullier (1752–1835), Professor der Rechtswissenschaft unter dem Ancien Régime, wurde unter Napoleon wieder in seine Funktionen eingesetzt, durch die Restauration entlassen und nach der Juli-Revolution abermals berufen. Er hat ein Werk über das französische Zivilrecht hinterlassen.

128 Jean Calvin (oder Caulvin bzw. Cauvin) (1509–1564) wandte sich 1534 der Reformation zu, mußte aus Frankreich flüchten, ging zunächst nach Genf, dann nach Straßburg, wo er Prediger der französischen Flüchtlingsgemeinde war, unterschrieb als Abgeordneter Straßburgs die Augsburger Konfession, kehrte 1541 auf Betreiben seiner Anhänger nach Genf zurück, richtete dort ein aus Geistlichen und Laien bestehendes Konsistorium zur Erhaltung der reinen Lehre und zur Überwachung der Sitten ein, gebot, z. T. willkürlich (die Verbrennung Servets bei kleinem Feuer), als kirchlicher Diktator und machte Genf zum Mittelpunkt des reformierten Protestantismus. Er entwickelte die Lehre des heiligen Augustinus von der Gnadenwahl bis zur äußersten Konsequenz. – Der Calvinismus ist zumal in der Schweiz, in Holland, Ungarn und Schottland verbreitet.

129 Ulrich (Huldreich) Zwingli (1484–1531), Schweizer Reformator, führte 1522 in Zürich die Reformation durch, geriet mit Luther über die Abendmahlslehre in Streit (Marburger Gespräch 1529), zog mit dem Banner des Kantons Zürich in den Kampf gegen die katholischen Kantone und fiel am 11. Oktober 1531 in der Schlacht bei Kappel.

130 John Knox (1505–1572), schottischer Reformator, setzte die Abschaffung der Heiligenverehrung und der Transsubstantiationslehre durch, floh nach der Thronbesteigung Marias der Katholischen zu Calvin nach Genf, kehrte 1559 nach Schottland zurück und bewirkte durch einen Volksaufstand die Einführung der Presbyterialkirche in Schottland. Von Charakter fanatisch und grausam; gewaltiger Prediger; Gegner der Maria Stuart, deren Absetzung er betrieb.

131 Bei diesem Gesetz ging es im Grunde darum, dem Familienvater volle Freiheit bei der Aufsetzung seines Testaments einzuräumen; es betraf im wesentlichen die Majoratsherren und die vermögenden Familien, also etwa 80 000 von sechs Millionen. Dennoch gerieten die Liberalen dagegen in Harnisch. Es wurde in der Pairskammer von Minister Peyronnet befürwortet, von Pasquier, Molé und Broglie bekämpft und mit 120 Stimmen gegen 94 abgelehnt.

Obwohl nicht im mindesten von jenem Gesetz betroffen, illuminierte die Pariser Bürgerschaft an dem Abend des Tages, da es abgelehnt worden war.

132 Pierre-Denis, Graf de Peyronnet (1778–1854), Minister der Restauration, hochgebildeter, lebensfroher Royalist, einer von denen, die genausowenig Angst vor einer hübschen Frau wie vor einem guten Essen hatten. Sein royalistischer Eifer und seine Talente als Jurist ließen ihm im Kabinett Villèle (1821–1828) das Portefeuille der Justiz, im Kabinett Polignac (1830) das des Inneren zuteil werden. Der Anteil, den er an der Abfassung der berüchtigten Juli-Ordonnanzen hatte, führte 1831 zu seiner Verurteilung durch das Pairs-Gericht.

133 Jene berüchtigten ›Ordonnanzen‹ (Kabinettsordres), die die Pressefreiheit aufhoben, die Kammer (in der nach den Wahlen von 1830 270 oppositionelle Abgeordnete gegen nur 145 regierungstreue saßen) auflösten, das bestehende Wahlrecht änderten und neue Wahlen festsetzten, führten nach ihrer Verkündung am 26. Juli zu einem Aufstand, aus dem sich mit überraschender Schnelligkeit die Juli-Revolution entwickelte, die Karl X. den Thron kostete; er floh mit seiner Familie zunächst nach England und ließ sich später in Prag nieder.

134 2. Mai 1813, Sieg Napoleons über die Verbündeten unter Wittgenstein. In Deutschland wird jene Schlacht als die bei Großgörschen bezeichnet.

135 20. und 21. Mai 1813, Sieg Napoleons über die Russen und Preußen unter Barclay de Tolly.

136 An der Seine, im Arrondissement Versailles.

137 Gemeint ist die Rinder-Tuberkulose.

138 Jean-Antoine Chaptal, Graf de Chanteloup (1756–1832), Chemiker, Agronom, Ingenieur und Verwaltungsbeamter, leistete auf diesen Gebieten allen Regierungen von Ludwig XVI. bis Louis-Philippe große Dienste. Er war der Ansicht, daß das Laboratorium des Gelehrten nur das Vestibül der Fabriken sein müsse.

139 Bei jenen Banketten, die die Patrioten einander im Familienkreis gaben, wurden meist Kalbfleisch und Salat gegessen.

140 Gaius Marius (157–86 v. Chr.), römischer Feldherr, Sohn eines Bauern, 107 Konsul, bekleidete bis 86 diese Würde siebenmal, beendigte 106 den Jugurthinischen Krieg, besiegte 102 die Teutonen bei Aquä Sextiä, 101 die Kimbern bei Vercellä, wollte 88 seinem Nebenbuhler Sulla den diesem übertragenen Oberbefehl gegen

Mithridates entreißen und entfesselte dadurch den ersten großen römischen Bürgerkrieg. Er wurde von Sulla geächtet, ging nach Afrika, wurde 87 von Cinna zurückgerufen, eroberte Rom, veranstaltete dort ein Blutbad, erhielt 86 mit Cinna das Konsulat, starb aber schon nach 17 Tagen.

141 Lucius Cornelius Felix Sulla (138–78 v. Chr.), römischer Diktator, 107 im Jugurthinischen Krieg Reiterführer und Unterhändler, 93 Prätor in Rom, 88 Konsul und mit der Führung des Krieges gegen Mithridates beauftragt, stürzte die demokratische Partei unter Marius, ging 87 nach Asien, wurde von Marius geächtet, kehrte nach der siegreichen Beendigung des Mithridatischen Krieges 84 nach Italien zurück, schlug 82 die Volkspartei und ließ sich zum Diktator mit unbeschränkter Gewalt ernennen. Er vernichtete seine Gegner durch massenhafte Proskriptionen und führte die aristokratische Restauration des Staates durch. 79 dankte er ab und starb 78 auf seinem Landgut bei Puteoli.

142 Die Navigationsakte vom 6. Oktober 1651 sicherte der britischen Handelsmarine das Monopol der Schiffahrt an den Küsten Großbritanniens, das Handelsmonopol der Hauptstadt mit den Kolonien und der Kolonien untereinander, das Handelsmonopol mit Afrika, Amerika und Asien, Rußland und die Türkei inbegriffen. Sie behielt den Import aller europäischen Produkte der englischen Flagge vor, oder den Flaggen der produzierenden Länder. Die Akte wurde 1815 und 1847 abgeändert und erst 1849 aufgehoben, mit Ausnahme einiger Begünstigungen der einheimischen Küstenschiffahrt und der Fischerei.

143 Kirchenspaltung, seit 482; die eigentliche Trennung erfolgte erst 1054.

144 Eine marcita ist im Italienischen ein Rieselfeld oder eine berieselte Wiese.

145 Nach der Art MacAdams angelegt; siehe Anmerkung 120.

146 Paulownia tomentosa, mit breiten Blättern und blauen Blütenkerzen, aus deren nußartigen Früchten Möbelpolitur bereitet wird.

147 Giacomo Carucci, genannt Pontormo (1494–1555), Florentiner Maler, Schüler des Andrea del Sarto.

148 Irrtum Balzacs, da Francis 1829 geboren, also in diesem Augenblick 14 Jahre alt war.

149 Eine der glänzendsten Arzt-Gestalten Balzacs, die in zahlreichen Werken der ›Menschlichen Komödie‹ auftritt.

150 Die Säulenhalle in Athen (stoa poikile), unter der sich die stoischen Philosophen (Zenon, Kleanthes, Chrysippos) versammelten.

151 Vgl. Anmerkung 10.

Biographische Notizen über die Romangestalten

DER DORFPFARRER

BIANCHON, Horace, geboren in den letzten Jahren des 18. Jahrhunderts. Professor der Medizin an der Sorbonne, Mitglied des Instituts usw., ebenso gelehrter wie wohltätiger Arzt, pflegte arm und reich mit gleicher Hingabe. Es ist unmöglich, alle Kranken der ›Menschlichen Komödie‹ aufzuzählen, die er behandelt hat, von Vater Goriot in dem Roman gleichen Titels bis zu Madame Graslin im ›Dorfpfarrer‹.

GRANDVILLE, N., Vicomte de, Sohn des Generalstaatsanwalts und Pairs von Frankreich (›Eine doppelte Familie‹), verkehrte in den ersten Jahren der Juli-Monarchie in den Pariser Salons (›Eine Evastochter‹).

Die übrigen Gestalten des Romans erscheinen in der ›Menschlichen Komödie‹ nicht wieder.

Die Lilie im Tal

Übertragung von Ernst Sander

Als Entstehungszeit seines Romans ›Die Lilie im Tal‹ gibt Balzac in der endgültigen Ausgabe den Oktober 1835 an; die erste Buchausgabe dagegen enthielt die Daten: Juni 1835 – Juni 1836. Der Vorabdruck begann im November und Dezember 1835 in der Zeitschrift ›Revue de Paris‹, deren Herausgeber damals Buloz war. Er wurde auf Betreiben des Autors unvermittelt abgebrochen. Balzac hatte nämlich gehört, Buloz habe unkorrigierte Fahnenabzüge des Romans an die in St. Petersburg, dem heutigen Leningrad, erscheinende ›Revue étrangère‹ verkauft, und es ergab sich, daß der russische, von Balzac nicht imprimierte Abdruck sogar früher begonnen hatte als der französische. Balzac strengte einen Prozeß an, der im Mai und Juni 1836 verhandelt wurde und mit einem »halben Sieg« für den Autor endete. Das Gericht sprach ihm einen Schadenersatz von 2500 Francs zu; diese jedoch mußte er an die ›Revue de Paris‹ als Ausgleich für erhaltene Vorschüsse zahlen, ohne daß der französische und der russische Vorabdruck fortgesetzt werden durften.

Das Werk erschien dann im Juni 1836 in einer zweibändigen Buchausgabe; sie enthielt den ganzen Text, die Widmung an Dr. Nacquart sowie zwei Vorreden und die Geschichte jenes Prozesses mit einer Fülle von Einzelheiten. Eben jener Prozeß, der viel Aufsehen erregt hatte, war die Ursache, daß die Erstauflage binnen weniger Stunden vergriffen war. 1839 erfolgte eine zweite Ausgabe mit einer neuen Vorrede; die bisherigen wurden unterdrückt. 1844 wurde das Werk in die ›Szenen aus dem Provinzleben‹ der ›Menschlichen Komödie‹ eingegliedert; auf Grund einer Nachlaßnotiz Balzacs stellten alle späteren Ausgaben es in die ›Szenen aus dem Landleben‹ ein.

Der Roman enthält deutliche autobiographische Züge. Félix ist Balzac; Mme de Mortsauf Mme de Berny; Lady Dudley die Gräfin Guidoboni-Visconti. Die Landschaft ist die der heimatlichen Touraine. (Siehe Band I dieser Ausgabe ›Balzac, Sein Leben und Werk‹.)

Der Widmungsempfänger, der Doktor Jean-Baptiste Nacquart (1780–1854), war ein alter Freund der Familie Balzac und der Arzt des Meisters bis zu dessen Tod; gelegentlich hat er ihn auch materiell unterstützt. Nach medizinischen Studien in Paris wurde er Militärarzt und ging nach dem Frieden von Lunéville abermals nach Paris, wo er 1803 den Doktortitel erwarb. Er gehörte der ›Société de Médecine‹ an, war Mitarbeiter am ›Dictionnaire des sciences médicales‹, wurde 1823 korrespondierendes, 1835 ordentliches Mitglied der ›Académie de Médecine‹, als deren Präsident er am 28. Februar 1854 starb. Er hat Balzac bei dessen letzter Krankheit behandelt; Mme de Balzac schenkte ihm des Meisters legendenumwobenen Spazierstock.

An die Frau Gräfin Natalie de Manerville

Ich füge mich Deinem Wunsch. Die Frau, die wir mehr lieben, als sie uns liebt, besitzt das Privileg, uns bei jeder Gelegenheit die Vorschriften des gesunden Menschenverstandes vergessen zu lassen. Damit ich keine Falte sich auf Deiner Stirn bilden sehe, damit der schmollende Ausdruck Deiner Lippen, die die leiseste Weigerung betrübt, hinschwindet, überwinden wir auf eine an ein Wunder grenzende Weise die Entfernungen, geben unser Herzblut hin und vergeuden die Zukunft. Heute willst Du meine Vergangenheit; hier hast Du sie. Aber wisse, Natalie: Indem ich Dir gehorchte, habe ich ungebrochenes Widerstreben mit Füßen treten müssen. Aber warum mißtrautest Du auch den jähen, langen Grübeleien, die mich bisweilen mitten im Glück überkamen? Warum dieser hübsche Zorn einer geliebten Frau angesichts eines Schweigens? Hättest Du nicht mit den Gegensätzen meines Charakters Dein Spiel treiben können, ohne nach deren Ursachen zu fragen? Bewahrst Du etwa im Herzen Geheimnisse, die, um Absolution zu erhalten, der meinen bedürften? Kurzum, Du hast es erraten, Natalie, und vielleicht ist es besser, daß Du alles erfährst: Ja, mein Leben wird von einem Phantom beherrscht; es zeichnet sich verschwommen in dem geringsten Wort ab, das es beschwört; oftmals schwebt es sich von sich aus über mir. In den Tiefen meiner Seele liegen erhabene Erinnerungen begraben, wie Meeresgebilde, die bei ruhigem Wetter sichtbar sind und die die vom Sturm aufgewühlten Wogen stückweise an den Strand werfen. Obwohl die Anstrengung, deren die Gedanken bedürfen, um ausgedrückt zu werden, all die alten Gefühle umschließt, die mir so weh tun, wenn sie allzu plötzlich erweckt werden, und wenn sich auch in dieser Beichte niederschmetternde Dinge finden, die Dich verletzen könnten: So bedenke doch, womit Du mich bedroht hast, falls ich Dir nicht gehorchte, und bestrafe mich also nicht dafür, daß ich Dir gehorcht habe. Ich wollte, meine Geständnisse möchten Deine Liebe verdoppeln. Bis heute abend also.

Félix

Welchem mit Tränen genährten Talent werden wir eines Tages die tief erschütternde Elegie, die Schilderung der schweigend erlittenen Qualen danken, wie Seelen sie erdulden, deren noch zarte Wurzeln auf nichts als die harten Steine des häuslichen Bodens stoßen, deren erstes ersprossenes Laub von gehässigen Händen zerfetzt wird, deren Blüten im Augenblick, da sie sich öffnen, vom Frost gepackt werden? Welcher Dichter wird uns von den Schmerzen des Kindes erzählen, dessen Lippen an einer Bitterkeit spendenden Brust saugen und dessen Lächeln durch das verzehrende Feuer eines strengen Blicks Einhalt geboten wird? Die Dichtung, die diese armen Herzen schildern würde, die von den Menschen unterdrückt werden, die um sie sind, um die Entwicklung ihrer Sensibilität zu begünstigen, wäre die wahre Geschichte meiner Jugend. Welche Eitelkeit hätte ich verletzen können, ich Neugeborener? Welche körperliche oder seelische Mißbildung hat mir die Kälte meiner Mutter zugezogen? War ich denn ein Kind der ehelichen Pflichterfüllung, eins derjenigen, die durch Zufall geboren werden oder deren Leben ein steter Vorwurf ist? Ich wurde zu einer Amme aufs Land gegeben und drei Jahre lang von meiner Familie vergessen; als ich in mein Vaterhaus zurückkam, galt ich dort so wenig, daß ich das Mitleid der Dienerschaft erregte. Ich kenne weder das Gefühl noch den glücklichen Zufall, durch deren Hilfe ich mich aus dieser ersten Erniedrigung habe erheben können: Das Kind ist ahnungslos, und der Mann weiß nichts. Mein Bruder und meine beiden Schwestern waren weit davon entfernt, mir mein Los zu erleichtern; es machte ihnen Spaß, mir Schmerzen zuzufügen. Der Pakt, auf Grund dessen Kinder ihre kleinen Sünden verborgen halten und der sie bereits das Ehrgefühl lehrt, war, was mich betraf, ungültig; und mehr noch, ich erlebte es oft, daß ich für die Streiche meines Bruders bestraft wurde, ohne gegen diese Ungerechtigkeit aufbegehren zu können; riet die im Keim bei allen Kindern vorhandene Liebedienerei ihnen, an den Verfolgungen teilzunehmen, die mir Kummer schufen, um sich die Gunst einer auch von ihnen gefürchteten Mutter zu verschaffen? War es eine Auswirkung ihres Nachahmungstriebs? War es das Verlangen nach Erprobung ihrer Kräfte oder Mangel an Mitgefühl? Vielleicht hat das Zusammenwirken aller dieser Ursachen mich der Wohltaten der geschwisterlichen Liebe beraubt. Da ich bereits aller Zuneigung bar war, konnte ich nichts lieben, und dabei hatte die Natur mich als ein liebendes Wesen erschaffen! Ob wohl ein Engel die Seufzer einer solchen immerfort zurückgestoßenen Liebebedürftigkeit sammelt? In manchen Seelen schlagen die verkannten Gefühle in Haß um; in der meinen ballten sie sich zusammen und höhlten sich darin ein Bett, aus dem sie sich später über mein Leben ergossen. Je nach dem Charakter macht die Gewohnheit, zu zittern, die Nervenfibern schlaff und erzeugt die Angst, und die Angst zwingt immer zum Nachgeben. Daraus entsteht eine Schwäche, die den Menschen erniedrigt und ihn irgendwie zu einem Sklavenwesen macht. Aber diese beständigen Stürme hatten mich daran gewöhnt, eine Kraft zu entfalten, die dadurch, daß sie geübt wurde, wuchs, und die meine Seele für moralische Widerstände prädisponierte. Stets war ich auf einen neuen Schmerz gefaßt, wie ehedem die Märtyrer auf einen neuen Hieb, und so mußte mein ganzes Wesen zum Ausdruck einer trostlosen Resignation werden, unter der das Anmutige und die inneren Regungen der Kindheit erstickt wurden; es war eine Haltung, die für ein Merkmal des Schwachsinns galt, was die schlimmen Voraussagen meiner Mutter rechtfertigte. Die Überzeugung, dies alles sei ungerecht, entfachte in meiner Seele einen frühreifen Stolz, der doch recht eigentlich die Frucht der Vernunft ist; und jener Stolz hat sicherlich die schlechten Neigungen eingedämmt, die durch eine solche Erziehung ermutigt werden. Obwohl meine Mutter mich vernachlässigte, war ich bisweilen Gegenstand ihrer Skrupel; bisweilen sprach sie über meine Ausbildung und bezeigte das Verlangen, sich damit zu befassen; dann durchschauerte es mich, wenn ich der inneren Zerrissenheit gedachte, die mir der tägliche Umgang mit ihr verursachen würde. Ich segnete meine Verlassenheit und war nur zu froh, wenn ich im Garten bleiben und mit Steinchen spielen, Insekten beobachten und ins Blau des Firmaments hinaufschauen konnte. Obgleich die Absonderung mich zu träumerischen Grübeleien hätte bringen können, entstammte mein Hang zur Beschaulichkeit einem Abenteuer, das euch meine ersten Schmerzen schildern wird. Es war von mir so wenig die Rede, daß die Gouvernante häufig vergaß, mich ins Bett zu schicken. Eines Abends hockte ich seelenruhig unter einem Feigenbaum und schaute einen Stern an, und zwar mit der neugierigen Leidenschaft, wie sie Kinder überkommt, und der meine frühreife Melancholie eine Art sentimentalen Verständnisses beimischte. Meine Schwestern spielten fröhlich und kreischten; ich lauschte ihrem fernen Lärmen; es war wie eine Begleitung meiner Gedanken. Der Lärm verstummte, es wurde dunkel. Zufällig wurde sich meine Mutter bewußt, daß ich nicht da sei. Um einem Vorwurf auszuweichen, bestätigte unsere Gouvernante, eine gewisse schreckliche Mademoiselle Caroline, die falschen Mutmaßungen meiner Mutter und behauptete, das Haus sei mir verhaßt; ich wäre schon längst ausgekniffen, wenn sie nicht aufmerksam über mich gewacht hätte; ich sei nicht schwachsinnig, sondern tückisch; unter allen ihr anvertrauten Kindern hätte sich nicht eins mit so schlechten Anlagen befunden wie ich. Sie tat, als wolle sie mich suchen, und rief nach mir; ich antwortete; sie kam zu dem Feigenbaum; sie wußte ja, wo ich steckte. – »Was hast du denn da getrieben?« – »Ich habe einen Stern angeschaut.« – »Das hast du nicht getan«, sagte meine Mutter, die uns oben auf ihrem Balkon belauscht hatte, »versteht man etwa in deinem Alter schon was von Astronomie?« – »Oh, Madame!« schrie Mademoiselle Caroline auf, »er hat den Wasserhahn vom Reservoir aufgedreht, der Garten ist überschwemmt.« Es gab eine große Aufregung. Meine Schwestern hatten sich den Spaß gemacht, den Hahn aufzudrehen und das Wasser herauslaufen zu sehen; aber das Herausspritzen eines dicken Strahles, der sie überall durch-

953

näßte, hatte sie erschreckt, und so hatten sie den Kopf verloren und waren weggelaufen, ohne daß sie den Hahn hätten zudrehen können. Ich war ertappt; man war überzeugt, ich hätte diesen Streich ausgeheckt; ich wurde der Lüge geziehen, als ich meine Unschuld beteuerte, und streng bestraft. Welch grausame Züchtigung! Ich wurde geohrfeigt um meiner Liebe zu den Sternen willen, und meine Mutter verbot mir, abends im Garten zu bleiben. Tyrannische Verbote steigern bei Knaben einen Hang noch mehr als bei Männern; Knaben haben jenen gegenüber noch den Vorteil, an nichts als an das Verbotene zu denken; es hat dann für sie eine unwiderstehliche Anziehungskraft; ich bekam also noch oft um meines Sterns willen die Peitsche zu schmecken. Da ich mich niemandem anvertrauen konnte, klagte ich ihm meine Kümmernisse mit dem köstlichen innerlichen Geplapper, mit dem ein kleiner Junge seine ersten Gedanken herausstottert, wie er früher seine ersten Worte gelallt hat. Als zwölfjähriger Schuljunge habe ich nach wie vor zu ihm aufgeschaut und dabei unsägliche Entzückungen empfunden, so tiefe Spuren im Herzen hinterlassen die Eindrücke, die man am Morgen des Lebens empfangen hat.

Charles war fünf Jahre älter als ich und schon als Junge so schön, wie er es als Mann geworden ist; er war der Bevorzugte meines Vaters, die Liebe meiner Mutter, die Hoffnung der Familie, von je der König des Hauses. Er war gut gewachsen und robust; er bekam einen Hauslehrer. Ich, der ich schmächtig und kränklich war, wurde mit fünf Jahren als Externer in ein Erziehungsinstitut der Stadt geschickt, von einem Diener meines Vaters morgens hingebracht und abends abgeholt. Beim Weggehen nahm ich ein karg gefülltes Körbchen mit, während meine Kameraden überreichlich mit Eßbarem versehen waren. Dieser Kontrast zwischen meinem Mangel und ihrem Überfluß schuf tausend Leiden. Die berühmten »Rillettes«[1] und »Rillons«[2] von Tours bildeten den Hauptbestandteil der Mahlzeit, die wir mittags verzehrten, zwischen dem morgendlichen Frühstück und dem Abendessen zu Hause, das mit der Stunde unserer Heimkehr zusammenfiel. Jenes Gericht, das von einigen Gourmands so hoch gepriesen wird, erscheint in Tours selten auf aristokratischen Tafeln; zwar hatte ich davon reden hören, ehe ich in die

Erziehungsanstalt kam, aber nie hatte ich das Glück gehabt, zu erleben, daß diese braune Masse für mich auf eine Brotschnitte gestrichen wurde; aber auch wenn sie in dem Alumnat nicht Mode gewesen wäre, würde mein Verlangen danach nicht minder stark gewesen sein; sie war nämlich für mich gewissermaßen zur fixen Idee geworden, dem Verlangen vergleichbar, das einer der elegantesten Pariser Herzoginnen die von den Portiersfrauen gebrutzelten Ragouts einflößten, ein Verlangen, das sie als Frau durch und durch natürlich auch gestillt hat. Kinder erraten Begehrlichkeit in den Blicken im gleichen Maß, wie Du darin die Liebe abliest: So wurde ich denn ein vortreffliches Ziel des Spottes. Meine Kameraden, die nahezu alle dem Kleinbürgertum angehörten, kamen, zeigten mir ihre herrlichen »Rillettes« und fragten mich, ob ich wisse, wie sie zubereitet, wo sie verkauft würden, warum ich keine hätte. Sie leckten sich die Lippen danach und rühmten die »Rillons«, diese Überbleibsel von ausgebratenem Schweinefett, die aussehen wie gebratene Trüffeln; sie durchstöberten meinen Korb wie Zollbeamte und fanden darin nichts als Olivet-Käse[3] oder Dörrobst, und sie brachten mich um mit einem: »Hast du etwa kein Geld?«, das mich lehrte, den Unterschied zu ermessen, der zwischen meinem Bruder und mir bestand. Der Kontrast zwischen meiner Verlassenheit und dem Glück der andern hat die Rosen meiner Kindheit besudelt und meine grünende Jugend zum Welken gebracht. Als ich zum erstenmal auf ein großherziges Gefühl hereinfiel und die Hand nach dem so sehr begehrten Leckerbissen ausstreckte, der mir mit heuchlerischer Miene hingehalten wurde, zog der, der mich foppen wollte, seine Brotschnitte unter dem Gelächter der Kameraden zurück; sie waren schon im voraus über die Lösung im Bilde gewesen. Wenn schon die erlauchtesten Geister der Eitelkeit zugänglich sind, wie sollte man da nicht Nachsicht mit einem kleinen Jungen haben, der sich verachtet und hämisch verspottet sieht? Wie viele Kinder sind nicht durch dieses Spiel übertriebene Leckermäuler, Almosenhascher und Feiglinge geworden! Um den Verfolgungen zu entgehen, verwickelte ich mich in Prügeleien. Der Mut der Verzweiflung machte mich zu einem, vor dem man Angst hatte; aber ich wurde zum Gegenstand des Hasses und stand Verrätereien hilflos gegenüber. Eines

Tages beim Weggehen wurde mir ein zusammengeknotetes Taschentuch voller Steine in den Rücken geworfen. Als der Diener, der mich gröblich gerächt hatte, dieses Geschehnis meiner Mutter erzählte, rief sie aus: »Dies verfluchte Kind wird uns nichts als Kummer machen!« Ich verlor jegliches Selbstvertrauen, als ich auch in der Schule den Abscheu wahrnahm, den ich der Familie einflößte. Dort wie daheim zog ich mich in mich selbst zurück. Ein zweiter Schneefall hatte das Erblühen der Keime verzögert, die in meine Seele gesät worden waren. Die, die ich geliebt sah, waren offenkundig Lausbuben; auf diese Beobachtung stützte sich mein Stolz; ich blieb allein. So dauerte denn die Unmöglichkeit an, die Gefühle auszuströmen, von denen mein armes Herz übervoll war. Da mich der Lehrer immerfort verdüstert, gehaßt und vereinsamt sah, bestätigte er die irrenden Verdächte meiner Familie über meinen schlechten Charakter. Als ich lesen und schreiben konnte, ließ meine Mutter mich nach Pont-le-Voy[4] bringen; die dortige Schule wurde von Oratorianern geleitet; sie steckten Jungen meines Alters in eine Klasse, die als die der »Nicht-Lateiner« bezeichnet wurde; ihr gehörten auch die Schüler an, deren spät sich entwickelnde Intelligenz dem Elementarunterricht nicht gewachsen war. Dort blieb ich acht Jahre lang, ohne daß mich jemand besuchte, und führte ein Paria-Leben. Ich berichte jetzt, wieso und warum. Ich hatte ein monatliches Taschengeld von nur drei Francs; dieser Betrag reichte kaum für Federn, Federmesser, Lineale, Tinte und Papier, was alles wir uns selbst besorgen mußten. Daher konnte ich weder Stelzen, Stricke noch andere Dinge kaufen, die bei den Spielen in der Schule unentbehrlich sind, und so war ich davon ausgeschlossen; um dazu herangezogen zu werden, hätte ich in meiner Abteilung die Reichen umschwänzeln oder die Starken umschmeicheln müssen. Aber schon die geringste dieser Feigheiten, die Kinder sich so leicht erlauben, empörte mein Herz. So saß ich denn, in kummervolle Grübeleien versunken, unter einem Baum und las dort die Bücher, die der Bibliothekar monatlich an uns verteilte. Wie viele Schmerzen lagen in den Tiefen dieser ungeheuerlichen Einsamkeit verborgen, welche Ängste löste meine Verlassenheit in mir aus! Kannst Du Dir vorstellen, was meine zarte Seele bei der ersten Preisverteilung empfinden mußte, bei der ich die beiden begehrtesten erhielt, den für Aufsatz und den für Übersetzung? Als ich sie auf der Bühne unter Beifallsklatschen und Fanfarenstößen empfing, waren weder mein Vater noch meine Mutter da, um mich zu feiern, und dabei saßen im Parkett die Eltern meiner sämtlichen Kameraden. Anstatt den Verleiher der Preise, wie es Brauch war, auf die Wange zu küssen, warf ich mich an seine Brust und zerschmolz in Tränen. Abends verbrannte ich meine Kränze im Ofen. Die Eltern pflegten während der Woche, in der die Arbeiten gemacht wurden, die der Preisverteilung vorhergingen, in der Stadt zu verweilen, und so flogen meine Kameraden jeden Morgen samt und sonders fröhlich aus, während ich, dessen Eltern nur wenige Meilen weit entfernt wohnten, zusammen mit den »Überseeischen« in der Klasse blieb; so hießen die Schüler, deren Eltern in den Kolonien oder im Ausland lebten. Abends, während des Gebets, rühmten die Barbaren uns die guten Abendessen, die sie mit ihren Eltern verzehrt hatten. Stets wirst Du sehen, wie mein Unglück entsprechend dem Umfang der sozialen Sphäre, in die ich eintrat, größer wurde. Welche Bemühungen habe ich auf mich genommen, um den Urteilsspruch zu entkräften, der mich dazu verdammte, nur in mir selbst zu leben! Wie viele seit langem gehegte, unter tausend Aufschwüngen gehegte Hoffnungen wurden an einem einzigen Tag zunichte! Um meine Eltern dazu zu bewegen, ins Collège zu kommen, schrieb ich ihnen Episteln voller Gefühle, die vielleicht allzu emphatisch ausgedrückt waren; aber hätten jene Briefe mir die Vorwürfe meiner Mutter zuziehen dürfen, die ironisch meinen Stil tadelte? Ich ließ mich nicht entmutigen, ich versprach die Erfüllung aller Bedingungen, die meine Eltern für ihr Kommen stellen konnten; ich erflehte den Beistand meiner Schwestern, denen ich zu ihren Namens- und Geburtstagen mit der Pünktlichkeit armer, verlassener Kinder schrieb; doch meine Beharrlichkeit war vergebens. Als die Preisverteilung näherrückte, verdoppelte ich meine Bitten; ich sprach von geahnten Triumphen. Ich ließ mich durch das Stillschweigen meiner Eltern täuschen; ich erwartete sie mit aufgeregtem Herzen; ich kündete sie meinen Kameraden an; und als ich bei der Ankunft der Familienangehörigen in den Gängen den Schritt des alten Portiers hallen hörte, der die Schüler herbeirief, da empfand ich ein krankhaftes Herzklopfen. Kein einziges Mal rief der alte Mann meinen Namen. An dem Tag, da ich mich beschuldigte, das Dasein verflucht zu haben, wies mein Beicht-vater mich auf den Himmel hin, wo die durch das Beati qui lugent![5] des Heilands verheißene Palme blühte. Von meiner Erstkommunion an hatte ich mich nämlich in die geheimnis-volle Tiefe des Gebets versenkt; die religiösen Vorstellungen hatten mich verlockt; ihre moralischen Märchenbilder bezaubern ja stets junge Geister. Ein glühender Glaube beseelte mich; ich bat Gott, um meinetwillen die bestrickenden Wunder zu er-neuen, wenn ich in der Geschichte der Märtyrer las. Als Fünf-jähriger hatte ich mich zu einem Stern aufgeschwungen; als Zwölfjähriger machte ich mich daran, an die Pforten des Heilig-tums zu pochen. Meine Entrückung ließ unsagbare Träume in mir erblühen; sie erfüllten meine Phantasie, machten mein Lieben reicher und stärkten meine Denkfähigkeit. Oftmals habe ich diese erhabenen Visionen Engeln zugeschrieben, die beauftragt waren, meine Seele für göttliche Geschicke zu formen; sie haben meine Augen mit der Fähigkeit begabt, das geheime Wesen der Dinge zu erblicken; sie haben mein Herz für die Zauberkräfte vorbereitet, die den Dichter unglücklich machen, wenn er die verhängnisvolle Macht besitzt, das, was er fühlt, mit dem, was ist, zu vergleichen, die großen gewollten Dinge mit dem Weni-gen, das er erreicht; sie haben in meinem Kopf ein Buch geschrie-ben, in dem ich zu lesen vermochte, was ich ausdrücken sollte; sie haben auf meine Lippen die glühende Kohle des Improvisa-tors gelegt.

Meinem Vater waren einige Zweifel über die Reichweite des Unterrichts der Oratorianer aufgestiegen; er holte mich von Pont-le-Voy weg und brachte mich in Paris in einem Unterrichts-institut unter, das im Marais[6] gelegen war. Ich war fünfzehn Jahre alt. Nachdem ein Examen meine Befähigung erwiesen hatte, wurde der Unterprimaner von Pont-le-Voy für würdig befunden, in die Tertia aufgenommen zu werden. Die Qualen, die ich in der Familie, in der Schule, auf dem Gymnasium erlit-ten hatte, habe ich in neuer Gestalt während meines Aufenthal-tes im Alumnat Lepître[7] wiedergefunden. Mein Vater hatte mir nicht das mindeste Geld gelassen. Als meine Eltern erfahren hatten, ich würde ernährt, gekleidet, mit Latein vollgestopft, mit Griechisch genudelt werden, war für sie alles erledigt. Im Verlauf meines Gymnasiallebens habe ich an die tausend Kameraden kennengelernt, aber bei keinem von ihnen bin ich einem Beispiel solcher Gleichgültigkeit begegnet. Monsieur Lepître war ein fanatischer Anhänger der Bourbonen und hatte in Beziehungen zu meinem Vater in den Tagen gestanden, da getreue Royalisten versucht hatten, die Königin Marie-Antoinette aus dem Temple[8] zu entführen; jetzt hatten die beiden aufs neue Bekanntschaft geschlossen; Monsieur Lepître glaubte sich also verpflichtet, die Vergeßlichkeit meines Vaters auszugleichen; allein die Summe, die er mir monatlich gab, war recht mäßig; er kannte ja die Absichten meiner Familie nicht. Das Institut war in dem ehemaligen Stadtpalais Joyeuse[9] untergebracht; es befand sich darin eine Portiersloge, wie in allen ehemaligen herrschaftlichen Häusern. Während der Pause, vor der Stunde, in der der Unterlehrer uns ins Lycée Charlemagne führte, gingen die wohlhabenden Kameraden zu unserm Portier frühstücken; er hieß Doisy. Monsieur Lepître wußte nichts von Doisys Handel oder duldete ihn stillschweigend; Doisy war ein richtiger Schmuggler, und die Schüler waren nur zu interessiert daran, ihm um den Bart zu gehen: Er war der heimliche Vertuscher unserer Seitensprünge, der Mitwisser unserer verspäteten Heimkünfte, unser Mittelsmann bei den Verleihern verbotener Bücher. Mit einer Tasse Milchkaffee zu frühstücken galt als aristokratischer Geschmack; das erklärt sich aus der übertriebenen Höhe des Preises von Kolonialwaren unter Napoleon. Stellte der tägliche Genuß von Zucker und Kaffee durch die Eltern einen Luxus dar, so kündete er bei uns Schülern von einer dünkelhaften Eitelkeit, die zur Leidenschaft hätte werden können, wenn nicht die schiefe Ebene der Nachahmung, der Leckermäuligkeit und das Ansteckende der Mode bereits genügt hätten. Doisy gab uns Kredit; er vermutete bei uns allen Schwestern oder Tanten, die das Ehrgefühl der Schüler billigten und deren Schulden bezahlten. Ich widerstrebte lange Zeit hindurch den sinnlichen Genüssen des kleinen Schmauses. Wenn meine Richter die Macht der Versuchung gekannt hätten, das heroische Streben meiner Seele nach stoischem Gleichmut, die hinuntergeschluckte

Wut während meines langen Widerstandes, so hätten sie meine Tränen getrocknet, anstatt sie zum Fließen zu bringen. Aber hätte ich, der kleine Junge, die Seelengröße aufbringen können, die die Verachtung der anderen mit Verachtung straft? Vielleicht verspürte ich auch das Verlockende dieser und jener gesellschaftlichen Laster, deren Macht durch meine Begehrlichkeit noch gesteigert wurde. Gegen Ende des zweiten Jahrs kamen meine Eltern nach Paris. Ihr Ankunftstag war mir von meinem Bruder mitgeteilt worden; er wohnte in Paris und hatte mich kein einziges Mal besucht. Meine Schwestern kamen mit; wir sollten uns gemeinsam Paris ansehen. Am ersten Tag speisten wir im Palais-Royal zu Abend, um ganz in der Nähe des Théâtre-Français zu sein. Trotz der Trunkenheit, in die mich dieses unverhoffte Festprogramm versetzte, wurde meine Freude durch den Gewitterwind gedämpft, der so rasch auf die des Unglücks Gewohnten wirkt. Ich mußte hundert Francs Schulden bekennen, die ich bei dem Sieur Doisy gemacht hatte; er hatte damit gedroht, selbst das Geld von meinen Eltern zu fordern. Ich verfiel auf den Gedanken, mich meines Bruders als Mittelsmann bei Doisy zu bedienen, so wie als Dolmetscher meiner Reue, als Übermittler meiner Verzeihung. Mein Vater neigte zur Nachsicht. Aber meine Mutter war erbarmungslos; ihr dunkelblaues Auge ließ mich versteinern; sie donnerte schreckliche Prophezeiungen. Was würde später aus mir werden, wenn ich schon mit siebzehn Jahren solche Streiche machte? War ich überhaupt ihr Sohn? Wollte ich meine Familie zugrunde richten? Ging es denn im Haus lediglich um mich? Verlangte nicht die von meinem Bruder Charles eingeschlagene Laufbahn eine Ausstattung mit Einkünften, die ihn unabhängig machten, was er ohnehin schon durch eine Lebensführung erreicht hatte, die seiner Familie zur Ehre, wogegen ich ihr zur Schande gereichte? Sollten etwa meine beiden Schwestern ohne Mitgift heiraten? Hatte ich denn keine Ahnung vom Wert des Geldes und von dem, was ich kostete? Wozu waren Zucker und Kaffee nütz, wenn es um die Ausbildung ging? War ein solcher Lebenswandel nicht zur Erlernung sämtlicher Laster geeignet? – Marat[10] war im Vergleich zu mir ein Engel. Nachdem ich den Guß dieses Sturzbachs, der tausend Schrecknisse in meiner Seele abgeladen, überstanden hatte, führte mein Bruder mich in meine Pension zurück; ich ging des Abendessens im »Frères Provençaux«[11] verlustig und durfte nicht Talma[12] in »Britannicus«[13] sehen. Das war die kurze Begegnung mit meiner Mutter nach zwölfjähriger Trennung.

Als ich meine Schulzeit hinter mich gebracht hatte, ließ mein Vater mich unter der Obhut Monsieur Lepîtres: Ich sollte höhere Mathematik lernen, ein Jahr lang Rechtskunde treiben und dann das eigentliche Studium beginnen. Jetzt hatte ich nur noch ein Pensionszimmer inne und war des Unterrichts ledig; ich glaubte an einen Waffenstillstand zwischen dem Elend und mir. Trotz meiner neunzehn Jahre oder vielleicht gerade ihretwegen beharrte mein Vater auf dem System, auf Grund dessen er mich ehedem ohne Frühstück in die Vorschule, ohne Taschengeld aufs Gymnasium geschickt und Doisy zu meinem Gläubiger gemacht hatte. Ich hatte nur wenig Geld zur Verfügung. Was soll man in Paris ohne Geld unternehmen? Überdies wurde meine Freiheit eingeschränkt. Monsieur Lepître ließ mich durch einen Unterlehrer zur Ecole de Droit geleiten; dieser übergab mich dem Professor und holte mich auch wieder ab. Ein junges Mädchen wäre sicherlich mit geringeren Vorsichtsmaßnahmen behütet worden, als es die Ängste meiner Mutter ihr zu meiner Behütung eingegeben hatten. Mit gutem Recht erschreckte Paris meine Eltern. Die Schuljungen befassen sich heimlich mit dem, was auch die Demoisellen in ihren Pensionaten betreiben; was man auch unternehmen möge, jene sprechen stets von Liebhabern, und diese von der Frau. In Paris jedoch und zu jener Zeit wurden die Gespräche unter Kameraden von der orientalischen, sultanesken Welt des Palais-Royal[14] beherrscht. Das Palais-Royal war ein Dorado[15] der Liebe, wo abends das gemünzte Gold in allen Währungen nur so rollte. Dort endeten die jungfräulichsten Zweifel, dort konnten unsere entfachten Begehrlichkeiten sich stillen! Das Palais-Royal und ich, wir wurden zwei Asymptoten, die einander entgegenstrebten, ohne sich je begegnen zu können. Folgendermaßen vereitelte das Schicksal meine Versuche. Mein Vater hatte mich einer meiner Tanten vorgestellt, die auf der Ile-Saint-Louis[16] wohnte; zu ihr durfte ich donnerstags und sonntags zum Abendessen gehen; Madame oder

Monsieur Lepître brachten mich hin; sie gingen an jenen Tagen aus und holten mich abends beim Nachhausegehen wieder ab. Die Marquise de Listomère war eine große, zeremoniöse Dame, die nie auf den Gedanken kam, mir einmal einen Taler zu schenken. Sie war alt wie eine Kathedrale, gemalt wie eine Miniatur, pompös gekleidet; sie lebte in ihrem Stadtpalais, als sei Ludwig XV. nicht tot, und sah bei sich nur alte Damen und Edelleute; es war eine Gesellschaft von Fossilien, in der ich mich auf einem Kirchhof zu befinden glaubte. Niemand richtete je das Wort an mich, und ich verspürte in mir nicht die Kraft, als erster zu sprechen. Die feindlichen oder kalten Blicke erweckten in mir Scham über meine Jugend, die alle unangenehm zu berühren schien. Ich baute den Erfolg meiner Eskapade auf dieser Gleichgültigkeit auf und nahm mir vor, eines Tages zu entwischen, sobald das Abendessen beendet war, um die Holzgalerien[17] zu durchstreichen. War meine Tante in eine Whistpartie verstrickt, so beachtete sie mich nicht länger. Jean, ihr Diener, machte sich nichts aus Monsieur Lepître; aber das unselige Abendessen zog sich unglücklicherweise durch das hohe Alter der Kauwerkzeuge oder die Unvollkommenheit der Gebisse stets in die Länge. Eines Abends endlich, zwischen acht und neun Uhr, war ich auf die Treppe gelangt; ich hatte Herzklopfen wie Bianca Capello[18] am Tag ihrer Flucht; doch als der Türhüter die Schnur[19] gezogen hatte, gewahrte ich auf der Straße die Droschke Monsieur Lepîtres, und der Biedermann mit der engbrüstigen Stimme fragte mich aus. Dreimal stellte sich fatalerweise der Zufall zwischen die Hölle des Palais-Royal und das Paradies meiner Jugend. An dem Tag, da ich mich, ein Zwanzigjähriger, meiner Unkenntnis schämte, beschloß ich, allen Gefahren zum Trotz ihr ein Ende zu machen; in dem Augenblick, da ich mich aus Monsieur Lepîtres Gesellschaft stehlen wollte, während er in den Wagen stieg, was ein schwieriges Unterfangen war, da er dick war wie Ludwig XVIII. und hinkte, na ja, in diesem Augenblick langte meine Mutter mit der Postkutsche an! Ihr Blick bannte mich, ich stand da wie der Vogel vor der Schlange. Welchem Zufall dankte ich die Begegnung mit ihr? Ganz einfach. Napoleon versuchte seine letzten Schläge. Mein Vater, der die Rückkehr der Bourbonen voraussah, hatte gerade meinem Bruder ein Licht aufgesteckt; er war damals schon in der kaiserlichen Diplomatie tätig. Mit meiner Mutter zusammen hatte er Tours verlassen. Meine Mutter hatte es auf sich genommen, mich nach dort zurückzuholen, um mich den Gefahren zu entziehen, von denen die Hauptstadt für die, die den Marsch des Feindes klugermaßen verfolgt hatten, bedroht schien. Ich wurde innerhalb weniger Minuten aus Paris entführt, gerade in dem Augenblick, da das Verweilen dort für mich unheilvoll geworden wäre. Die Qualen einer unablässig von zurückgedämmten Wünschen aufgewühlten Phantasie, die Öde eines durch beständige Entbehrungen trostlosen Lebens hatten mich gezwungen, mich auf das Studium zu stürzen, wie früher der Schläge ihres Schicksals müde Menschen sich ins Kloster zurückzogen. Bei mir war das Studium zu einer Leidenschaft geworden, die mir zum Unheil gedeihen konnte, da sie mich in einem Alter gewissermaßen einkerkerte, in dem die jungen Menschen sich ihrer frühlinghaften Natur hingeben müssen.

Diese flüchtige Skizze einer Jugend, in der sich zahlreiche Klagelieder ahnen lassen, war notwendig zur Erklärung des Einflusses, den sie auf meine Zukunft ausgeübt hat. Es hatten so viele morbide Elemente zwanzig Jahre lang auf mich eingewirkt, daß ich noch immer klein, mager und blaß war. Meine von Willenskräften erfüllte Seele kämpfte gegen einen dem Anschein nach gebrechlichen Körper an, der jedoch nach dem Ausspruch eines alten Arztes in Tours die letzte Verschmelzung mit einem eisernen Temperament ertragen hatte. Körperlich war ich ein Knabe, durch mein Denken jedoch alt; ich hatte zuviel gelesen und zuviel nachgedacht, so daß ich das Leben auf metaphysische Weise in seinen Höhen kannte, und zwar in dem Augenblick, da ich die gewundenen Schwierigkeiten seiner Engpässe und die sandigen Wege seiner Niederungen gerade erst gewahren sollte. Unerhörte Zufälle hatten mich in der köstlichen Periode verbleiben lassen, in der die ersten Wirrnisse der Seele aufschießen, wo sie für die Wollust erwacht, wo für sie alles saftstrotzend und frisch ist. Ich stand zwischen meiner durch mein Arbeiten verlängerten Pubertät und meiner Männlichkeit, die verspätet ihre grünen Zweige trieb. Kein junger Mensch war besser als ich darauf vorbereitet, zu fühlen und zu lieben. Um meine Erzählung recht zu verstehen, muß man sich also in das schöne Alter zurückversetzen, da der Mund in bezug auf Lügen jungfräulich, da der Blick frei ist, obwohl verhüllt durch Lider, die die Schüchternheit im Widerstreit mit dem Begehren schwer macht; da der Geist sich nicht dem Jesuitismus von Welt und Gesellschaft beugt; da die Feigheit des Herzens an Heftigkeit dem Edelmut der ersten Regung gleicht.

Ich will nicht von der Reise von Paris nach Tours berichten, die ich mit meiner Mutter machte. Die Kälte ihrer Haltung hemmte den Überschwang meiner Zärtlichkeit. Beim Verlassen jeder neuen Poststation nahm ich mir vor, zu sprechen; aber ein Blick, ein Wort schreckten meine klüglich vorbedachten Einleitungssätze zurück. In Orléans, als schlafen gegangen werden sollte, warf meine Mutter mir mein Schweigen vor. Ich warf mich ihr zu Füßen, ich umschlang ihre Knie und weinte heiße Tränen, ich tat ihr mein liebegeschwelltes Herz auf; ich versuchte, sie durch den Wortschwall einer nach Liebe hungernden Klagerede zu rühren, deren Klänge sogar einer Stiefmutter das Herz im Leibe hätten umdrehen müssen. Meine Mutter antwortete mir, ich spielte Komödie. Ich beklagte mich über ihr Fernsein, sie nannte mich einen entarteten Sohn. Das preßte mir das Herz so sehr zusammen, daß ich in Blois auf die Brücke eilte, um mich in die Loire zu stürzen. Die Höhe des Geländers hat meinen Selbstmord verhindert.

Bei meiner Ankunft bezeigten sich meine beiden Schwestern, die mich doch gar nicht kannten, mehr erstaunt als liebevoll; später jedoch war mir vergleichsweise, als empfänden sie große Freundschaft für mich. Ich wurde in einer Kammer im dritten Stock untergebracht. Man wird die Größe meines Elends begreiflich finden, wenn ich sage, daß meine Mutter mir, einem jungen, zwanzigjährigen Menschen, keine andere Wäsche gab als die, aus der meine klägliche Pensionsausstattung bestanden hatte; keine Garderobe als die in Paris getragenen Anzüge. Wenn ich vom einen Ende des Salons zum andern flog, um ihr Taschentuch aufzuheben, bedankte sie sich mit der Kälte, die eine Dame ihrem Diener gewährt. Ich mußte sie immerfort beobachten, um wahrzunehmen, ob in ihrem Herzen lockere Stellen seien, in die ich ein paar Reiser der Zuneigung hätte pflanzen können; aber ich

964

erblickte in ihr eine große Dame, die dürr und schmächtig war, spielsüchtig, egoistisch, impertinent wie alle Listomères; bei ihnen ist die Impertinenz in die Mitgift einbegriffen. Sie erblickte im Leben nur Pflichten, die zu erfüllen es galt; alle kalten Frauen, denen ich begegnet bin, machten gleich ihr aus der Pflicht eine Religion; sie nahm unsere Verehrung entgegen, wie ein Priester bei der Messe den Weihrauch empfängt; mein älterer Bruder schien das geringe Muttergefühl, das sie im Herzen trug, gänzlich für sich beansprucht zu haben. Sie schikanierte uns fortwährend durch die Pfeile einer beißenden Ironie, die Waffe der Herzlosen; ihrer bediente sie sich gegen uns, die wir ihr nichts zu entgegnen vermochten. Trotz dieser dornigen Schranken werden die instinktiven Gefühle durch so viele Wurzeln festgehalten, der religiöse Schrecken, den eine Mutter einflößt, an der zu verzweifeln zuviel kostet, bewahrt so viele Bande, daß der wundervolle Irrtum unserer Liebe bis zu dem Tage andauert, da sie, als im Leben weiter vorgeschritten, von höheren Gesichtspunkten aus beurteilt wurde. Von diesem Tag an setzen die Gegenmaßnahmen der Kinder ein, deren durch die Enttäuschungen in der Vergangenheit erzeugte Gleichgültigkeit immer größer wird durch die schleimigen Wrackstücke, die sie daraus mitgeführt haben, eine Gleichgültigkeit, die bis zum Grabe währt. Jener schreckliche Despotismus hat die wollüstigen Vorstellungen verscheucht, die in Tours zu befriedigen ich mir törichterweise eingebildet hatte. Verzweifelt stürzte ich mich auf den Bücherschrank meines Vaters; ich machte mich daran, alle Bücher zu lesen, die ich noch nicht kannte. Meine langen Arbeitsstunden ersparten mir jeden Kontakt mit meiner Mutter; allein sie verschlimmerten meine seelische Lage. Bisweilen versuchte meine älteste Schwester, die unsern Vetter, den Marquis de Listomère, geheiratet hatte, mich zu trösten; aber sie konnte die Gereiztheit nicht mildern, der ich anheimgefallen war. Ich wollte sterben.

Große Ereignisse, denen ich fernstand, bereiteten sich damals vor. Der Herzog von Angoulême[20] war von Bordeaux abgereist, um sich mit Ludwig XVIII. in Paris zu treffen; beim Durchzug durch jede Stadt wurden ihm Ovationen dargebracht, von dem Enthusiasmus vorbereitet, der das alte Frankreich bei der Rückkehr der Bourbonen erfaßt hatte. Die ganze Touraine war in Bewegung um ihrer legitimen Fürsten willen; die Stadt tobte, die Fenster waren beflaggt, die Einwohner trugen ihren Sonntagsstaat, ein Fest wurde gerüstet; es war etwas Berauschendes in der Luft, das mir Lust machte, an dem Ball teilzunehmen, der zu Ehren des Fürsten gegeben wurde. Als ich meine Stirn mit Kühnheit wappnete, um diesen Wunsch meiner Mutter vorzutragen, die damals zu krank war, wurde sie über die Maßen zornig. Komme ich vom Kongo, um so ahnungslos zu sein? Wie könne ich mir einbilden, unsere Familie solle auf jenem Ball nicht vertreten sein? Müsse ich nicht hingehen, da doch mein Vater und mein Bruder abwesend seien? Hätte ich keine Mutter? Sei sie nicht auf das Glück ihrer Kinder bedacht? Im Handumdrehen war der gewissermaßen verstoßene Sohn zu einer Persönlichkeit geworden. Ich war genauso verblüfft über meine Wichtigkeit wie über die Sintflut ironisch dargelegter Gründe, mit der meine Mutter meine Bitte entgegengenommen hatte. Ich befragte meine Schwestern und erfuhr, daß meine Mutter, die Gefallen an solcherlei Theatereffekten fand, sich gezwungenermaßen mit meiner Toilette beschäftigt hatte. Die Schneider von Tours waren durch die Forderungen ihrer Kunden überrumpelt worden; keiner von ihnen hatte meine Ausstattung übernehmen können. Meine Mutter hatte ihre Hausschneiderin zu sich beordert, die, wie es in der Provinz Brauch war, alle Näharbeiten zu erledigen verstand. Heimlich war mir, so gut es ging, ein kornblumenblauer Frack angefertigt worden. Seidenstrümpfe und neue Escarpins hatten sich unschwer auftreiben lassen; Herrenwesten wurden damals kurz getragen; also konnte ich eine der Westen meines Vaters anlegen; zum erstenmal bekam ich ein Hemd mit Jabot, dessen Rüschen über meine Brust schwollen und sich mit dem Knoten meiner Halsbinde verschlangen. Als ich angekleidet war, sah ich so wenig nach mir selbst aus, daß meine Schwestern mir durch ihre Komplimente Mut einflößten, vor der versammelten Touraine zu erscheinen. Welch kühnes Unternehmen! Dieses Fest hatte zu viele Berufene zugelassen, als daß viele Auserwählte daran teilgenommen hätten. Dank der Kärglichkeit meiner Gestalt schlich ich mich unter ein Zelt, das in den Gärten des Hauses Papion aufgeschlagen worden war, und gelangte in die Nähe des Sessels, auf dem der Fürst thronte. Sogleich benahm mir die Hitze den Atem; ich wurde geblendet von den Lichtern, den roten Wandbespannungen, den vergoldeten Ornamenten, den Toiletten und Diamanten des ersten öffentlichen Festes, an dem ich teilnahm. Ich wurde durch eine Menge von Männern und Frauen geschubst, die sich in einer Staubwolke aneinanderdrängten und herumstießen. Die gellenden Blechinstrumente und der Glanz bourbonischer Weisen der Militärmusik wurden überhallt von Jubelrufen: »Hoch der Herzog von Angoulême! Hoch der König! Hoch die Bourbonen!« Dies Fest war ein ungezügelter Ausbruch der Begeisterung; jeder war bemüht, sich selbst im wüsten Eifer zu übertreffen und der aufgehenden Sonne der Bourbonen entgegenzueilen; es war reinster Parteiegoismus; er ließ mich kalt, machte mich noch kleiner und stieß mich in mich selbst zurück.

Wie ein Strohhalm wurde ich in diesem Wirbel fortgerissen; ich empfand ein kindliches Verlangen, der Herzog von Angoulême zu sein und mich auf diese Weise unter die Fürstlichkeiten zu mischen, die vor einem Mund und Nase aufsperrenden Publikum paradierten. Der nichtige Neid des Tourainers hatte einen Ehrgeiz aufschießen lassen, der durch meinen Charakter und die Umstände veredelt wurde. Wer hat nicht Neid angesichts einer solchen Vergötterung empfunden, von der mir ein paar Monate später eine grandiose Wiederholung geboten wurde, als ganz Paris dem Kaiser nach dessen Rückkehr von der Insel Elba entgegenstürzte? Diese Herrschaft über die Massen, deren Gefühle und Leben sich in einer einzigen Seele entladen, weihte mich plötzlich dem Ruhm, dieser Priestergestalt, die heute die Franzosen abschlachtet, wie ehedem die Druidin die Gallier opferte. Dann bin ich unvermittelt der Frau begegnet, die ohne Unterlaß meine ehrgeizigen Wünsche anstacheln und sie krönen sollte, indem sie mich in das Herz des Königtums führte. Eine Tänzerin aufzufordern, dazu war ich zu schüchtern, und überdies fürchtete ich, die Tanzfiguren durcheinanderzubringen; also wurde ich, wie es nicht anders sein konnte, mißmutig und wußte nicht, was ich mit mir anfangen sollte. Als ich mich durch das Getrippel, das eine Menschenmenge uns aufzwingt, recht unbehaglich fühlte, trat mir ein Offizier auf die ohnehin durch den Druck des Leders und die Hitze geschwollenen Füße. Dieses

967

letzte Mißgeschick verleidete mir das Fest. Hinauszugehen war unmöglich; ich zog mich in einen Winkel auf eine leere Bank zurück und blieb dort sitzen, vor mich hinstarrend, reglos und verdrossen. Eine Dame ließ sich durch mein schmächtiges Aussehen täuschen; sie hielt mich wohl für ein Kind, das am Einnicken war, während seine Mutter sich vergnügte, und setzte sich mit der Bewegung eines Vogels, der sich auf sein Nest niederläßt, neben mich. Sogleich verspürte ich ein Frauenarom, das in meiner Seele schimmerte, wie seither die orientalische Dichtung darin geschimmert hatte. Ich schaute meine Nachbarin an, und sie blendete mich mehr, als das Fest es getan hatte; sie wurde für mich das ganze Fest. Wenn man mein Vorleben richtig verstanden hat, wird man die Empfindungen erraten, die in meinem Herzen entstanden. Jäh wurde mein Blick betroffen durch weiße, rundliche Schultern, die zu erröten schienen, als seien sie zum erstenmal entblößt gewesen; keusche Schultern, die eine Seele hatten, und deren Atlashaut im Lichterschein glänzte wie ein Seidengespinst. Zwischen den Schultern war eine Furche, an der mein Blick entlangstrich; er war kühner als meine Hand. Unter Herzklopfen richtete ich mich auf, um ihren Oberkörper zu sehen, und war völlig hingerissen durch einen keusch mit einem Gazeschleier bedeckten Busen, dessen lasierte Kugeln von vollkommener Rundung weich in Spitzenfluten gebettet waren. Die geringsten Einzelheiten dieses Kopfes waren Reize, die in mir unendliche Genüsse wachriefen; der Glanz des glatten Haars über einem Hals, der samtig war wie der eines kleinen Mädchens, die weißen Linien, die der Kamm hineingezogen hatte und auf denen meine Phantasie entlanglief wie auf unbetretenen Pfaden, all das brachte mich von Sinnen. Nachdem ich mich versichert hatte, daß niemand mich sehe, tauchte ich in diesen Rükken ein wie ein Kind in den Schoß seiner Mutter; ich küßte diese Schultern und wälzte darauf meinen Kopf. Die Dame stieß einen gellenden Schrei aus, den die Musik unvernehmlich machte; sie fuhr herum, sah mich und sagte: »Monsieur?« Ach, wenn sie gesagt hätte: »Na, kleiner Mann, was fällt Ihnen eigentlich ein?«, hätte ich sie vielleicht umgebracht; aber dieses »Monsieur?« Heiße Tränen schossen mir in die Augen. Ich wurde zu Stein durch einen Blick voll heiligen Zorns, durch einen erhabenen

Kopf, den ein Diadem aschblonden Haars krönte; er entsprach vollauf dem geliebten Rücken. Der Purpur der beleidigten Scham überglühte ihr Antlitz, das bereits die Verzeihung einer Frau entwaffnete, die Verständnis für einen Wahnwitz aufbringt, wenn sie dessen Anlaß ist, und in den Tränen der Reue unendliche Anbetung errät. Mit der Bewegung einer Königin schritt sie von dannen. Jetzt wurde ich mir des Lächerlichen meiner Lage bewußt; jetzt erst begriff ich, daß ich geschmacklos aufgeputzt war wie der Affe eines Savoyarden. Ich schämte mich meiner. Stumpfsinnig blieb ich sitzen und genoß den Apfel, den ich soeben gestohlen hatte; auf den Lippen schmeckte ich die Wärme des Bluts, die ich geatmet hatte; ich bereute nichts, ich folgte mit dem Blick jener aus Himmelshöhen herabgestiegenen Frau. Durch den ersten körperlichen Anblick hatte mich das große Fieber des Herzens gepackt; ich durchirrte den Ballsaal, der für mich zur Wüste geworden war; allein ich konnte meine Unbekannte nicht wiederfinden. Als ein Verwandelter kam ich heim und ging zu Bett.

Eine neue Seele, eine Seele mit bunten Flügeln hatte ihre Larvenhülle durchbrochen. Jetzt also war mein geliebter Stern aus den blauen Steppengebilden, wo ich ihn bewundert hatte, herabgefallen, war zur Frau geworden und hatte dabei seine Klarheit, sein Funkeln und seine Kühle bewahrt. Jäh liebte ich, ohne etwas von der Liebe zu wissen. Ist dieser erste Ausbruch des heftigsten menschlichen Gefühls nicht etwas Seltsames? Ich war im Salon meiner Tante mancher hübschen Frau begegnet; aber keine hatte mir auch nur den mindesten Eindruck gemacht. Gibt es denn eine Stunde, eine Sternenkonstellation, eine Verquickung ganz besonderer Umstände, eine bestimmte Frau unter allen, um zu der Zeit, da das Liebesverlangen das ganze Geschlecht umfaßt, eine ausschließliche Leidenschaft auszulösen? Da ich dachte, die von mir Erkorene lebe in der Touraine, atmete ich die Luft voller Seligkeit, fand ich im Blau der Jahreszeit eine Farbe, die ich anderswo nie wahrgenommen hatte. Zwar war ich innerlich entzückt, aber ich wirkte, als sei ich schwerkrank, und meine Mutter erging sich in mit Gewissensbissen vermischten Ängsten. Gleich den Tieren, die das Unheil nahen fühlen, hockte ich mich in einen Gartenwinkel und träumte dort von dem Kuß, den ich gestohlen hatte. Ein paar Tage nach jenem denkwürdigen Ball schrieb meine Mutter die Vernachlässigung meiner Arbeiten, meine Gleichgültigkeit gegenüber ihren bedrängenden Blicken, meine Unbekümmertheit ihrer Ironie gegenüber und meine düstere Stimmung den natürlichen Krisen zu, die junge Leute meines Alters durchmachen müssen. Der Landaufenthalt, dieses ewige Heilmittel für Krankheitszustände, in denen die Medizin sich nicht auskennt, wurde als das beste Mittel angesehen, mich aus meiner Apathie zu lösen. Meine Mutter entschied, daß ich ein paar Tage auf Frapesle[21] verbringen sollte, einem zwischen Montbazon und Azay-le-Rideau gelegenen Schloß, bei einem ihrer Bekannten, dem sie sicherlich heimliche Instruktionen hatte zukommen lassen. Am Tag, da mir auf diese Weise die Freiheit wurde, war ich so rasch im Ozean der Liebe geschwommen, daß ich ihn durchquert hatte. Ich wußte den Namen meiner Unbekannten nicht; wie sollte ich sie beschreiben, wo sie finden? Und überdies, mit wem hätte ich von ihr sprechen können? Mein schüchterner Charakter steigerte noch die unerklärlichen Ängste, die sich junger Herzen in den Anfangszeiten der Liebe bemächtigen; sie ließen mich mit der Melancholie beginnen, die sonst immer das Ende hoffnungsloser Leidenschaften ist. Mich verlangte nach nichts Besserem, als in den Feldern umherzulaufen. Mit dem Mut eines Knaben, der an nichts zweifelt und irgend etwas Ritterliches in sich spürt, nahm ich mir vor, alle Schlösser der Touraine zu durchforschen; ich wollte von einem zum andern wandern und mir bei jedem hübschen Türmchen sagen: »Hier ist es!«

So verließ ich denn eines Donnerstagsmorgens Tours durch die Stadtzollschranke Saint-Eloy, überschritt die Brücke Saint-Sauveur, langte in Poncher an, hob die Nase nach jedem Haus hin, und kam auf die Straße nach Chinon. Zum erstenmal in meinem Leben konnte ich unter einem Baum rasten, nach Belieben langsam oder schnell gehen, ohne deswegen von jemandem befragt zu werden. Für ein armes, von unterschiedlichen Herrschgelüsten, die auf jeder Jugend lasten, unterdrücktes Menschenwesen bringt der erste Gebrauch des freien Willens, auch wenn er auf Nichtigkeiten ausgeübt wird, ein unbestimmtes Aufblühen der Seele mit sich. Viele Gründe trafen zusammen, um aus diesem

970

Tag ein Fest voller Bezauberungen zu machen. In meiner Kindheit hatten meine Spaziergänge mich höchstens eine Meile aus der Stadt hinausgeführt. Weder meine Ausflüge in die Umgebung von Pont-le-Voy noch die in Paris unternommenen hatten mich, was die Schönheit der ländlichen Natur betrifft, verwöhnt. Nichtsdestoweniger war mir von den ersten Erinnerungen meines Lebens an das Gefühl für das Schöne erhalten geblieben, das in der mir vertraut gewordenen Landschaft um Tours atmet. Obgleich das Poetische der Ausblicke für mich etwas völlig Neues war, war ich doch ohne mein Wissen anspruchsvoll wie alle, die, ohne das Handwerkliche einer Kunst zu kennen, sich zunächst deren Höchstleistung vorstellen. Um nach Schloß Frapesle zu gelangen, kürzen Fußwanderer oder Reiter den Weg ab, indem sie durch die sogenannte Charlemagne-Heide gehen, ein Brachland, das auf der Hochebene gelegen ist, die das Becken des Cher von dem der Indre trennt; es führt dorthin ein Seitenweg, den man in Champy einschlägt. Dieses flache, sandige Heideland, das einen etwa eine Meile lang traurig stimmt, ist durch ein Wäldchen mit dem Weg nach Saché[22] verbunden; so heißt die Gemeinde, zu der Frapesle gehört. Dieser Weg, der ziemlich weit hinter Ballan in die Landstraße nach Chinon einmündet, läuft an einer gewellten Ebene ohne eigentliche Erhebungen entlang bis zu dem Dörfchen Artanne. Dort öffnet sich ein Tal, das bei Montbazon beginnt, an der Loire endet und unter den Schlössern hindurchzuspringen scheint, die auf dieser Doppelreihe von Hügeln liegen; es bildet eine herrliche, smaragdgrüne Schale, auf deren Grund die Indre in Schlangenwindungen hinfließt. Bei diesem Anblick überkam mich ein wollüstiges Staunen, das die Ödigkeit der Heideflächen oder das Ermüdende der Wanderung vorbereitet hatten. – »Wenn jene Frau, die Blüte ihres Geschlechts, an einem Ort der Welt wohnt, dann an diesem!« Bei diesem Gedanken lehnte ich mich an einen Nußbaum, unter dem ich mich seit jenem Tag stets ausruhe, wenn ich wieder in mein geliebtes Tal komme. Unter diesem Baum, dem Vertrauten meiner Gedanken, gebe ich mir Rechenschaft über die Wandlungen, die ich während der Zeit erlitten habe, die seit dem Tag verronnen ist, da ich von ihr aufbrach. Sie wohnte nämlich dort, mein Herz hatte mich nicht getäuscht: Das erste

Schloß, das ich auf der Senkung einer Heidefläche erblickt hatte, war ihre Wohnstatt. Als ich mich unter meinen Nußbaum setzte, ließ die Südsonne die Schieferplatten ihres Daches und die Scheiben ihrer Fenster flimmern. Ihr Perkalkleid bildete den weißen Punkt, den ich zwischen ihren Rebstöcken unter einem Aprikosenbaum[23] wahrnahm. Sie war, wie man bereits weiß, ohne vorerst mehr zu wissen, *die Lilie dieses Tals,* wo sie für den Himmel wuchs und es mit dem Duft ihrer Tugenden erfüllte. Die unendliche Liebe, die als einzige Nahrung einen kaum erblickten Gegenstand besaß, von dem meine Seele erfüllt war, fand ich ausgedrückt in jenem langen Wasserband, das in der Sonne zwischen zwei grünen Ufern hinrieselt, in den Pappelzeilen, die mit ihrem bewegten Spitzenwerk dieses Tal der Liebe zieren, in den Eichenwäldern, die sich zwischen den Rebpflanzungen auf Hügelhängen vorschieben, die der Fluß stets an deren Windungen umrundet, und in den verwischten Weiten, die entfliehen und einander widerstreben. Wenn man die Natur schön und jungfräulich wie eine Braut sehen will, dann muß man an einem Frühlingstag dorthin gehen; wenn man die blutenden Wunden seines Herzens beschwichtigen will, dann muß man in den letzten Herbsttagen abermals hingehen; im Frühling regt der Liebesgott dort seine Flügel unterm freien Himmel; im Herbst gedenkt man dort derer, die nicht mehr sind. Die kranke Lunge atmet dort wohltuende Kühle; der Blick ruht sich dort auf übergoldeten Baumgruppen aus, die der Seele ihre geruhsame Sanftmut übermitteln. In dieser Stunde gaben die an den Gefällen der Indre gelegenen Mühlen jenem summenden Tal eine Stimme; die Pappeln wiegten sich lachend; keine Wolke war am Himmel, die Vögel sangen, die Grillen zirpten, alles war Melodie. Man frage mich nicht länger, warum mein Herz an der Touraine hängt! Ich liebe sie nicht, wie man seine Wiege liebt, und auch nicht wie eine Oase in der Wüste; ich liebe sie, wie ein Künstler seine Kunst; ich liebe sie nicht so sehr wie ich Dich liebe, aber ohne die Touraine würde ich vielleicht nicht mehr am Leben sein. Ohne zu wissen warum, kehrten meine Augen zu dem hellen Punkt zurück, zu der Frau, die in jenem weiten Garten leuchtete wie inmitten von grünem Buschwerk das Glöckchen einer Winde, das welkt, wenn man es anrührt. Ich stieg mit bewegter Seele hinab in diese Fülle und erblickte bald ein Dorf, das die in mir überquellende Poesie mich unweigerlich finden ließ. Stelle Dir die Mühlen vor, die auf Inseln mit anmutigen Umrissen liegen, überragt von ein paar Baumgruppen, inmitten einer Wasserwiese; welch anderen Namen sollte man diesem Wasserpflanzenwuchs geben, der so lebensvoll, so starkfarben den Fluß überzieht, aus ihm emporschießt, mit ihm wallt und wogt, sich seiner Willkür anpaßt und sich dem Anstürmen des Flusses beugt, den die Mühlräder peitschen! Hier und dort erheben sich Kiesmassen, an denen das Wasser sich bricht und Fransen bildet, aus denen die Sonne zurückstrahlt. Amaryllis, Seerosen, Wasserlilien, Binsen und Phlox schmücken die Ufer mit ihren prächtigen Gobelinwebereien. Eine zitternde Brücke aus vermorschtem Balkenwerk, deren Pfeiler mit Blumen bedeckt sind, auf deren Geländer sprossendes Gras und samtiges Moos wachsen, neigt sich über den Fluß, ohne einzustürzen; abgenutzte Boote, Fischernetze, das monotone Singen eines Hirten, Enten, die zwischen den Inseln umherschwammen oder sich auf dem *jard* putzten, wie der grobe Sand genannt wird, den die Loire heranträgt; Müllerburschen, die Kappe schräg auf dem Ohr, die damit beschäftigt waren, ihre Maultiere zu beladen; alle diese Einzelheiten liehen dieser Szenerie eine überraschende Naivität. Stell dir jenseits der Brücke zwei oder drei Pachthöfe vor, einen Taubenschlag, Turteltauben, an die dreißig Kätnerhütten, getrennt durch Gärten, durch Hecken mit Geißblatt, Jasmin und Waldreben; alsdann die wachsenden Misthaufen vor allen Türen, und auf den Wegen Hühner und Hähne. Das ist das Dorf Pont-du-Ruan, ein hübsches Dorf, das eine alte, charaktervolle Kirche überragt, eine Kirche aus der Zeit der Kreuzzüge, eine, wie sie die Maler für ihre Bilder suchen. Rahme das alles mit uralten Walnußbäumen mit blaßgoldenem Laubwerk ein, setze anmutige Werkstätten in die langgestreckten Wiesen, wo der Blick sich unter einem warmen, dunstigen Himmel verliert, dann hast Du eine Vorstellung von den tausend Aussichtspunkten dieses schönen Landes. Ich folgte dem Weg nach Saché auf dem linken Flußufer und betrachtete die Einzelgestaltungen der Hügel, die das andere Ufer einnehmen. Schließlich gelangte ich dann zu einem Park, den hundertjährige Bäume schmückten; er kündete mir Schloß Frapesle an. Ich kam genau zu der Stunde an, als die Glocke zum Mittagessen rief. Nach dem Essen ließ mein Gastgeber, der nicht ahnte, daß ich von Tours zu Fuß hergekommen war, mich die Umgebung seines Guts durchstreifen, wo ich von überall aus das Tal in allen seinen Formen sah: hier ein Durchblick, dort das Ganze; oftmals wurden meine Augen in die Weite abgelenkt durch die schöne Goldplatte der Loire, wo auf dem Wasser Segel phantastische Figuren bildeten, die vom Wind getrieben entflohen. Als ich einen Hügelkamm erstieg, konnte ich zum erstenmal das Schloß von Azay bewundern, einen Diamanten mit Facettenschliff, den die Indre einfaßte; es stand auf mit von Blumen umhülltem Pfahlwerk. Dann gewahrte ich in der Ferne die romantischen Baumassen von Schloß Saché, einem schwermütigen Herrensitz voller Harmonien, die zu ernst für oberflächliche Menschen sind, aber den Dichtern mit schmerzenden Seelen teuer. Daher habe auch ich später seine Stille geliebt, die großen, blätterlosen Bäume, und jenes unbestimmt Geheimnisvolle, das sich über sein einsames Tal breitet! Und jedesmal, wenn ich wiederum am Hang des benachbarten Hügels das schmucke Schloß gewahrte, das mein erster Blick sich erkoren hatte, ließ ich mein Auge wohlgefällig darauf ruhen.

»Na!« sagte mein Gastgeber, als er in meinen Augen einen der brennenden Wünsche las, die sich in meinem Alter so naiv bekunden, »Sie spüren wohl schon von weitem eine hübsche Frau, wie ein Jagdhund das Wild wittert.«

Diesen letzten Ausspruch mochte ich nicht; aber ich fragte nach dem Namen des Schlosses und dem seines Besitzers.

»Es heißt Clochegourde«, sagte er mir, »ein hübsches Haus, und es gehört dem Grafen de Mortsauf, dem Oberhaupt einer historischen Familie der Touraine; ihr Vermögen stammt aus den Zeiten Ludwigs XI.[24], und der Name deutet auf das Abenteuer hin, dem sie ihr Wappen und ihren Ruhm verdankt. Die Mortsaufs haben nämlich als Wappen ein schwarzes Krückenkreuz auf goldenem Grund, aus dessen Mitte eine goldene Lilie herauswächst, mit der Devise: ›Gott erhalte den König, unsern Herrn.‹ Der Graf hat sich nach der Rückkehr aus der Emigration auf diesem Besitz niedergelassen. Das Gut gehört seiner

974

Frau, einer Demoiselle de Lenoncourt, aus dem Hause Lenon-court-Givry, das im Aussterben begriffen ist: Madame de Mortsauf ist einzige Tochter. Das geringe Vermögen dieser Familie sticht so sonderbar von dem erlauchten Namen ab, daß die Mortsaufs, sei es aus Stolz oder vielleicht aus Notwendig-keit, stets auf Clochegourde bleiben und dort keinerlei gesell-schaftlichen Verkehr pflegen. Bis jetzt hat ihre Anhängerschaft an die Bourbonen ihre Einsamkeit rechtfertigen können; allein ich bezweifle, daß die Rückkehr des Königs eine Wandlung ihrer Lebensgewohnheiten herbeiführt. Als ich mich letztes Jahr hier niedergelassen hatte, habe ich ihnen einen Höflichkeits-besuch abgestattet; sie haben ihn erwidert und uns zum Essen geladen; aber der Winter hat uns für ein paar Monate ausein-andergebracht; dann haben die politischen Ereignisse unsere Rückkehr verzögert, ich weile nämlich erst seit kurzem auf Frapesle. Madame de Mortsauf ist eine Dame, die überall den ersten Platz einnehmen könnte.«

»Kommt sie häufig nach Tours?«

»Nie. Doch«, verbesserte er sich, »letzthin ist sie mal dage-wesen, als der Herzog von Angoulême durchfuhr; er hat sich Monsieur de Mortsauf gegenüber sehr gnädig bezeigt.«

»Dann ist sie es!« rief ich aus.

»Wer, sie?«

»Eine Dame mit sehr schönen Schultern.«

»Sie können in der Touraine sehr vielen Frauen mit schönen Schultern begegnen«, sagte er lächelnd. »Aber wenn Sie nicht müde sind, können wir über den Fluß setzen und nach Cloche-gourde hinaufgehen; da können Sie dann versuchen, Ihre Schul-tern wiederzuerkennen.«

Ich willigte ein, nicht ohne vor Freude und Scham zu erröten. Gegen vier langten wir bei dem Schlößchen an, das meine Blicke seit so langer Zeit geliebkost hatten. Diese Wohnstatt, die in der Landschaft schön wirkt, ist in Wirklichkeit bescheiden. Die Front hat fünf Fenster, jedes der Eckfenster an der nach Süden zu gelegenen Fassade springt etwa zwei Klafter[25] vor, ein archi-tektonisches Kunststück, das zwei Pavillons vortäuscht und dem Gebäude Anmut leiht; das Mittelfenster dient als Tür; von ihr aus steigt man über eine doppelte Freitreppe in die terrassen-

975

förmig angelegten Gärten hinab, die an eine schmale, längs der Indre gelegene Wiese anschließen. Obwohl ein Kommunalweg jene Wiese von der letzten Terrasse trennt, die von einer Allee aus Akazien und japanischen Firnisbäumen[26] überschattet wird, scheint sie ein Teil der Gartenanlagen zu sein; denn jener Weg ist tief eingeschnitten; er wird auf der einen Seite von der Terrasse begrenzt, auf der andern durch einen Knick[27]. Die gut ausgenützten Hänge lassen eine genügend große Entfernung zwischen dem Wohnhaus und dem Fluß, um die Unannehmlichkeiten allzu großer Wassernähe aufzuheben, ohne deren Annehmlichkeiten auszuschließen. Unterhalb des Hauses befinden sich die Wagenschuppen, die Stallungen, die Geräteschuppen, deren Fenster- und Türöffnungen Bogenverzierungen haben. Die Dächer sind an den Ecken anmutig abgerundet sowie mit Mansarden mit gemeißelten Fensterumrahmungen und Blumensträußen aus Bleiguß auf den Giebeln geschmückt. Die sicherlich während der Revolution vernachlässigte Dachdeckung zeigt die rostrote Farbe, wie sie die flachen, rötlichen Moose erzeugen, die auf allen nach Süden gelegenen Häusern wachsen. Die Fenstertür an der Freitreppe wird von einem Türmchen überragt, an dem noch immer das Wappen der Familie Blamont-Chauvry eingemeißelt ist: vier rote Felder mit grünem Pfahl, flankiert von zwei offenen, fleischfarbenen und goldenen Händen mit zwei sparrenförmigen schwarzen Lanzen. Die Devise: »Seht es alle, aber keiner rühre es an!« machte mich tief betroffen. Die Schildträger, ein roter Greif und ein roter Drache mit goldenen Ketten, machten einen hübschen plastischen Effekt. Die Revolution hatte die Herzogskrone und den Helmstutz, einen grünen Palmbaum mit goldenen Früchten, beschädigt. Senart[28], der Sekretär des Wohlfahrtsausschusses, war vor 1781 Schultheiß von Saché gewesen, was diese Verwüstungen erklärt.

All dieses Beiwerk leiht dem Schloß ein elegantes Aussehen; es war wie eine Blume, die nicht auf dem Erdboden zu lasten scheint. Vom Tal aus gesehen, scheint das Erdgeschoß das erste Stockwerk zu sein; aber von der Hofseite her angeschaut, liegt es auf gleicher Höhe mit einem breiten, sandbestreuten Weg, der zu einem »boulingrin«[29] hinführt, um den herum sich mehrere eingefaßte Blumenbeete befinden. Zur Rechten und Linken fal-

len die Rebgehege, die Obstgärten und ein paar nutzbare, mit
Walnußbäumen bepflanzte Landstücke ziemlich steil ab, umrah-
men das Haus mit ihrer Blättermasse und stoßen an die Ufer
der Indre, die an dieser Stelle Baumgruppen schmücken; ihr
Grün ist von der Natur selbst abgestuft worden. Beim Ersteigen
des Wegs nach Clochegourde warf ich bewundernde Blicke auf
diese wohlgegliederten Baumgruppen; ich atmete dort eine
glücksschwere Luft. Besitzt die seelische Natur denn wie die
physische ihre elektrischen Verbindungen und schnellen Tem-
peraturwechsel? Mir pochte das Herz beim Nahen geheimer
Geschehnisse, die es für alle Zeit verwandeln sollten; genauso
wie Tiere fröhlich werden, wenn sie schönes Wetter kommen
spüren. Dieser für mein Leben so bedeutungsvolle Tag entbehrte keines der Begleitumstände, die ihn zu etwas Feierlichem
zu gestalten vermochten. Die Natur hatte sich geschmückt wie
eine Frau, die dem Geliebten entgegengeht; meine Seele hatte
zum erstenmal ihre Stimme vernommen, meine Augen hatten
sie als ebenso fruchtbar wie mannigfaltig angestaunt, wie meine
Phantasie sie mir in meinen Schuljungenträumen vorgegaukelt
hatte; von diesen habe ich Dir mit ein paar ungelenken Worten erzählt, um Dir ihren Einfluß deutlich zu machen, denn sie
sind wie eine Apokalypse gewesen, aus der mir mein Leben
bildlich vorausgesagt worden war: Jedes glückliche oder unglückliche Ereignis ist mit bizarren Bildern verknüpft, Banden,
die nur den Augen der Seele sichtbar sind. Wir durchschritten
einen ersten Hof, der von für den Ackerbau notwendigen Ge-
bäuden umstanden war, einer Scheune, einer Kelter, Kuh- und
Pferdeställen. Ein Diener hatte das Anschlagen des Wachhun-
des gehört, kam uns entgegen und sagte uns, der Herr Graf sei
am Morgen nach Azay gefahren, werde aber wohl zurückkommen; die Frau Gräfin sei daheim. Mein Gastgeber schaute mich
an. Ich zitterte, er möge Madame de Mortsauf in der Abwesenheit ihres Mannes nicht besuchen wollen; allein er sagte dem
Diener, er möge uns anmelden. Von einem kindlichen Verlangen
getrieben, hastete ich in den langen Flur, der das Haus durchquert.

»Treten Sie doch näher, meine Herren!« sagte da eine goldene Stimme.

Obwohl Madame de Mortsauf beim Ball nur ein einziges Wort gesagt hatte, erkannte ich ihre Stimme wieder; sie drang in meine Seele ein und erfüllte sie, wie ein Sonnenstrahl den Kerker eines Gefangenen erfüllt und vergoldet. Da ich meinte, sie könne sich meines Gesichts erinnern, wollte ich davonlaufen; dazu war es jedoch zu spät, sie erschien in der Tür, unsere Augen begegneten einander. Ich weiß nicht, wer stärker errötete, sie oder ich. Sie war so verdutzt, daß sie nichts sagen konnte; sie setzte sich wieder vor ihren Rahmen mit einer Gobelinstickerei; zuvor hatte der Diener zwei Sessel herangerückt; sie zog weiterhin ihre Nadel durch, um einen Vorwand zum Schweigen zu haben, zählte ein paar Stiche und hob dann wieder den Kopf, der zugleich sanft und stolz war, zu Monsieur de Chessel hin und fragte ihn, welchem Glücksumstand sie seinen Besuch verdanke. Zwar war sie begierig, die Wahrheit über mein Erscheinen zu erfahren, allein sie sah keinen von uns beiden an; ihre Augen waren beständig auf den Fluß gerichtet; aber aus der Art ihres Zuhörens hätte man schließen können, sie verstehe wie die Blinden die Regungen der Seele aus den unmerklichen Betonungen der Sprache zu erkennen. Und so war es auch. Monsieur de Chessel sagte meinen Namen und schilderte meine Herkunft. Ich sei vor ein paar Monaten in Tours angelangt; als der Krieg Paris bedroht habe, hätten meine Eltern mich zu sich geholt. Ich sei ein Sohn der Touraine, dem die Touraine unbekannt sei; sie sehe in mir einen jungen, durch maßloses Arbeiten geschwächten Menschen, der nach Frapesle geschickt worden sei, um dort ein wenig auf andere Gedanken zu kommen; er habe mir seinen Besitz gezeigt, auf den ich zum erstenmal gekommen sei. Erst unten am Hügel hätte ich ihm von meiner Wanderung von Tours nach Frapesle erzählt, und da er für meine ohnehin geschwächte Gesundheit gefürchtet habe, sei es ihm als ratsam erschienen, auf Clochegourde vorzusprechen, der Meinung, Madame werde mir erlauben, daß ich mich dort ausruhe. Monsieur de Chessel hatte die Wahrheit gesagt; aber ein so glücklicher Zufall schien auf Absicht zu beruhen; und so verharrte Madame de Mortsauf in einigem Mißtrauen; sie richtete kalte, strenge Augen auf mich, und ich senkte die Lider, teils aus einem unbestimmten Gefühl der Demütigung, teils um die Tränen zu verbergen, die ich zwischen den Wimpern zurückhielt. Die eindrucksvolle Schloßherrin sah auf meiner Stirn den Schweiß perlen; vielleicht erriet sie auch die Tränen; sie bot mir nämlich das an, was ich vielleicht nötig hatte, und bezeigte dabei eine tröstende Güte, die mir die Sprache wiedergab. Ich errötete wie ein junges Mädchen, das etwas falsch gemacht hat, und mit einer Meckerstimme, die wie die eines Greises klang, antwortete ich durch ein verneinendes »Danke«.

»Ich wünsche nichts«, sagte ich und hob die Augen zu den ihrigen auf, denen ich zum zweitenmal begegnete, aber nur blitzschnell, »als nicht von hier weggeschickt zu werden; ich bin so benommen vor Erschöpfung, daß ich nicht gehen könnte.«

»Warum mißtrauen Sie der Gastlichkeit unseres schönen Landes?« fragte sie mich. »Sie machen uns doch wohl die Freude, auf Clochegourde zu Abend zu essen?« fügte sie hinzu und wandte sich dabei an ihren Gutsnachbarn.

Ich warf meinem Gönner einen Blick zu, aus dem so viele Bitten hervorbrachen, daß er sich anschickte, diesen Vorschlag anzunehmen, obwohl dessen Formulierung eine Ablehnung erfordert hätte. Seine Weltgewandtheit hätte Monsieur de Chessel eine Unterscheidung von solcherlei Nuancen ermöglicht; aber ein junger Mensch ohne Erfahrung glaubt so fest daran, daß bei einer schönen Frau Wort und Gedanke ein und dasselbe seien, daß ich recht erstaunt war, als abends auf dem Heimweg mein Gastgeber zu mir sagte: »Ich bin da geblieben, weil Sie vor Verlangen danach fast gestorben wären; aber wenn Sie die Sache nicht wieder einrenken, bin ich vielleicht mit meinen Nachbarn verkracht.« Dieses »Wenn Sie die Sache nicht wieder einrenken« machte mich für eine Weile nachdenklich. Wenn ich Madame de Mortsauf gefallen hatte, konnte sie dem nicht grollen, der mich bei ihr eingeführt hatte. Monsieur de Chessel traute mir also die Macht zu, sie zu interessieren; hieß das nicht, mir jene Macht zu verleihen? Diese Erklärung stärkte meine Hoffnung in einem Augenblick, da ich der Hilfe bedurfte.

»Das scheint mir schwierig zu sein«, antwortete er, »meine Frau erwartet uns.«

»Sie hat Sie doch alle Tage«, entgegnete die Gräfin, »und wir können sie ja doch benachrichtigen. Ist sie allein?«

»Der Abbé de Quélus ist bei ihr.«

»Nun«, sagte sie und stand auf, um zu schellen, »dann essen Sie eben mit uns.«

Diesmal hielt Monsieur de Chessel sie für aufrichtig und warf mir Blicke zu, die Komplimente waren. Sobald ich mir gewiß war, ich würde einen ganzen Abend lang unter diesem Dach weilen, war mir, als liege eine Ewigkeit vor mir. Für viele Unglückliche birgt das Wort »morgen« keinen Sinn, und ich gehörte damals der Zahl derjenigen an, die keinen Glauben an den »nächsten Tag« hegen; wenn ich ein paar Stunden für mich hatte, so ließ ich sie ein ganzes Leben der Wollüste enthalten. Madame de Mortsauf begann eine Unterhaltung, über das Land, die Ernten und die Rebberge, von der ich ausgeschlossen blieb. Bei einer Dame des Hauses zeugt ein solches Verhalten von einem Mangel an Erziehung oder von ihrer Verachtung desjenigen, den sie sozusagen vor der Tür des Gesprächs stehenläßt; aber bei der Gräfin war es Verlegenheit. Wenn ich anfangs geglaubt hatte, sie tue so, als verfahre sie mit mir wie mit einem Kinde; wenn ich neidisch auf das Vorrecht dreißigjähriger Männer war, das Monsieur de Chessel erlaubte, mit seiner Nachbarin über gewichtige Themen zu sprechen, von denen ich nichts verstand; wenn mich der Gedanke verdroß, alles gelte ihm, so habe ich ein paar Monate später gewußt, wie bedeutungsvoll das Schweigen einer Frau ist, und wie viele Gedanken eine weitschweifige Unterhaltung verhüllen kann. Zunächst versuchte ich, es mir in meinem Sessel bequem zu machen; dann wurde ich mir der Vorteile meiner Lage bewußt und gab mich dem Zauber hin, die Stimme der Gräfin zu vernehmen. Der Atemhauch ihrer Seele entfaltete sich in den Wendungen der Silben, wie der Ton sich durch die Klappen einer Flöte teilt; er verhauchte völlig im Ohr, von wo aus er das Kreisen des Bluts beschleunigte. Ihre Art, die Endungen auf »i« auszusprechen, erinnerte an Vogelgezwitscher; das von ihr ausgesprochene »ch« war wie eine Liebesbezeigung, und ihre Weise, das »t« vorzubringen, zeugte von der Herrschaft des Herzens. Ohne ihr Wissen erweiterte sie so den Sinn der Wörter und riß einem die Seele in eine übermenschliche Welt empor. Wie oft habe ich eine Unterhaltung andauern lassen, die ich hätte beenden können, wie oft habe ich mich ungerechterweise ausschalten lassen, um solcherlei Klängen der menschlichen Stimme zu lauschen, um die seelenträchtige Luft zu atmen, die aus ihren Lippen kam, um dies gesprochene Leuchten mit derselben Glut zu umarmen, mit der ich am liebsten die Gräfin an mein Herz gedrückt hätte! Wenn sie lachen konnte, klang es wie der Ruf einer fröhlichen Schwalbe! Aber wenn sie von ihren Kümmernissen sprach, war es wie die Stimme eines Schwans, der nach seinen Gefährten ruft! Die Unaufmerksamkeit der Gräfin ermöglichte es mir, sie zu mustern. Mein Blick genoß es, an der schönen Sprecherin entlangzugleiten; er umschlang ihre Taille, küßte ihr die Füße und erging sich spielerisch in den Locken ihres Haars. Dabei war ich im Bann einer Furcht, die alle verstehen dürften, die im Leben die grenzenlosen Freuden einer wahren Liebe empfunden haben. Ich hatte Angst, sie werde meine Blicke dabei ertappen, daß sie an der Stelle ihrer Schultern hafteten, die ich so glühend geküßt hatte. Diese Angst fachte die Versuchung an, und ich unterlag ihr, ich sah ihre Schultern an! Mein Blick zerriß den Stoff, ich sah das kleine Muttermal wieder, das den Beginn der hübschen Furche bezeichnete, die ihren Rücken teilte, es war wie eine in die Milch gefallene Fliege; die Furche, die seit dem Ball allabendlich in den Finsternissen aufflammte, von denen der Schlummer junger Menschen zu triefen scheint, deren Phantasie glühend und deren Leben keusch ist.

Ich könnte Dir die Hauptzüge skizzieren, die, wo auch immer, alle Blicke auf die Gräfin gelenkt haben würden; aber die korrekteste Zeichnung, die wärmste Farbe würde noch nichts davon ausdrücken. Ihr Antlitz ist eins von denen, deren Wiedergabe den unauffindbaren Künstler erfordert, dessen Hand den Widerschein innerer Gluten zu malen und den leuchtenden Dunst wiederzugeben versteht, den die Wissenschaft leugnet, der nicht ins Wort umgesetzt werden kann, aber den ein Liebender wahrnimmt. Ihr feines, aschblondes Haar schuf ihr oft Schmerzen, und jene Schmerzen wurden wohl durch ein jähes Strömen des Bluts zum Kopf verursacht. Ihre gerundete Stirn, die vorsprang wie die der Gioconda[30], schien erfüllt von unausgesprochenen Gedanken, von zurückgedämmten Gefühlen, von in bitteren Wassern ertränkten Blumen. Ihre grünlichen, von braunen

Pünktchen durchsäten Augen waren immer blaß; doch wenn es sich um ihre Kinder handelte, wenn sie sich in jenen heftigen Ausbrüchen der Freude oder des Schmerzes erging, die im Leben schicksalsergebener Frauen etwas Seltenes sind, dann strahlte ihr Auge ein subtiles Leuchten aus, das sich an den Quellen des Lebens zu entzünden schien und sie zum Versiegen bringen mußte; es war ein Aufblitzen, das mir Tränen entpreßte, als sie mich mit ihrer grausigen Verachtung bedachte; es genügte, auch die Kühnsten zum Senken der Lider zu veranlassen. Eine griechische, wie von Phidias gezeichnete Nase zusammen mit dem Doppelbogen elegant geschwungener Lippen vergeistigte ihr ovales Gesicht, dessen dem Gewebe weißer Kamelien vergleichbare Farbe sich auf den Wangen zu hübschen rosa Tönen rötete. Ihr kleiner Bauch beeinträchtigte weder die Anmut ihrer Taille noch die Rundung, die gewollt war, damit ihre Formen schön, wenngleich entwickelt blieben. Dir wird mit einem Schlag diese Art der Vollkommenheit klarwerden, wenn Du vernimmst, daß, wenn sie die blendenden Schätze, die mich fasziniert hatten, mit den Unterarmen vereinigte, sich keine Falte zu bilden schien. Der Hinterkopf bot nicht die Vertiefungen dar, die den Nacken mancher Frauen Baumstämmen ähnlich machen; die Muskeln traten dort nicht als Stränge hervor; überall rundeten sich die Linien zu Bogenformen, die den Blick wie den Pinsel zur Verzweiflung brachten. Ein leichter Flaum verlor sich längs der Wangen und auf den Halbflächen des Halses und hielt das Licht fest, das darauf seidig wirkte. Ihre kleinen, gut geformten Ohren waren, wie sie sagte, die einer Sklavin und einer Mutter. Später, als ich ihr Herz bewohnte, hat sie mir manchmal gesagt: »Mein Mann kommt!« Und sie hatte stets recht, obwohl ich noch nichts gehört hatte, ich, dessen Gehör eine so bemerkenswerte Reichweite besitzt. Ihre Arme waren schön, ihre Hände mit den gebogenen Fingern waren lang, und wie bei antiken Statuen verlief die Haut in feinen Streifen neben den Nägeln. Ich würde Dein Mißfallen erregen, wenn ich schlanke Hüften den rundlichen vorzöge, wenn Du nicht eine Ausnahme bildetest. Rundliche Hüften sind zwar ein Zeichen der Kraft; aber so gebaute Frauen sind herrschsüchtig, eigenwillig und mehr wollüstig denn zärtlich. Frauen mit schlanken Hüften dagegen sind hingebungsvoll, geistig kultiviert und neigen zur Schwermut; sie sind weiblicher als die andern. Die schlanke Taille ist geschmeidig und weich, die rundliche unbeugsam und eifersüchtig. Jetzt kennst Du ihr Äußeres. Sie hatte den Fuß einer eleganten Dame, jenen Fuß, der wenig geht, rasch ermüdet und das Auge erfreut, wenn er unter dem Kleid hervorlugt. Obgleich sie Mutter zweier Kinder war, bin ich niemandem ihres Geschlechts begegnet, die mehr junges Mädchen gewesen wäre denn sie. Ihre Miene drückte Schlichtheit aus und zugleich etwas Bestürztes und Träumerisches, das sie einem nahebrachte, wie der Maler uns zu dem Antlitz hinführt, in das sein Genie eine Welt von Gefühlen übertragen hat. Übrigens können ihre sichtbaren Qualitäten nur durch Vergleiche ausgedrückt werden. Gedenke des keuschen, wilden Dufts des Heidekrauts, das wir auf dem Rückweg von der Villa Diodati[31] gepflückt haben, jener Blume, deren Schwarz und Rosa Du so sehr lobtest; dann wirst Du ahnen, wie diese Frau fern von Welt und Gesellschaft elegant sein konnte, natürlich in ihrer Ausdrucksweise, wie bemüht in den Dingen, die sie sich aneignete, zugleich rosa und schwarz. Ihr Körper besaß die herbe Frische, die wir an jung entfalteten Blättern bewundern; ihr Geist hatte die tiefe Bündigkeit des Wilden; sie war ein Kind durch ihr Gefühlsleben, ernst durch das Leid, Schloßherrin und mutwilliges Schulmädchen. Daher gefiel sie, ohne daß es der Künstelei bedurft hätte, allein schon durch ihre Art, sich zu setzen, aufzustehen, zu schweigen oder ein Wort beizusteuern. Für gewöhnlich war sie gesammelt, aufmerksam wie ein Wachtposten, von dem das Heil aller abhängt und der nach dem Unglück Ausschau hält; aber manchmal entschlüpfte ihr ein Lächeln; es zeugte von einem lachlustigen Naturell, das unter der Haltung begraben lag, die ihr Leben von ihr verlangte. Ihre Koketterie war ein Mysterium geworden; sie regte zu träumerischem Sinnen an, anstatt die galante Aufmerksamkeit einzuflößen, an der den Frauen gelegen ist; sie ließ ihre erste Natur, die einer lebendigen Flamme, ihre ersten blauen Träume durchblicken, wie man den Himmel durch Wolkenlichtungen gewahrt. Diese unwillkürliche Offenbarung stimmte diejenigen nachdenklich, die in sich keine Träne verspürten, die vom Feuer des Begehrens getrocknet war. Die Sparsamkeit ihrer Gesten und zumal die ihrer Blicke (außer ihren Kindern schaute sie niemanden an) liehen allem, was sie tat oder sagte, eine ungemeine Feierlichkeit, dann nämlich, wenn sie etwas mit der Miene tat oder sagte, die die Frauen in dem Augenblick anzunehmen wissen, da sie ihre Würde durch ein Geständnis gefährden. Madame de Mortsauf trug an jenem Tag ein rosa Kleid mit tausend Streifen, einen Halskragen mit breitem Saum, einen schwarzen Gürtel und Schnürstiefelchen von der gleichen Farbe. Ihr schlicht auf dem Kopf zusammengewundenes Haar wurde von einem Schildpattkamm gehalten. Dies nun also ist die versprochene, unvollkommene Skizze. Aber die ständige Ausstrahlung ihrer Seele auf die Ihrigen, diese nährende Essenz, die in Wogen ausgegossen wurde wie die Sonne ihr Licht ergießt; aber ihre innerste Natur, ihre Haltung in heiteren Stunden, ihre Resignation in bewölkten; alle diese Wirbel und Strudel des Lebens, in denen der Charakter sich entfaltet, hängen wie die Wirkungen des Himmels von unerwarteten und flüchtigen Umständen ab, die sich untereinander nur durch den Untergrund ähneln, von dem sie sich lösen; ihre Schilderung muß notwendigerweise den Ereignissen dieser Geschichte einbezogen werden; sie ist ein wahres häusliches Epos, und in den Augen des Weisen so groß wie Tragödien in den Augen der Menge; ihre Erzählung wird Dich ebensosehr durch den Anteil fesseln, den ich daran gehabt habe, wie durch ihre Ähnlichkeit mit einer großen Zahl weiblicher Schicksale.

Alles auf Clochegourde trug das Gepräge einer wahrhaft englischen Sauberkeit. Der Salon, in dem die Gräfin saß, war ganz und gar getäfelt und in zwei verschiedenen Grautönen getüncht. Auf dem Kamin standen eine in einen Mahagoniblock, auf dem eine Trinkschale angebracht war, eingefügte Uhr und zwei große, weiße Porzellangefäße mit einem Goldnetz, in denen Kap-Heide[32] wuchs. Auf der Konsole stand eine Lampe. Gegenüber dem Kamin war ein Tricktrackspiel. Zwei breite Halter aus Baumwolle rafften die weißen, fransenlosen Perkalvorhänge zurück. Die Sitze waren mit grauen, grüngesäumten Möbelschonern bedeckt, und die Gobelinstickerei im Rahmen der Gräfin sagte zur Genüge, warum ihre Möbel auf diese Weise verhüllt waren. Diese Schlichtheit grenzte an Größe. Keiner Wohnung unter allen, die ich seither gesehen habe, danke ich so fruchtbare und so mannigfaltige Eindrücke wie die, die sich in diesem Salon auf Clochegourde meiner bemächtigten; er war ruhig und gesammelt wie das Leben der Gräfin; man ahnte darin die klösterliche Regelmäßigkeit ihrer Betätigungen. Die Mehrzahl meiner Ideen, und sogar die kühnsten auf dem Gebiet der Wissenschaft und der Politik, ist dort geboren worden wie von Blumen ausgehauchte Düfte; und dort hat die unbekannte Pflanze gegrünt, die ihren befruchtenden Staub auf meine Seele warf; dort hat die Sonnenglut geglänzt, die meine guten Eigenschaften entwickelte und meine schlechten verdorren ließ. Vom Fenster aus umfaßte der Blick das Tal von dem Hügel, auf dem sich Pont-de-Ruan ausbreitet, bis zum Schloß von Azay; dabei folgte er den Buchtungen des gegenüberliegenden Ufers, auf dem die Türme von Frapesle, dann die Kirche und das alte Herrenhaus Saché, dessen Baumassen die Wiese überragen, Abwechslung schaffen. Im Einklang mit diesem geruhsamen Leben, für das es keine Gemütsbewegungen als die innerhalb der Familie gab, übermittelten diese Stätten der Seele ihre Heiterkeit. Hätte ich dort die Gräfin zum erstenmal zusammen mit dem Grafen und ihren beiden Kindern angetroffen anstatt im Glanz ihres Ballkleids, so hätte ich ihr schwerlich jenen sinnverwirrenden Kuß geraubt, über den ich jetzt Gewissensbisse empfand, weil ich glaubte, er würde die Zukunft meiner Liebe zerstören! Nein, in der düsteren Stimmung, in die das Unglück mich versetzt hatte, hätte ich das Knie gebeugt, ihre Stiefelchen geküßt, auf ihnen ein paar Tränen hinterlassen, und dann hätte ich mich in die Indre gestürzt. Aber nachdem ich den frischen Jasmin ihrer Haut gestreift und die Milch aus dieser mit Liebe gefüllten Schale getrunken hatte, waren in meiner Seele der Drang und die Hoffnung auf übermenschliche Wollüste; ich wollte leben und die Stunde der Lust abwarten, wie der Wilde nach der Stunde der Rache ausschaut; ich wollte mich an die Bäume anklammern, zwischen den Rebstöcken umherkriechen, mich in der Indre niederhocken; ich wollte die Stille der Nacht, das Erschöpfende des Lebens, die Sonnenglut zu Komplicen haben, um den köstlichen Apfel zur Reife zu bringen, in den ich bereits hineingebissen hatte. Hätte sie von mir eine Blume, die singen konnte,

985

oder die Schätze, die die Gefährten Morgans, des Würgers[33], vergraben hatten, verlangt, ich hätte sie ihr verschafft, um verläßliche Reichtümer und die stumme Blume zu erlangen, die ich
wünschte. Als der Traum endete, in den das lange Anschauen
meines Idols mich versenkt hatte, und währenddem ein Diener
gekommen war und ihr etwas gesagt hatte, hörte ich sie von
Grafen reden. Erst da kam mir der Gedanke, daß eine Frau ja
ihrem Ehemann angehören müsse. Dieser Gedanke machte mich
schwindlig. Dann überkam mich eine hitzige, düstere Neugier,
den Besitzer dieses Schatzes zu sehen. Mich beherrschten zwei
Gefühle, Haß und Furcht; ein Haß, der kein Hindernis kannte
und sie alle ins Auge faßte, ohne sie zu fürchten; eine unbestimmte, aber wirkliche Furcht vor dem Kampf, dessen Ausgang
und zumal vor IHR. Im Bann namenloser Vorgefühle fürchtete
ich den Händedruck, der entehrt, ich sah schon die elastischen
Schwierigkeiten, gegen die der stärkste Wille anrennt und stumpf
wird; ich fürchtete die Kraft des passiven Widerstands, der
heutzutage dem gesellschaftlichen Leben die Entscheidungen
nimmt, auf die leidenschaftliche Seelen erpicht sind.

»Da kommt mein Mann«, sagte sie.

Ich sprang auf, wie ein erschrecktes Pferd sich bäumt. Obgleich dieses Hochfahren weder Monsieur de Chessel noch der
Gräfin entging, trug es mir keinen stummen Verweis ein; ein
kleines Mädchen, das ich auf sechs Jahre schätzte, lenkte ab; es
kam herein und sagte: »Mein Papa kommt.«

»Nun, und, Madeleine?« fragte ihre Mutter.

Das Kind streckte Monsieur de Chessel die Hand hin, die er
hatte haben wollen, machte vor mir einen kleinen, erstaunten
Knicks und blickte mich aufmerksam an.

»Sind Sie mit ihrer Gesundheit zufrieden?« fragte Monsieur
de Chessel die Gräfin.

»Es geht ihr besser«, sagte sie und streichelte das Haar der
Kleinen, die sich schon in ihren Schoß geschmiegt hatte.

Aus einer Frage Monsieur de Chessels erfuhr ich, daß Madeleine neun Jahre alt war; ich bezeigte einige Überraschung ob
meines Irrtums, und mein Erstaunen sammelte Wolken auf der
Stirn der Mutter. Der mich in dieses Haus eingeführt hatte,
warf mir einen der bedeutungsvollen Blicke zu, durch die Welt-

leute uns eine zweite Erziehung zuteil werden lassen. Das war sicherlich eine mütterliche Wunde, die geschont werden mußte. Madeleine war ein schwächliches Kind mit blassen Augen und einer Haut, die weiß war wie Porzellan, wenn eine Kerze es erhellt; in der Stadtluft hätte sie schwerlich leben können. Die Landluft und die Pflege durch die Mutter, die sie wie eine Glucke ihr Küken zu behüten schien, erhielten das Leben in diesem Körper, der empfindlich war wie eine Pflanze, die trotz der Strenge eines fremden Klimas im Treibhaus aufgewachsen ist. Obwohl Madeleine in nichts ihrer Mutter ähnelte, schien sie deren Seele zu haben, und jene Seele lieh ihr Halt. Ihr dünnes, schwarzes Haar, ihre tiefliegenden Augen, ihre hohlen Wangen, ihre mageren Ärmchen, ihre schmale Brust kündeten von einem Kampf zwischen Leben und Tod, einem Duell ohne Waffenruhe, in dem die Gräfin bis jetzt Siegerin geblieben war. Die Kleine gab sich munter, wohl, um der Mutter Kummer zu ersparen; denn in gewissen Augenblicken, wenn sie sich nicht zusammennahm, wirkte sie wie eine Trauerweide. Man hätte sie für eine kleine, Hunger leidende Zigeunerin halten können, die sich aus ihrer Heimat hergebettelt hat und jetzt erschöpft, aber beherzt und geschmückt vor ihr Publikum tritt.

»Wo hast du denn Jacques gelassen?« fragte die Mutter sie und küßte sie auf den weißen Scheitelstreif, der ihr Haar in zwei breite Wellen teilte, die wie Rabenflügel waren.

»Er kommt mit Papa.«

In diesem Augenblick trat der Graf ein, den Sohn an der Hand. Jacques, das leibhaftige Ebenbild seiner Schwester; er zeigte die gleichen Symptome der Schwächlichkeit. Beim Anblick dieser beiden gebrechlichen Kinder an der Seite der prunkhaft schönen Mutter war es unmöglich, nicht den Urquell des Kummers zu erraten, der die Schläfen der Gräfin zermürbte und sie einen der Gedanken verschweigen ließ, die nur Gott zum Vertrauten haben, aber die der Stirn schreckliche, bedeutsame Zeichen aufprägen. Als Monsieur de Mortsauf mich begrüßte, warf er mir weniger den musternden als den auf ungeschickte Weise beunruhigten Blick eines Mannes zu, dessen Mißtrauen daher rührt, daß er nicht gewohnt ist, zu analysieren. Seine Frau setzte ihn ins Bild und nannte ihm meinen Namen; darauf überließ sie ihm ihren Platz und verließ uns. Die Kinder, deren Augen an denen der Mutter hingen, als entnähmen sie ihnen ihr Leuchten, wollten sie begleiten; allein sie sagte: »Bleibt nur hier, ihr lieben Engel!« und legte den Finger auf die Lippen. Sie gehorchten, aber ihre Blicke verschleierten sich. Ach! Nur um diese Worte »ihr lieben« zu vernehmen, welchen Pflichten hätte man sich da nicht unterzogen? Wie den Kindern, war auch mir weniger warm, als sie nicht mehr da war. Mein Name hatte die Einstellung des Grafen mir gegenüber geändert. Er war kalt und von oben herab gewesen; jetzt wurde er zwar nicht herzlich, wohl aber auf eine höfliche Weise beflissen; er bezeigte mir Hochachtung und schien erfreut, mich in seinem Haus zu sehen. Mein Vater hatte es sich in früheren Zeiten angelegen sein lassen, für unsere Fürsten eine große, gefährliche Rolle im Dunkeln zu spielen, aber eine, die wirksam hätte sein können. Als durch Napoleons Aufstieg an die Spitze der Regierungsgeschäfte alles verloren war, hatte er sich, gleich vielen heimischen Verschwörern, in die Annehmlichkeiten der Provinz und des Privatlebens zurückgezogen und ebenso harte wie unverdiente Beschuldigungen über sich ergehen lassen; das ist der unvermeidliche Lohn für Spieler, die alles auf eine Karte setzen und unterliegen, nachdem sie der politischen Maschinerie als Angelpunkt gedient haben. Da ich nichts vom Vermögen, vom Vorleben noch von der Zukunft meiner Familie wußte, ahnte ich auch nichts von den Besonderheiten dieses fehlgeschlagenen Schicksals, dessen der Graf de Mortsauf gedachte. Zwar hätte allein schon das hohe Alter des Namens, in seinen Augen der höchste Wert eines Mannes, die Bewillkommnung, die mich verwirrt machte, rechtfertigen können; aber den wahren Grund erfuhr ich erst später. Für den Augenblick war mir dieser plötzliche Übergang durchaus recht. Als die beiden Kinder merkten, daß wir drei uns von neuem unterhielten, zog Madeleine den Kopf aus den Händen des Vaters, schaute nach der offenen Tür hin und schlüpfte hinaus wie ein Aal; Jacques folgte ihr. Beide liefen zu ihrer Mutter; ich hörte ihre Stimmen und ihre Bewegungen; sie klangen von fern wie das Summen von Bienen um den geliebten Bienenkorb.

Ich musterte den Grafen und versuchte, mir über seinen Cha-

rakter klarzuwerden; aber ich wurde von einigen Hauptzügen
so gefesselt, daß ich es bei einer flüchtigen Prüfung seiner Physiognomie bewenden ließ. Er war erst fünfundvierzig Jahre alt,
schien sich indessen den Sechzig zu nähern, so schnell war er in
dem großen Schiffbruch gealtert, der das achtzehnte Jahrhundert
abschloß. Der helle Haarkranz, der wie bei einem Mönch die
Hinterseite seines kahlen Kopfs umgab, hörte an den Ohren auf
und zierte die Schläfen mit grauen, schwarz untermischten Büscheln. Sein Gesicht glich irgendwie dem eines weißen Wolfs, der
Blut an der Schnauze hat; denn seine Nase war entzündet wie
die eines Menschen, dessen Dasein in den Grundfesten erschüttert
worden, dessen Magen schwach, dessen Stimmungen durch frühere Krankheiten beeinträchtigt sind. Seine flache, für das spitz
endende Gesicht zu breite Stirn wies ungleichmäßige Querfalten
auf und zeugte mehr vom Leben in freier Luft als von den Er-
schöpfungen durch geistige Arbeit; von der Last beständiger Miß-
geschicke und nicht von Bemühungen, ihrer Herr zu werden.
Seine Backenknochen waren braun und sprangen aus den fahlen
Tönungen seines Teints vor; sie ließen auf einen ziemlich kräftigen Knochenbau schließen, der ihm ein langes Leben zusicherte.
Seine klaren, gelben, harten Augen trafen einen wie ein Sonnenstrahl im Winter, leuchtend ohne Wärme, auf gedankenvolle
Weise unruhig, ohne Grund mißtrauisch. Sein Mund war gewalttätig und herrschsüchtig, sein Kinn grade und lang. Er war mager und hochgewachsen und hatte die Haltung eines Edelmanns,
der sich auf einen überkommenen Wert stützt, der sich durch
angeborene Rechte andern überlegen, aber durch die Gegebenheiten unterlegen weiß. Das ungezwungene Landleben hatte ihn
sein Äußeres vernachlässigen lassen. Seine Kleidung war die
eines auf dem Lande Wohnenden, dem die Bauern wie die Gutsnachbarn nur seines Landbesitzes wegen Achtung zollen. Seine
gebräunten, nervigen Hände zeugten davon, daß er nur beim
Reiten oder bei seinem sonntäglichen Gang zur Messe Handschuhe anzog. Sein Schuhwerk war plump. Obwohl zehn Jahre
Emigration und zehn Jahre als Landwirt sein Physisches beein-
flußt hatten, hielten sich an ihm noch Spuren adliger Abkunft.
Der gehässigste Liberale, ein Ausdruck, der damals noch nicht
geprägt war, hätte ohne weiteres an ihm die ritterliche Bieder-

keit, die unverwelklichen Überzeugungen des Lesers wahrgenommen, der auf ewige Zeiten die ›Quotidienne‹[34] abonniert hat. Er hätte den kirchlich Gesonnenen bewundert, der leidenschaftlich für seine Sache eintrat, freimütig in seinen politischen Antipathien und außerstande war, seiner Partei persönlich zu dienen, vollauf imstande, ihr zu schaden, und ohne Kenntnis der Gegebenheiten in Frankreich. Der Graf war im Grunde einer jener aufrechten Männer, die sich zu nichts hergeben und allem hartnäckig im Wege stehen; die gut dazu geeignet sind, mit der Waffe in der Hand auf dem ihnen angewiesenen Posten zu sterben, aber so geizig, daß sie eher ihr Leben als ihre Taler geben. Während des Abendessens stellte ich an seinen eingesunkenen welken Wangen und an gewissen Blicken, die er verstohlen auf seine Kinder warf, die Spuren trüber Gedanken fest, deren Aufschießen an der Oberfläche erstarb. Wer hätte ihn nicht verstanden, wenn er ihn so sah? Wer hätte ihm nicht vorgeworfen, unseligerweise seinen Kindern jene Körper übermittelt zu haben, denen es an Lebenskraft gebrach? Zwar verdammte er sich, aber er sprach andern das Recht ab, über ihn zu richten. Er war verbittert wie eine Regierung, die weiß, daß sie falsch handelt, aber besaß nicht genug Größe oder Charme, um die Fülle an Schmerzen, die er in die Waagschale geworfen hatte, auszugleichen; sein häusliches Leben mußte die Unebenheiten offenbar werden lassen, von denen bei ihm seine eckigen Züge und seine immerfort unruhigen Augen kündeten. Als seine Frau mit den beiden an ihr hängenden Kindern wieder hereinkam, ahnte ich somit ein Unglück, wie jemand, der über ein Kellergewölbe hinwegschreitet und dessen Füße irgendwie das Bewußtsein der Tiefe haben. Als ich diese vier Menschen beieinander sah und sie, einen nach dem andern, mit den Blicken überflog und ihre Züge und ihre Haltung überprüfte, fielen auf mein Herz melancholische Gedanken, wie ein feiner, grauer Regen nach einem schönen Sonnenaufgang eine hübsche Landschaft einnebelt. Als das Thema der Unterhaltung erschöpft war, schob der Graf auf Kosten Monsieur de Chessels mich nochmals in den Vordergrund; er erzählte seiner Frau mehrere meine Familie betreffende Umstände, die mir unbekannt waren. Er fragte mich nach meinem Alter. Als ich es gesagt hatte, erstattete mir die Gräfin die überraschte Regung zurück, die ich hinsichtlich ihrer Tochter bekundet hatte. Vielleicht hatte sie mich auf vierzehn geschätzt. Das war, wie ich später erfuhr, das zweite Band, das sie so fest an mich fesselte. Ich las in ihrer Seele. Ihr Muttergefühl erzitterte, wie erhellt durch einen späten Sonnenstrahl, den die Hoffnung ihr zuwarf. Als sie mich, der ich schon über Zwanzig war, so schmächtig, so zart und dennoch so kräftig vor sich sah, hatte ihr vielleicht eine Stimme zugerufen: – »Sie werden am Leben bleiben!« Neugierig blickte sie mich an, und ich hatte das Gefühl, es sei in diesem Augenblick sehr viel Eis zwischen uns weggeschmolzen. Sie schien mir tausend Fragen stellen zu wollen und behielt sie alle für sich.

»Wenn die geistige Arbeit Sie krank gemacht hat«, sagte sie, »dann wird die Luft unseres Tals Sie wieder gesund machen.«

»Die modernen Erziehungsmethoden sind den Kindern schädlich«, entgegnete der Graf. »Wir stopfen sie mit Mathematik voll, wir schlagen sie mit der Wissenschaft tot, und wir verbrauchen sie vor der Zeit. Sie müssen sich hier verschnaufen«, sagte er zu mir, »Sie sind zerquetscht von der Ideenlawine, die über Sie hinweggerollt ist. Welch ein Jahrhundert wird uns diese allen zugängliche Belehrung bereiten, wenn man dem Übel nicht zuvorkommt und den öffentlichen Unterricht den religiösen Körperschaften zurückerstattet!«

Diese Worte kündeten wohl die Worte an, die er eines Tages bei den Wahlen sprach, als er seine Stimme einem Mann verweigerte, dessen Talente der royalistischen Sache hätten dienlich sein können: »Ich werde geistvollen Leuten stets mißtrauen«, hatte er dem Werber für die Wahlstimmen geantwortet. Er schlug uns einen Rundgang durch seine Gartenanlagen vor und stand auf.

»Monsieur . . .«, sagte die Gräfin.

»Was denn, meine Liebe . . . ?« antwortete er und wandte sich mit einer hochmütigen Barschheit um, aus der hervorging, in welchem Maß er in seinem Haus der absolute Herrscher sein wollte, aber wie wenig er es war.

»Monsieur ist zu Fuß von Tours hergekommen; Monsieur de Chessel hat es nicht gewußt und ihn in Frapesle herumgeführt.«

»Das war sehr unklug von Ihnen«, sagte er zu mir, »und das in Ihrem Alter . . . !« Und er schüttelte bedauernd den Kopf.

991

Die Unterhaltung wurde wieder aufgenommen. Nur zu bald erkannte ich, wie unlenksam sein Royalismus war, und wie man sich zusammennehmen mußte, um bei ihm nirgendwo anzustoßen. Der Diener, der schleunigst eine Livree angezogen hatte, meldete, es sei gedeckt. Monsieur de Chessel bot Madame de Mortsauf den Arm, und der Graf ergriff aufgeräumt den meinen; so gingen wir ins Eßzimmer; es bildete im Erdgeschoß das Gegenstück des Salons.

Das Eßzimmer war mit weißen, in der Touraine gefertigten Fliesen ausgelegt, bis in Brusthöhe getäfelt und mit einer Lacktapete versehen, die große, eingerahmte Flächen mit Blumen- und Fruchtbordüren bildete; die Fenster hatten Perkalgardinen mit roten Borten; die Anrichten waren alte Boulle-Möbel[35]; die Holzteile der mit handgesticktem Gobelinstoff bezogenen Stühle waren geschnitzte Eiche. Der reichlich gedeckte Tisch zeigte keinen Luxus: Familiensilber von uneinheitlicher Form, Meißener Porzellan, das damals noch nicht wieder Mode geworden war, achteckige Karaffen, Messer mit Achatgriffen, ferner unter den Flaschen Untersätze aus chinesischer Lackarbeit; Blumen in Lackgefäßen mit vergoldetem Zackenrand. Ich mochte diese Altertümlichkeiten; ich merkte, daß die Tapete aus Réveillons[36] Fabrik stammte, und fand ihre Blumenbordüren herrlich. Die Zufriedenheit, die alle meine Segel blähte, hinderte mich daran, die unentwirrbaren Schwierigkeiten wahrzunehmen, die das der Einsamkeit und dem Land so eng verbundene Leben zwischen sie und mich gestellt hatte. Ich saß neben ihr, zu ihrer Rechten, und durfte ihr einschenken. Ja, das war ein unverhofftes Glück! Ich streifte ihr Kleid, ich aß ihr Brot. Nach drei Stunden mischte mein Leben sich bereits mit dem ihren! Schließlich waren wir ja durch den schrecklichen Kuß verbunden, gewissermaßen ein Geheimnis, das uns wechselseitig mit Scham erfüllte. Ich war von glorreicher Feigheit: Ich befleißigte mich, dem Grafen zu gefallen, und er kam allen meinen Schmeicheleien entgegen; ich hätte den Hund gestreichelt, ich hätte den geringsten Wünschen der Kinder gewillfahrtet; ich hätte ihnen Spielreifen und Achatmurmeln herbeigeholt, hätte sie auf mir reiten lassen; ich grollte ihnen, daß sie sich nicht schon meiner als ihres Eigentums bemächtigt hatten. Die Liebe hat ihre Intuition, wie das Genie die seine hat, und verworren erkannte ich, daß Heftigkeit, Mißgelauntheit und Feindseligkeit meine Hoffnungen zerstören würden. Nun ich in ihrem Hause weilte, durfte ich weder an ihre tatsächliche Kälte noch an die Gleichgültigkeit denken, die die Höflichkeit des Grafen überdeckte. Die Liebe hat, wie das Leben, eine Pubertät, und während dieser ist sie selbstgenügsam. Ich gab ein paar linkische Antworten, die dem geheimen Aufruhr der Leidenschaft entsprachen, von der jedoch niemand etwas ahnen konnte, nicht einmal »sie«, die nichts von der Liebe wußte. Der Rest der Zeit war wie ein Traum. Dieser schöne Traum endete, als ich bei Mondschein und an einem warmen, durchdufteten Abend inmitten weißer Dunstgebilde, die auf Wiesen, Ufern und Hügeln wogten, die Indre überquerte; dabei vernahm ich den hellen Gesang, den einzigen Ton voller Melancholie, den unablässig im gleichen Takt ein Frosch ausstößt, dessen wissenschaftlichen Namen ich nicht kenne, aber den ich seit jenem feierlichen Tag nicht ohne unendliche Verzückungen hören kann. Etwas später erkannte ich dort wie anderswo die Marmorhärte, gegen die sich bislang meine Gefühle abgestumpft hatten; ich überlegte, ob es denn immer so sein würde; ich glaubte, unter einer unheilvollen Einwirkung zu stehen; die finsteren Ereignisse der Vergangenheit kämpften mit den rein persönlichen Freuden, die ich genossen hatte. Bevor ich wieder in Frapesle anlangte, blickte ich zurück nach Clochegourde und sah unten ein Boot, das in der Touraine eine »toue« genannt wird, an einer Esche angebunden; es schaukelte im Wasser. Diese »toue« gehörte Monsieur de Mortsauf; er bediente sich ihrer beim Angeln.

»Na, schön«, sagte Monsieur de Chessel, als wir außer Hörweite waren, »ich brauche Sie nicht zu fragen, ob Sie Ihre schönen Schultern wiedergefunden haben; aber ich muß Ihnen zu der Art und Weise gratulieren, wie Monsieur de Mortsauf Sie aufgenommen hat! Den Teufel auch, Sie sind auf Anhieb ins Herz der Festung vorgedrungen.«

Dieser Satz, dem derjenige folgte, den ich schon erwähnt habe, erfüllte mein niedergeschlagenes Herz mit neuem Leben. Seit Clochegourde hatte ich kein Wort gesprochen, und Monsieur de Chessel hatte meine Stummheit wohl meinem Glück zugeschrieben.

»Wieso eigentlich?« fragte ich in einem ironischen Tonfall, der dem Anschein nach ebensogut von zurückgedämmter Leidenschaft hätte diktiert worden sein können.

»Nie zuvor hat er irgend jemanden so zuvorkommend empfangen.«

»Ich gestehe Ihnen, daß ich selbst erstaunt über diesen Empfang bin«, sagte ich und verspürte die heimliche Verbitterung, die mir seine letzte Äußerung bewußt gemacht hatte.

Obwohl ich viel zu unerfahren in gesellschaftlichen Dingen war, um die Ursache der Empfindung Monsieur de Chessels zu verstehen, war ich nichtsdestoweniger betroffen über den Ausdruck, mit dem er sie verriet. Mein Gastgeber litt an dem Gebrechen, eigentlich Durand zu heißen, und er machte sich dadurch lächerlich, daß er den Namen seines Vaters verleugnete, eines berühmten Fabrikanten, der während der Revolution zu einem riesigen Vermögen gekommen war. Seine Frau war die einzige Erbin der Chessels gewesen, einer alten Parlamentsrichterfamilie; sie war unter Heinrich IV. bürgerlich gewesen wie die der meisten Pariser Richter. Der in hohem Maß ehrgeizige Monsieur de Chessel hatte seinem ursprünglichen Durand den Garaus machen und dadurch in die Sphären gelangen wollen, von denen er träumte. Zunächst hatte er sich Durand de Chessel genannt, dann D. de Chessel; jetzt war er Monsieur de Chessel. Unter der Restauration hatte er ein Majorat mit dem Grafentitel errichtet, auf Grund von Patenten, die Ludwig XVIII. verliehen hatte. Seine Kinder werden einmal die Früchte seines Mutes ernten, ohne dessen Größe zu kennen. Ein Wort eines gewissen kaustischen Fürsten hat häufig auf seinem Haupt gelastet: »Monsieur de Chessel zeigt sich im allgemeinen nur selten von Dauer.«[37] Dieser Satz hatte auf geraume Zeit die Touraine ergötzt. Parvenüs sind wie Affen; sie haben deren Gewandtheit; man sieht sie höherklimmen und bewundert ihre Behendigkeit beim Hinaufklettern; aber wenn sie oben angelangt sind, sieht man nur noch die Seiten, deren sie sich schämen müssen. Die Kehrseite meines Gastgebers besteht aus Niedrigkeiten, die der Neid vergrößert hat. Die Pairswürde und er selbst bilden bislang zwei unvereinbare Tangenten. Anspruchsvoll zu sein und es zu rechtfertigen ist die Impertinenz der Kraft; aber unterhalb seiner offen zugegebenen

Ansprüche zu bleiben, das bedeutet eine andauernde Lächerlichkeit, die zum Weideplatz kleiner Geister wird. Nun aber hat Monsieur de Chessel nicht die gerade Marschlinie der Starken verfolgt: Zweimal war er Abgeordneter, zweimal ist er bei den Wahlen durchgefallen; gestern Generaldirektor, heute nichts, nicht einmal Präfekt; deshalb haben seine Erfolge oder seine Niederlagen ihm den Charakter verbogen und ihm die Bitterkeit eines ehrgeizigen Gebrechlichen zuteil werden lassen. Obwohl er ein galanter, geistvoller, großer Dinge fähiger Mensch ist, wurde ihm vielleicht der Neid, der das Dasein in der Touraine in Leidenschaft versetzt – denn dort verwenden die Einheimischen ihre Geisteskräfte dazu, auf alles und jedes eifersüchtig zu sein –, in den höheren Sphären der Gesellschaft zum Verhängnis, weil dort die über die Erfolge anderer verzerrten Gesichter, die schmollenden Lippen, die dem Kompliment widerstreben und die für boshafte Bemerkungen leicht bei der Hand sind, nicht vorankommen. Hätte er weniger gewollt, würde er vielleicht mehr erreicht haben; aber leider besaß er genug Überlegenheit, um stets mit erhobenem Kopf gehen zu wollen. Um diese Zeit befand Monsieur de Chessel sich in der Morgendämmerung seines Ehrgeizes, der Royalismus lächelte ihm. Vielleicht war sein großartiges Gehaben nur Schauspielerei; aber für mich war er der Inbegriff der Vollkommenheit. Überdies gefiel er mir aus einem recht einfachen Grunde; ich hatte bei ihm zum erstenmal Ruhe gefunden. Die vielleicht schwache Anteilnahme, die er mir bezeigte, dünkte mich unglücklichen, zurückgestoßenen Jungen ein Sinnbild väterlicher Liebe. Die fürsorgliche Gastfreundschaft stach so sehr von der Gleichgültigkeit ab, die mich bislang bedrückt hatte, daß ich einer kindlichen Dankbarkeit Ausdruck gab, ohne Ketten und gewissermaßen gehätschelt zu leben. So kommt es, daß die Schloßherrschaft von Frapesle so sehr der Morgenröte meines Glücks einbezogen ist, daß mein Denken sie mit den Erinnerungen vermischt, die ich gern neu belebe. Später, und gerade bei der Affäre mit den Patent-Briefen[38], hatte ich die Freude, meinem Gastgeber einige Gefälligkeiten erweisen zu können. Monsieur de Chessel genoß sein Vermögen mit einem Aufwand, den einige seiner Gutsnachbarn ihm verübelten; er konnte sich immerfort neue schöne Pferde und elegante Wagen anschaffen; seine Frau war geradezu raffiniert, was ihre Toilette betraf; er veranstaltete Empfänge großen Stils; seine Dienerschaft war zahlreicher, als in der Gegend üblich war; er tat wie ein Fürst. Das Gut Frapesle ist riesengroß. Im Vergleich zu seinem Nachbarn und gegenüber all dem Luxus war somit der Graf de Mortsauf, der sich auf das Familienkabriolett beschränken mußte, das in der Touraine die Mitte zwischen einer Landkutsche und dem Postwagen hält, und der durch die Mäßigkeit seines Vermögens gezwungen war, aus Clochegourde möglichst viel herauszuholen, ein echter Tourangeau[39] bis zu dem Tage, da die königlichen Gunstbezeigungen seiner Familie einen vielleicht unerhofften Glanz zuteil werden ließen. Dieser Bewillkommnung des jüngeren Sohns einer verarmten Familie, deren Wappen aus der Zeit der Kreuzzüge stammte, hatte ihm dazu gedient, das große Vermögen seines Nachbarn, der kein Edelmann war, zu demütigen, dessen Wälder, Äcker und Wiesen zu verkleinern. Monsieur de Chessel hatte den Grafen gut verstanden. Daher sind die beiden einander stets höflich begegnet, aber ohne die täglichen Beziehungen, ohne die angenehme Vertraulichkeit des Umgangs, die sich zwischen Frapesle und Clochegourde hätte anbahnen müssen, zwei durch die Indre getrennten Gütern, von denen aus jede der beiden Schloßherrinnen vom Fenster aus der andern hätte zuwinken können.

Die Eifersucht war nicht der einzige Grund für die Einsamkeit, in der der Graf de Mortsauf lebte. Seine erste Erziehung war die der meisten Kinder aus großem Haus gewesen, eine unvollständige, oberflächliche Ausbildung, zu der die gesellschaftlichen Erfahrungen, die Gepflogenheiten des Hoflebens, das Innehaben der großen Ämter der Krone oder hervorragender Posten das Ihrige tun sollten. Monsieur de Mortsauf war gerade in dem Augenblick emigriert, da seine zweite Erziehung begann; jetzt fehlte sie ihm. Er hatte zu denjenigen gehört, die an eine schnelle Wiederherstellung der Monarchie in Frankreich glaubten; um dieser Überzeugung willen war sein Exil nichts als ein höchst kläglicher Müßiggang gewesen. Als Condés[40] Armee auseinanderstob, in die sein Mut ihn als einen der Getreuesten hatte eintreten lassen, war er darauf gefaßt gewesen, bald unter der weißen Fahne heimzukehren, und hatte nicht, wie manche Emigranten, versucht, sich durch fleißige Betätigung am Leben zu erhalten. Vielleicht hatte er auch nicht die Kraft besessen, seinen Namen abzulegen und sein Brot im Schweiß einer verachteten Arbeit zu verdienen. Seine stets auf den nächsten Tag verschobenen Hoffnungen und vielleicht auch sein Ehrgefühl hatten ihn gehindert, in den Dienst fremder Mächte zu treten. Das Leiden unterhöhlte seinen Mut. Lange Fußwanderungen ohne zulängliche Nahrung auf stets getäuschte Hoffnungen zu schwächten seine Gesundheit und machten seine Seele mutlos. Nach und nach versank er in äußerstes Elend. Für viele Menschen ist die Not ein Kräftigungsmittel; aber es gibt auch andere, für die sie ein Auflösungsmittel ist, und zu diesen gehörte der Graf. Wenn ich mir diesen armen Edelmann aus der Touraine vorstelle, wie er über die Landstraßen Ungarns wandert und dort schläft, wie er ein Hammelviertel mit den Hirten des Fürsten Esterhazy[41] teilt, die der Wanderer um das Brot gebeten hatte, das der Edelmann von ihrem Herrn nie angenommen hätte, und das er viele Male Händen, die Frankreich feindlich waren, abgelehnt hatte, habe ich in meinem Herzen niemals gallige Gefühle gegen den Emigranten verspürt, nicht einmal, als er in seinem Triumph lächerlich wirkte. Monsieur de Mortsaufs weißes Haar hatte mir von schrecklichen Leiden gekündet, und ich sympathisiere viel zu sehr mit den Verbannten, als daß ich über sie urteilen könnte. Die französische Heiterkeit und die in der Touraine herrschende erstarb in dem Grafen; er wurde grämlich, dann krank; in irgendeinem deutschen Krankenhaus wurde er aus Mitleid behandelt. Er litt an einer Darmentzündung; das ist eine oftmals tödliche Krankheit; nach der Genesung stellt sich ein Wandel der Gemütsverfassung ein, und so gut wie immer Hypochondrie. Seine in der tiefsten Tiefe seiner Seele begrabenen Liebschaften, die einzig ich entdeckt habe, waren solche niedrigen Grades; dergleichen hatte nicht nur seinem Leben geschadet, sondern überdies noch dessen Zukunft zerstört. Nach zwölf Jahren des Elends richtete er die Blicke auf Frankreich, wohin zurückzukehren das Dekret Napoleons ihm erlaubte. Als der leidende Fußwanderer beim Überschreiten des Rheins an einem schönen Abend den Münsterturm von Straßburg erblickte, wurde er ohnmächtig. – »Frankreich! Frankreich! Ich habe gerufen: ›Dies ist Frankreich!‹«, hat er mir erzählt, »wie ein Kind ›Mama‹ schreit, wenn es sich verletzt hat.« Vor seiner Geburt war er reich gewesen; jetzt war er arm; er war dazu geschaffen, ein Regiment zu kommandieren oder ein Staatsamt auszuüben; jetzt hatte er weder Macht noch Zukunft; er war gesund und kräftig auf die Welt gekommen; jetzt kam er gebrechlich und völlig verbraucht wieder heim. Inmitten eines Landes, wo Menschen und Dinge größer geworden waren, stand er ohne Bildung da, wie es nicht anders sein konnte ohne jeden Einfluß; alles hatte er eingebüßt, sogar seine körperlichen und moralischen Kräfte. Sein Mangel an Vermögen ließ ihn sich lediglich auf seinen gewichtigen Namen stützen. Seine unerschütterlichen Anschauungen, seine frühere Dienstzeit in Condés Armee, seine Erinnerungen, seine verlorene Gesundheit hatten ihn so reizbar und empfindlich gemacht, wie es in Frankreich, dem Land der fröhlichen Spöttereien, unangebracht ist. Halb sterbend gelangte er in die Provinz Maine[42], wo durch einen vielleicht mit dem Bürgerkrieg zusammenhängenden Zufall die Revolutionsregierung vergessen hatte, einen ziemlich umfangreichen Pachthof zu verkaufen; sein Pächter hatte ihn ihm bewahrt, indem er hatte glauben machen, er selbst sei der Besitzer. Als die Familie Lenoncourt, die auf Givry wohnte, einem in der Nähe jenes Pachthofs gelegenen Schloß, von der Ankunft des Grafen de Mortsauf erfuhr, schlug der Herzog von Lenoncourt ihm vor, während der Zeit, die er brauchte, um sich eine Heimstatt zu schaffen, auf Givry zu wohnen. Die Familie Lenoncourt verhielt sich dem Grafen gegenüber auf noble Weise großzügig; er erholte sich bei ihr während seines mehrmonatigen Aufenthalts, und bemühte sich während dieser ersten Rastpause, seine Schmerzen geheimzuhalten. Die Lenoncourts hatten ihre riesigen Güter eingebüßt. Durch seinen Namen war Monsieur de Mortsauf eine passende Partie für ihre Tochter. Mademoiselle de Lenoncourt war weit davon entfernt, sich der Eheschließung mit einem fünfunddreißigjährigen, kränklichen, gealterten Mann zu widersetzen; sie schien darüber erfreut. Durch eine Heirat wurde ihr das Recht zuteil, bei einer Tante zu leben, der Herzogin von Verneuil, der Schwester des Fürsten von Blamont-Chauvry, die für sie eine Adoptivmutter war.

Madame de Verneuil gehörte als intime Freundin der Herzogin von Bourbon[43] einer frommen Gemeinschaft an, deren Seele

Monsieur Saint-Martin[44] war; er stammte aus Tours und trug den Beinamen »der unbekannte Philosoph«. Die Schüler dieses Philosophen übten die Tugenden praktisch aus, die ihnen von den hohen Spekulationen des mystischen Illuminatentums angeraten worden waren. Diese Lehre gibt den Schlüssel der göttlichen Welten, erklärt das Dasein durch Wandlungen, in denen der Mensch sich zu erhabenen Schicksalen auf den Weg macht, befreit die Pflicht von ihrer Erniedrigung durch Gesetze, fügt den Mühsalen des Lebens die unerschütterliche Sanftmut des Quäkers hinzu und befiehlt die Verachtung des Leidens, indem sie ein mütterliches Gefühl für den Engel einflößt, den wir dem Himmel entgegentragen. Sie ist der Stoizismus, wie er eine Zukunft hat. Das tätige Gebet und die reine Liebe sind die Grundelemente dieses Glaubens, der dem Katholizismus der römischen Kirche entspringt, um in das Christentum der Urkirche einzumünden. Dennoch war Mademoiselle de Lenoncourt im Schoß der apostolischen Kirche verblieben, der ihre Tante gleichermaßen treu geblieben war. Die Nöte der Revolution hatten die Herzogin von Verneuil hart heimgesucht; in ihren letzten Lebenstagen hatte sie sich zu leidenschaftlicher Frömmigkeit bekehrt, die in die Seele ihres geliebten Kindes »das Licht der himmlischen Liebe und das Öl der inneren Freude« ergoß, um die Ausdrucksweise Saint-Martins anzuwenden. Die Gräfin empfing auf Clochegourde mehrmals diesen Mann des Friedens und des tugendhaften Wissens nach dem Tod ihrer Tante, zu der er häufig gekommen war. Saint-Martin überwachte von Clochegourde aus die Herstellung seiner letzten Bücher, die bei Letourmy[45] in Tours gedruckt wurden. Inspiriert von der Weisheit alter Frauen, die die stürmischen Meerengen des Lebens hinter sich gebracht haben, schenkte Madame de Verneuil Clochegourde der Jungvermählten, damit sie ein Heim habe. Mit der Grazie alter Leute, die immer vollkommen ist, wenn es liebenswürdige Menschen sind, überließ die Herzogin alles ihrer Nichte und begnügte sich mit einem Zimmer über demjenigen, das sie zuvor innegehabt hatte, und das die Gräfin jetzt bezog. Ihr beinahe plötzlicher Tod warf Trauerschleier über die Freuden dieser Ehe und prägte Clochegourde wie der abergläubischen Seele der jungen Frau unauslöschliche Betrübnis auf. Die ersten Tage ihres Verweilens in der Touraine waren für die Gräfin die einzige, wenn auch nicht glückliche, so doch sorgenfreie Zeit ihres Lebens.

Nach den Widrigkeiten seines Aufenthaltes im Ausland war Monsieur de Mortsauf froh, eine milde Zukunft vor sich zu sehen; er erlebte eine seelische Genesung; er atmete in diesem Tal die berauschenden Düfte einer erblühten Hoffnung. Da er an sein Vermögen denken mußte, stürzte er sich in die Vorbereitungen seines agronomischen Unternehmens und begann einige Freude dabei zu empfinden; allein die Geburt Jacques' war ein Donnerschlag, der Gegenwart und Zukunft vernichtete: Der Arzt erklärte den Neugeborenen für nicht lebensfähig. Der Graf hielt dieses Urteil vor der Mutter sorgfältig geheim; dann konsultierte er seinerseits einen Arzt und erhielt trostlose Antworten, die durch die Geburt Madeleines bestätigt wurden. Diese beiden Ereignisse, eine Art innerer Gewißheit über den Schicksalsspruch, steigerten die krankhaften Anlagen des Emigranten. Daß sein Name für immer erlöschen, daß eine junge, reine, makellose Frau an seiner Seite leben und den Ängsten der Mutterschaft geweiht sein sollte, ohne deren Freuden zu genießen; dieser Humus seines Vorlebens, aus dem neue Leiden keimten, all das fiel ihm schwer aufs Herz, vollendete seine Zerrüttung. Die Gräfin erriet das Vergangene aus der Gegenwart und las in der Zukunft. Obwohl nichts schwieriger ist, als einen Mann glücklich zu machen, der fühlt, daß er schuldig ist, versuchte die Gräfin dieses eines Engels würdige Unterfangen. An einem einzigen Tag wurde sie zur Stoikerin. Sie stieg in einen Abgrund hinab, von dem aus sie noch den Himmel sehen konnte; sie widmete sich um eines einzigen Mannes willen der Aufgabe, die die Krankenschwester für alle Menschen übernimmt; und um ihn mit sich selbst zu versöhnen, verzieh sie ihm, was er sich nicht verzieh. Der Graf wurde geizig; sie nahm die ihr auferlegten Entbehrungen hin; er fürchtete, betrogen zu werden, wie alle, die das Gesellschaftsleben nur kennenlernen, um sich davon abgestoßen zu fühlen; sie blieb in der Einsamkeit und beugte sich ohne Murren seinem Mißtrauen; sie gebrauchte weibliche Listen, um ihn dahin zu bringen, daß er das Gute wollte; so traute er sich Einfälle zu und genoß bei sich daheim die Freuden der Überlegenheit, die er anderswo schwerlich empfunden hätte.

Nachdem sie dann auf dem Weg der Ehe weiter vorangeschritten war, beschloß sie, Clochegourde niemals zu verlassen; sie hatte in ihrem Mann eine hysterische Seele erkannt, deren Ausbrüche in einem Land der Gehässigkeit und des Geschwätzes ihren Kindern schaden konnten. Auf diese Weise ahnte niemand Monsieur de Mortsaufs tatsächliche Unfähigkeit; sie hatte seine Ruine mit einem dicken Efeumantel geschmückt. Der wechselnde, nicht mißzufriedene, aber mißvergnügte Charakter des Grafen stieß also bei seiner Frau auf einen weichen, leichten Boden, auf dem er sich ausbreitete und dabei das Gefühl hatte, als würden seine geheimen Schmerzen durch kühlenden Balsam gelindert.

Diese Darlegung ist die knappeste Wiedergabe der Reden, die ich Monsieur de Chessel entrissen habe, indem ich ihn heimlich ärgerte. Seine Menschenkenntnis hatte ihn einige der auf Clochegourde tief verborgenen Mysterien obenhin gewahren lassen. Doch wenn Madame de Mortsauf durch ihre wundervolle Haltung auch die Welt täuschte: Die intelligenten Sinne der Liebe konnte sie nicht täuschen. Als ich mich in meinem kleinen Schlafzimmer befand, ließ die Ahnung der Wahrheit mich aus dem Bett springen; ich ertrug es nicht, auf Frapesle zu sein, wenn ich nicht die Fenster ihres Schlafzimmers sehen konnte; ich zog mich an, schlich mich auf Katzenpfoten hinunter und verließ das Schloß durch die Tür eines Turms, in dem sich eine Wendeltreppe befand. Die Nachtkälte stimmte mich heiter. Ich überschritt die Indre auf der Brücke der Roten Mühle und gelangte mittels der gesegneten »toue« bis gegenüber von Clochegourde, wo Licht im letzten Fenster nach Azay zu schimmerte. Ich verfiel wieder in meine früheren Betrachtungen; doch jetzt waren sie friedlich, und es mischten sich die Triller des Sängers der Liebesnächte hinein, der einzige Ton des Rohrsängers. In mir erwachten Gedanken, die einherglitten wie Geisterschatten und die Trauerschleier fortzogen, die mir bislang meine schöne Zukunft entzogen hatten. Seele und Sinne waren gleichermaßen bezaubert. Wie gewalttätig stieg mein Begehren zu ihr hinauf! Wie oft sagte ich mir, wie ein Wahnwitziger seine ständige Redensart: »Ob ich sie bekomme?« Das Universum war während der vorhergehenden Tage für mich größer geworden; aber in einer einzigen Nacht bekam es einen Mittelpunkt. An sie knüpfte sich all mein Wollen und mein ehrgeiziges Streben; ich wollte alles für sie sein, damit ihr zerrissenes Herz geheilt und erfüllt werde. Schön war diese unter ihren Fenstern verbrachte Nacht beim Rauschen der Wasser, das durch die Ziehschützen der Mühle floß; dazwischen hallten in Abständen die Stundenschläge des Kirchturms von Saché! Während dieser lichtgebadeten Nacht, in der diese Sternenblume mir das Leben erhellte, gelobte ich ihr meine Seele an mit dem Glauben des armen kastilischen Ritters, über den wir uns im Cervantes lustig machen, und dem Glauben, mit dem wir die Liebe beginnen. Bei der ersten Helligkeit am Himmel, beim ersten Vogelruf hastete ich in den Park von Frapesle zurück; keiner von den Landleuten hatte mich bemerkt, niemand ahnte meine Eskapade, und ich schlief in genau dem Augenblick ein, da die Glocke zum Frühstück rief. Trotz der Hitze stieg ich nach dem Mittagessen zur Wiese hinab, weil ich die Indre und ihre Inseln wiedersehen wollte, das Tal und seine Hänge; ich schien ein leidenschaftlicher Bewunderer von alledem geworden zu sein; und mit einer Schnelligkeit der Füße, die die eines durchgehenden Pferdes herausfordert, fand ich mein Boot wieder, meine Weidenbäume und mein Clochegourde. Alles dort war stumm und zitternd wie stets um Mittag auf dem Lande. Das reglose Laub hob sich klar umrissen vor dem blauen Hintergrund des Himmels ab; die im Wasser lebenden Insekten, Wasserjungfern, spanische Fliegen, flogen zu ihren Eschen, ihren Schilfdickichten; im Schatten käuten die Herden wider, die rote Erde der Rebberge brannte, und an den Böschungen schlängelten sich Ringelnattern. Welch ein Wandel hatte sich in dieser vor meinem Schlummer so kühlen und so koketten Landschaft vollzogen! Mit jähem Entschluß sprang ich aus dem Boot und stieg den Weg hinan; ich wollte um Clochegourde, aus dem ich den Grafen glaubte herauskommen gesehen zu haben, herumgehen. Ich hatte mich nicht getäuscht; er ging an einer Hecke entlang und wohl auf eine Tür zu, die auf den sich längs des Flusses hinziehenden Weg nach Azay hinausging.

»Wie befinden Sie sich heute morgen, Herr Graf?«

Er blickte mich erfreut an; er hörte sich nicht oft so angeredet.

»Gut«, sagte er. »Aber Sie scheinen eine Schwäche für die freie Natur zu haben, daß Sie bei dieser Hitze spazierengehen!«

»Bin ich nicht hierhergeschickt worden, um mich in der frischen Luft aufzuhalten?«

»Na schön; wollen Sie mitkommen und beim Mähen meines Roggens zuschauen?«

»Nur zu gern«, sagte ich. »Ich bin, wie ich Ihnen gestehen muß, von einer unglaublichen Unwissenheit. Ich kann weder Roggen von Weizen unterscheiden, noch Pappeln von Espen; ich habe keine Ahnung vom Feldbau und den verschiedenen Arten der Bodennutzung.«

»Na schön, dann kommen Sie nur mit«, sagte er aufgeräumt und machte kehrt. »Kommen Sie durch die kleine Tür ganz oben herein.«

Er stieg an der Innenseite seiner Hecke bergan; ich an der Außenseite.

»Bei Monsieur de Chessel lernen Sie schwerlich was«, sagte er. »Der ist ein viel zu großer Herr, um sich mit anderem zu befassen als mit den Abrechnungen seines Verwalters.«

Dann zeigte er mir seine Höfe, seine Baulichkeiten, die Ziergärten, die Obst- und Gemüsegärten. Schließlich führte er mich nach der langen Akazien- und Firnisbaum-Allee, die der Fluß säumte; an ihrem andern Ende gewahrte ich auf einer Bank Madame de Mortsauf, die sich mit ihren Kindern beschäftigte. Unter dem dünnen, zitternden und gezackten Laubwerk wirkt eine Frau sehr schön! Vielleicht überraschte sie mein naives Vorwärtsdrängen; aber sie ließ sich nicht stören; sie wußte ja, daß wir zu ihr hingehen würden. Der Graf ließ mich die Aussicht auf das Tal bewundern; es bietet von dort aus einen ganz andern Anblick als von den Höhen aus, über die wir hinweggegangen waren. Man hätte meinen können, man sähe ein Stückchen Schweiz. Die von den in die Indre sich ergießenden Bächen durchfurchte Wiese zeigt sich in ihrer ganzen Länge und verliert sich in dunstiger Ferne. Nach Montbazon zu gewahrt das Auge eine riesige grüne Weite, und auf allen andern Punkten wird es gehemmt durch Hügel, durch Baummassen und Felsen. Wir beschleunigten den Schritt, um Madame de Mortsauf zu begrüßen; doch diese ließ plötzlich das Buch fallen, in dem Madeleine gelesen hatte, und nahm Jacques auf den Schoß, der krampfhaft zu husten angefangen hatte.

»Ja, aber was hat er denn?« fragte der Graf und erbleichte.

»Es ist ihm was in die Kehle gekommen«, antwortete die Mutter, die mich nicht zu sehen schien, »es hat wohl nichts auf sich.«

Sie hielt ihm gleichzeitig Kopf und Rücken, und aus ihren Augen drangen zwei Strahlen, die diesem armen, schwachen Geschöpf Leben einflößten.

»Du bist von einem unglaubwürdigen Leichtsinn«, entgegnete der Graf voller Bitterkeit. »Du setzt ihn der vom Fluß aufsteigenden Kälte aus und läßt ihn auf einer Steinbank sitzen.«

»Aber Papa, die Bank ist doch glühend heiß«, rief Madeleine.

»Oben im Haus bekamen sie keine Luft«, sagte die Gräfin.

»Frauen wollen immer recht haben!« sagte er und blickte mich an.

Um der Bestätigung oder dem Widerspruch durch meinen Blick auszuweichen, musterte ich Jacques, der jammerte, es tue ihm in der Kehle weh; seine Mutter trug ihn weg. Doch ehe sie uns verließ, konnte sie ihren Mann noch sagen hören:

»Wenn man schon so schwächliche Kinder in die Welt gesetzt hat, sollte man sie wenigstens zu pflegen verstehen!«

Das waren abgründig ungerechte Worte; aber seine Eigenliebe trieb ihn dazu, sich auf Kosten seiner Frau zu rechtfertigen. Die Gräfin eilte davon, die Auffahrt und die Freitreppe hinauf. Ich sah sie durch die Fenstertür verschwinden. Monsieur de Mortsauf hatte sich auf die Bank gesetzt; er hielt den Kopf gesenkt und grübelte in sich hinein; meine Situation war unerträglich geworden; er sah mich weder an, noch sprach er mit mir. Es war aus mit diesem Spaziergang, auf dem ich mich in sein Inneres hatte einnisten wollen. Ich erinnere mich nicht, in meinem Leben eine schlimmere Viertelstunde als diese durchlebt zu haben. Ich schwitzte dicke Tropfen und überlegte: »Soll ich weggehen? Soll ich hierbleiben?« Wieviel traurige Gedanken mußten in ihm erstanden sein, daß er vergaß, sich zu erkundigen, wie es Jacques gehe! Jäh stand er auf und trat zu mir hin. Wir wandten uns um und blickten in das lachende Tal hinaus.

»Wir wollen unseren Rundgang lieber auf einen andern Tag verschieben, Herr Graf«, sagte ich leise.

»Lassen Sie uns weitergehen!« antwortete er. »Leider muß

ich häufig solche Anfälle erleben, und dabei würde ich ohne das mindeste Bedauern mein Leben hingeben, wenn dadurch das dieses Kindes erhalten bliebe.«

»Jacques geht es jetzt besser, er schläft, mein Freund«, sagte die goldene Stimme. Madame de Mortsauf war unvermittelt am Ende der Allee erschienen; sie kam ohne Groll, ohne Bitterkeit, und erwiderte meinen Gruß. »Es freut mich«, sagte sie, »daß Sie Clochegourde mögen.«

»Soll ich zu Monsieur Deslandes reiten und ihn holen, Liebste?« fragte er sie und bezeigte damit das Verlangen, sich seine Ungerechtigkeit verzeihen zu lassen.

»Bitte beunruhige dich nicht«, sagte sie. »Jacques hat letzte Nacht nicht geschlafen, daran liegt es. Der Junge ist sehr nervös; er hat schlecht geträumt, und ich habe ihm eine ganze Weile Geschichten erzählen müssen, damit er wieder einschlief. Sein Husten ist bloß nervös; ich habe ihn mit einer Gummipastille gelindert, und danach ist Jacques dann gleich eingeschlafen.«

»Arme Frau!« sagte er, nahm ihre Hand in die seinen und warf ihr einen feuchten Blick zu, »ich habe nichts davon gewußt.«

»Warum hätte ich dich um solch einer Kleinigkeit willen aufregen sollen? Geh nur zu deinem Roggen. Du weißt ja, wenn du nicht dabei bist, lassen die Pächter die ortsfremden Ährenleserinnen aufs Feld, ehe die Garben eingefahren sind.«

»Ich bekomme meine erste landwirtschaftliche Unterrichtsstunde, Madame«, sagte ich.

»Da sind Sie in einer guten Schule«, antwortete sie und deutete auf den Grafen, dessen Mund sich zusammenzog; dadurch wollte er das zufriedene Lächeln ausdrücken, das man familiär als ein »Herzschnäuzchen« bezeichnet.

Erst zwei Monate später erfuhr ich, daß sie jene Nacht in grausigen Ängsten hingebracht hatte; sie hatte gefürchtet, ihr Sohn habe Diphtherie. Und ich hatte in jenem Boot gesessen, weich gewiegt von Liebesgedanken, und mir eingebildet, sie werde mich von ihrem Fenster aus sehen, wie ich das Licht jener Kerze anbetete, die in jenen Stunden ihre von tödlicher Unruhe bedrängte Stirn beleuchtet hatte. Die Diphtherie herrschte in Tours und richtete schreckliche Verheerungen an. Als wir an der

Pforte ankamen, sagte der Graf mit bewegter Stimme: »Meine Frau ist ein Engel!« Dieser Ausspruch ließ mich taumeln. Ich kannte jene Familie damals erst oberflächlich, und die so begreiflichen Gewissensbisse, die bei einer solchen Gelegenheit junge Seelen packen, riefen mir zu: »Mit welchem Recht willst du diesen tiefen Frieden stören?«

Der Graf war nur zu froh, als Zuhörer einen jungen Menschen zu haben, über den er leichte Triumphe davontragen konnte; er erzählte von der Zukunft, die die Rückkehr der Bourbonen für Frankreich anbahnte. Unsere Unterhaltung schweifte, und ich vernahm dabei wahre Kindlichkeiten, die mich seltsam überraschten. Er hatte keine Ahnung von Dingen von mathematischer Evidenz; vor gebildeten Leuten hatte er Angst; er leugnete, daß sie überlegen seien; über den Fortschritt machte er sich lustig, vielleicht mit Recht; kurzum, ich nahm bei ihm eine Fülle empfindlicher Stellen wahr, die dazu nötigten, sehr behutsam zu sein, um ihn nicht zu verletzen, und so wurde eine fortlaufende Unterhaltung zu einer geistigen Arbeit. Als ich sozusagen seine Fehlstellen abgetastet hatte, wich ich ihnen mit derselben Geschmeidigkeit aus, die die Gräfin anwandte, um sie zu streicheln. In einem andern Abschnitt meines Lebens hätte ich ihn unzweifelhaft gekränkt; aber da ich schüchtern wie ein kleiner Junge war, der glaubt, nichts zu wissen, oder der glaubt, Erwachsene wüßten alles, sperrte ich Mund und Nase auf über die Wunder, die dieser geduldige Landwirt auf Clochegourde vollbracht hatte. Bewundernd lauschte ich seinen Planungen. Kurzum, aus einer unwillkürlichen Schmeichelei heraus, die mir das Wohlgefallen des alten Edelmanns eintrug, beneidete ich ihn um dieses hübsche Gut, seine Lage, dieses irdische Paradies; ich wertete es weit höher als Frapesle.

»Frapesle«, sagte ich, »ist massives Tafelsilber; aber Clochegourde ist ein mit kostbaren Steinen besetzter Schrein!«

Diesen Satz hat er seither oftmals wiederholt und dabei den genannt, der ihn ausgesprochen hatte.

»Ja, ja, ehe wir herkamen, war es in einem trostlosen Zustand«, sagte er.

Ich war ganz Ohr, wenn er mir von seinen Saaten und seinen Baumschulen sprach. Als Neuling in landwirtschaftlichen Arbeiten überschüttete ich ihn mit Fragen über den Preis der Dinge, über die Mittel, gute Erträge zu erzielen, und er schien glücklich zu sein, daß er mich so viele Einzelheiten lehren konnte.

»Was bringt man euch eigentlich bei?« fragte er mich erstaunt.

Von diesem ersten Tag an pflegte der Graf seiner Frau beim Heimkommen zu sagen: »Monsieur Félix ist ein reizender junger Mann!«

Am Abend schrieb ich meiner Mutter, sie möge mir Kleidung und Wäsche schicken; ich ließ sie wissen, ich wolle auf Frapesle bleiben. Von der großen Umwälzung, die sich damals vollzog, ahnte ich nichts, und ich erkannte auch nicht den Einfluß, den sie auf mein Geschick haben sollte; ich glaubte, ich würde nach Paris zurückkehren, um mein Rechtsstudium abzuschließen; die Vorlesungen begannen erst wieder in den ersten Novembertagen; ich hatte also noch zweieinhalb Monate vor mir.

In der ersten Zeit meines Aufenthalts versuchte ich, mich eng an den Grafen anzuschließen, und es war eine Zeit grausamer Eindrücke. Ich entdeckte in diesem Mann einen grundlosen Jähzorn, eine Schnelligkeit des Handelns in verzweifelten Fällen, die mich erschreckten. Jäh zeigte er die Regungen des Edelmanns, der in Condés Armee so tapfer gekämpft hatte, blitzartige Willensäußerungen, die in einer ernsten Lage die Politik wie Bomben durchlöchern können, und die, durch das zufällige Zusammentreffen von Rechtlichkeit und Mut aus einem Mann, der dazu verdammt ist, auf seinem Edelsitz zu leben, einen Elbée[46], einen Bonchamp[47], einen Charette[48] machen können. Bei gewissen Vermutungen zog seine Nase sich zusammen, seine Stirn leuchtete auf und seine Augen schleuderten einen Blitz, der gleich wieder erlosch. Ich befürchtete, daß Monsieur de Mortsauf, wenn er die Sprache meiner Augen plötzlich begriff, mich bedenkenlos umbringen würde. Zu jener Zeit war ich nichts als zärtlich. Der Wille, der die Menschen auf so seltsame Weise zu ändern vermag, begann in mir erst zu sprossen. Mein übersteigertes Begehren hatte mir die raschen Erschütterungen der Empfindlichkeit zuteil werden lassen, die Angstanfällen ähneln. Der Kampf ließ mich nicht erbeben, aber ich wollte nicht aus dem Leben scheiden, ohne zuvor das Glück einer erwiderten Liebe genossen zu haben. Die Schwierigkeiten und mein Verlangen vergrößerten sich auf zwei parallelen Linien. Wie sollte ich von meinen Gefühlen sprechen? Ich stand gebannt von herzzerreißender Unschlüssigkeit. Ich wartete auf einen Zufall, ich beobachtete, ich freundete mich mit den Kindern an, die ich dahin brachte, daß sie mich gern hatten, ich versuchte, mich allem im Haus anzupassen. Unmerklich nahm der Graf sich mir gegenüber immer weniger zusammen. Ich lernte also seine plötzlichen Stimmungsumschwünge kennen, seine tiefen, grundlosen Anfälle von Trübsinn, seine jähen Gereiztheiten, seine bitteren, hochfahrenden Klagen, seine gehässige Kälte, seine Regungen unterdrückter Narrheit, sein kindliches Ächzen und Stöhnen, seine Aufschreie eines Verzweifelten, seine unvorhergesehenen Wutausbrüche. Die geistig-seelische Seite des Menschen unterscheidet sich von der physischen dadurch, daß in ihr nichts absolut ist: Die Intensität der Wirkungen steht im Verhältnis zu der Beschaffenheit der Charaktere oder der Gedanken, die wir einer Sache widmen. Mein Verweilen auf Clochegourde und die Zukunft meines Lebens hingen von diesem launischen Willen ab. Ich könnte Dir nicht schildern, welche Ängste meine Seele bedrängten, die sich damals ebenso leicht entfaltete wie zusammenzog, wenn ich mich beim Eintreten fragte: Wie wird er mich heute empfangen? Welche Herzensbangnis hat mich damals zerbrochen, daß sich auf jener schneeigen Stirn plötzlich ein Gewitter zusammenballen könne! Es war ein beständiges Auf-der-Hut-Sein. Ich war unter den Despotismus dieses Mannes geraten. Meine Leiden ließen mich die der Madame de Mortsauf ahnen. Wir begannen, Blicke des Verstehens zu wechseln; manchmal rannen meine Tränen, wenn sie die ihrigen zurückhielt. Auf diese Weise erprobten die Gräfin und ich einander durch den Schmerz. Wie viele Entdeckungen habe ich nicht während dieser ersten vierzig Tage voll wirklicher Bitterkeit, verschwiegener Freuden, bald untersinkender, bald die Oberhand gewinnender Hoffnungen gemacht! Eines Abends fand ich sie in frommer Nachdenklichkeit angesichts eines Sonnenuntergangs, der so wollüstig die Gipfel rötete und das Tal wie ein Bett erscheinen ließ, daß es unmöglich war, nicht der Stimme des ewigen Hohen Liedes zu lauschen, durch das die Natur ihre Geschöpfe zur Liebe einlädt. Gewann das junge Mädchen die verwehten Illusionen zurück? Litt die Frau unter irgendeinem geheimen Vergleich? Ich glaubte in ihrer Haltung eine Selbstvergessenheit zu erblicken, die dem ersten Geständnis günstig war, und so sagte ich zu ihr: »Es gibt Tage, die sehr schwer sind!«

»Sie haben in meiner Seele gelesen«, sagte sie, »aber wie?«

»Wir haben so viele Berührungspunkte!« antwortete ich. »Gehören wir nicht zu der kleinen Schar von Menschen, die für den Schmerz und die Freude auserlesen sind, für die die fühlbaren Werte alle zugleich vibrieren und dadurch den großen inneren Nachhall hervorrufen, und deren nervöse Natur in beständiger Harmonie mit der Grundursache der Dinge steht? Versetzen Sie diese Menschen in eine Umgebung, in der alles Mißklang ist; dann leiden sie grausig, wie denn ja auch ihre Freude bis zum Überschwang wächst, wenn sie auf Gedanken, auf Gefühle oder Menschenwesen stoßen, die ihnen sympathisch sind. Für uns jedoch gibt es einen dritten Zustand, dessen Unglück nur Seelen kennen, die von derselben Krankheit befallen sind, und bei denen die Fähigkeiten zu geschwisterlichem Verständnis einander begegnen. Es kann uns widerfahren, daß wir weder im Guten noch im Bösen beeindruckt werden. Dann ertönt in uns eine ausdrucksvolle, mit Bewegung begabte Orgel, begeistert sich ohne Objekt, schlägt Töne an, ohne eine Melodie hervorzubringen, und setzt Betonungen, die sich in der Stille verlieren! Das ist dann gewissermaßen der schreckliche Widerspruch einer Seele, die sich wider das Nutzlose des Nichts empört. Das sind beschwerliche Spiele, bei denen unsere Kraft, die gänzlich ohne Nahrung bleibt, uns entrinnt wie das Blut aus einer unbekannten Wunde. Das Empfindungsvermögen strömt wie ein Gießbach, und daraus ergeben sich schreckliche Schwächezustände, unsägliche Schwermutsanfälle, für die der Beichtstuhl keine Ohren hat. Habe ich nicht unsere gemeinsamen Schmerzen beschrieben?«

Sie zitterte, und ohne mit der Betrachtung des Sonnenuntergangs aufzuhören, antwortete sie: »Wie können Sie, der Sie noch so jung sind, um diese Dinge wissen? Sind Sie denn einmal eine Frau gewesen?«

»Ach!« antwortete ich ihr mit bewegter Stimme, »meine Kindheit war wie eine lange Krankheit.«

»Ich höre Madeleine husten«, sagte sie und verließ mich hastig.

Die Gräfin sah mich beharrlich bei sich, ohne Argwohn zu schöpfen, und zwar aus zwei Gründen. Erstens war sie rein wie ein Kind, und ihr Denken geriet nie auf Abwege. Zweitens erheiterte ich den Grafen; ich war ein gefundenes Fressen für diesen Löwen ohne Pranken und Mähne. Schließlich war es mir gelungen, einen Grund für mein Kommen ausfindig zu machen, der uns allen einleuchtete. Ich konnte nicht Tricktrack spielen; Monsieur de Mortsauf schlug vor, es mir beizubringen, ich erklärte mich einverstanden. Als wir dieses Übereinkommen trafen, konnte die Gräfin nicht umhin, mir einen mitleidigen Blick zuzuwerfen, der zu besagen schien: »Aber Sie stürzen sich ja dem Wolf in den Rachen!« Anfangs merkte ich nichts; doch am dritten Tag wußte ich, worauf ich mich eingelassen hatte. Meine Geduld, die durch nichts zu erschöpfen ist, diese Frucht meiner Kindheit, reifte während dieser Prüfungszeit. Es machte den Grafen glücklich, sich in grausamen Spöttereien zu ergehen, wenn ich den Grundsatz oder die Regel, die er mir auseinandergesetzt hatte, nicht in die Praxis umsetzte; dachte ich nach, beklagte er sich über die Langeweile, die ein langsames Spiel mit sich bringt; spielte ich schnell, so ärgerte es ihn, gedrängt zu werden; schoß ich einen Bock, machte er es sich zunutze und sagte dabei, ich beeilte mich allzu sehr. Es war eine Schulmeistertyrannei, ein Rutendespotismus, von denen ich Dir nur eine Vorstellung geben kann, wenn ich mich mit dem unter das Joch eines üblen Burschen geratenen Epiktet[49] vergleiche. Wenn wir um Geld spielten, machten seine ständigen Gewinne ihm schimpfliche, kleinliche Freude. Ein Wort seiner Frau tröstete mich über all das und gab ihm auf der Stelle das Gefühl für Höflichkeit und gutes Benehmen wieder. Bald geriet ich in den feurigen Ofen einer unvorhergesehenen Marter. Mein Geld ging bei diesem Tun zu Ende. Obgleich der Graf stets zwischen seiner Frau und mir bis zu dem Augenblick sitzen blieb, da ich mich verabschiedete, was manchmal sehr spät geschah, hegte ich nach wie vor die Hoffnung auf einen Augenblick, wo ich mich in ihr Herz einschleichen konnte; aber um diese Stunde zu erreichen, die ich mit der schmerzenden Geduld des Jägers erwartete, mußte ich die neckischen Partien fortsetzen, bei denen mir immerfort die Seele zerrissen wurde, und bei denen all mein Geld hinschwand! Wie oft hatten wir nicht schon schweigend beieinander gesessen und die Wirkungen des Sonnenlichts auf der Wiese angeschaut, Wolken auf grauem Himmelsgrund, umdunstete Hügel oder das Zittern des Monds auf dem Gestein im Fluß, ohne einander anderes zu sagen als: »Wie schön die Nacht ist!«

»Die Nacht ist weiblich, Madame.«

»Diese Ruhe!«

»Ja, hier kann man nicht völlig unglücklich sein.«

Nach dieser Antwort wandte sie sich wieder ihrer Gobelinstickerei zu. Schließlich nahm ich in ihrem Inneren Regungen wahr, deren Ursache eine Zuneigung war, die ihr Recht wollte. Ich hatte kein Geld mehr; also war es aus mit dem abendlichen Beisammensein. Ich hatte meiner Mutter geschrieben, mir welches zu schicken; meine Mutter hatte mir gegrollt und mir für kaum acht Tage gegeben. Wen konnte ich um welches bitten? Es handelte sich doch um mein Leben! So fand ich denn im Schoß meines ersten großen Glücks die Leiden wieder, die mich überall bestürmt hatten; aber in Paris, auf dem Gymnasium und in der Pension war ich ihnen durch nachdenkende Enthaltsamkeit entgangen, mein Unglück war passiv gewesen; auf Frapesle wurde es aktiv; ich lernte jetzt den Drang zum Stehlen kennen, die erträumten Verbrechen, die furchteinflößenden Wutausbrüche, die die Seele furchen und die wir unterdrücken müssen, wenn wir nicht unsere Selbstachtung einbüßen wollen. Die Erinnerungen an die grausamen Grübeleien, an die Ängste, die die Knausrigkeit meiner Mutter mir auferlegte, haben mir für junge Menschen die fromme Nachsicht derer eingegeben, die, ohne gefehlt zu haben, an den Rand des Abgrunds gelangt sind und dessen Tiefe haben ermessen können. Obwohl meine von kaltem Schweiß genährte Redlichkeit sich in diesen Augenblicken, wo das Leben aufklafft und den harten Kies seines Bettes sehen läßt, gestärkt hatte, habe ich mir jedesmal, wenn die schreckliche menschliche Justiz ihr Schwert über dem Hals eines Menschen zückte, gesagt: Die Strafgesetze sind von Leuten gemacht worden, die das Unglück nie kennengelernt haben. In dieser höchsten Not entdeckte ich in Monsieur de Chessels Bücherschrank die Anleitung für das Tricktrackspiel und las sie durch; außerdem wollte mein Gastgeber mir ein paar Unterrichtsstunden geben; nun ich weniger hart angepackt wurde, machte ich Fortschritte, lernte Regeln und Berechnungen auswendig und konnte sie anwenden. Innerhalb weniger Tage war ich imstande, meinen Lehrer zu meistern; aber wenn ich gewann, wurde seine Laune unerträglich; seine Augen funkelten wie die eines Tigers, sein Gesicht verzerrte sich, seine Brauen zuckten, wie ich sie bei niemandem habe zucken sehen. Sein Jammern wurde zu dem eines verwöhnten Kindes. Manchmal warf er die Würfel hin, geriet in Wut, stampfte auf, gab seinem Würfelbecher die Schuld und bedachte mich mit Schimpfreden. Diese Ausbrüche hatten eine Grenze. Als ich überlegen zu spielen gelernt hatte, lenkte ich die Schlacht nach meinem Gutdünken; ich richtete es so ein, daß am Schluß das Spiel etwa gleich stand; ich ließ ihn während der ersten Hälfte der Partie gewinnen und stellte während der zweiten Hälfte das Gleichgewicht wieder her. Der Weltuntergang hätte den Grafen weniger überrascht als die schnelle Überlegenheit seines Schülers; aber anerkannt hat er sie nie. Das ständige Aufgehen unserer Partien wurde zu einer neuen Nahrung, deren sein Geist sich bemächtigte.

»Ganz entschieden«, sagte er, »ermüdet mein armer Kopf. Sie gewinnen immer gegen Ende der Partie, weil dann meine Geisteskräfte nachlassen.«

Die Gräfin, die das Spiel kannte, hatte gleich beim erstenmal mein Verhalten durchschaut und darin ein Zeichen meiner grenzenlosen Zuneigung erkannt. Diese Einzelheiten können nur von denjenigen gewürdigt werden, die sich in den ungeheuren Schwierigkeiten des Tricktrackspiels auskennen. Was besagte diese Kleinigkeit nicht alles! Wie der Gott Bossuets[50] wertet die Liebe das Glas Wasser des Armen und die Leistung des Soldaten, der unbekannt stirbt, höher als die glänzendsten Siege. Die Gräfin bedachte mich mit einer der stummen Danksagungen, die ein junges Herz brechen: Sie gewährte mir den Blick, den sie ihren Kindern vorbehielt! Seit jenem glückseligen Abend blickte sie mich immer an, wenn sie mit mir sprach. Ich vermag nicht zu schildern, in welchem Zustand ich mich beim Heimgehen befand. Meine Seele hatte meinen Körper aufgesogen; ich war gewichtslos, ich ging nicht mehr, ich flog. Ich fühlte in mir jenen Blick, er hatte mich mit Licht überflutet, gerade wie ihr »Adieu, Monsieur!« in meiner Seele die Harmonien hatte widerhallen lassen, die das »O filii, o filiae« der österlichen Auferstehung in sich birgt. Ich war in ein neues Leben hineingeboren worden. Ich bedeutete ihr also etwas! In Purpurlaken schlief ich ein. Vor meinen geschlossenen Augen glitten Flammen vorüber und verfolgten einander in den Finsternissen wie die niedlichen Glühwürmer, die auf der Asche verbrannten Papiers hintereinander herlaufen. In meinen Träumen wurde ihre Stimme zu etwas Greifbarem, zu einer Atmosphäre, die mich mit Licht und Düften umhüllte, zu einer Melodie, die mein Inneres liebkoste. Am anderen Tag drückte ihr Gruß die Fülle der in ihn gelegten Gefühle aus, und fortan war ich in die Geheimnisse ihrer Stimme eingeweiht. Dieser Tag sollte zu einem der bedeutungsvollsten meines Lebens werden. Nach dem Abendessen gingen wir auf den Anhöhen spazieren; wir kamen auf ein Ödland, wo nichts gedeihen konnte, der Boden war steinig, ausgedörrt, ohne Humus; dennoch fanden sich dort ein paar Eichen und Weißdornbüsche mit roten Früchten; aber statt des Grases erstreckte sich ein Teppich fahlroten, krausen Mooses; es wurde von den Strahlen der untergehenden Sonne beleuchtet; und die Füße rutschten darauf aus. Ich hielt Madeleine an der Hand, um sie zu stützen, und Madame de Mortsauf hatte Jacques den Arm gegeben. Der Graf, der vor uns ging, drehte sich um, schlug mit seinem Spazierstock auf den Erdboden und sagte mit schrecklicher Betonung zu mir: »So wie das hier ist mein Leben – oh, gewesen, ehe ich dich kannte«, fuhr er fort und bedachte seine Frau mit einem entschuldigenden Blick. Die Wiedergutmachung kam zu spät; die Gräfin war blaß geworden. Welche Frau hätte nicht getaumelt wie sie, als sie diesen Schlag erhielt?

»Welch köstliche Düfte wehen hierher, und die schönen Wirkungen des Lichts!« rief ich aus; »wie gern wäre ich der Besitzer dieses Stücks Ödland; vielleicht würde ich dort Schätze finden, wenn ich nachgrübe; aber der sicherste Reichtum wäre Ihre Nachbarschaft. Wer würde überdies eine dem Auge so wohltuende Aussicht nicht gerne teuer bezahlen, und diesen sich schlängelnden Fluß, in dem die Seele sich zwischen Eschen und

Erlen badet. Sehen Sie, wie verschieden der Geschmack ist? Für
Sie ist dies Stück Erde Ödland; für mich ist es ein Paradies.«

Sie dankte mir durch einen Blick.

»Eine Ekloge[51]!« sagte er bitteren Tons. »Hier kann jemand,
der Ihren Namen trägt, nicht wohnen.« Dann unterbrach er sich
und sagte: »Hören Sie die Glocken von Azay? Ich höre tatsächlich die Glocken läuten.«

Madame de Mortsauf sah mich erschrocken an; Madeleine
drückte mir die Hand.

»Wollen Sie, daß wir heimgehen und eine Partie Tricktrack
spielen?« fragte ich ihn. »Das Geräusch der Würfel wird Sie
daran hindern, das der Glocken zu hören.«

Wir kehrten nach Clochegourde zurück und redeten zusam-
menhanglos. Der Graf klagte über heftige Schmerzen, ohne zu
sagen, wo. Als wir im Salon waren, herrschte zwischen uns allen
eine unerklärliche Ungewißheit. Der Graf hatte sich in einen
Sessel fallen lassen und war in Grübelei versunken; seine Frau
respektierte sie; sie kannte sich in den Symptomen der Krankheit aus und wußte im voraus, wenn die Anfälle kamen. Ich
schwieg wie sie. Wenn sie mich nicht bat, ich solle fortgehen, so
vielleicht, weil sie glaubte, das Tricktrackspiel würde den Grafen
aufheitern und die üble nervöse Gereiztheit verscheuchen, deren
Ausbrüche sie fast töteten. Nichts war schwieriger, als den Grafen zu dieser Tricktrackpartie zu bewegen, zu der er sonst immer
so große Lust hatte. Wie ein verwöhntes Dämchen wollte er
darum gebeten, dazu gezwungen werden, um nicht den Anschein
zu erwecken, er fühle sich dazu verpflichtet, was vielleicht sogar
der Fall war. Wenn ich infolge einer interessanten Unterhaltung
für einen Augenblick meine übertriebene Höflichkeit vergaß,
wurde er gereizt, bitter und verletzend, ärgerte sich über das
Gespräch und widersprach allem. Seine üble Stimmung hatte
mich gewarnt; ich schlug ihm eine Partie vor; da kokettierte
er und sagte: Erstens sei es zu spät, und zweitens habe ich ja
keine Lust. Kurzum, er erging sich in verworrenen Zierereien wie
Frauen, bei denen es darauf hinausläuft, daß sie einem ihre wahren Wünsche verhehlen. Ich demütigte mich, ich flehte ihn an,
mir ein Können zu erhalten, das man so leicht einbüßt, wenn
man nicht in der Übung bleibe. Diesmal mußte ich eine tolle Lu-

stigkeit aufbringen, um ihn zum Spiel zu bewegen. Er klagte über Schwindelanfälle, die ihn am Rechnen hinderten; sein Schädel sei eingezwängt wie in einen Schraubstock; er höre Pfeiftöne und bekomme keine Luft; er stieß gewaltige Seufzer aus. Endlich fand er sich bereit, sich an den Spieltisch zu setzen. Madame de Mortsauf verließ uns; sie wollte ihre Kinder zu Bett bringen und die Dienerschaft beten lassen. Solange sie nicht dabei war, ging alles gut; ich richtete es so ein, daß Mortsauf gewann, und sein Glück brachte ihn jäh auf andere Gedanken. Der plötzliche Übergang von einer Traurigkeit, die ihm finstere Voraussagen über sich selbst entriß, zu dieser Freude, die wie die eines Betrunkenen war, zu diesem tollen und fast unvernünftigen Gelächter beunruhigte mich und ließ mich zu Eis erstarren. Nie zuvor hatte ich ihn in einem so offen gezeigten Anfall erlebt. Unsere intime Bekanntschaft hatte Früchte getragen; er genierte sich nicht mehr vor mir. Jeden Tag versuchte er, mich in seine Tyrannei einzuhüllen und seiner üblen Laune einen neuen Weideplatz zu sichern, denn es scheint wirklich, daß seelische Krankheiten Wesen sind, die ihre Eßgelüste und ihre Instinkte haben, die ihren Herrschaftsbereich vergrößern wollen wie ein Gutsbesitzer sein Gut. Die Gräfin kam wieder nach unten und setzte sich dicht neben den Tricktracktisch, um besseres Licht für ihre Stickarbeit zu haben; aber sie nahm an ihrem Stickrahmen mit einer schlecht verhehlten bösen Vorahnung Platz. Ein verhängnisvoller Wurf, den ich nicht verändern konnte, veränderte das Gesicht des Grafen: Vom Heiteren verwandelte es sich ins Finstere; erst war es purpurn gewesen, jetzt wurde es gelb; seine Augen flackerten. Dann geschah ein letztes Unglück, das ich weder hatte voraussehen noch ausgleichen können. Monsieur de Mortsauf tat einen zornsprühenden Wurf, der seine Niederlage entschied. Sofort sprang er auf, kippte den Tisch auf mich, die Lampe fiel zu Boden, er hieb mit der Faust auf die Konsole und hüpfte im Salon umher; ich könnte nicht sagen, er sei gegangen. Die Sturzflut von Schimpfreden, Flüchen, Verweisen und zusammenhanglosen Sätzen, die aus seinem Mund hervorbrach, hätte an eine alte Besessenheit, wie im Mittelalter, denken lassen können. Stell Dir meine Lage vor!

»Gehen Sie in den Garten«, sagte sie und drückte mir dabei die Hand.

Ich ging hinaus, ohne daß der Graf mein Verschwinden bemerkte. Von der Terrasse aus, auf die ich mich langsamen Schrittes begeben hatte, hörte ich das Dröhnen seiner Stimme und sein Stöhnen; es erscholl aus seinem neben dem Eßzimmer gelegenen Schlafzimmer. Durch dieses Toben hindurch hörte ich auch die Engelsstimme, die sich in Abständen erhob wie ein Nachtigallensang, wenn grade der Regen aufgehört hat. In der schönen Nacht des endenden August ging ich unter den Akazien auf und ab und wartete, daß die Gräfin zu mir komme. Sie mußte ja kommen; ihr Händedruck hatte es mir verheißen. Seit ein paar Tagen schwebte zwischen uns eine Erklärung; sie schien beim ersten Wort sich entladen zu müssen, das aus dem allzu vollen Quell unserer Seelen hervorsprudeln würde. Welche Scham zögerte die Stunde unseres völligen Einvernehmens hinaus? Vielleicht liebte sie im gleichen Maß wie ich jenes Zittern, das den Regungen der Furcht gleicht, das die Empfindlichkeit hinschwinden läßt in den Augenblicken, da man sein dem Überquellen nahes Leben zurückdämmt, da man zaudert, sein Inneres zu enthüllen, und dabei der keuschen Scham gehorcht, die die jungen Mädchen beherrscht, ehe sie sich dem geliebten Gatten zeigen. Wir hatten uns selbst durch unsere angestauten Gedanken dieses erste, notwendig gewordene vertrauliche Bekenntnis vergrößert. Eine Stunde verrann. Ich saß auf der Backsteinbalustrade, als der Hall ihrer Schritte sich dem wehenden Geräusch ihres wogenden Kleides vermischte und die stille Abendluft bewegte. Das sind Empfindungen, für die das Herz nicht ausreicht.

»Mein Mann ist jetzt eingeschlafen«, sagte sie. »Wenn er in diesem Zustand ist, gebe ich ihm eine Tasse Wasser, in dem ein paar Mohnkapseln gezogen haben; die Anfälle liegen so weit auseinander, daß dieses einfache Mittel immer wirkt. Monsieur«, sagte sie in einem anderen Tonfall und schlug ihren überzeugendsten Ton an, »ein unglücklicher Zufall hat Ihnen Geheimnisse ausgeliefert, die bislang sorglich gehütet worden waren; versprechen Sie mir, die Erinnerung an diese Szene in Ihrem Herzen zu begraben. Tun Sie es um meinetwillen, ich bitte Sie darum. Einen Eid verlange ich nicht von Ihnen; sagen Sie mir das ›Ja‹ des Ehrenmanns, dann bin ich zufrieden.«

»Muß ich dieses ›Ja‹ denn aussprechen?« fragte ich. »Haben wir einander denn nie verstanden?«

»Fällen Sie kein ungünstiges Urteil über meinen Mann, wenn Sie die Auswirkungen langer Leiden sehen, die er während der Emigration ertragen hat. Morgen hat er alles, was er gesagt hat, völlig vergessen, und Sie werden ihn wieder reizend und herzlich finden.«

»Bitte rechtfertigen Sie den Grafen nicht länger, Madame«, antwortete ich, » ich werde alles tun, was Sie wollen. Ich würde mich augenblicklich in die Indre stürzen, wenn ich dadurch Monsieur de Mortsauf wieder gesund machen und Ihnen ein glückliches Leben verschaffen könnte. Das einzige, was ich nicht ändern kann, ist meine Meinung, nichts in mir ist fester. Ich würde Ihnen mein Leben geben, aber nicht mein Gewissen; ich kann verhindern, ihm zu lauschen, aber kann ich es am Sprechen hindern? Nun aber ist Monsieur de Mortsauf meiner Meinung nach . . .«

»Ich verstehe Sie«, unterbrach sie mich mit unvermuteter Schroffheit, »Sie haben recht. Der Graf ist nervös wie eine Zierpuppe«, fuhr sie fort; sie milderte den Gedanken an den Wahnsinn, indem sie den Ausdruck dafür milderte; »aber er ist es nur in langen Abständen, höchstens einmal im Jahr, zur Zeit der großen Hitze. Wieviel Übel hat die Emigration ausgelöst! Wieviel schöne Existenzen vernichtet! Er wäre, dessen bin ich sicher, ein großer Kriegsmann geworden, die Ehre seines Landes.«

»Ich weiß«, unterbrach ich sie meinerseits und gab ihr zu verstehen, es sei unnütz, mich zu täuschen.

Sie blieb stehen, legte eine ihrer Hände an die Stirn und sagte: »Wer hat Sie in unser Heim eingeführt? Will Gott mir eine Hilfe senden, eine lebendige Freundschaft, die mir Halt leiht?« fuhr sie fort und legte ihre Hand kräftig auf die meine, »denn Sie sind gut und großherzig . . .« Sie hob die Augen zum Himmel auf, wie um ein sichtbares Zeugnis herbeizurufen, das ihr ihre geheimen Hoffnungen bestätigte, und richtete sie dann wieder auf mich. Ich war elektrisiert durch diesen Blick, der ihre Seele in die meine ergoß; ich beging, nach der Rechtspre-

1017

chung der Gesellschaft, einen Taktfehler; aber entspringt bei gewissen Seelen oftmals ein großherziges Entgegenstürzen angesichts einer Gefahr nicht der Begier, einem Schlag zuvorzukommen, der Furcht vor einem Unglück, das nicht eintrifft, und ist es nicht noch häufiger die jähe Frage an das Herz, ein Anschlagen, um zu erfahren, ob es im gleichen Ton widerhallt? Mehrere Gedanken erhoben sich in mir wie Lichtschimmer; sie rieten mir, den Makel abzuwaschen, der meine Reinheit befleckte, und zwar in dem Augenblick, in dem ich eine völlige Einweihung voraussah.

»Ehe wir weitergehen«, sagte ich mit einer Stimme, die durch das Herzklopfen, das in der tiefen Stille, in der wir uns befanden, leicht zu vernehmen war, ganz anders klang, »erlauben Sie mir da, eine Erinnerung an Vergangenes zu reinigen?«

»Schweigen Sie«, sagte sie lebhaft, legte mir einen Finger auf die Lippen und zog ihn sogleich wieder weg. Stolz blickte sie mich an, wie eine Frau, die zu hoch steht, als daß eine Beschimpfung an sie heranreichen könnte, und sagte mit verwirrter Stimme: »Ich weiß, wovon Sie sprechen wollen. Es handelt sich um die erste, die letzte, die einzige grobe Beleidigung, die mir je angetan worden ist! Erwähnen Sie niemals jenen Ball. Die Christin hat Ihnen verziehen; aber die Frau leidet noch immer darunter.«

»Seien Sie nicht unbarmherziger als Gott«, sagte ich und hielt zwischen meinen Lidern die Tränen zurück, die mir in die Augen gestiegen waren.

»Ich müßte strenger sein, aber ich bin schwächer«, antwortete sie.

»Aber«, fuhr ich in einer Art kindischer Auflehnung fort, »hören Sie mich doch an, und wenn es das erste, das letzte und einzige Mal in Ihrem Leben wäre.«

»Gut«, sagte sie, »sprechen Sie! Denn sonst würden Sie glauben, ich hätte Angst, Sie anzuhören.«

Da ich jetzt fühlte, daß dieser Augenblick in unserm Leben etwas Einzigartiges sei, sagte ich ihr in dem Tonfall, der genaues Hinhören befiehlt, die Frauen auf dem Ball seien mir samt und sonders gleichgültig gewesen wie die, die ich bis dahin gewahrt hätte; doch als ich sie erblickt hätte, da sei ich, dessen Leben so arbeitsam, dessen Seele so wenig kühn gewesen sei, gewissermaßen von einem Wahnwitz fortgerissen worden, der nur von denen verurteilt werden könne, die ihn nie empfunden hätten; nie sei ein menschliches Herz so sehr von einem Begehren erfüllt gewesen, dem kein Geschöpf zu widerstehen vermöge und das alles besiege, sogar den Tod . . .

»Und die Verachtung?« fragte sie und brachte mich zum Innehalten.

»Haben Sie mich denn verachtet?« fragte ich sie.

»Wir wollen nicht länger von diesen Dingen sprechen«, sagte sie.

»Doch, wir wollen davon sprechen!« antwortete ich mit einem durch einen übermenschlichen Schmerz ausgelösten Überschwang. »Es handelt sich um mein ganzes Ich, um mein unbekanntes Leben, um ein Geheimnis, das Sie wissen müssen; sonst würde ich vor Verzweiflung sterben! Es geht auch zugleich um Sie, die Sie, ohne es zu wissen, die Dame gewesen sind, in deren Händen der Kranz leuchtet, der den Siegern im Turnier verheißen worden ist.«

Ich erzählte ihr von meiner Kindheit und Jugend, nicht, wie ich sie Dir erzählt habe, als ich sie aus der Ferne wertete, sondern mit den glühenden Worten eines jungen Menschen, dessen Wunden noch bluten. Meine Stimme hallte wie die Axt eines Holzfällers im Walde. Krachend fielen vor ihr die toten Jahre nieder, die langen Schmerzen, von denen sie gestarrt hatten wie blätterlose Zweige. Ich schilderte ihr in fiebernden Worten eine Fülle gräßlicher Einzelheiten, mit denen ich Dich verschont habe. Ich breitete den Schatz meiner glänzenden Wünsche aus, das jungfräuliche Gold meines Begehrens, ein ganzes, glühendes Herz, das unter den Eismassen der durch einen ständigen Winter aufgehäuften Alpen erhalten geblieben war. Als ich, gebeugt unter der Last meiner Leiden, von denen ich mit der Kehle des Jesaja[52] berichtet hatte, auf eine Äußerung dieser Frau wartete, die mich gesenkten Hauptes angehört hatte, erhellte sie die Finsternisse durch einen Blick, belebte sie die irdischen und göttlichen Welten durch ein einziges Wort.

»Wir haben dieselbe Kindheit gehabt!« sagte sie und wandte mir ein Antlitz zu, auf dem die Aureole der Märtyrer leuchtete.

Nach einer Pause, in der unsere Seelen sich in dem gleichen trostreichen Gedanken: »Nicht nur ich allein habe leiden müssen!« vermählten, erzählte die Gräfin mit der für ihre lieben Kleinen vorbehaltenen Stimme, wie es ihr verübelt worden sei, ein Mädchen zu sein, wo doch die Söhne gestorben waren. Sie erklärte mir den Unterschied, den ihr unaufhörlich an die Seite der Mutter gefesseltes Mädchentum zwischen ihren Schmerzen und denjenigen eines Jungen schuf, der in die Welt der Gymnasien geworfen war. Meine Einsamkeit sei ein Paradies gewesen im Vergleich zu dem Mühlstein, unter dem ihre Seele unausgesetzt zerschrottet worden sei, bis zu dem Tag, da ihre wirkliche Mutter, ihre gute Tante, sie dadurch gerettet habe, daß sie sie jener Marter entriß, von deren wieder erwachenden Schmerzen sie mir erzählte. Sie bestanden in den unerklärlichen Sticheleien, wie sie für nervöse Naturen unerträglich sind, die vor einem Dolchstich nicht zurückschrecken und unter dem Damoklesschwert[53] sterben: Bald war eine edelmütige Aufwallung durch einen eisigen Befehl gehemmt, bald ein Kuß kalt entgegengenommen, bald war ihr ein Schweigen auferlegt worden, das dann wieder zu Vorwürfen geführt hatte; unterdrückte Tränen waren in ihrem Herzen verblieben; schließlich noch die tausend Tyranneien des Klosters, die den Augen Fremder unter dem Anschein einer glorreich übertriebenen Mutterschaft verborgen wurden. Ihre Mutter war auf sie eitel gewesen und hatte sie gerühmt; aber am nächsten Tag hatte sie diese für den Ruhm der Lehrerin notwendigen Schmeicheleien teuer bezahlen müssen. Wenn sie durch Gehorsam und Sanftmut das Herz der Mutter besiegt zu haben glaubte und sich ihr auftat, kam aufs neue der Tyrann zum Vorschein und war jetzt mit ihren Geständnissen bewaffnet. Kein Spion wäre so feige und so verräterisch gewesen. Alle ihre Jungmädchenfreuden, ihre Feste waren ihr teuer verkauft worden, denn sie wurde gescholten, glücklich gewesen zu sein, wie sie für einen Fehltritt gescholten worden wäre. Nie waren die Lehren ihrer adligen Erziehung ihr liebevoll erteilt worden, sondern immer nur mit verletzender Ironie. Nicht, daß sie ihrer Mutter gezürnt hätte; sie warf sich lediglich vor, für sie weniger Liebe als Schrecken zu empfinden. Dachte dieser Engel etwa, dergleichen Strenge sei notwendig? War sie dadurch nicht für ihr jetziges Leben vorbereitet worden? Als ich ihr lauschte, schien mir, als werde die Harfe Hiobs[54], der ich wilde Akkorde entlockt hatte, jetzt von christlichen Fingern geschlagen, als antworte sie durch den Gesang der Litaneien der Jungfrau am Fuß des Kreuzes.

»Wir haben in derselben Sphäre gelebt, bevor wir einander hier wiederfanden, Sie von Osten kommend und ich von Westen.«

Mit einer verzweifelten Bewegung schüttelte sie den Kopf: »Ihnen der Osten, mir der Westen«, sagte sie. »Sie werden im Glück leben, ich werde im Schmerz sterben! Männer schaffen sich selbst die Geschehnisse ihres Lebens, und das meine ist für alle Zeit festgelegt. Keine Macht vermag die schwere Kette zu brechen, die die Frau durch einen goldenen Reif, das Sinnbild der Gattinnenreinheit, auf sich nimmt.«

Da wir uns jetzt als Zwillinge aus dem gleichen Schoß fühlten, wollte sie nicht einsehen, daß zwischen am selben Quell genährten Geschwistern nur halbe Geständnisse gemacht werden. Nach dem Seufzer, der etwas Natürliches für reine Herzen in dem Augenblick ist, da sie sich auftun, erzählte sie mir von den ersten Tagen ihrer Ehe, von ihren ersten Enttäuschungen, von der ständigen Wiederkehr des Unglücks. Wie ich hatte sie die kleinen Gegebenheiten kennengelernt, die so groß für Seelen sind, deren durchsichtige Substanz durch den geringsten Stoß völlig erschüttert wird, gerade wie ein in einen See geworfener Stein zugleich dessen Oberfläche und Tiefe aufrührt. Bei ihrer Heirat hatte sie ihre Ersparnisse besessen, das wenige Gold, das die fröhlichen Stunden, die tausend Wünsche junger Jahre bilden; an einem Tag der höchsten Not hatte sie es großherzig hingegeben, ohne zu sagen, daß es Erinnerungen und nicht Goldstücke seien; nie hatte ihr Mann darüber Rechnung abgelegt; er hatte sich nicht für ihren Schuldner gehalten! Für diesen von den schlafenden Wassern des Vergessens verschlungenen Schatz war ihr nicht einmal der feuchte Blick zuteil geworden, der alles belohnt, der für edle Seelen wie ein ewiges Juwel ist, dessen Feuer an schweren Tagen schimmert. Wie war sie von Schmerzen zu Schmerzen weitergeschritten! Ihr Mann hatte vergessen, ihr das für den Haushalt erforderliche Geld zu geben; er erwachte aus einem

Traum, als sie, nachdem sie ihre weibliche Schüchternheit niedergerungen hatte, ihn um Geld bat; und nie hatte er ihr auch nur ein einziges Mal solche grausamen Herzensnöte erspart! Welches Entsetzen mußte sie in dem Augenblick gepackt haben, da sich ihr die krankhafte Natur dieses zugrunde gerichteten Mannes enthüllt hatte! Beim ersten Ausbruch seiner wahnsinnigen Wutanfälle war sie völlig zerbrochen gewesen. Wieviel hartes Nachdenken hatte sie nicht hinter sich bringen müssen, bevor sie ihren Ehemann, diese mächtige Gestalt, die das Dasein der Frau beherrscht, als eine Null betrachtete! Welch grausige Drangsale waren ihren beiden Niederkünften gefolgt! Welche Erschütterung beim Anblick dieser beiden so gut wie tot geborenen Kinder! Welch ein Mut, sich zu sagen: »Ich werde ihnen Leben einhauchen! Ich will sie täglich von neuem gebären!« Und dann welche Verzweiflung, ein Hindernis im Herzen und in der Hand zu gewahren, an denen die Frauen ihren Halt finden! Sie hatte es erlebt, wie dieses gewaltige Unglück nach jeder besiegten Schwierigkeit seine dornigen Savannen entrollte. Beim Ersteigen jedes Felsens hatte sie neue Wüsten wahrgenommen, die zu durchwandern waren, bis zu dem Tag, da sie ihren Mann, die Organismen ihrer Kinder und die Gegend, in der sie leben mußte, völlig erkannt hatte; bis zu dem Tag, da sie, wie der durch Napoleon der zarten Fürsorge des Heims entrissene Knabe, ihre Füße daran gewöhnt hatte, durch Schmutz und Schnee zu stapfen, ihre Stirn an Flintenkugeln, ihre ganze Person an den passiven Gehorsam des Soldaten. Diese Dinge, die ich hier für Dich kurz zusammenfasse, hat sie mir damals in ihrer ganzen finsteren Breite erzählt, mit ihrem Gefolge von trostlosen Begebenheiten, verlorenen ehelichen Schlachten, fruchtlosen Versuchen.

»Kurzum«, sagte sie mir abschließend, »man müßte ein paar Monate hier verweilen, um zu ermessen, welche Mühe mich die auf Clochegourde durchgeführten Veränderungen kosten, wie viele ermüdende Schmeicheleien, um ihn zu bewegen, das zu tun, was für seine Interessen das nützlichste ist! Welche kindische Bosheit ihn überkommt, wenn etwas, was auf meinen Rat hin unternommen wurde, nicht auf der Stelle gelingt! Mit welcher Freude er sich zuschreibt, was gut geworden ist! Welche Geduld ich aufwenden muß, um in einem fort sein Gejammer anzuhören, wenn ich mich schier umbringe, um ihm die Zeit zu vertreiben, ihm seine Abendluft mit Düften zu erfüllen, ihm die Wege, die er mit Steinen besät hat, mit Sand und Blumen zu bestreuen. Meine Belohnung ist dann der schreckliche Kehrreim: ›Ich will sterben! Das Leben lastet auf mir!‹ Hat er das Glück, Leute bei sich zu sehen, dann löscht alles aus; er ist liebenswürdig und höflich. Warum ist er es nicht auch zu seiner Familie? Ich weiß nicht, wie ich mir diesen Mangel an Loyalität bei einem bisweilen wahrhaft ritterlichen Mann erklären soll. Er ist imstande, heimlich und aus freien Stücken nach Paris zu reisen und mir dort ein Schmuckstück auszusuchen, wie er es letzthin für den Ball in der Stadt getan hat. In bezug auf seinen Haushalt ist er geizig; aber für mich würde er zum Verschwender werden, wenn ich es wollte. Umgekehrt müßte es sein: Ich brauche nichts, und sein Haushalt erfordert viel. Im Verlangen, ihm ein glückliches Leben zu schaffen, und ohne zu bedenken, daß ich Mutter würde, hatte ich ihn vielleicht daran gewöhnt, mich für sein Opfer zu halten; und dabei könnte ich ihn, wenn ich ein paar Schmeichelkünste anwenden würde, gängeln wie ein Kind, sofern ich mich dazu erniedrigen könnte, eine Rolle zu spielen, die mich infam dünkt! Aber das Interesse des Haushalts verlangt, daß ich ruhig und streng bin wie eine Statue der Justitia, und dabei habe doch auch ich eine mitteilsame, zärtliche Seele!«

»Warum«, fragte ich sie, »benutzen Sie diesen Einfluß nicht, um sich zur Herrin über ihn zu machen, um ihn zu leiten?«

»Wenn es lediglich um mich ginge, vermöchte ich weder sein verstocktes Schweigen zu brechen, das er ganze Stunden lang richtigen Argumenten entgegensetzt, noch auf Bemerkungen ohne jede Logik, wahrhaft kindische Gründe, zu antworten. Ich bringe keinen Mut gegen Schwäche und gegen Kindlichkeit auf; beides kann mich schlagen, ohne daß ich Widerstand leiste; vielleicht würde ich der Kraft Kraft entgegenstemmen; aber gegenüber denen, die ich bemitleide, bin ich kraftlos. Wenn ich Madeleine zu etwas zwingen müßte, um sie am Leben zu erhalten, würde ich mit ihr sterben. Das Mitgefühl entspannt alle meine Fibern und erschlafft meine Nerven. Daher haben die heftigen Erschütterungen dieser zehn Jahre mich zermürbt; jetzt ist meine so oft angriffene Empfindlichkeit bisweilen ohne Festigkeit, nichts führt ihr Kraft zu; manchmal gebricht es mir an der Energie, mit der ich die Gewitterstürme ertragen könnte. Ja, manchmal werde ich besiegt. Aus Mangel an Ruhe und Seebädern, durch die ich meine Fibern stählen könnte, werde ich umkommen. Mein Mann wird an meinem Tod schuld sein und an meinem Tod sterben.«

»Warum kehren Sie Clochegourde nicht für ein paar Monate den Rücken? Warum können Sie nicht mit Ihren Kindern an die See fahren?«

»Erstens würde mein Mann, wenn ich fortginge, meinen, es sei um ihn geschehen. Obwohl er an seinen Zustand nicht glauben will, ist er sich dessen bewußt. In ihm treffen der Mann und der Kranke aufeinander, und das sind zwei verschiedene Naturen, deren Widersprüche manche der Absonderlichkeiten erklären! Zweitens würde er allen Grund zum Zittern haben. Alles würde hier schiefgehen. Vielleicht haben Sie in mir die Familienmutter gesehen, die damit beschäftigt ist, ihre Kinder vor dem Milan zu schützen, der über ihnen schwebt. Das ist eine erdrückkende Aufgabe, die noch durch die Pflege gesteigert wird, deren mein Mann bedarf; er läuft doch immerfort herum und fragt: ›Wo ist Madame?‹ Aber das ist noch das geringste. Ich bin ja auch die Hauslehrerin Jacques' und die Gouvernante Madeleines. Und auch damit ist es nicht getan! Ich bin auch Gutsverwalter und Inspektor. Eines Tages werden Sie die Tragweite meiner Worte erkennen, wenn Sie erst wissen, daß die Nutzung des Bodens hier die anstrengendste aller Betätigungen ist. Wir haben nur geringe Einkünfte an Bargeld; unsere Pachthöfe werden nur zur Hälfte bestellt, und das ist ein System, das beständige Überwachung erfordert. Man muß sein Getreide, sein Vieh, alles, was man erntet, selbst verkaufen. Unsere Konkurrenten sind unsere eigenen Pächter; sie setzen sich in der Schenke ins Einvernehmen mit den Verbrauchern, und dadurch, daß sie als die ersten verkaufen, setzen sie die Preise fest. Ich würde Sie langweilen, wenn ich Ihnen die tausenderlei Schwierigkeiten unserer Landwirtschaft auseinandersetzte. Wie sehr ich mich auch um alles kümmere, ich kann nicht aufpassen, daß unsere Teilpächter nicht ihre eigenen Äcker mit unserem Mist düngen; ich kann nicht hingehen und aufpassen, ob unsere Halbpächter sich nicht mit ihnen über die Teilung der Ernten ins Einvernehmen setzen, und ich kann auch nicht den geeigneten Augenblick für den Verkauf wissen. Aber wenn Sie nun das schwache Gedächtnis meines Mannes bedenken, die Mühe, die es mich kostete, wie Sie gesehen haben, ihn dazu zu bewegen, sich um seine geschäftlichen Angelegenheiten zu kümmern, dann wird Ihnen die Schwere meiner Bürde begreiflich sein, und die Unmöglichkeit, sie für einen Augenblick niederzulegen. Wenn ich mich entfernte, wären wir ruiniert. Niemand würde auf ihn hören, seine Weisungen widersprechen einander; überdies mag ihn keiner, er schimpft zuviel, er gibt sich zu selbstherrlich; außerdem hört er wie alle schwachen Menschen zu sehr auf seine Untergebenen, um seiner Umgebung die Zuneigung einzuflößen, die die Familie zusammenhält. Ginge ich fort, so würde keiner der Diener auch nur acht Tage hierbleiben. Jetzt sehen Sie wohl, daß ich an Clochegourde hafte wie die bleiernen Blumensträuße an unseren Dächern. Ich habe Ihnen gegenüber keine Hintergedanken gehabt, Monsieur. Die ganze Gegend ahnt nichts von Clochegourdes Geheimnissen, und jetzt wissen Sie sie. Sagen Sie darüber nur Gutes und Verbindliches, dann gewinnen Sie meine Achtung, meine Dankbarkeit«, fügte sie noch mit weicher Stimme hinzu. »Um diesen Preis können Sie immer wieder nach Clochegourde kommen, Sie werden dort Freundesherzen vorfinden.«

»Aber«, sagte ich, »ich habe ja nie wirklich gelitten! Sie allein . . .«

»Nein«, entgegnete sie und ließ sich das Lächeln der schicksalsergebenen Frauen entschlüpfen, das Granit spalten würde, »wundern Sie sich nicht über dieses vertrauliche Bekenntnis; es zeigt Ihnen das Leben, wie es ist, und nicht, wie Ihre Einbildungskraft es Sie hat erhoffen lassen. Wir alle haben unsere Fehler und unsere guten Eigenschaften. Hätte ich einen Verschwender geheiratet, so würde er mich zugrunde gerichtet haben. Wäre ich einem jungen, glühenden und wollüstigen jungen Menschen gegeben worden, und hätte er dann Erfolge gehabt, so hätte ich vielleicht nicht verstanden, ihn mir zu bewahren; er würde mich verlassen haben, und ich wäre vor Eifersucht gestorben. Ich bin nämlich eifersüchtig!« sagte sie so übersteigerten Tons, daß es klang wie der Donnerschlag eines vorüberziehenden Gewitters. »Ach, mein

Mann liebt mich so sehr, wie er mich lieben kann; alles, was sein Herz an Zuneigung birgt, legt er mir zu Füßen, wie Magdalena das, was ihr an Duftstoffen übriggeblieben war, über die Füße des Heilands geschüttet hat. Glauben Sie es! Ein Leben der Liebe ist eine schicksalhafte Ausnahme im irdischen Gesetz; jede Blume welkt; den großen Freuden folgt ein schlechtes Morgen, wenn sie überhaupt ein Morgen haben. Das wirkliche Leben ist ein Leben der Ängste: Sein Gleichnis ist die Brennessel, die am Fuß der Terrasse gewachsen ist, und die auch ohne Sonne grün bleibt. Hier wie in den nordischen Ländern lächelt der Himmel bisweilen, wenn auch nur selten, aber das lohnt dann vielerlei Mühen. Binden sich letztlich die Frauen, die ausschließlich Mütter sind, nicht mehr durch Opfer als durch Freuden? Hier lenke ich die Gewitter auf mich, die ich bereit sehe, über die Dienerschaft oder über meine Kinder hereinzubrechen, und indem ich sie abwende, empfinde ich irgendein Gefühl, das mir eine geheime Kraft gibt. Der am Vortag geleistete Widerstand hat stets den des nächsten Tages vorbereitet. Überdies läßt Gott mich nicht gänzlich ohne Hoffnung. Wenn anfangs die Gesundheit meiner Kinder mich zur Verzweiflung gebracht hat, geht es ihnen heute besser, je älter sie werden. Ferner ist unsere Behausung verschönert worden, das Vermögen wird wiederhergestellt. Wer weiß, ob nicht das Alter meines Mannes durch mich zu etwas Glücklichem gestaltet werden kann? Glauben Sie mir! Das Wesen, das sich vor dem Großen Richter mit dem grünen Palmwedel in der Hand einfindet und ihm als Getröstete die zuführt, die dem Leben fluchten, dieses Wesen hat seine Schmerzen in Entzückungen umgewandelt. Wenn meine Leiden dem Glück der Familie dienen, sind sie dann noch Leiden?«

»Ja«, sagte ich, »aber sie waren notwendig, wie es die meinen sind, damit ich lernte, die Würzigkeit der in unserm Felsgestein gereiften Frucht zu schätzen; jetzt werden wir sie vielleicht gemeinsam genießen und in ihr die Wunder anstaunen? Die Ströme der Zuneigung, mit der sie die Seelen überflutet, den Saft, der die gilbenden Blätter neu belebt. Das Leben lastet nicht länger, es gehört nicht mehr uns. Mein Gott, verstehen Sie mich denn nicht?« fuhr ich fort und bediente mich der mystischen Sprache, die unsere religiöse Erziehung uns zu etwas Gewohntem gemacht hatte. »Sehen Sie denn nicht, auf welchen Pfaden wir einander entgegengewandelt sind? Welcher Magnet uns über den Ozean bitterer Wasser zu dem Quell süßen Wassers geleitet hat, der am Fuß der Berge über glimmerigen Sand sprudelt, zwischen zwei grünen, überblühten Ufern? Sind wir nicht, wie die Weisen aus dem Morgenland, dem gleichen Stern gefolgt? Jetzt stehen wir vor der Krippe, in der ein göttliches Kind erwacht, das seine Pfeile in die nackten Bäume schießen, das uns durch seine fröhlichen Rufe mit neuem Leben erfüllen, das uns durch seine unaufhörlichen Freuden den Geschmack am Leben wiedergeben wird, und den Nächten ihren Schlummer, den Tagen ihre Heiterkeit. Wer denn hat jedes Jahr neue Knoten zwischen uns geknüpft? Sind wir nicht mehr als Bruder und Schwester? Scheiden Sie nie, was der Himmel vereint hat. Die Leiden, von denen Sie sprechen, waren die Saat, die der Sämann mit vollen Händen ausstreute, um die Ernte aufsprießen zu lassen, die jetzt schon die schönste der Sonnen vergoldet. Sehen Sie doch! Sehen Sie doch! Wollen wir sie nicht gemeinsam Halm für Halm pflücken? Welche Kraft muß in mir sein, daß ich so zu Ihnen zu sprechen wage! Antworten Sie mir jetzt, oder ich überquere die Indre nie wieder.«

»Sie haben mir das Wort ›Liebe‹ erspart«, unterbrach sie mich mit strenger Stimme. »Aber Sie haben von einem Gefühl gesprochen, das ich nicht kenne und das mir verboten ist. Sie sind ein Kind, ich verzeihe Ihnen nochmals, aber zum letztenmal. Vernehmen Sie es, Monsieur, mein Herz ist wie berauscht von Mütterlichkeit! Ich liebe meinen Mann nicht aus gesellschaftlicher Pflicht noch aus Berechnung, um mir die ewige Seligkeit zu verschaffen; sondern aus einem unwiderstehlichen Gefühl heraus, das ihn an alle Fibern meines Herzens heftet. Bin ich durch äußere Gewalt zu meiner Heirat gezwungen worden? Entscheidend dafür war mein Mitgefühl mit dem Unglücklichen. War es nicht Aufgabe der Frauen, die Übel der Zeit zu heilen, die zu trösten, die in die Bresche sprangen und verwundet zurückkehrten? Was soll ich Ihnen sagen? Ich habe eine gewisse selbstsüchtige Befriedigung empfunden, als ich merkte, daß Sie ihn erheitern: Ist das nicht reine Mütterlichkeit? Hat meine Beichte Ihnen denn nicht zur Genüge die drei Kinder gezeigt, an denen ich nie fehlen darf, auf die ich einen heilenden Tau niederregnen lassen und meine Seele zum Strahlen bringen muß, ohne daß ihr kleinster Teil verfälscht werden dürfte? Machen Sie die Milch einer Mutter nicht bitter! Obgleich die Gattin in mir unverletzlich ist, dürfen Sie nicht mehr so zu mir sprechen. Wenn Sie dieses schlichte Verbot nicht achten, dann sage ich Ihnen von vornherein, daß die Tür dieses Hauses Ihnen für immer verschlossen sein wird. Ich glaubte an reine Freundschaft, an ein freiwilliges Geschwistertum, das verläßlicher ist als ein auferlegtes. Irrtum! Ich wollte einen Freund, der kein Richter ist, einen Freund, der mich in jenen Augenblicken der Schwäche anhört, in denen die grollende Stimme eine mörderische Stimme ist; einen frommen Freund, von dem ich nichts zu befürchten hätte. Jugend ist edel, frei von Lügen, zu Opfern fähig, ohne Eigennutz: Als ich Ihre Beharrlichkeit sah, da habe ich, ich gestehe es, an einen Plan des Himmels geglaubt; ich habe geglaubt, ich würde eine Seele finden, die mir ganz allein gehörte wie ein Priester allen gehört, ein Herz, in das ich meine Schmerzen ergießen könnte, wenn sie überfließen, zu dem ich aufschreien könnte, wenn meine Schreie sich nicht zurückhalten ließen und mich ersticken würden, wenn ich sie weiterhin hinunterschluckte. Auf diese Weise hätte mein Dasein, das für meine Kinder so kostbar ist, sich verlängern können bis zu dem Tag, da Jacques zum Mann geworden sein würde. Aber hieße das nicht, allzu egoistisch sein? Kann Petrarcas Laura auferstehen? Ich habe mich geirrt, Gott will es nicht. Ich werde auf meinem Posten sterben müssen wie der Soldat, ohne Freund. Mein Beichtvater ist hart und streng ... und meine Tante lebt nicht mehr!«

Zwei dicke Tränen, die ein Mondstrahl hell aufschimmern ließ, entquollen ihren Augen, rollten über ihre Wangen bis an deren unteren Teil; aber ich streckte rechtzeitig genug die Hand aus, fing sie auf und trank sie mit einer frommen Gier, die jene Worte erregt hatten, die schon von zehn Jahren geheimer Tränen, verschwendetem Feingefühl, beständigen Sorgen, ewigen Beunruhigungen, vom höchsten Heroismus Deines Geschlechts gezeichnet worden waren! Sie blickte mich mit einer auf liebliche Weise törichten Miene an.

»Dies ist«, sagte ich, »die erste, die heilige Kommunion der

Liebe. Ja, jetzt habe ich an Ihren Schmerzen teilgenommen, mich mit Ihrer Seele vereinigt, wie wir uns mit Christus vereinigen, wenn wir seine göttliche Substanz trinken. Ohne Hoffnung zu lieben ist immer noch ein Glück. Ach, welche Frau auf Erden könnte mir eine so große Freude bereiten wie die, solche Tränen aufgesogen zu haben! Ich willige in diesen Vertrag ein; er soll sich für mich in Leiden auflösen. Ich gebe mich Ihnen ohne Hintergedanken preis, und ich werde sein, was Sie wollen.«

Sie gebot mir durch eine Geste Einhalt und sagte mit ihrer tiefen Stimme: »Ich stimme diesem Pakt zu, wenn Sie die Bande, die uns verknüpfen, niemals fester anziehen.«

»Ja«, sagte ich, »aber je weniger Sie gewähren, desto gewisser muß ich besitzen.«

»Sie beginnen mit einer Mißtrauensbekundung«, antwortete sie und gab dabei der Melancholie des Zweifels Ausdruck.

»Nein, wohl aber mit einem reinen Genuß. Hören Sie! Ich möchte Sie mit einem Namen nennen, der niemanden sonst gehört, wie es das Gefühl sein soll, dem wir uns weihen.«

»Das ist viel«, sagte sie, »aber ich bin weniger kleinlich als Sie glauben. Mein Mann nennt mich Blanche. Ein einziger Mensch auf Erden, der, den ich am meisten geliebt habe, meine anbetenswerte Tante, hat mich Henriette genannt. Für Sie werde ich also wieder Henriette.«

Ich nahm ihre Hand und küßte sie. Sie überließ sie mir in dem Vertrauen, das die Frau uns so überlegen macht, einem Vertrauen, das uns niederdrückt. Sie stützte sich auf die Backsteinbalustrade und blickte auf die Indre.

»Handeln Sie nicht falsch, lieber Freund«, sagte sie, »mit dem ersten Satz an das Ende der Laufbahn zu springen? Sie haben durch Ihren ersten Trunk einen Becher geleert, der Ihnen in aller Reinheit gereicht worden war. Doch ein wahres Gefühl kann nicht geteilt werden; es muß ganz sein, oder es existiert nicht. Mein Mann«, sagte sie nach einem Augenblick des Schweigens, »ist über alle Begriffe loyal und stolz. Vielleicht wären Sie geneigt, um meinetwillen zu vergessen, was er gesagt hat; falls er nichts mehr davon weiß, werde ich ihn morgen darüber unterrichten. Bleiben Sie Clochegourde eine Zeitlang fern; er wird Sie deswegen um so höher achten. Nächsten Sonntag nach dem Kirchgang wird er Sie von sich aus aufsuchen; ich kenne ihn, er wird sein Unrecht auslöschen; und dann wird er es Ihnen hoch anrechnen, daß Sie ihn wie jemanden behandelt haben, der für sein Tun und seine Äußerungen verantwortlich ist.«

»Fünf Tage, ohne Sie zu sehen, ohne Ihre Stimme zu hören!«

»Legen Sie nie eine solche Glut in das, was Sie mir sagen«, sagte sie.

Wir machten zweimal schweigend die Runde um die Terrasse. Dann sagte sie, und es klang wie ein Befehl, der mir bewies, daß sie von meiner Seele Besitz ergriffen hatte: »Es ist spät; wir müssen scheiden.«

Ich wollte ihr die Hand küssen, sie zögerte, gab sie abermals und sagte wie ein Gebet: »Nehmen Sie sie immer nur, wenn ich sie Ihnen gebe; lassen Sie mir meine Willensfreiheit; denn sonst wäre ich ein Etwas, das Ihnen gehört, und das darf nicht sein.«

»Adieu«, sagte ich.

Ich ging durch die kleine, untere Tür hinaus; sie öffnete sie mir. Als sie sie gerade schließen wollte, öffnete sie sie nochmals, hielt mir die Hand hin und sagte: »Wirklich, Sie sind heute abend sehr gütig gewesen, Sie haben mich über meine ganze Zukunft getröstet; nehmen Sie, lieber Freund, nehmen Sie!«

Mehrmals küßte ich ihre Hand; und als ich die Augen erhob, sah ich Tränen in den ihrigen. Sie stieg wieder zur Terrasse hinauf und blickte mir noch eine Weile über die Wiese hinweg nach. Als ich auf dem Weg nach Frapesle war, sah ich noch immer ihr vom Mond beschienenes weißes Kleid; ein paar Augenblicke danach schimmerte in ihrem Schlafzimmer ein Lichtschein auf.

»O meine Henriette!« sagte ich mir, »dir werde die reinste Liebe zuteil, die je auf dieser Erde gestrahlt hat!«

Ich gelangte wieder nach Frapesle; bei jedem Schritt hatte ich mich umgeschaut. In mir verspürte ich irgendeine unauslöschliche Befriedigung. Endlich tat sich eine glänzende Bahn für den Opferwillen auf, mit dem jedes junge Herz schwanger geht; er war für mich so lange Zeit hindurch eine brachliegende Kraft gewesen! Gleich einem Priester, der durch einen einzigen Schritt in ein neues Leben getreten ist, hatte ich mich geweiht, geheiligt. Ein einfaches »Ja, Madame!« hatte mich verpflichtet, eine unwiderstehliche Liebe ganz für mich allein in meinem Herzen zu bewahren, nie die Freundschaft dadurch zu mißbrauchen, daß ich diese Frau Schritt für Schritt der Liebe entgegenführte. Alle meine erweckten edlen Gefühle ließen in mir ihre verworrenen Stimmen hören. Ehe ich mich wieder in der Enge eines Schlafzimmers befand, wollte ich wollüstig unter dem sternübersäten Azur verweilen, noch einmal in meinem Innern die Laute der verwundeten Ringeltaube vernehmen, die schlichten Klänge harmlosen Vertrauens, in der Luft die Aushauchungen dieser Seele auffangen, die alle zu mir hinströmen mußten. Wie groß dünkte sie mich, diese Frau, mit ihrer tiefen Ichvergessenheit, ihrem frommen Pflichtbewußtsein gegenüber verwundeten, schwachen oder leidenden Wesen, ihrem unbeschwerten Sichschicken in gesetzliche Ketten! Da stand sie heiter auf ihrem Scheiterhaufen der Heiligen und Märtyrerin! Ich staunte ihr Antlitz an, das mir inmitten der Finsternisse erschien, als ich plötzlich einen Sinn in ihren Worten zu erraten glaubte, eine geheimnisvolle Bedeutung, die sie für mich zu etwas vollkommen Erhabenem machte. Vielleicht wollte sie, daß ich für sie das würde, was sie für ihre kleine Welt war? Vielleicht wollte sie aus mir ihre Kraft und ihren Trost schöpfen und mich auf diese Weise in ihre Sphäre erheben, auf ihre Ebene oder gar noch höher? Die Sterne, sagen einige kühne Weltdeuter, vermitteln einander so Bewegung und Licht. Dieser Gedanke entführte mich in ätherische Höhen. Ich befand mich wieder im Himmel meiner alten Träume und erklärte mir die Nöte meiner Kindheit durch das Übermaß des Glückes, in dem ich schwamm.

In ihren Tränen erloschene Genies, verkannte Herzen, unbekannte Heiligengestalten wie Clarissa Harlowe[55], verstoßene Kinder, unschuldig Geächtete, ihr alle, die ihr ins Leben durch dessen Wüsten eingetreten seid, ihr, die ihr stets kalten Gesichtern begegnet seid, verschlossenen Herzen, tauben Ohren, beklagt euch nie! Ihr allein vermögt das Unendliche der Freude zu erkennen, wenn sich ein Herz für euch auftut, ein Ohr euch anhört, ein Blick euch antwortet. Ein einziger Tag löscht schlimme Tage aus. Die Schmerzen, die Grübeleien, die Verzweiflungen, die Schwermutsanfälle, die unvergessen hinter euch liegen, sind ebenso viele Bande, durch die die Seele sich an die vertrauende Seele heftet. Eine durch unsere unterdrückten Wünsche schön gewordene Frau erbt dann Seufzer und verlorene Liebe, sie erstattet uns vergrößert alle getäuschten Zuneigungen zurück, sie deutet früheren Kummer als den vom Schicksal geforderten Ausgleich für die ewigen Glückseligkeiten, die es am Verlobungstag der Seele spendet. Einzig die Engel sagen den neuen Namen, mit dem man diese heilige Liebe benennen müßte, gerade wie ihr allein, ihr geliebten Märtyrer, recht zu wissen vermögt, was Madame de Mortsauf plötzlich für mich, den Armen, den Einsamen, geworden war!

Diese Szene hatte sich an einem Dienstag ereignet; ich wartete bis zum Sonntag, ohne die Indre auf meinen Spaziergängen zu überschreiten. Während jener fünf Tage vollzogen sich auf Clochegourde große Ereignisse. Der Graf hatte das Patent als Maréchal-de-champ[56], das Sankt-Ludwigs-Kreuz[57] und eine Pension von viertausend Francs erhalten. Der Herzog von Lenoncourt-Givry, der zum Pair von Frankreich ernannt worden war, kaufte zwei Wälder zurück, nahm seinen Dienst bei Hof wieder auf, und seine Frau gelangte wieder in den Besitz ihrer nicht verkauften Güter, die zu den Domänen der kaiserlichen Krone gehört hatten. Auf diese Weise war die Gräfin de Mortsauf eine der reichsten Erbinnen des Maine geworden. Ihre Mutter war gekommen und hatte ihr hunderttausend Francs gebracht, die sie von den Einkünften von Givry gespart hatte; das war der Betrag ihrer Mitgift, die noch nicht ausgezahlt worden war; der Graf hatte trotz seiner bedrängten Lage nie davon gesprochen. In allen Dingen des äußeren Lebens kündete das Verhalten dieses Mannes von äußerstem Stolz und völliger Uneigennützigkeit. Nun der Graf diese Summe seinen eigenen Ersparnissen hinzufügte, konnte er zwei benachbarte Güter kaufen, die etwa neuntausend Francs einbrachten. Da sein Sohn dem Großvater in der Pairswürde nachfolgen mußte, kam er unvermittelt auf den Gedanken, ihm ein Majorat zu schaffen; es sollte aus dem Grundbesitz beider Familien bestehen, ohne daß dadurch Madeleine geschädigt werden sollte; ihr konnte der Herzog von Lenoncourt, nun er wieder in Gunst stand, sicherlich eine gute

Heirat vermitteln. Diese Verfügungen und dieses Glück legten einigen Balsam auf die Wunden des Emigranten. Daß die Herzogin von Lenoncourt auf Clochegourde erschienen war, bedeutete für die Gegend ein Ereignis. Schmerzlich erwog ich, daß diese Frau eine große Dame sei, und jetzt witterte ich bei ihrer Tochter den Kastengeist, den für mich der Adel ihrer Gefühle verborgen hatte. Wer war ich denn in meiner Armut, ich, dessen Zukunft einzig in meinem Mut und meinen Fähigkeiten bestand? Ich bedachte nicht, welche Folgen die Restauration für mich und für andere hatte. Am Sonntag warf ich von dem reservierten Kirchenstuhl aus, in dem ich mit dem Ehepaar de Chessel und dem Abbé de Quélus dem Gottesdienst beiwohnte, gierige Blicke auf einen angrenzenden Kirchenstuhl, in dem sich die Herzogin, ihre Tochter, der Graf und die Kinder befanden. Der Strohhut, der mir mein Idol verbarg, schwankte nicht, und daß sie mich unbeachtet ließ, schien mich noch fester an sie zu binden als alles Vergangene. Die große Henriette de Lenoncourt, die jetzt meine geliebte Henriette war, und deren Leben ich zum Blühen bringen wollte, betete inbrünstig; der Glaube lieh ihrer Haltung etwas Abgründiges und Gedemütigtes; es war die Pose einer Heiligenstatue, und sie erschütterte mich.

Nach der Gepflogenheit dörflicher Pfarrer mußte die Vesper einige Zeit nach der Messe begangen werden. Beim Verlassen der Kirche bot Madame de Chessel ihren Nachbarn natürlich an, die zwei Wartestunden auf Frapesle zu verbringen, anstatt bei der herrschenden Hitze zweimal die Indre und die Wiese zu überqueren. Dem Anerbieten wurde zugestimmt. Monsieur de Chessel bot der Herzogin den Arm, Madame de Chessel nahm den des Grafen, ich reichte den meinen der Gräfin und spürte zum erstenmal diesen schönen, kühlen Arm an meiner Seite. Während des Rückwegs vom Pfarrdorf nach Frapesle, der durch den Wald von Saché führte, wo das durch das Laubwerk gefilterte Licht auf dem Sand der Waldwege die hübschen hellen Flecke schuf, die wie bemalte Seide wirken, hatte ich stolze Empfindungen und Gedanken, die mir heftiges Herzklopfen verursachten.

»Was ist Ihnen?« fragte sie nach ein paar Schritten, die in

1033

einem Schweigen zurückgelegt worden waren, das zu brechen ich nicht gewagt hatte. »Ihr Herz pocht viel zu schnell . . .«

»Ich habe von für Sie glücklichen Ereignissen erfahren«, sagte ich, »und wie alle, die sehr lieben, hege ich unbestimmte Befürchtungen. Wird Ihre hohe Stellung nicht Ihren Freundschaften schaden?«

»Das sagen Sie mir?« fragte sie. »Pfui! Noch ein solcher Gedanke, und ich würde Sie nicht verachten, sondern Sie für alle Zeit vergessen.«

Ich blickte sie in einer Trunkenheit an, die ansteckend wirken mußte.

»Wir genießen die Wohltat von Gesetzen, die wir weder bewirkt noch verlangt haben, aber wir werden weder Bettler noch habgierig sein; und überdies wissen Sie ja«, fuhr sie fort, »daß weder ich noch mein Mann Clochegourde verlassen können. Auf meinen Rat hin hat er die Kommandostelle in der Maison Rouge[58], auf die er ein Anrecht hat, abgelehnt. Unsere erzwungene Bescheidenheit«, sagte sie und lächelte bitter, »hat unserem Sohn bereits gute Dienste geleistet. Der König, in dessen unmittelbarer Umgebung mein Vater Dienst tut, hat allergnädigst gesagt, er werde die Gunst, die wir nicht gewollt hätten, auf Jacques übertragen. Jacques' Erziehung, an die gedacht werden muß, ist jetzt Gegenstand einer ernsthaften Auseinandersetzung; er muß zwei Häuser repräsentieren, die Lenoncourts und die Mortsaufs. Ich kann nur für ihn Ehrgeiz hegen, also sind meine Besorgnisse noch größer geworden. Jacques muß nicht nur am Leben bleiben, sondern auch seines Namens würdig werden; das sind zwei Verpflichtungen, die einander widersprechen. Bis jetzt habe ich seiner Erziehung nur genügen können, indem ich die Arbeiten seinen Kräften anpaßte; aber erstens, wo soll ich einen Hauslehrer finden, der mir zusagt? Und zweitens, später, welcher Freund wird ihn mir in dem gräßlichen Paris behüten, wo für die Seele alles Falle und für den Körper alles Gefahr ist? Lieber Freund«, sagte sie mit bewegter Stimme, »wenn man Ihre Stirn und Ihre Augen sieht, wie sollte man da nicht in Ihnen einen der Vögel erraten, die auf den Höhen wohnen müssen? Nehmen Sie Ihren Anlauf; seien Sie eines Tages der Pate unseres lieben Jungen. Gehen Sie nach Paris. Wenn Ihr Bruder und Ihr Vater Sie nicht unterstützen, so wird unsere Familie und zumal meine Mutter, die genial in Geschäftsdingen ist, sicherlich sehr einflußreich sein; nützen Sie unsere Geltung aus! Dann wird es Ihnen bei der Laufbahn, die Sie einschlagen wollen, nicht an Unterstützung und Hilfe fehlen! Setzen Sie den Überfluß Ihrer Kräfte in einen edlen Ehrgeiz um ...«

»Ich verstehe«, unterbrach ich sie, »meine Ehrsucht soll meine Geliebte werden. Ich bedarf dessen nicht, um ganz Ihnen anzugehören. Nein, ich will nicht für meine hier bekundete Zurückhaltung dort durch Gunstbezeigungen belohnt werden. Ich werde nach Paris gehen, ich werde ganz allein durch mich selbst groß werden. Von Ihnen würde ich alles entgegennehmen; von andern will ich nichts.«

»Kinderei!« murmelte sie, konnte sich aber eines zufriedenen Lächelns nicht erwehren.

»Überdies habe ich ein Gelübde getan«, sagte ich. »Als ich über unser beider Lage nachsann, habe ich gedacht, mich an Sie durch Bande zu fesseln, die sich niemals lösen können.«

Ein leichtes Beben durchrann sie; sie blieb stehen und blickte mich an.

»Was wollen Sie damit sagen?« fragte sie, ließ die beiden Paare vor uns weitergehen und behielt ihre Kinder bei sich.

»Nun«, antwortete ich, »sagen Sie mir offen und ehrlich, auf welche Weise ich Sie lieben soll.«

»Lieben Sie mich, wie mich meine Tante geliebt hat; ich habe Ihnen ja schon ihre Rechte übertragen, als ich Sie ermächtigte, mich mit dem Namen zu nennen, den sie unter meinen Vornamen ausgewählt hatte.«

»Dann also werde ich ohne Hoffnung lieben, mit völliger Hingabe. Gut, ja, ich werde für Sie tun, was der Mensch für Gott tut. Haben Sie das nicht erbeten? Ich will in ein Seminar eintreten, es als Priester verlassen und Jacques erziehen. Ihr Jacques soll für mich ein zweites Ich sein: politische Auffassungen, Denken, Energie, Geduld, all das will ich ihm vermitteln. Auf diese Weise kann ich bei Ihnen bleiben, ohne daß meine Liebe, die wie ein Silberbild in Kristall von der Religion gefaßt wird, beargwöhnt werden könnte. Sie haben keine der maßlosen Äußerungen des Ungestüms zu befürchten, die einen

Mann überkommen und durch die ich mich schon einmal habe bezwingen lassen. Ich werde mich in der Flamme verzehren und Sie mit geläuterter Liebe lieben.«

Sie erbleichte und sagte hastig: »Félix, verfangen Sie sich nicht in Fesseln, die eines Tags zum Hindernis Ihres Glücks werden könnten. Ich würde vor Kummer sterben, wenn ich die Ursache dieses Selbstmords gewesen wäre. Sie Kind, ist denn eine unglückliche Liebe eine Berufung? Warten Sie die Prüfungen durch das Leben ab, um das Leben zu beurteilen; ich will es, ich befehle es. Vermählen Sie sich nicht der Kirche noch einer Frau, vermählen Sie sich auf keine Weise, ich verbiete es Ihnen. Bleiben Sie frei. Sie sind einundzwanzig Jahre alt. Sie wissen ja kaum, was Ihnen die Zukunft vorbehält. Mein Gott! Sollte ich Sie falsch eingeschätzt haben? Dabei hatte ich geglaubt, zwei Monate würden zum Kennenlernen gewisser Seelen ausreichen.«

»Welche Hoffnung hegen Sie?« fragte ich, und meine Augen schleuderten Blitze.

»Lieber Freund, nehmen Sie meine Hilfe an, sorgen Sie für Ihren Aufstieg, gelangen Sie zu Vermögen, und dann sollen Sie erfahren, was ich mir erhoffe. Kurz und gut«, sagte sie, und es war, als lasse sie sich ein Geheimnis entschlüpfen, »lassen Sie nie Madeleines Hand los, die Sie in diesem Augenblick halten.«

Sie hatte sich zu mir hingeneigt, um mir diese Worte zuzuflüstern, die bewiesen, wie sehr sie sich mit meiner Zukunft befaßt hatte.

»Madeleine?« fragte ich. »Niemals!«

Diese beiden Wörter stießen uns zurück in ein Schweigen voller innerer Wallungen. Unsere Seelen wurden von den Erschütterungen gepeinigt, die sie so tief furchen, daß sie darin ewige Spuren hinterlassen. Wir konnten jetzt die hölzerne Pforte sehen, durch die man den Park von Frapesle betrat; mir ist noch heute, als hätte ich die beiden morschen Pfeiler vor Augen, die mit Kletterpflanzen und Moos bedeckt waren, mit Gras und Brombeerranken. Plötzlich schoß mir ein Gedanke, nämlich der an den Tod des Grafen, wie ein Pfeil durchs Gehirn, und ich sagte: »Ich verstehe Sie.«

»Das ist ganz wundervoll«, antwortete sie in einem Tonfall,

der mich erkennen ließ, daß ich ihr einen Gedanken unterschoben hatte, den sie niemals haben würde.

Ihre Reinheit entpreßte mir eine Träne der Bewunderung, die der Egoismus der Leidenschaft sehr bitter machte. Ich ging in mich; ich bedachte, daß sie mich nicht genug liebe, um sich ihre Freiheit zu wünschen. Solange die Liebe vor einem Verbrechen zurückschreckt, scheint sie Grenzen zu haben, und Liebe muß unendlich sein. Mein Herz krampfte sich grausig zusammen.

Sie liebt mich nicht, dachte ich.

Um nicht in meiner Seele lesen zu lassen, küßte ich Madeleine aufs Haar.

»Ich habe Angst vor Ihrer Mutter«, sagte ich zur Gräfin, um die Unterhaltung wieder anzuknüpfen.

»Ich auch«, antwortete sie und vollführte eine kindliche Geste. »Aber vergessen Sie nicht, sie stets ›Frau Herzogin‹ anzureden und in der dritten Person mit ihr zu sprechen. Die heutige Jugend hat die Anwendung dieser Höflichkeitsformen vergessen; wollen Sie sie wiederaufnehmen? Tun Sie das für mich. Überdies zeugt es von gutem Geschmack, den Frauen Achtung zu bezeigen, wie alt sie auch sein mögen, und die sozialen Unterschiede anzuerkennen, ohne sie in Frage zu stellen. Sind die Ehren, die Sie anerkannt Höherstehenden erweisen, nicht die Bürgschaft derjenigen, die Ihnen gebühren? In der Gesellschaft ist alles solidarisch. Der Kardinal della Rovere[59] und Raffael von Urbino waren ehemals zwei gleichermaßen verehrte Mächte. Sie haben in Ihren Schulen die Milch der Revolution gesogen, und das kann seine Nachwirkungen auf Ihre politischen Ideen haben; aber wenn Sie älter werden, dann werden Sie lernen, wie ohnmächtig die schlecht definierten Grundsätze der Freiheit sind, das Glück der Völker zu bewirken. Ehe ich in meiner Eigenschaft als eine Lenoncourt darüber nachgedacht habe, was eine Aristokratie ist oder sein muß, hat mein gesunder, bäurischer Menschenverstand mir gesagt, daß die Gesellschaft nur durch die Hierarchie besteht. Sie stehen an einem Punkt Ihres Lebens, wo die rechte Wahl getroffen werden muß. Schließen Sie sich unserer Partei an. Vor allem«, fügte sie lachend hinzu, »wenn sie triumphiert.«

Diese Worte machten mich tief betroffen; in ihnen verbarg sich tiefe politische Einsicht unter warmer Zuneigung, und das

war die Vereinigung, die den Frauen eine so große Verführungs-
macht verleiht; sie verstehen sich darauf, den schärfsten Ver-
nunfterwägungen die Form des Gefühls zu leihen. Es schien, als
habe Henriette in ihrem Verlangen, das Tun des Grafen zu rechtfertigen, die Überlegungen vorausgesehen, die in meiner Seele
entstehen mußten, als ich, in diesem Augenblick, zum erstenmal
die Wirkungen der Höflingskunst durchschaute. Monsieur de
Mortsauf, der König in seinem Schloß, umgeben von seiner historischen Aureole, hatte in meinen Augen grandiose Proportionen
angenommen, und ich gestehe, daß ich seltsam erstaunt über den
Abstand war, den er durch, gelinde gesagt, sehr unterwürfige
Umgangsformen zwischen der Herzogin und sich selbst schuf.
Auch der Sklave hat seine Eitelkeit; er will nur dem größten
aller Despoten gehorchen; ich fühlte mich wie gedemütigt beim
Anblick der Unterwürfigkeit dessen, der mich zittern machte, da
er all meine Liebe beherrschte. Diese innere Aufwallung ließ
mich die Marter der Frauen verstehen, deren edelmütige Seele
an die eines Mannes gekoppelt ist, dessen Feigheiten sie täglich
in sich verschließen. Die Achtung ist eine Schranke, die gleichermaßen den Großen und den Kleinen schützt; jeder kann sich von
seiner Seite aus im Gegenüber betrachten. Meiner Jugend wegen
verhielt ich mich der Herzogin gegenüber ehrerbietig; aber da,
wo die andern eine Herzogin erblickten, sah ich die Mutter meiner Henriette und legte in meine Huldigungen eine Art Heiligkeit. Wir betraten den großen Hof von Frapesle, und dort fanden wir die ganze Gesellschaft vor. Der Graf de Mortsauf stellte
mich überaus liebenswürdig der Herzogin vor; sie musterte mich
kalt und zurückhaltend. Madame de Lenoncourt war damals
eine Frau von sechsundfünfzig Jahren, sah noch sehr gut aus und
hatte die Manieren der großen Welt. Beim Erblicken ihrer harten,
blauen Augen, ihrer gefurchten Schläfen, ihres mageren, asketi-
schen Antlitzes, ihrer imposanten, aufgereckten Gestalt, ihrer
spärlichen Bewegungen und ihrer falben Gesichtsfarbe, die bei
ihrer Tochter so strahlend wiederkehrte, erkannte ich die kalte
Rasse, der auch meine Mutter entstammte, mit der gleichen
Schnelligkeit, wie ein Mineraloge aus Schweden stammendes
Eisenerz erkennt. Ihre Redeweise war die des alten Hofs; sie
sprach die Endungen auf »ait« aus und sagte »fraid« statt »froid«

und »porteux« statt »porteurs«. Ich war weder geziert noch steif; ich benahm mich so gut, daß die Gräfin auf dem Gang zur Vesper mir zuflüsterte: »Sie waren tadellos!«

Der Graf trat zu mir, nahm mich bei der Hand und fragte: »Wir sind einander doch nicht böse, Félix? Wenn ich ein bißchen aufgebraust bin, dann verzeihen Sie es doch wohl Ihrem alten Kameraden. Wir werden wahrscheinlich zum Abendessen hierbleiben, und wir wollen Sie für Donnerstag einladen, den Tag vor der Abreise der Herzogin. Ich muß nach Tours und dort einige Geschäfte zum Abschluß bringen. Vernachlässigen Sie Clochegourde nicht. Meine Schwiegermutter ist eine Bekanntschaft, die zu pflegen ich Ihnen nahelege. Ihr Salon wird im Faubourg Saint-Germain den Ton angeben. Sie hat die Traditionen der großen Gesellschaft; sie verfügt über eine umfassende Bildung, und sie kennt das Wappen des ersten wie des letzten Edelmanns in Europa.«

Der gute Geschmack des Grafen und vielleicht die Ratschläge des über seinem Haus waltenden Genius traten in den neuen Lebensumständen, in die der Triumph seiner Sache ihn versetzt hatte, deutlich hervor. Er zeigte sich weder arrogant noch verletzend höflich; er war ohne Emphase, und die Herzogin setzte keine Gönnermiene auf. Das Ehepaar de Chessel nahm dankend die Einladung zum Abendessen für den nächsten Donnerstag an. Ich gefiel der Herzogin, und ihre Blicke lehrten mich, daß sie in mir jemanden prüfe, von dem ihre Tochter ihr gesprochen hatte. Auf dem Heimweg von der Vesper fragte sie mich über meine Familie aus und wollte wissen, ob der bereits in der Diplomatie beschäftigte Vandenesse mit mir verwandt sei. – »Er ist mein Bruder«, antwortete ich. Da wurde sie halbwegs herzlich. Sie belehrte mich, daß meine Großtante, die alte Marquise de Listomère, eine Grandlieu sei. Ihr Gehaben war höflich wie das Monsieur de Mortsaufs an dem Tage, da er mich kennengelernt hatte. Ihr Blick verlor den hochmütigen Ausdruck, durch den die Fürsten der Erde uns den Abstand ermessen lassen, der zwischen ihnen und uns klafft. Ich wußte so gut wie nichts von meiner Familie. Von der Herzogin erfuhr ich, daß mein Großonkel, ein alter Abbé, dessen Namen ich nicht mal wußte, dem Geheimen Rat[60] angehöre, daß mein Bruder befördert worden sei; und schließlich, daß er auf Grund eines Paragraphen der Charte[61] wieder Marquis de Vandenesse geworden sei.

»Ich bin nur eins, nämlich der Leibeigene von Clochegourde«, sagte ich leise zur Gräfin.

Der Zauberstab der Restauration vollbrachte alles mit einer Schnelligkeit, die die unter dem kaiserlichen Regime aufgewachsenen Kinder verblüffte. Mir bedeutete diese Umwälzung nichts. Das geringste Wort, die einfachste Geste Madame de Mortsaufs waren die einzigen Geschehnisse, denen ich Wichtigkeit beimaß, und ich hatte keine Ahnung, was ein »Geheimer Rat« war; ich wußte nichts von der Politik noch von den Angelegenheiten der großen Welt; ich hatte keinen anderen Ehrgeiz als den, Henriette zu lieben, inniger zu lieben, als Petrarca Laura geliebt hatte. Diese Ahnungslosigkeit ließ die Herzogin mich für ein Kind halten. Es kamen viele Gäste nach Frapesle; wir waren dreißig Personen zum Abendessen. Welch ein berauschendes Gefühl ist es für einen jungen Menschen, zu sehen, daß die Frau, die er liebt, die schönste von allen ist und zum Ziel leidenschaftlicher Blicke wird, und zu wissen, daß er der einzige ist, der das Leuchten ihrer keusch niedergeschlagenen Augen empfängt; alle Nuancen ihrer Stimme genugsam zu kennen, um in ihren dem Anschein nach leicht hingeworfenen oder spöttischen Äußerungen die Beweise ständigen Gedenkens zu gewahren, auch dann, wenn man im Herzen verzehrende Eifersucht auf die Gesellschaft empfindet. Der Graf war glücklich über die ihm gezollten Aufmerksamkeiten und verjüngte sich förmlich; seine Frau erhoffte sich daraus einen Stimmungsumschwung; ich lachte mit Madeleine, die, wie alle Kinder, bei denen der Körper dem Zwang der Seele unterliegt, mich durch erstaunliche Bemerkungen voll spöttischen, aber von Bosheit freien Geistes, die indessen niemanden verschonten, zum Lachen brachte. Es war ein schöner Tag. Ein Wort, eine am Morgen geborene Hoffnung hatten die Natur zum Leuchten gebracht; als Henriette mich so fröhlich sah, wurde auch sie fröhlich.

»Dieses Glück, das sein graues, wolkenverhangenes Leben durchstrahlte, scheint ihm wohlgetan zu haben«, sagte sie mir am andern Tag.

Natürlich verbrachte ich den nächsten Tag auf Clochegourde;

ich war von dort fünf Tage lang verbannt gewesen; mich dürstete nach meinem Leben. Der Graf war morgens um sechs weggefahren, um in Tours seine Kaufverträge aufsetzen zu lassen. Ein ernster Grund zur Zwietracht war zwischen Mutter und Tochter entstanden. Die Herzogin hatte gewollt, daß die Gräfin ihr nach Paris folge, wo sie für sie ein Hofamt erhalten würde, und wo der Graf, wenn er seine Weigerung widerrief, eine hohe Stellung einnehmen konnte. Henriette, die als eine glückliche Frau galt, wollte niemandem, nicht einmal dem Herzen einer Mutter, weder ihre grausigen Leiden noch die Unfähigkeit ihres Mannes enthüllen. Damit ihre Mutter nicht in die Geheimnisse ihres Ehelebens eindringe, hatte sie ihren Mann nach Tours geschickt, wo er sich mit den Notaren herumkabbeln mußte. Ich allein kannte, wie sie gesagt hatte, die Geheimnisse von Clochegourde. Nachdem sie ausprobiert hatte, wie sehr die reine Luft und der blaue Himmel dieses Tals die Gereiztheiten des Geistes und die bitteren Schmerzen der Krankheit milderten, und welchen Einfluß das Wohnen auf Clochegourde auf die Gesundheit ihrer Kinder ausübte, widerstrebte sie mit begründeten Weigerungen, die von der Herzogin bekämpft wurden, einer rechthaberischen Frau, die sich durch die schlechte Ehe ihrer Tochter weniger bekümmert als gedemütigt fühlte. Henriette gewahrte, daß ihre Mutter sich wenig um Jacques und Madeleine sorgte; das war eine schreckliche Entdeckung! Wie alle Mütter, die es gewohnt sind, mit dem Despotismus, den sie auf das junge Mädchen ausgeübt haben, auch bei der verheirateten Frau fortzufahren, wartete die Herzogin mit Erwägungen auf, die keine Erwiderungen zuließen; bald heuchelte sie eine arglistige Freundschaft, um eine Zustimmung zu ihren Anschauungen herbeizuführen, bald eine bittere Kälte, um durch Furcht zu erlangen, was Sanftmut nicht durchgesetzt hatte; als sie dann merkte, daß alle Mühe vergeblich war, entfaltete sie die gleiche Ironie, die ich bei meiner Mutter beobachtet hatte. Innerhalb von zehn Tagen lernte Henriette all die Herzenskümmernisse kennen, die bei jungen Frauen durch die Auflehnung, die zur Erhaltung ihrer Unabhängigkeit notwendig ist, ausgelöst werden. Du, die Du zu Deinem Glück die beste aller Mütter hast, wirst diese Dinge schwerlich verstehen. Um eine Vorstellung von diesem Kampf einer trockenen, kalten, berechnenden und ehrgeizigen Frau mit ihrer Tochter voll weicher, lebendiger, nie versiegender Güte zu haben, müßtest Du an die Lilie denken, der mein Herz sie unablässig verglichen hat, die in einem Räderwerk einer Maschine aus blankem Stahl zermahlen wird. Zwischen dieser Mutter und ihrer Tochter hatte nie ein Zusammenhang bestanden; sie wußte keine der wirklich vorhandenen Schwierigkeiten zu erraten, die Henriette zwangen, die Vorteile der Restauration unausgenutzt zu lassen und ihr Leben in der Einsamkeit fortzusetzen. Sie glaubte, es bestehe irgendeine kleine Liebelei zwischen Henriette und mir. Dieses Wort, dessen sie sich bediente, um ihren Argwohn auszudrücken, riß zwischen den beiden Frauen eine Kluft auf, die fortan nichts überbrücken zu können schien. Obwohl die Familien sorglich dergleichen unerträgliche Zwistigkeiten zu verhehlen pflegen, wirst Du, hast Du erst einen Einblick in diese Dinge, bei fast allen tiefe, unheilbare Wunden vorfinden, die die natürlichen Gefühle mindern; oder wirkliche, rührende Leidenschaften, die die Rücksichtnahme der Charaktere zu ewigen macht, und die dem Tod eine Wirkung verleihen, deren schwarze Flecken unauslöschlich sind; oder verborgenen Haß, der das Herz langsam vereist und am Tag des Abschieds für ewig die Tränen trocknet. Gestern gequält, heute gequält, von allen gepeinigt, sogar von den beiden leidenden Engeln, die weder die Leiden verschuldet hatten, die sie erduldeten, noch die, die sie verursacht hatten – wie hätte diese arme Seele nicht denjenigen lieben müssen, der sie nicht peinigte, und der sie mit einer dreifachen Dornenhecke umgeben wollte, um sie vor Stürmen zu schützen, vor jeder Berührung mit anderen, vor jeder Verwundung? Zwar litt ich unter diesen Kämpfen, aber manchmal war ich darüber glücklich, weil ich spürte, daß Henriette sich abermals in mein Herz stürzte; denn sie vertraute mir ihre neuen Nöte an. Ich konnte also ihre Ruhe im Schmerz und die energische Geduld, die sie zu entfalten wußte, richtig einschätzen. Jeden Tag verstand ich den Sinn ihrer Worte: »Lieben Sie mich, wie meine Tante mich geliebt hat«, besser.

»Sie haben also nicht die Spur von Ehrgeiz?« fragte die Herzogin mich mit harter Miene beim Abendessen.

»Madame«, antwortete ich ihr und bedachte sie mit einem

ernsten Blick, »ich verspüre in mir eine Kraft, die die Welt zu bändigen vermöchte; aber ich bin erst einundzwanzig, und ich stehe ganz allein da.«

Sie blickte mit verwunderter Miene ihre Tochter an; sie hatte geglaubt, um mich bei sich zu behalten, hätte ihre Tochter in mir allen Ehrgeiz zum Erlöschen gebracht. Der Aufenthalt der Herzogin von Lenoncourt auf Clochegourde war eine Zeit andauernden Zwanges. Die Gräfin verlangte von mir, daß ich die Form wahrte; sie erschrak über ein leise gesprochenes Wort; und ihr zu Gefallen mußte ich den Harnisch der Verstellung anlegen. Der große Donnerstag kam heran; er wurde zu einem Tag voll langweiliger Förmlichkeit, einem der Tage, wie Liebende sie hassen, da sie an die Annehmlichkeiten des täglichen Sichgehenlassens gewöhnt sind, gewöhnt auch daran, ihren Stuhl an seinem Platz zu sehen und die Herrin des Hauses ganz für sich zu haben. Der Liebe graut es vor allem, was nicht sie selbst ist. Die Herzogin reiste ab und genoß die Pracht des Hoflebens, und alles auf Clochegourde kehrte wieder in die gewohnte Ordnung zurück.

Mein kleines Zerwürfnis mit dem Grafen hatte das Ergebnis, daß ich im Schloß noch heimischer geworden war als zuvor; ich konnte jeden Augenblick kommen, ohne das geringste Mißtrauen zu erregen, und alles, was an Erlebnissen hinter mir lag, brachte mich dahin, mich wie eine Kletterpflanze in der schönen Seele auszubreiten, in der sich für mich die bezaubernde Welt geteilter Gefühle auftat. Mit jeder Stunde, von Sekunde zu Sekunde gewann unsere geschwisterliche, auf Vertrauen gegründete Ehe an Zusammenhang; jeder von uns festigte sich in seiner Stellung; die Gräfin hüllte mich in den nährenden Schutz, in die weißen Gewandungen einer völlig mütterlichen Liebe ein, während meine Liebe, die in ihrer Gegenwart seraphisch war, fern von ihr quälend und entstellt wurde wie glühendes Eisen; ich liebte mit einer doppelten Liebe, die abwechselnd die tausend Pfeile des Begehrens abschoß und sie im Himmel verlor, wo sie in einem unüberschreitbaren Äther zunichte wurden. Wenn Du mich fragst, warum ich, der ich doch jung und von wütendem Wollen erfüllt war, in dem trügerischen Glauben an platonische Liebe verharrte, muß ich Dir gestehen, daß ich noch nicht Mann genug war, um diese Frau zu quälen, die doch in steter Angst vor einer Katastrophe bei ihren Kindern schwebte, die immerfort auf einen Ausbruch, einen gewittrigen Stimmungsumschwung ihres Mannes gefaßt sein mußte; die von ihm gequält wurde, wenn sie nicht durch die Krankheit Jacques' und Madeleines zu Tode betrübt war; die am Lager eines der beiden saß, wenn ihr Mann beruhigt war und sie ein wenig Ruhe schöpfen konnte. Der Klang eines zu lebhaften Wortes erschütterte ihr Wesen; ein Wunsch kränkte sie; für sie mußte die Liebe verhüllt sein, mit Zärtlichkeit gemischte Kraft, kurzum all das, was sie selbst für die anderen war. Ferner, muß ich Dir das sagen, die Du so sehr Frau bist?, brachte diese Situation ein bezauberndes Schmachten, Augenblicke göttlicher Lieblichkeit und die Genugtuungen mit sich, die schweigend dargebrachten Opfern folgen. Ihr Gewissen hatte etwas Ansteckendes, ihre Aufopferung ohne irdischen Lohn imponierte durch ihre Beharrlichkeit, die lebendige, heimliche Frömmigkeit, die ihren anderen Tugenden als Band diente, wirkte sich auf ihre Umgebung wie ein geistiger Weihrauch aus. Überdies war ich jung, jung genug, um meine Natur in den Kuß zusammenzudrängen, den sie mir so selten auf ihre Hand zu drücken erlaubte, ihre Hand, von der sie mir immer nur den Rücken und nie die Innenseite geben wollte; vielleicht war das die Grenze, jenseits derer für sie die sinnlichen Wollüste begannen. Zwar haben sich nie zwei Seelen mit größerer Glut umschlungen; aber auch niemals ist der Körper beharrlicher und siegreicher gebändigt worden. Erst sehr viel später ist mir der Grund dieses vollkommenen Glücks klargeworden. In meinem damaligen Alter lenkte kein Interesse mein Herz ab, kein Ehrgeiz durchkreuzte dieses wie ein Gießbach entfesselte Gefühl, das alles, was es von dannen trug, zur Welle machte. Ja, wir lieben die Frau in einer Frau, wogegen wir in der ersten geliebten Frau alles lieben: Ihre Kinder sind die unsern; ihr Haus ist das unsere; ihre Interessen sind unsere Interessen; ihr Unglück ist unser größtes Unglück; wir lieben ihr Kleid und ihre Möbel; es verdrießt uns mehr, wenn ihr Korn verschüttet wird, als wenn wir erführen, unser Geld sei verloren; wir sind imstande, dem Besucher zu grollen, der unsere Kuriositäten auf dem Kaminsims in Unordnung bringt. Solch eine heilige Liebe läßt uns in einem anderen leben, während wir später leider ein anderes Leben in uns hineinziehen, indem wir von der Frau verlangen, sie solle mit ihren jungen Gefühlen unsere verarmten Fähigkeiten bereichern. Ich gehörte bald zur Familie und empfand zum erstenmal eine der unendlichen Beglückungen, die für die gequälte Seele das gleiche sind wie ein Bad für den ermüdeten Körper; die Seele wird dann auf ihrer ganzen Außenseite erfrischt und bis in ihre tiefsten Falten hinein geliebkost. Du wirst mich schwerlich verstehen, Du bist eine Frau, und hier handelt es sich um ein Glück, das ihr Frauen spendet, ohne jemals ein gleiches zu empfangen. Der Mann allein kennt die lüsterne Freude, inmitten eines fremden Hauses der Bevorzugte der Herrin zu sein, der geheime Mittelpunkt ihrer Neigungen: Die Hunde bellen einen nicht mehr an, die Diener erkennen, genau wie die Hunde, die verborgenen Kennzeichen, die man an sich hat; die Kinder, bei denen nichts verfälscht ist, die wissen, daß ihr Anteil sich nie vermindern wird und daß man für das Licht ihres Lebens eine Wohltat ist, jene Kinder besitzen einen hellseherischen Geist; sie machen sich für einen zu Katzen; sie bezeigen die gutartigen Tyranneien, die sie nur angebeteten und anbetenden Wesen vorbehalten; sie sind von gewitzter Verschwiegenheit und unschuldige Mitverschworene; sie kommen auf den Zehenspitzen zu einem, lächeln einen an und gehen geräuschlos von dannen. Für unsereinen ist alles geschäftig, alles liebt einen und lacht einem zu. Wahre Leidenschaften gleichen schönen Blumen, die mit um so größerer Freude angeschaut werden, desto unfruchtbarer der Boden ist, aus dem sie hervorsprießen. Aber wenn mir auch die köstlichen Segnungen dieser Aufnahme in eine Familie zuteil wurden, in der ich Verwandte gefunden hatte, wie mein Herz sie begehrte, so trug ich doch ihre Bürden mit. Bislang hatte Monsieur de Mortsauf sich vor mir geniert; ich hatte seine Fehler nur in ihrer Gesamtheit gesehen; bald aber spürte ich ihre Auswirkungen in ihrer ganzen Reichweite und erkannte, welch nobles Mitleid die Gräfin bei der Schilderung ihrer täglichen Kämpfe hatte walten lassen. Ich lernte jetzt alle Ecken und Kanten dieses unerträglichen Charakters kennen: hörte seine beständigen Schreiereien um nichts und wieder nichts, seine Klagen über Leiden, von denen es kein äußeres Merkmal gab, jene angeborene Mißzufriedenheit, die das Leben seiner Blüten beraubt, und das unablässige Verlangen nach Tyrannei, das ihn jedes Jahr neue Opfer verschlingen lassen würde. Wenn wir abends miteinander spazierengingen, gab er selbst den Weg an; aber welchen auch immer wir einschlugen, er hatte sich dabei stets gelangweilt; waren wir wieder im Schloß, so legte er anderen die Last seiner Verdrossenheit auf; seine Frau war deren Ursache gewesen, weil sie ihn wider seinen Willen dorthin geführt hatte, wohin sie hatte gehen wollen; er erinnerte sich nicht mehr, daß er die Führung übernommen hatte; er beschwerte sich, daß er in den kleinsten Kleinigkeiten des Lebens von ihr gegängelt werde, daß er keinen eigenen Willen und keine eigenen Gedanken haben dürfe; daß er im eigenen Haus eine Null sei. Wenn seine Härte auf schweigende Geduld stieß, ärgerte er sich im Gefühl der Grenzen seiner Macht; bissig fragte er, ob die Religion den Frauen etwa nicht befehle, ihren Männern zu Willen zu sein, und ob es sich gehöre, den Vater ihrer Kinder zu verachten. Es lief bei ihm stets darauf hinaus, daß er bei seiner Frau eine empfindliche Saite berührte; und wenn er sie dann zum Ertönen gebracht hatte, schien er eine Lust zu genießen, die seiner herrscherlichen Nullität eigentümlich war. Manchmal trug er düstere Stummheit zur Schau, eine morbide Niedergeschlagenheit, die dann seine Frau jäh erschreckte; dann wurde er von ihr mit rührender Fürsorglichkeit bedacht. Wie verhätschelte Kinder, die ihre Macht ausüben, ohne sich um die mütterliche Bestürzung zu kümmern, ließ er sich verzärteln wie Jacques und Madeleine; auf die war er eifersüchtig. Kurzum, im Lauf der Zeit bekam ich heraus, daß der Graf bei den kleinsten wie bei den größten Gelegenheiten seine Dienerschaft, seine Frau und seine Kinder behandelte wie mich beim Tricktrackspiel. An dem Tag, da ich in vollem Umfang, in ihren Wurzeln und ihren Verästelungen, die Schwierigkeiten erkannte, die wie Lianen die Bewegungsfreiheit und die Atmung dieser Familie erstickten und erdrückten, die mit dünnen, aber vielfachen Fäden den Gang des Haushalts umstrickten und das Anwachsen des Vermögens verzögerten, da sie die notwendigsten Handlungen komplizierten, überkam mich ein bewundernder Schrecken, der meine Liebe beherrschte und in mein Herz zurückdrängte.

Was war ich denn, mein Gott? Die Tränen, die ich getrunken, hatten in mir etwas wie einen erhabenen Rauschzustand erzeugt, und ich hatte Beglückung darin gefunden, die Leiden dieser Frau zu den meinen zu machen. Früher hatte ich mich dem Despotismus des Grafen gebeugt wie ein Schmuggler seine Buße bezahlt; jetzt aber bot ich mich freiwillig den Hieben des Despoten dar, um Henriette möglichst nahe zu sein. Die Gräfin durchschaute mich, ließ mich einen Platz an ihrer Seite einnehmen und belohnte mich durch die Erlaubnis, ihre Schmerzen zu teilen, wie in alten Zeiten der reuige Abtrünnige, der begierig war, gemeinsam mit seinen Brüdern gen Himmel aufzufliegen, die Gnade erhielt, in der Arena sterben zu dürfen.

»Ohne Sie müßte ich diesem Leben erliegen«, sagte mir Henriette eines Abends, als der Graf wie die Fliegen an einem sehr heißen Tag gewesen war, noch stechender, noch bitterer, noch launischer als für gewöhnlich.

Der Graf war zu Bett gegangen. Henriette und ich verblieben einen Teil des Abends unter unseren Akazien; die Kinder spielten um uns herum, überflutet von den Strahlen des Sonnenuntergangs. Unsere seltenen Äußerungen waren nichts als kurze Ausrufe; sie enthüllten uns die Gleichartigkeit der Gedanken, durch die wir uns von unseren gemeinsamen Leiden erholten. Wenn es an Worten gebrach, war die Stille getreulich unseren Seelen dienstbar, die sozusagen ungehindert eine in die andere eintraten, ohne durch den Kuß dazu eingeladen worden zu sein: Beide genossen sie die Zauber einer nachdenksamen Betäubung; sie vertrauten sich dem Gewoge der gleichen Träumerei an; sie tauchten zusammen in den Fluß und stiegen erfrischt wieder heraus wie zwei Nymphen, auf so vollkommene Weise vereint, wie die Eifersucht es wünschen kann, aber ohne jedes irdische Band. Wir sanken in einen bodenlosen Abgrund, wir kamen mit leeren Händen wieder an die Oberfläche und fragten einander durch einen Blick: »Ob wir je unter so vielen Tagen einen einzigen Tag für uns haben werden?« Wenn die Wollust uns solcherlei ohne Wurzeln ersprossene Blumen pflückt, warum murrt dann der Leib? Trotz der erregenden Poesie des Abends, der den Backsteinen der Balustrade die orangenen Farbtöne lieh, die so beschwichtigend und so rein sind; trotz dieser frommen

1047

Atmosphäre, die uns in gemilderten Klängen die Rufe der beiden Kinder zutrug und uns selbst ruhig ließ, schlängelte das Begehren in meinen Adern wie das Leuchtzeichen eines Freudenfeuers. Nach drei Monaten begann ich, mich nicht länger mit dem mir zugeteilten Part zu begnügen, und ich streichelte behutsam Henriettes Hand und versuchte, die üppigen Wollüste, die in mir brannten, auf diese Weise auf sie zu übertragen. Da wurde Henriette wieder Madame de Mortsauf und entzog mir die Hand; meinen Augen entrollten Tränen, sie sah sie, warf mir einen warmen Blick zu und hob ihre Hand an meine Lippen.

»Sie dürfen nie vergessen«, sagte sie, »daß mich das Tränen kostet! Freundschaft, die eine so große Gunst will, ist sehr gefährlich.«

Es brach aus mir heraus, ich erging mich in Vorwürfen, ich sprach von meinen Leiden und der geringen Erleichterung, die ich erbeten hatte, um sie ertragen zu können. Ich wagte ihr zu sagen, wenn in meinem Alter die Sinne ganz Seele seien, auch die Seele ein Geschlecht habe; daß ich zu sterben vermöchte, aber nicht mit geschlossenen Lippen zu sterben. Sie gebot mir Schweigen und warf mir ihren stolzen Blick zu, in dem ich das: »Und ich, bin denn ich auf Rosen gebettet?« des Kaziken[62] zu lesen glaubte. Vielleicht habe ich mich auch geirrt. Seit dem Tag, da ich ihr vor der Pforte von Frapesle zu Unrecht diesen Gedanken geliehen hatte, der unser Glück aus einem Grab hatte erblühen lassen, schämte ich mich, ihre Seele durch von brutaler Leidenschaft durchdrungene Wünsche zu beflecken. Sie ergriff das Wort; und mit honigsüßer Lippe sagte sie, sie könne mir nicht alles sein, das müsse ich wissen. In dem Augenblick, da sie diese Worte sagte, erkannte ich, daß ich, wenn ich ihr gehorchte[63], Abgründe zwischen uns beiden aufklaffen lassen würde. Ich senkte den Kopf. Sie fuhr fort und sagte, sie habe die fromme Gewißheit, einen Bruder lieben zu können, ohne weder Gott noch die Menschen zu beleidigen; es liege für sie etwas Wohltuendes darin, aus diesem Kult ein wirkliches Abbild der göttlichen Liebe zu machen, die, wie der gute Saint-Martin gezeigt habe, das Leben der Welt sei. Wenn ich für sie nicht etwas wie ihr alter Beichtvater sein könne, weniger als ein Liebhaber, aber mehr als ein Bruder, dürften wir einander nicht wiedersehen.

Sie würde sterben können und dann Gott dieses Übermaß heftiger, nicht ohne Tränen und Herzzerreißen ertragener Leiden darbringen.

»Ich habe«, sagte sie abschließend, »mehr gegeben, als ich hätte dürfen; ich kann mir nicht noch mehr nehmen lassen; ich bin schon zur Genüge dafür bestraft.«

Ich mußte sie beruhigen und ihr versprechen, ihr nie einen Schmerz zuzufügen und sie mit zwanzig Jahren zu lieben wie Greise ihr letztes Kind.

Am folgenden Tag kam ich beizeiten. Sie hatte keine Blumen mehr für die Vasen ihres grauen Salons. Ich eilte in die Felder, in die Rebberge, und suchte dort nach Blumen, um ihr zwei Sträuße zusammenzustellen; aber indem ich sie eine nach der andern pflückte, sie ganz unten abbrach und bewunderte, dachte ich, daß die Farben und die Blätter eine Harmonie besaßen, eine Poesie, die sich im Bewußtsein umsetzten, indem sie den Blick bezauberten, wie musikalische Themen in der Tiefe liebender und geliebter Herzen tausend Erinnerungen erwecken. Wenn Farbe belebtes Licht ist, muß sie dann nicht einen Sinn haben wie die Tonschwingungen der Luft? Jacques und Madeleine halfen mir, wir waren alle drei glücklich, eine Überraschung für die, die wir lieb hatten, auszuhecken, und so machte ich mich daran, auf den letzten Stufen der Freitreppe, wo wir das Hauptquartier unserer Blumen aufschlugen, zwei Sträuße zu binden, durch die ich ein Gefühl zu schildern versuchte. Stell Dir einen Quell von Blumen vor, der aus zwei Vasen emporschäumt, in gefransten Wellen niederfällt, und aus dessen Mitte sich meine Wünsche als weiße Rosen, als silberbecherige Lilien herausschwangen! Auf diesem lebendigen Untergrund schimmernde Kornblumen, Vergißmeinnicht, Natterkopf[64], alle blauen Blumen, deren dem Himmel entlehnte Nuancen sich so schön mit dem Weiß vermählen; ist das nicht wie zwei Formen der Unschuld, die, die nichts weiß, und die, die alles weiß, wie ein Hintergedanke, ein Märtyrergedanke? Die Liebe hat ihr Wappen, und die Gräfin entzifferte es insgeheim. Sie warf mir einen der durchdringenden Blicke zu, die dem Aufschrei eines Kranken ähneln, dessen Wunde berührt wird; sie war zugleich beschämt und entzückt. Welch eine Belohnung stellte dieser Blick dar! Sie glücklich zu machen, ihr Herz zu erquicken, welche Aufmunterung bedeutete das! Ich hatte also für die Liebe die Theorie des Paters Castel[65] erfunden, und ich hatte aufs neue für sie eine in Europa verlorengegangene Wissenschaft entdeckt, in der die Blumen des Tintenfasses die im Orient mit duftenden Farben geschriebenen Seiten ersetzten. Wie bezaubernd, seine Empfindungen durch diese Töchter der Sonne ausdrücken zu lassen, die Schwestern der unter den Strahlen der Liebe erschlossenen Blumen! Ich verstand mich bald gut mit dem von der ländlichen Flora Hervorgebrachten, wie einer, dem ich später auf Grandlieu begegnet bin, sich mit den Bienen verstand.

Während des Rests meines Aufenthalts auf Frapesle nahm ich zweimal die Woche die langwierige Arbeit dieses poetischen Tuns wieder auf; zu seiner Durchführung waren alle Varietäten der Gräser erforderlich; ich beschäftigte mich eingehend mit ihnen, freilich weniger als Botaniker denn als Dichter; ich befaßte mich mehr mit ihrem Wesen als mit ihrer Gestalt. Um eine Blume dort, wo sie wuchs, aufzufinden, legte ich oft riesige Entfernungen zurück, am Rand der Gewässer, in den Tälern, auf Felsgipfeln, im offenen Ödland, auf Beutesuche nach Gedanken inmitten der Wälder und der Heideflächen. Auf diesen Gängen weihte ich mich in Freuden ein, die dem in der Welt der Gedanken lebenden Gelehrten, dem mit Spezialfragen beschäftigten Landmann, dem an die Städte gehefteten Handwerker unbekannt sind; aber ein paar Forstleute, ein paar Holzfäller und Träumer kennen sie. Es gibt in der Natur Effekte, deren Bedeutung grenzenlos ist, und die sich zur Höhe der größten geistigen Konzeptionen erheben. Sei es ein blühendes, von den Diamanten des Taus, der es anfeuchtet und in dem die Sonne spielt, bedecktes Heidekraut, eine Unermeßlichkeit, die sich für einen einzigen Blick geschmückt hat, der von ungefähr darauf fällt. Sei es ein von Felsbrocken eingeschlossenes Waldstück, das Sandstrecken durchschneiden, das mit Moosen überzogen ist, mit Wacholder geziert, ein Waldstück, das einen ergreift durch etwas Wildes, Anstoß Erregendes, Erschreckendes, aus dem der Schrei des Seeadlers erschallt. Sei es ein Stück heißes Ödland ohne Pflanzenwuchs, steinig, mit schroffen Winkeln, ein Ödland, dessen Weiten an die der Wüste erinnern; dort fand ich eine wundervolle, einsame Blume, eine Küchenschelle[66] mit der Wappendecke aus violetter Seide, die für ihre goldenen Staubgefäße ausgebreitet war; zu Herzen gehendes Bild meines weißen, in seinem Tal einsamen Idols! Seien es die großen Wassertümpel, auf die die Natur grüne Flecken wirft, eine Art Übergang zwischen Pflanze und Tier, wo innerhalb von ein paar Tagen das Leben einsetzt, wo dann Pflanzen und Insekten schwimmen, wie eine Welt im Äther! Sei es weiterhin eine Hütte mit ihrem Garten voller Kohlköpfe, ihrer Rebpflanzung, ihrem Pfahlwerk, die über einem Schlammloch schwebt und von ein paar mageren Roggenfeldern umrahmt wird, Abbild so vieler demütiger Existenzen! Sei es ein langer Waldweg, der dem Schiff einer Kathedrale vergleichbar ist, wo die Bäume die Pfeiler sind, wo ihre Zweige die Bogen des Gewölbes bilden, ein Waldweg, an dessen Ende eine ferne Lichtung mit einem Gemisch von Helle und Schatten oder den Farbnuancen der roten Tönungen des Sonnenuntergangs durch das Blattwerk schimmert und wirkt wie die bunten Glasgemälde eines Kirchenchors voller Singvögel. Dann, am Ausgang des kühlen, buschigen Waldes eine kreidige Brache, wo auf glühendem, knisterndem Moos Ringelnattern, die sich satt gefressen haben, heim in ihre Schlupfwinkel kehren und ihre eleganten, feinen Köpfe heben. Laß über diese Bilder bald Sturzfluten von Sonne sich ergießen, die wie nahende Wogen sind, bald Anhäufungen grauer, gestreckter Wolken, die wie das Runzeln auf einer Greisenstirn sind, bald die kalten Töne eines schwach orangefarbenen Himmels, den blaßblaue Streifen durchziehen; und dann lausche! Du wirst unbeschreibliche Harmonien inmitten einer Stille vernehmen, die verwirrt. Während des Septembers und Oktobers habe ich keinen einzigen Strauß zusammengestellt, der mich nicht mindestens drei Stunden der Suche gekostet hätte, so sehr bewunderte ich mit der weichen Versunkenheit eines Dichters diese flüchtigen Allegorien, in denen sich für mich die gegensätzlichsten Phasen des menschlichen Lebens abzeichneten, majestätische Schauspiele, in die mein Erinnern sich jetzt versenkt. Oftmals vereine ich heute mit diesen großen Szenen die Erinnerung an die Seele, die sich damals über die Natur ausbreitete. Noch immer lasse ich dort die Herrscherin wandeln, deren weißes Kleid in den Büschen wallte, über die Rasenflächen wogte, und deren Denken sich aus jedem Kelch voll verliebter Staubgefäße erhob wie eine verheißene Frucht.

Keine Liebeserklärung, kein Beweis wahnwitziger Leidenschaft hätte heftiger ansteckend gewirkt als diese Symphonien der Blumen, in denen mein getäuschtes Begehren mich die Anstrengungen entfalten ließ, die Beethoven in seinen Noten ausgedrückt hat; tiefe Selbsteinkehr, gewaltige Aufschwünge zum Himmel. Wenn sie sie anschaute, war Madame de Mortsauf nur noch Henriette. Immer wieder trat sie zu ihnen hin; nährte sich von ihnen; sie entnahm ihnen alle Gedanken, die ich hineingewoben hatte, wenn sie, um sie entgegenzunehmen, den Kopf über ihren Gobelinstickrahmen hob und sagte: »Mein Gott, wie ist das schön!« Sicherlich verstehst Du diese köstliche Korrespondenz durch die Einzelbestandteile eines Blumenstraußes, wie Du durch das Bruchstück eines Gedichts Sadi[67] verstehen würdest. Hast Du im Maimond auf den Wiesen je den Duft gespürt, der allen Lebewesen den Rausch der Befruchtung zuteil werden läßt, der bewirkt, daß Du vom Boot aus die Hände in die Flut tauchst, daß Du Dein Haar dem Wind preisgibst, und daß Deine Gedanken wieder ergrünen wie die dichten Wälder? Eine winzige Pflanze, das Ruchgras[68], ist einer der mächtigsten Grundbestandteile dieser verhüllten Harmonie. Daher kann niemand es ungestraft bei sich behalten. Füg einem Strauß seine schimmernden Klingen ein, die gestreift sind wie ein Kleid aus weißem und grünem Netzwerk, dann werden unerschöpfliche Düfte in der Tiefe Deines Herzens die knospenden Rosen sich regen lassen, die die Scham darin erdrückt. Stelle Dir um den weiten Hals einer Porzellanvase einen breiten Streifen vor, der einzig und allein aus den weißen Tuffen besteht, die die Eigentümlichkeit des Mauerpfeffers[69] der Weinberge der Touraine bilden; vages Abbild gewünschter Formen, an den Boden geduckt wie die einer unterwürfigen Sklavin. Aus dieser Schicht ranken sich die Spiralen der Winden mit ihren weißen Glocken empor, die Reiser der rosa Hauhechel[70], dazwischen ein paar Farnblätter, ein paar junge Eichentriebe mit herrlich gefärbten, glänzenden Blättern; alles naht sich auf den Knien, demütig wie Trauerweiden, schüchtern und flehend wie Gebete. Darüber

siehst Du die feinen, blühenden Fäserchen des purpurnen Zitter-
grases[71], das in Wogen seinen fast gelben Blütenstaub ausstreut;
die schneeigen Pyramiden des Feld- und Wasserrispengrases[72];
das grüne Haargespinst der Trespen[73], die gefiederten Feder-
büsche des Straußgrases[74], das auch Windgras genannt wird;
blaßviolette Hoffnungen, mit denen sich die ersten Träume be-
kränzen und die sich von dem grauen Untergrund des Leins[75] ab-
heben, um dessen blühende Stengel das Licht strahlt. Aber sieh
noch höher ein paar vereinzelte Bengalrosen zwischen dem tollen Spitzenwerk der wilden Möhren, die Dolden des Cyper-
grases[76], die Federbüschel des Geißbarts[77], die Schirmdolden des
wilden Kerbels[78], die blonden Haarschöpfe der Waldreben-
früchte[79], die niedlichen Kreuzblüten des milchweißen Lab-
krauts[80], die Doldentrauben der Schafgarbe[81], die wirren Stengel des Erdrauchs[82] mit den rosa und schwarzen Blüten, Rebranken, die gewundenen Geißblattzweige; kurzum alles, was
diese naiven Geschöpfe an Zerzaustem, an Zerfetztem haben, an
Flammen und dreischneidigen Dolchen, an lanzettförmigen, an
gezackten Blättern, an Stengeln, die sich qualvoll winden wie
auf dem Grund der Seele ineinander verstrickte Wünsche. Inmitten dieses Liebessturzbachs, der über die Ufer tritt, springt
ein herrlicher gefüllter roter Mohn zusammen mit seinen Samen-
kapseln hervor, die vor dem Sichöffnen stehen, und entfaltet die
Flämmchen seines Feuerbrandes über gesterntem Jasmin und
über dem unaufhörlichen Pollenregen, einer schönen Wolke, die
in den Lüften flattert und das Licht in seinen tausend leuchtenden Stäubchen zurückwirft! Welche von dem aphrodisischen
Duft, den das Ruchgras birgt, berauschte Frau wird nicht diesen
Reichtum unterlegter Gedanken, diese weiße, von ungezähmten
Wallungen gestörte Zärtlichkeit und dieses rote Verlangen der
Liebe verstehen, das ein in den hundertmal von neuem begonnenen Kämpfen der beharrlichen, unermüdlichen, ewigwähren-
den Leidenschaft verweigertes Glück fordert? Stell dieses Sprechen in die Helle eines Fensters, damit alle seine frischen Einzelheiten, seine zarten Gegensätze, die Arabesken zutage treten,
damit die gerührte Herrscherin darin eine weiter geöffnete
Blume erblickt, der eine Träne enttropft; dann wird sie nahe
daran sein, sich hinzugeben, und es bedarf eines Engels oder der

Stimme ihres Kindes, um sie am Rand des Abgrunds zurückzuhalten. Was spendet man Gott? Düfte, Licht und Gesänge, die am meisten geläuterten Ausdrücke unseres Wesens. Nein, wird denn nicht alles, was man Gott darbietet, nicht auch in diesem Gedicht leuchtender Blumen, das unablässig seine Melodie dem Herzen zusummt, und dabei verborgene Wollüste, uneingestandene Hoffnungen, Illusionen liebkost, die aufflammen und erlöschen wie Sommerfäden in einer warmen Nacht, der Liebe dargebracht?

Diese geschlechtslosen Freuden waren uns eine große Hilfe beim Täuschen der durch das lange Betrachten der geliebten Person, durch die Blicke, die genießen, indem sie bis ins Innere der durchdrungenen Formen strahlen, gereizten Natur. Es war für mich, ich wage nicht zu sagen, für sie, wie die Spalten, durch die die in einem unbezwinglichen Stauwerk zurückgehaltenen Wasser hervorschießen, und die oftmals ein Unglück dadurch verhindern, daß sie der Notwendigkeit einen Zoll entrichten. Enthaltsamkeit zeitigt tödliche Erschöpfungszustände, die den paar nach und nach vom Himmel gefallenen Brosamen vorgreifen, die von Dan[83] bis zur Sahara dem Wanderer Manna bescheren. Indessen habe ich Henriette oft beim Anblick dieser Blumensträuße überrascht, wenn sie mit schlaff niederhängenden Armen dastand, versunken in die gewittrigen Träumereien, bei denen die Gedanken die Brüste schwellen lassen, die Stirn beleben, wenn sie heranwogen, schäumend zerschellen, drohen und eine erregende Mattigkeit hinterlassen. Seither habe ich für niemanden mehr einen Strauß gebunden! Seit wir uns für unseren Gebrauch diese Sprache geschaffen hatten, empfanden wir eine Befriedigung gleich der des Sklaven, der seinen Herrn hintergeht.

Wenn ich während des Rests dieses Monats durch die Gärten herbeieilte, sah ich bisweilen ihr Gesicht dicht hinter den Fensterscheiben; und wenn ich dann den Salon betrat, fand ich sie an ihrem Stickrahmen. Kam ich nicht zur vereinbarten Stunde, ohne daß wir diese je angegeben hätten, dann irrte manchmal ihre weiße Gestalt auf der Terrasse umher; und wenn ich sie dabei überraschte, sagte sie: »Ich bin Ihnen entgegengegangen. Muß man seinem letzten Kind nicht ein bißchen Koketterie entgegenbringen?«

Die grauenhaften Tricktrackspiele zwischen dem Grafen und mir waren abgebrochen worden. Seine letzten Ankäufe zwangen ihn zu einer Fülle von Gängen, von Besichtigungen, von Prüfungen, Grenzsteinsetzungen und Vermessungen; er war damit beschäftigt, Befehle zu geben; Feldarbeiten erforderten das Auge des Herrn; all das wurde zwischen seiner Frau und ihm besprochen. Oft suchten die Gräfin und ich ihn auf den neuen Ländereien auf, zusammen mit den Kindern, die während des Weges hinter Insekten herliefen, Hirschkäfern und Goldlaufkäfern, und sich ebenfalls Sträuße pflückten, oder, um genauer zu sein, Blumenbündel. Mit der Frau, die man liebt, spazierenzugehen, ihr den Arm zu geben, ihr den Weg zu wählen! Solcherlei grenzenlose Freuden genügen für ein Leben. Wie vertraulich sind dann die Zwiegespräche! Den Hinweg legten wir allein zurück, den Rückweg mit dem General; mit diesem milden Spottnamen pflegten wir den Grafen zu benennen, wenn er guter Laune war. Diese beiden Arten, den Weg zurückzulegen, nuancierten unsere Freude durch Gegensätze; ihr Geheimnis kennen nur Herzen, deren Vereinigung Hemmungen unterliegt. Auf dem Heimweg waren die gleichen Beglückungen, ein Blick, ein Druck der Hand, untermischt mit Ängsten. Die Sprache, die beim Hinweg so frei gewesen war, gewann beim Rückweg geheimnisvolle Nebenbedeutungen, wenn einer von uns nach einer Pause eine Antwort auf hintersinnige Fragen fand, oder wenn ein begonnenes Gespräch unter rätselhaften Formen fortgesetzt wurde, zu denen unsere Zunge sich so gern hergibt und die die Frauen so genial zu erschaffen wissen. Wer hat nicht die Lust ausgekostet, sich wie in einer fremden Sphäre zu verständigen, wo die Geister sich von der Masse scheiden, eins werden und dabei die vulgären Gesetze hintergehen? Eines Tages hatte ich eine tolle, aber rasch verflüchtigte Hoffnung, als auf eine Frage des Grafen, der wissen wollte, wovon wir sprachen, Henriette mit einem doppelsinnigen Satz antwortete, mit dem er sich abspeisen ließ. Dieser harmlose Spott amüsierte Madeleine und ließ ihre Mutter gleich danach erröten; sie belehrte mich durch einen strengen Blick, daß sie mir ihre Seele entziehen könne, wie sie mir früher ihre Hand entzogen habe; sie wolle eine makellose Gattin bleiben. Aber diese rein geistige Vereinigung besaß etwas so Anziehendes, daß wir am nächsten Tag wieder damit anfingen.

Die Stunden, die Tage, die Wochen entflohen auf diese Weise mit einer Fülle stets sich erneuernder Glückseligkeiten. Wir näherten uns der Zeit der Weinlese, und die veranlaßt in der Touraine Festtage. Gegen Ende September brennt die Sonne weniger heiß als während der Ernte; man kann im Freien bleiben, ohne Sonnenbrand und Ermüdung fürchten zu müssen. Trauben zu pflücken ist leichter als Korn zu mähen. Alles Obst ist reif. Die Ernte ist eingebracht, das Brot wird billiger, und dieser Überfluß macht das Leben glücklicher. Und schließlich sind die Befürchtungen über das Ergebnis der Feldarbeit, bei der ebensoviel Geld wie Schweiß aufgewendet wird, angesichts der vollen Scheunen und der auf ihre Füllung wartenden Keller hingeschwunden. Die Weinlese ist dann wie das fröhliche Dessert nach dem geernteten Festmahl; in der Touraine lächelt der Himmel stets dazu, dort sind die Herbste köstlich. In diesem gastfreundlichen Land werden die Weinleser im Haus verpflegt. Da diese Mahlzeiten jedes Jahr die einzigen sind, bei denen jene armen Leute gehaltvolle, gut zubereitete Kost bekommen, legen sie Wert darauf, wie in patriarchalischen Familien die Kinder auf üppig gefeierte Geburtstage Wert legen. Daher laufen sie in hellen Scharen in die Häuser, deren Herren sie ohne Knauserei bewirten. Das Haus ist dann voll von Menschen und Lebensmittelvorräten. Die Kelter sind ständig offen. Dem Anschein nach wird alles angeregt durch das Hinundher der Böttcher, der mit lachlustigen Mädchen beladenen Karren, der Leute, die, da sie bessere Löhnung bekommen als während des ganzen übrigen Jahres, bei jeder Gelegenheit singen. Außerdem, und das ist ein weiterer Grund zur Freude, sind alle Rangunterschiede verwischt: Frauen, Kinder, Herren und Knechte, alles nimmt an der göttlichen Ernte teil. Diese verschiedenen Umstände vermögen die Heiterkeit zu erklären, die von Generation auf Generation vererbt wird, die sich in den letzten schönen Tagen des Jahres entwickelt; die Erinnerung daran hat ehedem Rabelais die bacchantische Form seines großen Werks[84] eingegeben. Jacques und Madeleine, die immer krank gewesen waren, hatten noch nie an der Weinlese teilgenommen; mir ging es wie ihnen;

es machte ihnen eine unsagbare, kindliche Freude, ihre Aufregung geteilt zu sehen; ihre Mutter hatte versprochen, mit uns zu kommen. Wir waren nach Villaines gegangen, wo die Körbe der Gegend gefertigt werden, und hatten dort sehr hübsche bestellt; es handelte sich darum, daß wir vier einige Rebreihen abernten sollten, die für unsere Scheren aufgehoben worden waren; aber es war beschlossen worden, daß nicht gar zu viel Trauben gegessen werden sollten. Im Rebberg selbst die dicke Traube der Touraine zu essen, schien etwas so Köstliches zu sein, daß man die schönsten Trauben auf der Tafel verschmäht hätte. Jacques ließ mich schwören, nirgendwo anders der Weinlese zuzuschauen und mich gänzlich für das Rebgelände von Clochegourde freizuhalten. Nie zuvor hatten diese beiden für gewöhnlich leidend und blaß aussehenden Wesen frischer und rosiger gewirkt, auch niemals tätiger und beweglicher als während jenes Morgens. Sie plapperten um des Plapperns willen, sie liefen, trabten, kamen ohne ersichtlichen Grund zurück; wie die andern Kinder schienen sie zuviel Leben in sich zu haben, dem Bewegung verschafft werden mußte; so hatte das Ehepaar de Mortsauf sie nie gesehen. Ich wurde mit ihnen wieder zum Kind, und vielleicht noch mehr Kind als sie, denn auch ich erhoffte mir meine Ernte. Bei schönstem Wetter gingen wir zu den Rebbergen, und wir blieben den halben Tag dort. Wie stritten wir miteinander, wer die schönsten Trauben finden, wer seinen Korb am schnellsten füllen würde! Es war ein beständiges Kommen und Gehen von den Rebstöcken zur Mutter; keine Traube wurde gepflückt, die ihr nicht gezeigt worden wäre. Sie lachte das gute, ungehinderte Lachen ihrer Jugend, als ich nach ihrer Tochter mit meinem Korb zu ihr kam und sie wie Madeleine fragte: »Und meine, Mama?« Sie antwortete mir: »Lieber Junge, erhitze dich nicht zu sehr!« Dann fuhr sie mir mit der Hand über den Hals und durchs Haar, gab mir einen kleinen Klaps auf die Wange und sagte noch: »Du bist ja ganz naß!« Das war das einzige Mal, daß ich dieses Liebeszeichen der Stimme vernahm, das »Du« der Liebenden. Ich schaute die hübschen, mit roten Früchten des Hagedorns und mit Brombeeren bedeckten Hecken an; ich lauschte dem Rufen der Kinder, ich betrachtete die Schar der Leserinnen, den Karrenwagen, der voller Tonnen stand, und die mit Bütten beladenen Männer ...! Ach, ich grub mir alles ins Gedächtnis ein, alles, auch den jungen Mandelbaum, unter dem sie frisch, rotwangig, zum Lachen aufgelegt, unter ihrem aufgespannten Sonnenschirm saß. Dann machte ich mich daran, Trauben zu pflücken, meinen Korb zu füllen und ihn in die Lesetonne zu leeren, und zwar mit einer körperlichen, stummen und beharrlichen Beflissenheit, mit langsamen, gemessenen Schritten, die meiner Seele Freiheit ließen. Ich genoß die unaussprechliche Lust einer körperlichen Arbeit, die das Leben leitet, indem sie die Leidenschaft regelt, die ohne diese mechanische Bewegung nahe daran ist, alles in Brand zu setzen. Ich erfuhr, wieviel Weisheit einförmige Arbeit enthält, und ich begriff die Klosterregeln.

Zum erstenmal seit langer Zeit war der Graf weder mißgelaunt noch grausam. Daß sein Sohn, der künftige Herzog von Lenoncourt-Mortsauf, sich so wohl fühlte, weiß und rosig aussah und mit Traubensaft beschmiert war, erfreute sein Herz. Da es der letzte Tag der Weinlese war, versprach der General für den Abend eine Tanzerei vor Clochegourde zu Ehren der wiedergekehrten Bourbonen; so wurde also für alle das Fest zu etwas Wohlgelungenem. Beim Hineingehen nahm die Gräfin meinen Arm; sie stützte sich so auf mich, daß mein Herz die ganze Schwere des ihren spüren konnte; es war die Geste einer Mutter, die ihre Freude weiterleiten wollte; sie flüsterte mir zu: »Sie bringen uns Glück!«

Für mich, der ich um ihre schlaflosen Nächte, ihre Ängste und ihr früheres Leben wußte, ein Leben, in dem die Hand Gottes sie gestützt hatte, in dem jedoch für sie alles öde und mühselig gewesen war, enthüllte dieser von ihrer wohlklingenden Stimme deutlich gesprochene Satz Freuden, wie keine Frau auf Erden sie mir wieder hat zuteil werden lassen können.

»Die unselige Einförmigkeit meiner Tage hat aufgehört; mit Hoffnungen wird das Leben schön«, sagte sie nach einer Pause. »Oh, verlassen Sie mich nicht! Täuschen Sie nie meinen unschuldigen Aberglauben! Seien Sie der Älteste, der seinen Geschwistern zur Vorsehung wird!«

Hierin, Natalie, ist nichts Romanhaftes: Um darin die Unendlichkeit tiefer Gefühle wahrzunehmen, muß man in seiner Jugend das Senkblei in die großen Seen hinabgelassen haben, an deren Ufern man gelebt hat. Wenn für viele Menschenwesen die Leidenschaften Lavaströme gewesen sind, die zwischen verdorrten Ufern einherflossen, gibt es dann nicht auch Seelen, bei denen die durch unüberwindliche Hindernisse zurückgestaute Leidenschaft den Krater eines Vulkans mit reinem Wasser gefüllt hat?

Wir begingen noch ein ähnliches Fest. Madame de Mortsauf wollte ihre Kinder an die Dinge des Lebens gewöhnen und sie mit den schweren Arbeiten bekanntmachen, durch die man zu Geld kommt; deshalb hatte sie ihnen Einkünfte zuerkannt, die von den Wechselfällen der Landschaft abhingen. Jacques gehörte, was die Nußbäume trugen, Madeleine, was die Kastanienbäume erbrachten. Ein paar Tage später fand die Maronen- und Nußernte statt. Von Madeleines Maronenbäumen die Früchte mit der Stange abzuschlagen, die Früchte niederprasseln zu hören, die ihre äußere Schale auf dem matten, trockenen Samt des unfruchtbaren Bodens, auf dem der Kastanienbaum gedeiht, hochhüpfen ließen; den gesammelten Ernst zu beobachten, mit dem das kleine Mädchen die Haufen musterte und deren Wert abschätzte, der für sie Freuden darstellte, die sie sich ohne Beaufsichtigung verschaffen konnte; die Glückwünsche der Beschließerin Manette, der einzigen, die die Gräfin bei den Kindern vertreten durfte; die Belehrungen, die dieser Anblick von den Mühen anbahnte, die zum Erringen der kleinsten Güter erforderlich sind, und die so oft durch Schwankungen des Klimas beeinträchtigt werden, das war eine Szene, bei der die unschuldigen Glückseligkeiten der Kindheit mitten in den ernsten Farbtönen des beginnenden Herbstes entzückend wirkten. Madeleine hatte ihren eigenen Speicher, ich wollte sehen, wie ihr braunes Hab und Gut dort untergebracht wurde, und ihre Freude teilen. Ach, ich zittere noch heute, wenn ich an das Geräusch zurückdenke, das jeder Korb voll Maronen machte, wenn sie über die gelbliche, mit Erde gemischte Kratzwolle rollten, die als Fußboden diente. Der Graf nahm davon für seinen Haushalt; die Pachteinzieher, das Gesinde, alles, was um Clochegourde ansässig war, stellte Käufer für die »Niedliche« dar – eine freundschaftliche Bezeichnung, die in dieser Gegend die Bauern gern

1059

auch Ortsfremden zuerkennen, die jedoch ausschließlich Madeleine zu gebühren schien.

Jacques war bei der Ernte seiner Nüsse weniger glücklich; es regnete während einiger Tage; aber ich tröstete ihn durch den Rat, seine Nüsse zurückzuhalten und sie etwas später zu verkaufen. Monsieur de Chessel hatte mich wissen lassen, daß die Nußbäume in Brehémont so wenig getragen hätten wie in der Gegend von Amboise und Vouvray. In der Touraine wird meist Nußöl verwendet. Jacques mußte mindestens vierzig Sous von jedem Nußbaum erzielen; er hatte ihrer zweihundert, es ergab sich also eine beträchtliche Summe! Er wollte sich einen Reitanzug kaufen. Sein Wunsch entfesselte eine allgemeine Auseinandersetzung, bei der sein Vater ihn zum Nachdenken über das Schwanken der Einkünfte und die Notwendigkeit brachte, sich Reserven zu schaffen für die Jahre, in denen die Bäume nichts tragen würden, damit man sich dadurch wenigstens mittlere Einkünfte sicherte. Ich gewahrte die Seele der Gräfin in ihrem Schweigen; sie war erfreut, zu sehen, wie Jacques seinem Vater zuhörte, und wie der Vater dank dieser erhabenen, von ihr vorbereiteten Lüge etwas von dem Heiligenschein zurückeroberte, den er eingebüßt hatte. Habe ich Dir nicht gesagt, als ich Dir diese Frau schilderte, daß die irdische Sprache außerstande sei, ihre Züge und ihre genialen Fähigkeiten wiederzugeben? Wenn es zu solcherlei Begebenheiten kommt, genießt die Seele deren Beglückungen, ohne sie zu analysieren; aber mit welcher Kraft heben sie sich später von dem düsteren Hintergrund eines bewegten Lebens ab! Wie Diamanten funkeln sie, wenn sie gefaßt werden durch Gedanken voller Assoziationen, durch Schmerzen, die hingeschwunden sind in der Erinnerung an verlorenes Glück! Warum bewegen die Namen zweier vor kurzem gekaufter Güter, mit denen das Ehepaar de Mortsauf sich viel beschäftigte, Cassine und Rhétorière, mich mehr als die schönsten Namen des Heiligen Landes oder Griechenlands? »Wer liebt, sage es!« hat La Fontaine ausgerufen. Jene Namen besitzen die Talismantugenden der mit einem bestimmten Sternbild verbundenen Worte, wie sie bei Beschwörungen angewandt werden; sie erklären mir die Magie; sie erwecken in mir schlummernde Gestalten, die sich gleich aufrichten und mich anreden; sie versetzen mich in jenes glückliche Tal; sie erschaffen einen Himmel und eine Landschaft; aber haben sich Beschwörungen nicht stets in den Regionen der geistigen Welt vollzogen? Wundere Dich also nicht, wenn ich Dich mit Dir so vertrauten Szenen unterhalte. Die geringsten Einzelheiten dieses schlichten und fast banalen Lebens sind die nur dem Anschein nach schwachen Bande gewesen, durch die ich mich eng an die Gräfin anschloß.

Alles, was die materielle Zukunft ihrer Kinder betraf, verursachte der Gräfin ebensoviel Kummer wie deren schwache Gesundheit. Ich hatte bald die Wahrheit dessen erkannt, was sie mir über ihre geheime Rolle bei den geschäftlichen Angelegenheiten der Familie gesagt hatte; ich drang in diese langsam dadurch ein, daß ich mir Einzelheiten über das Land aneignete, die der Staatsmann wissen mußte. Nach zehnjährigen Bemühungen hatte Madame de Mortsauf die Bestellung ihrer Ländereien geändert; sie hatte die »Fruchtwechselwirtschaft« eingeführt; dieses Ausdrucks bedient man sich auf dem Land für die neue Methode, bei der die Landwirte nur alle vier Jahre Getreide säen, um den Boden jedes Jahr ein anderes Produkt erzeugen zu lassen. Um den Widerstand der Bauern zu besiegen, hatten Pachtverträge gerichtlich gelöst, hatten ihre Besitzungen in vier große Pachthöfe aufgeteilt werden müssen, und zwar auf »Halbpacht«, wie es in der Touraine und den anliegenden Gebieten üblich ist. Der Gutsherr gibt die Wohnung, die Wirtschaftsgebäude und das Saatgut an gutwillige Teilpächter, mit denen er die Kosten der Bestellung und die Erträgnisse teilt. Diese Teilung wird durch einen »Pachteinzieher« überwacht, den Mann, der beauftragt ist, die dem Gutsbesitzer gehörende Hälfte zu übernehmen; das ist ein kostspieliges, durch eine Rechnungsablegung kompliziertes System, das alle paar Augenblicke die Natur der Teilungen verändert. Die Gräfin hatte durch ihren Mann einen fünften Pachthof bebauen lassen; er bestand aus besonderen Ländereien, die rings um Clochegourde gelegen waren, teils um ihn zu beschäftigen, teils um auf Grund von Tatsachen ihren »Halbpächtern« die Vortrefflichkeit der neuen Methoden zu beweisen. Sie leitete die Wirtschaft; also hatte sie langsam und mit weiblicher Beharrlichkeit zwei ihrer Pachthöfe nach dem Vorbild der Bauernhöfe im Artois und in Flandern neu erbauen lassen. Ihr Plan ist mühelos zu erraten. Nachdem die Halbpachtverträge erloschen waren, wollte die Gräfin aus ihren vier Halbpachthöfen zwei schöne Pachthöfe machen und sie gegen Bargeld an tatkräftige und intelligente Leute verpachten, um die Einkünfte von Clochegourde zu vereinfachen. Da sie fürchtete, als erste zu sterben, hatte sie versucht, dem Grafen leicht zu erhebende Einkünfte zu hinterlassen, und ihren Kindern Besitztümer, die keine Ungeschicklichkeit gefährden konnte. Zu jener Zeit gaben die damals zehnjährigen Obstbäume vollen Ertrag. Die Hecken, die den Besitz gegen jeden künftigen Einspruch bewahren sollten, waren gewachsen. Die Pappeln, die Ulmen waren schön gediehen. Mit ihren Neuerwerbungen und dadurch, daß überall das neue Fruchtwechselsystem eingeführt wurde, konnte der Gutsbesitz Clochegourde, der in vier große Pachthöfe eingeteilt war, von denen zwei noch zu bauen waren, sechzehntausend Francs in Hartgeld einbringen, und zwar jeder Pachthof viertausend Francs; ungerechnet das Rebengehege und die daran stoßenden zweihundert Morgen Wald, noch den Musterhof. Die Zufahrtswege ihrer vier Pachthöfe konnten alle bis zu einer großen, baumgesäumten Straße geführt werden, die von Clochegourde aus in gerader Linie bis zur Landstraße nach Chinon führte. Die Entfernung zwischen jenem baumgesäumten Weg und Tours betrug nur fünf Meilen; an Pächtern konnte es ihr nicht fehlen, zumal zu einer Zeit, da alle Welt von den durch den Grafen durchgeführten Verbesserungen sprach, von seinen Erfolgen, von der Steigerung der Erträge seiner Äcker. In jedes der beiden hinzugekauften Güter wollte sie etwa fünfzehntausend Francs stecken, um die Herrenhäuser in zwei große Hofgebäude umzuwandeln, damit sie sie besser verpachten konnte, nachdem sie sie ein Jahr oder zwei bestellt hatte, und zwar dadurch, daß sie als Verwalter einen gewissen Martineau einsetzte, den besten und redlichsten ihrer Pachteinzieher, der als solcher fortan beschäftigungslos sein würde; denn die Halbpachtverträge ihrer vier Höfe waren abgelaufen, und der Zeitpunkt, da sie zu zwei Vollpachthöfen zusammengelegt und gegen Bargeld verpachtet werden sollten, war herangerückt. Ihre einfachen Gedankengänge, die freilich durch die gut und gern dreißigtausend Francs Ausgaben kompliziert wurden, waren zu jener Zeit Gegenstand langer Auseinandersetzungen zwischen ihr und dem Grafen; es kam zu schrecklichen Streitigkeiten, bei denen ihr nichts Halt lieh als das Interesse ihrer beiden Kinder. Der Gedanke: »Wenn ich morgen stürbe, was würde dann geschehen?« verursachte ihr Beklemmungen. Nur sanfte, friedliche Seelen, für die Zornausbrüche etwas Unmögliches sind, die in ihrer Umgebung ihren tiefen, inneren Frieden herrschen lassen wollen, wissen, wieviel Kraft für solcherlei Kämpfe aufgebracht werden, welch ein Übermaß an Blut dem Herzen zuströmen muß, ehe es den Kampf beginnt, welche Mattigkeit sich des Menschen bemächtigt, wenn nach dem Ringen nichts erreicht worden ist. In dem Augenblick, da ihre Kinder weniger anfällig waren, nicht mehr so mager, lebhafter, da die Obstzeit ihre Wirkungen auf sie ausgeübt hatte, in dem Augenblick, da sie ihnen feuchten Auges bei ihren Spielen zusah und dabei eine Befriedigung empfand, die ihr das Herz erfrischte und ihr neue Kraft gab, erlitt die arme Frau die kränkenden Nadelstiche und die zerfleischenden Angriffe eines erbitterten Widerstands. Den Grafen erschreckten diese Veränderungen; er leugnete ihre Vorteile und ihre Möglichkeit durch eine sture Halsstarrigkeit. Auf bündige Begründungen antwortete er mit den Einwänden eines kleinen Jungen, der den Einfluß der Sonne im Sommer in Frage stellen möchte. Die Gräfin gewann die Oberhand. Der Sieg des gesunden Menschenverstands über den Wahnwitz linderte ihre Wunden; sie vergaß die Kränkungen. An diesem Tag unternahm sie einen Gang nach Cassine und Rhétorière, um dort die Entscheidung über die Baulichkeiten zu treffen. Der Graf ging allein voraus, die Kinder trennten uns von ihm, und wir beide blieben zurück und folgten langsam; sie sprach zu mir in dem weichen, leisen Tonfall, der ihre Sätze den kleinen Wellen ähneln ließ, die das Meer über feinen Sand hinwegmurmeln läßt.

Sie sei ihres Erfolges sicher, sagte sie. Es werde eine Konkurrenz für den Wagenverkehr zwischen Tours und Chinon geben; ein rühriger Mann, ein Vetter der Manette, plane einen Postdienst einzurichten; er wolle ein großes Gehöft an der Landstraße haben. Er habe eine große Familie; sein ältester Sohn solle die Wagen fahren, der zweite würde das Frachtfuhrwesen übernehmen, der an der Landstraße in La Rabelaye wohnende

Vater einen der zu verpachtenden, in der Mitte gelegenen Höfe; er konnte die Station für den Pferdewechsel betreuen und für die Äcker sorgen, die er mit dem Mist seiner Pferdeställe düngen könne. Was den zweiten Pachthof La Baude betraf, der zwei Schritt von Clochegourde entfernt lag, so hatte sich bereits einer der vier ehemaligen Halbpächter, ein redlicher, intelligenter, fleißiger Mann, der die Vorteile des neuen Fruchtwechsels witterte, erboten, ihn zu pachten. Cassine und Rhétorière nun aber besaßen den besten Boden der Gegend; waren erst die Gebäude errichtet und die Äcker voll ertragfähig, so brauchten sie lediglich in Tours öffentlich angeboten zu werden. Innerhalb zweier Jahre würde Clochegourde somit etwa vierundzwanzigtausend Francs abwerfen; Gravelotte, der Pachthof im Maine, den Monsieur de Mortsauf wieder an sich gebracht hatte, war für siebentausend Francs auf neun Jahre verpachtet worden; die Pension des Maréchal-de-champ betrug viertausend Francs; wenn jene Einkünfte auch noch kein Vermögen darstellten, so verschafften sie doch ein sehr behagliches Leben; später würden weitere Bodenverbesserungen ihr vielleicht erlauben, eines Tages nach Paris überzusiedeln und dort über Jacques' Ausbildung zu wachen, wenn die Gesundheit des mutmaßlichen Erben sich gefestigt haben würde.

Mit welchem Beben hatte sie das Wort »Paris« ausgesprochen! Ich kannte diesen Plan gründlich; sie wollte sich so wenig wie möglich von dem Freund trennen. Bei diesem Wort hatte ich mich entflammt; ich sagte ihr, sie kenne mich nicht; ohne ihr etwas davon zu sagen, hätte ich mich heimlich entschlossen, meine Bildung durch Arbeit bei Tag und Nacht zu vervollkommnen, um Jacques' Hauslehrer zu werden; ich könne die Vorstellung nicht ertragen, in ihrem Heim einen anderen jungen Mann zu wissen. Bei diesen Worten wurde sie ernst.

»Nein, Félix«, sagte sie, »das würde nichts sein als Ihre Priesterweihe. Wenn Sie auch die Mutter durch ein einziges Wort bis in den Herzensgrund getroffen haben, liebt die Frau Sie zu ehrlich, als daß sie Sie das Opfer Ihrer Anhänglichkeit werden lassen könnte. Ein Verlust an Ansehen, gegen den es kein Mittel gibt, würde der Lohn dieser Aufopferung sein, und dagegen vermöchte ich nichts. O nein, ich darf Ihnen in keiner Hinsicht verhängnisvoll sein! Sie, der Vicomte de Vandenesse, und Hauslehrer? Sie, dessen nobler Wappenspruch lautet: ›Ne se vend‹, ›Verkauft sich nicht‹? Auch wenn Sie ein Richelieu wären, hätten Sie sich für alle Zeit den Lebensweg versperrt. Lieber Freund, was alles doch eine Frau wie meine Mutter an Impertinenz in einen Gönnerblick zu legen weiß, an Erniedrigung in ein Wort, an Verachtung in einen Gruß!«

»Wenn Sie mich lieben, was gehen mich dann Welt und Gesellschaft an?«

Sie tat, als habe sie nicht hingehört, und fuhr fort: »Obgleich mein Vater vortrefflich und geneigt ist, mir zu gewähren, um was ich ihn bitte, würde er es Ihnen nie verzeihen, wenn Sie sich in der Gesellschaft auf einen zu niedrigen Platz gestellt hätten, und sich weigern, Sie in der Gesellschaft zu fördern. Nicht mal als Hauslehrer des Dauphin möchte ich Sie sehen! Nehmen Sie die Gesellschaft hin, wie sie ist; begehen Sie im Leben keine Fehler. Lieber Freund, dieser unsinnige Vorschlag zeugt von ...«

»Von Liebe«, sagte ich leise.

»Nein, von Barmherzigkeit«, sagte sie und hielt ihre Tränen zurück. »Dieser tolle Einfall klärt mich über Ihren Charakter auf; Ihr Herz wird Ihnen schmelzen. Von diesem Augenblick an beanspruche ich das Recht, Sie gewisse Dinge zu lehren; überlassen Sie es meinen weiblichen Augen, bisweilen für Sie zu sehen. Ja, von meinem abgelegenen Clochegourde aus will ich stumm und entzückt an Ihren Erfolgen teilnehmen. Und der Hauslehrer, ach, seien Sie unbesorgt, wir finden schon einen guten alten Abbé, irgendeinen ehemaligen gelehrten Jesuiten, und mein Vater wird gern eine Summe für die Erziehung des Knaben opfern, der einst seinen Namen tragen soll. Jacques ist mein Stolz. Dabei ist er elf Jahre«, sagte sie nach einer Pause. »Aber es ist bei ihm wie bei Ihnen; als ich Sie kennenlernte, hätte ich Sie auf dreizehn geschätzt.«

Wir waren in Cassine angelangt, wohin Jacques, Madeleine und ich ihr gefolgt waren wie Junge ihrer Mutter; aber wir waren ihr im Wege; ich ließ sie für eine Weile allein und ging in den Obstgarten, wo der ältere Martineau, ihr Feldhüter, zusammen mit dem jüngeren Martineau, dem Pachteinzieher, prüfte, ob die Bäume gefällt werden müßten oder nicht; sie ereiferten sich über diesen Punkt, wie wenn es sich um ihr eigenes Hab und Gut handelte. Daraus sah ich, wie sehr die Gräfin geliebt wurde. Ich sprach, was ich dachte, einem armen Tagelöhner gegenüber aus, der, den Fuß auf seinem Spaten und den Ellbogen auf dessen Stiel, den beiden kundigen Obstzüchtern lauschte.

»Ach ja, Monsieur«, antwortete er. »Sie ist eine gute Frau, und gar nicht stolz wie diese Vetteln aus Azay, die uns lieber wie Köter verrecken sehen wollen, als uns einen Sou für das Ausheben eines Klafters Graben bewilligen! An dem Tag, wo diese Frau die Gegend verläßt, wird die heilige Jungfrau in Tränen ausbrechen, und wir ebenfalls. Sie weiß, was ihr zukommt; aber sie kennt auch unsere Nöte und nimmt Rücksicht darauf.«

Wie freudig gab ich diesem Mann all mein Geld!

Ein paar Tage später traf ein Pony für Jacques ein; sein Vater, ein vortrefflicher Reiter, wollte ihn langsam an die Anstrengungen des Reitens gewöhnen. Der Junge hatte einen hübschen Reitanzug; er war von den Erträgen der Nußbäume gekauft worden. Der Morgen, da er, von seinem Vater begleitet, die erste Reitstunde nahm, unter dem Geschrei der erstaunten Madeleine, die auf dem Rasen umherhüpfte, um den Jacques herumritt, war für die Gräfin das erste große Fest, seit sie Mutter war. Jacques trug einen von seiner Mutter gestickten kleinen Kragen, einen kleinen Gehrock aus himmelblauem Tuch, den ein lacklederner Gürtel zusammenzog, eine weiße Faltenhose und eine Schottenmütze, unter der sein aschblondes Haar in dicken Locken hervorquoll; er sah entzückend aus. Darum scharte sich auch die gesamte Dienerschaft des Hauses zusammen und nahm teil an diesem häuslichen Glück. Der junge Erbe lächelte im Vorbeireiten seiner Mutter zu und zeigte keinerlei Furcht. Diese erste Männerarbeit dieses kleinen Jungen, der dem Tod oft so nahe geschienen hatte, die Hoffnung auf eine schöne Zukunft, die durch diesen Spazierritt gewährleistet war, auf dem er so schön, so hübsch, so jung gewirkt hatte, waren eine köstliche Belohnung! Die Freude des Vaters, der wieder jung geworden war und zum erstenmal seit langer Zeit lächelte, das Glück, das sich in den Augen aller Diener des Hauses malte, der Ruf eines alten

Pikörs von Lenoncourt, der aus Tours zurückkam und sah, wie der Junge den Zügel hielt, und zu ihm sagte: »Bravo, Herr Vicomte!«, all das war zuviel, und Madame de Mortsauf zerschmolz in Tränen. Sie, die im Schmerz so ruhig war, war zu schwach, um die Freude zu ertragen, als ihr Kind über den Sand ritt, wo sie es so oft schon im voraus beweint hatte, wenn sie sich mit ihm in der Sonne erging. In dieser Minute stützte sie sich bedenkenlos auf meinen Arm und sagte: »Ich glaube, ich habe niemals gelitten. Bleiben Sie heute bei uns.«

Nach der Reitstunde stürzte Jacques sich in die Arme seiner Mutter; sie fing ihn auf und hielt ihn mit der Kraft an sich gedrückt, die ein Übermaß an Wollust verleiht! Es gab Küsse und Liebesbezeigungen ohne Ende. Ich band mit Madeleine zwei herrliche Sträuße, um zu Ehren des Reiters die Tafel damit zu schmücken. Als wir in den Salon zurückkamen, sagte die Gräfin: »Der 15. Oktober wird sicherlich ein großer Tag sein! Jacques hat seine erste Reitstunde bekommen, und ich habe den letzten Stich an meiner Gobelinstickerei getan.«

»Gut, Blanche«, sagte der Graf lachend, »ich will es dir entgelten.«

Er bot ihr den Arm und führte sie in den ersten Hof; dort sah sie eine Kalesche, die ihr Vater ihr geschenkt und für die der Graf in England zwei Pferde gekauft hatte; sie waren zusammen mit denen des Herzogs von Lenoncourt herbefördert worden. Während der Reitstunde hatte der alte Pikör im ersten Hof alles vorbereitet. Wir nahmen den Wagen, um uns die Absteckung des breiten Wegs anzusehen, der in gerader Linie von Clochegourde zur Landstraße nach Chinon führen sollte; die Neuerwerbungen gestatteten, daß er quer durch die neuen Besitztümer geführt wurde. Auf der Rückfahrt sagte die Gräfin mit einer Miene voller Melancholie zu mir: »Ich bin zu glücklich; für mich ist das Glück eine Krankheit; es überwältigt mich, und ich habe Angst, es möge hinschwinden wie ein Traum.«

Ich liebte zu leidenschaftlich, um nicht eifersüchtig zu sein, und ich selbst konnte ihr nichts schenken! In meiner Wut suchte ich nach Mitteln und Wegen, für sie zu sterben. Sie fragte mich, welche Gedanken mir die Augen trübten; in aller Harmlosigkeit sagte ich sie ihr, sie war darüber tiefer gerührt als über alle Geschenke und schüttete Balsam in mein Herz, als sie mich auf die Freitreppe führte und mir zuflüsterte: »Lieben Sie mich, wie meine Tante mich geliebt hat; heißt das nicht, mir Ihr Leben schenken? Und wenn ich es auf diese Weise nehme, werde ich dadurch nicht in jeder Stunde zu Ihrer Schuldnerin?«

»Es war Zeit, daß ich mit meinem Gobelin zu Ende kam«, fuhr sie fort, als wir den Salon betraten, wo ich ihr die Hand küßte, als wolle ich meine Schwüre erneuern. »Vielleicht wissen Sie nicht, Félix, warum ich mir diese langwierige Arbeit auferlegt habe? Männer finden in den Betätigungen ihres Lebens Hilfsmittel gegen Kümmernisse; die Wechselfälle der Geschäfte lenken sie ab; aber wir Frauen haben in unserer Seele keinen Stützpunkt gegen unsere Schmerzen. Um meinen Kindern und meinem Mann zulächeln zu können, wenn ich im Bann trauriger Bilder war, habe ich das Bedürfnis verspürt, das Leid durch eine körperliche Bewegung zu regulieren. Auf diese Weise entging ich den Erschlaffungen, die großen Kraftvergeudungen folgen, und ebenso den Blitzen der übermäßigen Aufregung. Das regelmäßige Hochheben des Arms wiegte meine Gedanken ein und teilte meiner Seele, in der das Gewitter grollte, den Frieden der Gezeiten mit, da ihre Erregungen ja auf diese Weise geregelt wurden. Jedem Stich wurde das vertrauliche Bekenntnis meiner Geheimnisse zuteil, verstehen Sie? Aber als ich meinen letzten Sesselbezug stickte, da habe ich zuviel an Sie gedacht! Jawohl, viel zuviel, lieber Freund. Was Sie in Ihre Blumensträuße hineinlegen, das habe ich meinen Stickmustern gesagt.«

Das Abendessen verlief heiter. Wie alle Kinder, mit denen man sich beschäftigt, fiel Jacques mir um den Hals, als er die Blumen erblickte, die ich ihm statt eines Kranzes gepflückt hatte. Seine Mutter tat, als schmolle sie mit mir dieser Untreue wegen; mit welcher Anmut, Du kannst es Dir denken, überreichte der liebe Junge ihr den beneideten Strauß! Am Abend spielten wir alle drei eine Partie Tricktrack, ich ganz allein gegen das Ehepaar de Mortsauf, und der Graf war bezaubernd. Endlich, als es dunkelte, begleiteten sie mich beide bis zum Weg nach Frapesle; es war einer der ruhigen Abende, deren Harmonien die Gefühle an Tiefe gewinnen lassen, was sie an Lebhaftigkeit einbüßen. Es war ein einzigartiger Tag im Leben dieser armen Frau gewesen, ein leuchtender Punkt, den ihre Erinnerung in schwierigen Stunden oftmals liebevoll angeblickt hat. Die Reitstunden wurden nämlich bald zu einem Gegenstand der Zwietracht. Die Gräfin fürchtete mit Recht die harten Zurechtweisungen, mit denen der Vater den Sohn bedachte. Jacques magerte bereits ab, seine schönen blauen Augen bekamen Ringe; um seiner Mutter keinen Kummer zu machen, litt er lieber stumm. Ich fand ein Mittel gegen seine Nöte; ich riet ihm nämlich, seinem Vater zu sagen, er sei müde, wenn der Graf in Zorn geriet; aber diese Scheinheilmittel waren unzulänglich; der alte Pikör mußte an die Stelle des Vaters treten; dieser jedoch ließ sich seinen Schüler nicht ohne Widerspruch entreißen. Es kam wieder zu Schreiereien und Auseinandersetzungen; der Graf fand Vorwände für seine beständigen Klagen über die geringe Dankbarkeit der Frauen; zwanzigmal am Tag rieb er die Kalesche, die Pferde und die Livree seiner Frau unter die Nase. Schließlich kam es zu einem der Geschehnisse, in die sich Charaktere dieser Art und solcher Krankheiten nur zu gern stürzen: Die Ausgabe überschritt um die Hälfte die voraussichtlichen Einnahmen von Cassine und Rhétorière, wo schlechte Mauern und Bohlen eingebrochen waren. Ein Arbeiter kam und verkündete diese Nachricht ungeschickterweise Monsieur de Mortsauf, anstatt sie der Gräfin zu sagen. Daraus ergab sich ein Streit, der sanft anhub, aber stufenweise giftiger wurde, und bei dem die Hypochondrie des Grafen, die sich seit ein paar Tagen gelegt hatte, der armen Henriette die rückständigen Zinsen abforderte.

Ich war an jenem Tag um halb elf, nach dem Frühstück, von Frapesle aufgebrochen, um auf Clochegourde mit Madeleine einen Strauß zu binden. Das Kind hatte mir die beiden Vasen auf die Balustrade der Terrasse gestellt, und ich ging aus den Gärten in die Umgebung und suchte eifrig nach Herbstblumen, die so schön, aber so selten sind. Als ich von meinem letzten Streifzug zurückkam, sah ich meine kleine Adjutantin mit dem rosa Gürtel und dem gezackten Umhang nicht mehr, hörte aber von Clochegourde her Schluchzlaute.

»Der General«, sagte die weinende Madeleine, und bei ihr war dieser Ausdruck ein Zeichen des Hasses gegen den Vater, »der General schimpft unsere Mutter; verteidigen Sie sie doch.«

Ich flog die Treppen hinauf und gelangte in den Salon, ohne weder vom Grafen noch von seiner Frau bemerkt oder begrüßt zu werden. Als ich die schrillen Schreie des Verrückten vernahm, schloß ich sämtliche Türen; dann kam ich zurück; ich hatte gesehen, daß Henriette so weiß wie ihr Kleid war.

»Heiraten Sie niemals, Félix«, sagte der Graf. »Eine Frau wird stets vom Teufel beraten; die Tugendhafteste würde das Böse erfinden, wenn es nicht schon existierte; alle sind sie brutale Bestien.«

Dann vernahm ich Geschwätz ohne Anfang und Ende. Monsieur de Mortsauf berief sich auf seine früheren Ablehnungen und wiederholte die dummen Reden der Bauern, die den neuen Methoden widerstrebten. Er behauptete, wenn er Clochegourde geleitet hätte, wäre er doppelt so reich. Er formulierte seine Lästerungen heftig und beleidigend, er schimpfte und fluchte, sprang von einem Sessel zum anderen, verschob sie und versetzte ihnen Stöße; dann unterbrach er sich mitten in einem Satz und sprach von seinem Rückenmark, das glühend heiß sei, oder von seinem Gehirn, das ihm davonfließe wie sein Geld. Seine Frau richte ihn zugrunde. Der Unglückliche! Von den dreißigtausend und einigen Francs Einkünften, die er besaß, hatte sie ihm mehr als zwanzig verschafft. Die Güter des Herzogs und die der Herzogin brachten mehr als fünfzigtausend ein, und diese wurden für Jacques aufbewahrt. Die Gräfin lächelte herrlich und blickte zum Himmel auf.

»Ja«, schrie er, »Blanche, du bist mein Henker, du bringst mich um; ich bin euch zur Last; du willst mich loswerden, du bist ein Ungeheuer an Heuchelei! Sie lacht! Wissen Sie, warum sie lacht, Félix?«

Ich bewahrte Schweigen und senkte den Kopf.

»Diese Frau«, fuhr er fort und beantwortete seine Frage selbst, »beraubt mich jeden Glücks, sie gehört mir genausoviel wie Ihnen, und dabei behauptet sie, sie sei meine Frau! Sie trägt meinen Namen und erfüllt keine der Pflichten, die göttliche und menschliche Gesetze ihr auferlegen; so belügt sie die Menschen und Gott. Sie überhäuft mich mit Aufträgen und ödet mich an, damit ich sie allein lasse; ich mißfalle ihr, sie haßt mich und setzt alle ihre Kunst daran, ein junges Mädchen zu bleiben; sie macht mich verrückt durch die Entbehrungen, zu denen sie mich zwingt, denn jetzt strömt alles in meinen armen Kopf; sie bringt mich bei kleinem Feuer um und hält sich für eine Heilige; so eine geht jeden Monat zur Kommunion.«

Die Gräfin weinte jetzt heiße Tränen; sie fühlte sich gedemütigt durch den Verfall dieses Menschen; als einzige Antwort sagte sie immerfort: »Mann! Mann! Aber Mann!«

Obgleich die Äußerungen des Grafen um seinetwillen wie Henriettes wegen hätten erröten machen müssen, gingen sie mir heftig zu Herzen, weil sie den Gefühlen der Keuschheit und des Zartgefühls widersprachen, die sozusagen der Stoff einer ersten Liebe sind.

»Sie ist auf meine Kosten Jungfrau«, sagte der Graf.

Auf diesen Ausspruch hin schrie die Gräfin auf: »Aber Mann!«

»Was soll dein herrisches ›Mann‹?« fragte er. »Bin ich nicht der Herr und Gebieter? Muß ich dir das endlich beibringen?«

Er ging auf sie zu und hielt ihr seinen weißen Wolfskopf hin, der abscheulich geworden war, denn seine gelben Augen hatten einen Ausdruck, der ihn einer ausgehungerten, aus dem Wald hervorbrechenden Bestie ähnlich machte. Henriette glitt vom Sessel zu Boden, um den Stoß zu empfangen, der aber nicht erfolgte; völlig zerbrochen lag sie auf dem Parkett und verlor das Bewußtsein. Der Graf war wie ein Mörder, der spürt, wie das Blut seines Opfers ihm ins Gesicht spritzt; stumpfsinnig stand er da. Ich nahm die arme Frau in meine Arme; der Graf ließ mich sie nehmen, als komme es ihm unwürdig vor, sie zu tragen; aber er ging voran und machte mir die Tür des an den Salon stoßenden Schlafzimmers auf, des geheiligten Schlafzimmers, das ich nie betreten hatte. Ich richtete die Gräfin auf, hielt sie einen Augenblick in dem einen Arm und legte ihr den anderen um die Taille, während Monsieur de Mortsauf die Bettdecke abnahm, die Daunendecke, alles, was auf dem Bett lag; dann hoben wir sie hoch und legten sie völlig angekleidet nieder. Als Henriette wieder zu sich kam, bat sie uns durch ein Zeichen, ihr den Gürtel zu lösen; Monsieur de Mortsauf fand eine Schere und schnitt alles durch; ich ließ sie Riechsalz einatmen; sie schlug die Augen auf. Der

Graf ging hinaus, mehr beschämt als kummervoll. Zwei Stunden vergingen in tiefem Schweigen. Henriette hatte ihre Hand in die meine gelegt und drückte sie; sprechen konnte sie nicht. Von Zeit zu Zeit hob sie die Augen, um mir durch einen Blick zu sagen, daß sie ruhig, jedem Geräusch entrückt, daliegen wolle; dann kam ein klarer Augenblick; sie richtete sich auf dem Ellbogen auf und sagte: »Der Unglückliche! Wenn Sie wüßten ...«

Sie legte den Kopf wieder auf das Kissen zurück. Zu der Erinnerung an das überstandene Leid gesellten sich gegenwärtige Schmerzen, und es kam wieder zu den nervösen Krampfzuckungen, die ich nur durch den Magnetismus der Liebe beschwichtigt hatte; das war eine mir unbekannte Wirkung; ich bediente mich ihrer ganz instinktiv. Ich hielt sie mit einer durch Zärtlichkeit gemilderten Kraft; und während jener letzten Krisis warf sie mir Blicke zu, die mich zum Weinen brachten. Als ihre nervösen Zuckungen aufhörten, strich ich ihr das wirre Haar glatt; ich hielt es das erste und einzige Mal in meinem Leben in Händen; dann nahm ich noch einmal ihre Hand und betrachtete lange dieses zugleich braune und graue Schlafzimmer, das schlichte Bett mit den bemalten Leinenvorhängen, den Tisch, auf dem ein altmodisch verziertes Tuch lag, das schäbige Sofa mit dem gesteppten Sitz. Welche Poesie atmete diese Stätte! Welchen Verzicht auf Luxus für die eigene Person! Ihr Luxus bestand in erlesener Sauberkeit. Edle Zelle einer vermählten Nonne voll heiliger Schicksalsergebenheit, darin der einzige Schmuck das Kruzifix ihres Bettes war, über dem das Bildnis ihrer Tante hing; ferner auf jeder Seite des Weihwassergefäßes ihre beiden Kinder, von ihr gefertigte Bleistiftzeichnungen, und deren Haar aus der Zeit, da sie noch klein gewesen waren. Welche Zufluchtsstätte für eine Frau, deren Erscheinen in der großen Welt die Schönsten hätte erblassen lassen! Das also war das Boudoir, in dem die Tochter einer erlauchten Familie immer weinte; in diesem Augenblick war sie von Bitterkeit überflutet und verweigerte sich der Liebe, die sie getröstet hätte. Heimliches, nicht auszugleichendes Unglück! Und Tränen beim Opfer für den Henker, und Tränen beim Henker für das Opfer. Als die Kinder und die Zofe hereinkamen, ging ich. Der Graf hatte auf mich gewartet; er betrachtete mich bereits als eine vermittelnde Macht zwischen seiner Frau und sich; er packte mich bei den Händen und schrie mich an: »Bleiben Sie, bleiben Sie, Félix!«

»Leider«, sagte ich, »hat Monsieur de Chessel Besuch; es wäre ungehörig, wenn seine Gäste an den Gründen meines Fernbleibens herumrätselten; aber nach dem Essen werde ich wiederkommen.«

Er verließ mit mir das Haus, begleitete mich bis an die untere Pforte und sprach dabei kein Wort; dann ging er mit mir bis Frapesle, ohne zu wissen, was er tat. Dort sagte ich ihm schließlich: »Um Himmels willen, Herr Graf, lassen Sie sie Ihr Haus leiten, wenn sie Freude daran hat, und quälen Sie sie nicht länger.«

»Ich habe nicht mehr lange zu leben«, sagte er mit ernster Miene. »Sie wird nicht lange mehr unter mir zu leiden haben; ich fühle, daß mir der Kopf zerspringt.«

Und er ließ mich in einem Anfall von ungewolltem Egoismus stehen. Nach dem Essen ging ich wieder hin, um mich nach Madame de Mortsaufs Befinden zu erkundigen; es ging ihr bereits besser. Wenn das für sie die Freuden der Ehe waren, wenn ähnliche Szenen sich häufiger wiederholten, wie konnte sie dann leben? Welch langsamer, strafloser Mord! Während jenes Abends begriff ich, durch welche unerhörten Quälereien der Graf seine Frau schwächte. Welches Gericht war für solch einen Fall zuständig? Dergleichen Überlegungen lähmten mich; ich konnte Henriette nichts sagen; aber ich brachte die Nacht damit hin, ihr zu schreiben. Von drei oder vier Briefen, die ich zu Papier brachte, ist mir dieser Anfang übriggeblieben; ich war damit nicht zufrieden; aber wenn er auch mir nichts auszudrücken oder zuviel von mir zu sprechen scheint, wo ich mich doch einzig mit ihr hätte befassen müssen, wird er Dir sagen, in welchem Seelenzustand ich mich befand.

An Madame de Mortsauf

»Wie viele Dinge hätte ich Ihnen zu sagen, die ich mir unterwegs überlegte, und die ich bei Ihrem Anblick vergesse! Ja, wenn ich Sie sehe, geliebte Henriette, finde ich keine Worte mehr, die mit dem Widerschein Ihrer Seele, der Ihre Schönheit steigert, harmonieren könnten; alsdann empfinde ich in Ihrer Nähe ein so unendliches Glück, daß das gegenwärtige Gefühl alle Gefühle meines früheren Lebens auslöscht. Jedesmal werde ich in ein ausgedehnteres Leben hineingeboren und bin wie ein Wanderer, der beim Ersteigen eines großen Felsens mit jedem Schritt neue Fernen entdeckt. Füge ich nicht bei jedem Gespräch meinen unermeßlichen Schätzen einen neuen Schatz hinzu? Darin beruht, so glaube ich, das Geheimnis der langen, der unerschöpflichen Zuneigungen. Ich kann also nur fern von Ihnen über Sie zu Ihnen sprechen. In Ihrem Dabeisein bin ich zu geblendet, um zu sehen, zu glücklich, um mein Glück zu befragen, zu erfüllt von Ihnen, um ›ich‹ zu sein, zu beredt durch Sie, um zu sprechen, zu versessen auf das Ergreifen des gegenwärtigen Augenblicks, um mich des Vergangenen zu erinnern. Erwägen Sie gut diese ständige Trunkenheit, auf daß Sie mir die daraus entspringenden Irrtümer verzeihen können. Dennoch will ich es wagen, Ihnen zu sagen, geliebte Henriette, daß ich in den Freuden ohne Zahl, die Sie mir bereiteten, nie Glückseligkeiten empfunden habe, die den Entzückungen ähnlich gewesen wären, die gestern meine Seele nach dem entsetzlichen Sturm erfüllten, bei dem Sie mit übermenschlichem Mut gegen das Böse angekämpft hatten und dann bei mir Zuflucht suchten, im Dämmer Ihres Schlafzimmers, in das jene unselige Szene mich geführt hat. Ich allein habe erfahren, in welchem Licht eine Frau erstrahlen kann, wenn sie von den Pforten des Todes an die Pforten des Lebens gelangt, und wenn die Morgenröte einer Wiedergeburt ihre Stirn verlebendigt hat. Wie harmonisch klang Ihre Stimme! Wie klein dünkten mich die Worte, selbst die Ihrigen, als im Klang Ihrer angebeteten Stimme der vage Nachhall eines überstandenen Schmerzes aufs neue hörbar wurde, gemischt mit den göttlichen Tröstungen, durch die Sie mich endlich beruhigt haben, weil Sie mir auf diese Weise

Ihre ersten Gedanken schenkten. Ich hatte Sie strahlend in allem menschlichen Glanz erkannt; aber gestern habe ich eine neue Henriette erblickt, die mein wäre, wenn Gott es wollte. Gestern habe ich irgendein Wesen erblickt, das frei war von den körperlichen Fesseln, die uns hindern, die Feuer der Seele zu schüren. Du warst sehr schön in Deiner Ohnmacht, sehr majestätisch in Deiner Schwäche. Gestern habe ich etwas Schöneres entdeckt als Deine Schönheit, etwas Süßeres als Deine Stimme, funkelndere Lichter als das Licht Deiner Augen, Düfte, für die es keinen Ausdruck gibt; gestern ist Deine Seele sichtbar und faßbar gewesen. Ach, ich habe arg gelitten, daß ich Dir mein Herz nicht habe auftun können, um Dich darin aufleben zu lassen. Kurzum, gestern habe ich die ehrfürchtigen Ängste abgeworfen, die Du mir einflößt; hat jene Ohnmacht uns nicht einander nähergebracht? Da habe ich erfahren, was Atmen heißt, als ich mit Dir atmete, als die Krisis Dir verstattete, unsere Luft zu atmen. Wie viele Gebete stiegen da in einem Augenblick zum Himmel auf! Wenn ich nicht gestorben bin beim Durchqueren der Himmelsweiten, die ich hinter mich brachte, um Gott zu bitten, Dich mir noch zu lassen, dann stirbt man weder vor Freude noch vor Schmerz. Jener Augenblick hat mir Erinnerungen gelassen, die in meiner Seele bestattet liegen und die niemals wieder an ihrer Oberfläche erscheinen werden, ohne daß meine Augen sich mit Tränen feuchten; jede Freude wird die Furche verbreitern, jeder Schmerz wird sie vertiefen. Ja, die Ängste, die meine Seele gestern durchwühlten, werden ein Vergleichsmaßstab für all meine künftigen Schmerzen sein, gerade wie die Freuden, die Du an mich verschwendet hast, geliebter, ewiger Gedanke meines Lebens, alle Freuden beherrschen werden, die Gottes Hand über mich auszuschütten geruhen wird. Du hast mich die göttliche Liebe verstehen lassen, die verläßliche Liebe, die, ihrer Kraft und ihrer Dauer gewiß, weder Argwohn noch Eifersucht kennt.«

Eine tiefe Melancholie zernagte mir die Seele; der Anblick dieses Familienlebens war herzzerreißend für einen jungen Menschen, einen Neuling in allem, was die Gesellschaft bewegt; daß ich diesen Abgrund beim Eintritt in die Welt finden mußte, einen bodenlosen Abgrund, ein totes Meer. Dieses grausige Zusammenwirken von Unglück gab mir unendliche Gedanken ein; mein erster Schritt in das Gesellschaftsleben gab mir einen ungeheuren Maßstab, an dem gemessen alle anderen berichteten Szenen nur noch klein sein konnten. Meine Kümmernis ließ das Ehepaar de Chessel meinen, meine Liebe sei unglücklich, und so hatte ich das Glück, meiner großen Henriette durch meine Leidenschaft in keiner Weise zu schaden.

Als ich am folgenden Tag in den Salon kam, war sie allein; sie musterte mich einen Augenblick, reichte mir die Hand und fragte: »Will der Freund denn stets zu zärtlich sein?« Ihre Augen wurden feucht, sie stand auf, dann sagte sie in verzweifelt flehendem Ton: »Schreiben Sie mir nie wieder so!«

Monsieur de Mortsauf war zuvorkommend. Die Gräfin hatte ihren Mut wiedergewonnen; ihre Stirn war heiter; aber ihre Gesichtsfarbe kündete von den Leiden des Vortags; sie waren beschwichtigt, aber nicht erloschen. Abends, als wir im dürren Herbstlaub wandelten, das unter unseren Füßen raschelte, sagte sie: »Der Schmerz ist unendlich, die Freude hat Grenzen.« Dieser Ausspruch enthüllte ihre Leiden durch den Vergleich, den sie zwischen dem Schmerz und ihren flüchtigen Seligkeiten zog.

»Lästern Sie das Leben nicht«, sagte ich. »Sie kennen die Liebe nicht; sie birgt Wollüste, die bis in den Himmel hinein strahlen.«

»Schweigen Sie«, sagte sie, »ich will nichts davon kennenlernen. Ein Grönländer würde in Italien sterben! Ich bin ruhig und glücklich, wenn Sie bei mir sind; Ihnen kann ich alles sagen, was ich denke; zerstören Sie mein Vertrauen nicht. Warum können Sie nicht die Tugend des Priesters und den Zauber des freien Mannes besitzen?«

»Sie könnten einen ganzen Becher voll Schierling hinuntertrinken lassen«, sagte ich und legte ihre Hand auf mein gepreßt pochendes Herz.

»Schon wieder!« rief sie und zog ihre Hand zurück, als habe sie einen heftigen Schmerz verspürt. »Wollen Sie mir denn die traurige Freude nehmen, das Blut meiner Wunden durch eine Freundeshand stillen zu lassen? Fügen Sie meinen Schmerzen nicht weitere hinzu; Sie kennen noch nicht alle! Die geheimsten sind am schwierigsten hinunterzuschlucken. Wären Sie eine Frau, so würden Sie verstehen, in welche mit Ekel gemischte

Melancholie eine stolze Seele verfällt, wenn sie sich als den Gegenstand von Aufmerksamkeiten sieht, die nichts heilen, und mit denen *man* alles zu heilen glaubt. Ein paar Tage lang wird mir der Hof gemacht; *man* will sich das Unrecht verzeihen lassen, in das *man* sich gesetzt hat. Dann könnte ich eine Zustimmung zu den unvernünftigsten Forderungen erhalten. Ich werde gedemütigt durch eine Kriecherei, durch Liebesbezeigungen, die an dem Tag aufhören, an dem *man* glaubt, ich hätte alles vergessen. Die Willfährtigkeit seines Herrn und Meisters nur dessen Fehlern zu verdanken . . .«

»Dessen Untaten«, sagte ich stürmisch.

»Ist das nicht ein entsetzliches Dasein?« fragte sie und bedachte mich mit einem traurigen Lächeln. »Überdies verstehe ich mich nicht darauf, diese vorübergehende Macht auszunützen. In einem Augenblick bin ich wie die Ritter, die ihrem gefallenen Gegner nichts antaten. Den am Boden sehen, den wir ehren müßten, ihm aufhelfen, um von ihm mit neuen Schlägen bedacht zu werden, an seinem Sturz mehr leiden als er selbst, und sich entehrt vorkommen, wenn man Nutzen aus einem flüchtigen Einfluß zieht, auch wenn es mit dem Ziel der Nützlichkeit geschieht; seine Kraft vergeuden, die Schätze der Seele in diesen Kämpfen ohne Adel erschöpfen, nur in dem Augenblick herrschen, da man tödliche Wunden empfängt! Lieber den Tod. Hätte ich keine Kinder, würde ich mich im Strom dieses Lebens dahintreiben lassen; aber was würde aus ihnen ohne meinen Mut werden, von dem niemand weiß? Für sie muß ich leben, so schmerzlich auch mein Leben sein möge. Sie sprechen mir von Liebe . . .? Ach, mein Freund, bedenken Sie doch, in welche Hölle ich hinabstürzen würde, wenn ich jenem Menschen, der mitleidlos ist wie alle Schwachen, das Recht einräumte, mich zu verachten? Nicht einmal einen Argwohn könnte ich ertragen! Die Reinheit meines Lebenswandels ist meine Stärke. Die Tugend, lieber Junge, hat heilige Wasser, in denen man sich stählt und aus denen man erneuert in Gottes Liebe hervorgeht!«

»Hören Sie, liebe Henriette, ich kann nur noch eine Woche hierbleiben; ich will, daß . . .«

»Oh! Sie verlassen uns . . .«, unterbrach sie mich.

»Aber muß ich denn nicht wissen, was mein Vater über mich zu bestimmen gedenkt? Es sind jetzt bald drei Monate ...«

»Ich habe die Tage nicht gezählt«, sagte sie mit der Ergebung der erschütterten Frau. Sie raffte sich zusammen und sagte:

»Kommen Sie, wir wollen nach Frapesle gehen.«

Sie rief den Grafen, ihre Kinder; sie bat um ihren Schal; als dann alles bereit war, zeigte sie, die Langsame, Ruhige, eine Pariser Geschäftigkeit, und wir brachen gemeinsam nach Frapesle auf, um dort einen Besuch abzustatten, den die Gräfin gar nicht schuldete. Sie bemühte sich, mit Madame de Chessel zu sprechen, die zum Glück sehr weitschweifige Antworten gab. Der Graf und Monsieur de Chessel unterhielten sich über ihre geschäftlichen Angelegenheiten. Ich hatte Angst, Monsieur de Mortsauf würde seinen Wagen und sein Gespann rühmen; aber er verhielt sich durchaus wohlerzogen; sein Gutsnachbar fragte ihn nach den Arbeiten, die er in Cassine und Rhétorière durchführen ließ. Als ich die Frage hörte, sah ich den Grafen an, des Glaubens, er würde sich eines mit so fatalen Erinnerungen verknüpften Gesprächsthemas enthalten; es mußte doch grauenhaft bitter für ihn sein; allein er bewies, wie dringend nötig es in dieser Gegend sei, den Zustand der Landwirtschaft zu verbessern, schöne Pachthöfe zu bauen, deren Wohnhäuser gesund und sauber sein müßten; kurz und gut, er schrieb sich glorreich die Ideen seiner Frau zu. Ich sah zu der Gräfin hin und wurde rot. Dieser Mangel an Takt bei einem Mann, der bei gewissen Gelegenheiten so viel davon zeigte, dieses Vergessen der entsetzlichen Szene, diese Aneignung von Ideen, gegen die er sich so heftig aufgelehnt hatte, dieses Selbstvertrauen, all das versteinerte mich.

Als Monsieur de Chessel ihn fragte: »Glauben Sie, daß Sie Ihre Ausgabe wieder hereinbekommen?«, antwortete er mit einer bestätigenden Geste:

»Mehr als das!«

Dergleichen Krisen vermochten nur durch das Wort »Irrsinn« erklärt zu werden. Henriette, das himmlische Geschöpf, saß strahlend da. Wirkte der Graf nicht wie ein Mensch von gesundem Verstand, ein guter Verwalter, ein vortrefflicher Landwirt? Hingerissen streichelte sie Jacques' Haar; sie war glücklich

1078

um ihrer selbst, glücklich um des Sohnes willen! Welch grausige Komik, welch höhnisches Drama! Ich war entsetzt. Später, als der Vorhang der gesellschaftlichen Bühne sich für mich gehoben hatte: Wie viele Mortsaufs habe ich da nicht gesehen, freilich mit noch weniger Aufblitzen von Loyalität, mit noch weniger Gewissen als bei ihm! Welch seltsame, gehässige Macht gesellte unausgesetzt einen Narren einem Engel zu, dem ehrlich und poetisch liebenden Mann eine schlechte Frau, dem kleinen eine große, diesem Pavian ein schönes, erhabenes Geschöpf; der noblen Juana den Hauptmann Diard[85], dessen Geschichte Du in Bordeaux gehört hast; der Madame de Beauséant einen d'Ajuda[86]; der Madame d'Aiglemont ihren Mann[87]; dem Marquis d'Espard seine Frau[88]? Ich habe lange nach der Lösung dieses Rätsels gesucht, wie ich Dir gestehe. Ich habe viele Geheimnisse durchstöbert und dabei den Grund mehrerer Naturgesetze herausgefunden, den Sinn einiger göttlicher Hieroglyphen; dieses Rätsel hier löste ich nicht; ich befasse mich noch immer damit wie mit einer Figur des indischen Zusammensetzspiels, dessen symbolische Herstellung sich die Brahmanen vorbehalten haben. Hier ist der Geist des Bösen allzu offensichtlich Herr; ich wage es nicht, Gott zu beschuldigen. Unglück ohne Heilmittel, wer belustigt sich damit, es auszuspinnen? Sollten Henriette und ihr *Unbekannter Philosoph*[89] dennoch recht gehabt haben? Sollte ihr Mystizismus den allgemeinen Sinn der Menschheit bergen?

Die letzten Tage, die ich in jener Gegend verbrachte, waren die Herbsttage des fallenden Laubs, Tage, die von Wolken verdunkelt wurden; sie verbargen bisweilen den Himmel der Touraine, der in der schönen Jahreszeit immer so rein und warm ist. Am Vorabend meiner Abreise führte Madame de Mortsauf mich vor dem Essen auf die Terrasse.

»Lieber Félix«, sagte sie mir nach einem schweigenden Rundgang unter den blätterlosen Bäumen, »jetzt treten Sie in Welt und Gesellschaft ein, und ich will Sie dabei in Gedanken begleiten. Die viel gelitten haben, haben viel erlebt; glauben Sie nicht, einsiedlerische Seelen wüßten nichts von jener Welt; sie haben ein Urteil darüber. Wenn ich durch meinen Freund leben soll, will ich mich weder in seinem Herzen noch in seinem Bewußtsein unbehaglich fühlen; im Kampfgewühl ist es immer recht schwierig, sich aller Regeln zu erinnern; erlauben Sie mir ein paar Belehrungen von Mutter zu Sohn. Am Tag Ihrer Abreise, lieber Junge, werde ich Ihnen einen langen Brief geben, in dem Sie meine Frauengedanken über Welt und Gesellschaft, über die Menschen, über die Art und Weise, die Schwierigkeiten in diesem großen Getümmel der Selbstsucht anzupacken, finden werden; versprechen Sie mir, ihn erst in Paris zu lesen? Meine Bitte ist der Ausdruck einer der Launen des Gefühls, die das Geheimnis von uns Frauen sind; ich glaube, man kann sie verstehen, aber vielleicht wären wir bekümmert, wenn wir sie verstanden wüßten; lassen Sie mir die kleinen Pfade, auf denen die Frau am liebsten allein einherschreitet.«

»Ich verspreche es Ihnen«, sagte ich und küßte ihr die Hände.

»Ach«, sagte sie, »ich muß Sie noch um ein Gelöbnis bitten; aber verpflichten Sie sich im voraus, es abzulegen.«

»Oh, freilich!« sagte ich, der Meinung, es handele sich um die Frage der Treue.

»Es geht nicht um mich«, fuhr sie fort und lächelte bitter. »Félix, spielen Sie nie in irgendeinem Salon, in welchem auch immer; ich nehme keinen aus.«

»Ich werde nie spielen«, antwortete ich.

»Gut«, sagte sie. »Ich habe für Sie einen besseren Gebrauch der Zeit ausfindig gemacht, die Sie beim Spiel vergeuden würden; Sie werden sehen, daß Sie dort, wo die andern früher oder später verlieren müssen, stets gewinnen werden.«

»Wie denn?«

»Das wird Ihnen der Brief sagen«, antwortete sie mit froher Miene; sie nahm ihren Ermahnungen den Ernst, von dem diejenigen älterer Verwandter stets begleitet sind.

Etwa eine Stunde lang redete die Gräfin auf mich ein und bewies mir die Tiefe ihrer Zuneigung dadurch, daß sie mir enthüllte, wie sorgfältig sie mich während des letzten Vierteljahres beobachtet hatte; sie war in die letzten Falten meines Herzens eingedrungen und hatte dabei versucht, ihm das ihre aufzudrücken; ihr Tonfall wechselte, überzeugte; ihre Worte klangen wie von Mutterlippen und ließen durch Betonung und Inhalt erkennen, wie viele Bande uns bereits verknüpften.

»Wenn Sie wüßten«, sagte sie abschließend, »mit welchen Ängsten ich Ihrem Lebensweg folgen werde, wie es mich freuen wird, wenn Sie gradeausgehen, wieviel Tränen ich weinen werde, wenn Sie sich an Ecken stoßen! Glauben Sie mir, meine Zuneigung ist ohnegleichen; sie ist zugleich ungewollt und gewollt. Ach, ich möchte Sie glücklich, mächtig und geachtet sehen; Sie werden für mich stets ein lebendiger Traum sein.«

Sie brachte mich zum Weinen. Sie wirkte gleichzeitig mild und furchterregend; ihr Gefühl bekundete sich allzu kühn; es war zu rein, um dem jungen, von Lustempfindungen beunruhigten Menschen auch nur die mindeste Hoffnung zu lassen. Für mein Fleisch, das zerfetzt in ihrem Herzen blieb, verströmte sie für mich das unaufhörliche, unzerstörbare Leuchten der göttlichen Liebe, die allein die Seele befriedigt. Sie schwang sich in Höhen auf, bis zu denen die buntschillernden Flügel der Liebe, die mich in ihre Schultern hatte beißen lassen, mich nicht tragen konnten; um zu ihr zu gelangen, hätte ein Mann sich die weißen Schwingen Seraphs erringen müssen.

»Bei allem und jedem«, sagte ich, »werde ich denken: Was würde meine Henriette dazu sagen?«

»Gut, ich will der Stern und das Heiligtum sein«, sagte sie und spielte damit auf die Träume meiner Kindheit an; sie versuchte, mir deren Verwirklichung anzubieten, um mein Begehren zu täuschen.

»Sie sollen meine Religion und mein Licht, Sie sollen mir alles sein«, rief ich aus.

»Nein«, antwortete sie, »die Quelle Ihrer Lüste kann ich nicht sein.«

Sie seufzte und bedachte mich mit dem Lächeln voll heimlicher Pein, dem Lächeln des für eine kurze Weile rebellischen Sklaven. Von jenem Tage an war sie nicht mehr die Heißgeliebte, sondern die über alles Geliebte; sie lebte in meinem Herzen nicht wie eine Frau, die einen Platz darin haben will, die sich durch Aufopferung oder ein Übermaß an Lust darein gräbt; nein, sie hatte das ganze Herz und war etwas dem Spiel der Muskeln Notwendiges; sie wurde zu dem, was Beatrice dem Florentiner Dichter, was die makellose Laura dem venezianischen Dichter[90] gewesen ist, die Mutter großer Gedanken, die unbekannte Ursache rettender

Entschlüsse, der Halt der Zukunft, das Licht, das in der Finsternis schimmert wie die Lilie im dunklen Laubwerk. Ja, sie diktierte die hohen Entschlüsse, die dem Feuer Einhalt gebieten, die gefährdete Dinge wiederherstellen; sie hat mir die Beharrlichkeit Colignys[91] verliehen, damit ich die Sieger besiegte, mich aus der Niederlage erhebe, damit ich die stärksten Ringer ermatten konnte.

Am andern Tag, nachdem ich auf Frapesle zu Mittag gegessen und mich von meinen gegenüber dem Egoismus meiner Liebe so nachsichtigen Gastgebern verabschiedet hatte, begab ich mich nach Clochegourde. Monsieur und Madame de Mortsauf hatten geplant, mich bis nach Tours zu begleiten, von wo aus ich nachts nach Paris weiterreisen mußte. Unterwegs war die Gräfin auf zärtliche Weise schweigsam; zunächst behauptete sie, sie habe Migräne; dann errötete sie über diese Lüge und bemäntelte sie dadurch, daß sie sagte, sie sehe mich keineswegs ohne Bedauern abreisen. Der Graf lud mich ein, wenn ich Lust hätte, das Indretal wiederzusehen und die Chessels nicht daheim seien. Wir nahmen heldenhaft und ohne sichtbare Tränen Abschied; aber wie alle kränklichen Kinder überkam Jacques eine sentimentale Regung, die ihn ein paar Tränen vergießen ließ, während Madeleine, schon ganz Frau, die Hand ihrer Mutter drückte.

»Lieber Junge!« sagte die Gräfin und küßte Jacques leidenschaftlich.

Als ich allein in Tours war, packte mich nach dem Abendessen einer jener unerklärlichen Wutanfälle, die man nur hat, solange man jung ist. Ich mietete ein Pferd und legte in fünf Viertelstunden die Entfernung zwischen Tours und Pont-de-Ruan zurück. Dort überkam mich Scham, meine Tollheit offenbar werden zu lassen; ich ging zu Fuß weiter und langte wie ein Spion, mit Schleichschritten, unter der Terrasse an. Die Gräfin war nicht dort; ich stellte mir vor, sie habe Schmerzen; ich hatte den Schlüssel der kleinen Pforte bei mir behalten; ich ging hinein; in diesem Augenblick stieg sie mit ihren beiden Kindern langsam und traurig die Freitreppe hinab, um die sanfte Melancholie zu genießen, die der Sonnenuntergang über die Landschaft breitete.

»Mutter, da ist Félix«, sagte Madeleine.

»Ja, ich«, sagte ich leise. »Ich habe mich gefragt, warum ich in Tours bleiben solle, solange es mir ein Leichtes sei, Sie noch einmal zu sehen. Warum hätte ich mir nicht einen Wunsch erfüllen sollen, den ich in acht Tagen nicht mehr verwirklichen kann?«

»Er bleibt bei uns, Mama«, rief Jacques und hüpfte ein paarmal.

»Schweig doch«, sagte Madeleine, »sonst kommt womöglich der General her.«

»Es ist unklug«, sagte Henriette, »welche Tollheit!«

Dieser Wohlklang in ihrer tränenerstickten Stimme, welche Bezahlung war er dessen, was man die Wucherrechnung der Liebe hätte nennen müssen!

»Ich hatte vergessen, Ihnen diesen Schlüssel wiederzugeben«, sagte ich lächelnd.

»Sie kommen also nicht wieder?« fragte sie.

»Verlassen wir einander denn?« fragte ich sie und warf ihr einen Blick zu, der sie die Lider senken ließ, um ihre stumme Antwort zu verschleiern.

Ich ging nach ein paar Minuten fort; sie waren vergangen in der glückseligen Stumpfheit der Seelen, die bis dorthin gelangt sind, wo die Hingerissenheit endet und der wahnwitzige Überschwang einsetzt. Langsamen Schrittes ging ich von dannen und drehte mich immer wieder um. Als ich oben von der Hochfläche aus zum letztenmal das Tal betrachtete, erschütterte mich der Gegensatz, den es mir bot, verglichen mit dem, was es bei meiner Ankunft gewesen war; hatte es damals nicht gegrünt und geflammt wie meine Wünsche und meine Hoffnungen? Nun aber war ich in die düsteren, melancholischen Geheimnisse einer Familie eingeweiht; ich teilte die Ängste einer christlichen Niobe[92], ich war traurig wie sie, mit verdüsterter Seele; und so fand ich in diesem Augenblick das Tal auf meine Gedanken abgestimmt. Die Felder waren jetzt abgeerntet, die Pappelblätter fielen, und die hängenblieben, waren rostrot gefärbt; die Rebranken waren verbrannt, die Wipfel der Wälder hatten die ernsten lohbraunen Farbtöne, die ehedem die Könige für ihre Kleidung erkoren hatten, und die den Purpur der Macht unter dem Braun der Sorgen verbargen. Wieder harmonierte das Tal mit meinen Gedanken; es starben dort die gelben Strahlen einer milden Sonne; noch einmal war mir das Tal ein lebendiges Gleichnis meiner Seele.

Eine geliebte Frau zu verlassen, ist, je nach dem Charakter, etwas Schreckliches oder etwas Einfaches; mir war plötzlich, als befinde ich mich in einem fremden Land, dessen Sprache ich nicht kannte; an nichts konnte ich mich halten; ich nahm nur Dinge wahr, mit denen ich meine Seele nicht mehr verbunden fühlte. Da entfaltete sich die ganze Weite meiner Liebe, und meine geliebte Henriette erhob sich in ihrer ganzen Größe in dieser Wüste, in der ich nur durch die Erinnerung an sie lebte. Sie wurde zu einer so fromm angebeteten Gestalt, daß ich beschloß, angesichts meiner geheimen Gottheit frei von Besudelungen zu bleiben, und in Gedanken legte ich das weiße Kleid der Leviten an; auf diese Weise tat ich wie Petrarca, der vor Laure de Noves[93] nie anders als gänzlich in Weiß gekleidet erschien. Mit welcher Ungeduld sah ich der ersten Nacht nach der Rückkehr ins Vaterhaus entgegen; denn dann würde ich den Brief lesen können, auf den ich während der Reise die Hand legte, wie ein Geizhals ein Bündel Banknoten betastet, das bei sich zu tragen er genötigt ist. Während der Nacht küßte ich das Papier, auf dem Henriette ihren Willen bekundet hatte, das Papier, aus dem ich die geheimnisvollen Ausströmungen in mich aufnehmen sollte, die sich aus ihrer Hand gelöst hatten, das Papier, von dem aus das Sichheben und Senken ihrer Stimme in mein gesammeltes Hörvermögen schwingen würde. Nie wieder habe ich ihre Briefe gelesen, wie ich den ersten las, im Bett, in völliger Stille; ich weiß nicht, wie man anders Briefe lesen könnte, die ein geliebtes Menschenwesen geschrieben hat; dabei gibt es Menschen, die unwürdig sind, geliebt zu werden; sie mischen die Lektüre solcher Briefe mit den Beschäftigungen des Alltags, unterbrechen sie und nehmen sie mit abscheulicher Ruhe wieder auf. Jetzt folgt, Natalie, die anbetungswürdige Stimme, die plötzlich im Schweigen der Nacht erscholl; jetzt sollst Du die erhabene Gestalt erblicken, die sich aufrichtete, um mir durch einen Fingerzeig an der Kreuzung, an der ich angelangt war, den wahren Weg zu zeigen.

»Welch ein Glück, mein Freund, daß ich die verstreuten Elemente meiner Erfahrung sammeln muß, um sie Ihnen zu überlassen und um Sie damit gegen die Gefahren der Welt zu wappnen, durch die Sie sich geschickt hindurchbewegen müssen! Ich habe die erlaubten Freuden mütterlicher Zuneigung empfunden, als ich mich einige Nächte hindurch mit Ihnen beschäftigte. Während ich dieses Satz für Satz schrieb und mich vorgreifend in das Leben versetzte, das Sie führen werden, bin ich manchmal an mein Fenster getreten. Wenn ich von dort aus die mondbeschienenen Türme von Frapesle sah, habe ich mir oft gesagt: ›Er schläft, und ich wache für ihn!‹ Das waren reizvolle Empfindungen, und sie erinnerten mich an das erste Glück meines Lebens, damals, als ich den in seiner Wiege schlafenden Jacques betrachtete und auf sein Erwachen wartete, um ihm meine Milch zu spenden. Sind Sie nicht ein Mann-Kind, dessen Seele durch ein paar Vorschriften gekräftigt werden muß, Vorschriften, mit denen Sie sich nicht in den schrecklichen Schulen haben nähren können, wo Sie so sehr gelitten haben; aber die euch Männern zu machen wir Frauen das Vorrecht besitzen? Diese Nichtigkeiten haben Einfluß auf Ihren Erfolg; sie bahnen ihn an und festigen ihn. Ist diese Erzeugung des Systems, auf das ein Mann die Handlungen seines Lebens beziehen muß, nicht eine geistige Mutterschaft, eine Mutterschaft, die das Kind gut versteht? Lieber Félix, lassen Sie mich, auch wenn ich hier ein paar Irrtümer begehen sollte, unserer Freundschaft die Uneigennützigkeit aufprägen, die sie heiligen soll: Sie der Welt preisgeben, heißt das nicht, auf Sie verzichten? Aber ich liebe Sie genug, um meine Freuden Ihrer schönen Zukunft aufzuopfern. Seit bald vier Monaten haben Sie mich auf seltsame Weise über die Gesetze und Sitten nachdenken lassen, die unser Zeitalter beherrschen. Die Gespräche, die ich mit meiner Tante geführt habe, und deren Sinn Ihnen gehört, der Sie an ihre Stelle getreten sind, die Ereignisse seines Lebens, die mein Mann mir erzählt hat, die Worte meines Vaters, der so vertraut mit dem Hofleben war, die größten wie die kleinsten Umstände, alles ist in meinem Gedächtnis aufgetaucht zum Nutzen meines Adoptivsohns, den ich im Begriff sehe, sich so gut wie allein mitten in die Menschen zu stürzen, im Begriff, sich unberaten in einem Land zu bewegen, in dem manche durch ihre guten, aber unbesonnen entfalteten Eigenschaften untergehen, und wo gewisse durch ihre schlechten, aber gut angewandten zum Erfolg gelangen.

Vor allem denken Sie über meine hier kurz zusammengefaßte

Meinung über die Gesellschaft im ganzen nach; denn bei Ihnen genügen ja wenige Worte. Ich weiß nicht, ob die Gesellschaft göttlichen Ursprungs oder von Menschen erfunden worden ist; ebenfalls weiß ich nicht, in welchem Sinne sie sich bewegt; was mir gewiß scheint, ist ihre Existenz; sobald Sie sie in Kauf nehmen, anstatt abseits zu leben, müssen Sie ihre konstitutiven Bedingungen für gut halten; zwischen ihr und Ihnen wird morgen gewissermaßen ein Vertrag unterzeichnet. Bedient sich die heutige Gesellschaft eher des Menschen, als daß sie ihm nützt? Ich glaube es; aber ob der Mensch darin mehr Belastungen als Wohltaten findet, oder ob er die Vorteile, die er von ihr einheimst, zu teuer bezahlt, diese Fragen gehen den Gesetzgeber und nicht das Individuum an. Meiner Meinung nach müssen Sie also in allen Dingen dem allgemeinen Gesetz gehorchen, ohne darüber hin und her zu reden, ob es Ihre Interessen verletzt oder ihnen schmeichelt. Möge dieses Prinzip Sie noch so einfach dünken, anzuwenden ist es schwierig; es ist wie ein Saft, der in die kleinsten Kapillargefäße eindringen muß, um den Baum zu beleben, ihm sein Grün zu bewahren, seine Blüte zu entwickeln und seine Früchte so prächtig gedeihen zu lassen, daß er allgemeine Bewunderung erregt. Lieber, die Gesetze sind nicht alle in ein Buch eingetragen; die wichtigsten sind die am wenigsten bekannten; es gibt weder Lehrer, noch Traktate, noch eine Schule über das Recht, das Ihre Handlungen, Ihre Reden, Ihr äußeres Leben, Ihre Art, sich der Welt vorzustellen oder auf Vermögen zuzusteuern, regelt. Gegen diese geheimen Gesetze verstoßen, heißt auf der untersten Stufe der Gesellschaft bleiben, anstatt sie zu beherrschen. Auch wenn dieser Brief häufige Pleonasmen mit Ihren eigenen Gedanken bilden sollte, lassen Sie mich Ihnen bitte dennoch meine weibliche Politik anvertrauen.

Die Gesellschaft durch die Theorie vom Glück des Einzelmenschen, das er geschickt auf Kosten aller ergreift, erklären zu wollen, ist eine fatale Doktrin, deren strenge Ableitungen den Menschen zu dem Glauben veranlassen, daß alles, was er sich heimlich verschafft, ohne daß das Gesetz, die Welt oder das Individuum eine Schädigung wahrnehmen, gut und rechtmäßig erworben sei. Auf Grund dieses Freibriefs wird der geschickte Dieb freigesprochen; die Frau, die gegen ihre Pflichten verstößt, ohne daß man davon etwas erfährt, ist glücklich und tugendsam; bringt man einen Menschen um, ohne daß die Justiz auch nur einen einzigen Beweis dafür hätte, und man erlangt dadurch wie Macbeth ein Diadem, so hat man richtig gehandelt; das Selbstinteresse wird zum höchsten Gesetz; die Frage besteht darin, ohne Zeugen und Beweise die Schwierigkeiten zu umgehen, die Sitten und Gesetze zwischen den einzelnen und dessen Befriedigungen stellen. Für den, der die Gesellschaft so betrachtet, wird das Problem, das die Schaffung eines Vermögens darstellt, darauf reduziert, eine Partie zu spielen, deren Einsatz eine Million oder das Zuchthaus, eine politische Stellung oder Ehrlosigkeit sind. Hinzu kommt, daß der Spieltisch nicht groß genug für alle Spieler ist, und daß eine gewisse geniale Begabung dazu gehört, einen Coup zu kombinieren. Ich spreche nicht von religiöser Gläubigkeit, und auch nicht von Gefühlen; es handelt sich hier um das Räderwerk einer Maschinerie aus Gold und Eisen und um die unmittelbaren Ergebnisse, mit denen die Menschen sich befassen. Lieber Sohn meines Herzens, wenn Sie meinen Abscheu vor dieser Theorie der Verbrecher teilen, dann wird die Gesellschaft sich Ihren Augen darstellen, wie sie sich jedem gesunden Verständnis darbietet, nämlich durch die Theorie der Pflichten. Ja, es schuldet sich einer dem andern in tausend verschiedenen Formen. Meiner Meinung nach schuldet der Herzog und Pair sich weit mehr dem Handwerker oder dem Armen, als der Arme und der Handwerker sich dem Herzog und Pair schulden. Die eingegangenen Verpflichtungen wachsen im Verhältnis zu den Wohltaten, die die Gesellschaft dem Menschen bietet; und zwar nach dem Prinzip, das im Handel wie in der Politik gültig ist, daß die Intensität der Bemühung überall im Verhältnis zur Größe der Gewinne steht. Jeder bezahlt seine Schuld auf seine Weise. Wenn unser armer Mann auf dem Pachthof Rhétorière sich müde von der harten Feldarbeit schlafen legt, glauben Sie dann, er habe keine Pflicht erfüllt? Sicherlich hat er die seine besser erfüllt als viele hochgestellte Leute. Wenn Sie so die Gesellschaft betrachten, in der Sie einen Platz beanspruchen, der mit Ihrer Intelligenz und Ihren Fähigkeiten harmoniert, müssen Sie also als Grundprinzip folgende Maxime aufstellen: sich nichts wider sein Gewissen noch gegen das allgemeine Gewissen erlauben. Wenngleich mein drin-

1087

gendes Bitten Ihnen als überflüssig erscheinen könnte, flehe ich Sie an, ja, Ihre Henriette fleht Sie an, den Sinn dieser beiden Worte wohl zu erwägen. Sie sehen einfach aus, aber sie bedeuten, Lieber, daß Geradheit, Ehre, Loyalität und Höflichkeit die sichersten und schnellsten Werkzeuge Ihres Glücks sind. In dieser selbstsüchtigen Welt wird eine Fülle von Leuten Ihnen sagen, man mache seinen Weg nicht durch Gefühle, und allzusehr respektierte moralische Erwägungen verzögerten das Vorwärtskommen; Sie werden schlecht erzogene Menschen sehen, solche, die schlecht belehrt oder unfähig sind, die Zukunft richtig einzuschätzen, Menschen, die ein Kind beiseite stoßen, sich einer alten Frau gegenüber einer Unhöflichkeit schuldig machen, es ablehnen, sich ein Weilchen mit irgendeinem guten alten Mann zu langweilen unter dem Vorwand, diese Leute seien ihnen zu nichts nütze; später werden Sie es dann erleben, daß diese Menschen an Dornen hängenbleiben, denen die Spitze abzubrechen sie versäumt, und daß sie ihr Glück um eines Nichts willen verscherzt haben; wogegen der Mensch, der sich beizeiten dieser Theorie der Pflichten gebeugt hat, auf keinerlei Hindernis stoßen wird; vielleicht wird er langsamer dazu gelangen, aber sein Vermögen wird von Dauer sein und bestehen, wenn das der andern zerbröckelt!

Wenn ich Ihnen sage, daß die Anwendung dieser Lehre vor allem Kenntnis der Manieren erfordert, so werden Sie vielleicht finden, daß meine getroffenen Entscheidungen ein wenig nach Hofleben und nach den Lehren duften, die ich im Haus Lenoncourt erhalten habe. Ach, lieber Freund! Ich lege dieser Unterweisung, die dem Anschein nach so dürftig ist, die größte Wichtigkeit bei. Die Gepflogenheiten der großen Gesellschaft sind Ihnen genauso nötig wie etwa die ausgedehnten und mannigfachen Kenntnisse, die Sie besitzen; sie haben sie oft ergänzt; gewisse Ignoranten in bezug auf Tatsachen, die indessen mit angeborener Vernunft begabt und es gewohnt sind, in ihrem Denken Folgerichtigkeit walten zu lassen, sind schon zu einer Größe gelangt, die sich Würdigeren als ihnen versagt hat. Ich habe mich eingehend mit Ihnen beschäftigt, Félix, um zu erfahren, ob Ihre Erziehung, die Sie gemeinsam mit andern auf der Schule erhalten haben, bei Ihnen nichts verdorben hat. Mit welcher Freude habe ich erkannt, daß Sie das wenige, das Ihnen fehlt, sich aneignen könnten, weiß Gott! Bei vielen Menschen, die in dergleichen Traditionen aufgewachsen sind, sind die Manieren etwas rein Äußerliches, denn die erlesene Höflichkeit, die guten Formen kommen vom Herzen und aus einem großen Gefühl persönlicher Würde; deshalb sind manche Adlige trotz ihrer Erziehung ungehobelt, während gewisse Leute bürgerlicher Herkunft von Natur aus gute Lebensart besitzen und nur noch ein paar Lehrstunden nehmen müssen, um ohne linkische Nachäfferei über vortreffliche Manieren zu verfügen. Glauben Sie es einer armen Frau, die niemals aus ihrem Tal herauskommen wird, daß dieser noble Ton, diese anmutige, in der Redeweise, in der Gestik, in der Haltung und sogar in der Einrichtung des Hauses ausgeprägte Schlichtheit eine fast physische Schönheit von unwiderstehlichem Zauber darstellen; beurteilen Sie ihre Macht, wenn sie ihren Ursprung im Herzen hat. Die Höflichkeit, lieber Junge, besteht darin, daß man sich selbst um der andern willen zu vergessen scheint; bei vielen Leuten ist sie eine gesellschaftliche Grimasse, die sich sofort Lügen straft, wenn das allzusehr beeinträchtigte Interesse die Ohren spitzt; dann wird ein Großer unwürdig. Aber, und ich will, daß es mit Ihnen so sei, Félix, die wahre Höflichkeit schließt einen christlichen Gedanken ein; sie ist wie die Blüte der Mildherzigkeit und besteht darin, daß man sich selbst tatsächlich vergißt. Seien Sie also im Rückdenken an Henriette kein Brunnen ohne Wasser, haben Sie den Geist und die Form! Scheuen Sie sich nicht, des öfteren von dieser gesellschaftlichen Tugend genasführt zu werden; früher oder später werden Sie die Frucht so vieler dem Anschein nach in den Wind gesäter Samenkörner ernten. Mein Vater hat früher einmal geäußert, die verletzendste Form mißverstandener Höflichkeit bestehe im Mißbrauch von Versprechungen. Wenn Sie einmal um etwas gebeten werden sollten, das zu leisten Sie nicht vermögen, so lehnen Sie es rundweg ab und lassen Sie keinerlei falsche Hoffnung; anderseits gewähren Sie sofort, was Sie bewilligen wollen; auf diese Weise erwerben Sie Anstand im Ablehnen und Anstand im Wohltun; das ist eine doppelte Aufrichtigkeit, die den Charakter auf wunderbare Weise hebt. Ich weiß nicht, ob man uns einer getäuschten Hoffnung wegen mehr grollt, als man uns einer

Gunst wegen Dank weiß. Vor allem, mein Freund, denn diese kleinen Dinge gehören zu meinen Befugnissen, und ich kann mich auf das stützen, was ich zu wissen glaube, seien Sie weder vertrauensselig noch banal, noch übereifrig; das sind drei Klippen! Zu große Vertrauensseligkeit mindert die Achtung, Banalität zieht uns Verachtung zu, die Beflissenheit macht uns zu trefflichen Ausbeutungsobjekten. Und ferner, lieber Junge, sollten Sie im Lauf Ihres Daseins nicht mehr als zwei oder drei Freunde haben, deren Gut dann Ihr volles Vertrauen ist; es vielen gewähren, hieße das nicht, sie verraten? Wenn Sie sich auch mit einigen Männern intimer binden als mit andern, so seien Sie dennoch verschwiegen über sich selbst, seien Sie stets so zurückhaltend, als ob Sie jene eines Tages als Mitbewerber um Ämter und Würden, als Gegner oder gar als Feinde haben müßten; das erfordern die Zufälle des Lebens. Bewahren Sie also eine Haltung, die weder kalt noch allzu herzlich ist, verstehen Sie sich darauf, die Mittellinie zu finden, die ein Mann innezuhalten vermag, ohne etwas aufs Spiel zu setzen. Ja, glauben Sie nur, daß der wahrhaft wohlerzogene Mann ebenso weit von der feigen Nachgiebigkeit des Philinte entfernt ist wie von der rauhen Tugendboldigkeit des Alceste[94]. Das Genie des Komödiendichters erglänzt im Zeigen des wahren Mittelwegs, den die adligen Zuschauer erfassen; freilich werden alle mehr zu den Lächerlichkeiten der Tugend neigen als zu der souveränen Verachtung, die sich unter der Biederkeit des Egoismus verbirgt; aber sie dürften verstehen, sich vor dem einen wie dem andern zu bewahren. Was nun aber die Banalität betrifft, so werden, wenn auch ein paar Nichtige von Ihnen sagen, Sie seien ein reizender Mensch, die Leute, die es gewohnt sind, den Dingen auf den Grund zu gehen und menschliche Fähigkeiten richtig zu werten, Ihre Fehler herausfinden, und dann büßen Sie auf der Stelle die Achtung ein; denn die Banalität ist die Zuflucht der Schwachen; nun aber werden unglücklicherweise die Schwachen von einer Gesellschaft verachtet, die in jedem ihrer Glieder lediglich Organe erblickt; sie hat übrigens vielleicht recht, die Natur verurteilt unvollkommene Lebewesen zum Tode. Daher werden wohl die rührenden Beschützertriebe der Frau durch die Lust erzeugt, gegen eine blinde Macht anzukämpfen, die Intelligenz des Her-

1090

zens über die Brutalität der Materie triumphieren zu lassen. Aber die Gesellschaft, die mehr Stiefmutter als Mutter ist, vergöttert die Kinder, die ihrer Eitelkeit schmeicheln. Und den Übereifer, dieser erste, wundervolle Irrtum der Jugend, die eine wirkliche Befriedigung dabei empfindet, ihre Kräfte zu entfalten und auf diese Weise damit beginnt, sich selbst zu täuschen, ehe sie durch andere getäuscht wird, den bewahren Sie für Ihre erwiderten Gefühle auf, für die Frau und für Gott. Tragen Sie nicht auf den Jahrmarkt der Welt noch in die Spekulationen der Politik die Schätze, gegen die Ihnen nur nichtige Glasperlen eingetauscht werden würden. Sie müssen der Stimme glauben, die Ihnen Noblesse in allen Dingen befiehlt, wenn sie Sie anfleht, Sie sollten sich nicht unnütz verausgaben; denn leider bewerten die Menschen Sie entsprechend Ihrer Nützlichkeit, ohne Ihrem Wert Rechnung zu tragen. Um ein Bild zu gebrauchen, das sich Ihrem poetischen Geist einprägt: Mag die Zahl auch maßlos groß sein, in Gold geritzt oder mit dem Bleistift geschrieben – sie ist immer nur eine Zahl. Wie ein Mann unserer Zeit gesagt hat: »Zeigen Sie nie Übereifer!«[95] Der Übereifer streift die Betrügerei, er verursacht falsche Schlüsse; Sie würden nie bei Vorgesetzten eine Wärme finden, die der Ihrigen entspricht; Könige wie Frauen glauben, ihnen sei man alles und jedes schuldig. So traurig dieser Grundsatz auch ist, er ist zwar wahr, aber er entweiht die Seele nicht. Siedeln Sie Ihre Gefühle an unzugänglichen Stätten an, wo ihre Blüten leidenschaftlich bewundert werden, wo der Künstler fast verliebt vom Meisterwerk träumen wird. Pflichten, lieber Freund, sind keine Gefühle. Das tun, was man muß, heißt nicht, das tun, was einem gefällt. Ein Mann muß kaltblütig für sein Land sterben und kann beglückt sein Leben einer Frau geben. Eine der wichtigsten Regeln im Wissen um Manieren ist ein fast absolutes Schweigen über sich selbst. Machen Sie sich den Spaß, eines Tages von sich selbst mit Leuten zu sprechen, mit denen Sie bloß bekannt sind; unterhalten Sie sie von Ihren Leiden, Ihren Freuden oder Ihren Geschäften; dann werden Sie sehen, wie der gespielten Anteilnahme Gleichgültigkeit folgt; wenn dann die Langeweile eingesetzt hat und die Dame des Hauses Sie nicht höflich unterbricht, wird jedermann sich unter geschickten Vorwänden entfernen. Wenn Sie aber rings um sich her alle Sympathien scharen und für einen liebenswerten und geistvollen Menschen von beherrschten Umgangsformen gelten wollen, dann unterhalten Sie sie über sie selbst, suchen Sie nach Mitteln und Wegen, sie in den Vordergrund zu schieben, sogar indem Sie Fragen aufwerfen, die dem Anschein nach mit dem betreffenden Individuum nicht das mindeste zu tun haben; dann werden die Stirnen sich beleben, die Lippen werden Ihnen zulächeln, und wenn Sie weggegangen sind, wird jeder Ihr Lob singen. Ihr Gewissen und die Stimme Ihres Herzens werden Ihnen die Grenze weisen, wo die Feigheit der Schmeichelei beginnt, wo die Eleganz der Gesprächsführung endet. Noch ein Wort über Reden in der Öffentlichkeit. Lieber Freund, die Jugend neigt stets zu einer gewissen Schnelligkeit der Urteilsbildung, die ihr Ehre macht, die ihr indessen schadet; daher kommt das Schweigen, das die frühere Erziehung den jungen Leuten auferlegte, die bei Hochgestellten eine Probezeit durchmachten, während welcher sie sich Einblicke in das Leben verschafften; denn früher hatte der Adel wie die Kunst ihre Lehrlinge, ihre den Herren, von denen sie ernährt wurden, ergebenen Pagen. Heutzutage besitzt die Jugend ein Treibhauswissen, das zunächst recht bitter ist und sie dazu drängt, das Tun, das Denken und das Geschriebene streng zu beurteilen; sie schneidet mit der Schärfe einer Klinge, die noch nicht benutzt worden ist. Verfallen Sie dieser Verschrobenheit nicht. Ihre Urteile würden Zensuren sein, die viele Menschen Ihrer Umgebung verletzen müßten, und sie alle werden vielleicht eine heimliche Verwundung leichter verzeihen als ein öffentlich zugefügtes Unrecht. Junge Menschen haben keine Nachsicht, weil sie nichts vom Leben und dessen Schwierigkeiten wissen. Der alte Kritiker ist gütig und milde, der junge unversöhnlich; dieser weiß nichts, jener alles. Überdies ist der Untergrund aller menschlichen Handlungen ein Labyrinth richtungweisender Gründe, über die Gott sich das endgültige Urteil vorbehalten hat. Seien Sie einzig sich selbst gegenüber streng. Ihr Glück liegt vor Ihnen, aber niemand auf Erden kann ohne Hilfe zu seinem Glück gelangen; verkehren Sie also im Haus meines Vaters; der Zutritt dort ist Ihnen gewährt; die Beziehungen, die Sie sich dort schaffen werden, dürften Ihnen bei tausend Gelegenheiten nützlich sein; aber treten Sie meiner

Mutter keinen Zollbreit Gelände ab; sie zermalmt den, der sich preisgibt, und sie bewundert den Stolz dessen, der ihr Widerstand leistet, sie ähnelt dem Eisen, das, wenn es geschmiedet wird, sich mit dem Eisen verbinden kann, aber das durch seine Berührung alles zerbricht, was nicht seine Härte besitzt. Halten Sie sich also meine Mutter warm; wenn sie Ihnen wohlwill, wird sie Sie in die Salons einführen, in denen Sie das unselige Wissen um Welt und Gesellschaft erwerben können, die Kunst, zuzuhören, zu sprechen, zu antworten, sich vorzustellen, hinauszugehen; die genaue Ausdrucksweise, jenes gewisse Etwas, das ebensowenig die Überlegenheit ausmacht wie der Frack das Genie, ohne den anderseits auch das schönste Talent niemals in den Salons zugelassen wird. Ich kenne Sie zur Genüge, um sicher zu sein, daß ich mir keine Illusionen mache, wenn ich Sie schon im voraus so sehe, wie ich wünsche, daß Sie seien: schlicht in den Umgangsformen, sanft im Ton, stolz ohne Geckenhaftigkeit, respektvoll alten Leuten gegenüber, zuvorkommend ohne Unterwürfigkeit, und vor allem diskret. Entfalten Sie Ihren Geist, aber spielen Sie nicht den Witzbold für andere; denn Sie müssen sich merken, daß, wenn Ihre Überlegenheit einen Mittelmäßigen kränkt, er zwar schweigen, aber hernach von Ihnen sagen wird: »Er ist sehr amüsant!«, und dieser Ausdruck ist ein Zeichen der Geringschätzung. Ihre Überlegenheit muß stets die des Löwen sein. Trachten Sie übrigens nicht danach, den Männern zu gefallen. In ihren Beziehungen zu ihnen rate ich Ihnen eine Kälte, die an jene Form der Impertinenz grenzen darf, über die sie sich nicht ärgern können; alle achten den, der sie verachtet, und eben jenes Verachten wird Ihnen die Gunst aller Frauen eintragen; sie werden Sie achten, weil Sie so wenig Aufhebens von den Männern machen. Dulden Sie niemals Menschen neben sich, die in schlechtem Ruf stehen, auch wenn sie jenen Ruf nicht verdienen sollten; denn die Gesellschaft zieht uns gleichermaßen zur Rechenschaft über unsere Freundschaften wie über unseren Haß; in dieser Hinsicht müssen Ihre Urteile lange und reiflich erwogen werden, aber dann müssen sie auch unwiderruflich sein. Wenn die von Ihnen Zurückgestoßenen bewiesen haben, daß sie Ihren Abscheu verdienten, wird man darauf erpicht sein, von Ihnen geachtet zu werden; auf diese Weise werden Sie die stumme Hochachtung einflößen, die einen Mann unter Männern erhöht. Dann also sind Sie gewappnet mit der Jugend, die gefällt, der Liebenswürdigkeit, die verführt, und der Besonnenheit, die die Eroberungen von Dauer sein läßt. Alles, was ich Ihnen soeben gesagt habe, läßt sich in einen alten Spruch zusammenfassen: *Noblesse oblige!*[96]

Jetzt müssen Sie diese Vorschriften auf Ihr Verhalten in geschäftlichen Dingen anwenden. Sie werden manche Leute sagen hören, Durchtriebenheit sei das Grundelement des Erfolgs; das Mittel, die Masse zu durchdringen, sei, die Menschen gegeneinander aufzubringen, um sich Platz zu machen. Lieber Freund, diese Grundsätze waren gut im Mittelalter, als die Fürsten sich rivalisierenden Kräften gegenübersahen, die einander vernichteten; heute aber geschieht nichts im Verborgenen, und dieses System würde Ihnen sehr schlechte Dienste leisten. Sie würden nämlich entweder einem loyalen, aufrichtigen Mann gegenüberstehen oder einem heimtückischen Feind, einem Mann, der durch Verleumdung, durch üble Nachrede, durch Schurkerei weiterkommen will. Nun, merken Sie sich, daß Sie keinen mächtigeren Bundesgenossen haben als gerade diesen, denn der Feind dieses Mannes ist er selbst; Sie können ihn schlagen, indem Sie sich ehrlicher Waffen bedienen, früher oder später wird er der Verachtung anheimfallen. Was indessen den ersteren betrifft, so wird Ihr Freimut Ihnen seine Achtung eintragen; und wenn dann Ihre Interessen vereint sind (denn einigen kann man sich immer), wird er Ihnen von Nutzen sein. Fürchten Sie nicht, sich Feinde zu machen; weh dem, der in der Welt, in die Sie sich begeben, keinen hat; aber versuchen Sie, weder der Lächerlichkeit noch der Mißachtung eine Blöße zu geben; ich sage, versuchen Sie es, denn in Paris gehört ein Mann nicht immer sich selbst; er ist fatalen Umständen unterworfen; Sie können dort weder dem Schmutz der Rinnsteine noch den herabfallenden Ziegelsteinen entgehen. Die Moral hat ihre Rinnsteine, mit deren Schmutz ehrlose Menschen, die darin ertrinken, die edleren Menschen zu bespritzen versuchen. Aber Sie können sich stets Achtung verschaffen, wenn Sie sich in Ihren letzten Entschlüssen in allen Sphären als unbeugsam zeigen. In diesem Widerstreit ehrgeiziger Bestrebungen, inmitten dieser sich durchkreuzenden Schwierigkeiten müssen Sie stets grade auf Ihr Ziel losgehen, die Frage entschlossen anpacken und immer nur auf *einem* Schauplatz mit allen Ihren Kräften kämpfen. Sie wissen, wie mein Mann Napoleon gehaßt hat, wie er ihn mit seinem Fluch verfolgte, wie er ihn überwachte wie die Justiz den Verbrecher, wie er allabendlich den Herzog von Enghien von ihm zurückverlangte, das einzige Unglück, den einzigen Tod, über den er je Tränen vergossen hat; aber dennoch hat er ihn als den kühnsten Heerführer bewundert; oft hat er mir seine Taktik erklärt. Läßt sich diese Strategie denn nicht auch im Kampf der Interessen anwenden? Sie würden dabei Zeit sparen, wie Napoleon Menschen und Raum gespart hat; überdenken Sie das; denn eine Frau irrt sich oft in diesen Dingen; wir beurteilen sie durch den Instinkt und durch das Gefühl. Auf *einem* Punkt kann ich aber beharren: Jede Durchtriebenheit, jedes Täuschungsmanöver wird entdeckt und schadet letztlich, während jede Situation mir weniger gefährlich erscheint, wenn ein Mensch sich auf den Boden der Offenheit stellt. Wenn ich mein eigenes Beispiel hier anführen darf, möchte ich Ihnen sagen, daß ich auf Clochegourde stets alles selbst bereinigt habe, da der Charakter meines Mannes mich zwang, jedem Rechtshandel zuvorzukommen, stets die Streitigkeiten gleich zu entscheiden, die für ihn wie eine Krankheit gewesen wären, in der er sich wohl gefühlt hätte, indem er ihr erlag; ich bin geradewegs auf den Knoten losgegangen und habe dem Gegner gesagt: Wollen wir ihn aufknüpfen oder zerhauen? Es wird Ihnen oftmals widerfahren, daß Sie anderen Leuten nützlich sind, daß Sie ihnen Gefälligkeiten erweisen und dann wenig Lohn dabei ernten; aber dann dürfen Sie nicht tun wie die, die sich über die Menschen beklagen und sich damit brüsten, sie hätten immer nur Undankbare gefunden. Heißt das nicht, sich auf ein Piedestal stellen? Und ist es nicht ein bißchen albern, wenn man seine geringe Weltkenntnis eingesteht? Aber werden Sie je Gutes tun, wie der Wucherer sein Geld ausleiht? Werden Sie es nicht um des Guten an sich willen tun? *Noblesse oblige!* Dennoch dürfen Sie nicht Gefälligkeiten erweisen, durch die Sie die Leute zur Undankbarkeit zwängen; denn dadurch würden diese für Sie zu unversöhnlichen Feinden werden: Es gibt ebensogut eine Verzweiflung der Verpflichtung, wie es die Verzweiflung des

Ruins gibt, und gerade diese leiht unberechenbare Kräfte. Was Sie selbst betrifft, so nehmen Sie so wenig wie möglich von anderen an. Seien Sie niemandes Vasall; hängen Sie nur von sich selbst ab. Ich gebe Ihnen, lieber Freund, bloß für die kleinen Dinge des Lebens Ratschläge. In der Welt der Politik hat alles ein anderes Aussehen; die Regeln, die sich auf Ihre eigene Person beziehen, weichen vor den großen Interessen zurück. Aber wenn Sie in die Sphäre gelangten, in der sich die großen Männer bewegen, würden Sie, wie Gott, der alleinige Richter Ihrer Entschlüsse sein. Dann sind Sie kein Individuum mehr, sondern die Fleisch gewordene Nation. Und wenn Sie urteilen, werden auch Sie beurteilt werden. Später werden Sie vor den Jahrhunderten erscheinen, und Sie kennen sich genugsam in der Weltgeschichte aus und haben die Gefühle und Handlungen gewürdigt, die wahre Größe erzeugen.

Ich komme jetzt zu der ernsten Frage Ihres Verhaltens den Frauen gegenüber. In den Salons, in denen Sie verkehren werden, muß es Ihr Grundsatz sein, sich nicht dadurch zu vergeuden, daß Sie den kleinen Manövern der Koketterie anheimfallen. Einer der Männer, die im vorigen Jahrhundert die größten Erfolge gehabt haben, huldigte der Gewohnheit, sich bei einer Abendgesellschaft immer nur mit einer einzigen Frau zu beschäftigen und sich an die heranzumachen, die dem Anschein nach vernachlässigt wurde. Dieser Mann, lieber Junge, hat sein Zeitalter beherrscht. Er hatte klug berechnet, daß nach einer gewissen Zeit alle Welt darauf versessen sein würde, sein Lob zu singen. Die meisten jungen Menschen verlieren ihr kostbarstes Gut, nämlich die Zeit, deren es bedarf, sich Beziehungen zu schaffen; denn diese sind die Hälfte des gesellschaftlichen Lebens; da sie um ihrer selbst willen gefallen, brauchen sie wenig zu tun, damit man sich ihrer Interessen annimmt; allein dieser Frühling geht schnell vorüber; lernen Sie, ihn gut auszunützen. Bemühen Sie sich also um die einflußreichen Frauen. Die einflußreichen Frauen sind die alten Damen; die werden Sie die Verbindungen lehren, die Geheimnisse aller Familien und die Wege, durch die Sie schneller ans Ziel gelangen können. Ihr Herz wird Ihnen zufliegen; das Begönnern ist ihre letzte Liebschaft, sofern sie nicht Betschwestern sind; sie werden Ihnen wunderbar dienlich sein;

sie werden Sie über die Maßen rühmen und zu etwas Begehrenswertem machen. Fliehen Sie die jungen Frauen! Glauben Sie jetzt etwa, daß in dem, was ich Ihnen sage, einiges persönliche Interesse mitspiele? Die Frau von fünfzig Jahren wird alles für Sie tun, und die von zwanzig nichts; diese will Ihr ganzes Leben, die andere wird Sie nur um einen Augenblick bitten, um eine kleine Aufmerksamkeit. Spotten Sie über die jungen Frauen, nehmen Sie bei ihnen alles von der scherzhaften Seite; sie sind ernster Gedanken unfähig. Die jungen Frauen, lieber Freund, sind egoistisch, kleinlich, ohne wahre Freundschaft; sie lieben nur sich selbst, sie würden Sie um eines Erfolges willen preisgeben. Außerdem wollen sie alle Aufopferung, und Ihre Lage dürfte erfordern, daß man Ihnen Aufopferung bezeigt, und das sind zwei nicht zu vereinende Forderungen. Keine von ihnen wird Verständnis für Ihre Interessen aufbringen; alle werden nur an sich selbst denken und nicht an Sie; alle werden Ihnen mehr durch ihre Eitelkeit schaden, als sie Ihnen durch ihre Anhänglichkeit nützen; sie werden Ihnen bedenkenlos Ihre Zeit stehlen, Sie Ihr Vermögen verlieren lassen, Sie auf die liebenswürdigste Weise zugrunde richten. Wenn Sie sich dann beklagen, wird die dümmste von ihnen Ihnen beweisen, ihr Handschuh sei genausoviel wert wie die ganze Welt, und nichts sei glorreicher, als ihr zu dienen. Alle werden Ihnen sagen, sie spendeten das Glück, und Sie Ihre schöne Zukunft vergessen lassen: Aber ihr Glück ist wandelbar, Ihre Größe dagegen etwas Feststehendes. Sie wissen nicht, welche perfiden Künste sie anwenden, um ihre Launen zu befriedigen, um eine flüchtige Neigung in eine Liebe zu verwandeln, die auf Erden beginnt und im Himmel ihre Fortsetzung finden muß. An dem Tag, da sie Ihnen den Laufpaß geben, werden sie Ihnen sagen, das Sätzchen: Ich liebe nicht mehr! rechtfertige die Verabschiedung, gerade wie das Sprüchlein: Ich liebe! ihre Liebe entschuldigt hatte, und auch, daß Liebe nicht vom Willen abhänge. Das ist eine absurde Lehre, Lieber! Glauben Sie es: Die wahre Liebe ist ewig, unendlich, immer sich selbst gleich; sie ist ebenmäßig und rein, ohne heftige Ausbrüche; auch mit weißem Haar ist das Herz noch immer jung. Von all diesen Dingen findet sich nichts bei den mondänen Frauen; die spielen sämtlich Komödie; die eine wird Ihnen durch ihr Unglück interessant vorkommen, sie wird tun, als sei sie die sanfteste und anspruchsloseste aller Frauen; doch wenn sie sich unentbehrlich gemacht hat, wird sie Sie langsam beherrschen und Ihnen ihren Willen aufzwingen. Sie möchten gern Diplomat sein, kommen und gehen, die Menschen, die Belange, die Länder studieren? Nein, Sie werden in Paris hocken bleiben, oder auf ihrem Gut; sie wird Sie boshafterweise an ihre Röcke binden; und je mehr Opferwillen Sie bezeigen, desto undankbarer wird sie sein. Die andere wird versuchen, durch ihre Unterwürfigkeit Eindruck auf Sie zu machen; sie wird zu Ihrem Pagen, sie wird Ihnen auf romantische Weise bis ans Ende der Welt folgen, sie wird sich kompromittieren, um Sie festzuhalten, und es wird sein, als hänge Ihnen ein Stein am Halse. Eines Tages werden Sie ertrinken, aber die Frau wird an der Oberfläche schwimmen. Auch die am wenigsten abgefeimte unter den Frauen verfügt über eine Unzahl von Fallen; am ungefährlichsten würde noch eine galante Frau sein, die Sie liebte, ohne zu wissen, warum, die Sie grundlos verließe und Sie dann aus Eitelkeit wieder nähme. Aber alle werden Ihnen schaden, in der Gegenwart oder in der Zukunft. Jede junge Frau, die in der Gesellschaft verkehrt, die von Liebesfreuden und eitlen Befriedigungen lebt, ist bereits eine halb verdorbene Frau und wird Sie verderben. Dort wird sich schwerlich das keusche Geschöpf finden, das ganz Seele ist, und über das Sie immer herrschen werden. Ach, die, die Sie lieben wird, wird einsam sein: Ihre schönsten Feste sind Ihre Blicke, sie wird von Ihren Worten leben. Diese Frau muß für Sie die ganze Welt sein, denn Sie werden für sie alles sein; lieben Sie sie sehr, machen Sie ihr keinen Kummer, geben Sie ihr keine Nebenbuhlerinnen, erregen Sie nicht ihre Eifersucht. Geliebt zu werden, Lieber, verstanden zu werden ist das größte Glück, ich wünsche, daß Sie es genießen, aber gefährden Sie nicht die Blüte Ihrer Seele, seien Sie des Herzens sicher, dem Sie Ihre Neigung anvertrauen. Jene Frau wird nie sie selbst sein, sie darf nie an sich selbst denken, sondern immer nur an Sie; sie wird Ihnen nichts streitig machen, sie wird nie auf ihre eigenen Interessen hören und wird für Sie dort Gefahren wittern, wo Sie sie schwerlich erblicken werden, und die eigene Gefahr darüber vergessen; kurzum, wenn sie leidet, dann wird sie leiden ohne zu klagen; sie wird keine persönliche Koketterie zeigen; aber sie wird etwas wie Achtung vor dem haben, was Sie in ihr lieben. Beantworten Sie diese Liebe dadurch, daß Sie sie übertreffen. Wenn Sie so glücklich sind, dem zu begegnen, was Ihrer armen Freundin immer fehlen wird, nämlich einer Liebe, die gleichermaßen eingeflößt und gleichermaßen empfunden wird, dann denken Sie daran, so vollkommen jene Liebe auch sein mag, daß in einem Tal für Sie eine Mutter lebt, deren Herz so ausgehöhlt von dem Gefühl ist, mit dem Sie es erfüllt haben, daß Sie niemals seinen Grund zu finden vermöchten. Ja, ich bringe Ihnen eine Neigung entgegen, deren Ausdehnung Sie niemals kennenlernen werden: Damit sie sich offenbare, wie sie ist, müßten Sie Ihre schöne Intelligenz eingebüßt haben, und dann würden Sie nicht wissen, bis wie weit mein Opferwille zu gehen vermöchte. Mache ich mich verdächtig, wenn ich Ihnen sage, Sie sollten den jungen Frauen aus dem Wege gehen? Sie sind alle mehr oder weniger verschmitzt, spöttisch, eitel, leichtfertig und verschwenderisch; wenn ich Ihnen sage, Sie sollten sich an die einflußreichen Frauen halten, an die imposanten adligen Witwen, die voll Verständnis sind, wie meine Tante es war; die Ihnen so gefällig sein, die Sie gegen heimliche Anschuldigungen verteidigen werden, indem sie sie zunichte machen; die von Ihnen reden werden, wie Sie selbst von sich nicht sprechen könnten? Kurzum, bin ich nicht großherzig, wenn ich Ihnen empfehle, Ihre Anbetung dem Engel mit dem reinen Herzen vorzubehalten? Umfaßt der Spruch *Noblesse oblige!* einen großen Teil meiner ersten Empfehlungen, so sind meine Ratschläge über Ihre Beziehungen zu den Frauen in folgendem Spruch der Ritterschaft enthalten: *Allen dienen, aber nur eine lieben.*

Ihre Bildung ist sehr groß; Ihr durch Leiden bewahrtes Herz ist ohne Schmutz geblieben; alles in Ihnen ist schön, ist gut, *wollen Sie also!* In diesen Worten ist Ihre ganze Zukunft enthalten; sie sind der Wahlspruch der großen Männer. Nicht wahr, mein Junge, Sie werden Ihrer Henriette gehorchen, Sie werden ihr erlauben, Ihnen auch künftig zu sagen, was sie über Sie und Ihre Beziehungen zu Welt und Gesellschaft denkt; ich habe in der Seele ein Auge, das die Zukunft für Sie wie für meine Kinder sieht; lassen Sie mich also diese Fähigkeit zu Ihrem Nutzen anwenden; sie ist eine geheimnisvolle Gabe, die mir den Frieden meines Lebens beschert hat, und die, ohne je schwächer zu werden, sich in der Einsamkeit und der Stille erhält. Als Gegengabe bitte ich Sie, mir ein großes Glück zu schenken: Ich will Sie unter den Menschen groß werden sehen, ohne daß ein einziger Ihrer Erfolge mich dazu brächte, die Stirn zu runzeln; ich will, daß Sie schnellstens Ihr Vermögen auf die gleiche Stufe mit Ihrem Namen bringen, um mir sagen zu können, daß ich durch Besseres als bloß durch den Wunsch zu Ihrer Größe beigetragen habe. Diese geheime Mitarbeit ist die einzige Freude, die ich mir gestatten darf. Ich werde warten. Ich sage Ihnen nicht Lebewohl. Wir sind getrennt; Sie können meine Hand nicht an Ihre Lippen heben; aber Sie dürfen wohl flüchtig gewahrt haben, welchen Platz Sie einnehmen im Herzen

Ihrer Henriette.«

Als ich diesen Brief zu Ende gelesen hatte, fühlte ich unter meinen Fingern ein mütterliches Herz pochen, und zwar in einer Stunde, da ich noch erstarrt war durch den strengen Empfang durch meine Mutter. Ich erriet, warum die Gräfin mir in der Touraine das Lesen des Briefs verboten hatte; sie hatte wohl gefürchtet, zu erleben, daß mein Kopf ihr zu Füßen falle, so daß sie fühlte, wie diese durch meine Tränen feucht wurden.

Endlich lernte ich meinen Bruder Charles näher kennen; er war bislang für mich gewissermaßen ein Fremder gewesen; aber er hatte selbst in den spärlichsten Beziehungen einen Dünkel bekundet, der zwischen uns einen allzu großen Abstand geschaffen hatte, als daß wir einander brüderlich hätten lieben können; alle freundlichen Gefühle beruhen auf der Gleichheit der Seelen, und es hatte zwischen uns keinen Berührungspunkt gegeben. Er lehrte mich pedantisch die Nichtigkeiten, die der Geist oder das Herz erraten; bei jeder Gelegenheit schien er mir zu mißtrauen; hätte ich nicht als Halt meine Liebe gehabt, so wäre ich durch ihn linkisch und dumm geworden, indem er zu glauben schien, daß ich nichts wisse. Dennoch stellte er mich in der Gesellschaft vor, wo meine Albernheit seine glänzenden Gaben desto mehr hervorhob. Ohne die unglücklichen Geschehnisse in meiner Kindheit hätte ich seine Eitelkeit, mein Gönner zu sein, für brüderliche Freundschaft halten können; aber seelische Einsamkeit zeitigt die gleichen Wirkungen wie irdische Einsamkeit: Die Stille erlaubt, den leisesten Widerhall zu vernehmen, und die Gewohnheit, sich in sich selbst zurückzuziehen, entwickelt eine Feinfühligkeit, deren Empfindlichkeit die zartesten Abschattungen der Zuneigungen enthüllt, die uns berühren. Bevor ich Madame de Mortsauf kannte, hatte ein harter Blick mich verletzt, hatte der Tonfall eines barschen Worts mich ins Herz getroffen; ich hatte deswegen aufgestöhnt, aber ohne etwas vom Vorhandensein von Zärtlichkeiten zu wissen, wogegen ich nach meiner Rückkehr von Clochegourde Vergleiche anstellen konnte, die mein frühreifes Wissen vervollkommneten. Beobachtung, die auf erlittenen Leiden beruht, ist unvollständig. Auch das Glück beschert Einsichten. Ich ließ mich also um so willfähriger von der Überlegenheit des Erstgeburtsrechts erdrücken, als ich mich von Charles nicht hinters Licht führen ließ.

Ich ging allein zur Herzogin von Lenoncourt, wo Henriette nicht erwähnt wurde, wo niemand, ausgenommen der gütige alte Herzog, die Schlichtheit in Person, mit mir über sie sprach; aber aus der Art und Weise, wie er mich empfing, erriet ich die heimlichen Empfehlungen seiner Tochter. Als ich das alberne Staunen abzulegen begann, das der Anblick der großen Welt in jedem Neuling auslöst, als ich dort Freuden wahrnahm, da ich mir der Hilfsmittel bewußt wurde, die sie den Ehrgeizigen bieten, und als ich mir darin gefiel, Henriettes Lebensregeln zu befolgen, wobei ich deren tiefe Wahrheit bewunderte, kam es zu den Ereignissen des 20. März[97]. Mein Bruder folgte dem Hof nach Gent; auf den Rat der Gräfin, mit der ich einen nur meinerseits lebhaften Briefwechsel unterhielt, begleitete ich den Herzog von Lenoncourt nach dort. Das gewohnte Wohlwollen des Herzogs wurde zu einer aufrichtigen Gönnerschaft, als er sah, daß ich den Bourbonen mit Leib und Seele ergeben war; er selbst stellte mich Seiner Majestät vor. Höflinge des Unglücks sind gering an Zahl; Jugend bewundert naiv und ist treu ohne Berechnung; der König war ein Menschenkenner; was in den Tuilerien nicht aufgefallen wäre, tat es in Gent in hohem Maß, und ich hatte das Glück, Ludwig XVIII. zu gefallen. Ein Brief der Madame de Mortsauf an ihren Vater, der durch einen Emissär der Vendéer zusammen mit Eilnachrichten überbracht worden war und dem ein paar Zeilen für mich beilagen, teilte mir mit, daß Jacques krank sei. Monsieur de Mortsauf war ebenso verzweifelt über den schlechten Gesundheitszustand seines Sohnes wie über die Tatsache, daß eine zweite Emigration begann, und zwar ohne ihn; er hatte ein paar Zeilen hinzugefügt, die mich die Lage der Geliebten ahnen ließen. Sicherlich wurde sie von ihm gepeinigt, während sie jeden Augenblick an Jacques' Krankenlager verbrachte und keine Ruhe bei Tag und Nacht hatte; die Sticheleien machten ihr an sich nichts aus, aber sie hatte keine Kraft, sich darüber hinwegzusetzen, nun sie ihre ganze Seele bei der Pflege ihres Kindes einsetzte; Henriette mußte die Hilfe einer Freundschaft wünschen, die ihr das Leben weniger als eine Last hatte erscheinen lassen, und sei es nur, daß sie sich ihrer dazu bediente, ihren Mann zu beschäftigen. Schon mehrmals hatte ich den Grafen hinaus ins Freie geführt, wenn er sie zu quälen drohte; das war eine unschuldige List, deren Gelingen mir einige der Blicke eingetragen hatte, die eine leidenschaftliche Dankbarkeit ausdrücken, in denen jedoch die Liebe Verheißungen erblickt. Obgleich ich begierig war, Charles' Spuren zu folgen, der unlängst nach Wien zum Kongreß[98] geschickt worden war, obgleich ich unter Einsatz meines Lebens Henriettes Voraussagen rechtfertigen und mich aus dem brüderlichen Vasallendienst befreien wollte: Mein Ehrgeiz, mein Verlangen nach Unabhängigkeit, mein Interesse, den König jetzt nicht zu verlassen – all das verblaßte vor dem schmerzlichen Gesicht Madame de Mortsaufs; ich beschloß, dem Hof zu Gent den Rücken zu kehren und der wahren Herrscherin zu dienen. Gott hat mich dafür belohnt. Der von den Vendéern geschickte Emissär konnte nicht nach Frankreich zurückkehren; der König verlangte nach einem Mann, der es auf sich nahm, seine Befehle nach dorthin zu überbringen. Der Herzog von Lenoncourt wußte, daß der König schwerlich den vergessen werde, der sich zu diesem gefährlichen Unternehmen bereitfand; er setzte die Genehmigung durch, ohne mich vorher zu fragen, und ich willigte ein, nur zu froh, mich auf Clochegourde einfinden und zugleich der guten Sache dienen zu können.

Nachdem ich, der Einundzwanzigjährige, eine Audienz beim

König gehabt hatte, kehrte ich nach Frankreich zurück, wo ich sowohl in Paris als auch in der Vendée das Glück hatte, die Absichten Seiner Majestät durchführen zu können. Gegen Ende Mai verfolgten mich die bonapartistischen Behörden, denen ich gemeldet worden war, und ich war genötigt, in der Verkleidung eines Mannes zu fliehen, der in sein Herrenhaus zurückzukehren schien; zu Fuß ging ich von Gut zu Gut, von Wald zu Wald, durch die obere Vendée, durch das Bocage und das Poitou; ich änderte die Marschroute je nach den Umständen. Ich gelangte nach Saumur, von Saumur kam ich nach Chinon, und von Chinon aus erreichte ich in einer einzigen Nacht den Wald von Nueil; dort traf ich in einer öden Gegend den Grafen; er war zu Pferde, nahm mich auf die Kruppe und brachte mich in sein Haus, ohne daß wir jemandem begegnet wären, der mich hätte erkennen können.

»Jacques geht es besser«, war sein erstes Wort gewesen.

Ich gestand ihm, daß ich »diplomatisches Fußvolk« sei und gehetzt werde wie ein wildes Tier, und der Edelmann wappnete sich mit seiner Königstreue, um Monsieur de Chessel die Gefahr, mich aufzunehmen, streitig zu machen. Beim Erblicken Clochegourdes war mir, als seien die inzwischen verflossenen acht Monate ein Traum gewesen. Als der Graf mir vorausging und zu seiner Frau sagte: »Rate mal, wen ich dir mitbringe ... Félix«, da fragte sie: »Ist es möglich?« und ließ mit verdutztem Gesicht die Arme hängen.

Ich trat vor; wir verharrten beide reglos, sie in ihrem Sessel, ich auf der Schwelle ihrer Tür; wir betrachteten einander mit der gierigen Hast zweier Liebender, die durch einen einzigen Blick all die verlorene Zeit wettmachen wollen; sie jedoch war beschämt ob einer Überraschung, die ihr Herz der Hüllen entkleidete; sie stand auf, ich näherte mich.

»Ich habe oft für Sie gebetet«, sagte sie, als sie mir die Hand zum Kuß gereicht hatte.

Sie erkundigte sich nach ihrem Vater; dann fiel ihr ein, daß ich müde sein müsse; sie ging fort und kümmerte sich um ein Nachtlager; währenddessen ließ der Graf mir zu essen auftragen; ich starb nämlich vor Hunger. Mein Schlafzimmer war über dem ihrigen gelegen; es war dasjenige ihrer Tante; sie ließ mich durch den Grafen hinaufführen; aber zuvor hatte sie den Fuß auf die erste Stufe der Treppe gesetzt und sicherlich einen schweren Kampf mit sich selbst gekämpft, ob sie mich geleiten solle; ich wandte mich um, sie errötete, wünschte mir angenehme Ruhe und zog sich hastig zurück. Als ich zum Essen herunterkam, erfuhr ich von der Katastrophe bei Waterloo[99], von der Flucht Napoleons, dem Marsch der Alliierten auf Paris und der wahrscheinlichen Rückkehr der Bourbonen. Diese Ereignisse bedeuteten für den Grafen alles; für uns bedeuteten sie nichts. Weißt Du, welches die größte Neuigkeit war, nachdem ich die Kinder gestreichelt hatte? Denn ich will Dir nichts von meiner Bestürzung erzählen, als ich sah, wie blaß und abgemagert sie war; ich wußte um das Unheil, das eine Geste des Erstaunens auslösen konnte, und so habe ich bei ihrem Anblick nichts als Freude gezeigt. Die große Neuigkeit für uns war: »Sie bekommen Eis!« Sie hatte sich im vergangenen Jahr häufig darüber geärgert, daß sie kein hinreichend kühles Wasser für mich habe; da ich nichts anderes trank, hatte ich es am liebsten geeist. Gott weiß, um den Preis welcher dringlichen Bitten sie einen Eiskeller hatte bauen lassen! Du weißt besser als irgend jemand sonst, daß der Liebe ein Wort, ein Blick, eine Betonung, eine dem Anschein nach leichtwiegende Aufmerksamkeit genügt; ihr schönstes Privileg ist, sich durch sich selbst zu beweisen. Wirklich, ihr Ausspruch, ihr Blick, ihre Freude enthüllten mir die Größe ihrer Gefühle, gerade wie ich ihr ehedem die meinen durch mein Verhalten beim Tricktrackspiel bekundet hatte. Aber die naiven Äußerungen ihrer Zärtlichkeit nahmen überhand: Am siebten Tag nach meiner Ankunft war sie wieder frisch; sie strahlte vor Gesundheit, vor Freude und Jugend; ich fand meine geliebte Lilie schöner wieder, besser entfaltet, gerade wie ich die Schätze meines Herzens vermehrt sah. Geschieht es nicht lediglich bei kleinen Geistern oder in banalen Herzen, daß das Fernsein die Gefühle schwächt, die Züge der Seele auslöscht und die Schönheit des geliebten Wesens mindert? Für Menschen mit glühender Phantasie, solche, bei denen die Begeisterung ins Blut übergeht und das Gesicht mit neuem Purpur färbt, bei denen die Leidenschaft die Formen der Beständigkeit annimmt – hat bei solchen Menschen das Fernsein nicht die Wirkung der Martern, die den

Glauben der ersten Christen festigten und ihnen Gott sichtbar machten? Hegt ein liebeerfülltes Herz nicht unaufhörliche Wünsche, die den begehrten Formen höheren Wert leihen, indem sie sie durch das Feuer der Träume farbiger erscheinen lassen? Erleidet man nicht Reizzustände, die das Schöne des Ideals dadurch mit den angebeteten Zügen in Verbindung bringen, daß man über sie nachdenkt? Wird das Vergangene von Erinnerung zu Erinnerung wieder aufgegriffen, so wird es größer; die Zukunft wird durch Hoffnungen bereichert. Zwischen zwei Herzen, in denen die mit Elektrizität geladenen Wolken überquellen, wird dann eine erste Zusammenkunft zu einem wohltuenden Gewitter, das die Erde erquickt und fruchtbar macht, weil es ihr das jähe Aufleuchten der Blitze zuteil werden läßt. Wieviel köstliche Freuden genoß ich doch, als ich wahrnahm, daß bei uns diese Gedanken, diese Nachgefühle gegenseitig waren? Mit welch entzücktem Auge habe ich bei Henriette die Fortschritte des Glücks verfolgt! Eine Frau, die unter den Blicken des Geliebten aufs neue auflebt, gibt vielleicht einen stärkeren Beweis für ihre Liebe als diejenige, die an einem Zweifel stirbt oder aus Mangel an Saft an ihrem Stengel verdorrt; ich weiß nicht, wer der beiden die rührendere ist. Die Wiedergeburt Madame de Mortsaufs vollzog sich so natürlich wie die Auswirkungen des Maimonds auf die Wiesen, wie die von Sonne und Regen auf umgesunkene Blumen. Wie unser geliebtes Tal hatte auch Henriette ihren Winter gehabt; wie das Tal wurde sie im Frühling wiedergeboren. Vor dem Abendessen gingen wir auf unsere liebe Terrasse. Dort streichelte sie den Kopf ihres armen Jungen, der gebrechlicher geworden war, als ich ihn je gesehen hatte, der an der Seite der Mutter einherschritt, schweigend, als bahne sich in ihm eine weitere Krankheit an; dort erzählte sie mir von den Nächten, die sie am Lager des Kranken verbracht hatte. Drei Monate lang, so sagte sie, habe sie völlig häuslich gelebt; wie in einem düsteren Palast habe sie gewohnt und habe sich geschämt, in üppige Gemächer einzutreten, wo Lichter glänzten, wo Feste gefeiert wurden, die ihr verboten waren, und an deren Tür sie sich hielt, ein Auge auf ihr Kind gerichtet, das andere auf eine undeutliche Gestalt; ein Ohr zum Belauschen der Schmerzenslaute, das andere, um eine Stimme zu vernehmen.

Sie hatte Gedichte vor sich hin gesprochen, die die Einsamkeit ihr eingegeben hatte, Gedichte, wie kein Dichter sie je erfunden hat; aber all das gänzlich naiv, ohne zu wissen, daß darin auch nur die mindeste Spur der Liebe sei, oder die Fährte eines wollüstigen Gedankens, und auch nicht die wie eine Rose aus Frangistan orientalisch süße Poesie. Wenn der Graf sich uns zugesellte, sprach sie im gleichen Ton weiter als eine auf sich stolze Frau, die einen hochmütigen Blick auf ihren Gatten werfen und ohne zu erröten einen Kuß auf die Stirn ihres Sohns drücken kann. Sie hatte viel gebetet; sie hatte Jacques ganze Nächte lang unter ihren gefalteten Händen gehalten; sie hatte nicht gewollt, daß er sterbe.

»Ich bin«, so sagte sie, »bis zu den Pforten des Allerheiligsten gegangen, um Gott um sein Leben zu bitten.« Sie hatte Visionen gehabt; sie erzählte sie mir; doch als sie mit ihrer Engelsstimme die wundervollen Worte sprach: »Wenn ich schlief, dann wachte mein Herz!«, unterbrach sie der Graf und sagte:

»Das heißt, daß du beinah verrückt gewesen bist.«

Sie schwieg, ein heftiger Schmerz hatte sie durchzuckt, wie wenn sie die erste Wunde empfangen, wie wenn sie vergessen hätte, daß dieser Mann seit dreizehn Jahren es sich nie hatte entgehen lassen, ihr einen Pfeil ins Herz zu schießen. Wie ein erhabener Vogel, den im Flug das plumpe Schrotkorn getroffen hat, fiel sie in stumpfe Niedergeschlagenheit.

»Ach«, sagte sie nach einer Pause, »wird denn nie eins meiner Worte Gnade vor dem Richterstuhl deines Geistes finden? Hast du niemals Nachsicht für meine Schwachheit, noch Verständnis für meine Frauengedanken?«

Sie hielt inne. Dieser Engel bereute bereits sein Geflüster und maß mit einem Blick seine Vergangenheit und seine Zukunft: Konnte sie je verstanden werden, konnte sie je etwas anderes erlangen als eine heftige Antwort? Die blauen Adern an ihren Schläfen pochten lebhaft, Tränen hatte sie nicht, aber das Grün ihrer Augen wurde blaß; dann senkte sie den Blick zu Boden, um nicht in dem meinen ihre Qual vergrößert, ihre Gefühle erraten, ihre Seele von meiner Seele geliebkost zu gewahren, und vor allem das zornige Mitleid einer jungen Liebe, die wie ein treuer Hund bereit ist, den zu verschlingen, der seine Herrin verletzt, ohne die Kraft noch den Rang des Angreifers zu überlegen. In solcherlei grausamen Augenblicken mußte man die überlegene Miene sehen, die der Graf aufsetzte; er glaubte, über seine Frau zu triumphieren und überschüttete sie dann mit einem Hagelschauer von Sätzen, die immerfort denselben Gedanken wiederholten und Axthieben ähnelten, die immer im gleichen Ton erklingen.

»Ist er denn noch immer derselbe?« fragte ich, als der Graf uns erzwungenermaßen verlassen hatte; sein Pikör hatte ihn gesucht und ihn abgeholt.

»Noch immer«, antwortete mir Jacques.

»Noch immer vortrefflich, mein Junge«, sagte sie zu Jacques und versuchte auf diese Weise, ihren Mann der Beurteilung durch seine Kinder zu entziehen. »Du siehst nur die Gegenwart, du weißt nichts von der Vergangenheit; du vermagst deinen Vater nicht zu beurteilen, ohne eine Ungerechtigkeit zu begehen; aber wenn dir der Schmerz widerfährt, zu erleben, daß dein Vater etwas Unrechtes tut, dann verlangt die Familienehre, daß du dergleichen Geheimnisse im tiefsten Schweigen begräbst.«

»Wie ist es um die Veränderungen in Cassine und Rhétorière bestellt?« fragte ich, um sie von ihren bitteren Gedanken abzulenken.

»Weit über meine Hoffnungen hinaus gut«, sagte sie. »Als die Baulichkeiten fertig waren, haben wir zwei ausgezeichnete Pächter gefunden; der eine hat den einen Hof gegen eine Pachtsumme von viertausendfünfhundert Francs übernommen, Steuern inbegriffen, der andere den andern für fünftausend Francs; und die Pachtverträge sind auf fünfzehn Jahre abgeschlossen worden. Wir haben auf den beiden neuen Pachthöfen schon dreitausend Fuß mit Bäumen bepflanzt. Manettes Verwandter ist glücklich, daß er La Rabelaye bekommt. Martineau bewirtschaftet La Baude. Das Gebiet unserer vier Pächter besteht aus Wiesen und Waldungen, und dorthin fahren sie nicht, wie gewissenlose Pächter es tun, den Mist, der für unsere Äcker bestimmt ist. Auf diese Weise sind ›unsere‹ Bemühungen vom schönsten Erfolg gekrönt worden. Ohne die Reserven, so nennen wir den zum Schloß gehörenden Hof, und ohne die Wälder und die Rebgehege bringt Clochegourde jetzt neunzehntausend Francs, und die

Pflanzungen dürften einmal gute Jahreseinnahmen ergeben. Ich kämpfe dafür, daß die für uns zurückgehaltenen Ländereien an unsern Feldhüter Martineau gegeben werden; an seine Stelle kann sein Sohn treten. Er bietet dreitausend Francs Pacht, wenn mein Mann ihm auf dem Landstück La Commanderie einen Hof baut. Dann könnten wir die Zufahrtswege nach Clochegourde frei machen, unsere geplante Allee bis zur Landstraße nach Chinon vollenden und brauchten nur noch für unsere Rebberge und unsere Waldungen zu sorgen. Wenn der König wiederkommt, bekommen wir auch wieder ›unsere‹ Pension; ›wir‹ stimmen nach ein paar Tagen des Kreuzens gegen den gesunden Menschenverstand ›unserer‹ Frau zu. Dann ist Jacques' Vermögen unantastbar. Ist das alles durchgesetzt, so lasse ich meinen Mann für Madeleine sparen; wie üblich, wird der König ihr überdies eine Mitgift aussetzen. Mein Gewissen ist ruhig, und meine Aufgabe erfüllt. Und Sie?« fragte sie mich.

Ich setzte ihr meine Mission auseinander und machte ihr deutlich, wie fruchtbar und weise ihr Rat gewesen sei. Ob sie etwa das Zweite Gesicht habe, um auf diese Weise die Geschehnisse im voraus zu ahnen?

»Habe ich es Ihnen nicht geschrieben?« sagte sie. »Einzig für Sie kann ich eine überraschende Fähigkeit betätigen; nur mit Monsieur de la Berge, meinem Beichtvater, habe ich darüber gesprochen, und er erklärt sie als ein göttliches Eingreifen. Oftmals, nach tiefen Grübeleien, die den Ängsten um den Gesundheitszustand meiner Kinder entstammen, haben meine Augen sich den Erdendingen gegenüber geschlossen und in einen anderen Bereich geblickt: Wenn ich darin Jacques und Madeleine lichtumflossen sah, waren sie eine gewisse Zeit bei guter Gesundheit; wenn ich sie von einem Nebel umhüllt sah, wurden sie bald krank. Und Sie, Sie sehe ich nicht nur immer strahlend, sondern ich höre eine süße Stimme, die mir ohne Worte durch eine geistige Übermittlung erklärt, was Sie tun müssen. Durch welches Gesetz kann ich diese wunderbare Gabe nur für meine Kinder und für Sie ausnutzen?« fragte sie und versank in Träumerei. »Will Gott ihnen als Vater dienen?« fragte sie sich nach einer Weile.

»Lassen Sie mich glauben«, sagte ich, »daß ich nur Ihnen gehorche!«

Sie warf mir einen der gänzlich aus Anmut bestehenden Lächelblicke zu, die mir stets eine so große Trunkenheit des Herzens verursachten, daß ich in einem solchen Augenblick sogar einen Todesstreich nicht gespürt haben würde.

»Sobald der König wieder in Paris ist[100], müssen Sie hinfahren und Clochegourde verlassen«, fuhr sie fort. »Es ist zwar erniedrigend, Stellungen und Gunstbezeigungen zu erbetteln; aber im gleichen Maß ist es lächerlich, nicht zur Stelle zu sein, wenn es gilt, sie entgegenzunehmen. Es werden große Veränderungen stattfinden. Der König wird fähige und verläßliche Männer brauchen; da dürfen Sie ihm nicht fehlen; dann treten Sie jung in den Staatsdienst ein und werden sich gut einleben; denn für Staatsmänner wie für Schauspieler gibt es handwerkliche Dinge, die nicht einmal das Genie erfaßt; sie müssen gelernt werden. Mein Vater hält es, was das betrifft, mit dem Herzog von Choiseul[101]. Denken Sie an mich«, sagte sie nach einer Pause, »lassen Sie mich die Freuden der Überlegenheit in einer Seele genießen, die gänzlich mir gehört. Sind Sie nicht mein Sohn?«

»Ihr Sohn?« entgegnete ich schmollend.

»Nichts als mein Sohn«, sagte sie, und es klang, als mache sie sich über mich lustig. »Heißt das nicht, einen recht schönen Platz in meinem Herzen einnehmen?«

Die Glocke rief zum Abendessen; sie nahm meinen Arm und stützte sich willig darauf.

»Sie sind größer geworden«, sagte sie, als wir die Stufen hinaufstiegen. Oben auf der Freitreppe schüttelte sie meinen Arm, wie wenn meine Blicke sie allzu lebhaft getroffen hätten; obwohl sie die Augen niedergeschlagen hielt, hatte sie deutlich gespürt, daß ich einzig sie ansah; dann sagte sie mit erkünstelt ungeduldiger, anmutiger, koketter Miene: »Nun schauen Sie sich doch mal ein bißchen unser liebes Tal an!« Sie wandte sich um, hielt uns den weißseidenen Sonnenschirm über die Köpfe und zog Jacques an sich; und die Kopfbewegung, mit der sie mir die Indre, das Boot und die Wiesen zeigte, bewies mir, daß sie sich seit meinem Aufenthalt und unseren Spaziergängen mit diesen rauchigen Weiten, mit ihren dunstigen Windungen angefreundet hatte. Die Natur war der Mantel, unter dem ihre Gedanken Schutz gesucht hatten. Sie wußte jetzt, was die Nachtigall die Nacht über seufzt, und was der Sänger der Sümpfe[102] wiederholt, wenn er seinen klagenden Ton psalmodiert.

Abends um acht wurde ich Zeuge einer Szene, die mich tief erschütterte und der ich niemals hatte beiwohnen können, weil ich stets mit Monsieur de Mortsauf beim Spiel sitzen blieb, während sie sich im Eßzimmer vollzog, bevor die Kinder zu Bett gebracht wurden. Die Glocke schlug zweimal an; das ganze Hausgesinde kam.

»Sie sind unser Gast; unterwerfen Sie sich der Klosterregel?« fragte sie, zog mich an der Hand mit sich fort und setzte dabei die Miene harmlosen Spottes auf, die alle wahrhaft frommen Frauen auszeichnet.

Der Graf folgte uns. Die Herrschaft, die Kinder und die Dienerschaft, alles kniete entblößten Hauptes auf den gewohnten Plätzen nieder. Es war die Reihe an Madeleine, die Gebete zu sprechen; die liebe Kleine sagte sie mit ihrer kindlichen Stimme, deren naiver Klang klar in das harmonische Schweigen der Landschaft stieg und den Sätzen die heilige Reinheit der Unschuld lieh, die die Holdheit der Engel ausmacht. Es war das erschütterndste Gebet, das ich je gehört habe. Die Natur beantwortete die Worte des Kindes durch die tausendfachen Geräusche des Abends; es war die Begleitung einer leise gespielten Orgel. Madeleine stand zur Rechten der Gräfin, Jacques zur Linken. Die anmutigen Haarschöpfe dieser beiden Köpfe, zwischen denen sich die in Zöpfe gelegte Frisur der Mutter erhob und die das völlig weiße Haar und den gelblichen Schädel Monsieur de Mortsaufs überragten, ergaben ein Bild, dessen Farben irgendwie den Geist der Gedanken wiederholten, die durch das melodische Tönen des Gebets erweckt wurden; und ferner, damit den Bedingungen der Einheitlichkeit genuggetan wurde, die das Erhabene kennzeichnen, wurde diese in Gedanken versunkene Gruppe vom gemilderten Licht des Sonnenuntergangs umhüllt, dessen rote Töne den Raum färbten und auf diese Weise in den Seelen, mochten sie nun poetisch gestimmt oder abergläubisch sein, den Glauben erweckten, daß die Feuer des Himmels diese treuen Diener Gottes aufgesucht hätten, die dort ohne Rangunterschied in der von der Kirche gewollten Gleichheit knieten. Ich versetzte mich in die Tage patriarchalischen Lebens zurück, und meine Gedanken vergrößerten noch diese durch ihre Schlichtheit ohnehin schon so große Szene. Die Kinder sagten ihrem Vater gute Nacht, die Dienerschaft verbeugte sich vor uns, die Gräfin ging, wobei sie an jeder Hand eines ihrer Kinder führte, und ich kehrte mit dem Grafen in den Salon zurück.

»Wir lassen Sie dort zu Ihrem Heil und hier in Ihre Hölle gelangen«, sagte er und deutete auf das Tricktrack.

Eine halbe Stunde danach gesellte die Gräfin sich zu uns und rückte ihren Stickrahmen in die Nähe unseres Tischs.

»Das ist für Sie«, sagte sie und entrollte ihren Canevas. »Aber seit drei Monaten ist die Arbeit nur recht langsam vorangekommen. Zwischen dieser roten Nelke und dieser Rose hat mein armer Junge gelitten.«

»Nun, nun«, sagte Monsieur de Mortsauf, »wir wollen lieber nicht davon reden. Sechs zu fünf, mein Herr königlicher Sendbote.«

Als ich zu Bett gegangen war, sammelte ich mich, um das Hinundhergehen in ihrem Schlafzimmer zu vernehmen. Wenn sie ruhig und rein blieb, wurde ich von tollen Gedanken heimgesucht, die mir ein unerträgliches Begehren einflößten. – »Warum sollte sie nicht mir gehören?« sagte ich mir. »Vielleicht geht es ihr wie mir, und sie ist in diesen wirbelnden Aufruhr der Sinne eingetaucht?« Um ein Uhr ging ich hinunter; ich verstand mich darauf, geräuschlos zu gehen; ich gelangte vor ihre Tür; dort legte ich mich nieder; ich lehnte das Ohr an den Spalt; ich hörte ihren gleichmäßigen, sanften Kinderatem. Als mir kalt geworden war, stieg ich wieder hinauf; ich legte mich ins Bett und schlief ruhig bis zum Morgen. Ich weiß nicht, auf welcher Bestimmung, auf welcher Veranlagung die Freude beruht, die ich darin finde, mich bis zum Rand von Abgründen vorzuwagen, den Schlund des Bösen auszumessen, dessen Tiefe zu ergründen, seine Kälte zu spüren und mich durch und durch erschüttert wieder zurückzuziehen. Diese Nachtstunde, die ich an der Schwelle ihrer Tür verbrachte, wo ich vor Wut geweint habe, ohne daß sie je erfahren hätte, daß sie am nächsten Morgen über meine Tränen und meine Küsse, über ihre abwechselnd zerstörte und respektierte, verfluchte und angebetete Tugend hinweggeschritten war, diese in den Augen mancher törichte Stunde ist eine Eingebung des unbekannten Gefühls, das Offiziere, von denen einige mir erzählt haben, sie hätten so ihr Leben aufs Spiel gesetzt, dazu treibt, sich vor eine Batterie zu werfen, um zu erfahren, ob sie dem Kugelregen entgehen und ob sie sich freuen würden, auf diese Weise den Abgrund der Möglichkeiten zu überschreiten, und dabei rauchen würden wie Jean Bart[103] auf einem Pulverfaß. Am anderen Tag pflückte und band ich zwei Sträuße; der Graf bewunderte sie, obwohl ihn sonst alles Derartige kalt ließ; auf ihn schien Champcenetz'[104] Ausspruch: »Er baut Luftkerker« gemünzt zu sein.

Ich verbrachte ein paar Tage auf Clochegourde und machte auf Frapesle nur kurze Besuche; indessen aß ich dort dreimal zu Abend. Die französische Armee hatte gerade Tours besetzt[105]. Obgleich ich augenscheinlich Madame de Mortsaufs Leben und Gesundheit war, beschwor sie mich, nach Châteauroux zu fahren, um von dort aus in aller Hast über Issoudun und Orléans nach Paris zurückzukehren. Ich wollte Einwände erheben; sie befahl es und sagte dabei, der Hausgeist habe gesprochen; ich gehorchte. Unser Abschied geschah diesmal unter Tränen; sie fürchtete für mich die Verlockung der Welt, in der ich leben würde. Mußte ich nicht ernstlich in den Wirbel der Interessen, der Leidenschaften, der Freuden eintreten, die aus Paris ein Meer machten, das gleich gefährlich für keusche Liebschaften wie für die Gewissensreinheit war? Ich versprach, ihr jeden Abend zu schreiben, was mir tagsüber geschehen war und was ich gedacht hatte, auch das Nichtigste. Als ich ihr das versprach, lehnte sie kraftlos den Kopf an meine Schulter und sagte: »Lassen Sie nichts aus; mich interessiert alles.«

Sie gab mir Briefe für den Herzog und die Herzogin mit; ich suchte beide am zweiten Tage nach meiner Ankunft auf.

»Sie haben Glück«, sagte der Herzog, »speisen Sie hier und kommen Sie heute abend mit mir ins Schloß, Ihr Glück ist gemacht. Heute morgen hat der König Sie erwähnt; er hat gesagt: ›Er ist jung, fähig und treu!‹ Und der König hat bedauert, daß er nicht wußte, ob Sie tot oder lebendig seien, wohin die Ereignisse

Sie verschlagen, nachdem Sie sich Ihrer Mission so gut entledigt hätten.«

Am Abend war ich Sachbearbeiter der Bittschriften im Staatsrat und hatte in der unmittelbaren Umgebung König Ludwigs XVIII. eine geheime Verwendung gefunden, die so lange dauerte wie seine Regierung, einen Vertrauensposten ohne auffällige Gunst, der mich ins Herz der Regierungsgeschäfte führte und zur Quelle meines Wohlstands geworden ist. Madame de Mortsauf hatte richtig gesehen, und somit verdankte ich alles ihr: Macht und Reichtum, Glück und Kenntnisse; sie hatte mich geleitet und ermutigt; sie hatte mein Herz gereinigt und meinem Wollen jene Einheitlichkeit gegeben, ohne die die Kräfte der Jugend nutzlos vergeudet werden. Später bekam ich einen Kollegen. Jeder von uns beiden hatte sechs Monate lang Dienst. Wir konnten einander notfalls ersetzen; wir hatten ein Zimmer im Schloß, unsern Wagen und große Zuwendungen für unsere Unkosten, wenn wir genötigt waren, zu reisen. Eigenartige Stellung! Unter den geheimen Schülern eines Monarchen zu sein, dessen Politik seither seine Gegner glänzende Gerechtigkeit haben widerfahren lassen; zu hören, wie er alles beurteilte, die Innenpolitik, die Außenpolitik; ohne offiziellen Einfluß zu sein und manchmal befragt zu werden, wie die Laforêt[106] von Molière; das Zögern einer alten Erfahrung zu spüren, das dann durch das Gewissen der Jugend gefestigt wurde. Unsere Zukunft war übrigens so geregelt worden, daß der Ehrgeiz gestillt war. Außer meinem Gehalt als Sachbearbeiter der Bittschriften, das aus dem Budget des Staatsrats bezahlt wurde, gab mir der König monatlich tausend Francs aus seiner Schatulle und überreichte mir oft selbst irgendwelche Gratifikationen. Obwohl der König fühlte, daß ein junger, dreiundzwanzigjähriger Mensch nicht lange der Arbeit gewachsen sein würde, mit der er mich überhäufte, wurde mein Kollege, der heute Pair von Frankreich ist, erst gegen August 1817 gewählt. Diese Wahl war so schwierig, unsere Funktionen erforderten so viele Fähigkeiten, daß der König lange Zeit brauchte, um sich zu entschließen. Er erwies mir die Ehre, mich zu fragen, welcher unter den jungen Herren, zwischen denen er schwanke, derjenige sei, der mir am besten behagen werde. Unter ihnen befand sich einer meiner

Kameraden aus der Pension Lepître, und gerade diesen nannte ich nicht. Seine Majestät fragte mich nach dem Grund.

»Der König«, antwortete ich, »hat Leute ausgewählt, die sämtlich gleichermaßen treu sind, aber unterschiedlich begabt; ich habe denjenigen ausgewählt, den ich für den geschicktesten halte und von dem ich gewiß bin, daß ich immer gut mit ihm auskommen werde.«

Mein Urteil deckte sich mit dem des Königs, der mir stets für das gebrachte Opfer dankbar gewesen ist. Bei dieser Gelegenheit sagte er mir: »Sie sollen die erste Stelle bekleiden.« Er sorgte dafür, daß mein Kollege von dieser Begebenheit erfuhr; er gewährte mir als Gegendienst seine Freundschaft. Die Beachtung, mit der der Herzog von Lenoncourt mich auszeichnete, gab das Maß für diejenige, mit der die Gesellschaft mich umgab. Die Worte: »Der König nimmt lebhaftes Interesse an diesem jungen Mann; dieser junge Mann hat eine Zukunft, der König mag ihn«, hätten jedes Talent aufgewogen; aber sie ließen dem liebenswürdigen Empfang, wie er jungen Menschen bereitet wird, das gewisse Etwas zuteil werden, das man der Macht zuerkennt. Sei es beim Herzog von Lenoncourt, sei es bei meiner Schwester, die um diese Zeit ihren Vetter heiratete, den Marquis de Listomère, den Sohn jener alten Verwandten, die ich dann und wann auf der Ile Saint-Louis aufgesucht hatte, machte ich unmerklich die Bekanntschaft der einflußreichsten Frauen des Faubourg Saint-Germain.

Durch Henriette gelangte ich bald ins Herz der Gesellschaft, die »das kleine Schloß«[107] genannt wurde, und zwar geschah das unmittelbar durch die Prinzessin von Blamont-Chauvry, deren Großnichte sie war; sie hatte ihr in so warmen Worten über mich geschrieben, daß die Prinzessin mich auf der Stelle zu sich einlud; ich bemühte mich um sie, ich wußte ihr zu gefallen, und sie wurde nicht nur meine Gönnerin, sondern eine Freundin, deren Gefühle irgendwie etwas Mütterliches hatten. Die alte Prinzessin ließ es sich einfallen, mich mit ihrer Tochter Madame d'Espard, mit der Herzogin von Langeais, der Vicomtesse de Beauséant und der Herzogin von Maufrigneuse[108] bekannt zu machen, Frauen, die abwechselnd das Zepter der Mode schwangen, und die um so liebenswürdiger zu mir waren, als ich ihnen gegenüber keine Ansprüche stellte und stets bereit war, mich ihnen angenehm zu machen. Mein Bruder Charles war jetzt weit davon entfernt, mich zu verleugnen; er stützte sich sogar fortan auf mich; aber dieser rasche Erfolg flößte ihm eine geheime Eifersucht ein, aus der später für mich Kummer erwuchs. Meine Eltern waren überrascht über dieses unverhoffte Glück; sie fühlten ihre Eitelkeit geschmeichelt und nahmen mich endlich als ihren Sohn an; aber da ihr Gefühl irgendwie künstlich, um nicht zu sagen gespielt war, hatte dieser Umschwung wenig Einfluß auf ein tief gekränktes Herz; außerdem erregen von Egoismus befleckte Gefühle wenig Sympathien; das Herz verabscheut Berechnungen und Nutznießungen jeglicher Art.

Ich schrieb getreulich meiner geliebten Henriette; sie antwortete mir monatlich mit einem Brief oder zweien. So schwebte ihr Geist über mir; ihre Gedanken durchquerten die Entfernungen und schufen mir eine saubere Atemluft. Keine Frau vermochte mich einzufangen. Der König wußte um meine Zurückhaltung; er selbst war in dieser Beziehung aus der Schule Ludwigs XV. und nannte mich lachend »Mademoiselle de Vandenesse«; aber die Sittsamkeit meines Verhaltens gefiel ihm sehr. Ich bin der Überzeugung, daß die Geduld, die ich mir während meiner Kindheit und zumal auf Clochegourde angewöhnt hatte, sehr dazu beigetragen hat, mir das Wohlwollen des Königs zu erringen; er war stets besonders liebenswürdig zu mir. Sicherlich hat er meine Briefe gelesen; denn er ließ sich nicht lange durch mein jungfräuliches Leben hinters Licht führen. Eines Tages, als der Herzog Dienst hatte, schrieb ich nach dem Diktat des Königs; als er den Herzog von Lenoncourt eintreten sah, bedachte König Ludwig uns mit einem verschmitzten Blick.

»Na, will dieser Satan von Mortsauf immer noch weiterleben?« fragte er mit seiner schönen Silberstimme, der er, wenn er wollte, den Klang bissiger Bosheit verleihen konnte.

»Immer noch«, antwortete der Herzog.

»Die Gräfin de Mortsauf ist ein Engel; ich sähe sie gern hier«, fuhr der König fort. »Aber wenn ich da nichts ausrichten kann, dann soll wenigstens mein Kanzler«, und damit wendete er sich mir zu, »glücklicher sein. Sie haben sechs Monate frei; ich bin entschlossen, Ihnen als Kollegen den jungen Herrn zu geben,

von dem wir gestern sprachen. Viel Vergnügen auf Clochegourde, Monsieur Cato[109]!« Und damit ließ er sich lächelnd aus
dem Kabinett rollen[110].

Wie eine Schwalbe flog ich in die Touraine. Zum erstenmal
sollte ich mich der, die ich liebte, nicht nur etwas weniger töricht, sondern überdies noch im Glanz eines eleganten jungen
Herrn zeigen, dessen Manieren in den aristokratischen Salons geschliffen worden waren; dessen Erziehung die anmutigsten
Frauen vollendet hatten; der endlich den Lohn seiner Leiden
eingeheimst, und der die Erfahrungen des schönsten Engels praktisch angewendet hatte, der vom Himmel mit dem Schutz eines
Kindes betraut worden war. Du weißt, wie ich während der
drei ersten Monate meines Aufenthalts auf Frapesle ausgestattet
gewesen war. Als ich nach meiner Mission in der Vendée nach
Clochegourde zurückkehrte, war ich gekleidet gewesen wie ein
Jäger. Ich hatte einen grünen Rock mit rot angelaufenen Weiß-
blechknöpfen getragen, eine gestreifte Hose, Ledergamaschen
und plumpe Schuhe. Der Marsch, das Gestrüpp hatten mich so
übel zugerichtet, daß der Graf mir Wäsche hatte leihen müssen.
Diesmal, nach zweijährigem Aufenthalt in Paris, hatten die Gewohnheit, mich beim König aufzuhalten, die Glücksumstände,
die Tatsache, daß ich jetzt ausgewachsen war, ein junges Gesicht, das einen unerklärlichen Glanz von der Ruhe einer Seele
empfing, die magnetisch mit der reinen Seele vereint war, die auf
Clochegourde über mir gestrahlt, – hatte das alles mich verwandelt; ich besaß jetzt Sicherheit ohne Geckenhaftigkeit; ich
war innerlich zufrieden, daß ich mich ungeachtet meiner Jugend
auf dem Gipfel des politischen Lebens befand; ich war mir bewußt, der heimliche Halt der anbetungswürdigsten Frau zu sein,
die hienieden lebte, und deren uneingestandene Hoffnung. Vielleicht habe ich eine kleine Regung der Eitelkeit empfunden, als
die Peitsche des Postillions in der neuen Allee knallte, die von der
Landstraße nach Chinon aus nach Clochegourde führte, und als
ein Gittertor, das ich nicht kannte, sich mitten in einem jüngst
erst erbauten Mauerrund öffnete. Ich hatte der Gräfin meine
Ankunft nicht geschrieben; ich wollte ihr eine Überraschung bereiten, und damit tat ich auf zweifache Weise unrecht; erstens
erlitt sie die Erschütterung, die eine seit langem erhoffte, aber für

unmöglich gehaltene Hoffnung auslöst; und zweitens bewies sie mir, daß alle erklügelten Überraschungen geschmacklos seien.

Als Henriette einen jungen Herrn in dem sah, den sie immer nur als ein Kind betrachtet hatte, senkte sie mit einer Bewegung von tragischer Langsamkeit den Blick zu Boden; sie ließ sich die Hand nehmen und küssen, ohne die heimliche Freude zu zeigen, deren ich durch ihr gewohntes mimosenhaftes Zusammenzucken gewärtig gewesen war; und als sie ihr Antlitz hob, um mich nochmals zu mustern, fand ich sie blaß.

»Na, Sie haben also Ihre alten Freunde nicht vergessen?« fragte mich Monsieur de Mortsauf; er hatte sich weder verändert, noch war er gealtert.

Die beiden Kinder fielen mir um den Hals. In der Tür gewahrte ich die ernste Gestalt des Abbés de Dominis; das war Jacques' Hauslehrer.

»Nein«, antwortete ich dem Grafen. »Ich habe künftig im Jahr sechs Monate der Freiheit, und sie sollen stets Ihnen gehören. Ja, aber was ist Ihnen denn?« fragte ich die Gräfin und legte ihr in Gegenwart der Ihrigen den Arm um die Taille.

»Oh, lassen Sie mich«, sagte sie und fuhr zurück. »Es ist nichts.«

Ich las in ihrer Seele und antwortete ihren heimlichen Gedanken mit den Worten: »Erkennen Sie denn Ihren getreuen Sklaven nicht wieder?«

Sie nahm meinen Arm, ließ den Grafen, ihre Kinder, den Abbé und die herbeigeeilten Diener stehen und führte mich von allen weg um den Kugelspielplatz herum, blieb dabei jedoch in Sichtweite der andern; als sie dann meinte, ihre Stimme könnte nicht mehr gehört werden, sagte sie: »Félix, mein Freund, verzeihen Sie die Angst, die nur einen Faden hat, um sich in einem unterirdischen Labyrinth zu bewegen, und die davor zittert, daß er zerreißen könne. Sagen Sie mir noch einmal, daß ich mehr denn je für Sie Henriette bin, daß Sie mich nicht verlassen werden, daß nichts über mich den Sieg davontragen wird, daß Sie stets ein ergebener Freund sein werden. Ich habe plötzlich in die Zukunft gesehen, und Sie waren darin nicht, wie sonst immer, mit strahlendem Gesicht und auf mich gerichteten Augen; Sie wandten mir den Rücken zu.«

»Henriette, Idol, dessen Kult dem Gott geweihten obsiegt, Lilie, Blume meines Lebens, wieso wissen Sie denn nicht mehr, Sie, die Sie mein Gewissen sind, daß ich mich so sehr Ihrem Herzen einverleibt habe, daß meine Seele hier weilt, wenn mein Körper in Paris ist? Muß ich Ihnen denn sagen, daß ich in siebzehn Stunden hergeeilt bin, daß jede Radumdrehung eine Welt von Gedanken und Wünschen hergetragen hat, die wie ein Sturm losgebrochen sind, als ich Sie gesehen habe . . .«

»Sagen Sie sie mir, sagen Sie sie mir! Ich bin meiner sicher, ich kann Sie anhören, ohne einen Frevel zu begehen. Gott will nicht, daß ich sterbe; er schickt Sie zu mir, wie er seinen Hauch dem einflößt, was er geschaffen hat, wie er den Regen der Wolken über dürres Erdreich ausgießt; sagen Sie es, sagen Sie es! Lieben Sie mich ganz rein?«

»Ganz rein.«

»Auf immer?«

»Auf immer.«

»Wie eine Jungfrau Maria, die in ihrem Schleier und unter ihrer weißen Krone bleiben muß?«

»Wie eine sichtbare Jungfrau Maria.«

»Wie eine Schwester?«

»Wie eine allzu geliebte Schwester.«

»Wie eine Mutter?«

»Wie eine heimlich begehrte Mutter.«

»Ritterlich, ohne Hoffnung?«

»Ritterlich, aber voller Hoffnung.«

»Kurzum, so, wie wenn Sie noch nicht zwanzig wären und noch Ihren kleinen, häßlichen blauen Frack wie damals auf dem Ball trügen?«

»Oh, weit mehr. Ich liebe Sie so wie damals, und ich liebe Sie noch immer wie . . .« Sie blickte mich mit jäher Achtung an . . . »wie Ihre Tante sie geliebt hat.«

»Ich bin sehr froh, Sie haben meine Ängste verflüchtigt«, sagte sie und kehrte zu den Ihren zurück, die über unsere Geheimkonferenz erstaunt gewesen waren. »Aber seien Sie hier ganz und gar Kind! Denn Sie sind noch ein Kind. Wenn Ihre Weltklugheit es erfordert, beim König ein Mann zu sein, dann merken Sie sich, Monsieur, daß sie hier darin besteht, ein Kind zu bleiben. Als Kind sollen Sie geliebt werden. Der Kraft des Mannes werde ich stets widerstreben; aber was könnte ich dem Kind abschlagen? Nichts. Es kann nichts wollen, was ich nicht gewähren könnte. – Die Geheimnisse sind gesagt worden«, sagte sie und schaute dabei den Grafen an, und zwar mit einer schalkhaften Miene, in der das junge Mädchen und ihr ursprünglicher Charakter wiedererschienen. »Ich lasse euch jetzt allein; ich will mich umkleiden.«

Niemals innerhalb dreier Jahre hatte ich ihre Stimme so vollkommen glücklich klingen hören. Zum erstenmal lernte ich die hübschen Schwalbenrufe kennen, die kindlichen Laute, von denen ich Dir erzählt habe. Ich hatte Jacques eine Jagdausrüstung und Madeleine ein Nähkästchen mitgebracht, wie ihre Mutter es benutzte; kurzum, ich hatte die Kleinlichkeit ausgeglichen, zu der die Knausrigkeit meiner Mutter mich ehedem gezwungen hatte. Die Freude der beiden Kinder, die einander entzückt ihre Geschenke zeigten, schien dem Grafen lästig zu sein; er war immer verdrossen, wenn man sich nicht mit ihm beschäftigte. Ich gab Madeleine einen Wink und folgte dem Grafen, der mit mir über sich plaudern wollte. Er führte mich zur Terrasse hin; aber bei jeder ernsten Tatsache, die er mir mitteilte, blieben wir auf der Freitreppe stehen.

»Mein guter Félix«, sagte er, »Sie sehen sie alle glücklich und wohlauf; ich jedoch beschatte das Bild; ich habe ihre Leiden auf mich genommen, und ich segne Gott, daß er sie mir auferlegt hat. Früher wußte ich nicht, was ich hatte; aber heute weiß ich es: mein Pylorus[111] ist angegriffen, ich verdaue nichts mehr.«

»Durch welch einen Zufall sind Sie so gelehrt wie ein Professor der Medizinischen Fakultät geworden?« fragte ich lächelnd. »Ist Ihr Arzt so indiskret, Ihnen so etwas zu sagen . . .?«

»Gott bewahre mich davor, die Ärzte zu konsultieren«, rief er und bezeigte damit den Widerwillen, den die meisten eingebildeten Kranken gegen die medizinische Wissenschaft hegen.

Jetzt mußte ich eine tolle Unterhaltung über mich ergehen lassen, in deren Verlauf er mir die lächerlichsten Geständnisse machte, sich über seine Frau, seine Dienerschaft, seine Kinder und das Leben beklagte und offenbar Freude daran hatte, seine alltäglichen Redensarten einem Freund zu wiederholen, der, da er sie nicht kannte, darüber zu staunen vermochte, und den die Höflichkeit zwang, sie mit Interesse anzuhören. Er mußte mit mir zufrieden sein, denn ich schenkte ihm tiefe Aufmerksamkeit und versuchte dabei, in diesen unbegreiflichen Charakter einzudringen und die neuen Qualen zu erraten, die er seiner Frau antat und die sie mir verschwieg. Henriette machte diesem Monolog dadurch ein Ende, daß sie auf der Freitreppe erschien; der Graf bemerkte sie, schüttelte den Kopf und sagte: »Sie hören mir wenigstens zu, Félix; aber hier bedauert mich niemand!«

Er ging weg, als sei er sich der Störung bewußt, die er für meine Unterhaltung mit Henriette bedeutet hätte, oder als habe er in einer Aufwallung von Ritterlichkeit ihr gegenüber gespürt, daß er ihr eine Freude mache, wenn er uns allein ließ. Sein Charakter hatte wahrhaft unerklärliche Züge; er war eifersüchtig wie alle Schwachen, anderseits jedoch war sein Vertrauen in die Heiligkeit seiner Frau grenzenlos; vielleicht sogar erzeugten die Schmerzen seines durch die Überlegenheit jener hohen Tugend verletzten Selbstgefühls seinen beständigen Widerstand gegen den Willen der Gräfin; er trotzte ihr, wie Kinder ihren Lehrern oder ihren Müttern trotzen. Jacques hatte Unterricht, Madeleine war beim Ankleiden; so konnte ich also etwa eine Stunde lang mit der Gräfin allein auf der Terrasse auf und ab gehen.

»Ja, lieber Engel«, sagte ich, »die Kette ist also schwerer geworden, der Sand glühend heiß, und die Dornen sind zahlreicher?«

»Schweigen Sie«, sagte sie; sie hatte wohl die Gedanken erraten, die mein Gespräch mit dem Grafen mir eingegeben hatte. »Sie sind hier; alles ist vergessen! Ich leide nicht und habe nie gelitten!«

Sie tat ein paar leichte Schritte, wie um ihr weißes Kleid zu durchlüften, um dem Zephir ihre schneeigen Tüllrüschen preiszugeben, ihre flatternden Ärmel, ihre frisch angelegten Bänder, ihren Umhang und die fließenden Locken à la Sévigné[112]; und ich sah sie zum erstenmal als ein junges Mädchen, ihres natürlichen Frohsinns froh, bereit, zu spielen wie ein Kind. Jetzt lernte ich die Tränen des Glücks und die Freude kennen, die der Mann beim Spenden von Freuden empfindet.

»Schöne Menschenblume, die meine Gedanken liebkost und

meine Seele küßt! O meine Lilie!« sagte ich. »Immer unversehrt und aufrecht auf dem Stengel, immer weiß, stolz, duftend, abgesondert.«

»Hören Sie auf, Monsieur«, sagte sie lächelnd. »Sprechen Sie von sich selbst, erzählen Sie mir aber alles.«

Jetzt hatten wir unter der beweglichen Wölbung zitternden Blätterwerks eine lange Unterhaltung voll unendlicher Abschweifungen, die aufgenommen, verlassen und abermals aufgenommen wurde; dadurch machte ich sie mit meinem Leben und meiner Tätigkeit bekannt; ich schilderte ihr meine Pariser Wohnung, denn sie wollte alles wissen; und, ein damals noch nicht voll gewürdigtes Glück, ich hatte ihr nichts zu verbergen. Nun sie meine Seele und alle Einzelheiten dieses mit zermürbender Arbeit angefüllten Daseins kennenlernte, nun sie von der Ausdehnung der Funktionen erfuhr, bei denen man ohne eine strenge Rechtschaffenheit so leicht betrügen und sich bereichern konnte, die ich indessen mit soviel Strenge durchführte, daß der König mich, wie ich ihr sagte, »Mademoiselle de Vandenesse« nannte, ergriff sie meine Hand, küßte sie und ließ eine Freudenträne darauf fallen. Diese plötzliche Vertauschung der Rollen, dieses herrliche Lob, dieser so schnell ausgedrückte, aber noch schneller verstandene Gedanke: »Dies ist der Herr und Gebieter, den ich gern gehabt hätte, dies ist mein Traum!«, alles, was an Geständnissen in dieser Handlung enthalten war, in der Erniedrigung Größe bedeutet, in der die Liebe sich in einer den Sinnen verbotenen Region bekundete, dieser Sturm von göttlichen Dingen brach über mein Herz herein und zermalmte mich. Ich kam mir klein vor, am liebsten wäre ich zu ihren Füßen gestorben.

»Ach!« sagte ich. »Ihr Frauen übertrefft uns Männer stets in allem. Wie können Sie an mir zweifeln? Denn eben noch ist an mir gezweifelt worden, Henriette.«

»Nicht für die Gegenwart«, entgegnete sie und blickte mich mit einer unbeschreiblichen Süße an, die für mich allein das Licht ihrer Augen verhüllte; »aber als ich Sie so schön sah, da habe ich mir gesagt: Unsere Madeleine betreffenden Pläne werden durch irgendeine Frau gestört werden, die die in Ihrem Herzen verborgenen Schätze errät, die Sie anbetet, die unsern Félix stiehlt und alles hier zerbricht.«

»Immer Madeleine!« rief ich und gab einer Überraschung Ausdruck, die sie nur halb betrübte. »Ist es etwa Madeleine, der ich treu bin?«

Wir verfielen in ein Schweigen, das unseligerweise durch Monsieur de Mortsauf unterbrochen wurde. Ich mußte mit vollem Herzen eine mit Schwierigkeiten gespickte Unterhaltung erdulden, bei der meine offenen Antworten über die damals vom König verfolgte Politik die Gedanken des Grafen verletzten, als er mich zwang, die Absichten Seiner Majestät zu erklären. Trotz meiner Zwischenfragen über die Pferde des Grafen, über den Stand seiner landwirtschaftlichen Geschäfte, ob er mit seinen fünf Pachthöfen zufrieden sei, ob er die Bäume einer alten Allee fällen lassen werde, kam er stets mit dem Eigensinn einer alten Jungfer und mit kindischer Beharrlichkeit auf die Politik zurück; denn diese Art von Geistern verletzt sich gern an Stellen, wo das Licht leuchtet, sie kehren immerfort summend dorthin zurück, ohne hineindringen zu können, und ermüden die Seele, wie die dicken Fliegen das Ohr ermüden, wenn sie an den Glasscheiben entlangschwirren. Henriette schwieg. Um diese Unterhaltung auszulöschen, die die Hitze der Jugend hätte in Flammen setzen können, antwortete ich durch einsilbige Bestätigungen und vermied auf diese Weise ein unnützes Hinundhergerede; aber Monsieur de Mortsauf besaß viel zuviel Geist, um nicht zu spüren, wie kränkend meine Höflichkeit sei. Als er, wütend darüber, daß er immer recht hatte, auffahren wollte, als seine Brauen und seine Stirnfalten zuckten, seine gelben Augen blitzten, seine blutrote Nase sich noch dunkler färbte, wie an dem Tag, da ich zum erstenmal Zeuge eines seiner Wahnsinnsanfälle gewesen war, warf Henriette mir flehende Blicke zu und machte mir deutlich, sie könne um meinetwillen nicht die Autorität anwenden, deren sie sich bediente, um ihre Kinder zu rechtfertigen oder zu verteidigen. Also antwortete ich dem Grafen, nahm ihn ernst und lenkte mit einem Übermaß an Geschicklichkeit seinen umdüsterten Geist.

»Armer Lieber, armer Lieber!« flüsterte sie mehrmals, und diese beiden Worte gelangten an mein Ohr wie ein Windhauch. Als sie dann glaubte, erfolgreich eingreifen zu können, blieb sie stehen und sagte zu uns: »Wißt ihr eigentlich, daß ihr durch und durch langweilig seid?«

Durch diese Zwischenfrage wurde der Graf zu dem den Frauen gebührenden ritterlichen Gehorsam zurückgeführt; er hörte auf, über Politik zu sprechen; wir langweilten ihn unsererseits, indem wir Nichtigkeiten sagten, und er stellte es uns frei, spazierenzugehen, wo wir wollten; er behauptete, ihm drehe sich der Kopf bei dem beständigen Aufundabgehen an derselben Stelle.

Meine traurigen Mutmaßungen stimmten. Die lieblichen Landschaftsbilder, die laue Luft, der schöne Himmel, die berauschende Poesie dieses Tals, das fünfzehn Jahre lang die langweiligen Launen des Kranken beschwichtigt hatte, das alles war heute machtlos. In einem Lebensabschnitt, wo bei andern Männern die Rauhheiten sich glätten und die Ecken stumpf werden, war der Charakter des alten Edelmanns noch aggressiver als in der Vergangenheit geworden. Seit ein paar Monaten widersprach er aus Widerspruchsgeist, ohne Grund, ohne seine Meinungen zu rechtfertigen; er fragte bei allem und jedem nach dem Warum, beunruhigte sich über eine Verzögerung oder eine Verspätung, mischte sich bei jeder Gelegenheit in häusliche Dinge und ließ sich über die winzigsten Kleinigkeiten des Haushalts Rechnung ablegen, so daß er seine Frau oder seine Dienerschaft belästigte und ihnen nicht die kleinste freie Entscheidung ließ. Früher hatte er sich nie ohne einen besonderen Grund aufgeregt; jetzt war er ständig gereizt. Vielleicht hatten die Sorgen um sein Vermögen, die landwirtschaftlichen Spekulationen, das Auf- und-Ab des Lebens seine schwarzgallige Laune abgelenkt und seinen Besorgnissen Nahrung gegeben, weil all das seine geistige Tätigkeit beanspruchte, und vielleicht hatte heute der Mangel an Beschäftigung seiner Krankheit freien Lauf gelassen; da sie sich nicht mehr nach außen auswirken konnte, bekundete sie sich durch fixe Ideen, das moralische Ich hatte sich des physischen Ich bemächtigt. Er war sein eigener Arzt geworden; er schlug in medizinischen Büchern nach, glaubte die Krankheiten zu haben, deren Schilderungen er gelesen hatte, und traf für seine Gesundheit unerhörte, verschiedenartige, unmöglich vorauszusehende, mithin unmöglich zu befriedigende Vorkehrungen. Bald wollte er kein Geräusch, und wenn dann die Gräfin rings um ihn absolute Stille herrschen ließ, beschwerte er sich unvermittelt, es sei wie in einem Grab; er sagte, es gebe eine Mitte zwischen Keinen-Lärm-Machen und dem Nichts von La Trappe[113]. Bald bezeigte er völlige Gleichgültigkeit gegenüber irdischen Dingen, und das ganze Haus atmete auf; seine Kinder spielten; die häuslichen Arbeiten vollzogen sich ohne jedwede Krittelei; dann plötzlich, mitten in dem geräuschvollen Treiben, schrie er kläglich auf: »Ihr wollt mich wohl umbringen!« – »Liebste, wenn es sich um deine Kinder handelte, dann würdest du wohl erraten, was sie stört«, sagte er zu seiner Frau und verschärfte die Ungerechtigkeit dieser Äußerung durch den bitteren, kalten Ton, den er mitschwingen ließ. Alle Augenblicke zog er sich an und aus, weil er die leichtesten Schwankungen der Atmosphäre sorglich beobachtete; nichts tat er, ohne einen fragenden Blick auf das Barometer zu werfen. Trotz der mütterlichen Sorgfalt seiner Frau fand er keine Speise nach seinem Geschmack; er behauptete nämlich, sein Magen sei zugrunde gerichtet; bei der Verdauung habe er Schmerzen, die ihn keinen Schlaf finden ließen; und dabei aß, trank, verdaute und schlief er mit einer Vollendung, die der gelehrteste Arzt angestaunt haben würde. Seine immerfort wechselnden Wünsche verdrossen die Dienerschaft des Hauses; sie arbeiteten nach der Schablone wie alle Domestiken und waren außerstande, sich den Forderungen immerfort gegenteiliger Systeme anzupassen. Der Graf befahl, die Fenster sollten offenbleiben, weil seine Gesundheit frischer Luft bedürfe; ein paar Tage später war die frische, entweder zu feuchte oder zu warme Luft ihm unerträglich; dann schimpfte er, brach einen Streit vom Zaun, und um Recht zu behalten, stritt er häufig seine früheren Anordnungen einfach ab. Dieser Mangel an Gedächtnis oder diese Unehrlichkeit gaben ihm bei allen Auseinandersetzungen die Oberhand, bei denen seine Frau ihn gegen sich selbst auszuspielen versuchte. Das Wohnen auf Clochegourde war so unerträglich geworden, daß der Abbé de Dominis, ein hochgebildeter Mann, sich dazu entschlossen hatte, die Lösung einiger Probleme zu suchen; und so verschanzte er sich hinter einer zur Schau getragenen Geistesabwesenheit. Die Gräfin hoffte nicht mehr, wie früher, die wahnwitzigen Wutanfälle ein

Familiengeheimnis bleiben zu lassen; die Dienerschaft war bereits Zeuge von Szenen gewesen, bei denen die grundlosen Verzweiflungsausbrüche dieses vor der Zeit zum Greis Gewordenen alle Grenzen überschritten hatten; sie war der Gräfin so ergeben, daß nichts davon nach außen drang; aber Henriette fürchtete jeden Tag von diesem Irrsinn, den menschlicher Respekt nicht mehr zurückdämmte, einen öffentlichen Skandal. Später erfuhr ich grausige Einzelheiten über das Verhalten des Grafen seiner Frau gegenüber; anstatt sie zu trösten, überschüttete er sie mit finsteren Prophezeiungen und machte sie für das künftige Unheil verantwortlich, weil sie die unsinnigen Heilverfahren ablehnte, denen er seine Kinder unterziehen wollte. Ging die Gräfin mit Jacques und Madeleine spazieren, so sagte der Graf trotz des wolkenlosen Himmels ein Gewitter voraus; wenn zufällig das Ereignis seine Voraussage rechtfertigte, machte die Befriedigung seines Selbstgefühls ihn unempfindlich gegenüber der Krankheit seiner Kinder; war eins von ihnen unpäßlich, so setzte der Graf alle seine Geisteskräfte ein, um die Ursache dieser Erkrankung in dem von seiner Frau angewandten Behandlungssystem zu suchen, das er dann bis in die winzigsten Einzelheiten bekrittelte; er schloß dann stets mit den mörderischen Worten: »Wenn deine Kinder wieder krank werden, dann hast du selbst es gewollt.« Ebenso handelte er in den winzigsten Einzelheiten der Leitung des Hausstands; er sah immer nur die schlimme Seite der Dinge und warf sich bei jeder Gelegenheit zum *Advocatus Diaboli* auf, wie sein alter Kutscher zu sagen pflegte. Die Gräfin hatte für Jacques und Madeleine Essenszeiten festgesetzt, die von den seinen verschieden waren; auf diese Weise hatte sie sie den schrecklichen Auswirkungen der Krankheit des Grafen entzogen und alle Gewitter auf sich selbst gelenkt. Madeleine und Jacques sahen ihren Vater nur selten. Auf Grund einer den Egoisten eigentümlichen Wahnvorstellung hatte der Graf nicht das leiseste Bewußtsein des Übels, dessen Urheber er war. In der vertraulichen Unterredung, die wir gehabt hatten, hatte er sich vor allem darüber beklagt, daß er viel zu gut zu den Seinen sei. So schwang er denn also die Geißel, schlug ringsum alles nieder und zerbrach es wie ein Affe; und hatte er dann sein Opfer verletzt, so leugnete er, es angerührt zu haben. Ich begriff jetzt, woher die wie mit der Schneide eines Rasiermessers gezogenen Linien auf der Stirn der Gräfin rührten; beim Wiedersehen waren sie mir aufgefallen. In edlen Seelen waltet eine Scham, die sie hindert, von ihren Leiden zu sprechen; voller Stolz entziehen sie deren Ausdehnung denen, die sie aus einem Gefühl wollüstiger Barmherzigkeit heraus lieben. Daher vermochte ich trotz meiner Inständigkeit Henriette dieses Geständnis nicht auf einen Schlag zu entreißen. Sie scheute sich, mir Kummer zu machen; sie legte mir Geständnisse ab, zwischen denen sie jäh errötete; aber bald hatte ich die Verschlimmerung gewahrt, die die Beschäftigungslosigkeit des Grafen in den häuslichen Nöten von Clochegourde herbeigeführt hatte.

»Henriette«, sagte ich ihr ein paar Tage später, und dadurch bewies ich ihr, daß ich die Tiefe ihres neuen Elends ermessen hatte, »haben Sie nicht falsch gehandelt, als Sie Ihren Gutsbetrieb so gut regelten, daß der Graf darin nichts mehr findet, womit er sich befassen könnte?«

»Lieber«, antwortete sie lächelnd, »meine Lage ist kritisch genug, um meine volle Aufmerksamkeit zu beanspruchen; glauben Sie mir bitte, daß ich mich genau über alle Hilfsmittel unterrichtet habe; aber sie sind sämtlich erschöpft. Tatsächlich sind die Schikanen immer schlimmer geworden. Da mein Mann und ich immer beieinander sind, kann ich sie nicht dadurch mildern, daß ich sie auf mehrere Punkte ableite; alles würde für mich gleichermaßen schmerzhaft sein. Ich habe erwogen, meinen Mann dadurch abzulenken, daß ich ihm riet, auf Clochegourde eine Seidenraupenzucht anzulegen; es gibt hier bereits ein paar Maulbeerbäume, Reste des alten Gewerbes in der Touraine; aber ich bin mir darüber klargeworden, daß er dann daheim genauso despotisch sein würde, und daß mir aus diesem Unternehmen tausend Unannehmlichkeiten erwachsen würden. Merken Sie sich, Herr Beobachter«, sagte sie, »daß in der Jugend die schlechten Eigenschaften des Mannes durch Welt und Gesellschaft im Zaum gehalten, schon wenn sie hervorbrechen wollen, durch das Spiel der Leidenschaften gehemmt, durch die menschliche Achtung behindert werden; später in der Einsamkeit treten bei einem bejahrten Mann die kleinen Fehler desto schrecklicher

1126

hervor, je länger sie unterdrückt worden sind. Die menschlichen Schwächen sind ihrem Wesen nach feige; sie bringen weder Frieden noch Waffenstillstand mit sich; was man ihnen gestern gewährt hat, verlangen sie heute, morgen und immer; sie nisten sich in die Zugeständnisse ein und dehnen sie aus. Die Macht ist milde, sie fügt sich ins Unvermeidliche, sie ist gerecht und friedlich; während die aus der Schwäche geborenen Leidenschaften unbarmherzig sind; sie sind froh, wenn sie nach Art der Kinder handeln, die heimlich gestohlene Früchte denen vorziehen, die sie bei Tisch essen können; so empfindet mein Mann echte Freude dabei, mich zu überraschen; und er, der niemanden täuschen würde, täuscht mich mit Begeisterung, vorausgesetzt, daß die List unter uns bleibt.«

Etwa einen Monat nach meiner Ankunft, als wir eines Morgens vom Frühstück aufstanden, nahm die Gräfin mich beim Arm, entschlüpfte hastig durch eine Gittertür, die in den Obstgarten führte, und zog mich rasch in die Reben.

»Ach, er bringt mich noch um!« sagte sie. »Dabei will ich doch leben, und sei es nur meiner Kinder wegen! Kein einziger Tag der Erholung! Immer im Gestrüpp wandern, jeden Augenblick dem Hinstürzen nahe, jeden Augenblick alle Kräfte zusammenraffen müssen, um das Gleichgewicht zu bewahren. Kein Geschöpf würde eine solche Energieverschwendung ertragen. Wenn ich mich auf dem Gebiet gut auskennte, auf das ich meine Bemühungen richten muß, wenn mein Widerstand sein Ende wüßte, dann würde die Seele sich dem fügen; doch nein, mit jedem Tag ändert der Angriff seine Form und überrascht mich wehrlos; ich leide nicht nur an einem Schmerz, er vervielfacht sich. Félix, Félix, Sie können sich nicht vorstellen, welch abscheuliche Gestalt seine Tyrannei angenommen hat; und zu welch wüsten Forderungen seine Medizinbücher ihn angeregt haben. Ach, lieber Freund . . .«, sagte sie und lehnte den Kopf an meine Schulter, ohne ihr vertrauliches Bekenntnis zu vollenden. »Was soll werden, was soll ich tun?« fuhr sie fort und wehrte sich gegen die Gedanken, die sie nicht ausgesprochen hatte. »Wie kann ich widerstreben? Er wird mich umbringen. Nein, ich selbst bringe mich um, und dabei ist doch das ein Verbrechen! Soll ich fliehen? Und meine Kinder? Mich von ihnen trennen? Aber wie soll ich nach fünfzehn Ehejahren meinem Vater klarmachen, daß ich nicht länger mit meinem Mann zusammenleben könne, wenn er, kämen meine Eltern her, dann bedächtig, klug, höflich und geistreich wäre? Außerdem, haben verheiratete Frauen denn Väter oder Mütter? Sie gehören mit Leib und Habe ihren Ehemännern. Ich habe ruhig, wenngleich nicht glücklich gelebt; ich habe einige Kraft aus meiner keuschen Einsamkeit geschöpft, wie ich gestehe; aber wenn ich dieses negativen Glücks beraubt werde, dann werde auch ich verrückt. Mein Widerstand stützt sich auf mächtige Gründe, die mit mir persönlich nichts zu schaffen haben. Ist es nicht ein Verbrechen, arme Geschöpfe in die Welt zu setzen, die im voraus zu ewigen Schmerzen verdammt sind? Dabei wirft mein Verhalten so ernste Fragen auf, daß ich sie nicht allein entscheiden kann; ich bin Richter und Partei zugleich. Ich fahre morgen nach Tours und frage den Abbé Birotteau[114] um Rat, meinen neuen Beichtvater; denn mein lieber, tugendhafter Abbé de la Berge ist gestorben«, unterbrach sie sich. »Obwohl er streng war, wird seine apostolische Kraft mir stets fehlen; sein Nachfolger ist ein Engel an Milde; er wird gerührt, anstatt Rügen zu erteilen; aber welcher Mut läßt sich durch die Religion nicht wieder stählen? Welcher Entschluß würde durch die Stimme des Heiligen Geistes nicht fester? – Mein Gott«, fuhr sie fort, trocknete sich die Tränen und hob die Augen zum Himmel auf, »wofür züchtigst du mich? Aber man muß es glauben«, sagte sie und legte die Finger auf meinen Arm, »ja, wir wollen es glauben, Félix, wir müssen durch einen roten Schmelztiegel hindurch, ehe wir heilig und vollkommen in die höheren Sphären gelangen. Muß ich schweigen? Verbietest du mir, mein Gott, in die Brust eines Freundes hineinzurufen? Liebe ich ihn zu sehr?« Sie drückte mich an ihr Herz, als fürchte sie, mich zu verlieren: »Wer wird mich von diesen Zweifeln befreien? Mein Gewissen wirft mir nichts vor. Die Sterne strahlen von droben auf die Menschen herab; warum sollte die Seele, dieser menschliche Stern, nicht mit seinen Feuern einen Freund umhüllen, wenn man nur Gedanken, die rein sind, zu ihm hinfluten läßt?«

Ich hörte diese entsetzliche Klage schweigend an; ich hielt die feuchte Hand dieser Frau in meiner noch feuchteren; ich drückte sie mit einer Kraft, die Henriette mit derselben Kraft beantwortete.

»Seid ihr hier etwa?« rief der Graf, der unbedeckten Kopfes auf uns zukam.

Seit meiner Rückkehr wollte er sich hartnäckig in unsere Unterhaltungen einmischen, sei es, daß er sich daraus ein Amüsement erhoffte, sei es, daß er glaubte, die Gräfin erzähle mir von ihren Leiden und klage mir ihren Jammer, oder sei es auch, daß er eifersüchtig auf eine Freude war, die er nicht teilte.

»Wie er mir nachläuft!« sagte sie im Tonfall der Verzweiflung. »Wir wollen uns die Rebpflanzungen ansehen, dann weichen wir ihm aus. Lassen Sie uns gebückt an den Hecken entlanggehen, damit er uns nicht bemerkt.«

Wir benutzten eine buschige Hecke als Schutzwall; so gelangten wir laufend in das Rebgelände und waren bald weit von dem Grafen weg in einer Mandelbaum-Allee.

»Liebe Henriette«, sagte ich ihr da, drückte ihren Arm an mein Herz und blieb stehen, um sie in ihrem Schmerz zu betrachten, »Sie haben mich ehemals weise durch die gefährlichen Pfade der großen Welt geleitet; erlauben Sie mir, Ihnen ein paar Weisungen zu geben, damit ich Ihnen helfe, das Duell ohne Zeugen zu beenden, in dem Sie unfehlbar unterliegen werden; denn Sie bekämpfen einander nicht mit gleichen Waffen. Ringen Sie nicht länger gegen einen Irrsinnigen an ...«

»Still!« sagte sie und unterdrückte die Tränen, die in ihren Augen quollen.

»Hören Sie mich an, Liebe! Nach einer Stunde solcher Gespräche, die ich aus Liebe zu Ihnen auf mich nehmen muß, ist mein Denken oft verdorben, und der Kopf ist schwer; der Graf läßt mich an meiner Intelligenz zweifeln; dieselben, häufig wiederholten Gedanken graben sich wider meinen Willen in mein Gehirn ein. Deutlich bekundete Monomanien sind nicht anstekkend; aber wenn der Wahnwitz in der Art und Weise beruht, die Dinge zu betrachten und sich mit beständigem Hinundhergerede tarnt, kann er bei denen, die in seiner Nähe leben, Verheerungen anrichten. Ihre Geduld ist erhaben; aber führt sie Sie nicht zur Stumpfheit? Also ändern Sie um Ihret- und um Ihrer Kinder willen Ihre Verhaltensweise gegenüber dem Grafen. Ihre anbetenswerte Nachgiebigkeit hat seinen Egoismus entwickelt; Sie haben ihn behandelt wie eine Mutter ein Kind, das sie verhätschelt; aber heute, wenn Sie weiterleben wollen ... Und«, sagte ich und blickte sie an, »das wollen Sie ja! ... dann entfalten Sie die Herrschaft, die Sie über ihn besitzen. Sie wissen, er liebt Sie und fürchtet Sie; flößen Sie ihm noch mehr Furcht ein, setzen Sie seinem verworrenen Wollen ein gradliniges Wollen entgegen. Weiten Sie Ihre Macht aus, wie er sich darauf verstanden hat, die Zugeständnisse auszuweiten, die Sie ihm gemacht haben, und schließen Sie seine Krankheit in eine moralische Sphäre ein, wie man Irrsinnige in eine Zelle sperrt.«

»Lieber Junge«, sagte sie und lächelte mir voller Bitterkeit zu, »diese Rolle kann nur eine Frau ohne Herz spielen. Ich bin Mutter, ich würde ein schlechter Henker sein. Ja, ich weiß zu leiden; aber andere leiden machen? Nie!« sagte sie, »und nicht einmal, um ein ehrenhaftes oder großes Ergebnis zu erlangen. Müßte ich übrigens mein Herz nicht zu Lügen veranlassen, meine Stimme verstellen, meine Stirn wappnen, meine Gesten verfälschen ... verlangen Sie nicht dergleichen Lügen von mir. Ich kann mich zwischen meinen Mann und meine Kinder stellen, ich kann seine Hiebe hinnehmen, damit sie hier niemand andern treffen«; das ist alles, was ich tun kann, um soviel widerstrebende Belange zu versöhnen.«

»Laß mich dich anbeten, du Heilige, du dreifach Heilige!« sagte ich, beugte ein Knie zur Erde, küßte ihr Kleid und trocknete damit die Tränen, die mir in die Augen getreten waren.

»Aber wenn er Sie nun umbringt«, sagte ich.

Sie erbleichte, hob die Augen zum Himmel auf und antwortete: »Gottes Wille geschehe!«

»Wissen Sie, was der König im Zusammenhang mit Ihnen zu Ihrem Vater gesagt hat? ›Lebt dieser Satan von Mortsauf denn immer noch?‹«

»Was im Mund des Königs ein Scherz ist«, antwortete sie, »ist hier ein Verbrechen.«

Ungeachtet unserer Vorsichtsmaßnahmen war der Graf unserer Spur gefolgt; schweißgebadet stieß er unter einem Nußbaum zu uns, wo die Gräfin stehengeblieben war, um mir jenen ernsten Satz zu sagen; als ich ihn sah, fing ich an, von der Weinlese zu sprechen. Hegte er ungerechten Argwohn? Ich weiß es nicht; aber er blieb wortlos stehen und musterte uns, ohne an die Kühle zu achten, die Nußbäume ausströmen. Nach einer Weile, die dem Hinsagen bedeutungsloser Worte diente, das durch sehr bedeutungsvolle Pausen unterbrochen wurde, sagte der Graf, er habe Herzbeschwerden und Kopfschmerzen; er klagte zaghaft, ohne unser Mitleid zu erbetteln, ohne uns seine Schmerzen in übersteigerten Bildern zu schildern. Wir schenkten dem keine Beachtung. Beim Heimkommen fühlte er sich noch schlechter, redete davon, daß er zu Bett gehen wolle und tat es ohne alle Umstände, mit einer Selbstverständlichkeit, die bei ihm unüblich war. Wir nutzten den Waffenstillstand aus, den uns seine hypochondrische Anwandlung bescherte, und stiegen zu unserer lieben Terrasse hinab; Madeleine kam mit uns.

»Eigentlich sollten wir eine Bootsfahrt machen«, sagte die Gräfin nach einigen Rundgängen, »wir könnten dem Fischzug zusehen, den der Feldhüter heute für uns unternimmt.«

Wir gingen durch die kleine Pforte hinaus, wir kamen an das Boot, sprangen hinein und fuhren langsam die Indre hinauf. Wie drei Kinder, die an Nichtigkeiten ihre Freude haben, schauten wir die Ufergewächse an, die blauen oder grünen Libellen; und es wunderte die Gräfin, daß sie inmitten ihrer bohrenden Kümmernisse so ruhige Freuden genießen konnte; aber übt die Ruhe der Natur, die unbekümmert um unsere Kämpfe weiterschreitet, nicht einen tröstlichen Zauber auf uns aus? Das Wogen einer Liebe voll beständigen Begehrens harmoniert mit dem des Wassers; die Blumen, die die Hand des Menschen noch nicht verderbt hat, drücken ihre geheimsten Träume aus; das wollüstige Wiegen eines Bootes ahmt verschwommen die Gedanken nach, die die Seele durchfluten. Wir empfanden den betäubenden Einfluß dieser zweifachen Poesie. Die Worte, die auf die Natur eingestimmt waren, entfalteten eine geheimnisvolle Anmut, und die Blicke strahlten glänzender, als sie teilhatten an dem von der Sonne so breit über die lodernde Wiese ausgegossenen Licht. Der Fluß war wie ein Pfad, auf dem wir dahinflogen. Mit einem Wort, unser Geist, der nicht durch die Bewegungen abgelenkt wurde, wie ein Gang zu Fuß sie verlangt, bemächtigte sich der Schöpfung. Die ungestüme Freude eines kleinen, freigelassenen

1131

Mädchens, das so graziös in seinen Bewegungen, so anzüglich in seinen Bemerkungen war; war es nicht ebenfalls der lebendige Ausdruck zweier befreiter Seelen, die sich darin gefielen, auf ideale Weise das wundersame Geschöpf zu bilden, das Platon erträumt hat, und das alle kennen, deren Jugend von einer glücklichen Liebe erfüllt gewesen ist. Um Dir diese Stunde zu schildern, nicht in den unbeschreiblichen Einzelheiten, sondern in ihrer Ganzheit, will ich Dir sagen, daß wir einander in allen Wesen liebten, in allen Dingen, die um uns waren; wir empfanden außerhalb unserer selbst das Glück, das jeder von uns wünschte; es durchdrang uns so lebhaft, daß die Gräfin die Handschuhe auszog und ihre schönen Hände ins Wasser gleiten ließ, um eine geheime Glut zu kühlen. Ihre Augen sprachen; aber ihr Mund, der sich halb öffnete wie eine Rose an der Luft, würde sich einem Begehren wieder verschlossen haben. Du kennst die Melodie der tiefen Töne, die sich auf das vollkommenste den hohen Tönen einen; sie hat mich immer an die Melodie unserer beiden Seelen in jenem Augenblick erinnert, der nie wiederkehren wird.

»Wo lassen Sie fischen«, fragte ich sie, »da Sie ja doch nur von Ihren eigenen Ufern aus fischen dürfen?«

»Dicht bei der Brücke von Ruan«, sagte sie. »Ja, jetzt gehört uns der Fluß von der Brücke von Ruan bis nach Clochegourde. Mein Mann hat von den Ersparnissen der beiden letzten Jahre und dem Rückstand seiner Pension unlängst vierzig Morgen Wiesenland gekauft. Da staunen Sie, nicht wahr?«

»Ich wollte, das ganze Tal gehörte Ihnen!« rief ich aus. Sie antwortete mir durch ein Lächeln. Wir langten unterhalb der Ruan-Brücke an, wo die Indre breit ist und wo gefischt wurde.

»Nun, Martineau?« fragte sie.

»Ach, Frau Gräfin, wir haben Pech. In drei Stunden, die wir dabei sind, stromaufwärts bis hierher, haben wir nichts gefangen.«

Wir legten an, um dem letzten Auswerfen des Netzes zuzuschauen, und setzten uns alle drei in den Schatten einer Silberpappel; das ist eine Pappel mit heller Rinde, die sich an der Donau, an der Loire und wahrscheinlich an allen großen Strömen findet; im Frühling wirft sie eine weiße, seidige Watte ab, die Hülle ihrer Blüten. Die Gräfin hatte ihre erhabene Heiterkeit wiedererlangt; sie bereute fast, mir ihre Schmerzen enthüllt und gejammert zu haben wie Hiob, anstatt zu weinen wie eine Magdalena ohne Liebschaften, ohne Feste, ohne Zerstreuungen, aber nicht ohne Duft und Schönheit. Das vor ihren Füßen herausgezogene Netz war voller Fische: Schleien, junge Barben, Hechte, Barsche und ein riesiger Karpfen zappelten im Gras umher.

»Das ist eine tolle Sache«, sagte der Feldhüter.

Die Arbeiter rissen die Augen auf und staunten diese Frau an; sie war wie eine Fee, deren Zauberstab das Netz berührt hatte. In diesem Augenblick erschien der Pikör; er ritt in gestrecktem Galopp über die Wiese, und es überkam sie ein grausiges Zittern. Wir hatten Jacques nicht mitgenommen, und es ist der erste Gedanke der Mutter, bei dem geringsten Anlaß ihre Kinder an die Brust zu drücken, wie Vergil so poetisch gesagt hat.

»Jacques!« rief sie. »Wo ist Jacques? Was ist meinem Sohn passiert?«

Sie liebte mich nicht! Wenn sie mich geliebt hätte, würde sie für meine Leiden diesen Ausdruck einer verzweifelten Löwin gehabt haben.

»Frau Gräfin, dem Herrn Grafen geht es schlechter.«

Sie atmete auf und eilte mit mir davon; Madeleine folgte uns.

»Kommen Sie langsam nach«, sagte sie zu mir, »damit das liebe Mädchen sich nicht erhitzt. Sie sehen ja, weil mein Mann bei diesem heißen Wetter gelaufen ist, war er in Schweiß geraten, und daß er dann unter dem Nußbaum stehenblieb, kann zur Ursache eines Unglücks werden.«

Dieser inmitten ihrer Verwirrung getane Ausspruch kündete von der Reinheit ihrer Seele. Der Tod des Grafen ein Unglück! Sie gelangte eilends nach Clochegourde, hastete durch eine Mauerlücke und durchquerte die Rebpflanzungen. Ich folgte ihr tatsächlich langsam. Henriettes Ausdruck hatte mich erleuchtet, wie der Blitz aufleuchtet, der die eingefahrene Ernte vernichtet. Während jener Bootsfahrt hatte ich mich für den Bevorzugten gehalten; jetzt fühlte ich voller Bitterkeit, daß ihre Worte ehrlich gewesen waren. Der Liebhaber, der nicht alles ist, ist nichts.

Einzig ich liebte also mit dem Begehren einer Liebe, die alles weiß, was sie will, die sich im voraus an erhofften Liebeszeichen weidet und sich mit den Wollüsten der Seele begnügt, weil sie diejenigen hineinmischt, die die Zukunft ihr vorbehält. Wenn Henriette auch liebte: Von den Freuden der Liebe und deren Stürmen kannte sie nichts. Sie lebte im Gefühl wie eine Heilige mit Gott. Ich war der Gegenstand, an den sich ihre Gedanken, ihre verkannten Erregungen geheftet hatten wie ein Bienenschwarm an irgendeinen Zweig eines blühenden Baums; aber ich war nicht die Hauptsache, ich war ein Zwischenfall in ihrem Leben; ich war nicht ihr ganzes Leben. Wie ein entthronter König mußte ich mich fragen, was mir mein Königreich zurückerstatten könne. In meiner tollen Eifersucht warf ich mir vor, nichts gewagt, nicht Bande einer Zärtlichkeit fester geknüpft zu haben, die mir jetzt mehr dünn denn wahr durch die Ketten des durch den Besitz geschaffenen festgelegten Rechts zu sein schien.

Das vielleicht durch die Kühle unter dem Nußbaum hervorgerufene Mißbefinden des Grafen wurde innerhalb einiger Stunden ernst. Ich fuhr nach Tours und holte einen bekannten Arzt, Monsieur Origet; erst am Abend kam ich mit ihm zurück; aber er blieb die ganze Nacht und den nächsten Tag auf Clochegourde. Obwohl er durch den Pikör eine große Zahl von Blutegeln hatte holen lassen, meinte er, ein Aderlaß sei unbedingt erforderlich, hatte jedoch keine Lanzette bei sich. Sogleich hastete ich bei grausigem Wetter nach Azay, weckte den Wundarzt Monsieur Deslandes und zwang ihn, mit der Geschwindigkeit eines fliegenden Vogels zu kommen. Zehn Minuten später wäre es mit dem Grafen aus gewesen; der Aderlaß rettete ihn. Trotz dieses ersten Erfolges sagte der Arzt das gefährlichste hitzige Fieber voraus, eine der Krankheiten, die Menschen befällt, denen zwanzig Jahre lang nichts gefehlt hat. Die niedergeschmetterte Gräfin glaubte, sie sei die Ursache dieser unheilvollen Krisis. Sie brachte nicht die Kraft auf, mir für meine Mühe zu danken, sie begnügte sich damit, mir ein paar Lächelblicke zuzuwerfen, deren Ausdruck dem Kuß gleichkam, den sie mir auf die Hand gedrückt hatte; am liebsten hätte ich darin die Gewissensbisse einer unerlaubten Liebe erblickt, aber es war nur ein Akt zerknirschter Reue, die in einer so reinen Seele zu gewahren weh tat, es

1134

war der Ausdruck einer bewundernden Zärtlichkeit für denjenigen, den sie für edel hielt, während sie selbst sich, und zwar sich allein, eines imaginären Verbrechens beschuldigte. Gewiß, sie liebte, wie Laure de Noves Petrarca, aber nicht, wie Francesca da Rimini Paolo geliebt hatte: Das war eine grausige Entdeckung für jemanden, der von einer Verquickung dieser beiden Arten der Liebe geträumt hatte! Die Gräfin lag körperlich erschöpft mit niederhängenden Armen auf einem schmutzigen Sessel dieses Schlafzimmers, das dem Lager eines Ebers glich. Am nächsten Abend, ehe der Arzt wegfuhr, riet er der Gräfin, die die Nacht über gewacht hatte, eine Pflegerin zu nehmen. Die Krankheit werde lange währen.

»Eine Pflegerin?« antwortete sie. »Nein, nein. Wir wollen ihn selbst pflegen«, rief sie und blickte mich an; »wir sind es einander schuldig, daß wir ihn retten!«

Auf diesen Ausruf hin warf uns der Arzt einen beobachtenden, tief erstaunten Blick zu. Henriettes Worte hatten so geklungen, daß er irgendeine verpaßte Freveltat vermuten mußte. Er versprach, wöchentlich zweimal wiederzukommen, gab Monsieur Deslandes Verhaltensmaßregeln und erklärte die bedrohlichen Symptome, die erforderlich machen könnten, daß man ihn aus Tours herbeiholte. Um der Gräfin zumindest eine Nacht um die andere Schlaf zu verschaffen, bat ich sie, mich abwechselnd mit ihr bei dem Grafen wachen zu lassen. Auf diese Weise brachte ich sie dazu, nicht ohne Mühe, sich die dritte Nacht schlafen zu legen. Als alles im Haus ruhte, in einer Minute, da der Graf eingeschlummert war, hörte ich in Henriettes Zimmer ein schmerzliches Stöhnen. Meine Besorgnis wuchs so sehr, daß ich zu ihr hineinging; sie lag auf den Knien vor ihrem Betstuhl, zerschmolz in Tränen und erging sich in Selbstanklagen: »Mein Gott, wenn das die Vergeltung für ein Murren ist«, rief sie, »dann will ich mich nie wieder beklagen.«

»Sie haben ihn allein gelassen!« sagte sie, als sie mich erblickte.

»Ich hörte Sie weinen und stöhnen; ich hatte Angst um Sie.«
»Ach, ich!« sagte sie. »Ich bin wohlauf.«

Sie wollte Gewißheit haben, daß ihr Mann schlafe; so gingen wir beide hinunter, und beim Schein einer Lampe sahen wir ihn beide an: Der Graf war mehr erschöpft durch das in Strömen verlorene Blut als eingeschlafen gewesen; seine unruhigen Hände versuchten, die Bettdecke hochzuziehen.

»Es heißt, das seien die Gesten von Sterbenden«, sagte sie. »Oh, wenn er an dieser Krankheit stürbe, deren Ursache wir gewesen sind, würde ich nie wieder heiraten, das schwöre ich«, fügte sie hinzu und legte mit einer feierlichen Geste die Hand auf das Haupt des Grafen.

»Ich habe alles getan, um ihn zu retten«, sagte ich.

»Oh, Sie, Sie sind ein guter Mensch«, sagte sie. »Aber ich bin die große Sünderin.«

Sie neigte sich über die zerrüttete Stirn; sie wischte mit ihrem Haar den Schweiß davon weg und küßte sie fromm; ich jedoch sah nicht ohne heimliche Freude, daß sie sich dieser Liebesbezeigung wie einer Buße unterzog.

»Blanche, zu trinken«, sagte der Graf mit erloschener Stimme.

»Sie sehen, er erkennt nur mich«, sagte sie und brachte ihm ein Glas.

Und durch ihren Tonfall, ihr herzliches Gebaren suchte sie die Gefühle zu verhöhnen, die uns einten, und sie dem Kranken als Opfer darzubringen.

»Henriette«, sagte ich, »gönnen Sie sich einige Ruhe; ich flehe Sie an.«

»Es gibt keine Henriette mehr«, unterbrach sie mich mit gebieterischer Hast.

»Legen Sie sich hin, damit Sie nicht krank werden. Ihre Kinder und er selbst befehlen Ihnen, auf sich achtzugeben; es gibt Fälle, wo der Egoismus zu einer erhabenen Tugend wird.«

»Ja«, sagte sie.

Sie ging und empfahl mir ihren Gatten durch Gesten, aus denen ein bevorstehender Wahnsinnsausbruch gesprochen haben würde, hätten sie nicht die Anmut der Kindheit besessen, darein sich die flehende Kraft der Reue mischte. Diese Szene, die schrecklich war, wenn man sie nach dem sonstigen Zustand dieser reinen Seele bemaß, entsetzte mich; ich befürchtete eine krankhafte Überreizung ihres Gewissens. Als der Arzt wiederkam, enthüllte ich ihm die Gewissensbisse, die wie ein erschrecktes Hermelin waren und meine weiße Henriette durchbohrten. Obwohl diese vertraulichen Mitteilungen diskret waren, zerstreuten sie Monsieur Origets Mutmaßungen, und er beschwichtigte die Erregungen dieser schönen Seele dadurch, daß er sagte, der Graf habe unter allen Umständen diese Krisis durchmachen müssen, und das Verweilen unter dem Nußbaum sei eher nützlich als schädlich gewesen, da es die Krankheit zum Ausbruch gebracht habe.

Zweiundfünfzig Tage lang schwebte der Graf zwischen Leben und Tod; und Henriette und ich wachten, einander abwechselnd, sechsundzwanzig Nächte. Sicherlich hat Monsieur de Mortsauf seine Heilung unserer Pflege und der gewissenhaften Genauigkeit verdankt, mit der wir die Vorschriften Monsieur Origets durchführten. Wie alle philosophischen Ärzte, die scharfsinnige Beobachtungen dazu ermächtigen, schöne Taten anzuzweifeln, wenn sie nur geheime Erfüllungen einer Pflicht sind, konnte dieser Mann, der ja doch dem heroischen Kampf beiwohnte, der sich zwischen der Gräfin und mir vollzog, nicht umhin, mit inquisitorischen Blicken nach uns zu spähen, so sehr befürchtete er, sich in seiner Bewunderung zu täuschen.

»Bei einer solchen Krankheit«, sagte er mir bei seinem dritten Besuch, »hat der Tod einen schnellen Helfer im Seelenzustand, wenn dieser so schwer erschüttert ist wie der des Grafen. Der Arzt, die Pflegerin, die Leute, die um den Kranken sind, halten sein Leben in ihren Händen; denn dann haben ein einziges Wort, eine heftig durch eine Geste ausgedrückte Angst die Macht eines Giftes.«

Indem er so zu mir sprach, überprüfte Origet mein Gesicht und mein Verhalten; aber er sah in meinen Augen den klaren Ausdruck einer Seele ohne Harm. Wirklich, während des Verlaufs dieser schlimmen Krankheit hat sich in meinem Gehirn nicht der leiseste jener schlechten, unwillkürlichen Gedanken gebildet, wie sie bisweilen auch die schuldlosesten Gewissen durchfurchen. Wer die Natur in ihrer Ganzheit betrachtet, für den strebt darin alles durch Angleichung zur Einheit. Die Welt des Geistig-Seelischen muß durch ein ähnliches Prinzip regiert werden. In einer reinen Sphäre ist alles rein. In Henriettes Nähe atmete man einen Himmelsduft; es war, als müsse ein verwerfliches Begehren einen auf ewig von ihr entfernen. Auf diese Weise war sie nicht nur das Glück, sondern zugleich die Tugend.

Da der Arzt uns stets gleichermaßen aufmerksam und sorgsam fand, nahmen seine Worte und sein Gehaben etwas irgendwie Frommes und Gerührtes an; er schien sich zu sagen: »Die beiden sind die wahren Kranken; sie verbergen ihre Wunde und vergessen sie!« Durch einen Stimmungsumschwung, der, wie dieser vortreffliche Mann sagte, bei so zerstörten Menschen nichts Ungewöhnliches sei, war Monsieur de Mortsauf geduldig und gefügig; er klagte nie und zeigte die wunderbarste Nachgiebigkeit; dabei hatte er, als er wohlauf war, nicht die einfachste Sache ohne tausend Bedenken und Bemerkungen erledigt. Das Geheimnis dieser Unterwerfung unter die früher so sehr verleugnete ärztliche Kunst war eine geheime Todesfurcht, und das war abermals ein Widerspruch bei einem Mann von unbestreitbarer Tapferkeit! Jene Furcht vermöchte recht gut mehrere Absonderlichkeiten des neuen Charakters zu erklären, den sein Unglück ihm geliehen hatte.

Soll ich es Dir gestehen, Natalie, und wirst Du es glauben? Jene fünfzig Tage und der ihnen folgende Monat waren die schönste Zeit meines Lebens. Ist die Liebe nicht in den unendlichen Weiten der Seele, was in einem schönen Tal der große Fluß ist, in den sich der Regen, die Wasserläufe und die Sturzbäche ergießen, in den Bäume und Blumen, Uferkies und Felsenspitzen hineinfallen; er wird ebenso durch Gewitterstürme wie durch den langsamen Tribut klarer Quellen vergrößert. Ja, wenn man liebt, mündet alles in die Liebe ein. Als die erste große Gefahr überstanden war, gewöhnten die Gräfin und ich uns an die Krankheit. Trotz der ständigen Unordnung durch die Pflege, deren der Graf bedurfte, wurde sein Schlafzimmer, das wir so vernachlässigt vorgefunden hatten, sauber und anheimelnd. Bald fühlten wir uns darin wie zwei an einer wüsten Insel Gescheiterten; denn nicht nur, daß Unglücksfälle isolieren; sie bringen auch die kleinlichen Gepflogenheiten der Gesellschaft zum Schweigen. Ferner zwang uns das Interesse des Kranken zu Berührungen, zu denen kein anderes Ereignis uns ermächtigt hätte. Wie oft haben unsere früher immer so scheuen Hände einander berührt, wenn es galt, etwas für den Grafen zu tun! Mußte ich Henriette nicht unterstützen, ihr nicht helfen? Oft brachte sie eine Zwangslage, die der eines Soldaten auf Posten vergleichbar ist, dahin, daß sie zu essen vergaß; dann servierte ich ihr, manchmal auf ihren Knien, eine hastig verzehrte Mahlzeit, die tausend kleine Fürsorglichkeiten erforderte. Es war eine Kinderszene am Rand eines halb offenen Grabes. Sie befahl mir nachdrücklich die Hilfeleistungen, die dem Grafen einige Schmerzen ersparen konnten, und benutzte mich zu tausend kleinen Handreichungen. Während der ersten Zeit, als die Größe der Gefahr, wie während einer Schlacht, die feinen Unterschiede auslöschte, die das Alltagsleben kennzeichnen, legte sie gezwungenermaßen das Dekorum ab, das jede Frau, auch die natürlichste, in Worten, Blicken und Haltung bewahrt, wenn sie in Gesellschaft oder im Kreis ihrer Familie ist, aber das man nicht zeigt, wenn man im Negligé ist. Kam sie nicht und weckte mich beim ersten Vogelzwitschern im Morgengewand, das mir erlaubte, bisweilen die blendenden Schätze wiederzusehen, die ich in meinen tollen Hoffnungen als mein Eigentum betrachtet hatte? Konnte sie dann nicht, wenngleich sie Achtung fordernd und stolz blieb, vertraulich sein? Überdies entzog während der ersten Tage die Gefahr dem Vertraulichen unseres intimen Beieinanders so sehr alle leidenschaftliche Bedeutung, daß sie darin nichts Schlimmes erblickte; als dann das Nachdenken einsetzte, dachte sie vielleicht, es wäre für sie wie für mich beleidigend, wenn sie ihr Verhalten änderte. Unmerklich waren wir eng vertraut geworden, halb vermählt. Sie zeigte sich auf sehr noble Weise zutraulich; sie war meiner so sicher wie ihrer selbst. So drang ich denn in ihrem Herzen immer weiter vor. Die Gräfin wurde wieder meine Henriette, eine Henriette, die gezwungen war, den immer mehr zu lieben, der sich bemühte, ihre zweite Seele zu sein. Bald brauchte ich auf ihre Hand nicht mehr zu warten; sie wurde mir stets auf den leisesten Flehblick hin widerstandslos überlassen; ich konnte, ohne daß sie sich meinem Blick entzog, berauscht den Linien ihrer schönen Formen lange Stunden hindurch folgen, während wir den Schlaf des Kranken belauschten. Die armseligen Wollüste, die wir einander gewährten, die zärtlichen Blicke, die, um den Grafen nicht zu wecken, leise gesprochenen Worte, die ausgesprochenen und immer wieder ausgesprochenen Ängste und Hoffnungen, kurzum, die tausend Ereignisse dieser völligen Vereinigung zweier lange ge-

1139

trennter Herzen hoben sich lebhaft von der schmerzlichen Dunkelheit der gegenwärtigen Szenerie ab. Wir lernten unsere Seelen bis in die letzten Tiefen kennen bei dieser Heimsuchung, der oft die stärksten Zuneigungen unterliegen; sie halten dem Einandersehen zu allen Stunden nicht stand; sie lösen sich voneinander in dieser ständigen Berührung, bei der man je nachdem meint, das Leben sei schwer oder leicht zu ertragen. Du weißt, welche Verheerungen die Erkrankung eines Hausherrn anrichtet, welche Unterbrechung der Geschäftsgang erleidet, wie es für alles und jedes an Zeit gebricht; sein gehemmtes Leben stört die Bewegungsfreiheit seines Haushalts und seiner Familie. Obgleich alles auf Madame de Mortsauf gelastet hatte, war der Graf doch außerhalb des Hauses von Nutzen gewesen; er hatte mit den Pächtern gesprochen, war zu den Geschäftsleuten gegangen, hatte die Zahlungen in Empfang genommen; sie war die Seele, er der Körper gewesen. Ich machte mich zu ihrem Verwalter, damit sie den Grafen pflegen konnte, ohne daß draußen eine Gefahr drohte. Sie nahm all das als selbstverständlich hin, ohne ein Dankeswort. Es war eine weitere süße Gemeinschaft, diese geteilte Sorge für das Haus, diese Übermittlung von Befehlen in ihrem Namen. Häufig unterhielt ich mich abends mit ihr in ihrem Schlafzimmer über ihre Interessen und ihre Kinder. Diese Plaudereien liehen unserer ephemeren Ehe noch mehr Wahrscheinlichkeit. Mit welcher Freude fand Henriette sich bereit, mich die Rolle ihres Ehemanns spielen, mich bei Tisch seinen Platz einnehmen zu lassen, mich zu einer Besprechung mit dem Feldhüter zu schicken; und all das in völliger Harmlosigkeit, aber nicht ohne das intime Lustgefühl, das auch die tugendhafteste Frau der Welt verspürt, wenn sie einen Ausweg findet, bei dem sich strenge Befolgung der Regeln und die Befriedigung uneingestandener Wünsche vereinigen. Die Krankheit hatte den Grafen ausgeschaltet; er lastete nicht mehr auf seiner Frau noch auf seinem Haus; jetzt also war die Gräfin sie selbst; sie hatte das Recht, sich mit mir zu beschäftigen, mich zum Gegenstand einer Fülle von Fürsorglichkeiten zu machen. Welche Freude bedeutete es mir, als ich merkte, daß sie den vielleicht nur vage gefaßten, aber köstlich ausgedrückten Gedanken hegte, mir den vollen Wert ihrer Person und ihrer Eigenschaften zu enthüllen, mich den Wandel wahrnehmen zu lassen, der sich in ihr vollzog, wenn sie verstanden wurde! Diese in der kalten Atmosphäre ihres Haushalts immerfort geschlossene Blüte entfaltete sich unter meinen Blicken, und zwar für mich allein; sie hatte genausoviel Freude am Sichentfalten, wie ich empfand, wenn ich den neugierigen Blick der Liebe darauf warf. In allen Kleinigkeiten des Lebens bewies sie mir, wie sehr ich für ihr Denken gegenwärtig sei. An dem Tage, da ich nach der Nachtwache am Lager des Kranken lange schlief, stand Henriette morgens vor allen andern auf und sorgte dafür, daß rings um mich her völlige Stille herrschte; ohne daß es ihnen gesagt worden wäre, spielten Jacques und Madeleine weit von mir weg; sie bediente sich tausend kleiner Hinterlisten, um sich das Recht anzumaßen, mein Gedeck eigenhändig aufzulegen; kurzum, sie bediente mich, und mit welchem Freudeknistern in den Bewegungen, mit welcher lachenden Schwalbenverschmitztheit, welchem Zinnoberrot auf den Wangen, welchem Beben der Stimme, welchen durchdringenden Luchsaugen! Kann dieses Weiterwerden der Seele geschildert werden? Oft überwältigte sie die Müdigkeit; aber wenn es sich in solchen Augenblicken der Ermattung zufällig um mich handelte, fand sie für mich wie für ihre Kinder neue Kräfte, schwang sie sich behend, lebhaft und freudig auf. Wie liebte sie es, ihre Zärtlichkeit in die Luft auszustrahlen! Ach, Natalie, ja, gewisse Frauen teilen hienieden die Vorrechte der Geisterengel und verbreiten wie jene das Licht, von dem Saint-Martin, der Unbekannte Philosoph, gesagt hat, es sei verständig, melodisch und duftend. Da Henriette meiner Verschwiegenheit sicher war, gefiel sie sich darin, für mich den schweren Vorhang zu lüften, der uns die Zukunft verbarg; sie ließ mich in sich zwei Frauen sehen: die unterjochte Frau, die mich trotz ihrer abweisenden Strenge verführt hatte, und die freie Frau, deren Sanftmut meine Liebe verewigen mußte. Welch ein Unterschied! Madame de Mortsauf war der in das kalte Europa gebrachte Bengalfink[115], der traurig und stumm auf seiner Stange sitzt und in dem Käfig stirbt, in dem ein Naturforscher ihn hält; Henriette war der Vogel, der seine orientalischen Gedichte im Hain am Ufer des Ganges singt, und wie ein lebendiger Edelstein zwischen den Rosen einer immerblühenden, riesigen Volkamerie[116] von Zweig zu Zweig fliegt. Ihre Schönheit wurde immer schöner; ihr Geist belebte sich wieder. Dieses beständige Freudenfeuer war ein Geheimnis zwischen unseren beiden Geistern, denn das Auge des Abbés de Dominis, dieses Repräsentanten der Gesellschaft, hatte Henriette mehr zu fürchten als das ihres Mannes; allein es machte ihr gleich mir große Freude, ihren Gedanken kluge Wendungen zu geben: Sie verbarg ihre Zufriedenheit unter dem Scherz und bedeckte überdies ihre Zärtlichkeit mit der glänzenden Flagge der Dankbarkeit.

»Wir haben Ihre Freundschaft harten Prüfungen unterworfen, Félix! Können wir ihm wohl die Freiheiten gestatten, die wir Jacques erlauben, Herr Abbé?« fragte sie bei Tisch.

Der gestrenge Abbé antwortete mit dem liebenswürdigen Lächeln des frommen Mannes, der in den Herzen liest und sie rein findet; er bezeigte übrigens der Gräfin die mit Anbetung gemischte Verehrung, die die Engel einflößen. Zweimal innerhalb jener fünfzig Tage überschritt die Gräfin vielleicht die Grenzen, in denen sich unsere Zuneigung hielt; aber diese beiden Geschehnisse wurden noch immer mit einem Schleier umhüllt, der sich erst am Tag der letzten und höchsten Geständnisse lüftete. Eines Morgens in den ersten Tagen der Krankheit des Grafen, als sie bereute, mich so streng behandelt zu haben, indem sie die unschuldigen, meiner keuschen Zärtlichkeit gewährten Vorrechte mir vorenthielt, erwartete ich sie; sie sollte mich ablösen. Ich war übermüdet; ich hatte den Kopf an die Wand gelehnt und war eingeschlafen. Plötzlich erwachte ich; ich hatte gespürt, wie meine Stirn von etwas Kühlem berührt wurde; es war ein Gefühl, als habe man sie mit einer Rose gestreift. Ich sah die Gräfin drei Schritte von mir entfernt; sie sagte: »Ich komme schon!« Ich ging; doch als ich ihr guten Morgen wünschte, nahm ich sie bei der Hand und spürte, daß diese feucht war und zitterte.

»Haben Sie Schmerzen?« fragte ich sie.

»Warum stellen Sie mir diese Frage?« fragte sie mich. Errötend und verwirrt blickte ich sie an: »Ich habe geträumt«, sagte ich.

Eines Abends, während der letzten Besuche Monsieur Origets, der unumstößlich verkündet hatte, der Graf werde genesen, befand ich mich mit Jacques und Madeleine unten an der Freitreppe, wo wir auf den Stufen kauerten und ganz im Bann der Aufmerksamkeit waren, die eine Partie Stäbchenspiel erfordert; wir spielten sie mit Strohhalmen und Häkchen aus Stecknadeln. Monsieur de Mortsauf schlief. Während der Arzt wartete, daß sein Pferd angespannt wurde, plauderte er im Salon leise mit der Gräfin. Monsieur Origet fuhr weg, ohne daß ich seinen Aufbruch bemerkt hätte, Henriette hatte ihn hinausbegleitet; jetzt lehnte sie am Fenster, von wo aus sie uns sicherlich eine Zeitlang ohne unser Wissen betrachtete. Es war einer jener warmen Abende, an denen der Himmel kupferne Farbtöne annimmt, an denen das Land tausenderlei verworrene Geräusche widerhallen läßt. Ein letzter Sonnenstrahl erstarb auf den Dächern; die Gartenblumen erfüllten die Luft mit balsamischem Duft; in der Ferne klangen die Glocken der Kühe, die in die Ställe zurückgetrieben wurden. Wir paßten uns der Stille dieser lauen Stunde an und unterdrückten unsere Ausrufe aus Furcht, den Grafen aufzuwecken. Plötzlich vernahm ich trotz des wogenden Geräuschs eines Kleides den gepreßten Kehllaut eines gewaltsam unterdrückten Seufzers; ich eilte in den Salon, ich sah die Gräfin dort in einer Fensternische sitzen, vor dem Gesicht ein Taschentuch; sie erkannte mich am Schritt und bedeutete mir durch eine gebieterische Geste, sie allein zu lassen. Mit von Angst durchbohrtem Herzen trat ich zu ihr und wollte ihr das Taschentuch mit Gewalt wegnehmen; ihr Gesicht war in Tränen gebadet; sie floh in ihr Schlafzimmer und kam erst zum abendlichen Gebet wieder heraus. Zum erstenmal seit fünfzig Tagen führte ich sie auf die Terrasse und fragte sie nach dem Grund ihrer Gemütsbewegung; sie jedoch täuschte die tollste Heiterkeit vor und erklärte diese durch die gute Nachricht, die Origet ihr mitgeteilt hatte.

»Henriette, Henriette«, sagte ich, »die wußten Sie bereits in dem Augenblick, da ich Sie weinen sah. Eine Lüge zwischen uns beiden wäre eine Ungeheuerlichkeit. Warum haben Sie mich daran gehindert, Ihnen die Tränen zu trocknen? Galten sie denn mir?«

»Ich habe gedacht«, sagte sie, »diese Krankheit sei für mich eine Pause im Schmerz gewesen. Nun ich nicht mehr um meinen Mann zittere, muß ich um meinetwillen zittern.«

Sie hatte recht. Die Gesundung des Grafen bekundete sich durch die Wiederkehr seiner wunderlichen Launen: Er fing an, zu behaupten, weder seine Frau noch ich, noch der Arzt verständen uns auf seine Pflege; wir hätten samt und sonders keine Ahnung von seiner Krankheit, seinem Temperament, seinen Schmerzen und den zuträglichen Medikamenten. Origet sei von irgendeiner Theorie voreingenommen; er sähe einen Stimmungsumschwung, während er sich doch bloß mit dem Magenpförtner hätte beschäftigen sollen. Eines Tages blickte er uns boshaft an wie jemand, der uns bedauert oder erraten hatte, und sagte grinsend zu seiner Frau: »Na ja, Liebste, wenn ich gestorben wäre, dann würdest du mich natürlich betrauert haben, aber gesteh es nur, du hättest dich damit abgefunden . . .«

»Ich hätte Hoftrauer getragen, rosa und schwarz«, antwortete sie lachend, um ihren Mann zum Schweigen zu bringen.

Aber vor allem der Diät wegen, die der Arzt vernünftigerweise so angeordnet hatte, daß er verbot, den Hunger des Genesenden zu befriedigen, kam es zu Szenen von einer Heftigkeit und zu Gekreisch, die mit nichts in der Vergangenheit zu vergleichen waren; denn der Charakter des Grafen zeigte sich um so schrecklicher, als er sozusagen geschlummert hatte. Die Gräfin wurde durch die Vorschriften des Arztes und den Gehorsam ihrer Dienerschaft gestützt; ich stachelte sie an, weil ich in diesem Kampf ein Mittel erblickte, sie zu lehren, die Herrschaft über ihren Mann auszuüben; sie wagte den Widerstand; sie verstand sich darauf, dem Wahnsinn und den Schreien eine ruhige Stirn entgegenzusetzen; sie gewöhnte sich daran, ihn als das zu nehmen, was er war, nämlich als ein Kind, und seine beleidigenden Redensarten einfach anzuhören. Ich hatte das Glück, zu erleben, daß sie endlich die Leitung dieses krankhaften Geistes ergriff. Der Graf schrie, aber er gehorchte, und er gehorchte vor allem, wenn er viel geschrien hatte. Trotz der klar zutage tretenden Ergebnisse weinte Henriette manchmal beim Anblick dieses abgemagerten, schwachen alten Mannes mit der Stirn, die gelber war als Laub, mit den blassen Augen, den zitternden Händen; sie warf sich ihre Härte vor, sie widerstand häufig nicht der Freude, die sie in den Augen des Grafen sah, wenn sie bei der Zumessung der Mahlzeiten die Verbote des Arztes übertrat.

Übrigens zeigte sie sich ihm gegenüber sehr viel sanfter und freundlicher, als sie es mir gegenüber gewesen war; aber dennoch herrschten Unterschiede, die mein Herz mit grenzenloser Freude erfüllten. Sie war nicht unermüdlich, sie verstand sich darauf, die Dienerschaft zu rufen, um den Grafen zu bedienen, wenn seine Willkürlichkeiten gar zu rasch aufeinanderfolgten, und er jammerte, er sei nicht verstanden worden.

Die Gräfin wollte Gott für die Genesung ihres Mannes danken[117]; sie ließ eine Messe lesen und bat mich um meinen Arm, als sie zur Kirche gehen wollte; ich führte sie hin, aber während der Dauer der Messe stattete ich dem Ehepaar Chessel einen Besuch ab. Auf dem Rückweg wollte sie mich deshalb schelten.

»Henriette«, sagte ich, »ich bin der Doppelzüngigkeit unfähig. Ich könnte mich ins Wasser stürzen, um meinen Feind zu retten, der am Ertrinken ist, und ihm meinen Mantel geben, damit er wieder warm wird; ich würde ihm am Ende verzeihen, aber ohne die Beleidigung zu vergessen.«

Sie bewahrte Schweigen und drückte meinen Arm an ihr Herz.

»Sie sind ein Engel, Sie müssen bei Ihrer Danksagung in der Kirche ehrlich gewesen sein«, fuhr ich fort. »Die Mutter des Friedensfürsten[118] wurde aus den Händen einer wütenden Volksmenge gerettet, die sie hatte umbringen wollen, und als die Königin sie fragte: ›Was haben Sie dabei getan?‹, hat sie geantwortet: ›Ich habe für diese Menschen gebetet!‹ So ist die Frau. Ich bin ein Mann, und folglich unvollkommen.«

»Sie dürfen sich nicht verleumden«, sagte sie und schüttelte heftig meinen Arm. »Vielleicht sind Sie mehr wert als ich.«

»Ja«, entgegnete ich, »denn ich würde die Ewigkeit um einen einzigen Tag des Glücks hingeben; und Sie . . .!«

»Und ich?« fragte sie und blickte mich voller Stolz an.

Ich verstummte und schlug die Augen nieder, um dem Blitzstrahl ihres Blicks auszuweichen.

»Ich!« fuhr sie fort. »Von welchem ›Ich‹ sprechen Sie? Ich habe mehrere ›Ichs‹ in mir! Diese beiden Kinder«, fügte sie hinzu und deutete auf Madeleine und Jacques, »sind ›Ichs‹! Félix«, sagte sie in herzzerreißendem Tonfall, »halten Sie mich denn für eine Egoistin? Glauben Sie, ich vermöchte eine ganze Ewigkeit zu opfern, um den zu belohnen, der mir sein Leben opfert? Dieser

Gedanke ist furchtbar; er verletzt auf ewig die frommen Gefühle. Kann eine so tief gefallene Frau sich je wieder emporrichten? Kann ihr Glück sie freisprechen? Sie werden mich bald dazu bringen, daß ich diese Frage löse . . .! Ja, ich liefere Ihnen endlich ein Geheimnis meines Gewissens aus: Dieser Gedanke hat mir oft das Herz durchzuckt, ich habe ihn oft durch harte Bußen ausgetrieben, er hat die Tränen verursacht, über die Sie vorgestern von mir Rechenschaft forderten . . .«

»Legen Sie nicht gar zuviel Wichtigkeit gewissen Dingen bei, die gewöhnliche Frauen hoch bewerten; Sie müßten sie . . .«

»Oh!« unterbrach sie mich. »Werten Sie sie geringer?«

Diese Logik schnitt jede vernünftige Entgegnung ab.

»Gut!« fuhr sie fort. »Sie sollen es wissen! Ja, ich würde die Feigheit begehen, diesen armen alten Mann zu verlassen, dessen Leben ich bin. Aber, mein Freund, würden diese beiden kleinen, schwachen Geschöpfe, die wir da vor uns haben, Madeleine und Jacques, nicht bei ihrem Vater bleiben? Ja, glauben Sie denn, das frage ich Sie, glauben Sie denn, sie würden auch nur drei Monate unter der unsinnigen Herrschaft dieses Mannes am Leben bleiben? Wenn es sich bei einem Verstoß gegen meine Pflichten nur um mich handelte . . .« Sie ließ sich ein herrliches Lächeln entschlüpfen. »Aber heißt das nicht, meinen Kindern den Tod geben? Denn der Tod wäre ihnen gewiß. Mein Gott«, rief sie aus, »warum sprechen wir von diesen Dingen? Heiraten Sie, und lassen Sie mich sterben!«

Sie sprach diese Worte in einem so bitteren, hintersinnigen Tonfall, daß sie die Empörung meiner Leidenschaft erstickte.

»Sie haben dort oben, unter jenem Nußbaum aufgeschrien; ich habe soeben hier unter dieser Erle aufgeschrien, und damit sei es genug. Fortan werde ich schweigen.«

»Ihr Edelmut bringt mich um«, sagte sie und erhob die Augen zum Himmel.

Wir waren auf der Terrasse angelangt; dort fanden wir den Grafen in einem Lehnstuhl in der Sonne sitzend. Der Anblick dieses verfallenen Gesichts, das kaum ein schwaches Lächeln belebte, löschte die aus der Asche emporzüngelnden Flammen aus. Ich stützte mich auf die Balustrade und betrachtete das Bild, das mir dieser Todgeweihte zwischen seinen beiden noch immer

schwächlichen Kindern und seiner Frau bot, die durch die Nachtwachen bleich, durch das Übermaß an Arbeit, durch die Sorgen
und vielleicht die Freuden dieser beiden Monate abgemagert war,
aber die die Erregungen dieser Szene über die Maßen hatten erröten lassen. Beim Anblick dieser leidenden Familie, die zittern-
des Laubwerk umgab, durch das das graue Licht eines wolkigen
Herbsthimmels glitt, spürte ich, wie sich in mir die Bande locker-
ten, die Körper und Geist aneinanderhefteten. Zum erstenmal
empfand ich den seelischen Überdruß, den, wie es heißt, die robu-
stesten Ringer mitten in ihren Kämpfen erleben, eine Art kalten
Wahnsinns, der einen Feigling aus dem Tapfersten, einen Frommen aus dem Ungläubigen macht, der gleichgültig gegenüber
allem macht, sogar gegenüber den lebenswichtigsten Gefühlen,
der Ehre, der Liebe; denn der Zweifel beraubt uns des Bewußtseins unserer selbst und verursacht uns Ekel vor dem Leben.
Arme, kraftvolle Geschöpfe, die der Reichtum eures Organismus
wehrlos irgendeinem Dämon ausliefert, wo sind eure Pairs und
eure Richter? Ich begriff, wie der junge Beherzte, der schon die
Hand nach dem Stab der Marschälle von Frankreich ausgestreckt hatte, der ebenso geschickte Unterhändler wie unerschrockene Heerführer, zu dem unschuldigen Mörder hatte werden können, den ich vor mir sah! Konnten meine heute mit Rosen bekränzten Wünsche dieses Ende nehmen? Die Ursache erschreckte mich gleichermaßen wie die Wirkung; ich fragte mich
wie der Gottlose, wo hier die Vorsehung sei; ich konnte zwei
Tränen nicht wehren, die mir über die Wangen rollten.

»Was hast du denn, mein guter Félix?« fragte Madeleine mich
mit ihrer kindlichen Stimme.

Dann vertrieb Henriette durch einen liebevollen Blick, der
mir in die Seele strahlte wie die Sonne, die schwarzen Dünste
und Finsternisse. In diesem Augenblick brachte der alte Pikör
aus Tours einen Brief mit, dessen Anblick mir einen Über-
raschungsschrei entriß, während er Madame de Mortsauf erbeben
ließ. Ich hatte das Siegel des Kabinetts gesehen, der König rief
mich zurück. Ich reichte ihr den Brief, sie las ihn mit einem
Blick.

»Er muß fort!« sagte der Graf.

»Was soll aus mir werden?« fragte sie mich und wurde sich zum erstenmal ihrer Wüste ohne Sonne bewußt.

Wir verblieben in einer Betäubung des Denkens, die uns alle gleichermaßen bedrückte, denn nie zuvor hatten wir so sehr empfunden, wie notwendig wir einander waren. Bei allem, was die Gräfin zu mir sprach, auch beim Gleichgültigsten, hatte ihre Stimme einen neuen Klang, wie wenn das Instrument mehrere Saiten verloren hätte, und die andern wären verstimmt. Ihre Gesten waren apathisch, ihre Blicke glanzlos. Ich bat sie, mir ihre Gedanken anzuvertrauen.

»Habe ich denn welche?« fragte sie.

Sie zog mich in ihr Schlafzimmer, ich mußte mich auf ihr Kanapee setzen, sie wühlte im Schubfach ihres Toilettentischs, kniete vor mir nieder und sagte: »Hier sind die Haare, die mir seit einem Jahr ausgefallen sind; sie gehören Ihnen; eines Tages werden Sie erfahren warum.«

Ich beugte mich langsam ihrer Stirn entgegen; sie bückte sich nicht, um meinen Lippen auszuweichen, ich drückte sie ihr fromm auf, ohne schuldhaften Rausch, ohne den Kitzel der Wollust, aber mit einer feierlichen Rührung. Wollte sie alles opfern? Ging sie nur, wie ich es getan hatte, bis an den Rand des Abgrunds? Wenn die Liebe sie dazu geführt hätte, sich hinzugeben, hätte sie nicht diese tiefe Ruhe gehabt, diesen frommen Blick, und sie hätte mich nicht mit ihrer reinen Stimme gefragt: »Sie sind mir doch nicht mehr böse?«

Bei einbrechender Dunkelheit brach ich auf, sie wollte mich auf dem Weg nach Frapesle begleiten, und wir hielten unter dem Nußbaum; ich zeigte ihn ihr, und ich sagte ihr, wie ich sie von dort aus vor vier Jahren erblickt hätte: »Das Tal war sehr schön!« rief ich aus.

»Und jetzt?« entgegnete sie lebhaft.

»Sie sind unter dem Nußbaum«, sagte ich, »und das Tal gehört uns.«

Sie senkte den Kopf, und so nahmen wir dort Abschied. Sie stieg wieder mit Madeleine in den Wagen, ich in den meinigen, allein. Als ich wieder in Paris war, wurde ich zum Glück durch dringende Arbeiten beansprucht, die mich jäh ablenkten und mich zwangen, der Gesellschaft fern zu bleiben; sie vergaß mich.

Ich wechselte Briefe mit Madame de Mortsauf; ich schickte ihr allwöchentlich mein Tagebuch, und sie antwortete mir in jedem Monat zweimal. Es war ein dunkles, vielbeschäftigtes Leben, wie die buschumstandenen, überblühten Winkel, die ich vor kurzem noch in der Waldestiefe bewundert hatte, als ich während der letzten Wochen neue Blumengedichte verfaßte.

O ihr, die ihr liebt! Erlegt euch diese schönen Pflichten auf, schreibt euch zu erfüllende Regeln vor, wie die Kirche sie den Christen für jeden Tag aufgestellt hat. Es sind große Ideen, die von der römischen Religion geschaffenen Observanzen; sie graben durch die stete Wiederholung der Handlungen, die die Hoffnung und die Furcht aufrechterhalten, in der Seele die Furchen der Pflicht immer weiter voran. Stets fließen die Gefühle lebendig in diese Rinnsale, die die Wasser zurückhalten, sie klären, unablässig das Herz erquicken und das Leben fruchtbar machen durch die überquellenden Schätze eines verborgenen Glaubens, einer göttlichen Quelle, in der sich der einzigartige Gedanke einer einzigartigen Liebe vermannigfacht.

Meine Leidenschaft, die das Mittelalter von neuem begann und an das Ritterwesen erinnerte, wurde bekannt; ich weiß nicht, wie es geschah; vielleicht hatten der König und der Herzog von Lenoncourt davon etwas ausgeplaudert. Von dieser höchsten Sphäre aus hat sich die zugleich romantische und simple Geschichte von einem jungen Mann, der fromm eine schöne Frau, die niemand kannte, anbetete, eine Frau, die in der Einsamkeit groß war, und treu, ohne daß die Pflicht sie dabei unterstützte, dann wohl in dem Zentrum des Faubourg Saint-Germain verbreitet. In den Salons war ich der Zielpunkt einer lästigen Aufmerksamkeit, denn eine bescheidene Lebensführung bietet Vorteile, die, wenn sie einmal empfunden worden sind, den Glanz eines beständigen In-Szene-gesetzt-Werdens unerträglich machen. Gerade wie Augen, die daran gewöhnt sind, nur zarte Farben zu sehen, durch das helle Tageslicht geblendet werden, ergeht es gewissen Geistern, denen heftige Kontraste mißfallen. So war es damals um mich bestellt; heute kannst Du Dich darüber wundern; aber hab Geduld, die Absonderlichkeiten des gegenwärtigen Vandenesse werden ihre Erklärung finden. Ich fand also bei den Frauen Wohlwollen, und alle waren ganz reizend zu mir. Nach der Hochzeit des Herzogs von Berry[119] gewann der Hof neuen Glanz, die französischen Festlichkeiten erstanden wieder. Die fremde Besatzung war abgezogen; Wohlstand stellte sich wieder ein; es waren wieder Freuden möglich. Durch ihren Rang erlauchte oder um ihres Vermögens willen angesehene Persönlichkeiten strömten von allen Punkten Europas in die Hauptstadt der Intelligenz, wo sie die Vorzüge anderer Länder und deren Laster vergrößert, aber vom französischen Geist geschärft vorfanden. Fünf Monate, nachdem ich Clochegourde verlassen hatte, mitten im Winter, schrieb mein guter Engel mir einen verzweifelten Brief, in dem mir von einer schweren Erkrankung des Sohnes berichtet wurde; er hatte sie zwar überstanden, aber sie hatte Befürchtungen für die Zukunft hinterlassen; der Arzt hatte von Vorsichtsmaßnahmen gesprochen, die für die Brust[120] ergriffen werden müßten, und das war ein schreckliches Wort, das, wenn die medizinische Wissenschaft es ausspricht, alle Stunden einer Mutter schwarz färbt. Kaum konnte Henriette wieder aufatmen, kaum hatte Jacques' Genesung eingesetzt, als seine Schwester Anlaß zu Besorgnissen gab. Madeleine, diese hübsche Pflanze, die in der mütterlichen Hut so gut gediehen war, erlitt eine Krisis, die zwar vorausgesehen, aber für eine so schwache Konstitution gefährlich war. Die Gräfin war schon hart durch die Mühen mitgenommen, die Jacques' lange Krankheit sie gekostet hatte; sie hatte keinen Mut zum Ertragen dieses neuen Schlages mehr, und der Anblick, den diese beiden geliebten Wesen ihr boten, machte sie unempfindlich gegen die verdoppelten, dem Charakter ihres Mannes entspringenden Quälereien. Auf diese Weise entwurzelten immer trübere, mit Sand beladene Stürme durch ihr Anwogen die am tiefsten in ihrem Herzen eingewurzelten Hoffnungen. Überdies hatte sie sich der Tyrannei des Grafen preisgegeben, der, in ermüdendem Kampf, das verlorene Gelände wiedergewonnen hatte.

»Als all meine Kraft meine Kinder umhüllte«, schrieb sie mir, »konnte ich sie da noch gegen meinen Mann einsetzen, konnte ich mich gegen seine Angriffe wehren, während ich mich doch gegen den Tod wehrte? Wenn ich heute allein und geschwächt zwischen den beiden jungen, Schwermut erweckenden Wesen wandle, die mich begleiten, bin ich einem unbesiegbaren Lebensekel ausgesetzt. Welchen Hieb könnte ich spüren, welche Zuneigung könnte ich erwidern, wenn ich Jacques reglos auf der Terrasse sehe, Jacques, dessen Leben mir nur noch durch seine schönen Augen bescheinigt wird, Augen, die durch seine Magerkeit größer wirken, hohl wie die eines sehr alten Mannes? Seine fortgeschrittene Intelligenz steht im Gegensatz zu seiner körperlichen Gebrechlichkeit, und das ist ein böses Vorzeichen! Wenn ich die hübsche Madeleine neben mir sehe, die so lebhaft, so liebreizend war und eine so gesunde Gesichtsfarbe hatte und die jetzt bleich wie eine Tote ist, dann kommt es mir vor, als seien ihr Haar und ihre Augen verblaßt; sie richtet schmachtende Blicke auf mich, als wolle sie von mir Abschied nehmen; keine Speise reizt sie, oder wenn sie ein bißchen Essen haben möchte, dann erschreckt sie mich durch die Seltsamkeit ihrer Geschmacksrichtungen, das reine Geschöpf ist zwar in meinem Herzen aufgewachsen, errötet aber, wenn sie es mir anvertraut. Trotz meiner Mühen kann ich meine Kinder nicht erheitern; beide lächeln mir zu, aber dieses Lächeln wird ihnen durch mein Kokettieren entlockt und kommt nicht aus ihrem Innern; sie weinen, daß sie meine Liebe nicht erwidern können. Die Schmerzen haben in ihrer Seele alles schlaff werden lassen, sogar die Bande, die uns aneinanderheften. Auf diese Weise verstehen Sie wohl, daß Clochegourde traurig ist: Mein Mann herrscht dort ungehindert. O mein Freund, Sie, der Sie mein Ruhm sind!« schrieb sie weiter unten, »Sie müssen mich sehr lieb haben, wenn Sie mich noch immer liebhaben, mich, die ich ohne Lebensäußerung, undankbar und durch den Schmerz versteint bin.«

Zu jener Zeit, da ich am heftigsten bis ins Innere getroffen war, und da ich nur in dieser Seele lebte, auf die ich die leuchtenden Morgenwinde und die Hoffnung der purpurnen Abende zu lenken versuchte, begegnete ich in den Salons des Elysée-Bourbon[121] einer der erlauchten Ladies, die schon beinah regierende Fürstinnen sind. Ungeheurer Reichtum, Abstammung aus einer Familie, die seit der Eroberung[122] rein von jeder Mesalliance geblieben war, Eheschließung mit einem der vornehmsten alten Herren des englischen Hochadels, alle diese Vorteile waren nur ein Beiwerk, das die Schönheit dieser Dame, ihre Anmut, ihre Umgangsformen, ihren Geist steigerte; er hatte etwas Glänzendes, das blendete, ehe er bestrickte. Sie wurde zum Idol des Tages, und sie regierte die Pariser Gesellschaft um so besser, als sie die für ihre Erfolge erforderlichen Eigenschaften besaß, jene eiserne Hand unter einem Samthandschuh, von der Bernadotte[123] gesprochen hat. Du kennst den eigenartigen Charakter der Engländer, diesen hochmütigen, unüberbrückbaren Ärmelkanal, diesen kalten Sankt-Georgs-Kanal[124], den sie zwischen sich und Leute legen, die ihnen noch nicht vorgestellt worden sind; die Menschheit scheint ein Ameisenhaufen zu sein, über den sie hinwegschreiten; sie erkennen von der Gattung Mensch nur diejenigen an, die bei ihnen Zutritt haben; die Sprache der andern verstehen sie nicht; bei denen gibt es zwar sich bewegende Lippen und sehende Augen, aber weder der Stimmklang noch der Blick erreichen sie; für sie sind diese Menschen, als existierten sie überhaupt nicht. Auf diese Weise stellen die Engländer ein Abbild ihrer Insel dar, wo das Gesetz alles regiert, wo in jeder Sphäre alles gleichförmig ist, wo die Ausübung der Tugenden das notwendige Spiel des Räderwerks zu sein scheint, das zur festgesetzten Stunde sich zu drehen anfängt. Die Festungswälle aus geglättetem Stahl rings um eine englische Frau, die in dem Golddrahtkäfig ihres Hauswesens gefangen sitzt, wo indessen ihre Futterschälchen und ihr Trinknapf, ihre Stangen und ihr Futter Wunderdinge sind, leihen ihr eine unwiderstehliche Anziehungskraft. Nie hat ein Volk die Heuchelei der verheirateten Frau besser vorbereitet, dadurch nämlich, daß es sie bei jeder Gelegenheit zwischen den Tod und das gesellschaftliche Leben stellt; für sie gibt es keinen Zwischenraum zwischen Schande und Ehre: Entweder ist der Fehltritt vollkommen, oder es gibt ihn nicht; es geht um alles oder nichts, um Hamlets *to be or not to be*[125]. Diese Alternative, verbunden mit der beständigen Verachtung, an die die herrschenden Sitten sie gewöhnen, machen aus der Engländerin ein in der Welt gesondert dastehendes Wesen. Sie ist ein armes, durch Zwang tugendhaftes Geschöpf, das zu andauernden, in seinem Herzen vergrabenen Lügen verdammt ist, aber köstlich durch die Form, da dieses Volk ja alles in die Form verlagert hat. Daher rührt die eigenartige Schönheit der

Frauen dieses Landes, die Übertreibung einer Zärtlichkeit, in der für sie das Leben notwendigerweise zusammengefaßt wird, die Übersteigerung ihrer Körperpflege, die Zartheit ihrer Liebe, die so graziös in der berühmten Szene in ›Romeo und Julia‹ geschildert wird, in der das Genie Shakespeares mit einem Zug die englische Frau dargestellt hat. Dir, die Du sie um so vieler Dinge willen beneidest, ich muß Dir sagen, daß Du nichts von diesen weißen Sirenen weißt, die dem Anschein nach so undurchdringlich und so bald erkannt sind, die da glauben, die Liebe finde an der Liebe Genüge, und die dadurch den Spleen in die Genüsse einführen, daß sie sie nicht vervielfachen, deren Seele nur über eine Tonart, deren Stimme nur über eine Silbe verfügt, diese Ozeane an Liebe, wo dem, der nicht darin geschwommen hat, immer einiges von der Poesie der Sinne unbekannt bleiben wird, gerade wie der, der nicht das Meer gesehen, ein paar Saiten weniger auf seiner Leier hat. Du weißt, warum ich Dir das sage. Mein Abenteuer mit der Marquise Dudley genoß eine fatale Berühmtheit. In einem Alter, wo die Sinne noch so große Gewalt über unsere Entschlüsse ausüben, bei einem jungen Menschen, dessen Gluten so gewaltsam unterdrückt worden waren, strahlte das Bild der Heiligen, die auf Clochegourde ihr langsames Martyrium erlitt, so stark, daß ich den Verführungen hatte widerstehen können. Diese Treue war der Leuchtglanz, der mir die Beachtung der Lady Arabelle eintrug. Mein Widerstreben fachte ihre Leidenschaft an. Was sie, gleich vielen Engländerinnen, wünschte, war der Glanz, war das Ungemeine. Sie wollte Pfeffer, Würze für die Speise des Herzens, gerade wie die Engländer brennende Gewürze wollen, um ihren Appetit anzuregen. Der Mangel an Spannkraft, der im Leben dieser Frauen durch eine ständige Vollkommenheit in den Dingen, eine methodische Regelmäßigkeit in den Gewohnheiten entsteht, verleitet sie zur Vergötterung des Romantischen und des Schwierigen. Ich konnte aus diesem Charakter nicht klug werden. Je mehr ich mich in eine kalte Verachtung zurückzog, desto leidenschaftlicher wurde Lady Dudley. Dieser Kampf, aus dem sie sich eine Ehre machte, erregte die Neugier einiger Salons; das war für sie ein erstes Glück, und es machte für sie den Triumph zur Verpflichtung. Ach, ich wäre bewahrt worden, wenn ein Freund mir den abscheulichen Ausspruch zugetragen hätte, den sie sich über Madame de Mortsauf und mich entschlüpfen ließ:

»Mich ödet dieses Turteltaubengeseufz an!« hatte sie gesagt.

Ohne hier meinen Frevel rechtfertigen zu wollen, möchte ich Dir zu bedenken geben, Natalie, daß ein Mann über weniger Mittel verfügt, einer Frau zu widerstehen, als ihr Frauen habt, um euch unseren Nachstellungen zu entziehen. Unsere Sitten untersagen unserem Geschlecht die Brutalitäten der Unterdrükkung, die bei euch Frauen Köder für einen Liebhaber sind; überdies werden sie euch von der Konvention auferlegt; bei uns dagegen macht irgendeine Rechtsprechung männlicher Geckenhaftigkeit unsere Zurückhaltung lächerlich; wir überlassen euch das Monopol der Bescheidenheit, damit ihr das Privileg der Gunsterweisungen habt; aber wenn ihr die Rollen vertauscht, erliegt der Mann dem Spott. Obgleich meine Leidenschaft mich behütete, war ich nicht in dem Alter, wo man unempfänglich gegenüber der dreifachen Verführung des Stolzes, der Hingebung und der Schönheit bleibt. Als Lady Arabelle mir auf einem Ball, dessen Königin sie war, die Huldigungen, die ihr dort zuteil geworden waren, zu Füßen legte, und als sie nach meinem Blick spähte, um zu wissen, ob ihre Toilette nach meinem Geschmack sei, und als sie vor Wollust erschauerte, daß sie mir gefiel, war ich bewegt über das, was in ihr vorging. Überdies bewegte sie sich auf einem Terrain, wo ich sie nicht fliehen konnte; es war für mich schwierig, gewisse Einladungen abzulehnen, die vom diplomatischen Korps ausgingen; ihr Rang öffnete ihr alle Salons, und mit der Geschicklichkeit, die die Frauen entfalten, um zu erlangen, was ihnen gefällt, ließ sie sich von der Dame des Hauses bei Tisch stets neben mich setzen; dann flüsterte sie mir zu: »Wenn ich geliebt würde, wie Madame de Mortsauf, würde ich Ihnen alles opfern.« Lachend unterbreitete sie mir die demütigsten Bedingungen, sie versprach mir unbedingte Verschwiegenheit, oder sie bat mich, doch wenigstens zu dulden, daß sie mich liebe. Eines Tages tat sie folgenden Ausspruch, der alles Sichabfinden eines eingeschüchterten Gewissens und die wahnwitzigen Begierden des jungen Menschen befriedigte: »Immer Ihre Freundin, und Ihre Geliebte, wann Sie es wollen!« Kurzum, sie überlegte, wie sie sogar die Loyalität meines Charakters zu meinem Verderben ausnützen könne, sie bestach meinen Diener, und nach einer Abendgesellschaft, bei der sie schon gezeigt hatte, daß sie sicher war, meine Begierden erregt zu haben, fand ich sie in meiner Wohnung. Dieser Gewaltstreich fand in England Widerhall, und seine Aristokratie war bestürzt wie der Himmel über den Fall seines schönsten Engels. Lady Dudley verließ ihre Wolke im britischen Empyreum, beschränkte sich auf ihr Vermögen und wollte durch ihre Opfer »die Eine« in Schatten stellen, deren Tugend diese berühmte Katastrophe verursacht hatte. Lady Arabelle machte es Freude, mir wie der böse Geist auf dem Tempelfirst die reichsten Länder ihres glühenden Königreichs zu zeigen.

Lies diese Zeilen, ich beschwöre Dich, mit Nachsicht. Es handelt sich hier um eines der interessantesten Probleme des menschlichen Lebens, um eine Krise, der der größte Teil der Menschen unterworfen gewesen ist, und die ich erklären möchte, und sei es nur, um ein Leuchtfeuer auf dieser Klippe anzuzünden. Diese schöne, stolze, so zerbrechliche Lady, diese milchweiße Frau, die so zerbrochen, so zerbrechlich, so sanft, deren Stirn, die rötlich getöntes, feines Haar krönte, so einschmeichelnd war, dieses Geschöpf, dessen Schimmer phosphoreszierend und vergänglich zu sein scheint, besitzt eine eiserne Konstitution. So feurig ein Pferd auch sein mag, kein einziges widersteht ihrer nervigen Hand, dieser dem Anschein nach weichen Hand, die nichts zu erschlaffen vermag. Sie hat den Fuß eines Rehs, einen kleinen, harten, muskulösen Fuß unter einer Hülle von unbeschreiblicher Anmut. Sie ist von einer Kraft, daß sie bei einem Wettstreit nichts zu fürchten braucht; kein Mann vermag ihr zu Pferde zu folgen; sie würde bei einem *steeple chase*[126] den Sieg über Kentauren davontragen; sie schießt Damwild und Hirsche vom Pferd aus, ohne anzuhalten. Ihr Körper kennt kein Schwitzen; er atmet Feuer in der Atmosphäre und lebt im Wasser bei Strafe, nicht zu leben. Daher ist ihre Leidenschaft völlig afrikanisch; ihr Begehren rast einher wie ein Wirbelsturm der Wüste, der Wüste, deren glühende Ungeheuerlichkeit sich in ihren Augen abzeichnet, der Wüste voller Azur und Liebe mit ihrem umwandelbaren Himmel, ihren kühlen Sternennächten. Welch ein Gegensatz zu Clochegourde! Orient und Okzident; die eine zieht die kleinsten feuchten Teile an sich und nährt sich davon, die andere haucht ihre Seele aus und hüllt ihre Getreuen in eine leuchtende Atmosphäre; die eine lebhaft und geschmeidig; die andere langsam und mollig. Kurz und gut, hast Du je über den Grundgedanken der englischen Sitten nachgedacht? Besteht er nicht in der Vergöttlichung der Materie, in einem bestimmten, überlegten, klüglich angewandten Epikureertum? Was England auch tun oder sagen möge, es ist materialistisch, vielleicht ohne sein Wissen. Es erhebt religiöse und moralische Ansprüche, denen göttlicher Spiritualismus und die katholische Seele ermangeln, deren befruchtende Gnade durch keinerlei Heuchelei, so gut sie auch gespielt werden möge, ersetzt werden kann. Es besitzt im höchsten Maß die Lebenskunst, die die geringsten Einzelteile des Tatsächlichen verbessert, die bewirkt, daß der Pantoffel der erlesenste Pantoffel der Welt ist, die der Bettwäsche eine unbeschreibliche Duftigkeit leiht, die die Kommode mit Zedernholz auslegt und sie parfümiert; die zur festgelegten Stunde einen köstlichen, klüglich angebotenen Tee serviert; die den Staub vertreibt, Läufer von der ersten Stufe bis in die letzten Winkel des Hauses festnagelt, die Kellerwände antüncht, den Türklopfer blankputzt, die Kutschwagenfedern weich und geschmeidig herstellt, aus der Materie ein nährendes, weiches Fruchtfleisch macht, das schimmernd und reinlich ist, und darin die Seele im Genuß hinstirbt; die die gräßliche Monotonie des Wohlseins erzeugt und ein Leben ohne Widerstand verleiht, dem alles Spontane fehlt, und das einen, um alles zu sagen, mechanisiert. Auf diese Weise lernte ich plötzlich inmitten dieses englischen Luxus eine Frau kennen, die innerhalb ihres Geschlechts vielleicht einzigartig dastand, die mich in die Netze dieser aus ihrer Agonie erwachsenen Liebe hüllte, in deren Verschwendungen ich aus einer strengen Keuschheit gelangte, dieser Liebe, die überwältigende Schönheiten und eine Elektrizität besitzt, die einen oftmals durch die Elfenbeinfarben ihres Halbschlafs in Himmelsweiten entrückt, oder die einen auf ihren beflügelten Lenden hinter sich sitzen läßt und entführt. Es ist eine schauerlich undankbare Liebe, die über den Leichen derer lacht, die sie umbringt; eine Liebe ohne Gedächtnis, eine grausame Liebe, die der englischen Politik ähnelt, und in der fast alle Männer zu Fall kommen. Jetzt verstehst Du das Problem. Der Mensch besteht aus Materie und Geist; das Tierische endet, das Engelhafte beginnt in ihm. Daher rührt jener Kampf, den wir alle zwischen einem künftigen, vorausgeahnten Schicksal und dem Rückdenken an unsere früheren Instinkte durchmachen, von denen wir uns nicht gänzlich gelöst haben: zwischen einer körperlichen und einer göttlichen Liebe. Der eine löst sie zu einer Einheit auf, der andere lebt enthaltsam; dieser durchstöbert das ganze Geschlecht, um darin die Befriedigung seiner früheren Lüste zu suchen; jener idealisiert es in einer einzigen Frau; die einen schwanken unentschlossen zwischen den Wollüsten der Materie und denen des Geistes; die andern vergeistigen den Leib, indem sie von ihm verlangen, was er nicht zu spenden vermag. Wenn Du an diese allgemeinen Züge der Liebe denkst, gibst Du Dir Rechenschaft über die Kräfte der Abstoßung und der Anziehung, die sich aus der Unterschiedlichkeit der Organismen ergeben, und die die Pakte zerbrechen, die zwischen denjenigen geschlossen wurden, die sie nicht erprobt haben; wenn Du dem die Irrtümer hinzufügst, die von den Hoffnungen der Menschen hervorgerufen werden, die einseitiger durch den Geist, das Herz oder durch die Tat leben, die denken und fühlen oder aber handeln, und deren Berufungen getäuscht oder verkannt worden sind in einer Gemeinschaft, in der sich zwei gleichermaßen gedoppelte Wesen finden, dann wirst Du große Nachsicht für unglückliche Geschehnisse empfinden, denen gegenüber die Gesellschaft sich als erbarmungslos erweist. Nun, Lady Arabelle befriedigte die Instinkte, die Organe, die Gelüste, die Laster und die Tugenden des heiklen Stoffes, aus dem wir gemacht worden sind; sie war die Geliebte des Körpers. Madame de Mortsauf war die Gattin der Seele. Die von der Geliebten befriedigte Liebe hat Grenzen, die Materie ist endlich, das ihr Angehörende hat berechnete Kräfte, sie ist unvermeidbaren Übersättigungen unterworfen; ich habe oftmals in Paris, bei Lady Dudley, eine gewisse Leere empfunden. Das Unendliche ist der Bereich des Herzens; auf Clochegourde war die Liebe grenzenlos. Ich habe Lady Arabelle leidenschaftlich geliebt, und es steht fest, daß, wenn das Tier in ihr erhaben war, sie auch Überlegenheit in der Intelligenz besaß; ihre spöttische Unterhaltungsgabe umfaßte alles. Aber ich betete Henriette an. Nachts

1157

weinte ich vor Glück, morgens weinte ich vor Gewissensbissen. Es gibt gewisse Frauen, die klug genug sind, ihre Eifersucht unter der gottesfürchtigen Güte zu verbergen; es sind diejenigen, die, wie Lady Dudley, über die Dreißig hinaus sind. Diese Frauen verstehen sich dann darauf, zu fühlen und zu berechnen, der Gegenwart allen Saft auszupressen und an die Zukunft zu denken; sie können die oftmals berechtigten Seufzer mit der Energie des Jägers unterdrücken, der bei der Fortsetzung seiner feurigen Parforcejagd einer Wunde nicht acht hat. Ohne von Madame de Mortsauf zu sprechen, versuchte Arabelle, sie in meiner Seele zu töten, in der sie sie immer wieder vorfand, und ihre Leidenschaft entfachte sich durch den Atemhauch dieser unbesiegbaren Liebe. Um durch Vergleiche zu triumphieren, die ihr zum Vorteil gereichten, zeigte sie sich weder argwöhnisch noch zänkisch, noch neugierig, wie die meisten jungen Frauen es sind; sondern wie die Löwin, die mit ihrem Rachen eine zu zerfleischende Beute gepackt und sie in ihre Höhle geschleppt hat, wachte sie darüber, daß nichts ihr Glück störe, und hütete mich wie eine noch nicht völlig unterworfene Eroberung. Ich schrieb unter ihren Augen an Henriette, und niemals las sie auch nur eine einzige Zeile, niemals suchte sie durch irgendwelche Mittel die Adresse zu erfahren, die auf meinen Briefen geschrieben stand. Sie schien sich gesagt zu haben: »Wenn ich ihn verliere, dann kann ich deswegen nur mich selbst beschuldigen.« Stolz stützte sie sich auf eine so opferwillige Liebe, daß sie mir ohne Zaudern ihr Leben gegeben haben würde, wenn ich es von ihr verlangt hätte. Kurzum, sie hatte mich zu dem Glauben gebracht, daß sie, wenn ich sie verließe, sich auf der Stelle umbringen werde. In diesem Zusammenhang mußte man anhören, wie sie den Brauch der indischen Witwen rühmte, die sich auf dem Scheiterhaufen ihrer Männer verbrennen. — »Obgleich in Indien dieser Brauch eine Auszeichnung darstellt, die der Adelsklasse vorbehalten ist, und der deshalb von den Europäern kaum verstanden wird, weil diese außerstande sind, die verachtende Größe dieses Vorrechts zu erkennen, mußt du eingestehen«, sagte sie zu mir, »daß bei unseren platten modernen Sitten die Aristokratie sich nur durch das Außerordentliche der Gefühle aufs neue erheben kann! Wie kann ich den Bourgeois beibringen, daß das Blut meiner Adern dem ihren unähnlich ist, wenn nicht dadurch, daß ich auf andere Weise sterbe denn sie? Frauen von niederer Abkunft können Diamanten, Stoffe, Pferde und sogar Wappen haben, die uns vorbehalten sein sollten; denn man pflegt ja Namen zu kaufen! Aber erhobenen Hauptes im Widerspruch zum Gesetz zu lieben, zu sterben für das Idol, das man sich erkoren hat, indem man sich ein Leichentuch aus seinen Bettlaken fertigt; Erde und Himmel einem Mann zu unterwerfen, und so dem Allmächtigen das Recht zu rauben, einen Gott zu schaffen, ihn um nichts, nicht einmal um der Tugend willen, zu verraten; denn sich ihm im Namen der Pflicht zu verweigern, heißt das nicht, sich etwas anbefehlen, das nicht *er* ist...? Ob einem Menschen oder einer Idee, es ist und bleibt Verrat! Das ist eine Größe, zu der gewöhnliche Frauen nicht gelangen; sie kennen nur zwei allgemeine Straßen, die breite Landstraße der Tugend oder den kotigen Weg der Kurtisane!« Sie verfuhr, wie Du siehst, mit Überheblichkeit, sie schmeichelte allen Eitelkeiten, indem sie sie vergöttlichte, sie stellte mich so hoch, daß sie nur zu meinen Füßen leben konnte; daher wurden alle Verführungskünste ihres Geistes ausgedrückt durch ihre Sklavinnenpose und ihre völlige Unterwerfung. Sie verstand sich dazu, einen ganzen Tag lang schweigend mir zu Füßen hingestreckt zu liegen und mich zu betrachten, nach der Stunde der Lust auszuspähen wie eine Sultanin im Serail und sie durch geschickte Koketterien vorzurücken und dabei zu tun, als warte sie darauf. Mit welchen Worten vermöchte ich die ersten sechs Monate zu schildern, in denen ich im Bann der entnervenden Genüsse einer an Lüsten fruchtbaren Liebe stand, einer Liebe, die die Lüste mit dem Wissen vermannigfachte, das die Erfahrung verleiht, die jedoch ihr Wissen unter den Überschwängen der Leidenschaft verbirgt. Diese Lüste, eine jähe Entschleierung der Poesie der Sinne, bilden das kräftige Band, durch das junge Leute sich an Frauen fesseln, die älter als sie sind; aber dieses Band ist der Eisenring des Sträflings, es hinterläßt in der Seele eine unauslöschliche Druckstelle, es flößt ihr von vornherein einen Ekel vor jungen, reinen, lediglich an Blüten reichen Liebschaften ein, Liebschaften, die sich nicht darauf verstehen, Alkohol in seltsam ziselierten Goldbechern zu kredenzen, die mit Edelsteinen geschmückt sind, aus denen unerschöpfliche Feuer funkeln. Indem ich die Wollüste auskostete, die ich erträumt hatte, ohne sie zu kennen, die ich in meinen Liebesblumensträußen ausgedrückt hatte, und die die Vereinigung der Seelen tausendmal glühender macht, ließ ich es nicht an Paradoxen fehlen, um vor mir selbst das Wohlgefallen zu rechtfertigen, mit dem ich mich an diesem schönen Becher labte. Oftmals, wenn in der Unendlichkeit der Liebesermattung meine vom Körper losgelöste Seele fern der Erde schwebte, dachte ich, daß diese Lüste ein Mittel seien, die Materie zunichte zu machen und dem Geist seinen erhabenen Flug aufs neue zu verleihen. Oftmals nahm Lady Dudley, wie viele Frauen, die Überschwenglichkeit wahr, in die ein Übermaß an Glück versetzt, um mich durch Eide zu binden; und unter dem Hereinbrechen des Begehrens entriß sie mir Lästerungen gegen den Engel von Clochegourde. War ich schon Verräter, so wurde ich jetzt zum Schurken. Ich fuhr damit fort, an Madame de Mortsauf zu schreiben, als sei ich nach wie vor der Knabe im häßlichen blauen Frack, den sie so sehr geliebt hatte; aber ich gestehe, ihre Gabe des Zweiten Gesichts erschreckte mich, wenn ich daran dachte, welche Verheerungen eine Indiskretion in dem hübschen Schloß meiner Hoffnungen anrichten könne. Oftmals ließ mich inmitten meiner Freuden ein jäher Schmerz zu Eis erstarren, ich hörte den Namen Henriette von einer Stimme von droben rufen wie das »Kain, wo ist dein Bruder Abel?« der Heiligen Schrift. Meine Briefe blieben unbeantwortet. Es überkam mich eine grausige Unruhe, ich wollte nach Clochegourde reisen. Dem widersetzte Arabelle sich nicht; aber sie sprach, als sei das etwas Selbstverständliches, davon, mich in die Touraine zu begleiten. Ihre durch die Schwierigkeit angestachelte Liebeslaune, ihre durch ein unverhofftes Glück gerechtfertigten Vorgefühle, all das hatte in ihr eine wirkliche Liebe erzeugt, und diese wollte sie zu einer einzigen machen. Ihre weibliche Genialität ließ sie in jener Reise ein Mittel erblicken, mich gänzlich von Madame de Mortsauf loszulösen, während ich, den die Angst blind gemacht hatte und der von der Naivität der wahren Leidenschaft fortgerissen wurde, die Falle nicht sah, in die ich geraten sollte. Lady Dudley hatte die demütigsten Zugeständnisse vorgeschlagen und war allen Einwänden zuvorgekommen. Sie fand sich bereit, in der Nähe von Tours auf dem

Land zu wohnen, unbekannt, verkleidet, ohne tagsüber das Haus zu verlassen, und für unser Beieinandersein die Nachtstunden zu wählen, in denen niemand uns begegnen konnte. Ich brach von Tours aus zu Pferde nach Clochegourde auf. Ich hatte meine Gründe, auf diese Weise hinzugelangen, denn ich bedurfte für meine nächtlichen Ausflüge eines Pferdes, und das meine war ein Araberpferd, das Lady Esther Stanhope[127] der Marquise geschickt hatte; sie hatte es mit mir gegen das berühmte Rembrandt-Bild getauscht, das in ihrem Londoner Salon hängt, und in dessen Besitz ich auf so eigenartige Weise gelangt war. Ich schlug den Weg ein, den ich sechs Jahre zuvor zu Fuß zurückgelegt hatte, und hielt unter dem Nußbaum. Von dort aus erblickte ich Madame de Mortsauf im weißen Kleid am Rand der Terrasse. Sogleich eilte ich mit der Schnelligkeit des Blitzes zu ihr hin, überquerte die Entfernung in grader Linie, wie wenn es sich um ein Kirchturmrennen[128] gehandelt hätte, und war nach ein paar Minuten am Fuß der Mauer. Sie hatte die erstaunlichen Sprünge der Schwalbe der Wüste gehört, und als ich unvermittelt an der Terrassenecke hielt, sagte sie zu mir: »Ach! Da sind Sie ja!«

Diese fünf Worte schmetterten mich nieder. Sie wußte um mein Abenteuer. Von wem hatte sie es erfahren? Von ihrer Mutter; später hat sie mir deren abscheulichen Brief gezeigt. Die gleichgültige Schwäche dieser ehedem so lebensvollen Stimme, die matte Blässe des Klangs offenbarten einen gereiften Schmerz; es entströmte daraus der unbestimmte Duft unwiderruflich abgeschnittener Blumen. Der Orkan der Untreue, der wie die ein Landstück für alle Zeit versandenden Hochwasser der Loire ist, war über ihre Seele hinweggezogen und hatte dort, wo ehedem üppige Wiesen grünten, eine Wüste geschaffen. Ich führte mein Pferd durch die kleine Pforte hinein; auf meinen Befehl hin legte es sich auf den Rasen, und die Gräfin, die langsam herangekommen war, rief aus: »Das schöne Tier!« Sie stand mit gekreuzten Armen da, damit ich ihre Hand nicht nehmen konnte; ich hatte ihre Absicht erraten. – »Ich will meinem Mann Bescheid sagen«, sagte sie und ging davon.

Bestürzt stand ich da, ließ sie gehen, blickte ihr nach, sie war nach wie vor nobel, langsam, stolz, weißer, als ich sie je gesehen hatte, aber auf ihrer Stirn verharrte der gelbe Abdruck des Siegels der bittersten Melancholie, und sie neigte das Haupt wie eine allzusehr von Regentropfen belastete Lilie.

»Henriette!« rief die Tollwut eines, der fühlt, daß er stirbt.

Sie wandte sich nicht um, sie blieb nicht stehen, sie verschmähte, mir zu sagen, daß sie mir ihren Namen entzogen habe, daß sie darauf nie wieder antworten werde, sie ging einfach weiter. Ich werde mir in diesem furchtbaren Tal, das Millionen Staub gewordener Völker bergen muß, deren Seele jetzt die Oberfläche des Erdballs belebt, ich werde mir darin klein vorkommen müssen inmitten dieser gedrängten Menge leuchtender Unermeßlichkeiten, die es mit ihrer Glorie erhellen werden; aber dann werde ich weniger gedemütigt sein als vor jener weißen Gestalt, die stieg, wie in den Straßen einer Stadt eine unerbittliche Überschwemmung ansteigt, die gleichmäßigen Schrittes zu ihrem Schloß Clochegourde hinanstieg, der Ruhmes- und Marterstätte dieser christlichen Dido! Ich verfluchte Arabelle durch eine einzige Verwünschung, die sie getötet haben würde, hätte sie sie gehört, sie, die um meinetwillen alles verlassen hatte, wie man alles für Gott verläßt! Ich stand da, verirrt in einer Welt von Gedanken, und gewahrte auf allen Seiten die Unermeßlichkeit des Schmerzes. Dann sah ich sie alle zu mir herabkommen. Jacques lief mit dem naiven Ungestüm seines Alters. Madeleine, eine Gazelle mit sterbenden Augen, begleitete ihre Mutter. Ich drückte Jacques ans Herz und ergoß über ihn das Überströmen der Seele und die Tränen, die seine Mutter verwarf. Monsieur de Mortsauf kam auf mich zu, streckte mir die Arme entgegen, zog mich an sich, küßte mich auf die Wange und sagte: »Félix, ich habe erfahren, daß ich Ihnen mein Leben verdanke!«

Madame de Mortsauf kehrte uns während dieser Szene den Rücken zu, unter dem Vorwand, sie wolle der verblüfften Madeleine das Pferd zeigen.

»Ha, zum Henker! Das sieht den Frauen mal wieder ähnlich«, rief der Graf erbost, »sie sehen sich Ihr Pferd an.«

Madeleine wandte sich um, kam auf mich zu, ich küßte ihr die Hand und blickte die Gräfin an, die errötete.

»Es geht Madeleine viel besser«, sagte ich.

»Das arme kleine Mädchen!« antwortete die Gräfin und küßte sie auf die Stirn.

»Ja, augenblicklich geht es ihnen allen gut«, antwortete der Graf. »Nur ich selbst, lieber Félix, bin zermorscht wie ein alter Turm, der dem Einsturz nahe ist.«

»Anscheinend hat der General nach wie vor seine schwarzen Leberläuse«, fuhr ich fort und blickte Madame de Mortsauf an.

»Wir alle haben unsere *blue devils*[129]«, antwortete sie. »So lautet doch der englische Ausdruck?«

Wir stiegen zu den Rebpflanzungen hinauf; dort ergingen wir uns miteinander; wir alle hatten das Gefühl, als sei irgendein ernstes Ereignis über uns hereingebrochen. Sie zeigte keinerlei Verlangen, mit mir allein zu sein. Schließlich wurde ich eingeladen.

»Für diesmal, und Ihr Pferd?« fragte der Graf, als wir gegangen waren.

»Sie sehen«, entgegnete die Gräfin, »ich habe unrecht, wenn ich daran denke, und unrecht, wenn ich nicht daran denke.«

»Freilich«, sagte er, »man muß alles zur rechten Zeit tun.«

»Ich gehe«, sagte ich; dieser kalte Empfang dünkte mich unerträglich. »Nur ich selbst kann es führen und richtig unterbringen. Mein Groom kommt mit dem Wagen von Chinon, er wird für das Pferd sorgen.«

»Kommt der Groom ebenfalls aus England?« fragte sie.

»Nur dort wird ein Groom richtig ausgebildet«, antwortete der Graf, der fröhlich wurde, als er seine Frau traurig sah.

Die Kälte seiner Frau bot dem Grafen Gelegenheit, ihr zu widersprechen. Ich lernte das Belastende der Anhänglichkeit eines Ehemanns kennen. Glaub nicht, daß der Augenblick, da ihre Aufmerksamkeit die edlen Seelen morden, der Zeitpunkt sei, da ihre Frauen eine Zuneigung verschwenden, die ihnen gestohlen worden zu sein scheint; nein, sie sind hassenswert und unerträglich an dem Tag, da jene Liebe davonfliegt. Das gute Einvernehmen, die Grundbedingung von Anhänglichkeit dieser Art, erscheint dann als ein Mittel; sie belastet dann, sie ist fruchtbar wie jedes Mittel, das seinen Zweck nicht rechtfertigt.

»Mein lieber Félix«, sagte der Graf, nahm meine Hände und drückte sie herzlich, »haben Sie Nachsicht mit meiner Frau;

Frauen müssen nun mal rappelköpfig sein, ihre Schwachheit entschuldigt sie, sie bringen es nicht fertig, das Gleichmaß an Stimmung zu besitzen, das uns unsere Charakterstärke verleiht. Sie hat Sie sehr gern, ich weiß es; aber . . .«

Während der Graf sprach, entfernte Madame de Mortsauf sich unmerklich, als wolle sie uns allein lassen.

»Félix«, sagte er mir da leise und sah seiner Frau nach, die zusammen mit ihren beiden Kindern wieder zum Schloß hinaufstieg, »ich weiß nicht, was in der Seele meiner Frau vorgeht; aber seit sechs Wochen hat ihr Charakter sich völlig verändert. Sie, die bislang so sanft, so opferwillig war, ist von einer unglaublichen Übellaunigkeit!«

Manette hat mir später erzählt, die Gräfin sei in eine Niedergeschlagenheit gefallen, die sie fühllos gegenüber den Sticheleien des Grafen machte. Als er keine weiche Erde mehr vorgefunden hatte, in die er seine Schößlinge pflanzen konnte, war dieser Mann unruhig geworden wie der Knabe, der das arme Insekt sich nicht mehr bewegen sieht, das er quält. Jetzt brauchte er einen Vertrauten, wie der Henker einen Gehilfen braucht.

»Versuchen Sie doch«, sagte er nach einer Pause, »meine Frau auszufragen. Eine Frau hat vor ihrem Mann immer Geheimnisse; aber vielleicht wird sie Ihnen den Gegenstand ihrer Nöte anvertrauen. Sollte es mich die Hälfte meiner mir noch verbleibenden Lebenstage und die Hälfte meines Vermögens kosten, ich würde alles opfern, um sie glücklich zu machen. Sie ist meinem Leben so notwendig! Wenn ich bei meinem Alter nicht ständig diesen Engel an meiner Seite spürte, würde ich der unglücklichste aller Menschen sein! Ich möchte in Frieden sterben. Sagen Sie ihr doch, daß sie mich nicht lange mehr zu ertragen braucht. Denn mit mir, Félix, lieber Freund, geht es zu Ende, ich weiß es. Ich verberge die schlimme Wahrheit jedermann; warum soll ich sie schon im voraus betrüben? Nach wie vor ist es der Magenpförtner, mein Freund! Endlich ist es mir gelungen, die Ursache der Krankheit herauszubekommen, mich hat die Feinfühligkeit zugrunde gerichtet. Alle unsere Gemütsstimmungen schlagen sich nämlich auf das gastrische Zentrum . . .«

»So daß also«, sagte ich lächelnd, »die Menschen von Herz am Magen sterben.«

»Lachen Sie nicht, Félix, nichts ist wahrer. Allzu heftiger Gram übersteigert das Arbeiten des Sympathikus. Diese Überreizung der Sensibilität erhält den Magenschleim in beständiger Reizung. Wenn dieser Zustand andauert, führt er zu anfangs unspürbaren Störungen in den Verdauungsfunktionen: Die Absonderungen erhöhen sich, der Appetit schwindet, und die Verdauung wird unregelmäßig; bald treten bohrende Schmerzen auf, werden schlimmer und von Tag zu Tag häufiger; dann erreicht die Zerrüttung den Höhepunkt, als sei ein langsam wirkendes Gift in die geschluckten Speisen gemischt worden; der Schleim verdickt sich, die Klappe des Magenpförtners verhärtet, und es bildet sich daran eine bösartige Drüsenverhärtung, an der man sterben muß. Ja, und so weit ist es jetzt mit mir, mein Lieber! Die Verhärtung geht weiter, und nichts kann ihr Einhalt gebieten. Sehen Sie meinen strohgelben Teint, meine trockenen, glänzenden Augen, meine ungemeine Magerkeit? Ich dörre aus. Hilft nichts, während der Emigration habe ich mir den Keim dieser Krankheit zugezogen; ich habe damals zuviel aushalten müssen! Meine Ehe, die die Übel der Emigration hätte ausheilen können, hat das Schwären meiner Seele mitnichten gelindert, sie hat die Wunde noch mehr aufklaffen lassen. Was habe ich denn hier gefunden? Ewige Beunruhigungen durch meine Kinder, häuslichen Kummer, den Aufbau eines Vermögens, Sparmaßnahmen, die tausend Entbehrungen mit sich brachten, die ich meiner Frau auferlegte und unter denen vor allem ich selbst zu leiden hatte. Schließlich, und dieses Geheimnis kann ich nur Ihnen anvertrauen, aber meine härteste Pein ist folgende. Obwohl Blanche ein Engel ist, besitzt sie kein Verständnis; sie weiß nichts von meinen Schmerzen; sie will sie nicht wahrhaben; ich verzeihe ihr. Lassen Sie's gut sein, dies zu sagen ist schrecklich, mein Freund; aber eine weniger tugendhafte Frau als sie hätte mich glücklicher gemacht, wenn sie sich zu Linderungen bereit gefunden hätte, die Blanche sich gar nicht vorstellen kann, weil sie töricht wie ein Kind ist! Fügen Sie dem noch hinzu, daß meine Dienerschaft mich quält, das sind nämlich Tölpel, denen es spanisch vorkommt, wenn ich französisch rede. Als unser Vermögen halbwegs wiederhergestellt war, als ich weniger Verdruß hatte, da war das Übel geschehen, die Appetitlosigkeit hatte eingesetzt, dann ist meine schwere Krankheit über mich gekommen, die Origet so schlecht behandelt hat. Kurz und gut, heute habe ich nur noch sechs Monate zu leben . . .«

Ich hatte dem Grafen voller Entsetzen gelauscht. Beim Wiedersehen mit der Gräfin hatten mich ihre trockenen Augen und die strohgelbe Färbung ihrer Stirn betroffen gemacht; ich zog den Grafen nach dem Hause hin und tat, als höre ich seinen mit medizinischen Ausführungen durchsetzten Klagen zu; aber ich dachte einzig an Henriette und wollte sie beobachten. Ich fand die Gräfin im Salon, wo sie einer Mathematikstunde beiwohnte, die Jacques vom Abbé de Dominis gegeben wurde; sie zeigte Madeleine dabei einen Stickstich. Ehemals hätte sie sich dazu verstanden, am Tag meiner Ankunft ihre Tätigkeiten aufzuschieben, um sich gänzlich mir zu widmen; aber meine Liebe war so tief und wahr, daß ich in meinem Herzen den Kummer begrub, den dieser Gegensatz zwischen einst und jetzt mir bereitete; denn ich sah die verhängnisvolle strohgelbe Tönung[130], die auf diesem himmlischen Antlitz dem Widerschein des göttlichen Leuchtens ähnelte, das die italienischen Maler dem Gesicht der Heiligen haben zuteil werden lassen. Da verspürte ich in mir den Eiswind des Todes. Als dann das Feuer ihrer Augen, die des durchsichtigen Wassers beraubt waren, in dem ihr Blick früher geschwommen hatte, auf mich fiel, durchschauerte es mich; ich gewahrte jetzt einige Veränderungen, die der Kummer verschuldet hatte, und die mir draußen in freier Luft nicht aufgefallen waren: Die winzigen Linien, die bei meinem letzten Besuch auf ihrer Stirn nur ganz leicht eingeprägt gewesen waren, hatten sich arg vertieft; ihre bläulichen Schläfen schienen zu glühen und wirkten hohl; ihre Augen lagen tiefer unter den weichen Brauenbögen, und ihre Umgebung war jetzt bräunlich; sie war gebrandmarkt wie die Frucht, auf der Flecken zu erscheinen beginnen, und die ein Wurm im Inneren hat vor der Zeit gilben lassen. Ich, dessen ganzer Ehrgeiz es war, in ihre Seele Ströme von Glück zu ergießen, hatte ich nicht Bitteres in die Quelle geworfen, an der sich ihr Leben erquickte, in der ihr Mut sich stählte? Ich hatte mich neben sie gesetzt und fragte sie mit einer Stimme, in der die Reue schluchzte: »Sind Sie mit Ihrer Gesundheit zufrieden?«

»Ja«, antwortete sie und tauchte ihre Augen in die meinen.
»Meine Gesundheit sind die da«, fuhr sie fort und zeigte auf
Jacques und Madeleine.

Madeleine war siegreich aus ihrem Kampf mit der Natur hervorgegangen; mit fünfzehn Jahren war sie Frau; sie war größer
geworden, ihre Bengalrosen-Farben waren wieder auf ihren gebräunten Wangen erschienen; sie hatte die Unbefangenheit des
Kindes verloren, das allen gerade ins Gesicht blickt, und begann,
die Augen niederzuschlagen; ihre Bewegungen waren selten und
gemessen geworden wie die ihrer Mutter; sie war von schlan-
kem Wuchs, und die anmutigen Formen ihres Oberkörpers blühten schon; schon ließ Koketterie sie ihr herrliches schwarzes Haar
glätten, das in zwei Wellen geteilt über ihrer Spanierinnen-Stirn
lag. Sie ähnelte den hübschen Statuetten des Mittelalters, die so
fein in der Kontur, so zierlich in der Form sind, daß das Auge,
wenn es streichelnd über sie hingleitet, fürchtet, sie müßten zerbrechen; aber die Gesundheit, diese nach soviel Mühen gereifte
Frucht, hatte auf ihre Wangen den Samt des Pfirsichs gelegt und
auf ihren Hals den seidigen Flaum, darin, wie bei ihrer Mutter,
das Licht spielte. Sie sollte leben! Gott hatte es, du liebe Knospe
der schönsten aller Menschenblüten, auf die langen Wimpern
deiner Lider geschrieben, auf die Rundung deiner Schultern, die
sich so üppig wie die deiner Mutter zu entwickeln verhießen!
Dieses braune junge Mädchen mit dem Wuchs einer Pappel war
das Gegenteil von Jacques, einem schwächlichen jungen Mann
von siebzehn Jahren, dessen Kopf dicker geworden war, dessen
Stirn durch ihre jähe Ausdehnung beunruhigte, dessen fieber-
heiße, müde Augen im Einklang mit einer tiefen, dröhnenden
Stimme standen. Das Organ lieferte ein viel zu großes Klang-
volumen, gerade wie der Blick viel zu viele Gedanken entließ.
Henriettes Intelligenz, Seele und Herz verzehrten mit ihrem
raschen Lodern einen widerstandslosen Körper; denn Jacques
hatte die milchweiße, durch glühende Töne belebte Gesichtsfarbe,
wie sie die jungen Engländerinnen auszeichnet, die durch die
Geißel gezeichnet sind, um zu einer knapp bemessenen Zeit
gefällt zu werden; eine trügerische Gesundheit! Ich gehorchte
einem Wink, durch den Henriette, nachdem sie mir Madeleine
gezeigt hatte, mich auf Jacques hinwies, der geometrische Figuren

und algebraische Berechnungen vor dem Abbé de Dominis auf eine Wandtafel zeichnete; ich erbebte beim Erblicken dieses unter Blumen verborgenen Tods, und ich respektierte den Irrtum der armen Mutter.

»Wenn ich sie so sehe, bringt die Freude meine Schmerzen zum Schweigen, gerade wie sie schweigen und hinschwinden, wenn ich sie krank sehe. Lieber Freund«, sagte sie, und ihr Auge leuchtete vor mütterlicher Freude, »wenn andere Neigungen uns betrügen, so gleichen die hier belohnten Gefühle, die erfüllten und vom Erfolg gekrönten Pflichten die anderswo erlittene Niederlage aus. Jacques wird wie Sie ein Mann von hoher Bildung und voll tugendhaften Wissens sein: Wie Sie wird er seinem Land zur Ehre gereichen und es vielleicht einmal regieren, wenn Sie, der Sie eine so hohe Stellung einnehmen, ihm helfen; aber ich will versuchen, daß er seinen ersten Neigungen treu bleibt. Madeleine, das liebe Geschöpf, hat bereits ein wundervolles Herz; sie ist rein wie der Schnee der höchsten Alpengipfel; sie wird einmal den Opferwillen der Frau und deren anmutsvolle Klugheit haben; sie ist stolz, sie wird sich als der Lenoncourts würdig erweisen! Die ehedem so gequälte Mutter ist jetzt sehr glücklich, beglückt durch ein Glück ohne Ende, ohne Beimischung; ja, mein Leben ist ausgefüllt, mein Leben ist reich. Sie sehen es, Gott läßt meine Freuden aus dem Schoß erlaubter Zuneigungen erblühen und mischt Bitterkeit in diejenigen, zu denen ein gefährlicher Hang mich hinzog ...«

»Gut«, rief der Abbé erfreut. »Der Herr Vicomte weiß davon genausoviel wie ich ...«

Als Jacques seine Beweisführung zu Ende gebracht hatte, hüstelte er.

»Genug für heute, lieber Abbé«, sagte die Gräfin gerührt, »und vor allem keine Chemiestunde. Mach einen Spazierritt, Jacques«, fuhr sie fort und ließ sich mit der zärtlichen, aber würdevollen Wollust einer Mutter von ihrem Sohne auf die Wange küssen; dabei blickte sich mich an, als wolle sie meine Erinnerungen kränken. »Geh, Lieber, und sei vorsichtig.«

»Aber«, sagte ich, indessen sie Jacques mit einem langen Blick folgte, »Sie haben mir nicht geantwortet. Fühlen Sie irgendwelche Schmerzen?«

»Ja, manchmal im Magen. Wäre ich in Paris, so genösse ich die Ehren einer Gastritis, der Modekrankheit.«

»Meine Mutter hat häufig Schmerzen, und zwar große«, sagte mir Madeleine.

»Ach!« sagte sie. »Interessiert Sie meine Gesundheit...?«

Madeleine war verwundert über die tiefe Ironie, die sich in diesen Worten ausprägte; sie schaute uns abwechselnd an; meine Augen zählten die rosa Blumen auf dem Kissen ihres graugrünen Sessels, der den Salon zierte.

»Diese Situation ist unerträglich«, flüsterte ich ihr zu.

»Habe ich sie geschaffen?« fragte sie mich. »Lieber Junge«, fügte sie laut hinzu und spielte dabei die grausame Munterkeit, mit der die Frauen ihre Rache ausschmücken, »kennen Sie sich etwa nicht in der modernen Geschichte aus? Sind Frankreich und England nicht immer Feinde? Madeleine weiß es, sie weiß, daß ein gewaltiges Meer sie trennt, ein kaltes, stürmisches Meer.«

Die Vasen auf dem Kaminsims waren durch Kandelaber ersetzt worden, sicherlich, um mich der Freude zu berauben, sie mit Blumen zu füllen; später habe ich sie in ihrem Zimmer wiedergefunden. Als mein Diener anlangte, ging ich hinaus, um ihm Weisungen zu geben; er hatte mir ein paar Dinge gebracht, die ich in meinem Zimmer unterbringen wollte.

»Félix«, sagte die Gräfin, »irren Sie sich nicht! Das ehemalige Zimmer meiner Tante gehört jetzt Madeleine; Sie sind über dem Grafen untergebracht.«

Obgleich ich schuldig war, hatte ich ein Herz, und alle diese Äußerungen waren kaltblütig versetzte Dolchstiche in die empfindlichsten Stellen; sie schien sie eigens ausgesucht zu haben. Seelische Leiden sind nichts Absolutes; sie stehen im Verhältnis zur Zartheit der Seelen, und die Gräfin hatte mühsam die Stufenleiter der Schmerzen erklommen; aber aus ebendiesem Grunde wird auch die beste Frau stets um so grausamer sein, als sie liebevoll gewesen ist; ich sah sie an, aber sie senkte den Kopf. Ich ging in mein neues Zimmer; es war hübsch, weiß und grün. Dort brach ich in Tränen aus. Henriette hörte mich; sie kam herein und brachte mir einen Blumenstrauß.

»Henriette«, sagte ich, »wollen Sie den entschuldbarsten aller Frevel nie verzeihen?«

»Nennen Sie mich nie wieder Henriette«, entgegnete sie, »sie gibt es nicht mehr, die arme Frau; aber Sie werden stets Madame de Mortsauf vorfinden, eine ergebene Freundin, die Sie anhören, die Sie gern haben wird. Félix, wir werden später miteinander plaudern. Wenn Sie noch etwas Zärtlichkeit für mich empfinden, dann lassen Sie mich mich daran gewöhnen, Sie zu sehen; und in dem Augenblick, da die Worte mir das Herz weniger heftig zerreißen werden, in der Stunde, da ich wieder einigen Mut zurückgewonnen habe, nun, dann, erst dann. Sehen Sie dieses Tal«, sagte sie und zeigte mir die Indre, »es schafft mir Pein, ich liebe es nämlich immer noch.«

»Ach, England und alle Frauen sollen zugrunde gehen! Ich reiche beim König meinen Abschied ein, ich sterbe hier als einer, dem verziehen worden ist.«

»Nein, lieben Sie sie getrost, diese Frau! Henriette ist nicht mehr, es ist kein Spiel, Sie werden es erfahren.«

Sie zog sich zurück; durch die Betonung des letzten Worts hatte sie enthüllt, wie groß ihre Wunden waren. Ich ging ihr hastig nach, hielt sie zurück und sagte: »Dann lieben Sie mich also nicht mehr?«

»Sie haben mir mehr Übles angetan, als alle andern zusammen! Heute leide ich weniger, also liebe ich Sie weniger; aber lediglich in England sagt man: *weder niemals, noch immer;* hier bei uns sagen wir: *immer.* Seien Sie vernünftig, vergrößern Sie nicht meinen Schmerz; und wenn Sie leiden sollten, dann denken Sie daran, daß *ich* lebe!«

Sie entzog mir ihre Hand, die ich gehalten hatte, kalt, reglos, aber feucht, und eilte schnell durch den Korridor davon, in dem diese wahrhaft tragische Szene stattgefunden hatte. Während des Abendessens wartete mir der Graf mit einer Folter auf, an die ich nicht gedacht hatte.

»Die Marquise Dudley ist also nicht in Paris?« fragte er.

Ich wurde über die Maßen rot, als ich ihm antwortete: »Nein.«

»Sie ist doch nicht etwa in Tours?« fuhr der Graf fragend fort.

»Sie ist nicht geschieden, sie kann nach England reisen. Ihr Mann würde sehr glücklich sein, wenn sie zu ihm zurückkehrte«, sagte ich hastig.

»Hat sie Kinder?« fragte Madame de Mortsauf mit beunruhigter Stimme.

»Zwei Söhne«, antwortete ich.

»Wo sind sie?«

»In England, bei dem Vater.«

»Also, Félix, jetzt seien Sie mal offen. Ist sie so schön, wie es heißt?«

»Wie kannst du ihm solch eine Frage stellen? Ist die Frau, die man liebt, nicht stets die schönste aller Frauen?« rief die Gräfin.

»Ja, stets«, sagte ich voller Stolz und warf ihr einen Blick zu, dem sie nicht standhielt.

»Sie haben's gut«, fuhr der Graf fort. »Ja, Sie sind ein Glückspilz. Ach, in meiner Jugend wäre ich über eine solche Eroberung toll gewesen . . .«

»Genug«, sagte Madame de Mortsauf und wies durch einen Blick deren Vater auf Madeleine hin.

»Ich bin kein Kind«, sagte der Graf, der sich darin gefiel, wieder jung zu werden.

Als vom Tisch aufgestanden wurde, führte die Gräfin mich auf die Terrasse, und als wir dort waren, rief sie aus: »Wie? Es gibt Frauen, die ihre Kinder einem Mann aufopfern? Das Vermögen, die Gesellschaft, das begreife ich, sogar die Ewigkeit, ja, vielleicht! Aber die Kinder! Sich seiner Kinder berauben!«

»Ja, und solcherlei Frauen würden am liebsten noch mehr zum Opfern haben, sie geben alles . . .«

Für die Gräfin stellte die Welt sich auf den Kopf; ihre Gedanken gerieten durcheinander. Dieses Grandiose erschütterte sie; sie ahnte, daß das Glück ein solches Opfer rechtfertigen müsse; sie vernahm in ihrem Inneren die Schreie des empörten Körpers; sie stand ihrem verfehlten Leben starr gegenüber. Ja, es überkam sie ein Augenblick grausigen Zweifelns; aber sie richtete sich groß und heilig wieder auf und trug den Kopf hoch.

»Dann lieben Sie sie recht sehr, Félix, diese Frau«, sagte sie mit Tränen in den Augen. »Sie soll meine glückliche Schwester sein. Ich verzeihe ihr all das Üble, das sie mir angetan hat, wenn sie Ihnen das gibt, was Sie hier niemals finden dürften, das, was Sie von mir nicht mehr erhalten können. Sie haben recht gehabt, ich habe Ihnen nie gesagt, ich liebte Sie, und ich habe Sie nie geliebt, wie man in dieser Welt liebt. Aber wenn sie nicht Mutter ist, wie kann sie da lieben?«

»Liebe Heilige«, entgegnete ich, »ich müßte weniger erschüttert sein als ich es bin, um dir zu erklären, daß du siegreich über ihr schwebst, daß sie eine irdische Frau ist, eine Tochter absinkender Rassen, und daß du die Tochter der Himmelshöhen bist, der vergötterte Engel, daß du mein ganzes Herz hast und sie nur meinen Körper; sie weiß es, sie ist darüber verzweifelt, und sie würde mit dir tauschen, auch wenn ihr als Preis für diese Verwandlung das grausamste Martyrium auferlegt werden würde. Aber alles ist unwiderruflich. Dir die Seele, dir die Gedanken, die reine Liebe, dir die Jugend und das Alter; ihr die Begierden und Lüste der flüchtigen Leidenschaft; dir mein Erinnern in seiner ganzen Reichweite, ihr das tiefste Vergessen.«

»Sagen Sie, sagen Sie, sagen Sie es mir doch, o mein Freund!« Sie setzte sich auf eine Bank und zerschmolz in Tränen. »Die Tugend, Félix, die Heiligkeit des Lebens, die Mutterliebe sind also keine Irrtümer. Oh, träufeln Sie diesen Balsam auf meine Wunden! Sagen Sie mir noch einmal, was mich dem Himmel zurückerstattet, dem ich gemeinsamen Flugs mit Ihnen entgegenstreben wollte! Segnen Sie mich durch einen Blick, durch ein geheiligtes Wort, dann will ich Ihnen alle Schmerzen vergeben, die ich seit zwei Monaten erlitten habe.«

»Henriette, es gibt in unserem Leben Mysterien, die Sie nicht kennen. Ich bin Ihnen in einem Alter begegnet, in dem das Gefühl die Begierden ersticken kann, die unsere Natur einflößt; aber mehrere Szenen, deren Erinnerung mich in der Stunde des Todes wieder erwärmen würde, haben Ihnen zeigen müssen, daß jenes Alter zu Ende war, und Ihr steter Triumph hat dazu gedient, seine stummen Entwicklungen zu verlängern. Eine Liebe ohne Besitz wird gerade durch das Außersichsein der Begierden am Leben erhalten; dann kommt der Augenblick, da alles in uns Männern, die wir euch Frauen in nichts ähneln, Leiden ist. Wir besitzen eine Macht, die wir nicht ablegen können, da wir dann nicht mehr Männer wären. Wird das Herz der Speise beraubt, die es nähren muß, so verzehrt es sich selbst und verspürt eine Erschöpfung, die nicht der Tod ist, aber ihm vorangeht. Die Natur kann also nicht lange Zeit hindurch getäuscht werden; beim geringsten Zwischenfall erwacht sie mit einer Kraftentfaltung, die dem Wahnwitz ähnelt. Nein, ich habe nicht geliebt, sondern ich habe Durst gehabt inmitten der Wüste.«

»Der Wüste!« sagte sie voller Bitterkeit und deutete auf das Tal. »Und«, sprach sie weiter, »wie er vernünftelt, wie viele subtile Unterschiede er macht! Die Treuen haben nicht soviel Geist.«

»Henriette«, sagte ich, »wir wollen uns nicht streiten um ein paar Ausdrücke von ungefähr. Nein, meine Seele hat nicht geschwankt; aber ich bin nicht Herr meiner Sinne gewesen. Jene Frau weiß ganz genau, daß du die einzige Geliebte bist. Sie spielt in meinem Leben eine zweite Rolle, sie weiß es und schickt sich darein; ich habe das Recht, sie zu verlassen, wie man eine Kurtisane verläßt . . .«

»Und dann . . .«

»Sie hat mir gesagt, sie würde sich umbringen«, antwortete ich im Glauben, daß dieser Entschluß Henriette überraschen würde. Aber während sie mir zuhörte, ließ sie sich ein verächtliches Lächeln entschlüpfen, das noch ausdrucksvoller als die Gedanken war, die es ausdrückte. – »Mein liebes Gewissen«, fuhr ich fort, »wenn du um mein Widerstreben wüßtest, und um die Verführungen, die mein Unterliegen bewerkstelligt haben, dann würdest du sie begreifen, diese fatale . . .«

»Oh, ja! Fatal!« sagte sie. »Ich habe zu sehr an Sie geglaubt! Ich habe geglaubt, es würde Ihnen nicht an der Tugend fehlen, die der Priester übt und . . . die mein Mann besitzt«, fügte sie hinzu, und ihre Stimme klang beißend boshaft. »Aber alles ist vorbei«, fuhr sie nach einer Pause fort, »ich schulde Ihnen viel, lieber Freund; Sie haben in mir die Flammen des körperlichen Lebens ausgelöscht. Der schwierigste Teil des Wegs ist getan, das Alter naht; jetzt bin ich leidend, bald bin ich kränklich; ich werde für Sie nicht die glänzende Fee sein, die Sie mit einem Regen von Wohltaten überschüttet. Seien Sie Lady Arabelle treu. Madeleine, die ich so gut für Sie erzogen hatte, wem wird sie angehören? Arme Madeleine, arme Madeleine!« wiederholte sie wie einen wehmütigen Kehrreim. »Hätten Sie gehört, wie sie zu mir sagte: ›Mutter, du bist nicht nett zu Félix!‹ Das liebe Geschöpf!«

Sie blickte mich bei den lauen Strahlen der untergehenden Sonne an, die durchs Laubwerk glitten; etwas wie Mitleid mit unseren Trümmern überkam sie; sie tauchte zurück in unsere reine Vergangenheit und erging sich in Betrachtungen, die zu gemeinsamen wurden. Wir durchlebten nochmals unsere Erinnerungen, unsere Augen wanderten vom Tal zum Rebgehege, von den Fenstern von Clochegourde nach Frapesle, und wir bevölkerten diese Träumerei mit unsern duftenden Sträußen, mit Romanen unserer Wünsche. Das war ihre letzte Wollust, und sie genoß sie mit der Reinheit einer christlichen Seele. Diese für uns so große Szene hatte uns in die gleiche Melancholie versenkt. Sie glaubte meinen Worten; und sie sah sich dort, wohin ich sie versetzt hatte, im Himmel.

»Mein Freund«, sagte sie, »ich gehorche Gott, denn in all diesem ist sein Finger.«

Erst später erkannte ich die Tiefe dieses Ausspruchs. Langsam stiegen wir wieder die Terrasse hinauf. Sie nahm meinen Arm, sie stützte sich entsagend und blutend darauf, aber sie hatte ihre Wunden verbunden.

»So ist nun mal das menschliche Leben«, sagte sie. »Was hat mein Mann getan, um sein Schicksal zu verdienen? Dies alles deutet auf die Existenz einer besseren Welt. Weh denen, die sich darüber beklagen würden, daß sie den guten Weg eingeschlagen haben!«

Dann begann sie, das Leben so gut abzuschätzen, es so tiefsinnig von seinen verschiedenen Seiten her zu betrachten, daß diese kalten Berechnungen mir den Ekel offenbarten, der sie, was alle irdischen Dinge betraf, gepackt hatte. Als wir auf der Freitreppe anlangten, ließ sie meinen Arm los und sagte als letzten Satz den folgenden: »Wenn Gott uns das Gefühl und den Hang zum Glück gegeben hat, muß er sich dann nicht der unschuldigen Seelen annehmen, die hienieden nichts als Trübsal gefunden haben? So ist es; oder es gibt keinen Gott, und unser Leben wäre nur ein bitterer Scherz.«

Mit den letzten Worten ging sie unvermittelt hinein; ich fand sie auf ihrem Sofa liegend vor, als sei sie von der Stimme niedergeschmettert worden, die den heiligen Paulus zu Boden warf.

»Was ist Ihnen?« fragte ich sie.

»Ich weiß nicht mehr, was Tugend ist«, sagte sie, »und ich bin mir der meinen nicht mehr bewußt.«

Es war uns beiden, als seien wir versteinert, als wir dem Hall dieses Ausspruchs lauschten; er war wie der eines in einen Abgrund geworfenen Steins.

»Wenn ich mich, was mein Leben betrifft, geirrt habe, dann hat *sie* recht!« fuhr Madame de Mortsauf fort.

So folgte ihr letzter Kampf ihrer letzten Wollust. Als der Graf kam, klagte sie, sie, die nie geklagt hatte; ich beschwor sie, mir genau anzugeben, wo sie Schmerzen habe, aber sie lehnte jede Erklärung ab, ging schlafen und überließ mich Gewissensbissen, die einer aus dem anderen entstanden. Madeleine hatte ihre Mutter begleitet; von ihr erfuhr ich am andern Morgen, daß die Gräfin sich hatte erbrechen müssen; sie habe gesagt, die Ursache davon seien die heftigen Erregungen des Tages gewesen. Auf diese Weise habe ich, der ich gewünscht hatte, mein Leben für sie zu geben, sie getötet.

»Lieber Graf«, sagte ich zu Monsieur de Mortsauf, der mich gezwungen hatte, mit ihm Tricktrack zu spielen, »ich glaube, die Gräfin ist ernstlich krank; noch ist Zeit, sie zu retten; rufen Sie Origet und flehen Sie sie an, seinen Ratschlägen zu folgen . . .«

»Origet, der mich umgebracht hat?« unterbrach er mich. »Nein, nein, ich will Carbonneau zu Rate ziehen.«

Während dieser Woche, und zumal während der ersten Tage, war alles für mich Leiden, Beginn einer Lähmung des Herzens, Verletzung der Eitelkeit, Verletzung der Seele. Man muß der Mittelpunkt von allem gewesen sein, der Blicke und der Seufzer, muß der Urquell des Lebens gewesen sein, der Herd, dem jeder sein Licht entnahm, um das Grauenvolle der Leere zu kennen. Dieselben Dinge waren da, aber der Geist, der sie belebt hatte, war erloschen wie eine ausgeblasene Flamme. Ich habe die schauerliche Notwendigkeit, einander nie wiederzusehen, erkannt, in die Liebende geraten, wenn die Liebe verflogen ist. Dort, wo man geherrscht hat, nichts mehr zu sein! Dort schweigende Todeskälte zu finden, wo die fröhlichen Strahlen des Lebens gefunkelt haben! Vergleiche überwältigen. Bald gelangte ich dazu, mich nach der schmerzlichen Unkenntnis jedes Glückes zu sehnen, die meine Jugend verdüstert hatte. Daher wurde meine Verzweiflung so tief, daß die Gräfin, wie ich glaube, darob Rührung empfand. Eines Tages, als wir alle nach dem Abendessen am Wasser spazierengingen, unternahm ich einen letzten Versuch, meine Verzeihung zu erlangen. Ich bat Jacques, mit seiner Schwester vorauszugehen, ich ließ den Grafen allein gehen und führte Madame de Mortsauf zum Boot: »Henriette«, sagte ich, »*ein* gutes Wort, oder ich stürze mich in die Indre! Ich habe gefehlt, ja, so ist es; aber habe ich nicht getan wie der Hund in seiner erhabenen Anhänglichkeit? Ich komme wieder wie er, wie er voller Scham; wenn er etwas angestellt hat, wird er gezüchtigt, aber er vergöttert die Hand, die ihn prügelt: Zerbrechen Sie mich, aber erstatten Sie mir Ihr Herz wieder . . .«

»Armer Junge!« sagte sie. »Sind Sie nicht nach wie vor mein Sohn?«

Sie nahm meinen Arm; schweigend holten wir Jacques und Madeleine ein; sie ging mit den beiden durch das Rebgehege zurück nach Clochegourde; mich überließ sie dem Grafen, der ein politisches Gespräch über seine Nachbarn begann.

»Lassen Sie uns hineingehen«, sagte ich, »Sie sind barhäuptig, und der Abendtau könnte Ihnen schaden.«

»Ausgerechnet Sie bedauern mich, lieber Félix?« antwortete er; er hatte meine Absichten mißverstanden. »Meine Frau hat mich niemals trösten wollen; vielleicht aus einem bestimmten System heraus.«

Nie hatte sie mich ehedem mit ihrem Mann alleingelassen; jetzt bedurfte ich der Vorwände, um wieder zu ihr zu gelangen. Sie war bei ihren Kindern und erklärte grade Jacques die Regeln des Tricktrackspiels.

»Da sehen Sie«, sagte der Graf, der stets eifersüchtig auf die Liebe war, die sie ihren beiden Kindern entgegenbrachte, »da sehen Sie die, um deretwillen ich immer vernachlässigt werde. Ehemänner, mein lieber Félix, sind immer die Unterlegenen; sogar die tugendhafteste Frau findet Mittel und Wege, ihr Verlangen, die eheliche Liebe zu bestehlen, zu befriedigen.«

Ohne zu antworten, fuhr sie mit ihren Liebkosungen fort.

»Jacques«, sagte er, »komm mal her!«

Jacques machte Schwierigkeiten.

»Dein Vater hat dich gerufen, geh hin, mein Junge«, sagte die Mutter und schob ihn vorwärts.

»Sie lieben mich auf Befehl«, fuhr der alte Mann fort; manchmal durchschaute er seine Lage.

»Ich bitte dich«, antwortete sie und ließ die Hand mehrmals über das Haar Madeleines gleiten, die nach dem Muster der schönen Hufschmiedin[131] frisiert war, »sei nicht ungerecht gegen die armen Frauen; für sie ist das Leben nicht immer leicht zu ertragen, und vielleicht stellen die Kinder die Tugenden einer Mutter dar!«

»Meine Liebe«, entgegnete der Graf, der darauf verfiel, logisch zu sein, »was du da eben gesagt hast, bedeutet, daß ohne ihre Kinder die Frauen gegen die Tugend verstoßen und ihre Männer sitzenlassen würden.«

Die Gräfin stand kurz entschlossen auf und führte Madeleine auf die Freitreppe.

»So ist die Ehe, mein Lieber«, sagte der Graf. »Hast du etwa, als du so hinausgingst, behaupten wollen, ich schwätzte unsinniges Zeug?« schrie er, nahm seinen Sohn bei der Hand und trat auf die Freitreppe hinaus zu seiner Frau, der er wütende Blicke zuwarf.

»Im Gegenteil, du hast mich erschreckt. Deine Bemerkung hat mir sehr weh getan«, sagte sie mit hohler Stimme und warf mir den Blick einer Verbrecherin zu. »Wenn die Tugend nicht darin besteht, sich für seine Kinder und seinen Mann aufzuopfern, was ist dann Tugend?«

»Sich auf-zu-opfern!« entgegnete der Graf und machte aus jeder Silbe einen Schlag mit der Eisenstange auf das Herz seines Opfers. »Was opferst du denn deinen Kindern? Was opferst du denn mir? Wen? Was? Antworte! Wirst du wohl antworten? Was geht hier eigentlich vor? Was hast du sagen wollen?«

»Würdest du denn damit zufrieden sein«, antwortete sie, »um nichts und wieder nichts geliebt zu werden, oder zu wissen, deine Frau sei tugendhaft um der Tugend willen?«

»Madame hat recht«, ergriff ich mit bewegter Stimme das Wort; sie schwang in diesen beiden Herzen nach, in die ich meine für immer verlorenen Hoffnungen senkte, und die ich durch den Ausdruck des allertiefsten Schmerzes beruhigte; sein dumpfer Aufschrei beschwichtigte diesen Streit, wie alles schweigt, wenn der Löwe brüllt. »Ja, das schönste Vorrecht, das die Vernunft uns verliehen hat, besteht darin, daß wir unsere Tugenden den Menschen darbringen können, deren Glück unser Werk ist, und die wir weder aus Berechnung noch aus Pflichtgefühl glücklich machen, sondern durch eine unerschöpfliche, freiwillig dargebrachte Liebe.«

In Henriettes Augen schimmerte eine Träne.

»Und, lieber Graf, wenn durch Zufall eine Frau unfreiwillig irgendeinem Gefühl unterworfen sein sollte, das denen, die die Gesellschaft ihr auferlegt, fremd ist, dann müssen Sie doch zugeben, daß, je unwiderstehlicher jenes Gefühl sein würde, sie um so tugendhafter wäre, wenn sie es dadurch unterdrückte, daß sie sich ihren Kindern, ihrem Mann *aufopferte*. Diese Theorie ist übrigens weder auf mich, der leider ein Beispiel für das Gegenteil darstellt, noch auf Sie anwendbar, den sie nie betreffen wird.«

Eine zugleich feuchte und glühend heiße Hand legte sich auf die meine und stützte sich stumm darauf.

»Sie sind eine schöne Seele, Félix«, sagte der Graf, legte nicht ohne Anmut seine Hand um die Taille seiner Frau, die er sanft beiseite führte, um ihr zu sagen: »Verzeih, Liebste, einem armen Kranken, der wohl mehr geliebt werden möchte, als er es verdient.«

»Es gibt Herzen, die ganz aus Edelmut bestehen«, antwortete sie und lehnte den Kopf an die Schulter des Grafen, der diesen Satz auf sich bezog. Dieser Irrtum löste in der Gräfin irgendwie ein Zittern aus; ihr Kamm fiel nieder, ihr Haar ging auf, sie erbleichte; ihr Mann, der sie stützte, stieß eine Art Gebrüll aus, als er fühlte, daß sie ohnmächtig wurde; er ergriff sie, wie er es mit seiner Tochter gemacht hätte, und trug sie auf das Sofa des Salons; wir standen um sie herum. Henriette hatte meine Hand in der ihrigen behalten, wie um mir zu sagen, einzig wir beide wüßten um das Geheimnis dieser dem Anschein nach so einfachen Szene, die so schrecklich war, weil sie ihr das Herz zerriß.

»Ich habe unrecht«, sagte sie leise zu mir in einem Augenblick, da der Graf uns alleingelassen hatte, um ein Glas Orangenblütenwasser holen zu lassen, »ich habe tausendmal unrecht Ihnen gegenüber, den ich hatte zur Verzweiflung treiben wollen, als ich Sie in Gnaden hätte empfangen müssen. Lieber, Sie sind von einer anbetenswerten Güte, die ich allein würdigen kann. Ja, ich weiß es, es gibt Güte, die von der Leidenschaft eingeflößt wird. Die Männer haben mehrere Arten, gütig zu sein; sie sind gütig aus Verachtung, aus Hingerissensein, aus Berechnung, aus charakterlicher Gleichgültigkeit; aber Sie, lieber Freund, Sie haben soeben eine absolute Güte gezeigt.«

»Wenn dem so ist«, sagte ich, »dann sollen Sie vernehmen, daß alles, was vielleicht an Großem in mir ist, von Ihnen herrührt. Wissen Sie denn nicht mehr, daß ich Ihr Werk bin?«

»Dieses Wort genügt, um eine Frau glücklich zu machen«, antwortete sie, als grade der Graf zurückkam. »Mir ist besser«, sagte sie und stand auf, »ich brauche frische Luft.«

Wir stiegen alle auf die Terrasse hinab, die von den noch blühenden Akazien dufterfüllt war. Sie hatte meinen rechten Arm genommen, preßte ihn an ihr Herz und gab auf diese Weise schmerzlichen Gedanken Ausdruck; aber, wie sie gesagt hatte, das waren Schmerzen, die sie liebte. Sicherlich wollte sie mit mir allein sein; aber ihre in weiblichen Listen ungeschickte Phantasie gab ihr kein Mittel ein, ihre Kinder und ihren Mann wegzuschicken; so plauderten wir denn von gleichgültigen Dingen, während sie sich den Kopf darüber zerbrach, wie sie sich einen Augenblick verschaffen könnte, da sie endlich ihr Herz in das meine entlasten konnte.

»Es ist recht lange her, daß ich nicht spazierengefahren bin«, sagte sie, als sie sah, wie schön der Abend war. »Bitte, gib die Anweisungen, daß ich eine Rundfahrt machen kann.«

Sie wußte, daß vor dem Abendgebet jede Erklärung unmöglich sein würde, und fürchtete, der Graf werde eine Partie Tricktrack spielen wollen. Sie hätte sehr wohl mit mir auf diese laue, duftende Terrasse gehen können, wenn ihr Mann zu Bett gegangen wäre; aber sie fürchtete vielleicht, in diesem Baumschatten zu verweilen, den wollüstige Lichtstrahlen durchglitten, und an der Balustrade entlangzuschreiten, von wo aus meine Augen den Lauf der Indre in der Wiese wahrgenommen hätten. Gerade wie eine Kathedrale mit ihren düsteren, schweigenden Wölbungen zum Gebet rät, erregt mondbeleuchtetes Laubwerk, das von durchdringenden Düften durchhaucht und von den dumpfen Geräuschen des Frühlings belebt wird, die Fibern und erschlafft den Willen. Das offene Land, das die Leidenschaften alter Leute beschwichtigt, facht diejenigen junger Herzen an; das wußten wir! Zwei Glockenschläge verkündeten die Stunde des Gebets; die Gräfin erbebte.

»Liebe Henriette, was ist Ihnen?«

»Henriette gibt es nicht mehr«, antwortete sie. »Lassen Sie sie nicht wiedererstehen, sie war anspruchsvoll und launisch; jetzt haben Sie eine stille Freundin, deren Tugend soeben durch die Worte gefestigt worden ist, die der Himmel Ihnen eingegeben hat. Über all das werden wir später sprechen. Wir dürfen nicht unpünktlich zum Gebet kommen. Heute ist es an mir, es zu sprechen.«

Als die Gräfin die Worte sprach, durch die sie Gott um seine Hilfe gegen die Widrigkeiten des Lebens bat, tat sie es mit einer Betonung, die nicht nur mich betroffen machte; sie schien sich ihrer Gabe des Zweiten Gesichts bedient zu haben, um die schreckliche Erregung wahrzunehmen, in die sie eine Ungeschicklichkeit versetzen sollte, die ich beging, weil ich meine Vereinbarungen mit Arabelle vergessen hatte.

»Wir haben noch Zeit genug zu drei Spielen, bis die Pferde angespannt sind«, sagte der Graf und zog mich in den Salon. »Sie können mit meiner Frau ausfahren; ich gehe zu Bett.«

Wie alle unsere Partien, verlief auch diese stürmisch. Von ihrem Schlafzimmer oder demjenigen Madeleines aus konnte die Gräfin die Stimme ihres Mannes hören.

»Du mißbrauchst auf befremdliche Weise die Gastfreundschaft«, sagte sie zum Grafen, als sie in den Salon zurückkam.

Ich blickte sie sprachlos an; ich hatte mich an ihre Härte nicht gewöhnt; früher hatte sie sich gehütet, mich der Tyrannei des Grafen zu entziehen; früher beliebte sie, mich ihre Leiden teilen zu lassen, es zu erleben, daß ich sie aus Liebe zu ihr geduldig ertrug.

»Ich würde mein Leben hingeben«, sagte ich leise zu ihr, »um Sie noch einmal flüstern zu hören: ›Armer Lieber! Armer Lieber!‹«

Sie schlug die Augen nieder und gedachte der Stunde, auf die ich angespielt hatte; ihr Blick floß zu mir hin, aber heimlich, und er gab der Freude der Frau Ausdruck, die die flüchtigsten Regungen ihres Herzens den tiefen Entzückungen einer anderen Liebe vorgezogen sieht. Jetzt, wie jedesmal, wenn ich eine solche Kränkung erlitten hatte, verzieh ich sie ihr, da ich mich verstanden fühlte. Der Graf verlor; um die Partie aufgeben zu können, behauptete er, er sei müde, und wir spazierten um den Kugelspielplatz herum und warteten auf den Wagen; sobald er uns alleingelassen hatte, strahlte auf meinem Gesicht die Freude so lebhaft, daß die Gräfin mich durch einen neugierigen, überraschten Blick befragte.

»Henriette lebt«, sagte ich, »ich werde noch immer geliebt; Sie verletzen mich in der offenbaren Absicht, mir das Herz zu brechen; ich könnte noch glücklich werden!«

»Es ist nur noch ein Fetzchen von der Frau übriggeblieben«, sagte sie erschrocken, »und in diesem Augenblick tragen Sie darüber den Sieg davon. Gott sei gelobt! Er gibt mir die Kraft, mein verdientes Martyrium zu ertragen. Ja, ich liebe Sie noch immer allzusehr, ich war drauf und dran, zu erliegen, die Engländerin erleuchtet mir einen Abgrund.«

In diesem Augenblick stiegen wir in den Wagen; der Kutscher erbat den Befehl.

»Fahren Sie durch die Allee zur Straße nach Chinon; zurückfahren wollen wir über die Karlsheide[132] und den Weg nach Saché.«

»Welchen Wochentag haben wir heute?« fragte ich allzu lebhaft.

»Samstag.«

»Dann lassen Sie uns nicht dort entlangfahren, Madame; am Samstagabend ist die Straße voll von Eier- und Geflügelhändlern, die nach Tours fahren; wir würden ihren Karrenwagen begegnen.«

»Tun Sie, wie ich Ihnen sage«, wies sie den Kutscher an. Wir kannten beide die Modulationen unserer Stimme, so winzig sie auch sein mochten, allzu gut, um einander die geringste unserer Aufwallungen zu verhehlen. Henriette hatte alles durchschaut.

»Sie haben nicht an die Eier- und Geflügelhändler gedacht, als Ihre Wahl auf diese Nacht fiel«, sagte sie mit einem leisen Anflug von Ironie. »Lady Dudley ist in Tours. Leugnen Sie nicht, sie erwartet Sie hier in der Nähe. ›Welchen Wochentag haben wir heute? Die Eier- und Geflügelhändler, die Karrenwagen!‹« fuhr sie fort. »Haben Sie je dergleichen Einwände erhoben, wenn wir früher ausfuhren?«

»Diese Einwände beweisen, daß ich auf Clochegourde alles vergesse«, antwortete ich schlicht.

»Sie erwartet Sie also?« entgegnete sie.

»Ja.«

»Um welche Uhr?«

»Zwischen elf Uhr und Mitternacht.«

»Wo?«

»Auf der Heide.«

»Führen Sie mich nicht hinters Licht. Nicht etwa unter dem Nußbaum?«

»Auf der Heide.«

»Wir fahren hin«, sagte sie, »ich will sie sehen.«

Als ich diese Worte vernahm, betrachtete ich mein Leben als endgültig verpfuscht. Ich beschloß einen Augenblick lang, durch eine endgültige Eheschließung mit Lady Dudley den schmerzlichen Kampf zu beenden, der mein Empfindungsvermögen zu erschöpfen und durch allzu oft wiederholte Erschütterungen die wollüstigen Zärtlichkeiten, die der Oberfläche von Früchten ähneln, zunichte zu machen drohte. Mein verstocktes Schweigen kränkte die Gräfin; ihre ganze Größe war mir nicht bekannt.

»Erbosen Sie sich nicht gegen mich«, sagte sie mit ihrer goldenen Stimme, »dieses, Lieber, ist meine Strafe. Sie werden nie so geliebt werden wie hier«, fuhr sie fort und legte die Hand auf ihr Herz. »Habe ich es Ihnen nicht gestanden? Die Marquise Dudley hat mich gerettet. Ihr mögen alle Schmutzflecken anhaften, ich beneide sie nicht darum. Mein möge die glorreiche Liebe der Engel sein! Ich habe mir ein Urteil über das Leben gebildet. Erhebt man die Seele, dann zerfetzt man sie; je höher man steigt, desto weniger Sympathie begegnet man; anstatt im Tal zu leiden, leidet man in den Lüften, wie der schwebende Adler, der einen von einem grobschlächtigen Hirten abgeschossenen Pfeil im Herzen trägt. Heute verstehe ich, daß Himmel und Erde unvereinbar sind. Ja, für den, der in der himmlischen Zone zu leben vermag, ist einzig Gott möglich. Also muß unsere Seele von allen irdischen Dingen losgelöst sein. Man muß seine Freunde lieben wie seine Kinder, um ihretwillen und nicht um seiner selbst willen. Das Ich verursacht alles Unglück und allen Kummer. Mein Herz schwingt sich höher hinauf, als der Adler es kann; dort ist eine Liebe, die mich nicht täuschen wird. Was aber das Durchleben des Erdenlebens betrifft, so erniedrigt es uns allzusehr, weil es den Egoismus der Sinne über die Geistigkeit des Engels herrschen läßt, der in uns ist. Die Genüsse, die die Leidenschaft spendet, sind auf grausige Weise stürmisch und werden bezahlt mit entnervenden Ängsten, die die Triebfedern der Seele zerbrechen. Ich bin bis ans Ufer des Meers gekommen, wo jene Stürme toben, ich habe sie aus allzu großer Nähe gesehen; oftmals haben sie mich in ihre Wolken gehüllt, die Woge hat sich nicht immer zu meinen Füßen gebrochen; ich habe ihre rauhe Umarmung gespürt, die das Herz erkalten läßt; ich muß mich auf hohe Stätten zurückziehen; am Ufer jenes ungeheuren Meers würde ich umkommen. In Ihnen wie in allen, die mich betrübt haben, erblicke ich die Hüter meiner Tugend. Mein Leben ist mit Ängsten durchmischt gewesen, die zum Glück meinen Kräften entsprochen haben, und so ist es von üblen Leidenschaften rein geblieben, ohne verführerische Rast und stets bereit für Gott. Unser beider Neigung war die wahnwitzige Versuchung, die Bemühung zweier harmloser Kinder, die versuchten, ihr Herz zu befriedigen, den Menschen und Gott genugzutun ... Wahnsinn, Félix! Ach«, sagte sie nach einer Pause, »wie nennt jene Frau Sie?«

»Amédée«, antwortete ich. »Félix ist ein abgesondertes Wesen, das immer nur Ihnen gehören wird.«

»Henriette fällt das Sterben schwer«, sagte sie und ließ sich ein frommes Lächeln entgleiten. »Aber«, fuhr sie fort, »sie wird in der ernsten Bemühung der demütigen Christin sterben, der stolzen Mutter, der Frau, deren Tugend gestern geschwankt, sich jedoch heute wieder gefestigt hat. Was soll ich Ihnen sagen? Nun ja, gut, mein Leben steht im Einklang mit sich selbst, in seinen größten Bewandtnissen wie in seinen kleinsten. Das Herz, in das ich die ersten Wurzeln der Zärtlichkeit hätte einsenken müssen, das Herz meiner Mutter hat sich mir verschlossen, trotz meiner Beharrlichkeit, darin eine Lücke zu suchen, durch die ich hineinschlüpfen konnte. Ich war ein Mädchen, ich kam nach drei toten Knaben, und ich habe vergeblich danach getrachtet, deren Stelle in der Zuneigung meiner Eltern einzunehmen; ich habe die

Wunde nicht zu heilen vermocht, die dem Familienstolz geschlagen worden war. Als ich nach dieser düsteren Kindheit meine anbetenswerte Tante kennenlernte, hat der Tod sie mir schnell entführt. Mein Mann, dem ich mich geweiht habe, hat mich ständig und pausenlos verletzt, ohne es zu wissen, der arme Mensch! Seine Liebe hat den naiven Egoismus derjenigen, die unsere Kinder uns entgegenbringen. Er ahnt den Schmerz nicht, den er mir verursacht; ihm wird stets verziehen! Meine Kinder, diese lieben Kinder, die mit allen ihren Schmerzen an meinem Leiblichen hängen, und an meiner Seele mit allen ihren guten Eigenschaften, an meiner Natur mit allen ihren harmlosen Freuden; sind diese Kinder mir nicht gegeben worden, um zu zeigen, wieviel Kraft und Geduld sich im Busen der Mütter finden? O ja, meine Kinder sind meine Tugenden! Sie, Félix, wissen, wie ich gegeißelt worden bin, durch sie, in ihnen und trotz ihrer. Mutter werden, das hieß für mich, das Recht, immer zu leiden, erkaufen. Als Hagar in der Wüste weinte, da hat ein Engel für diese allzu geliebte Sklavin eine reine Quelle entspringen lassen[133]; mir jedoch, als der klare Quell, zu dem Sie mich hatten leiten wollen (erinnern Sie sich?), entsprungen ist und um Clochegourde sprudelte, da hat er mir nur bitteres Wasser gespendet. Ja, Sie haben mir unerhörtes Leid zugefügt. Gott wird sicherlich allen verzeihen, denen in der Liebe nur Leid zuteil geworden ist. Doch wenn die heftigsten Schmerzen, die ich je empfunden habe, mir durch Sie zugefügt worden sind, dann habe ich sie vielleicht verdient. Gott ist nicht ungerecht. Ach ja, Félix, ein flüchtig auf eine Stirn gedrückter Kuß birgt vielleicht Frevel! Vielleicht muß man hart die Schritte büßen, die man tat, als man seinen Kindern und seinem Mann vorausging, wenn man abends einen Spaziergang unternahm, um allein zu sein mit Erinnerungen und Gedanken, die nicht ihnen galten, und wenn man, indem man so einherschritt, seine Seele mit einer anderen vermählte! Wenn das innere Wesen sich zusammenzieht und sich klein macht, um nur den Platz einzunehmen, den man den Wangenküssen darbietet, dann ist das vielleicht das schlimmste aller Verbrechen! Wenn eine Frau sich neigt, um mit dem Haar den Kuß ihres Mannes zu empfangen, damit ihre Stirn unberührt bleibt, so ist das ein Verbrechen. Es ist ein Verbrechen, sich eine Zukunft zu schmieden und sich dabei auf den Tod zu stützen, ein Verbrechen, sich und der Zukunft eine Mutterschaft ohne Beunruhigungen auszumalen, schöne Kinder, die abends mit einem von seiner ganzen Familie vergötterten Vater spielen, unter den gerührten Augen einer glücklichen Mutter. Ja, ich habe gesündigt, habe gröblich gesündigt! Ich habe Wohlgefallen an den von der Kirche auferlegten Bußübungen empfunden, die nicht zur Genüge die Sünden ausglichen, denen gegenüber der Priester wohl allzu nachsichtig war. Sicherlich hat Gott die Strafe ins Innerste aller jener Irrtümer verlegt, indem er seine Rache demjenigen auftrug, um dessentwillen sie begangen wurden. Als ich mein Haar verschenkte, hieß das nicht, mich verheißen? Warum habe ich so gern ein weißes Kleid angezogen? Weil ich glaubte, dann eher Ihre Lilie zu sein; hatten Sie mich hier zum erstenmal nicht in einem weißen Kleid erblickt? Ach, ich habe meine Kinder weniger geliebt, denn jede lebendige Zuneigung ist Raub an den Zuneigungen, die man schuldig ist. Sehen Sie es richtig, Félix? Alles Leiden hat seine Bedeutung. Verwunden Sie mich, verwunden Sie mich tiefer, als mein Mann und meine Kinder mich verwundet haben. Jene Frau ist ein Werkzeug des Zorns Gottes; ich will ihr ohne Haß gegenübertreten, ich will ihr zulächeln; wenn ich eine wahre Christin, Gattin und Mutter sein will, dann muß ich sie lieben. Wenn ich, wie Sie sagten, dazu habe beitragen können, Ihr Herz vor Bindungen zu bewahren, die es hätten deflorieren können, so vermöchte diese Engländerin mich nicht zu hassen. Eine Frau muß die Mutter desjenigen lieben, den sie liebt, und ich bin Ihre Mutter. Was habe ich in Ihrem Herzen gewollt? Den Platz, den Madame de Vandenesse leer gelassen hat. O ja, Sie haben sich immer über meine Kälte beklagt! Ja, ich bin wohl nur wie Ihre Mutter. Verzeihen Sie mir also die unwillkürlichen harten Worte, die ich Ihnen bei Ihrer Ankunft gesagt habe, denn eine Mutter müßte sich freuen, wenn sie weiß, daß ihr Sohn so sehr geliebt wird.« Sie lehnte den Kopf an meine Brust und sagte immer aufs neue: »Verzeihen Sie mir! Verzeihen Sie mir!« Jetzt vernahm ich unbekannte Laute. Es war weder ihre Jungmädchenstimme mit ihrem fröhlichen Klang noch ihre Frauenstimme mit ihren despotischen Endungen, noch die Seufzer der leidenden Mutter; es war eine herzzerreißende, eine neue

Stimme für neue Schmerzen. – »Was nun Sie betrifft, Félix«, fuhr sie belebter fort, »so sind Sie der Freund, der nichts Böses zu tun vermöchte. Ach, Sie haben in meinem Herzen nichts eingebüßt, werfen Sie sich nichts vor, haben Sie nicht die mindesten Gewissensbisse. War es nicht der Gipfel der Selbstsucht, von Ihnen zu verlangen, Sie sollten einer unmöglichen Zukunft die höchsten Wonnen der Liebe aufopfern, wenn eine Frau, um sie zu genießen, ihre Kinder verläßt, ihrem Rang entsagt und auf die Ewigkeit verzichtet? Wie viele Male habe ich es nicht erlebt, daß Sie mir überlegen waren! Sie waren groß und edel, ich aber war klein und verbrecherisch! Kommen Sie, es steht fest, daß ich für Sie nur noch hohes, funkelndes und kaltes, aber unwandelbares Licht sein kann. Nur das eine, Félix: Sorgen Sie dafür, daß nicht ich allein den Bruder liebe, den ich mir erkoren habe. Halten Sie in Ehren an mir fest! Die Liebe einer Schwester kennt kein übles Morgen noch schwierige Augenblicke. Sie haben es nicht nötig, diese nachsichtige Seele zu belügen, die durch Ihr schönes Leben leben wird, die nie verfehlen wird, sich Ihre Schmerzen zu Herzen zu nehmen, die Ihre Freuden fröhlich stimmen werden, und die sich entrüsten will über Verrätereien. Ich habe keinen Bruder gehabt, den ich so hätte lieben können. Seien Sie groß genug, jede Eigenliebe abzulegen, um unsere bislang so zweifelhafte und gewittrige Bindung durch diese weiche, heilige Zuneigung hinschwinden zu lassen. So könnte ich noch weiterleben. Ich werde als die erste dadurch den Anfang machen, daß ich Lady Dudley die Hand drücke.«

Nicht sie war es, die weinte, als sie diese von bitterem Wissen erfüllten Worte aussprach, durch die sie mir, indem sie den letzten Schleier fortriß, der mir ihre Seele und ihre Schmerzen verborgen hatte, zeigte, durch wie viele Bande sie sich an mich geknüpft hatte, wie viele starke Ketten ich zerhackt hatte. Wir waren so hingerissen, daß wir nichts von dem Regen merkten, der in Strömen niederrauschte.

»Will die Frau Gräfin nicht ein Weilchen hier hineingehen?« fragte der Kutscher und wies auf den ansehnlichsten Gasthof von Ballan.

Sie gab ein Zeichen der Zustimmung, und wir blieben etwa eine halbe Stunde unter dem Torbogen stehen, zum größten Erstaunen der Wirtsleute, die sich fragten, warum Madame de Mortsauf um elf Uhr nachts noch unterwegs sei. Fuhr sie nach Tours? Kam sie von dort zurück? Als das Gewitter vorüber war, als der Regen zu dem geworden war, was man in Tours einen »Brodelnebel« nennt, der indessen den Mond nicht hinderte, die oberen Dunstschichten zu beleuchten, die der Höhenwind schnell von dannen trieb, ging der Kutscher hinaus und wendete zu meiner großen Freude den Wagen.

»Folgen Sie meinem Befehl«, rief ihm die Gräfin freundlich zu.

So schlugen wir denn die Straße nach der Karlsheide ein, und dort begann der Regen von neuem. Auf halbem Weg durch das Heideland hörte ich das Gebell von Arabelles Lieblingshund; plötzlich brach ein Pferd aus einem Eichendickicht hervor, setzte über den Weg, sprang über den Graben, den die Eigentümer gehöhlt hatten, um ihre Äcker beziehungsweise die Brachland-flächen zu bezeichnen, von denen man meinte, sie seien urbar zu machen, und Lady Dudley hielt in der Heide, um die Ka-lesche vorüberfahren zu lassen.

»Welch eine Lust, so ein Kind zu erwarten, wenn man es ohne Frevel tun kann!« sagte Henriette.

Das Gebell des Hundes hatte Lady Dudley gemeldet, daß ich mich in dem Wagen befand; sie glaubte wohl, ich wollte sie auf diese Weise des schlechten Wetters wegen abholen; als wir an die Stelle kamen, wo die Marquise hielt, sprengte sie mit der reiter-lichen Gewandtheit, über die sie verfügte, und die Henriette anstaunte wie ein Wunder, den Wegrain entlang. Aus Neckerei sagte Arabelle immer nur die letzte Silbe meines Namens, und diese sprach sie auf Englisch aus; es war eine Art Ruf, der auf ihren Lippen einen einer Fee würdigen Zauber hatte. Sie wußte, daß sie nur von mir verstanden werden konnte, wenn sie rief: »My Dee.«

»Er ist es, Madame«, antwortete die Gräfin und betrachtete bei einem klaren Mondstrahl das phantastische Geschöpf, dessen ungeduldiges Gesicht auf bizarre Weise von ihren langen, auf-gelösten Locken umgeben war.

Du weißt, mit welcher Schnelligkeit zwei Frauen einander mustern. Die Engländerin erkannte ihre Rivalin und zeigte sich auf glorreiche Weise als Engländerin; sie umhüllte uns mit einem

Blick, der von ihrer englischen Verachtung erfüllt war, und verschwand pfeilschnell im Heidekraut.

»Schnell nach Clochegourde!« rief die Gräfin, für die dieser harte Spähblick wie ein Axthieb ins Herz gewesen war.

Der Kutscher wendete; er wollte den Weg nach Chinon nehmen, der besser war als der nach Saché. Als die Kalesche abermals an der Heide entlangfuhr, hörten wir den wütenden Galopp von Arabelles Pferd und das Getrappel ihres Hundes. Alle drei stürmten sie dicht am Waldrand auf der anderen Seite der Heidefläche entlang.

»Sie reitet davon; Sie verlieren sie auf ewig«, sagte Henriette.

»Gut«, antwortete ich, »soll sie doch! Ich weine ihr nicht nach.«

»Ach, die armen Frauen«, rief die Gräfin und gab einem mitfühlenden Entsetzen Ausdruck. »Aber wohin reitet sie?«

»Nach der Grenadière, einem Häuschen bei Saint-Cyr«[134], sagte ich.

»Sie reitet allein davon«, fuhr Henriette in einem Tonfall fort, der mir bewies, daß die Frauen sich in Liebesdingen solidarisch glauben und einander nie im Stich lassen.

Als wir in die Allee von Clochegourde einbogen, kläffte Arabelles Hund freudig auf und lief vor der Kalesche her.

»Sie hat uns überholt«, rief die Gräfin. Dann fuhr sie nach einer Pause fort: »Nie habe ich eine schönere Frau gesehen. Welche Hand und welcher Wuchs! Ihr Teint löscht die Lilie aus, und ihre Augen haben den Glanz eines Diamanten! Aber sie sitzt zu gut zu Pferde, sie muß gern ihre Kraft entfalten; ich halte sie für tatkräftig und gewalttätig; außerdem scheint mir, sie setzt sich ein wenig gar zu kühn über die Konventionen hinweg: Eine Frau, die keine Gesetze anerkennt, ist recht nahe daran, nur ihren Launen zu gehorchen. Alle, die so zu glänzen und sich zu tummeln lieben, haben nicht die Gabe der Beständigkeit empfangen. Meiner Meinung nach fordert die Liebe mehr Geruhsamkeit: Ich habe sie mir vorgestellt wie einen ungeheuren See, in dem das Lot keinen Grund findet, wo die Stürme heftig sein können, aber selten sind, und sich in unüberschreitbaren Grenzen halten, wo zwei Menschenwesen auf einer beblühten Insel wohnen, fern der Welt, deren Luxus und Glanz sie kränken würden. Aber die Liebe muß ja die Prägung des Charakters annehmen; vielleicht habe ich unrecht. Wenn die Grundgesetze der Natur sich den vom Klima gewollten Formen beugen, warum sollte es mit den Gefühlen bei den Einzelwesen nicht genauso sein? Sicher weichen die Gefühle, die von dem allgemeinen Gesetz durch die Masse abhängen, lediglich im Ausdruck voneinander ab. Jede Seele hat ihre eigne Art. Die Marquise ist die starke Frau, die die Entfernungen überschreitet und mit Manneskraft handelt; die den Geliebten aus der Gefangenschaft befreien und den Kerkermeister, die Wächter und Henker töten würde; während andere Geschöpfe sich nur darauf verstehen, mit ihrer ganzen Seele zu lieben; in der Gefahr knien sie nieder, beten und sterben. Welche dieser beiden Arten von Frauen Ihnen besser behagt, das ist die ganze Frage. Freilich, die Marquise liebt Sie, sie hat Ihnen so viele Opfer gebracht! Vielleicht wird sie Sie noch immer lieben, wenn Sie sie längst nicht mehr lieben!«

»Erlauben Sie mir, lieber Engel, zu wiederholen, was Sie mir eines Tages gesagt haben: ›Woher wissen Sie dies alles?‹«

»Jeder Schmerz hat seine Lehre, und ich habe so mannigfach gelitten, daß mein Wissen sehr umfangreich ist.«

Mein Diener hatte die Befehle mit angehört; er glaubte, wir würden über die Terrasse zurückkommen und hielt mein Pferd in der Allee bereit; Arabelles Hund hatte das Pferd gewittert; und seine Herrin war ihm, von einer nur zu berechtigten Neugier geleitet, durch den Wald gefolgt, wo sie sich wohl verborgengehalten hatte.

»Gehen Sie und schließen Sie Frieden«, sagte Henriette lächelnd und ohne Trübsinn zu zeigen. »Sagen Sie ihr, wie sehr sie sich über meine Absichten getäuscht habe; ich hatte ihr den ganzen Wert des Schatzes offenbaren wollen, der ihr zuteilgeworden ist; mein Herz birgt für sie nur gute Gefühle und empfindet vor allem weder Zorn noch Verachtung; erklären Sie ihr, daß ich ihre Schwester und nie ihre Rivalin bin.«

»Keinesfalls gehe ich hin!« rief ich aus.

»Haben Sie niemals empfunden«, sagte sie mit dem funkelnden Stolz der Märtyrer, »daß gewisse Rücksichtnahmen an Beleidigung grenzen? Gehen Sie, gehen Sie!«

Also eilte ich zu Lady Dudley hin, um zu erfahren, wie sie dachte. – »Wenn sie mir doch zürnen und mich verlassen könnte!« dachte ich. »Dann würde ich nach Clochegourde zurückkehren.« Der Hund führte mich unter eine Eiche, unter der die Marquise hervorstürzte und mir entgegenrief: »*Away! Away!*« Alles, was mir zu tun übrigblieb, war, ihr bis Saint-Cyr zu folgen, wo wir um Mitternacht anlangten.

»Die Dame ist vollkommen gesund«, sagte mir Arabelle, als sie vom Pferde stieg.

Nur die, die sie gekannt haben, können alle Sarkasmen ermessen, die diese trocken hingeworfene Bemerkung enthielt, hingeworfen mit einer Miene, die besagen sollte: »*Ich* würde gestorben sein!«

»Ich verbiete dir, einen einzigen deiner dreischneidigen Scherze gegen Madame de Mortsauf zu richten«, antwortete ich.

»Sollte es Euer Gnaden mißfallen, die vollkommene Gesundheit wahrzunehmen, deren sich ein Ihrem kostbaren Herzen teures Wesen erfreut? Die Französinnen hassen, wie es heißt, sogar den Hund ihrer Liebhaber; wir in England lieben alles, was unsere Herrn und Gebieter lieben; wir hassen alles, was sie hassen, weil wir in der Haut unserer Herren leben. Gestatten Sie mir also, jene Dame zu lieben, wie Sie selbst sie lieben. Die Sache ist nur die, lieber Junge«, sagte sie und umschlang mich mit ihren regenfeuchten Armen, »wenn du mich verrietest, so würde ich weder stehen noch liegen, noch in einer von Lakaien begleiteten Kalesche weder auf der Karlsheide noch auf irgendeiner andern Heide irgendeines Landes irgendeiner Welt herumkutschieren, noch in meinem Bett, noch unter dem Dach meiner Väter sein! *Ich* würde überhaupt nicht mehr sein! Ich bin in Lancashire geboren, dem Land, wo die Frauen aus Liebe sterben. Dich kennen und dich abtreten! Ich würde dich keiner Macht abtreten, nicht einmal dem Tod, denn ich würde mit dir in den Tod gehen.«

Sie führte mich in ihr Schlafzimmer, wo bereits der Komfort sein Behagen ausgebreitet hatte.

»Hab sie lieb, Liebe«, sagte ich mit Wärme, »sie hat dich nämlich lieb, nicht auf spöttische Weise, sondern ehrlich.«

»Ehrlich, Kleiner?« fragte sie und schnürte ihr Reitkleid auf. Aus der Eitelkeit des Liebenden heraus wollte ich diesem hochmütigen Geschöpf die Erhabenheit von Henriettes Charakter enthüllen. Während die Zofe, die kein Wort Französisch konnte, sie frisierte, versuchte ich, Madame de Mortsauf zu schildern; ich skizzierte ihr Leben und wiederholte die großen Gedanken, die ihr die Krisis, in der alle Frauen klein und schlicht werden, eingegeben hatte. Obgleich Arabelle mir nicht die mindeste Aufmerksamkeit zu schenken schien, ließ sie sich keins meiner Worte entgehen.

»Ich bin entzückt«, sagte sie, als wir allein waren, »daß ich dein Gefallen an solcherlei christlichen Unterhaltungen kennenlerne; auf einem meiner Güter lebt ein Vikar, der sich wie niemand sonst auf die Abfassung von Predigten versteht; unsere Bauern begreifen sie, so gut ist jene Prosa auf den Hörer eingestellt. Ich werde morgen meinem Vater schreiben, er soll mir diesen Biedermann mit dem Postschiff schicken, dann findest du ihn in Paris; hast du ihn erst einmal angehört, dann wirst du niemanden als ihn mehr hören wollen, und zwar um so mehr, als auch er sich vollkommener Gesundheit erfreut; seine Moral wird dir keine der Erschütterungen verursachen, die einen zum Weinen bringen, sie fließt ohne Ungestüm dahin wie eine klare Quelle und beschert einen köstlichen Schlummer. Wenn du Lust dazu hast, kannst du jeden Abend, wenn du dein Essen verdaust, deine Leidenschaft für Predigten stillen. Die englische Moral, lieber Junge, ist derjenigen der Touraine so überlegen, wie es unser Messerschmiedehandwerk, unser Tafelsilber und unsere Pferde euern Messern und euern Pferden sind. Tu mir den Gefallen und hör dir meinen Vikar an; versprichst du es mir? Ich bin nur Frau, Liebster, ich verstehe mich aufs Lieben, ich kann für dich sterben, wenn du es willst; aber ich habe weder in Eton noch in Oxford, noch in Edinburgh studiert; ich bin weder Doktor noch Pastor; ich könnte dir also schwerlich mit Moral aufwarten, dazu bin ich völlig ungeeignet; wenn ich es versuchte, würde ich mich denkbar ungeschickt dabei anstellen. Ich werfe dir deine Vorlieben nicht vor, du könntest lasterhaftere als diese haben, aber dann würde ich versuchen, mich ihnen anzupassen; ich will nämlich, daß du bei mir alles findest, was du magst: Liebesfreuden, Tafelfreuden, Kirchenfreuden, guten Rotwein und christliche Tugenden. Willst du, daß ich heute abend ein Büßerhemd anziehe? Jene Frau ist sehr gut dran, daß sie dich mit Moral bedient! Auf welcher Universität erwerben die Französinnen ihre Grade? Ich Ärmste! Ich kann nichts, als mich dir schenken, ich bin nur deine Sklavin . . .«

»Warum bist du eigentlich geflohen, als ich euch zusammen sehen wollte?«

»Bist du verrückt, *my Dee*? Ich würde als Lakai verkleidet von Paris nach Rom reisen, ich würde für dich die unvernünftigsten Dinge tun; aber wie könnte ich auf der Landstraße mit einer Frau sprechen, die mir nicht vorgestellt worden ist und die mir mit einer Predigt in drei Teilen aufwarten würde? Ich kann mit Bauern reden, ich kann einen Arbeiter bitten, sein Brot mit mir zu teilen, wenn ich Hunger habe, ich kann ihm ein paar Guineen schenken, und all das wäre durchaus schicklich; aber eine Kalesche anhalten, wie es in England die Straßenräuber tun, das steht nicht in meinem Kodex. Du kannst also nur lieben, armer Junge, und verstehst nicht zu leben? Übrigens bin ich dir noch immer nicht vollkommen ähnlich, mein Engel! Ich mache mir nichts aus der Moral. Aber dir zu Gefallen bin ich der größten Anstrengungen fähig. Nein, schweig nur, ich fange damit an! Ich will versuchen, Predigerin zu werden. Mit mir verglichen, wird Jeremias bald ein Possenreißer sein. Ich werde mir keine Liebkosungen mehr gestatten, ohne sie mit Bibelsprüchen zu spicken.«

Sie nutzte ihre Macht aus, sie trieb damit Mißbrauch, als sie in meinem Blick den glühenden Ausdruck wahrnahm, der sich darin zeigte, sowie ihre Hexenkünste begannen. Sie triumphierte über alles, und ich stellte willfährig über die katholischen Spitzfindigkeiten die Größe der Frau, die sich preisgibt, die auf die Zukunft verzichtet und aus der Liebe ihre ganze Tugend macht.

»Sie liebt sich selbst also mehr als sie dich liebt?« fragte sie mich. »Sie zieht dir also etwas vor, was nicht *du* bist? Wie soll man sich an das heften, was für uns Frauen andere Bedeutung besitzt als die, mit der ihr Männer uns beehrt? Keine Frau, und möge sie eine noch so große Moralistin sein, kann dem Mann ebenbürtig sein. Geht über uns hinweg, tötet uns, aber belastet niemals euer Dasein mit uns. An uns ist es, zu sterben, an euch, groß und stolz zu leben. Von euch zu uns der Dolch, von uns zu euch Liebe und Verzeihung. Macht sich die Sonne bange Gedanken um die Mücken in ihren Strahlen, die von ihr leben? Sie verweilen, solange sie können, und wenn die Sonne verschwindet, sterben sie . . .«

»Oder sie fliegen davon«, unterbrach ich sie.

»Oder sie fliegen davon«, wiederholte sie mit einer Gleichgültigkeit, die sogar den Mann geärgert hätte, der am festesten entschlossen gewesen wäre, die seltsame Macht zu gebrauchen, mit der sie ihn bekleidet hatte. »Glaubst du, es sei einer Frau würdig, einen Mann die Butterschnitten der Tugend verzehren zu lassen, um ihn zu überzeugen, daß die Religion mit der Liebe unvereinbar ist? Bin ich denn gottlos? Man gibt sich hin, oder man verweigert sich; aber sich verweigern und dabei moralisieren, das ist zweifache Strafe, und eben das verstößt gegen die Rechtsprechung aller Länder. Hier bekommst du lediglich ausgezeichnete *sandwiches,* die von der Hand deiner Dienerin Arabelle zubereitet worden sind, und deren ganze Moral besteht darin, sich Liebkosungen auszudenken, wie noch kein Mann sie empfunden hat, und die die Engel mir eingeben.«

Ich kenne nichts Auflösenderes als den Spott einer Engländerin; sie legt darein den beredten Ernst, die Miene pompöser Überzeugung, mit der die Engländer die erhabenen Albernheiten ihres aus Vorurteilen bestehenden Lebens tarnen. Der französische Spott ist ein Spitzengespinst, mit dem die Frauen die Freude, die sie spenden, die Zwiste, die sie aushecken, zu verschönern wissen; er ist ein moralischer Zierat, und anmutig wie ihre Toiletten. Der englische Spott hingegen ist eine Säure, die die Menschen, auf die sie tropft, so zerfrißt, daß aus ihnen sauber gewaschene und blank gebürstete Skelette werden. Die Zunge einer geistvollen Engländerin ähnelt derjenigen eines Tigers, der das Fleisch mitsamt den Knochen fortschleppt, weil er damit spielen will. Die Spötterei, die allmächtige Waffe des Dämons, der gerade hohnlächelnd gesagt hat: »Weiter ist es nichts?«, hinterläßt ein tödliches Gift in Wunden, die er nach Belieben aufreißt. Während dieser Nacht wollte Arabelle ihre Macht zeigen wie ein Sultan, der, um seine Geschicklichkeit zu beweisen, sich damit vergnügt, Unschuldigen den Kopf abzuhauen.

»Mein Engel«, sagte sie, als sie mich in den Halbschlaf versenkt hatte, in dem man alles vergißt, bis auf das Glück, »jetzt habe auch ich mir eine Moral gebastelt! Ich habe mich gefragt, ob ich, wenn ich dich liebe, ein Verbrechen beginge, ob ich wider die göttlichen Gesetze verstieße, und ich habe herausbekommen, daß nichts frommer und natürlicher ist. Warum sollte Gott Menschenwesen erschaffen haben, die schöner als andere sind, wenn nicht, um uns darauf hinzuweisen, was wir anbeten sollen? Der Frevel würde darin bestehen, dich *nicht* zu lieben; denn bist du nicht ein Engel? Jene Dame beleidigt dich, indem sie dich mit andern Männern verwechselt; die Regeln der Moral sind auf dich nicht anwendbar; Gott hat dich über alle gestellt. Heißt es nicht, sich ihm nähern, wenn man dich liebt? Könnte er einer armen Frau zürnen, wenn es sie nach göttlichen Dingen gelüstet? Dein großes, lichtvolles Herz ähnelt so sehr dem Himmel, daß ich mich täusche wie die Mücken, die in den Kerzenflammen eines Festes verbrennen! Sollten sie ihres Irrtums wegen bestraft werden? Überdies: ist es denn ein Irrtum, ist es nicht eine erhabene Anbetung des Lichts? Sie kommen durch ein Zuviel an Religion um, wenn ›umkommen‹ heißt, sich an den Hals desjenigen werfen, den man liebt. Ich habe die Schwäche, dich zu lieben, wogegen jene Frau die Kraft besitzt, in ihrer katholischen Kapelle zu verbleiben. Runzle nicht die Brauen! Glaubst du, daß ich ihr deswegen zürnte? Nein, mein Kleiner! Ich vergöttere ihre Moral, die ihr dazu geraten hat, dir deine Freiheit zu lassen, und die mir also erlaubt hat, dich zu erobern, dich für alle Zeit zu behalten, denn du gehörst mir doch für immer, nicht wahr?«

»Ja.«

»Für alle Zeit?«

»Ja.«

»Gewährst du mir dann eine Gunst, Sultan? Ich allein habe deinen vollen Wert erraten! Sie verstehe sich auf die Bestellung ihrer Äcker, hast du gesagt? *Ich* überlasse diese Kunst den Pächtern; ich möchte lieber dein Herz bestellen.«

Ich versuche, mich dieses berauschenden Geschwätzes zu erinnern, um Dir diese Frau richtig zu schildern, um vor Dir zu rechtfertigen, was ich Dir über sie gesagt habe, und um Dich auf diese Weise gänzlich in das Geheimnis der Lösung des Knotens einzuweihen. Aber wie soll ich Dir die Begleitmusik zu diesen hübschen Worten, die Du kennst, vernehmlich machen? Es waren Tollheiten, die den maßlosesten Phantasien unserer Träume vergleichbar sind; bald Schöpfungen gleich denen meiner Blumensträuße: Anmut und Kraft vereint, Zärtlichkeit und deren weiches Zaudern, dann wieder die Vulkanausbrüche des Liebesungestüms; bald die kundigsten Abstufungen der Musik, angewandt auf das Zusammmenwirken unserer Wollüste; dann Spiele wie die ineinander verstrickter Schlangen; kurzum, die zärtlichsten Unterhaltungen, verbrämt mit den lachendsten Gedanken; alles, was der Geist an Poesie den Lüsten der Sinne hinzuzugesellen vermag. Sie wollte mit dem Blitzgeschmetter ihrer gebieterischen Liebe die Eindrücke auslöschen, die Henriettes keusche, in sich gekehrte Seele in meinem Herzen hinterlassen hatte. Die Marquise hatte die Gräfin genauso gut gesehen, wie Madame de Mortsauf sie: Beide hatten einander richtig beurteilt. Die Größe des von Arabelle durchgeführten Angriffs enthüllte mir das Ausmaß ihrer Furcht und ihre geheime Bewunderung ihrer Rivalin. Am Morgen standen ihre Augen voller Tränen; sie hatte nicht geschlafen.

»Was hast du?« fragte ich.

»Ich habe Angst, daß das Übermaß meiner Liebe mir schadet«, antwortete sie. »Ich habe alles gegeben. Jene Frau ist geschickter als ich; sie hat etwas, das du dir wünschen kannst. Wenn du sie vorziehst, dann denk nicht mehr an mich: Ich werde dich nicht mit meinen Schmerzen, meiner Reue und meinen Leiden langweilen; nein, ich will fern von dir sterben, wie eine Pflanze ohne ihre lebenspendende Sonne.«

Sie verstand sich darauf, mir Liebesbeteuerungen zu entreißen, die sie mit Freude überhäuften. Was soll man denn einer Frau sagen, die am Morgen weint? Härte scheint mir dann abscheulich zu sein. Haben wir ihr am Abend zuvor nicht widerstanden, sind wir dann nicht verpflichtet, zu lügen, weil das Mannes-Gesetzbuch uns in Liebesdingen die Lüge zur Pflicht macht?

»Nun, ich bin großherzig«, sagte sie und wischte sich die Tränen ab, »kehre zu ihr zurück; ich will dich nicht der Gewalt meiner Liebe verdanken, sondern deinem eigenen Willen. Wenn du wieder hierherkommst, dann kann ich glauben, daß du mich so liebst, wie ich dich liebe, und gerade das habe ich stets für unmöglich gehalten.«

Sie wußte mich dazu zu überreden, nach Clochegourde zurückzukehren. Das Schiefe der Situation, in die ich geraten mußte, kann von keinem Mann erraten werden, der restlos glücklich ist. Wenn ich mich weigerte, nach Clochegourde zu gehen, gab ich Lady Dudley gewonnenes Spiel über Henriette. Dann hätte Arabelle mich mit nach Paris genommen. Aber dorthin reisen, hieß das nicht, Madame de Mortsauf kränken? In diesem Fall hätte ich noch sicherer zu Arabelle zurückkehren müssen. Hat eine Frau je solche Verbrechen der Liebesbeleidigung verziehen? Wenn eine liebende Frau nicht ein aus Himmelshöhen herabgestiegener Engel ist und nicht ein geläuterter Geist, der sich dorthin begibt, dann würde sie den Geliebten lieber Todesnöte erleiden sehen als beglückt durch eine andere: Je mehr sie liebt, desto tiefer wird sie verletzt sein. Von diesen beiden Seiten her betrachtet, war meine Lage, nun ich einmal Clochegourde verlassen hatte, um mich zur Grenadière zu begeben, ebenso tödlich für meine Wahlliebe als vorteilhaft für meine Zufallsliebschaft. Die Marquise hatte alles mit erfahrenem Tiefblick berechnet. Später hat sie mir gestanden, daß sie, wenn Madame de Mortsauf ihr nicht auf der Heide begegnet wäre, um Clochegourde herumgestreunt wäre, um mich zu kompromittieren.

Als ich auf die Gräfin zutrat und sah, daß sie blaß war, niedergeschlagen wie jemand, der unter hartnäckiger Schlaflosigkeit gelitten hat, bediente ich mich plötzlich nicht des Takts, sondern des »Witterns«, das noch junge und edelmütige Herzen die Tragweite von Handlungen nachempfinden läßt, die für die Augen der Masse gleichgültig, aber in der Rechtsprechung großer Seelen frevelhaft sind. Wie ein Kind, das spielend beim Blumenpflücken in einen Abgrund hinabgestiegen ist und nun voller Angst merkt, daß es ihm unmöglich sein wird, wieder hinauszuklettern, daß der vertraute Boden sich in unerreichbarer Ferne befindet, sich ganz allein in der Nacht fühlt und wildes

Geheul hört, verstand ich, daß wir jetzt durch eine ganze Welt getrennt waren. In unser beider Seelen erscholl ein großes Klagen, etwas wie der Widerhall des düsteren »Consummatum est!«[135], das am Karfreitag zu der Stunde, da der Erlöser aushauchte, in den Kirchen geschluchzt wird: eine grausige Szene, die die jungen Seelen, für die die Religion eine erste Liebe ist, zu Eis erstarren läßt. Alle Illusionen Henriettes waren mit einem Schlag tot; ihr Herz hatte eine Passionsgeschichte durchlitten. Erriet sie, die verschont Gebliebene von der Lust, von der sie nie mit erschlaffenden Windungen umstrickt worden war, – erriet sie heute die Wollüste der glücklichen Liebe, weil sie mir ihre Blicke verweigerte? Denn sie hatte mir das Licht entzogen, das seit sechs Jahren über meinem Leben geleuchtet hatte. Sie wußte also, daß der Quell der von unseren Augen ausgesandten Strahlen sich in unseren Seelen befand, dem sie als Straße dienten, damit eine die andere durchdrang oder damit beide zu einer einzigen zerschmolzen, um sich zu trennen, um zu spielen wie zwei Frauen ohne Mißtrauen, die einander alles sagen? Bitter fühlte ich, wie falsch es war, unter dieses Dach, das nichts von Liebkosungen wußte, ein Gesicht mitzubringen, auf das die Flügel der Lust ihren bunten Staub gestreut hatten. Wenn ich am Abend zuvor Lady Dudley allein hätte weggehen lassen; wenn ich nach Clochegourde zurückgekehrt wäre, wo Henriette mich vielleicht erwartet hatte; vielleicht ... kurzum, vielleicht hätte dann Madame de Mortsauf sich nicht so grausam vorgenommen, meine Schwester zu sein. Sie legte in all ihre Freundlichkeiten das Gepränge einer übersteigerten Kraft, sie schlüpfte gewaltsam in ihre Rolle hinein, um nie wieder daraus hervorzugehen. Während des Frühstücks erwies sie mir tausend Aufmerksamkeiten, demütigende Aufmerksamkeiten; sie sorgte für mich wie für einen Kranken, mit dem sie Mitleid hat.

»Sie sind früh spazierengegangen«, sagte der Graf. »Also müssen Sie einen glänzenden Appetit haben; aber Ihr Magen ist ja auch nicht angegriffen.«

Dieser Satz, der auf den Lippen der Gräfin nicht das Lächeln einer listigen Schwester hervorrief, bewies mir vollends das Lächerliche meiner Lage. Es war unmöglich, tagsüber auf Clochegourde und nachts in Saint-Cyr zu sein. Arabelle hatte auf mein Zartgefühl und auf Madame de Mortsaufs Seelengröße gebaut. Während dieses langen Tages spürte ich, wie schwer es ist, der Freund einer lange begehrten Frau zu werden. Dieser Übergang, der so einfach ist, wenn die Jahre ihn vorbereiten, ist in der Jugend eine Krankheit. Ich schämte mich, ich fluchte der Lust, am liebsten wäre es mir gewesen, wenn Madame de Mortsauf mein Blut verlangt hätte. Ich konnte ihre Rivalin nicht einfach um ihretwillen zerfleischen; sie vermied es, von ihr zu sprechen; und hätte sie Arabelle schlechtgemacht, so wäre das eine Infamie gewesen, die mich dazu gebracht hätte, die bis in den letzten Herzenswinkel herrliche und edle Henriette zu verachten. Nach fünf Jahren köstlicher Vertraulichkeit wußten wir nicht, wovon wir sprechen sollten; unsere Worte entsprachen nicht unseren Gedanken; wir verbargen einander verzehrende Schmerzen, wir, für die der Schmerz stets ein getreuer Dolmetscher gewesen war. Um ihret- wie um meinetwillen trug Henriette eine glückliche Miene zur Schau; aber sie war traurig. Obwohl sie bei jeder Gelegenheit sagte, sie sei meine Schwester, und obwohl sie ein weibliches Wesen war, fiel ihr nichts ein, das die Unterhaltung im Fluß hätte halten können, und so bewahrten wir die meiste Zeit ein erzwungenes Schweigen. Sie steigerte meine innere Qual noch dadurch, daß sie vorgab, sie sei das einzige Opfer dieser Lady.

»Ich leide mehr als Sie«, sagte ich in einem Augenblick, da die Schwester eine echt weibliche Ironie nicht zurückhalten konnte.

»Wieso denn?« fragte sie mit dem hochmütigen Tonfall, dessen die Frauen sich stets bedienen, wenn man ihre Gefühle übertreffen will.

»Aber alles Unrecht liegt doch bei mir.«

Es trat eine Minute ein, da die Gräfin mir ein so kaltes, gleichgültiges Gehaben zeigte, daß es mich zerbrach; ich beschloß, aufzubrechen. Abends auf der Terrasse verabschiedete ich mich von der dort versammelten Familie. Alle folgten mir bis zu dem Kugelspielplatz, wo mein Pferd stampfte; sie wichen vor ihm zurück. Sie trat zu mir, als ich den Zügel ergriff.

»Lassen Sie uns allein zu Fuß in die Allee gehen«, sagte sie.

Ich bot ihr den Arm; langsamen Schrittes gingen wir durch die Höfe ins Freie, als genössen wir das Gemeinsame unserer Bewegungen; so gelangten wir an eine Baumgruppe, die eine Ecke der äußeren Einfriedung verhüllte.

»Adieu, mein Freund«, sagte sie, blieb stehen und warf ihren Kopf an mein Herz und ihre Arme um meinen Hals. »Adieu, wir werden einander nie wiedersehen. Gott hat mir die traurige Macht verliehen, in die Zukunft zu blicken. Gedenken Sie nicht des Entsetzens, das mich packte, als Sie so schön, so jung wiedergekommen waren und ich gesehen hatte, wie Sie mir den Rücken zukehrten, gerade wie Sie heute Clochegourde verlassen, um nach der Grenadière zu reiten? Nun, letzte Nacht habe ich abermals einen Blick auf unsere Schicksale werfen können. Lieber Freund, wir sprechen jetzt zum letztenmal miteinander. Ich kann Ihnen kaum noch ein paar Worte sagen, denn die zu Ihnen spricht, das bin nicht mehr völlig ich. Schon hat der Tod etwas in mir zunichte gemacht. Sie haben meinen Kindern ihre Mutter weggenommen; ersetzen Sie sie ihnen! Sie können es! Jacques und Madeleine haben Sie lieb, als ob Sie sie immer hätten leiden lassen.«

»Sterben!« sagte ich entsetzt, als ich sie anblickte und wiederum das trockene Feuer ihrer leuchtenden Augen sah, von dem die, die kein geliebtes Wesen gekannt haben, das von dieser furchtbaren Krankheit ergriffen war, sich nur dann eine Vorstellung machen können, wenn ich ihre Augen blankgeriebenen Silberkugeln vergleiche. »Sterben! Henriette, ich befehle dir zu leben. Früher hast du Eide von mir verlangt, nun, heute, fordere ich einen von dir: Schwöre mir, Origet zu konsultieren und ihm in allem zu gehorchen ...«

»Sie wollen sich also der Milde Gottes widersetzen?« fragte sie mich mit einem Schrei der Verzweiflung und unwillig, verkannt zu werden.

»Lieben Sie mich denn nicht genug, um mir so blind zu gehorchen, wie diese elende Lady es tut ...«

»Ja, in allem, was du willst«, sagte sie in einem Eifersuchtsanfall, der sie für einen Augenblick die Entfernung überschreiten ließ, die sie bislang innegehalten hatte.

»Ich bleibe hier«, sagte ich und küßte sie auf die Augen.

Sie erschrak über diese Einwilligung, entzog sich meinem Armen und lehnte sich an einen Baum; dann ging sie zum Schloß zurück, hastigen Schrittes, ohne den Kopf zu wenden; aber ich folgte ihr, sie weinte und betete. Als wir am Kugelspielplatz angelangt waren, nahm ich ihre Hand und küßte sie ehrerbietig. Diese unverhoffte Unterwerfung rührte sie.

»Dennoch bin ich dein!« sagte ich. »Denn ich liebe dich, wie deine Tante dich geliebt hat.«

Sie zitterte; dann drückte sie mir heftig die Hand.

»Einen Blick«, sagte ich, »noch einen unserer Blicke von früher! Die Frau, die sich ganz schenkt«, rief ich und fühlte meine Seele erhellt durch den Blick, den sie mir zuwarf, »gibt weniger Seele und Leben, als ich eben empfangen habe. Henriette, du bist die Geliebteste, die einzig Geliebte.«

»Ich will leben!« sagte sie. »Aber auch Sie müssen genesen.«

Jener Blick hatte den Eindruck von Arabelles Sarkasmen ausgelöscht. Ich war also der Spielball der beiden unversöhnlichen Leidenschaften, die ich Dir geschildert habe, und deren Einfluß ich wechselweise verspürte. Ich liebte einen Engel und einen Dämon; zwei gleichermaßen schöne Frauen, die eine mit allen Tugenden geschmückt, auf die wir aus Haß über unsere Unvollkommenheit einschlagen, die andere mit allen Lastern, die wir aus Selbstsucht vergöttlichen. Als ich die Allee durchritt, wobei ich mich dann und wann umschaute, um nochmals Madame de Mortsauf zu sehen, die an einem Baum lehnte und ihre Kinder um sich hatte, die ihre Taschentücher schwenkten, ertappte ich in meiner Seele eine Regung des Stolzes im Wissen, daß ich der Herr und Meister dieser beiden schönen Schicksale sei, aus so verschiedenen Gründen die Seligkeit zweier so überlegener Frauen, des Stolzes, zwei so große Leidenschaften eingeflößt zu haben, daß von jeder Seite her der Tod anlangen würde, wenn ich sie im Stich ließe. Diese vorübergehende, alberne Überheblichkeit ist auf doppelte Weise bestraft worden, glaub nur! Ich weiß nicht, welcher böse Geist mir einflüsterte, ich solle bei Arabelle den Augenblick abwarten, da irgendein Verzweiflungsschritt oder der Tod des Grafen mir Henriette auslieferte; denn Henriette liebte mich nach wie vor: Ihre Härte, ihre Tränen, ihre Gewissensbisse, ihr christliches Entsagen waren beredte Spuren eines Gefühls, das in ihrem Herzen ebensowenig erlöschen konnte wie in dem meinen. Als ich im Schritt durch jene hübsche Allee ritt und diesen

Gedanken nachhing, war ich nicht mehr fünfundzwanzig, sondern fünfzig Jahre alt. Wechselt nicht der junge Mann eher noch als die Frau im Handumdrehen vom dreißigsten zum sechzigsten Lebensjahr über? Obwohl ich mit einem Atemhauch diese schlechten Gedanken verjagte, blieb ich von ihnen besessen, ich muß es gestehen! Vielleicht lag ihre Grundursache in den Tuilerien, unter der Deckentäfelung des königlichen Gemachs. Wer konnte dem entjungfernden Geist Ludwigs XVIII. widerstehen, der da gesagt hatte, erst im reiferen Alter habe man wahre Liebschaften, da die Liebe erst schön und rasend sei, wenn die Impotenz sich hineinmische und man sich bei jedem Liebesakt vorkomme wie ein Spieler bei seinem letzten Einsatz. Als ich am Ende der Allee angelangt war, wandte ich mich rasch um und sah Henriette noch immer dort, aber jetzt allein! So durchmaß ich den Weg nochmals mit Blitzesschnelle. Ich sagte ihr ein letztes Lebewohl; ich war naß von Tränen der Buße, deren Ursache ihr verborgen blieb. Es waren ehrliche Tränen, die unwissentlich dieser schönen, auf ewig zunichte gewordenen Liebe gewährt wurden, diesen jungfräulichen Aufwallungen, diesen Blumen des Lebens, die nie mehr erstehen; denn später gibt der Mann nicht mehr. Er empfängt; er liebt sich selbst in seiner Geliebten, während er, wenn er jung ist, seine Geliebte in ihr liebt: Später impfen wir unsere Neigungen und vielleicht unsere Laster der Frau ein, die wir lieben; während am Lebensbeginn die, die wir lieben, uns ihre Tugend und ihre Erlesenheiten übermittelt; sie veranlaßt uns zum Schönen durch ein Lächeln, und sie lehrt uns Aufopferung durch ihr Beispiel. Weh dem, der nicht seine Henriette gehabt hat! Weh dem, der nur irgendeine Lady Dudley gekannt hat! Wenn er heiratet, wird dieser seine Frau nicht festhalten können, und jener wird vielleicht von seiner Geliebten verlassen; aber glücklich, wer beide in einer einzigen zu finden vermag; glücklich, Natalie, der Mann, den Du liebst!

Als Arabelle und ich nach Paris zurückgekehrt waren, wurden wir noch vertrauter als früher. Bald hoben wir beide unmerklich die Regeln des Anstands auf, die ich mir vorgeschrieben hatte, und deren strikte Beobachtung oftmals die Welt die schiefe Stellung verzeihen läßt, in die Lady Dudley sich begeben hatte. Welt und Gesellschaft, die nur zu gern hinter den Augenschein vorzudringen trachten, legitimieren ihn, sobald sie das Geheimnis kennen, das er verhüllt. Liebende, die gezwungen sind, inmitten der großen Welt zu leben, haben stets unrecht, die Schranken umzustürzen, die die Rechtsprechung der Salons errichtet hat, unrecht, nicht gewissenhaft allen von den Sitten auferlegten Konventionen zu folgen; es handelt sich dann weniger um die anderen als um sie selbst. Entfernungen zu überbrücken, den äußerlichen Respekt zu bewahren, Komödie zu spielen, das Geheimnis zu verdunkeln, diese ganze Strategie der glücklichen Liebe füllt das Leben aus, erneut das Begehren und schützt unser Herz gegen das Erschlaffende der Gewohnheit. Aber die ersten Leidenschaften, die ihrem Wesen nach verschwenderisch sind, gerade wie die jungen Leute, schlagen ihre Wälder kahl, anstatt sie zu schonen. Arabelle eignete sich diese bürgerlichen Vorstellungen nicht an; sie hatte sich ihnen nur mir zu Gefallen gebeugt; gleich dem Henker, der im voraus sein Opfer kennzeichnet, um es sich anzueignen, wollte sie mich vor ganz Paris kompromittieren, um aus mir ihren *sposo*[136] zu machen. Darum benutzte sie ihre Koketterie, um mich bei sich zu behalten, denn sie begnügte sich nicht mit ihrem eleganten Ärgernis, das aus Mangel an Beweisen nur zu Geflüster hinter dem Fächer ermutigte. Als ich sie so glücklich sah, eine Unklugheit zu begehen, die ihre Stellung freimütig offenbaren mußte: Wie hätte ich da nicht an ihre Liebe glauben können? Nun ich einmal in die Wonnen einer illegitimen Ehe eingetaucht war, überkam mich Verzweiflung; denn ich sah mein Leben festgefahren, und zwar im Widerspruch zu den von Henriette empfangenen Gedanken und Empfehlungen. Ich lebte also in der gewissen Wut, die einen Brustkranken überkommt, wenn er, der sein Ende ahnt, nicht will, daß man seine Atmung abhört. Es gab einen Winkel in meinem Herzen, in den ich mich nicht ohne zu leiden zurückziehen konnte; ein Geist der Rache warf mir unaufhörlich Gedanken zu, über die ich mich nicht zu verbreiten wagte. Meine Briefe an Henriette schilderten diese seelische Krankheit und verursachten ihr unendliches Weh. »Um den Preis so vieler verlorener Schätze wolle sie mich wenigstens glücklich wissen!« schrieb sie mir in der einzigen Antwort, die ich erhalten habe. Und ich war nicht glücklich. Liebe Natalie, das Glück ist etwas Unbedingtes, es duldet keine Vergleiche. Als meine erste Glut vorüber war, verglich ich, wie es nicht anders sein konnte, diese beiden Frauen miteinander; sie bildeten einen Gegensatz, den ich noch nicht hatte studieren können. Tatsächlich drückt jede große Leidenschaft so stark auf unsern Charakter, daß sie zunächst dessen Unebenheiten glättet und die Spur der Gewohnheiten, die unsere Fehler und unsere guten Eigenschaften bilden, zuschüttet; aber später erscheinen dann bei zwei Liebenden, die sich gut aneinander gewöhnt haben, die Züge der moralischen Physiognomie wieder; dann beurteilen beide einander gegenseitig, und häufig treten während dieser Reaktion des Charakters auf die Leidenschaft Antipathien zutage, die zu den Trennungen führen, die oberflächliche Menschen aufgreifen, um das menschliche Herz der Unbeständigkeit zu bezichtigen. Diese Periode hatte also eingesetzt. Ich war weniger geblendet durch die Verführungskünste; ich zergliederte sozusagen meine Liebesfreuden, und so unternahm ich, vielleicht ohne es zu wollen, eine Prüfung, die Lady Dudley schadete.

Zunächst fand ich in ihr nicht eben den Geist, der die Französin vor allen Frauen auszeichnet und sie zum köstlichsten Gegenstand der Liebe macht, wie Leute eingestanden haben, denen die Zufälle des Lebens es ermöglicht haben, die Liebesarten jedes Landes zu erproben. Wenn eine Französin liebt, so verwandelt sie sich; ihre so gepriesene Koketterie benutzt sie, um ihre Liebe zu schmücken; ihre so gefährliche Eitelkeit opfert sie und setzt ihren ganzen Ehrgeiz darein, gut zu lieben. Sie übernimmt die Interessen, den Haß und die Freundschaften ihres Geliebten; sie legt sich innerhalb eines Tages die erfahrenen Subtilitäten des Geschäftsmanns zu; sie studiert das Gesetzbuch, sie versteht den Mechanismus des Kreditwesens; sie bringt die Kasse eines Bankiers in Ordnung; obwohl leichtsinnig und verschwenderisch, wird sie keinen einzigen Fehler begehen und keinen einzigen Louis vergeuden; sie wird gleichzeitig Mutter, Amme und Arzt und leiht allen diesen Verwandlungen eine Anmut des Glücks, die in den kleinsten Einzelheiten eine unendliche Liebe offenbart; sie vereinigt die besonderen Qualitäten, die die Frauen jedes Landes aufweisen und gibt dieser Mischung Einheitlichkeit durch den Geist, diesen französischen Samen, der alles belebt, erlaubt, recht-

1203

fertigt, vervielfältigt und die Monotonie eines Gefühls zerstört, das sich auf die erste Zeitform eines einzigen Verbs stützt. Die Französin liebt immer, ohne Unterbrechung und Ermüdung, in jedem Augenblick, in der Öffentlichkeit und allein; in der Öffentlichkeit findet sie einen Tonfall, der nur in *einem* Ohr widerhallt; sie spricht sogar durch ihr Schweigen und versteht sich darauf, einen mit gesenkten Augen anzublicken; wenn die Umstände ihr Wort und Blick versagen, wird sie den Sand benutzen, in den ihr Fuß sich eindrückt, um einen Gedanken hineinzuschreiben; ist sie allein, so gibt sie ihrer Leidenschaft sogar noch im Schlaf Ausdruck; kurzum, sie gewöhnt die Welt an ihre Liebe. Im Gegensatz dazu gewöhnt die Engländerin ihre Liebe an die Welt. Durch ihre Erziehung ist sie daran gewöhnt, den eisigen Anstand zu wahren, die so egoistische britische Haltung, von der ich Dir erzählt habe; sie öffnet und schließt ihr Herz mit der Leichtigkeit eines in England gefertigten Mechanismus. Sie besitzt eine undurchdringliche Maske, die sie phlegmatisch aufsetzt und ablegt; wenn kein Auge sie sieht, ist sie leidenschaftlich wie eine Italienerin; aber sobald die Welt sich einmischt, wird sie kalt und würdig. Dann zweifelt auch der geliebteste Mann an seiner Herrschaft, wenn er die abgründige Reglosigkeit des Gesichts wahrnimmt, die Ruhe der Stimme, die vollkommene Freiheit des Gehabens, die eine Engländerin kennzeichnet, wenn sie aus ihrem Boudoir herausgetreten ist. In solch einem Augenblick gelangt die Heuchelei bis zur Gleichgültigkeit; die Engländerin hat alles vergessen. Sicherlich erweckt die Frau, die ihre Liebe wegzuwerfen versteht wie eine Bekleidung, den Glauben, sie könne eine neue anlegen. Welche Stürme wühlen dann die Wogen des Herzens auf, wenn sie von der verletzten Eigenliebe aufgetürmt werden beim Anblick einer Frau, die die Liebe vornimmt, beiseite legt und abermals vornimmt wie eine Gobelinstickerei! Diese Frauen sind allzusehr Herrinnen ihrer selbst, um einem völlig anzugehören; sie gewähren der Welt zuviel Einfluß, als daß unsere Herrschaft unbeschränkt sein könnte. Da, wo die Französin den Kranken durch einen Blick tröstet und ihren Zorn gegen Besucher durch ein paar hübsche Spöttereien bekundet, ist das Schweigen der Engländerin absolut, stumpft die Seele ab und ärgert den Geist. Diese Frauen thronen so beständig bei jeder

Gelegenheit, daß für die meisten von ihnen die Allmacht der *fashion*[137] sich bis in ihre Liebesfreuden ausdehnen muß. Wer die Keuschheit übertreibt, muß auch die Liebe übertreiben; so sind die Engländerinnen; sie unterwerfen alles der Form, ohne daß bei ihnen die Liebe zur Form das Gefühl für die Kunst hervorriefe: Was sie auch darüber sagen mögen, der Protestantismus und der Katholizismus erklären die Unterschiede, die der Seele der Französinnen soviel Überlegenheit über die von der Vernunft geleitete, berechnende Liebe der Engländerinnen verleihen. Der Protestantismus zweifelt, prüft und tötet jeden Glauben; er ist somit der Tod der Kunst und der Liebe. Da, wo die Welt gebietet, müssen die Weltleute gehorchen; aber leidenschaftliche Menschen fliehen sie alsbald, sie ist ihnen unerträglich. Jetzt dürftest Du verstehen, welchen Stoß meine Eigenliebe erlitt, als ich entdeckte, daß Lady Dudley ohne Welt und Gesellschaft nicht auskommen konnte, und daß der britische Übergang von einem Zustand in den andern ihr vertraut war: Das war kein Opfer, das die Welt ihr auferlegte; nein, sie kleidete sich auf ganz natürliche Weise in zwei einander feindliche Formen; wenn sie liebte, liebte sie trunken; keine Frau irgendeines Landes war ihr vergleichbar, sie wog einen ganzen Harem auf; war indessen der Vorhang vor diesem Märchenbild gefallen, so verbannte sie sogar die Erinnerung daran. Sie antwortete weder auf einen Blick noch auf ein Lächeln; sie war weder Herrin noch Sklavin, sie war wie eine Botschaftersgattin, die gezwungen ist, ihre Sätze abzurunden und ihre Ellbogen nicht zu betätigen; sie machte durch ihre Ruhe unwillig, sie beleidigte das Herz durch ihren geflissentlichen Anstand; sie erniedrigte auf solcherlei Weise die Liebe zum Bedürfnis, anstatt sie durch Hingerissenheit bis zum Idealen zu erheben. Sie drückte weder Furcht, noch Bedauern, noch Begehren aus; aber zur festgesetzten Stunde loderte ihre Zärtlichkeit auf wie plötzlich angezündetes Feuer und schien ihre Zurückhaltung Lügen zu strafen. Welcher dieser beiden Frauen durfte ich glauben? Ich spürte damals durch tausend Nadelstiche die unendlichen Unterschiede, die Henriette von Arabelle trennten. Wenn Madame de Mortsauf mich für eine Weile verließ, schien sie es der Luft zu überlassen, mit mir von ihr zu sprechen; wenn sie von dannen ging, wandten die Falten ihres

Kleids sich an meine Augen, wie ihr wogendes Geräusch fröhlich an mein Ohr gelangte, wenn sie wiederkam; es fanden sich unendliche Zärtlichkeiten in der Art, wie sie die Lider aufschlug, wie sie die Augen zu Boden senkte; ihre Stimme, diese musikalische Stimme, war ein beständiges Streicheln; sie glich stets sich selbst; sie zerteilte ihre Seele nicht in zwei Atmosphären, deren eine glühend, deren andere eisig war; kurzum, Madame de Mortsauf bewahrte ihren Geist und die Blüten ihres Denkens dazu auf, ihre Gefühle auszudrücken; sie kokettierte ihren Kindern und mir gegenüber mit Gedanken. Arabelles Geist hingegen diente ihr nicht dazu, das Leben angenehm zu gestalten; sie ließ ihn nicht um meinetwillen walten; er existierte nur durch die Welt und für die Welt; sie war ganz und gar spöttisch; sie liebte es, zu zerreißen und zu beißen, nicht, um mich zu erheitern, sondern um einen Hang zu befriedigen. Madame de Mortsauf hätte ihr Glück allen Blicken entzogen; Lady Arabelle wollte das ihrige ganz Paris zeigen, und mit einer grausigen Grimasse verblieb sie innerhalb der Grenzen des Schicklichen, wenn sie mit mir im Bois großtat. Diese Mischung von Schaustellung und Würde, von Liebe und Kälte kränkte beständig meine zugleich unberührte und leidenschaftliche Seele; und da ich mich nicht darauf verstand, von einer Temperatur in die andre überzuwechseln, litt meine Stimmung unter den Nachwirkungen; ich zitterte noch vor Liebe, wenn sie längst ihre konventionelle Schamhaftigkeit wiedergewonnen hatte. Als ich es mir einfallen ließ, mich, nicht ohne die größte Schonung, zu beschweren, wandte sie ihre dreischneidige Zunge gegen mich und untermischte die Gaskonnaden ihrer Leidenschaft mit den englischen Spöttereien, die ich Dir zu schildern versucht habe. Sobald sie sich im Widerspruch zu mir befand, machte sie sich ein Spiel daraus, mein Herz zu zerknittern und meinen Geist zu demütigen; sie knetete mich wie Teig. Auf Bemerkungen über den Mittelweg, den man in allem innehalten müsse, antwortete sie durch die Karikierung meiner Ideen; sie übersteigerte sie. Wenn ich ihr ihre Haltung vorwarf, fragte sie mich, ob ich wolle, daß sie mich vor ganz Paris in der Italienischen Oper küsse; sie verpflichtete sich so ernsthaft dazu, daß ich, der ich ihre Lust, von sich reden zu machen, kannte, davor zitterte, daß sie ihr Versprechen wahrmachen könne. Ungeachtet der Echtheit ihrer Leidenschaft fühlte ich nie etwas Insichgekehrtes, Heiliges, Tiefes wie bei Henriette; sie war stets unersättlich wie ein sandiger Acker. Madame de Mortsauf war stets ihrer selbst sicher und spürte meine Seele in einer Betonung oder einem Blinzeln, während die Marquise nie durch einen Blick, noch durch einen Händedruck, noch durch ein liebes Wort beeindruckt wurde. Und mehr noch! Das Glück der letzten Nacht galt am nächsten Morgen nichts mehr; kein Liebesbeweis erstaunte sie; sie empfand ein so großes Verlangen nach Bewegung, nach Lärm, nach Aufsehen, daß sicherlich nichts an ihr diesbezügliches schönes Ideal heranreichte, und daher rührten ihre wütenden Liebesbemühungen; in ihrer übersteigerten Phantasie handelte es sich stets um sie und nicht um mich. Jener Brief der Madame de Mortsauf, ein Licht, das noch immer über meinem Leben schimmerte, jener Brief, der die Art und Weise bewies, wie die tugendhafteste Frau dem Genie der Französin zu gehorchen weiß, nämlich im Bekunden einer steten Wachsamkeit, einer beständigen Eintracht meiner sämtlichen Glücksmöglichkeiten; jener Brief hat Dir verständlich machen müssen, mit welcher Sorgfalt Henriette sich meiner materiellen Interessen, meiner politischen Beziehungen, meiner geistigen Eroberungen angenommen hatte, mit welchem Eifer sie mein Leben dort, wo es erlaubt war, überblickte. In all diesen Punkten spielte Lady Dudley die Zurückhaltung einer flüchtig Bekannten. Nie erkundigte sie sich nach meinen geschäftlichen Angelegenheiten oder nach meinen Vermögensumständen, nach meiner Arbeit oder den Schwierigkeiten meines Lebens, nach den von mir Gehaßten oder den mit mir Befreundeten. Sie war verschwenderisch, wenn es um sie selbst ging, ohne indessen großzügig zu sein; sie trennte wahrlich ein wenig gar zu sehr den Eigennutz und die Liebe; wogegen ich wußte, ohne es je erprobt zu haben, daß Henriette, um mir einen Kummer zu ersparen, für mich gefunden haben würde, was sie für sich selbst schwerlich gesucht hätte. In einer der unglücklichen Lagen, in die auch die höchstgestellten und reichsten Männer geraten können, wie die Weltgeschichte nur zur Genüge beweist, würde ich Henriette um Rat gefragt haben; aber ich hätte mich ins Gefängnis schleppen lassen, ohne Lady Dudley auch nur ein Wort zu sagen.

Bis hierher beruht der Kontrast auf den Gefühlen; aber es war das gleiche in bezug auf die Dinge. Der Luxus ist in Frankreich der Ausdruck des Menschen, die Wiedergabe seiner Ideen, seiner besonderen Poesie; er offenbart den Charakter und leiht zwischen Liebenden den geringsten Anstrengungen Wert, da er rings um uns den beharrenden Gedanken des geliebten Wesens leuchten läßt; der englische Luxus hingegen, dessen Erlesenheiten mich durch ihre Feinheit verführt hatten, war ebenfalls etwas Mechanisches! Lady Dudley legte nichts Persönliches hinein, er kam von irgendwelchen Leuten, er war gekauft. Die tausenderlei liebevollen Aufmerksamkeiten auf Clochegourde waren in Arabelles Augen Sache der Diener; jeder von ihnen hatte seine Pflicht und seine besondere Aufgabe. Die Auswahl der besten Lakaien lag ihrem Haushofmeister ob, als handele es sich um Pferde. Es bestand keine Bindung zwischen dieser Frau und ihren Leuten; der Tod des wertvollsten unter ihnen hätte sie kaum betrübt; man hätte ihn einfach gegen Geld durch einen andern, gleichermaßen geschickten ersetzt. Was nun den lieben Nächsten betrifft, so habe ich in ihren Augen nie eine Träne über das Unglück anderer erblickt; sie hatte sogar eine Naivität des Egoismus, über die man nur lachen konnte. Die roten Draperien der großen Dame deckten diesen ehernen Charakter zu. Die köstliche Almée, die sich abends auf ihren Teppichen wälzte, die alle Schellen ihres verliebten Wahnsinns erklingen ließ, versöhnte auf der Stelle einen jungen Menschen mit der fühllosen, harten Engländerin; daher entdeckte ich erst Schritt für Schritt das Tuffgestein, auf dem ich meine Sohlen abnutzte, und das nie Ernten geben sollte. Madame de Mortsauf hatte bei der hastigen Begegnung diesen Charakter auf Anhieb durchschaut; ich gedachte ihrer prophetischen Worte. Henriette hatte in allem recht gehabt; Arabelles Liebe war mir unerträglich geworden. Es ist mir seither aufgefallen, daß die meisten Frauen, die gut zu Pferde sitzen, wenig Zärtlichkeit haben. Wie den Amazonen fehlt ihnen eine Brust, und ihre Herzen sind an einer bestimmten Stelle, ich weiß nicht, an welcher, verhärtet.

Zu der Zeit, da ich begann, die Schwere dieses Jochs zu empfinden, da die Müdigkeit mir Körper und Seele überwältigte, da ich alles begriff, was das wahre Gefühl der Liebe an Heiligkeit zuteil werden läßt, da ich durch die Erinnerungen an Clochegourde überwältigt wurde, weil ich, trotz der Entfremdung, den Duft aller seiner Rosen, die Wärme seiner Terrasse einatmete, weil ich den Gesang seiner Nachtigallen hörte, in jenem schrecklichen Augenblick, da ich das steinige Bett des Gießbachs unter seinen geminderten Wassern gewahrte, empfing ich einen Schlag, der noch heute in meinem Leben nachdröhnt, denn in jeder Stunde findet er ein Echo. Ich arbeitete im Privatgemach des Königs; er mußte um vier Uhr fort; der Herzog von Lenoncourt hatte Dienst; als der König ihn eintreten sah, fragte er ihn nach der Gräfin; ich hob auf allzu bedeutungsvolle Weise jäh den Kopf; der König war über diese Bewegung erstaunt und warf mir den Blick zu, der den harten Worten vorauszugehen pflegte, die er so gut zu sagen wußte.

»Sire, meine arme Tochter liegt im Sterben«, antwortete der Herzog.

»Geruht der König, mir einen Urlaub zu gewähren?« fragte ich mit Tränen in den Augen; so wollte ich einem Zorn begegnen, der vor dem Ausbrechen war.

»Laufen Sie, Mylord«, antwortete er und lächelte, daß er aus allem, was er sagte, eine geistvolle Bosheit zu machen verstand und mich um seines Geistes willen mit seinem Vorwurf verschonte.

Der Herzog war mehr Höfling als Vater; er bat nicht um Urlaub, sondern stieg in den Wagen des Königs, um ihn zu begleiten. Ich brach auf, ohne mich von Lady Dudley zu verabschieden; zum Glück war sie ausgegangen; ich schrieb ihr, ich sei in königlicher Mission abwesend. Am Kreuz von Berny begegnete ich seiner Majestät; der König kam aus Verrières zurück. Er nahm einen Blumenstrauß entgegen, den er zu seinen Füßen fallen ließ, und warf mir einen Blick zu, dessen königliche Ironie um ihrer Tiefe willen zu Boden schmetterte; er schien mir zu sagen: »Wenn du im politischen Leben etwas darstellen willst, dann komm wieder! Amüsier dich nicht damit, mit den Toten zu parlamentieren!« Der Herzog machte mir mit der Hand ein Zeichen voller Schwermut. Die beiden mit acht Pfer-

1209

den bespannten Kaleschen, die goldverbrämten Obersten, die Eskorte und ihre Staubwirbel fuhren unter dem Geschrei »Es lebe der König!« schnell vorüber. Mir war, als habe der Hof mit der Fühllosigkeit, die die Natur gegen unsere Katastrophen zeigt, die Leiche der Madame de Mortsauf überfahren. Obwohl der Herzog ein vortrefflicher Mann war, würde er sicherlich nach dem »Coucher du roi«[138] am Whist von »Monsieur«[139] teilnehmen. Was die Herzogin betraf, so hatte sie schon vor langem ihrer Tochter dadurch den ersten Schlag versetzt, daß sie ihr als einzige von Lady Dudley erzählt hatte.

Meine schnelle Reise war wie ein Traum, aber wie der Traum eines ruinierten Spielers; ich war verzweifelt, keine Nachrichten erhalten zu haben. Hatte der Beichtvater die Strenge so weit getrieben, mir den Zutritt auf Clochegourde zu untersagen? Ich machte Madeleine, Jacques, dem Abbé de Dominis und sogar Monsieur de Mortsauf Vorwürfe. Als Tours hinter mir lag und ich die Saint-Sauveur-Brücke überquerte, um den pappelgesäumten Weg nach Poncher hinabzufahren, den ich so bewundert, als ich mich auf die Suche nach meiner Unbekannten begeben hatte, begegnete ich Monsieur Origet; er erriet wohl, daß ich mich nach Clochegourde begab, und ich erriet, daß er von dort kam; beide hielten wir unsere Wagen an und stiegen aus, ich, um um Neuigkeiten zu bitten, er, um sie mir mitzuteilen.

»Ja, wie geht es Madame de Mortsauf?« fragte ich ihn.

»Ich bezweifle, ob Sie sie noch lebend antreffen«, antwortete er. »Sie stirbt einen schrecklichen Tod; sie stirbt an Nahrungsmangel. Als sie mich im letzten Juni rufen ließ, hätte keine ärztliche Macht die Krankheit mehr bekämpfen können; sie hatte die beängstigenden Symptome, die Monsieur de Mortsauf Ihnen sicherlich geschildert hat, da er selbst sie zu empfinden glaubte. Die Frau Gräfin stand damals nicht unter dem vorübergehenden Einfluß einer Zerrüttung, die auf einem inneren Kampf beruhte, einer Zerrüttung, die die ärztliche Kunst zu lenken vermag und die dann ein Besserbefinden zur Folge hat, oder aber unter der Auswirkung einer begonnenen Krisis, deren Störungen sich wieder ausgleichen; nein, die Krankheit war bereits in das Stadium gelangt, wo alle ärztliche Kunst umsonst ist: Es handelt sich um das unheilbare Resultat eines Kummers, gerade wie eine Todeswunde die Folge eines Dolchstichs ist. Dieser Krankheitszustand wird durch die Lähmung eines Organs hervorgerufen, dessen Funktionen für das Leben genauso notwendig sind wie die des Herzens. Der Kummer hat die Wirkung des Dolchs gehabt. Geben Sie sich keinen Täuschungen hin! Madame de Mortsauf stirbt an irgendeinem unbekannten Leid.«

»Unbekannt!« rief ich. »Ihre Kinder sind doch nicht etwa krank gewesen?«

»Nein«, sagte er und blickte mich mit bedeutungsvoller Miene an, »und seit sie ernstlich krank ist, hat Monsieur de Mortsauf sie nicht mehr gequält. Ich bin nicht mehr nötig; Monsieur Deslandes aus Azay genügt; es gibt kein Heilmittel, und die Schmerzen sind grausig. Sie, die so reich, so jung und schön war, stirbt abgemagert, durch Hunger gealtert, denn sie muß doch Hungers sterben! Seit vierzig Tagen ist ihr Magen wie verschlossen und weist jede Nahrung zurück, gleichgültig, in welcher Form sie gereicht wird.«

Monsieur Origet drückte mir die Hand, die ich ihm bot; er hatte mich durch eine respektvolle Geste beinahe darum gebeten.

»Fassen Sie Mut, Monsieur«, sagte er und hob die Augen zum Himmel auf.

Seine Worte waren der Ausdruck des Mitgefühls für Leiden, von denen er glaubte, sie seien gleichmäßig verteilt; er ahnte nichts von dem Giftstachel seiner Äußerung, die mich ins Herz getroffen hatte wie ein Pfeil. Ich wandte mich jäh ab und stieg in den Wagen; dem Postillion versprach ich eine gute Belohnung, wenn ich rechtzeitig ankäme.

Trotz meiner Ungeduld glaubte ich den Weg innerhalb einiger Minuten zurückgelegt zu haben, so tief war ich in die bitteren Betrachtungen versunken gewesen, die einander in meiner Seele bedrängten. Sie stirbt vor Kummer, und ihren Kindern geht es gut! Also starb sie durch mich! Mein drohendes Gewissen hielt eine der Anklagereden, die das ganze Leben durchdröhnen, und bisweilen noch darüber hinaus. Welche Schwäche, welche Ohnmacht haften der menschlichen Rechtsprechung an! Sie rächt lediglich die offenkundigen Handlungen. Warum treffen Tod und Schande den Mörder, der mit einem Schlag tötet, der einen großherzig im Schlummer überfällt und für immer dem Schlaf überantwortet, oder der unversehens zuschlägt und einem den Todeskampf erspart? Warum werden dem Mörder ein glückliches Leben und Achtung zuteil, der Tropfen für Tropfen Gift in die Seele träufelt und den Körper aushöhlt, um ihn zu zerstören? Wie viele Mörder bleiben unbestraft? Welch eine Willfährigkeit findet das elegante Laster! Welch einen Freispruch erfährt der Mord, dessen Ursache seelische Quälereien sind! Ich weiß nicht, welche rächerische Hand jäh den bemalten Vorhang hob, der die Gesellschaft verhüllt. Ich gewahrte mehrere der Opfer, die Dir genauso bekannt sind wie mir: Madame de Beauséant, die ein paar Tage vor meinem Aufbruch sterbend nach der Normandie gereist ist![140] Die Herzogin von Langeais schwer kompromittiert![141] Lady Brandon, die in die Touraine gekommen war, um dort in jenem bescheidenen Haus zu sterben, in dem Lady Dudley zwei Wochen lang verweilt hatte, und durch welch schreckliche Lösung eines dramatischen Knotens getötet?[142] Du weißt es! Unser Zeitalter ist furchtbar an solcherlei Ereignissen. Wer hätte nicht jene arme junge Frau gekannt, die sich vergiftet hat[143], niedergeworfen von der Eifersucht, die vielleicht auch Madame de Mortsauf ums Leben brachte? Wer wäre nicht erschauert über das Schicksal jenes entzückenden jungen Mädchens, das wie eine von einer Stechfliege angestochene Blume innerhalb zweier Ehejahre zugrunde gegangen ist, Opfer ihrer keuschen Ahnungslosigkeit, Opfer eines Schurken, dem Ronquerolles, Montriveau und de Marsay die Hand reichen, weil er ihnen bei ihren politischen Plänen von Nutzen ist? Wer hat nicht bei dem Bericht über die letzten Augenblicke dieser Frau gebebt, die keine Bitte hat erweichen können und die ihren Mann nie hat wiedersehen wollen, nachdem sie auf so noble Weise dessen Schulden bezahlt hatte? Hat Madame d'Aiglemont sich nicht dem Grab ganz nahe gesehen, und würde sie ohne die Fürsorge meines Bruders noch am Leben sein?[144] Welt und Gesellschaft und die Wissenschaft sind die Komplicen dieser Verbrechen, für die es kein Schwurgericht gibt. Es scheint, daß niemand vor Kummer stirbt, oder aus Verzweiflung, oder aus Liebesgram, noch aus verborgenem Elend, noch aus gehegten Hoffnungen ohne Frucht, Hoffnungen, die unablässig immer wieder gepflanzt und ausgerissen wurden. Die neue Nomenklatur hat geschickt ausgeheckte Wörter, um alles zu erklären: Gastritis, Perikarditis, die tausenderlei Frauenleiden, deren Bezeichnungen man einander zuflüstert, dienen als Paß für Särge, denen heuchlerische Tränen das Geleit geben, Tränen, die die Hand des Notars bald getrocknet hat. Liegt all diesem Unglück ein Gesetz zugrunde, das wir nicht kennen? Muß der Hundertjährige erbarmungslos das Gelände mit Toten bedecken und es rings um sich verdorren lassen, um sich zu erheben, gerade wie der Millionär sich die Bemühungen einer Fülle kleiner Gewerbebetriebe aneignet? Gibt es ein starkes, giftiges Leben, das sich von sanften, zarten Geschöpfen nährt? Mein Gott, gehörte ich also der Rasse der Tiger an? Die Reue drückte mir ihre glühendheißen Finger ins Herz, und meine Wangen waren streifig von Tränen, als ich in die Allee von Clochegourde an einem feuchten Oktobermorgen einbog, der das welke Laub der Pappeln loslöste, der Pappeln, deren Anpflanzung von Henriette geleitet worden war; als ich in jene Allee einbog, wo sie einst ihr Taschentuch geschwenkt hatte, als wolle sie mich zurückrufen! War sie noch am Leben? Würde ich ihre beiden weißen Hände noch auf meinem demütig niedergebeugten Haupt fühlen können? Innerhalb eines Augenblicks bezahlte ich alle von Arabelle gespendeten Lüste und fand, sie seien teuer erkauft worden! Ich schwor mir, sie niemals wiederzusehen; und es überkam mich Haß gegen England. Mochte gleich Lady Dudley nur eine Varietät der Gattung sein: Ich hüllte alle Engländerinnen in die Trauerflore meines Urteilsspruchs.

Als ich in Clochegourde einfuhr, traf mich ein neuer Schlag. Ich fand Jacques, Madeleine und den Abbé de Dominis am Fuß eines Holzkreuzes kniend vor; es stand an der Ecke eines Ackerstücks, das in die Einfriedung einbezogen, als das Eisengitter gebaut worden war; weder der Graf noch die Gräfin hatten es entfernen lassen wollen. Ich sprang aus meinem Wagen und ging mit tränenüberströmtem Gesicht auf sie zu, mit gebrochenem Herzen beim Anblick dieser beiden Kinder und der ernsten Gestalt, die flehentlich zu Gott beteten. Der alte Pikör stand ebenfalls dort, ein paar Schritte abseits, mit entblößtem Kopf.

»Nun, Monsieur?« fragte ich den Abbé de Dominis und küßte

Jacques und Madeleine auf die Stirn; sie warfen mir einen kalten Blick zu, ohne ihr Gebet zu unterbrechen. Der Abbé erhob sich; ich nahm ihn beim Arm, um mich darauf zu stützen, als ich ihn fragte: »Lebt sie noch?« Mit einer bekümmerten, weichen Bewegung neigte er das Haupt. – »Sprechen Sie, ich flehe Sie an im Namen der Passion unseres Herrn und Heilands! Warum beten Sie am Fuß dieses Kreuzes? Warum sind Sie hier und nicht bei ihr? Warum sind ihre Kinder an einem so kalten Morgen draußen im Freien? Sagen Sie mir alles, damit ich nicht aus Unkenntnis irgendein Unglück verursache.«

»Seit mehreren Tagen will die Frau Gräfin ihre Kinder nur zu ganz bestimmten Stunden sehen. – Monsieur«, fuhr er nach einer Pause fort, »vielleicht sollten Sie ein paar Stunden warten, ehe Sie Madame de Mortsauf wiedersehen; sie hat sich sehr verändert! Aber es wäre angebracht, sie auf diese Begegnung vorzubereiten; Sie könnten möglicherweise ihre Schmerzen erhöhen ... Was jedoch den Tod betrifft, so wäre er eine Wohltat.«

Ich drückte dem Gottesmann die Hand; sein Blick und seine Stimme taten den Wunden anderer wohl, ohne sie aufs neue zum Bluten zu bringen.

»Wir alle leben hier für sie«, fuhr er fort; »denn sie, die so fromm, so schicksalsergeben, so bereit zum Sterben war, hat seit einigen Tagen vor dem Tod ein geheimes Grauen; sie wirft denen, die voller Leben sind, Blicke zu, in denen sich zum erstenmal düstere, neidvolle Gefühle abzeichnen. Ihre Taumelzustände werden, wie ich glaube, weniger durch die Angst vor dem Tode ausgelöst, als durch eine innerliche Trunkenheit, durch die verblichenen Blumen ihrer Jugend, die im Welken gären. Ja, der böse Engel macht diese schöne Seele dem Himmel streitig. Madame durchleidet ihr Ringen auf dem Ölberg; sie begleitet mit ihren Tränen das Niederfallen der weißen Rosen, die ihr Haupt, das einer vermählten Jephta-Tochter[145], umkränzten, und die nun eine nach der andern niedersinken. Warten Sie, zeigen Sie sich noch nicht, Sie würden ihr den Glanz des Hofes mitbringen, sie würde auf Ihrem Antlitz einen Widerschein weltlicher Feste wahrnehmen, und Sie würden ihre Klagen verstärken. Haben Sie Mitleid mit einer Schwäche, die Gott selbst seinem Mensch gewordenen Sohn verziehen hat. Welche Verdienste würden wir übrigens haben, wenn wir ohne Gegner siegten? Erlauben Sie, daß ihr Beichtvater oder ich, zwei Greise, deren Gebrechlichkeit ihr Auge nicht kränkt, sie auf eine unverhoffte Begegnung vorbereiten, auf seelische Wallungen, von denen der Abbé Birotteau gefordert hatte, daß sie darauf verzichte. Aber den Dingen dieser Welt ist ein unsichtbarer Einschlag von himmlischen Ursachen eigen, den ein frommes Auge wahrnimmt, und wenn Sie nach hier gekommen sind, so sind Sie vielleicht von einem jener himmlischen Sterne hergeleitet worden, die in der geistlichen Welt strahlen, und die zum Grab führen wie zur Krippe . . .«

Dann sagte er mir, und er bediente sich dabei der salbungsvollen Beredsamkeit, die auf das Herz niederfällt wie Tau, daß die Gräfin seit sechs Monaten mit jedem Tag größere Schmerzen ausgestanden hätte, trotz der Mühen Monsieur Origets. Der Doktor sei zwei Monate lang allabendlich nach Clochegourde gekommen, weil er diese Beute dem Tod habe entreißen wollen, denn die Gräfin habe gesagt: »Retten Sie mich!« – »Aber um den Körper zu heilen, hätte zuvor das Herz geheilt werden müssen!« habe eines Tages der alte Arzt ausgerufen.

»Mit dem Fortschreiten der Krankheit ist die Ausdrucksweise dieser so sanften Frau bitter geworden«, sagte mir der Abbé de Dominis. »Sie ruft der Erde zu, sie möge sie behalten, anstatt Gott anzurufen, er möge sie zu sich nehmen; dann jedoch bereut sie, wider die Befehle von oben gemurrt zu haben. Dieses Schwanken von einem Extrem zum andern zerreißt ihr das Herz und macht das Ringen zwischen Körper und Seele zu etwas Grausigem. Oft triumphiert der Körper! – ›Ihr kommt mich recht teuer zu stehen!‹ hat sie eines Tages zu Madeleine und Jacques gesagt und sie von ihrem Bett weggestoßen. Aber im selben Augenblick hat mein Anblick sie wieder an Gott erinnert, und sie hat zu Mademoiselle Madeleine die engelhaften Worte gesprochen: ›Das Glück der andern wird zur Freude derjenigen, die nicht mehr glücklich sein können.‹ Und ihr Tonfall war dabei so herzzerreißend, daß ich spürte, wie mir die Lider feucht wurden. Freilich, sie fällt, aber nach jedem falschen Schritt schwingt sie sich höher zum Himmel empor.«

Ich war betroffen ob dieser aufeinander folgenden Botschaften, die der Zufall mich flüchtig gewahren ließ und die in diesem großen Zusammenklang von Unglücksfällen in schmerzlichen Modulationen das trauerschwere Thema vorbereiteten, den großen Schrei der sterbenden Liebe, und ich rief aus: »Glauben Sie, daß diese schöne, abgeschnittene Lilie im Himmel aufs neue erblühen wird?«

»Sie haben sie verlassen, als sie noch eine Blume war«, antwortete er mir, »aber Sie werden sie aufgezehrt wiederfinden, geläutert im Feuer der Schmerzen und rein wie einen Diamanten, der noch unter Aschenschichten verborgen liegt. Ja, dieser strahlende Geist, dieser engelhafte Stern wird glänzend aus seinen Wolken hervorsteigen, um in das Reich des Lichts einzugehen.«

Als ich die Hand dieses gottesfürchtigen Mannes drückte, wobei Dankbarkeit mir das Herz beengte, trat der Graf mit völlig weiß gewordenem Kopf aus dem Hause und eilte mir mit einer Hast entgegen, in der sich Überraschung bekundete.

»Sie hat wahr gesprochen! Er ist da! ›Félix, Félix, jetzt kommt Félix!‹ hat meine Frau gerufen. Lieber Freund«, fuhr er fort und warf mir Blicke zu, die vor Entsetzen wie irrsinnig wirkten, »hier ist der Tod. Warum hat er nicht einen alten Narren wie mich genommen, mich, den er schon gezeichnet hatte ...«

Ich ging auf das Schloß zu und rief all meinen Mut zu Hilfe; aber auf der Schwelle des langen Gangs, der vom Kugelspielplatz zur Freitreppe führte, als ich das Haus durchschreiten wollte, hielt der Abbé Birotteau mich an.

»Die Frau Gräfin bittet Sie, noch nicht einzutreten«, sagte er.

Als ich umherschaute, sah ich die Dienerschaft kommen und gehen; alle waren geschäftig, trunken vor Schmerz und wohl auch überrascht ob der Weisungen, die Manette an sie weitergab.

»Was ist denn?« fragte der Graf, der über dieses Hinundher erschrocken war, und zwar ebensosehr in Angst vor dem furchtbaren Ereignis wie aus der angeborenen Unruhe seines Charakters.

»Die Laune einer Kranken«, antwortete der Abbé. »Die Frau Gräfin will den Herrn Vicomte nicht in dem Zustand empfangen, in dem sie sich gegenwärtig befindet; sie sagt, sie wolle Toilette machen; warum sollte man dem wehren?«

Manette holte Madeleine, und ein paar Augenblicke, nachdem

Madeleine zu ihrer Mutter hineingegangen war, sahen wir sie wieder herauskommen. Danach gingen wir alle fünf, Jacques und sein Vater, die beiden Abbés und ich, stumm vor der Fassade den Kugelspielplatz entlang und über das Haus hinaus. Ich blickte abwechselnd nach Montbazon und Azay hinüber, ich schaute das gilbende Tal entlang, dessen Trauer jetzt wie bei jeder Gelegenheit den Gefühlen entsprach, die mich durchwogten. Plötzlich gewahrte ich die liebe Kleine, wie sie nach Herbstblumen lief und sie pflückte, sicherlich um Sträuße zu binden. Als ich an alles dachte, was diese Erwiderung auf meine liebenden Bemühungen bedeutete, vollzog sich in meinem Innern irgendeine Regung, ich taumelte, mein Blick verdunkelte sich, und die beiden Abbés, zwischen denen ich mich befand, trugen mich zu der Brüstung einer Terrasse, wo ich eine Weile wie zerbrochen blieb, aber ohne gänzlich das Bewußtsein zu verlieren.

»Armer Félix«, sagte der Graf zu mir, »sie hatte streng verboten, Ihnen zu schreiben; sie weiß, wie sehr Sie sie lieben!«

Obwohl ich auf Schmerzen gefaßt gewesen war, hätte ich kraftlos einer Aufmerksamkeit gegenübergestanden, die alle meine Erinnerungen an ein Glück in sich beschloß. Da liegt sie, dachte ich, diese Heidefläche, die ausgedörrt wie ein Skelett ist, beleuchtet von grauem Tagesschein, und mitten darin stand ein einzelner blühender Busch, den ich ehedem bei meinen Spaziergängen nicht ohne ein düsteres Erschauern bewundernd angeschaut habe; er war das Sinnbild dieser unheilkündenden Stunde. Alles war trübselig in diesem kleinen, ehemals so lebendigen, so beseelten Schloß! Alles schluchzte, alles sprach von Verzweiflung und Verlassenwerden. Es gab zur Hälfte geharkte Gartenwege, begonnene und liegengelassene Arbeiten, Arbeiter standen herum und sahen zum Schloß hinüber. Obgleich in den Rebgehegen gelesen wurde, vernahm man weder Geräusche noch Geplauder. Die Rebpflanzungen schienen menschenleer zu sein, so tief war die Stille. Wir gingen wie Menschen, bei denen der Schmerz banale Redensarten unterdrückt, und wir hörten dem Grafen zu, dem einzigen von uns allen, der redete. Nach den Sätzen, die ihm von der mechanischen Liebe eingegeben wurden, die er für seine Frau empfand, wurde der Graf durch das Gefälle seines Geistes dazu geführt, sich über die Gräfin zu beschweren. Nie habe seine Frau sich pflegen oder auf ihn hören wollen, wenn er ihr gute Ratschläge gegeben habe; er habe als erster die Symptome der Krankheit erkannt; er habe sie nämlich an sich selbst studiert, sie bekämpft und sei davon ganz allein genesen, ohne ein anderes Hilfsmittel als das einer Diät, und durch Vermeidung jeder heftigen Aufregung. Sehr wohl hätte er auch die Gräfin heilen können; aber ein Ehemann könne schwerlich eine solche Verantwortung auf sich nehmen, vor allem, wenn er das Pech habe, bei der ganzen Angelegenheit seine Erfahrung verachtet zu sehen. Trotz seiner Vorstellungen habe die Gräfin Origet als Arzt genommen. Origet, der ihn seiner Zeit so schlecht behandelt habe, bringe ihm jetzt seine Frau um. Wenn die Ursache jener Krankheit in ungemeinem Kummer bestehe, so seien bei ihm alle Vorbedingungen vorhanden gewesen, sie sich zuzuziehen; aber welchen Kummer könne denn seine Frau gehabt haben? Die Gräfin sei glücklich gewesen; sie habe weder Nöte noch Widerwärtigkeiten gehabt! Ihrer beider Vermögen befinde sich dank seiner Bemühungen und seiner guten Einfälle in befriedigendem Zustand; er habe seine Frau auf Clochegourde schalten und walten lassen; seine wohlerzogenen, sich wohl befindenden Kinder gäben keinerlei Anlaß zu Besorgnissen mehr; woher könne also die Krankheit rühren? Und so redete er einher und mischte dem Ausdruck seiner Verzweiflung unsinnige Anschuldigungen bei. Dann jedoch wurde er bald durch irgendeine Erinnerung zu der Bewunderung zurückgeleitet, die dieses edle Geschöpf verdiente, und seinen seit so langer Zeit trocken gebliebenen Augen entquollen ein paar Tränen.

Madeleine kam und teilte mir mit, ihre Mutter erwarte mich. Der Abbé Birotteau folgte mir. Das ernste junge Mädchen blieb bei seinem Vater; sie sagte, die Gräfin wünsche, mit mir allein zu sein; sie schützte die Erschöpfung vor, die die Anwesenheit mehrerer ihr verursachen würde. Die Feierlichkeit jenes Augenblicks rief in mir den Eindruck innerer Hitze und äußerer Kälte hervor, die uns bei den großen Gelegenheiten des Lebens heimsuchen. Der Abbé Birotteau, einer jener Menschen, die Gott als die Seinen gekennzeichnet hat, indem er sie mit Sanftmut und Schlichtheit ausstattete, indem er ihnen Geduld und Barmherzigkeit gewährte, nahm mich beiseite.

»Monsieur«, sagte er, »Sie müssen wissen, daß ich alles getan habe, was menschenmöglich war, um dieses Wiedersehen zu verhindern. Das Seelenheil dieser Heiligen hat es so gewollt. Ich habe nur sie im Auge gehabt, und nicht Sie. Nun Sie die wiedersehen werden, bei der einzutreten Ihnen von den Engeln hätte verboten werden müssen, sollen Sie erfahren, daß ich zwischen Ihnen beiden verharren werde, um sie gegen Sie und vielleicht gar gegen sich selbst zu verteidigen! Nehmen Sie Rücksicht auf ihre Schwäche. Ich bitte Sie nicht um Gnade für sie als Priester, sondern als ein demütiger Freund, von dem Sie nicht wußten, daß Sie ihn hätten, und zwar einer, der Ihnen Gewissensbisse ersparen will. Unsere liebe Kranke stirbt buchstäblich an Hunger und Durst. Seit heute morgen steht sie im Bann der fieberhaften Erregung, die jenem schrecklichen Tod vorausgeht, und ich kann Ihnen nicht verhehlen, wie sehr sie am Leben hängt. Die Schreie ihres rebellischen Körpers erlöschen in meinem Herzen, wo sie ein noch allzu zärtliches Echo verletzen; aber Monsieur de Dominis und ich, wir haben die fromme Aufgabe übernommen, dieser edlen Familie den Anblick dieses seelischen Todeskampfes zu ersparen; sie erkennt ihren Abend- und Morgenstern nicht mehr. Denn der Gatte, die Kinder, die Dienerschaft, alle fragen: ›Wo ist sie denn?‹, so sehr hat sie sich verändert. Bei Ihrem Anblick werden die Klagen von neuem anheben. Entäußern Sie sich der Denkweise des Mannes von Welt, vergessen Sie die Eitelkeit des Herzens, seien Sie bei ihr der Helfer des Himmels und nicht der Erde. Diese Heilige darf nicht in einer Stunde des Zweifels sterben, nicht, wenn sie sich Worte der Verzweiflung entschlüpfen läßt ...«

Ich antwortete nichts. Mein Schweigen machte den armen Beichtvater betroffen. Ich sah, ich hörte, ich ging weiter und weilte dabei nicht mehr auf Erden. Die Erwägung: »Was ist denn geschehen? In welchem Zustand muß ich sie antreffen, damit jedermann solcherlei Vorsichtsmaßregeln ergreift?« erzeugte schlimme Vorahnungen, die um so quälender waren, weil sie unklar blieben: Jene Erwägung schloß alle Schmerzen in sich ein. Wir gelangten an die Tür des Schlafzimmers; der besorgte Beichtvater öffnete sie mir. Da erblickte ich Henriette im weißen Kleid; sie saß auf ihrem kleinen Sofa, das vor den Kamin

1219

gerückt worden war; dessen Sims zierten unsere beiden Vasen voller Blumen; auch auf dem vor dem Fenster stehenden Tischchen waren Blumen. Das Antlitz des Abbés Birotteau, den der Anblick dieses improvisierten Festes und die Veränderung dieses Schlafzimmers, das schnell wieder in seinen früheren Zustand versetzt worden war, verdutzten, ließ mich erraten, daß die Sterbende die abstoßenden Zurüstungen verbannt habe, die für gewöhnlich ein Krankenlager umgeben. Sie hatte die letzten Kräfte eines sterbenden Fiebers dabei verausgabt, ihr in Unordnung geratenes Schlafzimmer zu schmücken, um auf würdige Weise denjenigen zu empfangen, den sie in dieser Minute mehr als alles in der Welt liebte. Unter dem Spitzengewoge wirkte ihr abgemagertes Antlitz, das die grünliche Blässe der Magnolienblüten hatte, wenn sie sich gerade öffnen, wirkte wie auf der gelben Leinwand eines Porträts die ersten, mit Kreide gezeichneten Umrisse eines geliebten Kopfs; aber um recht zu fühlen, wie tief die Geierkrallen sich in mein Herz bohrten, mußt Du Dir die Augen dieser Skizze vorstellen, tiefliegende Augen, die mit ungewöhnlichem Glanz in einem erloschenen Gesicht strahlten. Sie besaß nicht mehr die ruhige Majestät, die ihr der beständige Sieg über ihre Schmerzen hatte zuteil werden lassen. Ihre Stirn, der einzige Teil des Gesichts, der seine schöne Ausgewogenheit beibehalten hatte, drückte die herausfordernde Kühnheit des Begehrens und unterdrückte Drohungen aus. Trotz der wächsernen Tönungen ihres lang gewordenen Gesichts entströmte diesem ein inneres Feuer durch ein Strahlen, das dem Fluidum vergleichbar war, das an einem warmen Tag über den Feldern lodert. Ihre hohlen Schläfen, ihre eingefallenen Wangen ließen die inneren Formen des Gesichts erkennen, und das Lächeln, das ihre weißen Lippen formten, ähnelte irgendwie dem Grinsen des Todes. Ihr über der Brust zusammengelegtes Kleid legte Zeugnis von der Magerkeit ihrer schönen Brust ab. Ihr Gesichtsausdruck besagte zur Genüge, daß sie um ihre Veränderung wisse und darob in Verzweiflung sei. Es war nicht mehr meine entzückende Henriette, und auch nicht die erhabene, die fromme Madame de Mortsauf, sondern das namenlose Etwas Bossuets[146], das gegen das Nichts ankämpfte, und das der Hunger, das das getäuschte Begehren zum selbstischen Ringen des

Lebens wider den Tod antrieben. Ich hatte mich zu ihr gesetzt und ihre Hand ergriffen, um sie zu küssen; ich spürte, daß sie glühend heiß und ganz trocken war. Sie erriet meine schmerzliche Überraschung aus der Anstrengung, die es mich kostete, sie zu unterdrücken. Da verzogen sich ihre farblosen Lippen über ihren ausgehungerten Zähnen zu dem Versuch eines erzwungenen Lächelns, eines Lächelns, mit dem wir gleichermaßen die Ironie der Rache, die Erwartung der Lust, die Trunkenheit der Seele und die Wut über eine Enttäuschung vertuschen.

»Ach, dies ist der Tod, mein armer Félix«, sagte sie, »und dabei mögen Sie den Tod doch nicht, den verhaßten Tod, den Tod, vor dem jedes Geschöpf, sogar der unerschrockenste Liebhaber, Abscheu empfindet. Hier endet die Liebe; ich wußte es wohl. Lady Dudley wird Sie nie erstaunt über ihre Veränderung sehen. Ach, warum habe ich Sie so sehr hergewünscht, Félix? Nun sind Sie endlich gekommen, und ich belohne diese Treue durch den grausigen Anblick, der ehedem den Grafen de Rancé zum Trappisten gemacht hat[147], und ich, die ich gewünscht hatte, in Ihrer Erinnerung schön und groß zu verbleiben und darin fortzuleben wie eine unverwelkbare Lilie, ich nehme Ihnen Ihre Illusionen. Wahre Liebe ist ohne Berechnung. Aber fliehen Sie nicht, bleiben Sie hier. Monsieur Origet hat gemeint, es gehe mir heute morgen viel besser; ich will zurück ins Leben, unter Ihren Blicken werde ich neu geboren. Wenn ich dann wieder einige Kräfte geschöpft habe, wenn ich anfange, etwas Nahrung zu mir zu nehmen, dann werde ich wieder schön. Ich bin kaum fünfunddreißig, ich kann noch schöne Jahre vor mir haben. Glück verjüngt, und ich will das Glück kennenlernen. Herrliche Pläne habe ich gemacht; wir wollen die andern auf Clochegourde lassen und zusammen nach Italien reisen.«

Tränen netzten mir die Augen, ich wandte mich dem Fenster zu, als wolle ich die Blumen betrachten; hastig trat der Abbé Birotteau zu mir und beugte sich zu dem Strauß nieder: »Keine Tränen!« flüsterte er mir zu.

»Henriette, mögen Sie denn unser liebes Tal nicht mehr?« antwortete ich ihr, um meine jähe Bewegung zu rechtfertigen.

»Doch«, antwortete sie und lehnte in einer Aufwallung von Zärtlichkeit ihre Stirn an meine Lippen. »Aber ohne Sie ist es für mich unheilvoll ... *ohne dich*«, fuhr sie fort und streifte dabei mein Ohr mit ihren warmen Lippen, als wolle sie die drei Silben hineinhauchen wie drei Seufzer.

Mich entsetzte diese tolle Liebeserklärung; sie mußte die schrecklichen Reden der beiden Abbés noch steigern. In diesem Augenblick schwand meine erste Überraschung hin; aber wenn ich auch Gebrauch von meiner Vernunft machen konnte, so war doch mein Wille nicht stark genug, um die nervöse Regung zu unterdrücken, die mich während dieser Szene durchrüttelte. Ich lauschte, ohne zu antworten, oder vielmehr, ich antwortete durch ein starres Lächeln und durch Zeichen der Zustimmung, um ihr nicht zu widersprechen; ich verhielt mich wie eine Mutter gegenüber ihrem Kind. Nachdem die Metamorphose der menschlichen Erscheinung mich betroffen gemacht hatte, wurde ich mir bewußt, daß die Frau, die ehedem durch ihre Erhabenheit so ehrfurchtgebietend gewesen war, jetzt in ihrer Haltung, ihrer Stimme, ihrem Gehaben, ihren Blicken und Einfällen die naive Ahnungslosigkeit eines Kindes hatte, die unschuldige Anmut, die Gier der Regung, die tiefe Sorglosigkeit gegenüber allem hatte, was nicht ihr Wunsch oder sie war, kurzum, daß sie alle Schwächen besaß, die das Kind schutzbedürftig machen. Ist dem bei allen Sterbenden so? Legen sie alle die gesellschaftlichen Tarnungen ab, gerade wie das Kind sie noch nicht angelegt hat? Oder erkannte die Gräfin, nun sie am Rand der Ewigkeit stand, von allen menschlichen Gefühlen nur noch die Liebe an und gab ihr auf köstlich-unschuldige Weise Ausdruck wie Chloe[148]?

»Ganz wie früher geben Sie mir jetzt die Gesundheit wieder, Félix«, sagte sie, »und dann tut mein Tal mir wieder wohl. Wie sollte ich nicht essen, was Sie mir reichen? Sie sind ein so guter Krankenpfleger! Überdies sind Sie so reich an Kraft und Gesundheit, daß in Ihrer Nähe das Leben ansteckend wirkt. Lieber Freund, beweisen Sie mir also, daß ich nicht sterben, nicht getäuscht sterben kann! Sie glauben alle, mein heftigstes Leiden sei der Durst. Oh, freilich, ich habe großen Durst, mein Freund. Das Wasser der Indre macht mir Qualen, wenn ich es sehe, aber mein Herz empfindet einen noch brennenderen Durst. Nach *dir* hatte ich Durst«, sagte sie mit gedämpfter Stimme, nahm meine Hände in ihre glühenden Hände, zog mich an sich und flüsterte mir die Worte zu: »Meine Todesnot hat darin bestanden, daß ich dich nicht sah! Hast du mir nicht gesagt, ich müsse leben? Also *will* ich auch leben. Auch ich will zu Pferde steigen; ich will alles kennenlernen, Paris, die Feste, die Liebesfreuden!«

Ach, Natalie, diese grausige Klage, die der Materialismus der getäuschten Sinne aus der Entfernung zu etwas Kaltem macht, dröhnte uns, dem alten Priester und mir, in den Ohren; die Klänge dieser herrlichen Stimme malten die Kämpfe eines ganzen Lebens, die Ängste einer wahren, getäuschten Liebe. In einer Regung der Ungeduld stand die Gräfin auf wie ein Kind, das ein Spielzeug will. Als der Beichtvater seine Büßerin so sah, warf der arme Mann sich plötzlich auf die Knie, faltete die Hände und sprach Gebete.

»Ja, leben!« sagte sie, hieß mich ebenfalls aufstehen und stützte sich auf mich, »von Wirklichkeiten leben und nicht von Lügen. Alles in meinem Leben ist Lüge gewesen; vor ein paar Tagen habe ich sie gezählt, diese Betrügereien. Ist es denn möglich, daß ich sterbe, ich, die ich nicht gelebt habe? Ich, die ich niemals auf der Heide zu jemandem hingegangen bin?« Sie hielt inne; sie schien zu lauschen, und sie verspürte durch die Wände hindurch irgendeinen Duft. – »Félix! Die Weinleserinnen wollen ihr Essen, und ich, ich«, sagte sie mit einer Kinderstimme, »die ich die Herrin bin, ich habe Hunger. Genauso ist es mit der Liebe; die dort sind glücklich!«

»Kyrie eleison!« sagte der arme Abbé, der mit gefalteten Händen, den Blick gen Himmel gerichtet, die Litaneien psalmodierte.

Sie warf mir die Arme um den Hals, küßte mich heftig, drückte mich an sich und sagte: »Jetzt sollen Sie mir nicht mehr entschlüpfen! Ich will geliebt werden; ich will Tollheiten wie Lady Dudley begehen; ich will Englisch lernen, damit ich richtig sagen kann: ›My Dee.‹« Sie gab mir ein Zeichen mit dem Kopf, wie sie es früher getan hatte, wenn sie mich verließ, um mir zu sagen, sie werde gleich wiederkommen. »Wir wollen zusammen zu Abend essen«, sagte sie, »ich will Manette Bescheid sagen . . .« Ein Schwächeanfall überkam sie und ließ sie innehalten; ich legte sie völlig angekleidet auf ihr Bett.

»Schon einmal haben Sie mich so getragen«, sagte sie, als sie die Augen aufschlug.

Sie war sehr leicht, vor allem aber glühend heiß; als ich sie hochhob, hatte ich ihren Körper gefühlt, der völlig glühte. Monsieur Deslandes kam herein und machte große Augen, als er das Schlafzimmer so geschmückt fand; doch als er mich erblickte, schien ihm alles klar zu sein.

»Man leidet sehr, bis man stirbt, Monsieur«, sagte sie mit gewandelter Stimme.

Er setzte sich, fühlte den Puls seiner Patientin, stand jäh auf, sprach leise mit dem Priester und verließ das Zimmer; ich folgte ihm.

»Was wollen Sie tun?« fragte ich ihn.

»Ihr einen furchtbaren Todeskampf ersparen«, antwortete er. »Wer hätte soviel Kraft für möglich gehalten? Wir verstehen nur, daß sie noch lebt, wenn wir an die Art denken, wie sie gelebt hat. Dies ist jetzt der zweiundvierzigste Tag, daß die Frau Gräfin weder getrunken noch gegessen, noch geschlafen hat.«

Monsieur Deslandes verlangte nach Manette. Der Abbé Birotteau führte mich in die Gärten.

»Lassen Sie den Doktor gewähren«, sagte er. »Manette hilft ihm; er will sie mit Opium einschläfern. Nun, Sie haben es ja mit angehört«, sagte er, »ob sie an diesen Wahnsinnsanfällen mitschuldig ist . . .!«

»Nein«, sagte ich, »das ist nicht mehr sie.«

Ich war ganz betäubt vor Schmerz. Je mehr ich ging, desto mehr nahm jede Einzelheit dieser Szene an Bedeutung zu. Unvermittelt durchschritt ich die kleine Pforte unterhalb der Terrasse und setzte mich in die »toue«, das Boot; dort hielt ich mich versteckt, um für mich allein meine Gedanken hinunterzuwürgen. Ich versuchte, mich selbst von jener Kraft zu lösen, durch die ich lebte; das war eine Marter, die derjenigen der Tataren vergleichbar ist; die bestraften den Ehebruch dadurch, daß sie ein Glied des Schuldigen in ein Stück Holz einklemmten und ihm ein Messer ließen, um es sich abzuschneiden, sofern er nicht Hungers sterben wollte; das war eine schreckliche Lehre; meine Seele, von der ich die schönste Hälfte abtrennen mußte, erlitt sie. Auch *mein* Leben war verfehlt! Die Verzweiflung gab mir die seltsamsten

Gedanken ein. Bald wollte ich mit ihr sterben, bald mich in La Meilleraye einschließen, wo sich unlängst die Trappisten niedergelassen hatten. Meine getrübten Augen nahmen die Außendinge nicht mehr wahr. Ich sah zu den Fenstern des Schlafzimmers hinüber, in dem Henriette litt; ich glaubte, dort das Licht zu sehen, das in der Nacht geleuchtet, als ich mich mit ihr verlobt hatte. Hätte ich mich nicht in das einfache Leben schicken müssen, das sie mir geschaffen hatte, und mich ihr in der Führung der geschäftlichen Dinge erhalten? Hatte sie mir nicht befohlen, ein großer Mann zu werden, um mich vor den niedrigen, schmählichen Leidenschaften zu schützen, denen ich erlegen war wie alle Männer? War Keuschheit nicht eine erhabene Auszeichnung, die mir zu bewahren ich nicht verstanden hatte? Die Liebe, wie Arabelle sie aufgefaßt hatte, ekelte mich plötzlich an. In dem Augenblick, da ich meinen gedemütigten Kopf wieder hob und mich fragte, von wannen mir hinfort Licht und Hoffnung kommen sollten, und welches Interesse am Weiterleben ich haben könne, wurde die Luft von einem leisen Geräusch bewegt; ich wandte mich der Terrasse zu und erblickte Madeleine, die dort langsamen Schrittes allein auf und ab ging. Während ich zu der Terrasse hinaufstieg, um dieses liebe Kind nach der Ursache des kalten Blicks zu fragen, den sie mir am Fuß des Kreuzes zugeworfen, hatte sie sich auf die Bank gesetzt; als sie mich auf halbem Weg gewahrte, stand sie auf, tat, als habe sie mich nicht gesehen, um nicht mit mir allein zu sein, und ihr Schritt war auf unmißverständliche Weise hastig. Sie haßte mich; sie floh den Mörder ihrer Mutter. Als ich über die Freitreppen wieder nach Clochegourde zurückging, sah ich Madeleine reglos wie eine Statue dastehen und dem Geräusch meiner Schritte lauschen. Jacques saß auf einer Stufe, und seine Haltung drückte die gleiche Gefühllosigkeit aus, die mich betroffen gemacht hatte, als wir alle zusammen spazierengegangen waren; sie hatte mir einen der Gedanken eingegeben, die wir in einem Winkel unserer Seele zurücklassen, um sie später in aller Muße wieder vorzunehmen und zu ergründen. Mir war aufgefallen, daß junge Menschen, die den Tod in sich tragen, sämtlich bei Todesfällen fühllos bleiben. Ich wollte diese verdüsterte Seele ausfragen. Hatte Madeleine ihre Gedanken für sich behalten, hatte sie ihren Haß auf Jacques übertragen?

»Du weißt doch«, sagte ich zu ihm, um die Unterhaltung einzuleiten, »daß du in mir den verläßlichsten aller Brüder hast.«

»Ihre Freundschaft ist mir zu nichts nütze; ich werde meiner Mutter nachfolgen!« antwortete er und warf mir einen Blick zu, der vor Schmerz wild wirkte.

»Jacques!« rief ich. »Auch du?«

Er hustete, trat von mir weg, und dann, als er wiederkam, zeigte er mir rasch sein blutbeflecktes Taschentuch.

»Verstehen Sie?« fragte er.

So hatte jeder von ihnen ein schicksalhaftes Geheimnis. Wie ich merkte, flohen Schwester und Bruder einander. Nun es mit Henriette zu Ende ging, geriet auf Clochegourde alles in Verfall.

»Madame schläft«, sagte uns Manette; sie war beglückt, die Gräfin ohne Schmerzen zu wissen.

In solcherlei schrecklichen Augenblicken werden, obwohl jeder deren unvermeidliches Enden weiß, die echtesten Zuneigungen wahnsinnig und klammern sich an kleine Glücksumstände. Die Minuten werden zu Jahrhunderten, die man zu etwas Wohltätigem machen möchte. Man möchte, daß die Kranken auf Rosen ruhten; man möchte ihre Schmerzen auf sich nehmen; man möchte, daß der letzte Seufzer für sie etwas Unerwartetes sei.

»Monsieur Deslandes hat die Blumen hinausschaffen lassen; sie haben Madames Nerven zu sehr erregt«, sagte Manette zu mir.

So hatten also die Blumen ihr Irrereden verursacht; die Schuld lag nicht bei ihr. Die Liebschaften der Erde, die Feste der Befruchtung, die Liebesbezeigungen der Pflanzen hatten sie mit ihren Düften berauscht und wohl in ihr die Gedanken an glückliche Liebe erweckt, die von Jugend auf in ihr geschlummert hatten.

»Kommen Sie doch, Monsieur Félix«, sagte Manette, »kommen Sie und schauen Sie sich Madame an; sie ist schön wie ein Engel.«

Ich ging zu der Sterbenden in dem Augenblick hinein, da die Sonne unterging und das Spitzenwerk der Dächer von Schloß Azay übergoldete. Alles war still und rein. Ein sanftes Licht beleuchtete das Bett, auf dem Henriette im Opiumschlaf ruhte.

In dieser Minute war der Körper sozusagen nicht vorhanden; einzig die Seele herrschte über dieses Antlitz, das heiter war wie ein schöner Himmel nach dem Sturm, Blanche und Henriette, diese beiden erhabenen Erscheinungsformen derselben Frau, wirkten jetzt um so schöner, als mein Erinnern, mein Denken, meine Vorstellungskraft der Natur zu Hilfe kamen und die Veränderung jedes Einzelzugs ausglichen, dem die triumphierende Seele ihr Leuchten durch Wellen zusandte, die sich mit denen der Atmung vermischten. Die beiden Abbés saßen am Bett. Der Graf stand da wie vom Donner gerührt; er hatte die Standarten des Todes erkannt, die über diesem vergötterten Geschöpf wehten. Ich setzte mich auf dem Sofa auf die Stelle, die sie innegehabt hatte. Dann tauschten wir alle vier Blicke, in denen sich die Bewunderung dieser himmlischen Schönheit mit Schmerzenstränen mischte. Die Erleuchtungen des Denkens verkündeten die Rückkehr Gottes in eins seiner schönsten Tabernakel. Der Abbé de Dominis und ich sprachen durch Zeichen miteinander; so teilten wir uns gegenseitig unsere Gedanken mit. Ja, über Henriette wachten die Engel! Ja, ihre Schwerter schimmerten über dieser edlen Stirn, auf der der erhabene Ausdruck der Tugend wiedergekehrt war, die daraus einstmals etwas wie eine sichtbare Seele gemacht hatte, mit der die Geister ihrer Sphäre sich unterhielten. Die Linien ihres Gesichts läuterten sich; alles in ihr wurde größer und majestätisch unter den unsichtbaren Weihrauchfässern der Seraphim, die über sie wachten. Die grünlichen Tönungen körperlichen Schmerzes wichen ganz und gar weißen Tönen, der stumpfen, kalten Blässe des nahen Todes. Jacques und Madeleine kamen herein; Madeleine ließ uns alle erschauern durch die anbetende Geste, die sie vor dem Bett niederstürzen, die Hände falten und den erhabenen Ausruf tun ließ: »Endlich! Jetzt ist sie wieder meine Mutter!« Jacques lächelte; er war sicher, daß er seiner Mutter dorthin folgen werde, wo sie hinging.

»Sie gelangt in den Hafen«, sagte der Abbé Birotteau.

Der Abbé de Dominis blickte mich an, als wolle er mir wiederholen: »Habe ich nicht gesagt, daß der Stern sich schimmernd erheben würde?«

Madeleine verharrte und hielt die Augen auf die Mutter geheftet; sie atmete, wenn Henriette atmete, sie ahmte deren leichten Hauch nach, den letzten Faden, der sie am Leben festhielt; wir folgten ihm voller Entsetzen, wir fürchteten bei jeder Bemühung, er werde reißen. Wie ein Engel an den Pforten des Heiligtums war das junge Mädchen begierig und ruhig, stark und demutsvoll erniedrigt. Da erscholl vom Kirchturm des Marktfleckens her das Angelusläuten. Die Wogen der milde gewordenen Luft trugen wellenweise die Glockentöne zu uns hin; sie verkündeten uns, daß zu dieser Stunde die ganze Christenheit die Worte wiederholte, die der Engel zu der Frau gesagt, die die Sünden ihres Geschlechts gesühnt hatte. An diesem Abend dünkte das *Ave Maria* uns ein Gruß des Himmels. Die Prophezeiung war so offenbar und das Ereignis so nahe, daß wir in Tränen zerschmolzen. Das Geflüster des Abends, ein melodischer Windhauch im Laubwerk, ein letztes Vogelzwitschern, Kehrreim und Summen von Insekten, Stimme der Wasser, der klagende Ruf des Laubfroschs, das ganze Land sagte der schönsten Lilie im Tal, ihrem schlichten, ländlichen Dasein Lebewohl. Die religiöse Poesie, verbunden mit allem Poetischen der Natur, drückte das Scheidelied so gut aus, daß wir abermals zu schluchzen begannen. Obwohl die Schlafzimmertür offenstand, waren wir so tief in diese furchtbare Betrachtung versunken, als wollten wir die Erinnerung daran unserer Seele auf ewig einprägen; und so hatten wir nicht bemerkt, daß die Dienerschaft des Hauses in einer Gruppe niedergekniet war und inbrünstige Gebete sprach. Alle diese armen, der Hoffnung gewohnten Leute hatten noch geglaubt, sie würden ihre Herrin behalten, und dieses so offenbare Vorzeichen machte sie bestürzt. Auf einen Wink des Abbés Birotteau hin ging der Pikör hinaus, um den Pfarrer von Saché zu holen. Der Arzt stand am Bett, ruhig wie die Wissenschaft, und hielt die fühllose Hand der Kranken; er hatte dem Beichtvater durch ein Zeichen bedeutet, daß dieser Schlummer die letzte schmerzfreie Stunde sei, die dem heimgerufenen Engel verblieb. Der Augenblick, ihr die letzten Sakramente der Kirche zu verabfolgen, war gekommen. Um neun Uhr erwachte sie langsam und sah uns mit überraschten, aber weichen Blicken an; wir alle erblickten unser Idol in der Schönheit seiner guten Tage.

»Mutter, du bist zu schön, um zu sterben; du wirst wieder leben und gesund sein«, rief Madeleine.

»Liebe Tochter, ich werde leben, aber in dir«, sagte sie lächelnd.

Dann kam es zu herzzerreißenden Küssen zwischen Mutter und Kindern und den Kindern und der Mutter. Monsieur de Mortsauf küßte seine Frau fromm auf die Stirn. Als sie mich erblickte, errötete die Gräfin.

»Lieber Félix«, sagte sie, »dies ist, wie ich glaube, der einzige Kummer, den ich Ihnen von mir aus je gemacht habe! Aber vergessen Sie, was ich Ihnen vielleicht gesagt habe, ich arme Wahnbefangene, die ich war.« Sie hielt mir die Hand hin; ich nahm sie, um sie zu küssen; da sagte sie mir mit ihrem anmutigen Tugendlächeln: »Wie ehedem, Félix . . .!«

Wir gingen alle hinaus und verweilten im Salon während der Zeit, die die letzte Beichte der Kranken beanspruchen sollte. Ich setzte mich zu Madeleine. In Gegenwart aller konnte sie nicht von mir weggehen, ohne eine Unhöflichkeit zu begehen; aber sie tat wie ihre Mutter, sie blickte niemanden an und bewahrte Schweigen, ohne ein einziges Mal die Augen auf mich zu richten.

»Liebe Madeleine«, sagte ich leise zu ihr, »was haben Sie gegen mich? Warum so kalte Gefühle, da doch in Gegenwart des Todes jedermann sich versöhnen sollte?«

»Ich glaube zu hören, was meine Mutter in diesem Augenblick sagt«, antwortete sie und nahm den Ausdruck des Kopfes an, den Ingres[149] für seine ›Mutter Gottes‹ gefunden hat, jene schon schmerzvolle Jungfrau, die sich anschickt, die Welt zu beschützen, in der ihr Sohn umkommen wird.

»Und Sie verurteilen mich in dem Augenblick, da Ihre Mutter mich freispricht, sofern ich überhaupt schuldig bin.«

»*Sie*, und immer nur *Sie!*«

Ihr Tonfall verriet einen überlegten Haß, wie der eines Korsen es ist; sie war unversöhnlich wie die Urteile derjenigen, die, da sie sich nicht eingehend mit dem Leben befaßt haben, keine Milderungsgründe bei Verstößen gegen die Gesetze des Herzens zulassen. In tiefem Schweigen verrann eine Stunde. Nachdem der Abbé Birotteau die Generalbeichte der Gräfin de Mortsauf entgegengenommen hatte, kam er wieder, und wir alle traten in dem Augenblick ein, da infolge eines der Einfälle, wie sie solcherlei edle Seelen überkommen, die in ihren Absichten sämtlich Schwestern sind, sie sich mit einem langen Gewand hatte bekleiden lassen, das ihr als Leichenhemd dienen sollte. Wir trafen sie sitzend an, schön in ihrer Sühne und schön in ihren Hoffnungen; ich sah im Kamin die schwarze Asche meiner Briefe, die kurz zuvor verbrannt worden waren, ein Opfer, wie mir ihr Beichtvater sagte, das sie erst im Augenblick des Todes hatte bringen wollen. Sie lächelte uns alle mit ihrem früheren Lächeln an. Ihre tränenfeuchten Augen kündeten von äußerster Hellsicht; sie gewahrte bereits die himmlischen Freuden des Lands der Verheißung.

»Lieber Félix«, sagte sie zu mir, streckte mir die Hand hin und drückte die meine, »bleiben Sie. Sie müssen einem der letzten Geschehnisse meines Lebens beiwohnen, und es wird unter allen nicht das am wenigsten qualvolle sein, aber Sie sind mir dabei von Wichtigkeit.«

Sie machte eine Geste; die Tür schloß sich. Auf ihre Aufforderung hin setzte sich der Graf; der Abbé Birotteau und ich blieben stehen. Unterstützt von Manette, erhob sich die Gräfin, kniete vor dem verdutzten Grafen nieder und wollte in dieser Stellung verbleiben. Als dann Manette gegangen war, hob sie den Kopf, den sie auf die Knie des erstaunten Grafen gelehnt hatte.

»Obgleich ich mich dir gegenüber wie eine getreue Gattin verhalten habe«, sagte sie mit veränderter Stimme zu ihm, »könnte es mir widerfahren sein, daß ich bisweilen meine Pflichten versäumt habe; ich habe soeben Gott gebeten, mir die Kraft zu verleihen, dich meiner Fehler wegen um Verzeihung zu bitten. Vielleicht habe ich der Pflege einer Freundschaft außerhalb des Familienkreises eine noch herzlichere Beachtung geschenkt denn die, die ich dir schuldete. Vielleicht habe ich dich gegen mich erzürnt durch den Vergleich, den du zwischen jener Pflege, jenen Gedanken und denjenigen ziehen konntest, die ich dir widmete. Ich habe«, sagte sie leise, »eine lebhafte Freundschaft gehegt, die niemand, nicht einmal der, dem sie galt, gänzlich ermessen hat. Obwohl ich tugendhaft entsprechend den menschlichen Gesetzen geblieben, obwohl ich für dich eine makellose Gattin gewesen bin, haben oftmals, unwillkürlich oder willentlich, gewisse Gedanken mein Herz durchzogen, und in dieser Minute habe ich Angst, sie allzusehr willkommen geheißen zu haben. Aber da ich dich zärtlich geliebt habe, da ich deine unterwürfige Frau geblieben bin, da die Wolken, die über den Himmel hinweggglitten, dessen Reinheit keineswegs getrübt haben, siehst du mich um deinen Segen für eine reine Stirn bitten. Ich werde ohne einen bitteren Gedanken sterben, wenn ich aus deinem Mund ein sanftes Wort für deine Blanche vernehme, für die Mutter deiner Kinder, und wenn du ihr all diese Dinge verzeihst, die sie selbst sich erst nach den Zusicherungen des Tribunals verziehen hat, von dem wir alle abhängen.«

»Blanche, Blanche«, rief der alte Mann und vergoß plötzlich Tränen auf das Haupt seiner Frau, »willst du mich sterben lassen?« Mit ungewohnter Kraft zog er sie zu sich empor, küßte sie heiligmäßig auf die Stirn, hielt sie so fest und fuhr fort: »Habe etwa ich dich nicht um Verzeihung zu bitten? Bin ich nicht etwa oftmals hart gewesen? Vergröberst du nicht kindische Skrupel?«

»Vielleicht«, entgegnete sie. »Aber, mein Freund, sei nachsichtig gegenüber den Schwächen Sterbender, beschwichtige mich. Wenn du selbst zu dieser Stunde gelangst, wirst du daran denken, daß ich, als ich dich verließ, dich gesegnet habe. Erlaubst du mir, daß ich unserem hier anwesenden Freund dieses Unterpfand eines tiefen Gefühls hinterlasse?« fragte sie und deutete auf einen auf dem Kaminsims liegenden Brief. »Er ist jetzt mein Adoptivsohn, und nichts sonst. Auch das Herz, lieber Mann, hat seine Testamente; mein letzter Wille erlegt dem lieben Félix die Vollbringung frommer Werke auf; ich glaube nicht, daß ich ihn allzusehr überschätzt habe; sorg du dafür, daß ich dich nicht allzusehr überschätzt habe, als ich mich erkühnte, ihm einige Gedanken zu hinterlassen. Ich bin noch immer Frau«, sagte sie und neigte in lieblicher Melancholie den Kopf, »nach der Verzeihung bitte ich dich um eine Gunst. – Lesen Sie; aber erst nach meinem Tode«, sagte sie zu mir und reichte mir das geheimnisvolle Schriftstück.

Der Graf sah, wie seine Frau erbleichte; er nahm sie und trug sie selbst auf das Bett; wir umstanden sie.

»Félix«, sagte sie zu mir, »ich könnte Ihnen Unrecht angetan haben. Vielleicht habe ich Ihnen oft Schmerz verursacht, wenn ich Sie Freuden erhoffen ließ, vor denen ich zurückgewichen bin;

aber bin ich es nicht der Tapferkeit der Gattin und der Mutter schuldig, mit allen versöhnt zu sterben? Also werden auch Sie mir verzeihen, Sie, der Sie mir so oft Vorwürfe gemacht haben, und dessen Ungerechtigkeit mir Freude machte!«

Der Abbé Birotteau legte einen Finger auf ihre Lippen. Auf diese Geste hin senkte die Sterbende den Kopf; ein Schwächeanfall überkam sie; sie bewegte die Hände, um anzudeuten, die Geistlichkeit, ihre Kinder und ihre Dienerschaft möchten eingelassen werden; dann zeigte sie mir mit einer gebieterischen Handbewegung den völlig vernichteten Grafen und ihre Kinder, die hereingekommen waren. Der Anblick dieses Vaters, um dessen geheime Geisteskrankheit nur wir beide wußten, und der nun zum Beschirmer dieser zarten, gefährdeten Wesen geworden war, gab ihr stumme Flehrufe ein, die in meine Seele fielen wie heiliges Feuer. Bevor sie die Letzte Ölung empfing, bat sie ihre Dienerschaft um Verzeihung dafür, daß sie sie bisweilen barsch angefahren habe; sie bat sie inständig um ihre Gebete und empfahl jeden einzelnen dem Grafen; sie bekannte auf edle Weise, während der letzten Monate wenig christliche Klagereden ausgestoßen zu haben, die vielleicht ihren Dienern ein Ärgernis gewesen seien; sie habe ihre Kinder von sich gestoßen, sie habe unziemliche Gefühle empfunden; aber sie schreibe diesen Mangel an Unterwerfung unter den Willen Gottes ihren unerträglichen Schmerzen zu. Schließlich dankte sie öffentlich in einem rührenden Herzenserguß dem Abbé Birotteau, daß er ihr die Nichtigkeit der menschlichen Dinge aufgezeigt habe. Als sie zu sprechen aufgehört hatte, setzten die Gebete ein; dann spendete ihr der Pfarrer von Saché das Viatikum. Ein paar Augenblicke danach wurde ihr Atem stockend; eine Wolke breitete sich über ihre Augen, die sich indessen bald wieder öffneten; sie warf mir einen letzten Blick zu und starb unter den Augen aller; vielleicht vernahm sie dabei unser aller Schluchzen. Durch einen auf dem Lande recht natürlichen Zufall hörten wir jetzt den abwechselnden Gesang zweier Nachtigallen, die mehrmals einen einzigen Ton wiederholten; er wurde rein ausgehalten wie ein zarter Ruf. Als sie ihren letzten Seufzer aushauchte, die letzte Leidensbekundung eines Lebens, das ein langes Leiden gewesen war, hatte ich in mir einen Schlag verspürt, durch den alle meine Fähigkeiten

1232

getroffen worden waren. Der Graf und ich sowie die beiden Abbés und der Pfarrer blieben die ganze Nacht hindurch am Sterbebett; wir wachten beim Schein der Kerzen bei der Toten, die auf der Matratze ihres Bettes ausgestreckt lag; jetzt lag sie ruhig dort, wo sie so viel gelitten hatte. Das war meine erste Beziehung zum Tode. Während jener ganzen Nacht habe ich dagesessen, die Augen auf Henriette gerichtet, gebannt von dem reinen Ausdruck, den die Beschwichtigung aller Stürme verleiht, von der Blässe des Antlitzes, das ich noch immer mit seinen unzähligen Beweisen der Zuneigung begabte, aber das auf meine Liebe nicht mehr antwortete. Welche Majestät lag in diesem Schweigen und dieser Kälte! Wie vielen Gedanken gab sie Ausdruck! Welche Schönheit in dieser absoluten Ruhe, welcher Despotismus in dieser Reglosigkeit: Die ganze Vergangenheit ist noch darin, und in ihr beginnt die Zukunft. Ach, ich habe sie als Tote geliebt, wie ich sie als Lebende geliebt hatte. Am Morgen begab sich der Graf zur Ruhe; die drei erschöpften Priester schliefen in dieser lastenden Stunde ein; sie ist allen bekannt, die die Nacht durchwachen. Jetzt konnte ich sie ohne Zeugen auf die Stirn küssen, mit all der Liebe, der Ausdruck zu geben sie mir nie gestattet hatte.

Am übernächsten Tag, an einem frischen Herbstmorgen, geleiteten wir die Gräfin nach ihrer letzten Wohnstatt. Getragen wurde sie von dem alten Pikör, den beiden Martineaus und Manettes Mann. Wir stiegen den Weg hinab, den ich an dem Tag, da ich sie wiedergefunden hatte, so fröhlich hinaufgestiegen war; wir durchquerten das Tal der Indre, um zu dem kleinen Kirchhof von Saché zu gelangen; es war ein ärmlicher Dorffriedhof; er lag an der Rückseite der Kirche auf dem Rücken eines Hügels; aus christlicher Demut hatte sie dort mit einem schlichten, schwarzen Holzkreuz begraben werden wollen, wie eine arme Bauersfrau, wie sie gesagt hatte. Als ich von der Talmitte aus die Dorfkirche und die Stätte des Friedhofs gewahrte, überkam mich ein krampfhaftes Frösteln. Ach, wir alle haben in unserm Leben ein Golgatha, wo wir unsere ersten dreiunddreißig Lebensjahre lassen, wenn wir einen Lanzenstich durchs Herz bekommen, wenn wir auf unserm Kopf die Dornenkrone fühlen, die an die Stelle des Kranzes aus Rosen getreten ist; jener Hügel sollte für mich der Berg der Läuterung werden. Es folgte uns eine riesige Menge, die herbeigeeilt war, um die Trauer dieses Tals auszusprechen, wo sie in der Stille eine Unzahl schöner Taten vollbracht hatte. Durch Manette, ihre Vertraute, war bekannt geworden, daß sie, um den Armen zu helfen, an ihrer Kleidung gespart hatte, als ihre Ersparnisse nicht mehr ausreichten. Sie hatte nackte Kinder gekleidet, Wickelzeug geschickt, Müttern geholfen, im Winter den Müllern Säcke voll Weizen für gebrechliche alte Leute bezahlt, einem armen Haushalt eine Kuh geschenkt; kurzum, sie hatte Werke als Christin, als Mutter und Schloßherrin vollbracht; sie hatte, um Paare, die einander liebten, zu vereinen, gelegentlich Mitgiften gespendet; sie hatte jungen Männern, die zum Militärdienst ausgelost worden waren, Stellvertreter gekauft, rührende Opfergaben der liebenden Frau, die gesagt hatte: »Das Glück der andern ist der Trost derer, die nicht mehr glücklich sein können.« Diese seit drei Tagen bei allen Spinnabenden erzählten Dinge hatten die Menschenmenge riesengroß gemacht. Ich schritt mit Jacques und den beiden Abbés hinter dem Sarg her. Wie der Brauch es gebot, waren weder Madeleine noch der Graf bei uns; sie waren allein auf Clochegourde zurückgeblieben. Manette hatte unbedingt mitkommen wollen.

»Die arme Madame! Die arme Madame! Jetzt ist sie glücklich«, hörte ich mehrmals durch das Schluchzen hindurch sagen.

Als der Leichenzug vom Mühlenweg abbog, erhob sich ein einmütiges Stöhnen, in das sich Schluchzer mischten, so daß man hätte meinen können, das Tal beweine seine Seele. Die Kirche war voller Menschen. Nach dem Trauergottesdienst gingen wir auf den Friedhof, wo sie dicht beim Kreuz begraben werden sollte. Als ich die Kieselsteine und den Kies der Erde auf den Sarg rollen hörte, verließ mich mein Mut; ich taumelte; ich bat die beiden Martineaus, mich zu stützen, und sie führten mich, den Sterbenselenden, bis zum Schloß von Saché; die Besitzer boten mir höflich ein Obdach an; ich willigte ein. Ich gestehe, daß ich keinesfalls nach Clochegourde zurückkehren wollte; mich auf Frapesle wieder einzufinden, war mir unmöglich, denn von dort aus hätte ich Henriettes Schloß sehen können. Hier dagegen war ich bei ihr. Ich blieb ein paar Tage in einem Zimmer, dessen Fenster auf das stille, einsame Tal hinausgingen, von dem ich Dir erzählt habe. Es ist eine breite Geländefalte, die von zweihundertjährigen Eichen gesäumt wird und die bei schweren Regenfällen ein Bach durchströmt. Dieser Anblick entsprach der strengen, feierlichen Gedankenversunkenheit, der ich mich hingeben wollte. Während des Tages, der der verhängnisvollen Nacht gefolgt war, war mir bewußt geworden, wie unangebracht meine Anwesenheit auf Clochegourde sei. Der Graf hatte bei Henriettes Tod eine schwere Erschütterung durchgemacht, aber er hatte das schreckliche Ereignis erwartet, und in der Tiefe seines Denkens war eine vorgefaßte Meinung, die der Gleichgültigkeit recht ähnlich sah. Das hatte ich mehrmals bemerkt, und als die gedemütigte Gräfin mir jenen Brief reichte, den zu öffnen ich nicht gewagt hatte, als sie von ihrer herzlichen Neigung zu mir sprach, da hatte jener argwöhnische Mann mir nicht den zu Boden schmetternden Blick zugeworfen, auf den ich gefaßt gewesen war. Er hatte Henriettes Worte dem übertriebenen Zartgefühl ihres Gewissens zugeschrieben, von dem er wußte, daß es rein sei. Diese egoistische Fühllosigkeit war ihm angeboren. Die Seelen dieser beiden Menschenwesen hatten sich genausowenig vermählt wie ihre Körper; sie hatten niemals in den steten Verbindungen gestanden, die die Gefühle anfachen; sie hatten niemals weder Leid noch Freude ausgetauscht, jene starken Bande, die uns, wenn sie brechen, an tausend Stellen weh tun, weil sie mit allen unsern Fibern zusammenhängen, weil sie an allen verborgenen Falten unseres Herzens haften, wobei sie gleichzeitig die Seele liebkosten, die jede dieser Verknüpfungen gutgeheißen hatte. Madeleines Feindseligkeit verschloß mir Clochegourde. Das harte junge Mädchen war nicht geneigt, sich am Sarg der Mutter ihres Hasses zu entschlagen, und ich hätte mich schauerlich beklommen gefühlt zwischen dem Grafen, der immerfort von Henriette gesprochen, und der Hausherrin, die mir unüberwindliche Abneigung gezeigt haben würde. Unter solchen Umständen dort zu verweilen, wo ehedem sogar die Blumen zärtlich, wo die Stufen der Freitreppe beredt gewesen waren, wo alle meine Erinnerungen die Balkone, die Steineinfassungen, die Balustraden und Terrassen, die Bäume und die Aussichtspunkte mit Poesie überkleideten, dort gehaßt zu werden, wo alles mich geliebt hatte: Diesen Gedanken ertrug ich nicht. Daher hatte mein Entschluß von Anfang an festgestanden. Ach, das also war der Ausgang der heftigsten Liebe, von der je ein Mannesherz befallen worden ist. In den Augen Außenstehender war mein Verhalten verdammenswert; aber mein Gewissen hieß es gut. So enden die schönsten Gefühle und die größten Tragödien der Jugend. Fast alle brechen wir am Morgen auf, wie ich von Tours nach Clochegourde, wir bemächtigen uns der Welt, unser Herz hungert nach Liebe; wenn dann unsere Reichtümer durch den Schmelzofen gewandert sind, wenn wir uns unter die Menschen und die Geschehnisse gemischt haben, dann verkleinert sich alles unmerklich; wir finden wenig Gold unter sehr viel Asche. So ist das Leben! Das Leben, wie es ist: große Ansprüche, kleine Verwirklichungen. Ich grübelte lange über mich selbst nach; ich fragte mich, was ich nach einem Schlag beginnen solle, der alle meine Blumen abgemäht hatte. Ich beschloß, mich in die Politik und die Wissenschaften zu stürzen, auf die gewundenen Pfade des Ehrgeizes, die Frau aus meinem Leben auszuschalten und ein Staatsmann zu werden, kalt und leidenschaftslos; der Heiligen treu zu bleiben, die ich geliebt hatte. Meine Grübeleien verloren sich ins Uferlose, während meine Augen an dem herrlichen Gobelin aus übergoldeten Eichen mit den strengen Wipfeln und den bronzenen Füßen haften blieben; ich überlegte, ob Henriettes Tugend nicht Unerfahrenheit gewesen, ob ich wirklich an ihrem Tod schuldig sei. So schlug ich mich mit meinen Gewissensbissen herum. Endlich, an einem milden Herbstmittag, einem der letzten Lächelblicke des Himmels, der in der Touraine so schön ist, las ich ihren Brief, wie sie es mich geheißen hatte; ich hatte ihn ja erst nach ihrem Tode öffnen dürfen. Ob Du meine Gefühle beurteilen kannst, als ich ihn las?

Brief der Madame de Mortsauf
an den Vicomte Félix de Vandenesse

»Félix, allzusehr geliebter Freund, jetzt muß ich Ihnen mein
Herz auftun, weniger, um Ihnen zu zeigen, wie sehr ich Sie liebe,
als um Sie die Größe Ihrer Verpflichtungen zu lehren, und zwar
dadurch, daß ich Ihnen die Tiefe und Schwere der Wunden ent-
hülle, die Sie ihm geschlagen haben. Nun ich zermürbt von den
Mühseligkeiten der Wanderung niedersinke, erschöpft von den
Streichen, die ich während des Kampfes davontrug, ist zum Glück
die Frau gestorben, und einzig die Mutter hat überlebt. Sie sollen sehen, Lieber, auf welche Weise Sie die erste Ursache meiner
Krankheit gewesen sind. Wenn ich mich später willfährig Ihren
Hieben dargeboten habe, sterbe ich heute an einer letzten Wunde,
die Sie mir zufügten; aber es liegt eine ungemeine Wollust in
dem Gefühl, durch den zerbrochen zu werden, den man liebt.
Sicherlich werden die Schmerzen mich bald meiner Kraft berauben; ich nehme also das letzte Aufleuchten meiner Intelligenz
wahr, um Sie nochmals anzuflehen, bei meinen Kindern das Herz
zu ersetzen, das Sie ihnen genommen haben. Ich würde Ihnen
diese Bürde gebieterisch auferlegen, wenn ich Sie weniger liebte;
aber ich ziehe es vor, daß Sie sie von sich aus auf sich nehmen als
Auswirkung einer frommen Reue, und auch als eine Fortsetzung
Ihrer Liebe; war die Liebe bei uns nicht beständig durchsetzt mit
reuigen Gedanken und büßerischen Ängsten? Und, ich weiß es,
wir lieben einander noch immer. Ihre Schuld ist nicht so verhängnisvoll durch Sie selbst als durch den Widerhall, den ich ihr in
meinem Innern gewährt habe. Hatte ich Ihnen nicht gesagt, ich
sei eifersüchtig, und zwar eifersüchtig zum Sterben? Nun, jetzt
sterbe ich. Aber trösten Sie sich: Wir haben den menschlichen
Gesetzen genuggetan. Die Kirche hat mir durch eine ihrer reinsten Stimmen gesagt, Gott werde nachsichtig mit denen verfahren, die ihre natürlichen Neigungen seinen Geboten geopfert hätten. Mein Geliebter, vernehmen Sie also alles, denn ich will nicht,
daß Ihnen auch nur ein einziger meiner Gedanken unbekannt
bliebe. Was ich in meinen letzten Augenblicken Gott anvertrauen
werde, das müssen auch Sie wissen, der Sie der König meines
Herzens sind, wie er der König des Himmels ist. Bis zu jenem

1237

Fest, das dem Herzog von Angoulême gegeben wurde, dem einzigen, an dem ich je teilgenommen habe, hatte die Ehe mich in Unkenntnis dessen gelassen, was der Seele junger Mädchen Engelschönheit verleiht. Zwar war ich Mutter; aber die Liebe hatte mich mit ihren erlaubten Freuden nicht umstrickt. Wie kam es, daß ich so geblieben bin? Ich weiß es nicht; und ebensowenig weiß ich, durch welche Gesetze sich sekundenschnell alles in mir verändert hat. Erinnern Sie sich noch heute Ihrer Küsse? Die haben mein Leben beherrscht, die haben meine Seele durchfurcht; die Glut Ihres Bluts hat die Glut des meinen geweckt; Ihre Jugend hat meine Jugend durchdrungen; Ihr Begehren ist in mein Herz eingegangen. Als ich mich so stolz erhob, empfand ich ein Gefühl, für das ich in keiner Sprache den rechten Ausdruck weiß, denn Kinder haben noch kein Wort gefunden, um die Vermählung des Lichts mit ihren Augen auszudrücken, noch den Kuß des Lebens auf ihren Lippen. Ja, es war wohl der Ton, der im Echo angelangt war, das in Finsternisse geworfene Licht, die dem Weltall zuteil gewordene Bewegung; zumindest vollzog es sich so schnell wie alle diese Dinge, aber weit schöner, denn es war das Aufleben der Seele! Ich hatte begriffen, daß es in der Welt für mich etwas Unbekanntes gab, eine schönere Kraft als das Denken; es barg alle Gedanken, alle Kräfte, eine ganze Zukunft in einer geteilten Gemütsbewegung. Ich fühlte mich nur noch zur Hälfte Mutter. Als dieser Blitzschlag mein Herz traf, entzündete er Wünsche, die ohne mein Wissen darin geschlummert hatten; ich erriet plötzlich alles, was meine Tante hatte sagen wollen, als sie mich auf die Stirn küßte und dabei ausrief: ›Arme Henriette!‹ Bei der Rückkehr nach Clochegourde sprach alles, der Frühling, das erste Laub, der Duft der Blumen, die hübschen weißen Wolken, die Indre, der Himmel zu mir in einer bislang unverstandenen Sprache, die meiner Seele ein wenig von der Bewegung zuteil werden ließ, die Sie meinen Sinnen eingegeben hatten. Vielleicht haben Sie diese schrecklichen Küsse vergessen; ich jedoch habe sie in meiner Erinnerung niemals auslöschen können: Ich sterbe daran! Ja, jedesmal, wenn ich Sie seither gesehen habe, haben Sie die Spur jener Küsse vertieft; ich wurde durch Ihren Anblick vom Kopf bis zu den Füßen durchrüttelt, allein schon durch das Vorgefühl Ihres Kommens. Weder die Zeit noch mein fester Wille haben diese herrische Wollust bändigen können. Unwillkürlich fragte ich mich: Was mag es auf sich haben mit den Lüsten? Die Blicke, die wir tauschten, die ehrerbietigen Küsse, die Sie auf meine Hände drückten, mein auf dem Ihren ruhender Arm, Ihre Stimme in ihrem zärtlichen Tonfall, kurzum, die geringfügigsten Dinge erregten mich so heftig, daß sich fast immer vor meinen Augen eine Wolke ausbreitete: Das Tosen der aufrührerischen Sinne erfüllte dann mein Ohr. Ach, wenn Sie mich in jenen Augenblicken, da ich die Kälte verdoppelte, in die Arme geschlossen hätten, wäre ich vor Glück gestorben. Bisweilen habe ich von Ihnen irgendeine Gewalttätigkeit gewünscht; doch das Gebet hat rasch diesen üblen Gedanken verjagt. Wenn meine Kinder Ihren Namen aussprachen, erfüllte er mein Herz mit heißerem Blut, und dieses färbte sogleich mein Gesicht, und ich stellte meiner armen Madeleine Fallen, um sie ihn sagen zu lassen, so sehr liebte ich das Aufbrodeln dieser Empfindung. Was soll ich Ihnen sagen? Ihrer Handschrift wohnte ein Zauber inne; ich betrachtete Ihre Briefe, wie man ein Bildnis anschaut. Wenn Sie seit jenem ersten Tag bereits irgendeine verhängnisvolle Macht über mich gewonnen hatten, so werden Sie verstehen, mein Freund, daß jene Macht unendlich wurde, als es mir beschieden war, in Ihrer Seele zu lesen. Welche Entzückungen überfluteten mich, als ich sie so rein fand, so durch und durch wahrhaftig, begabt mit so schönen Eigenschaften, so großer Dinge fähig, und bereits so leidgeprüft! Mann und Knabe, scheu und tapfer! Welche Freude, als ich erkannte, daß wir beide durch gemeinsame Schmerzen geweiht waren! Seit jenem Abend, da wir uns einander anvertrauten, hieß für mich Sie verlieren sterben: Daher habe ich Sie aus Selbstsucht bei mir behalten. Die Gewißheit meines Todes durch Ihr Fortgehen, die Monsieur de la Berge besaß, weil er in meiner Seele zu lesen vermochte, ging ihm sehr nahe. Er meinte, ich sei meinen Kindern und dem Grafen unentbehrlich; er befahl mir keineswegs, Ihnen das Betreten meines Hauses zu verbieten; denn ich hatte ihm gelobt, in Tun und Denken rein zu bleiben. – ›Gedanken sind unfreiwillig‹, sagte er mir, ›aber man kann sie auch unter Folterqualen lenken.‹ – ›Wenn ich denke‹, habe ich ihm geantwortet, ›ist alles verloren; retten Sie mich vor mir selbst. Machen Sie, daß er bei mir bleibt, und daß ich rein bleibe!‹ Der gütige Greis war zwar sehr streng, aber angesichts einer solchen Gutwilligkeit wurde er nachsichtig. – ›Sie können ihn lieben, wie man einen Sohn liebt, indem Sie ihm Ihre Tochter bestimmen‹, hat er mir gesagt. Ich fügte mich beherzt in ein Leben der Schmerzen, um Sie nicht zu verlieren; und ich litt voller Liebe, da ich sah, daß wir beide unter demselben Joch angespannt waren. Mein Gott, ich bin geschlechtslos, bin meinem Mann treu geblieben und habe Sie, Félix, keinen einzigen Schritt in das Königreich tun lassen, das Ihnen gehörte. Die Größe meiner Leidenschaft hat sich auf meine Fähigkeiten ausgewirkt; ich habe die Qualen, die mein Mann mir auferlegte, als Bußen betrachtet, und ich habe sie voller Stolz erduldet, um meine schuldhaften Neigungen zu verhöhnen. Ehedem war ich geneigt, zu murren; aber seit Sie bei mir geblieben sind, habe ich einige Heiterkeit wiedergewonnen, und die ist meinem Mann zugute gekommen. Ohne diese Kraft, die Sie mir liehen, wäre ich schon lange meinem Innenleben erlegen, von dem ich Ihnen erzählt habe. Sie hatten zwar an meiner Schuld großen Anteil, aber Sie hatten auch großen Anteil an der Erfüllung meiner Pflichten. Das gleiche war für meine Kinder der Fall. Ich glaubte, ich hätte ihnen etwas genommen, und ich fürchtete, nie genug für sie zu tun. Fortan wurde mein Leben ein beständiger Schmerz, den ich liebte. Als ich fühlte, daß ich weniger Mutter, weniger eine anständige Frau sei, haben sich in meinem Herzen Gewissensqualen eingenistet; und in der Furcht, es an meinen Verpflichtungen mangeln zu lassen, habe ich sie beständig übersteigern wollen. Um nicht schwach zu werden, habe ich Madeleine zwischen Sie und mich gestellt, ich habe Euch beide füreinander bestimmt und auf diese Weise zwischen Ihnen und mir Schranken errichtet. Machtlose Schranken! Denn nichts konnte das Erzittern unterdrücken, das Sie in mir auslösten. Ob Sie fern waren oder gegenwärtig, immer hatten Sie die gleiche Macht. Ich habe Madeleine Jacques vorgezogen, weil Madeleine Ihnen gehören sollte. Aber nicht ohne Kämpfe habe ich Sie meiner Tochter abgetreten. Ich sagte mir, ich sei erst achtundzwanzig Jahre alt gewesen, als ich Ihnen begegnete; und daß Sie fast zweiundzwanzig seien; ich verkleinerte den Abstand; ich gab mich falschen Hoffnungen hin. O mein Gott, Félix, ich mache Ihnen diese Geständnisse, um

Ihnen Gewissensbisse zu ersparen, vielleicht aber auch, um Ihnen deutlich zu machen, daß ich nicht fühllos war, daß unsere Liebesschmerzen einander auf sehr grausame Weise glichen, und daß Arabelle mir durchaus nicht überlegen war. Auch ich war eins der Mädchen von sündiger Rasse, die die Männer so sehr lieben. Es gab eine Zeit, da der Kampf so schrecklich war, daß ich jede Nacht geweint habe; das Haar fiel mir aus. Sie haben es bekommen. Sie erinnern sich wohl der Krankheit, die mein Mann durchmachte. Damals hat Ihre Seelengröße mich nicht etwa emporgehoben, sondern verkleinert. Ach, seit jenem Tag habe ich gewünscht, mich Ihnen zu schenken, als eine Belohnung, die ich Ihnen für soviel Heroismus schuldig war; doch dieser Wahnwitz hat nicht lange gedauert. Ich habe ihn zu Gottes Füßen niedergelegt, während der Messe, der beizuwohnen Sie sich weigerten. Jacques' Krankheit und Madeleines Schmerzen sind mir als Drohungen Gottes erschienen; er zog das verirrte Lamm kraftvoll zu sich. Dann hat Ihre so begreifliche Liebe zu jener Engländerin mir Geheimnisse enthüllt, die mir unbekannt waren. Ich liebte Sie mehr, als ich Sie zu lieben glaubte. Madeleine war verschwunden. Die beständigen Erregungen meines bewegten Lebens, meine Bemühungen, mich einzig mit Hilfe der Religion zu bezähmen, all das hat die Krankheit vorbereitet, an der ich sterbe. Dieser schreckliche Schlag hat Krisen herbeigeführt, über die ich Schweigen bewahrt habe. Ich erblickte im Tod die einzig mögliche Lösung dieser unbekannten Tragödie. Ich habe ein ganzes Leben des Jähzorns, der Eifersucht und der Wut während jener beiden Monate geführt, die zwischen der Mitteilung meiner Mutter über Ihre Liaison mit Lady Dudley und Ihrer Ankunft vergangen waren. Ich wollte nach Paris reisen, mich dürstete nach Mord, ich wünschte den Tod jener Frau, ich war den Liebkosungen meiner Kinder gegenüber fühllos. Das Gebet, das für mich bislang etwas wie ein Balsam gewesen war, hatte auf meine Seele keine Wirkung mehr. Die Eifersucht hat die breite Bresche geschlagen, durch die der Tod eingedrungen ist. Dennoch habe ich eine ruhige Stirn bewahrt. Ja, diese Zeit der Kämpfe war ein Geheimnis zwischen Gott und mir. Als ich mir recht bewußt geworden war, daß ich im gleichen Maß geliebt würde, wie ich selbst liebte, und daß ich lediglich durch die Natur verraten wor-

1241

den war, nicht jedoch durch Ihr Denken, da habe ich leben wollen . . . und da war keine Zeit mehr dazu. Gott hatte mich seinem Schutz unterstellt, sicherlich aus Mitleid für ein Geschöpf, das sich selbst und ihm gegenüber wahrhaftig war, und das seine Leiden oft an die Pforten des Sanktuariums geführt hatten. Mein Vielgeliebter, Gott hat mich gerichtet, mein Mann wird mir gewiß verzeihen; aber werden auch Sie milde sein? Werden Sie die Stimme vernehmen, die jetzt aus meinem Grab dringt? Werden Sie das Unheil wettmachen, an dem wir beide gleichermaßen die Schuld tragen, und zwar Sie vielleicht weniger als ich? Sie wissen, um was ich Sie bitten möchte. Seien Sie meinem Mann gegenüber wie eine Krankenschwester einem Kranken, hören Sie ihn an, haben Sie ihn lieb, denn niemand wird ihn liebhaben. Stellen Sie sich zwischen ihn und seine Kinder, wie ich es tat. Ihre Aufgabe wird nicht von langer Dauer sein: Jacques wird bald das Haus verlassen und nach Paris zu seinem Großvater gehen, und Sie haben mir versprochen, ihn durch die Klippen dieser Welt zu geleiten. Was Madeleine betrifft, so wird sie heiraten; könnten doch Sie ihr eines Tages gefallen! Sie ist ganz ich, und überdies ist sie stark; sie besitzt die Willenskraft, die mir gefehlt hat, die Energie, deren die Gefährtin eines Mannes bedarf, den seine Laufbahn den Stürmen des politischen Lebens bestimmt hat; sie ist geschickt und scharfsinnig. Wenn Euer beider Schicksale sich vereinten, würde sie glücklicher sein als ihre Mutter. Indem Sie sich auf solcherlei Weise das Recht erwerben, mein Werk auf Clochegourde fortzusetzen, werden Sie die Schuld auslöschen, die nicht zur Genüge gebüßt, wenngleich im Himmel und auf Erden verziehen worden ist, denn Er ist gnädig und wird mir verzeihen. Ich bin, wie Sie sehen, noch immer selbstsüchtig; aber ist das nicht der Beweis für eine despotische Liebe? Ich will von Ihnen in den Meinen geliebt werden. Da ich Ihnen nicht habe angehören können, vermache ich Ihnen meine Gedanken und meine Pflichten! Wenn Sie mich zu sehr lieben, um mir zu gehorchen, wenn Sie Madeleine nicht heiraten wollen, dann müssen Sie wenigstens über die Ruhe meiner Seele wachen und meinen Mann so glücklich machen, wie er es sein kann.

Leben Sie wohl, geliebtes Herzenskind; dies ist ein völlig bewußter Abschiedsgruß, der noch von Leben erfüllt ist, der Abschiedsgruß einer Seele, in die Du zu große Freuden hast einströmen lassen, als daß Du die leisesten Gewissensbisse über die Katastrophe haben könntest, die durch jene Freude erzeugt worden ist; ich bediene mich dieses Ausdrucks im Gedanken daran, daß Sie mich lieben, denn ich selbst gelange jetzt an die Stätte der Ruhe, der Pflicht aufgeopfert, und, was mich erbeben läßt, nicht ohne Reue! Gott wird besser wissen als ich, ob ich seine heiligen Gebote ihrem Geist nach in die Tat umgesetzt habe. Sicherlich bin ich oftmals gestrauchelt, und die größte Entschuldigung meiner Sünden beruht in der Größe der Verlockungen, die mich umgeben haben. Der Herr wird mich ebenso zitternd vor sich erblicken, wie wenn ich unterlegen wäre. Noch einmal, leb wohl; es ist ein Abschiedsgruß wie der, den ich gestern unserm schönen Tal erwiesen habe, in dessen Schoß ich bald ruhen werde; Sie werden häufig dorthin zurückkehren, nicht wahr?

Henriette«

Ich stürzte in einen Abgrund von nachdenklichen Betrachtungen, als ich die ungekannten Tiefen dieses Lebens gewahrte, die diese letzte Flamme jetzt erhellt hatte. Die Wolken meiner Selbstsucht zerteilten sich. Sie hatte also im gleichen Maß gelitten wie ich, und mehr als ich, denn sie war tot. Sie hatte geglaubt, die andern müßten besonders gütig zu ihrem Freund sein; ihre Liebe hatte sie so völlig blind gemacht, daß sie von der Feindschaft ihrer Tochter nichts geahnt hatte. Dieser letzte Beweis ihrer Liebe tat mir sehr weh. Die arme Henriette! Sie hatte mir Clochegourde und ihre Tochter schenken wollen!

Natalie, seit jenem für alle Zeit entsetzlichen Tag, da ich zum erstenmal einen Friedhof betreten und die irdischen Reste jener edlen Henriette begleitet hatte, die Du jetzt kennst, hat die Sonne weniger warm und weniger hell geschienen, die Nacht ist dunkler gewesen, die Regungen sind weniger schnell erfolgt, das Denken vollzog sich langsamer. Es gibt Menschen, die wir in die Erde versenken, aber es gibt überdies besonders geliebte, denen unser Inneres als Leichentuch dient, deren Erinnerung sich jeden Tag unserm Herzschlag zugesellt; wir gedenken ihrer wie wir atmen; sie sind in uns durch das milde Gesetz der Seelenwanderung, das der Liebe eignet. Es ist eine Seele in meiner Seele. Wenn ich etwas

Gutes tue, wenn ein schönes Wort gesagt wird, dann spricht und regt sich jene Seele; alles, was vielleicht an Gutem in mir ist, entstammt jenem Grab, wie die Düfte einer Lilie die Luft mit Balsam durchhauchen. Die Spötterei, das Schlechte, alles, was Du an mir tadelst, kommt aus mir selbst. Wenn jetzt meine Augen durch eine Wolke verdunkelt werden und sich gen Himmel kehren, nachdem sie lange die Erde betrachteten, wenn mein Mund bei Deinen Worten und Deinen Bemühungen stumm bleibt, dann frag mich nicht länger: »Woran denken Sie?«

Liebe Natalie, ich habe eine Weile zu schreiben aufgehört; die Erinnerungen hatten mich allzusehr erschüttert. Jetzt bin ich Dir noch den Bericht über die Geschehnisse schuldig, die jener Katastrophe folgten; es bedarf dazu nur weniger Worte. Wenn ein Leben nur aus Handlung und Bewegung besteht, ist alles bald gesagt; aber wenn es sich in den höchsten Regionen des Seelischen vollzogen hat, ist seine Geschichte unbestimmt und weitläufig. Henriettes Brief hatte vor meinen Augen eine Hoffnung aufglänzen lassen. Inmitten dieses großen Schiffbruchs hatte ich eine Insel wahrgenommen, an der ich landen konnte. Auf Clochegourde an Madeleines Seite zu leben und ihr dabei mein Leben zu weihen, das war eine Bestimmung, die alle Gedanken befriedigte, die mein Herz durchstürmten; aber dazu war erforderlich, daß ich Madeleines wahre Gedanken erfuhr. Ich mußte mich von dem Grafen verabschieden; so fuhr ich denn nach Clochegourde, um ihn zu besuchen, und traf ihn auf der Terrasse an. Lange Zeit sind wir auf und ab gegangen. Anfangs hat er von der Gräfin wie ein Mann gesprochen, der um die volle Größe seines Verlustes wußte, und der den Schaden ermessen konnte, der dadurch seinem Innenleben zugefügt worden war. Aber nach dem ersten Aufschrei seines Schmerzes schien ihm die Zukunft mehr als die Gegenwart zu schaffen zu machen. Er hatte Angst vor seiner Tochter, die, wie er mir sagte, nicht die Sanftmut ihrer Mutter besaß. Der feste Charakter Madeleines, bei der irgend etwas Heroisches sich mit den anmutigen Eigenschaften ihrer Mutter mischte, erschreckte diesen an Henriettes Zärtlichkeiten gewöhnten alten Mann; er ahnte einen Willen, den nichts würde beugen können. Doch was ihn über diesen unersetzlichen Verlust hinwegtrösten konnte, war die Gewißheit, bald seiner Frau zu folgen: Die Aufregungen und Kümmernisse dieser letzten Tage hatten seinen krankhaften Zustand gesteigert und seine alten Schmerzen aufs neue erweckt; der Kampf, der sich zwischen seiner väterlichen Autorität und derjenigen seiner Tochter anspann, die die Herrin des Hauses werden sollte, mußte es dahin kommen lassen, daß er seine Tage in Bitterkeit vollendete; denn dort, wo er mit seiner Frau hatte kämpfen können, mußte er seinem Kinde stets nachgeben. Überdies würde sein Sohn fortgehen, seine Tochter würde heiraten; was für einen Schwiegersohn würde er bekommen? Obgleich er davon redete, daß er bald sterben werde, fühlte er sich allein, noch für lange Zeit ohne herzliche Anteilnahme.

Während dieser Stunde, in der er nur von sich selbst sprach und im Namen seiner Frau um meine Freundschaft bat, zeigte er mir vollends die große Gestalt des Emigranten, eine der imposantesten Typen unserer Epoche. Dem Augenschein nach war er schwach und zerbrochen, aber in ihm schien das Leben beharren zu müssen, gerade seiner nüchternen Lebensführung und seiner ländlichen Betätigungen wegen. Nun ich dies niederschreibe, ist er noch am Leben. Obgleich Madeleine uns längs der Terrasse auf und ab gehen sehen konnte, kam sie nicht herunter; sie trat mehrmals auf die Freitreppe hinaus und ging wieder zurück ins Haus, um mir ihre Verachtung zu zeigen. Ich nahm den Augenblick wahr, da sie wieder auf die Freitreppe kam, und bat den Grafen, zum Schloß hinaufzusteigen; ich hätte mit Madeleine zu sprechen; ich schützte einen letzten Willen vor, den die Gräfin mir anvertraut habe; mir stand nur noch dieses Mittel, sie zu sehen, zur Verfügung; der Graf holte sie und ließ uns auf der Terrasse allein.

»Liebe Madeleine«, sagte ich zu ihr, »wenn ich mit Ihnen sprechen darf, dann am besten hier, wo Ihre Mutter mir zugehört hat, wenn sie sich weniger über mich als über den Gang des Lebens zu beklagen hatte. Ich weiß, was Sie denken; aber verurteilen Sie mich nicht vielleicht, ohne die Tatsachen zu kennen? Mein Leben und mein Glück sind dieser Stätte verhaftet, Sie wissen es, und Sie verbannen mich von hier durch die Kälte, die sie der geschwisterlichen Freundschaft haben nachfolgen lassen, die uns einte; und die der Tod durch das Band eines gemeinsamen

1245

Schmerzes noch enger geknüpft hat. Liebe Madeleine, Sie, für die ich jeden Augenblick mein Leben ohne die mindeste Hoffnung auf Belohnung hingeben würde, sogar, ohne daß Sie es wüßten – so lieb haben wir die Kinder derjenigen, die uns im Leben beschirmt haben – Sie kennen nicht den Lieblingsplan, den Ihre anbetenswerte Mutter während dieser letzten sieben Jahre gehegt hat, und der sicherlich Ihre Gefühle wandeln würde; aber diese Vorteile will ich nicht wahrnehmen. Alles, was ich flehentlich von Ihnen erbitte, ist, mich nicht des Rechts zu berauben, herzukommen, die Luft dieser Terrasse zu atmen und abzuwarten, bis die Zeit Ihre Vorstellungen vom Leben der Menschen geändert hat; gegenwärtig würde ich mich hüten, sie anzutasten; ich achte einen Schmerz, der Sie verwirrt, denn eben jener Schmerz beraubt mich selbst des gesunden Urteils über die Umstände, in denen ich mich befinde. Die Heilige, die in diesem Augenblick über uns wacht, wird die Zurückhaltung billigen, die ich bewahre, wenn ich Sie lediglich bitte, zwischen Ihren Gefühlen und mir neutral zu bleiben. Ich habe Sie zu lieb, trotz der Abneigung, die Sie mir bezeigen, als daß ich dem Grafen einen Plan unterbreiten könnte, den er begeistert gutheißen würde. Sie sollen frei sein. Später müssen Sie dann bedenken, daß Sie auf Erden niemanden besser kennen als mich, und daß kein Mann in seinem Herzen aufrichtigere Gefühle hegen wird . . .«

Bis dahin hatte Madeleine mir mit niedergeschlagenen Augen zugehört; doch jetzt ließ sie mich durch eine Geste innehalten.

»Monsieur«, sagte sie mit vor Erregung zitternder Stimme, »auch ich kenne alle Ihre Gedanken; aber ich werde in bezug auf Sie meine Einstellung nicht ändern; lieber würde ich mich in die Indre stürzen als mich an Sie binden. Nicht von mir will ich Ihnen sprechen; aber wenn der Name meiner Mutter noch einige Macht über Sie besitzt, dann bitte ich Sie in deren Namen, nie wieder nach Clochegourde zu kommen, solange ich hier sein werde. Allein schon Ihr Anblick löst in mir eine Verwirrung aus, die ich nicht zu erklären vermag, und über die ich nie hinwegkommen werde.«

Sie grüßte mich mit einer Kopfbewegung voller Würde und stieg nach Clochegourde hinauf, ohne sich umzuschauen, unzugänglich, wie es ihre Mutter an einem einzigen Tag gewesen war, aber unbarmherzig. Das hellseherische Auge dieses jungen Mädchens hatte, wenngleich verspätet, alles im Herzen ihrer Mutter Vorgehende erraten, und vielleicht hatte ihr Haß gegen einen Mann, der sie verhängnisvoll dünkte, sich durch einige Reue über ihre unschuldige Mittäterschaft gesteigert. Hier war alles Abgrund. Madeleine haßte mich, ohne sich darüber klarwerden zu wollen, ob ich die Ursache oder das Opfer all dieses Unglücks sei; vielleicht hätte sie uns beide, ihre Mutter und mich, gleichermaßen gehaßt, wenn wir glücklich gewesen wären. So war denn in dem schönen Bauwerk meines Glücks alles zerstört. Ich allein durfte das Leben dieser großen, unbekannten Frau in seiner Gänze kennen; ich allein war in das Geheimnis ihres Gefühlslebens einbezogen; ich allein hatte ihre Seele in deren ganzer Weite durchstreift; weder ihre Mutter noch ihr Vater, weder ihr Mann noch ihre Kinder hatten sie gekannt. Wie seltsam das war! Ich wühle in diesem Aschenhäuflein und habe ein Lustgefühl dabei, es vor Dir auszubreiten; wir alle können darin etwas von unserm liebsten Glück finden. Wie viele Familien haben ebenfalls ihre Henriette! Wieviel edle Menschenwesen verlassen die Erde, ohne einem verständnisvollen Historiker begegnet zu sein, der ihre Herzen ausgelotet, der deren Tiefe und Weite ermessen hätte! Das ist das Menschenleben in seiner ganzen Wahrheit: Oftmals kennen die Mütter ihre Kinder nicht besser als die Kinder die Mütter kennen; so ist es auch um Ehegatten bestellt, um Liebespaare, um Brüder! Hätte *ich* denn wissen können, daß ich eines Tages am Sarg meines Vaters mit Charles de Vandenesse prozessieren würde, mit meinem Bruder, zu dessen Weiterkommen ich soviel beigetragen hatte? Mein Gott, wie viele Lehren birgt die einfachste Geschichte! Als Madeleine durch die Freitreppentür verschwunden war, ging ich gebrochenen Herzens weg, verabschiedete mich von meinen Gastgebern und machte mich auf die Reise nach Paris, wobei ich dem rechten Ufer der Indre folgte, auf dem ich zum erstenmal in dieses Tal gekommen war. Traurig durchfuhr ich das schmucke Dorf Pont-de-Ruan. Dabei war ich reich, das politische Leben lächelte mir, ich war nicht mehr der erschöpfte Fußgänger von 1814. Zu jener Zeit war mein Herz voller Wünsche gewesen, heute standen mir die Augen voller Tränen; ehedem hatte ich mein Leben anfüllen wollen,

1247

heute fühlte ich, daß es öde und leer war. Ich war recht jung, ich zählte neunundzwanzig Jahre, und dennoch war mein Herz schon welk. Ein paar Jahre hatten hingereicht, um die Landschaft ihrer ersten Pracht zu entkleiden und mir das Leben zu verekeln. Jetzt kannst Du verstehen, was in mir vorging, als ich mich umwandte und Madeleine auf der Terrasse stehen sah.

Es beherrschte mich eine gewalttätige Traurigkeit; ich dachte nicht mehr an das Ziel meiner Reise. Lady Dudley war meinen Gedanken so fern, daß ich ihren Hof betrat, ohne es recht zu wissen. Nun ich diese Dummheit einmal begangen hatte, mußte sie zu Ende geführt werden. Ich hatte in ihrem Haus ehemännliche Gepflogenheiten gehabt; ich stieg verdrossen hinauf und dachte an allen mit einem Bruch verbundenen Ärger. Wenn Du den Charakter und die Art und Weise Lady Dudleys richtig verstanden hast, kannst Du Dir vorstellen, wie fehl am Platz ich war, als ihr Haushofmeister mich, der ich in Reisekleidung war, in einen Salon führte, wo ich sie prunkvoll gekleidet vorfand, umgeben von fünf Leuten. Lord Dudley, einer der angesehensten unter den alten Staatsmännern Englands, stand vor dem Kamin, steif, in dünkelhafter Zurückhaltung, kalt, mit der spöttischen Miene, die er im Parlament haben muß; er lächelte, als er meinen Namen vernahm. Arabelles beide Kinder, die über die Maßen de Marsay ähnelten, einem der natürlichen Söhne des alten Lords, und der ebenfalls da war – er saß auf der Causeuse[150] neben der Marquise –, befanden sich bei ihrer Mutter. Als Arabelle mich sah, setzte sie sogleich eine hochfahrende Miene auf und richtete den Blick starr auf meine Reisemütze, als wolle sie mich in einem fort fragen, was ich bei ihr zu suchen habe. Sie musterte mich, als sei ich ein ihr gerade vorgestellter Landedelmann. Was unsere Intimität betraf, die ewige Leidenschaft, die Schwüre, zu sterben, wenn ich aufhörte, sie zu lieben, die Phantasmagorie im Stil der Armida[151], so war das alles hingeschwunden wie ein Traum. Nie zuvor hatte ich ihre Hand gedrückt; ich war ein Fremder; sie kannte mich nicht. Trotz der Diplomatenkaltblütigkeit, an die mich zu gewöhnen ich begonnen hatte, war ich überrascht; und jeder andere an meiner Stelle wäre es nicht minder gewesen. De Marsay lächelte seine Stiefelspitzen an, die er mit einer sonderbaren Zuneigung prüfend betrachtete.

Mein Entschluß war bald gefaßt. Bei jeder anderen Frau hätte ich bescheidentlich eine Niederlage in Kauf genommen; aber es beleidigte mich, diese Heroine, die vor Liebe hatte sterben wollen und die sich über die Tote lustig gemacht hatte, stolz am Leben zu sehen, und so beschloß ich, der Impertinenz mit Impertinenz zu begegnen. Sie wußte, was Lady Brandon[152] widerfahren war; sie daran zu erinnern, hieß, ihr einen Dolchstoß ins Herz versetzen, obwohl die Waffe darin stumpf werden mußte.

»Madame«, sagte ich zu ihr, »Sie werden mir verzeihen, daß ich so landsknechthaft bei Ihnen eingedrungen bin, wenn Sie erfahren, daß ich aus der Touraine komme, und daß Lady Brandon mir eine Botschaft für Sie aufgetragen hat, die keine Verzögerung duldet. Ich habe gefürchtet, Sie seien bereits nach Lancashire abgereist; aber da Sie noch in Paris sind, werde ich Ihre Befehle und die Stunde abwarten, da Sie geruhen werden, mich zu empfangen.«

Sie neigte das Haupt, und ich ging hinaus. Seit jenem Tag bin ich ihr nur noch in der Gesellschaft begegnet, wo wir dann stets einen freundschaftlichen Gruß austauschen, und dann und wann eine boshafte Bemerkung. Ich spreche zu ihr von den untröstlichen Frauen in der Grafschaft Lancashire, und sie spricht zu mir von den Französinnen, die mit ihren Magenkrankheiten ihrer Verzweiflung Ehre erweisen. Dank ihrer Beflissenheit habe ich in de Marsay einen Todfeind; sie ist ihm sehr gewogen. Und ich behaupte dann, sie halte es mit zwei Generationen. Auf diese Weise hat meinem Mißgeschick nichts gefehlt. Ich folgte dem Plan, den ich während meiner Zurückgezogenheit auf Saché gefaßt hatte. Ich stürzte mich in die Arbeit; ich beschäftigte mich mit Wissenschaft, Literatur und Politik; ich war um die Zeit der Thronbesteigung Karls X. in den diplomatischen Dienst getreten; der König schaffte das Amt ab, das ich unter dem verstorbenen König innehatte. Von jenem Augenblick an beschloß ich, keiner Frau mehr Beachtung zu schenken, so schön, geistvoll und liebenswert sie auch immer sein mochte. Dieser Entschluß gelang mir wunderbar: Ich gewann eine unglaubhafte Seelenruhe, große Kraft für die Arbeit, und ich erkannte, was alles jene Frauen von unserem Leben vergeuden, im Glauben, sie hätten uns durch ein paar liebenswürdige Worte bezahlt. Aber alle meine Entschlüsse scheiterten: Du weißt, wieso und warum. Liebe Natalie, dadurch, daß ich Dir mein Leben rückhaltlos und ohne Künstelei erzähle, wie ich es mir selbst erzählen würde; dadurch, daß ich Dir von Gefühlen berichte, mit denen Du nichts zu tun hattest, habe ich vielleicht irgendeine Stelle Deines eifersüchtigen, zarten Herzens empfindlich getroffen; aber was eine vulgäre Frau aufgebracht haben würde, wird für Dich, dessen bin ich sicher, ein weiterer Grund sein, mich zu lieben. Gegenüber leidenden, kranken Seelen müssen Ausnahmefrauen eine besondere Rolle spielen, nämlich die der Krankenschwester, die die Wunden verbindet; die der Mutter, die dem Kinde verzeiht. Die Künstler und die großen Dichter sind nicht die einzigen, die da Leid tragen: Männer, die für ihr Land leben, für die Zukunft der Nationen, in denen sie den Kreis ihrer Leidenschaften und ihrer Gedanken erweitern, schaffen sich oft eine quälende Einsamkeit. Sie haben es nötig, daß sie an ihrer Seite eine reine, opferwillige Liebe spüren; glaub bitte, daß sie für deren Größe und Wert Verständnis haben. Morgen werde ich wissen, ob ich mich getäuscht habe, als ich Dich zu lieben begann.

An den Herrn Grafen Félix de Vandenesse

»Lieber Graf, Sie haben von jener armen Madame de Mortsauf einen Brief erhalten, der, wie Sie sagten, Ihnen für Ihr Verhalten in Welt und Gesellschaft nicht ohne Nutzen gewesen ist, einen Brief, dem Sie Ihr großes Vermögen und Ihre glückliche Laufbahn verdanken. Erlauben Sie mir, Ihre Lehrjahre zu vollenden. Ich bitte Sie dringend, legen Sie eine schauerliche Gewohnheit ab; tun Sie nicht wie die Witwen, die in einem fort von ihrem ersten Mann reden, die immerfort dem zweiten die Tugenden des ersten ins Gesicht werfen. Ich bin Französin, lieber Graf; ich möchte den Mann, den ich liebe, ganz und gar heiraten, und würde mich nicht dazu verstehen, im Grunde Madame de Mortsauf zu heiraten. Nachdem ich Ihren Bericht mit der Aufmerksamkeit gelesen habe, die er verdient, und Sie wissen ja, welches Interesse ich Ihnen entgegenbringe, ist es mir vorgekommen, als hätten Sie Lady Dudley entsetzlich gelangweilt, als sie ihr die Vollkommenheit der Madame de Mortsauf entgegenhielten, und als hätten Sie der Gräfin sehr weh getan, als sie sie mit den Hilfsmitteln überhäuften, die die englische Liebe Ihnen bot. Sie haben es mir gegenüber an Takt fehlen lassen, mir armem Geschöpf, das kein anderes Verdienst besitzt, als Ihnen zu gefallen; Sie haben mir zu verstehen gegeben, ich liebte Sie weder wie Henriette noch wie Arabelle. Ich gestehe meine Unvollkommenheiten ein; ich kenne sie; aber warum haben Sie sie mich so gröblich fühlen lassen? Wissen Sie, für wen ich von Mitleid ergriffen bin? Für die vierte Frau, die Sie lieben werden. Denn die wird gezwungen sein, gegen drei Frauen anzukämpfen; daher muß ich Sie, in Ihrem eigenen Interesse wie in dem ihrigen, gegen die Gefahr Ihres Erinnerungsvermögens im voraus sichern. Ich verzichte auf den beschwerlichen Ruhm, Sie zu lieben; dazu bedürfte es allzu vieler katholischer und anglikanischer Eigenheiten, und ich unterziehe mich nicht der Mühe, gegen Gespenster anzukämpfen. Die Tugenden der Madonna von Clochegourde würden sogar die ihrer selbst sicherste Frau zur Verzweiflung treiben, und Ihre unerschrockene Amazone entmutigt das kühnste Verlangen nach Glück. Was eine Frau auch tun möge, sie kann sich für Sie nie Freuden erhoffen, die ihrem Ehrgeiz entsprächen. Weder Herz noch Sinne werden je über Ihre Erinnerungen triumphieren. Sie haben vergessen, daß wir Frauen oft zu Pferde steigen. Ich habe die Sonne, die beim Tod Ihrer heiligen Henriette lau geworden ist, nicht aufs neue zu erwärmen verstanden; es würde Sie an meiner Seite stets frösteln. Lieber Freund, denn mein Freund werden Sie stets bleiben, hüten Sie sich davor, nochmals mit solchen Bekenntnissen zu beginnen; sie machen Ihre Ernüchterung offenbar; sie entmutigen die Liebe und zwingen eine Frau, an sich selbst zu zweifeln. Die Liebe, lieber Graf, lebt nur vom Vertrauen. Der Frau, die, ehe sie ein Wort spricht oder zu Pferde steigt, überlegt, ob eine himmlische Henriette nicht besser sprechen, ob eine Reiterin wie Arabelle nicht mehr Eleganz entfalten würde, dieser Frau, seien Sie dessen sicher, zittern die Beine und die Zunge. Sie haben mir den Wunsch eingeflößt, einige Ihrer berauschenden Blumensträuße zu empfangen, aber Sie binden ja keine mehr. Genauso ist es mit einer Fülle von Dingen, die zu tun Sie nicht mehr wagen, von Gedanken und Genüssen, die für Sie nie wieder erstehen können. Keine Frau, merken Sie sich das bitte, möchte in Ihrem Herzen in nahe Berührung mit der Toten kommen, die Sie darin bewahren. Sie bitten mich, Sie aus christlichem Mitleid zu lieben. Ich kann, wie ich Ihnen offen sage, eine Unzahl von Dingen aus Mitleid tun, alles, die Liebe ausgenommen. Sie sind bisweilen langweilig und gelangweilt; Sie bezeichnen Ihre trübe Stimmung mit dem Namen Schwermut; du lieber Himmel! Dabei sind Sie unerträglich und machen derjenigen, die Sie liebt, arge Sorgen. Ich bin viel zu oft zwischen uns auf das Grab der Heiligen gestoßen: Dann bin ich mit mir zu Rate gegangen; ich kenne mich, und ich möchte nicht sterben wie sie. Wenn Sie schon Lady Dudley auf die Nerven gefallen sind, die eine ungemein vornehme Frau ist, so habe ich, der nicht ihr wütendes Begehren innewohnt, Angst, ich könne noch früher erkalten als sie. Lassen Sie uns die Liebe zwischen uns ausschalten, da Sie deren Glück nur noch mit den Toten genießen können, und lassen Sie uns Freunde sein; so will ich es. Wie, lieber Graf? Sie haben bei Ihrem Eintritt in Welt und Leben eine anbetenswerte Frau gehabt, eine vollkommene Geliebte, die auf Ihr Glück bedacht war, die Ihnen die Pairswürde verschafft hat, die Sie berauscht liebte, die von Ihnen nichts verlangte, als treu zu sein, und Sie haben sie vor Kummer sterben lassen; wirklich, ich kenne nichts Ungeheuerlicheres. Wer unter den glühendsten und unglücklichsten jungen Menschen, die ihren Ehrgeiz über das Pariser Pflaster schleppen, würde nicht zehn Jahre lang keusch bleiben, um auch nur die Hälfte der Gunst zu erlangen, die zu würdigen Sie nicht verstanden haben? Wenn man so geliebt wird, wie kann man da noch mehr verlangen? Die arme Frau! Sie hat sehr gelitten, und weil Sie ihr ein paar sentimentale Phrasen sagten, glauben Sie, mit ihrem Sarg quitt zu sein. Das ist sicherlich der Lohn, der meiner Liebe zu Ihnen wartet. Danke, lieber Graf; ich will keine Nebenbuhlerin, weder diesseits noch jenseits des Grabes. Wenn man solcherlei Übeltaten auf dem Gewissen hat, sollte man sie zumindest nicht weitererzählen. Ich habe eine unvorsichtige Bitte an Sie gerichtet; ich war in meiner Rolle als Frau, als

Evastochter befangen; die Ihre bestand darin, die Tragweite Ihrer Antwort zu ermessen. Sie hätten mich täuschen müssen; später würde ich es Ihnen gedankt haben. Sind Sie sich niemals über die Tugend der Männer klargeworden, die Glück in der Liebe hatten? Fühlen Sie nicht, wie großherzig jene Männer sind, wenn sie uns schwören, sie hätten noch nie geliebt, sie liebten zum erstenmal? Ihr Vorsatz ist undurchführbar. Gleichzeitig Madame de Mortsauf und Lady Dudley sein, ja, lieber Freund, hieße das nicht, Wasser und Feuer vereinen wollen? Kennen Sie sich denn in den Frauen nicht aus? Frauen sind, was sie sind; sie müssen die Fehler ihrer Qualitäten haben. Sie sind Lady Dudley zu früh begegnet, um sie schätzen zu können, und das Üble, das Sie ihr nachreden, scheint mir eine Rache einer verletzten Eitelkeit zu sein; Madame de Mortsauf dagegen haben Sie zu spät kennengelernt; Sie haben die eine dafür bestraft, daß sie nicht die andre war; was nun aber wird *mir* zustoßen, die ich weder die eine noch die andre bin? Ich habe Sie gern genug, um reiflich über Ihre Zukunft nachgedacht zu haben; denn ich habe Sie tatsächlich sehr gern. Ihre Miene als ›Ritter von der Traurigen Gestalt‹ hat mich stets lebhaft interessiert; ich hatte an die Beständigkeit, die Treue melancholischer Leute geglaubt; aber ich hatte nicht gewußt, daß Sie gleich bei Ihrem Eintritt in die Gesellschaft die schönste und tugendhafteste aller Frauen getötet haben. Na, gut, ich habe mich also gefragt, was zu tun Ihnen übrigbleibt; ich habe recht sehr darüber nachgedacht. Ich glaube, lieber Freund, Sie müßten mit irgendeiner Mrs. Shandy[153] verheiratet werden, die keine Ahnung weder von der Liebe noch von Regungen der Leidenschaft hat, die sich weder über Lady Dudley noch Madame de Mortsauf den Kopf zerbrechen wird, völlig gleichgültig gegen die Augenblicke der Langeweile ist, die Sie Schwermut zu nennen belieben, Augenblicke, in denen Sie so amüsant wie Regenwetter sind; eine Frau, die für Sie jene vortreffliche barmherzige Schwester sein wird, nach der es Sie verlangt. Was nun aber die Liebe betrifft, das Erbeben bei einem Wort, sich darauf zu verstehen, auf das Glück zu warten, es zu spenden und es zu empfangen; die tausend Stürme der Leidenschaft zu verspüren, die tausend kleinen Eitelkeiten einer geliebten Frau völlig über sich ergehen zu lassen, darauf, lieber

Graf, sollten Sie verzichten. Sie haben viel zu gut den Ratschlägen über die jungen Frauen gefolgt, die Ihr guter Engel Ihnen gegeben hat; Sie sind den jungen Frauen so sorglich aus dem Weg gegangen, daß Sie sie überhaupt nicht kennen. Madame de Mortsauf hat recht gehabt, Sie von vornherein hoch zu stellen, denn anders wären alle Frauen gegen Sie gewesen, und Sie würden nichts erreicht haben. Jetzt ist es zu spät, um mit Ihren Studien zu beginnen, um zu lernen, uns Frauen zu sagen, was wir gern hören, um zur rechten Zeit groß zu sein, um unsere kleinen Schwächen zu vergöttern, wenn es uns gefällt, klein zu sein. Wir Frauen sind nicht so dumm, wie Ihr meint: Wenn wir lieben, stellen wir den Mann unserer Wahl hoch über alles. Was unsern Glauben an unsere Überlegenheit ins Wanken bringt, bringt unsere Liebe ins Wanken. Wenn Ihr Männer uns schmeichelt, schmeichelt Ihr Euch selbst. Wenn Sie Wert darauf legen, in Welt und Gesellschaft zu bleiben, den Umgang mit Frauen zu genießen, so halten Sie vor ihnen sorglich alles geheim, was Sie mir gesagt haben; sie mögen nun mal nicht die Blumen ihrer Liebe auf Felsgestein säen, und auch nicht ihre Liebkosungen als Salbe für ein krankes Herz verschwenden. Alle Frauen würden der Dürre Ihres Herzens gewahr werden, und Sie würden immer und je unglücklich sein. Wenige unter ihnen wären freimütig genug, Ihnen zu sagen, was ich Ihnen sage, und wenige wären gutartig genug, Sie ohne nachtragenden Groll zu verlassen und Ihnen obendrein noch ihre Freundschaft anzubieten, wie es heute die tut, die sich als Ihre getreue Freundin bezeichnet.

Natalie de Manerville«

Anmerkungen

DIE LILIE IM TAL

1 Kleingehacktes, im eigenen Fett gebratenes Schweinefleisch, das in Steinguttöpfen aufbewahrt wurde. Es war eins der Lieblingsessen Balzacs.

2 Die Überreste von Schweine- oder Gänsefett, sogenannte »Grieben«, die zur Schmalzgewinnung ausgebraten worden sind.

3 Olivet ist ein Marktflecken fünf Kilometer südlich von Orléans, wo ein schätzenswerter Käse fabriziert wird.

4 Ponte-le-Voy liegt fünf Meilen von Amboise entfernt am linken Ufer der Loire. Vor der Revolution bestand dort eine Benediktiner-Abtei der Congrégation de Saint-Maur, deren Mönche ein berühmtes Collège mit Alumnat geschaffen hatten. Die Oratorianer richteten es während des Kaiserreichs wieder ein, ehe der Benediktinerorden der Congrégation de France neugegründet wurde.

5 Lat.: Selig sind, die da Leid tragen.

6 Ehemaliges Pariser Stadtviertel (III. und IV. Arrondissement), das viele alte Adelspaläste enthält; auch die Familie Balzac hat dort gewohnt.

7 Jenes Alumnat befand sich im Marais, Rue Saint-Louis 9 (heute Rue de Turenne 37). Balzac hat jenes Institut Ende 1814 besucht.

8 Ehemaliges befestigtes Kloster der Templer in Paris, im 12. Jahrh. erbaut, 1811 abgerissen.

9 Französische Hochadelsfamilie. Herzog Anne de Joyeuse (1561 bis 1587), war ein Günstling Heinrichs III. und Admiral von Frankreich; er fiel in der Schlacht bei Coutras. François de Joyeuse (1562 bis 1615), dessen Bruder, war Kardinal. Henri de Joyeuse (1567 bis 1608), der jüngere Bruder dieser beiden, war Kapuziner, einer der Anführer der Liga, Marschall von Frankreich, dann abermals Kapuziner.

10 Jean-Paul Marat (1743–1793), Demagoge, Herausgeber des »Ami du Peuple«, vielleicht Anstifter der Septembermorde, eine der unsaubersten Gestalten der Revolution, von Charlotte Corday in der Badewanne ermordet (berühmtes Gemälde von David).

11 Ein tatsächlich von zwei provenzalischen Brüdern 1786 im Palais-Royal gegründetes Restaurant. Die Preise waren sehr hoch; es gab dort provenzalische Küche, Bouillabaisse und vor allem Dorsch

mit Knoblauch. Der Keller war seiner ausländischen Weine wegen berühmt. Es existiert nicht mehr.

12 François-Joseph Talma (1763–1826), Tragöde, Lieblingsschauspieler Napoleons I. Setzte als erster die historische Wahrheit der Kostüme und der Inszenierung durch, und statt der tragischen Emphase den natürlichen Tonfall.

13 Tragödie von Racine, 1669.

14 Philippe-Egalité hatte das Palais-Royal unvollendet hinterlassen; während der Revolution, des Kaiserreichs und der ersten Jahre der Restauration war es die bevorzugte Stätte der Prostitution, zumal in den »Galeries-de-Bois«, den Holzgalerien, provisorischen Bauten, an deren Stelle später die Galerie d'Orléans trat, die Louis-Philippe erbauen ließ.

15 Das sagenhafte Goldland in Amerika, in das Voltaire seinen Candid gelangen läßt.

16 Die kleinere der beiden Seine-Inseln im Stadtkern von Paris, mit vielen Adelspalästen; auf der größeren, der Ile de la Cité, ist Notre-Dame gelegen.

17 Siehe Anmerkung 14.

18 Bianca Capello (1542–1587), aus venezianischer Adelsfamilie, verließ eines Morgens das väterliche Haus und floh mit ihrem Liebhaber, einem einfachen Angestellten des Florentiner Bankhauses Salviati, nach Florenz. Dort verließ ihr Liebhaber sie, und sie wurde 1563 die Geliebte des Großherzogs Francesco dei Medici, der sie 1578 heimlich heiratete. Die Ehe wurde im folgenden Jahr anerkannt. Am 10. Oktober 1587 starben Francesco und Bianca plötzlich; es hieß, sie seien durch ihren Onkel, den Kardinal Fernando dei Medici, vergiftet worden, der seinem Neffen auf dem großherzoglichen Thron folgte. Balzac erwähnt Bianca Capello in mehreren seiner Werke.

19 Zum Öffnen der Haustür; bis in die neueste Zeit in alten Pariser Häusern gebräuchlich.

20 Ältester Sohn (1775–1844) des Grafen von Artois, des späteren Karls X., verheiratet mit der Tochter Ludwigs XVI. (1778–1851), von der Napoleon behauptete, sie sei der einzige Mann der Bourbonenfamilie. Der Herzog von Angoulême führte den Oberbefehl im spanischen Interventionskrieg.

21 So hieß das Schloß, das Mme Carraud, einer Freundin Balzacs (siehe Band I dieser Ausgabe), gehörte; es lag in Wirklichkeit in der Nähe von Issoudun.

22 Das südlich von Tours, bei Azay-le-Rideau, gelegene Schlößchen
Saché birgt heute ein kleines Balzac-Museum. Es gehörte damals
M. de Margonne, einem Hausfreund der Familie Balzac, Liebhaber der Mutter, wahrscheinlich Vater des jungen Bruders Balzacs. Er gewährte dem Schriftsteller häufig auf kürzere oder län-
gere Zeit Gastfreundschaft, damit er in Ruhe arbeiten oder sich
seinen Pariser Gläubigern entziehen konnte.

23 Im Original *Hallebergier,* richtiger *albergier.* Das Wort *Alberge*
stammt von dem spanischen *alberchiga,* das wiederum aus dem
arabischen *albirkouk,* Aprikose, abzuleiten ist.

24 Ludwig XI. (1423–1483), Sohn Karls VII. und der Marie von
Anjou, einer der größten französischen Könige, Begründer der nationalen Einheit.

25 Toise, altes französisches Längenmaß: 1,95 m.

26 Entweder Ailanthus glandulosa (Götterbaum), aus dessen harzi-
gem Rindensaft Firnis gewonnen wird, oder Paulownia (Kaiser-
baum), aus dessen nußartigen Früchten ebenfalls Firnis gewonnen
wird.

27 Erdwall mit Hecke darauf als Begrenzung von Wiesen und Feldern, in der Normandie, der Bretagne und Norddeutschland gebräuchlich.

28 Senart oder Senard, eigentlich Gabriel-Jérôme Sénar-Deslis, Agent
des Sicherheitsausschusses, hat interessante Memoiren geschrieben,
in denen häufig von dem Philosophen Saint-Martin, der Mystikerin
Herzogin von Bourbon, den philanthropischen Lehren des Dom
Gerle und der Hellseherin Catherine Théot, genannt »die Mutter
Gottes«, die Rede ist.

29 Das Wort ist eine Entstellung des englischen *bowling green,* eine
für das Kugelspiel *(boule)* bestimmte Rasenfläche mit niedrigen,
grasbewachsenen Böschungen.

30 Die Mona Lisa, das berühmte Gemälde Leonardo da Vincis (1452
bis 1519) im Louvre.

31 In Cologny am Genfer See, nicht weit von Pré-l'Evêque. Lord
Byron hat darin gewohnt. Balzac hat die Villa in Begleitung der
Mme Hanska im Januar 1834 besucht.

32 Phylica ericoides L.

33 Sir Henri John Morgan (1635–1688), einer der berühmtesten
englischen Freibeuter des 17. Jahrhunderts, der zusammen mit den
französischen Freibeutern einen mit Piraterie gewürzten Kaper-
krieg gegen Spanien führte. Morgan plünderte 1668 Porto Bello,

nahm Maracaïbo und vernichtete mit stark unterlegenen Kräften die spanische Flotte. Sein Stützpunkt war die Schildkröteninsel nördlich von San Domingo; dort verproviantierte er sich. Seine letzte Expedition machte ihn zum Herrn der Insel Santa-Catharina und der Stadt Panama.

34 Die ›Quotidienne‹ war 1792 zur Bekämpfung der Revolution gegründet worden. Sie mußte sich häufig tarnen und zwischen 1793 und 1815 völlig verschwinden. Unter der Restauration wurde sie von Fiévée (dem Autor von ›Suzannes Mitgift‹) und Michaud (dem Autor der ›Geschichte der Kreuzzüge‹ und Herausgeber der ›Biographie Michaud‹) geleitet und vertrat ultra-royalistische Anschauungen. Ab 1822 bekannte sie sich zur extremen rechten Opposition und bekämpfte Villèle. Die witzigen, geistvollen Artikel der Redakteure, die fast alle fröhliche Lebemänner, alte Schlagersänger und Vaudeville-Autoren des Kaiserreiches waren, hatten lebhaftesten Erfolg in der Provinz, auch in kirchlichen Kreisen. Unter der Juli-Monarchie trat eine neue Generation von Schriftstellern auf den Plan; sie war doktrinärer und vielleicht auch gesinnungstüchtiger; sie predigte die Rückkehr zur Legitimität durch einen Gewaltstreich.

35 André-Charles Boulle oder Boule (1642–1732), Kunsttischler; seine Werke zeichnen sich durch Einlegearbeit aus Schildpatt und Messing aus.

36 Réveillon, Jacquemarts Nachfolger, reicher Tapetenfabrikant im Faubourg Saint-Antoine. Er dankt seinen Nachruhm vor allem dem Aufstand vom 28. April 1789, bei dem sein Haus vom Pöbel unter dem Vorwand geplündert wurde, dessen Eigentümer widerstrebe dem neuen Geist. Zur Zeit der Regierung Louis-Philippes kann eine von Réveillon fabrizierte Tapete nur noch aus Fetzen bestanden haben.

37 Wortspiel mit dem Familiennamen ›Durand‹ und ›durant‹.

38 Patent-Briefe, die den Grafentitel zuerteilten.

39 Bewohner der Stadt Tours oder der Touraine.

40 Louis-Joseph, Prince de Condé (1736–1818), einer Seitenlinie des Hauses Bourbon angehörend, emigrierte 1792 und stellte bei Koblenz eine Emigranten-Armee auf. Sein Enkel war der 1804 erschossene Herzog von Enghien.

41 Nikolas Esterhazy von Galantha (1765–1833), ungarischer General und Staatsmann; Napoleon soll ihm 1809 die ungarische Krone angeboten haben. Sein Sohn Paul Anton (1786–1866) war einer

der reichsten Grundbesitzer der österreichischen Krone. Sein Majorat in Ungarn allein umfaßte 29 Herrschaften, 21 Schlösser, 60 Marktflecken und 414 Dörfer; die Hauptstadt war Eisenstadt. Überdies besaß er noch Güter in Niederösterreich und Bayern. Bekanntlich war Joseph Haydn 1760–1790 Kapellmeister der Fürsten Esterhazy.

42 Ehemalige französische Provinz, 1481 unter Ludwig XI. mit der Krone vereinigt, Hauptstadt Le Mans; umfaßt die heutigen Départements Sarthe und Mayenne.

43 Louise-Marie-Thérèse-Mathilde d'Orléans (1750–1822), die Schwester des künftigen Philippe-Egalité, hatte mit zwanzig Jahren ihren Vetter zweiten Grades Louis-Henri-Joseph, Herzog von Bourbon, Fürsten von Condé, den »letzten Condé«, geheiratet. Der junge Fürst war damals erst sechzehn und wurde bald untreu; die Gatten trennten sich. Die Herzogin, getreu den Tendenzen ihrer Familie (einer Seitenlinie des Königshauses), sympathisierte mit der Revolution und trat 1793 ihr Vermögen der Republik ab; sie behielt sich nur das Lebensnotwendige vor. Dennoch wurde sie 1795 verbannt und zog sich nach Barcelona zurück. Jetzt überkam sie eine große Leidenschaft für Bonaparte, dem sie sogar den Tod ihres Sohnes, des Herzogs von Enghien, verzieh; sie sagte von diesem, seine royalistische Gesinnung habe sie sehr geschmerzt. Während der Restauration kehrte sie nach Frankreich zurück, aber lebte auch weiterhin von ihrem Mann getrennt.

Ihre revolutionären Ideen haben ihrer Frömmigkeit und Wohltätigkeit nichts anhaben können, jedoch ihr religiöses System arg verfälscht. Sie war schon früh in die Gedankenwelt Saint-Martins eingeweiht worden; sie bekannte sich zu den philanthropischen Lehren Dom Gerles und der Catherine Théot; seit 1790 beherbergte sie bei sich die Prophetin Labrousse, eine mystische, sehr exaltierte Republikanerin. 1792 hatte sie zwei mystische Werke geschrieben, die die kirchliche Autorität klar herausgestellter Irrtümer wegen beanstandete, und die sie später mit eigener Hand vernichtete. Ihr Briefwechsel mit M. Ruffin über ihrer beider religiöse Meinungen ist erhalten geblieben; das Werk kam auf den Index. Jener Ruffin war ein junger republikanischer Offizier, der während ihres Exils mit ihrer Überwachung beauftragt war; sie schloß sich eng an ihn an und liebte ihn bald wie einen Sohn, bald mit ausschweifender Leidenschaft. Ihre »Lebenserinnerungen«, die recht eigentümlich gewesen sein müssen, wurden gleich nach ihrem Tod vernichtet.

1259

44 Louis-Claude de Saint-Martin (1743–1803), genannt »der unbekannte Philosoph», wurde von den Benediktinern zu Pont-le-Voy (siehe Anmerkung 4) erzogen, durch Martinez Pasqualis in die Illuminaten-Lehre eingeführt, und schloß sich 1774 der Freimaurerei an. Er hatte eine ausgesprochene Vorliebe für das gesellschaftliche Leben, wo er sehr geschätzt wurde, und fühlte sich besonders in der Gesellschaft von Frauen wohl, die unschwer durch seine mystischen Theorien verführt wurden. Die berühmtesten seiner Anbeterinnen waren die Damen de Lusignan, de Chabanais, de Lacroix, de Noailles, die berüchtigte Frau von Krüdener, und die berühmte Gräfin d'Albany (die Gattin des englischen Kronprätendenten Charles-Edward Stuart, später die Geliebte Alfieris). Die Revolution ging vorüber, ohne daß Saint-Martin etwas davon merkte: Er befaßte sich damals in seinem Zufluchtsort Amboise mit der Philosophie Jakob Boehmes. Sein letztes Buch erschien 1802 und ging unter in dem Riesenerfolg von Chateaubriands ›Génie du Christianisme‹.

Saint-Martin, von dem Chateaubriand sagte, er sei ein »Philosoph des Himmels mit Orakelsprüchen und dem Gehaben eines Erzengels« hat theosophisch-apokalyptische Schriften hinterlassen, die zum Teil unverständlich sind, ein mystisches Kauderwelsch. Balzac hat Saint-Martin sehr verehrt.

45 Thomas Letourmy (1748–1790), Drucker und Verleger der Werke Saint-Martins.

46 Maurice Gigot d'Elbée (1752–1794), General der aufständischen Vendéer, in Noirmoutier erschossen.

47 Charles, Marquis de Bonchamp (1760–1793), Anführer der aufständischen Vendéer, im Gefecht bei Cholet schwer verwundet; er starb einen Tag, nachdem er 4000 republikanische Gefangene begnadigt hatte.

48 François-Athanase Charette de la Contrie (1763–1796), Anführer der aufständischen Vendéer, glänzende Erscheinung und großer Frauenheld, in Nantes erschossen.

49 Römischer Stoiker, geboren um 50 n. Chr. Hauptlehrsatz: »Leide und entbehre!« Er war der Sklave eines durch Nero Freigelassenen. Als sein Herr ihm eines Tages in einem Folterapparat das Bein verdrehte, sagte Epiktet ruhig: »Du wirst es noch zerbrechen.« Und als das tatsächlich geschah, sagte er: »Habe ich es nicht gesagt?«

50 Jacques-Bénigne Bossuet (1627–1704), Bischof von Meaux, berühmter Prediger, bekannt durch seine prunkvollen Trauerreden

für fürstliche Persönlichkeiten. Er zeichnete sich auch als geistvoller, gelehrter und kritischer Historiker aus. Gegen Ende seines
Lebens bekämpfte er den Quietismus Fénélons.

51 Hirtengedicht.

52 Jesaja 6, 5–7.

53 Damokles war ein Höfling des älteren Dionysios von Syrakus,
der das Glück des Tyrannen so überschwenglich gepriesen hatte,
daß dieser beschloß, es ihn eine Zeitlang auskosten zu lassen. An
einer üppigen Tafel sitzend, sah Damokles über seinem Haupt ein
scharf geschliffenes Schwert an einem Pferdehaar hängen, das jeden Augenblick herabfallen und ihn töten konnte. Er bat sofort
um Erlösung aus diesem Glück.

54 Die Harfe Hiobs wird in einem apokryphen Buch der Bibel erwähnt, dem ›Hiob-Testament‹, das eine legendäre Darstellung
vom Leben Hiobs enthält.

55 Hauptgestalt des Romans gleichen Titels von Samuel Richardson
(1689–1761), erschienen 1747–1748.

56 Der Titel »Maréchal-de-champ« entspricht nicht dem deutschen
»Feldmarschall«, obwohl die wörtliche Übersetzung so lautet; unserm »Feldmarschall« entspricht der »Maréchal de France«. Der
Titel »Maréchal-de-champ« wurde unter der Restauration Brigade-
generalen gegeben; früher wurden so höhere Offiziere bezeichnet,
die für die Unterkünfte der Truppen und ihre Aufstellung auf
dem Schlachtfeld zu sorgen hatten.

57 Der Sankt-Ludwigs-Orden wurde 1693 von Ludwig XIV. nur für
katholische Offiziere gestiftet. Die Revolution schaffte ihn ab; am
18. September 1814 wurde er neu gestiftet, und 1831, nach der
Juli-Revolution, endgültig abgeschafft. Die alten Ritter behielten
jedoch das Recht, das Kreuz am roten Band zu tragen.

58 Die königlichen Haustruppen, bestehend aus einem Gendarmerie-
korps und leichten Reitern; ihre Uniform war ein leuchtend
roter Frack.

59 Der spätere Papst Julius II. (Papst von 1503–1513).

60 Alte Bezeichnung des Staatsrats.

61 Die 1814 von Ludwig XVIII. gegebene Verfassung.

62 Das war, wie es heißt, die stoische Antwort, die Guatimozin, der
letzte Aztekenkaiser von Mexiko, einem Martergefährten gab,
als die Spanier ihn 1522 hinrichteten.

63 So die Texte der Conard- und der Pléiade-Ausgabe. Einleuchten-
der wäre die Verneinung.

64 Echium vulgare L.

65 Der Jesuitenpater Louis-Bertrand Castel (1688–1757), Mathematiker und Physiker, Autor mehrerer wissenschaftlicher Werke, hat verschiedene Versuche über die Übereinstimmung von Farben und Tönen angestellt, die ihn zur Erfindung eines chromatischen Clavecins oder der Farbenorgel veranlaßten.

66 Anemone pulsatilla L.

67 Berühmter persischer Dichter (1184–1291).

68 Antoxanthum odoratum L.

69 Sedum album L., auch »weiße Tripmadame« genannt.

70 Ononis spinosa L.

71 Briza media L., dessen Blütchen tatsächlich purpurn sind.

72 Poa pratensis L. und Poa aquatica L. Keine von beiden Arten bildet »schneeige Pyramiden«. Vielleicht hat Balzac die Blumenbinse oder Schwanenblume (Blutomus umbellatus) gemeint.

73 Bromus sterilis L., Futterpflanze.

74 Agrostis spica venti L.

75 Linum usitatissimum L., uralte, blau blühende Kulturpflanze.

76 Wahrscheinlich Cyperus esculentus L.

77 Ulmaria palustris L.

78 Anthrisius cerefolium Hoffm.

79 Clematis vitalba L. Die seidigen Haarbüschel der Früchte sind silberweiß, nicht blond.

80 Galium Molugo L., weißes Labkraut.

81 Achillea millefolium L.

82 Fumaria officinalis.

83 Stadt in Palästina, die die Nordgrenze des Heiligen Landes bezeichnet.

84 François Rabelais (1483–1553), Benediktiner, Mediziner, Professor der Anatomie, dann Pfarrer zu Meudon, Autor des berühmten Romans ›Gargantua und Pantagruel‹.

85 Siehe Balzac ›Die Marañas‹.

86 Siehe Balzac ›Vater Goriot‹ und ›Die Verlassene‹.

87 Siehe Balzac ›Die Frau von dreißig Jahren‹.

88 Siehe Balzac ›Die Entmündigung‹.

89 Saint-Martin; siehe Anmerkung 44.

90 Petrarca wurde 1304 in Arezzo in der Toskana geboren, lebte meist in Vaucluse bei Avignon und starb 1374 in Arquá bei Padua. Daß er gegen Ende seines Lebens in Venedig gewohnt und seine Bibliothek der Republik vermacht hat, hätte Balzac nicht berechtigen dürfen, aus dem zweiten großen toskanischen Dichter einen Venezianer zu machen.

91 Gaspard de Coligny (1519–1572), Admiral, Haupt der französischen Protestanten, war eines der ersten Opfer der Bartholomäusnacht.

92 Tochter des Tantalos, Gemahlin des Amphion, Königs von Theben, beleidigte Leto durch ihren Stolz auf ihre 14 Kinder, die daraufhin durch die Pfeile Apollos und der Artemis getötet wurden; Zeus verwandelte sie in ein Steinbild.

9³ Die platonische Geliebte Petrarcas; die Forschung erblickt in ihr die Tochter des Edelmanns Audibert de Noves, Gemahlin des Hugues de Sade, die 1348 in Avignon an der Pest starb; vielleicht ist Laura aber lediglich ein Phantasiegebilde des Dichters.

94 Die beiden männlichen Hauptgestalten in Molières Komödie ›Le Misanthrope‹ (›Der Menschenfeind‹, 1667).

95 In ›Critique et Portraits‹ zitiert Saint-Beuve den Ausspruch eines »geistvollen Diplomaten«, der wenig Eile bezeigte, sich auf seinen Posten zu begeben: »Ich war noch recht jung, als M. de Talleyrand mir gesagt hat, als sei das eine wesentliche Verhaltensregel: ›Bezeigen Sie keinen Übereifer‹.«

96 Französisch: Adel verpflichtet.

97 Am 20. März 1815 um neun Uhr abends zog der von Elba zurückgekehrte Napoleon in die Tuilerien ein, die Ludwig XVIII. am Vortage verlassen hatte.

98 Der Wiener Kongreß tagte vom 1. November 1814 bis zum 9. Juni 1815.

99 18. Juni 1815.

100 Ludwig XVIII. kehrte am 8. Juli 1815 nach Paris zurück.

101 Etienne-François, Herzog von Choiseul (1719–1785), war bis 1752 Offizier, dann ab 1753 Gesandter in Rom und ab 1757 in Wien. Seine großen politischen Leistungen auf diesem Posten und die Gunst der Marquise de Pompadour trugen ihm 1758 das Amt des Außenministers ein, das er bis 1761 innehatte und 1766 abermals übernahm, bis er 1770 durch Intrigen der Dubarry in Ungnade fiel. Zusammen mit seinem Vetter, dem Herzog von Praslin, dem Kriegsminister, reorganisierte er Armee und Marine und glich die

während des Siebenjährigen Krieges erlittenen Verluste aus. Nach seiner Verabschiedung zog er sich auf sein Gut Chanteloup in der Touraine zurück.

102 Gemeint ist der Rohrsänger.

103 Jean Bart (1651–1702), berühmter Seeheld, anfangs unter Ruyter in holländischen Diensten, nach Ausbruch des Krieges in französischen. Er zeichnete sich als Korsar aus. Ludwig XIV. ließ ihn nach Versailles kommen, wo die Schlichtheit seiner Manieren die Höflinge erheiterte, ernannte ihn zum Kapitän mit der Dienststellung eines Geschwaderchefs und verlieh ihm den Adel.

104 Der Chevalier, genannt Marquis, de Champcenetz (1759–1794), Gardeoffizier und Schöngeist, Freund Rivarols, mit dem er in witzigen Aussprüchen wetteiferte, sein Mitarbeiter an einer kleinen satirischen Zeitschrift, die durch Sarkasmen die Revolution und die Revolutionäre bekämpfte, konnte, weniger glücklich als Rivarol, Frankreich nicht verlassen und endete auf der Guillotine.

105 Nach Waterloo und der zweiten Besetzung von Paris wurden die französischen Truppen an die Loire zurückverlegt und am 1. August 1815 entlassen.

106 Hausgehilfin und Geliebte Molières, an der er die Wirkung seiner Komödien erprobte.

107 Petit-Château, die unmittelbare Umgebung des Königs; mit Château wurde der gesamte Hofstaat bezeichnet. Die Ausdrücke wurden unter der Juli-Monarchie beibehalten.

108 Von Balzac erfundene Frauengestalten, die in der ›Menschlichen Komödie‹ immer wieder auftauchen.

109 Gemeint ist Cato der Ältere (232–147 v. Chr.), der seiner Sittenstrenge wegen berühmt war.

110 Der sehr beleibte, an der Gicht leidende König wurde im Rollstuhl gefahren.

111 Pförtner; Übergangsstelle des Magens in den Darm.

112 Marie de Rabutin-Chantal, Marquise de Sévigné (1626–1696), berühmt durch ihre zumeist an ihre Tochter gerichteten Briefe, trug lange, an beiden Kopfseiten niederfallende Locken.

113 1140 bei Mortagne im Département Orne gegründete Abtei, 1662 von Abbé de Rancé neu geordnet, deren Mönche (Trappisten) einer besonders strengen Regel gehorchen.

114 Die Hauptgestalt von Balzacs Novelle ›Der Pfarrer von Tours‹, Bruder des Parfümfabrikanten César Birotteau, der Hauptgestalt von Balzacs Roman dieses Titels.

115 Der Bengalfink spielt in den Briefen Balzacs an Mme Hanska eine große Rolle als erotisches Symbol.

116 Die Volkamerie oder Clerodendron, auch Loosbaum genannt, gehört zur Gattung der Verbenaceen, stammt aus Ostindien und China und hat sehr wohlriechende Blüten.

117 Das von Balzac entworfene Krankheitsbild ist unrichtig. Die Krankheit des Grafen, die er sich zugezogen hatte, als er schwitzend unter dem Nußbaum stand, und die mit Blutegeln und einem Aderlaß behandelt wurde, könnte eine Lungenentzündung gewesen sein; eine solche jedoch dauert nicht zweiundfünfzig Tage. Früher, als die heutigen Medikamente noch unbekannt waren, kam es am sechsten oder siebenten Tag zur Krisis, die der Patient entweder überstand oder der er erlag. Es könnte sich um eine typhusähnliche Erkrankung gehandelt haben, die etwa zweiundfünfzig Tage dauert; aber eine solche tritt nicht plötzlich auf wie die Lungenentzündung.

118 Das geschah im Jahre 1808 zu Aranjuez bei einem Aufstand, der den »Friedensfürsten« Don Manuel Godoi (1764–1851), den Minister Karls IV. von Spanien und Liebhaber der Königin, fast das Leben gekostet hätte.

119 Charles-Ferdinand de France, Herzog von Berry, geboren 1778, der zweite Sohn des Grafen von Artois, des späteren Karls X., galt als der Thronfolger, da die Ehe des ältesten Sohns, des Herzogs von Angoulême mit seiner Kusine, der Tochter Ludwigs XVI. und der Marie-Antoinette, kinderlos geblieben war. Der Herzog von Berry, ein kraftstrotzender, liebenswürdiger Lebemann, heiratete 1816 Marie-Caroline de Bourbon, die Tochter König Ferdinands I. von Neapel. Der Herzog wurde 1820 beim Verlassen der Oper erdolcht.

120 Hier im Sinne von Lunge. Brustkrank = schwindsüchtig.

121 Der Elysée-Palast wurde zu Beginn der Regierung Ludwigs XV. von dem Architekten Molet für Henri de la Tour d'Auvergne, Grafen d'Evreux, erbaut. Mme de Pompadour und ihr Bruder, der Marquis de Marigny, folgten dem Grafen d'Evreux nach. Bei Ausbruch der Revolution war das Palais im Besitz der Herzogin von Bourbon. Nachdem es Murat und dann Napoleon gehört hatte, gelangte es mit der Restauration wieder an die Herzogin von Bourbon, die es sogleich an den Herzog von Berry abtrat; er bewohnte es bis zu seiner Ermordung im Jahre 1820. Die Herzogin von Berry, die in ihrer Person alle Eleganz und allen Luxus

ihres Zeitalters verkörpert hatte, hatte im Elysée glänzende Feste
gegeben; aber nach der Ermordung des Herzogs konnte sie sich
nicht entschließen, es wieder zu betreten. Unter Louis-Philippe
diente das Elysée der Unterkunft durchreisender Fürstlichkeiten;
unter der Zweiten Republik wurde es der Sitz des Präsidenten.
1856 wurde es durch Lacroix vergrößert und restauriert.

122 Seit der Eroberung durch den Normannenherzog Wilhelm im
Jahre 1066.

123 Charles Bernadotte (1763–1844), Marschall von Frankreich, zeichnete sich in den Kriegen der Revolution und des Kaiserreichs aus.
Eine Zeitlang galt er, neben Moreau, als ein Rivale Napoleons;
er hatte die Schwester der ehemaligen Verlobten Bonapartes geheiratet, Désirée Clary. 1810 adoptierte ihn König Karl XIII.
von Schweden. 1813 schloß er sich den Alliierten an; 1818 bestieg
er als Karl XIV. oder Karl-Johann den schwedischen Thron, wo
seine Dynastie noch heute regiert.

124 Zwischen England und Irland.

125 Engl.: Sein oder Nichtsein. Beginn des berühmten Monologs,
Hamlet III., 1.

126 Engl.: Kirchturmrennen, bei dem ein Kirchturm zum Ziel gesetzt,
auf den dann querfeldein zugeritten wurde. Heute allgemein für
Pferderennen mit Hindernissen gebräuchlich.

127 Esther Stanhope (1776–1839) wurde von ihrem Vater und ihrer
Stiefmutter vernachlässigt und mußte sich selbst weiterbilden; so
wurde sie zu einer originellen, egoistischen Persönlichkeit, sehr
intelligent, aber ohne Prinzipien, und von Charakter stolz und
despotisch. Mit zwanzig Jahren leitete sie den Haushalt ihres
Onkels, des Ministers Pitt, dem sie, nach dem Geständnis des
Königs, als Sekretärin und Ratgeberin diente. Nach dem Tod
ihres Onkels überkam sie Abscheu vor England; 1810 reiste sie
nach dem Orient und ließ sich schließlich in Syrien nieder, in dem
Kloster Djîhoun im Libanon. Dort verschaffte sie sich eine Art
halb politischer, halb geistiger Oberherrschaft, die sie einerseits
durch asiatische Grausamkeit, andererseits durch das Verhalten
einer mit übernatürlichen Kräften begabten Prophetin aufrecht-
erhielt. Sie ließ keinen Europäer zu sich; einzig Lamartine gelang
es unter großen Mühen, von ihr empfangen zu werden. Ihre
Extravaganzen führten ihren Untergang herbei; die benachbarten
Eingeborenen waren ihre Feinde geworden, England strich ihr die
Einkünfte. Sie starb plötzlich, und zwar im tiefsten Elend und

völlig verlassen. Lamartine berichtet über sie in ›Voyage en Orient‹.

128 Siehe Anmerkung 126.

129 Englisch, wörtlich »blaue Teufel«, Bezeichnung für im Delirium erblickte Spukgestalten.

130 Madame de Mortsauf starb, wie viele Menschen, die tiefes Leid erlitten haben, am Magenkrebs; deshalb erwähnt Balzac mehrfach die strohgelbe Gesichtsfarbe, die eines der Symptome dieser Krankheit ist.

131 Die ›Belle Ferronière‹ ist ein früher Leonardo da Vinci zugeschriebenes, im Louvre befindliches Frauenbildnis der lombardischen Schule, das vielleicht Lucrezia Crivelli, die Geliebte des Herzogs Lodovico Sforza von Mailand, darstellt. Das Haar ist gescheitelt und liegt flach an und ist von einem Goldreif umgeben, in dessen Mitte, auf der Stirn, eine Gemme angebracht ist. Jene Frisur war während der Restauration sehr in Mode. Schließlich wurde der Goldreif mit dem Kleinod in der Mitte, ihr Hauptbestandteil, »ferronière« genannt, welche Bezeichnung er heute noch trägt. – In Wirklichkeit war ›die schöne Hufschmiedin‹ eine Pariser Bürgersfrau und Geliebte Franz' I. Als ihr Porträt galt lange ein anderes, früher Leonardo zugeschriebenes, im Louvre befindliches Bild, das eine junge Frau im Profil mit einer kopftuchartigen roten, mit Perlen und Gold bestickten Haube darstellt.

132 Les landes de Charlemagne.

133 1 Mose, 21, 9–19.

134 Das Landhaus La Grenadière liegt Tours gegenüber am anderen Loire-Ufer. Es ist mehrere Wochen von Balzac und Madame de Berny und in der Folgezeit von Béranger bewohnt worden. Balzac hat das Landhaus zum Schauplatz seiner Novelle ›Die Grenadière‹ gemacht.

135 Lat.: Es ist vollbracht. (Ev. Joh. 19, 30)

136 Ital.: junger Ehemann.

137 Engl.: Form, Art und Weise, Sitte, Manieren, Lebensstil.

138 Das ›Coucher du roi‹, das Schlafengehen des Königs, war eine feierliche Zeremonie, ebenso das ›Lever du roi‹, die Aufwartung beim Aufstehen.

139 ›Monsieur‹ war der von der Restauration wieder eingeführte Hoftitel des ältesten Bruders des Königs, hier des Grafen von Artois, des späteren Karls X.

140 Nachdem sie von dem Marquis d'Ajuda verlassen worden war. Siehe Balzacs Romane ›Vater Goriot‹ und ›Die Verlassene‹.

141 Durch den General Montriveau. Siehe Balzacs Novelle ›Die Herzogin von Langeais‹ in ›Die Geschichte der Dreizehn‹.

142 Siehe Balzacs Novelle ›Die Grenadière‹. Die Grenadière ist ein einstöckiges Landhaus in dem Vorort Saint-Cyr von Tours, am Abhang des nördlichen Loire-Ufers gelegen.

143 Anspielung auf Esther Gobseck, die sich vergiftete, als ihr Liebhaber Lucien de Rubempré sie verlassen hatte. Siehe Balzacs Roman ›Glanz und Elend der Kurtisanen‹.

144 Siehe Balzacs Roman ›Die Frau von dreißig Jahren‹.

145 Buch der Richter 11 und 12. Die Anspielung ist unklar.

146 Jacques-Bénigne Bossuet (1627–1704), Bischof von Condom, dann von Meaux, bedeutender Kanzelredner, berühmt durch seine in prunkvoller, inspirierter Sprache gehaltenen Leichenreden auf bedeutende Persönlichkeiten.

147 Armand-Jean Le Bouthillier, Graf de Rancé (1626–1700), hatte frühzeitig die niederen Weihen erhalten und besaß schöne Pfründen, als er sich nach dem Tod seines Vaters in alle Exzesse weltlichen Lebens stürzte: Jagd, Festgelage, galante Abenteuer, Liebschaften, die übrigens weder seinen Studien noch seinem Predigeramt schadeten. Mit fünfundzwanzig Jahren wurde er zum Priester ordiniert; zwei Jahre später lehnte er aus Ehrgeiz die Bischofswürde von Saint-Pol-de-Léon ab. Bei der Versammlung des französischen Klerus im Jahre 1655 verteidigte er heftig den Kardinal de Retz gegen Mazarin. Er lebte in Freuden, als der Tod seiner Geliebten, der Herzogin von Montbazon, eines Opfers der Blattern (28. April 1657), ihn in Reue und Frömmigkeit stürzte. Er verkaufte all sein Hab und Gut, verzichtete auf alle seine Pfründen, bis auf die in La Trappe, wo er 1662 eintrat, diesmal als regulärer Abt. Das Kloster verlangte nach einer tiefgehenden Reform. Rancé ließ sie ihm zuteil werden und legte 1664 selber das Gelübde des Zisterziensers ab.

148 Die weibliche Hauptgestalt in dem Hirtenroman ›Daphnis und Chloe‹ des griechischen Dichters Longos (2. oder 3. Jahrhundert n. Chr.), ein von zarter Sinnlichkeit in zwei Kindern erwachender Liebe erfülltes Werk, das Goethe sehr hoch schätzte.

149 Jean-Auguste-Dominique Ingres (1780–1867), spätklassizistischer Maler, Schüler Davids, unter dem Einfluß Raffaels stehend, hervorragender Zeichner von äußerster Subtilität der Technik.

150 Kleines, gepolstertes Sofa für zwei Personen.

151 Heldin des Epos ›Das befreite Jerusalem‹ von Tasso (1581).

152 Siehe Balzacs Novelle ›Die Grenadière‹.

153 Die Mutter des Helden von Laurence Sternes Roman ›Tristram Shandy‹ (1759–1766), die dessen kurioses Lebenspech seiner Meinung nach dadurch verursacht hat, daß sie ihren Mann während des Zeugungsaktes fragte, ob er auch nicht vergessen habe, die Uhr aufzuziehen!

Biographische Notizen über die Romangestalten

DIE LILIE IM TAL

BIROTTEAU, Abbé François, geboren um 1766 als Sohn eines armen Pächters in der Umgebung von Chinon, war zunächst Vikar an der Kathedrale Saint-Gatien zu Tours, dann Pfarrer an Saint-Symphorien in ebenjener Stadt. 1819 half er nach Maßgabe seiner beschränkten Mittel seinem dem Konkurs entgegentreibenden Bruder César Birotteau (im Roman dieses Titels). Ein paar Jahre später beschuldigte ihn sein Feind, der Abbé Troubert, er habe sich die fünfzehnhundert Francs Rente erschlichen, die Mme de Listomère ihm testamentarisch hinterlassen hatte; er wurde 1826 mit dem Kirchenbann belegt und starb vor Kummer (›Der Pfarrer von Tours‹).

BLAMONT-CHAUVRY, Prinzessin von, hatte unter Ludwig XV. die intimste Gunst des Königs genossen. Diese ehrenvolle Erinnerung machte während der Restauration aus ihr das Orakel des Faubourg Saint-Germain (›Madame Firmiani‹). Durch Verwandtschaft mit der Herzogin von Langeais (in der Novelle dieses Titels) nahm sie an dem Familienrat teil, der der Herzogin ausreden sollte, sich um der Liebe des Generals Baron de Montriveau willen zu kompromittieren.

DUDLEY, Lord, Peer von England, von durch und durch unmoralischem Charakter, zählte zu seinen unehelichen Kindern Henri de Marsay, der später der Liebhaber seiner Stiefmutter Lady Dudley und der Margarita Porraberil, Marquise de San-Real, wurde, der lesbischen Liebhaberin des Mädchens mit den Goldaugen (in der Novelle dieses Titels). Kurz nach 1830 wurde Dudley auf einer Gesellschaft im Haus der Mlle des Touches empfangen, wo es zu einem ernsten Gespräch zwischen ihm und seinem Sohn Henri de Marsay kam, der damals Premierminister war (›Zweite Frauenstudie‹). 1834 kam er in Paris ausnahmsweise zu einem großen Ball, den seine Frau gab (›Eine Evastochter‹); etwa um die gleiche Zeit hielt er eine gewisse Hortense aus, die in der Rue Tronchet wohnte (›Ein Geschäftsmann‹).

DUDLEY, Lady Arabelle, war von grausamster Eifersucht. Nachdem sie Lady Brandon vor Kummer hatte sterben lassen (›Die Grenadière‹; ›Memoiren zweier Jungvermählter‹) und gehässig die sich anbahnende Liebe zwischen Emilie de Fontaine und Maximilien de Longueville überwacht hatte (›Der Ball zu Sceaux‹), gefiel sie sich 1832 darin, zusammen mit der Marquise d'Espard die boshaften oder verleumderischen ›Geheimnisse der Fürstin von Cadignan‹ (im Roman dieses Titels) vor dem Dichter Daniel d'Arthez auszuplaudern, der sterblich in die Fürstin verliebt war. Im Winter 1834–35 versuchte sie, die junge, romantische Frau ihres früheren Liebhabers Félix de Vandenesse dem Schriftsteller Raoul Nathan in die Arme zu treiben (›Eine Evastochter‹). Raphaël de Valentin verliebte sich seinerseits in Lady Dudley und hätte versucht, sie zu besitzen, wenn er nicht gefürchtet hätte, dazu das Chagrinleder (im Roman dieses Titels) abnutzen zu müssen.

LENONCOURT, Herzog von, Vater der Mme de Mortsauf, erhielt unter Ludwig XVIII. die Pairswürde, schützte durch seinen Einfluß beim König den in Konkurs geratenen Parfümhändler César Birotteau (im Roman dieses Titels), empfing in Paris den jungen Victurnien d'Esgrignon (›Das Antiquitätenkabinett‹) und verkehrte 1835 bei der Fürstin von Cadignan (›Eine dunkle Begebenheit‹). Er starb in hohem Alter 1835 (›Béatrix‹).

LISTOMERE, geb. de Vandenesse, Marquise de, war während der Restauration eine der glänzendsten Damen der Gesellschaft und wußte bewundernswert Gesellschaftsleben, Frömmelei und sogar ein bißchen Liebschaft zu vereinen (›Verlorene Illusionen‹). 1828 hätte sie eine Weile gern geglaubt, Eugène de Rastignac mache ihr den Hof (›Eine Frauenstudie‹). Gegen Ende 1834 nahm sie an dem Komplott teil, das ihre Schwägerin, Mme Félix de Vandenesse, dem Schriftsteller Raoul Nathan in die Arme treiben sollte (›Eine Evastochter‹).

MANERVILLE, Natalie-Evangelista, Gräfin de. Von Natur egoistisch und selbstherrlich; sie entstammte einer spanischen Familie, die sich in Bordeaux niedergelassen hatte. 1822 hatte sie den naiven, verliebten, schwachen Paul de Manerville geheiratet (›Der Ehekontrakt‹). Jener Vertrag gestattete es ihr, ihren Mann auszuplündern und nach Westindien zu schicken. Nachdem sie die Geliebte Félix' de Vandenesse gewesen war, tat sie sich 1835 mit Lady Dudley, den Damen d'Espard und de Listomère und andern zusammen, um die junge Frau ihres ehemaligen Liebhabers dem Schriftsteller Raoul Nathan zuzutreiben, was durch die ruhige Überlegenheit von deren Mann mißlang (›Eine Evastochter‹).

MARSAY, Henri de, geboren zwischen 1792 und 1796, natürlicher Sohn Lord Dudleys und der Marquise de Vardac, anerkannter Sohn M. de Marsays. Er wurde durch einen philosophischen Priester, den Abbé de Maronis, erzogen, der ihn zu einem Libertiner in jedem Sinn machte. Die ganze Jugend de Marsays ging im Umgang mit Frauen hin. Gegen Ende des Kaiserreichs gehörte er dem Geheimbund der Dreizehn an (›Die Geschichte der Dreizehn‹), der ihm half, bei Paquita Valdès einzudringen, der lesbischen Freundin seiner natürlichen Schwester, der Marquise de San-Real (›Das Mädchen mit den Goldaugen‹); jener Bund war ihm auch bei der Entführung der Herzogin von Langeais (im Roman dieses Titels) aus dem spanischen Karmeliterinnen-Kloster behilflich, in das sie sich geflüchtet hatte. Nachdem er der Geliebte einer Herzogin namens Charlotte (›Zweite Frauenstudie‹) gewesen war, wurde er 1819 derjenige der Delphine de Nucingen (›Vater Goriot‹), dann derjenige der Fürstin von Cadignan (›Die Geheimnisse der Fürstin von Cadignan‹), dann um 1822 derjenige der Schauspielerin Coralie, die er für sechzigtausend Francs kaufte (›Verlorene Illusionen‹) und anderer. De Marsay war ein flatterhafter Liebhaber, aber ein sehr treuer Freund; er wurde nacheinander der Berater Pauls de Manerville (›Das Mädchen mit den Goldaugen‹; ›Der Ehekontrakt‹), des Savinien de Portenduère (›Ursule Mirouët‹), des Victurnien d'Esgrignon (›Das Antiquitätenkabinett‹) und Luciens de Rubempré, dem er bei einem Duell als Zeuge diente (›Verlorene Illusionen‹). Die Juli-Revolution öffnete de Marsay die politische Arena; er war 1832 bis 1833 Premierminister (›Zweite Frauenstudie‹; ›Die Geheimnisse der Fürstin von Cadignan‹). Als solcher war er in alle politischen Geheimnisse der Revolution, des Konsulats, des Kaiserreichs und Ludwigs XVIII. eingeweiht (›Eine dunkle Begebenheit‹). Er starb 1834.

MORTSAUF, Madeleine de, wurde durch ihre Heirat mit dem letzten Sohn des Herzogs von Chaulieu Herzogin von Lenoncourt-Givry (›Memoiren zweier Jungvermählter‹). Sie war sehr hochmütig und sehr mit der Familie de Grandlieu verbunden; im Mai 1830 begleitete sie ihre Freundin Clotilde de Grandlieu nach Italien, als bei Bouron vor ihren Augen die Verhaftung Luciens de Rubempré erfolgte, des Verlobten Clotildes (›Glanz und Elend der Kurtisanen‹).

VANDENESSE, Charles, Marquis de, trat unter der Restauration in den diplomatischen Dienst ein, wurde bald der Liebhaber der Generalin d'Aiglemont, mit der er mehrere uneheliche Kinder hatte; 1822 (?) prozessierte er in Erbangelegenheiten mit seinem Bruder Félix (›Ein Lebensbeginn‹). Schließlich heiratete er Emilie de Fontaine, die reiche Witwe des Grafen de Kergarouët (›Eine Evastochter‹).

VANDENESSE, Félix de, konnte dank der Protektion durch den König dem Parfümhändler César Birotteau (im Roman dieses Titels) helfen, als dieser Konkurs gemacht hatte, und kurz danach Louise de Chaulieu mit Auskünften über den Baron de Macumer aufwarten, der die Hand des jungen Mädchens begehrte (›Memoiren zweier Jungvermählter‹). Einige Jahre später führte er gegen seinen Bruder Charles einen Prozeß, den er verloren zu haben scheint (›Ein Lebensbeginn‹). Etwa 1830 heiratete er Angélique-Marie de Granville, die älteste Tochter des Generalstaatsanwalts und Pairs von Frankreich, die ihn in die Gesellschaft begleitete (›Zweite Frauenstudie‹; ›Eine dunkle Begebenheit‹). Seine erfahrene und etwas gönnerische Zärtlichkeit erschreckte zunächst seine Frau, so daß sie sich von ihm abwandte, sich in den Schriftsteller Raoul Nathan verliebte und nur durch die Überlegenheit ihres Mannes der Gefahr entrann (›Eine Evastochter‹).

HONORÉ DE BALZAC

Die Menschliche Komödie
Dünndruckausgabe in 12 Bänden

I

Balzac. Sein Leben und Werk

SITTENSTUDIEN

Szenen aus dem Privatleben
Das Haus ›Zum ballspielenden Kater‹
Der Ball zu Sceaux
Memoiren zweier Jungvermählter
Die Börse
Modeste Mignon
Ein Lebensbeginn

II

Szenen aus dem Privatleben
Albert Savarus · La Vendetta
Eine doppelte Familie · Ehefrieden
Madame Firmiani · Eine Frauenstudie
Die falsche Geliebte
Eine Evastochter
Die Botschaft · Die Grenadière
Die Verlassene · Honorine
Béatrix

III

Szenen aus dem Privatleben
Gobseck
Die Frau von dreißig Jahren
Vater Goriot
Oberst Chabert
Die Messe des Gottesleugners
Die Entmündigung
Der Ehekontrakt
Zweite Frauenstudie

Szenen aus dem Provinzleben
Ursule Mirouët

IV

Szenen aus dem Provinzleben
Eugénie Grandet

Die Ehelosen:
1. Pierrette
2. Der Pfarrer von Tours
3. Die ›Fischerin im Trüben‹

Die Pariser in der Provinz:
1. Der berühmte Gaudissart
2. Die Muse des Départements

V

Szenen aus dem Provinzleben

Die Nebenbuhler:

1. Die alte Jungfer

2. Das Antiquitätenkabinett

Verlorene Illusionen:

1. Die beiden Dichter

2. Ein großer Mann aus der Provinz in Paris

3. Die Leiden des Erfinders

VI

Szenen aus dem Pariser Leben

Geschichte der Dreizehn:

Vorrede

1. Ferragus

2. Die Herzogin von Langeais

3. Das Mädchen mit den Goldaugen

César Birotteau

Das Bankhaus Nucingen

Glanz und Elend der Kurtisanen:

1. Wie leichte Mädchen lieben

VII

Szenen aus dem Pariser Leben

Glanz und Elend der Kurtisanen:
2. Was alte Herren sich die Liebe kosten lassen
3. Wohin schlechte Wege führen
4. Vautrins letztes Abenteuer

Die Geheimnisse der Fürstin von Cadignan
Facino Cane
Sarrasine
Pierre Grassou

Die armen Verwandten:
1. Tante Bette

VIII

Szenen aus dem Pariser Leben

Die armen Verwandten:
2. Vetter Pons

Ein Geschäftsmann
Ein Fürst der Bohème
Die Beamten
Gaudissart II
Die Komödianten wider ihr Wissen
Die Kleinbürger

IX

Szenen aus dem Pariser Leben

Die Kehrseite der Zeitgeschichte:
1. Madame de la Chanterie
2. Der Aufgenommene

Szenen aus dem politischen Leben

Eine Episode aus der Zeit der Schreckensherrschaft
Eine dunkle Begebenheit
Der Abgeordnete von Arcis
Z. Marcas

Szenen aus dem Soldatenleben

Die Königstreuen
Eine Leidenschaft in der Wüste

X

Szenen aus dem Landleben

Die Bauern
Der Landarzt
Der Dorfpfarrer
Die Lilie im Tal

XI

PHILOSOPHISCHE STUDIEN

Das Chagrinleder

Jesus Christus in Flandern

Melmoth

Massimilla Doni

Das unbekannte Meisterwerk

Gambara

Der Stein der Weisen

Das verstoßene Kind

Lebwohl

Die Marañas

Der Aufgebotene

El Verdugo

Ein Drama am Meeresufer

Meister Cornelius

Die rote Herberge

XII

PHILOSOPHISCHE STUDIEN

Katharina von Medici

Das Lebenselixier

Die Verbannten

Louis Lambert

Seraphita

ANALYTISCHE STUDIEN

Physiologie der Ehe

Die kleinen Nöte des Ehelebens